张华传

李铮◎著

中国文联出版社
http://www.clapnet.cn

图书在版编目（CIP）数据

张华传 / 李铮著 . -- 北京：中国文联出版社，
2016. 11（2023. 3 重印）

ISBN 978 - 7 - 5190 - 2303 - 4

Ⅰ. ①张… Ⅱ. ①李… Ⅲ. ①张华（232-300）—传
记 Ⅳ. ①K825.6

中国版本图书馆 CIP 数据核字（2016）第 265225 号

著　　者　李　铮
责任编辑　周劲松　李小欧
责任校对　刘成聪
装帧设计　尹　娇

出版发行　中国文联出版社有限公司
地　　址　北京市朝阳区农展馆南里 10 号　　　邮编　100125
电　　话　010 - 85923025（发行部）　　　85923091（总编室）
经　　销　全国新华书店等
印　　刷　三河市华东印刷有限公司

开　　本　710 毫米×1000 毫米　　1/16
印　　张　42
字　　数　760 千字
版　　次　2023 年 3 月第 1 版第 2 次印刷
定　　价　185.00 元

序一

以文学形式发掘历史文化，将我市重要的历史事件与著名的历史人物，活灵活现地展现在世人面前，使其能够为普通百姓所接受和熟悉，是落实市委、市政府提出的"文化资源有形化"的重要方式之一。

张华是中国历史上著名的政治家、文学家、书法家和博物学家，无论其政治成就还是艺术成就，在我市历史上都无出其右者。

政治上，他是西晋灭吴之战的主要谋划者、鼓动者和领导者，是实现华夏民族统一的大功臣。晋武帝论及西晋统一，诏曰："关内侯张华，前与故太傅羊祜共创大计，遂典掌军事，部分诸方，算定权略，运筹决胜，有谋谟之勋。"对于任何一位政治家来说，没有什么比实现民族统一更大的荣誉与功绩了。张华就是这样一位以其智慧和毅力影响了中华民族历史进程的伟大政治家。不仅如此，他还以惊人的政治智慧，独立支撑起西晋末期的混乱政局，使国家能够在"八王之乱"中仍然保持"海内晏然"（《晋书·张华传》："华遂尽忠匡辅，弥缝补阙，虽当暗主虐后之朝，而海内晏然，华之功也。"），作为一个政治家有如此卓越的功勋，还不足以彪炳史册吗！

艺术上，他是文学家。不仅有《鹪鹩赋》《女史箴》等名篇和大量诗文传世，而且是西晋无可争议的文坛领袖。西晋著名的文学家陆机、陆云、左思、潘岳等皆出其门下。

他还是著名书法家。在西晋大师林立的书坛上，他是当时的"章草八家"之一。《得书帖》和《时闻帖》是留传至今的中华墨宝。

他还是博物学家。所著《博物志》是世界上最早的百科全书类著作。

张华在中国政治史、文学史、艺术史上都有着非常深远的影响。为这样的人物立传很有必要。

李铮同志继《廊坊大捷》《吕端全传》《董海川》之后，又为我们奉献了长篇巨著《张华传》。这是李铮同志的又一重要文学成就，同时也是市政协和固安县政协积极落实市委、市政府"文化资源有形化"结出的又一硕果。

《张华传》所记述的是一代政治大家、文学艺术大师张华叱咤风云的一生和丰功伟绩，必将使我市广大读者油然而生一种骄傲感、自豪感和归属感。激励全市人民，在市委和市政府的坚强领导下，同心同德，创造历史新的辉煌。

希望李铮同志在廊坊市文艺事业上发挥更大作用，做出更大贡献！

廊坊市政协主席　郑广富

2016 年 8 月 16 日

序二

固安古称方城，自古便有"人杰地灵"之誉。

当年，荆轲刺秦王所献的"膏腴之地"——督亢，便是今之固安一带。以始皇嬴政之雄才大略，终不免对督亢萌生觊觎之心，占有之欲，因而说固安"地灵"，实不为谬。

至于"人杰"之赞，固安有魏刘放、晋张华、唐张说三大名相，便可底气十足了。更为奇妙的是，这三大名相之间竟然还有着十分密切的关系。刘放乃张华岳父，张说则是张华的十三世孙。而且三位名相皆以文名世。关于刘放，《三国志》说"放善为书檄，三祖诏命有所招喻，多放所为"。张华更是文学史上公认的西晋文坛霸主；而张说则是唐诗大家，在唐代文学史上，是与著名诗人张九龄（张华十四世孙）并称"二张"的大诗人。可见张华在固安历史上具有非常独特而崇高的地位。

张华不仅是固安的历史名人，也是廊坊域内自古至今最大的政治家、文学家、艺术家、博物学家，而且无出其右者。为这样的人物撰写一部厚重的传记，使人们对这位先贤有一个全面深刻的了解，是固安人的历史责任。

李铮同志是颇具实力的固安籍作家，尤其在历史题材文学创作方面具有丰富的经验，已创作出版了《廊坊大捷》《吕端全传》《董海川》三部脍炙人口的文学佳作，赢得了读者的广泛赞誉。因而我们特聘请李铮同志为张华立传。

事实证明，李铮同志不负家乡人民的重托，出色地完成了这一历史使命。七十余万字的《张华传》不仅规模宏大，而且内容丰富、思想深刻、情味盎然。

李铮同志以翔实的历史资料和起伏跌宕的故事情节再现了张华不平凡的一生，塑造了一个崭新的文学形象。

《张华传》告诉我们：历史上真正完成"三分归一统"，使华夏民族重新统一的鼓大功臣是张华；以一人之力独立支撑起晋末乱局，且实现"海内晏然"的也是张华；张华不仅是文学巨擘，开创了西晋诗风，并创作了大量流传千古的诗文，而且以其敏锐的眼光和宽广的胸怀，发现并培养了陈寿、左思、陆机、陆云等众多青年才俊，使他们成为名垂青史的史学大家和文学大家，因而被西晋文士共同尊奉为文坛领袖；张华作为魏晋书坛"章草八家"之一，其书法作品《时闻帖》

和《得书帖》留传至今，是不可多得的艺术珍宝；张华所著《博物志》一书，被公认为是开创了世界博物学先河之作。

读了《张华传》，一个集高瞻远瞩的政治家、风流倜傥的艺术家、才华横溢的文学家、博古通今的博物学家于一身的完美形象，便活灵活现地呈现在我们面前。

固安有这样的先辈是我们永远的骄傲。正是因为有了这样的文化底蕴和传承，固安才从古至今保持了永久的人杰地灵。

《张华传》的创作出版，得到了廊坊市政协高度重视，热情支持，市政协主席郑广富同志亲自过问创作情况并为此书作序。在此，谨代表固安县委、县人民政府及全县人民表示诚挚的谢意。

近年来，固安立足"绿色、高端、率先、和谐"的发展定位，坚持"产城共建、以城带乡、城乡统筹、共同繁荣"的发展理念，凝神聚力、抢抓机遇、攻坚破难，实现了新的跨越，经济、社会、文化各个领域都取得了突出的成就，在中国社科院财经战略研究院发布的《中国县域经济发展报告（2015）》中，固安成功入围全国县域经济竞争力百强县，在全国县域经济发展潜力百强县中排名前十，在全国县域经济创新力 50 强中跻身三甲。这既有赖于党和政府的坚强领导，也有赖于本地优秀历史文化的滋养。无数事实证明，文化才是一个地域长久发展的源头活水，因而经济越是发展越不能忽视文化建设。

长篇传记文学《张华传》的出版，不仅是固安县文化建设上的一件盛事，也是政治上的一件大事。随着《张华传》的问世，张华这一伟大形象将极大地增强了固安人民的自豪感和荣誉感，鼓舞全县人民，团结一心，努力奋斗，为打造"创新活力之城、生态宜居之城、和谐幸福之城"，建设经济强县、美丽固安做出新的更大贡献！

中共固安县委书记　杨培苏

固安县人民政府县长　王辉云

2016 年 8 月 18 日

1

安阳河是一条季节性河流。每当暑汛的时候,河水盈溢,浊浪排空,两岸之间,不辨牛马。夏日一过,泾流锐减,则静若处子,清水如练,安澜若鉴。宽阔的河床上铺满细细的白沙,阴湿处则长满了浓密的河草。

时值暮春,天气阳和,野花遍地,水草丰茂,锦鳞翔集,燕鸥凌空。一派祥和气象。

突然,五匹快马从河北岸飞驰而来,惊起一片鸥鹭。

快马来到水边,见眼前河水滔滔,五位驭手同时勒住马缰。那骑着白马的男子道:"二位大人,由此东行五里便是渡口……"

不等这人说完,那骑着一匹漆黑骏马的中年男子扭头问身边骑红马的汉子:"小小安阳河安能阻我!鲜于太守,敢不敢随我涉水渡河?"

那骑红马的汉子笑道:"呵呵,毌丘将军,卑职随您征战多年,何时有过惧色。当年随您征讨公孙渊,初冬时节夜渡辽水,比这凶险万倍。"

那骑黑马的男子道:"是啊,当年你可谓勇冠三军。夜渡辽河,你一马当先。"

"呵呵……"那骑红马的汉子笑道,"多谢毌丘将军夸奖,今日之鲜于嗣亦昨日之鲜于嗣也。卑职虽数年未沙场临敌,但在您面前仍觉得自己是个战士。今天就让我再给将军做个先锋。"说着,向马屁股上用力抽了一鞭。战马猛地一跃,蹿入水中,溅着水花,向对岸驰去。

那骑黑马男子随之也策马入水。

其余三位见此,也只得催马渡河。

好在汛期未至,河水不深,流速甚缓。五位安全渡过了安阳河。

这五位中,骑黑马的男子乃是幽州刺使毌丘俭,骑红马男子是范阳太守鲜于嗣,骑白马男乃方城县令朱湛。另两位则是他们的侍从。

这毌丘俭,在历史上大名鼎鼎。魏明帝时为荆州刺史。景初二年(238)讨伐叛将公孙渊,被任命为幽州刺使、度辽将军、护乌丸校尉。前年和去年——正始五年(244)至正始六年(245)——又两次率兵征讨高句丽,攻破丸都,令高句丽王伏首称臣。毌丘俭东征,是中原王朝对东北地区有史以来最远的一次征讨,使曹魏之势力扩展到远至今俄罗斯滨海地区,原属高句丽统辖的朝鲜半岛岭东濊貊地区,也归入了曹魏乐浪、带方二郡。《三国志·魏志·毌丘俭传》载:"毌丘俭字仲恭,河东闻喜人也……青龙中,帝图讨辽东,以俭有干策,徙为幽州刺史,加度辽将军,使持节,护乌丸校尉……正始中,俭以高句丽数侵叛。督诸军步骑万人出玄菟，从诸道讨之。句骊王宫将步骑二万人，进军沸流水上，大战梁口。宫连破走。俭遂束马县车，以登丸都，屠句丽所都，斩获首虏以千数……六年，复征之，宫遂奔买沟。俭遣玄菟太守王颀追之，过沃沮千有余里，至肃慎氏南界，刻石纪功，刊丸都之山，铭不耐之城。诸所诛纳八千余口，论功受赏，侯者百余人。穿山溉灌，民赖其利……"

可见，毌丘俭乃是沙场战将。

而范阳太守鲜于嗣，一直是毌丘俭的得力部将。毌丘俭因功迁幽州刺使，鲜于嗣则被任命为乐浪郡太守（乐浪郡，辖区为朝鲜中部和北部）。关于鲜于嗣，《晋书》只有寥寥数语："鲜于嗣任乐浪太守。明帝景初中，命其与刘昕越海定带方、乐浪二郡。赐韩国君臣邑君、邑长印绶。"去年，鲜于嗣调任范阳太守。

至于方城县令朱湛，则史无所载。

这三位相当于当今省、市、县的三个一把手。刺使、太守、县令一同出行，实属罕见。今天，三级首长跃马渡河，只为参加一个宴会。这发出邀请的主人，不是别人，乃是大魏国中书监，方城侯刘放。

这刘放，此时乃魏国权倾朝野的一品重臣。《晋书》载："刘放，字子弃，涿郡人。汉广阳顺王子西乡侯宏后也……放善为书檄，三祖诏命有所招喻，多放所为。……齐王即位，以放决定大谋。景初二年，辽东平定，以参谋之功，各进爵，封本县，放方城侯正始元年，更加放左光禄大夫，金印紫绶，仪同三司。六年，放转骠骑将军，领中书监。"

这一连串的官职是什么意思呢？骠骑将军乃是从一品大员，是军队系列中仅次于大将军（此时大将军为曹爽）的官员；仪同三司，指非三公（司马、司徒、司空）而给予三公同等的待遇，意味着可以像三公那样招聘幕僚，设置办公机构；而中书监一职更是魏文帝曹丕因人设岗，专门为刘放设置的。"曹丕于黄初初年改秘书令为中书令并特置中书监，使之排在中书令之前。以秘书左丞刘放为中书监，右丞孙资为中书令，并掌机密，中书监令始于此也。魏明帝时，中书监（令）成为事实上的宰相。"（见百度词条）

由此可见，刘放在当时的权势之高，影响之大。同时，刘放被封为方城侯，不仅老家在方城（今固安），而且食邑也在方城（指古代君主赐予臣下作为世禄的封地），因而他在方城建有非常宏阔的庄园别馆。刘侯庄园就在安阳河的右岸。

刘侯庄园最别出心裁的设计和最令人赏心悦目的风景，是利用靠近安阳河的优势，开凿了一条小河，在河水的入口处建有一个水闸，调节水的流量。使河水能够根据需要曲折流经整个庄园。因为有活水，庄园中密布着荷塘莲池藕榭，因而显得生机勃勃。每到夏季，刘放的妻子儿女都会从洛阳回方城庄园避暑。所有访客，对刘侯庄园都啧啧称奇。

今年——魏正始七年（246），时令刚过立夏，刘侯一家老小便回到方城。更让人意想不到的是，此次，中书监刘大人竟然亲自护送一家老小回乡。

当地出了如此权倾朝野的高官，地方官岂能不极尽巴结之能事。得知刘侯归来，方城县令朱湛当日便登门拜望，并派钱粮师爷和几个衙役在侯府随时听凭差遣。

昨日，刘放让家丁给朱县令送来三个请帖，邀请朱湛和范阳太守鲜于嗣、幽州刺使毌丘俭三位当地主官，于三日后到刘侯庄园赴宴。

朱湛不敢怠慢，亲自飞马急报范阳太守鲜于嗣。

鲜于嗣接到请帖后，与朱湛立即北上去请毌丘刺使。

当时幽州治所在蓟县（就是如今北京广安门一带，而不是天津的蓟县）。鲜于嗣与朱湛只用了半天时间，便从范阳来到蓟县。毌丘刺使接到中书监刘放的请帖很是诧异。问道："刘相国国事繁忙，怎么会有如此闲暇回乡度假？还有如此雅兴请咱三位饮酒？"——魏晋时期没有宰相一职，中书监、司空、司徒、寺中都可称为相国。

鲜于嗣道："是啊，卑职也感到蹊跷得很。"

朱湛道："看来，刘侯心中一定有事啊！"

毌丘俭道："不管怎么说，刘侯对咱有恩，若有所求，咱必倾力相助。"

鲜于嗣和朱湛道："那是，那是，受人滴水之恩，当以涌泉相报嘛。"

三人所言不虚。他们三人在仕途上都曾有刘放暗中相助。

这刘放在汉末乱世，能够起于草莽，封侯拜相，升至宰辅之臣，并得以寿终正寝，足见其为人之老到，虑事极其周密。他自己的老家和食邑在幽州郡范阳治下，在三国这样的乱世，他想，说不定什么时候就需要当地官员庇护，因而他凭借手中的权力，尽力安排与自己关系密切的人到幽州、范阳和方城任地方长官。因而，毌丘俭、鲜于嗣和朱湛，在升迁中都多少受了刘放的恩惠。

毌丘俭问："承蒙刘大人抬爱，咱送点什么礼好呢？"

鲜于嗣道："不消大人费心，我已命人为您采买了礼品，这是礼品清单，请大人过目。"

毌丘俭接过礼单看了看，说："嗯，很好很好。不过这都是范阳的特产，不足以显示幽州的特色。我再让人带上几根虎鞭，几根千年高句丽参，给刘大人滋补滋补。"

鲜于嗣笑道："哈哈，看来，还是刺使大人想得周全。"

本来，刺使、太守出行都应该坐轿，但由于毌丘俭和鲜于嗣都是武将出身，更喜欢骑马，因而，刺使、太守、县令三人便策马一路向南驰来。

五位渡过安阳河，战马抖落身上的水珠，继续向南岸急驰。但战马在南岸河滩上刚跑了几步，毌丘刺使，突然用力一勒马缰，那马"咴儿咴儿"一声长嘶，前脚腾空，立在原地。

其余四位也赶紧带住丝缰。

鲜于嗣问："毌丘大人，怎么……"

毌丘俭用手向地面一指，众人看时，却见平展展的沙滩上，书写着一片字迹。

鲜于嗣道："这是乱写的什么呀？"

"不管写的什么，谁写的，马踏文章总是不吉利的。"毌丘俭仔细看着地上的字，道，"嗯，字写得不错。让我们仔细看看写的什么。"说完，他居高临下，坐在马上读道：

鹪鹩赋

何造化之多端兮，播群形于万类。惟鹪鹩之微禽兮，亦摄生而受气。育翮翔之陋体，无玄黄以自贵。毛弗施于器用，肉弗登于俎味。鹰鹯过犹俄翼，尚何惧于罿罦。翳荟蒙笼，是焉游集。飞不飘扬，翔不翕习。其居易容，其求易给。巢林不过一枝，每食不过数粒。栖无所滞，游无所盘。匪陋荆棘，匪荣茝兰。动翼而逸，投足而安。委命顺理，与物无患。

伊兹禽之无知，何处身之似智。不怀宝以贾害，不饰表以招累。静守约而不矜，动因循以简易。任自然以为资，无诱慕于世伪。雕鹖介其觜距，鹄鹭轶于云际。稚鸡窜于幽险，孔翠生乎遐裔。彼晨凫与归雁，又矫翼而增逝。咸美羽而丰肌，故无罪而皆毙。徒衔芦以避缴，终为戮于此世。苍鹰鸷而受增，鹦鹉惠而入笼。屈猛志以服养，块幽絷于九重。变音声以顺旨，思摧翮而为庸。恋钟岱之林野，慕陇坻之高松。虽蒙幸于今日，未若畴昔之从容。

"呜呼呀！妙哉，妙哉！"毌丘俭读罢大惊道。

鲜于嗣问："毌丘将军，此文何意呀？"

朱湛也问："是啊，卑职才疏学浅，愿闻高见。"

并不是太守和县令有意抬举刺使而佯装无知。以他俩的学识理解这样的文章确实有难度，但毌丘俭却不仅深刻理解了文意，而且被文章词句的华美震惊。因为毌丘俭不仅是一位战功卓著的武将，而且是一位文学造诣颇深的文士。有多篇文学佳作传世，如《承露盘赋》《在幽州》《答杜挚》《之辽东》等。魏晋时期，将军、政客有极高文学素养的人不在少数，这是世族门阀社会的一大特色。

毌丘俭道："此文大有庄周意韵。只要看懂庄子的《逍遥游》与《大瓠之种》，就很容易理解这《鹪鹩赋》所要表达的意思。嗯，这老先生一定是个人生不得志的世外高士啊。"

鲜于嗣道："嗯。毌丘将军说得极是。卑职作为中正，正愁范阳无才可荐……"毌丘俭道："如此俊才若中正荐之而朝廷不用，本刺使当效刘玄德之聘孔明也，虽三顾而不辞。"毌丘俭说到这里，俯视着沙滩上的字迹详细解释道："鹪鹩，是一种很普通的小鸟，故云'育翾翾之陋体，无玄黄以自贵'，鹪鹩不仅长得丑陋，而且全身没有可利用的地方，即所谓'毛弗施于器用，肉弗登于俎味。'……"

毌丘俭正在详解《鹪鹩赋》的文意，却听朱县令喊道："天啊！好大的旋风！"

几个人抬头望去，却见一个顶天立地的黑旋风，顺着河滩沙地由西向东飞速旋转而来，它卷起的枯枝败叶和沙尘弥漫天地之间，毌丘俭等还没反应过来，便被旋风吞没，他们不得赶紧撩起衣襟遮住口鼻。待那股强烈的旋风过后，人们才放下衣襟。毌丘俭还要继续详解《鹪鹩赋》，但当他低头看时，一篇奇文已被旋风吹得字迹全无。

旋风这种特殊的局地气象，经常出现在春末夏初之季的沙滩上，因为此时阳光充足，照射在地面上，沙滩升温比周围环境快得多，表面空气与四周空气极易形成强烈的对流，产生旋风。旋风与台风、飓风、龙卷风形成机理相同，只不过旋风的规模很小，难以形成灾难性后果。

毌丘俭太喜欢《鹪鹩赋》这篇文章了，于是惊道："哎呀，实在后悔，没能把它记录下来。我只记住了前面的十几句。"

鲜于嗣道："天公不作美，怪风扫奇文。"

"或许此文本乃天人所书，故不愿为我等凡人所识也。"毌丘俭道。

朱湛道："既然毌丘刺使如此喜爱这篇文章，不管书写它的是天人还是神人，只要他在方城地盘上，卑职都要把它找出来。"

鲜于嗣道："是啊，如此奇文奇事在你方城出现，一定要弄个水落石出。"

"是的，是的，卑职一定给二位大人一个圆满的答复。"

2

毌丘俭一行，来到刘侯庄园门前，早有侯府侍从等在府外，侍从接过马缰，笑道："三位大人请。"

三位走到侯府正房院内，却见中书监刘放已经站在台阶上迎接他们。这不免令毌丘俭、鲜于嗣和朱湛大惊。因为按照古礼制，上级接见下级是不应出屋迎接的。而以中书监之尊，竟然亲自出屋相迎，这不免令三位深感惊诧。

于是毌丘俭急跑几步奔上前去，来到台阶之上，躬身向刘放深施一礼。而鲜于嗣和朱湛根本连台阶都不敢上，在台阶下便向刘放施跪拜之礼。

三人之所以行礼有别，是严格根据古代《宾礼》行事的。按照规定，官员相见，品级低的要向品级高的行揖礼，品级相差四级以上，相见时，下级要向上级行跪拜之礼，刘放乃朝中一品，毌丘俭则是三品，只须行揖礼，而鲜于嗣是五品，朱湛是七品，因而须向刘放行跪礼。

毌丘俭道："刘大人回乡怎么也不提前告诉卑职一声儿，卑职接驾来迟，望乞恕罪。"

"呵呵，"刘放笑道，"你们官职在身，公务繁忙，老夫不过回家看看，实在不愿惊动你们。来来来，进屋说话。"

刘放笑着将三人迎入客厅。叙礼毕，毌丘俭拿出礼单请刘放过目，刘放接过礼单看也没看便转交给仆人，笑道："老夫回家探视，你们都是老夫的父母官，无须多礼。"

宾主又聊了些闲话，天色渐黯，侍女进屋刚要掌灯，男仆进屋说道："老爷，晚宴已准备好了。"

"好好，那咱就到餐厅，边饮边叙。"

宾主四人坐定。刘放举杯在手说："毌丘将军，你们三位身为老夫家乡父母官，勤勉为政，边靖民安，实社稷之幸黎民之福也。来，老夫代表幽州百姓，敬你三位杯。"

毌丘俭道："不敢不敢，刘大人才是国之栋梁。大魏之兴也，刘大人居功至伟。我们先敬大人一杯。"说完，毌丘俭与鲜于嗣和朱湛先干为敬，一饮而尽。

侍女给大家斟上酒，刘放道："这第二杯酒该我敬毌丘刺使了。"

"使不得，使不得，卑职无德无才……"

"不，论军事才能，当今孰比毌丘将军乎。你北讨公孙渊，东征高句丽，靖疆安边，开疆扩土，功莫大焉。"

毌丘俭笑道："呵呵，那也是您这位骠骑将军领导有方啊。"

刘放道："呵呵，我这个没上过战场的骠骑将军有名无实啊。"

"不，相国大人虽不驰骋疆场，但运筹帷幄，决胜千里需要更大的智慧。"

鲜于嗣举杯道："方城出了刘相国。您是我们范阳郡和整个幽州的荣耀啊。"

"鲜于太守过誉了，过誉了。"刘放笑道。

鲜于嗣道："下官此言，绝非恭维之辞，方城确实人杰地灵啊。前有大儒韩婴，治《诗》《易》以明道；今有名相刘大人，辅三朝以安邦……"

"哈哈……"鲜于嗣将刘放与韩婴相提并论，令刘放十分受用，笑道，"看来鲜于太守对治下的历史十分熟稔呀。说方城人杰地灵，实不为谬。当年，秦王嬴政就是看中了方城这块宝地，屡逼燕王割让。荆轲将计就计，入秦刺秦王，图穷匕首现，被乱刀分尸。荆轲所献之图，正是方城之地呀。"

"哦？"鲜于嗣疑道，"荆轲所献不是督亢之地吗？"

"秦之督亢即汉之方城也。"刘放道，"当然，古之督亢，还包括方城西南的部分地域。"

毌丘俭道："所以说方城人杰地灵嘛。"

"至于人物嘛，当数大儒韩婴了。韩婴确是方城的骄傲，当年董仲舒倚仗武帝荣宠，很是自以为是，与韩婴朝堂上谈诗论易，多次被韩婴诘倒，理屈词穷。韩婴所创'韩诗学'。'韩诗学'博大精深绝非浅学所能穿凿。可惜，像韩婴这样的天才世所稀矣。"

毌丘俭道："不过，我们在这督亢之地又发现了一位奇才。"

"什么奇才？老夫怎么没听说呀？"刘放问道。

"卑职也是刚刚发现。"毌丘俭于是把刚才在安阳河沙滩上怪风扫奇文的经过说了一遍。

"唔，毌丘将军本是文学之士，能够让你如此惊羡的文章一定非同寻常，请诵与老夫听听。"

"唉，卑职只记住了前边的十几句。我诵给您听听：何造化之多端兮，播群形于万类。惟鹪鹩之微禽兮，亦摄生而受气。育翩翾之陋体，无玄黄以自贵。毛弗施于器用，肉弗登于俎味。鹰鹯过犹俄翼，尚何惧于罿罻。翳荟蒙笼，是焉游集。飞不飘扬，翔不翕习。其居易容，其求易给。巢林不过一枝，每食不过数粒。栖无所滞，游无所盘。匪陋荆棘，匪荣茞兰，后边的记不住了，但与前面的同样精彩。"

"好，好，只前边这几句就能看出其文采飞扬。可见此作者确非凡人呀。"刘放道，"但不知此何人所作？"

鲜于嗣道："域内有如此才俊竟然不知，下官有失察之罪呀。"

"呵呵，你作为太守，又是本郡中正，连这样的大才都漏掉了，确有失察之责。"刘放笑道。

毌丘俭道："天下不是缺少人才，而是缺少发现。有时大才就在民间，若不及时被发现和起用，很可能就埋没于乡野之中了。"

刘放说："是啊，毌丘将军所言极是，所以，陈群才向文帝倡言九品官人制，各级地方官，都肩负着为国家延揽和发掘人才的重任。只可惜，如今这世道变了，九品官人制在执行过程中越来越走样，形成如今这种上品无寒士，下品无世族的

张华传

局面。"

"嗯。朝廷既知其弊，何不想法兴利以除弊……"鲜于嗣道。

"呵呵，你们不在朝不知道，朝廷有许多棘手的大事忙不过来，哪有精力用在选才上啊。"刘放道。

几位所论的九品官人制，乃是魏文帝曹丕采纳大臣陈群的建议，而建立的一种选官荐才的制度。《三国志·魏志·陈群传》："文帝……即王位，封（陈）群昌武亭侯，徙为尚书。制九品官人之法，群所建也。"《太平御览》引《晋阳秋》"陈群为吏部尚书，制九格登用，皆由于中正。考之簿世，然后授任"。

九品中正制的具体内容，就是将人分为上中下三品，上品又分上上、上中、上下，中品分中上、中中、中下等九个等级。中央设大中正，由司徒或吏部尚书兼任，郡一级设小中正，由太守或太守所选的人充任，小中正的职责就是要把辖区内的贤良之士举荐到中央，经大中正考察，由吏部委以官职。荐才的三个步骤：一是考察家世，即家庭出身和背景，指父祖辈的资历仕宦情况和爵位高低等；二是中评定行状，即个人品行才能的总评，相当于品德评语；三是确定品级。原则上依据的是行状，而家世只作参考，但后来，在执行过程中，由于官场腐败，举荐之权渐渐落入权贵手中，他们越来越注重家世，最后竟然完全以家世来定品级。出身寒门者行状评语再高也只能定在下品；出身豪门者行状不佳亦能位列上品。于是就形成了"上品无寒门，下品无世族"的局面。如此，便彻底堵塞了寒士的进身之途。九品中正制为魏晋南北朝世族门阀的形成起了关键作用。

毌丘俭试探着问："听大人之言，莫非朝堂不靖了吗？"

"呵呵，朝廷之事，只可意会不可言传呢。"刘放道，"老夫此次回乡，亲自把家眷安置在老家，还望三位多多照应。一旦天下有变，老夫一家老小安危就托付给三位了。来，老夫敬三位一杯。"

毌丘俭道："不敢不敢。请大人放心，大人对吾三人有知遇之恩，当效犬马之劳，虽死不辞。"

"呵呵，老夫对你三位一百个放心。"刘放道。

宴会结束，毌丘俭三位临别，刘放给三人也分赠了礼物。

毌丘俭与鲜于嗣、朱湛离开刘侯庄园。朱湛请两位上峰到方城县衙留宿。一路上，鲜于嗣问道："看来，刘大人打算把家眷长期放在方城了？"

毌丘俭道："嗯。听刘大人所言，以他之精明，一定是看出了朝廷中暗藏着什么危险的苗头，最近恐有大事发生，刘侯生怕遭了连累，提早把家眷安置到远离洛阳的地方。刘大人对咱不薄，我们对刘大人家眷一定要尽心尽力照顾，尤其是朱县令，你更应时时尽地主之谊呀。"

朱湛道："请刺使大人放心。朝中有人好做官，以后我们还都指望刘大人提携呢，焉敢不尽心竭力。"

鲜于嗣道："朱县令，除了照顾好刘大人家眷，刺使大人吩咐的那件事你也必须尽快办妥。"

朱湛怯怯地问："刺使吩咐……何事？"

鲜于嗣道："怪不得你姓朱，简直是猪脑子。刺使大人让你务必查找《鹪鹩赋》的作者呀。"

朱湛笑道："是的是的。下官明天就派人去查找。若是本县人士，上天入地也要把他找出来。"

鲜于嗣："若访得此人，本官不管他出身世族还是寒门，也定当荐他入朝。"——由于鲜于嗣耿直公正，作为郡中正的他本身又非世族出身，因而对寒士没有太多的偏见。

3

酒宴上的习惯，是把最重要的事放在最后来说。以刘放之尊位，亲口拜托刺使、太守和县令关照家眷，说明朝廷上肯定将有大事发生，让身为中书监和骠骑将军的刘放也担惊受怕。

是的，曹魏朝廷上确实隐藏着一个巨大的危险。

此时，正值三国后期，虽然距曹操之子曹丕篡汉仅二十六年（曹丕自立为帝是220年），但魏国当朝皇帝已是第三位君主曹芳了（第一任为曹操之子魏文帝曹丕，第二代是曹丕之子魏明帝曹叡）。景初三年（239），魏明帝曹叡病重，任命曹爽为大将军，都督中外诸军事；将太子曹芳交托给曹爽和司马懿，命令二人共同辅助年仅八岁的少主。起初，曹爽凡事皆与司马懿商议，不敢专行，司马懿亦以礼让之。后来曹爽身边聚拢了一批奸佞小人，如何晏、邓飏、李胜、丁谧等，怂恿曹爽专权，排挤司马懿。不久，曹爽听从亲信丁谧的计谋，尊司马懿为太傅，趁机削去司马懿的军权。同时晋升司马懿的亲信蒋济为太尉，趁机免去蒋济原执掌禁卫大权的领军将军一职，改命其二弟曹羲为中领军。另以曹训为武卫将军，统领禁军武卫营，曹彦为散骑常侍，曹爽兄弟于是完全掌握京师禁军；他的表弟夏侯玄则被任命为中护军，负责总统诸将。而何晏、邓飏、李胜、丁谧等也全被曹爽招为心腹，并担任朝中要职，丁谧、何晏、邓飏被封为尚书，且由何晏负责选拔官员；任用李胜为河南尹、毕轨为司隶校尉，控制京城内外权柄。《三国志·魏书九·诸夏侯曹传第九》载：

丁谧画策，使爽白天子，发诏转宣王为太傅，外以名号尊之，内欲令尚书奏事，先来由己，得制其轻重也。爽弟羲为中领军，训武卫将军，彦散骑常侍侍讲，其余诸弟，皆以列侯侍从，出入禁闼，贵宠莫盛焉。南阳何晏、邓飏、李胜、沛国丁谧、东平毕轨咸有声名，进趣於时，明帝以其浮华，皆抑黜之；及爽秉政，乃复进叙，任为腹心。

曹爽除了帝室之胄的身份外，德才都远逊于司马懿，军功更是没法与司马懿相提并论。为了让曹爽创建军功，正始五年（244），邓飏和李胜等人建议曹爽亲统大军征伐蜀汉。但经一年多苦战，死伤惨重，大败而归。

曹爽兵败西川，不仅不思己过，反而听从了何晏等人之谋，把郭太后迁到永宁宫，一时曹爽兄弟"专擅朝政，兄弟并掌禁兵，多树亲党，屡改制度"（《资治通鉴》卷七十五）。

司马懿见自己已完全被架空，于是居家养病，韬光养晦，等待良机，东山再起。

至此，曹爽集团与司马家族的矛盾已不可调和。这一点，没有谁比作为中书监的刘放更清楚，曹爽与司马懿摊牌是迟早的事。虽然曹爽大权在握，党羽众多，似乎胜算更大。但司马懿老谋深算，智慧过人，是个可与诸葛孔明比肩的政治军事天才，他虽然避居家中不闻政事，但那是一只伺机而动的雄狮，掩藏在草丛之中，没有必胜的把握时绝不轻易现身，一旦对手疏乎大意，被他抓住机会，定会奋然跃起，将对手一击毙命。

汉末以来，朝廷党争的腥风血雨令人胆寒，失败者往往惨遭夷族。

刘放在曹爽与司马懿两派之间，一直保持中立，但政治是无情的，身处中书监高位，早晚要选边站队，被迫作出抉择。一旦站错队伍，后果不堪设想。

更令刘放不安的是，其实他早已有意无意参与到曹氏和司马氏的矛盾中来了。《三国志·魏书·刘放传》载：

其年，帝（魏明帝曹叡）寝疾，欲以燕王宇为大将军……宇性恭良，陈诚固辞。帝引见放、资，入卧内，问曰："燕王正尔为？"放、资对曰："燕王实自知不堪大任故耳。"帝曰："曹爽可代宇不？"放，资因赞成之。又深陈宜速召太尉司马宣王，以纲维皇室。帝纳其言，即以黄纸授放作诏。放、资既出，帝意复变，诏止宣王勿使来。寻更见放、资曰："我自召太尉，而曹肇等反使吾止之，几败吾事！"命更为诏，帝独召爽与放、资惧受诏命，遂免宇、献、肇、朗官。太尉亦至，登床受诏，然后帝崩。齐王即位，以放、资决定大谋。

从这段话中可以看出。曹爽之任大将军是魏明帝征得刘放同意后作出的，而让司马懿与曹爽共辅幼主曹芳更是刘放主动推荐的。虽然刘放对曹爽、司马懿二人都有推举之恩，但也正是因此，才形成了曹爽与司马懿二虎争权的局面。因此二人也都有恨他的理由。

刘放感觉到，又一场残酷的内斗不可避免，而他作为中书监难以置身事外。为了家眷的安全，他决定把妻子儿女暂时送回远离洛阳的方城老家。毌丘俭、鲜于嗣、朱湛等都曾受过他的恩惠，相信即使朝廷有变，这三级地方长官也会对他的家眷提供很好的保护，尤其毌丘俭，是个豪侠信义之人，任何情况下都不可能做出背弃朋友之事。

4

毌丘俭和鲜于嗣在方城县衙留宿一夜，第二天便各回州、郡去了。

朱湛送走两位上司，立即遣数名衙役下乡，挨村挨户去探访《鹪鹩赋》的作者。同时在安阳河岸边那曾写下《鹪鹩赋》的沙滩上，插一高大木牌，上书："何方高士在此沙滩之上写下《鹪鹩赋》一文请到方城县衙面见朱县令必有重用。"

出乎朱湛意料，方城一百余村被衙役访个遍，也没有访到《鹪鹩赋》的作者。而安阳河岸边的木牌空树了一个月，也没有人到县衙来见县令。

朱湛无奈，只得给鲜于嗣写了封公函，以实相告。

鲜于嗣回函道：或许《鹪鹩赋》非凡人所书，而是仙人所作。那仙人或许已乘旋风升天了。故有神风扫奇文之怪事。

虽然太守和县令都准备放弃寻找那位民间高士，但此事在方城已家喻户晓，成为方城人街谈巷议的话题。不久之后，刘侯家一婢女小芸主动来到县衙，向朱县令提供了一条重要线索。小芸说《鹪鹩赋》的作者最有可能是安阳河边的那个名叫张华的放羊娃。朱湛问那放羊的多大年纪，小芸说："十五六岁的样子。"朱湛听此，大摇其头，说："别说一个十五六岁的放羊娃，就是三十五六岁的学子也写不出那么老到的文章。"

相府家人五品官，小芸虽然不过是刘放家的婢女，但却不惧县令，争辩道："我敢肯定就是那个放羊的写的。"

"你这样肯定，有什么根据呢？"朱湛问道。

"不用什么根据，您找到他一问便知。"

"哼哼，本官可不会被你一个小丫头支使得团团转，你还是回去吧。"

"肯定是张华写的。"

"请你拿出根据。"

朱湛坚持要小芸拿出根据，但小芸死活不肯讲出根据。

朱湛有些恼怒，道："你也就是刘府上的人，换了其他人，敢如此戏弄本官，本官岂肯轻饶。"

"哼！你们当官做老爷惯了，对穷人有偏见。"小芸说完，负气离去。

其实小芸认定《鹪鹩赋》是那个放羊娃所写是有充分根据的，只是不能把她的根据说出来。因为那会使她和她家小姐的名誉大受损害。

事情要回溯到去年盛夏。洛阳酷暑难耐，刘放的妻子带着女儿刘贞回方城刘侯庄园避暑。刘贞闲暇无事，便常带丫鬟小芸到刘府后边的安阳河边去捉蜻蜓。

小芸这丫头姓郭，名芸。据说是东汉将领郭汜之后，因郭汜胁迫天子，威逼圣上，时人皆称其为乱臣贼子，因而其后人不敢直言家事。这小芸，十三四岁年纪，身姿窈窕，面目清秀，尤其那一双杏眼，乌黑明亮，顾盼勾魂，望观夺魄。这小女子不仅形容姣好，且聪慧异常，机敏过人。她自幼陪伴在刘放的女儿刘贞身边，身份虽是侍女，与刘小姐却情同姐妹。刘放雅爱诗文，幸喜藏书，刘家书屋收集了经史子集等各类书籍上万卷。小芸陪小姐读书识字，刘贞对读书毫无兴趣，而小芸却嗜书如命，七八年下来，小姐没什么长进，丫鬟却学有所成，满腹诗书，一腔经纶。吟诗作赋，提笔成章。

这刘贞不仅文采不如小芸，相貌也不如自己的侍女。虽然她长得也有几分姿色，但在小芸面前便黯然失色。刘贞身材比较高大，而且体态丰腴。

刘贞、小芸二位妙龄少女，身着锦绣罗绮，在乡下已十分惹眼，而在旷野河边，更显得卓尔不群。

二人来到河边，很快被一只通体鲜红的蜻蜓所吸引。她俩追逐着蜻蜓跑到水边，那红蜻蜓竟然栖落在河水中一株慈姑上，碧绿的慈姑，嫩黄的花朵，鲜红的蜻蜓，共同倒映在清澈的河水中，构成了一幅精美绝伦的花鸟画。

刘贞对小芸说："小芸，快下水把那红蜻蜓捉住，把那枝慈姑也拔下来，我要把它养在咱卧室的鱼缸里。"

"小姐，这水不知有多深，我不会浮水……"

"咳，你看这水清澈见底，顶多到大腿根儿这么深……"

"可，可要是弄湿了衣服，太太若问起来，怎么回复？"

"就说……"刘贞思考着如何回答母亲可能的追问。

"咱可是背着太太偷偷跑出来的。"

"这里没人，要不你脱了裙子下去……"

"不，那多害羞呀。"

"这里又没别人，你害什么羞？"

"我怕水太凉。再说，我，我，我来事了，怕着凉。"

"瞎说。"刘贞道，"你什么时候来事我还不知道。看来我支使不动你了。好好，我自己来，以后你当主子，我给你当丫鬟……"刘贞说着脱掉鞋子就要下水。

"别，别，小姐，还是我来吧。"小芸见小姐要亲自下水捉蜻蜓采慈姑，赶紧脱了鞋。但她正要解开裙带时，却听背后有人说："小姐，使不得。"

刘贞、小芸赶紧转过头来，见芦苇丛后转出一个十四五岁的少年，这少年长得眉目清秀，举止文雅，眼神中透着一股聪慧之气。他手擎羊鞭，穿戴得十分破旧，一看便知是个乡村放羊娃。

刘贞、小芸赶紧穿上鞋子。

放羊娃很有礼貌地说："请恕我鲁莽，打搅两位淑媛。不是我有意失礼，实在是怕二位误入河中，遭遇危险。"

刘贞问："这河水清浅，深不过腰，有何危险？"

"小姐有所不知，这河水虽看似清浅，但这河底是由细沙铺成，踩下去便陷入其中。河水又如此湍急，不会浮水的人，一旦陷入沙中，被河水冲倒，便十分危险了。"

"你会浮水吗？"

"当然，我从小在这河边长大。请问小姐，有什么可为您效劳的吗？"

刘贞说："你看到那株慈姑了吗？"

"看到了，上面还落了一只红蜻蜓。"

刘贞说："对，这只红蜻蜓太漂亮了，我们就是追着这只红蜻蜓跑到这儿探的。你能帮我们逮住它吗？"

"恐怕不行。那蜻蜓机警得很，人未到跟前，它便飞了。"

"那慈姑花也很漂亮，要不你帮我们把那株慈姑从水中拔出来，种到我家的鱼缸里。"

"好的。"放羊娃说着，跳入河中，把那株正含苞初放的慈姑从河中连根拔出，并顺手掐了一片荷叶，包住根部，递给刘贞，刘贞没接，而是小芸伸手接过来。在二人交接的一刻，双手不经意碰到了一起。二人心里都如过电一般，颤了一下。

"要是能逮到那只红蜻蜓就好了。"刘贞有些遗憾地说。

放羊娃说："要逮只红蜻蜓也不难。"

"我们要活的。"小芸说，"不能伤害它。"

"嗯。如果二位小姐喜欢，明天我帮你们逮一只。"

"好哇，"刘贞道，"今天我们先把这慈姑赶紧拿回家种上，明天再来看你捕蜻蜓。你明天还在不在这里？"

"在。"放羊娃说，"我每天都在这安阳河边放羊。"

刘贞说完，和小芸匆匆回了家。

放羊娃望着小芸袅娜娉婷的身影，心中涌起一股莫名的狂喜与酸楚。

第二天，刘贞和小芸果然如约而至。放羊娃拿出一个用席篾编成的非常精巧的笼子，说："你们看，我给你们逮了好几只蜻蜓，有红的有绿的。"

小芸趁着接笼子的机会，二人的手又有意碰了一下。

刘贞看到笼内红红绿绿的蜻蜓十分欣喜，说："谢谢你！"

"不用客气。很荣幸能为小姐效劳。"

小芸问："你不是说蜻蜓很机警吗？你是怎么逮到它们的？"

放羊娃说："我用的是这个。"说着，他拿起地上的一根细细的柳棍儿，柳棍儿较细的一端挼成一个烙饼大小的环，环上铺着一张蜘蛛网。

"这怎么用？"小芸问。

"我告诉你，这样用。"说着，放羊娃演示起来。一只蜻蜓从河对岸飞来，就在它从放羊娃身边不远处飞过时，他迅速伸出柳棍儿，那蜻蜓正好撞在柳条儿围成的蜘蛛网上，被牢牢地粘在上面。

刘贞和小芸从小生活在深宅大院，哪里享受过这种农家乐趣，因而大为兴奋。争着抢过那根柳棍儿，试着自己来捕蜻蜓。

夏日河边，蜻蜓到处都有，刘贞、小芸很快捕了好几十只，把那小小的笼子都快装满了。直到天色将晚，二人才匆匆回了家。临行前，小芸问放羊娃："你这人真有意思，请问你叫什么名字？"

"本人姓张，名华字茂先。请问小姐芳名……"

"我家小姐叫……"小芸刚要说出刘贞姓名，刘贞在一旁干咳几声，小芸会意，说道："我家小姐金贵，芳名嘛就不告诉你了。我是侍女，可以把我的名字告诉你。我姓郭单名一个芸字，叫我小芸。"

"哦，小芸，这名字不错。"

"有什么不错的？"

"芸草不仅花朵艳丽，而且花与茎都可入药。它还叫母亲花。古时候当游子要远行时，就会先在北堂种芸草，希望母亲减轻对孩子的思念，忘却烦忧。《诗经·卫风·伯兮》里载：'焉得谖草，言树之背？'意思是，我到哪里弄到一株芸草啊，种在母亲堂前，忘记想念儿子带来的忧愁呢？因此，芸草也叫忘忧草。"

"天啊，没想到你懂得这么多。"小芸惊道。

第二天午睡过后，刘贞、小芸又来到安阳河边，却没发现放羊娃的身影。小芸不免觉得有些失落，而刘贞则绰起昨天放在这里的那个捕蜻蜓的柳棍儿，继续玩耍起来。

正在这时，小芸突然发现河边沙滩上写着一片清秀的文字。她暗念道：

安阳河边，偶遇一仙：其形也，翩若惊鸿，婉若游龙，荣曜秋菊，华茂春松。仿佛兮若轻云之蔽月，飘飖兮若流风之回雪。远而望之，皎若太阳升朝霞。迫而察之，灼若芙蕖出渌波。秾纤得衷，修短合度。肩若削成，腰如约素。延颈秀项，皓质呈露，芳泽无加，铅华弗御。云髻峨峨，修眉联娟，丹唇外朗，皓齿内鲜。明眸善睐，靥辅承权，瑰姿艳逸，仪静体闲。柔情绰态，媚于语言。奇服旷世，骨像应图。披罗衣之璀璨兮，珥瑶碧之华琚。戴金翠之首饰，缀明珠以耀躯。践远游之文履，曳雾绡之轻裾。采慈姑于清流兮，捕蜻蜓于河渠，情悦其淑美兮，恍恍惚而心怡。恨无良媒以接欢兮，托微波而通辞。若美人之有情兮，留佳作于此际。

这篇文字令小芸心中突突直跳。她想，这一定是那个叫张华的放羊娃写下的。虽然这篇文章百分之八十都是抄录文帝曹丕的《洛神赋》，但其中"采慈姑于清流兮，捕蜻蜓于河渠"却只有张华才能写得出。因为采慈姑捉蜻蜓这两件事只有他知道。可这个乡野放羊的孩子能有如此高深的文化吗？令她心跳的是最后四句"无良媒以接欢兮，托微波而通辞。若美人之有情兮，留佳作于此际"，这明显是在表达爱意，并希望得到回复啊……

小芸呆呆地想着。此时刘贞已捕了好几只蜻蜓，见小芸木雕泥塑一样，走过来问："写的是什么呀，让你这么出神。"说完也默念起来。最后惊道："天啊！这一定是那个张华写的，看来他爱上你了。把你当成洛神了。"

小芸羞红了脸说："不，他爱上的是小姐。"

"不可能。你看，'秾纤得衷，修短合度。肩若削成，腰如约素'这分明是写你的，这说的就是你嘛。"刘贞道。

"您看这几句，'奇服旷世，骨像应图。披罗衣之璀璨兮，珥瑶碧之华琚。戴金翠之首饰，缀明珠以耀躯'这分明说的是小姐嘛。我哪有瑶碧之华琚呀，也没有金翠和明珠呀。"小芸争辩道。

"不管他爱上谁，都是癞蛤蟆想吃天鹅肉。难道你想嫁个放羊的？"

"放羊的怎么啦。世上许多英雄都出身贫寒。刘邦、张良……"

"看来你也爱上他了？"

"爱倒谈不上，我倒是挺佩服他的。一个放羊的，温文尔雅，知书达理，心灵手巧，知道那么多知识。比京城里那些脑满肠肥的官二代少爷羔子强多了。"

"我怎么没看出他有多大的文采。这篇文章虽美，但差不多是文帝《感甄赋》的原句。"

"但最后这几句改写得多到位呀。能够这么巧妙地改动文帝的文章，足见其才情之高。"

"看来你真是喜欢上他了，既然这样，若不嫌一个放羊娃身份低贱，你以后就'若美人之有情兮，留佳作于此际'吧。唉，这小子，也真色胆包天，俗话说，相府家人五品官，一个放羊的，竟然敢打起相府家侍女的主意，简直不知天高地厚。"

这张华与小芸都正值青春，刘贞真的怕他们弄出点动静来，丢了侯府的脸面，从此再也不带小芸到安阳河边来了。

近日，朱知县在全县寻找那个在安阳河岸边写下《鹪鹩赋》的作者，消息传到刘侯庄园。小芸一听，就断定那妙文一定是放羊娃张华所写，因而来到县衙，告知那作者的身份姓名。但若说出与张华那段交往的过程，就有辱侯府名声了。

朱县令虽然不大相信这样的文章会出自一个放羊娃之手，但侯府侍女既然信誓旦旦，他也不得不派县尉带人亲自查访一番。

县尉已在方城县域内挨村挨户探访一遍，毫无结果。如今听知县说那乡野高人有可能是个放羊娃，觉得不可思议，他不愿遭人戏耍，立即回复道："启禀知县大人，若那奇文为放羊娃所写，我想他经常在河滩放羊，咱树在那里的告示他应该早已看到了，如此一个改变身份的机会他岂能放过呢？再说，一个放羊的穷孩子，那么高深的文化从哪儿来的？咱若被别人当猴耍了，费力的是我，丢脸的可是您呀。"

"若非刘相国府上侍女前来禀报，我也不会相信一个放羊娃有如此文才。我想，最后再麻烦你一趟，若再无结果，我就回复鲜于太守，查无此人。让他彻底死了心吧。"

县尉无奈，只得领命而去。

5

县尉的两个问题还真是个问题。

首先说张华的文才从哪儿来的。

这张华，据《晋书·张华传》载："张华，字茂先，范阳方城人也。父平，魏渔阳郡守。华少孤贫，自牧羊……华学业优博，辞藻温丽，朗赡多通，图纬方伎之书莫不详览。少自修谨，造次必以礼度。勇于赴义，笃于周急。器识弘旷，时人罕能测之。初未知名，著《鹪鹩赋》以自寄。"

张华乃张良之后。父张平，曾官至渔阳太守，但任职不到半年，便英年早逝。张平虽在官场混迹多年，但因清廉自守，家中并无多少积蓄。由于张平喜读书，薪资所余，便都用在购买书籍上。因而至其病逝，唯余一妻一子二女一所宅院，几十亩薄田而已。张华为长兄，下有二妹，大妹张倩，小妹张菁。张平之妻焦氏，贞淑贤德，誓不再醮。把夫君所遗书卷视若珍宝，虽穷愁潦倒，而不忍出售一册。焦氏又颇通文字，闲时便教导子女读书识字。张华天禀异常，过目成诵，手不释卷，日夜研读。十二三岁时，便已将家父藏书中的精华——经史子集——阅览了一遍，并铭记在心。

张家由于缺少劳力，家境日贫。张华是张家唯一的男人，见家里的日子一天不如一天，十分焦急，但他年幼体弱，不堪耕作之苦，所以无力帮助母亲改善家境。

时值三国后期，自东汉末年张角举事，天下大乱，军阀混战。百余年间，百姓多死于战乱。东汉桓帝永寿二年（156），全国人口5648万，至三国魏元帝时（265），人口仅余767万。就是说，在一百年内，全国人口减少了百分之八十。所以，当时各地都有大量无主的土地荒芜闲置，因而缺少的不是土地而是能够耕作的劳动力。

张华很快想出了一个既能让家境好转，又不影响自己读书的好方法——发展畜牧业，放养牛羊。

张华做出这一决定充分显示了他在经济上的天赋。因为对他来讲，放牧牛羊具有得天独厚的优越条件。首先是荒地甚多，荒芜的土地上遍地杂草，尤其是安阳河两岸，更是水草丰美，是个天然的公共牧场。河滩上人烟稀少，将牛羊向河岸一赶，便可以边坐在河堤上读书，边看顾自己的牛羊。

张华十岁那年便开始了放羊娃的生涯。后来，他还别出心裁地把自家的两只狗驯化成了牧羊犬，如此一来，他更可以边放牧边安心读书了。

张华的文才大多来自自家的藏书，但一些庞杂的知识则来自他的师傅——河疯子。

这河疯子姓甚名谁无人知晓。安阳河两岸的百姓只记得很早的时候就有一个又疯又瘸的老人孤独地生活在安阳河畔，他是什么时候来的，已无人记得，在人们的意识中，他好像是与安阳河与生俱来的一样，人们无法想象一个没有河疯子出没的安阳河会是什么样子。许多年来，似乎他的年岁也没见增长，几十年如一日，跛腿跷足，蓬头垢面地出没在安阳河边。他的住处，是借着安阳河南堤掏成的一个土洞。除了一个用于煮饭的瓦罐外，他身无长物。

平时，河疯子以捕鱼为生，他的捕鱼方法很特别，此前还没人见到过这种捕鱼方法。他用麻绳将芦苇编成稀疏的苇帘。将苇帘像栅栏一样插到河边淤泥中，形成一个迷魂阵。鱼儿们顺着两侧的苇帘往前游，最后从一个很狭窄的网口游进一个封闭的狭小水域，一旦游到这里，以鱼类的智慧再难找到出口，因而这狭小的水域里鱼儿便越聚越多。捕鱼者只要将网口一封，便可满载而归。靠着这个迷魂阵，河疯子每天便可以优哉游哉，衣食无忧了。

无所事事的河疯子每天除了沿河赏景，便是自己跟自己下棋。一旦下起棋来便十分投入，似乎真有一个对手似的，口中念念有词。"该你下了。嗯，这一着儿'靠'下得好，想'挖断'我。然后跟我'打劫'，我早料到你这手了，你看看，我右边这颗子正好'引征'……"

每当他自己扮演的一方赢了，他都会手舞足蹈，哈哈大笑。这也是人们认为他是个疯子的一个重要原因。

河疯子从不与任何成年人来往，甚至不与任何人搭话，但他为人和善，非常喜欢小孩儿，他制作的烤泥鳅和用瓦罐煲的鱼非常鲜美，邻近的小孩儿经常光顾他的土洞，讨要烤泥鳅和瓦罐煲鱼。张华从小喜欢读书，很少出门。因而尽管他家与河疯子的土洞离得不太远，只有二三里地，他却从未接触过河疯子。

那天，张华把羊群赶到河滩上，便埋头看起书来。这册书是他父亲张平亲手抄写在茅草纸上的《道德经》。

张华看得聚精会神，早已忘了时间。忽听背后有人说道："你的羊呢？"

张华听此，突然醒过神来。见说话的人蓬头垢面，他想这一定就是人们传说的那个河疯子。他回头向河滩望去，果然不见了自己的羊群。

"把羊放丢了，看你回家怎么交差。"河疯子说。

"丢不了。"张华说着，将手指放入口中，用力一吹，立即发出尖厉的哨声。只听远方传来"汪汪"几声狗吠，不一会儿，两只黄狗便撵着羊群从远处跑来。

河疯子看罢，笑道："好，好小子。"

张华站起身，但因为坐得太久了，腹中又有些饥饿，猝然起身，不觉一阵晕眩，踉踉跄跄差点儿摔倒。

河疯子见状，赶紧上前扶了他一把。说："孩子，你饿了吧。来，我送你点儿吃的。"说着，把张华拉到自己的土洞前。拿出他刚刚做好的瓦罐煲鱼，递给张华。

张华没想到，这个河疯子一点儿都不疯。他接过瓦罐煲鱼，说道："谢谢爷爷。俗话说，无功受禄寝食难安，我与您素昧平生，初次相见便受美食之馈，何以敢当。"

河疯子听这孩子出言如此文雅有礼，心中更是喜爱，笑道："不用客气，不用客气。"

"请问爷爷您尊姓……"

"人们都叫我河疯子，你就叫我河爷爷吧。"

"哦，谢谢河爷爷。"

河疯子看张华吃得香甜，笑着问："我这瓦罐煲鱼好吃吧？"

"好吃，好吃，太香了。"

"以后放羊的时候，饿了就来我这里吃煲鱼。"

"今天因为看书忘了时间，肚子太饿了，所以不揣冒昧，前来打搅。我天天在这河边放羊，哪能总来叨扰您呢。"

"这话就见外了……"河疯子说。

张华接着说道："再说，您也很不富裕……"

"你是说我穷是吧。"河疯子说，"我虽身无余财，但鱼虾却有的是。俗话说，老天饿不死瞎眼的雀儿。我虽年老，腿瘸，但老天爷却对我十分眷顾，你看到河中的迷魂阵了吧，只靠那几片苇帘，河中鱼虾任我取拿。"

"用迷魂阵捕鱼真是了不起的发明。"张华道。

"所以，以后饿了，就来爷爷这里吃鱼。"

"河爷爷，您为什么对我这么好？"

"因为，因为你像我一样聪明，咱俩都不是凡人呢。"

"我一个放羊的怎么会不是凡人？"

"一个能将狗训练成牧羊犬的放羊娃，一定聪明过人。而一个看《道德经》的放羊娃将来更不会是凡人呢。"河疯子笑道，"《道德经》你能看懂吗？"

"能呀。我觉得老子说的话很明白浅显，没什么不好理解的。反倒是孔子、孟子的话有些令人莫名其妙。"

"这么说你把《论语》《孟子》也读过了？"

"嗯，《易》、《书》、《诗》、"春秋"三传、《礼记》、《仪礼》、《周礼》我都读过了。"

"天啊，怪不得你如此谦恭尔雅。我说你非凡人，果然没有说错。"

"您过奖了。我之所以喜欢读书，是因为好奇心重，对世界上的事都想知道一二……"

"好啦，遇上我河疯子实在是你的幸运，也是我的幸运，以后你没事常来向我讨教，你一定会大有所获。"

一老一小直聊到天色将晚。只听远方有喊声沿着河道传来："小华，回家吃饭了。"张华听出是母亲的声音，于是匆匆告别河疯子，赶着羊群回了家。

6

张华将今天与河疯子相遇的经过告诉母亲，母亲说："那个疯老头儿孤苦伶仃怪可怜的，你怎么能白吃人家的东西。"

"妈，我告诉您吧，他不疯，不仅不疯，而且很可能是个世外高人呢。"

"这么多年了，人们都说他是个疯子，怎么会是世外高人？正常人哪有自己天天跟自己下棋的。"母亲道，"明天是端午节了，你给老头儿送几个粽子去。"

第二天午后，张华按照母亲的吩咐，提了半篮儿粽子来到河疯子的洞口。只听洞中传来河疯子的声音："提'劫'，您找不到我的'劫'了，您的大龙被我吃了，呵呵，屈老先生啊，这盘棋您输了，哈哈，哈哈哈哈……"张华走入洞中，河疯子正像个孩子一样躺在铺满柴草的地上，边打滚边哈哈大笑。他过于得意忘形了，连张华走进洞里，来到他的身边他都没有察觉。

"河爷爷……"张华小声叫道。

河疯子听到说话声，才发现自己身边站着一个人。他起身打量了一下，说道："小华，是你？"

"是我。河爷爷，今天您知道是什么日子吗？"

"知道，端午节。"

"您刚才说这盘棋您赢了，您在跟谁下棋？这里不是只有您自己吗？"

"唔，今天是端午节，我特邀屈原老先生跟我对弈一局，结果我赢了。"

张华听了这话觉得河疯子跟昨天判若两人，确实是满嘴疯话。他想，这老人家是不是间歇性疯癫症患者呢？

河疯子问："你怎么来了？你的羊呢？"

"我娘说，您孤身一人，一定不会包粽子，所以让我给您送几个粽子，我的羊群在河滩上，大黄二黄看着呢。"

河疯子也不客气，剥开一个粽子便吃了起来。

趁着河疯子吃粽子，张华扫视了一眼这个土窑，里面空空如也，并没有看到任何棋具。他问道："河爷爷，您说刚才您跟屈子下棋，您的棋在哪儿呢？"

河疯子指指自己的心口，说："在心里。我早已不需要棋盘棋子了，只需在心里下盲棋。"

"您下的是什么棋？"

"围棋。"

"围棋？"

"围棋什么样儿？"张华问。

"唔？你还没见过围棋吗？"河疯子问。

张华摇摇头。

"正好，我这里还有一副围棋，就在墙壁上的那个小洞里。你掏出来看一看。"

张华按照河疯子的指点从墙壁的小洞中掏出一个布袋，打开布袋，里边是两个精致的木盒，打开木盒，发现其中的一个盒子里装的是满满一盒手指肚儿大小的圆圆的黑色玉石，另一盒里则是白色玉石。

"您下棋不是不用棋盘和棋子吗？"张华问。

"是啊，我已经三十年没用过它了。不过它是我的老师赠给我的，我必须好好保存。"

"您的老师？"

"是啊，就是汉末大儒卢植卢子干先生啊。"

"天啊，这么说您跟刘玄德、公孙瓒是同窗？"

"对对对。那是我的两个师兄？"

张华听此，更觉得此人不可思议。于是继续问道："卢老先生文武双全，门下弟子多英豪，您怎么如此落魄？"

"哈哈……"河疯子听后大笑道，"幸亏我不是英雄豪杰，你今天才能见到我。我正因为落魄，才苟全性命于乱世。你认为的那些豪杰，比如公孙瓒、刘玄德而今安在哉？你虽熟读老庄，但仍未谙老庄之道呀。请你背背，庄子《逍遥游》中惠子对庄子是怎么说的？"

"惠子谓庄子曰：'吾有大树，人谓之樗。其大本臃肿而不中绳墨，其小枝卷曲而不中规矩，立之涂，匠人不顾……'"

"嗯。庄子是怎么回答的？"

"庄子曰：'子独不见狸狌乎？卑身而伏，以候敖者；东西跳梁，不辟高下；中于机辟，死于罔罟。今子有大树，患其无用，何不树之于无何有之乡，广莫之野，彷徨乎无为其侧，逍遥乎寝卧其下。不夭斤斧，物无害者，无所可用，安所困苦哉！'"

河疯子笑道："对呀。刘玄德、公孙瓒者，狸狌者也，皆'中于机辟，死于罔罟'，鄙人者，樗树者也。某不正是'树之于无何有之乡，广莫之野，彷徨乎无为其侧，逍遥乎寝卧其下。不夭斤斧，物无害者，无所可用，安所困苦哉'吗？"

张华想想，对呀，这疯老汉的状态不正是庄子所推崇的吗？但他想了想又问："可您是卢植弟子，不是道家门生而是儒家学者，儒家讲的是修齐治平。当天下大乱之时，儒者当挺身而出匡正天下呀。"

"你仅知其一，而未知其二。"河疯子道，"独不闻孔子曰：邦有道，则仕；邦无道，则可卷而怀之。请问，是谁导致了汉末天下大乱的？当然是朝廷，正因为外戚与宦官祸乱朝纲，才致黄巾举事，董、曹专权。邦无道矣，吾卷而怀之，退隐山林，正是儒者所当为。"

"可是您的老师和师兄们为什么都没有卷而怀之，而是走上了勤王救国的战场？"

"呵呵。人各有志，不可强求。再者，我虽拜于卢子干门下，但并没有好好研习经学，唯痴迷于棋艺。卢先生奉行孔夫子的'因材施教'，知我志趣所在，并不强令我研修经典。他说，若能得弈秋之技，也算一种成功呀。恩师为此赠我这套棋具，鼓励我在弈技上能有所建树。光和七年（184），卢先生奉命征讨黄巾军，卢门弟子皆披坚执锐随师出征，唯有我，因为身体残疾而不能随行。此后，我携纹枰闯荡天下。幸遇江东孙伯符，善弈，招某于其门下，诲其棋艺。伯符棋艺日精，后来，他与著名围棋高手吕范对弈，竟然下出了一盘传世名局。"（《孙策诏吕范弈棋局》谱是中国流传至今的最早的古棋谱之一）

"我在东吴所收的另一弟子名叫严武，极具围棋天赋。"河疯子说。

张华问："您既然当上了孙策的老师，怎么没有一直在江东待下去？"

"孙伯符去世后，其弟仲谋执掌江东，但仲谋不喜弈棋，我不能无功受禄，更不愿吃嗟来之食，因而离开江东回到故乡。"

张华听着这个老人的讲述，对他越来越敬佩了。原来这被人称为疯子的老人，竟然有这么不平凡的身世和经历，而且还是世上顶尖的围棋高手。

"看您对围棋如此痴迷，这里面有什么奥妙？"张华问。

"呵呵，孩子，别看这围棋看似简单，只有黑白两种棋子，但其奥妙无穷啊。"河疯子谈起围棋，精神越来越振奋，"你看这黑白两子，那是一阴一阳，阳是乾，阴是坤，它代表的是乾坤是世界是宇宙。真可谓围奁象天，方局法地。方目无斜，直道不曲。围棋大师弈棋之时，真如建将军，布将士，列两阵，驱双轨。游荡于阴阳之内，徘徊于虚实之间，乾坤之震荡，宇宙之运转尽在掌握之中矣。君子以之游神，先达以之安思。尽有戏之要道，穷情理之奥秘。"

"下棋真的这么有趣吗？"

"当然了。"

"您能不能教教我呀？"

"看你这么聪明睿智，你这个弟子我教定了。"

河疯子说完，摆好棋盘，手把手地教张华下起棋来。

张华越学越上瘾，直到天色将晚，洞中阴暗看不清经纬方罢。

"你的悟性很高，将来必定成为一代棋王。"河疯子说，"你回去吧，不然你娘该着急了。你只要在这河滩放羊，我有的是时间教你。"

张华站起身，望了望空空荡荡的土洞，说："您应该改变您的生活。"

"改变？怎么改变？"

"比如，您那迷魂阵每天都能捕到许多鱼，可您只拣自己喜欢吃的捞起来，其他又都放了生。您如果将那吃不了的鱼弄到市上去卖，卖了钱，您就可以……"

"我就可以买身好衣服。"

"对。"

"盖所新房子。"

"对对。"

"置一片田产。"

"对对对。"

"钱再多呢。就不用自己亲自劳作，雇人为我种田。"

"嗯。你偌大年纪，真的应该好好歇息歇息了。"

"然后我就优哉游哉，每天赏赏风景，河边钓钓鱼，找人下下棋……"

"对呀，老年人就应该这样。"

"哈哈……我现在过的不正是这样的日子吗？你让我转了一大圈，又回到原点。唉，这正是凡人的误区呀。"河疯子道。

张华想想，也是啊，老人家现在过的正是这样的日子啊。

河疯子继续说："而且我的日子，比你说的那种日子还要美。"

张华不解地望着他。

他说："你看，我根本不用钓鱼，鱼儿自动入我网中；虽然没人跟我下棋——在当世也根本没有我的对手——但我可以凭借想象跟任何高手下棋，可以说达到了无侍于物的状态。我若按你说的，捕鱼，卖鱼，发财致富，我还是我吗？而且我这孤老头子一旦有了钱，还能安稳地睡在这里吗？恐怕早就被人谋财害命了。你知道六十年前咱这里有多少有钱的人家？他们现在在哪儿？都被战乱弄得家破人亡了。"

"我发现，您不仅不疯，而且是个学问高深并身怀绝技的高士。可您终身隐居于此，您的学问不是白白浪费了吗？"

"学问怎么会浪费呢？学问有两种用途，用于外，可以治国安邦，名垂青史；用于内，则可以养性修身，彻悟人生，通达天理，摆脱世间一切烦恼，与天地浑一，百害不侵。你看我，一百一十六岁了，身板仍然硬朗，没有豁达胸怀，看透世间一切的智慧，能这样吗？"

7

河疯子这个怪异的老人令张华十分着迷。此后，他每天都把羊群赶到河滩边，让两只狗负责看护，然后便跟河疯子学棋。

河疯子说："别看围棋只是简单的黑白之别，但棋中有象，棋中有理，棋中有道。要想成为顶尖高手，一要戒贪，贪心太重，总想'吃'棋，往往输得会很惨；二要戒躁，一个性情急躁的人，是不能成为围棋高手的；三要明白舍得之理。只有适当地舍，才有最大的得。故棋虽小道，品德致贵。"

张华聪敏睿智，在河疯子的指导下，棋艺进展神速。不到一年的时间，他已能够在师傅让二子的情况下跟师傅下个平手了。

第二年，随着天气转暖，二人经常把棋盘摆到河边柳荫下。古柳新枝，一老一少席地对弈，那简直就是一幅高士图。

这爷儿俩，虽然是师徒关系，年龄相差百岁，但下起棋来，却是谁也不让谁，经常争得面红耳赤，有时因为一方悔棋，一方不许，而不欢而散，甚至一两天谁也不理谁，但等不到第三天，一定又会凑到一起。

河疯子不仅棋艺精湛，而且十分博学。他出于名师之门，博览群书，又用大半生时间走南闯北，足迹遍于华夏，因而他不仅精通经史子集，而且熟知各地野史、风俗、俚语、趣闻、逸事，而张华好奇心非常强，因而除了下棋，他还经常缠着河疯子给他讲各地的民俗故事。因而，经常看到，二人下棋下累了，河疯子脱下夹袄，一边捉虱子一边给他讲故事。

"俗话说，十里不同俗，中国之大，风俗真是五花八门。你听说过吗？越国的东面有个叫辄休的国家，那里的人生出第一个婴儿，就开膛剖肚地拿来吃掉，说这样能使今后多生儿子。一旦父亲死了，他们就把母亲背到野外去扔掉，说是不能同鬼的老婆住在一起。"

"您听谁说的？这也太不近情理了吧。"

"我在吴越遍访围棋高手时，听当地人说的。"河疯子说，"我开始也不信，不过后来想想，这事或许是真的。"

"为什么？"

"你想，兄弟从长至幼排名怎么称呼？不是孟、仲、叔、季吗？"

"对呀。"

"何为孟？孟字怎么写？不就是一个子字下一个'皿'字吗？这个字的意思就是把孩子放到锅上去蒸。可能咱古人真是把第一个孩子蒸吃掉的。而辄休国不过是保留了远古遗风而已。"

张华听了河疯子的解释觉得似乎很有道理。问道："您还有什么故事？"

"我听说蜀地西南的高山上，有一种怪物，长相跟猕猴差不多，能像人一样站立行走，人们管它们叫猴獿，又名马化。它们窥伺走在路上的妇女，有长得漂亮的，就劫走。这怪物能辨别男女的气味，所以只偷取女人，不要男人。劫走女子后就作为自己的老婆，那些年轻女子便终身不能回家。十年之后，这些女子形体上都变得像猴，心理也被迷惑，不再想回家了。如果生下孩子，猴獿就将其母子一起送回家，生下的孩子都像人。等孩子长大后，跟人没什么两样，都姓杨。因此蜀地西部边界的人说姓杨的大多是猴獿、马化的子孙，这些人往往有像猴獿一样的手爪。"

"您再讲一个故事。"

"汉武帝时，西海国有人献上五两胶，武帝把它交给了外库。剩下半两，西使佩着随身携带。后来跟随武帝在甘泉宫打猎时，武帝的弓弦断了，随从正准备重新绷上新弦，西使走上前去，请求用送剩下来的胶来把弦接好，在场的所有人无不感到奇怪。西使接着用口水湿润粘胶，涂在断弦的两头，然后把断弦连接起来，再涂粘胶，这样，断弦就接起来了。武帝派了两个大力士各拉一头，弦怎么也拉不断。西使说：现在可以用这弦来射了。结果射了一整天也没断过弦，武帝大为震惊，手下人也都称奇。从此这种胶被称为续弦胶。"

……

河疯子肚子里的故事讲了两年也没有讲完。张华记忆力惊人，他把河疯子讲的每个故事都牢记在心。每每回家把这些故事讲给母亲、妹妹听，她们也都特别感兴趣。母亲由此也对这个疯老汉越来越敬重，每当家里做好吃的，便让张华给老人送去一份。河疯子的衣服破了，张华经常拿回家来让母亲给他缝补。

河疯子的言行深深地影响了少年张华，尤其他所奉行的老庄无为无功无名无己的道家哲学，更令他痴迷。渐渐地他把自己多年来阅读的儒家经典都抛在了脑后。终于，他写出了一篇颇具老庄意韵的妙文——《鹪鹩赋》，当他在沙滩上将自己的文章书写给河疯子时，疯老汉看后说道："神来之笔呀。你应该把它抄写在绢上或纸上。"

"为什么？"张华问。

"写在这里，一阵风一场雨就完全泅没了，抄写在纸上，呈给官僚或名士，你可凭它一举成名。"

"呵呵。文章本是无中生有，它既起于无，还是让它随风飘散复归于无吧。"河疯子听后，哈哈大笑，道："孩子，你已得道家之精髓矣！"

8

令河疯子和张华没有想到的是，这书写在大地上的妙文竟然被毌丘俭、鲜于嗣、朱湛无意中看到了。县尉按照刘府使女郭芸的指点直接找到了张华家。

张华母亲听县尉说明来意，道："这孩子倒是认识些字，读过些书，但能否写出那么好的文章，我可不敢说。"

"你儿子张华在哪儿呢？我马上去见他，亲自跟他谈谈。"

"他就在安阳河河滩上放羊呢。您知道河疯子吧？找到河疯子就找到我儿子了，他整天跟那疯子在一起。"

"好吧。"县尉说完，骑上马转身离去，临出院门，回头对张华母亲说，"这位大嫂，要是你儿子真有那么大的本事，可就光宗耀祖了，您也不用在这儿种地耕田受苦累了。"

"咳！我可没想大富大贵，只要一家平平安安就好了。"

县尉顺着安阳河向上游行来。不一会儿，正碰上赶着羊群顺河道回家的张华。县尉打马过来，两只牧羊的黄狗冲着县尉的马狂吠。县尉勒住马缰，端坐马上，居高临下问："你是叫张华吗？"

"是的。"

"一个月前，河滩沙地上曾有人写下一篇《鹪鹩赋》，毌丘刺使和鲜于太守对它很感兴趣，着令朱县令查找此文作者，鲜于太守认为此作者当属上品，作为本郡中正，他要向朝廷举荐，据刘侯家的使女小芸说，那文章是你写的。这是真的吗？"

"闲来戏作一篇小文，不值一哂。"

"唔，这么说那篇文章真是你写的了。"县尉跳下马来说，"如此，你跟我到县衙走一趟，面见朱县令。"

"既然县太爷有令，小民怎敢不遵，但今日天色已晚，在下还要将羊群赶回家去。县尉大人请回，明天一早，我再登门拜望县令大人。"

"嗯，也好。"县尉说，"没想到你小子一个放羊的还有这般才能。为了找你，我已磨破了两双鞋子，你小子以后荣华富贵了，可别忘了我呀。"

"呵呵，什么荣华？什么富贵？那是俗人才看中的东西。我视荣华如粪土，富贵于我如浮云啊。"

县尉回到县衙报告，找到了小芸说的那个放羊娃。

"他姓什么叫什么？"朱湛问。

"姓张名华，字茂先。"

"怎么没把他带来？"

"他说今天天色已晚，明天一早便来拜望您。"

"终于找到他了，这下可以向鲜于太守交差了。"朱湛说。

"只是不知道他是真作者还是假作者啊。不排除他是抄的别人的文章呀。"

"即使是抄的别人的，他能说出从哪里抄的，不是也能找到真作者吗？"朱县令说，"他还跟你说了什么？"

"我对他说，你小子以后荣华富贵了，可别忘了我。您知道这小子怎么说？"

"他是怎么说的？"

"他说，什么荣华？什么富贵？那是俗人才看中的东西。我视荣华如粪土，富贵于我如浮云。"

"他真是这么说的？"

"一字不差。"

"那这《鹪鹩赋》的作者定然是他了。"朱湛喜道。

"大人何以言之？"

"这言词跟《鹪鹩赋》如出一辙呀。"朱湛说，"我方城出了个大才子，于本县令脸上也有光啊。"

9

张华刚走进家门，母亲便从屋里走出来，笑道："小华，那个县尉找到你了吗？"

"我见到他了。"

"天啊！你可有出头之日了。"

"县尉说鲜于太守想向朝廷举荐我。"

"是啊，他跟我也是这么说的，刺使和太守大人都想保举你呢。一旦保举成功，你就是上品人了，而且授官不下七品……"

"娘，我不想做什么上品人，也不想入朝当官。"

"那你想干什么？"

正在这时，大妹妹张倩手里拎着一只烧鸡、一块生肉和一壶老酒走进院子，喊道："哥，今天要好好给你庆贺庆贺。"

"你瞎说什么。娘，咱进屋去说，别让外人听了笑话。"

"这怎么会是笑话，这是长脸的大好事啊。"娘说，"街坊邻居都知道了。我让人给你姥姥家送信儿了，明天你舅舅一定会来，咱一起高兴高兴。"

"哎呀，您怎么弄这么大动静，这事最后怎么收场啊。"张华说完，搀扶着母亲进了屋，坐在炕沿上，拉着母亲的手说，"娘，我真的不想当什么官儿。"

"那你想干什么？放一辈子羊？"

"嗯，在这安阳河边待一辈子，永远陪伴在您身边，侍候您，孝敬您。"

"别说傻话了。只有当官才能发财，只有发财才能更好地孝敬我。"

"官场是那么好混的吗？您看这些年来，官场上有几个贤臣良将有好下场的？"

"你不想做官，不想出人头地，你读那么多书有什么用？县尉说刺史和太守包括中书监刘大人都对你的文章刮目相看，这说明你的书没有白读，娘没白在你身上费心费力。你长那么大学问就为了放羊呀？"

"放羊有什么不好？您看，河爷爷每天生活得多么快乐。"

"他那是人过的日子吗？他疯你也疯呀？"娘说到这里向女儿吩咐道，"小菁，你把肉剁成馅儿，到地里再割点儿韭菜择择切切，小倩你和面，要和软点。晚上咱包饺子。"

正在这时，独眼马三爷、刘婶儿带着十几个街坊邻居拥进院子。

马三爷一进院就大声吆喝道："我的眼力错不了，我早就说过吧，小华这孩子不是凡人。"

张华和娘听到马三爷的声音，赶紧迎出门去。张华向众人道："三爷爷，大娘，大婶，快屋里坐。"

刘婶儿对张华娘道："他大娘，你的苦日子可快到头了。"

"这还不是托街坊邻居的福。"张华娘道，"小华他爹过世后，我们刚回到村里的时候，多亏了大家帮忙。要不是年年三叔帮我们犁地，我们哪儿种得上庄稼。"

马三爷道："小华成了上品人物了，我也没白受累。小华呀，你可是我看着光屁股长大的，以后当了大官，可别装大，不认你三爷爷。告诉你说，骡子大了、马大了值钱，人大了可不值钱。"

"是是是，三爷爷对我们家的帮助我永远铭记于心。"

刘婶儿问张华娘："他大娘，去年帮你家割谷子的时候，我不是说想把我娘家侄女给小华说说，你还记得吗？"

"记得记得。"

"你看，这小华一成了人物我倒不好意思提了，好像我们高攀似的。你说这媒我还提不提？"

没等张华娘回答，马三爷便替人拒绝了："刘德家的，你怎么这么没眼力见儿。人家小华马上就要被举荐到朝廷成为上品人物了，咱种地的那是下品，你侄女跟人家般配吗？一个柴火妞儿也想当官太太？你现在逼问小华的妈，你让人家怎么答复你？"

马三爷在村中地位最尊，所以对刘婶儿说话毫不客气。

马三爷继续说："小华呀，以后当了官，别忘了乡亲们，有空儿的时候回来看看大家，我们就知足了。咱方城是块宝地，这块宝地出人物，远有韩婴，今有刘放，以后就看你的了。"

大妹张倩对母亲说道："娘，面和好了，肉也剁好了。您把馅儿调好，我和小菁包。"

张华娘对大家道："大家别走了，一会儿都在我家吃饺子吧。"

刘婶儿道："今天不了。小华走的时候你得好好弄几桌，我们一起来庆贺。"说着众人离去。

马三爷刚要走，刘婶儿回头说："三叔，您就别走了，张家这么大的事又没个主事儿的老爷们儿，您得帮着参谋参谋。"

张华娘也道："是啊，三叔，难得您这么高兴，就留下来喝两盅。"

马三爷也不客气："是，我看小倩打回酒来了，我得喝杯小华的喜酒。"

马三爷饺子就酒，与张华一家人围桌就坐，边喝边聊。

张华娘指着张华对马三爷道："三叔，您得帮我劝劝这孩子。"

"劝什么？有什么可劝的？"

"唉！气死我了。"张华娘道，"太守要举荐他入朝，这么天大的好事，他竟然不想去。"

"啊？不会吧。"马三爷说，"这天下掉馅饼的事还有人不愿意接着？小华，是真的吗？你脑子是不是出毛病了？"

"三爷爷，我不认为这是什么好事。"

"怎么会不是好事？九品官人制，就是把人分成三六九等，种地放羊都是下品，你一旦被举荐，就是上品人物了。我们不识文断字，只能永远做下等人，那是没办法。你饱读诗书，文章写得又好，难道愿意永远做下等人？"

"种地放羊有什么不好？您看我这几年光凭放羊，家境就一年比一年好。"

"没出息。"娘说，"你爹临死前最不放心的就是你，他拉着我的手说：'一定要好好培养小华，让他好好读书，出人头地，别给祖宗丢人现眼'，你非要放一辈子羊种一辈子地给祖宗丢脸吗？"

"娘，放羊种地有什么丢脸的？诸葛孔明不也躬耕垄亩吗？您看那河爷爷，每天多么快哉。"

"你说的是那个河疯子？"马三爷问。

张华娘说："就是他，这几年他跟那怪人学怪了。"

马三爷说："你怎么能跟个疯子学呢。"

张华说："您不知道。河爷爷才是真正大彻大悟的至人、神人。"

马三爷呷了口酒，不屑地说："你看你说的，他不就一个疯子吗？人们连理都不愿理他。"

"因为常人远远达不到他的境界。老子说，至人无己圣人无功神人无名……"

张华娘道："你肚子里墨水多了，我们说不过你，但这事你必须听我的，明天去县衙报到。"

"是啊，呃，呃，可不能耽搁，呃，县令一生气，呃呃，一切都，完，完了。你是个孝子。呃，何为孝。顺才叫孝，呃，呃，所以人说呃孝顺，呃呃孝顺嘛。"马三爷喝高了，边打着饱嗝边说。

但磨了半宿嘴皮子，马三爷和张华娘也没能劝动张华。

张华知道，太守有召而不遵必须给个合理的说法，于是连夜写了一封给县令和太守的信，表明自己不受举荐的原因。

10

第二天一早，四舅焦檀便赶着牛车带着老婆孩子一家人来到张华家。

对于四舅，张华并没有多少感情。因为父亲去世后，张华一家孤儿寡母回到农村，并没有得到这个舅舅的帮助。一是因为四舅家也很穷，同时他只有一只胳膊，也无力帮助什么；二来，四舅很自私，他的这挂牛车本来就是当年张华家的，因为张华一家离开农村随父亲到渔阳才把车送给了他，但张华一家回到农村后，他却一直不肯归还。但毕竟是骨肉至亲，张华母亲并不因此而疏远弟弟。

张华母亲张焦氏见弟弟一家到来，十分欢喜。焦檀刚一进屋，张焦氏便把一肚子话向弟弟倾倒出来，让他这个做舅舅的好好管教管教外甥。

俗话说，娘亲舅大，尤其父亲不在了，舅舅的权威就相当于父亲。焦檀听了姐姐的诉说，才知道张华竟然不想去接这个天上掉下来的大馅饼，真的生起气来，他骂道："小华子，你以为真的没人管得了你了是吗？你妈把你拉扯大有多不容易你自个儿清楚，如今竟然敢不听她的话。你妈的话可以不听，但我的话你必须听。一会儿，马上去县衙门报到。敢不去，我打折你的腿。本来我还指望今后沾你点儿光呢，将来在洛阳城里给你俩表弟找个好差使，没想到你牵着不走打着倒退。"

古代农村，外甥是不敢跟舅舅顶嘴的，张华虽然对四舅不大喜欢，但也不敢公然违拗。于是柔声细语说道："四舅，您老别生气，您听我说。"

"你想说什么？"

"您老已是不惑之年，对世事了解得比我透。您想想，这些年来，仕途上有几个贤臣良将得到善终？不是战死沙场，便是在权力争斗中被害，官场看似风光，实则凶险异常……"

"你小子只知其一不知其二。"焦檀道，"官场凶险？你以为平民百姓就安全吗？生逢乱世，百姓比当官的还凶险。你以为你放羊就能躲过灾难吗？你看我，本来就是个种地的，不招谁不惹谁。可朝廷一道征兵令，便把我送到了蜀魏交兵的战场，祁山一战，我的这条胳膊便被蜀兵砍了去。也不知是谁出的馊主意，把好端端一个大汉弄成了三国，自天下三分，便战乱不断，所有人都无法避免战祸。你看看如今乡村的男人，二三十岁以上的还有几个全毛全翅的？像我这样缺胳膊少腿儿这算好的，还有好多人都战死了。你本来有五个舅舅，可如今为什么只剩了我这一个舅舅，你大舅二舅三舅和五舅都死在战场上了。如今魏蜀仍年年打仗，东吴也时不时与魏交恶，哪天征兵征到你你敢不去？你想在乡下安稳度日做得到吗？现在你还刚十六，一两年之内就到了当兵的年龄，好男不当兵，好铁不打钉，你是进朝廷当官，享受荣华富贵，还是被抓到战场上去，哪个安全哪个危险你仔细掂量掂量。"

四舅一席话令张华大惊，他没想到不起眼的四舅竟有这样的认识水平。是啊，三国战乱虽然起因于汉末黄巾军起义和党锢之祸，但真正使天下卷入无休止战乱的确实是三分天下造成的。三足鼎立虽然暂时能确保任何一方都无法吃掉另外两方，一统天下，但正因此，才使战争旷日持久。长久的鼎立正是长久战争的根源。此外，正如四舅所说，官场自然凶险，但平民百姓的生命安全更没有保障。由于半个世纪的战乱，造成人口大量减少，魏武帝所谓"白骨露于野，千里无鸡鸣"不是诗人的夸张，正是现实的写照。世上男丁奇缺，适龄男子谁也无法拒绝去服兵役，自己马上步入成年男子之列，服兵役上战场几乎是必然的。看来，隐居乡村，守望田野，躬耕垄亩，并不是一个男人可以确定的选项。原来如今自己所处的境地只能是在当兵打仗和进京当官之间进行选择。

张华正思虑间，四舅继续道："你小子识文断字，又能写一手好文章，就靠你光宗耀祖了。你知道你祖宗是谁吗？那可是大名鼎鼎的张良啊。你祖宗能'运筹帷幄之中，决胜千里之外'，辅保高祖一统天下，流芳百世，你为什么就不能？"

"四舅的话戳到了张华的痛处，是啊，自己是张良之后，怎么能碌碌一生呢？

"舅舅，您说得有道理……"

"别小看你四舅，我虽然不识字，但走的路比你吃的盐还多。听舅舅的没错，将来你在朝廷官做大了，你两个表弟也有着落了，省得像你的舅舅，死的死伤的伤……"焦檀说着凄然落下泪来。

张华娘没想到自己的四弟有这样的本事，一番话便令儿子回心转意了。

张华说："可是……"

焦檀说："没什么可是。赶紧拾掇拾掇到县衙去吧，让知县老爷等得不耐烦了，小心打你板子。"

焦檀话音未落，只听街上一声锣响，随之一匹快马驰至张华家院门前，一个衙役跳下马来，向院内喊道："知县大人驾到！"

焦檀听此，惊道："糟了糟了，一定是知县大人上门兴师问罪来了。"

张华和母亲、四舅及两个妹妹赶紧跑出屋，来到院外。此时，一乘轿子也已在院门外落地，知县朱湛和县尉步入院中。张华一家跪在院中迎接。

张华道："小民张华不知县令驾到，恕罪恕罪！"

焦檀则浑身颤抖一个劲地磕头作揖。

"何罪之有？请起请起！"朱湛说到这里，回头向一个姑娘问道，"小芸呀？你仔细看看，你说的那个有文采的青年是不是他？"

张华抬眼望去，却见刘侯千金的使女郭芸竟然跟随在知县身后一同来到家里。

原来，这朱湛一大早就在县衙恭候张华，但左等不来，右等不来。县尉怒道："待我把他绑到县衙来。"

"嘟！简直胡说，身为县尉岂能如此鲁莽。"

"一个放羊的娃娃竟然敢把知县大人晾这么半天，简直是以下犯上……"

朱湛道："他敢于如此，正说明他才能非凡。要是天不亮就屁颠屁颠地跑来，那才说明他不过是个庸才。殊不知刘备乎，为请孔明出山，茅庐三顾。当初张翼德也像你一样，要把孔明绑去……"

"呵呵，大人说的是。"县尉道，"如此，大人乃在世玄德，下官是复活的张飞呀。"

"准备轿子，我要亲自登门拜访张华。"

于是朱湛在县尉的陪伴下来到张华所在的村子。路过刘侯庄园，朱湛让人请小芸一同前往，以证实她赞美不已的那个少年才俊是不是就是这个张华。

小芸听问，赶忙回答："正是此人。"然后冲张华说，"喂，放羊的，你还认识我吗？"

张华道："早已记在心里。"

"你就要被举荐到朝廷了。得好好感谢我，是我向知县大人介绍……"

没想到张华竟然说道："你害得我好苦啊。"

朱湛觉得奇怪，问："小芸对你有知遇之恩，怎么害你好苦呢？"

张华娘道："大人，是这么回事……"

张华道："大人，咱进屋说话。"

一行人进了屋。焦檀见知县不是来兴师问罪的，而且表现得很随和，那颗悬着的心才放下。他也想在知县面前表现表现，于是说道："朱大人，是这么回事。"

"你是谁呀？"县令问。

"我是小华他四舅，姓焦名檀。"

"哦。你说说是怎么回事。"

"小华这孩子……"

"你虽是他舅舅，但以后也不能直呼其名了，应该称他的表字。"朱湛说，"对了，张华，你表字为何呀？"

"回大人，小人字茂先。"

"嗯，好，这字好。"朱湛说，"焦檀，你继续说下去。"

"今天小华，不，茂先为什么没去县衙呢？因为他不想被举荐，不想当官。"

"啊？还有这等事？"

"昨天，他娘我妹妹还有乡亲们劝了他大半宿，就是劝不动他，非要一辈子放羊种地。"

"为什么？"朱湛问张华。

张华道："回大人。张华自幼丧父，与母亲妹妹相依为命。家中只我一个男丁，深恐没人照顾母亲和妹妹。"说完，从袖中掏出昨晚写好的信呈到朱湛面前。朱县令仔细阅读，见上面写的是：

草民张华顿首再拜言：

草民张华，命途多舛。自幼丧父，流落乡间，既无叔伯，终鲜兄弟，门衰祚薄，唯母子相依为命，孤苦度日。终日奔走犬豕之途，混迹于牛羊之间，粗鄙村夫，孤陋寡闻。幸得家慈不弃，教以诗文，晓以道理。戏作小文一阕，偶为大人所睹，谬得嘉许。欣闻太守大人有举荐之意。夤夜思之，不胜惴惴。权衡再三，终不得不拂逆大人美意。小人才微德薄，胸无大志，不堪重用，若草芥之才，误作栋梁之用，难免误国误民，此其一也；家慈体弱，二妹待嫁，小人安能置亲情于不顾自奔前程哉，此有违孝悌之大德，此其二也。望大人明草民之情，察草民之意，则大人知遇之恩，再造之德草民没齿难忘矣！

"哦，原来如此。"朱湛道，"如此说来，你不仅才华出众，而且品德高尚啊。听你所言，阅你所写，拳拳孝子之心溢于言表。忠孝乃人之本，九品官人制选的一是品德，二是才能，三是出身。如果三者俱备，就是上上品了。"

焦檀道："说起他的家世，也不同凡响。其祖乃高祖手下三杰之一的张良张子房。父亲，也就是我姐夫乃渔阳太守张平。只不过我姐姐命薄，姐夫刚上任太守三个月便病死了。所以，小华，不，茂先的出身虽非豪门世族，但也非布衣百姓。"

"哦，原来是张良之后。"朱湛沉吟道，然后问，"最后呢？茂先他想通了没有？接不接受太守的举荐？"

焦檀回道："别人虽然费了半宿口舌没说动他，但我几句话就让他改变了主意，如今他想通了，要把他的能耐劲儿用来治国平天下。"

"好！"朱湛说，"茂先呢，请你准备准备，一会儿就跟我走，明天我带你到范阳亲自面见鲜于太守。太守还要亲自考你。你要有心理准备，若得到太守的赏识，你可就前途无量了。一旦进了洛阳，用不了几年，官比我还要大，到时候别忘了是我朱湛慧眼识珠啊。"

张华随朱县令来到县衙，准备明天一起去范阳。为了确证张华就是《鹪鹩赋》的作者，他让师爷给张华准备笔墨，当着他和小芸的面书写一遍《鹪鹩赋》。张华提笔在手，朱湛、郭芸侧立一旁。张华龙飞凤舞，倏忽即毕，斐然成章。不仅文采飞扬，而且那字写得也十分优美流畅。

小芸在一旁看得呆了。

朱湛见后大悦。知道张华未来潜力无穷，因而对张华更加喜爱，倍加呵护。当场命人给张华置办了一套崭新的行头。

张华脱去羊馆的光板皮袄，从头到脚穿戴一新，一个潇洒倜傥的少年脱颖而出。令小芸芳心大动。

朱湛道："郭小姐，天色不早了，您该回府了，不然太太小姐怪罪下来，下官可吃罪不起呀。"然后吩咐手下，"抬我的轿子，送郭芸小姐回府。"

11

第二日，方城县令朱湛亲自带张华到范阳去见太守鲜于嗣。

衙役向太守禀报，方城县令朱湛求见。鲜于嗣听后，立即说了个"请"字。朱湛让张华留在屋外，独自进了太守办公的大堂。

一见面，朱湛便对鲜于嗣说道："太守大人，下官把写《鹪鹩赋》的作者给您找来了。"

鲜于嗣道："是吗？那就快请老先生大堂一叙。"

朱湛向门外喊道："请张华张茂先入见太守大人！"

张华听罢，快速步入大堂。

鲜于嗣惊讶地看到进来的竟然是个十五六岁的少年。于是问道："《鹪鹩赋》真的是你写的？"

"闲来戏作一文，不值大人一哂。"张华答道。

朱湛拿出昨天张华书写在纸上的《鹪鹩赋》全文，呈到鲜于嗣面前。太守接过来看了看。叹道："天才天才，其才唯有王辅嗣可比呀！"

张华没想到鲜于太守如此高看自己，竟然把自己比作当时天下第一大才子王弼。

朱湛说："茂先不仅才华出众，而且才配其德呀。若不是下官良言相劝，他甚至要拒绝大人的举荐不就呢。"

"哦，为什么？"鲜于嗣问。

朱湛递上张华前天夜里写给太守和县令的信。鲜于太守读罢，对张华更加敬佩，道："真是个孝子啊。不过你放心，在本官和朱县令的地盘上，没人敢欺负你的家人。凭你的才华，很快会得到朝廷重用，到那时，你和母亲、妹妹就可在洛阳团聚了。"说到这里，太守突然改变话题说，"今日天气晴好，咱何不后花园一叙。"

于是，鲜于嗣带着朱湛和张华来到后花园。三人在听雨轩中坐定，鲜于嗣指着眼前满池盛开的荷花，道："真羡慕你们文人的才学。望着满池的荷花，我都想作诗，只是我一个武人……"

朱湛立即明白了太守的意思，赶紧说道："属文作诗对茂先来说那还不是信手拈来。"

张华也明白了太守的用意，那是在现场考验他的文才。于是，笑道："那张华献丑，试作荷花诗一首聊博一笑。"

"好，本官洗耳恭听洗耳恭听。"鲜于嗣道。

张华咏道：

荷生绿泉中，碧叶齐如规。
回风荡流雾，珠水逐条垂。
照灼此金塘，藻曜君玉池。
不愁世赏绝，但畏盛明移。

鲜于嗣听罢，道："好好，真是出口成章。"

"嗯，立马可待呀。"朱湛也佩服道。

"货真价实的上品人才呀。"鲜于嗣道，"茂先，你命运好呀。遇到我和丑丘刺使两位爱才惜才的地方官。毌丘刺使对你的《鹪鹩赋》十分喜爱，命我一定要找到它的作者。你也知道，如今各地中正向朝廷举荐人才，无不裹挟私利，被举荐的都是豪门世族子弟，所以渐渐形成了'上品无寒门'的局面。我呢，本非汉姓，作为敕勒人蒙皇上不弃，提携为太守，决不做有损国家利益之事，作为地方中正，一定要把真正的贤德之士推举到高位。"

张华以一诗一赋彻底征服了太守鲜于嗣。他当即决定把张华作为范阳的上品人才举荐给朝廷。

鲜于太守亲自带张华到幽州城里拜见毌丘俭。毌丘俭见后，对张华也煞是喜爱。入洛前，张华还需要系统接受一下官场礼仪等方面的训练。于是张华留在范阳城，进行为期三个月的专业培训。

三月期满，张华结束了培训。

地方中正向朝廷呈递的举荐文书包括三方面内容，一是评定品级，二是推荐官职，三是简短评语。鲜于太守给张华所定品级为中上品。这已是地方中正权力范围所能评定的最高等级了。只有朝廷大中正才有资格把一个人定评为上上品；拟荐官职为太常博士。评语是："才能出众，德配其才，留侯后裔，堪当大任。"

张华拿着范阳太守兼中正鲜于嗣的举荐文书回到家，准备告别家人入洛进京。

12

儿子被太守评为上品人才，就要赴京高就，张华娘喜不自禁，特备了几桌酒席招待亲朋和乡邻。四舅一家、马三爷、刘婶等乡邻都来赴宴。

张家张灯结彩，喜气洋洋。人们给张华披红戴花，打扮得像个新郎官儿。

酒宴开始前，最让人没想到的是，方城县令朱湛和刘侯千金的贴身使女小芸竟然双双不请自到。

朱湛道："本县出了上品人物，下官也与有荣焉，说明朱某教化有功。故而特来贺喜。"

小芸说："小女子虽出身低贱，但也算得慧眼识珠。茂先先生高升在即，也该赏小女子一杯酒喝。"

张华望着这个伶俐俊俏的姑娘，心中莫名地涌起一股幸福感，于是说："多谢郭芸小姐！"

"不用客气啦。以后我们还会在洛阳见面的，到时候别嫌我低贱，不认我就行了。"

马三爷站在台阶上喊了一声："亲朋好友就座，上酒上菜。"

于是觥筹交错，酒宴开始。

酒宴渐至高潮，忽听院外有人"哇哇"大哭。人们正不知是怎么回事，只见一个瘸脚老汉，头缠白布，手拿哭丧棒，边哭边闯进院里。

瘸老汉哭道："小华呀，你可大难临头了，你看看你脖子上的脑袋还有吗？"

众人停箸视之，发现此人不是别个，正是河疯子。

河疯子的怪异举动令张华娘气愤难抑，她走上前去说道："河老汉，我一家哪点儿对不起你，为什么在这大喜的日子给我添堵？"

焦檀也怒火中烧，骂道："你这疯子，不看你这般年纪，我抽你一顿嘴巴。"说着走上前去，要把河疯子推出院外。但河疯子执拗着不肯离去，并大喊："小华，小华呢？我要见小华。"

县令朱湛也被河疯子弄得心情大坏，对随他而来的衙役说："快把这个疯子给我扔出院子，赶出村去。"

两个衙役立即走上前去，架起河疯子就要把他扔出院外。张华突然走到河疯子面前，转身对朱湛说："朱大人，请您让衙役放开他。"

焦檀说："茂先，在这大喜的日子他给咱故意添恶心，你还给他求的什么情。"

张华说："既然大家都认为他是疯子，咱正常人跟疯子较什么劲。"

朱湛听张华说得在理，使了个眼色，衙役放开了河疯子。

张华对河疯子说："河爷爷，您先喝杯酒，吃口饭，有话我跟您慢慢儿说。"

"你这酒我可喝不下去。那是断头酒啊。"

"您别在这儿喊了。我倒没什么，别影响了县令大人和亲戚朋友的兴致。走，我随您到院外去说。"

张华说完，搀扶着河疯子走到院外僻静处。河疯子说："咱俩怎么说的，不是说好了你要拒绝举荐吗？怎么又变卦了？"

原来，县令命人在河滩上树立的寻人招牌二人早就看到了，但河疯子为张华分析了官场的凶险。而几年来张华也被河疯子清静无为、乐观通达的道家生活观深深影响，因而早已没有了功名之心。那篇《鹪鹩赋》就充分体现了他近来的心境与观念。因而拒绝入仕为官，并与河疯子约定，在安阳河畔长久相伴。但河疯子没想到，张华会这么快就改变了主意。

张华听问，有些不好意思地回答道："是我舅舅一番话让我改变了初衷。"

"你舅舅能说动你？看来他一定是个智谋之士。"

"恰恰相反。他是个目不识丁，身体残疾，心胸狭窄的农夫。"张华说，"就是要把您推出院子的那个独臂男人。"

"这样的人怎么能让你改变主意？"

"别看他胸无点墨，但却并不愚钝。正是他朴实的农民的大道理说服了我。他说，官场自然凶险，但当个普通百姓也并不安全，或许比为官更凶险。因为三国鼎立，逐鹿天下，战祸连年，所有成年男丁都必须服兵役。几十年来，中原地区几乎所有男人非死即伤，我五个舅舅，战死了四个，只有他幸运，丢了一条胳膊。我马上就要步入成年，走上战场是必然的。我不愿意重复我舅舅们的命运。与其默默无闻地战死疆场，倒不如施展一下自己的文学才华政治抱负。听了我舅舅的话我才知道，在乱世，想做个与世无争的隐士是不可能的。您之所以能长年怡然隐居在安阳河畔，是因为您天生残疾，在世人眼里像棵樗树，不中绳墨，不中规矩，才不夭斧斤。所以，在现世，天生的残疾，倒是幸运的。正所谓祸兮福所伏了。"

河疯子听了张华的话，说："嗯，你舅舅说得也对呀。到底是你的亲人，看来我为你想得还不够啊。"

"我马上要进京了，唯一舍弃不下的就是我母亲和您呀。"

"我不夭斧斤，物无害者，你有什么可担心的？放心去吧。从你的才华和你的面相上看，你将来必能位至将相，但即使富贵致极，也难免斤斧之害，因为你是个太有用之才了。"

"唉！既然一切都是命，我们就坦然面对吧。"

13

张华只身入洛，随身除了带着鲜于太守的举荐公函外，还有一封幽州刺使毌丘俭写给卢钦的亲笔信。

毌丘俭这封信是请求卢钦看在同乡份上对张华给予照顾和提供方便的。

毌丘俭之所以写信给卢钦，一是因为二人私交甚好，二是因为卢钦出身名门——幽州范阳卢氏，与张华是同乡。

《三国志·魏书》载：卢钦，字子若，范阳人。祖父卢植，汉时任侍中。父亲卢毓，魏时任司空。世代以儒学显赫。卢钦淡泊而有远见，专政经史，被举为孝廉，不去，魏大将军曹爽征用为属官……

卢钦此时虽然只是大将军曹爽手下的官吏，但其家世显赫，当朝重臣，多与其家族渊源甚深，尤其是他的父亲卢毓，一直在吏部任尚书，专门负责选官用官，毌丘俭想通过卢钦和他老爷子的关系关照张华，也是情理之中的事。

张华来到洛阳，先拜访卢钦，说明来意，并呈上毌丘刺使的信。

卢钦阅毕，笑道："哦，原来是方城的，咱是同乡啊。家乡出了你这样优秀的人才，卢某也与有荣焉呀。你又是晚辈，卢某岂能不尽同乡之谊呀。明天你把鲜于太守的举荐文书交到吏部，然后我带你去见大中正。"

张华没想到卢钦如此热情，更没想到事情如此顺利，于是说："多谢卢先生提携。"

卢钦说："何必客气。毌丘刺使信中对你关爱有加，说你文超相如才比子建……"

"不敢当不敢当。张华不过一介乡野草民，粗识几个文字而已。"

"毌丘刺使尤其欣赏你那篇《鹪鹩赋》。"

"闲来戏作，不值一哂。"

"你也不用客气。"卢钦说，"我知道毌丘刺使也颇通文道。如果没有真才实学，很难得到他的认可和赏识。来来来，把你那《鹪鹩赋》抄写下来，让卢某也欣赏欣赏。"

张华谦让了两次，卢钦执意要他写下来。于是只得提笔在手，把《鹪鹩赋》又抄写一遍。

卢钦读罢，欣喜异常，道："妙文妙文，神来之笔，好，好！这样的文章，何愁不能打动大中正啊。"

卢钦因为欣赏张华的才气，所以决定将张华留在身边，当即安排张华在自己家住下。好在卢家宅院宽阔，有好几个院落。经常有跟随卢钦父亲研究经学的学生寓居在此。张华住在这里没有丝毫不适之感。

卢钦对张华也很欣赏，晚上便怀揣张华的文章去见父亲卢毓。卢钦非常钦佩父亲的眼光，他想让父亲看看这位少年同乡的文章。因为父亲不仅是当世大儒，而且久任吏部尚书和大中正，对选才用才颇有研究。《三国志·魏书·卢毓传》记载了他在吏部多年主管选举考绩的功勋："卢毓字子家，涿郡涿人也。父植，有名于世……魏国既建，为吏部郎……青龙二年，入为侍中……诏曰：'官人秩才，圣帝所难，必须良佐，进可替否。侍中毓禀性贞固，心平体正，可谓明试有功，不懈于位者也。其以毓为吏部尚书'……诸葛诞、邓飏等驰名誉，有四（窗）〔聪〕八达之谓，帝疾之。时举中书郎，诏曰：'得其人与否，在卢生耳。选举莫取有名，名如画地作饼，不可啖也。'毓对曰：'名不足以致异人，而可以得常士。常士畏教慕善，然后有名，非所当疾也。愚臣既不足以识异人，又主者正以循名案常为职，但当有以验其后。故古者敷奏以言，明试以功。今考绩之法废，而以毁誉相进退，故真伪浑杂，虚实相蒙。'帝纳其言，即诏作考课法、齐王（曹芳）即位，赐爵关内侯。时曹爽秉权，将树其党，徙毓仆射，以侍中何晏代毓……"

从文中可见，卢毓主持吏部，用人公平公正，不仅深得皇帝信任，而且创立了非常科学的用人考绩机制，但因为过于正直，难免得罪一些小人，后来被调离吏部。

卢老先生看罢《鹪鹩赋》，也不住地夸赞，说："这篇文章不仅文辞绮丽，而且知识渊博，思想深邃呀。想不到竟然出自一个少年之手。虽然文章极佳，但这孩子似乎也深受当前风气影响，崇尚老庄，情绪上有些消极、颓废呀。此子若能弃老尊孔，步入正道，堪当大任，前程不可限量，若沉迷老庄，不与何、王同流便会堕落为嵇、阮之辈。"

这里，卢老先生所说的何、王与嵇、阮，分别是何晏、王弼和嵇康、阮籍，乃当时尽人皆知的五大名士（另一位是夏侯玄）。

卢钦对父亲的分析深以为然。说："张茂先乃方城人，与咱有同乡之谊。幽州刺使毋仲恭写信让我对他照顾一二，说他非世族豪门出身，很可能遭到官场冷落。如今他既有地方中正的举荐公文，所以我想在何平叔面前帮他说句话……"

"嗯，如此少年才俊应该尽力帮助，但我怕咱的帮助可能适得其反呀。你知道，我正是因为拒绝提拔诸葛诞、邓飏，得罪了大将军曹爽，才被迫离开吏部的。诸葛诞、邓飏与何晏都是曹爽一伙儿的。此时去向何晏举荐人才，恐非明智之举。此外，何晏新著《论语集解》，谬揣圣人之言，曲解圣人之意，误世欺人，是可忍孰不可忍。因而我在朝堂上对他的《论语集解》进行了抨击，他岂能不记恨我呀。"

"茂先如此优秀的人才真怕被耽误了。"

"真金不怕火炼，一个青年受点儿挫折不是坏事，能够让他认清官场形势。"

"父亲说的是。关于茂先的事还要从长计议。"

"一个有才华而无家族背景的孩子，一旦误入朝廷这个大染缸，很可能把握不住自己，最终遭到毁灭之灾。"

14

第二天，张华把范阳太守鲜于嗣为他写下的举荐公文报到吏部。然后等待卢钦带他去见大中正。但一连多日，卢钦再不提起此事，张华也不好意思寻问。

那日，卢钦听了父亲的话，确实觉得由自己带着张华去拜见何晏，可能引起何晏的反感，反而对张华不利。但他又无法向张华解释清楚其中的原委。带他去吧，很可能事与愿违弄巧成拙，不带他去吧，显得自己言而无信。作为经学世家，失信于人是一种难以宽宥的道德污点。

他权衡再三，决定还是应该带张华去见一次何晏。

这天傍晚，张华跟随卢钦来到何晏的府第，何晏之妻见卢钦登门拜访，不顾公主的尊贵，出门迎接道："哟，子若来了，怎么不让下人提前通禀一声，让我们也好有个准备。"

"呵呵，晚辈不过闲来串串门，向何大人请教玄远之学。哪能提前惊动公主大驾。"

何晏之妻乃是曹操之女金乡公主。故而卢钦如此称呼。

张华意识到自己如今正站在何晏的府第，心情十分激动。因为何晏不仅权大，他的名气也实在太大了。

说起何晏，那故事颇多。他本汉大将军何进之孙。其父早逝，曹操纳其母为妾。何晏自幼聪明伶俐，且貌美如玉，深得曹操喜爱，视若己出。但何晏却并不认同自己与曹家的关系。何晏七岁的时候，曹操想要认他做儿子。何晏便在地上画个方框，自己待在里面。别人问他是什么意思，他回答说："这是何家的房子。"曹操知道了这件事，随即把他送回了何家。（见《世说新语》：何晏七岁，明惠若神，魏武奇爱之。因晏在宫内，欲以为子。晏乃画地令方，自处其中。人问其故，答曰："何氏之庐也。"魏武知之，即遣还）

何晏长大后，曹操把自己的女儿金乡公主许配给何晏。

因曹操对何晏过于宠爱，曹丕从小嫉妒他，称他为"假子"。曹丕登基后，何晏身份更显尴尬，母亲改嫁为曹氏妾令他感觉十分羞辱，从内心里排斥厌恶曹氏。但天下姓曹，自己要想生存发展又离不开曹氏。曹丕称帝后虽然没有对何晏做出什么不利的举动，但一直也不肯予以重用。因而在很长的时期内，何晏都官居闲职。衣食无忧，轻松闲适，这令聪慧睿智的何晏有了充足的时间和精力研究学问，著书立说，终成一代学问大家。其所著《论语集解》，自成一家之言，最大的特点是"援老入儒""以玄释经"，即用道家观念和玄学理论解释儒家学说，给儒家的入世哲学，披上了玄奥色彩。但《论语集解》对后世影响极大。从南北朝至宋，《论语集解》都被官方定为《论语》的标准注解，直至宋朝朱熹所著以理学解《论语》的《论语集注》面世，才代替了何晏《论语集解》。卢毓乃传统经学世家，岂能容忍何晏这种儒学异类，因而说他："谬揣圣人之言，曲解圣人之意，误世欺人。"

正是何晏在编著《论语集解》的过程中，创立了一个影响极大的学派——玄学，开启了清谈之风。（清代著名学者陈澧："何注始有玄虚之语""自是以后，玄谈竞起"）

从文帝曹丕到明帝曹叡，何晏一直不得烟儿抽。直到曹芳继位，何晏攀附上辅政大将军曹爽这个实力派人物，才在政治上有了施展抱负的机会。他党同伐异，结党营私，很快形成了以他为首的官僚集团，他们拥戴曹爽，排挤打击另一个实力派司马集团。

正始中期，正是何晏最为春风得意的时候。学术上《论语集解》问世，政治上，已官至寺中、吏部尚书，并兼任大中正，大权在握。

饱暖思淫欲。为了寻求刺激，他搜罗偏方异术，最终从方士李少君献给秦始皇的古方中发现了一种增强性欲的药物——五石散。尝试服之，果然速生奇效。

这五石散乃是用丹砂、雄黄、白矾、曾青、慈石五种天然矿物研成粉末，按比例掺兑后温酒服之。据何晏说，服用五石散后，不仅性欲强盛，而且"精神很清爽"，能起到兴奋剂的作用。但五石散是毒药，服药后，必须会发散，让药性释放出来，如果发散不出去，轻者伤身，重者夺命。发散的方法，一是冷食、冷浴；二是要长时间散步（曰行散）；三是还要穿绵软宽大衣物，因为药性发散后，皮肤变得鲜嫩异常，很容易被磨破。魏晋南北朝士人多宽袍大袖，就是这个原因。此风一直影响到隋唐及日本，日本和服之所以宽大，若追根溯源一直可以追到何晏。

自何晏开创服用五石散的先河，其名士效应很快显现，世人争相服之。此风直到唐朝方禁。因服用五石散而丧命的历史名人就有裴秀、晋哀帝司马丕、北魏道武帝拓跋珪、北魏献文帝拓跋弘等。五石散可以看作是中国古代的鸦片。

大医学家皇甫谧曰："近世尚书何晏，耽声好色，始服此药，必加开朗，体力转强，京师翕然，传以相授……晏死之后，服者弥繁，于时不辍，余亦豫焉。"可悲的是，皇甫谧自己也因服散而成残疾。

金乡公主对丈夫的奇思异举十分反感，听了卢钦的话，说道：

"什么玄远之学，贵府的经学才是正统，才是真学问。"

"不不不，何大人学问高深莫测，非浅学所能穿凿，所以卢某特来讨教。"

"你非要见他，那就等会儿吧。"

"何大人不在？"

"刚服了散，这会儿正在后花园里行散呢。"

卢钦知道，一个行散之人是不能去打搅的，于是只得在客厅坐等。

张华尽管学识渊博，但从没听说过服散、行散。因为服药之风刚刚在洛阳世族中兴起，还远没有传播到农村。

大约过了半个时辰。何晏在两个书童的陪伴下大汗淋漓地进了屋。卢钦、张华立即迎上前去。

"给何大人请安。"卢钦施礼道。

"免礼免礼！"何晏道，"子若来了，怎么不提前通禀一声，让你久等。这位是……"

卢钦忙答道："这位是幽州范阳新举荐来的学子张华张茂先。"

"哦。我说你是无事不登三宝殿嘛。"何晏道，"是不是让我照顾一下？没问题，子若的老乡嘛，贤弟既有所托，何某岂能不尽力相助。"

卢钦说："多谢何大人。不过在下也是受毌丘刺使之托……"卢钦这样说，是想撇清卢氏与张华的关系，以免事与愿违。但何晏立即听出了卢钦话中的意思。说道："可我跟毌丘俭并不熟稔。若是他请你转托何某，我可只能公事公办了。"

卢钦说："茂先才华横溢，博闻强识，少年才俊，您即使不看在毌丘刺使和下官的面上，为国家社稷计，也应该给茂先提供一个施展才华的机会。"

"当然，当然。"何晏道，"我说的公事公办，就是公平来办的意思。"

卢钦掏出张华的《鹪鹩赋》呈给何晏，说："这是茂先所作，请何大人过目。"

何晏看罢，也不得不承认作者的才华。他仔细打量了一下张华，转身对卢钦说："好，子若果然好眼力，茂先确是个难得的人才。子若放心，何某深受皇恩，既掌选举，属理吏部，定会人尽其才物尽其用，更何况茂先是子若的同乡呢。"

何晏这番话令卢钦和张华心情舒畅。卢钦对张华说："茂先，还不谢何大人。有何大人提携，你又德才兼备，何愁将来不能平步青云呢。"

张华立即跪地磕头道："谢何大人。知遇之恩容当后报。"

卢钦说："何大人学富五车，博古通今，谨遵何大人指教，你的才学还会突飞猛进。好好读读何大人的《论语集解》，你就知道何大人有多么了不起了。"

何晏笑道："哪里哪里，令尊才是经学正统，当世最伟大的经学家。虽然何某与令尊大人有些观点不同，但我还是十分尊重老先生的。"

卢钦说道："卢氏家学渊源，使得家严必须谨遵传统，不敢稍有违拗。"

何晏道："何某与卢老先生最大的分歧，在于如何看待天与人……"

何晏刚说到这里，忽听门外仆童喊道："王辅嗣先生驾到。"

话音刚落，一个二十出头身体瘦弱的青年便出现在客厅门口。

此人正是王弼王辅嗣。

这王弼乃是荆州牧刘表的曾外孙，"建安七子"之一王粲的曾孙。可谓中国历史上最著名的少年天才。据何劭《王弼传》载，王弼十多岁时，即"好老氏，通辩能言"。他曾与当时许多清谈名士辩论各种问题，深得当时名士的赏识。

何晏已是当时著名的思想家，但以其人之贵，只与王弼见过一面便被这天才少年折服，引王弼为忘年之交，王弼也以结识何晏为荣。从此，王弼便成何府的座上宾，二人闲来，谈玄论易，一起开创了清谈之风。

王弼英年早逝，张华此次相见后三年，王弼便因病而亡。但以其二十四岁的寿命，却为世人留下了《老子注》《老子指略》《周易注》《周易略例》《论语释疑》《周易大衍论》《周易穷微论》《易辩》等多部哲学专著。这是非常不可思议的。

但其成就，还不在于著述数量，而在其质量。他注《周易》一改汉朝人支离烦琐的传统方法，不用象数，而用《老子》，以老子思想解《易》。其对易学玄学化的批判性研究，尽扫先秦、两汉易学研究之迂腐学风，其本体论和认识论中所提出的新观点、新见解对以后中国思想史的发展具有深远的影响。王弼的易学观体系庞大，内容深奥。他是中国哲学史上唯一可与老子比肩而立的哲学大师。

何晏"援老入儒"，而王弼则"以老解《易》"，二人的思想根基都是建立在老庄之上，因而一见如故。相谈甚欢，因为他们所谈论的内容都是思辨哲学的尖端问题，过于艰深晦涩，故被人称为玄学。玄学所论远离凡人所关心的功名利禄，与浊世生活无涉，故又称清谈。二位大名士的言行很快成为世人效仿的对象，因而玄学与清谈之风甚至服药之风自此大盛，此风一直延续到隋唐。

何晏见王弼到来，赶紧让座。王弼与卢钦相识，互相打了个招呼后，双双就座。

何晏将张华介绍给王弼并把《鹪鹩赋》递给王弼。王弼阅罢，赞道："嗯。不错，有庄子之风啊。"

何晏道："辅嗣被世人誉为少年天才，茂先其少年辅嗣乎？"

张华赶紧说道："不敢当，不敢当。"

卢钦对何晏、王弼的为人虽然并不欣赏，但对他们的学问还是十分钦佩的。这王弼自恃才高，平时除了何晏和另一玄学大家夏侯玄外，很少跟其他人来往交谈。即使达官显贵，他也不放在眼里。卢钦对其"以无为本""贵无"的玄学理论一直持有疑义，一直想请教，但他又不愿意去拜访这个傲慢无礼的青年。今天偶然相遇，卢钦便想趁此机会跟他探讨切磋。于是说："《易》本儒学经典，辅嗣先生以老注易，其非混淆儒道之辨乎？"

王弼道："儒道本来就不是对立的，穷极其义，儒道浑一。"

卢钦还要听听他如何能够将"儒道浑一"解释清楚。但王弼点到为止，并不做进一步阐释。这是玄学家清谈的主要风格，只说出结论，而不给予详细说明，其中的道理让对方去悟，能够悟出来，说明你聪明睿智，由此才有资格跟对方继续谈下去。卢钦因而不好意思继续追问下去。

何晏却接过话茬问道："子若以为汉末之乱缘何而起？"

"皆因纲常隳堕，仁义不行。"卢钦道。

"大错特错！"何晏道，"罢黜百家，独尊儒术是谁提出来的？正是汉武帝时董仲舒提出来并被汉武帝立为国策。儒家的根本是什么，是仁，何谓仁？子曰：仁者爱人，己所不欲勿施于人。但恰恰是汉武帝最不尊儒术。何以言之？因为武帝不仁。其在位数十载，几乎年年征战，岁岁攻伐。"

卢钦插言道："武帝北逐匈奴，开疆扩土，其功也大焉。"

"呵呵。"何晏笑道，"我们讨论的是武帝'仁'还是不'仁'，你不能偷换概念说他有功。连年战争，不仅匈奴之民，我大汉之民也死伤甚重。这样的做法无论对汉民也好，对匈奴百姓也好，能说是'仁'吗？与'爱人'，'己所不欲勿施于人'背道而驰。即使你所谓的开疆扩土真的是天大的功劳吗？这里有个问题需要弄清楚，就是，生民是为疆土，还是疆土为生民。如果你认为，百姓生来就是为开疆扩土的，那武帝所作所为就是对的，如果你认为，疆土不过是百姓生存的家园，那就无须用大量百姓的生命去开疆扩土。"

卢钦说："可匈奴扰边，外患不除，民不得安。"

何晏道："世界是无限的（当时没有地球概念，人们认为世界是无限广大的），疆域越大，比邻之国越多，以汉人有限之民的有限生命而取无限之疆土，这样的行为是不智的，而且更是不'仁'的。匈奴被驱逐了，但北方不是又被鲜卑、乌孙、夫余、挹娄等族占据了吗？他们对中原就没有威胁吗？武帝一朝，将文景所遗全部消耗一空，从此大汉由盛转衰。武帝之后，朝纲尽毁，外戚与宦官轮流专权，终至党锢之祸起，黄巾举事天下三分，百姓流离，生灵涂炭。在此期间，何曾有一丝尊儒的表现呢？何曾见到'仁'的影子？而也正是在此时期，儒学却大盛，郑玄、马融以及尊祖父将经学研究发挥到极致。这不是莫大的讽刺吗？那么，什么是真正的'仁'呢？什么时候真正施行过'仁'政呢？一是西周，故孔子曰：克己复礼谓之仁。二是文景二帝时期，以道治世。无内患之忧，无征伐之苦，王者无为，万民乐业，天下晏然，那才是真正的'仁'政。所以，仁非儒家所应独享，儒家有'仁'之名，而道家拥'仁'之实，儒、道在'仁'这一点上是浑一的。"何晏用了这样一大段话，解释了儒道浑一。卢钦听着，似乎觉得其中有些道理。

何晏又道："儒道同源，所以，我的《论语集解》才能'援道入儒'而不觉牵强。"

何晏之所以有兴趣对卢钦如此卖力的解释，是因为他想将他的思想通过卢钦传达给他的父亲卢毓，因为卢氏在思想上的正统地位，卢毓一直视何晏、王弼为异端。但何晏又不愿意跟固执的卢老先生去辩论。他意在通过卢钦向其父转达其观点，或许能够减少卢毓对玄学的攻讦。

但王弼显得对何晏如此精细地向人解释自己的观念感到厌烦。因为这不符合玄学家的风格，于是他站起来走到窗前去逗笼子里的鹦鹉。

卢钦还要向何晏请教什么，但此时使女走进客厅，对何晏道："老爷，水已经准备好了，你该冷浴了。"

行散之后，待身上的汗自动晾干，用冷水洗浴，是服用五石散后"发散"必不可少的程序，不能马虎。于是何晏对卢钦、王弼略表歉意后，便去浴室冷浴。

王弼似乎觉得跟卢钦没什么话，依然逗弄鹦鹉。张华怕这样的冷场令卢钦不愉快。于是谦恭地问王弼道："辅嗣先生，听说您认为'无'才是宇宙的根本？"

"你从哪儿听说的？"

"我虽乡野之民，但辅嗣先生的大名天下谁人不知，谁人不晓。您'以无为本'的观念，某也早有耳闻，只不过张华愚钝，不明白世界的根本为什么会是'无'，请您多多指教。"

王弼道："看你的文章对老庄颇为精通。老子曰：'有物混成，先天地生。寂兮寥兮，独立而不改，周行而不殆，可以为天地母。吾不知其名，强字之曰道。'其实老子也没能指出什么是道。只是将天地的根本随意取个名字叫'道'。某以为道者，无之称也，无不通也，无不由也，况之曰道。寂然无体，不可为象。"

张华虽然对王弼最后几句似懂非懂，但也不好意思追问。于是又问道："那什么又是象呢？"

"夫象者，出意者也；言者，名象者也。尽意莫若象，尽象莫若言。"

张华听后，又感觉似是而非。

其实，似是而非也好，似懂非懂也好，这正是玄学家追求的境界。

张华正在开动脑筋，一心想弄明白其中的玄理。金乡公主走进客厅，说道："子若、辅嗣，今晚就在本府用餐吧。"

卢钦忙说："多谢公主，不用了，我们还有事，就此告辞，请转告何大人，我们就不面辞了，茂先之事，诚望何大人相助。"

金乡公主说："他不是答应了吗？那还能有什么问题。"

卢钦说："多谢公主，卢某告辞了！"

何晏之所以慨然应允帮助张华，是因为卢家在当时势力强大，卢植的门生故吏遍及朝野。二来，何晏也觉得张华是个难得的人才，很想把这个没宗没派的少年拉入何氏集团。

15

张华，一个安阳河边的放羊娃，蓦然来到京城，不仅面见了两个天王级的大名士，而且得到了他们的赞许。顿时觉得自己前途一片光明。他认为，自己施展才华的机会到了，治国平天下的雄心壮志骤然在这少年心中萌生。

一个思想没有定型的少年就是如此善变，短短几日，他便把河疯子灌输的无为观念老庄思想抛弃到九霄云外去了。

当晚，他兴奋得难以入眠，提笔写下了《壮士篇》。

天地相震荡，回薄不知穷。

人物禀常格，有始必有终。

年时俯仰过，功名宜速崇。

壮士怀愤激，安能守虚冲？

乘我大宛马，抚我繁弱弓。

长剑横九野，高冠拂玄穹。

慷慨成素霓，啸咤起清风。

震响骇八荒，奋威曜四戎。

濯鳞沧海畔，驰骋大漠中。

独步圣明世，四海称英雄。

一个壮怀激烈，无所畏惧，跃马弯弓，为国立功的少年英雄形象跃然纸上。

后世论者钟嵘《诗品》评价张华诗作说："虽名高曩代，而疏亮之士，犹恨其儿女情多，风云气少。"有此《壮士篇》为证，卫颛所谓"风云气少"便实在是以偏概全了。所以，后世元好问有诗诘责钟嵘的"风云气少"之论——"风云若恨张华少，温李新声奈尔何"。

张华自己对这首诗也十分欣赏。于是第二天便拿给卢钦看。卢钦看罢，再次折服于少年张华的文采。卢毓看后，也欣赏不已。叹道："此子文才超群。虽贾谊相如不过也。"

卢钦道："好好栽培栽培，前途无量啊。"

卢毓道："嗯。但尽管才华盖世，如果没有正直的人引导，很容易误入歧途啊。你看他，刚刚写出极具道家思想的《鹪鹩赋》，这么快又写出了羡慕功名的《壮士篇》。让人看不清哪一个才是真的张华。从这篇《壮士篇》中，可以看出，他急于世功，这样的少年最容易被人利用。如果他把才华完全用在诗文上，或许成为一代文坛宗师，如果用在官场上，则很容易陷入党派争斗，不得善终啊。"

卢钦道："茂先既是我们范阳老乡，又有毌丘俭之托，我会尽力帮助他。"由于卢钦的喜爱与赏识，《鹪鹩赋》和《壮士篇》很快在他的朋友圈流传开来。而卢家的朋友圈几乎囊括了大部分士人。所以，张华这个名字几乎一夜之间便在洛阳走红。

不久后的一天，张华接到何晏家仆通知，让他下午去何府一趟。

张华来到何晏府上，发现何家宽阔的大厅已是高朋满座。

何晏见张华到来，微笑着站起身，亲自向大家介绍："诸位，请允许我用几句话把这位新客人介绍给大家。最近大家一定看到过一篇《鹪鹩赋》和一首《壮士篇》吧？"

在座诸位同声说："看到过，真真文采飞扬。"

"这位就是那两篇绝世之作的作者，张华张茂先先生。"

大家热烈鼓掌对张华表示敬意。

张华被何晏称为先生，作品被何晏称为绝世之作，这令张华感到受宠若惊。

何晏转身对张华道："茂先，我让你认识一下在座的诸位朋友。这位王辅嗣你已经见过了。这位是征西将军夏侯玄夏侯太初先生，这位是兵部尚书毕轨毕昭先先生，这位是门下省寺中邓飏邓玄茂先生，这位是河南尹李胜李公昭先生，这位是尚书仆射丁谧丁彦靖先生。"

张华边听何晏介绍边一一上前施礼，心中十分激动。因为这几位都是当时很有才名的人士，而自己一个刚刚入洛的乡巴佬竟蓦然之间跻身于这么多名士之间，不仅没受到他们的排斥和冷遇，而且受到了欢迎和敬重，这大大满足了他的自尊心。

夏侯玄道："茂先才华横溢，将来堪当大任。"

何晏道："是啊。我作为大中正，给茂先的评价是上上之才。"

"啊！天呢，给一个初入京城的少年以上上的品评，那可是破天荒啊！看来大中正对茂先过于偏爱了吧。"夏侯玄道。

丁谧说："茂先，还不快谢过何大人。据在下所知，自设立九品官人法以来，历届大中正直接给予上上评价的不过二三人矣。"

张华听罢，立即跪谢何晏。

毕轨道："以茂先的才华，入中书掌机密最为恰当。"

何晏道："英雄所见略同。虽然范阳太守给茂先的荐官是太常博士，老夫觉得那太大材小用了。刘放、孙资俱已老矣，致仕在即，我也想差遣茂先到中书任职，学习几年，以便接管中书省。茂先，回去告诉卢子若，就说人中正给你的评价是上上品，待中书省职位出缺，我立即差你到中书省任职。"

李胜笑道："呵呵，不久，尚书省、门下省、中书省就都掌握在我们的人手中了。"

大家越说越热闹，直到晚间，谈兴无减。何府准备了丰盛的酒宴，大家边饮边谈，越谈越露骨，越谈越不知避讳。

何晏道："昨日大将军召见我，说他（曹爽）如今还有一块心病。"

"什么心病？"夏侯玄问。

"就是司马懿这条老狗仍使他放心不下。只有司马懿归天，大将军才能完全独揽朝纲，天下才真正是我们的天下。"

丁谧说："大将军计高一筹，已让司马懿转任太傅，他手中无权，大将军对他还有何惧哉？"

"这司马懿老谋深算，是个老狐狸，他掌军多年。如今虽手无军权，但军内党羽众多。大将军只怕他是在装病啊。当年他装病连武帝都被他骗了，焉知他今天的病就不是装出来的呢。"何晏说。

自曹芳继位后，作为辅政大臣，以司马懿为首的司马氏与以曹爽为首的曹氏集团便明争暗斗。曹爽利用诡计说动皇帝曹芳，任司马懿为太傅，明升暗降，剥夺了实权。司马懿集团暂时处于下风。司马懿为避祸，干脆断绝与官场的往来，居家养起病来。但这并不能让曹爽安心，他想起司马懿欺骗曹操的事，便心有余悸。

当年曹操征聘天下名士为其所用，很多名士都主动归入曹氏帐下。司马懿得知消息后，一时拿不定主意。他知道曹操是个英雄人物，将来很可能荡平天下。但他又觉得曹操是宦官之后，出身低贱，而自己乃名门之后，实在不愿意屈节侍奉他。考虑再三，决定再观望一下。但他又不敢公开拒绝曹操，便假说自己患有风痹病，起居不便，不能出来做官。

曹操向来机警多疑，马上怀疑司马懿是有意推诿。于是，曹操秘密地派人在夜间去察看。司马懿事先得到消息，整日整夜都躺在床上，夜静更深时，那人悄悄潜入司马懿卧室，果然见他直挺挺地躺在床上。那人仍不放心，拔刀向司马懿挥去。眼见利刀夺命，司马懿只是睁大眼睛看着那人，身体依然坚卧不动。那人这才相信司马懿果真得了风痹病，收起佩刀，回去禀报了曹操。

何晏说："我们应该去司马家探探底，看看这老贼到底是真病还是装病。"

夏侯玄说："司马懿闭门谢客，一心养病，必须有充分的理由，才能见到他。"

李胜自告奋勇地说道："何大人不是提携我去当荆州刺使吗？我出京赴任前去向司马太傅告辞，他没有理由不见我吧。"

"嗯。这个理由很好，如果他连这个面子都不给，更说明他的病非常可疑。"何晏道。

丁谧说："何必这么费事，干脆派人入府把他一刀'咔嚓'算了。"

何晏说："这样不好吧。毕竟他是太傅，而且战功卓著，一旦我们行事鲁莽，恐生激变呀。"

后来，李胜果然以外任辞行的名义去见司马懿。司马懿岂能不知这是曹氏集团来刺探自己的虚实。

司马懿得知李胜要来，便将计就计，披头散发躺在床上，装出重病的样子。有气无力地倚坐在床上接见李胜。

在同李胜谈话时，他有意装聋作哑，说话显得语无伦次。婢女侍候他穿衣服，他哆哆嗦嗦地抓不住，衣服也掉在地上；婢女服侍他喝粥，粥也从他嘴角流了下来，洒满了前胸。李胜说："当今主上尚幼，天下恃赖明公。听说明公的旧病复发，没想到如此严重。如今我承蒙皇恩，回本州（李胜是荆州人，所以称荆州为本州）任刺史，特来向您告辞。"

司马懿故作气喘吁吁状，说："我年老病重，死在旦夕。您去并州，并州靠近胡地，可要好好防范。恐怕我们再不能相见了。"

李胜纠正道："我是回本州，不是去并州。"司马懿又假装糊涂，说："您要到并州，请努力自爱。"李胜又重复一遍："我是回荆州，不是去并州！"司马懿装作刚刚明白的样子，说："呵呵，你看，我年老耳背连'本'与'并'都听不清了。您赴任荆州，正是建功立业的好机会。"

最后，司马懿推心置腹地拜托李胜，说自己死后请李胜好好地照顾他的儿子司马师和司马昭。司马懿的这场表演非常出色，李胜竟都信以为真。他回去将其所见所闻详告何晏和曹爽，并说："司马公言语错乱，指南为北，已经形神离散，不过是具尚有余气的尸体，不足为虑了。"何晏、曹爽等听后，非常高兴，从此更加肆无忌惮了。（见《晋书·帝纪第一》爽、晏谓帝疾笃，遂有无君之心，与当密谋，图危社稷，期有日矣。帝亦潜为之备，爽之徒属亦颇疑帝。会河南尹李胜将莅荆州，来候帝。帝诈疾笃，使两婢侍，持衣衣落，指口言渴，婢进粥，帝不持杯饮，粥皆流出沾胸。胜曰："众情谓明公旧风发动，何意尊体乃尔！"帝使声气才属，说，"年老枕疾，死在旦夕。君当屈并州，并州近胡，善为之备。恐不复相见，以子师、昭兄弟为托。"胜曰："当还忝本州，非并州。"帝乃错乱其辞曰："君方到并州。"胜复曰："当忝荆州。"帝曰："年老意荒，不解君言。今还为本州，盛德壮烈，好建功勋！"胜退告爽曰："司马公尸居余气，形神已离，不足虑矣。"他日，又言曰："太傅不可复济，令人怆然。"故爽等不复设备）

16

张华从何府回来，便直接去找卢钦。对卢钦说："卢先生，今天何大人请我去他府上了，而且还在何府用了晚宴。"

"唔？是不是何大人对你有什么安排了？"

"何大人让我转告您，他说他作为大中正给我的评价是上上品。"

卢钦有些吃惊，道："哦，好啊。能够被评为上上品的人可谓凤毛麟角。"

"那还不是看在您的面子上……"

"不，我觉得我的面子还没有这么值钱。可能是何大人确实欣赏你的才华，也可能他想把你拉入他们那一伙儿。"

"他还说打算把我安排在中书省，未来掌管中书省的事……"

"果然有他的安排啊。"卢钦说，"他这样安排对你来说当然非常好，但我担心你一旦接受了他如此大的恩惠，不想加入他们那一伙恐怕也难了。"

"您说的他们那一伙是怎么回事？"

"何晏仗着执掌选举和吏部的大权，扶植自己的势力，这伙人依附于大将军曹爽打压司马集团，司马集团暂时失势，但暗中却一直在准备反扑，一旦两股势力最后摊牌，失败的一方必人头落地。所以，我最担心何晏拉你入伙。"

"他们这一伙的主要人物都有谁？"

"夏侯玄、毕轨、邓飏、李胜、丁谧等。"

"对呀，今天在何府一起参加晚宴的就是这些人。"

"他们在一起谈论些什么？"卢钦问。

张华把宴会上的所见所闻，如实告诉了卢钦。卢钦道："看来，何晏、王弼、夏侯玄虽以清谈名世，看来他们也不是只谈玄远啊。"

"是啊。我本来想听听他们所谈的玄理，但整整一个晚上，他们未有一句玄学之语。"张华道。

"你千万不要受他们的拉拢，加入他们的团伙。否则非常危险。"

"可我未来的命运攥在何大人之手，我一旦疏远他们，将来……"

"这就要看你的选择了。跟着何晏一伙，可能会迅速高升，但最后很可能性命不保，三族遭夷。官场上的斗争十分残酷，不是你死，就是我活。我们卢家从汉至魏，辅佐数帝而平安无事，靠的是什么？首先就是不拉帮结派搞团团伙伙。人们结党为什么，就是为了营私。为官只有一心为百姓为社稷，祛除私念，才能立于不败之地。从你的《壮士篇》可以看出，你如今功名心很重，人一旦被功名驱使，很难保持心灵和人格的自由，很容易被人利用。你涉世未深，还不知道政治的残酷。念及老乡之谊和毌丘刺使之托，我觉得有义务提醒你，不要跟何晏他们靠得太近。"

"嗯。谢谢您的提醒，张华知道了。"

张华具有超拔的睿智，他从何府宴会上众人的谈话间已隐约感到何晏、夏侯玄、毕轨、邓飏、李胜、丁谧这些人在暗中搞什么阴谋。经卢钦点拨方知官场的复杂与凶险。

夜里，他做了一个噩梦，梦见刑场上鲜血遍地，堆满了尸体与人头，自己和母亲、妹妹被肩扛鬼头刀的剑子手押着，就要开刀问斩。河疯子站在远处向他大喊："华子，都怪你不听我之言，落得今日……"

张华被噩梦惊醒，他想起了自己赴京前河疯子的话，不由得冷汗淋漓。

第二天，他来到何府，向何晏表达了自己不想进入中书省的意见。何晏很奇怪，问："为什么？"

"我怕能力不及，再说，初入官场没有经验……"

"中书省可不是什么人想进就能进的。我看你才能出众，有意栽培你，没想到你却不领老夫的情。"何晏也是聪明绝顶之人，说，"恐怕不是怕能力不及吧，是不是有人对你说了什么？"

"不，我真的不适合做中书省的工作。"

"那你说你适合做什么？"

"比如太常寺或史馆之类，鲜于太守也荐我做太常博士……"

"呵呵，你以为你是谁，想干什么就干什么？"何晏说，"既然你听信别人的话，不服老夫的安排，那我也就没有义务帮你了。公事公办，你回去等着差遣吧。"

何晏非常恼怒，一气之下，把他亲自评定为上上品的人物晾在一旁搁置不用。

张华在洛阳处境极为尴尬。没有授予官职，便不能享受俸禄，而自己从家里带来的不多的银子又很快花光了。

卢钦知道，张华正因听了自己的话，拒绝加入何晏集团才陷入这样的境地，于是，他不仅在官场上为他加紧奔走，希望张华能够尽快就职，而且在经济上也给张华提供了极大帮助，不仅让张华在自家常住，还负责张华的衣食。

由于何晏权倾朝野，飞扬跋扈，顺我者昌逆我者亡。因而卢钦为张华谋职的努力并没有奏效，何晏始终拒绝给张华安排职务。

张华没想到，官场原来竟然如此腐败。他怀揣满腹才华，远大理想来到洛阳，竟然落到这般境地。他那"乘我大宛马，抚我繁弱弓。长剑横九野，高冠拂玄穹。慷慨成素霓，啸吒起清风。震响骇八荒，奋威曜四戎。灌鳞沧海畔，驰骋大漠中。独步圣明世，四海称英雄"的雄心壮志很快湮灭在腐败的官场中，河疯子灌输给他的老庄思想很快又占据了这个少年的心灵。

张华的一生一直被儒道两种思想所占据。这两种意识经常交替在他身上表现出来。他像一个蜗牛，当身处顺境的时候，儒家救世济民修齐治平的观念让他热血沸腾，他便会伸出触角，行动起来，施展自己的才能，而当身处逆境的时候，他立即会退缩到道家的躯壳中将自己保护起来。

尽管卢钦对张华关怀备至，但张华仍然难以忍受长期寄人篱下的生活。

这一天，无所事事的张华独自来到白马寺。发现寺前广场上竟然有人在赌棋。

赔率高达五倍。就是说，如果设赌者赢了，参赌的人输给设赌者一钱银子，如果设赌者输，则输给对方五钱银子。设赌者摆好一局残棋，参赌的人可以选择黑白任何一方。初看，其中的一方占有绝对优势，但其中却埋有陷阱，暗含着一道极其复杂的死活题。不是超高的棋手，根本破解不了。

设赌者是一个瘦得跟猴子一样的二十出头的青年。他身边聚拢了好多人，已有几位与瘦猴儿交过手，皆败下阵来。其他的人在一旁观望，没人敢再参赌。

"还有赌的没有？还有没有？"瘦猴儿向众人喊着，"没想到偌大个洛阳竟然没有围棋高人，都是臭手。"

张华走上前去，看了看瘦猴儿新设的这局残棋。他瞄了几眼，便发现那看似形式不利的白方，似乎有一块棋必死无疑，要想战胜黑方，必须使这块白棋起死回生。而从棋盘上看，这种可能是没有的，所以，黑方胜是定而无疑的。任何不晓其中奥秘的人，都会选择黑方。但这里，白方其实掩藏着一个很复杂的，俗称"孙膑诈死"的手筋，只有专业高手才会知道这个手筋的正确顺序。而河疯子曾特意教过张华这一手筋。

张华看了看棋盘，微微笑了。

"这位兄弟，你笑什么？是不是想过两着儿？"瘦猴儿问。

张华想，正好今天不想回刘府吃饭了，何不就此挣点儿饭钱。于是说道："还望老兄不吝赐教。"

"兄弟，那就请吧。你是执黑还是执白？黑先白后。"

"我执白。"张华笑着对瘦猴儿说。

瘦猴儿见张华主动执白，心中不免有些不安。感觉今天可能碰上硬茬子了。

二人坐在棋盘两侧。张华说："请！"

瘦猴儿捏起黑子行了一步。张华中指食指夹起一枚白子，在边线上"扳"了一步。围观者无不惊讶，底边落子无疑是白白送死啊。

瘦猴儿一愣，马上"应"了一步。

张华又在底边落下一子"刺"。

连续在边线落子，这可是很少见的怪招儿。

但就在大家不解地议论的时候，瘦猴儿却投子认负了。

人们面面相觑，没想到这少年只下了两步，便让在此摆棋设擂多年的瘦猴儿推样认输了。因为从张华这两步看似无理的棋中，瘦猴儿知道对手对"孙膑诈死"的手筋是研究过的。

瘦猴儿不是按约定输给张华五两银子，而是掏出了整整一个十两一锭的银元宝，谦恭地说："前辈，前辈，给您个茶钱，兄弟我指着这个混口饭吃，希望别砸我的摊子。"

张华说："呵呵，我不是要故意砸你摊子，只是因为囊中羞涩，不得已而为之啊。"

"那这一锭银子兄弟就笑纳了吧。只要您从此不再为难我。"

"好吧，一分钱难死英雄汉，你这银子我收下了。日后兄弟我发达了，还会还你。"张华说。

瘦猴儿说："交个朋友。"

"我姓张名华字茂先。您呢？"

"在下姓荣名格字方正。茂先兄弟乃围棋高手，敢问老弟师从何人？"

"我师傅无名无姓，人称河疯子。"

"哦。恕在下孤陋寡闻，还真没听说过。"

"我师傅曾漫游东吴境内，孙策、严武都是他的弟子。"

"啊，天呢！你师傅莫非就是人称棋仙的东方敬吾？"

"我还真不知道他老人家的真名实姓。"

"如果他是严武的师傅，那就一定是东方大师。你知道吗？严武可是当今天下第一棋圣。他自称自幼跟棋仙东方敬吾学棋，是孙伯符的师弟。"

"啊！"张华听后也大惊，没想到师傅河疯子竟然在棋界有这么大名头。

"东方大师离开吴境，后来不知所踪。你是从哪里认识的他？"荣格问。

"他一直隐居在我们老家方城，在安阳河边掘穴而居。"

"怪不得你有如此棋力。果然师出名门啊。居然与严棋圣同出棋仙门下。东方大师现在怎么样？有机会我一定要登门拜望。"

"如果您此生想以围棋为业，您还真应该去拜访一下老人家。老爷子确实非同凡人。"

"有时间咱好好手谈一局，还请兄弟不吝赐教。"

"岂敢岂敢。"张华道。

"兄弟你就别客气了。"荣格说，"在这偌大洛阳城里，除了王元伯和司马安世外，还真没你老哥的对手。可惜，王元伯、司马安世都是豪门世家，不屑于跟咱这布衣交往。"

"您说的这二人都是什么背景？"张华问。

"兄弟你是新到洛阳的吧？不然怎么会不知道王元伯和司马安世？"

"嗯，我才到洛阳三个月，对许多事情都不熟悉。"

"哦，那我就告诉你。这王元伯名雄，乃著名的琅邪王氏，如今虽已近古稀之年，但仍是洛阳城里第一围棋高手。司马安世乃是当朝太傅司马懿之孙，他自幼拜王雄为师学习围棋。棋风十分凌厉。"

"您跟他们交过手吗？"

"人家都是豪门大族，不屑于跟咱这布衣百姓来往。不过我看过王雄与司马安世师徒的对弈棋谱，我觉得我的棋力不会在他俩之下。"

"有时间我好好向您请教请教。"张华说，"今天天色已晚，兄弟还有急务。"

"好，后会有期。"荣格道。

张华说："后会有期，不过，今天这锭银子不算我赢你的，算兄弟借你的，日后定当加倍奉还。"

<h1 style="text-align:center">17</h1>

张华在卢家已叨扰半年多，心里实在过意不去。一直想给卢家父子送份礼物，表达一下敬意，但无奈囊中羞涩。今天无意间赢了这一锭银子，解了他的燃眉之急。他怀揣着银子离开白马寺，准备到市场上给卢钦买点礼品。

洛阳最大的市场离白马寺不远，占据两条街。各种商品应有尽有。张华转了一圈也没决定好给卢家买点什么。因为卢家乃著名世家大族，人家什么都不稀罕，别说一锭银子的礼物，就是十锭银子的礼物人家也不会放在眼里。要想令卢钦或卢毓老先生高兴，还得买点特色礼品。他边琢磨边走，忽听有人喊道："这位后生，这位后生。"

张华扭头一看，发现一个衣衫褴褛的老者蹲在路边，他的眼前堆放着一堆乱七八糟的旧货。老头向他招手，说："一看您就是个读书人，您随便挑件东西，赏口饭吃。"

张华走到旧货摊前，看了看，说："我也是靠人赏饭吃的。"

"不可能，看您这面相就是个富贵之人。您那口袋都被银子坠下来了，还说没钱。"

此时张华穿着来京前新置的衣装，从外表上还真看不出穷相来。

"您虽年迈，眼倒挺尖，连我口袋里揣着什么都看出来了。"张华道，"实话跟您说吧。不是我小气，不肯助您，我这银子还有重要用处。"

"您拔根头发都比我这腰粗，就挑件东西吧，赏口饭吃，我这一天都没开张了。"

张华看着老人苍老的面容，听着他哀求的口气，真不忍心一走了之。他也蹲下身去，在旧货中搜寻。他拿起一个破旧的木头盒子，发现上面还隐约有几个篆体字，他仔细辨认，原来写的是"仓颉篇"三个字。张华心中一惊。他打开盒子，

张华传

里面是一卷已有些破旧的丝织品。

老者说："这是我前年从一个姓孔的人家的仆人手里收来的。"

张华徐徐展开那卷早已变色的旧绸布，他的眼前突然一亮。他边展开，嘴中边小声地阅读着："苍颉作书，以教后嗣。幼子承诏，谨慎敬戒。勉力讽诵，昼夜勿置。苟务成史，计会辩治。超等轶群，出尤别异。初虽劳苦，卒必有意……"最后署名竟然是："李斯谨记"四个字。

天啊！这莫非就是李斯奉始皇之命，为天下"书同文"而立的标准字体——小篆而书写的《仓颉篇》吗？若如是，那可是无价之宝啊。想到这里，张华又从头到尾看了一遍，那字体的苍劲与朴茁使他坚信，这绝非一般人的手笔，定是李斯原作无疑。

老者说："这布上有字，您是读书人，就把它买下吧。"

"您准备卖多少钱。"

"五钱银子怎么样？"老者带着商量的口吻问。

张华掏出那一锭银子，说："我出一锭银子。"

老者听罢，有些吃惊。张华说："做生意讲究童叟无欺，我虽然是买家，但也不能欺骗您这样的老者。实话跟您说，您这件东西价值不仅值一锭银子，我身上若是还有银子，我愿意全都拿出来购买这件东西，但我只有这一锭银子，所以您如果愿意卖给我，这一锭银子归您。如果您想碰到更好的买主儿，说不定两三锭银子也卖得出……"

"不不不，我这东西已摆两年了，也没碰到识货的。今天好不容易碰上您，既识货又实在。这东西归您了。这锭银子，我厚着老脸收下了。"

在买卖双方都略带歉意的情形下，双方成交。

张华拿着《仓颉篇》回到住处，打开来左看右看，欣喜不已。他不仅因为无意中淘到了重宝，捡了大"漏儿"而兴奋，更因为终于看到了李斯苍劲的笔迹。他面对《仓颉篇》不由得突发怀古之忧思。

张华面对这件重宝，心中不免有不舍之心。但想到同乡卢钦确实对自己以诚相待，而自己在洛阳举目无亲，如今又得罪了何晏，以后的一切还都得指望卢家帮忙。想到这里，他又仔细看了一遍《仓颉篇》，然后卷起来装入怀中，去见卢钦。

卢钦见到《仓颉篇》也大吃一惊。他将《仓颉篇》摆在床上，仔细端详了一会儿，问："这么贵重的宝物，你是从哪儿弄来的？"

"在旧货摊上淘来的。"

"你好运气呀。如此重宝，你应该好好保存。"

"我连家都没有，存它何用。我是买来献给您和老爷子的。"

"如此重礼，我实不敢收。"

"您还客气什么？您为我的事操了这么大的心。以后还指望您引导……"

"咱是老乡嘛，应该的应该的。"卢钦说，"走，随我去见我们家老爷子，咱把它拿给老爷子欣赏欣赏。"

卢毓有朝廷为之建造的巨大府第，共有六七个独立的院落，供儿孙及下人居住。每个宅院还建有独立的花园。卢毓住最前面的院子，卢钦住在老爹的后院。

卢钦带张华来到父亲的书房，老先生正在灯下伏案书写着什么。

卢钦问："爹，您怎么还不休息？这么大岁数……"

"我在研究何晏的《论语集解》，何晏他们竟敢如此曲解圣意。"

卢毓说着站起身，见卢钦身边还站着一个年轻人。卢钦介绍说："父亲，这位就是……"

卢毓笑道："如果我没猜错。这位就是张茂先吧。"

"您老好眼力，在下正是张华。"张华答道。张华虽然到洛阳三个月了，一直住在卢府，但还一直没见过卢毓卢老先生。没想到老爷子年近七十的人，竟然还手不释卷，夜里仍在研读。因而对卢氏家学不免敬意大增。

卢钦说："您老歇歇。有件东西请您欣赏欣赏，让您一饱眼福。"

"什么东西呀？"

卢钦打开《仓颉篇》放在书案上。卢毓看罢，喜道："天啊，李斯的真迹。这是从哪里搜寻来的？"

卢钦道："是茂先从旧货摊上买来的。"

"唉，这本是国库里的宝物，天下大乱，连国之重宝都流落民间了。多亏茂先有眼力，这要是落在粗人之手，说不定就被糊了墙。"

"您老说得太对了。那卖旧货的老者说，他家老伴儿差点用它打了裕稽，只因它太脆，太不结实了，才保留了下来。"张华道。

"好，好。茂先不愧是少年才俊，不仅诗文写得好，看来还非常有眼力呀。"卢毓说。

"范阳太守正是见他博闻强识，才荐他任太常博士，没想到何晏连这个职位也不想给。"

"好好收藏，若弄丢了，或毁了，不仅是你个人的损失，也是国家的损失。"卢毓说。

"卢爷爷，我这是拿来孝敬您的。"张华说。

"那怎么行呢！这么贵重的东西，老夫可不敢笑纳。"

"我只身在洛，要它何用。如此宝物，只有您这样的府第才可相配。再说了，它在我身边，我如何保证它不丢失不毁坏。所以，我就送您了。"

"嗯。为了它的安全，暂时放在我这儿也行。待你日后发达了，再物归原主也好。"

18

卢钦见何晏将张华彻底搁置起来，本来想找何晏理论一番。但何晏一伙人如今权势日炽，嚣张得很，如果找上门去，有可能当场闹翻，那样便没有了回旋余地。但人事安排是吏部的事，何晏这一关是绕不开的，除非有比何晏权力更大的……对了，如果皇上能够亲自过问一下张华的事，何晏再嚣张，也不敢跟皇上硬顶。但谁能够说动皇上？必须是皇上身边的近臣，深受皇上重视之人……卢钦想着，突然一拍大腿，好咧，怎么把他给忘了，只要这人肯出面，张华的事一定手到擒来。

卢钦想到的这人，便是中书监刘放。

卢钦立即带张华来见刘放。

刘放因与卢家同是范阳人，而且刘放一直以卢植门生自诩，两家关系较为莫逆，多年来在官场上也一直互相照应。

刘放静静听完卢钦的介绍，问张华道："你也是方城的？"

"嗯。我家就在安阳河边，离您的庄园不远。"

卢钦拿出张华的《鹪鹩赋》和《壮士篇》请刘放过目。刘放看罢，说道："我知道了，原来毌丘刺使他们要寻找的那个世外高士就是你呀？"

卢钦问："刘大人对茂先早有耳闻？"

"今年初夏，我送妻儿回方城。毌丘俭、鲜于嗣去拜访我，他们说在安阳河的沙滩上看到了一篇咏鹪鹩的文章，文笔优美，寓意深刻，大有老庄意趣，只是那篇赋文很快被旋风吹跑了。他们说一定要找到这篇赋的作者，举荐给朝廷。老夫虽听他们说，但也没有太在意。没想到这世外高士这么快就光临寒舍了，哈哈……"

卢钦说："茂先确实才华横溢。"

"嗯，从这两篇诗文可以看出确实有才。"刘放说，"这么说，鲜于太守真的把你荐到朝廷来了？"

卢钦代张华回答道："是啊。鲜于太守评定茂先为中上品。何大中正更是将茂先定为上上品。"

"有何大人欣赏，茂先前途无量啊。"

卢钦说："哪里呀。何大人没有给茂先安排任何职位，把人家晾起来了。"

"为什么？他亲评的上上品人才，怎么能放置不用呢。"

"何大人不是不想重用茂先，他甚至想把他安排在中书省呢，待您和孙大人致仕之后，安排茂先接管中书省……"

"那可太好了。"刘放说，"中书省需要茂先这样有文采的年轻人。"

"但何大人之意您还不懂吗？"卢钦说。

"老夫当然明白。想将大将军的势力安插进中书……"

"中书大人果然心明眼亮。"卢钦道。

"曹大将军和何晏他们的把戏玩儿得太过了，朝野谁不清楚他们的野心何在。司马太傅岂是那么容易欺负的？武帝如何？孔明如何？这三人斗了一辈子法，都没分出胜负，究竟谁会笑到最后还未可知。曹爽和何晏哪里是司马懿的对手。老虎不发威他们就以为是病猫了，呵呵。一旦这头雄狮怒吼，何晏之流恐怕死无葬身之地呀。"刘放道。

"所以，我劝茂先，不要受他们的拉拢，若入了何晏他们那一伙，后果不堪设想。"

"子若，你做得对。茂先无论如何是咱小老乡，咱不能眼巴巴看着他误入歧途啊。"刘放说。

"茂先正是听了我的话，不肯入伙，才被何晏给晾了。"

"暂时晾了也不是什么坏事，"刘放说，"曹氏与司马氏的争斗已白热化，我感觉不久就会见分晓，官场很块就会来一次血光之灾。朝廷官员都难免被牵扯进去。"

卢钦说："我想，刘大人，以您和我卢家的为人，无论谁得势也无碍我何呀。"

"是啊，"刘放说，"茂先，入了官场，一定要记住，靠本事吃饭，一切从百姓和社稷利益着想，不要拉帮结派，因为结党必营私，营私必遭恨，遭恨必遭殃。"

"刘大人总结得好呀。"卢钦说，"茂先长期赋闲对他的心灵是个极大摧残。我想是不是这样，刘大人，以皇上对您的宠幸，你能否在皇上面前帮茂先美言几句，请皇上给茂先赐个闲差，以后待朝野安定了再斟酌重用。若何大人反对，完全可以拿出他为茂先亲定的品级诘问于他。"

"好吧。那老夫就去试试。不过，何晏如今可是权倾朝野，皇上也未必为了茂先拂逆何晏。这事不能着急，得容老夫见机行事。"

中书监慨然允诺，这才令卢钦、张华心中释然。

然而又过了两个月，张华的工作问题并没有任何消息。张华想去刘府探听一下消息，但手中空空，没有点儿像样的礼物怎么好意思去见刘中书。这时他又想起了荣格和《仓颉篇》的事。他想自己何不也去街上摆残棋挣点钱。然后再淘一两件像样的古董作为晋见刘中书的礼物。想到这里，他立即采取行动，买了一副围棋，到洛阳街上摆擂。

虽然白马寺最热闹，但他不想与同行荣格抢饭吃，只得另寻他处。

他在洛阳城里转了半天，最后在狮子街找到了一个不错的场地。这里街道宽阔，整洁。一个非常大的府第占据了半条街，府第的正门向内缩进五六丈，因而中间围墙呈八字与正门相连，这样在正门外就形成了一个不小的广场。在正门与广场之间还有条一丈宽的小河，小河上建有汉白玉的小桥以供府中人出入。广场上绿树成荫，经常有人在此聚集纳凉。

张华将棋摆到广场上，坐在树下坐等有人攻擂。但一连几天，张华也没挣到多少钱，因为来这里不像白马寺，来往的多是外地人，外地人不懂残棋的奥妙，容易上当。而在这里休闲的差不多是附近的居民，城里人都知道买的不如卖的精的道理，因而围观的人多，出钱攻擂的人少。

第五天，张华正准备撤摊走人。突然从府中走出一个十七八岁的女子。她来到张华面前说："你是何方人士，敢到王府门前叫板？"

张华看时，只见这女子衣着光鲜，身姿娉婷，相貌俊美。张华见问，说道："我在此摆残棋挣点儿钱花，并没有跟谁叫板之意。"

"我家小姐说了，你既敢在街上摆擂，当是围棋高手，须知我家老老爷、小姐都是棋界翘楚，你到我家门前树起擂台，不是向王府叫板是什么？"

"请问你家老爷、小姐尊姓大名。"

"不是老爷，是老老爷。"秋雁纠正道，"也就是我家老爷的老爹。"

"哦，原来如此。"

"你真的不知？"

"鄙人来洛阳不久，对京城尚不熟悉。"

"真的不知，我就告诉你。"

"请将。"

"我家老老爷乃琅邪王氏，姓王讳雄字元伯。我家老爷姓王名浑，字长源。我家小姐乃元伯老先生的孙女，姓王名嬉字咏春。"

"哦，原来这是元伯老先生府第，失敬失敬。"张华说，"不久前才听棋友说到元伯先生大名。以为王老先生不过是棋界元老，没想到还是将相人家。好，我赶紧收拾收拾，马上离开这里。"

张华刚要收拾棋盘。只见小女子说："慢着。你连洛阳围棋三杰都不知道，看来也不过是草莽出身，小女子我自幼跟随小姐身边，也颇通棋艺。我跟你赌一盘再走不迟。"

这女子说完，仔细看过残棋。半晌之后，说："好啦，我执黑先行。"说完，伸出纤纤玉指，夹了一枚黑子，落在纹样之上。

张华这盘棋中，暗藏的是一个俗称"方朔偷桃"的手筋，白方的一块棋看似必死，但只要懂这个手筋，是能够救活的。而一旦这块白棋活掉，则黑方必败。

张华见小女子果然中招儿。于是，执白子相应对。

很快，小女子便落败。

小女子道："看来我小瞧你了，还真有两下子。等着，我回府给你取银子去。"

"请问小姐姓名……"

"咳，你还怕我坑了你这几钱银子？"

"不是这意思。"

"那问我姓名干什么？我告诉你吧，我叫秋雁。要是还不放心呢，我把我这手镯先押你这儿。"说着，秋雁从玉腕上撸下自己的银镯子，放在棋盘上，转身便走。

"不用不用……"张华赶紧说道，并拿起银镯追上前去，拉住秋雁，要把镯子交还她，但秋雁死活不要，说道："你拉拉扯扯的算怎么回事。"

张华听了这句话立即松了手，任凭秋雁踱回府去。

这时一个旁观者对张华说道："后生，原来你真的不知道这里是王府吗？"

"真的不知。"

"咳，看你在此摆擂，我们也以为你是在向王元伯挑战呢。"旁观者道，"这王家可不是一般的官宦之家，乃世家大族琅邪王氏。你不知道王雄总该知道王祥吧？"

"是卧冰求鲤的那个王祥吗？"

"对。"

"这王雄与大司农王祥乃是兄弟。王氏一门俱是朝中显贵。你还是赶紧走吧，若惹得王老爷子不高兴可没你好果子吃。"

这位好心人说得不错。这琅邪王家自汉末以来，家世日显，至魏晋，更是顶尖的豪门世族。这一族出现过多位中国历史上的著名人物：卧冰求鲤的王祥、竹林七贤之一的王戎、"信口雌黄"的清谈家王衍、"王与马共天下"中的"王"指的就是东晋奠基人王导、王敦兄弟、书圣王羲之、王献之父子，"旧时王谢堂前燕，飞入寻常百姓家"中"王谢"中的"王"，指的也是这个琅邪王氏。

成语琳琅满目最早就是赞美琅邪王氏的才子们的。（《世说新语》：

有人诣王太尉（王衍），遇安丰（王戎）、大将军（王敦）、丞相（王导）在坐。往别屋，见季胤（王诩）、平子（王澄）。还，语人曰："今日之行，触目见琳琅珠玉。"）

王雄虽然是洛阳城里的棋王但与王氏这些鼎鼎大名的人物相比，还真不值一提，所以历史上并没有将王雄的围棋专长记录在案。

张华听了好心人的话说："谢谢提醒。可我走了，秋雁小姐这手镯怎么办？我还是等把手镯归还人家再走吧。"

张华在王府外广场上等了很久，仍不见秋雁出来。

原来，这秋雁乃是王婧的贴身使女，王婧聪明伶俐，貌若天仙，深得爷爷王雄喜爱。王雄从小便教孙女下棋，王婧十三四岁的时候棋艺便已达到很高境地。秋雁所说的洛阳围棋三杰，指的便是王雄、王婧和王雄的另一个弟子司马炎。当然，这三杰是指他们在世族豪门圈子里棋力荣膺前三位。但他们一般不与民间棋手往来，所以民间棋界并不认可这"三杰"之说。

张华在王府前摆擂，早有人禀报王雄和王婧，爷孙俩都认为这是有人故意上门挑战。忍了几日，见这摆擂之人仍然不走，于是王婧派秋雁去探虚实。

秋雁自幼不离王婧左右，耳濡目染，渐渐也谙通棋道。所以今天敢擅自攻擂，没想到会败在张华手下。秋雁回去取银，王婧问："你跟那人赌棋了？"

"嗯，我输了，赔给他五钱银子。"

"这么说那人棋力不浅呀？"王婧说。

"小姐，那人不仅棋力深厚，而且我见他长得眉目清秀，身形俊朗，言辞文雅，不是粗鄙之人，倒像个书生。"

"哼，你观察得倒仔细。我让你把他撵走，没想到你却相中了人家。"

秋雁被说得脸一红。

王婧问："听你这么说，他好像很有来头？"

"嗯。"

"你把刚才跟他下的那残棋复一下盘，我看看你是怎么输的。"王婧吩咐道。

秋雁立即摆好纹样，将那残棋摆好。王婧看了几眼，便说："你看，这里不是暗藏着一个典型的，方朔偷桃，的手筋吗？你怎么忘了？"

"哎呀，对呀，可当时我确实没看出来。"秋雁说。

"既然不是来王府挑战的，就不用理他了。来，继续陪我读书。"

"不行啊小姐，我还得出去一趟。"

"为什么？"

"我还欠人家五钱银子呢。"

"我让老黄安给他送去。你一个姑娘家就别抛头露面了。"

"嗯，好吧。不过，小姐，您让黄安把我的镯子帮我要回来。"

"天啊，连定情物都送给人家了？"

"不不不，他怕我回到府里不给他银子，为了让他放心，所以我把镯子押给他。"

"我知道你现在年龄大了，情窦渐开。没什么，哪个女孩儿不思春呀。我也快嫁了，你如果不愿意随我出嫁，也赶紧找个小子配了吧。"

"小姐，恕我直言，您要是嫁个书生公子，我愿意侍奉您一辈子，可子彝先生虽身为世家子弟，却性情鲁莽，我怕……"

"唉，都怪我爹，非要讲什么门当户对。我虽然不同意这门婚事，但拗不过我爹呀。虽说我是小姐，可在婚姻大事上，还不如你，可以自己选择，自己做主。你要是真的相中了这摆残棋的小子，我也愿意成全你们的好事。"

秋雁听了小姐的话一语不发。王婧笑道："看来，我说到你心里去了。不过，你既然跟了我十几年，我也得替你把把关。先摸摸他的棋力如何，若真是超一流棋手的水平，你跟了这样的人，也受不了罪。"

"多谢小姐。"

"你出去跟他说，就说你家小姐要跟他手谈一局，问他敢不敢。"

"好吧，小姐。"秋雁说。

秋雁来到府外广场对张华说："银子我拿来了，但先不能给你。我家小姐说了，要跟你手谈一局，问你敢不敢。"

"愿意向你家小姐请教一二。"张华道。

"我们小姐还说了，要是她赢了，我输的银子就不用赔给你了。要是你赢了，她双倍赔你。"

"那就恭敬不如从命。"张华说罢，在地上摆好棋盘。然后对秋雁说，"请你家小姐执黑先行。"

秋雁说："好吧。"于是转身走进府去。王婧也在自己的闺房中摆下棋盘，执黑将棋子落到下方右侧的星位。

秋雁立即走出府去，向张华通报小姐的落子位置。张华听罢，在左上方将白子落在错小目的位置。秋雁转身回府向小姐禀报。

双方行了五六步，秋雁便出出进进地走了十几趟，累得气喘吁吁了。秋雁说："小姐，你们下完这局棋，还不得把我累死。"

"还不都是因为你，不是为了把你输的银子赢回来，我岂能跟一个素不相识的男人下棋，你倒怕累了。"

"小姐，您看能不能这样。您把棋盘摆到南墙下的亭子里，我让那人把棋摆到外墙根儿下，我站在墙头上为你俩传棋。"

"这样也好。不然真得把你这双脚磨出血泡来。"

于是王婧和秋雁让仆二人将棋盘移到南墙内侧亭子间。秋雁搬了个高凳，站在墙内，探出头去为张华和王婧口传棋谱。

这局棋直下到天色将晚。此时王婧一条大龙被围，她拼尽全力，既找不到就地作活的可能，也无法使大龙杀出重围，但是就在她准备认负的时候，对方突然下了一步臭棋，露了一个天大的破绽，使王婧的大龙死里逃生。而张华左上方的一块棋却顷刻成了死棋。张华只好推枰认负。

此时，王婧和秋雁都已累得筋疲力尽。秋雁对张华说一声："银子结清了。我们小姐说了，休息几日，六天之后跟你再战，五局三胜。"于是跳下高凳。

张华收拾完棋盘，方想到秋雁的镯子还在自己手里，于是冲墙内喊："秋雁小姐，秋雁小姐……"

但墙内无人应答，秋雁早已扶小姐回闺房休息去了。

19

张华今天所遇的事非常奇特，虽然他没有赢到钱，但能够与如此有情调的女子相识还是令他内心大爽。

他回到住处不久，卢钦亲自来到他的房间，兴奋地对他说："恭喜茂先，贺喜茂先。你的职位在刘大人的奔走下终于有着落了。"

"那还得多谢您。要不是您费心……"

"跟我不用客气，只要好好谢谢刘大人就行了。"卢钦说，"明天一早，你就到太常寺报到，从此你就是太常博士了，至于专攻哪一科，还要听太常寺卿的安排。"

太常博士官职级别较低，位从七品。太常寺设博士若干，把儒家经典细分出若干科目，比如专门研究《诗经》的过去有三家，称为鲁诗、齐诗、韩诗，于是便设三个博士分别称为鲁诗博士、齐诗博士、韩诗博士，研究《春秋》的则分别设左传博士、谷梁博士、公羊博士。每位博士都要对自己的主攻科目予以精研，朝廷有疑事，则备咨询。太常博士其实也是个非常闲散的差使。但毕竟有了俸禄，有了居所，不用再寄人篱下，这对于张华来说已经是求之不得了。

作为太常博士，张华主研的是孟子。放羊娃终于端上了金饭碗，岂能不肝脑涂地，努力效命。作为太常博士，有权查阅国家图书，于是张华一头扎进故纸堆中，潜心研究学问，连王家小姐约定的五番棋都很快忘到脑后去了。

正在张华为自己的命运庆幸之时，一天晚饭后，卢钦家的仆人突然找到张华，说卢钦卢大人请他到书房一叙。张华多日未见卢钦，也很想向他汇报一下自己的近况，于是立即跟随仆人来到卢钦的书房。

卢钦与张华坐定，询问了张华的工作生活情况，张华自己感觉非常满意。卢钦于是说道："很好，多亏了刘中书刘大人帮忙。只有他才能说动皇上亲自替你说话。"

"您和刘大人就是我的再生父母，张华永生难忘。"

"我倒没能为你做什么，关键是刘大人。"卢钦说，"茂先，如今刘大人遇到点困难，需要你出面帮助，不知你愿意不愿意……"

"那还用问，我正愁无法报答刘大人的恩情呢。您转告刘大人，有什么需要我的地方，尽管吩咐。"

"好，是这样。"卢钦说，"你知道中书令孙资吧？就是与刘大人共掌中书省的那位。"

"听说过，据说孙大人与刘大人关系莫逆，几十年来，一直共掌中书，孙资一直位在刘大人之下，但二人配合得相当完美。"（确实，《三国志·魏书》中，刘放和孙资二人的传都是合在一起写的，史书如此为人作传的情况十分罕见）

"嗯，我过去也相信二人的关系确实好，但人是复杂的，一个人被另一个人压制一辈子，内心可能会有些不平。"

"您的意思是，二位大人闹意见了？"

"是这么回事。"卢钦说，"皇上最近要选嫔纳妃，孙资私下向皇上说，刘大人的千金刘贞小姐才德俱佳，且貌配其德，貌比其才。龙颜因而为之大悦……"

"这是天大的好事啊。如此攀龙附凤的机会实在难得。"

"唉，看来你还是不知道官场的凶险啊。"卢钦说，"你以为为妃作嫔是什么好事吗？一旦天下有变，不仅后宫难保，外戚也会受牵连而遭殃啊。"

"如今朗朗旭日，荡荡乾坤，怎么会'天下有变'？"

"刘中书比咱们更清楚朝廷内部的形势。曹氏与司马氏的暗斗如今已白热化。一旦曹大将军失势，皇帝也岌岌可危。当此之时，将女儿嫁入宫中这不是给自己脖子上上套吗。"

"所以，孙资表面上是为刘大人好，实则是在暗中给刘大人下绊儿？"张华问。

"对呀。"卢钦说，"所以刘大人很是无奈。既不能谴责孙资，又不能公然拂逆圣意。"

"那怎么办？"

"所以他就想到你。目前只有你能救刘大人一家逃过这一劫。"

"我？我有什么能力……"

"是这样。"卢钦说，"你不是还没成家吗？刘大人想，能不能让你与他女儿假装订亲，日后待风声过去，再解除这个假婚约。"

"这样就能过皇上那一关？"张华问。

"皇家一直宣扬以儒治国，礼义廉耻还是要顾及的，哪能强纳有婆家之女为妃呢，那样会被天下耻笑。"

卢钦的话令张华深感为难。答应吧，这明显是对自己人格的一种污辱，不答应吧，在刘大人危难之际，怎么能置刘放和卢钦两位恩人的请求于不顾呢。

卢钦说："茂先，我知道这事让你受委屈。刘大人也对我说，此事不可强求，尤其刚给你解决了职位的事，就有求于你，这会令你为难。刘大人也是被逼得没办法，才想出这个主意。你呢，不需要立即回答行与不行。回去好好想想，即使不答应，我和刘大人也不会怪罪你。你要相信我和刘大人绝不是施恩图报的小人。"

"我明白您的意思。"张华说，"我答应。不用说您和刘大人有恩于我，就是素不相识，若见到刘家面临大祸，我也会舍身相助。"

"那好。我今晚就回复刘大人。这两天，你就准备和刘家小姐办一场假定亲礼。"

"一切听您吩咐。"张华说。

于是，两天后，在刘放的安排下，张华与刘放的女儿刘贞在孙资的见证下，举办了定亲礼。

刘贞没想到在京城再次见到了安阳河边那个为他捕蜻蜓的放羊娃，而且还跟他演了一出假定亲的把戏。

自半月前孙资向皇帝曹芳举荐刘贞，刘家围绕刘贞的婚事，明显分成了两派。一派以刘贞的母亲及两个哥哥为一方，坚决支持刘贞入宫为妃。那样刘家就是真正的皇亲国戚了。刘贞自己也比较倾向于母亲和哥哥。另一方则是刘放，他坚决不同意女儿入宫。因为他深知当前政局的复杂。妻儿一方虽然人多势众，但刘放毕竟是一家之主，他拿定主意，不让女儿入宫，其他人再坚持己见也无可奈何。但如何找个正当的理由，既不引起圣怒，又能避免女儿入宫之祸，刘放可是费尽了心思。最后想出这个假定亲的主意。但如何找到这个既不怕名誉受污能够积极相助，又能让皇上和孙资确信无疑的男方？古代礼法，一旦定亲，便可被看作婚姻成立。再解除婚约，则按再婚看待，再婚者一般都会被看作是有道德瑕疵的。而若找一个低贱的小子，给予一定的经济补偿来演一场戏也不是什么难事。但那样会被孙资和皇上识破。一个相国家的千金怎么可能嫁给一个低贱的小子呢。分明是在有意拂逆圣意，说不定会引得龙颜大怒。思来想去，只有张华合适。一来，张华孤身一人，与刘贞年龄相仿，二来，张华既有大中正给予的上上品的定评，又文采出众。虽然张家与刘家门户不相当，但双方结亲也还说得过去。

刘放想到这里，便请卢钦找张华来商议。卢钦只得代刘放向张华试探。张华慨然应允。

虽然只是假定亲，但刘贞母女和两个哥哥门第观念非常强烈，对此很是反感。只有不明就里的使女郭芸，对小姐终于与张华定亲感到十分欣喜。

20

张华终于为恩人做了点儿事。心中有些释然。但随之而来的是莫大的失落感和羞辱感。在失意与痛苦的折磨中，他无意再研究孟子，只想到街上呼酒买醉。

他只身来到洛阳最繁华的街上，在一个酒楼里坐下，叫小二烫了一壶酒，上了几个菜，自斟自饮起来。酒入愁肠，不免想起母亲和妹妹来，想起安阳河边安静的生活，他有些后悔来到京城这是非之地。人生应该走怎样的路，对于他来说，又成了一个问题。是回到安阳河边，陪伴母亲，与河疯子一起闲适野逸地生活一辈子，还是在这京城的生死场上拼搏换取功名？哪一条路更好？

饮着，想着，不久，他便醉了。他起身离去时，小二上前道："这位先生，您还没付酒钱呢。"

"酒钱？对，给你酒钱。"张华摸遍自己的衣袋，除了一个绞丝银镯子，身上竟然没有带一点儿银子。

"我给你回家去取怎么样？"张华问。

"那可不行，谁知您是哪儿的人呀。您来个狗吃麸子不露面儿，我上哪儿找您去？"

"你这是狗眼看人低。那你说怎么办？"

"你把这镯子押这儿回去拿钱，不行，就把这镯子作了酒钱也可。"小二说。

"好，那就把它作酒钱吧。"

"用不了这么多。我们还得找给您几钱银子。"

"不用找钱了。给我再来一壶酒。"

小二收了银镯子，递给张华一壶酒。张华提着酒壶出了门，步履蹒跚地走在街上，还不时地对着酒壶抿上一口。

拐过一个街角，忽然看到三个人半躺半坐在路边。见他提着酒壶走过来。其中一人笑道："呵呵，兄弟，独乐乐不如与人同乐，独醉醉不如与人同醉。你手中有酒，何不与我等分享。"

"世人皆醒唯我独醉，此乐何极？"张华道。

"你没看我们兄弟都醉了吗？怎能说你独醉？"其中一人说着站起身，从张华手中抢过酒壶喝了几口，然后蹲下身，给另两位也灌了几口。

张华道："你这人好生霸道，我这酒可是用小姐的镯子换来的。"

"一只镯子算个球。给，我用这个换你这半壶酒了。"那人说着，把手中的一个拂尘递到张华手里。举起酒壶，咕咚咕咚几口便把酒干了。"

张华已是酩酊大醉，他接过拂尘继续行路。不知转了多少圈子，夜半才回到自己的住处。

第二天，张华一觉醒来，回忆着昨晚的一切。看见那柄拂尘，他猛然一惊，赶紧去摸衣服口袋，秋雁那只银镯子确实不见了。这时，他才想起，银镯子已被自己换酒喝了。

他拿起那个陌生人的拂尘，仔细看了看，更加惊讶不已，原来，这柄拂尘比那绞丝银镯子恐怕要贵重千倍。这柄拂尘的手柄有一尺来长，象牙雕花，黄金包头，并用七颗红宝石镶嵌成北斗七星形状，异常精致。

天啊，这是何人之物？自己用银镯子换了顿酒饭已是十分荒唐，没想到有比自己更加荒唐者，竟然用如此贵重之物换了半壶酒。

想到那只镯子，张华心中不免一惊。那本是王府使女暂时遗忘在自己手里的抵押物，如今给人家换了酒，怎么向人家交代？重新给人家打造一只？但必须有另一只作模板，才能保证形状纹饰一致。所以必须先找到那秋雁，拿到她手上的另一只镯子。想到这里，他手拿象牙拂尘，走出家门。

路过昨夜与三个醉汉相遇的街角，早已不见了醉汉的踪影。他向旁边小店里的人们打听那三个醉汉的消息，人们说："如今这洛阳城里喝酒服药之风大盛，醉汉太多了，谁知道你说的那三人是谁。"

张华寻人无果，径直向王府走来。到得王府大门前，向守门人通报要见秋雁姑娘。守门人让他在大门外等候，不一会儿，秋雁便风风火火地走出王府大门。满脸不悦地对张华道："我说你这人怎么这么不讲信用？那天不是跟我们小姐约好了吗？几日后再来……"

"姑娘息怒，我只因近日遇到一件烦心事，没心思下棋……"

"没心思下棋没关系，你倒是来通禀一声呀。"

"是是是，完全是在下的不是了。"张华道。

"今天心情好了？有心思了？"秋雁问。

"今天心情仍然不爽。"

"那你干吗来了？"

"给您送镯子来了。"

"哦。那天给你们传棋谱，忙得我忘了向你讨还银镯子，麻烦你又专门来跑—

趟，拿来吧。"秋雁说。

"可，可，可那镯子让我弄没了。"

"怎么会弄没了呢？"秋雁问。

"实话跟您说吧。我用它换酒喝了。"

"天啊。你是个什么人呀？怎么能用别人的东西换酒喝？"

"只因心情烦闷……"

"有什么烦心事会把你弄成这样？"

"唉，一言难尽。"张华道，"我今天是专门来跟您商量如何赔偿您的。一种方法，赔您钱。另一种方法，给您重新打造一只镯子，但须要您把您腕上的另一只镯子交给我，好让银匠按照……"

"算了吧。我这一只保不准也会被你换了酒呢。"秋雁道。

"那就赔您钱？不过我囊中羞涩，没有现钱。"张华说。

"那不废话吗。"秋雁不悦地说。

"你看看这柄拂尘怎么样？我用它抵您那只镯子总可以了吧？"

秋雁接过拂尘看了看，突然眼前一亮。秋雁一直在王家这样的豪门生活，什么贵重物品没有见识过。她知道，这样的一柄拂尘，至少抵得过一百只银镯子。于是说道："不行不行。你这东西太贵重。我若接受了，不是显得我太贪心了吗？"

张华说："您不用多想，如果您觉得它足以抵偿您的镯子，我就用它赔您了。"

"不行，真的不行……"

"您不要推托了。我再告诉您这柄拂尘的来历，您就能安心接受它了。"张华说，"昨晚我用镯子换了酒，在路上被三个醉汉拦住，非得用这拂尘换了我那半壶酒。我很愤怒，但自忖自己很难以一敌三，而且我也醉得脚下无根，所以只能委屈地接受了这种交换……"

"半壶酒换这只贵重的拂尘，你还委屈？"

"您不知道，在一个急需酒精麻醉的人那里，酒比任何东西都珍贵。既然我的酒是用您的镯子买来的，这拂尘又是用那酒换来的，所以，用它抵您那镯子也就没什么不妥了。"

秋雁道："不，无论如何，我不能接受这样的交换，否则真显得我太贪心了。"

"您用一只银镯子换这个象牙拂尘如果太贪。那我用半壶酒换它，不就更贪了吗？这只拂尘如果留在我手里，我永远都会感到不安，好像我趁人酒醉占人便宜似的。但我又找不到它的真正主人。所以这只拂尘只能归您。"

秋雁又辞让了半天，但张华坚决不肯收回拂尘。

秋雁最后问："刚才我家小姐听说您来了，只道是你又前来对弈，她连棋具都准备好了。你今天能否陪我家小姐下几盘？"

"好吧。"张华说，"我正烦闷，说不定下下棋可以聊解烦恼。不过今天我未带棋具……"

"这没关系，我进府给你拿一副棋出来不就行了。"

"王府好威严呀。"张华说，"你家小姐既然如此希望跟我对弈，却死活不肯让我入府……"

"您不知道，王府宾朋皆上流，往来无下品，一般人是进不得王府的。"

张华说："告诉你家小姐，跟他对弈的是上上品人物。"

秋雁以为张华在说笑话，不以为意。转身进了府门。回到小姐闺房，王婧很不高兴地说："怎么去了这么久？跟一个男人有什么好聊的？"

秋雁把镯子换拂尘的过程对小姐如实讲述一遍。王婧道："天啊，他这哪里是弄丢了你的镯子，分明是借故跟你交换定情物呢。"

"小姐，你说什么呀。我相信他说的是真的。"秋雁急道，"要是他家里有这样贵重的东西，还用得着在街上摆棋挣钱吗？"

王婧想了想，觉得秋雁说得也有道理。说："如果他说的都是真的，说明这人还真是个君子，起码心中没有贪念。"

"嗯。我觉得他不仅书生气十足，而且彬彬有礼，非常真诚。他自己还说自己是'上上品'呢。"

"呵呵，哪有一个上品人士在街头卖艺的。"王婧笑道。

"虽然，上上品，未必是真，但他给人的印象决非下品之人。"

"看来你是真喜欢上他了。他大概对你也有意。要是你俩真配成姻缘，那可是棋为媒了。"

秋雁被王婧说得脸色通红。

王婧道："对了，我想跟他对弈几局，不知他今天能否奉陪？"

"我问他了，他说愿意奉陪小姐。"秋雁说，"不过今天他没带棋具……"

"那你就把我那副云子棋给他送出去。让他在墙外，我还在亭子里，你站在高凳上传棋。"

"好的。"秋雁说，"小姐，人家可怪您了。"

"怪我什么？"

"怪咱王府架子大，陪您对弈，却连大门都不让人家进。"

"这是老爷子定的规矩，王府从不许下品之人出入。"

"他绝不是下品之人。您要是见了他也会觉得他有一种高贵的气质。对了，一会儿您也站到高凳上望望，看看这人怎么样。"

王婧未置可否。秋雁拿了那副云子棋，出了府门，交与张华，便回到府中，站在南墙内，为张华和小姐传诵棋谱。

　　张华在墙外认真应对。由于他心情恶劣，未到中盘，便显出败势。为了扭转局面，他端坐桦前，陷入了长考。

　　王婧眼见胜券在握，站起身在亭子外悠闲地踱起步来。秋雁小声叫道："小姐，小姐。"

　　王婧抬眼望去，只见秋雁走下高凳低声道："小姐，我扶着您登上高凳看看这个人。"

　　"不，那多不好意思。"

　　"您下了半天棋，连对手长什么模样都不知道，岂不遗憾。"

　　其实王婧的内心中也早有要看一看对手的欲望。

　　秋雁见小姐没有拒绝。她向四周望了望，见四周没人，赶紧把王婧拉到高凳边，扶着小姐一步步攀上高凳。

　　王婧从墙头向外望过去，见张华仍在低头思考。她大胆地仔细打量了这对手一番，见他果然不是粗鄙之人，他手托下颔凝神沉思，如一尊玉雕一样安静、沉稳。眉宇间露出一种睿智之光。王婧内心中不由得拿他跟自己的未婚夫进行了一番比较，觉得未婚夫实在粗俗鄙陋，令她难以接受。

　　王婧陷入沉思之时，张华突然仰起头，冲着秋雁报出自己下一着儿的落子位置。这时，他才突然发现，原来，站在高凳上的女子并不是秋雁，而是一个比秋雁更加俊美靓丽的女子。

　　王婧与张华对视了一眼，立即羞得脸色通红，她赶紧缩头藏身，快速下了高凳。来到亭子里的棋盘前，继续下棋。

　　而张华则有种被闪电击中的感觉，不免心绪大乱。

　　王婧的心情既喜悦又忧伤。这个正值思春年华的少女，梦中无数次出现过完美情人的形象，但今天，这梦中的形象竟然就在咫尺之隔的墙外，而且正在与自己对弈。这岂能不令她心生喜悦。但忧伤的是，自己已由爷爷做主许配给了鄙俗不堪的司马伦，命运再难更改。

　　王婧由于心猿意马，棋越走越乱。张华从王婧棋路上已看出了她内心的波动。内心不免有些欣喜，但很快他就冷静下来。心想，刘中书家的女儿与自己假订婚，这豪门王家小姐就能与自己有真意？还是别自作多情了。这样想着，情绪上立即镇定下来，行棋也渐入正轨。而王婧的心情却一直没有调整过来。一盘已经赢定的棋，竟然很快输掉了。

　　张华对秋雁说："你家小姐心不在焉，似乎心情上很慌乱、烦躁。既然小姐心绪不宁，改日再战吧。"

秋雁走下高凳，把张华的话讲给王婧，然后笑道："小姐，是不是也对那人动心了？"

"胡说什么！"

"人家从棋上都看出您有心事了，还说没动心？"

"听他瞎说？从棋上还能看出我的心情来？不行，我不能就这么糊里糊涂地输了。告诉他，再下一盘。"

王婧稀里糊涂地输了棋，心情大坏。她觉得墙外的男子会因自己的棋下得如此之臭而看不起自己，更怕他从此不再来此对弈。这激起了她性格上倔强与执拗的一面。因而坚持要连战三局。

张华不愿拂逆美人儿之意，只得奉陪。

第二盘，布局阶段，王婧已略显劣势。她想，自己决不能再输了，但如何扭转劣势，她想不出什么妙着儿来。于是她提出休息一刻钟再战。

秋雁走下高凳，问："小姐是不是要去更衣？"

"不。"王婧说，"秋雁，快去请我爷爷。"

"老爷要是知道您和一个陌生男子下棋，会生气的。"

"不会的。我跟爷爷说过了。你快去吧。"

秋雁领命赶紧去请王府主人王雄。

原来，多日前那次对弈，王婧已向爷爷讲过。王雄让孙女复盘，爷孙俩一起研究那局棋。王雄以一个围棋大家的眼光，很快看出孙女那个对手棋力的不俗，他感到，这是一位受过高人真传的棋手。并告诉王婧，这局棋是人家有意输给你的。

王婧说："我也看出这二百八十一手，是他故意卖的破绽。"

王雄说："啥时这人再来设擂，让我对付他。"

王婧说："我与他约定六日之后再比。"

王雄说："到时候爷爷来助你。"

但在约定日期，张华没有来。直到十天后的今天，张华才再次出现。

王雄跟在王婧身后，来到亭子间，坐在纹枰前仔细分析这局棋。用了将近半个时辰，王老先生才找到一个扭转劣势的妙手。

王雄此着儿一出，张华大惊。

二人墙里墙外战到傍晚时分，张华以半目落败。

秋雁在高凳上说："今天天色已晚，您与我们小姐一比一平。我家小姐问您，能否明日来一决胜负。"

"呵呵，"张华笑道，"贵府内有几个高手？从第六十五手之后，我觉得根本不是你家小姐下的。肯定另有他人。你家小姐的棋风喜欢实地，而这个人的棋风刚猛异常，精于搏杀。"

秋雁说："就是我家小姐下的嘛。"

"骗得了别人可骗不了我。一个人的棋风跟他的相貌和性格一样，我一眼便可看出。我明天来是跟小姐比呢，还是跟这隐藏在背后的高手比？"

王雄、王婧和秋雁听了张华的话，都惊讶异常。没想到这对手如此厉害，竟然能够准确说出这局棋是从哪手开始换了人的。

"看来真遇到高手了。"王雄对秋雁说，"告诉那人，明天来了自然让他知道谁才是他真正的对手。"

21

第二天，张华如约来到王府门前。秋雁早已等在那里。

张华问："贵府小姐可好？"

秋雁道："就知道问小姐。我这丫鬟就不值得你问候一声？"

"姑娘可好？"

"好什么呀。为了给你俩传棋谱，昨天从高凳上掉下来，把脚扭伤了。"

"诊治过了吗？"

"我们丫鬟命硬，没什么大碍。"

张华坐到昨天与王婧对弈的石撒上，说："你家小姐准备好了吗？我们马上开始吧。"

"起来，起来。"秋雁说，"以后不需要隔墙对弈了。我们老老爷很欣赏你的棋艺，请你到府中去弈棋。"

张华跟随在秋雁身后，沿着弯弯曲曲的小径，一路向前走，所过之处，亭台楼阁，湖光山色，如仙境一般。张华没想到高墙之内别有洞天。内心不由得大惊，此时他才知道真正的豪门过的是怎样的日子。

秋雁带着张华最后来到一座三屋小楼前。楼上的匾额写的是"精艺堂"。秋雁说："这是府上专门用作老爷、公子、小姐习艺的地方。一楼用作藏书，二楼是研习棋艺、书法和理数的地方，三楼专门用来研习礼乐。"

"怪不得贵府连小姐的棋艺都这样厉害，原来从小就进行专门的学习和训练呀。"

"是啊。我家小姐、公子，都必须习六艺，读九经。"

张华随秋雁登上二楼。来到西侧的一个房间。秋雁在门外禀道："老老爷，客人到了。"

"快请!"内中一人道。

于是张华跟在秋雁身后进了屋。只见一个衣着华贵，须发皆白的老者端坐在一张紫檀木矮桌前，桌上摆放着一套高级棋具。老者右侧坐着一位妙龄少女，正是昨天在墙头上露了一面的那位风华绝代的美人儿。

"请坐，上茶。"老者吩咐道。

于是秋雁跪到旁边一个茶几旁，沏茶续水。

张华按照老者的示意，坐到了老者对面的位置。

"请问客人尊姓大名。"王雄问。

"在下姓张名华，字茂先。"

"哦。"

"哪里人士？"

"范阳方城人也。"

"实话告诉你吧，昨天那后半盘棋，是老夫帮助我孙女下的。没想到竟被你看出来了。我孙女把你和她对弈的几盘棋跟我一起复了盘。我发现你棋艺不凡呢。"

"前辈过奖了。"

"请问，你是跟哪个高人学的？"

"河疯子。"

"河疯子？这人我怎么没听说过？"

"我师傅的本名叫东方敬吾。"

"哦？"老者惊道，"原来你是棋仙的弟子，怪不得棋艺如此不凡。你师傅似乎已在世上销声匿迹三十年了。这么说他还健在？"

"对，隐逸于安阳河边。"

老者听说张华乃棋仙弟子，不免敬意大增。说："老夫姓王名雄，字元伯。曾在你们幽州任过刺使。没想到这棋仙竟然在老夫治下隐居，今生未能亲聆棋仙教诲，后悔莫及呀。"

张华听说对坐的老者竟是王雄，也不由得大感意外。因为王雄作为幽州刺使曾为魏国立下卓越的功勋。

自天下三分，中原大乱。北部民族鲜卑族趁机做大。其疆域南接曹魏，东连夫余，西邻乌孙，尽据匈奴故地，东西一万二千余里，南北七千余里。其中势力最强的部落首领名叫轲比能，他拥有十几万骁勇善战的铁骑。轲比能袭扰汉边，率部南侵。曹魏边将闻之惊魂。此时，王雄被委以幽州刺史兼护乌丸校尉。青龙三年（235）当轲比能再度联合肃慎等族袭魏，王雄派剑客韩龙除掉轲比能。从此鲜卑各部落离散。互相侵伐。强者远遁，弱者请服，边陲遂安。

作为幽州人，张华从小就听人讲述过王雄的英雄事迹，没想到今天竟然与心目中的老英雄对坐在一起。

王雄是个文韬武略之人。魏文帝曹丕称赞王雄："雄有胆智技能，文武之姿。"其中所说的"文"指的便是王雄的棋艺。

张华于是说起小时候村人所讲的有关王刺使的故事。王雄听罢，内心大爽。高兴之余，向张华介绍道："这位曾经与你对弈的小女子，就是老夫的孙女王婧。"

"小姐好！"张华望着王婧问候道。

"张先生好！"

王雄说："当今棋界高手皆在东吴。孙策、吕范、陆逊、顾镛、严武皆以棋艺著称，严武更是被人尊为棋圣，但其源流却始于棋仙东方敬吾。"

"怪不得张先生棋艺如此高超，原来师出名门呀。"王婧道。

"在下棋力实在一般。"张华道。

王雄说："如果说茂先是多么了不起的高手，倒也不是。但从你俩的几局棋谱来看，茂先是深得棋理，大局意识强。而且追求的是围棋的艺术美。只是你下棋太少，熟练程度不够，因而在一些小的地方常常失误，最大的问题是官子功夫还不过关，不过只要用心，官子功夫还是比较容易掌握的。凭你对围棋的理解，假以时日，刻苦习练，当可与严武一比高下。"

"前辈过誉了。华乃粗鄙之人，非可造就之才。再说，棋乃小道，本人也无志于棋道。"

"在这洛阳城里，老夫久已找不到对手。今天你我手谈几局，就算你为老夫解闷儿了。"

"愿意侍奉前辈。"张华道。

张华与王雄上午下完一盘，王雄获胜，中午，王老先生宴请张华。酒饭后，王雄因年纪大，精力不济，便歇息去了，约定晚上再弈一局。

下午，王雄让孙女王婧陪张华对弈，一来省得客人无所事事，二来让孙女跟张华学习一下围棋的布局。他认为，布局阶段是张华最大的优势。

张华与王婧面对面坐在棋样前。一缕缕香风从对面吹来，令张华内心慌乱。

王婧抓了一把棋子，攥在手里，让张华猜先。

王婧那只纤细的小手白皙鲜嫩，嫩得几乎透明，隔着皮肤甚至能看到血液在皮肤下流动。

张华捏了一枚棋子放在纹样上。王婧张开手，张华数了数，共是十五枚棋子，单数，因而张华执白先行。

张华以二连星开局，王婧对以无忧角。二人每下一步，张华都会仔细向王婧分析这一步的优劣，以及对未来棋势发展会产生怎样的影响。王婧听他讲得头头是道。于是说："你对棋理理解如此之深，应该是大师级的人物，可为什么……"

"因为我只把它作为消遣，无志于此道。因而不肯下功夫精研。"

"你志立于什么呢？"

"我更喜爱文学与经史，将来做个学士。"

"凭你一个街头摆残棋的出身，志向是不是太远大了？"

"这志向对于一个太常博士来讲还算远大吗？"

"呵呵，你真会开玩笑。"王婧说，"该你下了。"

王婧和秋雁谁也不相信，这街头摆残棋的会是什么太常博士。张华也不想向她俩作更多解释。

王婧从见到张华的第一面就对这个书生气十足的青年十分欣赏，甚至有些爱慕。今天相见，对他的印象也十分美好。但经过冷静思考，她还是将内心的喜爱之情压抑下去。因为她知道，这人与她的差异实在太大了。一个豪门世族的大家闺秀，跟一个街头卖艺的穷小子那可是天壤之别。不用说家人不会同意，就是自己在心理上也过不了这个坎儿。

张华和王婧都冷静了下来，于是二人专心下棋。二人下了一个多时辰。休息好了的王雄又来到精艺堂，在一旁观战。

正在这时，忽听楼下有人嚷嚷着走上楼来："我说爷爷和姐姐这几天怎么都见精神呢。原来找到对手了。"

话音刚落，棋室内走进一位少年。十三四岁模样，虽然相貌并不十分出众，但眉宇间却透出一股睿智之光。

王婧说："你嚷嚷什么？没看我在下棋吗？下棋需要安静。"

王雄赶紧向张华介绍说："这是我的宝贝孙子。"

那少年接过话茬儿道："姓王名戎，字濬冲。"

张华起身道："在下张华，字茂先。"

王戎道："敢问茂先先生，府上是……"王戎一定以为张华也是某世族出身，因而这样问道。

"在下范阳方城人也。"张华答道。

秋雁怕张华不好将自己的出身说出口，赶紧替张华答道："在洛阳街上摆残棋为业。"

王戎很感惊讶，道："我见茂先气质不俗，眉宇间时露英气，似你这等人物，沦落到街头卖艺的境地，岂不惜哉？"

这王戎乃是著名的玄学名士，是后世所称的竹林七贤中最小的一位。虽然年幼，但却异常智慧机敏，有许多故事为人所乐道。

《世说新语》载："王戎七岁，尝与诸小儿游。看道边李树多子折枝，诸小儿争走取之，唯戎不动。人问之，答曰：'树在道边而多子，此必苦李。'取之信然。魏明帝于宣武场上断虎爪牙，纵百姓观之。王戎亦往看。虎乘间攀栏而吼，其声震地，观者无不辟易颠仆，戎湛然不动，了无恐色。"）

还有一个故事。大名士阮籍与王戎的父亲王浑交好。但阮籍每次造访王浑时，与王浑见一面聊几句就离开，转而去和小他二十四岁的王戎交谈，而且一谈就半天。王浑觉得奇怪，问阮籍和一个小孩子有什么可谈的。阮籍便对王浑说："濬冲清虚可赏，和你不是一类人。与你相较，不如与阿戎更说得来。"

如此睿智之人，能一眼便看出张华不是"俗人"和"英气"也就不足为怪了。

张华道："濬冲过奖了。"

秋雁说："原来咱家公子也这么看好他呀。怪不得他自称为'上上品'呢。"

王婧也道："是啊，人家还敢说自己是太常博士呢。咯咯……"

王婧的讥笑惹怒了张华。他随手落下一子，然后直起身说道："本人的'上上品'可不是我自吹的。那是何大中正品评的。太常博士也不是我自封的，那是朝廷亲自任命的。"

张华的话令在场三人大惊。王戎望着张华，问："怎么？你就是被何大中正评定为'上上品'的那个张华吗？"

王戎因常与官场人士往来，听说过不久前大中正何晏异乎寻常地将一位被地方举荐上来的人评为"上上品"，但因为都知道何晏一伙在利用权力拉拢人因而没人把他的品荐认真看待。但不久之后，张华的《鹪鹩赋》和《壮士篇》在卢钦的宣传下很快在官场和士人间传阅开来。前天，王戎从向秀那里读到了这两篇文章，觉得确是上乘之作。但同一作者却写出两篇格调完全不同，寓意迥异的文章来，这令他很难理解。

张华见问，答道："张华正是本人。"

"这么说，《鹪鹩赋》和《壮士篇》也都是你写的了？"

"然也！"

王戎虽然都得到了肯定的回答，但他仍不敢相信，于是带着疑虑说："嗯，文采飞扬啊。我记得《鹪鹩赋》前几句是这样写的：何造化之多端兮，播群形于万类。惟鹪鹩之微禽兮，亦摄生而受气。育翩翾之陋体，无玄黄以自贵。毛弗施于器用，肉弗登于俎味。鹰鹯过犹俄翼，尚何惧于罾罻……后边是怎么写的来着，我忘了。"

张华知道王戎这是在试探他。于是接口道："翳荟蒙笼，是焉游集。飞不飘扬，翔不翕习。其居易容，其求易给。巢林不过一枝，每食不过数粒。栖无所滞，游无所盘。匪陋荆棘，匪荣苣兰。动翼而逸，投足而安。委命顺理，与物无患。伊兹禽之无知，何处身之似智。不怀宝以贾害，不饰表以招累。静守约而不矜……"张华一口气将《鹪鹩赋》诵完。

王雄和王婧爷孙俩听完，大为惊异。

王戎惊道："我本想择日拜访茂先，没想到，您却抢先闯到我府上来了。失敬失敬！"

王雄因为年迈早已不关心时事，而王婧身处深闺，对洛阳城里最新发生的事也缺乏了解。猛然间，这街头卖艺者流摇身一变为太常博士，上上品人物，且诵出如此高妙美文，把爷孙俩弄得有些懵然，于是忙问这到底是怎么回事？

王戎说："茂先乃大中正今年品荐的'上上品'人物，刚被朝廷授予太常博士。"

王婧道："天啊！这是真的？"

张华笑道："在洛阳我敢撒这么大的谎吗？"

"这两天确实对您太不恭敬了。小女子向您赔礼啦。"王婧说。

"不不不，承蒙小姐抬爱，张华才有机会踏入王府。"

王雄道："看来，茂先不仅棋艺精湛，而且才德俱佳呀。"

"不敢当。"张华道。

"但老夫不明白的是，以茂先之才，怎么会到街上摆残棋呢？"

"实不相瞒。张华乃乡野之人。自幼在安阳河边放牧。因勤于耕读，谙熟经史。又幸遇恩师东方敬吾，不仅诲华棋艺，而且教华为人之道。本来我想终生耕读为业，终老乡野。闲来在河滩上写下《鹪鹩赋》一文以自寄，不想偶被幽州刺使毌丘将军和范阳太守鲜于大人所窥见，举荐到朝廷，谬列上品。因寓居京城半年有余，身无余财，囊中羞涩，又遇烦心之事，百无聊赖间，鬼使神差到贵府门前摆下残棋……"

秋雁道："说明您与我们小姐有缘……"

秋雁刚说到这里，王雄便道："你胡说什么呢？"

王婧脸一红，问："你不是太常博士吗？怎么会囊中羞涩？"

"十天前刚授了太常博士，尚未领薪呢。"张华说。

"天啊，真是不可思议。"王婧叹道。

王戎问："您的《鹪鹩赋》多有庄周意趣，而《壮士篇》却是满篇豪情。怎么会如此天壤之别呢？"

"我受恩师东方敬吾的影响，修身悟道，清静无为。故有此《鹪鹩赋》。儒家所谓穷则独善其身，达则兼济天下。没想到，受太守、刺使错爱，蓦然入京，又被大中正评为'上上品'，自思当有匡扶乱世、兼济天下之责。故写下《壮士篇》。然而我很快便体验到了官场的险恶和人世之炎凉。因而那骤起的雄心壮志，很快又烟消云散了。"

王雄道："年轻人容易受情绪控制。你虽才华出众，但还远未成熟啊。"

"还望前辈指教。"张华道。

"但茂先就文才来讲，胜你无数。"王雄指着孙儿王戎道。

"那是那是。"王戎虽然口中诺诺，但心中却不太服气，他自幼被人视为"神童"，连阮籍那样的大名士都对其倾慕有加，因而十分的狂傲，目中无人。但只是在爷爷面前不敢失了礼数。

突然，一只苍蝇落在王雄的茶杯上。

"秋雁，把这只苍蝇打死。"王雄挥了一下手将苍蝇轰跑，说道。

"好咧。"秋雁答应着，同时举起拂尘，向空中一甩，那只苍蝇便被扫落到地上。

王戎这才注意到秋雁手中的拂尘，说："秋雁，我看看你这拂尘。"秋雁递过拂尘，惊问，"你从哪里弄到的这个？"

"张先生赔偿我的。"秋雁说。

"怎么回事？这是阮先生的拂尘，怎么会落在张先生手里……"王戎问。

"这你得问茂先先生呀。"秋雁说。

王戎望着张华，张华将镯子换酒，酒换拂尘的经过讲述一遍。然后说："既然知道了这拂尘的归属，那就送还人家吧。秋雁姑娘的镯子嘛，我想法赔偿就是了。"

"既是这样，秋雁的镯子就不用您赔了。"王戎说，"我把拂尘还给阮先生，我再给秋雁打造一只镯子。"

"净顾了说话，棋还没下完呢，茂先先生，该您下了。"王婧道。于是张华与王婧落子如飞，很快下完了这盘棋。

天色已晚，张华准备告辞离去。王戎说："吃完饭再走。"

"不打扰了。"张华说。

王雄说："饭后老夫还想跟你再弈一局呢。"

王婧说："爷爷，您这么大年纪，哪能再挑灯夜战？"

"是啊。您老身体为重，还是改日吧。"张华说。

王戎道："茂先，跟爷爷下棋可以改日，但晚饭还是要吃的。我给你介绍几个朋友。"

"是啊，吃完饭再走吧。"王婧说道，眼中流露出期待的目光。

张华不好推辞，说："好吧，那就多谢老先生和公子、小姐！"

王戎对王雄说："爷爷，晚上的酒宴就不邀我爹和您老了。一来怕您老身体吃不消；二来有长辈在场我的朋友们会有所顾忌，难以开怀畅饮；三来呢，他们喝起酒来便忘了礼数，怕惹您老生气……"

"又是你那几个酒肉朋友？"

"嗯。"

王婧忙问："我师傅来不来？"

"除了向秀和阮咸，其他四位都来。"

王雄说："他们这几位要是好好读书，好好当官，个个都是治国安邦的材料，可你们却不遵礼法，放浪形骸，我早就说让你少跟他们来往。可你父亲却对这几位很赏识……"

"爷爷，嵇、阮可是当今大名士，一般人想攀还攀不上，人家能够到咱家来，那可是咱府上的荣耀。您这老脑筋呢，跟不上形势了。"王婧说。

"哼！一个人不管多有才，要是不尊孔孟，不能约束自己，也不会有什么出息。"王雄说，"秋雁，扶我回房去。"

22

爷爷离开后，王戎对张华说："茂先，我想请您见一见家父。"

张华知道，因为暴露了自己的真实身份，王府已开始接纳他了。于是说："好的。不知道令尊愿不愿见张华。"

"我父亲喜欢有文采的人。前几天我跟家严推荐过《鹪鹩赋》，他对这篇文章很欣赏。"

"那就恭敬不如从命，只是张华没准备一份像样的见面礼……"

"咳，您能陪我爷爷下棋，哄他老人家高兴就是给家严最好的见面礼。"

于是张华跟在王戎和王婧身后来到王戎的父亲王浑的房间。

魏晋时期，有两个王氏豪门大族，一个是山东琅邪王氏，另一个是太原王氏。同一时期，两个王氏中各有一人名叫王浑。琅邪王浑便是王戎的父亲，官至并州刺使；而太原王浑则是后来西晋灭吴的主将之一。

王浑见儿子和女儿带着一个陌生人进了屋。他带着疑虑的眼色看了看张华。王戎赶紧介绍道："父亲，孩儿给您介绍一位新朋友。他姓张名华，字茂先。"

"张华？"

"就是《鹪鹩赋》的那位作者。被何大中正品评为'上上品'的那位。"

"哦，"王浑道，"青年才俊呀！"

王戎对张华说："这就是家父。"

张华说："我该称您伯伯。"

"可以可以。跟戎儿是朋友，我当然是伯伯辈儿的。"

"王伯伯好！"

"请坐下说话。"王浑说完，见身边没有丫鬟，便对女儿说，"婧儿，你去给客人倒杯茶。"

"不用了。刚在精艺堂喝过了。"张华道。

王浑问："这两天是你在陪我老爹和婧儿下棋？"

"是的。"

"我老爹别提多高兴了，他夸你棋艺高……"

"我从爷爷那里也学到不少东西呢。"张华道。

"婧儿，以后好好向茂先请教。"

"是的，爹爹。"

王浑对张华说："以后你没事就常来，只要你能把我们老爷子哄乐了，我会重重赏你。"

"伯伯这样说就见外了。"

三人正说着话，忽听侍者在外喊道："阮先生、嵇先生、山先生、刘先生驾到。"

王浑听罢，立即率王戎、王婧和张华走出门，站在台阶上迎接。

院门一开，四位男子说笑着走进来。张华望去，见这四位十分另类。年龄最长的一位，宽衣大袍，面色红润，精神矍铄，满面含笑；另一位也是衣带飘飘，相貌堂堂，文质彬彬，眉宇间闪烁着一股仙灵之气；另一位则举止沉稳，神色庄重；最后一位，衣冠不整，身材矮小，相貌丑陋，邋里邋遢。

王浑冲着四位揖道："欢迎四位大名士光临寒舍！"

年龄最长的那位道："您这要是寒舍，世上就没有豪宅了。"

身材矮小的那位道："王大人，今天，呃，我等来到贵，贵府给我们准备了什，呃，什么好酒呀？"

"伯伦，本府有的是好酒，让你这酒仙喝个够。"王浑道，"我看你说话都不利索了，是不是刚喝过呀？"

那身体矮小的道："人生酒长伴，赛过活神仙啊！此中乐，唯刘伶得悟。"

王浑道："嗣宗先生，诸位大仙，快屋里坐。"

张华听王浑称那年长的"嗣宗先生"不由得大惊。原来这位就是大名鼎鼎的阮籍呀。

阮籍道:"不进屋去坐了。来府上喝酒,不跟主人打个招呼似乎失礼。所以我等才来拜见你。既然见过了,我们就直接奔饭厅吧。"

"那样也好!"王浑道。

阮籍又对王浑道:"今天是濬冲请我们喝酒,你作为长辈就请不要参加了。"

"嗣宗,咱俩可是多年的朋友,只弟……"

"既然我与濬冲成了兄弟,您就是我的长辈了,王伯伯,外面风大,玉体为重,您屋里请吧。"

阮籍改口称王浑为"伯伯",令众人哈哈大笑。

阮籍一挥手对其他几位说:"走,咱奔饭厅喝酒去喽。"

来到饭厅。王戎才郑重地向诸位介绍张华:"这位新朋友,姓张名华,字茂先。"

阮籍道:"濬冲,今天不是说好的,只有咱几个老朋友一起饮酒吗?连令尊都被我挡驾了……"

王戎知道这几位不喜欢张华参加他们的聚会。张华也感觉到了四人的冷漠,赶紧说:"濬冲,我是不是打扰了你们的雅兴?那我就告辞了。"

王戎拉着张华的手道:"从今以后,你也加入我们……"

那面有仙灵之气的道:"濬冲,咱洛水七星可不能再添人了。"

此人所谓洛水七星便是后世所称的竹林七贤,因为他们七人经常到洛水之滨郊游,故自称洛水七星。不久后,因为嵇康隐居山阳(今辉县),洛水七星便相聚在嵇康隐居处的竹林中,一起弹琴、饮酒、清谈,后世才称他们为竹林七贤。

"为什么非是七星?从今以后变八仙岂不更好。"王戎说。

"濬冲,你忘了,这七星可是有来历的。"刘伶道。

原来,在一次郊游中,刘伶提议为他们这个小集团起个名字。大家觉得这提议很好。于是人们七嘴八舌,莫衷一是,阮籍突然一甩拂尘,说:"都别争了,我这儿有现成的。你看我这拂尘的柄上,镶嵌着北斗七星,这七星不正对应咱七个人吗?我看就叫洛水七星。"

"好,好,洛水七星对应天上北斗七宿,大吉。"嵇康道。

于是从此他们便自称洛水七星。

王戎道:"阮先生,咱洛水七星这名字可是根据拂尘上宝石镶嵌的七星取的。阮先生,您的拂尘呢?"

"让我换酒喝了。"

王戎听后看了一眼张华，微微一笑，道："既然拂尘让你弄丢了，要是咱还自称七星，岂不让世人笑咱自大？干脆加上茂先，改洛水八友好啦。"王戎道。

王戎的提议并没有得到大家的认可。王戎继续说："对了，我还没给你们介绍完呢。茂先乃是何大中正亲荐的'上上品'。"

那身材矮小的说道："何晏结党营私，岂能做出什么公允之事。"

王戎道："不管何晏是何等样人，但这茂先确实才华盖世。你阮大名士还曾亲口夸赞过他呢？"

"啊？我不认识他，怎么会夸赞……"

"茂先便是那《鹪鹩赋》和《壮士篇》的作者。咱上次聚会，我给大家诵《鹪鹩赋》，你们都说文采飞扬，有庄周之风。"王戎道。

听了王戎这番话，四位脸色瞬间起了变化。

那位身材矮小者道："是啊，我发现茂先的《壮士篇》与嗣宗的《咏怀》异曲同工啊。"

这里所说的《咏怀》，便是阮籍那首著名的《咏怀》诗。

咏怀
壮士何慷慨，志欲威八荒。
驱车远行役，受命念自忘。
良弓挟乌号，明甲有精光。
临难不顾生，身死魂飞扬。
岂为全躯士？效命争战场。
忠为百世荣，义使令名彰。
垂声谢后世，气节故有常。

仔细比较《壮士篇》和这首《咏怀》，不仅立意，而且从文辞上看，也如同出自一人之手。

那面色沉稳者道："是七星还是八友以后再议。茂先既是濬冲的朋友，咱就客随主便吧。请茂先先生同饮。"

其余三位也不再反对。

王戎忙又将四位朋友进行了简单介绍。这时，张华才知，那年龄最长的一位真的便是阮籍阮嗣宗；面有仙灵之气者乃是嵇康嵇叔夜，那沉稳、庄重者是山涛山巨源，而那身材矮小者则是刘伶刘伯伦。

被后人所称的竹林七贤，张华一次见到了五个，尤其是能与嵇康、阮籍这样的大名士同桌共饮，那可不是一般人能够享受的荣耀。

曹魏后期有十位大名士。何晏、王弼和夏侯玄三位称为正始名士（因他们最活跃的年代是正始时期），而阮籍、嵇康、山涛、向秀、阮咸、刘伶、王戎，则被称为竹林名士。正始名士与竹林名士相同点，是他们都是玄学大家，"尚无"——以无为本，雅好清谈。但他们也有很大的区别。正始名士虽然在玄学理论上颇有建树，但只在口头上清谈，而在实际中却比较世俗，权力欲极强；而竹林名士则不仅清谈，而且对玄学理论身体力行，不趋炎附势，不亲近权贵，超然物外，散淡若仙。

大家刚坐定，刘伶便嚷嚷道："上酒！"

王戎说："你着什么急呀。菜还没准备好。"

"不对呀，你说请，请，呃我们喝酒，可没说，呃请我们吃菜。既然这样，酒，酒，呃就是主题，所以，必须，呃，先上酒，菜不菜倒无所谓。"

刘伶见一旁的侍者没动。他上前抱起酒坛——给大家斟满。

嵇康说："今天我不能喝。"

山涛问："怎么了？又服散了？"

嵇康道："嗯。刚行完散，药性正在发作。此时岂能饮酒？"

七贤中唯嵇康既服散又饮酒，而其他几位则只以饮酒为乐。

刘伶听了嵇康的话，举起嵇康的酒碗，一饮而尽。

王戎见此，赶紧吩咐侍者："快上菜。"

不一会儿，酒菜便摆满了桌面。

嵇康说："今天我不饮酒，可弹琴为你们助兴。"

"好啊，嵇叔夜亲自，呃，为大家弹琴助兴，岂能不，呃，一醉方休。"刘伶喊道。

"我没带自己的琴来，快让我徒儿把琴拿来。"嵇康转身对侍者说。

王戎道："快去找小姐。"

嵇康所说的徒儿便是王婧。王府上下当然都知道，侍者于是转身出屋去找小姐。不一会儿，王婧和秋雁跟在侍者身后，抱着琴走进来。

王婧对嵇康道："师傅，您教的那《广陵散》实在太难了，我一直没能练好。"

嵇康道："今天我给他们弹《广陵散》，来，你先给大家弹两曲。"

"弹什么呢？"王婧问。

"今天都是知音好友，就先弹一曲《高山流水》。"

"那小女子就献丑了。"王婧说着，玉指轻舒，悠悠扬扬地弹奏起来。

美妙的琴声将张华引入一个青山绿水的世界，那里飞湍瀑流，鲜花遍野，蜂飞蝶舞，一对隐逸之士松荫对坐，仰观山巅白云飘飞，俯察幽涧锦鳞戏水。超然象外，物我两忘。一个真正远离人世一切烦恼的仙境在眼前若隐若现。

一曲终了，大家齐声喊道："好！"

而张华却一直沉浸在音乐所构筑的虚幻境界中，久久回不过神来。

山涛说："真是名师出高徒啊。"

嵇康说："婧儿，再弹一曲《阳春》。"

王婧说："好的。"

张华望着王婧抚琴的身姿，想入非非，尤其是她那曲线柔和的胸脯，随着她身体的俯仰，不断变幻，不免令他有一种难以抑制的冲动……

正在张华魂不守舍的时候，旁边的刘伶端起碗，"当"的一声跟张华的碗撞了一下，说："你听得太入，呃，神了，干一个。"

张华猛然回过神来，脸一红，赶紧端起酒说："好好，我敬伯伦先生一杯。"

干完酒，张华偷眼看其余几位，他们都微闭着双眼，伴着音乐的旋律摇头晃脑，没有一个人用贪婪的目光欣赏美女弹奏。

张华觉得自己实在太低俗了，竟然在《阳春》这样的音乐氛围中想到男女之事，不仅低俗而且下贱。看来名士就是名士，俗物永远成不了名士。

王婧也弹奏得很尽兴，《阳春》一曲弹罢，紧接着弹起《白雪》。

《白雪》一曲终了。嵇康说："婧儿，你累了，歇歇吧，我为大家弹《广陵散》。"

"好！"大家鼓掌道。

嵇康操琴在手，闭目凝神，静默了一会儿，然后俯身弹奏起来。

《广陵散》又称《聂政刺韩王曲》，是一个叙事音乐作品，讲的是：战国聂政的父亲，为韩王铸剑，因延误日期而惨遭杀害，聂政立志为父亲报仇，入山学琴十年，身成绝技，名扬韩国。韩王召唤他进宫演奏，聂政终于实现了刺杀韩王为父报仇的夙愿，后人根据这个故事，谱成琴曲，慷慨激昂，气势宏伟，为古琴著名大曲之一。

《广陵散》分为"刺韩""冲冠""发怒""报剑"几个小节，如同交响乐的几个乐章。它弹奏难度极大，一般人如果没有高超的音乐天赋和对历史的深刻理解，即使掌握了其中的技巧，也很难将其内涵淋漓尽致地发挥出来。以王婧音乐禀赋之高，又有嵇康精心教诲，苦练十载仍不能入其堂奥。

随着嵇康的弹奏，音乐由平和转入激昂。那刘伶突然将酒碗摔在地上，离开酒桌，跃到一旁，从腰间拔出宝剑，跟跟跄跄地舞起剑来。

张华本来认为刘伶是因为酒喝多了而失态，但阮籍也离桌而舞。张华很快也不能自已，离席狂舞。

嵇康最后用力一拨，只听"叮叮"几声脆响，四根琴弦全部被扯断，而几位舞者，也似被施了定身术，雕塑一般立在了原地。

"原来音乐还有这样的魅力，使人忘情忘我忘却世界忘乎所以。"张华道。

阮籍说："看来茂先也有极高的音乐天赋。你的舞姿完全吻合《广陵散》的情境。"

"《高山流水》令人心旷，《阳春白雪》使人神怡，而《广陵》一曲则惊天地而泣鬼神。音乐不过物物相击之声耳，安能有如此魅力？"张华问。

嵇康说："好的乐曲不是人谱出来的，它天生就在那里了，只等音乐天才去发现。人是宇宙所化育，当宇宙的脉动与人的脉动和谐一致时，人就会被感动。世上最美的音乐就是它的旋律与人内心固有的旋律完全契合。这样的音乐，就是地籁，就是天籁，就是宇宙的脉动。"

山涛说："《广陵散》就是仙人所传。"

"仙人所传？"张华问。

"是啊，"山涛道，"《广陵散》乃嵇叔夜夜遇神人所授。"

山涛这里所说的神人亲授嵇康《广陵散》的故事流传甚广，《太平广记·灵鬼志》载：嵇康灯下弹琴，忽有一人长丈余，着黑衣革带，熟视之。乃吹火灭之，曰："耻与魑魅争光。"尝行，去路数十里，有亭名月华。投此亭，由来杀人。中散（嵇康曾为中散大夫，故世人称其嵇中散）心中萧散，了无惧意。至一更，操琴先作诸弄，雅声逸奏，空中称善。中散抚琴而呼之："君是何人？"答云："身是故人，幽没于此，闻君弹琴，音曲清和，昔所好，故来听耳。身不幸非理就终，形体残毁，不宜接见君子。然爱君之琴，要当相见，君勿怪恶之。君可更作数曲。"中散复为抚琴击节曰："夜已久，何不来也？形骸之间，复何足计？"乃手击其头曰："闻之奏琴，不觉心开神悟，况若暂生。"邀与共论音声之趣，辞甚清辨，谓中散曰："君试以琴见与。"乃弹《广陵散》，便从受之，果悉得。中散先所受引，殊不及。与中散誓：不得教人。天明语中散："相遇虽一遇于今夕，可以远同千载。于此长绝，不能怅然。"

张华道："我也觉得此曲只应天上有。果然非俗世之乐。"

嵇康道："别听巨源胡说。世上哪有什么神人？"

山涛道："这故事不是你亲口告诉我的吗？"

"《广陵散》乃是我跟一位大隐之士所学。隐者不想让世人知道他，所以，我便编了夜遇神人亲教《广陵散》的故事。"

张华说："我自幼喜好音乐，无奈，荒僻乡野找不到一个善乐者。"

嵇康说："士人须精六艺，乐虽小道，不可忽也。"

"以后还望嵇先生多多指教。"张华赶紧说道。

嵇康指着王婧说："想学弹琴，你最好先跟我的弟子学。"

张华对王婧一揖道："多谢师傅指教！"

王婧说："我还要跟你学写诗文呢，咱俩互为师徒吧。"

张华说："能与小姐互学互帮，华之幸也。"

王戎说："嵇大名士今天都亲自操琴助兴，茂先何不赋诗一首……"

"对呀。"山涛说，"能写出《鹪鹩赋》和《壮士篇》的人定能出口成章，即席赋诗。"

张华觉得今天当着这么多名士如果不能证明一下自己的才华，肯定会让别人看不起。于是说："那张华就献丑了。"

王戎对侍者道："笔砚伺庋。"

侍者立即将纸笔放置在旁边的另一张桌上。张华走过去，绰笔在手，一首《闻乐赋》一蹴而就：

> 嵇君抚鸣琴，举坐侧耳听。
>
> 指动乾坤震，弦颤天地惊。
>
> 大雅久不作，闻之皆动容。
>
> 人生何极乐，醉酒听广陵。

大家看罢，不由得惊叹不已。

"来，为八仙，呃，干一碗。"刘伶提议。大家举酒附和。此时大家都已半醉。

秋雁来给大家斟茶。阮籍望着秋雁说："你芳龄几何了？"

"十六了。"

"哦，多好的年华呀！"阮籍说到这里，忽然呜呜地哭起来，而且越哭越伤心，越哭声音越大。

阮籍的反常举动，令张华、秋雁、王婧大惊失色。而嵇康、山涛、王戎却不为所动，尤其刘伶，不仅依旧悠然自饮，而且还哼起了小曲儿。

张华、王婧、秋雁三人走到阮籍面前，张华问："阮先生，您这是怎么了？"

秋雁说："是啊，我们哪里让您不高兴了？"

阮籍暂抑悲声说："没事没事。秋雁姑娘让我想起了十分伤心的事。"

王婧问："她让您想起什么伤心事？"

"小姐、秋雁，你们都正值美好年华，造物又给了你们如此美丽的容颜。可，可，可，呜……"

"可什么呀？您倒是说呀。"王婧问道。

"可，可一百年后，你们都不在了，八十年后，我们也都不在了呀，呜呜……"

"这值得您一哭吗？江山代有美人出……"张华道。

"造物创造了这样的美，又亲手毁掉这样的美，还有比这更残酷更无情的吗？"

嵇康说："所以，老子说，天地无情以万物为刍狗。"

嵇康的话令王婧突然如有所悟，于是自语道："原来老子这句话是这个意思呀。"

刘伶道："所以，呃，人生无常，当效孟德，对酒当，呃，歌，人生几何。何以解忧，呃，唯有杜康。"

刘伶的话不仅没有让阮籍止住悲声，反而哭得更凶了。

王戎深怕阮籍的哭声惊动了爷爷，令老人家不快。但他知道阮嗣宗一旦来了情绪，便必须发泄个够，谁也劝不动。他左思右想突然想出一个主意，转身问秋雁："秋雁，你手里的那拂尘呢？"

秋雁向旁边一指，说："就插在那个帽筒里。"

王戎走过去，将拂尘拿在手里，走到阮籍身边，说："阮先生，您老看看这是什么。"

阮籍头也不抬仍然呜呜大哭。

王戎又道："您祖传的宝贝，七星拂尘。"

阮籍听到这里，突然仰起头，果然看到王戎手里握着自己那天丢失的金柄拂尘。于是立即止住悲声，问："天啊，它怎么会在你手里？你是从哪里……"

王戎道："这你得问茂先。"

于是张华向大家讲了拂尘换酒的故事。

刘伶说："那天夜里，在青石街，呃，拐角处跟你换酒，呃，酒喝的就是阮嗣宗、呃，阮仲容（阮咸）和我。阮嗣宗就是用，呃，这把拂尘换了，呃，半壶酒。"

张华道："恕张华冒昧，当时不知道那醉酒者就是三位神仙。"

嵇康说："这拂尘乃是阮母临终时留给嗣宗的。"

阮籍听此，又痛哭起来："娘啊，儿不孝，把咱的祖传宝物换酒喝了……"

"阮先生，您哭什么呀，这不您家的宝物又回到您手里了吗？"张华道。

阮籍说："它已经不是我的了，我已经用他跟你换了酒呀，而且它还被转了两道手，转到秋雁姑娘手里……"

"咳，张华和秋雁不都是咱自己人吗？"王戎说。

"那我也不能要啊。君子视信誉比生命还重要。"

山涛说："这好办。你再赔茂先半壶酒，或加倍，用一整壶酒换回拂尘……"

"山巨源，亏你说得出这样的话。"阮籍说，"再多的酒也不能抵偿那晚上那半壶酒。只有当晚那半壶酒才值这柄拂尘的钱。可天地间，那半壶酒再难找回了。"

"您这想法可太怪异了。"王婧说。

"这有什么不好理解的。"阮籍说，"世上有的是酒，站在酒缸前，我不想喝的时候，这一缸酒对我毫无意义。而那天晚上我特别想喝酒，如果没有酒我会感觉痛苦不堪，它虽然只有半壶，但它让我从痛苦中解脱了，你说那半壶酒跟其他的酒一样吗？一个炊饼价值两文，但对一个快要饿死的人来说，它就是一条命，你能说它只值两文吗？"

阮大名士的话令张华大感意外。他的话虽然在俗人听来有些荒唐，但却深蕴着哲理。

阮籍道："所以，那拂尘永远不可能再是我的了。娘啊，儿不孝……"

阮籍又哭起来，但哭声明显小了。不一会儿，竟然伏在桌上睡着了。

刘独："让他老，呃，睡会儿吧。搅得人家，呃，酒都喝不好。"

山涛问张华："茂先，何大中正评你为'上上品'，但最后授你个什么官儿呀？"

"太常博士。"

"不错，刚入仕就授了太常博士，起点很高啊。"山涛说，"何大人的关照可是要有回报的。"

张华说："其实这官职不是何大人授的，是刘中书帮忙，皇上亲下御旨才授予我的。"

"哦。"山涛说，"最好不要跟何晏那伙人走得太近，否则，危险呀。"

嵇康说："巨源，你主动辞去官职是很明智的。"

刘伶说："是啊，往后巨源，呃，就可以常与我们一起，呃，悠游于山水之间，不再受冗务，呃，羁绊了。"

张华有些惊讶，问："山先生辞官了？"

"是啊。"山涛道，"上个月才辞的。"（《晋书·山涛传》：涛年四十，始为郡主簿、功曹、上计掾。举孝廉，州辟部河南从事。与石鉴共宿，涛夜起蹴鉴曰："今为何等时而眠邪！知太傅卧何意？"鉴曰："宰相三不朝，与尺一令归第，卿何虑也！"涛曰："咄！石生无事马蹄间邪！"投传而去）

"为什么要辞？"张华问。

"你初到洛阳，才涉官场，有些事不大清楚。但现在明白人都已看出来了。朝廷暗流涌动啊。一场浩劫在所难免，还是暂时远离官场为好。"

"您指的是曹大将军与司马太傅……"

"对呀，看来已经有人点拨你了。"山涛说，"曹爽与司马懿马上就会兵戎相见，一场屠杀不可避免。"

"您说谁要杀谁呀？"张华问。

"他们互相都想铲除对方。"

"您预测哪方会胜？"

山涛说："谁也说不清楚，所以官场之人不好站队。曹氏虽大权在握，但明显缺少韬略，司马懿如狐如狮，曹爽绝非对手。但禁军皆在曹大将军的兄弟掌握之中。"

"您以为哪一方是正义的？"张华问。

"什么叫正义？"嵇康问。

"从为社稷为百姓的利益出发，便是正义的。"

"都是为了权力，没有什么正义与非正义。所以作为一个士人，没必要掺和到这样的争斗中去，除非你想从乱局中获取什么好处。"嵇康道。

"哦。我明白了。"张华说。

刘伶道："官场一直，呃，就是生死场，何止当前？呃，还是阮嗣宗看得远，呃，人家早已辞过两次了。"

刘伶所谓的阮籍两次辞官，正史有载。（《晋书·阮籍传》：……太尉蒋济闻其（阮籍）有隽才而辟之，籍诣都亭奏记曰："伏惟明公以含一之德，据上台之位，英豪翘首，俊贤抗足。开府之日，人人自以为掾属；辟书始下，而下走为首。昔子夏在于西河之上，而文侯拥彗；邹子处于黍谷之阴，而昭王陪乘。夫布衣韦带之士，孤居特立，王公大人所以礼下之者，为道存也。今籍无邹、卜之道，而有其陋，猥见采择，无以称当。方将耕于东皋之阳，输黍稷之余税。负薪疲病，足力不强，补吏之召，非所克堪。乞回谬恩，以光清举。"初，济恐籍不至，得记欣然。遣卒迎之，而籍已去，济大怒。于是乡亲共喻之，乃就吏。后谢病归。复为尚书郎，少时，又以病免。及曹爽辅政，召为参军。籍因以疾辞，屏于田里）

"所以，茂先呀，呃，没事就别去太常寺了，跟我们一起漫步于青山之间，呃，盘桓于绿水之滨，席坐于幽林之下，呃，奏佳乐，聆妙音，饮美酒，心游宇内，呃，共话玄远，物我两忘，岂不快哉。"刘伶说。

张华道："好啊，如果不嫌弃我位卑身贱，以后你们聚会我鞍前马后为大家效力。"

王戎道："过两天便是上巳节，我们准备一起去洛阳郊外，作山野之游。"

张华道："我一定参加。"

忽听远方传来一声鸡啼，才知道天色将明，大家摇醒阮籍、嵇康、阮籍、山涛、刘伶、张华相偕离开王府。张华将其余四位一一送回家中，然后回到自己住处，倒卧床上，足足睡了一天，傍晚时分方才醒来。

23

张华望着天花板，回想起昨天的经历，兴奋不已。一是天下著名的豪门王府终于接纳了他；二是他不仅结识了闻名天下的大名士阮籍、嵇康，并受到他们的赞赏，而且还邀请自己与他们共作山野之游，这对于一个初入洛阳的人来说是多么大的荣幸啊；三是，也是最令他激动不已的，自己竟然受到了风华绝代的王家小姐的青睐。这样的际遇使他有一步登天的感觉。

想起王婧，他欣喜若狂，早把与刘贞假定亲一事给他带来的不快忘到了脑后。

想到王婧那曼妙的身姿，那秀美的脸庞，尤其是那双纤纤玉手拨动琴弦时的优雅，他便热血沸腾，恨不得立即飞到她的眼前。

他"腾"地从床上坐起身，穿戴好衣帽，便直奔王府走来。

此时，已是夜色阑珊。张华边走边想，此时拜访王府，必须找个合理的理由，但什么理由最合适呢？上门去弈棋？无约而至，非常唐突；去向小姐学琴？这样的时间显然不合适，但见不到王婧，他又感到百爪挠心，心绪不宁……

他一路想着，已来到王府门前。他站在王府门前小广场上，望着王府小楼上透射出的灯火，他原地踱步，犹豫不决。

突然，王府大门"吱呀"一声被打开。两个写有"王府"字样的灯笼从府门出来。

张华心情一阵紧张，但仔细看过灯笼后边的人，才发现是几个守夜的更夫。他怕被更夫追问，大月黑天在人家门外不好解释。于是赶紧退后两步，来到街上，佯装行人。待更夫走过。他重新回到小广场，忽听远处钟楼上传来几声鸣响，才知道，他已因彷徨犹豫而耗费了许多时光，此时已是戌时。这么晚了，更没有进入王府的理由了。他只得恋恋地转身离去。但就在这时从精艺堂中传来悠扬的琴声。虽然他不知道这首琴曲的名称，但分明感到了那曲中的幽怨、哀伤之情。

啊，是她，弹琴的肯定是她！张华心情无比激动。他侧耳倾听，生怕错过一个音符。为了听得更加清晰，他向前挪动了几步，但快到墙下时，感到琴声被围墙所挡，反而减弱了，他又退后几步，又感觉离弹琴人远了。这时他忽然发现旁边有一个石磙，于是站到石磙上，向精艺堂方向翘首凝望。

美妙的琴声在他耳边回响，暗夜中，他似乎看到了一双纤细的玉手，一个丰满的胸脯，一盘如月的面庞，一个娇美的身姿……一个绝代佳人伫立在自己的身旁。"婧儿，婧儿——"他甚至不由得轻声呼唤起来。

"天呢，原来是你！"正在张华神思恍惚的时候，突然听到有人在自己身旁说道。

张华一惊，立即从石礅上跳下来。他转身观瞧，原来是秋雁和一个陌生中年男子正站在自己旁边。

"秋雁，这么晚了你怎么……"张华惊问。

秋雁道："我还正要问你呢？我是王府的丫鬟，什么时候都可能出入王府。可张先生您这么晚了怎么会在这里？而且站到石礅上张望什么呢？"

张华道："我，我，我对王府的建筑十分痴迷……"

"不对吧。您已经是王府的贵客了，对建筑痴迷您可以白天进去看呀……"

"我，这……"张华被秋雁问得无法自圆其说，要不是夜幕掩护，他通红的脸色早就被秋雁看透了。

"我看是对建筑里的人痴迷吧。咯咯……"秋雁笑道。

张华故意打岔，指着她身边的中年男人问："秋雁，这位是……？"

"哦，这是我爹。"秋雁道，"听说我娘病了，我回家去看娘。但娘无大碍，我就回来了，我爹不放心，便亲自送我……"

"哦，原来是令尊大人。"张华道，"张华这厢有礼了。"张华冲那中年男子深施一礼。

那中年男子还礼罢，张华道："今日天色已晚，张华告辞了。"说着，转身就走。

秋雁冲着张华的背影喊道："张先生，明天早点儿来呀，我家小姐一直等您来弈棋呢。"

张华匆忙回到住处，躺在床上翻来覆去，一夜未能入眠，直到天交五更才迷迷糊糊地睡着了。

24

秋雁回到府中，王婧也已回到闺房。

王婧问："你母亲没事了？"

"没事，不过偶感风寒，发发汗就好啦。小姐，您今天怎么大晚上的去精艺堂弹琴了？"

"唉，心里乱糟糟的。"

"乱什么呀？"

"想起司马伦，我就烦得要死。"

"跟老爷说说，让老爷帮您把这婚事退了吧。"秋雁说。

"我跟老爷说过，老爷说，那是老老爷跟司马懿从小给我们订的娃娃亲，好歹就得是他了。要想悔婚，除非老老爷死了。唉，自古红颜薄命啊。"

"小姐，您才貌双全，整个洛阳城里的大家闺秀可有比得上您的？您不能就这么认命。"

"那还能怎么着？"

"您拖着。老老爷不是说除非他死了吗，反正老老爷已古稀之年……"

"那可拖不起，司马家已经开始催婚了。"

"您不能跟那个粗俗之人过一辈子。自己的命运自己不争取谁来替您争取？"

"我自己怎么争取呀？"

"只要您拖它一两年，说不定就有办法。"秋雁说，"小姐，我跟您说一件蹊跷事。"

"什么蹊跷事？"

"我刚才在咱府外看见一人。您猜猜是谁？"

"那我哪里猜得到呀。"

"这人站在石礅上出神地向府中张望。"秋雁说，"我借着月光一看，原来是他。"

"到底是谁呀？"

"就是那个太常博士张茂先。"

王婧听此，心不由"扑腾扑腾"直跳，问道："他？怎么会是他？他大月黑天的来干什么？"

"我也问他了，他说喜欢王府的建筑，在欣赏建筑。我说，您是王府贵客了，什么时候欣赏不行，为什么晚上来欣赏？"

"他怎么说？"

"他没接这个茬儿，而是打个岔，把这个话茬儿岔开了。来欣赏建筑，我想鬼都不信。"

"他为什么要撒谎？"

"不撒谎怎么说呀，直接说，我来看你家小姐，你家小姐让我寝食难安……"

"胡说。"

"怎么是我胡说。我听见他在轻轻呼唤你的名字'婧儿，婧儿'。"

"天呢，这是真的？"

"我能骗您吗？这一个比那司马伦不是强百倍、千倍。你俩那才叫郎才女貌，天配一对，地设的一双呢。"

"别说了，这不可能。"

"怎么不可能？"

"一来，人家不一定有这个心，可能是你领会错了；二来，我爷爷这关就过不了；三来，他虽是太常博士，但毕竟出身寒门，我爹那关也过不了。"

"您别让困难吓住。首先，他那里不会有问题，一个人大半夜隔墙相望，还不清楚他有多么爱您，心有多么迫切吗。我且问您，您觉得茂先这人怎么样？"

"当然是非常优秀的男人啦。"

"跟这样的人生活一辈子，是不是会很幸福？"

"当然啦。只是不知道谁会有这个福分。"王婧说，"咦，你不是也喜欢他吗？"

"我是个低贱的丫鬟，怎么敢有此非分之想。只要您能够与他结成连理，我心甘情愿侍候你俩一辈子。"

"唉，还是别冒险了，弄不好，咱都得身败名裂。"

"事在人为，成与不成，我们努力了，也就没有遗憾了。"

对于秋雁的想法，王婧没有表示支持，但也没有坚决反对。

秋雁对王婧说的确实是心里话。秋雁见张华第一面时，他虽然只是个街上摆残棋的，但秋雁还是被张华文雅的气质倾倒，不由得暗暗喜欢上了这个落魄青年。但当她知道了张华的真实身份后，立即主动掐灭了心中那刚刚升起的爱情之火，因为她知道，一个"上上品"的人物，一个太常博士，一个才华横溢的才子是不可能属于自己的。秋雁感觉自己没有了希望，便把希望寄托在自己的小姐身上，她打定主意，要暗中支持自己的小姐。若王婧与张华最终结成连理，自己就可以作为小姐的陪嫁丫鬟与小姐和张华终生在一起了。

王婧说："他还说要跟我学琴呢，到现在也没来。不知道是真话还是假话。"

"学琴是真是假我不知道，但他肯定会来，我估计过不了辰时，他就会出现在王府。"

"不可能吧，马上就到辰时了。"

王婧话音未落，一个小丫鬟进来说道："小姐，老老爷请小姐到精艺堂与张茂先先生对弈。"

王婧与秋雁相视一眼，都"扑哧"一声笑了。

王婧走上精艺堂的棋室，爷爷王雄跟张华刚刚落子。

张华只睡了半个时辰便被雄鸡唤醒，他好歹吃了点东西，便奔王府而来。虽然他来此的唯一目的是来见王婧，但由于男女之大妨，只得先找王老先生。王雄见张华到来，也十分兴奋，略微寒暄几句，便相偕上楼，摆好纹枰，开始手谈。

棋局刚到中盘，王雄突然感到肚子不适，王婧和秋雁劝道："您老年岁大了，赶紧休息去吧。"

王雄面对大好棋局，有些恋恋不舍。但肚子越来越难受，只得对孙女说："婧儿，这盘棋形势不错，你接着下。"王雄在仆人的搀扶下离去。王婧坐在张华对面继续下棋。

秋雁见棋室只剩下他们三位，也找了个借口下楼去了。

王婧见身边没人，问道："秋雁说昨夜你到我们府门外来了？"

张华脸一红，但又不能不回答，只得说："是的。"

"还站在石礅上向府里张望？"

"嗯，是。"

"在欣赏王府的建筑？"王婧问。

"不。"张华说，"说实话，我是在倾听小姐的琴声。"

"哦。听琴还需要站到石礅上吗？我只听说，站得高望得远，没听说站得高听得远呀。"

王婧见张华脸红涨得像一块红布，又问道："我的琴弹得好吗？"

"好，太好了，简直如闻天籁。"

"是真心话吗？"

"我若说谎，天打雷劈。"

"既然你觉得我弹得那么好，为什么前天作诗只赞美嵇叔夜，而不赞美我呢？"

王婧的话提醒了张华，是啊，前天自己当场所赋的诗中真的没提到王婧。

"我怕……"张华说。

"怕什么？"

"我若将我心中对你的崇拜如实讲出来，我怕人家笑话我。"

"那现在没有外人了，也给我作一首诗怎么样？"

"好的。"

"旁边那屋子里就有笔墨纸砚……"

"好，你稍等，片刻便回。"

张华说着，站起身走到隔壁屋里，提笔写下诗一首：

听琴有感

误入瑶池内，幸得目仙身。

纤指抚岳山，素手调龙龈。

七弦鸣绝响，和谐共五音。

高山瀑流急，弦歌遏行云。

白雪飘然落，疏梅映阳春。

琴瑟俗间物，安能超凡尘？

只缘抚琴者，玉壶纳冰心。

（注：岳山和龙龈分别位于瑶琴的一头一尾）

张华将诗捧给王婧，王婧读罢，惊喜异常。

她惊异于张华的文采如此高妙，更欣喜于他将王府比作瑶池，将自己比作仙女。

"张华献丑，小姐见笑了。"张华道。

"这么好的诗，怎么会见笑呢，尤其玉壶纳冰心一句，乃绝妙之句。虽屈贾不过也。"

"小姐过奖了。"

"我没有过奖，"王婧说，"你是不是对我过奖了呢？瑶池仙女，我可不敢当。"

"在我心里，你胜过那瑶池仙女，月宫嫦娥。"

王婧听罢，笑了。

这时，秋雁走上楼来，说："老老爷问棋下得怎么样了，结果如何。"

二人相视一笑。原来净顾着说话，把下棋的事忘了。

秋雁低头一看，道："这么半天你俩干什么了？怎么才走了两三步。"说到这里，扭头对张华道，"老爷子要是知道你俩不正经下棋，会生气的，你以后也别想再跟我们小姐下棋了。"

张华示意道："那就快下。"

于是二人落子如飞，很快下完了这盘棋。然后张华对秋雁说："去禀报老老爷，就说这盘棋他和他的宝贝孙女赢了。"

"嗯。聪明，只有把老老爷哄好了，你才有机会。"秋雁说。

"什么机会？"张华问。

"装傻充愣！"秋雁瞪了一眼张华，说，"老老爷说了，让张先生中午在府上用餐。下午接着下棋。"

"多谢老老爷。"张华道。

午饭后，张华与王婧又对弈一局。秋雁在一旁看了一会儿，便开始打哈欠。王婧说："你要是困了，就去睡一会儿。"

"嫌我碍眼了？"

"贫嘴。"王婧道。

"好吧。我去休息一会儿。"

秋雁走后，张华、王婧二人边下棋边闲谈。

王婧忽然问道："茂先，我记得那天你说你因为烦恼才到街上摆残棋。"

"嗯。那时确实很烦，不过自从见了你，就什么烦恼都没有了。"

"什么事让你这样烦？"

"唉，一言难尽。以后再告诉你吧。"

"不，你说嘛。我现在就想听。"

"你听了可不要笑话我。"于是张华把自己在安阳河边如何放羊读书，《鹪鹩赋》如何被毌丘刺使和鲜于太守发现并被举荐到朝廷，如何受到大中正青睐和拉拢，如何无奈之中求助于刘中书，以及刘中书为什么要自己与女儿刘贞假订婚详细讲述了一遍。

对于一个生长于豪门世家的小姐来说。张华的故事令她着迷。

"刘中书既然不想让自己的女儿被选入宫，为什么不让你与她真订婚？为什么非要假订婚？"

"因为我出身寒门，刘家是大族呀。"

"刘中书本身就是朝廷最大的笔杆子，难道他不喜欢像你这样文采出众的人做他家的女婿？"

"我听卢子若大人说，刘中书倒是挺喜欢我，可是刘小姐本人和她的母亲、哥哥们坚决反对，认为我与他们家门不当户不对。"

"刘贞小姐见过你吗？知道你的才华吗？"

"见过。对我的文章也应该知道得比较清楚，因为我本来不想出来当官，正是她的使女向方城知县禀报我是《鹪鹩赋》的真正作者。"

"那刘贞难道是仙女？连你这么优秀的人才都不想嫁？"王婧道。

"正因为她见过我，所以才不能接受我。"

"为什么呀？"

"因为她见到我的时候，我还是个放羊娃。"

"这么说你们从小就认识？"

"刘中书是方城侯，在安阳河边建有很豪华的刘侯庄园，他一家经常去庄园避暑度夏。而我就在他家附近的安阳河河滩上放羊，刘小姐和使女常到河边游玩，所以，不仅见过，我还给她逮过蜻蜓，捉过知了。"

"啊？听你这么说你好像与她是青梅竹马了。"

"不，人家只是觉得好玩儿。谁会把一个放羊的放在眼里。所以，当刘小姐听说与她假订婚的竟然就是安阳河边那个放羊娃，要不是刘中书逼着，连假订婚她都不愿意，认为是对她的侮辱呢。"

"这小姐一定是个白痴，要是我……"

"要是你会怎样？"张华问。

王婧脸一红，没有回答。

沉默了一会儿，她气愤地说道："那刘放也太小人了。给人家办点儿事就让人家用这种形式报偿，这不是欺负人嘛。"

"这事也不能怪刘中书，因为人家并没有强迫我。只是我一直觉得刘中书很讲老乡义气，为了我的事都求到皇上那里去了，我一直觉得对刘中书无以为报，正好从卢大人那里知道了刘贞被孙资推荐入宫的事，便主动帮助刘大人渡过这道难关。"张华道，"虽然是我主动，但假订婚一事，让我心灵很受伤害。被荐入京后，尤其是被何大中正评为'上上品'，我本来雄心勃勃，想为国家干一番轰轰烈烈的大事，但经过这些变故，我才觉得一个出身寒门的人什么都不是。我觉得还不如在安阳河边放羊更好，所以我现在在每天夜里都梦到我的母亲、妹妹和我的师傅河疯子，也不知道他们现在怎么样了。"张华说到这里，面色凄然，并不由得落下两滴泪来。

王婧见此，掏出自己的香帕，悄悄塞入张华手中。

王婧道："好啦，以后你烦闷的时候可以来找我和爷爷下棋，也可以跟我弟弟他们那几个大仙儿喝酒清谈。那天他们不是邀请你与他们作山野游了吗？那可真不容易。别看他们一个个散淡无行，但都是名士，洛阳城里多少达官显贵，别说想入他们那个圈子，就是能跟他们一起聊聊，也会觉得非常荣耀。"

张华道："我在洛阳无亲无故，自从见到你，我才感觉心里不那么孤独了。"

王婧道："我也是，不知为什么，只要见到你，心里就感觉踏实。"

王婧说的也是心里话。她自幼在这豪门长大，锦衣玉食，没经历过任何世事。像温室中的牵牛花一样娇弱无力，而张华虽然年纪不大，但他的经历充满了沧桑，像一棵坚韧的松柏，可以荫护她，并任她攀援缠绕。

张华道："自入洛以来，我才感觉到，人生什么最痛苦，那就是孤独……"

"你说得太对了。我也时时感觉自己十分孤独。"王婧说。

"贵府出入有鸿儒，往来无白丁，你身边丫鬟用人那么多，怎么会感觉孤独？"

"人多并不一定不孤独，孤独主要是因为身边没有知音，没有可沟通的朋友。"

"令弟濬冲虽然年纪不大，可学识不浅，机敏睿智，难道不是最好的交谈对象吗？"张华问。

"咳，他呀，一天摸不着个人影儿。即使见到他，也跟他聊不到一起。整天谈玄论道，你跟他说个人情世故，家长里短，他立即就说你俗。"

"秋雁姑娘挺懂事的，整天陪着你……"

"她呀？又太俗了……"

王婧话未说完，突然，门"吱扭"一声开了。秋雁一步跨进来笑道："哎哟，这还没卸磨呢，就要杀驴呀。想不到小姐现在就在背后薄耻我。"

王婧道："嘿，你这小蹄子，学会听窗根儿了。"

"小姐，我不好好了解了解情况，以后怎么帮你呀。"

"帮什么？小姐有什么需要帮忙的有我呢，我张华万死不辞。"张华道。

"咯咯……"秋雁笑道，"到了需要你帮的时候呀，就更没我什么事了。"

张华被秋雁说得一头雾水。

王婧说："别耍嘴皮子了，斟水去。"

"好吧。"秋雁说完，为二人斟上水，然后问："小姐，晚上张先生还要不要在咱家吃饭？要是吃的话我告诉厨房一声儿。"

"不，不。"张华道，"下完这盘棋，我就告辞了。晚上还有事。"其实，张华晚上并没有什么急务，只是怕整天在王府吃饭会让王府的下人看不起。

"既然茂先先生有事，咱就不勉强了。"王婧说，她也怕府上人说长道短。

"那我就不用告诉厨房了。"秋雁说。

张华、王婧二人好歹下完这盘棋，张华起身告辞。

王婧望着张华的背影，怅然若失。

虽然暮色尚未降临，但对于张华和王婧来讲这一天已经结束了。今天剩余的时间对他们已毫无意义，他们都在期许，期许着一个更加心旷神怡的明天。

25

张华回到住处不久，卢府的仆人便来敲门。张华这才想到，自己已好长时间没见过自己的恩人了，实在失礼。（张华因为授了太常博士，此时已搬出卢府）

仆人对他说，卢大人请张先生到卢府一叙。张华披上衣服便跟随仆人到了卢府。

卢钦其实也没什么事，只是闲谈。寻问一下张华在太常寺的工作情况，张华对自己的工作很满意。

卢钦问："你见过阮籍了？"

"嗯。您怎么知道？"

"今天我听说，阮籍说你有王佐之才。"

"前天晚上他说的，今天您就知道了？"

"呵呵。阮籍是什么人呀，大名士啊。他的话很快就会在豪门间传开。能得到他这么高的评价不简单呀。虽然何晏压制你，但有了阮籍这句话，你等着吧，用不了多久，你就会成为各世族豪门的座上宾。咦，你是在哪里见到的阮籍？"

"在王雄府上。"

"啊！王府可是洛阳最著名的府第之一，一般人很难被邀请。你是怎么被王府邀请去的？"

张华于是把经过说了一遍。

卢钦说："王府的人傲慢得很，你要记住，即使是座上宾，也只是宾，他们对你多好也不要太往心里去。洛阳这个地方非常势利，他们绝不会把你一个出身寒门的人当成自家人。"

"嗯，多谢提醒。"张华道，"您觉得阮籍、嵇康这些人怎么样？"

"怎么说呢？"卢钦说，"论才华，与何晏、王弼伯仲之间耳。论人品，嵇、阮这些人比何晏就强多了。你既然得到了嵇康和阮籍的欣赏，好好干吧，前途无量啊。"

"可嵇康、阮籍这些人为什么都躲避官场呢？山涛最近还辞了官。"

"他们更早地闻到了官场的血腥味儿呀。"卢钦说。

"这么说，真的会有一场血腥内斗？"

"应该为期不远了吧。"卢钦说，"不过，只要一心秉正，不党不群，也无须害怕。曹氏与司马氏早点儿摊牌对你有好处啊。"

"对我？"

"是啊。"卢钦说，"不管曹爽干掉司马懿，还是司马懿最后清除曹爽，都可以让你解脱你与刘贞这种不尴不尬的处境。"

"愿闻其详。"

"你想，若司马懿清除曹爽、何晏一伙。皇上即使不被废除，也只能做无权无势的傀儡了。那时，刘中书还用怕皇上逼婚吗？若曹爽大将军干掉了司马懿，以现在曹爽、何晏等人的所作所为，曹爽焉能不取皇上而代之，曹大将军能经受得住皇位这巨大的诱惑吗？退一万步讲，即使曹大将军不愿意做大逆不道之事，何晏一伙也会逼他做。所以若曹爽最终取胜，刘中书也可以立即了结你与刘贞的这种尴尬状况。"

张华听卢钦分析得很有道理，说："一切听您之言，依您之计。"

二人又聊了会儿闲天。张华便告辞回家。

第二天，张华和王婧两人经历了各自人生中最难熬的一天。

王婧作为大家闺秀，没有爷爷或父亲的话她是不敢私自作主把一个男子邀请到家的。而张华呢，没有王府主人的邀请自己也没有理由天天登门。所以，尽管二人各在心中思念着对方，但却不能相见。

张华像丢了魂儿一样，不知该做点什么。他强迫自己读书，但捧着书读了几页，最后竟然完全不知道书上说了什么。他起身在屋里踱步，像一匹被关进笼中的狼，焦躁不安。

王婧昨夜就兴奋得几乎一夜没有合眼，天刚放亮便起了床。无所事事，于是到窗前去逗鹦鹉。

这只鹦鹉名叫小翠，是被王婧训练过的，每天早晨卯时一到，小翠便会喊"秋雁起床"。

小翠见了王婧，虽然知道此时尚未到卯时，但它也大喊道："秋雁起床，秋雁起床"

在外间睡得正香的秋雁被鹦鹉吵醒，她看了看窗，骂道："你这畜生。"

鹦鹉还嘴道："你这畜生。"

秋雁道："你这浑蛋，会还嘴了？"

小翠道："你这浑蛋，会还嘴了？"

秋雁道："小翠是浑蛋，是畜生。"

秋雁知道小翠的弱点，只是学舌而已，每当这时，小翠也会跟着说："小翠是浑蛋，是畜生。"

但今天这小翠不知怎么突然变得聪明了，它说道："秋雁是浑蛋，是畜生。"

王婧被小翠逗得哈哈大笑。

秋雁躺在床上道："小姐，你心里有事睡不着，也不让人家睡。"

"快起床吧，陪我聊会儿天儿，我这心里不知为什么空落落的。"

"不行，我得再睡一会儿。"

"唉，你这懒虫。"王婧骂道。

小翠听罢也骂道："秋雁这懒虫。"

秋雁忽地从床上坐起，披衣来到鸟笼前，指着小翠骂："你这畜生今天成了精了，跟着主人一块儿欺负我。我呸。"

小翠也道："我呸，我呸！"

"好好一个回笼觉让你俩给搅了。"秋雁说着，便去盥洗，然后请王婧坐到梳妆台前，为小姐梳头。

王婧望着镜中的自己，问："秋雁，你说他今天还会来吗？"

"你说谁呀？"

"明知故问。他呗。"王婧看到镜中的自己脸色羞红。

"我看够呛。"

"为什么？"

"你没请人家，人家怎么好意思来。"

"我倒是想请他来，可我哪做得了主。"

"所以，他今天肯定不能来了。"

王婧听罢，神色黯然。

"咯咯……知道什么叫相思之苦了吧，这就叫一日不见如三秋兮。"秋雁笑道。

"既然知道人家心里苦，你还取笑人家。"

"这种苦呀，是苦中有甜。"秋雁说，"好啦，今天就别梳桃心髻了，太费事。"

"别别，还梳桃心髻吧。桃心髻显着人高……"

"他今天反正不来了，你打扮再漂亮给谁看？"

"我想，他万一，万一要是来了呢，再梳桃心髻就来不及了。"

秋雁拗不过，只得给王婧梳桃心髻。桃心髻是古代女子的一种发型，要将头发在顶上高高挽起，梳起来十分费事，光固定发型所需的卡子、簪子就需二三十个。梳好一个桃心髻，至少需要一个时辰。

秋雁为王婧梳妆打扮一新，已是上午巳时左右。

王婧对着镜子照了照，感觉非常满意。她多么盼望此时张华不期而至，蓦然出现在自己面前呀。

秋雁道："女为悦己者容。小姐，我把你打扮得再漂亮有什么用？"

"是啊，秋雁，你主意多，给我想想办法，今天怎么才能让我与他见上一面。"

"我不管。"

"你不是说帮我吗？"

"小姐，昨夜你没睡好，在床上翻天覆地烙饼，可我也没睡好。"

"你也……"

"我是怕。"

"你怕什么？"

"小姐，你想，你已经有主儿了，男方家势力强大，而且是自小老爷给你定的娃娃亲，要是老爷知道我帮你干这事儿，你大不了挨顿骂，我呢，作为一奴才，还不被打死呀。"

"这你不用怕，有我呢。若是为了我的事受连累，除非我死了，谁也不能动你一手指头。"王婧说，"再说了，你不是也不喜欢司马伦吗？嫌他粗鄙，你将来随我嫁到司马家一辈子都得跟一个你不喜欢的人打交道。所以，你现在帮我，也是帮自己。"

秋雁听了王婧的话，想想司马伦，又想想张华，觉得小姐说得很有道理。于是说："小姐，我想了半天，你要是想见他呀，还得请老老爷出面。"

"昨天老老爷并没有邀请茂先呀。"

"您得用激将法。"

"怎么激将呀？"

"老老爷不是自以为洛阳围棋第一高手吗？你就跟他说，通过这几天弈棋，你觉得张华的棋力在老老爷之上。老爷子肯定不服气，不服气怎么办？二人就得比呀，这样，他就不有理由来王府了吗？"

"天啊，你真是个女张良呀，主意就是多。走，马上跟我去见老老爷。"

"我把主意都告诉您了，您自己去吧，我就不陪您去了。"

"你还是陪我去吧，到时候帮我搭个言儿。"

王婧携秋雁来到王雄住处。王雄见宝贝孙女儿到来，很是高兴。王婧甜言蜜语地哄了一会儿爷爷，然后改变话题，说起围棋，并按照秋雁所教，用激将法想激起爷爷的斗志，但老爷子今天无论怎么"将"，就是不上火，毫无请张华进府的意思。

秋雁说："老老爷，您可是洛阳棋界第一高手，不能轻易让一个后生把这荣誉夺了去。"

"唉，长江后浪推前浪，一代更比一代强。我老了，总会被后人超越。以张茂先对棋的理解，若致力于围棋，雄冠天下那是迟早的事。如今围棋顶尖高手在东吴。我倒希望茂先迅速成长，战胜严武，把棋圣的桂冠捧到咱魏国来。"

秋雁立即道："所以，您得好好指导指导他呀。"

"是啊，您得抓紧时间把您的经验向茂先倾囊相授啊。"王婧道。

"不，今天我身体感觉不舒服，没有精神，改日再请他过来吧。"

秋雁精心策划的激将法没有奏效。王婧整整一天茶饭不思。晚上，她更是如坐针毡，对秋雁说："秋雁，走。"

"去哪儿？"

"跟我到精艺堂弹琴去，我觉得要不发泄发泄，自己快要憋死了。"

"弹琴也能发泄？"

"能啊。咱俩走吧。"

二人来到精艺堂礼乐室，王婧坐在琴旁弹起琴来。

王婧弹奏的不是悠扬的《高山流水》也不是清雅的《阳春白雪》，而是激昂的《胡笳十八拍》。

一曲终了，她又弹起《十面埋伏》，但琴声刚起，秋雁便上前对她说："小姐，您独自在这儿弹吧。我出去一趟。"

"你干什么去？"

"替你去见他？"

"到哪儿去见他？"

"大门外。"

"他跟你说过晚上来？"

"我想他这会儿一定又在大门外翘首企盼，侧耳倾听呢。"

"你怎么能断定？"

"相思中的人，心情是一样的。您如果能夜里走出大门，我想您这时也会去偷偷地看他。但您是金丝雀，被关在府里，而他是自由的。您想，他能不来吗？您有什么话，我捎给他。"

王婧想了想，说："你告诉他，明天自己想办法到府里来一趟。"

"好吧。"秋雁说完，走下精艺堂，走出王府大门，果然看到月光中那个熟悉的身影。

秋雁走上前去，道："喂！"

张华转身见是秋雁，笑道："可把你盼来了。"

"是盼我还是盼我家小姐？"

"哦，当然，当然……"

"当然是盼我家小姐了，对吧？"

"不，也盼你，你是小姐的影子，见到了影子，就像见到小姐本人一样。"

"真会说话。"秋雁道，"你来了几时了？"

"天刚擦黑儿我就来了。"张华说，"今天听小姐弹琴，琴声怎么这么乱呀。"

"这还用问，她心乱呀。"

"她现在弹的是什么曲子，这么激昂……"

"这是《十面埋伏》。我们小姐的心呀现在也像处在十面埋伏之中，恨不得冲出包围圈。"秋雁说到这里问，"你这么想见我家小姐，怎么白天不来呀？"

"没有主人邀请我如何能来？"

"你得想办法，不能总被动。"秋雁说，"我家小姐让我给你捎话儿。"

"小姐说什么？"

"让你明天想办法进府一趟。"

"好好好。"张华说，"老老爷怎么不请我下棋了？"

"他身体不舒服。再说年纪大了，有点儿小病小灾一时半会儿也好不了。你得想办法进府来，不然，我们小姐见不到你，可是茶饭不思的。"

"好吧。我自有主意。"

第二天，张华上午便来到王府门前，说要找王公子王戎。正好，王戎在家。张华来到王戎的房间，王戎正穿衣束带准备外出。见张华到来，笑道："茂先，你怎么来了？"

张华道："来看望濬冲兄弟啊，感谢你给我介绍了好几位名士朋友。"

"那你来得正好，刘伯伦请我和向子期（向秀）、阮仲容（阮咸）饮酒。这两位你还没见过，今天正好陪我见见两位新朋友。"

张华道："好好好。不过听说老老爷身体不适……"

"你听谁说的？"王戎问。

张华自觉语失，但灵机一动，赶紧说："听贵府守门人说的。能否待我去问候一下老老爷再……"

"不必多礼了，他身体不适，不想见客。走吧，咱们赶紧走吧。"王戎说着，拉着张华便向外走。经过小姐闺房前，他故意提高声音说："濬冲兄，贵府真堪比瑶台仙境啊！"

张华的声音被王婧和秋雁适时听到了。王婧说："天啊，他来了。"

秋雁立即跑到门前，张望了一下，回头说："他跟公子在一起，看来是要出府去。小姐你快来看一眼。"

"我这蓬头垢面的，哪能被他看见，都怪你懒，不给我梳桃心髻。"

这时听王戎道："茂先兄，你诗才盖世，就给本府赋诗一首如何？"

"不怕濬冲见笑，茂先献丑了。"说着，随口大声吟道：

天庭重宝地上珍
纷至沓来聚此门
鲁班执斧亲作匠
募得蓬莱置洛滨
槽头麒麟笼中凤
灵山花草南海云
翠亭秀阁养淑女
琼楼玉宇居贤臣

王戎听罢，拍手叫道，"好，好诗。茂先，真不知你到底有多大的诗才呀！"

秋雁站在门口回头对王婧说："小姐，他夸你是淑女呢。"

王婧道："我听到了。人说子建才高，七步成诗，但子建七步吟四句，茂先五步吟了八句呢。"

张华频频转头向王婧闺房张望，却未见王婧露面。他故意把步子放缓，却不想王戎催促道："茂先兄，快点吧，别让朋友们等急了。"

张华只得随王戎匆匆离去。

向秀和阮咸见了张华，也颇为投缘，刘伶、王戎、张华、阮咸、向秀五位饮酒清谈了一天，直至暮色四合，王戎才提议散去。刘伶似乎不大快意，道："濬冲你急什么？饮到天亮岂不快哉。"

王戎道："家祖父偶染小恙，我出来一天，未曾探视，岂敢再夜不归宿。"

阮咸说："后天不就是上巳节了吗？咱洛水七星还要共作山野游呢。"

张华也道："是啊，百顺孝为先，濬冲还是回去吧。"

向秀说："也好。上巳之日咱再饮个痛快。"

于是大家散去。张华与王戎同路，当行至王府大门前时，已是掌灯时分。张华说："濬冲，你喝醉了，我送你回府。若老爷责怪起你来，我替你……"

张华如此说，其实是想借送王戎，看一眼王婧，即使看不到，能够从她窗前走过，更近地接近她，心里也是一种安慰。没想到王戎说："不用，不用。自与嵇康、阮籍几位相熟，经常醉酒，家父已看惯了我的醉态，不会责骂我的。你喝得也不少，赶紧回去吧。"

张华只得转身离开，但走了十几步，感觉背后的王府就像磁石一样在吸引他，让他迈不开步。他回转身，见王戎已走进大门。他在原地定定地站了一刻钟的工夫，然后鬼使神差地回到王府门前，坐在石傲上。由于酒力发作，不久，他竟坐着睡着了。

不知过了多久，他突然被一只温柔的小手推了一下。他打了个激灵，抬头一看，是秋雁。

"怎么坐在这儿就睡着了？"秋雁问。

"与你家公子一起出去饮酒，有些醉了。"

"哎呀，天儿这么凉，你穿得薄，坐在这石头上，会伤身的。"

"小姐怎么样？"张华问。

"小姐怪你了。"

"怪我什么？"

"不是说让你今天无论如何想办法进府一趟吗？"

"我不是来过了吗？"

"可你没见到她就走了，跟没来不是一样吗？我们小姐想你想得呀，这一天水米未进呢。她一直吟诵你那首诗。"

"哪一首？"

"就是你边行边吟出的《咏王府》那一首呀。"

"不过随口而出，不值得……"

"不，我们小姐可喜欢啦，她说你才比子建呢。"

张华刚要开口，忽然感觉浑身一阵发冷，打了个寒战。秋雁说："看，着凉了吧。赶紧回去吧，发发汗，就好了，不然会闹病的。"

张华也感觉身体很冷，冷得直打哆嗦。于是说："如此代我向小姐问好！"

于是辞别秋雁回到了自己的住处。

张华毕竟年轻火力壮，虽受了点风寒，但一夜下来，便无大碍。他正思谋着今天如何能够见到王婧，突然有人敲门。他打开房门，进来的竟然是秋雁。

"秋雁，你，你，你怎么……"

"怎么，不欢迎呀？"

"喜鹊登门，必有乐事。欢迎欢迎。"

"我是秋雁，不是喜鹊。"秋雁道，"不过，让你猜对了。你看这是什么？"秋雁说着，打开一个小包袱，抖开一块丝绸，说，"小姐听说你着凉了，让我给你送几块料子，裁制几件衣服。此外，"说着又打开几个小木匣，里边分别装的是人参、黄芪、茯苓等药材，说，"这是驱寒防风的名贵药材，小姐让你用水煎服，可以驱寒。"

张华惊讶不已，他没想到身为大家小姐的王婧竟然如此心细。只身入洛，举目无亲的他，突然感觉一股暖流涌上心头，眼泪不由得涌出来。

"今生能碰上我家小姐这样的女子，那可是人之大幸。"

"是啊，回去告诉小姐，张华愿做犬马任其驱使。"

"这么好听的话儿，你得亲口对小姐说，哪能让我捎呀。你想办法赶紧见她一面，亲自告诉她……"

"只是找不到合理的借口去贵府……"张华说到这儿，忽然想起上巳节的事，于是说，"咦，后天不是上巳节吗？"

"对呀。"

"你不陪小姐去郊游踏青吗？"

"我们每年上巳节都去。"

"好啊，我后天要和洛水七星一起到洛水之滨游玩。"

"哪个洛水七星？"

"就是嵇康、阮籍、山涛、向秀、刘伶、阮咸、王戎他们几位。"

"哦，那七位大仙儿呀。"

"你和小姐趁着上巳踏青，何不与我们一起同游？那样，我就可以见到小姐了。"

"嗯，这主意不错，我回去挥掇挥掇我家小姐。"

"事不宜迟，你快回去让小姐赶紧准备。"

"好，你等着好消息吧。"

26

上巳节是古代最重大的节日之一。时间是每年三月的第一个巳日（后来，二十年之后，晋武帝时，将上巳节固定为三月初三）。这一天，无论男女，都聚集在水边宴饮，郊外游春，洗濯污垢，祭祀祖先，叫作袚禊。《论语》中所说："暮春者，春服既成，冠者五六人，童子六七人，浴乎沂，风乎舞雩，咏而归。"说的就是上巳节过节的情况。

王婧听张华说，让她以过节的名义去一起郊游，觉得这是个很好主意。于是立即找父亲，请求后天与弟弟王戎和师傅嵇康他们一起去洛水边去春游。王浑觉得王婧和王戎姐弟俩一起郊游，又有长辈阮籍和王婧的师傅嵇康相伴，很是放心，于是答应了女儿的请求。

三月巳日一大早，王府就准备了两辆马车，一辆载着王戎和各种美食、用具，一辆载着王婧和秋雁，一起驶向洛河岸边。姐弟俩到时，见张华、阮籍、嵇康、山涛、刘伶、向秀、阮咸早已等在那里。王戎赶紧跳下车，说："各位久等了。只因我家姐姐非要随我们一起游玩，才耽误了。"

阮籍说："我们也是刚到。"

王戎刚要吩咐车夫卸下吃喝用具，嵇康说："濬冲，咱不在这里。"

"为什么？"

嵇康向四周一指道："这里人流熙攘，与这些俗人相伴，有何乐趣。"此时，到洛水北岸游春踏青的人已陆续到来。

阮籍也说："是啊。这里的水很快被这些俗物弄脏了，咱到上游寻个清静处。"

向秀说："我早探好了，在洛河南岸有个蝉鸣林，是个幽静的去处。虽然远了点儿，但可以远离这些俗人。"

王戎说："好，那我们就渡洛水而去。"

于是大家叫来三只渡船，两个车夫担着饮食和用具登上一只船，王戎和王婧、秋雁乘另一只船，其他人乘坐最后一只，一起登舟渡洛。

大概也是因为美女的缘故，王婧他们那只船的舟子划船格外卖力，很快超过另外两只船。飞速行进的船儿兜起阵阵轻风，王婧站在船上，裙裾飘摆，翩然若仙。阮籍笑道："你们看看小婧，岂非子建所赞洛神者欤？"

嵇康道："我的弟子虽洛神不及也。"

张华听着大名士对王婧的赞美，十分欣喜。

船儿直把他们载到向秀所探过的蝉鸣林。

船近岸边。人们发现岸上矗立着一块光滑的巨石，上面刻着著名文人留下的墨迹，其中有秦博士淳于越所题"洛河渡"三个篆体字；有贾谊写的"雒水汤汤，天下安康"八个字；还有卫瓘所书"子建幻睹洛神处"七个大字。

张华问嵇康："这卫瓘何人也？"

嵇康道："卫瓘乃尚书卫觊之子。字伯玉，也是个才华横溢的青年。最令人欣赏的就是他的书法。你看这'子建幻睹洛神处'几个字，非常潇洒苍劲。很难相信如此老练的字出自一个二十六七岁的青年之手。"

阮籍说："这就叫虎父无犬子，卫觊所创卫家字后继有人了。卫伯玉虽年少，但其字已超越其父了。"

张华欣赏着这几个字，确实觉得非常有味道。

王婧问："师傅，这上面的几个洛字为什么不一样呀？有的是水字边，有的是'各'旁加一'隹'字。"

王戎回答姐姐道："这应该没什么不同吧，不过是异体通用而已。"

王婧问阮籍："濬冲竟耍小聪明，有时胡诌糊弄我。"

阮籍似乎对此也没认真研究过，说："濬冲说得也许有道理吧。"

张华道："濬冲说得有道理，但二字的用法还是有些区别的。"

嵇康道："嗯。是有些区别。茂先你说说区别在哪里？"

张华道："汉以前，洛水的洛用水字边这个。到了汉朝，因为汉是火德，火与水相克，所以，洛阳的洛才改用'各'字边加一个'隹'字。魏是土德，土与水相生，所以洛阳的洛又改为水字边这个'洛'。"

王婧道："哦。怪不得秦人淳于越的'洛河渡'用的是水字边的'洛'，汉贾谊用的是'各'字边这个'雒'，而卫伯玉又改用水字'洛'呢。"

嵇康望着张华笑道："我研究过两个'洛'字的区别，正如茂先所言。茂先不仅文采出众而且十分博学呀。"

大家登上河岸，举目四望，这里水青草绿，野花遍地，离岸不远的山冈上便是茂密的树林。

大家把油布铺到树荫下，席地而坐。刘伶迫不及待地打开酒坛，倒了一碗，自顾自地饮了起来，而嵇康、阮籍、向秀则分别操起琴筝笛箫。

嵇康道："仲容，用你发明的乐器先给大家弹奏一首，如何？"

"好啊，在这洛水之滨，我就先弹奏一曲《渔樵问答》。"

王戎道："我等洗耳恭听。"

张华看了看阮咸手中的乐器，确实不曾见过。它下有一个圆圆的木盒作共鸣箱，共鸣箱上固定一根长柱。柱的上端两侧各有两根可以旋转的木柄，四根弦从共鸣箱底部与木柄连接，旋转木柄可以调节弦的松紧，以定音调之高低。弹奏时，左手拨弦，右手五指抚弦。这便是沿用至今的乐器——阮咸，俗称阮。后来又发展出小阮和大阮。

随着阮咸的弹奏，闲适野逸的樵夫和渔夫的生活场景展现在众人眼前。人们仿佛看到山之巍巍，水之洋洋，听到斧伐之丁丁，橹声之欸乃，而背后蝉鸣林里突然传来的啄木鸟的啄木声和洛河舟子的渔歌声像是在为《渔樵问答》伴奏。

阮咸越奏越投入，弹着弹着，竟然不觉泪流满面了。

嵇康向王婧说道："婧儿，唱！"

王婧听罢，于是伴着音乐唱道：

渔渔渔，靠舟崖，整顿丝钩。住青山，又傍溪头。驾一叶扁舟，往江湖行乐，笑傲也王侯。樵樵樵，手执吴刚斧，腰束白茅绦。在白云松下，最喜白云松下。相对渔翁话。真个名利也无牵挂。

渔道是，长江浩荡，白蘋红蓼。只见两岸秋容也，交加乱落花。友是鸥鹭也，侣是鱼虾，红尘不染，湖南湖北的生涯。橹韵咿呀，出没烟霞。

樵道是，饮泉憩石在山中，此江山不换与三公。只见屈崎岖出有路通，野客的也山翁。竹径的也松风。唱个太平歌，不知南北与西东。山中不记日，寒到便知冬。

渔道是，得鱼时酤酒，终日的也陶陶。浅水头，唱个无字曲。的也任我诐信口，吹个无腔短笛，音韵悠悠。却闲愁，是非不管，无辱亦无忧。

听了王婧的歌唱，张华这才知道，原来《渔樵问答》是有歌词的，而且歌词十分优美。

正在他忘情地欣赏着王婧和歌声时，阮籍和嵇康、刘伶也不由得附和着音乐唱道：

樵道是，远住云峤，闲看棋终柯烂斗山高。瑶琴弹几曲宫商调，真个快乐，自开怀抱。

渔渔渔，靠舟崖，整顿丝钩。住青山，又傍溪头。驾一叶扁舟，往江湖行，乐笑傲也王侯。樵樵樵，手执吴刚斧，腰束白茅绦。在白云松下，最喜白云松下。

相对渔翁话。真个名利也无牵挂。

渔道是，去年今日也江头，今日湘浦也巴丘。箬笠蓑衣，傍着碧沙浅水汀洲。汀洲，丝纶短钓长收。求平稳，风波未起，的也急急也早些休。

樵道是，一檐两肩挑。紧收拾，不管他嫩叶也，带枝条也，换米也换酒。妻子团圆也，快活也，过春秋。叹人生，人生，光阴能有也几许也，岁月如流。岁月如流，发鬓籍籍，黄金满屋纵有难留。

渔道是，不图富贵荣华，任他悬那紫绶。带那金貂，闹丛中耳不闻，名场内心何有。着粗衣，甘淡饭，卧红轮直到西斜。把钓竿也，时时拿在手。

樵道是，草舍茅蓬，胜似高堂大厦富家翁。松竹四时翠，花开也别样红。山深时时见鹿，寺远竟不闻钟。看飞泉挂壁空，登高山与绝岭，东望海水溶溶。笑一声天地外，身却在五云中。

今日话渔樵，明日何求。香茶美酒，明月清风，万万秋。一任云缥缈，水远山高，只有天地久。

这《渔樵问答》表达的正是竹林朋友的心境，隐逸放达与世无争。于是一曲唱罢，刘伶便道："明日何求，香茶美酒，明月清风，万万秋。一任云缥缈，水远山高，只有天地久。来，朋友们，喝酒喝酒，今生若有幸，醉死在林畔水浒。"

大家痛饮一会儿，嵇康、阮籍又分别吹奏了几曲。

张华没想到嵇康、阮籍、阮咸、向秀这些名士原来在音乐上都有如此高的造诣，看来只有多才多艺才是真名士。

嵇康道："请《鹪鹩赋》的作者为咱现场吟诗一首，大家以为如何？"

张华知道，考验自己的时候到了。于是随口咏出《上巳篇》一首：

仁风导和气

勾芒御昊春

姑洗应时月

兀巳启良辰

密云荫朝日

零雨洒微尘

飞轩游九野

置酒会众宾

临川悬广幕

夹水布长茵

徘徊存往古

慷慨慕先真

朋从自远至

童冠八九人

追好舞雩庭

拟迹洙泗滨

伶人理新乐

膳夫烹时珍

八音硼磕奏

肴俎从横陈

妙舞起齐赵

悲歌出三秦

春醴逾九酝

冬清过十旬

盛时不努力

岁暮将何因

勉哉众君子

茂德景日新

高飞抚凤翼

轻举攀龙鳞

　　张华吟罢，阮籍拍掌叫道："好，勉哉众君子，茂德景日新，高飞抚凤翼，轻举攀龙鳞。"

　　嵇康也道："出口成诗，真才子也。"

　　刘伶问："确知今日郊游，茂先不会是早已作好的吧？"

　　王婧说："茂先确有子建之才。如果说这首诗是预先作好的，那天在我们家里，濬冲让他作一首咏王府的诗，他五步吟八句，句句皆精呢。"

　　阮咸说："是吗？把那咏贵府诗诵来我听。"

　　王婧于是诵道：

天庭重宝地上珍

纷至沓来聚此门

鲁班执斧亲作匠

募得蓬莱置洛滨
槽头麒麟笼中凤
灵山花草南海云
翠亭秀阁养淑女
琼楼玉宇居贤臣

嵇康道："好诗好诗，茂先，王府对你有什么恩德？如此煞费苦心地大加赞美呀？"

王婧和张华听了嵇康的问话，不约而同地红了脸。

刘伶道："今天既有才子，又有佳人。来饮酒，饮酒，一醉方休。"

山涛道："什么才子佳人？王婧可是咱妹妹，伯伦要注意礼数喽，不可醉酒出丑啊。"

时近中午，大家边吃边饮，话题很快转入清谈。今天清谈的问题是人间与天堂是否相通。当然玄学的命题一般都是没有答案的，大家只不过借此表达自己对于人生和宇宙的看法，并显示自己的博学与辩才。

张华说："人间与天堂是否相通我不知道。但我知道大海与天河是相通的，人可以借助浮槎巡游天河。"

阮籍问道："茂先，你是听谁说的？"

嵇康也问："是啊，人如何能巡游天河？"

张华道："毌丘俭征朝鲜。朝鲜不肯降魏者逃亡海上，毌丘俭手下有一蜀国降将，乘舟追至海上，遇一饥岛上人说，他们那里每年八月准时有浮槎来。然后驶向天河。"

王婧问："什么叫浮槎？"

"浮槎就是一种大船。"

"这位蜀国降将不相信，非要弄个水落石出。他准备了许多食物，等待了几个月，果然等来了浮槎，他乘浮槎而去。恍恍惚惚行驶了十多天，突然来到一个城郭，那里亭台楼阁，屋舍俨然。还可见到那楼阁之中有许多织女，河边牛郎牵牛饮水。那牵牛的人问这位蜀将从哪里来，蜀将如实告知，并问牛郎这是什么地方？牛郎说：'您回到蜀郡，去拜访一个叫严君平的人，一问就知道了。'于是蜀将乘游槎如期回到海岛，后来回到蜀国，找到严君平，原来这严君平是个会瞻星术的术士，严君平告诉那位蜀将，说：'正始二年五月八日，有客星犯牵牛星宿。'蜀将掐指一算，正始二年五月八日正是自己到天河遇见牛郎的那天。"

当时人们对世界了解得还非常有限，而这个传奇故事又说得有名有姓，非常具体，因而连嵇康、阮籍都不能不信。

中午饮宴罢，向秀问：“大家感觉这里如何？”

阮籍道：“子期找的这个地方十分幽静，很好。”

“明年上巳节咱们还来这里。”

嵇康说：“明年会有更好的地方。我在山阳已置下田产，那里环境清幽，左有清流溪涧，右有茂林修竹。我打算隐居于彼，如果诸位真的厌弃都市，可以一起到那里修行。”

“好啊，到时候咱们共聚竹林，天天清谈，日日醉酒，岂不快哉。”刘伶说到这里，转头对王婧说，“小姐，您和我们歌乐宴饮罢了，您和秋雁姑娘请回吧。”

“不，傍晚跟你们一起回去。”王婧说。

阮咸道：“下午天气和暖，我们要在洛水里濯洗一番，恐有不便。”

王戎说：“是啊，姐姐，你们先回去吧。”

王婧听说男人们还要在洛河洗浴，自己和秋雁在此真的有些不便，于是只得答应先回去，但说道：“我和秋雁两个小女子还要渡河过去，那船夫粗鄙之人，恐怕……”

嵇康说：“是啊，小姐既跟我们同来，老爷把小姐托付给我们，我们可不能出什么差错。濬冲，你送小姐回去吧。”

“若没了濬冲，咱洛水七友，便如北斗失去一星，很是无趣。”阮籍道。

张华道：“今天是上巳佳节，切勿扫了大家兴致，濬冲留下，还是由我护送小姐回府吧。”

嵇康道：“这个主意不错，茂先，就由你护送小嬉回府。不过今天没能使你玩得尽兴，容当后补。”

张华终于讨到这样一个好差事，兴奋不已。王婧听说让张华护送自己回府，也不由得内心大爽。于是，与秋雁三人登舟渡洛。

洛水滔滔，春风拂面，更增加了王婧内心的幸福感。她站在船头，迎风而立。舟子说：“小姐，向后站，危险。”

王婧没有理会舟子的提醒，回头问张华：“茂先，我要是落水你能救我吗？”

“当然。我自幼在安阳河边长大，练就了很好的水性。洛河这样的水势不算什么。”张华道。

王婧对舟子说：“师傅，先不要送我们过河，您载我们向洛河下游转一转。至于船费嘛，好说。”

舟子知道这女子是大家闺秀，不会差他钱，于是拨正船头，顺流向下游划去。王婧站在船头唱道：“渔渔渔，靠舟崖整顿丝钩，住青山，又傍溪头。驾一叶扁舟，往江湖行，乐笑傲也王侯。樵樵樵，手执吴刚斧，腰束白茅绦。在白云松下，最喜白云松下，相对渔翁话，真个名利也无牵挂……"

张华道："《渔樵问答》不仅音乐动听，而且歌词优美。我在安阳河边放牧，能真切体会渔夫樵夫安逸、恬淡的生活。"

"那你为什么还到京城来？"王婧问道。

"不来京城，能见到王小姐吗？此乃天意也。"

"咯咯……"王婧听了张华的话，笑了。忽然，小船晃了一下，王婧为保持平衡，双臂向上一抬，宽大的丝绸衣袖猛然展开，像仙鹤振翅欲飞。

王婧笑着，脸如彩霞，灿烂无比。张华突然道："别动，对，就保持这个姿态。"

王婧不知他要干什么，真的没有动。张华随口诵道："翩若惊鸿，婉若游龙，荣曜秋菊，华茂春松。仿佛兮若轻云之蔽月，飘摇兮若流风之回雪。远而望之，皎若太阳升朝霞……"

王婧笑道："你把我比甄妃了？甄宓命运可是不佳的呀。"

"不，我把你比洛神。"张华说。

"是啊，小姐就是茂先先生心中的女神！"秋雁道。

这时，另一只小舟飞速从旁驶过。舟上的几个浮浪子弟望着王婧唱起淫诗来：

抚秀发兮吻红唇

亲芳腮兮撩罗裙

解丝带兮窥双乳

挺玉柱兮探玉门

王婧听罢，气得哭了起来。

张华骂道："光天化日之下调戏良家妇女，是可忍孰不可忍，有种的你们过来。"

那几个后生见张华一介书生模样，并不忌惮，将舟划过来道："过来你敢怎样？"

张华忽地从船上跃起，一个猛子扎入水中。

王婧、秋雁望着水面，久久不见张华的身影，感觉大事不好。几个小流氓笑道："原来这厮跳河了。呵呵，小娘子，要那小白脸做甚。今日上巳佳节，何不陪我们哥儿几个玩儿玩儿。"

王婧哭道："他要是淹死了，你们谁也别想活命。"

秋雁道："你们真是吃了熊心豹胆，敢调戏王府小姐……"

几位一听对面船上这位美人儿原来是王府小姐，吓得掉转船头便跑。

然而，就在他们拨转船头的一瞬间，忽然从他们的船侧钻出一个人来，王婧仔细一看，竟是张华。只见张华扒住船帮，用力向下一按，那小舟立即倾覆过来，几个小流氓同时落水。张华在水中将他们逐个暴打，就在他们一个个将要沉入水中时，他又将他们一一推上小船。然后自己游回王婧他们的船上。

王婧说："你还救他们干什么，这样的东西，就应该把他们全喂了王八。"

张华说："唉，得饶人处且饶人吧。他们虽然下流，得罪了小姐，但罪不至死呀。"

秋雁道："没想到茂先先生不仅文采好，来武的也很有一套。"

"秋雁，你不知道，这要是在陆地上，我可打不过他们四个，甚至连一个都打不过，但若在水里，再多几个我也不惧。"

舟子说："这位先生确实好水性，连我们这靠摆渡吃饭的都觉不及呢。"

王婧、张华的游兴被几个小流氓彻底败坏了。他们靠岸登车，打道回府。

小流氓的淫歌弄得张华、王婧、秋雁一路上都很不好意思。秋雁为了打破这种尴尬局面，说道："茂先先生，你说的那八月浮槎的故事可是真？"

"毌丘刺使亲口讲的，还能有假？"

"这么说，人真的可以乘浮槎游天河了？"王婧插话道。

张华说："我有时间一定到海上去试试。"

王婧说："要去，我跟你一块儿去。"

秋雁说："小姐，在洛河遇到流氓，茂先可以救你，要是在天河遇到流氓神，茂先恐怕就救不了你了。咯咯……"

听了秋雁的话，王婧的脸又红了。秋雁道："茂先先生，你怎么知道得那么多？"

"这还算多？我要是把我肚子里的故事讲出来，你就是听上一千零一夜也听不完。"张华道。

"那今天趁着路上无事，你给我们讲讲。"王婧道。

"好，我给你讲异域风俗故事吧。"张华说，"毌丘刺使说的那个每年有浮槎按时往返于天河的岛，我怀疑那就是三苗国，先前帝尧把天下礼让给虞舜，三苗的部族首领对尧提出了反对意见。帝尧杀了他，于是三苗的人民就反叛了，后来他们乘船漂流到南海定居下来，建立了三苗国。"

王婧说："三苗国的人可以在天地之间自由往返，可太神奇了。"

"三苗国还不算神奇。东海内有个轩辕国，在穷山的附近，那里最短命的人也有八百岁。"

"天啊，活八百岁。"

"离会稽山四万六千里，有个大人国，大人国的人胎儿要在母腹中孕育三十六年才生下来。孩子一生下来便是白头发，身材高大，能乘云驾雾而不能步行，可能是属于龙种一类。"

"大人国的人有多高？"王婧问。

"大人国普通成人身高十八丈。"

"天啊，那岂不是巨人吗？"

"就是巨人。"张华说，"距九嶷山四万里，有个孟舒国，孟舒国的人，人头鸟身。他们先代君王叫虞氏，曾驯服上百种鸟。夏朝的时候，他们开始吃鸟的蛋。后来，当孟舒人离开夏朝时，凤凰都跟随着他们。"

"原来这世上多么奇怪的人和事都有啊。"王婧道。

"更奇怪的是，还有个穿胸国。"张华说，"从前夏禹平定了天下，召各路诸侯到会稽山聚会，一个叫防风氏的部落酋长迟到了，禹便杀了他。夏禹出游境外。走遍境外后回到南海，在经过防风氏辖地时，防风氏的两个臣子为替防风氏报仇，一见禹便怒从心中起，拔箭朝他射去。这时，突然狂风大作，雷电交加，两条龙飞升而去。这两个臣子见状十分恐惧，便用刀刺穿了自己的胸而死去。禹怜悯他们，就把刺胸的刀拔了出来，并用不死草给他们治疗。这样，他们的后代胸前都有一个孔，因此就成了穿胸人。"张华说到这里，发现马车驶到一个路口，从这里回自己的住处最近，于是对王婧说，"今天先不说了，我在前边路口下车。"

秋雁问："再讲几个故事。到我们府前再下。"

"那样就绕远了。"张华说。

"不是想让你陪小姐多待一会儿吗？春宵一刻值千金呢。再说，你大晚上的没事还往那里跑呢，你还怕远？"秋雁道。

张华被秋雁说得脸一红，于是说："唉，碰上你这样的，真没办法。那我就再说一个故事。在穿胸国的东面，有个交趾国，交趾国的人，因为长期在水里生活，脚趾间长了鸭一样的蹼。"

"这个不好听。再说一个。"秋雁道。

张华说："跟你们讲这些不是为了故事好听，这些国家都是确实存在的。"

"那你说世上最好的国家是哪儿？"王婧问。

"世上有个君子国，那里的人穿戴齐整，腰间佩剑，每人都饲养着花斑老虎，既护身也当坐骑。百姓穿着野丝织成的衣裳，讲究礼貌谦让，从不争斗。国土方圆千里，长有不少早晨开花、傍晚凋谢的薰衣草。由于他们好让不争，因此叫君子国。"

秋雁还要听故事，这时却只听车夫"吁"的一声，车已到王府门前。张华与王婧只得恋恋而别。

27

上巳节春游一天，秋雁便感到累得不行。吃过晚饭，伺候小姐卸了妆，她倒头便睡。

王婧虽然也很累，但她却无论如何睡不着。这一天的经历不时在脑中重现。她感觉幸福无比。这种幸福是真实的还是虚幻的？她需要对人倾吐，也需要人为她分享，而这个人只能是秋雁。

想到这里，王婧捅了捅秋雁："喂，醒醒。"

"干什么呀？人家累了一天了。浑身跟散了架子似的。"

"你比我这当小姐的还娇嫩。"

"人家怎么能跟您比呀，您现在正被爱火炙烤着……"

"别胡说。起来，跟我聊聊天。"

"是不是让我跟你聊聊他呀。"

"你小蹄子就是我肚子里的蛔虫。"王婧说，"秋雁，你说他怎么知道得那么多呀？连嵇叔夜、阮嗣宗这样的大名士都很佩服他呢。"

"人家是真才子呀。"秋雁说，"只有这样的大才子，才能配你这样的佳人儿。"

"而且最让我敬服的，是人家怎么能出口成诗。你看那首《咏王府》诗作得多好。寥寥数语，把王府的人、建筑、花草，甚至宠物都赞美了一遍。"

秋雁说："我更敬佩的倒不是他的才，更敬佩他的勇。真没想到，他竟敢一个人只身去斗四个流氓。"

"那是因为他水性好。"王婧道。

"水性好？他焉知洛河边的流氓水性就不好呀？若是那几个流氓也有好水性，他岂不被四个人按在水里淹死了。他敢于那样，完全是因为爱，爱才能使人无所畏惧。"

秋雁的话说得王婧心里喜滋滋的。

"人家舍命护你，你也得给人家点儿回报。"

"怎么回报？"

"明天你俩单独见面的时候，让他'抚秀发兮吻红唇'是最好的回报。咯咯……"

"你，你……有这么跟主子说话的吗？越来越不知自己身份了。你也快成流氓了。"

"好好好，小姐，我说错了还不成。不说了，我继续睡觉。"秋雁说着，在被窝里一转身，背对着王婧，要继续睡觉。

"嘿，你还说不得了？"王婧道，"跟主子也敢使性子。转过身来，继续陪我说话儿。"

"人家给你出好主意，你说人家流氓。人家不说话，你又不干。我这丫鬟也太难当了。"

王婧问："你说，明天我俩怎么才能再见面？"

"找老老爷呀。"

"老老爷身体不适，不能下棋了。"

"不是让老老爷邀他进府下棋。"

"那让他来干什么？"

"让他进府来给老老爷解闷。"

"老老爷需要他来解闷吗？"

"这就看咱怎么跟老老爷说了。"秋雁道，"咱把今天他给咱讲的故事跟老老爷学说一遍。我不信老老爷对这些奇闻逸事不感兴趣。一个身体不适的人最需要有人陪他说笑。你放心吧，这一招儿肯定奏效。"

王婧也觉得这是个不错的主意。她还想跟秋雁说什么，但发现秋雁很快又进入了梦乡。她知道她太累了，也不想再叫醒她，于是一个人独自遐想。想到了洛河上的一幕。四个流氓唱着淫歌来挑逗，"抚秀发兮吻红唇，亲芳腮兮撩罗裙……"张华跃入水中，掀翻流氓的小舟，在水中痛打流氓……嗯，这些流氓太可恶，太流氓，尤其那些淫歌，什么"抚秀发兮吻红唇，亲芳腮兮撩罗裙，解丝带兮窥双乳……"太下流，太露骨。没想到秋雁这小蹄子给自己出这个馊主意：让自己主动被张华"抚秀发兮吻红唇……"。想到这里，"呸，这个不要脸的东西"。王婧冲着秋雁熟睡的背影唾了一口并骂道。

唾也唾了，骂也骂了，但那首淫歌却不知为什么在自己的头脑里挥之不去。她强迫自己彻底忘却这样下流的歌谣。但强迫的结果，却是那淫歌所描述的情景，在心里像扎了根一样越来越牢固……

"婧儿！"张华抚着自己的秀发，欲言又止。

她望着张华清秀的面庞，满面含羞。

"秋雁说得对，你就是我心中的女神！"

"人家心里知道。"她羞怯地道。

他低下头，将滚烫的唇贴近她的脸颊。

她想用力回避，但回避的结果是自己主动将红唇送了过去。于是二人吻在了一起。

在激吻中，他的一只手摸索着自己的裙带。

"不，不，不嘛！"

……

"抱紧我，抱紧我。啊，天啊！"王婧喊道。

"小姐，醒醒，醒醒，怎么了，你做噩梦了？"秋雁摇着她的胳膊问道。

王婧这才从一场春梦中醒来。想到刚才的梦境，不禁羞得满脸通红。

秋雁很快明白了，问："梦到他了？"

"嗯。"王婧点头道。

"唉，我看呀，你俩是谁也离不开谁了。你俩得找个机会捅破这层窗户纸，然后再想办法征得老爷和老老爷同意。"

"嗯，这样下去太折磨人了。"王婧道。

28

早饭后。王婧带秋雁来看爷爷。王雄精神尚好。王婧问过安，然后说："爷爷，您不能总一个人闷在屋里，得找个人给您开开心。"

"除了我宝贝孙女儿，谁能给我开心呢？"

"张茂先呀。"

"不行不行，我可没精神下棋。"

"茂先不仅棋下得好，人家还博学多才呢。知道的奇闻逸事可多了，听他讲故事，能让人废寝忘食。"王婧说。

"是吗？他都给你们讲过什么故事？"

"他讲过好多，但我记不准。秋雁，你把张茂先讲的奇闻逸事给老老爷讲讲。"

秋雁记性好，口才也好，于是把张华昨天讲的异域故事给王雄学说了一遍。王雄果然对这些故事很感兴趣。

"讲完了？"王雄问秋雁。

"是啊，昨天他只讲了这么多。"秋雁说，"他说如果有时间，三年也听不完他的故事。"

"那好，马上请他过来给我讲故事。我正闷得不行呢。"

秋雁得令，立即去找张华。

张华听说王雄有请，心里喜不自禁，马上跟随秋雁来到王府。

王雄说："茂先，你小小年纪真是博学，还有什么好故事，给老夫讲讲。"

张华道："愿为前辈效劳。若前辈喜欢听，我给您讲异域风俗怎么样？"

"好啊，请讲。"王雄道。

张华说："楚国的南面有个炎人国，那里的人父母死了，家里的人便剔下尸体上的肉扔掉，然后把骨骸掩埋起来。"

"啊？子女竟敢做这种混账事？"王雄道。

"地域不同，风俗迥异，在咱这里，这是最大不孝，但在炎人国，只有这样做才算是孝。"

"嗯，真是十里不同俗啊。"

张华继续讲道："秦国的西面有个义渠国，那里的人父母死了，便堆积柴草焚烧熏烤尸体，那烟气上升了，就说是死人登天成仙，这样做才可称为孝子。"

王婧惊道："这是真的？竟然将父母尸体化成灰？简直禽兽不如。"

张华说："当然是真的，这种事情，在《墨子》中也有记载。越国的东面有个叫轵休的国家，那里的人生出第一个婴儿，就开膛剖肚地拿来吃掉。"

"还有这等事？太残忍了。"王婧说，"他们为什么要这样做？"

"人家自然有人家的道理。他们说这样能使今后生更多的儿子。轵休国的人不仅吃自己的第一个婴孩，而且一旦父亲死了，他们就把母亲背到野外去扔掉，说是不能同鬼的老婆住在一起。"

王雄说："所以，咳，咳，孔子只能是我们汉人的圣人，咳，他的道德与伦理并不是放之四海而皆准的。咳，咳……"王雄边咳嗽边说。

"前辈说的极是。"张华说，"我想任何道德伦理都是相对的。"

"你接着讲呀。"王婧催促道。

王雄说："别讲了，我得歇会儿。咳，咳。"

"您歇着去吧，让茂先讲给我们听。"王婧说。

"不行，下午再讲吧。我还想听呢。"王雄道。

"您歇着去，我们干什么去呀？"

"你跟茂先去精艺堂下棋吧。"王雄说。

王雄的话正是张华和王婧求之不得。于是张华、王婧、秋雁三人来到精艺堂。张华说："小姐，今天咱不下棋了。"

"那咱来这儿干什么？"

"你教我弹琴吧。我知道，作为一个文士，不懂音乐是不行的。你师傅不是让我先向你学琴吗？"

"好啊。那咱们就直接到乐室去吧。"王婧道。

于是三人直接来到精艺舍礼乐室。

这乐室比棋室大多了，占了整个三楼楼层。这里的乐器令张华眼花缭乱。有各式的瑶琴、古筝、箜篌、箫、笛、鼓、锣、钹、铙，甚至还有一组编钟。

"你想学哪种乐器？"

"你哪种乐器最拿手我就跟你学哪种？"

"我的箜篌比琴弹得好，但箜篌太大，不容易携带，我看还是学瑶琴吧。"

"好，就跟你学琴。"

"其实乐器是相通的，像这种弹奏乐器，只要学会瑶琴，那么筝呀、箜篌呀都会触类旁通，像你这么聪明的人更不用说了。"

"好，那我就开始学，你开始教。"

张华刚要就座。秋雁一把拽住他说："哎哎哎，你懂点礼貌不懂？有你这么拜师的吗？学琴得先拜祖师爷，再拜师傅。"

王婧指着墙上那幅师旷像，说："是啊，学琴咱得先拜祖师爷。"

于是王婧与张华一起站到师旷画像前，跪地磕头。

秋雁在一旁道："一拜天地。二拜高堂。夫妻对拜……"

王婧和张华磕头毕，王婧瞪了秋雁一眼，骂道："你这个贫蛋。"

秋雁说："茂先先生，你还得拜师傅呀。"

"免了免了。"王婧说，"我俩互为师徒，我还得跟茂先学棋呢。"

"那礼数不能免。孔子曰，非礼勿言，非礼勿视，非礼勿听。今天你教他琴，他拜你；明天你跟他学棋，你再拜他呀。"

张华道："如此，茂先这厢有礼了。"说完，给王婧作了个揖。

"这哪是拜师礼呀，是见面礼。不行不行，重来。"秋雁嚷嚷道。

王婧不让张华行跪拜礼，对秋雁说："别逗了。去沏茶去。"秋雁说："我这不是逗你们玩儿，这可是为你们好呀。"

"为我们好什么？"王婧问。

秋雁说："你想啊。男女授受不亲，可你俩单独在小楼上手把手地教琴，这算怎么回事？要是行了拜师大礼，你俩就是师徒关系，师徒之间当然就没必要有那么多忌讳啦。"

张华听秋雁说得也不无道理。他望了望王婧，王婧说："秋雁说得也不错，那你就该怎么行礼怎么行礼吧。"张华无奈，只得跪地磕头。

秋雁被逗得"咯咯……"笑个不停。

行罢礼。秋雁给二人斟上茶，然后说："你们师徒俩在这儿练琴吧，我去楼下，有人来的时候，我就咳嗽一声儿。"说完转身下了楼。

王婧和张华坐在琴前，王婧于是手把手地教张华。右手如何拨弦，左手如何移动。张华按照王婧所教，进行练习。

"不对，右手应该这样，看我的手指，这样……"

张华试着弹了几下。

"哎呀，你这动作倒是对了，可就是手指太僵硬。你看我的手指……"

"哎呀，小姐，你这手多纤细，多柔软呢。我这从小放羊的手，肯定不会这样灵巧。"

"我的手软吗？"王婧将手伸到张华面前说。

张华大着胆子，捏了捏，王婧立即感觉跟过电一样，浑身一阵酥麻。张华干脆将她的两只小手全部握在手里，说道："玉指纤纤，白若羊脂，柔若春柳。"

经张华这一握，王婧不仅手如春柳，连浑身的骨头都软了。她满脸娇羞地靠到张华的怀里。

张华顺势抱住她，抚着她的云鬟道："婧儿，婧儿……"

"嗯。"

"你是我心中的女神。"

"你是我的男神。"

张华低下头去吻她的唇，她侧过头去表示拒绝，但瞬间她又将头扭了过来，并把红唇主动送了过去，四片红唇紧紧吻在了一起……

王婧浑身酥软，已无力拒绝他的任何"侵犯"。

一切都像昨夜的梦境。

二人正在贪婪地享受着情爱的美妙，忽听楼下秋雁大声说道："曾先生，您来看书？"曾先生是王家私塾的塾师，经常到精艺堂查阅资料。

张华听到有人来，立即推开王婧。

王婧脸红红地道："看把你吓的。没事，曾先生是我们家的教师，只在一楼看书，不会上楼来的。"

张华听了王婧的话，才从恐惧中回复过来，他走过去揽住王婧的腰。

"大白天的，你们也太胆大了。"秋雁忽然推开门说道。

"我们，我们，我们只是在练琴……"张华道。

"算了，还瞒得了我，练琴？怎么好久没有琴声了？看看我们小姐的头发。我早上刚给她梳的云鬟，现在乱成什么样了？是不是抚秀发兮吻红唇了，咯咯……"

二人被秋雁说得都有些羞赧。

"小姐，来，我再把头发给你梳梳吧，这样出去怎么见人？"

秋雁给王婧重新梳好头发，说："这里人来人往，可别再把头发弄乱了，否则让人见了不能不起疑心。"说完又转身下了楼。

张华、王婧激情已退。二人重新坐定。聊起家常来。

王婧道：“咱俩已然这样了，我觉得我已经离不开你了。你和刘小姐的事怎么办？”

张华道：“我们的事好办，毕竟只是假订婚。我担心的是你，你和司马伦的事怎么办？在魏国，除了曹家还没有哪个家族敢得罪司马家。”

“我的事我自己想办法。我早想好了，先求二位老爷帮我退婚，如果不行，我就以死相逼，我是父母和爷爷的掌上明珠，我不信他们会把我逼上绝路。”

“我为你也甘愿赴汤蹈火。”

“你得起誓。”

“好，我发誓。”张华以手抚心道，“上邪，吾欲与君相知，长命无绝衰。山无陵，江水为竭，冬雷震震，夏雨雪，天地合，乃敢与君绝。”

王婧道：“我也发誓：上邪，吾欲与君相知，长命无绝衰。山无陵，江水为竭，冬雷震震，夏雨雪，天地合，亦不与君绝。”

张华被王婧的爱情激动得落下泪来。

“茂先先生，”秋雁在楼下喊道，“老老爷歇过来了，让您过去给他讲故事。”

王婧道：“走吧，只有哄得我爷爷高兴，咱俩的事才有希望。”

张华问：“谁出的这么好的主意，让我给老老爷讲故事？不然，我还真没借口进王府呢。”

“秋雁这丫头呗。这小蹄子鬼精灵，主意可多了。”王婧说，“我现在最担心的是，你的故事讲完了怎么办？”

“放心吧，这里有的是故事，永远讲不完。”张华指着自己的胸口说道。

王婧将小手伸进张华的上衣中，摸着张华的肚子说：“这就叫满腹经纶吧。”

29

张华的故事让王雄很是开心，请张华没事就进府来陪他聊天。从此，张华几乎每天必到。王雄一旦听累了，便是他与王婧私会的时间，此时他们便到精艺堂弹琴、下棋、说爱。

王浑见老爹心情愉快，身体也恢复得很快，对张华便十分欢迎。一两天不见张华进府，便会问：“茂先怎么没来？”

在频繁的接触中，不仅张华与王婧的爱情骤然升温，而且张华的琴技，王婧的棋艺也大有长进，尤其是张华，因为天生的聪慧，并且有天赋的乐感，在王婧的指导下很快能够熟练弹奏琴筝。

一切都在按照张华、王婧二人的预期顺利进行着。

这天，张华又如约而至，但刚进王府大门，守门人便道："茂先先生，我家公子说了，让您今天先到老爷的客厅去一趟，公子说要给您一个惊喜。"

张华听了守门人的话，内心一阵狂喜，以为是老爷同意了他与王婧的事。于是快步走到王浑的书房。

王戎迎出来，将张华请进客厅。王浑说："茂先乃真才子啊。"

"前辈过誉了。"

王浑说："我要给你一个惊喜。"然后示意王戎。王戎从书案上拿起一个纸卷，打开来，张华仔细一看，原来是一幅字。写的是他随口作的《咏王府》那首诗。

"写得好啊。"王浑说，"听说是戎儿点题，你随口吟出的？了不起。"说到这儿，冲外喊道，"来人，把这幅字挂起来。"

两个仆人随即进了屋，按照王浑指点，将那幅字挂在了客厅北墙的正中位置。

张华端详了一会儿，说："这诗倒一般，这字可是非常苍劲有力，笔笔如刀似剑……"

王戎说："茂先果然好眼力。这是我求钟会钟士季写的。"

"钟士季是谁？"张华问。

王戎道："钟会乃钟太傅钟繇之子，跟卫伯玉一样，是文武全才的人物啊。"

"怪不得书法写得这样好，原来是名门之后，身受真传呀。"

王戎问："你觉得钟士季的字比卫伯玉的如何？我正想好好学书，不知师从钟、卫哪家为好。"

"卫伯玉的字我只在洛河边的石刻上见过。"张华说，"我觉得，卫字偏文，钟字偏武。卫字柔，钟字刚。至于哪家为优，实在不好比较。我个人更喜欢柔一点儿的。"

王戎说："那我只好文武兼修，刚柔并济了。"

从此，王戎便真的跟钟会、卫瓘二人学习书法，而张华后来只习卫字。

王浑道："茂先，我们老爷子这会儿等你准等急了。戎儿，陪茂先去见老老爷。"

于是张华跟王戎走出屋。

张华说："濬冲，你还陪什么，我常来常往，你有事忙去吧。"

王戎说："茂先，一般人是入不了我爷爷的法眼的，还真没有其他人这么受我爷爷和我爹的欢迎。我还有事，真的不陪你去见爷爷了，还让我姐姐陪你吧。"

张华于是与王婧一起来到王雄的住处，继续谈天说地。

王雄休息的时候，张华、王婧二人又来到精艺堂礼乐室。刚进门，张华便从腰间掏出一个锦盒，递给王婧，王婧打开来仔细观看，却是一块拳头大的琥珀，这块琥珀不仅晶莹剔透，而且里面有两颗鲜红的紧紧连在一起的桃状的"心"。

张华说："婧儿，你对我太好了，但张华一介穷文士，没什么好东西可给你，我就将它献给你吧，它寓示着咱俩的心永远紧紧相连。"

王婧大惊："你还说没有什么好东西，这是多么贵重的宝贝？这得多少钱才能买到呀？"

张华说："它并不贵重，但多少钱也买不到，因为他是我用心制造出来的。"

"制造？这琥珀也能制造？"

"嗯。"

"你跟谁学的？谁有这样的技艺肯授予他人？"

"我是从《神农本草》上学来的。"

"《神农本草》上有制造琥珀的方法？"

"嗯。只是一般人没有注意到。"张华说。

张华在后来撰写的《博物志》中公开了他掌握的制造琥珀的方法。《博物志》载：《神农本草》云：鸡卵可做琥珀，其法取伏卵黄白浑杂者煮，及尚软随意刻作物，以苦酒渍数宿，既坚，内着粉中，佳者乃乱真矣。张华正是按照《神农本草》上的方法，不仅摸索出了制造琥珀的方法，而且巧妙地将两个红"心"放入了人造琥珀之中。

王婧接受了红心琥珀，自己则将自己最喜爱的那把古瑶琴送给了张华。

30

张华的《鹪鹩赋》和《壮士篇》早已通过卢钦的宣传在洛阳的豪门间传开。阮大名士"王佐之才"的评价更令张华名声大噪。最惹人注目的是，高贵的王府客厅最显要的位置竟然挂上了张华的诗。这首《咏王府》诗情高妙，寓意深远。由此而引起洛阳世族争相效仿。贵族纷纷延聘诗人为自己的府第吟诗作赋。但此时，建安时期的才子（建安七子）皆已作古，而后世的著名文士——三张、二陆、两潘、一左尚未出道。在世的大名士王弼、何晏、夏侯玄不善文学，也不屑于此道，嵇康、阮籍又凡人不理，更不肯为他人唱赞歌。因而最适合操此业者便是张华了。一来，张华入洛不久，急于与贵族交往；二来，他虽然才华出众，但名头尚不很大，没什么架子。因而张华很快成为豪门世族的座上宾，为各府第书写赞美诗。从此，张华便出入于名门之内，奔走于世族之间。他也不负众望，创作的每篇诗赋都深得主家赞赏。

张华，有名士为友，淑媛相伴，出入豪门，颇为得意。

春风得意的日子过得很快，忽焉将近一年。

这天，张华正在与王婧弈棋，王戎来到精艺堂棋室，对张华说："茂先，你要注意了，嵇康、阮籍几位朋友对你颇为不满。"

"为什么？"王婧问。

"他们觉得，以你这样的才华用在为人涂脂抹粉上，实在大材小用了。而且你不加选择地为人歌功颂德，将来一旦有变，人们很可能把你写的诗作为某党某派的证据。"

张华想了想，说："嗯，你们说得有道理。"

王戎说："还是跟我们去山阳吧。"

"去山阳干什么？"

"嵇叔夜在那山水秀美的地方置了一处宅子，准备隐居山阳。过几天就要离开洛阳。最近京城风声很紧，我们洛阳七友准备一起去山阳。叔夜想请你也去山阳一游呢，你去不去？"

张华望了一眼王婧，说："我得跟太常寺卿说一声，如果没事，我就跟你们一起去。"

"嵇叔夜可是很古怪的，他邀请了你，你若不去，恐怕以后你就没法跟洛阳七友混了。"王戎道。

王婧说："你去吧，还可以跟我师傅、阮咸他们学学琴，以我的水平，以后可没法教你了。"

张华得了王婧的许可，于是答应与洛阳七友一起去山阳。

<h1 style="text-align:center">31</h1>

嵇康在山阳的这所住宅虽不豪奢，但四周环境十分优美。它背靠青山——太行山，面对绿水——吴泽陂。由于有巍巍太行作屏障，使得这里产生一种特殊的小气候。太行主峰，遮挡了寒冷的北风。而东南暖温气流北上，一头撞上高耸的太行山，便播云布雨。因而这里的气候温暖湿润，非常适合植物生长。满山松柏，遍地翠竹，四季常绿，就连那陡峭的崖壁石罅间都斜生出许多松与竹来。

因为植物的繁茂，这里也成为动物的天堂。白鹭、雉鸡、鸿雁、鹈鹕、戴胜、鸳鸯、鹦鹉、孔雀、苍鹰、金雕……各种水禽、鸣禽、猛禽在山木间翱翔、鸣唱。更有那成群的猕猴在峭壁间嬉闹。

更为绝妙的是，在嵇康住宅的东侧，有一处高悬的瀑布，从数百丈高的崖顶直泄下来。白日观之，可见彩虹挂壁，美不胜收，黄夜闻之，訇然响然，如闻夜雨。

张华与洛阳七友到此，兴奋异常。到了这里，抑制不住的兴奋，顾不得休息，立即相偕到四周察看。

阮籍道："叔夜，你怎么找到了这样的仙境，从此你就真成神仙了。"

刘伶道："这竹林影绿，芳草青青，没有什么地方比这里既适合生，更适合死了。"

阮籍道："好，从明天起，咱便一起作竹林游。"

第二日，天刚放亮。刘伶便吆喝大家起床。

嵇康吩咐仆人去山上向猎人和山民购买新鲜的野味山珍，到吴泽陂边采买渔人刚刚钓上来的鲜鱼河蟹。然后大家提着琴筝笛箫，佳酿美酒，步入竹林，席地而坐。

阮籍遥望瀑布，道："看这瀑流如练，彩虹绚烂，猿嬉于壁，鹤鸣于天。美哉美哉，如此美景何？"

嵇康道："高山环抱，飞瀑在前，琴箫在手，子期在侧，当不负《高山流水》也。"说着，抚琴而弹。众人在一旁倾听，刘伶则倒一碗美酒自饮起来。

优美的乐曲让人心中油然而生出一种超然象外、物我两忘与宇宙混一之感。

奏者醺醺，聆者愕愕。一曲终了，人皆如塑，寂然久久。

一声"吱吱"的叫声打破了沉寂。众人视之，惊讶地发现。原来，美妙的音乐竟然引来一群猴子，围在竹林四周默默地聆听。

"猿猴知乐哉？"王戎问。

嵇康道："禽兽不知乐。"

"禽兽既不知乐，这些猿猴为什么聚到这里来呢？"阮籍问。

嵇康道："不过来看热闹罢了。"

阮咸说："我觉得它们不是光来看热闹，它们也喜欢美妙的音乐。"

"何以见得？"山涛问阮咸。

"不信，我吹一曲你们就知道了。"阮咸说着，拿起洞箫吹起米。

洞箫特有的柔美音色令人神怡，而这支旋律优雅的曲子，更令众人陶醉。正当大家醉心于美妙的箫声时，忽听"喳喳"的叫声，同时，头上竹枝间落下几个黑影。人们抬头看时，却是几只喜鹊。随之，雉鸡、戴胜、白鹤、百灵、鹦鹉、孔雀等各种鸟儿纷纷飞来，栖落在竹子上，伴着阮咸的箫声和鸣。

当阮咸一曲吹罢，众鸟才纷纷飞去。

张华感到非常奇怪，说："按说鸟兽应该远离人声，可这些鸟儿为什么听到箫声会飞到这里？看来，它们真的能听懂音乐。"

"你们知道我吹的这是什么曲子吗？"阮咸自问自答道，"这支曲子叫《百鸟朝凤》，这些鸟儿把我当凤凰前来朝拜了。所以它们能听懂音乐。"

以嵇康、向秀为一派，认为音乐不过是自然之物所发出的声音，被音乐家进行了编排和重组，而声音本身并没有感情色彩，只不过是接受者根据自己的好恶和特殊的经历所留下的记忆，来主观地诠释音乐，这样就使得音乐似乎有了感情色彩和思想主题。而其他人则坚持认为，音乐本身是有感情色彩的。

这是一种主观美学与客观美学的争论，是一个无法证实也无法证伪的论题，也属于玄学研究的范畴。因而大家争论起来十分投入。

经过此次争论，嵇康写下了著名的乐论——《声无哀乐论》。

伟大的人物，每一次聚会，每一场争论都会碰撞出智慧的火花，可能产生出某种影响后世的思想和著述，这就是名士大家与普通人的区别。

清谈之后，仆人早已将那山珍海味采购回来，大家席地野餐，烹羊煮酒，蒸蟹烧鲜。皆醉而不能自立，仆人将他们一一抬上牛车，拉回家去，抬到热炕之上，长睡两日方醒。

第三日，大家从醉酒中醒来，结伴而行，共作山水游。徜徉溪边，彳亍林下，夤缘攀险，登临绝顶，或响然长啸，山间回响，或大放悲声，情恸四野。各以其情释放自己胸中块垒。

张华与洛阳七友悠游月余，与名士相处非常舒畅惬意。虽然这种放浪形骸，任情率性的生活令他兴奋，但世间似乎还有比这样的生活更令他向往的，那就是爱情生活。他离开心爱的女人虽然只有一个月，但他却感觉离别了十年之久。而这种思念之情随着时日推移，是越来越强烈了。终于，在这年的年底前，张华向洛阳七友提出自己要提前回洛阳。

嵇康道："难道这里不快慰吗？"

"十分快慰。"

"那为什么还要走？"刘伶问。

"临来这里的时候，太常寺卿告诉我，年底前要我务必回去一趟，研究明年太常寺……"

刘伶道："人活一天，快乐一日，对酒当歌，人生几何？明日是否活着都不是什么有准儿的事，还管什么明年？"

"公务在身，不能自已啊。"张华道。

王戎说："茂先，你若离去，当悔终生。"

"我回去，署理完公务马上回转来。"张华说。

山涛道："既然茂先执意离去，就让他走吧。"

张华于是独自一人先回了洛阳。

而那洛阳七友，则一起在此待了一年多，因为他们常在竹林饮酒弹琴，歌哭清谈，后人由此称他们为"竹林七贤"。张华因未能始终相伴，而未被列入七贤之一，这正应了王戎"你若离去，当悔终生"这句话，否则，"竹林七贤"很可能就是"竹林八贤"了。

32

张华回到洛阳，已是正始九年的冬天。他一到洛阳，便觉寒气逼人。

他没有回自己的住处，便直接来到自己心中的胜地——王府，但守门人却拒绝他入内，说："张先生，不是我不放您进去，老爷有话，不让放您进来。"

张华大惊，问："为什么？"

"我们下人哪知道？"

张华被这兜头一瓢凉水浇了个透心凉。

啊！这是怎么回事？这是为什么？张华不得其解。

他想找人问问这是为什么，但王府不让进，他还能问谁去？于是他只得回到自己的住处。邻居见他回来，告诉他，说卢府的仆人已几次上门来找过他，让他回来后立即去卢府一趟，卢大人有重要事情。于是张华只得先奔卢府去见卢钦。

"卢大人，听说您派人找我好几趟了，有什么重要事情……"

卢钦说："刘大人爱才，对你很欣赏。刘大人想和我一起跟你好好谈谈。走，咱去刘府拜见刘中书。"

于是张华跟着卢钦径奔刘放府上。一路上张华左思右想，猜测卢钦和刘放会有什么重要事情，最后他断定，应该是关于自己与刘贞的事，或许因为自己已在洛阳有了些名气，刘家同意将刘贞嫁给自己了。若真是那样自己应该如何应对？拒绝，那就等于把卢钦和刘放的面子全撅了。接受，那王婧那里怎么办？自己宁死也不愿意看到心中的人儿受到半点伤害。在这种两难的抉择面前，张华陷入了极大的痛苦。

但这种痛苦完全是他自己臆想出来的。刘放与卢钦跟他谈的并不是他与刘贞的事，而是两位贤者一起对他进行一次人生指导。

"茂先，你这么快就被世族豪门广泛接纳，说明你确实才华出众啊。"刘放说。

"多亏二位大人抬爱，没有二位大人的提携帮助，张华就不会有今日，还望前辈多多指教。"

刘放说："我和子若请你来，真的是想教导教导你。太常寺卿对你多有不满，说你不务正业，出入豪门，结交名士，太常寺很少见到你的人影儿。因为你是经我介绍，皇上亲点的太常博士。所以，太常寺卿先跟我打了招呼，让我劝你踏实工作。否则他将亲自向皇上禀报。"

卢钦说："听说你一直跟洛阳七友混在一起？"

张华说："是的。洛阳七友虽然行为怪异，但都是博学、正直的君子。"

刘放说："我们没有说他们不好，但你跟他们不一样。放任与率性是要有条件的。嵇康、阮籍不仅是世人皆知的大名士，嵇康还是皇室姻亲，是武帝曾孙女长乐公主的丈夫；阮籍乃与文帝齐名的文士阮璃之子；阮咸乃阮籍之侄，身出名门；王戎自幼以神童著称，且乃豪族琅邪王氏之后，琅邪王氏是当今除了曹氏与司马氏之外势力最大的家族；山涛与司马氏有姻亲关系，他的姑奶奶是司马懿的岳母；刘伶是一个以酒为乐，恶生喜死的怪客。你跟这些人混在一起，效仿他们的做法，意欲何为呢？你的前途在哪里呢？你的母亲和家人，要是知道你如此不思上进，难道不会伤心吗？"

刘放的话引起了张华的沉思。

卢钦说："茂先，刘大人说得对。你应该为自己的将来好好谋划谋划，若误入歧途，后悔终身啊。"

"嵇、阮他们的思想行为是错误的？可他们为什么还那么出名，被人崇敬呢？"张华问道。

刘放说："他们的思想与行为并不能用正确与错误来概括，我对他们的评价是一个字，那就是'真'。真并不一定是好，也不一定是坏，但一个人能做到真，是很不易的。他们的怪异行为是他们思想的真实反映。"

卢钦说："卢大人分析得非常准确。"

"他们因为出身、经历等，使他们对世界产生了独特的认识，而你出身偏僻乡村，与他们不属于一个阶层，经历也大相径庭，因而你的思想应该与他们有很大不同。你的《壮士篇》暴露了你的内心，你并不想颓废一生，很想建立功名。"

"是啊，以你的才华，若选择好正确的人生道路，未来将不可限量。"卢钦说。

"您的意思是说，洛阳七友的人生之路不正确？"张华问。

卢钦说："至少我认为不可取。"

刘放说："嵇康、阮籍代表了这个时代的风气。颓废、放达、追求享受、及时行乐。不仅洛阳七友，整个社会其实都浸染了这种风气。"

"这种风气是如何形成的呢？"张华问。

刘放说："其实这种风气在武帝的时候就已经开始，武帝所谓'对酒当歌，人生几何''何以解忧，唯有杜康'表达的就是这种思想，只不过他地位身份不同，若他不身处高位，手握重柄，或许也会像嵇康、阮籍之流荡荡不羁。汉末以来，连续半个世纪的战乱已使人间变成了活地狱。几十年间，全国人口便从六千万锐减至七百余万，百分之八十以上的国人死于战乱。每个人都目睹了太多的死亡、伤残与苦难。无论成功者还是失败者都从这长久的苦难中感受到了人生的无价值，对人生有一种幻灭感。以武帝为代表的曹氏应该是三国之乱最大的受益者，但就是这个最大的成功者也不免发出了'白骨露于野，千里无鸡鸣'的悲凉感叹，为了减轻苦难对于心灵的折磨，'何以解忧？'只能'唯有杜康'了。

"魏武帝最著名的两句诗都与酒有关，而洛阳七友更是以酒为命，醉生梦死。武帝与洛阳七友多么相像啊。儒学被独尊了几百年，几百年间出了那么多儒学大师，儒家经典已被诠释得淋漓尽致，而儒家道德似乎也已深入人心。仁义礼智信似乎已是所有人的共识。但就在儒学正兴盛的时候——我说的儒学正兴盛，是因为马融、郑玄包括子若祖父卢子干先生等儒学大师都出在汉末——黄巾举事，天下大乱。像阮籍、嵇康、何晏、王弼这样的文人学士，顿感人生渺茫。原来他们曾经坚信的仁呀、义呀等其实并不存在。既然儒家所倡的道德不存在，那么道家所倡的道就真实存在吗？人生虚虚，世界空空。于是他们将世界概括为无，虚无。既然是无，那么就没有什么道德可以约束人，人便应该怎么舒服怎么生活。何晏等人手中有权，便从权力和五石散中寻找快乐，而洛阳七友便从酒中寻找快乐。

"五石散是一剂毒药，服不好是会死人的。何晏为什么敢第一个服五石散？说明何晏虽然身居高位，又贵为皇亲国戚，但他并不怕死，跟刘伶不怕醉死是一个道理。为什么这些人为了五石散和酒带来的暂时兴奋与快乐而不顾性命？因为他们不仅嘴上崇'无'，心中也真的相信世界是'无'。

"所以，魏武帝的，对酒当歌，人生几何？，并不在于慨叹人生的短暂，而是提出了一个生存观的问题。

"与何晏、王弼、嵇康、阮籍等不同。文帝在虚幻的世界上似乎找到了使人不朽的方法，那就是文章。他把文章的功用进行了无限放大，说它是'不朽之盛事'。在《典论·论文》中说：'年寿有时而尽，荣乐止乎其身，二者必至之常期，未若文章之无穷。是以古之作者，寄身于翰墨，见意于篇籍，不假良史之辞，不托飞驰之势，而声名自传于后。'也就是说，对于无常而苦难的人生而言，只有文章流传百世，才能保持自己的不朽。只有文章才是一个人精神上最高的追求。

曹丕不仅这样说，也正是这样做的，他身为太子和皇帝尽管政务繁忙，但却留下了大量优美的诗文。他的这些诗文，看不到半点皇帝的身影和印迹，而完全是本真的人的情感流露。是真正人的自觉的产物。比如《燕歌行》：

秋风萧瑟天气凉，草木摇落露为霜，群燕辞归鹄南翔。

念君客游思断肠，慊慊思归恋故乡，君何淹留寄他方？

贱妾茕茕守空房，忧来思君不敢忘，不觉泪下沾衣裳。

援琴鸣弦发清商，短歌微吟不能长。

明月皎皎照我床，星汉西流夜未央。

牵牛织女遥相望，尔独何辜限河梁。

再比如《秋胡行》：

朝与佳人期，日夕殊不来。嘉肴不尝，旨酒停杯。

寄言飞鸟，告余不能。俯折兰英，仰结桂枝。

佳人不在，结之何为？从尔何所之？

乃在大海隅。灵若道言，贻尔明珠。

企予望之，步立踟蹰。

佳人不来，何得斯须。

等等都真切地表达了一个纯粹的人的真实情感。

"不仅曹丕是这样，曹植更是如此，他不仅突破传统道德观念，爱上了自己的嫂子——甄宓，而且把心中的情爱对象幻想成洛神，并大胆书写出来。为什么他们能这样？会这样？敢这样呢？就是因为他们发现只有人本身才是最重要的，人的感受才是最真实可贵的。

"三曹笔下，不再赞美仁义，不再宣扬礼法，不再进行道德的说教，他们赞美酒，赞美人间情爱，提倡人性的解放。他们以帝王之尊，主动拂去身上的神性，还原为人，以文学形式表达人的现实欲望，在实现人的自觉的同时，也实现了文的自觉——文章为抒发个人的情感而作。其实何晏、王弼、洛阳七友等所有世家子弟虽然崇'无'，但也都受到了文帝影响。他们都拼命写文章，以期不朽。看看当今的官员，无论文武，哪个不舞文弄墨，著书立说。王弼二十出头年纪就有了那么多著述，累得形销骨立，病体恹恹，如果不是为了追求不朽，怎么会这么玩儿命。"

刘放的话令张华大为震惊。他一直以为刘中书不过是一个学究，没想到他对世事有着如此透彻的理解，分析得又头头是道。是啊，自入京城以来，他一直惊异于达官显贵中们的奇谈怪论，奇行异举，其中原因被刘中书一语道破。

"难道自汉武以来坚持的'独尊儒术'错了？是否像嵇康所说，三国之乱乃独尊儒术所致？"张华问。

卢钦说："不。世事昏乱，正是因为不尊儒学的结果。武帝虽然首倡'独尊儒术'，但他本人恰恰就是最不尊儒的皇帝。儒家的核心是什么，是'仁'，而他一生穷兵黩武，首先违反了'仁'。因为武帝把儒推到至高无上的地位，这就造成一种现象，那就是，文人也好，官宦也好，一旦能够熟练背诵或应用儒家词句，便功名利禄皆至，致使官场和学界为追逐功名而崇儒。但许多人并不是真心尊儒，甚至不真正理解儒学的本质，因而他们说一套做一套。宣帝时的陈万年，为人谦让平和，表面上私德甚高，却不惜倾家贿赂外戚。他官至御史大夫，临死前把他的儿子叫到跟前，大加'教戒'。他的儿子听得不耐烦，说：'您说的我都听懂了，主要就是要我知道怎样献媚奉承。'王莽在篡位前是那种把天下公认的美德都集于一身的楷模。他的孝悌忠信、勤谨恭敬、廉洁节俭和乐善好施，无一不合儒家规范。他官做得越大，对自己的约束越严，待人也越谦卑。但恰恰是这样一个人，做了最为不仁不义不忠之事——篡位自立。人们从这样的人物身上看到，仁义道德不过是大人们戴在脸上的面具。所以，儒家自被独尊，反而成为奸佞邪恶之徒谋利的工具，董卓、袁绍、刘备、曹操哪个不是以儒家自命？而正是这些打着儒家旗号的人最终把天下弄得大乱，才使得儒学为世人所谤。其实天下之乱不仅不是尊儒造成的，而正是背离儒家所致。"

刘放笑道："子若家学深厚啊，说得太对了。世界要想长治久安，必须真心崇儒。"

卢钦对张华说："茂先儒道皆精，而且兼通百家。博学固然是优势，但为人还必须择其善者而为之，不能因博学反而乱了心智。"

"请二位前辈明示。"

刘放道："以老夫一生所悟，为人者当以中庸为本。夫中庸者，至诚也。人之真谓之诚。就是要做一个真诚的人。中庸不是没有立场和原则。中庸要求人做事不偏不倚，一切以理为旨。言行不过，因为过犹不及。比如，知君有过而不谏不为忠。既然是谏，为君者就可听可不听。如果君主不听，你非要以什么方式相逼，比如辞职、死谏、兵谏来要挟君，那就过了，那就错了，那就没有坚守中庸之道。不管是君臣关系还是朋友关系，世间一切关系，只有坚守中庸才能保证公正，才能保证和谐。"

"刘大人不仅谙熟为官之道也精通为人之道啊。"卢钦说，"这可是刘大人的肺腑之言，我想一般人您是不会传授的。"

"卢氏家族所以长盛不衰，也是因为深通中庸之道啊。"刘放说，"茂先啊，因为你与卢大人咱们是老乡，我和卢大人都觉得你是个栋梁之才，阮籍也说你有王佐之才，才发自肺腑地向你提出一番忠告，切莫因为年轻，误入歧途而遗恨终生啊。何晏等人的路是邪路不能走，嵇、阮之路是崎岖之路，只有少数人才走得通。对于你来讲，只有勤奋读书，努力工作，才是正路。"

每个青年人，在人生的道路上都会面临着困惑与抉择，这种时候，有经验的智者适时给予指点教导，意义十分重大，只有这样才能避免误入歧途，少走弯路。张华是幸运的，在何晏等人拉他入伙的时候，卢钦适时地挽救了他。当他混迹于竹林七贤之中的时候，刘放又适时地给予他正确的指引。

张华回到自己的住处已是傍晚时分。他躺在床上消化着刘放和卢钦的每一句话，越想越觉得他们说得很有道理。是啊，自己不能再和洛阳七友们混了，那样混下去虽然一时快活，但却毫无出路。此生若不能成就一番事业，如何对得起自己心中的女神。

想起王婧，他坐立不安。为什么王府拒绝他进入？到底出了什么事？是不是王婧不爱自己了？不行，自己必须弄个水落石出。他想吃过晚饭到王府外边去等，希望秋雁能够出来与他见上一面。但王婧不知道自己提前回洛，她怎么会打发秋雁出来呢……

33

正在煎熬中，忽然有人持帖来见，来者乃傅嘏的家仆。傅嘏邀请张华到傅邸，去参观他新修的望月亭。

这傅嘏字兰石，官拜黄门侍郎，尚气节，有才名，乃名门之后，其祖是西汉时期著名外交家傅介子，其父为代郡郡守，叔父在文帝时官到尚书令和侍中。傅家在京城虽算不上豪门，但也是世族之一。张华对傅嘏早有耳闻，虽然心情烦乱，但也不愿拂逆傅嘏美意，于是随家仆直奔傅邸。

傅邸不很阔大，也不豪奢，但装饰却很雅致。

张华到时，另有二客先他而到。傅嘏向二客介绍："这位就是被阮嗣宗所称'有王佐之才'的张华张茂先。"然后向张华介绍两位客人姓名，其中一中年，身体精瘦，仙风道骨，傅嘏介绍道，"这位姓管名辂，字公明，乃著名《易学》大师。"

张华道："久仰久仰！"

张华说"久仰"确是真心话，因为管辂管公明在当时百姓当中比何晏、嵇康等大名士的名气还要大。他精通天文，谙熟《周易》，堪舆、卜筮之学、相面、测字之术无不精。社会上到处流传着他的佳话，把他传得神乎其神：

管辂的父亲在利漕做官。当地居民郭恩兄弟三人都得躄足疾病，让管辂算算命。管辂说："卦中说您家中有坟，其中有个女的是冤死鬼，不是您的伯母，而是叔母。从前生活困顿，有人想得到她的几升米，将她推入井中。她入水后挣扎了一会儿。井上的人又推下一块大石头，把您叔母砸死，孤魂冤痛，向上天控诉。"听了这些话，郭恩哭泣着认了罪，说那就是当年自己干的。

管辂去安德县令刘长仁家做客，有个喜鹊飞到他家的屋顶，叫声很急。管辂说："喜鹊说，东北边有个女人昨天晚上杀死丈夫，会牵连西邻人家。时间不会超过傍晚，就会有人告状。"果然到黄昏时，东北部同村的人来告状，邻居的女子杀死丈夫，还声称不是她杀，而是西邻有人和她丈夫不和，结果杀了她丈夫。

管辂到列人县典农王弘直家，见有三尺多高的飘风，从天上飞下，在院中回转。稍停又起，刮了好半天才停止。王弘宜问管辂是什么征兆。管辂说："东方会有马吏到来，做父亲的要为儿子吊丧。"第二天胶东官吏到，王弘宜的儿子死。王弘直问管辂是怎么回事，管辂说："这一天是乙卯日，是长子的征候。树木在申时飘落，斗建申，申破寅，这是死丧的征候。中午起飞，是马的征候。化成各种彩纹，是官吏的征候。申未为虎，虎为大人，是父亲的征候。"正说着，有公野鸡飞到王弘直家的铃柱头上，王弘宜感到很不安宁，叫管辂算卦。管辂说：到五月一定升官。"当时是三月。到了五月，王弘宜果然迁为渤海太守。

馆陶县令诸葛原迁为新兴太守，管辂前往送行。客人都到了。诸葛原亲自取下燕子蛋、蜂窝和蜘蛛等物放在容器中，让客人猜测。卦成，管辂说："第一物，含气就变，在房梁上居住，雌雄不同，翅膀舒展，这是燕子蛋。第二物，它的窝悬挂，门窗极多，收藏宝物但同时又有毒，秋天出液，这是蜂窝。第三物，长足吐丝，靠网捕捉猎物，在晚上最有利，这是蜘蛛。"在座的人无不惊叹不止。

这是流传极广的关于管辂算卦的故事。

因为管辂有非凡的才能，不久前被朝廷召入京城，授予公职。

傅嘏介绍完管辂，又介绍另一位。这位二十四五岁年纪，身材魁梧，相貌堂堂。傅嘏道："这位是我的好友，故钟太傅之子，姓钟名会字士季。"

张华道："原来您就是士季先生，您深得令尊真传，书法炉火纯青啊，我正要择日前去拜访。"

"欢迎欢迎，我也想向茂先学作诗文呢。"钟会说，"我听说您跟洛阳七友去山阳了？"

"是的。"

"能够被嵇康、阮籍接纳欣赏太不容易了。"钟会说，"有机会能否帮我介绍介绍认识一下嵇、阮二位大名士？"

"好的好的。"张华说，"以钟先生大名想结识嵇、阮还不容易吗？"

"这些名士古怪得很呢。"

这钟会是故钟太傅，楷书鼻祖钟繇之子。钟会天性聪颖，又得乃父真传，二十出头便成为一代书法大家。张华没想到，钟会以这样的出身这样的才华竟然都不能被嵇康、阮籍接受。

傅嘏说："在下自被罢官，闲居无事，在后院建一亭，取名赏月亭，今日请三位来，一是请管先生看看吉凶，二是请茂先先生帮忙拟一首《咏赏月亭诗》，三是请士季先生亲题赏月亭匾额。"一嘏因得罪何晏刚刚被罢去黄门侍郎之职，此时正在家赋闲。《魏书·傅嘏传》载：（……时曹爽秉政，何晏为吏部尚书，嘏谓爽弟羲曰："何平叔外静而内铦巧，好利，不念务本。吾恐必先惑子兄弟，仁人将远，而朝政废矣。"晏等遂与嘏不平，因微事以免嘏官）

钟会道："傅大人，你这是一石三鸟啊。"

傅嘏道："能把三位大家请到鄙宅，乃傅某之幸也。"

管辂说："我刚才到后院看了，此亭大吉。我的任务完成了。"

钟会说："取笔来。"

傅嘏指着客厅一角的书案道："笔墨已准备停当，请士季挥毫。"

钟会走到书案前，提笔写下"赏月亭"三个大字。张华、傅嘏在旁连声称赞："妙，妙，遒劲有力。"

管辂说："该茂先了。"

钟会说："请茂先作诗，我来书写。"

张华想了想，但脑中毫无诗意。想了半天，连半句也没想出来。本来张华是以才思敏捷，出口成章著称的，但今天却无论如何找不到感觉。

傅嘏说："不如这样，咱先饮酒，茂先边饮边琢磨。"

钟会和管辂都说："如此甚好。"

于是三人坐定，饮酒叙谈。

傅嘏说："这洛阳城里就你三位最忙。管先生各家争请看风水、茂先争相邀请作诗写赋、士季则争请惠赐墨宝。"

管辂说："是啊，忙得我不可开交。昨日，何尚书请我到何宅……"

傅嘏说："你不是给他家看过风水了吗？"

管辂说："风水是看过了，但昨天他叫我去给他解梦。他说，近日连续几次梦见十几只苍蝇落在鼻子上，怎么挥赶都不肯飞，问我这是什么征候？我告诉他，从前有八元、八凯为虞舜效力，尽忠尽职。周公辅佐成王，常常夜以继日，所以能平抚各地，举国安宁。这些都是遵循正道，顺应天意。而今您掌握重权，身居高位，势如雷电，但真正能感念您的德行的人很少，很多人是惧怕您，除非您小心谨慎，多行仁义，否则后果不妙。鼻子，属艮，这是天庭中的高山。若高而不危，才能长守富贵。而今青蝇臭恶都云集其上了。天下没有为非作歹而不败亡的事。愿您追思文王六爻的意旨，想想孔子象象的含义。这样青蝇就可以驱散了。我给何晏解梦的时候邓飏就在一旁，觉得我的话不中听，怒斥我说：'你这是老生常谈。'回到家里，我把自己说过的话告诉我舅舅，舅舅责怪我说话太直，怕我得罪了大权在握的何大人。我对舅舅说：'和死人说话，有什么可怕的呢？'"

傅嘏说："你舅舅说得对，何尚书可是不好惹的。"

管辂说："呵呵，我还是那句话，和死人说话，有什么可怕的呢？"

钟会说："您真的认为何尚书命不久矣了吗？"

管辂说："我是谁呀？所有人的生死之日都在我的预测之中。不信去问你哥哥。前几天，你家仁兄（钟毓）找到我，跟我讨论《周易》，他对《周易》预测功能表示怀疑。我对令兄说：'不信我给你算一卦，就可以知道你的生死之日。'令兄的生日包括时辰让我算得十分精准，吓得他不敢让我再算死日，他说：'您太可怕了。我的死日托给天，可不敢托付给您。'"

酒过三巡，钟会问："茂先，诗拟好没有？我趁着酒未喝醉马上书写，一旦酒醉，就写不成啦，今天傅大人的酒也就白喝了。"

张华脸色一红，说："唉，今天不知怎么了，一点思路都没有，容我再想想。"

管辂说："别想了，你心中有事，烦躁得很，岂能吟出好诗来。"

傅嘏说："真的？茂先因何事烦恼？"

张华说："没什么事。"

钟会说："管先生给茂先算算，能测出茂先心有何事吗？"

管辂抬头看了看张华，说："茂先之烦，因情色耳。"

张华大惊，他确实因被王府坚拒，又不知原委而心情烦乱。张华顺便问道："管先生，我的心事既然被您言中，您就替我测测此事吉凶。"

管辂望着张华，说道："两情虽悦运不通，到头难免一场空，命中无缘强相守，小祸终会襄大凶。"

"您是说此事不吉？"张华惊道。

"嗯，乃大凶之兆，所以你一定要注意。"

"能否给破解破解？"张华恳求道。

"要想避祸免灾，你和她只能一刀两断。"管辂道，"请记住，在百日内你千万不能离开洛阳半步，否则性命堪忧，而且会连伤两命。"

管辂的一番话，令张华烦躁的心更加焦虑不安。

管辂继续说："茂先，你将来会成为大人物，我再送你几句话，这是你一生的运命，切记切记！

此君才干世所稀
一生甘为他人梯
虽然不是帝王命
终娶后妃作己妻
贤良治世无善果
身死族灭悔已迟

张华一心在王婧身上，眼前的事已占尽了他全部心思，哪儿还有心管后半辈子的事，所以管辂后边的话他并未在意。

张华心中乱糟糟，一场酒宴下来，他连半句诗也没作出，只得抱歉地离开傅宅。

34

管辂不仅名重当世，还被后世奉为卜卦观相的祖师爷。北宋时还被朝廷追封为平原子。他的话张华是不敢不信的。张华想到自己与心爱的女人必然无果，他的心便针扎的一样。

为了避免灾难，也为了心爱的女人，他想慢慢放下这段感情，但就在这时，秋雁找上门来。张华见了秋雁，立即迎上去，问："秋雁，小姐还好吗？"

秋雁说："不好。她被折磨病了，一直在盼着见到你。"

"王府为什么拒绝我入内？到底发生了什么？"

"我刚听守门人说你前天到过王府，小姐便立即派我来找你。"

"到底发生了什么？"

"出大事了。你听我慢慢给你讲来。"秋雁说。

原来，自太傅司马懿被曹爽、何晏一伙打压，他卧薪尝胆两三年，已做好了反击的准备，在他做出非常之举之前，为了增强自己的势力，想立即让自己的第九子司马伦与琅邪王氏女王婧尽快完婚。张华与洛阳七子离开洛阳不久，司马懿便托自己的心腹贾充、荀勖二人前来催婚。王雄与王浑同意在年底前给司马伦和王婧举行婚礼。但王婧却坚决反对，说她讨厌司马伦。为了拖延婚事，等张华回来，她甚至亲手剪下了自己的头发，并以死要挟爷爷和父亲为她退了这门婚事。王雄怕这个宝贝孙女真的有个三长两短，便让贾充和荀勖二人委婉转告司马太傅，说，家教无方，小女无德，配不上司马公子。请太傅为公子另择高门。

司马懿深知琅邪王氏的势力，自己欲举大事，不能没有琅邪王氏相助。听说王家想退婚，又急又气，当下给王浑修书一封。

若溪（王浑字若溪）先生如晤：

司马懿顿首再拜言：日前，老朽托贾公闾、荀公曾二卿拜访贵府，约定犬子伦与贵府公主靖之婚事。不意被先生所拒。鄙人颇为惊异。

此桩婚事本是当年先生与吾指腹为之，不知若溪缘何突然毁约背誓。吾闻之，君子信义为本，琅邪王府素以忠孝信义名著天下，先生所为岂非有污贵府之名？犬子与公主婚事事小，王府名誉事大，若溪岂可因儿女之事而为天下不齿哉。若因此而背负不诚不信不义之名，亦懿之罪也。

懿自今上登基以来，虽受先皇之托，名为辅政之臣，位列三公，然未掌权柄，不免为他人所欺。想当年，某亲提三军伐蜀征吴，驰骋天下，孰敢欺之。而今懿已老矣，若罹病羔羊，任人宰割，若溪乃懿挚友，亦欲欺吾哉。

然世事难料，俗语曰：三十年河东，三十年河西。某虽驽马，不愿骈死槽枥。懿平生所遇强敌多矣，韬如仲谋、智似孔明、勇若子龙者某尚无所惧哉，而况愚钝庸鲁者乎。望若溪思之。

王浑被司马懿这封信吓住了。司马懿首先说王浑背信弃义，反悔二人约定的儿女婚事是不信，这不仅有辱琅邪王氏的声名，而且也是明目张胆地欺侮他司马懿。人们之所以敢欺负他司马懿，只因手中无权了，而且年事已高。没想到作为老朋友的王浑也欺负到他头上。司马懿给王浑列了这样的罪名，是令王浑难以承受的。此外，司马懿提醒王浑，他司马懿可不是好惹的，是与孙权、诸葛亮、赵云比肩的英雄，最后还带有恐吓性地说，自己虽然年老，但决不会忍气吞声，最终要一决雌雄。以他司马懿的智慧，一旦反击，那些庸常之辈能是他的对手吗？若他司马氏重掌大权，你琅邪王氏将如何面对？

天下人莫不知司马懿的厉害。他王浑一直追随在司马懿左右，因而对司马懿更加了解。如果司马家族一旦在与曹爽争斗中获胜，王浑这种公然背信弃义的行为，必遭司马懿报复。

王浑觉得不能任由女儿的性子来，不能拿整个家族的命运作赌注，必须履行婚约。他知道，老父亲是女儿的保护神，但他必须做通父亲的工作。

于是王浑先找到父亲王雄，将司马懿的信交给父亲，并向父亲陈述利害。

王雄说："司马仲达要挟我们？我琅邪王氏也不是好惹的。"

王浑说："父亲，这不怪仲达，是我们先悔的婚约。"

"可婧儿不喜欢司马伦……"

"事关家族命运的大事，不能由着她的性儿。"王浑道，"父亲，司马仲达的智谋天下无人能敌，别看曹大将军兄弟和何晏一伙张牙舞爪，根本不是司马仲达的对手。司马仲达一旦反击得手，天下就是司马家的，那时我们如何面对？"

王雄道："要不，我们拿这封信去禀报曹大将军，说司马懿有谋反之意。"

王浑道："父亲，你真是糊涂了。仲达虽对我们不满，但无论如何还是我们的朋友。这种卖友求荣的事会被天下人诅咒的。曹爽和何晏他们一伙把国家弄得乌烟瘴气，一旦再清除了司马家族的势力，他们更会为所欲为。婧儿的事您就别管了，我不能让整个琅邪王氏受一个丫头的背累。"

王浑亲自找到王婧，逼她成婚。王婧抓起剪刀，说："爹，您再逼我，我就不活了。"

王浑怒道："除非你死了，只要活着就必须嫁给司马伦。"

"那我就真死给您看。"王婧说着，用剪刀向自己的腹部刺去。秋雁眼疾手快，攥住了王婧持剪的手。王浑上前夺下剪刀。问："你说，为什么死活不愿嫁司马伦？司马家族可是天下第二大家族，司马伦虽然不够文雅，但也是相貌堂堂的男子汉。你和他的婚事是我和司马懿早已约定的，你如果说不出充足的理由，我怎么向司马懿交代。你难道能够忍受天下人说你的父亲是个背信弃义的小人吗？你难道任凭整个琅琅王氏受你一人的背累吗？"王浑说到这里，眼中也噙了泪。

秋雁说："小姐，您就如实对老爷说了吧，也请老爷帮你拿个主意。"

王婧于是"扑通"一声跪在父亲跟前，哭道："爹，女儿不孝，现在我就把我的苦衷告诉您吧。"

于是王婧向父亲如实交代了她与张华的恋情，并恳请父亲答应她与张华的亲事。

王浑道："没想到，你还做出了如此有辱门风的事。张华一个放羊娃出身的寒门小子，仗着会写几首破诗，就癞蛤蟆想吃天鹅肉，勾引起我女儿来，我要让他知道我王家的厉害。"

"爹，不是他勾引我，而是我主动爱上了他。他虽出身寒门，但博学多才……"

"不行，我不能因为他这样一个臭小子而坏了琅邪王氏与司马氏的关系，你就死了这条心吧。从今以后，他休想再踏入王府一步。"王浑说着，拂袖离去。

王婧听父亲说得如此决绝，当时就想一死了之，秋雁死劝活劝，说无论如何要等张华回来，跟他商量商量再做决断。王婧这才放下了手中的剪刀。

张华听了秋雁所讲的经过，半晌无语。

"怎么办？小姐等着你拿主意呢，你倒是说话呀。"

　　"秋雁，我能怎么办呢？在琅邪王氏和司马氏两大家族面前，我就像一只蚂蚁。他们要想碾死我，就像碾死一只臭虫。正像你家老爷所说，我是癞蛤蟆想吃天鹅肉。一切都怪我，不该爱上小姐。小姐的苦难是我一手造成，我对不起她。"

　　"你现在说这些有什么用？小姐最想知道今后你俩怎么办？"

　　"我不知道，我真的不知道该怎么办。"

　　秋雁说："我也替你们想了好久，除非，除非……"

　　"除非什么？"

　　"除非你俩私奔。"

　　"私奔？"张华心中一惊，管辂"命中无缘强相守，小祸终会襄大凶"的声音立即在他脑海中浮现出来，于是说，"若小姐是普通人家的女儿，我带她私奔到我的老家安阳河边，共度一生倒也是个不错的主意，但她是琅邪王氏之女，司马家的未婚妻，我们逃不过两个家族的追寻。"

　　"这么说就一点办法都没有了？回去我告诉小姐，让她赶紧出嫁算了……"秋雁说。

　　"不，让她再等等。容我再想一想有没有什么更好的主意。"

　　"好吧，有了好主意立即去找我。晚上我还到王府门前的广场树林下等你。"

　　秋雁将与张华见面的情景告诉小姐后说道："哎，文士有什么好？前怕狼后怕虎的。我说让他跟你私奔，当时吓得脸都白了……"

　　"他不愿意跟我私奔？"王婧问。

　　"不是不愿意，是不敢。"

　　"唉，看来，他爱我没有我爱他爱得深啊。"王婧含泪说道。

　　此后的几天，张华经历了人生最受煎熬的痛苦。他深爱的姑娘眼看着就要嫁给她不爱的人自己却无力相救。他深恨自己无能。痛苦折磨得他难以忍受，他甚至想自杀以寻求解脱，但转念一想，如果自己连死都不在乎了，还怕什么？与其自杀，私奔或许是一个更好的选择。什么"命中无缘强相守，小祸终会襄大凶"。大凶还能凶到哪儿去？最多是个死，或许二人一起死，如果二人相拥长眠，那不也是一种幸福的归宿吗？在思考多日之后，他终于做出了与王婧私奔的决定。

　　秋雁将张华要与王婧私奔的决定告诉小姐后，王婧喜出望外，立即着手做远行的准备。

　　双方准备停当，将私奔的日期定在正始十年（249）的正月初二夜里。张华之所以选定这一天，一是想让王婧跟父母家人过好最后一个团圆年，二是初二正是家家祭祖的日子，王府对王婧的看管不会很严，便于出逃。

35

初二这天下午，张华按计划将他与王婧的行李暂存到洛阳城外的一家小客栈。然后准备只身去王府外等待王婧逃出来。但天有不测风云，就在张华寄存好行李，准备返回城内的时候，洛阳护城河的吊桥被守城兵士用轱辘"吱嘎嘎"吊起，张华见此，急跑几步，准备趁吊桥刚刚离地时一跃而过，但就在他刚要纵身之时，城门也被'咣'的一声关闭了。

张华冲城楼上喊道："放我进去，大白天为什么收吊桥，关城门？"尽管他喊破嗓子，也没人搭理。

张华急忙向西跑，想从西门进城，但西门的城门也被紧紧关闭了。

正在张华焦急万分之时，城内传来人喊马嘶之声，张华知道，出大事了。

是的，这天发生的正是历史上著名的"高平陵事变"。

正始十年（249）正月初二这一天。皇帝曹芳去拜谒位于高平陵的魏明帝曹叡之墓，大将军曹爽兄弟及其亲信们随同前往。

此时，一直称病在家的司马懿认为时机已到，他在自己的两个儿子司马师、司马昭和司马氏死党的支持下，发动政变。他先以郭太后名义下令，关闭了各个城门，率兵占据了武库，并派兵出城据守洛水浮桥；命令司徒高柔持节代理曹爽的大将军之职，占据曹爽营地；任命太仆王观接替曹爽的弟弟曹羲的中领军职务，占据曹羲营地。然后派人持他的亲笔信至高平陵，向魏帝曹芳禀奏曹爽的罪恶说："当年，臣征辽洛，先帝诏令陛下、秦王和我到御床跟前，拉着我的手臂，深为后事忧虑。臣说道：'太祖、高祖也曾把后事嘱托给臣，这是陛下您亲眼见到的，没有什么可忧虑烦恼的。万一发生什么不如意的事，我当誓死执行您的诏令。'如今大将军曹爽，背弃先帝的遗命，败坏扰乱国家的制度；在朝内则超越本分自比君主，在外部则专横跋扈独揽大权；破坏各个军营的编制，完全把持了禁卫部队；各种重要官职，都安置他的亲信担任；皇宫的值宿卫士，也都换上了他自己的人；这些人相互勾结盘踞在一起，恣意妄为日甚一日。曹爽又派宦官黄门张当担任都监，侦察陛下的情况，挑拨离间陛下和太后二宫的关系，伤害骨肉之情，天下动荡不安，人人心怀畏惧。在这种形势下，陛下也只是暂时寄居天子之位，岂能长治久安。这绝不是先帝诏令陛下和我到御床前谈话的本意。我虽老朽不堪，怎敢忘记以前说的话？太尉蒋济等人也都认为曹爽有篡夺君位之心，他们兄弟不宜掌管部队担任皇家侍卫，我把这些意见上奏皇太后，皇太后命令我按照奏章所言施行。我已做主告诫主管人及黄门令说：'免去曹爽、曹羲、曹训的官职兵权，让他们以侯爵的身份退职归家，不得逗留而延滞陛下车驾，如敢延滞车驾，就以军法处置。'"

曹爽截获司马懿的奏章，没有通报曹芳；但惶急窘迫不知所措，于是就把曹芳车驾留宿于伊水之南，伐木构筑了防卫工事，并调遣了数千名屯田兵士为护卫。

司马懿派遣侍中许允和尚书陈泰去劝说曹爽，告诉他应该尽早归降认罪；又派曹爽所信任的殿中校尉尹大目去告诉曹爽，只是免去他的官职而已，并指着洛水发了誓。

于是曹爽向皇帝曹芳通报了司马懿上奏的事，告诉曹芳下诏书免除自己的官职，并侍奉曹芳回宫。曹爽兄弟回家以后，司马懿派洛阳的兵士包围了曹府并日夜看守；府宅的四角搭起了高楼，派人在楼上监视曹爽兄弟的举动。

后来，有人奏告："黄门张当私自把皇帝的才人送给曹爽，怀疑他们之间隐有奸谋。"于是司马懿立即逮捕了张当，交廷尉讯问查实。张当交代说："曹爽与尚书何晏、邓飏、丁谧、司隶校尉毕轨、荆州刺史李胜等人阴谋反叛，等到三月中旬起事。"于是司马懿立即把曹爽、曹羲、曹训、何晏、邓飏、丁谧、毕轨、李胜都逮捕入狱，以大逆不道罪劾奏朝廷，最后，这些人都被诛灭三族。

受牵连而被杀者达五千余人。

这就是高平陵事变的简要过程。（史见《晋书·宣帝纪》"嘉平元年春正月甲午，天子谒高平陵，爽兄弟皆从。是日，太白袭月。帝于是奏永宁太后，废爽兄弟。时景帝为中护军，将兵屯司马门。帝列阵阙下，经爽门。爽帐下督严世上楼，引弩将射帝，孙谦止之曰：'事未可知。'三注三止，皆引其肘不得发。大司农桓范出赴爽，蒋济言于帝曰：'智囊往矣。'帝曰：'爽与范内疏而智不及，驽马恋栈豆，必不能用也。'于是假司徒高柔节，行大将军事，领爽营，谓柔曰：'君为周勃矣。'命太仆王观行中领军，摄羲营。帝亲帅太尉蒋济等勒兵出迎天子，屯于洛水浮桥，上奏曰：'先帝诏陛下、秦王及臣升于御床，握臣臂曰"深以后事为念"。今大将军爽背弃顾命，败乱国典，内则僭拟，外专威权。群官要职，皆置所亲；宿卫旧人，并见斥黜。根据盘牙，纵恣日甚。又以黄门张当为都监，专共交关，伺候神器。天下汹汹，人怀危惧。陛下便为寄坐，岂得久安？此非先帝诏陛下及臣升御床之本意也。臣虽朽迈，敢忘前言。昔赵高极意，秦是以亡；吕霍早断，汉祚永延。此乃陛下之殷鉴，臣授命之秋也。公卿群臣皆以爽有无君之心，兄弟不宜典兵宿卫；奏皇太后，皇太后敕如奏施行。臣辄敕主者及黄门令罢爽、羲，训吏兵各以本官候就第，若稽留车驾，以军法从事。臣辄力疾将兵诣洛水浮桥，伺察非常。'爽不通奏，留车驾宿伊水南，伐树为鹿角，发屯兵数千人以守。桓范果劝爽奉天子幸许昌，移檄征天下兵。爽不能用，而夜遣侍中许允、尚书陈泰诣帝，观望风旨。帝数其过失，事止免官。泰还以报爽劝之通奏。

帝又遣爽所信殿中校尉尹大目谕爽，指洛水为誓，爽意信之。桓范等援引古今，谏说万端，终不能从。乃曰：'司马公正当欲夺吾权耳。吾得以侯还第，不失为富家翁。'范拊膺曰：'坐卿。灭吾族矣！'遂通帝奏。既而有司劾黄门张当，并发爽与何晏等反事，乃收爽兄弟及其党与何晏、丁谧、邓飏、毕轨、李胜、桓范等诛之"）

　　高平陵对中国历史影响深远，它确立了司马集团的统治地位，并为十五年后司马懿的孙子司马炎篡魏立晋奠定了坚实的基础。

　　除了高平陵事变的主要当事者，受影响最大的则是张华。

　　洛阳城门连续三日不开，直到皇帝返京，曹爽等人被押解回来。

　　张华被关在城外，王婧和秋雁一无所知。当晚，秋雁帮助王婧偷偷逃出王府，但并不见张华的身影，约定时间过了很久，直到半夜也没等到张华，情急之中，王婧与秋雁直奔张华住处来兴师问罪，但张华的家大门紧锁。

　　秋雁骂道："我就知道他是个胆小鬼，事到临头做缩头乌龟。"

　　王婧虽然也恨张华，但心中仍然不能同意秋雁对张华的污辱，说："他要是胆小鬼，岂敢只身去斗四个流氓？"

　　"哎呀，小姐，他对你的那点儿好儿你永远也忘不下了。"

　　"别说没用的了，咱们怎么办？"王婧问。

　　"回府肯定不行，被老爷知道咱半夜外出帮你寻汉子，还不把我打死。我看不如这样。私奔是必走的一步棋了，咱二人趁着夜色先逃出洛阳，然后再想法与那小子联系。"

　　"事到如今，只能这样了。"王婧于是与秋雁二人朝洛阳城外走去，但刚走了几步，正碰上迎面过来的几个参与政变的乱兵，乱兵见到两个如花似玉的姑娘，顿起淫心，两个兵士上前搂住王婧和秋雁连亲带啃。秋雁骂道："你们这些混账东西，你们知道她是谁吗？她是王府千金。"

　　"管你什么王府张府，我们是司马太傅的属下，帮太傅清除奸佞……"

　　秋雁立即说："她还是司马太傅的儿媳，你们也敢对她非礼吗？"

　　几个兵丁一听，立即停了手脚，慌忙离开。

　　王婧被弄得衣冠不整，吓得浑身颤抖。

　　秋雁也说："小姐，看来，这京城里发生暴乱了，咱还是回府吧，不然被乱兵糟蹋了……"

　　王婧哭道："张华这混蛋，把我坑苦了。你敢不敢私奔，有胆没胆你倒是告诉我一声呀。"

"咱还是赶紧回府吧。"秋雁也被乱兵吓破了胆。

二人回府时，王浑也已被告知小姐和丫鬟失踪了。王府上下正乱作一团。王浑突然看到王婧与秋雁衣冠不整地回到家，他确信女儿已做了让他丢脸的事，于是上前打了女儿一个嘴巴，并让家丁将秋雁痛打一顿逐出王府。

王婧又气又羞，病倒在床。

秋雁只得含泪回家。

36

张华初五下午才进了城，晚上再到王府外等秋雁，直等到后半夜也未见秋雁踪影。他悻悻回到自己的住处。此后一连几天想跟秋雁取得联系都未能如愿。

管辂为何晏所做的预测如此精准，本当引起张华的警觉，但此时，惨遭爱情折磨的张华早已把管公明的警告忘在脑后，他一心只想与自己心爱的人相见。正月十二这天，他又来到王府处偷偷地察看。却见一队人马敲锣打鼓抬着礼物来到王府，到得王府门前，冲王府内喊道："快开门，催妆的到了。"

王府看门人露出头来，讨了红包，将大门慢慢打开。

张华想，催妆？催什么妆？除了王婧王府并没有出嫁年龄的姑娘。莫非小姐她今天就要出嫁？想到这里，张华痛苦异常肝胆欲裂。他正要不顾一切地去闯王府，却听王府里传来撕心裂肺的哭声。

"我那苦命的女儿，你怎么这么想不开呀。"

"宝贝孙女，爷爷对不起你……"

王府内仆人丫鬟也乱跑乱喊："不好了，小姐上吊啦。"

张华听此，忽觉天旋地转，晕倒在王府前的小树林里。

王婧因张华的失踪，以为自己被抛弃了，又被父亲打骂一顿，羞愧难当，一病不起。而就在这时，成功政变的司马懿又派贾充、荀勖到王府催婚，要立即迎娶王婧过门，让司马家喜上加喜。王浑和王雄都知道此时再冒犯司马懿，那就是自找倒霉了。于是只得同意几天后举行婚礼。

可怜的姑娘到正月十二的早晨还期盼着能见张华一面，直到她看到催妆的已经进门，她才知道自己的命运已彻底无法改变。于是把早已准备好的白绫系在梁上，悬梁自尽。

更让人没想到的是，王雄老爷子因为过于悲伤，当时也哭得气绝而亡。

管辂又一次精准预测了张华与王婧爱情的结果，不仅小祸酿成了大凶，而且真的连伤了王婧和王雄爷孙二命。

37

高平陵事变，司马集团怒杀了五千余人，其中包括许多文士。王弼虽然没有被牵连进去，但也被这场杀戮惊破了胆，尤其是好友何晏的死，让他悲伤不已，过数月，一代哲学天才竟也郁郁而终。

而另一位正始名士夏侯玄，此时官拜征西将军。司马懿虽对此人倍加赏识，但终因夏侯玄与何晏过从甚密，且与曹爽是表兄弟，属曹氏集团嫡系，而被司马懿召回京城任命为太常寺卿，削夺了兵权。本来在被召回京时其叔夏侯霸已觉察危险在即，要他与自己一起投奔蜀国，但夏侯玄对叔叔说："我怎么能为了苟存自己而投降敌国呢？"夏侯霸只好独自投蜀。

残酷的杀戮传到山阳，竹林七贤也受到了极大的震恐。人世的残酷更令他们感受到人生的虚幻。于是思想更加消极，行为更加放荡不羁。

皇帝曹芳一直支持信任曹爽，司马懿尽管没敢废掉皇帝，但从此皇帝大权旁落，政事一律不容皇帝置喙。

38

张华虽然没有死于那场轰轰烈烈的爱情，但他大病一场。

张华大病初愈后，他通过各种关系找到了秋雁的家——洛阳城西南角一个贫民聚居区。他敲开秋雁的家门，秋雁见一个形销骨立，与骷髅无异的人站在门前，吓了一跳，问："你找谁？"

"你真的不认识我了？我是张华啊。"

"啊，是你？你怎么瘦成这样了？盖张纸都哭得过了。"

"因为小姐……"

秋雁没好气地说："你还有脸提小姐？还有跡见我？你把小姐和我害得好惨。"

张华说："我没害你们，我怎么忍心害你们……"

"还敢说没害我们？我问你，那天说好了你俩一起私奔，怎么好几天不见你的人影？你躲哪儿去了？你这个胆小鬼……"

"秋雁，你误会了。"张华说，"那天我把我和小姐的行李先寄存到城外，准备夜里接上小姐一起走，可谁知城内突然发生政变，政变军人把城门全关了，我被关在城外整整三天三夜……"

"啊？真的？"

张华传

"我若说谎天打雷劈。"

"这也太巧了。"秋雁说。

"是啊，天意！"张华说，"百年不遇的事让我赶上了。这就是命啊。秋雁，其实管辂早就给我和小姐算过，说我俩'两情虽悦运不通，到头难免一场空，命中无缘强相守，小祸终会襄大凶'。还说，如果我百日内出城会连伤两命，但我没敢把这事告诉小姐，这不，果然应验了，虽然我好歹保住了一条命，但小姐和老老爷却……"张华说到这里泪流满面。

"如果真是这样，我还能稍微原谅你，但愿小姐的在天之灵也能得到些许安慰。"

"看来不信命不行啊。要是我早点信命，早点与小姐脱离关系，或许不会害她自尽。是我害了她呀！我有罪呀！"

秋雁说："唉！小姐要是知道你是因为政变被关在城门外，或许她还不那么难受，即使最后她还会走上轻生的路，也不至于死得那么痛苦了。我不再恨你，小姐九泉有知也会宽恕你的。走，咱找个地方好好谈谈，我也有好多话要对你说。"

于是二人沿着街道向前走，边走边聊。

"秋雁，你被王府解雇了，以后怎么办？"张华问。

"还能怎么办？我爹想让人给我找婆家，好歹找个男人嫁了。可我不认头。我虽不是什么大家闺秀，但从小跟随小姐，再去过缺吃少穿，肮脏邋遢的穷日子真受不了。我们许多邻居都在大户人家当仆人奶妈和丫鬟，我准备让人介绍到其他府上去干。你呢？今后怎么办？"

"我要踏踏实实过正常日子了。"张华说，"我自入洛以来，听到了太多的赞美，连自己姓什么都快忘了。但与小姐的这件事让我认清了自己的身份，在豪门世族眼里我不过是一个寒门穷小子。人家请我写诗作赋，与请泥水匠造屋建房没什么区别。要想出人头地，还得踏踏实实，一步一个脚印去做。实话告诉你，我的本性本来更适合跟嵇康、阮籍、刘伶他们混在一起，但那样我对不起小姐，小姐曾希望我有大作为，我说她今生一定能做宰相夫人。为了小姐，我也必须有所作为。今生不与她同床，死后但愿与她同穴，来世再做夫妻。"

两人正聊着，一个人腋下夹着一块四四方方的木板迎面走来，张华仔细一看，原来是摆残棋的荣格荣方正。于是喊道："方正兄。"

荣格上下打量了一会儿，问："恕我眼拙，您是……"

"我是张华呀。"

"天呢，你真的是茂先？怎么一年多不见瘦成这样了？"

"大病了一场，不过还好，阎王不收，捡了条命回来。"张华问，"今天怎么这么早就收摊了？"

"唉，钱越来越难挣了，尤其是这次政变之后，杀了那么多人，洛阳城里人人自危，谁还有心下棋？本来摆残棋就不是什么正经职业，连自己都养不好，将来如何养家糊口。所以，我打算另谋职业了。这位是弟妹？"荣格问。

秋雁脸一红。张华忙说道："不，是我朋友。"

荣格以为张华、秋雁是情人关系，于是道："好，你们忙吧。"

"有时间去我那里玩儿。"张华说，"我住太常寺东侧院内。"

"好吧，有时间一定找你手谈几局。"

荣格走后，秋雁问："这人是谁？干什么的？"

张华说："街上摆残棋的，棋艺很高。我就是受他的启发到王府门前去摆残棋，才认识了你和小姐。哪想到最后竟是这样的结局。"

二人像一对挚友，聊了很久很久。

39

一场轰轰烈烈的恋爱以惨剧结局，张华从身体和感情上都有被掏空的感觉。他不再为情感所羁縻，也不再以才子名人自居，虽然与竹林七贤仍是好友，但不再混迹其中。他听从刘放、卢钦的劝告，潜心于学问。最好的消遣就是偶尔与荣格手谈几局。

这个休息日，张华正与荣格下棋。秋雁突然来访。张华问秋雁有什么急事没有，秋雁说没有，只是来告诉张华，她又找到新的工作了，到黄门侍郎贾充贾公间家当丫鬟。

这贾充家也是个比较有名的世族，贾充乃三国时期著名政治家军事家豫州刺使贾逵之子。其妻李婉乃侍中兼尚书仆射李丰之女。

张华说："我本打算介绍你到卢府去当差，已经跟子若先生说好了。"

"不用了，贾府的条件也不错。"秋雁说。

"那好，你有了着落，我就放心了。"

秋雁在一旁观棋，荣格面对这样一位风姿绰约的女子，禁不住心猿意马。只下了三十几手，便败下阵来。荣格起身告辞。张华送到门外，约定日期再战。

荣格走后，张华问秋雁："你觉得方正这人怎么样？"

"挺文雅的。"秋雁说，"不似一般平民那样粗俗。"

"你的眼光很毒啊。他确实是个睿智的小伙子，不仅棋下得好，而且还略通文字。你如果同意，我帮你俩撮合撮合怎么样？"

秋雁脸一红说："人家能看得上我一个丫头。"

"他在民间哪里找你这么高雅漂亮的姑娘去。从刚才那盘棋他的速败，我感觉他对你很动心呢。"

"你俩下棋还能看出他对我动心来？"

"当然，从你一进屋，他的章法便乱了，这说明他心不在焉了。"

张华见秋雁不语，知道她心中已经同意，于是说："七天后他还来我这里，我探探他，如果同意，你俩就在我这儿见面儿。"

在张华的撮合下，秋雁与荣格一拍即合。二人很快确定了关系。但荣格并不急娶秋雁回家，他说要去干一番事业，给秋雁一个安定舒适的生活。为此他决定应召入伍，要在战场上建功立业。张华虽然对荣格的这一决定并不十分赞赏，但他觉得，以荣格在围棋上所呈现的高超智谋，若发挥到战场上，还真没准能成为一代名将。所以也没有明确阻拦。不久，荣格被召入征西将军旗下。

张华正为荣格和秋雁的事感到高兴，突然接到妹妹的来信，说母亲病了，如果哥哥有能力，是否可以把母亲接到洛阳去调养，毕竟京城名医多，条件好。

张华接到妹妹的信，很是难过。接来吧，自己的经济条件又难以承受。独自一人在洛阳可以住太常寺的房子，母亲来了，就得租房，还得给母亲诊医治病，聘请保姆。不将母亲接来吧，显然说不过去，自己的内心也无法承受。

失去爱人的痛苦还未消减，无法尽人子之孝的苦恼又接踵而至。张华急得焦头烂额。

40

高平陵之变，给中书监刘放也带来了很大影响。不利的一面是，司马懿为了控制权力，采取了虚君之策，他大大削弱中书的权力，使皇帝成为空架子。刘放见好就收，见此情形与孙资一起致仕回家，颐养天年。虽然朝中还经常请去议事，不过是给他们这些老臣一些面子，但也有对刘家有利的一面。因为如今皇帝曹芳自身难保，再不敢提出充实后宫的要求。因而刘放可以着手考虑女儿的婚事。刘贞芳龄二十二岁，在当时已属大龄，刘放夫妇托了许多人也没为女儿找到门当户对的婆家。

最后，刘放决定，弄假成真，让女儿嫁给张华算了。

刘放所以做出这样的决定，一是因为女儿年岁大了，实属无奈之举；二是他一直觉得张华这孩子非常优秀，除了出身，其他方面都比一般世家子弟强得多；三来，他发现自从自己与卢子若对张华进行一番教导，这孩子不再轻浮，踏实多了。如果潜心学问，坚守中庸，步入正轨，前途不可限量。

但当他把自己的想法与妻女沟通时，仍然遭到她们的反对。他对老婆说："你们都是妇人之见。当初，我死活不同意将女儿嫁入宫中，为此不惜用假订婚的方法蒙骗皇上，现在看怎么样？司马懿没有弑君已是万幸，皇上虽然仍在龙位上，但已成孤家寡人，形同傀儡，事事要看司马懿脸色行事，朝不保夕，即使这样也难免有一天遭弑被篡。所以，我不会再听你们的意见。我就这样定了，如果张华同意，今年就给他们完婚。"

刘放毕竟是一家之主，一旦他做出决定，妻女是无法阻拦的。

但刘放还有一忧，那就是怕张华不同意。因为假订婚已令人的自尊心很受伤害，而最后女方又提出真结婚，那岂不是对男方的又一次伤害？这话怎么跟张华去说？谁去说合适？这让刘放很为难，最后他还是想到了卢钦，只能让卢钦去做张华的工作。

刘放对卢钦说："子若，解铃还须系铃人，这事只能麻烦你了。"

卢钦说："刘大人，不是我不愿帮忙。这事我怎么张嘴呀。张华虽出身寒门，但毕竟也是个风流才子呀。这，这不是太拿人家……"

刘放道："我知道你为难，但这事舍你其谁呀？就算老夫求你了，老夫已致仕在家，不像当年，一呼百应，除了老乡外，谁还肯帮我呀。"

刘放这话暗含着另一个意思，就是当年我大权在握的时候没少帮你卢家，现在我没权力了，难道你们就这么势利吗？

卢钦说："唉，刘大人，您既然这么说，真让我没有话可讲了。也罢，我豁出这张脸不要了，也替您为这次难。"

卢钦于是将张华请入府中，二人在书房中小酌密谈。

张华很奇怪，因为每次进入卢府，卢钦都是以长辈的身份接待他，而今天的情景却像朋友闲叙。张华凭直觉感到，卢钦一定有重要的事情。

"茂先，喝酒。"

"您太客气了。我是晚辈，与您平坐对饮，很是不敬。"

"那只能说以前我待你太随便了。"

"随便才好。"

卢钦道："听说自刘大人和我跟你长谈后，你一直非常用功。"

"二位大人以平生所悟教诲我的，都是肺腑之言，张华怎能不奉行恪守？"

"好，好。刘大人对你也非常满意。长此以往，前途无量啊。"

"张华出身寒微，没有什么大志向，只想钻研学问。"

"学问是成就任何大事的基础啊。"卢钦说，"如今司马氏秉政，子元、子上兄弟皆师承卢氏家学，与我自幼相善，适当时候，我一定要向他们隆重举荐你……"

"多谢前辈栽培。"张华说，"不过您今天请我来不会只为闲谈吧。我觉得您好像有什么事情，不便于直言。如果真是这样，您就太见外了，没有拿我当您的晚辈、老乡和亲人。有什么事情您尽管说，只要我张华能做的，虽死不辞。"

"茂先果然睿智无比呀。"卢钦说，"我确实有事想跟你说。"

"您就直说吧。"

"你知道，当初刘中书的女儿与你假订婚就是我在中间起的作用，因为这事，我一直觉得对不起你。"

"这倒没什么。"

"现在，刘大人又将一件更难于启口的事托付给我。"卢钦说，"你知道，自从高平陵之变后，皇上已被架空。刘大人再也不用担心皇上了，所以，刘大人希望女儿赶紧找到如意郎君，成家立业。虽然当今世族不嫁寒门已约定俗成，但刘大人因为对你十分喜爱，所以想将假订婚弄成真结婚，将女儿刘贞嫁给你。他求我做媒，我不能不答应。"

张华听到这里，心中充满悲凉。他沉默不语。

卢钦说："我知道这对你很不公。本来，假订婚就是对人的不敬，而今又想弄假成真。把别人当成什么了？想要就要，不想要就不要。我很不想当这个媒人，但刘大人再三恳求，实在拒绝不得。我虽然当了这个媒人，但同意不同意还需要你决定。"

没想到，张华平静地说："我同意。"

卢钦没想到张华会答应得如此痛快，问道："你想好了？"

"想好了。"

"想好了可不能反悔，不然让我这做媒人的为难。"

"我想好了，但有一个条件。"张华说。

"什么条件？"

"我母亲病了，能否将我母亲接到洛阳来？"

"当然能，儿媳哪有不侍候婆婆的道理。"卢钦说，"毕竟婚姻大事，还需要父母之命。令堂来了正好与亲家见面详谈，确定下婚事，择订婚期。怪不得大小中正都将你评为上品，原来不仅才华横溢，而且德行坚定。司马氏提倡的正是以孝治天下，凭你的才德，会得到重用的。你既同意了，我马上就转告刘大人。来，干一杯，祝你和刘贞幸福美满。"

刘家的决定当然也刺痛了张华内心的自尊，但他之所以平静地答应了这门婚事，一是因为随着王婧的死，他内心的爱已被王婧彻底夺走，他对情爱再也不存在美好的期冀；二是为了母亲的病，他也必须做出这样的选择。

卢钦将结果转告刘放，刘放喜出望外，说："茂先为母尽孝，老夫大力支持。告诉茂先，用我的车马回方城去接母亲。他们结婚的一切用度都由我负责。我在白马寺街还有一座宅院，收拾收拾就做他们的新房。"

第二天，张华乘着刘放的马车上路，直奔方城。

41

张华一路行来，路过山阳，他打算去看看竹林七贤。

将到嵇康的住宅，忽然听到竹林深处传来哭声。他寻着哭声寻来，却见嵇康、阮籍等人围着一座新坟，大放悲声。

张华一惊，以为是七贤中哪位贤人死了，但他数了数，围在坟前的正是七位，一个不少。其中最悲伤的是王戎，他已哭得口吐鲜血，晕了过去。

张华咳嗽一声。七位贤者顿时止住悲声。张华问："你们这是在痛悼哪一个？"

大家转身看去。刘伶斥道："你是何人？与你何干？"

张华知道他们没有认出他来，说："我是张华啊。"

"哦，是茂先呀。"山涛道。

阮籍拍着坟头说："我们痛悼的不是哪一个，这里埋着五千多个呀。"

张华立即明白了，竹林七贤这是在哀悼高平陵事变后被杀的所有人。

嵇康说："何晏他们不是什么好人，但罪不至死呀。一次杀了这么多人，即使虎狼蛇蝎也不会如此血腥。世上最毒者，人也。人间有仁乎？有义乎？有道德乎？无，一切皆无。"

王戎这时清醒过来。他睁眼看见张华，立即站起身。拉着张华的衣袖，说："张茂先，你还敢来见我？"说着，冲着张华脸上就是一拳，打得张华鼻血直流。

向秀赶紧上前去拉住："濬冲，你晕了？这是茂先，咱的朋友。"

"什么朋友？我与他不共戴天。我和他的事，你们谁也不要管。走，咱俩的事单独去解决。"王戎说着拉起张华走出竹林。

原来，王婧和王雄同日亡故，王家立即派人骑快马通知王戎回家奔丧。王戎以为姐姐不过是厌恶司马伦，宁死不从。因而心中不免怨恨父亲。王戎回到家后，对父亲王浑怒道："都是您闹的。若不是贪图司马家的权势，何以早早给我姐订下这门亲事？若不是您逼着我姐出嫁，她何以轻生？不是因为姐姐的死，爷爷怎么会死？"

"混账，"王浑道，"你这不孝的东西，你在跟谁说话？"

"我不孝？您把爷爷都气死了，还有比这更不孝的吗？"

王浑"啪"地打了王戎一个嘴巴，说："你弄清事实再来跟我说话。"说着，将王婧的一封遗书交给王戎。

王戎展书读之，发现，姐姐的死竟然跟张华有关。是张华骗了她，本来跟张华约好一起远走高飞，但事到临头张华却做了缩头乌龟，抛弃了她。

王戎当时就提了宝剑去寻张华。王浑急道："你还嫌家里不乱吗？先料理好丧事再找那小子报仇不迟。他还能逃得出咱王家的手心吗？如今司马家已得势，正在搜索曹爽余党，大开杀戒，嬉儿的死让他们丢了这么大的脸，还不知道会不会找咱的麻烦。张华的事只能暂时先放一放……"

王戎道："既然是张华逼死了我姐姐，何不把事情告知司马懿。司马家若知道让他家出了这么大丑的不过是小小的太常博士，他张华还有活路吗？"

王浑道："你糊涂啊。你姐姐与张华的事能让别人知道吗？司马家最难堪的是嬉儿宁死不嫁司马家。若司马家知道了实情，反而会高兴的。他们会大肆宣扬嬉儿是因为不贞才自尽的。我们琅邪王氏本来是以德名世的，出了这样不贞的女子，岂能不被天下人耻笑？所以，婧儿轻生的真实原因，永远不能让外人知道。"

王戎听了父亲这番话觉得很有道理。料理完爷爷和姐姐的后事，便留下来陪悲伤至极的父亲。但王浑说："你赶紧离开洛阳吧。如今司马家杀人已杀红了眼。已杀了好几千人，虽然咱跟司马家无怨无仇，但谁知道你姐姐的事会引起他们怎样的反应呢？听说司马伦那小子很生气，扬言要报复呢。你是我唯一的儿子，不能有意外，快走吧，找嵇康他们去，遇到什么事，嵇康、阮籍他们主意多，会帮助你的。"

琅邪王氏虽然人丁兴旺，但王浑这一支却只有王戎一根独苗。王戎又十分的张扬，司马氏要想找王戎的麻烦，有的是借口。王浑生怕儿子有个三长两短，因而只得暂时让他离开京城。

其实王婧的自尽，虽让司马懿感觉没面子，但司马懿毕竟是雄才大略的人物，心胸也十分的宽广，儿女私情不会让他真正动心；再说他也清楚琅邪王家的势力有多么强大，自己初掌国柄，还需要琅邪王氏这样的大世族的支持；而且王家已连死二人，也算得到报应了。但司马伦却对王婧恨之入骨，因为司马家族中自尊心受伤害最大的是他，王婧宁死也不愿嫁他，这无疑等于向世人宣告了他司马伦是多么可厌可憎之人。因而，只有他嚷嚷着要报复王家，但他只是司马懿九子之一，年龄最小，尚无职权，所以，只能口头上发泄愤怒。

王戎于是离家回到了山阳。没想到，张华竟在此时来到了他的跟前，想到姐姐的惨死，他对张华恨之入骨，但他又不想让其他人知道其中缘故，所以把张华拉到僻静处，才向张华摊牌。

"张华，你戏弄我姐致我姐惨死，这仇我若不报，还有什么脸面活在世上？"

张华平静地抽出佩剑，递给王戎说："濬冲，这仇你要怎么报随你。最好把我一剑刺死，省了我在世上独自承受痛苦，也省得你姐姐在天堂承受孤独。我恨不得快快见到你姐，好让我把真相告诉她。不然，我活在世上一天，她就会怨恨我一天，我就会被冤枉一天，与其我俩阴阳相隔各自痛苦，倒不如你成全我……"

"冤枉？你有何冤枉？"王戎说着，从怀中掏出姐姐的遗书，说，"你看看这个，难道我姐姐说的不是事实？你难道没跟她约定一起远走高飞却把她抛弃……"

"是事实。"张华道，"但这是有原因的。初二那天下午，我出城去把我俩的行李寄存到城外的悦祥客栈，准备夜里一起逃离洛阳，但那天发生了什么你应该知道，高平陵政变正是在那天。当我寄存好行李，准备进城的时候，吊桥吊起，城门紧闭，司马太傅封锁洛阳城，捕杀曹氏余党。当司马懿控制了局势，打开城门时，已是三天之后。我赶紧进城，来到你家门前，你家守门人却不许我进门。因为你父亲已知道我与你姐相爱的事。后来，我每天到你们王府门前去等，希望能得到你姐姐的消息。可是，几天后，竟然看到司马家送催妆的人来到王府，我想闯进去，却被你家看门人阻拦。你姐就在此时……"

"哼！你编得多圆全？世上哪有这么巧的事？"王戎道。

"你不信，可以去问秋雁。此外，我这儿还有寄存行李的凭条。"张华说着将那个凭条交给王戎，"我们的行李至今还在洛阳北门外的悦祥客栈。我不敢看见你姐的任何遗物，所以至今我也没将它们取出来。你有时间去取吧。你可以问问悦祥客栈的老板娘，我说的是不是实话，我因为进不了城，在悦祥客栈住了两个晚上，好多人都能证明。"

张华举出秋雁和悦祥客栈为证，不由得王戎不信。再仔细想想张华的话，觉得编是编不了这么严丝合缝的。

"你还可以去问管辂和傅嘏，此前在傅嘏家管公明先生曾给我和你姐算了一卦，卦相不吉。"

"那你为什么不早点了断这种关系？"

"我太爱你姐了，因而心有不甘，你姐也不愿相信命运，我们爱得太深了，谁也离不开谁。我也曾跟你姐说过断绝关系的话，你姐当时就以死相逼。我觉得这一切都是命。"

"好吧，我暂且相信你说的都是实话，我马上回洛阳去证实，若有半句不实，我跟你没完。"

"濬冲，你看我还是半年前的那个张华吗？你看我已经什么样儿了？我若跟你姐不是真心，我能变得形销骨立，行尸走肉吗？"

王戎看了看张华，确实，半年的时间他已判若两人，内心的痛苦清晰地印在他的脸上。

"你为什么又到这儿来？打算以后隐居山阳吗？"

"我出身寒门，没有你们那样的福分。我这是去回老家接老娘到洛阳看病。顺便让老娘来看看未来的儿媳妇。"

"什么？你要结婚了？"

"嗯。"

"新娘子是哪家的？"

"这个你知道。是刘中书家的千金。"

"我曾听我姐姐说，你跟刘家不是假订亲吗？怎么弄假成真了？"

"我一个寒门小子，哪有半点主动权，人家说假，就假，说真就真。如果贵府不是嫌我出身寒微，或许也不会落得这个结局。"

"你口口声声说爱我姐姐有多深，可她尸骨未寒，你竟然另寻到了爱情，攀上了刘中书这个高枝，并马上要洞房花烛了，你，你，你对得起我姐姐吗？"

"爱情？人真正的爱情一生只有一次，我已把它全部给了你姐姐，剩下的已不是爱情，只是生活。刘中书已经致仕在家，刘家还算什么高枝？我是为生活所迫才答应与刘家这桩婚事的。我母亲病了，需要到洛阳治病，但我没有这个经济实力，刘家可以支持我。至少，有了儿媳，我不用再给母亲找保姆。"

"张华，你真不是东西。你这不是又害了另一个姑娘吗？"

"我害她？我又是被谁害的？他刘家仗着权势，反复戏耍我，难道我没有尊严吗？出身寒门就不需要尊重吗？本来，若最初与刘家小姐是真订亲，我会多么感激刘家的恩赐，我会多么珍惜这样的缘分，怎么会与你姐姐发生这么一段生死恋情？当我的情没了，爱没了，刘家却要把假变成真，这怪我吗？"

王戎想着张华入洛以来的遭遇，确实也够可怜的。于是说："咱俩的账先记着，你既然要为母尽孝，我不再难为你。"

"我随时欢迎你为你姐复仇，你的复仇之日，就是我解脱之时。"张华说，"走，我跟朋友们见个面然后上路，咱俩的事，等你把一切查实后再作了断。"

于是张华和王戎一起来见嵇、阮等人。

刘伶道："士别三日当刮目相看，茂先，是不是攀上司马仲达了？高升了？"张华道："你刮目不是也没有认出我来吗？我想攀司马大将军（曹爽诛后，司马懿任大将军），但人家不认识我是谁呀？"

"不会吧。如果没有高升，怎么出有车食有鱼了？而且这车驾可不是小官微吏所能享有的。"刘伶说。

大家看张华所乘车马果然是只有高官大员才能配备的。

"这是刘中书家的车马。"张华于是把此次回老家的目的告诉大家。大家听后，对他的婚事表示祝贺。刘伶说："茂先，娶了新娘子，老娘有人照顾了，就马上回来。"

向秀说："老娘有人照顾了，新娘子还需茂先照顾，哪有新婚燕尔就离家的。"

刘伶道："饮酒之乐远甚于床笫之欢。"

阮咸说："那是你刘伯伦，你以为世人都像你，只以酒为乐。"

张华道："以后，恐怕张华很难陪伴大家了。我和你们不一样，出身寒微，需要养家糊口，哪有闲情逸致悠游山水，饮酒清谈？我羡慕你们，但任情放达也是需要有条件的。"

嵇康、阮籍等人以酒款待张华。

正在大家豪饮之时，两个官差模样的人找到这里。原来这是司马懿派来的使者，他们将司马懿的亲笔信呈给几位贤士：

魏大将军司马懿再拜言：

嵇叔夜、阮嗣宗及诸贤达均鉴。有魏以来，赖文、明二帝之功，南安东吴，西征巴蜀，北伐高丽。疆靖民安，盛世初现。然自正始以来，曹爽、何晏专权，欺君惑主，朝廷昏乱，致贤士归隐，能者远遁。懿受昭命，替天行道，诛除逆党。还朝堂以清静，万民以安康。故敦请诸位贤士出山疗朝，彰才显德，扶保社稷。

何晏之流，恃才傲物，辟邪说，行异举，妖言以惑众，危言以乱世。德不配才，终致名裂身亡。不亦宜乎！

若诸贤士乐奉昭命，归朝辅政，懿将翘首以盼，躬迎以待！

几位贤士轮流传阅。

阮籍将二位官差支离，然后问："诸位何意呀？"

嵇康道："曹爽、何晏结党营私，他司马懿又能好到哪儿去？结党营私固然不好，但大开杀戒更是天理难容。司马懿说得再好，我亦不为所动，我是要在此安居，终老苍山了。"

向秀说："我奉陪叔夜。"

张华说："这信里可是露了杀机的。你看'何晏之流，恃才傲物，辟邪说，行异举，妖言以惑众，危言以乱世。'指的是什么？不就是指的谈玄崇无吗？再看这句'德不配才，终致名裂身亡，不亦宜乎！'就是说谁要是再像何晏等人，不奉行他们的道德标准，也会名裂身亡。"

"嗯，杀气很重啊。"阮籍说，"我看不如暂时回都还朝，观望观望，若司马氏正道直行，我则助之，若倒行逆施，则学徐庶，不赞一词。"

张华说："是啊，何必硬跟他对着干，那不是自找麻烦吗。"

嵇康说："我心高洁，决不被污浊的官场所染。不过，人各有志，愿去的我不阻拦，愿留的我欢迎。这里永远是我们洛阳七友的聚会场所。"

最后的结果是：嵇康、向秀、刘伶决定留居山阳。阮籍、山涛、王戎、阮咸则回朝任职。

大家最后痛饮一番。饮毕，阮籍等随官差回京。张华告别竹林七贤，继续赶路。

马车行驶在平畴千里的华北平原上。车过一个渡口。张华借着河水照了照，这是他半年多来第一次观看自己，他不由得吓了一跳，连他自己也已认不出自己。原来那个面色红润，精神矍铄的青年不见了，水中出现的这个人精神倦怠，身体消瘦，脸色苍白，眼窝深陷，头发散乱。这就是入京两年多来给他留下的印迹。回想当初被举荐进京，是好事呢还是坏事？自己是成功呢还是失败？

42

张华带着这样的疑问回到家里。家里的情况也令他深感焦虑。母亲病卧在床，得的是风湿性关节炎。虽然不是什么要命的症候，但却疼痛难忍，更让张华意外的是，大妹妹张倩竟然已经出嫁，而他这个当哥哥的还不知道。虽然张倩嫁的那个主儿不错，但却离家很远，是徐水县的一个财主。张华埋怨母亲，不该连妹妹出嫁这样的大事都不告诉他。母亲说，洛阳太远，怕他来回奔波影响了工作，所以大妹妹出嫁才没有告诉他。

小妹张菁既忙农活，又要照顾母亲。母女俩日子过得苦不堪言，这情景令张华落下泪来，他再次对自己当初的选择进行了反省。

张华的变化也令母亲和妹妹十分不解。张菁问："哥，是不是你在洛阳水土不服？"

"不是啊。"

"那你怎么会瘦成这样儿？"

"没事，前些日子跑肚拉稀拉的。"

张华将自己与刘家小姐订亲的事告诉了母亲。征求母亲的意见。母亲说："能攀上刘中书家，这是多好的事，我还能有什么意见。"

"刘家说，如果您没意见，今年就结婚。"

"干吗这么匆忙？咱还没准备……"

"刘大人知道咱家穷，说什么都不用咱准备。一切他们负责。新房也是他们家现成的。"

张华母亲说："是你修来的福啊。"

张华对母亲说："赶紧把家里的事处理处理，后天咱就回洛阳，小菁也一起去。"

"她去可以，但参加完你的婚礼后就得回来。"

"她哪能回来？她一个小姑娘一个人回来怎么办？"

母亲说："人家刘家又出房又出钱，我住在人家的房子里已经不落忍，你妹妹哪能再在那里麻烦人家。时间长了，姑嫂闹意见，让你夹在中间难受。她回来就去小倩家，让小倩赶紧给她找个主儿嫁了，我也省了心了。"

"不行。小菁就留在洛阳，我托人在洛阳给她找个婆家吧。"

家里也没什么需要处理的，房子和地不能卖，因为祖坟还在这里，需要处理的只有地里的庄稼和牛羊，庄稼请乡亲代为收割，牛羊到集市上卖了，一些农具送给不离不错的乡亲。

在临行前，张华突然想起一个人，那就是河疯子。娘说："他呀，我恨死他了。你离开家不久，他就遭了报应，死啦。"

张华知道娘恨他，是因为河疯子披麻戴孝来搅他的喜事。这事虽然也让张华心里别扭，但听到河疯子的死讯，他仍然不免悲痛万分。

"他是怎么死的？"

"烧死的。"母亲说，"他住的那个地窖子不知为什么起了火，本来应该能够跑出来，可不知为什么，他竟然没有跑……"

"他埋在什么地方？"

"谁去埋他呀？"母亲说，"大火把地窖子的支柱烧折了，地窖子塌了，他正好被埋在里边。虽然没人埋葬，但好歹也没暴尸。"

张华流泪道："他一定是自己放的火。我得去给他上上坟。"

"他跟你不沾亲不带故，而且坏你好事，你给他上的什么坟？"

"您不知道。我所以有今天，与他是分不开的。我入京前如果听他的话，咱家比现在要幸福。"张华说，"他的死与我有关。如果我不离开家，一直在安阳河边放羊，他不会死的。"

于是张华独自来到河疯子的土洞，发现那被烧塌的土洞杂草丛生。他跪在地上，向废墟连磕三个响头，自语道："师傅，张华感念您的教诲。永远是您的弟子。弟子不孝，没有听您的劝告，才落得身心俱疲。您在九泉之下安息吧。张华一旦混出个人样儿，一定好好安葬您。"

张华立起身，就地给河疯子起了一个大大的坟丘，然后再拜而去。

徐水在方城西南，张华与母亲和小妹回洛阳时正好路过，所以他们一起看望了大妹。大妹的日子过得很好，夫妻和睦，公婆夸赞。令张华和母亲放心地离去。

43

张华回到洛阳，一边忙着给母亲治病，一边忙着婚礼的事。同时插工夫去看望回到洛阳的几位朋友。他们已经被司马懿安排在不同岗位：阮籍做了司马懿的从事中郎、山涛则成为骠骑将军王昶的从事中郎、王戎因蒙祖恩，被授吏部郎、阮咸为散骑侍郎。

就在张华与刘贞结婚前一天，王戎突然找上门来。张华大惊，他以为王戎是特意来搅局的。心想，王戎要是在此时为难他，一切就乱了套了。

但王戎没有闹事，只是把他叫出来，对他说："茂先，你提供的几个证人我都找了。秋雁证实你与我姐姐是真爱，而不是在玩弄她的感情。我姐姐确实爱你爱得太深。悦祥客栈的老板娘和其他人都能证实，你确实是被政变关在城外了。管公明我也找过，他说，一切都是命。他还说，本来让你百日之内不要出洛阳城，可你没有听他的话，为了暂寄行李，还是出了城，不巧正赶上政变关城门，我想这也是我姐姐的命啊。我姐姐的行李我领回来了，你收着吧。"王戎将一个包袱递给张华，张华将那个熟悉的包袱搂在怀里，泪水如断线的珍珠，扑簌簌掉下来。

"这些遗物我将珍藏终生，即使死后，我也要将它们做我的陪葬。"张华说。

"好啦，事实弄清了，我也没什么可恨你的了。"王戎说，"我回山阳待些日子，心里清静清静，叔夜、伯伦、子期都很喜欢你，希望你有机会去和大家聚聚。"

王戎说完，离别而去。

张华将王婧的那个包袱珍藏起来。包袱里并没有太多的东西，除了王婧的几身衣服，就是他曾经给王婧做的那个内有两颗红心图案的琥珀。

44

张华与刘贞的新房装饰得很华丽。卢钦见张华已有了自己的家，便把那幅李斯的《仓颉篇》送还给张华。张华死活不肯收，说这是我送您的礼物，怎么能再要回来呢？

卢钦说："这就算我送你的结婚礼物，总不能不收下吧。"

"不行，不行，这礼物太贵重了，结婚哪有送这么重的礼的？"

"当初我什么喜事都没有你还送我这么重的礼呢，现在你大婚之喜，我送你一份重礼有何不可呀？"

张华让卢钦说得还真没词儿了。只得将《仓颉篇》收下，并庄重地悬挂在堂屋北墙的正中央。

刘放带着女儿刘贞最后来看新房，突然发现了《仓颉篇》，不禁大为惊讶，问张华："这是哪儿来的？"

张华如实以告。

刘放转身对女儿说："两处这样的宅子也换不了这幅墨宝。"

"不就是一幅破字吗？"刘贞道。

"什么破字？你知道它是谁的手笔吗？是李斯的。"

刘贞问："李斯是谁呀？"

一旁的小芸说："是秦始皇的丞相。"

刘放道："当年，天下人写字，都得以这幅字为标准。没想到这个无价之宝竟然落到我女婿的手里，慧眼呢。闺女，嫁了这样的郎君，为父对你放心啦，以后你有享不尽的荣华富贵呀。"

张华与刘贞的婚礼也是由刘放承办的。场面十分隆重。凭刘放几朝元老的身份，洛阳各大世族曹氏、司马氏、琅邪王氏、太原王氏、荀氏、郑氏、何氏、崔氏等悉数光临。

喜宴上，刘放将各世族豪门的代表和官方政要单独安排在一起。他领着张华和刘贞给贵客敬酒，并一一将他们介绍给女婿张华：这位是皇上派来贺喜的刘公公、这位是司马大将军的二公子司马子上（昭）叔叔、这是子上叔叔的长公子司马安世（炎）兄弟、这位是夏侯太初（玄）叔叔、这位是著名的太原王氏王士治（濬）叔叔、这位是杜元凯（预）杜大哥、这位是皇甫士安（谧）叔叔、这位是诸葛公休（诞）叔叔、这位是荀公曾（勖）大哥、这位是郑文和（冲）伯伯、这位是孙彦龙（资）孙叔叔、这位是贾公闾（充）贾叔叔、这位是何颖考（曾）何叔叔、这位是钟会（士季）钟大哥、这位是卫伯玉（瓘）卫大哥、这是卢子笏（珽）叔叔，你卢子若叔叔的弟弟、这位是弘农杨氏杨文长（骏）叔叔、这位是羊叔子（祜）杨大哥、这位是傅休奕（玄）叔叔、这位是和崇峻（逌）叔叔、这位是冯少胄（紞）大哥、这位是石仲容（苞）大哥……张华又有过目不忘的超强记忆力，因而将这些贵族政要一一记在心里。

竹林七贤除了王戎之外，嵇康、阮籍、山涛、刘伶、向秀、阮咸也来了，但他们几位另坐一桌，不与其他人交谈。

刘放这样安排，张华倒像是倒插门的女婿，其实刘放就是要借此机会消除人们对张华寒门出身的印象，将自己的女婿隆重推出，以期得到官场的关照。

张华虽然不免在身份上略显尴尬，但他深知岳父的良苦用心，因而也只得积极配合。

出人意料的是，人们对于新郎新娘的关注远没有对《仓颉篇》更感兴趣。酒宴开始不久，夏侯玄、司马昭、钟会、荀勖、卫瓘、杜预、嵇康、阮籍、郑冲、羊祜、石苞、媒人卢钦，甚至刘放等都凑到《仓颉篇》前欣赏品评。最后，连皇甫谧也一瘸一拐地走上前来。正当人们驻足观赏《仓颉篇》时，一个十来岁的小孩儿从外边进来，挤到人群前，边欣赏边自语道："嗯，果然是千古名相，这字也只有李斯写得出，线条太流畅了。"

这小孩儿的话引起了人们的好奇心，卫瓘问道："你也懂书法吗？"

"不敢说懂，只能说喜欢，略知一二而已。"

杜预说："那你给我们当场写几笔怎么样？"

"那就献丑了。"小孩儿说完，走到书案前提笔写了恭贺新喜几个草书大字，大家一看，果然不错，很有大家风范。

钟会问："你叫什么？"

"姓索名靖字幼安。"——这个小孩儿就是后来著名的章草大家索靖。

嵇康道："此子不可限量！"

不管魏晋在政治上多么混乱腐朽，但文化上的繁荣是空前绝后的，无论文臣武将都在文化艺术上有非常独到的眼光和建树。

大家站在《仓颉篇》前，议论纷纷，倒把一对新人冷落了。张华本打算也凑上前去听听卫瓘、钟会、荀勖、嵇康、阮籍、杜预、羊祜、夏侯玄等人对书法的见解，但却被一人拦住，张华见是司马昭之子司马炎，马司炎道："司马安世给新人贺喜。"

"同喜同喜！"张华道。

司马炎道："听说茂先棋力非凡，改日手谈几局，还望不吝赐教。"

"我知道您深得元伯先生教诲，棋艺精湛，有时间还得向您请教。"

"茂先太客气了。"司马炎道，"改日定以诚相邀。"

"一言为定！"张华道。

45

从此，张华与刘贞在自己的新家过起了日子。这个家庭除了张华夫妻俩，还有母亲和妹妹以及刘贞的贴身丫鬟小芸。

刘放虽然有两个儿子，但皆平庸，不成器。刘放作为宰辅之臣，对后代是寄予厚望的，但随着儿子们长大成人，眼见得他们没有光宗耀祖的可能，刘放只能把全部希望寄托于女婿张华身上。因而对张华谆谆教诲，认真栽培。刘中书虽然离开官场，但官场上许多人都受其恩惠，因而余威尚存。有岳父刘放和范阳卢氏的关照，有竹林七贤的敬重，张华这个寒门后生，渐渐被豪门世族接纳。

张华融入世族豪门最显著的标志是他成为了司马昭的长子司马炎的朋友，虽然二人只是棋友关系，但因为经常出入司马家，因而再也没人敢小觑了他。

高平陵之变后，司马懿为了巩固司马家族的政权，在极力拉拢、团结豪门世族，大力提携司马氏死党的同时，更是对自己的两个儿子司马师、司马昭委以重任，封司马师为长平乡侯，加卫将军；司马昭为安西将军、持节，屯兵关中，调度诸军。哥儿俩一内一外把持军务。司马炎虽年龄不大，亦被封为北平亭侯，官拜奉车都尉加给事中，这两官职虽是宫中闲官，但司马懿让长孙任此职，意在经常出入宫禁，窥探皇宫动静。

司马家族从仅次于曹氏皇族的第二大族，已跃升为第一大族。张华只因围棋而跟第一大家族扯上了紧密的关系。

世间有两类游戏，一类是主要靠运气取胜的，如麻将、扑克之类，一类则主要是靠智力和水平取胜的，如各种棋类。麻将、扑克因为有太多的偶然性，所以不管水平相差多么悬殊，都能够玩儿到一起；而棋类则不然，棋力一旦有一定差距，玩儿缺双方便都会觉得无趣。

司马炎与张华的棋力旗鼓相当，因而二人对弈都兴味盎然。一有空闲，司马炎便派人去请张华过府来。

司马师没有子嗣，司马昭次子司马攸过继给他。作为司马懿的长子，司马师和未成家的八弟司马彤、九弟司马伦、继子司马攸跟父母居住在大将军府。而司马昭、司马干、司马亮、司马伷、司马京、司马骏等则各单独立府。司马昭作为安西将军，只是偶尔回京，因而司马炎便是安西将军府的实际主人。

司马炎时常以下棋为乐，疏于职守，经常数月不进宫。这对于皇帝曹芳来说求之不得，但司马家族有些人却很看不过去。司马伦便暗中向父亲告状，说侄儿司马炎不务正业，耽于玩乐。

司马炎作为司马懿的长孙，最受司马懿的疼爱，也被寄予厚望。听了小儿子的汇报，决定亲自去察看。

第二天，司马懿突然来到安西将军府，仆人刚要去通报司马炎。司马懿说："不要去通报，安世现在在哪里？"

仆人说："在书房。"

"在书房干什么？"

"这……我不清楚。"仆人怯怯地说。

仆人的表情让司马懿有些惊讶，看来，这孙子真可能没干好事。于是他禀退仆人，悄悄来到司马炎的书房前，听到屋内传出"稀里哗啦"的声音，然后听司马炎道："茂先兄，承让了，再下一盘。"

只听那个被称为茂先兄的说道："今天就下到这里吧。你也该读书了。棋虽可提升人的聪明才智，但终究是小道。"

"茂先兄博学，那你说，何为大道？"

"儒道法，皆为人生之至理，治世之大道。"

"孔孟与老庄一个入世一个出世，本是相悖的，而法家与儒道水火不容，怎么都是至理大道呢？愿闻其详。"司马炎问。

"儒道法虽貌似相悖，实乃相通也。儒家约束人的言行，给所有人定下行为准则，世人只要都按照这套行为准则去做，世界便大治。但人不是喜欢被约束的，仍会有一些人不按规则行事，那怎么办？这就需要道与法来弥补儒家的不足。道家让人修心，清心寡欲，其实世间一切恶行无不是贪欲所致，一旦人能遵照道家所言去做，便能自己约束自己，无须儒家的教化，无欲这世间便无争，无争便能达到和谐。但真正能够自觉修心的只是少数道德崇高的人，世间还有一部分人，其道德水准低于普通大众，他们不仅不能修心，无欲，也不能接受儒家准则的约束，他们常常突破底线，损人利己，破坏秩序，造成社会混乱。怎么办？那只能用法，法就是用来强制某些人来遵守社会秩序的最后手段。所以，治理社会，以道为先，也就是让人自己管理自己，自己约束自己；然后是确立社会大众普遍应遵循的标准，那就是仁义礼信忠孝；最后才是以法强制人们必须遵守公序良俗。所以，治国，儒道法如凳之三足，缺一不能立，必须兼而用之。汉武以来，独尊儒术所以失败，是因为缺少了道法二足。"

司马炎听着，不住默默颔首。司马懿在窗外也听得入神，心想，这是哪个高人在教导自己的孙子。

这时又听司马炎问："近些年来，何晏、王弼、夏侯玄、嵇康、阮籍等名士不言儒道不言法，而是尚无，他们说世界的本源是无，你认为他们说得有道理吗？"

"这说起来就话长了，以后有时间咱慢慢分析，时间不早了，我要回家……"

"别回去了，我让人准备了酒菜，咱边饮边聊。"

"不行啊，老母病卧在床，我必须床头尽孝啊。"

司马懿咳嗽一声，然后推门进了书房。司马炎见爷爷突然闯进来，惊得说不出话来。司马懿望着司马炎和张华二人中间的棋盘和散乱的棋子，说："下吧，怎么不下了？"

司马炎赶紧跪在地上道："爷爷，孙儿不孝……"

"呵呵，"司马懿笑道，"快起来。你老叔说你不务正业，耽于逸乐，我还以为你干什么吃喝嫖赌的坏事呢，原来是在下棋呀。这位小伙子是谁呀？"

不待张华回答，司马炎答道："是我的朋友，姓张名华字茂先。"

"哦，是刘中书的姑爷？早有耳闻，早有耳闻。"

张华忙说道："给大将军大人请安。"

"茂先呢，刚才你关于儒道法的论述我在窗外都听到了，好，总结得非常好。你对儒道法的理解绝非一般腐儒所能参悟，怪不得阮籍称你'王佐之才'呢。有你这样的孩子做安世的朋友，老夫放心了。"

司马炎示意自己的书童收拾棋盘。司马懿拦住道："不急，不急。老夫正想看看你俩对弈呢。"

司马炎道："爷爷，孙儿以后不敢了。"

司马懿笑道："你理解错了，我确实想看看你俩下棋，我虽不懂棋艺，但并不反对下棋。当年孙伯符就精于棋道，所以谋略过人，而《孙策诏吕范弈棋局面》被称为'吴图二十四盘'之一。棋虽小道，但亦如兵书战策，谙熟之可以提高人的聪明才智。"

张华没想到，司马懿一个围棋外行，竟然连《孙策诏吕范弈棋局面》和"吴图二十四盘"都知道。于是说："大将军英明，所言极是。从一个人的棋风可以窥透一个人。安世兄棋风稳健，攻守兼备，尤其善于取势，以华观之，其智慧聪敏雄才大略不在大将军之下呀。"

司马懿听人夸自己的长孙，比夸自己还高兴，大悦，道："哈哈……再有你张茂先指点，未来超越老夫也未可知呀。"

张华道："大将军，我听说东吴韦曜最近写了一篇《博弈论》，引起朝野风波。您对这件事怎么看？"

张华所说的《博弈论》风波是这样的：

自孙策以来，东吴下棋之风日盛，尤其是东方敬吾（河疯子）将围棋的新理念带到江南后，东吴朝野风靡围棋。太子孙和的侍从蔡颖，爱好围棋，在他的官署中任职的很多人都跟他学棋，有的甚至达到了废寝忘食的程度，妨碍了工作，影响了身体。为此引起了太子孙和的担扰。孙和认为下棋只能妨碍事务浪费时光，损耗精神，毫无用处。为此他让八位侍臣，各自写一篇论文来批评下棋的行为，以矫正弈风。中庶子（太子的侍从官）韦曜，写了《博弈论》一文，最为孙和所赏识。孙和常常出示给宾客们观看，以此来规劝蔡颖等人的行为。《博弈论》中写道："如今世上之人大多不努力研习经典技艺，喜好下棋，抛弃事业，废寝忘食，夜以继日，通宵达旦。当他们面临棋局交争，胜负未决时，就聚精会神，专心一意，弄得精疲力竭，人事荒废而不整治，宾客到来而不接待，虽有太牢（牛羊猪）之类的美味佳肴，《韶》《夏》（古代乐舞）之类的美妙音乐，也无暇去品评欣赏了。至于有人用金钱来赌输赢，更改下棋的目的，变易行事的原则，就会使廉耻的思想松弛，忿戾的神色发作，然而他们的志向不会超出一枰之上，他们的追求不会超过方格之间，战胜了对手没有得到封爵的奖赏，夺取了地盘没有兼并土地的实惠。这种技艺不属于经典六艺，这种才能不能用于治理国家；立身处世者不能借用下棋的技巧。向它寻求战术阵法，则不是孙武、吴起的理论；从它考究道义学问，又不是孔子门派的思想；以巧变欺诈为手段，则不是忠信的事情；以打劫杀掠为名分，又不是仁者的意愿；而且白白消磨了时光，荒废了事业，终究没有什么好处。假如世人转移下棋的精力而用在诗书上，就会有颜回、闵损的志向；用在智谋上，就会有张良、陈平的思虑；用在生财上，就会有猗顿的财富。如果这样，那么功名就会建立而卑贱就会远离了。"

司马懿说："孙和作为太子本应有更重要的事情可做，但他不懂棋艺，不明棋理，只看到围棋不好的一面，而完全不知道它有益的一面，这样的人一旦做了东吴的国君，国家安有不亡之理。我正盼着他能尽快登基呢，那样我再平吴就不费吹灰之力了。但可惜，他最近被废了。"

张华听了司马懿的话对这位戎马一生的老人更加敬佩。心想，怪不得他能够立于不败之地，这有赖于他的学识渊博，思想开放，站位高远，胸襟宽广。张华道："围棋是智慧的游戏，而一国之储君竟然对这样有利用提高全民智力水平的游戏大加抑制，莫非要让吴国百姓都变成愚民吗？孙和若有半点儿大将军的智慧，也不会做这种事呀，多亏孙和被废了，否则东吴必亡于这样的庸君之手。"

司马懿说："茂先所言极是。不过茂先呢，你说家有卧床老母，那老夫就不留你了，孝乃人之本。有时间让安世陪你到老夫府上，老夫与你攀谈攀谈。现如今不乏风流才子，但皆思想偏狭，桀骜不驯，狂狷不羁，恃才傲物，以为天下莫己若者，此辈之谓也。茂先王佐之才，切望勿肖此辈之行。"

张华清楚，司马懿所说的这些风流才子，指的便是何晏、王弼、夏侯玄、嵇康、阮籍等人。

张华于是辞别司马懿、司马炎爷孙俩回家。

司马懿确实很欣赏张华的才干，也准备好好考察考察这个青年，以便将来委以重用。但不久，年逾古稀的司马仲达，一命归天。（《晋书·宣帝纪》：嘉平三年秋八月戊寅，崩于京师，时年七十三岁）

在司马懿临死前，这个一生屡出奇谋，智比诸葛的英雄再次表现了其谋略家的智慧，提携长子司马师为抚军大将军。大将军便是三军总司令。司马懿死后，司马师立即以大将军的身份辅政。

司马懿虽然死前没能再与张华"攀谈攀谈"，但他对次子司马昭说："司马氏的希望在炎儿身上。有人说炎儿'雄才大略'，这种说法与我所见略同。炎儿喜好和张华下棋，如若不是过于痴迷，不耽误正事，你不要管他。我观那个张华德才兼备，炎儿有这样的人相伴，你应该放心。"

<h1 style="text-align:center">46</h1>

刚刚做了刘中书的乘龙快婿，又得到大将军司马懿的赞赏，还与司马炎成了莫逆之交，张华的前途似乎一片光明。这使经历了生死之恋的张华，渐渐从失去王婧的阴影中走出来。但没过多久，他便陷入另一种痛苦之中。

给他带来痛苦的是妻子刘贞，或许可以说是他们互相给对方带来了痛苦。

刘贞本来从一开始就对张华心存排斥。第一次所以二人假订婚，很大原因是刘贞态度坚决，决不同意嫁入寒门。所以如此，是因为她曾经亲眼看到过张华落魄的样子。当年张华在安阳河畔，身穿光板皮袄，手持羊鞭，一身虱子，满身泥土。她刘贞，一个名门闺秀，一个侯府小姐岂能嫁给一个放羊娃？门第观念极强的魏晋时代，世族嫁寒门那是极其丢脸的事，虽然后来张华成为京中才子，但刘贞心里仍难过这个坎儿。

但她拗不过父亲，而且两年多的等待已使她步入大龄之列，她已没有挑选的余地。只能接受嫁入寒门的事实。

刘贞嫁到张家本是带着极大优越感的。优越感是婚姻的大敌，任何婚姻，一旦一方心里上有了优越感，都会使婚姻限入困境。然而更悲催的是，张华是带着很大的屈辱接受这个婚姻的，因而他对刘贞的优越感根本不领情。再有就是，他刚刚经历了刻骨铭心的爱情，爱在他的心里已消耗殆尽，爱情的青藤已经蔫萎，如果悉心滋养或许还有重新发芽开花的可能。但让一个优越感极强的世族小姐去滋养一个寒门小子的心灵，刘贞不仅没这种耐心，更无这种理智。

一开始，张华对爱情和婚姻的淡然倒没令刘贞感觉不适，因为她本身就缺少这方面的热情。倒是病卧在床的婆婆和一个伶牙俐齿的小姑子，让她殊难忍受。

按照规矩，婆婆有病，儿媳必须在床前尽孝，那是义不容辞的。无论寒门与豪门，这个规矩是相同的，但刘贞是大家闺秀，从小需要别人照顾，如今让她照顾别人，斟茶喂药，晚上问安早起端尿盆，她哪里受得了。好在小芸随她嫁过来，有些侍候婆婆的活儿她可以支使小芸去干。

贴身侍女本来是侍候小姐的，如今小芸在侍候小姐之外还要侍候一位老人，未免令小芸感到不快。刘贞为了安抚小芸，也为了自己少干些侍候人的活儿，只得给小芸长了一倍的工钱。

小芸虽然不再为替小姐侍候婆婆而抱屈。但小姑子张菁对嫂子整天端着小姐的架子越来越看不惯。

小芸早晨起来为张华母亲倒尿盆，跟母亲住一屋的张菁坐起来，大声说道："小芸，你放着吧。这活儿不是你干的。"

"我不干谁干？"

"谁该干谁清楚。"张菁大声说道，"没人干我干，你放着吧。"

刘贞知道小姑子是在说自己。张华也知道妹妹对嫂子不满了。于是赶紧催促道："还不赶紧过去。"

刘贞无奈，只得走进婆婆屋里，去倒尿盆。

昨夜一夜小雪，地面已经白了。刘贞毕竟没干过这种活儿，她端着尿盆刚出门，脚底下一滑，"咕咚，咔嚓，哗……"的一声，刘贞重重地栽倒在地，不仅摔了尿盆，而且将半盆尿全部洒在自己的身上。

刘贞"哇"的一声哭了。张华赶紧出门将刘贞扶进屋，脱掉衣服帮她洗去身上的脏水。

由于天冷，经这么一折腾，刘贞连着打了几个喷嚏，推说有病，回娘家休养去了。

刘贞回到娘家，哭着跟母亲大诉委屈："都怪我爹，让我嫁这么个穷主儿。把我当丫头使唤。"

母亲很心疼女儿，听了倒尿盆的经历，心中愤愤不平，说："一个尿盆，谁倒不行。小芸倒尿盆，那就是代替我闺女，不然我们刘家给小芸加得着工钱吗？"

"越穷主儿越瞎讲究，呜，我倒了哪辈子霉呀……"

"闺女，你不是病了吗？借这个理由就在娘家住了，张华不接你不回去，他来接你我得跟他好好说道说道，尤其那个小姑子再掺和可不行。我闺女受婆婆的气也就罢了，还得受小姑子的气。"

"我不光受婆婆和小姑子的气，这个张茂先也是个不冷不热的主儿。在他们家我憋闷死了。"

"那就在娘家多住些日子。"

刘贞在娘家一猛子扎下去，多日不回。张华娘坐不住了，说："小华，你去看看她嫂子怎么样了？不能总在娘家住着呀，要是病好了就把她接回来，小夫妻哪能长久分居呀。"

张菁说："这哪是娶个媳妇，这是娶个奶奶回来。"

母亲说："小菁，以后你少说话。人家毕竟是大家主儿出身，不能像一般的媳妇儿那样使唤。"

"那我们一家都得供着她呀？"

"你一个姑奶奶就别跟着掺和了，越掺和越乱。"母亲说，"小华，有合适的给你妹妹赶紧找个婆家吧。日子长了，姑嫂失和让你也为难。"

张华听从母亲劝告，去刘府接妻子刘贞。

张华到了刘府，先去见老丈人刘放。刘放对张华这个女婿十分中意，张华虽然与妻子不甚和睦，但却对老岳父十分敬爱。因此，翁婿二人关系十分融洽。

刘放见张华到来，十分高兴，将张华引入书房，相谈甚欢。

刘放是个大藏书家。因为多年身居高位，搜罗了许多古籍善本。刘家虽然不像王府那样有专门的精艺堂藏书楼，但建有五间专门用来藏书读书的书房。张华也是个爱书如命的人，因而每到岳父家都会借几本好书带走。看完后，还要跟老丈人谈谈感受。张华的博学和深刻令刘放越来越喜欢，自己的两个儿子跟这个女婿相比，简直天壤之别。

刘放说："茂先呀，我想过了。待我百年之后，家里财产什么都不给你和贞儿，只把这几屋子的书留给你。"

"不，岳父大人不可，这是刘家的宝贝，有两位大舅哥在，我岂能……"

"你听我说，"刘放说，"正儿和宏儿（刘正、刘宏）都不是研究学问的料，对读书毫无兴趣，他俩从来不进这书房一步。这些书对他们来说不是财富，而是累赘，我百年后这些宝贝若落在他们手里，都得糟蹋了。再说我给他们积蓄的财富足够他们用的了，所以，将来你必须接收这些书籍。"

"我可以代为保管，一旦刘氏后代有喜读书之人，我原物奉还。"

"不，你再推辞就见外了，你是我的女婿，跟儿子也差不多，我把它留给你，也就是留给女儿了。"

张华见刘放这样说，也没有了拒绝的理由。

刘放与张华聊了一个下午，直到天色将晚，刘放让厨房准备酒菜，要招待女婿，这时张华才想起今天来老丈人家的目的，于是说："岳父大人，今天小婿就不在此用餐了。我得接刘贞回去，天黑了路不好走……"

"哦，原来你是接贞儿的。她回来十几天了，也该回去了，小夫妻哪能长久分离呀。"刘放说着吩咐仆人道，"去把小姐叫来，茂先来接她，赶紧跟茂先回去。"

原来，刘贞并没有把这次回娘家的原因告诉老爹。因而刘放一直不知道女儿是赌气回来的。

时间不长，刘贞便来见父亲，但随刘贞一起来的还有母亲。

张华见了刘贞说道："身体好点儿了吧？若是没事了，跟我回去吧。"

这时，刘贞母亲说话了："我说茂先呀，贞儿跟你回去我不反对，但我得提个条件。"

"岳母大人融。"

"回去后可不能让你妹妹欺负我闺女。我闺女从小娇生惯养，衣来伸手，饭来张口，能守在婆婆身边就不错了，要是再让她端屎端尿，我就不干了。再说，我们给小芸增加工钱，就是让她代主子干事的。"

"好的，我这个妹妹从小嘴上不让人，我母亲也说她了。不过作为嫂子呢，以后也担待点儿，我小妹已经十六了，还能在家待几年呢？"

刘贞说："她要是待上三年五年不出嫁，我还不让她欺负死。"

"看你说的，哪有那么严重？"

"还不严重？"岳母说，"连我闺女的腿都磕青了，弄了一身的尿，还伤了风。"

刘放问："怎么了？我听着好像有什么事？小贞，你这回回来是因为在婆家闹不痛快了？"

"岳父大人，您甭生气。是这么回事……"张华把事情原委讲明。刘放说："嫂子就得让着小姑子。事事给小姑子做榜样。侍候婆婆是媳妇分内的事。倒尿盆怎么了？儿媳妇就应该干这个。咱们家你俩嫂子谁不给我们倒尿盆？"

刘贞母亲道："我们姑娘可是大家小姐。"

"在家是小姐，出了门子就是人家媳妇，这点儿规矩都不懂？"刘放冲老婆喊道。

"我每月多给小芸三两银子，让小芸替贞儿干些侍候婆婆的活儿。活儿有人干了就行，干吗非要让我们闺女亲自干？"

"你糊涂。"刘放说，"我们家有十几位丫鬟老妈子，你怎么不让丫鬟倒尿盆？侍候老人不是钱的事。那是在尽孝心。尽孝不是空话，活儿都让别人干了，你还尽什么孝？"

刘贞指着张华说："爹，我知道您喜欢他，处处替他家说话。"

"胡说，我说的是理。"刘放道，"天快黑了，赶紧跟茂先回去吧。咱刘家可是忠孝礼仪之家，下次要是再跟婆婆小姑子闹意见，你别回娘家，我跟你丢不起这个人。"

刘贞和母亲被父亲责备一顿，只得跟丈夫回家。家里有这样严厉的父亲，刘贞无法得到娘家的祖护，因而侍候起婆婆来，只得越来越尽心尽力。张华对妻子也越来越满意，因此夫妻感情也渐渐升温。不久，刘贞怀孕有喜，这更增加了家庭的温馨气氛。

如果夫妻二人这样生活下去。张华心头那爱情的阴影迟早会消褪，从而使夫妻和睦，家庭和谐。

但几个月后，刘放突然去世，很快令张华渐入正轨的家庭生活重新陷入危机之中。（《三国志·刘放传》：嘉平二年（250），放薨，谥曰敬侯）

刘放患的是中风。从患病到去世只有五六天的时间。这五六天中，张华每天都守在病床前，因为刘放一旦清醒过来，必要见张华。

在刘放弥留之际，刘放掏出早已写好的遗书，告诉儿子刘正和刘宏，说自己决定把刘家的藏书留给女儿和女婿。刘正、刘宏说，一切按父亲的意见办。然后刘放又将张华和刘贞叫到面前，拉着张华的手说："茂先，你是个德才兼备的好孩子，我把贞儿交给你，放心。贞儿从小娇生惯养，不大匮事，你和亲家母多担待。"

"嗯，岳父大人，您放心吧。"

"答应我，照顾她一辈子。"

"嗯，我答应您。"张华流泪道。

刘放交代完后事，撒手人寰。

刘放的去世让张华十分痛心。他感觉失去的不仅是岳父，更是一位知心朋友。为此，他为岳父大人亲笔写下一篇诔文：

魏刘骠骑诔

昔在殷周，唯伊唯吕，穆穆公侯，绍兹勋绪，如何上天，歼我鼎辅，金刚玉润，水洁冰清，郁郁文彩，焕若朝荣，功遂身退，致仕悬舆，志邈留侯，心迈二疏。风凛凛以翼衡，云霏霏以承盖，旗联翩以飘摇，旌缤纷以奄薄。

张华将刘放比作伊尹、姜尚。

47

父亲去世，刘贞又有孕在身。刘贞便留在娘家陪伴母亲。

刘贞母亲对女儿嫁入寒门一直耿耿于怀，只因刘放在时，不敢违拗，如今刘放驾鹤西去，便可大放厥词。对女儿说道："本来我闺女是个娘娘命，可都让你爹把事给搅乱了。当年你孙叔叔好心好意牵线搭桥要把你送进宫，可你爹不仅不领情，还说你孙叔叔暗中害他。说什么世事昏乱，朝廷明争暗斗，嫁入宫中危险重重。一旦天下有变，皇上可能自身难保。如今虽然天下变了，司马氏掌权了，但皇上还是皇上，娘娘还是娘娘，有什么危险呢？"

刘贞本来对这门婚事也一直不满，后来只是因为畏惧父亲才尽力做个好儿媳。听母亲唠唠叨叨，也勾起她心中的不满，说："是啊，即使做不了娘娘，也不至于嫁这么个穷主儿吧。嫁入寒门也倒罢了，没想到还得受婆婆小姑子的气，越想越窝囊，唉，我这一辈子算白来了。"

母亲道："别惯他们那么多毛病。以后你得拿起点儿小姐的架子来。他张家有什么脸摆婆婆的谱儿，连房子都是我刘家的。你那个小姑子更不知好歹，难道不知道自己住着谁家的房？"

有了母亲在背后拱火做后盾，刘贞回到婆家后言行大变。

张华见妻子因父亲去世形容黯淡，精神萎靡，于是说："别太伤心了，得注意保胎，肚子里的孩子要紧。"

"呜呜，父亲从小就是我的靠山，从小疼我爱我的父亲走了，以后我怎么办呀，呜呜……"

张华说："我既然在你父亲临终前答应老人家要照顾你一辈子，君子一言驷马难追，我绝对对你负责到底，只要你遵妇德守妇道……"

"我怎么不遵妇德守妇道了？"

"我没说你不遵妇德守妇道，是说以后只要安心做个好媳妇好妻子，你什么都不用愁，我就是你的靠山。你父亲能让你做大家小姐，我可以让你做诰命夫人……"

"哼，诰命夫人算什么，你知道，我本来是能够做娘娘的，只因我爹胆小怕事才耽误了。"

张华听此，非常惊讶。这让他回想起了假订婚给他带来的屈辱，但他不愿提起那段伤心事。于是说："好在是你爹耽误的，不是我给你耽误的。"说完走出卧室，读书去了。

此后，刘贞对婆婆和小姑子的态度一天不如一天。张菁本想找机会跟嫂子干一仗，但母亲说："你嫂子刚死了父亲，又怀有身孕，肯定痛苦、烦躁，你可不许惹她，要是气坏了身子你的罪就大了。"

哥哥也对妹妹说："小菁，你嫂子有孕在身，有什么不对的地方你多担待。"张菁虽然嘴茬子厉害，还是深明大义，不仅不再跟嫂子较真儿，而且让小芸专心侍候嫂子，她包揽下全部家务。

半年后，刘贞顺利生下一子，取名张祎。

张祎满月后，刘贞身体也已恢复。

张华对妻子说："你父亲去世已近一年，悲伤应该过去了，孩子也生下来了。

以后不要要性儿了，要注意言行举止……"

"我怎么了？以前我要什么性儿了？我怎么注意举止？"刘贞一连声地反问道。

"这半年多来，一切家务，包括照顾母亲都是小菁一个人包了，你看把她都累成什么样了？"

"她照顾她妈有什么不应该的？还要我执这个情呀。"

"没说不应该，但她把许多你应该做的都替你做了？"

"替我做什么了？我还不知道替谁做呢。"

"你怎么变得这么不讲道理？"

"谁不讲道理了？她一个大姑娘，干点儿活儿怎么了？难道就白吃白住……"

"真是越说越不像话了。她就是什么都不干，咱做哥哥嫂子的也应该养着。"

"哟，连我这大家小姐都不能白吃饭不干活，她一个寒门女子，倒比金枝玉叶还娇贵……"

"你……"张华说，"我提醒你，可不要辱没了你刘家的门风。"

刘贞对丈夫的提醒不以为意，仍然故我，家务事全都推给张菁。

暮春时节，家里所有的过冬衣物、被褥都要拆洗，张菁一个人又是拆，又是洗，又是浆，还要在捶布石上捶，然后再将棉衣棉被做好，忙得不可开交。张华对刘贞说："你帮助小菁晾晾衣服。"

刘贞说："你没看我在给孩子喂奶呀？这事你们干得了吗？"

刘贞一句话把张华噎了回去。

小芸赶紧过来帮忙。

张菁说："生个孩子就功比天高了。"

刘贞在屋内说："生孩子就是有功啊，女人该生孩子就得生孩子，谁也别眼馋，眼馋自己生去。"

张菁知道，嫂子的话明显是在说自己该找主儿不找主儿，该出嫁不出嫁，嫌弃她了。于是没好气儿地说："这是我的家，我一辈子不出门子了，谁看着不顺眼都活该。"

母亲听姑嫂俩吵起来，也隔窗说道："小菁，你不会少说两句。咳，咳……你可别气我，再让我生气，赶紧找个主儿把你嫁了。"

"妈，我且不嫁呢，且在咱家待着呢。我还没学会怎么给人家做媳妇。我得跟嫂子学学做媳妇的样子，不然让人家休回来丢的可是娘家的脸。我们虽不是大家主儿，但也得顾脸面呢。"

"小菁，咳，咳，咳，你快给我闭嘴。"母亲喊道。

刘贞道："别张口闭口咱家咱家的，这房子可是刘家的。"

刘贞这句话可让张菁受不了了。她将洗衣盆"哐"的一声掀翻在地。大哭起来："你这泼妇，终于说出了心里话。怪不得不拿我们放在眼里，原来你早就是这么想的。是，这房子是你刘家的，我不沾你刘家不就行了吗？我走，我走。"

张菁说着，哭着跑出门去。张华好说歹说才将她拉回来。

这边安慰好妹妹。张华来到刘贞身旁，打了刘贞一记耳光，道："你要是觉得嫁给我委屈，现在咱就离婚。这房子是你家的，不错，但当初是你爹许给我的。你去问问卢子若卢大人，若不是你爹托卢大人做媒，我根本就没想娶你。你不要认为一个世族小姐嫁入寒门就委屈了你。没有你，我张华也能娶到更好的女人。"

张华这一耳光让刘贞无法忍受，因为自她记事以来，就不曾被人动过一个手指头。她大哭着，跳下床，独自跑回了娘家。

张华母亲急得从床上坐起来，对张华道："还不赶紧去追，她若有个三长两短，咱可吃罪不起呀。"

张华道："这日子我过够了，她爱怎么地怎么地吧。"

母亲见儿子不听，赶紧喊小芸："小芸呢，看在我老婆子的面上，赶紧去追你家小姐，把她劝回来。"

小芸说道："哎，我这就去。"于是跑出家门去追刘贞。刘贞并没有轻生的念头，只是想回家向母亲一诉苦衷。

刘贞走了，婴儿啼哭不止，张菁只得将侄儿抱起，悠着晃着才不哭了。

张华母亲说："我跟你们俩生不了这气，再这样下去我回老家了。"

"回老家？您这么病病歪歪的和小菁两人怎么过？"张华说，"我就是把她休了也不能让你们俩回老家。"

"休妻？"母亲说，"说得轻巧，孩子怎么办？这么好的大胖小子咱不要了？咱要，没人喂奶怎么养活？再说，休妻是一件丢人的事，也是缺德的事，咱可不能干。"

"那您说怎么办？"张华问。

母亲说："我觉着呀，刘贞就是嫌你妹妹。我是她婆婆，说到天边她也有赡养义务，她嫌也白嫌，嫌也不敢说出口去……"

张菁说："我在这儿累死累活倒碍她眼了？"

"自古姑嫂难相处。"母亲说，"你替她干多少活儿她都不会领情，所以呀，小华，你赶紧给你妹妹找个婆家，小菁出了门子，就好说了。"

"为了满足媳妇去给妹妹找婆家，这事我干不出来。"

"妈，哥，你俩都别为难了。我自个儿回老家，投姐姐去，在农村找个主儿算了。京城不是咱农村人待的地方，我在城里也待够了。嫂子既然说出那样的话，我再在这里待下去也没意思。"

"这样也好。"母亲说，"小华，你去打听打听，朝廷里有没有顺路去幽州的车马，要是有，将小菁捎到徐水去。不托付个可靠的人儿，她一个大姑娘家我可不放心。"

张华对母亲的这个建议也未置可否。

母亲说："估计你媳妇回娘家了。你去把她接回来，告诉她，小菁决定回老家了。"

"我还接她？他刘家要是懂事就把她送回来，要是不懂人事就抻着。"

"你抻得过她吗？"母亲说，"大人能抻着，孩子能吗？孩子要吃奶。为了孩子，为了这个家你就低低头，跟媳妇低头不丢人。"

"跟她软一次，她会变本加厉，越来越不像话。"张华道。

张华本不想去接刘贞，但到了夜里，孩子哭得上气不接下气。他只好求邻居一位哺乳期的大嫂来给婴儿喂奶。这位大嫂说："张先生，您来求我，咱街坊邻居住着，我看这孩子可怜不能不答应您。可就这一次，明天你必须把孩子他妈接回来，否则就是您不懂事了。明天您若再不去接孩子他妈，可别说我驳您面子。"

孩子的哭闹让一家人不安，生怕孩子哭坏了。第二天，张华只得去刘府接妻子刘贞。

老岳母对张华好一顿数落，说："你到底是要妹妹还是要媳妇？不是我们嫌弃你妹妹，她要是小孩子倒也罢了，老大不小的，该找主儿不找主儿，在家还没事找事。我们闺女受婆婆的气行，受丈夫的气也行，可受不着小姑子的气。我闺女虽然说的话狠了点儿，但那也是事实。我刘家的房子是你们夫妻俩的。婆婆也应该住，但小姑子有什么理由长期住在嫂子娘家的房子里？我说这话在不在理，你到大街上跟人说说去，是不是我们不讲理。"

张华也不辩解，只是对岳母和妻子说："我妹妹的事以后你们不用担心，她马上要回老家了。"

"没有小姑子掺和家里的事儿就少多了。"岳母说，"既是这样，贞儿，看在孩子分上，你就跟茂先回去吧。"

刘贞迫使张华向她低了头，自以为得计，但这让她得了面子，失了里子。张华不得已将小妹妹送大妹妹家，再次让他感觉到作为一个男人的失败。这让他刚刚在婚姻家庭上感受到的一点温暖再次丧失，心里对妻子的那点爱意也随之消逝了。

更让张华难以忍受的是，妹妹张菁来到姐姐家不久，便好歹找了个主儿嫁了，妹妹婚后不久，丈夫竟然因为肺炎去世。这更令张华的心里不免有一种负罪之感。虽然妹夫的去世纯属偶然事件，但张华却无法不把妹妹的不幸与妻子的所作所为相联系，因而对妻子更加冷淡。

48

第二年，刘贞又生一子，取名张韪。

张华、刘贞虽然已没有了情爱，但两个儿子的出世，却使他俩的关系无法分离。于是一种完全没有爱，只有义务与责任的婚姻就这样维持下去。

不久后，张华母亲因久病不治，去世。按例，张华须去职在家丁忧三年（二十七个月——每九个月算一年）。

丁忧期间，张华利用这难得的时间，一头扎进自己的书房，没日没夜地读起书来——刘放去世后，按照遗嘱，女儿和女婿继承了他的全部藏书，张华的两位大舅哥对此毫无异议，而且为了尽快腾出书房所占用的五间房子，大舅哥一直催他将书拉走。张华于是租了自家旁边的一个小院子，专门用来存放这些书籍。

由于张华读书常常废寝忘食。刘贞见丈夫如此用功上进，心里很高兴。一天，又过了午饭时间，张华依然在读书，刘贞便将热饭亲自送到书房。

张华也有些感激，说："多谢夫人。"

刘贞坐在张华身旁，说："老夫老妻还说什么谢。"

张华问："你们吃了吗？"

刘贞说："还没有，我怕饭凉了，趁热赶紧给你送来了。"

张华更加激动，舀了一匙鸡汤，尝了尝，道："真香。"

刘贞说："我亲自下厨做的。"

张华又舀了一匙，放到妻子嘴边说："你也尝尝。"

刘贞抿了一口说："趁热喝吧。"

于是张华狼吞虎咽地吃起来。刘贞看着张华，满脸含笑地说："茂先，人都说你博学多才，凭你的才华和勤奋很快会升迁。小菁走了，母亲也不在了，以后没人影响我们了，咱好好过日子吧。"

张华听后，满脸惊诧，继而转惊为怒。"噗"地将一口鸡汤喷在刘贞的脸上，说："原来，原来，你是因为嫌弃我妹妹和母亲，一直故意不跟我好好过日子呀。好，如今我妹妹成了寡妇，我母亲死了你称心如意了，才有心跟我过日子。我母亲的死就让你这么高兴吗？"

刘贞没想到自己的一句话惹得张华大怒，她抹抹脸上的鸡汤，哭着跑回了娘家。

刘贞的母亲听女儿诉说原委后，埋怨道："这次可不怪他发火，有你这么说话的吗？你这是在咒婆婆死呀，心里这么想的也不能嘴上说出来呀。搁谁谁能不恼？你赶紧回去吧，茂先若找上门来，质问我我怎么说。"

刘贞虽然心里委屈，但确实是自己说话太随意，太直白才惹出祸来，只能怪自己，如果在娘家赖着不走，一旦事情闹大，自己恐受众人指责。于是她主动回去向丈夫承认自己的错误。

张华见妻子认错也不再追究，但刘贞再也不给张华送饭，有时张华过了饭点儿，会让小芸去送饭。

而张华呢，通过这件事也彻底看透了刘贞——她是从心底里厌恶寒门出身的人啊。

日子重新不冷不热地过下去。张华一心用在学问上，也没感觉多么不幸和悲廖。

49

就在张华丁忧的最后一个月，魏国又发生了一件震惊朝野的大事。太常寺卿夏侯玄、中书令李丰等，密谋推翻司马师，事败被杀。

这夏侯玄乃魏征南大将军夏侯尚之子，母亲曹氏乃皇室宗亲德阳乡主，辅政大将军司马师是他的亲姐夫。

夏侯玄是中国历史上著名的奇才。年少时便已知名。二十岁便官至散骑常侍，有一次去参加皇帝曹叡的宴请，皇上让他跟皇后的弟弟毛曾并列而坐，夏侯玄觉得毛曾根本没有资格与他平起平坐，因而表情非常难看。曹叡对他的表现非常不满，因而贬他为羽林监。（《三国志·夏侯玄传》载：玄字太初，少知名，弱冠为散骑黄门侍郎。尝进见，与皇后弟毛曾并坐，玄耻之，不悦形之于色。明帝恨之，左迁为羽林监）由此可见夏侯玄是个多么卓尔不群之人。

《世说新语》载：夏侯太初尝倚柱作书，时大雨，霹雳破所倚柱，衣服焦然，神色无变，书亦如故。

夏侯玄与曹爽是表兄弟，曹爽任大将军时，夏侯玄才得以受到重用，官至征西将军。

由于司马懿十分欣赏夏侯玄的才能。高平陵之变后，司马懿并没有把他作为曹爽和何晏的死党予以惩处，只是削夺了他在军中的权力，把他降为太常寺卿。

司马懿死后，以中书令李丰为首的一些大臣对司马师很不服气，于是打算通过政变将司马师赶下台，让夏侯玄辅政。于是，李丰联络皇后的父亲、光禄大夫张缉，黄门监苏砾等人，准备于嘉平六年（254）二月，趁群臣朝拜之机，诛杀司马师。因谋事不密，反被司马师一网打尽。李丰、夏侯玄、张缉、乐敦、刘贤等一干大臣被夷三族。

夏侯玄虽是张华的顶头上司，但张华与他并无多少交往，但夏侯太初的大名他还是早就知道的，本想结束丁忧后，好好向这位大名士请教请教，没想到还没跟自己的上司搭上话儿，夏侯太初竟然死期已至。

关于夏侯玄的故事，最令张华震惊的就是他倚柱写书，惊雷击柱，他的衣服被烧焦，而他神色不变，作书如故这件事。张华不相信人真能做到"泰山崩于前而色不变"。带着对这位传说中的大名士的好奇与敬仰，张华决定到刑场亲自目送这位上峰。

夏侯玄站在囚车里，他的无数崇拜者跟随在囚车后痛哭流涕，唯有夏侯玄形色从容，表情淡定。

行刑前，监斩官钟毓问他还有什么话要说。夏侯玄道："请给我端一盆清水来，拿一条白毛巾来。"

古时处斩死刑犯，犯人提出的要求一般会得到满足。于是钟毓命人端来一盆清水，拿来一条崭新的白毛巾。

夏侯玄将白毛巾在清水中蘸了蘸水，解开囚衣的领口，仔细擦洗自己的脖子。观众被他的从容镇定惊住了。许多夏侯玄的粉丝拼命向监斩官求情，要监斩官刀下留人。夏侯玄对大家说道："世界本无，我从无中来，复归于无，无中生有非喜，有归于无非悲。何必悲伤？士死则死矣，死也要死得干净。"说完，将毛巾扔在水盆里，泰然引颈受戮。

许多人原以为这些名士谈玄崇无，不过是故弄玄虚，哗众取宠，以显名士风流罢了。直到这临死一刻，百姓才知道什么才是真名士，什么才叫真贵族。

张华也被夏侯太初视死如归的恢宏气度震惊了。

至此，正始三大名士何晏、王弼、夏侯玄皆已殒命，而且何晏和夏侯玄分别死于司马懿、司马师父子之手。

夏侯玄、李丰等人的被杀，彻底剪除了皇帝的羽翼，令曹芳更加惶恐不安。嘉平六年（254）九月，曹芳召司马昭和他手下的伐蜀大军班师回京。他想趁司马昭进宫接受召见的机会，夺取司马昭手下军队的指挥权，并以征西大军攻击大将军司马师所统领的禁军。但曹芳哪是司马师和司马昭哥儿俩的对手，他的计谋败露，司马师再次发动政变，并废掉魏帝曹芳，改立高贵乡公曹髦为帝。

50

自高平陵之变以来，司马氏接连诛杀反对派人士，令举国震恐。

前将军兼广陵（即扬州）刺使文钦本与曹爽关系颇为密切。曹爽被诛后，为了自保，他屡次巴结大将军司马师，都遭到司马师的拒绝。夏侯玄、李丰死后，文钦更加惶惶不可终日。

而此时，夏侯玄、李丰的好友毌丘俭为征东将军，都督淮南诸军事，与文钦为地方官，一为军事长官，二人过从甚密。夏侯玄、李丰的遭诛也不免令毌丘俭心有余悸。

文钦宴请毌丘俭。文钦本来没什么酒量，却一杯接一杯地喝，直到大醉。毌丘俭问："文刺史，你已经过量了，不要再喝了。"

"喝，喝死算了，酒醉而死，强过被砍头而死。"

毌丘俭问："仲若（文钦字仲若）何出此言呀？"

"曹大将军在位之时，与我相交甚密。曹大将军及同党被诛，我却成漏网之鱼。心想，司马子元或许可以放我一条生路，但我屡次示好，皆被他拒绝。官场就是这样，一旦上错了船，即使改换门庭也不会得到信任，所以，跟人就要跟到底。我若手中有兵，早就跟司马师决一死战了。岂能容司马氏如此横行无忌……"

"仲若，你喝多了，不要说了，你这些话传出去可危险呢。"

"呵呵，我危险？我看你毌丘将军比我危险千倍。朝野谁不知你和夏侯太初、李丰是挚友，如今二人被诛，司马师能信任你吗？自高平陵之变，司马氏虽不信任我，但我手无兵权，尚且能苟活性命到今天，而你就不一样，你是能征惯战的将军，雄踞一方。他们能放心你吗？一旦朝廷安定，众臣归附，司马师腾出手来，第一个要收拾的就是你。轻则递职逮问，若再抓住什么把柄，诛身灭族也未可知啊。"

文钦的话点到了毌丘俭的痛处。虽然毌丘俭自认为除了与夏侯玄和李丰私交甚好外，他们之间并没有合谋过对司马氏不利之事。但即使没有什么把柄，仅凭自己与夏侯玄和李丰的关系，就可能遭到司马氏的打击，虽然不致杀头灭族，但即使罢官削职，他也无法接受。自己南征北战，战功赫赫，满朝武将，鲜有能匹，即使司马师与司马昭兄弟，若论战功，也完全无法与他毌丘俭相提并论。本来，曹爽、司马懿之后，最有资格升任大将军统领三军的不是别人，而是他毌丘俭，司马师寸功未立，竟然借老爹之力升为大将军——对了，这些话他对几个人说过，谁知道会不会传到司马师的耳朵里，如果被他知道这就是罪，就是把柄——我毌丘俭出生入死，北战乌丸，东征高句丽，大破东吴诸葛恪，到头来却要想法保全性命，天理何在？

酒精的作用使他越想越委屈。于是对文钦说："仲若，我他娘越想越觉得窝囊啊，你说怎么办？"

"好在天无绝人之路，我们占有天时、地利、人和。"

"怎么讲？"

"先说人和。我与您情同手足，又都受到司马氏的威胁，随时都有性命之忧，你我兄弟只能同心同德才能保全性命。再说地利，广陵与东吴为邻，远离京都，天赐宝地，你我居之。宫中掌权者信任我们，广陵可以做魏国屏障，东拒强吴。一旦不受信任，这里也可以成为溃堤之穴，引东南之水以淹西北……"

"你是说联吴抗魏？"

"以我们一镇之力，要想活命，只能走联吴之策。"

"那样我们岂不留下千古骂名？"

"呵呵，将军，怪不得都说您是儒将，但读书读得太死了。千古骂名？岂不知历史都是成功者书写的。成则为王败则为寇。再说，为了身家性命，只管生前事，哪管得了身后名？"

"不，忠孝仁义乃人之本，岂能为免祸避灾而失却大义。"毌丘俭道。

"司马氏为权利滥杀士人。已失去仁与义。何晏，乃公主驸马，张缉，当朝国丈，夏侯玄，司马师之妻弟也，司马氏皆杀之不顾，夷其三族，此仁欤？此忠欤？再者，我们联吴并非为了灭魏，不过是借吴之力以清君侧，诛杀司马奸党。此正是大忠之行也。一旦功成，不仅不会留下千古骂名，而且会流芳百世。"

毌丘俭听文钦说得很有道理，但他提出疑问道："吴主孙亮会答应帮助我们吗？"

"吴与魏相争多年，只因吴借长江之险，才一直未被魏所灭，魏实东吴心腹大患。一旦有机会，东吴决不会错失良机。去岁，吴太傅诸葛恪亲将大兵北征，若不是因你毌丘将军神勇，击败诸葛恪大军，魏虽不至于骤亡于吴，但必丧师失地，所以，诸葛恪急于建功，东吴日思灭魏，此时，若将军领兵投其帐下，合兵西征，吴焉有不允之理。此即天时之利也。"

文钦所言句句在理，不容毌丘俭置疑。

孙权在司马懿去世（251 年 9 月）后不久，一代英主也溘然长逝了（252 年 5 月），孙亮继位，诸葛恪任丞相兼太傅—诸葛家族在三国时是最奇特的家族，一般读者很容易将几个诸葛弄混。因为魏蜀吴都有诸葛家庭成员任肱股之臣：诸葛亮主政蜀国多年，死而后已，其子诸葛瞻亦为蜀捐躯；其兄诸葛瑾官至东吴大将军，其弟诸葛均在吴官至长水校尉，诸葛瑾之子即诸葛恪也；诸葛诞事魏，官至征东大将军。

诸葛恪辅政不久，便因水利之争与魏引发战衅。司马师派大兵征讨，诸葛恪统兵北伐，魏军大败。（史见《三国志·吴志·诸葛恪传》恪以建兴元年（252）十月会众於东兴，更作大堤，左右结山侠筑两城，各留千人，使全端、留略守之，引军而还。魏以吴军入其疆土，耻于受侮，命大将胡遵、诸葛诞等率众七万，欲攻围两坞，图坏堤遏。恪兴军四万，晨夜赴救。遵等敕其诸军作浮桥度，陈於堤上，分兵攻二城。城在高峻，不可卒拔。恪遣将军留赞、吕据、唐咨、丁奉为前部。时天寒雪，魏诸将会饮，见赞等兵少，而解置铠甲，不持矛戟。但兜鍪刀楯，裸身缘遏，大笑之，不即严兵。兵得上，便鼓噪乱斫。魏军惊扰散走，争渡浮桥，桥坏绝，自投於水，更相蹈藉。乐安太守桓嘉等同时并没，死者数万。故叛将韩综为魏前军督，亦斩之。获车乘牛马驴骡各数千，资器山积，振旅而归。进封恪阳都侯，加荆州牧，督中外诸军事，赐金一百斤，马二百匹，缯布各万匹）

诸葛恪初战告捷，便忘乎所以。去年，竟再次发兵北进，不想却惨败于征东将军毌丘俭手下。（史见《三国志·吴志·诸葛恪传》……恪遂有轻敌之心，以十二月战克，明年春，复欲出军……诸大臣以为数出罢劳，同辞谏恪，恪不听……恪意欲曜威淮南，驱略民人，而诸将或难之曰："今引军深入，疆场之民，必相率远遁，恐兵劳而功少，不如止围新城。新城困，救必至，至而图之，乃可大获。"恪从其计，回军还围新城。攻守连月，城不拔。士卒疲劳，因暑饮水，泄下流肿，病者大半，死伤涂地。士卒伤病，流曳道路，或顿仆坑壑，或见略获，存亡忿痛，大小呼嗟。而恪晏然自若。出住江渚一月，图起田於浔阳，诏召相衔，徐乃旋师。由此众庶失望，而怨黩兴矣）

使诸葛恪折戟沉沙，招至东吴君臣群起而攻之并最终被孙亮鸩杀的这一仗便是毌丘俭的杰作。（《三国志·毌丘俭传》：俭为镇东，都督扬州。吴太傅诸葛恪围合肥新城，俭与文钦御之。《三国演义》：与吴太傅诸葛恪战。俭引兵十万攻武昌，大破之，吴兵大败而归）

毌丘俭听了文钦的话，想，自己为魏立下赫赫战功，如今却要想方设法来保命，因而更加义愤填膺。

文钦继续说道："天时地利人和尽在于我。此时不反更待何时？"

毌丘俭说："你我一旦举事，开弓没有回头箭。咱今天都喝得有些过量，咱都回去醒醒酒，日后再议。"

"将军，如今刀已架在咱脖颈上。若再逡巡犹豫，恐将错失良机。高平陵之变，桓范冒死逃出洛阳，去劝说曹大将军起兵靖逆，以曹大将军拥兵之众，司马懿再狡猾，也难免成为瓮中之鳖，但曹大将军在关键时刻就是犹疑不定，终遭惨败。此前车之覆不可不鉴也。"

但毌丘俭仍坚持观望观望再议。

文钦有些不满地说："将军若想自保，某尚有一计。"

毌丘俭问："请讲。"

"将文钦今日之言告知司马子元，以区区文某之头换取将军全家性命，钦无悔矣。"

"哼！你把我毌丘俭当成什么人了？难道我毌丘俭是不信不义之徒吗？我之所以观望，是想找个正当理由，做到出师有名，君不闻子曰：名不正而言不丿厕吗？只有名正言顺方可得到多数人的拥护，只有多数人拥护才能确保成功。"

文钦觉得毌丘俭言之有理，也不再坚持己见。二人因有密谋，所以关系更加紧密。

就在毌丘俭和文钦观望之时，皇帝被废的消息传到广陵。文钦急忙找到毌丘俭，说："司马子元比其父更大胆，当年司马懿虽明知皇上是曹大将军的后台，但都没敢奈何皇上，今天，他司马师竟敢做出如此大逆不道之事，我等再不动手更待何时。此天助我也，以将军之威名，举靖逆之旗，南合东吴，北讨司马氏，何愁大魏百姓不赢粮而影从？"

毌丘俭道："嗯。一旦没有皇上掣肘，司马兄弟必更加没有忌惮，你我真的亡无日矣。我意已决，依您之计南联东吴，北吁诸将，晓谕百姓，北伐诛逆，复兴魏氏江山。"

文钦道："举兵讨逆，尚需皇家之命。"说着掏出一纸，递与毌丘俭，毌丘俭看罢，跪地太息道："天降大任于俭，臣岂敢有违君命乎。"

原来文钦出示的是他亲自伪造的以郭皇后的名义请求毌丘俭出兵勤王的懿旨，毌丘俭并不想辨清真假，因为这是他起兵反叛司马师唯一缺少的条件。于是道："我决定将自己的孙子质于东吴，以图东吴不疑，发兵助我。"

于是，毌丘俭以他和文钦的名义向天下发下讨逆檄文，举起义旗号令天下诛杀司马氏。

毌丘俭反叛的消息传至京师，司马师兄弟大惊，因为他们知道毌丘俭乃常胜将军。于是司马昭坐镇京师，司马师亲率大部最精锐的禁军并调集镇守在豫州的征南将军诸葛诞及驻守山东的邓艾，几路大军共同讨伐毌丘俭、文钦。

在司马师挥师东进的同时，他另派出两路外交人马，火速赶往吴、蜀，做外交斡旋，软硬兼施，以换取吴、蜀不趁机出兵助毌丘俭叛军。

整个平叛工作从政治、军事、外交、后勤等方面司马师都布置得井井有条。

张华对司马师大为敬服，慨叹，真是虎父无犬子啊！

51

对于平叛这种机密大事，张华怎么会清清楚楚呢？

原来，张华丁忧未满，卢钦便向司马昭举荐张华。司马师和司马昭在父亲临终时听到父亲对张华十分欣赏，并希望张华能成为孙子司马炎永远的伙伴。因而司马昭慨然答应卢钦所请，准备张华丁忧期满，便任命他为河南尹丞。但张华丁忧期满后，未上任，便改授佐著作郎。这又是为什么呢？因为自司马懿跟儿子们夸赞张华后，司马师便很想找个机会跟张华聊聊，亲自考察一下张华是否如父亲所说的那么优秀。这天，司马炎正与张华下棋，弟弟司马攸突然闯来，说伯父司马师请他到大将军府有事相商。司马炎对张华说："你跟我一起去吧。我伯父和父亲一直想见见你呢。"

司马攸道："原来这位就是张茂先呀？我临来时，伯父跟我说，若有人跟你哥哥在下棋，请那人一起时"

司马炎说："既然这样，你更得去了。"

于是张华随司马炎去见司马师。司马师说："茂先，听说你博闻强识，才华盖世……"

"大将军，您别听别人瞎说。张华不过一凡人耳。"张华道。

"司马宣王（司马懿）也瞎说吗？"司马师道——司马懿死后被谥为宣王。

张华被司马师这句话吓住了。

司马师笑道："不必紧张。听说你精研儒学，兼善老庄，融通百家，请问你如何瞄儒家所倡之忠孝？"

"儒家忠孝并称，似乎忠孝一理，孝子一定是忠臣。此误矣。忠与孝本风马牛不相及也。孝者人之天性也，不仅是人，动物亦有孝心孝行。所谓羊羔跪乳，乌乌（乌鸦）反哺。孝之所源，源于对父母孕育之苦，养育之劳的回报，因而孝更近于义。而忠则不然，因君不能直接加恩于百姓，君对百姓无孕育之苦，无养育之劳，故而，乃是出于后天教化和对于君权敬畏的结果，非人之本性也。故孔子说：'君昏则臣子弃之。'孟子说：'君无道臣逆之。'圣人从不说：父母无德而子女弃之，亲无德而逆之。故某以为，治天下者，以孝为先。"

张华的话令司马师十分赞赏。此后，司马氏便明确提倡以孝治天下的政治主张。

司马师又问："为人臣者，最高的道德标准是什么呢？"

"中庸。"张华。

"何以言之？"

张华于是把刘放关于中庸的理论向司马师做了详细解释。最后说："所以，孔子曰：邦有道则仕，无道则隐。邦无道则乘桴浮于海。这就是孔子对昏君最强烈的反抗方式。这就是圣人坚守中庸的最好例证。"

司马师又道："可《孟子·万章下》曰：君有大过则谏，反复之而不听，则易位。不就是说，君不称职就要将他废除吗？"

"这就要看这所谓'大过'指的是什么。"张华说，"《孟子·离娄下》曰'君之视臣如土芥，则臣视君如寇仇。'只有当君与百姓为敌，将会给国家百姓带来重大灾难时候，才可让君'易位'。"

经过此次详谈，司马师也对张华很是欣赏。河南尹丞还没上任，便改任他为佐著作郎。

大魏国半年内，接连两次政变，多位朝臣因参与其中而被杀，朝中严重缺人，尤其缺少笔杆子，于是张华在佐著作郎位上只干了两个月便被司马师提拔到自己身边任长史兼中书郎。（见《晋书·张华传》中：卢钦言之于文帝，转河南尹丞，未拜，除佐著作郎。顷之，迁长史，兼中书郎。朝议表奏，多见施用）

所谓长史在中国历史上是幕僚性质的官员。长史最早设于汉代，当时丞相和将军幕府皆设有长史官，相当于现在的秘书长。汉之相国、丞相、太尉、大将军、骠骑将军、车骑将军、卫将军、前后左右将军，以及大司徒、大司马、大司空手下都设长史这一官职，为掾属之长，职级并不很高，秩皆千石。而张华所任的正是权力最大的大将军府的长史。

张华上任大将军府长史不到半月，突然传来毌丘俭、文钦叛乱的消息。司马师立即进行周密布置，大将军召集的所有会议，张华都要参与，因而张华对平叛的各方面工作了如指掌。

司马师给张华委派的第一个重要任务便是写一篇征讨文钦、毌丘俭的檄文，以传布天下。

面对毌丘俭这个讨伐对象，张华左右为难。写吧，毌丘俭对自己有知遇之恩，再造之德；不写吧，自己身为长史，不能违抗上峰旨意，而且司马氏祖孙三代对自己不薄，尤其自己今后的人生还有赖于司马氏提携。再者，不用说自己一个小小长史，就是何晏、夏侯玄等世族名士，违拗司马氏都没有好果子吃，何况自己一个寒门小了。

张华苦思冥想，终于拟出一篇讨逆檄文：

讨文钦檄

文钦，魏故将文稷之子也。世受魏禄，蒙魏恩。建安二十四年（219），魏讽谋反，钦即同谋也。按律当斩。赖武帝宽仁博爱，得以罪免。文帝、明帝诸君深宠爱之，官至广陵刺使。然钦性非温顺，质实贪婪，私不可交，公不可用，终无感恩之念，亦乏良国之心。暗结曹爽众逆，阴通李丰诸贼。司马大将军宽厚仁德，既往不咎，然钦不思悔过，反以怨报德，外结东吴，卖国求荣，内唆诸将，反叛谋逆。征东将军终为其所惑，误上贼船。

魏大将军将亲自披坚执锐平赋讨逆，大军所过，定势如破竹，摧枯拉朽。螳臂岂可当车？蚍蜉焉能撼树？逆首若有悔悟之心，当自缚诣京，以求赦宥，或引颈自裁以谢天下。否者，不日之内，将身首异处，三族不保。

王凌、令狐愚以甥舅之亲，共同谋反，尚且倏尔败亡，而况乌合之众哉。殷鉴不远，只在两年之前。

倘若冥顽不化，顽抗到底，朝廷大军旌旄东指，悔之晚矣！

张华这篇讨逆檄文，文词优美，逻辑严谨，并将几件历史事实罗列出来。

建安二十四年（219），关羽发动襄樊战役，魏将魏讽、陈祎等人背叛曹操，与关羽里应外合，举兵谋反，但最终失败。而文钦就参与其中，魏讽、陈祎被诛，而文钦被曹操赦免。檄文首先提及此事，便是向天下人证明，文钦是个反复无常的小人，谋反已不是第一次了。他不仅反司马氏，也曾经反叛曹氏。

而文中所谓王凌之鉴，国人更是记忆犹新。两年前，征东将军兼太尉王凌因不满司马懿的专权，与自己的外甥兖州刺史令狐愚从寿春起兵谋反，想另立楚王曹彪为帝。这是魏末淮南三叛的第一叛，兵败后，王凌、令狐愚舅甥双双殒命。提及此事，是为了引起叛者内心震恐，或可因恐惧而改变初衷。

张华将拟好的檄文呈给司马师过目。司马师看后，脸色颇为不悦，道："茂先，我知道毌丘俭对你有知遇之恩，但平叛乃国家大事，不能因私废公。"

"大将军，张华知道。"

"那为什么檄文只讨文钦而不讨毌丘俭？你怎么知道毌丘俭只是受文钦蛊惑而不是主谋？"

"大将军，我是这样想的。"张华解释道，"毌丘俭身为武将，有常胜将军之名，功勋卓著。而叛军多为征东将军所统驭。您率军征讨，主要对手便是毌丘俭。虽说您稳操胜券，但终不免一场恶战。双方死伤会极其惨重。无论官军也好，叛军也好，多是国家赤子，除极少数叛将外，叛军多为情势所迫不得不叛。如此，双方交战当死伤越少越好。我们明确把毌丘俭与文钦分成主从，就是想给毌丘俭最后一个机会，若他见檄文后能幡然悔悟，还有将功折罪的机会。一旦毌丘俭悔过，您将不战而胜。若将毌丘俭也定为主犯，则反叛大军势必殊死抗争。张华殷殷之心，还望大将军明察。"

司马师觉得张华的一番话说得不仅很有道理，而且虑事之周全令人赞叹。

没等司马师说话，张华又掏出一张纸，呈给司马师，说："我同时写了两篇讨逆檄，请大将军过目。"

司马师接过来，见是《讨毌丘俭、文钦檄》，其中将毌丘俭和文钦列为共同主谋，并列数二人罪状，一同讨伐。

张华说："两篇檄文用哪篇好呢？请大将军定夺。"

司马师思谋良久，还是决定将《讨文钦檄》传布天下。

不日，张华随司马师大军东进，直奔逆军老巢寿春。

叛军与讨逆军列阵于淮河两岸。司马师派使者前往毌丘俭的大营做最后的劝降工作，没想到，使者竟被毌丘俭斩了。

司马师道："看来，毌丘俭叛意已决。"然后对征南将军诸葛诞说，"诸葛将军，传令全军，明日破晓，所有平叛大军一起渡河，活捉毌丘俭和文钦。"

征南将军诸葛诞其实与毌丘俭都是夏侯玄的挚友。他所以积极参与平叛，主要是因为他与文钦夙有仇怨，二来也借此讨好司马氏。

张华请求道："大将军，我有个请求。"

"请讲。"

"能否允许我以故交的身份做最后一次劝降的努力？"

"毌丘俭疯了，你不怕他把你也杀了吗？"司马师道。

"为了千万将士的性命，张华虽死无憾。"

"他要是将你扣留，不让你回来呢？"

"我一介文士，一旦交战，留我何用？"

司马师道："你若不惧，我不阻拦。"

"但有一事还需请教。"张华说，"某若劝动毌丘将军，使其临阵倒戈，可否赦免其罪？"

"若其主动罢兵，入朝请罪，可赦其叛逆之罪，免其一死。他诛杀信使之罪不能免。杀人偿命、欠债还钱，自古皆然。毌丘俭可择一子抵命。"

"这条件是否太苛刻了呢？"

司马师道："若其提文钦之头来见，便可以义钦抵命。"

问清了条件，张华只身来见毌丘俭。

毌丘俭闻报司马师再派使者来劝降，道："不必报告，凡劝降来使，一律斩首。"

"但此人是司马师的长史，而且跟您是故友。"

毌丘俭说："让他进来见我。"

张华被带进毌丘俭的中军大帐，毌丘俭万万没想到竟然是张华。

"怎么是你？"毌丘俭惊问。

"我是来救将军全家性命的。"

毌丘俭道："我知道我有夷族之患，但我既已兴兵反叛，开弓没有回头箭……"

"不，还有回旋余地。"张华说，"您看到讨逆檄文了吧？"

"看到了。"毌丘俭道。

"那檄文便是由我拟就的。为了给您悔过的机会，我才没有把您列为主谋，而说您是受文钦唆使……"

"谢谢你的好意。此次兴勤王之师，我与文钦共为主谋。某绝不会为自保委过于人。司马兄弟擅行废立，是可忍孰不可忍？我毌丘俭世受魏禄，世蒙曹恩，岂能……"

"毌丘将军，现在您食的仍是魏禄呀，皇帝不仍然姓曹吗？司马氏并没有篡位自立呀。"

"如果他可以想废谁就废谁，想立谁就立谁，那离废曹自立也就不远了。"

"您说的也许不无道理。但这只是猜测。如果仅凭猜测而举兵，是否过于鲁莽了呢？能得到世人的认可和支持吗？您虽也发出檄文，号召天下勤王，讨伐司马兄弟，但除了淮南，全国应者寥寥。这说明什么？只能说司马氏虽然专权，但还是受到多数人拥护的。其擅行废立自是不当。但那不是曹芳自找的吗？想借征西大军围困京城，诛杀司马兄弟，这样的行为能不引起司马兄弟的反抗吗？如果曹芳还在皇帝位上，司马氏能安心吗？高平陵之变也是这样。本来明帝遗诏，曹爽与司马懿共同辅政，但曹爽结党营私，专横跋扈，一步步削夺司马懿的实权。司马仲达为国出生入死大半生，仰赖其智勇双全，魏国才屡次化险为夷，并逐步强大起来，如此巨勋能臣，正是国之宝也，却遭到曹爽等人欺压。高平陵之变事在必然，曹爽之流遭诛乃自作自受。司马氏专权固然不好，但比曹爽如何？别人的话不可信，您听听王凌之子王广是怎么说的。王凌反叛前想争取他儿子的支持，王广对其谏说：'每当要干一番大事业，应该以人情世态为本。曹爽因骄奢淫逸失去了百姓的信任，何晏虚浮而不能治国，丁谧、毕轨、桓范等人虽有较高的声望，但都一心追逐名利，再加上变易国家的典章制度，多次更改政策法令，他们心里想的虽然十分高远但却不切合实际民情，百姓习惯于旧制，没有人顺从他们。所以他们虽有倾动四海的势力、威震天下的声名，而一旦同日被杀之后，手下名士就散去大半，百姓们照旧安定，没有谁为他们而悲哀，这都是失去民心的缘故。如今司马懿的本心虽难以测量，事情也不可预料，但是他却能提拔贤能，广泛树立超过自己的人才，遵循先朝的政策法令，符合众人心里的愿望。造成曹爽恶名声的那些事情，他都必定加以改正。终日兢兢业业，以安抚百姓为先务，而且他们父子兄弟都掌握着兵权，是不容易被推翻的。'连王广都认为论才德与功勋司马懿比曹爽强得多。天下皆知将军与夏侯太初、李丰有莫逆之交，夏侯被诛肯定让您心疼心惊。但李丰、夏侯玄阴谋诛杀司马氏以自代。事败而诛，有什么冤屈的？"

"你说得很对。"毌丘俭说，"我此次举兵，也有为朋友复仇之意。文钦则是想为曹大将军复仇。"

"您是怎么想的我不敢妄猜，但文钦为曹大将军复仇是假，内心恐惧是真。曹爽和何晏集团多被诛杀，文钦因身在寿春而躲过一劫，但其心中一直惴惴。将军也因与夏侯太初过从甚密，而难免受到司马兄弟猜疑。如果我猜测得不错，文钦正是看到了这一点，才唆使您以勤王名义举事。"

"茂先，事实正如你所猜测的一样。"

"你们疑心会受到司马氏的追究是可以理解的。但疑心并不是事实。事实上，司马氏虽然在当时杀了不少人，但事后为了笼络人心并没有追究过任何人。他们掌权也要治理国家，也需要有德有才之人，所以司马父子不仅不像曹爽、何晏那样骄狂，而且行事非常谨慎，因而得到了世族大家的拥戴。是疑心使您做出了错误的决定。"

"茂先，不瞒你说。我一是疑心司马兄弟早晚会追究我与夏侯太初的关系，二来对他们擅行废立实难容忍，还有一个原因让我的疑心更重。"

"什么原因？"

"我曾让管辂给我家看过阴宅。他看后哀叹说：这家里虽可出贵如都督之人，但终不免灭族之祸。我问祸在何时，他说不过两年。我问可有破解之法。他说命已应象，无法破解。正好，夏侯太初被斩，我想我的大祸肯定也要临头了。反亦死，不反亦死，与其束手就擒，不如轰轰烈烈地大干一场。"（见《三国志·管辂传》管辂随军西行，过毌丘俭（家）墓下，倚树哀吟，精神不乐。人问其故，辂曰："林木虽茂，无形可久；碑谀虽美，无后可守。玄武藏头，苍龙无足，白虎衔尸，朱雀悲哭，四危以备，法当灭族。不过二载，其应至矣。"）

"唉，您是被疑心和术士所害呀。"

"你难道不相信管公明吗？"

张华不语，有了自己与王婧的亲身经历，他哪敢不信？但此时他哪敢说信？

"管公明之言不可不信，也不可全信。"张华说。

"不管怎么说，我既已斩杀来使，便踏上了一条不归路，只能坚持到底。"毌丘俭说。

"不，将军，您还有一线希望。虽然管公明救不了您，我却可以救您？"

"请讲。"

"您知道，我是来劝降您的，在来之前我已向司马大将军提出条件。若您能罢兵，反叛之罪可免。"

"唔。"

"但需您择一子偿信使之命。"

"这样的条件你说我能接受吗？"

"还有，"张华说，"您若能阵前倒戈，诛杀文钦，可蠲免一切罪责。"

"如此不义之举岂是我毌丘俭所忍为？茂先，你为我确实费了不少心机……"

"您的知遇之恩无以为报，若能救您一命，华虽死不辞。"

"你的好心我领了，但我意已决。大丈夫死则死矣，焉能出尔反尔？若不仁不义，虽苟活于世，又有何益。"

"既然我说了这么多也无法使您回心转意，我也不愿陷您于不仁不义。张华给您能做的只有一件事。"说着张华掏出一张纸交给毌丘俭。毌丘俭阅之，大惊。只见上面写的是：

毌丘仲恭大将军诔

魏征东大将军毌丘公讳俭，字仲恭，河东闻喜人，高阳乡侯兴之子也。公幼而聪敏，长而勇武，成而卓越。文有安邦之韬，武有定国之略。所著《承露盘赋》《在幽州》《之辽东》文词佳美，脍炙人口，阅者无不敬服其才。弱冠，即得明帝荣宠，迁为荆州刺史。景初二年从司马仲达公征公孙渊，大破之；正始五年征高句丽，攻破丸都，几亡其国；因功拜幽州刺使，屡迁左将军、征南将军、征东将军。嘉平五年，诸葛恪举兵犯境，败亡，公之力也。正元二年，因朝廷废立事，举兵反。事败遭诛。

公，文比相如，武过吕布，谋若韩信，忠肖比干，义过云长。虽败犹荣，虽死犹生，骨朽留芳，人殒名扬。或曰：公其何人哉？曰：千古之至人也。

张华将此诔文面呈毌丘俭本人，早已做好了心理准备，因为他预料到最有可能的两种结果：一是可能吓阻毌丘俭，使其因恐惧而罢兵，若此，便达到了张华的目的；二是可能引起他的大怒，因为两军阵前呈此诔文，大不吉，毌丘俭可能激怒而斩之，但张华为了挽救朋友，虽死而无憾。但万没想到的，此诔文引起的竟是毌丘俭的狂喜，他抖着诔文大笑曰："哈哈，此文甚妙，且出于文豪手笔，俭虽不才，冀可赖此文而成名矣。盖棺之论若此，不反更待何时。来人！"

一将弁闻声而进。

"传我将令，各军准备，明日拂晓渡淮强攻。"

张华跪在毌丘俭面前，涕泗滂沱，哭道："将军，悬崖勒马犹为未晚呀。"

"这是成就我最后功名的时候，茂先休阻我。"毌丘俭拉起张华道，"你这篇诔文对我虽不免过誉，但也基本属实。人皆不免一死，我若此时罢兵归降，虽有百岁之寿，死后可承受'忠肖比干，义过云长，骨朽留芳，人殒名扬'之誉乎？"

"将军既知必败，何必白白送死呢？"张华哭道。

"自古文死谏，武死战，战死疆场乃武人之荣耀。"毌丘俭说，"我意已决，万难更改。只是这谏文有一处需要略作修改。这'因朝廷废立事'过于含混不清，我意改为'因司马师擅行废立事'你看如何？不过如果这样改可能让司马师不高兴，给你带来麻烦。"

张华道："将军死而不惧，我又何惧哉。"

毌丘俭道："我军务繁忙，无暇奉陪，多谢茂先美意。我派人护送你回营。我若战死或遭诛，请将此谏作为我的墓志铭吧。"

张华哭道："将军，您不畏死，可也应该替天下百姓想想啊。悠悠苍天，百姓何罪之有？又将遭此劫难……"

"我兴兵勤王正是为社稷君王。"

"君王社稷跟天下百姓不是一回事呀。"张华道，"将军，自汉末以来，战祸连年，生灵涂炭，天下百姓十不余一，华夏故土满目疮痍。当此之时，你举兵乱魏，不知又会有多少将士殒命，几多百姓流离……"

"自古为人臣者当以忠事君，君有难而不顾，可谓忠乎？"

"孟子曰：民为重，社稷次之，君为轻。故爱民之德远胜于忠君之德，岂可为忠君而害民。"张华道，"再说，天下本不姓曹而姓刘，文帝代汉以自立，是真正的改朝篡位，而满朝文武没有一人举兵兴师，难道是天下人都不忠吗？恐怕不是。为保一个庸君而置百姓于水火，社稷于混乱，那是最大的不智，也是最大的不仁。"

毌丘俭道："两军阵前我可没时间跟你讨论仁义道德。恕不奉陪，送客。若某苟能活命，再与你坐而论道吧。"

张华知道，再说什么也是多余，因而只得回营复命。

司马师闻言大怒。第二天天刚放亮，淮河两岸，战鼓震天。魏末平复淮南三叛中第二叛的战役就此拉开序幕。

毌丘俭的确名不虚传，以五万兵马与司马师、诸葛诞的二十万大军鏖战八个月。最终虽兵败被杀，但司马师也在此役中中箭身亡。文钦侥幸活命，逃亡东吴。文钦手下一得力战将程泽被生俘。临死程泽还不忘拉一个垫背的。他当着司马师的面怒斥诸葛诞："毌丘将军以有你这样的朋友为耻。想当初，你和毌丘将军、夏侯太初相交莫逆，对高平陵之变切齿不已。没想到，你如此不忠不义，主上有难你不靖逆，挚友临危你不相助。诸葛诞呢，诸葛诞，自古鸟尽弓藏，兔死狗烹，你以为你卖友求荣真的会有好结果吗？你以为你与夏侯玄和李丰的，爽亭之盟，真的能瞒天过海吗……"

诸葛诞没想到这程泽竟然当着司马师的面说出这一番话来，而且越说越离谱儿，于是怒而拔剑斩之。

本来程泽这些话是文钦提前编好的，因为诸葛诞在此战中最为卖力，因而文钦和毌丘俭对他切齿痛恨。文钦知道他曾与夏侯玄、李丰和毌丘俭关系莫逆，且都对司马氏表示过不满。为了惩治诸葛诞，他故意编造了一个"爽亭之盟"的故事，让众将牢记，一旦被俘，便将这故事诉诸司马师，借刀杀人。

这"爽亭之盟"的故事很简单，是说夏侯玄、李丰、毌丘俭、张缉等人曾在李丰家的凉亭——名叫爽亭——一起盟誓，要合力诛除司马氏。

文钦这个计策异常毒辣，但若能细细探究，或可能证实其荒谬。但程泽还没将故事讲完，却被诸葛诞斩了。这反倒令司马师真的疑心有一个爽亭之盟。而且这个"爽亭之盟"的内容越是隐秘，越让司马氏不安。但随着夏侯玄、李丰、张缉、毌丘俭、程泽的死和文钦的叛逃，这个秘密便似乎只有诸葛诞能解，而其实连诸葛诞也解释不了。越是解不开这个谜，司马师对"爽亭之盟"便越恐惧，他不知道还有多少人曾经加入过这个反对司马氏的同盟。不管还有多少人是这个同盟的成员，但诸葛诞肯定是其中最主要的成员之一是不争的事实，不然他不会刀斩程泽使其闭口。越推论越觉得诸葛诞可疑。只因平叛之战刚刚结束，诸葛诞又立下战功，若在此时纠缠"爽亭之盟"的事，或许引起新的内乱。

司马师病殁，司马昭继任大将军，辅政。任命诸葛诞代替毌丘俭为征东将军，守淮南。司马昭有乃父乃兄之智，他所以任命诸葛诞为征东将军，使其将兵淮南可谓费尽心思。因为他知道，诸葛诞与文钦是死敌，文钦既已叛逃到东吴，诸葛诞决不会得到东吴的信任，若想反叛也不会得到东吴的支持，一个没有战略后方，没有援军可待的将军是不敢与朝廷作对并公然反叛的。

诸葛诞虽然因那笔说不清的历史糊涂账而提心吊胆，噩梦连连，但终因兵微将寡，而只能担惊受怕。

不久，他最为担心的事情发生了。朝廷一纸公函，擢拔其为司空，限日奉旨入京。他感觉自己末日已到，万般无奈中，决定拼死一搏，发动了第三次淮南之叛。

司马昭作为辅政大将军，如当年乃兄，亲率大军平叛。

吴主孙亮，则派文钦领兵支援诸葛诞。文钦、诸葛诞二人本来不睦，诸葛诞又是剿杀文钦、毌丘俭之叛的急先锋，因而二人很难共处。不久，诸葛诞终于找到一个借口，诛杀了文钦。文钦死到临头，大笑道："我先走一步，不日之后还将和你相聚地下。你既已叛司马昭，杀了我便又得罪了吴主，将军还能去哪儿呢？你所以有今日，都因你不忠不义。毌丘将军与你乃昔日旧友，你为向司马氏献媚，竟然对朋友义断情绝。你不仁，也休怪我们不义。你所以有今日，实乃文某所致。"

"啊？"

"将军还记得程泽所言'爽亭之盟'否？"

"何为'爽亭之盟'？"

"那是我为离间你和司马师所编造的一个故事，什么是'爽亭之盟'不重要，重要的是司马氏相信有这样一个反对司马氏的同盟，而你就是其中的骨干之一。此借刀杀人之计果然奏效，逼得你不得不反，哈哈哈哈……"

诸葛诞最终兵败夷族。

（见《三国志·魏志·诸葛诞传》……后毌丘俭、文钦反，遣使诣诞，招呼豫州士民。诞斩其使，露布天下，令知俭、钦凶逆。大将军司马景王东征，使诞督豫州诸军，渡安风津向寿春。俭、钦之破也，诞先至寿春……以诞久在淮南，乃复以为镇东大将军、仪同三司、都督广陵……

诞既与玄、飏等至亲，又王凌、毌丘俭累见夷灭，惧不自安，倾帑藏振施以结众心，厚养亲附及广陵轻侠者数千人为死士。甘露元年冬，吴贼欲向徐堨，计诞所督兵马足以待之，而复请十万众守寿春，又求临淮筑城以备寇，内欲保有淮南。朝廷微知诞有自疑心，以诞旧臣，欲入度之。二年五月，徵为司空。诞被诏书，愈恐，遂反。召会诸将，自出攻广陵刺史乐綝，杀之。淮南及淮北郡县屯田口十余万官兵，广陵新附胜兵者四五万人，聚谷足一年食，闭城自守。遣长史吴纲将小子靓至吴请救。吴人大喜，遣将全怿、全端、唐咨、王祚等，率三万众，密与文钦俱来应诞……

三年正月，诞、钦、咨等大为攻具，昼夜五六日攻南围，欲决围而出。围上诸军，临高以发石车火箭逆烧破其攻具，弩矢及石雨下，死伤者蔽地，血流盈堑。复还入城，城内食转竭，降出者数万口。钦欲尽出北方人，省食，与吴人坚守，诞不听，由是争恨。钦素与诞有隙，徒以计合，事急愈相疑。钦见诞计事，诞遂杀钦……大将军司马胡奋部兵逆击，斩诞，传首，夷三族）

淮南第三叛被平复，司马昭班师回朝。令石苞镇守广陵，都督淮南诸军事。

52

因平诸葛诞之功，司马昭晋封为高邮公，封地方七百里，加九锡，假斧钺，晋号为大都督。

张华为大都督府长史，深得司马昭赏识。

张华仕途一路风顺，但不久后家庭却突发变故。

这天，张华忙完工作回到家中，见家中一片狼藉。锅碗瓢盆摔了一地。六岁的大儿子张祎和一岁的小儿子张韪哭闹不止，小芸也一边落泪，一边抱着张韪，一边哄着张祎。张祎见了父亲，一头扑入父亲怀中。

"怎么回事？"张华问，"夫人呢？"

"夫人回娘家了。"小芸说，"这些都是夫人摔的，我拦不住，祎儿也吓坏了。"

"为什么？她疯了吗？"

"张先生，她真的是被你气疯了。"

"我？我怎么气她了？"

小芸走进里屋，拿出一个包袱，说："你看看这个，应该知道是怎么回事了吧？这，这，这能怪夫人发脾气吗？"

张华见了王婧的那个包袱立即知道了事情原委。

"是我不好，是我不对，但这个包袱在家里已经七八年了，怎么今天才引起她的怀疑，知道包袱的真相？"

"您要不是清明给那个王小姐上坟，她也不会知道。虽然您与王小姐的事洛阳早就传开了，但这事谁也没人告诉夫人。前天您去上坟，被刘家人发现了。所以她才……"

"哦，原来是这么回事。"

王婧自杀的真实原因一直被王家隐瞒着。作为豪门世族，他们不愿意让世人知道这件"丑"事。但真相后来所以为人所知，一是因为管辂。当年，管辂在傅嘏家给张华占卜一卦，知道他正陷入一场结局会十分悲惨的恋爱。但恋爱对象他却没有算出是何人。不久后，王家小姐自杀，王雄也于当日亡故，管辂觉得这场灾难很合卦象，但仍不敢确定这与张华有关。后来王戎为了证实张华没有说谎，找到管辂核实，他才确信王家小姐就是因与张华恋爱而自尽，王雄因经受不了失去宝贝孙女的打击而骤亡。完全应了他"两情虽悦运不通，到头难免一场空，命中无缘强相守，小祸终会襄大凶"的卦词。虽然管辂不是搬弄是非的人，但这一卦如此精确地应验，可作为他占卜灵验的一个绝好例证，因而首先从他这里很快传扬开去。

另一个途径则是秋雁，秋雁因在贾充府上当使女，向她最好的伙伴——介绍她去贾府的紫薇讲过原来自己的主人王家小姐的事，本来她要求紫薇不要外传。但紫薇还是告诉了自己的母亲，并要求母亲不要外传。母亲在何府当佣人，又传给了她最好的朋友吴妈……许多闺房秘密都是这样传播开来的。

洛阳世族圈内很快知道了王家小姐自尽的真相，但谁也不会跟刘贞去说。因而刘贞一直被蒙在鼓里。

昨天是清明节。张华到郊外去给母亲上坟，然后至王婧的坟上给心爱的姑娘烧上一陌纸钱。不想被同样到郊外上坟的刘贞的哥哥看到。于是告知刘贞。刘贞听后大惊，虽然消息来自哥哥，但她仍不敢相信是真的。今天早上，张华去大将军府上班。刘贞带上小芸，乘一辆马车直奔郊外，来到哥哥所说的那座孤女坟前，果然见坟前有纸钱的灰烬。地上的脚印也正是张华所留下的。

刘贞气急败坏，问小芸："小芸，你跟我这么多年了，我待你不错吧？你实话告诉我，他与这个死鬼的事你知道不知道？"

"小虹我听说过先生曾与一个大家闺秀发生过一段生死恋情，洛阳世族间似乎都知道。"小芸道，"耳听为虚，我不敢相信，而且怕告诉您反让您生气。我一直想，即使有那么回事，事已过去多年了，对咱家也没什么影响了。可没想到先生如此多情……"

"我也终于明白这些年来他为什么总对我不冷不淡了。原来他心里一直装着一个死鬼。"刘贞说，"我还想起一件事来。"

"什么事？"

"他的书箱中有一个包袱，一直锁着，不让我看。有一次我偶然看到里面有几件女人的衣服，我还没问，他妹妹张菁便说那个包袱是她的。当时我就想，她张家如此贫寒怎么可能有那么华贵的衣裳，而且那些衣裳我也没看张菁穿过呀。再说，妹妹的衣服为什么锁在哥哥的书箱里？我怀疑那个包袱就是这个女死鬼的。"

主仆二人回到家里，刘贞撬开张华的书箱，果然那个包袱还在。她将衣服一件件抖开，果然有重大发现，其中一件兜肚上竟然绣着一片文字。刘贞识字不多，她让小芸替她阅读并解释。

小芸读道：

听琴有感

张华

误入瑶池内，幸得目仙身。

纤指抚岳山，素手调龙龈。

七弦鸣绝响，和谐共五音。

高山瀑流急，弦歌遏行云。

白雪飘然落，疏梅映阳春。

琴瑟俗间物，安能超凡尘？

只缘抚琴者，玉壶纳冰心。

"这是什么意思呀？"刘贞问。

"这应该是先生给某小姐写的一首诗，这位小姐应该精通音律，琴弹得很好。"

"那还用问，一定是那个死鬼，琅邪王家那个淫妇。"刘贞说，"诗是怎么说的？"

"诗中把那小姐的住处比作王母娘娘的瑶池。把那小姐比作仙女，还说她冰清玉洁……"

"什么瑶池，我看是窑子，还仙女，我看是妓女，将野男人的诗都绣到兜肚上了，还冰清玉洁？"刘贞骂道，"我说他怎么一直对我冷冷淡淡的，原来他心里一直装着这个小荡妇。"

刘贞越说越气，竟然不顾一切地将王婧的遗物抱到街上，点燃，一边烧一边向围观的人讲述自己的委屈。

小芸死拉活拽才将刘贞拉进院子。刘贞道："这日子没法过了，我受不了了，我得回娘家找我妈去，我要不痛痛快快哭一场就得把我憋死。"

"我收拾收拾跟您……"

"不，这回你别跟我回去，我把孩子留给他，要是不说出点真章儿来，我决不回这个家。"说完，把两个孩子扔给小芸，独自回娘家了。

张华听了小芸的叙述，弄清了原委。

小芸说："先生，这不怪夫人，您做得也太过分了。以前我是多么敬佩您，喜欢您呀，我一直为能有您这样一位主人而自豪，没想到您是这样的人。"

在古代，小姐的陪嫁丫鬟身份与妾差不多。因而随嫁丫鬟往往将男主人也视为自己的主人。小芸自从安阳河畔见到张华，内心中就一直对他十分喜爱。所以，当初她才主动到方城县衙门向县令提供张华的线索。没想到，这张华从此一路高升，最后竟娶了刘家小姐，从而也成了自己的主人。小芸知道自己的小姐脾气秉性，多疑而暴躁，因而对张华一直保持着恭敬而平和的主仆关系，不敢跟张华有半点亲密的表现。

张华听了小芸的话，说："你也这样认为？"

"难道不是吗？"小芸说，"早知您是这样的人，当初我真不该将《鹪鹩赋》的作者告诉朱县令。"

"你以为你为我做了一件大好事？"

"难道不是吗？如今您荣华富贵不都是因为当初……"

"不，想错了。真的不是好事。"张华说，"人一辈子到底为了什么？幸福。荣华富贵真的能给人带来幸福吗？不能。想当初，我在安阳河边放羊，沐春风而浴清流，观鱼翔而闻啼鸟，仰星辰而览明月，多么快哉。当时我就想，如果再有一个温柔体贴的姑娘相伴，那日子就与神仙相仿。但自入洛以来，频遭白眼，屡被戏耍。官场昏昏，人心难测，终日惶惶。"

"您是中正举荐的上品人才，还有人看不起您？敢戏耍您？"

"哼哼，最看不起我，戏耍我的正是刘家。"

"啊？怎么会呢？"

张华将入京以来如何险些被何晏等人拉入同伙，如何为了报答刘中书不顾尊严地与刘贞假订婚。如何与王婧恋爱，如何被王家称为"癞蛤蟆"，爱情如何破灭，如何与刘贞弄假成真向小芸倾诉了一遍。

小芸听后说："原来您跟王家小姐是在假订婚期间相爱的呀？"

"对啊。你想想，王小姐是什么时候死的？在我和刘贞结婚前就死了呀。刘贞跟我假订婚明显就是看不起我，难道你看不起我还不许别人看得起我，爱我吗？在我举目无亲，最为艰难痛苦的时刻，王婧出现在我的世界里，她是那么温柔善良貌美，多才多艺，而且她并不以大家小姐自傲，真心爱上了我这样一个寒门小子。我有什么理由不将全部的情与爱奉献给她？但天不遂人愿。就在我们准备远走高飞时，竟然碰到高平陵之变，终使我与她阴阳两隔……"张华说到这里，哽咽着说不下去了。

小芸也被张华与王婧的爱情故事打动了，掏出自己的手帕递给张华，泪眼涟涟地说："但王小姐既然不在了，您也跟我家小姐结了婚，就应该慢慢忘掉过去。"

"因为刻骨铭心，所以难以忘怀。"张华说，"我也曾试着去面对现实，如果刘贞能够像王婧一样没有那么深的门第观念，真心接纳我和我的家人，我想时间会慢慢抚平我内心的创伤，磨平王婧铭刻在我心中的记忆。但事实却是，她自恃侯府小姐身份，深恶寒门，从内心看不起我和我的家人。妹妹为此匆忙嫁人。尤其不能容忍的是，她竟然将我母亲的死当作她自己的幸事。如此心地的女人，如何能让我萌生爱意？她越是这样，越让我忘不掉王婧。"

"这便如何是好呀？"小芸道。

"我和刘贞的婚姻一开始就错了，注定不会幸福。"张华说，"我想了，我这就去刘府，向她好好解释解释。如果她跟我继续过下去感觉痛苦，她想怎么办都由她。她不想过呢，这房子是刘家的，我搬出去。如果她想继续过，我也能凑合。"

张华于是到刘侯府。岳母大人见了张华劈头盖脸就是一阵数落："好呀，你个张茂先。现在人五人六儿了，成了司马家的红人儿了，看我们老头子不在了，刘家势力微了，你胆子大了，欺负到我刘家头上来了。"

"岳母大人，不是您想象的那样？"

"我说的哪点不对了？你给一个死鬼女人上坟这不是真的？你精心保留着她

的遗物不是真的？怪不得这些年来你没心跟我闺女过日子，你的心里原来一直装着一个死鬼，可怜我那闺女命怎么这么苦啊。”

"您听我细跟您说。"张华说，"不是我没心跟刘贞过日子，而是压根儿她就不想跟我好好过，一直没看得起我。当初我俩为什么要假订婚？还不是因为您和她都嫌弃我出身寒门吗？”

张华与岳母正说着。大舅哥刘正走了进来。张华将原委对刘正说了一遍。刘正说："真是像你说的，你和我妹妹一开始就不应该结婚。”

"是啊，为什么说婚姻要讲究门当户对呢。我张家与刘家实在相差太悬殊。"张华道。

刘正说："我妹妹跟你也相差太远。家庭与个人都相差得这么远怎么可能走到一起？走到一起怎么可能幸福？我发现，你俩不是在想办法怎么相互体谅，弥合差距，而是在互相斗气互相伤害。你俩闹了这么多年，肯定早已互相厌烦。茂先，你打算怎么办？”

张华说："我无所谓，一个男人什么都应该承担，只看刘贞的。她现在弄得满城风雨，我人也丢了，脸也没了。她想怎样都依她。”

刘正问刘贞："茂先将心里话都说出来了，事实就是这样，你打算怎么办？你已经是两个孩子的母亲，离婚对你意味着什么你得好好想想，如果继续过，你能忍受一个没有爱的婚姻生活吗？”

哥哥的话也正是刘贞心里一直琢磨的事，她确实太为难了。自己确实从未爱上过张华，在这样的情况下奢求人家爱上自己那是不现实的。自己更厌恶张华的家人，小市民的生活习惯和意识都与她格格不入，因而造成婆媳姑嫂关系一直紧张。想让张华从心底里原谅这一次次的伤害恐怕是不可能的，但自己若真的离婚今后日子更没法过。

刘贞心乱如麻，她说："哥，你别问了。我心里乱得很。天也暖和了，我打算先回方城住些日子，让我冷静冷静好好考虑考虑。”

张华说："这样也好。我也好好反思反思，等咱都冷静下来再作决定。”

刘正说："你若回方城，我让你嫂子陪着你，你一个人去了我也不放心。”

"有什么不放心的，方城庄园也有丫鬟仆妇。"刘贞说。

刘正说："我让你嫂子好好跟你谈谈。”

第二天，刘贞便和嫂子一起乘车回了方城，连一个孩子都没带。

53

刘贞焚烧王婧的衣物，在大街上大揭家丑，不免引起街坊邻居的议论——

有人说："亏了茂先那么大的才华，竟娶了这样的泼妇。"

有人却说："张华还被中正评为上品？就凭与女人这么乱的关系，也不够格。"

有人说："人家豪门女嫁你寒门郎，你寒门郎就得受着点儿。"

有人说："清官难断家务事，看来人有天大的能耐也未必能理好一个家呀。"

有人说："别听他们瞎说，夫妻之间真一点感情没有，两个孩子哪儿来的？"

有人反驳说："两码事儿。"

"怎么会是两码事儿？两人没感情怎么干那事儿，不干那事儿怎么会生孩子？"

"你这是抬杠，猫儿狗儿还下崽儿呢，你能说猫和狗也有感情？"

一般人只将此当作茶余饭后的谈资，但这消息广泛传开，却引起另一人的大怒，此人便是司马伦。

司马伦因为王家小姐宁死不肯嫁给他，让他自尊心大受伤害。为此，他一直自惭形秽，意志消沉。到现在他才明白，原来王家小姐的自杀，竟然是因为另一个男人——张华的介入造成的。为此他愤愤不已，对张华必欲杀之而后快。

时下，二哥司马昭身为大将军，辅政大臣，有生杀予夺之权，惩治一个小小的长史，还不是轻而易举。

为此，他找到司马昭，对司马昭说："二哥，有人欺负我，你要替小弟报仇啊。"

"谁这么大胆，敢欺负你呀？"

"就是你手下的长史张华呀。"

"张华夫妻打架，闹得不可开交，已请假多日，他怎么会欺负你？"

"您知道他们两口子为什么打架吗？"

"我会对这些事感兴趣吗？"司马昭问。

"他老婆因为他心里一直装着另一个女人，给那女人上坟，醋性大发，才跟他大吵大闹。"

"吃一个死人的醋，他老婆也太可笑了吧？"

"他一直惦记着的这个人你知道是谁吗？"

"是哪一个？"

"就是我原来那个未婚妻王家小姐王婧呀。"司马伦说着哭道，"原来是张华勾引了王小姐，才使王家小姐背叛了我。"

"你现在已经是娶妻生子的人了，还纠缠这事干什么？"

"可你现在这个弟妹比王家小姐差远了。我根本不喜欢她，我喜欢的是王婧，是张华弄得我声名狼藉，是他给我戴了绿帽子。二哥，你要替我报仇，整死这个寒门小子……"

"胡闹！"司马昭道，"一个大男人，不想着怎么干一番大事业，为一个死去的女人哭哭啼啼成什么体统？男人以事业为重，若能成就大事业，何愁身边不能美女如云呀。真没出息！"

"可我咽不下这口气，欺负我就是欺负你司马大将军，就是欺负司马氏。"

"哼！你以为我的权力是能滥用的？会掺和到你这种无聊的烂事上来？那我岂不成了天下人的笑柄？你自己感情上的事有本事自己去解决。想让我为这事替你出头露面，休想！"

"如果你不向着张华，我自然能解决他。"

"你敢？他是个难得的人才。你若跟他闹出什么事来，影响了司马家的声誉，我决不轻饶。"

司马伦也十分惧怕司马昭。他知道父亲和大哥、二哥一直都很欣赏张华，张华还是大侄子司马炎的好友。张华在世族和朝廷中的声誉也越来越大，因而司马伦虽然心里憋屈，但也没敢找张华的麻烦。

54

两个孩子正是淘气费力的时候。小芸一个人弄不过来，张华只得时常请假在家里哄孩子。直到孩子睡了的时候，张华才到书房看书或打理工作上的事。

这天下午，张华正在家哄孩子，大将军府的一位侍从官突然来到张华家。原来，朝廷刚刚接到消息，吴主孙亮去世。虽然魏吴两国战衅不断，但外交礼仪还是不能少的。于是司马昭决定派贾充、冯紞使吴，吊唁孙亮。为此需要写篇祭文，司马昭知道祭文是要在吴国群臣前阅读的，吴国多文学之士，为了不让东吴才俊小觑了大魏，因而祭文必须精彩。于是将写祭文的任务交给张华。

晚上，待两个孩子睡后。张华没顾上吃饭便到书房赶写《祭吴主文》。直到午夜，祭文方才写好。因心情烦闷，身心疲惫，张华抄好祭文，趴在书桌上便睡着了。

小芸因张华一直在低头工作，做好了晚饭也一直没敢前来打搅。直到从窗外见张华趴在桌上睡着，才推门进来。

她将一件厚实的大笔披在张华身上，然后摇着张华的肩说："先生，先生，醒醒，醒醒。吃点儿东西，回屋睡吧。"

张华打了个激灵，猛地挺起身，说："干什么？谁敢动她一根毫毛……"

他睁开眼，见眼前站着的是小芸，于是说："哦，我做了个噩梦。"

"您在这儿趴着睡多累呀，去吃点东西，回屋睡去。"

张华站起身说："哦。不吃了，不吃了。我去睡了。"

"不吃饭哪行？看您这些天瘦成什么样儿了？您可不能这么糟践身子，我给您把饭热好了，先吃点儿再去睡。"

于是张华跟在小芸身边来到餐厅。小芸已为张华炒好了几个菜，外加一碗汤。

张华坐在餐桌前，说："谢谢你！"

"您跟我怎么还客气起来了？"小芸说，"先生，您刚才做什么梦了？"

"哦，我梦见她了。"

"谁？"

"王婧。"张华说，"我梦见在洛河船上，几个流氓欺负她。为了保护她我跟几个流氓打了起来。"

"呵呵，您太能想象了，连这样的梦都能做出来。"

张华说："不，这不是梦，这是当年确曾发生过的。"于是当年的情景又浮现在张华眼前。

张华说："拿酒来。我喝点儿。"

小芸给张华斟上酒。张华呷了一口酒，说："那年，我和嵇康、阮籍他们去洛河边上过上巳节……"

小芸听了张华所讲的故事，说："看来，您和她是真爱啊。要是能走到一起会多么幸福！"

张华说："来，你陪我一起喝点儿。"

张华于是借着酒，将自己与王婧热恋的细节过程向小芸讲了一遍。小芸也被他们的爱情感动得泪水直流，说："一个女人，能够得到您这样真诚的爱，死也值了。可叹我们小姐没这个福啊。"

"爱是相互的，她不爱我，我怎么能爱上她？"张华说。

"嗯，"小芸说，"您还记得当初在安阳河边，您给我和小姐拧柳笛儿，捕蜻蜓吗？"

"当然记得。"

"当时您虽是个放羊娃，但我对您就十分敬佩，非常喜欢，但小姐却很不以为然，说你喜欢你嫁了这个穷小子吧。没想到，后来阴错阳差的，小姐竟然嫁给了您。"

"所以注定我们之间不会有爱情。"张华说，"当初我要是娶了你，也会比现在幸福万倍，你温柔，善良，善解人意，对穷人没有偏见。"

"也怪我，当时没有勇气。"小芸说。

"要是咱俩当时走到一起，现在在安阳河边一定会很幸福。如今咱会儿女成群，咱家的牛羊会遍布河岸，男耕女织，多么快活！"

小芸想象着张华描述的美好田园生活，脸上洋溢着幸福的表情。她夹了一块鸡蛋放进张华的嘴里。张华顺势将她揽在怀里。

小芸说："不，不，被她知道了，我可要倒霉了。"

张华听小芸提到"她"，也立即冷静了下来，收回自己的手臂，说对不起我喝多了。"

这时，小儿子张毽突然醒来，哭着要妈妈。张华和小芸赶紧跑进卧房，小芸上前搂着张毽说："宝贝儿不哭，不哭，妈妈来了，妈妈来了。"然后把着他撒了一泡尿，然后，小毽又躺在小芸的臂弯里睡着了。

张华转身重回餐厅，继续独酌，时过三更，他把自己灌得大醉，竟然抱起酒坛，边喝边唱边舞道："对酒当歌，人生几何，譬如朝露，去日苦多，慨当以慷，忧思难忘，何以解忧，唯有杜康……"

"哒啷"一声巨响，张华摔倒在地，酒坛摔得粉碎。

小芸赶紧跑到餐厅来，见张华趴在湿漉漉的地板上，醉得不省人事。她上前扶起他，边扶起他边喊："先生，先生醒醒，醒醒啊。回屋睡去！"

费了好大劲，小芸才将张华唤醒，她费力地架起他，来到卧室，将他放到床上，并为他脱下被酒弄得又湿又脏的衣服，盖好被子。

这里还没处理完，那边屋里小张毽又醒了，哭闹不止，他的哭闹又将张祎吵醒，一大一小大哭小叫。小芸赶紧跑到屋里，哄孩子。

两个孩子哄了半个时辰才一一哄得入了睡。她起身去看张华，没想到，张华已将被褥尿得透湿，她立刻给他换了被褥。

安顿好老的小的。小芸刚躺到床上，蒙眬之间，又听张华屋里传来"呕呕"的呕吐之声。小芸赶紧走过去，刚一出屋，被门槛绊了一下，她重重地摔了一跤。她从地上爬起，却感到脚脖子钻心地疼。她顾不上察看自己的伤情，来到主人屋里，推开门，一股呕吐物的恶臭扑鼻而来。小芸强忍着伤痛和恶臭，将沾满秽物的被褥撤下来，扔到外面。用热水给张华擦洗一遍，然后才回自己床上休息。这时，她才感到自己的脚踝钻心地疼。她强忍着，以为疼痛会慢慢减轻，但没想到，随着鸡叫声响起，脚踝越来越疼，最后疼得她落下泪来。

天刚放亮，小张毽醒来。小芸赶紧哄张毽。张毽喊着吃"馋儿馋儿"（奶），她知道孩子饿了，自刘贞走后，小张毽便断了奶，这些天来，小芸一直给他嚼馍馍，喂米粥。她刚要下地去拿馍馍，但脚一沾地便钻心地疼。她试了试，根本无法走路。

这时，张祎也醒来。好在此时天已亮了，张祎没有哭。小芸哄着张祎道："小祎，弟弟饿了，去把馍馍给弟弟拿来。"

小张祎还算听话，他光着小屁股下了地。

小芸说："悖悖篮子在餐厅挂着呢，你搬个凳子，站上去就能够到。看我们小祎多乖。"小芸鼓励道。

张祎按照郭姨所说的去给弟弟拿馍馍，但就在他登上凳子，费力地摘下停停篮子的时候，因为没有站稳，"哓"的一声，一头从凳子上栽下来。

张祎被摔得大声哭叫起来。

小芸听到张祎从凳子上摔下，赶紧下床，只用一只右腿跳到张祎身边，却见小祎躺在地上，头被磕得直流血。她俯下身去拉他，但左脚一用力，锥心的疼痛使她"扑通"一声坐在地上。她也大哭起来。两个孩子见她哭，哭声也更大了。小张毽哭闹着来找她，却从床上栽下来，摔到地上。好在小张毽没有受伤，坚持着爬到小芸和哥哥身边。小芸搂着小张毽，大放悲声。

不久，张华被这哭声吵醒。他忽地坐起身，这时他才知道自己赤身裸体。他寻找自己的衣服，发现一身早已熨好的新衣服就摆放在自己床前，他赶紧穿上衣服，跑过去。眼前的一幅惨景让他大惊。顷刻，他便从醉酒中清醒过来。赶紧出门叫了一辆车，将受伤的小芸、张祎抱到车上，自己怀抱着张毽，带着小芸、张祎去看郎中。

郎中诊了一遍，小毽没受伤，小祎只是皮外伤。而小芸则是右脚踝骨断裂，必须敷膏药，两个月内不能下地。

张华将他们三个拉回家。一一抱下车，并将小芸抱到床上。他看到屋外扔着的肮脏的被褥和衣物，什么都明白了。

他对小芸说："小芸，谢谢你！没有你，昨晚我们爷仨不定出什么大事呢。"

小芸说："昨夜把我吓坏了。那些被褥您先放着吧，等我好点儿了再拆洗。"

"你好好养伤吧。我今天就去请假，在家好好侍候你和孩子。"

从此，张华真的请了长假，一心在家照顾小芸和孩子。

聪明人做什么像什么。一旦用心，什么都比别人做的好。没多久，张华就将做饭、搞卫生、哄孩子这些家务活儿做得异常娴熟，尤其是他做的饭，比一般厨师还要好。他每天变着花样给小芸和两个孩子做好吃的。讲各种故事哄着他们开心。

没了女主人，这倒像一个和睦的家庭了。

小芸感觉张华像变了一个人。过去，刘贞在家时，二人总是冷言冷语，难得看到笑容。她一直以为张华是个严肃有余而温情不足的男人，没想到原来竟然这样有情趣。她心想，小姐是怎么将他伤得这样深，以至于他在她面前都像变了一个人似的？一个女人如果错过这样的男人的爱，是她一生最大的失败。这本应给予小姐的温情，如今却给了丫鬟。

小芸虽然伤痛未愈隐痛阵阵，但却感觉非常幸福，同时内心又十分不忍。

那天，张华做了四个菜一个汤，用托盘端到小芸面前说："小芸，吃饭喽。"

"您何必弄这么复杂。"小芸望着张华道。

"为了你早日把伤养好呀。你看看这是什么？这是我特意为你煮的羊排骨。我从昨天晚上就炖在火上了，为的是让你嚼这些小骨头。中医讲吃什么补什么。你最需要补的就是骨头。"说完，张华将一根羊排拿起来，送到嘴边吹了吹，然后放到小芸的嘴里。小芸嚼了几口。

"香吗？"张华问。

"嗯。"小芸泪水扑簌簌地掉下来。

"你怎么又哭了？"张华问。

"先生，我是侍候人的人，现在不但不能侍候您，还让您这么精心地照顾，我心里实在不忍……"

"小芸，你是为我和孩子才受伤的，我侍候你有什么不应该的？你对我们爷仁有大恩大德呀。"

"你这话我可承受不起。"小芸说，"小芸一个丫鬟，今生今世能够被您这样一位大人物照顾，死而无憾了。"

"别说傻话了。你的伤一天不好，我就照顾你一天。"

"呜呜……如果您不嫌弃，我侍候您一生一世，给您当一辈子奴婢也心甘情愿。"小芸哭着说。

"咱之间没有什么主奴之分。命运既然让你进了这个家，你就永远是这个家的一员。"

"等小姐回来，我要好好说说她，劝她好好地待您，像您这样好的男人世界上打着灯笼也难找。"

"我们之间裂痕太深，不是你能劝动的。"

"但您心里必须放下那个人。"

"一个人的心不是被这个人占据，就会被那个人占据。要想将另一个排挤出去，只有一个办法，比那个人做得更好，比那个人爱得更深，除此之外别无他法。我不是有意放不下王婧，是因为刘贞让我放不下。她每一次对我的伤害，都让我更思念王婧。"

"您说的这些我懂，我如果能说动小姐，让她好好爱您，您能保证忘掉王小姐吗？"

"嗯。我会努力的，为了孩子我也应该努力改变我自己。今后的日子不能再像以前那样过了，我会用真心去爱她。"

55

其实，在张华想改变自己的时候，刘贞也已彻底悔悟，想努力改变自己，做个好妻子，好母亲。

刘贞的改变是被嫂子劝动的。

刘正当初让自己的妻子陪妹妹回方城，就是想让妻子好好做做妹妹的工作。为此，刘正夫妻二人认真分析了张华夫妇矛盾的由来。认为，刘家当初看不起张家才是所有矛盾的源头，尤其那假订婚，是对寒门出身的张华的极大侮辱。如果张华是个普通寒门小子或许能够忍受，但恰恰人家是令人敬仰的大才子。刘贞虽然是大家小姐，但论自身条件远远配不上人家张华，而且随着时日推移，张华不仅显示出了其越来越大的才华，而且仕途也一帆风顺。不仅深受司马昭的赏识，而且多数正直的官员都与他交好。未来他无论向哪条路上发展，都会成为清史留名的大人物。为官有宰辅之才，做学问可成一代宗师，而且人家张华虽然与刘贞感情不合，但却从不推卸责任，勇于承担，从没想与刘贞离婚。如果他真的与刘贞离婚，不知多少世家小姐会争着嫁给他。

刘正知道妹妹性格急躁，不容易听人劝解，所以才让妻子去慢慢开导。

经过嫂子半年的劝说，刘贞才最后醒悟，她从内心觉得，最初自己看不起张华，厌恶张华一家人才是夫妻矛盾的根源。她决定改变自己，而改变的最好方法便是拿出实际行动。

她买了一大堆礼物，乘车去徐水看小姑子张菁。

张菁自丈夫死后，一直在大家守寡，夫家人认为是她妨死了丈夫，因而很不受公婆待见，一直催她改嫁，以便把她居住的房子腾出来。

刘贞来到张菁婆家所在的村子，打听到张菁的住址，敲了半天门，才听到有人回应，但声音细小，听不清楚。刘贞等了一会儿，还不见有人开门，于是她只得自己推开门。当她走进屋时，却发现一个人盖着被子蜷缩在炕角，不时地发出呻吟声。

刘贞掀开被子，吓了一跳。她看到，张菁骨瘦如柴，浑身颤抖。她伸手摸了摸张菁的头，滚烫。

"菁儿，怎么了？你这是怎么了？"

张菁微睁开眼，但已无力回答。

"我是你嫂子刘贞呀，你怎么了？"

张菁微微摇了摇头，没有回答。

"你这是病了，应该赶紧去看大夫。"刘贞立即去找张菁的公婆。

见了张菁公婆的面儿，刘贞问道："亲（读庆）爹，亲娘。张菁病了你们知道不知道？"

"知道又能怎么样？我们哪里有钱给她治病。"婆婆说。

"没钱治病也应该有人侍候啊，她病得那么重你们把她一人扔在家里，这不成心看她死吗？"

"人死谁拽得住啊，我儿子死了我们都没办法。"那婆婆道。

刘贞看看这家确实太穷了，于是说："好，你们不管，我管，不过出了什么意外你们可别怪我。"

"那就拜托你了。她是死是活我们谁也不怪。"

"那我就把她接到城里去看大夫了。"

"您快把她接走吧。"那婆婆说，"唉，这也是她修来的福啊，碰上你这样的好嫂子。"

刘贞回到张菁身边时，张菁有些清醒了。她认出了刘贞，眼中现出一丝惊愕，然后合上眼，眼泪顺着眼角流出来。

刘贞也不知哪来的劲儿，她上前抱起张菁，将张菁抱到门外的轿车上，吩咐车夫直奔范阳城。

刘贞在范阳城里找到最著名的郎中。郎中只看了一眼，便挥挥手，说："赶紧把人拉走，准备后事吧。她得的是伤寒。回家后最好把病人隔离，不然会传染给他人。"

刘贞一听，大惊失色。因为在古代，伤寒是一种具有传染性的不治之症。

刘贞哀求道："大夫，您给开点药我们再回去。"

"开药也是白花钱。"

"至少可以让她少受点儿罪。"

大夫开了几味药。刘贞将张菁拉回自家的方城刘侯庄园。将张菁放在最南边的一个院子里。刘贞自己亲自喂药喂饭，为防传染给别人，其他人一律不让进院。在刘贞的精心照顾下，第五天，张菁的病情竟然突然见轻了。她睁开眼，问："这是在哪儿？"

"在方城，我娘家……"

"刘侯庄园？"

"嗯。"

"我怎么会在这儿？"

"你病了，昏迷了多日。我带你去范阳城看郎中，吃了药，你的病见轻了。"

"我不是在做梦？"

"不是。菁儿，你认不出我了吗？"

"我认得你，你是我嫂子。你真的是我嫂子吗？"

"真是我。菁儿，嫂子过去不懂事，对不起你。以后我会好好照顾你……"

"嫂子，过去我也有不是。请你原谅！我用不着别人照顾了，以后对我哥和咱妈好点儿……对了，咱妈还好吗？"

刘贞流泪道："好，好！你别惦记着了。"

"以后跟我哥好好过日子……"

张菁句句话都像遗嘱，令刘贞内心很是惊恐，说道："别胡思乱想了，以后咱家的日子一天比一天好，你好好休息，好好养病……"

"嗯，你是个好嫂子，我可以放心了。"张菁说完，腿一蹬，头一歪，喉头发出"眼儿"的一声，死了。

原来张菁暂时的清醒就是许多病人临终前的回光返照。

刘贞伤心不已，失声痛哭。她给张菁置办了最好的装裹和棺材，然后将她送回婆家与其丈夫合葬一处。

铜帮铁底的大红柏木棺材，让张菁婆家村里的人羡慕不已。村人议论道："看人家这当嫂子的，真是老嫂比母。"

刘贞不仅得到了张菁婆家人的赞赏，连刘侯庄园的仆人也说："我家小姐这是怎么了，跟换了个人儿似的。"

刘贞忙完张菁的后事，她自己的嫂子——刘正的妻子跟她商量何时回洛阳。她说："我实在太累了。让我休息两天再说吧。"

"嗯。你虽然受了累，吃了苦，但会换来今后的甜。茂先知道你对张菁的这番情义，是铁石心肠的人也得落泪，他肯定会原谅你以前的任何过错。"

"我倒不是为了得到谁的原谅，我是用行动来减轻我自己的罪责。看到她孤独地被扔在一旁，身边无一人时，我感觉那是我造成的，如果当初我们能好好相处，我能像普通人家的媳妇儿、嫂子那样，张菁绝不会匆匆离开洛阳。"

刘正妻子道："我在想，怎样才能让茂先知道你这些天来是多么不容易。这话你自己不能说，咱家谁说了他都不会相信……"

"不，千万不要跟他说。好像我只是因为他才对张菁好的，不是的。如果为了他我才这样，那就太让他看低我了。以后我不管他对我怎么样，我会对他好的。

这些天我虽然很累，但我心里踏实了许多。嫂子，多谢你陪我这么些天，不是你悉心开导，我不会活得这么明白。"

"咱姐儿俩还说什么谢。"

"好，不说了，我实在太累了，我要睡了。"

但刘贞这一觉竟然睡了一天一夜。开始，人们以为她太累了，怕打扰她，一直没有在意，但第三天，刘正的妻子觉得有些不对劲，她走进刘贞的房子，发现刘贞已昏迷不醒，浑身火炭一样。她知道，刘贞被传染了伤寒。她忙叫人去请郎中，但人还没走，刘贞就咽气了。

消息传到洛阳，张华悲痛不已，尤其当他得知妻子是因为精心照顾妹妹才染上伤寒的，他因为强烈的自责而几乎崩溃。

这就是命运。两个本不该走到一起的年轻人，被强扯在了一起，互相争斗，互相伤害。当两颗心打算融合在一起的时候，却又阴阳两隔。

张华再次找到管辂，对管辂说："公明大师，您再给我看看，我的命怎么这么苦啊？"

管辂看了看张华，说："一切都在你的面相上摆着呢。你的颧骨高……"

管辂的大弟子晏宁在一旁说："老师，您不是说男人颧骨高必定逞英豪吗？"

"是啊，"管辂说，"相术跟其他学问一样，别学僵了，死记硬背不行。很多人面相差不多，但命运却完全不同，得学会综合考察。微小的差异也会造成命运天壤之别。再说了，茂先先生让我看的婚姻家庭，而不是事业前程。逞英豪与幸福不幸福，命苦不苦是两码事。英豪就幸福吗？不，英雄人物的内心比一般人更痛苦，只是普通人不理解而已。明白了吗？"

"弟子明白。"晏宁道。

管辂又对张华说："您看，您颧骨高，但耳垂大，耳朵位置低。"

"老师，耳垂大，耳朵低是贵人之相呀。刘备不就大耳垂肩吗？"晏宁又道。

"为什么说相面要综合考察呢？"管辂说，"颧骨高和耳朵低，单看都是贵人之相，但这两个贵相出现在一个人的身上虽然极贵，但却会伤及亲人。所以，相曰：颧高耳低，必克三妻。"

"啊？"张华听后惊叹一声。

管辂对弟子说："刘备当年连死两妻，到第三任妻子甘氏夫人时，虽然刘备很爱甘氏，但说什么都不肯明媒正娶甘氏为妻，就是因为有人给他看了，他有克妻之命，为了能与甘氏白头偕老，只能给甘氏以妾的身份。虽然甘氏一直被作为正房看待，但直到死后也没有妻的名分。刘备称帝后，才追谥亡妾甘氏为'皇思夫人'。刘禅即位后追谥生母甘夫人为'昭烈皇后'。"

博学的张华对于当代历史十分精熟，他也知道，作为刘备的正室和皇太子刘禅之母，甘氏一直没有妻的名分，而始终是妾。对此，他感到疑惑，但是从未细究其中的原因。管辂的这番话终于揭开了这个谜团。

管辂说："张先生，您已克过两个妻子，以后若碰到真心喜爱的，千万学刘皇叔。"

56

妻子去世后，家庭的事务小芸独自承担起来。张华把全部精力用于工作事业上。

钟家与卫家是著名的书法世家。钟繇与卫觊同为汉末魏初朝廷重臣，二人师源于张芝，诸体皆善。此后中国书法，皆出于钟、卫二家。（见康有为《广艺舟双楫》"钟派盛于南，卫派盛于北"，"后世之书，皆此二派，只可称为钟、卫"）

钟繇之子钟会、卫觊之子卫瓘，各禀父志，成为又一代书法大家，且同时事魏，钟会时任中书侍郎，卫瓘任散骑常侍，且二人都是司马昭的嫡系，因而张华得以有机会跟两位书法大家研习书法。张华不仅从技法上，更从书法史和哲理的深度去研究书法。为此他颇下了一番苦功夫。

卫瓘与张华聊起书法，侃侃而谈，很有见地。而钟会却对书法很不以为然。他对张华说："茂先，我觉得你在书法上浪费那么多时间实在没有必要。书法，小道也。不过是写文章的工具而已，除此之外没有任何功用。一个人如果将一生的精力用在书法上，实在没什么出息。"

张华说："既然如此，您是怎么将书法练到炉火纯青的呢？"

"呵呵，我不过是传承家学，被父亲逼出来的。"钟会说，"小时候，父亲教我练字。我不练，父亲便打我。我用楚霸王的那句话回答他'书，足以记名姓而已；剑，一人敌。不足学。学万人敌。'父亲大怒，打了我一顿，说：'万人敌就需要敌万人，以一人敌万人，很少有成功的。项羽最终不是也自刎乌江了吗？'我因此才下功夫练字。唉，习书，耽误了我太多的时间，把最好的时光用在小道之上，现在想来，后悔死了。"

张华说："令尊虽一生倾心于书，不也位列三公了吗？怎么能说书是小道呢？"——钟繇做到魏太傅。

"三公算什么？如果他把精力用在更重要的事上，可能就不止三公了。"

天啊，钟会的这番话令张华十分惊异。张华想，这钟会的志向也太大了，在他的眼里，一个人位列三公都不算成功，那他……他不敢想了。

张华问："项羽说的和您想学的万人敌究竟是什么呢？"

"儒道经典，用兵之法，治国之策。只有精通这些，才能做得人上人。次之则是文章，所以文帝说'盖文章，经国之大业，不朽之盛事'。一个人如果不能成为盖世英豪，能够有雄文流传后世也不枉此一生了。你是当世公认的文章第一大家，所以，我教你书法，你教我写文章，咱互为师生如何？"

"好，一言为定。"

钟会说张华是当时文章第一大家并不为过。因为到了魏末，曾经风光无限的建安七子都已离世，而西晋时期的青年文学才俊，比如金谷园二十四友还尚未成名，有的还刚刚出世。所以张华承前启后，成为当时最为著名的文学家。

张华在钟会和卫瓘的影响下，书法水平大为精进，尤其是钟会竟然不吝，将其父钟繇保存的书法至宝《九势八字诀》借张华看了半年。终致张华后来成为"章草八家"之一。

关于这篇《九势八字诀》还流传着一个非常离奇的故事。故事说：钟繇年轻时，随刘胜到抱犊山学习书法三年，回来后与另外几个书法大家邯郸淳、韦诞、孙子荆、关枇杷等人探讨用笔的方法。钟繇忽然看见蔡伯喈（即蔡邕）那本关于笔法的书《九势八字诀》放在韦诞的座位上。钟繇向韦诞索取，而韦诞不给他。钟繇非常郁闷，捶自己的胸脯捶了三天，他的胸脯都被自己捶青紫了，并因此而呕血。后来，钟繇又去韦诞处苦求，仍是不得。等到韦诞去世后，钟繇令人挖掘韦诞的坟墓，才得到了蔡邕这本书法秘籍《九势八字诀》。故事很荒诞，因为它将不同时期的人物串联到了一起，多少有些像《关公战秦琼》，但它一来，透露了作为楷书鼻祖钟繇在书法上用了多少苦心；二来也说明钟繇在人品上是有瑕疵的。（见羊欣《笔阵图》魏钟繇少时，随刘胜入抱犊山学书三年，还与太祖、邯郸淳、韦诞、孙子荆、关枇杷等议用笔法。繇忽见蔡伯喈笔法于韦诞坐上，自捶胸三日，其胸尽青，因呕血。太祖以五灵丹救之，乃活。繇苦求不与。及诞死，繇阴令人盗开其墓，遂得之，故知多力丰筋者圣，无力无筋者病，一一从其消息而用之，由是更妙）

张华精研书法，而钟会在文章上也下足了功夫。钟会用了一年时间写了一部《四本论》。《四本论》讨论的是一个颇具争议的玄学问题，即才与性的关系问题。当时，九品官人制的选人方法受到广泛质疑，如何选拔优秀的人才？人才的才能与人的性格和道德是什么关系？是当时士人热议的话题。尚书傅嘏说才能与道德是相一致的，李丰说是不一致的，钟会自己认为才与性虽然不是一回事，但二者是有密切关系的，王广认为二者根本就没有任何关系。钟会用大量事实和推理，对四家之言分别进行论述评价。这就是《四本论》的内容和由来。（见《魏志》会论才性同异，传于世。四本者，言才性同，才性异，才性合，才性离也。尚书傅嘏论同，中书令李丰论异，侍郎钟会论合，屯骑校尉王广论离。文多不载）

钟会写完《四本论》让张华帮助润色。张华除了修改几处用词之外，没有进行大的改动。他对钟会说："我觉得你这篇文章写得很好。如果这是文学作品，我会帮你宣扬宣扬。但本文讨论的是玄学问题。只有得到了玄学大家的推崇，才能获得社会的广泛认可。嵇康、阮籍是当今最著名的玄学名士，你应该让他们看看。"

听了张华之言，于是钟会去拜访阮籍。阮籍正醉意蒙胧，听了钟会的来意，对他翻了个白眼，说："你先把文章放这儿吧。我酒醒了再看。"

但两个月过去了，钟会始终不见阮籍的回话，只得又找上门来，阮籍仍然醉醺醺的，又翻了个白眼，说："我不记得你曾让我看过什么文章呀。放在哪儿了？"于是命家人查找，果然在角落里找到那本落满灰尘的稿子。

"请您帮我看看，指点指点。"钟会虽然生气，但仍然很客气地说道。

"好吧，等我酒醒了再看。"

钟会将自己对阮籍的不满向王戎诉说，王戎说："你见他时他是用青眼看你还是用白眼看你？"

钟会想了想，说："好像是白眼。"

王戎说："那就完了。这阮嗣宗好为青白眼，凡是见了他喜欢的人，就用青眼，凡是他反感的，就用白眼。他若用白眼看你，绝不会帮你看什么《四本论》的。"

"你们都是竹林挚友，能不能跟阮大名士说说，帮我……"

王戎说："不行不行。他要是看不上谁，谁说也没用。嵇康和他关系好吧？可嵇康的哥哥嵇喜拜访阮籍，仍遭阮籍的白眼。"（《世说新语》：籍又能为青白眼。见礼俗之士，以白眼对之。常言"礼岂为我设耶？"时有丧母，嵇喜来吊，阮作白眼，喜不怿而去；喜弟康闻之，乃备酒挟琴造焉，阮大悦，遂见青眼）

果然，又等了两个月，钟会再次登门，发现自己精心书写的《四本论》仍然被扔在角落里。他略带不满地问阮籍道："您怎么还没看呀？这都快半年了……"

阮籍对他翻了个白眼："我不是答应你酒醒了再看吗，我这半年一直没有醒酒呢。你要是着急就拿走，另请高明吧。我这酒说不定什么时候醒呢。"说完，将《四本论》这部书稿扔给钟会。

钟会窝了一肚子火。于是又找到张华，想让张华带他见嵇康。

张华说："嵇叔夜虽然不喜酒，但经常服药，性情比阮嗣宗更加狂傲。"

"我听说你跟竹林名士关系不错，不给我面子，还不给你面子吗？所以，麻烦你带我去见见嵇康。"

张华不好推辞，说："我带你去可以，但他什么态度我可拿不准。若他折了你面子，可别怪我。"

"哪能怪你呢。"钟会说。

于是张华带钟会到山阳去见嵇康。他们来到嵇康家时，嵇康与向秀正在家门前围炉打铁。张华走到嵇康、向秀面前，嵇康说："茂先，你怎么来了？"

张华说："我来看看嵇师傅的手艺如何？我还给你带来一位朋友，这位姓钟，故太傅之子钟会钟士季。士季写了一部书，取名《四本论》，嵇大名士能否帮助指点一二。"

嵇康其实认识钟会，他看了一眼钟会，钟会赶紧点头道："钟，钟会，久慕，慕，慕嵇先生大名……"

嵇康对钟会理也不理，用小锤敲了一下铁砧，向秀抢起大锤，二人又叮叮当当地打起铁来。

钟会在一旁观看。嵇康一言不发，只当没看见一样。

张华也没想到，嵇康会让钟会这么下不来台，于是说："叔夜兄，你歇歇，咱……"

"茂先，我说过了，不要随便带人来我这里，我已经躲到深山老林了，何苦再拿俗务烦我？"

钟会恨恨地"哼"了一声，便独自下山而去。

嵇康望着钟会的背影问："何所闻而来？何所见而？"

钟会回转身说："闻所闻而来，见所见而去。"

（见《世说新语》钟士季精有才理，先不识嵇康，钟要于时贤俊之士，俱往寻康。康方大树下锻，向子期为佐鼓排，康扬槌不辍，旁若无人，移时不交一言。钟起去，康曰："何所闻而来？何所见而去？"钟曰："闻所闻而来，见所见而去。"）

张华说："叔夜兄，你也太不给面儿了。"

"我这是清静之地，以后再带这样的俗物前来，我连你一块儿轰。"

"士季文韬武略之人，名门世家之后，嵇公何以对他厌恶若此？"

"他虽文武兼备，出身名门，但见利忘义，好为事端，心术难测。"嵇康道。

张华不知道嵇康何以给钟会列举这些"罪名"，但也无暇细问。跟嵇康、向秀寒暄几句，赶紧去追钟会。对钟会说："士季兄，你看这事儿闹的……"

"哼，嵇康，你为人也太过了吧。"钟会说着，掏出佩剑，"唰"的一剑将路旁一棵小树砍断。

57

钟会也是个"非常之人也"（蒋济语）。很早就表现出了"非常"之处。其机智聪慧是可与王弼、王戎等相提并论的神童之一。

一天，太尉蒋济到太傅钟繇家做客，见到钟会非常吃惊，对钟繇说："这个孩子可不是一般的人啊，你看看他的眼睛就知道了，一点儿也不怯场，这是个胆大如斗的奇才。"后来钟繇带着两个儿子——长子钟毓和次子钟会——去见魏文帝曹丕，钟毓头一次见皇帝，吓得全身是汗，钟会呢，好像没事儿一样，从容得很。曹丕问："钟毓啊，你怎么出了那么多汗啊？"钟毓说："陛下天威，臣战战兢兢，汗如雨下。"曹丕又问钟会："钟会，你怎么不出汗呢？难道不怕朕吗？"钟会学着他大哥的口气说："陛下天威，臣战战兢兢，汗不敢出。"曹丕听后哈哈大笑。（见《世说新语》钟毓、钟会少有令誉。年十三，魏文帝闻之，语其父繇曰："可令二子来。"于是敕见。毓面有汗，帝曰："卿面何以汗？"毓对曰："战战惶惶，汗出如浆。"复问会："卿何以不汗？"对曰："战战栗栗，汗不敢出。"）

还有一则故事，说钟会是荀勖的叔伯舅舅，两人感情不和。荀勖有一把十分珍贵的宝剑，经常放在他母亲钟夫人那里。钟会模仿荀勖笔迹，给荀勖的母钟会的姐姐写了一封信，将宝剑骗到手里。荀勖知道这一定是钟会干的。但由于钟会模仿他的笔迹太逼真了，因此没法证明那字不是他荀勖写的，所以这宝剑也无法索要回来。荀勖于是想法报复钟会。钟家兄弟花重金修建一所住宅，非常精美，但新房刚刚落成，还没有搬进去。他偷偷地到钟会的新居，在大厅正中的墙壁上画上钟繇的像，衣帽、相貌都和生前一模一样勖是当代非常有名的画家。钟毓和钟会兄弟进门看见父亲画像，大为感伤哀痛。儿子不能将父亲的像铲掉，因而这所房子只能闲置不用，作了父亲的祠堂。（见《世说新语》钟会是荀济北从舅，二人情好不协。荀有宝剑，可直百万，常在母钟夫人许。会善书。学荀手迹，作书与母取剑，仍窃去不还。荀勖知是钟而无由得也，思所以报之。后钟兄弟以千万起一宅，始成，甚精丽，未得移住。荀极善画，乃潜往画钟门堂，作太傅形象，衣冠状貌如平生。二钟入门，便大感励，宅遂空废）

这个故事真假无从考证，但它从一个侧面反映出钟会和荀勖这两个舅甥的才华。钟会书法盖世，荀勖的绘画、音乐水平出类拔萃。

确实，正如钟会对张华所言，他因天资聪颖，虽然对书法不十分喜爱，勉强为之，便成卓越，后世称其书"遂逸致飘然，有凌云之志"（见唐张怀瓘《书断》）。

钟会的才能确实是多方面的，尤其是他的军事才能，在征讨毌丘俭一战中得到了淋漓尽致的发挥，令司马师惊异不已，称"真王佐之材也"（《三国志·钟会传》）。蜀国大将夏侯霸也说："有钟士季，其人管朝政，吴、蜀之忧也。"（《三国志.钟会传》）。

一个文韬武略之人，才华盖世之士竟然受到阮籍、嵇康如此羞辱，是可忍而孰不可忍？为了报这一箭之仇。钟会于是搜集阮籍、嵇康的悖逆言行，准备在司马昭面前为他们上眼药。

令钟会喜出望外的是，阮籍"失德悖礼"的言行比比皆是。行为放达，举止怪诞到令人无法想象的程度。

钟会通过调查获知。有个军官的女儿才貌双全，姑娘还没出嫁，突然病逝了。阮籍也不认识人家，待姑娘埋葬后，阮籍却到坟上大哭一场。（见《晋书·阮籍传》兵家女有才色，未嫁而死。籍不识其父兄，径往哭之，尽哀而还）

钟会还听说，阮籍嗜酒，他家旁边有一小酒店，阮籍常和王戎去小酒店吃酒，店主人是个年轻貌美的年轻小媳妇，阮籍喝醉了也不回家，常常躺在女主人旁边呼呼大睡。（《晋书·阮籍传》：阮公邻家妇，有美色，当垆酤酒。阮与王安丰常从妇饮酒，阮醉，便眠其妇侧）

还有一件事：阮籍的嫂子要回娘家，阮籍不仅为嫂子饯行，还特地送她上路。于是有人对阮籍说三道四，面对旁人的闲话、非议，阮籍说："礼法难道是为我辈设的吗？"（《世说新语》：阮籍嫂尝还家，籍见与别，或讥之。籍曰："礼岂为我辈设也？"）

与阮籍相比，嵇康虽更为放达，但因常居山阳，远离都市，钟会并没有找到他更多有违道德的言行。钟会觉得唯一可能引起司马大将军不快的是嵇康写给山涛的那封信《与山巨源绝交书》。

山涛因工作出色，被司马昭升为从事中郎，因而他原来所任的选曹郎一职空缺，司马昭让山源举荐一人。山涛于是写信给在山阳的嵇康，推荐他出任此职。嵇康见了山涛的信，不仅没说一句感谢的话，反而因此而跟山涛绝交，还专门给山涛写了一封绝交信——《与山巨源绝交书》。这封信文采飞扬，在历史上非常有名。所以不吝笔墨将原文和译文收录如下：

与山巨源绝交书

康白：足下昔称吾于颍川，吾常谓之知言。然经怪此意尚未熟悉于足下，何从便得之也？前年从河东还，显宗、阿都说足下议以吾自代，事虽不行，知足下故不知之。足下傍通，多可而少怪；吾直性狭中，多所不堪，偶与足下相知耳。闲闻足下迁，惕然不喜，恐足下羞庖人之独割，引尸祝以自助，手荐鸾刀，漫之膻腥，故具为足下陈其可否。

吾昔读书，得并介之人，或谓无之，今乃信其真有耳。性有所不堪，真不可强。今空语同知有达人无所不堪，外不殊俗，而内不失正，与一世同其波流，而悔吝不生耳。老子、庄周，吾之师也，亲居贱职；柳下惠、东方朔，达人也，安乎卑位，吾岂敢短之哉！又仲尼兼爱，不羞执鞭；子文无欲卿相，而三登令尹，是乃君子思济物之意也。所谓达能兼善而不渝，穷则自得而无闷。以此观之，故尧、舜之君世，许由之岩栖，子房之佐汉，接舆之行歌，其揆一也。仰瞻数君，可谓能遂其志者也。故君子百行，殊途而同致，循性而动，各附所安。故有处朝廷而不出，入山林而不返之论。且延陵高子臧之风，长卿慕相如之节，志气所托，不可夺也。吾每读尚子平、台孝威传，慨然慕之，想其为人。少加孤露，母兄见骄，不涉经学。性复疏懒，筋驽肉缓，头面常一月十五日不洗，不大闷痒，不能沐也。每常小便而忍不起，令胞中略转乃起耳。又纵逸来久，情意傲散，简与礼相背，懒与慢相成，而为侪类见宽，不攻其过。又读《庄》《老》，重增其放，故使荣进之心日颓，任实之情转笃。此犹禽鹿，少见驯育，则服从教制；长而见羁，则狂顾顿缨，赴蹈汤火；虽饰以金镳，飨以嘉肴，愈思长林而志在丰草也。

阮嗣宗口不论人过，吾每师之而未能及；至性过人，与物无伤，唯饮酒过差耳。至为礼法之士所绳，疾之如仇，幸赖大将军保持之耳。吾不如嗣宗之资，而有慢弛之阙；又不识人情，暗于机宜；无万石之慎，而有好尽之累。久与事接，疵衅日兴，虽欲无患，其可得乎？又人伦有礼，朝廷有法，自惟至熟，有必不堪者七，甚不可者二：卧喜晚起，而当关呼之不置，一不堪也。抱琴行吟，弋钓草野，而吏卒守之，不得妄动，二不堪也。危坐一时，痹不得摇，性复多虱，把搔无已，而当裹以章服，揖拜上官，三不堪也。素不便书，又不喜作书，而人间多事，堆案盈机，不相酬答，则犯教伤义，欲自勉强，则不能久，四不堪也。不喜吊丧，而人道以此为重，已为未见恕者所怨，至欲见中伤者；虽瞿然自责，然性不可化，欲降心顺俗，则诡故不情，亦终不能获无咎无誉如此，五不堪也。不喜俗人，而当与之共事，或宾客盈坐，鸣声聒耳，嚣尘臭处，千变百伎，在人目前，六不堪也。心不耐烦，而官事鞅掌，机务缠其心，世故烦其虑，七不堪也。又每非汤、武而薄周、孔，在人间不止，此事会显，世教所不容，此甚不可一也。刚肠疾恶，轻肆直言，遇事便发，此甚不可二也。以促中小心之性，统此九患，不有外难，当有内病，宁可久处人间邪？又闻道士遗言，饵术黄精，令人久寿，意甚信之；游山泽，观鱼鸟，心甚乐之；一行作吏，此事便废，安能舍其所乐而从其所惧哉！

夫人之相知，贵识其天性，因而济之。禹不逼伯成子高，全其节也；仲尼不假盖于子夏，护其短也；近诸葛孔明不逼元直以入蜀，华子鱼不强幼安以卿相，此可谓能相终始，真相知者也。足下见直木不可以为轮，曲木不可以为桷，盖不欲枉其天才，令得其所也。故四民有业，各以得志为乐，唯达者为能通之，此足下度内耳。不可自见好章甫，强越人以文冕也；已嗜臭腐，养鸳雏以死鼠也。吾顷学养生之术，方外荣华，去滋味，游心于寂寞，以无为为贵。纵无九患，尚不顾足下所好者。又有心闷疾，顷转增笃，私意自试，不能堪其所不乐。自卜已审，若道尽途穷则已耳。足下无事冤之，令转于沟壑也。

吾新失母兄之欢，意常凄切。女年十三，男年八岁，未及成人，况复多病。顾此恨恨，如何可言！今但愿守陋巷，教养子孙，时与亲旧叙离阔，陈说平生，浊酒一杯，弹琴一曲，志愿毕矣。足下若嬲之不置，不过欲为官得人，以益时用耳。足下旧知吾潦倒粗疏，不切事情，自惟亦皆不如今日之贤能也。若以俗人皆喜荣华，独能离之，以此为快；此最近之，可得言耳。然使长才广度，无所不淹，而能不营，乃可贵耳。若吾多病困，欲离事自全，以保余年，此真所乏耳，岂可见黄门而称贞哉！若趣欲共登王途，期于相致，时为欢益，一旦迫之，必发狂疾。自非重怨，不至于此也。

野人有快灸背而美芹子者，欲献之至尊，虽有区区之意，亦已疏矣。愿足下勿似之。其意如此，既以解足下，并以为别。嵇康白。

（译文：嵇康谨启：过去您曾在山嵚面前称说我不愿出仕的意志，我常说这是知己的话。但我感到奇怪的是您对我还不是非常熟悉，不知是从哪里得知我的志趣的？前年我从河东回来，显宗和阿都对我说，您曾经打算要我来接替您的职务，这件事情虽然没有实现，但由此知道您以往并不了解我。您遇事善于应变，对人称赞多而批评少；我性格直爽，心胸狭窄，对很多事情不能忍受，只是偶然跟您交上朋友罢了。近来听说您升官了，我感到十分忧虑，恐怕您不好意思独自做官，要拉我充当助手，正像厨师羞于一个人做菜，要拉祭师来帮忙一样，这等于使我手执屠刀，也沾上一身腥臊气味，所以向您陈说一下可不可以这样做的道理。

我从前读书的时候，听说有一种既能兼济天下又是耿介孤直的人，总认为是不可能的，现在才真正相信了。性格决定有的人对某些事情不能忍受，真不必勉强。现在大家都说有一种对任何事情都能忍受的通达的人，他们外表上跟一般世俗的人没有两样，而内心却仍能保持正道，能够与世俗同流合污而没有悔恨的心情，但这只是一种空话罢了。老子和庄周都是我要向他们学习的人，他们的职位都很低下；柳下惠和东方朔都是通达的人，他们都安于贱职，我哪里敢轻视议论他们呢！又如孔子主张博爱无私，为了追求道义，即使去执鞭赶车他也不会感到羞愧。子文没有当卿相的愿望，而三次登上令尹的高位，这就是君子想救世济民的心意。这也是前人所说的在显达的时候能够兼善天下而始终不改变自己的意志，在失意的时候能够独善其身而内心不觉得苦闷。从以上所讲的道理来看，尧、舜做皇帝，许由隐居山林，张良辅助汉王朝，接舆唱着歌劝孔子归隐，彼此的处世之道是一致的。看看上面这些人，可以说都是能够实现他们自己志向的了。所以君子表现的行为、所走的道路虽然各不相同，但同样可以达到相同的目的，顺着各自的本性去做，都可以得到心灵的归宿。所以就有朝廷做官的人为了禄位，因此入而不出，隐居山林的人为了名声，因此往而不返的说法。季札推崇子臧的高尚情操，司马相如爱慕蔺相如的气节，以寄托自己的志向，这是没有办法可以勉强改变的。每当我读尚子平和台孝威传的时候，对他们十分赞叹和钦慕，经常想到他们这种高尚的情操。再加上我年轻时就失去了父亲，身体也比较瘦弱，母亲和哥哥对我很娇宠，不去读那些修身致仕的经书。我的性情又比较懒惰散漫，筋骨迟钝，肌肉松弛，头发和脸经常一月或半月不洗，如不感到特别发闷发痒，我是不愿意洗的。小便常常忍到使膀胱发胀得几乎要转动，才起身去便。又因为放纵过久，性情变得孤傲散漫，行为简慢，与礼法相违背，懒散与傲慢却相辅相成，而这些都受到朋辈的宽容，从不加以责备。又读了《庄子》和《老子》之后，我的行为更加放任。因此，追求仕进荣华的热情日益减弱，而放任率真的本性则日益加强。这像麋鹿一样，如果从小就捕捉来加以驯服养育，那就会服从主人的管教约束；如果长大以后再加以束缚，那就一定会疯狂地乱蹦乱跳，企图挣脱羁绊它的绳索，即使赴汤蹈火也在所不辞；虽然给它戴上金的笼头，喂它最精美的饲料，但它还是强烈思念着生活惯了的茂密树林和丰美的百草。

阮籍嘴里不议论别人的过失，我常想学习他但没有能够做到；他天性淳厚超过一般人，待人接物毫无伤害之心，只有饮酒过度是他的缺点，以致因此受到那些维护礼法的人们的攻击，像仇人一样地憎恨他，幸亏得到了大将军的保护。我没有阮籍那种天赋，却有傲慢懒散的缺点；又不懂得人情世故，不能随机应变；缺少万石君那样的谨慎，而有直言不知忌讳的毛病。倘若长久与人事接触，得罪人的事情就会每天发生，虽然想避掉灾祸，又怎么能够做得到呢？还有君臣、父子、夫妻、兄弟、朋友之间都有一定的礼法，国家也有一定的法度，我已经考虑得很周到了，但有七件事情我是一定不能忍受的，有两件事情是无论如何不可以这样做的：我喜欢睡懒觉，但做官以后，差役就要叫我起来，这是第一件我不能忍受的事情。我喜欢抱着琴随意边走边吟，或者到郊外去射鸟钓鱼，做官以后，吏卒就要经常守在我身边，我就不能随意行动，这是第二件我不能忍受的事情。做官以后，就要端端正正地坐着办公，腿脚麻木也不能自由活动，我身上又多虱子，一直要去搔痒，而要穿好官服，迎拜上级官长，这是第三件我不能忍受的事情。我向来不善于写信，也不喜欢写信，但做官以后，要处理很多人间世俗的事情，公文信札堆满案桌，如果不去应酬，就触犯礼教失去礼仪，倘使勉强应酬，又不能持久，这是第四件我不能忍受的事情。我不喜欢出去吊丧，但世俗对这件事情却非常重视，我的这种行为已经被不肯谅解我的人怨恨，甚至还有人想借此对我进行中伤；虽然我自己也警惕到这一点而责备自己，但是本性还是不能改变，也想抑制住自己的本性而随顺世俗，但违背本性又是我所不愿意的，而且最后也无法做到像现在这样的既不遭到罪责也得不到称赞，这是第五件我不能忍受的事情。我不喜欢俗人，但做官以后，就要跟他们在一起办事，或者宾客满座，满耳嘈杂喧闹的声音，处在吵吵闹闹的污浊环境中，各种千奇百怪的花招伎俩，整天可以看到，这是第六件我不能忍受的事情。我生就不耐烦的性格，但做官以后，公事繁忙，政务整天萦绕在心上，世俗的交往也要花费很多精力，这是第七件我所不能忍受的事情。还有我常常要说一些非难成汤、周武王和轻视周公、孔子的话，如果做官以后不停止这种议论，这件事情总有一天会张扬出去，为众人所知，必为世俗礼教所不容，这是第一件无论如何不可以这样做的事情。我的性格偏强，憎恨坏人坏事，说话轻率放肆，直言不讳，碰到看不惯的事情脾气就要发作，这是第二件无论如何不可以这样做的事情。以我这种心胸狭隘的性格，再加上上面所说的九种毛病，即使没有外来的灾祸，自身也一定会产生病痛，哪里还能长久地活在人世间呢？又听道士说，服食术和黄精，可以使人长寿，心里非常相信；又喜欢游山玩水，观赏大自然的鱼鸟，对这种生活心里感到很高兴；一旦做官以后，就失去了这种生活乐趣，怎么能够丢掉自己乐意做的事情而去做那种自己害怕做的事情呢？

人与人之间相互成为好朋友，重要的是要了解彼此天生的本性，然后成全他。夏禹不强迫伯成子高出来做官，是为了成全他们的节操；孔子不向子夏借伞，是为了掩饰子夏的缺点；近时诸葛亮不逼迫徐庶投奔蜀汉，华歆不硬要管宁接受卿相的位子，以上这些人才可以说始终如是真正相互了解的好朋友。您看直木不可以做车轮，曲木不能够当椽子，这是因为人们不想委屈它们原来的本性，而让它们各得其所。所以士、农、工、商都各有自己的专业，都能以达到自己的志向为快乐，这一点只有通达的人才能理解，应该是在您意料之中的。不能够因为自己喜爱华丽的帽子，而勉强别人也要去戴它；自己嗜好腐烂发臭的食物，而把死了的老鼠来喂养鸳雏。我近来正在学习养生的方法，正疏远荣华，摒弃美味，心情安静恬淡，追求"无为"的最高境界。即使没有上面所说的"九患"，我尚且不屑一顾您所爱好的那些东西。我有心闷的毛病，近来又加重了，自己设想，是不能忍受所不乐意的事的。我已经考虑明确，如果无路可走也就算了。您不要来委屈我，使我陷于走投无路的绝境。

我刚失去母亲和哥哥的欢爱，时常感到悲伤。女儿才十三岁，男孩才八岁，还没有成人，而且经常生病。想到这些就十分悲恨，真不知从何说起！我现在但愿能过平淡清贫的生活，教育好自己的孩子，随时与亲朋好友叙说离别之情，谈谈家常，喝一杯淡酒，弹一曲琴，这样我的愿望就已经满足了。倘使您纠缠住我不放，不过是想为朝廷物色人，使他为世所用罢了。您早知道我放任散漫，不通事理，我也以为自己各方面都不及如今在朝的贤能之士。如果以为世俗的人都喜欢荣华富贵，而唯独我能够离弃它，并以此感到高兴；这样讲最接近我的本性，可以这样说。假使是一个有高才大度，又无所不通的人，而又能不求仕进，那才是可贵的。像我这样经常生病，想远离世事以求保全自己余年的人，正好缺少上面所说的那种高尚品质，怎么能够看到宦官而称赞他是守贞节的人呢！倘使急于要我跟您一同去做官，想把我招去，经常在一起欢聚。一旦来逼迫我，我一定会发疯的。若不是有深仇大恨，我想是不会到此地步的。

山野里的人以太阳晒背为最愉快的事，以芹菜为最美的食物，因此想把它献给君主，虽然出于一片至诚，但却太不切合实际了。希望您不要像他们那样。我的意思就是上面所说的，写这封信既是为了向您把事情说清楚，并且也是向您告别。嵇康谨启。）

《绝交书》看似平和，但其中却充满了对时下的不满。钟会虽然写不出这么美妙的文章，但以他的聪明还是能够看出文章中所隐含的深意的。那就是对司马氏秉政的强烈不满。

58

钟会抓到了阮籍和嵇康的把柄，便寻找恰当时机对二人进行报复。

一天，司马昭举行家宴，宴请朝廷重臣及大将军府属下重要官员。郑冲、王祥、何曾、裴秀、卢钦、傅玄、傅嘏、和峤、石苞、羊祜、杜预、贾充、荀勖、钟会、山涛、卫瓘、阮籍、冯紞等三十余人参加。张华因正在大都督府与司马炎下棋，也被邀出席。

司马昭说："今天光临的都是博学之才，经国之士，请大家开怀畅饮，献治国之策，安邦之计。本督择其善者而用之。勿需拘谨，知无不言，言无不尽。请放心，今日之言，绝无外传之忧。若有传言者，本督将重责之。"

司马昭的用意大家很清楚，是让大家为他献计献策。明着是为治国理政，实际是要探探这些人的底。

这些人中，一部分是司马昭的嫡系，如郑冲、贾充、何曾、石苞、羊祜、杜预、荀勖、钟会、冯紞，也有一部分并不属于司马集团，但也不是司马集团的对立面，他们为人正直，不党不群，如王祥、裴秀、卢钦、傅玄、王昶、傅嘏、卫瓘、山涛、阮籍、张华等。司马昭私宴他们，意在拉拢，亮出自己的嫡系人马，借以恐吓，而且一旦参加了这样的私人聚会，以后就很难撇清与司马集团的关系了。

钟会率先站起说道："大都督，卑职以为，治国必先治心。宣文公（司马懿死后谥宣文公）以来，倡导'以孝治国'，这是很英明的决策。天下父慈子孝，兄仁弟悌，何患而不治。王大人、卢大人、傅大人，诸位大人，你们说是不是这个理儿？"

以孝治天下，确是司马懿主政以来大力提倡和推行的国策。卢钦、傅嘏等人对此都提出过异议，因为他们认为"仁"才是儒家的核心，"孝"不过是"仁"在亲子关系上的特殊表现形式。因而他们提出以仁治天下，因为"仁政"是孔子学说最主要的思想基础，而王祥、司马孚等人则强调以忠治天下。但无论以仁治国还是以忠治国都被司马氏否决，司马氏坚持以孝治天下。之所以如此，阮籍曾一语道破天机。他说："高平陵之变杀了五千余士，何以言仁？司马师擅行废立何以言忠？故司马氏仁、忠皆失矣，只能用'孝'来说事。"

"以孝治天下"是坚持了多年的国策。钟会当场询问王祥、傅嘏、卢钦这个国策对还是不对，这明显是给三位出难题。虽然"以孝治天下"并不完全符合儒家思想，但也不能说不对，毕竟"孝"也是儒学所大力倡导的传统道德的一部分。王、傅、卢等人都深得"中庸之道"，他们都不愿在这样的环境下引起激烈的争论。于是都说："是这么个理儿，是这么个理儿。"

阮籍对大家的议论毫无兴趣，只是闷头喝酒吃菜。

何曾指着阮籍说："阮大名士放纵情欲，违背礼法，有伤风化，败坏道德。如今忠良贤德之人，对阮先生这类人的行为是不能容忍和助长的。司马公正在倡导以孝治天下，你们看看这位阮兄，如今他还是在居母丧期间，竟然大块吃肉，大口喝酒，毫无忌讳。如此不孝之行，应该流放海外，莫要让他的言行污了华夏净土。"

钟会说："何大人说得非常对，像阮嗣宗这样的……"

司马昭打断钟会，插话道："你们看看他已经为母亲的去世悲伤到骨瘦如柴了，你何大人不能分担他的痛苦也就罢了，就别再指责他了。居丧饮酒有悖礼法，但有病的人为了补充身体是不违礼法的。"

司马昭祖护阮籍，一是因为他并不像嵇康那样公然反对司马氏。虽然他与竹林七贤都崇老尚无，行为放达，但并不是针对司马氏，因为他们在曹爽专权时期就是这样。高平陵之变后，阮籍能应司马懿之召出来做官，还是给足了司马氏的面子的，而相比阮籍，嵇康却公然拒绝司马氏的拉拢，一直不肯与司马氏合作。司马昭又十分欣赏阮籍的才能，所以对阮籍网开一面。

　　阮籍听着他们议论自己，毫不为所动，依然自顾自地喝酒、吃肉。（见《资治通鉴》："阮籍为步兵校尉，其母卒，籍方与人围棋，对者求止，籍留与决赌。既而饮酒二斗，举声一号，吐血数升，毁瘠骨立。居丧，饮酒无异平日。司隶校尉何曾恶之，面质籍于司马昭座曰：'卿纵情、背礼、败俗之人，今忠贤执政、综核名实，若卿之曹，不可长也！'因谓昭曰：'公方以孝治天下，而听阮籍以重哀饮酒食肉于公座，何以训人！宜摈之四裔，无令污染华夏。'昭爱籍才，常拥护之。《晋书·阮籍传》籍遭母丧，在晋文王坐进酒肉。司隶何曾亦在坐，曰：'明公方以孝治天下，而阮籍以重丧显于公坐饮酒食肉，宜流之海外，以正风教。'文王曰：'嗣宗毁顿如此，君不能共忧之，何谓！且有疾而饮酒食肉，固丧礼也！'籍饮啖不辍，神色自若。"）

　　张华说："阮先生喝酒不是为了补充身体，更不是为了快活，而是为了借酒消愁，因为只有醉酒，才能暂时减缓他的丧母之痛。这一点没人比我再清楚。阮伯母去世后，我一直在阮家帮忙操持后事。在伯母出殡当日，阮先生蒸了一头小肥猪，喝了两斗酒后才敢去和母亲诀别，到了母亲棺材前，他只说了一句：'完了！'然后大哭一声，随即口吐鲜血数斗，昏厥过去，直到今天，他的身体也没能恢复。他的孝是否是真心的，明眼人一看便知。世人绝大多数对父母都有孝心，只是表现形式不同罢了。"（见《晋书·阮籍传》："阮籍当葬母，蒸一肥豚，饮酒二斗，然后临诀，直言'穷矣！'都得一号，因吐血，废顿良久。"）

　　裴秀说："是啊，阮嗣宗是超脱世俗之人，不能以俗人的规矩去要求他。"

　　钟会道："裴大人的话我认为很有问题。规矩、礼法是为所有人制定的，哪能有例外之人？阮嗣宗如果为补充身体居丧饮酒或可原宥，但问题是他还有许多言行都有悖道德。"

　　何曾问："还有什么有违道德之事？"

　　钟会说："他任步兵校尉不久，有个军官的女儿才貌双全，姑娘还没出嫁，突然病逝了。阮籍也不认识人家，待姑娘埋葬后，阮籍却到坟上大哭一场。这是什么行为？"

　　山涛说："面丧而悲，悲极而哭，人之情也，这有违什么道德礼法呢？孔子孟子有谁说过这是不合道德的吗？"

　　钟会被山涛给问住了。是啊，虽然这事很怪异，但细想起来又没有不合道德礼法之处。钟会赶紧又说："听说阮先生家旁边有一小酒店，阮籍常去小酒店吃酒，店主人是个年轻貌美的小媳妇，阮籍喝醉了也不回家，常常躺在女主人旁边呼呼大睡。男女授受不亲，这难道也是正常的吗？"

　　王戎说："士季所言是以小人之心度君子之腹。我经常与嗣宗先生一起到那家酒馆饮酒，也偶尔醉卧于其榻。这是否正常，是否有不轨之举，你说了不算，我说了不算，他说了也不算，甚至女主人说了都不算，最能证明嗣宗是否清白的是这家男主人。男主人开始也怀疑，但后来才发现，嗣宗是个毫无邪念的君子，因而后来每次醉后，男主人还亲自将其扶到床上。所以说君子坦荡荡，小人常戚戚。"

钟会见在座的两位竹林名士和张华合力反驳他，恼恨不已，说："不仅阮嗣宗，你们几位所谓的竹林名士都言行有污。"

山涛说："你不能血口喷人，要用事实说话。"

"阮嗣宗的侄儿阮咸一直想勾引姑姑的丫鬟，姑姑怕引起丑闻，将丫鬟赶走。阮咸听说后，立即骑马去追。一马双跨大摇大摆地将丫鬟接过来。有这事没有？"钟会问。

张华问山涛："这事有吗？"

山涛不语。

钟会追问："有还是没有？"

"这事可以有。"王戎说，"如果阮咸不嫌姑娘身份低贱，娶为妻妾，又与他人何干？与道德何干？"（《晋书·阮咸传》："阮咸，素幸姑婢；姑将婢去，咸方对客，遽借客马而追之，累骑而还。"）

钟会说："还有刘伶，嗜酒如命，常乘鹿车，携一壶酒，使人荷锸随之，曰：'死便埋我。'"

"这是刘伶的风格。"张华说，"醉酒不为罪吧？"

"醉罪故不为罪，但他身为名士，如此行为，世人争相效仿，民风大坏。每至夜晚，洛阳城内，醉鬼盈街，枕籍而卧。"

"孔子有不让饮酒的教诲吗？"王戎问，"刘伶嗜酒乃是天性。刘伶嗜酒，裴大人嗜药，何大人嗜美食，还有人嗜痂，以为痂味似鳆鱼，若众人效此皆嗜痂，那怪谁呢？"

钟会、王戎都自幼被视为神童，因而二人之辩很让人兴奋。钟会被王戎诘倒，但并不肯服输。于是说："更有甚者，竹林名士公然反对儒教。非汤、武而薄周、孔，越名教而任自然……"

司马昭问："真有人公然非汤、武而薄周、孔吗？"

钟会问山涛："嵇康亲口所言，这事山公最清楚不过。"

钟会此言一出，令阮籍、山涛、王戎、张华大惊。他们知道，嵇康的《与山巨源绝交书》的内容已被钟会窥知。

司马昭问："巨源，可有此事？"

山涛说："嗯，这是事实，但嵇叔夜只是在与卑职间的私信中所言。"

"呵呵,什么私信?这封私信已在世族间流传甚广。嵇康不过想借此为自己彰显清高的声名,发泄对当世的不满。不信请看:'闲闻足下迁,惕然不喜,恐足下羞庖人之独割,引尸祝以自助,手荐鸾刀,漫之膻腥。'荐他当官,他说是故意让他沾上腥臊之气,那我们大家岂不都是肮脏之人吗?岂不是说如今是一个腥膻乱世吗?这不是谩骂司马公吗?信中,他说自己'又每非汤、武而薄周、孔。'……"

钟会的话句句致命,令山涛、王戎、张华等人为嵇康捏了一把汗。

就在这时,一直喝酒吃肉的阮籍"啪"的一声将筷子放到桌上,说:"你这是要置嵇叔夜于死地了?我知道你恨他,也恨我,恨我们没有向世人推荐你的《四本论》。要害一个人,没有比断章取义更恶毒的了。他是说非汤武而薄周孔,但你需要知道他为什么会这样,他非汤武,薄周孔是他潜心研究老庄的结果。与儒家相比,他更喜欢无为而治,清心寡欲的道家生活。所以他在信中说:'又纵逸来久,情意傲散,简与礼相背,懒与慢相成,而为侪类见宽,不攻其过。又读《庄》《老》,重增其放,故使荣进之心日颓,任实之情转笃。'一个散漫之人,怕把官场风气带坏而不出来做官有什么错?一个人隐居深山对社会有什么坏处?如果世人都像他那样彻底捐弃名利之心,那天下不治而自治,天下不安而自安。儒与道,乃华夏思想之二脉,双流归一,皆乃治国之理。汉之文、景以道治国,刘汉大兴。嵇叔夜与友人书信之言,何罪之有?再说,汤武周孔虽乃圣贤,但皆是远古之人。他们的思想就真的永远正确吗?如果他们永远正确,人人信守,就不会有战国之乱,就不会有暴秦一统,更不会有汉末之灾。有人可能说,天下之乱正是因为不尊周孔所致,这也错了。天下之所以不尊周孔,或阳奉阴违,说明即使是圣人,也没有让世代所有人心悦诚服啊。此外,圣人办事也不是没有一点儿失误。所以就出现了尧帝信用鲧、共工、兜、三苗等四凶的失误。周公失误于重用管叔、蔡叔等叛臣,孔子失误于错误对待宰予。如果人人心悦诚服,天下就永远都不会陷入昏乱。所以,像嵇叔夜这样的大才,研究一下古代圣人的得失,探讨一下世间真理,对国家是非常有益的事。最后我想问,即使他在书信中真的有薄周孔之言,但在行为上他有什么具体的罪行吗?"

阮大名士这番话令所有人深思,敬服。钟会哪敢跟阮籍辩论理论上的问题,但他又不愿意尴尬地认输,于是说:"欲天下大治,必人心归若歪理邪说盛行,必致人心混乱。治乱之道,必须先要惩戒异端邪说,杀一以儆百。"

王戎说:"嵇叔夜就像一个非梧桐不止,非练实不食,非醴泉不饮的鹓雏,它让食腐逐臭的鸱枭自惭形秽。他真诚率直,光明磊落,他像一面镜子照出那些阴险狡诈者的嘴脸。"

钟会知道王戎是在骂他，但人家没说明，若此时接这个话茬无疑是自认"鸱枭"和阴险狡诈，而且论机辩自己也未必是王戎的对手，论家族权势，钟家虽也是世族，但远不能与琅邪王家相比，今天在座的就有王祥、王昶、王戎三位琅邪王氏成员。因而他没有言语。

王戎的话不仅令钟会非常难堪，也令在场许多人心里不舒服，因为大家都在肮脏的官场"觅食"，尤其司马昭心里更是不爽，一个坚决不肯与司马氏合作的人物被举为高洁的至人、圣人，那不表明自己所代表的司马集团是低贱的小人了吗？但司马昭也不能发作。

贾充打破沉寂道："方才士季所言甚善，欲天下大治，必人心归一，若歪理邪说盛行，必致人心混乱。但某以为，治世之道，首要的是明君。只有英明的君主才可带来清平世界。今上明否？昏否？其德能比司马公何如？"

贾充的话一出口，满场皆静。这种公然议论皇上是明是昏，并拿皇上与辅政大臣比才德的行为，是纯粹的叛逆犯上，是不赦之罪。但司马昭既不痛斥，也不阻止，而是面带微笑地看大家的反应。

对这样的话题没人敢接茬。

贾充道："我听张茂先讲，说天下乃天下人之天下，唯有德者居之。今日之世，论功论德无出司马公之右者。"

石苞道："论功，司马公诛曹爽，杀李丰，平毌丘俭、诸葛诞。居功至伟。论德，公正清简，赏罚分明，辅政以道，为政以德，连吴国人都深爱之。我在广陵，就听吴国人说：'司马氏父子累有大功，除其烦苛而布其平惠，为之谋主而救其疾苦，民心归之亦已久矣。故淮南三叛，而腹心不扰；任贤使能，各尽其心，其本根固矣。'（见《资治通鉴》）我觉得吴人的话真正说到了点子上。"

确实，司马氏在历史上虽然因篡位而引起不少议论，但司马父子在当时还是深得世族人心的。

贾充道："既如此，我等何不举晋公而代魏？"

贾充的这句话更没人敢接茬。良久，司马昭打破沉默道："喝酒，喝酒。今天所言望诸君切勿外传。"

钟会又说："对内以孝治国，惩治邪说。对外当加紧用兵，消除蜀患。"

司马昭道："士季所言正合孤意。"从此，司马昭开始以"孤"自称。"孤"是天子或王才可使用的称谓。

羊祜说："蜀军主帅姜维，深得孔明用兵之法，文武兼备，非谋略之将不可敌也。"

司马昭道："钟士季文韬武略，可担此任否？"

"若得大都督信任，某愿统兵征蜀。"钟会道。

"好，你仔细研究一下蜀国情势，不久，孤将重组大军西征蜀汉，彻底荡平西南。"

59

贾充提议的禅代话题虽然没人接茬，但司马昭知道，沉寂就是默认，至少没人反对，因此心里更加有底。

世上没有不透风的墙，不久，司马昭举办的这场私宴的情景还是被皇帝曹髦知道了。

这曹髦与废帝曹芳截然不同。魏晋多神童和少年天才。曹髦就是可与王弼、王戎、钟会、张华比肩的少年天子。他对儒家经典的谙熟与精通不逊于当时那些著名的儒学博士。甘露元年（256）四月十日，曹髦来到太学，问学者们："古代的圣人得神明之助，观天理，察人世，因而推演出阴阳八卦；后来的圣贤进而发展成六十四卦，又推衍出数量繁多的爻，凡天地间之大义，无所不备。但那部书的名称却前后不一，夏时称《连山》，殷代称《归藏》，周朝又称《周易》。《易经》这部书，到底是怎么回事？"

易博士淳于俊回答说："远古时代伏羲氏依据燧皇之图而创八卦，神农氏又将其演进为六十四卦。此后的黄帝、尧帝、舜帝又各有变动，三代都依据社会的发展而不断对它进行补充完善。故汤'者'即交易也。把它称为《连山》，是形容它好似大山吞吐云气，连接天地；把它称作《归藏》，意思是说天下万事莫不隐于其中。"

曹髦又问："如果说是伏羲氏根据燧皇的图案而创立《易经》，那孔子为何不说燧人氏之后的伏羲作《易经》呢？"淳于俊答不出来了。曹髦进而问："孔子为《易经》作传（《彖传》《象传》共十篇），郑玄为《易经》作注，虽然他们是不同时代的圣贤，但对《易经》经义的解释是相同的。如今孔子的《彖传》《象传》，不和《易经》的正文放在一起，而是与郑玄的注文连为一体，这又是什么原因？"淳于俊说："郑玄把孔子的传和自己的注文合在一起，大概是便于学习《易经》者明白好懂。"

曹髦问："说郑玄把传和注结合起来是为方便和理解《易经》，那在他之前的孔子为何不把他的传与文王所作的《易经》合在一起呢？"淳于俊答："孔子担心把他的传和《易经》合在一起会引起混淆，所以没那样做。这说明圣人是以不合表谦虚。"

曹髦问："如果说圣人以不合表谦虚，那郑玄为何独独不谦虚呢？"

淳于俊说："古代经典意义弘深，圣上您所问的又如此深奥玄远，不是臣下我所能解释清楚的。"

因为曹髦对儒学有着精深的研究，所以他每次来太学，都弄得博士们十分紧张，连著名大儒王肃都说，这是个最令太学博士头疼的年代。

曹髦不仅精通儒学，而且琴棋书画无不通。他的绘画作品《祖二疏图》《盗跖图》《黄河流势》《新丰放鸡犬图》流传后世。其《黔娄夫妻图》在唐代张彦远《历代名画记》中被视为中品。要知道这样的成绩可是在他短暂的二十年生命里完成的。

曹髦不仅是个少年天才，博学文士，而且异常神勇。他虽是被司马师扶上皇位的，但司马师的专权令他非常愤怒。他决不肯受制于人。

正元二年，司马师带病征讨毌丘俭、文钦的叛乱，被文钦之子文鸯惊得眼球掉落，病上加病。司马师在许昌已奄奄一息。他自料性命难保，就派人从洛阳叫来了司马昭，对他说："我估计自己不行了，你接掌我的大将军印。"话未说完，司马师一命呜呼。消息传到宫中，年仅十五岁的小皇帝曹髦意识到这是夺回皇权的好机会，于是一面下诏命司马昭留守许昌，让尚书傅嘏"率六军还京师"，一面着手筹划推翻司马氏的行动。不料，司马昭识破了曹髦的计策，他没有滞留许昌，而是亲率大军回到了洛阳。曹髦的计划落了空。为避免引起更严重的祸乱，曹髦只好接受既定事实，封司马昭为大将军。

司马昭比乃父乃兄更难对付，他软硬兼施，颇得各世族权贵的好感。曹髦和司马昭，两个智者的较量中，曹髦感觉自己越来越被动。如今，司马昭公然聚众密谋禅代之事，这使他陷入深深的绝望之中。如果是汉献帝或曹芳那样的无能之辈，也就忍了，但曹髦却不甘做献帝和曹芳。他在得知司马昭密秘聚会的当天夜里，便命仆射李昭、黄门从官焦伯等在陵云台部署甲士，并召见侍中王沈、尚书王经、散骑常侍王业，对他们说："司马昭的野心，连路上的行人都知道。我不能坐等被废黜的耻辱，今日我将亲自与你们一起出去讨伐他。"

王经说："古时鲁昭公因不能忍受季氏的专权，讨伐失败而出走，丢掉了国家，被天下人所耻笑。如今权柄掌握在司马昭之手已经很久了，朝廷内以及四方之臣都为他效命而不顾逆顺之理，也不是一天了，而且宫中宿卫空缺，兵力十分弱小，陛下凭借什么讨伐他？而您一旦这样做，祸患恐怕难以预测，应该重新加以详细研究。"

曹髦听了王经的话，很是不满，他从怀中拿出黄绢诏书扔在地上说："这事就这样定了，纵使死了又有什么可怕的，何况还不一定会死呢！"说完，命内侍传来爱妃钟灵，对她说："朕欲率兵诛除奸贼司马昭，你已龙种在身，恐朕有难，让爱妃受到连累，皇儿难保，趁此之时，你速速逃离。朕若遭弑，你便远走他乡。告诉皇儿为父报仇。有朝一日重新夺回被司马氏篡夺的曹氏江山。"

钟灵听罢，与曹髦相拥而别，然后乔装民女，迅速出宫。

曹髦告别钟灵，到内宫禀明郭太后，郭太后也劝他休要鲁莽行事，应该从长计议，但曹髦决心已定，他拔剑登辇，率领殿中宿卫和奴仆们呼喊着出了宫，直奔大都督府，要诛杀司马昭。

王沈、王业明知皇帝毫无胜算，于是趁曹髦离去赶紧向司马昭告密。

司马昭的弟弟屯骑校尉司马伷在东宫门遇到曹髦和其所率的人马，当即进行拦阻，曹髦左右之人怒声呵斥他们："皇帝在此，阻拦御驾，你们是找死吗？"

司马伷的兵士看到皇帝龙辇，都吓得逃走了。中护军贾充听到消息，立即率兵马迎击，与曹髦所率兵士战于南面宫阙之下，曹髦亲自挥剑拼杀。贾充手下兵士哪敢向皇上舞刀挥剑，于是众人纷纷退却，贾充见此，非常惊恐。太子舍人成济问贾充说："咄护军，事情紧急，你说怎么办？"贾充说："司马公养你们这些人，正是为了今日。今日之事，没什么可问的！该怎么做你还不清楚吗？成可高官厚禄，败则必死。"于是成济立即挺长戈刺杀曹髦，将曹髦弑杀于车下。

司马昭闻讯大惊失色。

太傅司马孚则奔跑到街上，把曹髦的头放在自己的腿上哭得十分悲伤，哭喊着说："陛下被杀，是我的罪过啊！"

曹髦死后，司马昭召集群臣议论。大臣们都说弑君者必夷九族以谢天下。尚书左仆射陈泰说："只有杀掉贾充，才能谢罪于天下。"

司马昭考虑了很久才说："你再想想其他办法。"

陈泰说："我说的只能是这样，不知其他。"

司马昭默然不语。

贾充是司马昭的心腹，以后还有更人用处，因而司马昭不忍舍弃，但为了平息世人的愤怒，最终以"教唆圣上""离间重臣"等借口判曹髦的心腹王经死刑。夷成济三族。成济的兄弟不服罪，光着身子跑到屋顶，大骂司马昭，被军士乱箭射杀。（见《资治通鉴》："……景元元年夏四月，天子复命帝爵秩如前，又让不受。天子既以帝三世宰辅，政非己出，情不能安，又虑废辱，将临轩召百僚而行放黜。五月戊子夜，使冗从仆射李昭等发甲于陵云台，召侍中王沈、散骑常侍王业、尚书王经，出怀中黄素诏示之，戒严俟旦。沈、业驰告于帝，帝召护军贾充等为之备。天子知事泄，帅左右攻相府，称有所讨，敢有动者族诛。相府兵将止不敢战，贾充叱诸将曰：'公畜养汝辈，正为今日耳！'太子舍人成济抽戈犯踔，刺之，刃出于背，天子崩于车中。帝召百僚谋其故，仆射陈泰不至。帝遣其舅荀顗舆致之，延于曲室，谓曰：'玄伯，天下其如我何？'泰曰：'惟腰斩贾充，微以谢天下。'帝曰：'卿更思其次。'泰曰：'但见其上，不见其次。'于是归罪成济而斩之。太后令曰：'昔汉昌邑王以罪废为庶人，此儿亦宜以庶人礼葬之，使外内咸知其所行也。'杀尚书王经，贰于我也。庚寅，帝奏曰：'故高贵乡公帅从驾人兵，拔刃鸣鼓向臣所，臣惧兵刃相接，即敕将士不得有所伤害，违令者以军法从事。骑督成倅弟太子舍人济入兵阵，伤公至陨。臣闻人臣之节，有死无贰，事上之义，不敢逃难。前者变故卒至，祸同发机，诚欲委身守死，惟命所裁。然惟本谋，乃欲上危皇太后，倾覆宗庙。臣忝当元辅，义在安国，即骆驿申敕，不得迫近舆辇。而济妄入阵间，以致大变，哀怛痛恨，五内摧裂。济干国乱纪，罪不容诛，辄收济家属，付廷尉。'太后从之，夷济三族。"）

为了证明曹髦的死是咎由自取，司马昭逼令郭太后颁布一道诏令，不仅列数曹髦不忠不孝暴虐无道等种种罪过，还大赞司马昭如何仁德。(《三国志·魏书·三少帝纪》：皇太后令曰："吾以不德，遭家不造，昔援立东海王子髦，以为明帝嗣，见其好书疏文章，冀可成济，而情性暴戾，日月滋甚。吾数呵责，遂更忿恚，造作丑逆不道之言以诬谤吾，遂隔绝两宫。其所言道，不可忍听，非天地所覆载。吾即密有令语大将军，不可以奉宗庙，恐颠覆社稷，死无面目以见先帝。大将军以其尚幼，谓当改心为善，殷勤执据。而此儿忿戾，所行益甚，举弩遥射吾宫，祝当令中吾项，箭亲堕吾前。吾语大将军，不可不废之，前后数十。此儿具闻，自知罪重，便图为弑逆，赂遗吾左右人，令因吾服药，密因鸩毒，重相设计。事已觉露，直欲因际会举兵入西宫杀吾，出取大将军……此儿既行悖逆不道，而又自陷大祸，重令吾悼心不可言。昔汉昌邑王以罪废为庶人，此儿亦宜以民礼葬之，当令内外咸知此儿所行。"）

国不可一日无主，但司马昭不能在此时篡位，否则弑君篡位的罪名他背负不起，于是，他立即命人迎请性情温和的常道乡公曹奂继曹髦的皇帝位。

60

曹髦被弑后，司马昭也颇为担惊受怕，因为弑君自古就是不赦之罪。但等了几天，也没有听到哪里有兴兵勤王的举动，于是便放了心。

为了稳定局势，他开始搞人人过关。方法就是让全国所有七品以上的官员，每个人都写一份声明，对郭太后的诏书表示支持，如此，这弑君大罪因有太后懿旨而很快被世人宽恕了，反使少年英主曹髦背上了不仁不义不孝的恶名。

61

司马昭那次宴会上，钟会把竹林名士尤其是嵇康的尚道崇无，清谈放达，越名教而任自然，归为异端邪说，是对"以孝治天下"的大政方针的反动。对此，司马昭虽然没有明确表态，但内心中已对竹林名士们产生了反感。想惩治他们，只是时机尚未成熟，而且这几位名士确实名气太大，没有充足的理由，而惩治他们，一定会引起混乱。一旦时机成熟，他一定会了却这块心病。为此阮籍、王戎、山涛和张华都颇为担忧。

高贵乡公曹髦——司马氏不肯给曹髦以皇帝的身份，因而只给予公爵身份——的被弑，更令竹林名士们心惊。他们清楚，司马氏清除了曹髦这个政治宿敌，很快就会清理思想上的宿敌。

景元元年（260）端午，阮籍、王戎、山涛和张华相约一起到山阳去看望嵇康并商讨如何应对钟会的陷害。

四位来到山下，远远地看到河边沙滩上有四个人在呐喊追逐。他们以为是有人在打架，于是急忙跑过去。等走到近前仔细一看才发现，那四个人正是嵇康、向秀、刘伶和吕安。

这吕安也是一个名士，与嵇康关系十分友善，但与其他几位竹林朋友交往并不多。《晋书》中说："东平吕安服康高致，每一相思，辄千里命驾，康友而善之。"一次，吕安来访嵇康，正好嵇康不在家，出远门了，嵇康的哥哥嵇喜出门迎接吕安，吕安没有进门，在大门上写了一个大大的"凤"字，扭头便走了。因为凤是吉祥鸟，嵇喜觉得吕安将自己比作凤凰，因而很高兴。嵇康回来后，对哥哥说："吕安为什么不肯进门，是因为他嫌你是个凡夫俗子。你以为他写这个凤字是在赞赏你吗？他是在讽刺你。"

嵇喜不明白这凤字怎么会是在讽刺他。嵇康说："把这凤字拆开念什么？凡鸟也。"嵇喜这才明白，因而心中大怒。（《世说新语·简傲》："吕访嵇康……值康不在，喜出户延之，不入，题门上作'凤'字而去。喜不觉，犹以为欣。故作凤字，凡鸟也。"）所以，后世将访人不遇称作"吕安题凤"。

这吕安没被纳入竹林名士之列，实在令人有些意外。

嵇康四位浑身泥土，蓬头跣足，气喘吁吁，大笑不止，刘伶笑得趴在地上，向秀也笑弯了腰。

王戎问："你们这是在玩什么呢？这么开心？"

嵇康说："我们发现这附近村里的小孩玩一种游戏，叫打鹊窝。就是几个人将各自的鞋脱掉，一只拿在手里，将另一只放在一起。在地上画个圈，将几只鞋在圈子的中心斜叉着架好，当作喜鹊窝，一人留在圈里当作喜鹊看窝。五丈开外东一线，其余人退到线外，用手中的鞋去投掷这个喜鹊窝。如果大家的鞋都没砸倒喜鹊窝，可以将自己用来投掷的鞋抢回来重新投。但看窝的紧盯着你，你若抢鞋他有权用手自己手中的鞋投你。你若被他打中，你便替他做看窝人，因为一个人同时盯紧几个人，所以作为投掷者还是有机会将自己的鞋抢回来重新去投的。如果有人用鞋将喜鹊窝砸中并打散，看窝的需要重新将鞋架好，在他架鞋的过程中大家可以用拳头捶其背。一旦他支好，大家就要跑开，否则他可以用手中的鞋反击，击中谁，谁就做看窝的喜鹊，可好玩儿了。来，你们也脱了鞋一起玩儿吧。"

阮籍、王戎十分兴奋，立即脱了鞋，山涛和张华也随之脱鞋扒袜子加入游戏。

这游戏果然好玩儿。大家累得气喘吁吁，浑身泥土，但乐不可支。直玩儿到天黑，大家才到河中清洗清洗，然后来到嵇康家中边饮边谈。

"几位朝廷要员怎么有工夫到我这儿来了？"嵇康略带讥讽的口气问。

"因为嵇叔夜这儿能投喜鹊窝呀。"阮籍说完，大家都笑了。

向秀说："最近我到洛阳去，特意到白马寺去访一位老友，我这老友在白马寺译经。我向他请教佛理，他说佛家尚空。我问空与无是什么关系？他说空即是无，无亦是空，所以佛学与玄理是相通的。"

张华说："呵呵。我也曾多次去白马寺请教佛理。发现佛法虽博大精深，但过于烦琐，仅佛经就有几十万卷，佛理将世界本质归结为空，讲四大皆空。"

嵇康问："佛理与玄理为什么如此相近呢？是佛理剽窃了玄理，还是玄理吸纳了佛理？"

张华说："是佛理吸纳了玄理。"

嵇康问："茂先何以言之？"

张华说："汉文与梵文的词语本不是一一对应的关系，梵文的某些词汇有些在汉文中很难找到完全相同的词汇，所以只能找意思相近的来表示。白马寺里五六百个译经的和尚，其中好多曾痴迷玄学，后来才皈依佛门……"

阮籍说："是的，那里的敬宗和尚就曾是我的学生，为了不忘师恩，特取法号敬宗，他说是崇敬嗣宗的意思。"

"白马寺这些译经僧觉得梵文中'空虚'这个词与汉文中'无'相近，于是他们便把它译作无。但又怕人们混淆了佛学与玄学，便舍无而取空，用空来翻译'空虚'这个词。"张华说。

刘伶说："茂先果然博学，还懂梵文，通佛学呢？"

张华说："我对什么都感兴趣。正好我家就住在白马寺旁边，所以没事常去寺里跟和尚们交谈。我觉得佛教未来将在华夏大行其道。"

王戎问："何以言之？"

张华说："佛教基本教义中有一个非常独特的观念，叫六道轮回。"

竹林名士一旦谈及深奥的哲学问题，立即便精神百倍。嵇康问："何为六道？"

"这六道分别是天道、人道、畜牲道、阿修罗道、饿鬼道、地狱道。它说人的灵魂是不灭的，人死后，会根据人活着时候的所作所为而进入不同的'道'，行善积德者入天道，进入天堂，次之入人道，重新投生为人，作恶的入畜牲道，投生畜牲，如牛马猪羊，最恶的人则会入地狱，永远在地狱中受刑。无法再投生。这种观念很容易被所有人接受。贫贱者，在现世看不到希望，但他可以希冀来世。权贵因为害怕入恶道，也会约束自己，少行恶事。对于皇帝和执政者来说，由于冥冥中有佛在分辨世间善恶并公正地进行奖惩，便使得所有人都不敢越雷池。因为不管富贵与贫贱，人人有了约束，这世界可不治而安，因而它不仅会受到世人的信奉，早晚也会受到帝王的推崇。"——张华的话不久便成为事实。仅仅六七十年后，佛教便在北魏大兴，从皇帝到百姓都热衷于习经理佛。云岗和龙门两大石窟就是最好的见证。至今佛教仍是中国百姓信仰的最主要的宗教之一。

山涛问："既然佛教认为灵魂不灭，生生死死永远轮回，那么这个世界就不是空，为什么它们又说世界是空呢？"

张华刚要回答这个问题，阮籍说："今天大家先不要谈论这些玄虚的问题了。我们得商量商量如何应对钟会的挑战。曹髦被杀了，司马氏已清除了最大的政治对手，下一步一定会清理思想上的对手。而钟会已明确指出我们才是司马氏思想上的最大对手。司马昭可是连弑君的事都做得出来，要想杀我们还不是轻而易举吗？"

王戎说："至少阮嗣宗应该是安全的。面对何曾、钟会对你的非难，司马昭当面便袒护你。"

阮籍说："当然，最危险的不是我，也不是你王濬冲，你们王家势力太大，任何人想动琅邪王家都得好好掂量掂量。我最担心的是叔夜。濬冲在大庭广众面前对叔夜大加赞赏，对叔夜来说决不是好事。叔夜确实让许多人自惭形秽。当有些人不能向标杆看齐，永远达不到标杆的高度时，他们会做什么呢？那就是降低标杆的高度，或彻底拔除标杆。而且叔夜是曹氏驸马，更令司马氏忌惮，他又坚决不肯与司马氏合作，这就更危险了。"

山涛说："是啊，孟子曰：'君子不立于危墙之下。'叔夜何不给司马大都督一点面子，入朝做个闲官……"

"巨源你再劝我，我真的要与你绝交了。"嵇康说，"吾闻知，岁寒，然后知松柏之后凋也。我嵇康安能以皓皓之白，而蒙世俗之尘埃乎。"

阮籍说："君子不可夺其志。叔夜不是我们可以劝动的。但愿你谨言慎行。司马子上，狮虎也，触其须、炫其目者必亡其口。"

第二天，乃是端午，竹林名士和张华、吕安九人雇了一只大船，漂流于山阳的淇河之上，以悼屈子。

王戎站在船头，诵《渔父》道："屈原既放，游于江潭，行吟泽畔，颜色憔悴，形容枯槁。渔父见而问之曰：'子非三闾大夫与？何故至于斯？'屈原曰：'举世皆浊我独清，众人皆醉我独醒，是以见放。'渔父曰：'圣人不凝滞于物，而能与世推移。世人皆浊，何不淈其泥而扬其波？众人皆醉，何不哺其糟而歠其醨？何故深思高举，自令放为？'屈原曰：'吾闻之，新沐者必弹冠，新浴者必振衣。安能以身之察察，受物之汶汶者乎？宁赴湘流，葬于江鱼之腹中，安能以皓皓之白，而蒙世俗之尘埃乎！'渔父莞尔而笑，鼓枻而去，乃歌曰：'沧浪之水清兮，可以濯吾缨；沧浪之水浊兮，可以濯吾足。'……"

嵇康弹琴唱道："击空明兮溯流波，"

阮籍接唱道："暂将淇河作汨罗，"

山涛唱道："饮杜康兮鼓鸣琴，"

王戎唱道："悼屈子兮唱楚歌，"

阮咸唱道："俯瞰清流发天问，"

张华唱道："流水何清世何浊，"

向秀唱道："逝者如斯空寂寥，"

吕安唱道："千古兴亡任评说，"

嵇康唱道："世界本无何曾有，"

阮籍唱道："不曾有死更无活，"

刘伶唱道："人生苦短须纵酒，"

"且向醉中寻解脱，"

"一朝人死如灯灭，"

"管他社稷与家国。"

大家共唱："一朝人死如灯灭，管他社稷与家国。"

真才子自风流。没想到，大家竟然即兴创作出这样一段优美的歌曲。阮咸道："此曲可名之曰《竹林合鸣》。"

"好，你把曲谱记下来，就叫《竹林合鸣》。"嵇康也觉得此曲很凄美，于是说道。

刘伶抱起酒坛一阵痛饮，然后将空坛向河中一掷，说道："吾随屈子去也！"

说完一头向水中扎去。

大家被刘伶这突然的举动惊得不知所措。张华也愣了一下，然后一个猛子向河中扎去，拽住正在下沉的刘伶，将其挺举出水面，众人连拉带拽，才将刘伶弄上船。

62

阮籍、山涛等人的山阳之行，早已被钟会侦知。于是向司马昭密报。说："阮籍、山涛、王戎、张华都是朝廷士大夫，蓬头跣足做小儿之戏，成何体统。"

司马昭说："名士猖狂，行为怪诞不足为奇。"

钟会道："名士应言为世则，行为世范。竹林名士之行乃败坏世风之举，不予惩戒，恐……"

司马昭说："他们在山野做小儿戏，根本没人看见，所以不会影响世风。"

钟会又道："大都督，您不觉得奇怪吗？"

"你指的是什么？"

"嵇康不是给山涛写了绝交书吗？他们怎么这么快又混到一起去了？而且没有一点儿绝交的迹象。这不明摆着的事吗，嵇康给山涛写《绝交书》是假，借此讽世是真。嵇康乃曹氏姻亲，心系曹氏，对曹芳之废、曹髦之死岂能不耿耿于怀？自曹爽诛后，曹氏已没有什么有影响力的人物可与您争锋了，嵇康最可能成为曹氏集团残余仰仗的人物。虽然他是一介文士，但他的名气太大，一封《绝交书》已弄得满城风雨，如果哪天他为曹芳、曹髦鸣不平，发一纸檄文讨伐废君弑君之臣，安知不会搅动天下呀。"

钟会这番言语令司马昭内心一惊。是啊，这嵇康实在名气太大，天下人共仰之，他虽然隐居乡野，但很可能在卧薪尝胆，一旦他向自己发难，只要一纸檄文便可使自己身败名裂。如此看来，嵇康确实是一个心腹之患呀。

司马昭说："士季所言极是，我当严加防范，其若有不轨之行，吾当诛之。"（见（《晋书》卷四十九）："及是，（钟会）言于文帝（司马昭）曰：'嵇康，卧龙也，不可起。公无忧天下，顾以康为虑耳。'"）

一年后，钟会终于抓到了嵇康的一个把柄，将嵇康送上了绝路。

嵇康的案子是这样的：

嵇康与吕安和吕巽弟兄俩都是朋友。吕巽在司马昭手下任职，颇得司马氏信任。有一天，吕巽趁吕安不在家的时候强奸了吕安的妻子，吕安妻不堪其辱而自尽，吕安跟哥哥吕巽不肯甘休，吕巽身为朝廷官员做出这等丑事没法向天下人交代。于是倒打一耙，诬陷弟弟吕安不孝，吕安让嵇康为他做证，证明自己并非不孝，是吕巽怕丑行暴露反咬一口。嵇康于是出面为吕安做证。但法律的武器掌握在司马昭手中，好不容易找到了除去心腹之患的机会他岂能错过，于是吕安被判不孝被处斩刑，嵇康则因助长他人不孝之举且言行放荡而被判一同受戮。这就是轰动当时的嵇康、吕安事件。对此事，史书多有所记。（见《三国志·魏书》二十一："初，康与东平吕昭子巽及巽弟安亲善。会巽淫安妻徐氏，而诬安不孝，囚之。安引康为证，康义不负心，保明其事……《三国志·魏书》十六：世语曰：'（吕）昭字子展，东平人。长子巽，字长悌，为相国掾，有宠于司马文王。次子安，字仲悌，与嵇康善，与康俱被诛。'《资治通鉴》：康与东平吕安亲善，安兄巽诬安不孝，康为证其不然。会因潜'康尝欲助毌丘俭，且安、康有盛名于世，而言论放荡，害时乱教，宜因此除之。'昭遂杀安及康。"）

只因为人做证便被判死罪，这也太离奇了。因而许多人为嵇康求情。

但司马昭不为所动。行刑那天，三千多太学学生齐刷刷地跪在刑场外，请求刀下留人。太学生们所以为嵇康求情，是因为嵇康作为音乐大师，经常被请入太学为太学生们讲授音乐课。

一个太学生喊道："嵇先生隐居乡野，朝饮木兰之坠露，夕餐秋菊之落英，何害于世？何损于人？因何要他性命？"

嵇康笑道："孩子，你说得不对，我的存在本身就有损于人。让那些虚伪污浊之人，欺世弄权之辈不自安。多谢孩子们！我嵇康没什么留给你们的，我只想在死前奏一曲《广陵散》请你们欣赏。"

说着，有人将嵇康的瑶琴递上来。嵇康面带微笑，忘我地弹奏起来。美妙的音乐在刑场上传响，以至于太学生们都暂时停止了哭泣，侧耳倾听。

嵇康将最后一个音符奏完，对太学生们说道："袁孝尼曾经想跟我学弹《广陵散》，我没有传授给他。现在想来非常后悔呀，因为从今以后，《广陵散》失传了，绝迹了。"（《世说新语》：嵇中散临刑东市，神气不变。索琴弹之，奏广陵散。曲终曰："袁孝尼尝请学此散，吾靳固不与，广陵散于今绝矣！"）

太学生们跪喊道：

"刀下留人呀！"

"为了《广陵散》也不能杀嵇先生！"

"名士遭诛，贤者受戮，这是什么世道啊。"

回应太学生们哭喊的是一声清脆的"咔嚓"声……

屠刀在诛杀完正始名士后，终于砍向了竹林名士。阮籍、王戎、山涛、向秀、阮咸、刘伶包括张华等士人无不被无情的杀戮震慑。在屠刀面前他们别无选择，要么像嵇康一样地死，要么向司马氏靠拢。

朝中重臣也被屠杀吓坏了，连高柔、郑冲、卢毓等老臣也都惊骇不已，为了讨好司马昭，纷纷提议要求皇上进封司马昭为晋王并加九锡。

钟会对司马昭说："大都督，我听说朝中重臣都要求天子加封您为晋王并赐九锡。"

"是啊，他们都有此意。有人正准备写劝进表呢。"

"这劝进表由谁来写？"钟会问。

"司空郑冲自告奋勇……"

"我觉得不宜由郑司空来写。劝进表最好的人选应该是阮籍阮大名士。"钟会道。

"士季何以言之？"

"阮大名士文采飞扬，天下人喜读他的文章，此其一也；嵇康死后，阮嗣宗便是天下第一大名士，世人多对他心悦诚服，此其二也；阮嗣宗乃嵇叔夜挚友，嵇康被杀，他一定对您心存怨恨，借此可以试探他对您的态度，此其三也；竹林名士皆自诩高洁，他若动笔写此书，便有亲权慕贵之嫌，以后再也别高谈阔论了。此一箭数雕之计也。"

司马昭听了钟会的话，深以为然。于是立即召见郑冲，对郑冲说："三公屡劝封王，某自觉德薄才疏，固坚辞不受。郑大人近日又旧事重提，某不敢再拂逆众意……"

郑冲道："若大都督依允，郑某即刻上书天子，表奏劝进……"

"不，您年高德劭，这样的事哪能让您亲自为之。阮嗣宗文采盖世，您让他去写，一定不负众望。"

"好的，我这就去找阮先生。"郑冲岂不知司马昭的用意。于是亲自去找阮籍，将写劝进表一事相托。

阮籍一直沉浸在失去挚友嵇康的悲痛中。郑冲突然找上门来，让他写晋封晋公为晋王并加九锡之赐的劝进表。这令阮籍非常不悦。他对郑冲说："司空大人，这样的书应该由三公来写，我一个小小的步兵校尉哪里有权向皇帝上书言这么大的事呀。"（阮籍为了远离权力中心，司马氏召其入仕任从事中郎不久，便主动要求去做步兵校尉，相当于营职军官。因而世称阮步兵。也有的说是因为阮籍听说部队里有人会酿好酒，所以强烈要求去那里当校尉——见《三国志.阮籍传》：籍闻步兵厨营人善酿，有贮酒三百斛，乃求为步兵校尉）

郑冲说："大都督乃国之栋梁，早应封王。这劝进之书谁写都一样，您声名显赫，文采飞扬。您比谁都更加适合……"

"司空大人，您可别这么说。"阮籍道，"子曰：必也正乎名，不正则言不顺，由一个步兵校尉给天子上书，便是真正的名不正言不顺。不是不给您郑大人面子，这劝进表我绝不写，而且我也没这么高的水平，写不了。"

"你写不了，你说谁写得了。你推荐一个文才比你更高的。"

"文才比我高的人有的是。"

"不会吧。除了张茂先与你能有一比，要不你向大都督推荐茂先……"郑冲说。

"我没有义务推荐别人，我只知道我写不了。"阮籍知道，张华身为大都督府的长史，最适合写这封奏书，但他不能为了撇清自己将朋友架到火堆上去。

郑冲道："实话告诉你吧，让您写这封书不是我的意思，是大都督本人的意思。本来我想亲自动笔，但被大都督阻拦住，说我老迈年高，还是请大名士阮先生动笔。大都督亲自点将，你可以不给我面子，难道也不给大都督的面子吗？阮先生，你是聪明绝顶之人，应该清楚司马大都督这样做的意思，切莫为一个已死之人而获罪于大都督。"

阮籍早已明白司马昭的心思，郑冲干脆点透。这让阮籍陷入两难境地。不写吧，直接驳了司马昭的面子，没有自己好果子吃；写吧，如何对得起好友嵇叔夜。而且一旦白纸黑字传遍天下，自己一世高洁的名声便毁于一旦。

郑冲看他犹豫不定，继续说道："五年前，你已经驳过司马大都督一次，让他在世人面前很没面子了，那时他忙于征讨诸葛诞，地位也没有十分稳固，因而没有跟你计较，如今他可是天下权力集于一身，握有生杀予夺之权，嵇康有什么大罪？不是想杀就被他杀了吗？望君深思之。"郑冲说完离去。

郑冲最后这番话令阮籍更加惊恐。五年前，司马昭请卫瓘做媒，要跟阮籍作儿女亲家。阮籍一听十分害怕。他像当年刘放一样，深知官场的凶险。不愿让自己和子女搅进官场的旋涡。但如果明确拒绝，又恐司马昭恼羞成怒。于是他采取拖的办法，整天喝得酩酊大醉，卫瓘几次登门，都见他大醉不醒。阮籍一醉两个多月，根本不给卫瓘提亲的机会。卫瓘一直完不成任务，只得向司马昭如实汇报，司马昭是十分精明之人，他知道阮籍这是在拒绝与司马氏联姻。所以对卫瓘说："算了吧。既然他总醉着，就以后再说吧。"（《晋书·阮籍传》："籍本有济世志，属魏、晋之际，天下多故，名士少有全者，籍由是不与世事，遂酣饮为常。文帝初欲为武帝求婚于籍，籍醉六十日，不得言而止。钟会数以时事问之，欲因其可否而致之罪，皆以酣醉获免。"）

阮籍总算没有让司马昭太没面子，但世人都明白，阮籍是从心里看不起司马氏的。正如郑冲所说，当年司马昭刚刚接过父兄的担子，立足未稳，又有诸葛诞叛乱，没时间为这点小事动肝火。但此一时也，彼一时也，如今司马氏的对立面曹爽、何晏、夏侯玄、李丰、曹芳、毌丘俭、文钦、诸葛诞、曹髦、嵇康都已清除，大权独揽，人莫予毒。此时再拂逆其意，恐怕就真的要倒霉了。

阮籍思来想去，不知如何应对。最后决定还是采取装醉的办法拖延。

但第二天，司马昭亲自派荀勖来取劝进表。阮籍醉醺醺地说："昨晚阮某喝醉了，忘了写了。"

荀勖说："天啊，这么大的事您也敢耽误。我跟您说，如今大臣们都在朝堂之上，天子和众臣都等着您的劝进表呢。今天这事要是被您耽误了，不仅司马大都督，所有大臣，包括天子也会恼火，你这不是戏弄天子和朝臣吗？这样的罪名你掂量一下自己担得起担不起。"

阮籍一听，惊出一身冷汗。他不能把所有人都得罪了，自己走上绝路。于是说："好吧。我马上写。但我醉意未减，手抖得厉害，字迹凌乱，不能呈天子阅。我写，请你帮我誊抄。"

荀勖只得说："好吧。"

阮籍伏案疾书，勾勾抹抹，纸面凌乱，荀勖则在一旁仔细抄录。须臾书毕。

荀勖道："阮先生不愧当今天下第一大名士，酒醉中仍文思泉涌，立马可待……"

"我本非什么大名士，只因把更大的名士杀光了，我才成为大名士。"

荀勖道："敢问阮先生，您为什么要将此书命作《为郑冲劝晋王笺》？何不直接写作《劝进表》呢？何以将如此大功归于他人名下？"

阮籍说："我官职卑微，有何资格劝进？我本来就是奉郑司空之命写的，不敢贪他人之功。"

荀勖生怕有错，从头至尾给阮籍读了一遍：

为郑冲劝晋王笺

冲等死罪。伏见嘉命显至，窃闻明公固让，冲等眷眷，实有愚心，以为圣王作制，百代同风，襃德赏功，有自来矣。

昔伊尹，有莘氏之媵臣耳，一佐成汤，遂荷"阿衡"之号；周公藉已成之势，据既安之业，光宅曲阜，奄有龟蒙；吕尚，磻溪之渔者，一朝指麾，乃封营丘。自是以来，功薄而赏厚者不可胜数，然贤哲之士犹以为美谈。

况自先相国以来，世有明德，翼辅魏室以绥天下，朝无阙政，民无谤言。前者明公西征灵州，北临沙漠，榆中以西，望风震服，羌戎东驰，回首内向；东诛叛逆，全军独克，禽阖闾之将，斩轻锐之卒以万万计，威加南海，名慑三越，宇内康宁，苛慝不作，是以殊俗畏威，东夷献舞。故圣上览乃昔以来礼典旧章，开国光宅，显兹太原。

明公宜承圣旨，受兹介福，允当天人。元功盛勋光光如彼，国士嘉祚巍巍如此，内外协同，靡怨靡违。由斯征伐，则可朝服济江，扫除吴会；西塞江源，望祀岷山，回戈弭节以麾天下，远无不服，迩无不肃。今大魏之德光于唐虞，明公盛勋起于桓文。然后临沧州而谢支伯，登箕山而揖许由，岂不盛乎！至公至平，谁与为邻！何必勤勤小让也哉？

冲等不通大体，敢以陈闻。

荀勖说："没什么问题吧？"

"嗯，你赶紧送过去吧。"

荀勖推门离去。阮籍"扑通"倒地，哇哇痛哭起来，直哭得天昏地暗，吐血数升。

有了劝进表，司马昭顺利进封晋王，并加九锡。（《晋书》："……天子使太尉高柔授帝相国印绶，司空郑冲致晋公茅土九锡——茅土，指王、侯的封爵。古天子分封王、侯时，用代表方位的五色土筑坛，按封地所在方向取一色土，包以白茅而授之，作为受封者得以有国建社的表征。"后遂以"茅土"：指王、侯的封爵）

九锡之赐都不是皇帝主动授予的，一旦皇帝不得不给某个臣子九锡之赐，其皇位被篡也就不远了。

63

阮籍为了撇清自己与劝进表的关系还是费尽了心机的。首先这个劝进表不以自己的名字，而是以郑冲的名义呈上去的；其次，劝进表的笔迹也不是自己的，而是荀勖的；此外，他为了抑制司马昭的篡位之心，在劝进表中还特意写上"临沧州而谢支伯，登箕山而揖许由"之句，意思便是要司马昭仿效古代贤臣支伯和许由，休起篡位之心。即使皇帝想禅让大位，做臣子的也应隐居山林以避之。

司马昭、钟会等人早已看透了阮籍的心思。他们对这篇文章大肆宣扬，让天下人都知道它出自大名士阮籍之手。

于是，阮籍受到了许多士人的攻评。有人说他不配名士之誉；有人说他对不起自己的挚友嵇康；还有人说他巴结权贵，有朝一日司马昭篡位，阮籍难逃罪责。

阮籍承受着极大的压力，但他不能为自己辩解。如果辩解说自己情非所愿，被逼无奈，那就更证明自己不配做名士，因为名士应该像何晏、夏侯玄和嵇康，笑对生死，威武不能屈。而且如果辩解，还会惹恼司马昭。

阮籍被巨大的心灵痛苦折磨着，恨不得逃离这个乱世，于是离群索居，不见任何人。每天自己驾着牛车毫无目的地行走，直到穷途末路，无路可走。他便停下车来，痛痛快快地大哭一场。被世人称作穷途之哭。（《三国志·魏书·阮籍传》："其外坦荡而内淳至，皆此类也。时率意独驾，不由径路，车迹所穷，辄恸哭而反。"）

没多久，初冬的一场雪后，他驾车来到山阳县嵇康故居外七贤士经常聚会的竹林。此时，万木萧疏，唯有竹林青翠。白雪之中，更显翠竹高洁。阮籍将车傍下，将牛放开，任其所向。

他安坐在白雪掩映的竹林中，独自饮酒弹琴，边弹边唱道：

林中有奇鸟，自言是凤凰。清朝饮醴泉，日夕栖山冈。高鸣彻九州，延颈望八荒。适逢商风起，羽翼自摧藏。一去昆仑西，何时复回翔。但恨处非位，怆恨使心伤。

直到明月当空，他才醉卧在竹林雪地之上。当被人发现时，他浑身已被冻僵。虽然侥幸活命，但从此大病在床。在嵇康被杀几个月后便溘然长逝了。

嵇康、阮籍之死，大大影响了另外五位贤士。王戎、山涛、刘伶、向秀、阮咸这些从此不再公开与司马氏作对，他们混迹官场，容于权贵，纳于流俗，虽仍不乏玄虚言，放达之行，但已少高洁之气了。

64

嵇康、阮籍相继离世，也令张华忧戚不已。为此，他休假数日，打算为嵇康、阮籍写几篇追悼诗文。但琢磨多日也没有写出一篇自己满意的。因为如果出于本心对二人大加赞赏，肯定会触怒司马昭和司马炎，不仅饭碗保不住，今后与司马炎也难做朋友，而且还可能有性命之忧。若悼祭文章只浮皮潦草地说些空话，则对不起二位大名士。

他休假第五天，司马昭便派人前来请他速到晋王府有要事相商。

张华不敢怠慢，立即面见司马昭。

司马昭说："茂先，本王已年过半百，精力日益不济，但孤王素有大志，在有生之年一定要平吴灭蜀，实现天下一统之宏愿。为此，孤王经过两年的准备，已编练了三十万大军准备西征蜀国，孤王打算任命钟士季为镇西将军和主帅，安西将军邓士载（邓艾）为副帅，共同伐蜀。钟士季一直对你十分欣赏，他向我提出要求，能不能让长史张茂先做随军主簿，我觉得伐蜀乃是大事，钟士季比孤更需要你协助，所以答应了。不知你意下如何呀？"

"晋王之命岂敢不遵。"张华说，"但卑职有一语想禀明晋王殿下。"

"请讲。"

"卑职随军西征，只做主簿，只按主帅之令撰写公文，若发生其他意想不到的事情，卑职决不担责。"

"茂先此言何意呀？什么叫意想不到的事情？"司马昭问。

张华说："我与士季素有交往，他向我学诗文，我向他学写字，因而对其为人了解颇多。"

"你觉得他是个什么样的人呢？"

"足智多谋，智慧过人，文武全才……"

"英雄所见略同，这正是孤王所以任命他为主帅的原因。"

"但此人自比项羽，非久居人下者。大军所至，若一举荡平西蜀，他雄兵在手，恐生异志。"

"你也有这样的担心？那正好，孤王派你随钟会出征算选对了人，你明事理，识大体，顾大局，你可以随时劝诫他。他欣赏你，你的话他更能听得进去。"司马昭说，"其实他哥哥钟毓听说我要任命钟会为征蜀主帅，也曾亲自找到本王，说他弟弟钟会挟术难保，不可专任。"

"既然连他哥哥都有此担心，晋王应三思之。"张华说，"知子莫若父，知弟莫若兄。钟毓所以不顾兄弟情谊而秘告晋王，我想主要是因为他怕弟弟做出大逆之事，连累家族。钟毓知道，钟会如今单身一人，没有后顾之忧，而钟毓却是儿孙满堂。没有父母子女在京为质，而统大军者恐非宜也。"

钟会如今确是单身一人。他本来有两个女儿，一女早亡，一女钟灵入宫为曹髦妃，曹髦被弑，钟灵不知所终。而钟会妻因女儿钟灵失踪，不久也忧郁而亡。

司马昭笑道："呵呵，孤王已有预防之策。邓艾久与蜀将姜维交战，邓艾不仅神勇无敌，手下将士也能征善战，颇为效命，任邓艾为副帅就是为了让邓艾牵制钟会。"

"若钟会与邓艾合谋将如之奈何？"张华问。

"为防止你说的钟、邓合谋，孤特命卫瓘率两千兵马为监军，代表孤王对征蜀大军全面掌控。可便宜行事，并授卫瓘先斩后奏之权。卫家与钟家从钟繇、卫觊时代就关系不睦，钟会与卫瓘更是为谁是天下第一书家而互相攻讦，所以卫瓘作监军，必能有效地牵制钟会。你和卫瓘一软一硬在其身旁，料他不敢冒失行事。"

"既如此，则无忧矣。"张华道。

"好，你好好休息休息，一个月后随军出征。"

司马昭之所以不顾许多人的非议而对钟会委以重任，除了钟会的智勇而外，更因为钟会对司马昭所表现的忠诚。他不仅公开支持诛杀曹髦的弑君之举，而且帮助司马昭除去了另一心头大患嵇康，从此令天下名士噤若寒蝉。

65

张华回到家里，准备出征事宜。

小芸见张华一连几日在家赋闲，便对张华道："张先生，您不忙了？"

"嗯，近来无事。"

"好，那我就跟您谈谈。"小芸道。

张华见小芸表情很严肃，说："好啊，我一直瞎忙，这个家多亏你操持，我才能一心用在事业上，真得好好谢你。这样吧，今天我请你和孩子们下馆子……"

小芸说："我不是那个意思。我想跟您说，我要辞了，请您另请合适的……"

"啊！"张华听了大惊，"为什么？"

"哎，男大当婚女大当嫁。"小芸道，"本来我想侍候小姐一生，终生不嫁。但谁知我家小姐无福早夭。自我家小姐亡故，我见您悲伤不已，所以一直没有勇气提出离开贵府。后来，两个孩子视我如亲娘一般，我又不忍心将两个孩子撒手，现在韪儿都已七八岁了，能离开我了。我已年近三十，再不嫁就没人要了，前天我娘说，正好有个合适的主儿，家境比较富裕，刚死了老婆，让我……"

"不，不，你不能离开我，更不能离开孩子们。"张华急道。

一旁玩耍的张韪听说小芸要离开他们，赶紧扑到小芸怀里，哭道："妈妈，您不能离开我们。"

小芸亲了亲张韪的脸蛋儿，说："乖，到一旁玩儿去，大人说话不能偷听。"

张韪哭道："不，您去哪儿我去哪儿，我一辈子不离开妈妈。"

这时正在屋里看书的张祎听到弟弟的哭喊声也跑出来，说："妈，您真的要离开我们？"——因为刘贞去世时小张韪还很小，所以一直管小芸叫妈妈。因为小芸确实从心底里把两个孩子当自己的孩子疼爱抚养，张祎后来也改口叫她妈妈了。

小芸说："还没定呢。你先看你的书去。不管我离开不离开，你俩永远是我的孩子。"

"不，您不能离开我们。您去哪儿我和小韪就跟您去哪儿。"

张华小声对郭芸说："小芸，你让我想想，等孩子们不在的时候再谈这事好吗？"

"好吧，晚上，等孩子们睡了再谈。"小芸也小声说道。

两个孩子没听清两个大人说什么，张祎问："妈妈答应不离开我们了？"

小芸说："嗯，不离开你们，去念书吧。"

虽然小芸答应不离开他们，但这件事还是令两个孩子心里不安。晚饭后，小毽一直不肯入睡，郭芸只得与小毽一起躺下。小毽搂住小芸，久久才入睡。

郭芸见孩子已进入梦乡，于是轻轻将小毽的胳膊从自己身上移开，她正准备下床，没想到小毽突然醒来，大哭道："妈妈，妈妈，我要妈妈。"

郭芸只得重新躺下，但小毽却再也不肯合眼。张祎被弟弟吵醒，也赶紧将自己的被窝搬到小芸的床上，哥儿俩一前一后，将小芸夹在中间。

张华推开一道门缝，悄悄向屋内望了望，他立即被眼前的景象感动得热泪盈眶。郭芸向张华摆摆手，示意他离开。于是张华带上门，继续到书房去等。

郭芸今天突然提出辞职，让张华第一次冷静地思考起家庭问题。

他与刘贞虽然因种种原因而成为一场无爱的婚姻，但刘贞的亡故还是令他悲痛异常。妻子因救自己的妹妹而死，这令他不仅原谅了她生前所有的错误，而且在内心中把造成这场婚姻中的所有不幸背负在自己身上。他想，在这样一个门第观念十分强烈的社会，一个世族出身的姑娘不愿嫁入寒门，她本身有什么错？如果说错，那也是这个社会的错，是这个畸形的社会才使她产生了那样的意识。刘家虽然让自己屈辱地假订婚和真结婚，但每一次自己都可以拒绝，可自己却为自己寻找了种种理由，该拒绝时而没有拒绝，这怪得着人家姑娘吗？作为妻子，刘贞虽然在很多地方没有尽到一个儿媳、嫂子和妻子的责任，但自己又何尝努力去尝试给她以真爱呢？妻子最后的悔悟，并不顾死活去拯救妹妹，说明她本质上不仅不是一个坏女人，而且是很勇敢很有人情味儿的好女人呀。一个这样的女人，竟然没有得到过丈夫的半点真爱，年纪轻轻便离世了。造成这种结果的罪责应该由谁来承担？只能是自己。这样的叩问从张华得知妻子离世的时候起就一直在折磨着他。当他冒领了全部罪责准备进行补偿时，他发现已没有任何方法可以补偿，可以减轻自己的罪责，因而心里更加痛苦。

妻子去世八九年来，他一直被巨大的痛苦折磨着。他不敢去想这些，因为怕睹物思人，几年来他每当进这个家门时都步履沉重，因而只要可能，他就尽量少回这个家。

如此，这个家的重担便全部交给了郭芸姑娘。郭芸似乎把这个家完全当成了自己的家，把两个孩子完全当成了自己的孩子，无怨无悔。

今天郭芸提出离开，他才猛然意识到，原来这家的女主人不过是个丫鬟佣人而已。她为这个家付出了青春年华，自己却从未对她表示过谢意，似乎一切都是应该的。为什么会这样？难道自己真是个冷漠无情的人吗？不，不是的，之所以会这样，原来是因为自己内心里早已把她当成了这个家的主人，当成了亲人和孩子的妈妈。除了那年酒后失德，自己一直没有向她表示过什么情感。但仔细想来，小芸却是自己最早喜欢上的女人。想到这里，当年在安阳河畔的一幕幕又浮现在张华的眼前：自己为她采慈姑花、捉蜻蜓、捕鸣蝉，他从内心喜爱上了这个姑娘……她为自己亲自跑到县衙门去见县令，一手将两个儿子带大……哦，原来自己竟然跟这个姑娘有着如此的不解之缘呀，这世上跟自己联系最密切的竟然是她呀。她为自己和孩子付出得太多太多，自己却为她什么也没做过，如今她却要嫁给别的男人，且是个死了老婆的男人。不，不，不，张华锥心地难受。不仅两个儿子离不开她，自己也不能容忍没有小芸的生活。

自己已对不起一个女人，不能再对不起这一个为张家付出青春的姑娘，因而必须对她负责，对她做出承诺。

承诺什么？娶她为妻？嗯，这是最好的结果。但，管辂的话一直铭刻在他的心里"颧高耳低，必克三妻"。他已经亲自验证过管大师的话是多么精准灵验，自己已克死两个了，难道自己还要毁掉这一个吗？但不娶她又怎么能把她留在身边？

张华焦虑不安。他在地上踱着，不住地用拳头捶打自己的头。郭芸推门进了书房，说："干什么呢？至于拿自己的脑袋出气吗？"

"小芸，我痛苦啊，实在不知道该怎么办？"

"什么怎么办？"

"我不知道拿你怎么办呀？"

"我的事还不好办。"小芸说，"我想了，我可以先嫁人，然后再回张府当佣人，继续侍候你们爷儿仨。"

"不，不，绝对不行。要是那样，我就太对不起你了。"

"我确实给你们张家做了不少事，您要是实在过意不去呢，就给我一笔钱，也不用多少，给个二三十两银子，咱之间就算了了，谁也不欠谁的了。我知道你这人，我要是什么都不要就离开，你肯定一辈子心里不安。"

张华听到郭芸的话，心里涌起一阵酸楚，他上前拉住郭芸的手说："你怎么能说这样的话，咱们之间的情谊是用金钱能了结的吗？"

"那还能怎么办？"小芸说，"我与您注定不是能够永远相守的人。"

"为什么？"

"因为如今您已是名士，是士大夫。"

"不，在我心里，你永远是安阳河边那个可爱的小姑娘，我永远是为你采花捕蝉的放羊娃。"

"要真是那样就好了。当年，我确实爱上了您。为了帮助您，我亲自去找朱县令……"

"所以，咱俩的缘分太深了。"

"但后来在京城再见到您的时候，你已是朝廷命官，我们小姐的丈夫，我的主人。我只能将那曾经的爱从心里磨蚀掉。"

"今天我求你将那份曾经的爱重新捡拾回来吧。"张华说。

"不可能。"

"为什么？"

"因为您早已不是放羊娃了，而我依然是佣人。"

"我也将当年放羊娃的感情重新拾起。"张华说，"小芸，我实话告诉你，你才是我的初恋，当年在安阳河边，你亭亭玉立，风姿绰约，在我一个放羊娃的眼里，你就像一个女神，我在心里倾慕你，爱恋你，每天都梦想着看到你。但一个放羊娃没有勇气追求你，只能将爱埋在心底。但世事如此捉弄人，后来竟然与你的主人结成连理。此后我也只能将对你的那份爱深埋在心底。"

"可小姐去世后，我等了这么多年你怎么也一直不曾向我表白过？"

"你知道，我的心里一直被王小姐占据着。后来，刘贞的死，让我因自责而一直痛苦异常。我早已没有心思去想什么情呀爱呀。如果那时我娶你，那是对你的最大不敬。我必须用时间清理我的内心，将过去的阴影渐渐抹去，只有在淡忘了过去的基础上，才能好好地爱你。"

"这么说，现在您内心的阴影已淡化了？"

"至少可以重新开始爱一个人了。"张华说，"所以，小芸，我打算娶你。如果你不嫌弃……"

"哎呀，这可不是闹着玩儿的。"郭芸说，"您这么大的名士，前途无量的高官，娶一个丫鬟恐怕不合适吧，这既不合世俗也不合礼法，小芸不敢接受。"

"经过一天的深思熟虑，我觉得我是真心地爱你。既然你是我的初恋与真爱，就不管什么世俗礼法了。"张华说，"自刘贞去世，许多人都给我提过亲，但我从没想过续弦之事。除了因为我内心的两重阴影，我所以不急着续娶，还有是因为我在内心中一直没有孤独之感，为什么会这样？就因为有你在呀。原来，我在不知不觉中早已把你当成了这个家里的女主人，我把这个家交给你，就像交给妻子一样放心。今天，当你提出要离去的时候，我才知道这个家多么地离不开你，从生活到情感，我们爷儿仁是多么地需要你。所以，答应我吧……"

"不，我越是爱你，越不能答应你。"郭芸说。

"为什么？"

"因为您若娶个丫鬟会被人耻笑的。如今人们好容易不把你当寒门来看待了，你不能再因为我而被人看不起。"

"别人爱怎么说怎么说，只要我和孩子们觉得幸福……"

"不行。"小芸说，"你若娶我为妻，一是世俗礼法不容，二来呢，知道的是说咱俩相爱已久，不知道的一定会说我，耍手腕勾引了你，我可不愿意落这样的名声；三呢，随嫁丫鬟本来就应该做妾，我若占了小姐的位子，恐怕我原来的主家刘中书家也不干呢。"

"你想得太多了。"

"您对我要是真爱，真的想让我陪伴您一辈子也行，我有个主意，可以既不被人说三道四，咱又能永远相守。"小芸说。

"什么主意？"

"我给您做妾，将来有合适的您再娶正妻，我侍候你们。"

"小芸，这，这哪成？那，那就太对不起你了。"

"能给您这样的人物做妾，小芸也无憾了，何况您还真心地爱我呢。"

张华说："我虽然从感情上不愿意接受你这个主意，但我还必须得接受，你无意中替我解决了心头一直没法破解的疙瘩。"

"什么疙瘩？"

"你知道大相师管辂吧？"

"知道，人说他不是半仙而是真的神仙。你与王家小姐的事不就是他事先算好的吗？"

"是啊。"

"听说何晏被杀他也算出来了。"郭芸道。

"是的。"张华说，"想当年他给我相面，还说过一句话，让我一直非常纠结。你看我的颧骨是不是比别人高？"

"是啊，男人颧骨高必当逞英豪嘛。"

"你再看我的耳朵呢？是不是长得靠下？"

"嗯，是比一般人靠下，而且耳垂也大。"郭芸说，"大耳垂肩也是富贵相呢。你这两种面相都跟刘备差不多。看来今后……"

"可管大师说，这两种面相放在一起，也会产生不好的结果。"

"什么结果？"

"他说，颧高耳低，必克三妻。"张华说，"刘备为什么一直不封甘氏夫人为后？就是因为他深爱甘氏，生怕克了她，直到她死后，甘氏才被封为后。所以，你这个主意可以两全其美，既能让我们永远相伴，又不会受我的克。"

"咳，克不克我倒无所谓，本来我就没打算做妻，没资格做你的妻。正妻之位只能留给大家小姐来做。"

张华说："小芸，我说的话你若不信，将来可去问傅碈和钟会，管辂是当着他俩的面给我相的面。你名义上是妾，但实际上永远是妻。我此生决不再正式娶妻。"

"别价，您这么大名士，将来还要升更高的官，哪能没有正式的夫人。"

"我娶谁呢？"张华说，"我娶谁不就害了谁吗？我不喜欢的，我不能娶，我喜欢的更不能娶。所以，今生只能由你相伴。"

"小芸愿意终生为你做妾。"小芸说。

"张华永远在心中把你当妻。"张华说着，将小芸揽到怀里。

"先生……"

张华用嘴堵住小芸的嘴，长吻之后，说："记住，以后不许再称先生。"

"那称什么？"

"丈夫或茂先。"

"嗯。"

郭芸终于与自己心中暗恋多年的男人同床共枕，强烈的幸福感让她不由得嘤嘤啜泣起来。

"哭什么，是不是嫌我……"

"不，我因为幸福才哭。"小芸道。

张华道："我们有了孩子你会感到更加幸福。"

郭芸听了张华的话，嗫嚅着说："先，先……不，茂先，我想……"

"想什么？"

"我想，我们能不能不要孩子？"

"啊！"张华有些惊讶，问："为什么？莫非你不爱……"

"不，我爱你胜过爱我自己。"

"那为什么不想给我生孩子？"

"我怕……"

"怕什么？"

"我怕我有了自己的孩子会怠慢小祎和小韪。"小芸说。

张华听到这里，紧紧搂住郭芸，似乎生怕她飞了，流泪说道："你太善良，太慈爱……"

"我知道我不会故意怠慢小祎和小韪，但咱若有了孩子，我便会分心，将母爱由两份分成三份。这无疑会让小祎和小趎感觉我对他们爱得少了。我不能让两个没了亲娘的孩子受到哪怕半点儿伤害。"

小芸的话令张华大为感动。他热泪盈眶，将她抱得更紧了。

66

张华随镇西将军钟会、监军卫瓘一起离京西征。钟会大军与邓艾大军共三十万众，剑指汉中。蜀汉主帅姜维见魏军来势汹汹，不敢迎战，只得向剑阁退守。钟会料定姜维必以剑阁雄关为凭，做长期鏖战的准备，因而早令雍州刺史诸葛绪率兵截断蜀军退路，无奈，姜维智勇过人，诸葛绪不是对手，刚一接战，便被姜维击溃。姜维、廖化、张翼等蜀军主力顺利退守剑阁。

自古剑门天下雄，一夫当关万夫莫开。剑阁乃蜀国天然屏障，踞此，便可确保蜀中无忧矣。

此次伐蜀，本来就遭众人反对。但钟会成功调动起司马昭的野心，并受到司马昭的信任，才将数十万大军交给他。临行，钟会向司马昭信誓旦旦地保证，此番西征，不仅要一举灭蜀，而且会速战速决。如今，眼看自己向晋王所做的承诺将付之一炬，钟会不免大骇。由骇转怒，迁怒于诸葛绪。

钟会大军在离剑阁二十里的地方下寨，诸葛绪自来伏罪。钟会曰："我令你把守阴平桥头，以断姜维归路，如何失了！"

诸葛绪曰："维诡计多端，诈取雍州；绪恐雍州有失，引兵去救，维乘机走脱。"

钟会大怒，叱令斩之。监军卫瓘说："诸葛绪虽然有罪，但他乃征西将军邓艾部下，将军杀之，恐伤和气。"

钟会说："我奉天子明诏、晋公钧命，特来伐蜀，便是邓艾有罪，亦当斩之！"

张华劝道："将军息怒。诸葛绪有罪无罪，罪大罪小现在不是评论的时候。最好将他押回洛阳，待日后由晋王发落。"钟会听从张华建议，乃将诸葛绪用槛车载赴洛阳；随后，钟会将诸葛绪所领之兵，收归自己调遣。

有人报与邓艾。邓艾大怒道："我和他官、官、官品一般，吾久镇边、边疆，于国多劳，他安敢妄、妄、妄自尊大，私自处、处、处置我的下属，太不把我放在眼、眼、眼、眼里了！"——邓艾口吃，心中一急，结巴得更厉害。

形容人口吃说话不流利的成语期期艾艾的典故，就是由汉大臣周昌和魏将军邓艾两人的故事凑成的。

邓艾之子邓忠劝道："小不忍则乱大谋，父亲若与他不睦，必误国家大事。望且隐忍之。"

邓艾带着十多名卫士来见钟会。钟会听说邓艾到来，知是来兴师问罪，便问左右：“邓艾带了多少人前来？”

左右答道：“只有十数骑。”于是钟会将自己的大帐内外布置了武士数百人。

邓艾下马入见。邓艾见钟会大帐内外军容甚肃，武士环列，心中不安。因而没敢提诸葛绪的事，而是问钟会：“将军得了汉、汉、汉中，乃朝廷之大幸也，应该想办法早、早、早取剑阁。”

钟会曰：“邓将军有何高见？”

邓艾答曰：“以愚意度之，可引一、一、一军从阴平小路出汉中德阳亭，用奇兵径取、取、取成都，姜维必撤兵来、来救，将军乘虚取剑阁，可获全、全、全功。”

钟会没想到，邓艾不仅没来问罪，还积极参与谋划平蜀大计，因而大喜曰：“将军此计甚妙！你可立即亲自引兵西出德阳亭。我在此专候捷音！”二人饮酒相别。

钟会对手下诸将道：“人皆谓邓艾足智多谋。今日观之，乃庸才耳！”

诸将问其故。钟会说：“阴平小路，皆高山峻岭，若蜀以百余人守其险要，断其归路，则邓艾之兵不是战死，就得饿死。我三十万大军，猛攻剑阁，何愁蜀地不破，还用得着冒那个险吗！”

张华道：“将军，既然知道走阴平关是条绝路，就不应该让邓将军去送死呀。”

钟会道：“那是他自己出的主意。他的计策我不用，好像我不重视他；明知是送死的主意，我若采纳，只能谁出主意谁亲自去。”

张华觉得钟会此言也有道理。

钟会命兵士置云梯炮架，猛攻剑阁关，但剑阁雄关巍巍，岂是轻易能攻破的。钟会大军猛攻数日，毫无进展。

但令钟会意想不到的是，邓艾回营后，真的率手下所有兵马，向阴平小路进兵。他问手下将士：“我今乘虚去取成都，将与你们立下不朽功名，你们肯听从我的指挥吗？”

诸将应道：“愿遵军令，万死不辞！”

邓艾于是先令儿子邓忠引五千精兵，不穿衣甲，各执斧凿器具，凡遇峻危之处，凿山开路，遇水搭桥。邓艾自选精兵三万，各带干粮绳索进发。在距成都不远处，巍峨的摩天岭阻住去路，此处险峻异常，无法开路。邓艾看了看地势，决定拼死一搏，他让将士先把武器从山上扔下去，然后邓艾带头，用毛毡自裹其身，从山岭上滚下去。副将有毡衫者裹身滚下，无毡衫者各用绳索束腰，攀木挂树，鱼贯而进，最后竟有二千余人越过了摩天岭。

邓艾正命部队整顿衣甲器械而行，忽见道旁有一石碑，上刻“丞相诸葛武侯题"，其文云："二火初兴，有人越此。二士争衡，不久自死。"

"二火"分明是说邓艾，"二士争衡"无疑在说钟会与邓艾相争。

邓艾看后大惊，慌忙对着石碑连连叩拜："武侯真神人也！艾不能以师事之，惜哉！"

后人有诗曰：

> 阴平峻岭与天齐，
> 玄鹤徘徊尚怯飞。
> 邓艾裹毡从此下，
> 谁知诸葛有先机。

邓艾大军过了摩天岭，直扑成都。由于蜀军精锐全部被姜维调往前线，城中空虚，而且蜀汉朝廷做梦也想不到邓艾神兵天降。慌乱之中，蜀主刘禅急整城中兵马，诸葛亮之子诸葛尚和孙子诸葛瞻，临危受命，统兵迎战，但终不敌邓艾，父子双双战死沙场。蜀主刘禅自知失败已成定局，于是从谯周计，率众降邓。

在巨大胜利面前，邓艾有些忘乎所以。本来他应该将刘禅和蜀汉重要大臣一起押回洛阳听凭天子处置。但他竟然以朝廷的名义封刘禅为骠骑将军、扶风王，并对蜀汉群臣，依其原职各有任命。

邓艾以胜利者的身份一面安置蜀汉后事，出榜安民，交割府库，一面向洛阳报捷。同时蜀太仆蒋显受刘禅之命到剑阁入见姜维，劝其率兵回成都向邓艾投降。

姜维正与钟会对峙，没想到被邓艾抄了后路，京城已失，天子已降。绝望之中，姜维心生一计，决定向钟会投降。

姜维不战而降，令钟会大喜。问姜维为什么向自己投降。姜维恭维钟会道："我早听说自平定淮南诸葛诞之叛以来，曹魏所有妙计都出自您；司马氏之所以能兴盛，都有赖于您的功劳，所以我才甘心俯首以降钟将军。如果是邓艾那样的庸才为主帅，我姜维必与其决一死战，绝对不会降他。"姜维也是天下皆知的名将，如此吹捧钟会，钟会很是受用，于是将姜维视为知己。姜维所统的几乎是全部蜀汉精兵，与钟会合兵一处，钟会自觉势力强大无比。

在钟会欣喜的同时，也有一忧，因为伐蜀首功竟被邓艾夺了。将来论功行赏，邓艾功在己上，这使钟会无法容忍。因而对邓艾既妒且恨。

司马昭对邓艾自作主张安置蜀汉君臣，十分不满。蜀汉既灭，命他即刻撤兵回返。善后事宜由卫瓘处理。邓艾不仅以久战师疲需要整休为借口拒绝司马昭让他撤军的要求，而且还向朝廷提出了一系列战略设想。他想在蜀中建造战舰，整训兵马，沿江趁势东下，一举灭吴。并说，之所以善待刘禅和蜀汉群臣，不将刘禅送押往洛阳，就是想让吴主孙休也像刘禅一样不战而降。

邓艾的战略设想应该眼光独到，但这不应该是他考虑的问题。他的战略布局越宏大，越令朝廷担心，因而司马昭写了一封亲笔信派人送与监军卫瓘。卫瓘拿着司马昭的信去见邓艾，让他不要自行其是，一切听从朝廷调遣，邓艾以"将在外君命有所不受"为由，毫不客气地拒绝了卫瓘。这令卫瓘十分腐火。

钟会将当前形势告之姜维，问姜维有何高见。姜维说："愚闻邓艾出身微贱，幼为农家养犊，今侥幸自阴平斜径，攀木悬崖，成此大功。若非将军与维相拒于剑阁，艾安能成此功耶？今邓艾自作主张封蜀主为扶风王，授骠骑将军，乃是大结蜀人之心，其反情不言可见矣。司马公怀疑他是没错的。"

钟会认为姜维说得非常对。姜维又曰："请退左右，维有一事与将军密议。"

钟会令左右尽退。姜维袖中取出一图递给钟会，说："早年武侯出草庐时，以此图献先帝，而且告诉先帝：益州之地，沃野千里，民殷国富，可为霸业。先帝因此而成霸业。如今邓艾已据了成都，怎么能不骄狂呢？"

钟会知道姜维的意思。但若效刘备，需先除去邓艾。因而钟会又问："用什么计策除去邓艾呢？"

姜维说："乘司马公疑忌之际，应该立即上表，奏明邓艾谋反；司马公必令将军讨之。一举而可擒矣。"

钟会本来对邓艾十分嫉妒，见卫瓘在邓艾面前碰了壁，他觉得卫瓘是他可以利用的最合适的人选，于是对卫瓘说："卫大人，您可是朝廷所派的监军，一旦邓艾作出大逆之事，您可有失察之罪。邓艾他自恃功高，连朝廷之旨都敢公然违抗，反叛之心已昭然若揭。"

卫瓘问："如之奈何？"

钟会说："您有先斩后奏之权，此时不用更待何时？"

"可邓艾毕竟是灭蜀最大功臣，人有大功而我诛之，何以服众？"

"邓艾非等闲之辈，其多年征战吴蜀，智谋过人。监军若逡巡犹疑，一旦蜀人完全归附邓艾，再想平叛为时晚矣。如今我们应该迫使朝廷速下诛邓之心。"

"钟将军言之在理，但如何才能使朝廷速下诛邓之心？"

"若监军认同钟某之言，下面的事就由钟某来做吧。"

邓艾与洛阳来往的信使，都必须路过剑门关，于是钟会截住邓艾的信使，利用他最擅长的技艺——书法，模仿邓艾笔迹，篡改邓艾的书信。然后让卫瓘过目。钟会可以瞒得过天下人，但绝对瞒不过卫瓘。卫瓘因为除邓心切，便默认了钟会所做的一切。

钟会将篡改后的邓艾书信让邓艾的信使送到洛阳，同时命张华再修一书给大都督司马昭，历数邓艾罪状。

张华道："钟将军，邓艾实当前大患，但姜维亦不可不防呀。"

钟会不悦地说道："姜伯约诚心向我投降，对他有什么可防的？"

张华道："姜伯约乃蜀军主帅，深得孔明用兵之道，古语云：兵不厌诈，孔明敢以空城之计破司马仲达大军，焉知伯约不会用诈降之计呢。"

"哈哈……"钟会大笑道，"真乃书生之见。茂先，你虽文采盖世，但却不谙用兵之道。姜维虽深得孔明真传，但他如今是个丧邦失国之将，无主之臣，诈降何益？难道还敢以区区几万残兵跟整个大魏对抗吗？"

张华道："即使他真心归降，我们可以厚待于他，但也不可让他仍然执掌自己的大军呀。蜀汉已亡，蜀军应即刻解散，将士归乡……"

钟会觉得张华的话倒是讲到了要害处，于是说："不，我留伯约和其手下将士还有用处。"

"什么用处？"

"邓艾若公然谋反，或我得朝廷之命，征讨邓艾，为了减少本军牺牲，我将派姜维统蜀军讨伐邓艾。在蜀军眼中，邓艾乃是灭蜀第一元凶，对邓艾切齿痛恨，必将与之死战到底。如此，本将军可以不费一兵一卒而剿灭邓艾。"

钟会说得不无道理，但仍然难以消除张华的疑虑，尤其钟会与姜维的关系之亲密，更令张华疑心重重。于是他给司马昭写了一封私信，将自己对姜维和钟会的疑虑告知司马昭。

司马昭见了被钟会篡改的邓艾表文，果然大怒，立即遣人至蜀，命令卫瓘逮捕邓艾。

两天后，司马昭又接到张华给他的私信，看了张华的信，司马昭大惊。立即下令重组大军，他让贾充作先锋，自己亲领大军并让魏主曹奂与他一起亲赴关中。

贾充对司马昭说："邓艾尚未反叛，即使他真的反了，钟会之兵是邓艾的六倍，有钟会捉拿邓艾足矣，您和圣上何必亲征？"

司马昭道："我今此行，非为艾，实为会耳！"

监督处置高级将领正是监军的职责。卫瓘责无旁贷，接到朝廷旨意，立即率自己手下兵马去捕邓艾。

邓艾本来没有要反叛的意思，因而对监军卫瓘的到来并没有主动设防，而且卫瓘是钦命的监军，身份特殊，卫瓘突然下令拘捕邓艾，邓艾手下诸将猝不及防，阵脚大乱，只有少数人进行了抵抗，很快被卫瓘解除了武装。

卫瓘立即派人将邓艾父子押解入京。

钟会见邓艾已除，立即与姜维起兵反叛，准备占据蜀中自立。

但钟会的反叛，遭到卫瓘和邓艾部下的殊死抵抗。同时，钟会手下许多将领背叛钟会，临阵倒戈。最后钟会的反叛以失败告终。钟会、姜维双双毙命。

邓艾部下见钟会、姜维已死，于是连夜去追赶押解邓艾父子的监车。卫瓘知道后大惊，心想，是自己与钟会一起诬陷邓艾，而且自己亲自逮捕了邓艾父子。若邓艾冤案平反，邓艾能饶过自己吗？护军田续窥破了卫瓘的心思，对卫瓘说："将军是不是担忧邓艾父子？"

"嗯，我被钟会骗了，可悔之晚矣。邓将军必不与我干休。"卫瓘道。

田续说："大人勿忧。邓艾取江油之时，我因误了战机非要置我于死地，只因众将求情才得幸免。现在正是我报仇的大好时机！"

卫瓘于是遣田续引五百兵马斩杀邓艾。田续赶至绵竹，正遇邓艾父子监车。邓艾父子还没弄明白是怎么回事，便被田续一刀斩之。

这就是三国历史上著名的钟会之乱。

蜀灭，卫瓘奉命全权负责处理蜀国善后事宜，主要是防止蜀人叛乱。张华则协助卫瓘，安抚蜀中士人。

67

张华首先拜会的是前蜀汉光禄大夫谯周。

张华之所以如此看重谯周，其一，因为谯周是蜀中第一大儒，门下弟子众多；其二，张华阅读过谯周的《仇国论》等著作，认为谯周不仅深得儒家精髓，而且对世事的认识精准而深刻；其三，因为谯周在当时某些蜀人眼中，是灭国的罪魁，正承受着蜀人的诟病。

在邓艾大军突入成都时，刘禅曾紧急召见群臣，商讨对策。大臣中很快分成主战派与主降派两个阵营。主战派以中常寺黄皓、尚书令陈祗为首，主降派则以谯周、寺中张绍为首。

刘禅哭道："众爱卿，朕自登基以来，秉先帝遗志，剿除汉贼，复兴汉室。朕每自省，无愧于天地和祖先，天何丧朕，以至于今日。"

谯周曰："陛下确实无愧于天地祖先，但自问过有愧于民乎？"

刘禅曰："朕何愧于民？"

谯周说："先帝及陛下，以刘汉后裔自居，揽天下大任于一身，以复兴汉室为己任，欲以益州一地之力，解天下之困。诸葛丞相自恃智谋过人，连年兴兵。终至国衰民贫。姜伯约以武侯继任者自居，自其掌兵以来，更是穷兵黩武，屡挑战衅，蜀中生灵惨遭涂炭，百姓十不余一。如此不恤民情，不顾民生，有悖天理之举，焉有不败之理。为此，臣著《仇国论》以警国人，无奈满朝皆狂悖之徒……"

黄皓道："谯大人出言过于放肆了吧，你说谁是狂悖之徒？"

"说谁？明确告诉你，我就是在说你。"

"你敢藐视本官……"

"哼哼，"谯周道，"你以阉宦之身，弄权于朝，正直之士多为尔所谤，明达之言多为尔所污，正是你这奸人专权才使得蜀国有今日。如今，魏军已兵临城下，老夫不再畏惧你的威势。开门纳降势所必然……"

黄皓道："怎么？你要陛下投降吗？"

"对，"谯周说，"我今天就是主张吾主率众降魏。"

黄皓道："陛下，请将这个叛徒立即正法以谢国人。"

张绍指着黄皓道："应立即杀之以谢国人的是你。"

黄皓喊道："陛下，臣请立即诛除谯周、张绍，否则人心大动……"

刘禅虽愚，但今天还算清醒，他并没有听从这个平日在他面前说一不二的宦臣的话，而是斥责黄皓道："理不辩不明，谯爱卿，你说说，我们为什么必须投降。"

谯周说："邓艾神兵天降，以诸葛尚父子之勇尚难抵敌，今成都遭围，内无坚甲勇士，外无救兵。我军主力都远在剑阁以应对魏国主力，若不投降，顽抗到底，须臾城破，邓艾一时激奋，吾主恐有性命之忧。"

黄皓道："陛下，千万不要听谯周之言。开门降魏，我等或可被新主用之，而陛下您以君王之尊，安能甘做臣虏？"

谯周说："陛下，如今的形势不是我们想不想做臣虏的问题，而是以什么方式做臣虏的问题。若不战而降，不仅可确保陛下及后妃王子性命，也可使满城百姓免遭屠戮。当此时，谁若想以全城百姓做人质，进行无谓的抵抗谁就是我蜀地百姓的死敌。"

刘禅听谯周对形势分析得很有道理，于是说："事已至此，朕已无回天之力，为蜀中百姓计，谯爱卿你就为朕拟定投降诏书吧。"于是刘禅下令开城降魏。邓艾不仅确保了蜀主一家的性命，而且以厚礼待之。（《三国志·后主传》："冬，邓艾破卫将军诸葛瞻于绵竹。用光禄大夫谯周策，降于艾。"）

谯周是蜀主降魏的主谋，投降诏书也是他亲手拟就，作为一代大儒，他知道这是一个永远也无法抹去，必遭世人攻讦的污点，所以内心也十分痛苦，因而，没过几日他便病倒了。

张华前来拜见时，谯周正卧病在床，弟子陈寿、李密二人在一旁侍候。

张华来到谯周床前，谯周对陈寿说："承祚，快扶我起来。"

张华忙上前扶住道："前辈无须多礼。"

谯周说："张茂先，曹魏著名才子，老夫有所耳闻。"

张华道："不过浪得虚名。谯先生才是当世贤者。张华正是敬佩您的才学和人品，所以才奉魏主之命，第一个来看望您。"

谯周哭道："休说什么贤士，愧煞老夫了。"

"先生何愧之有？"

"先生不闻近日成都百姓歌云'朝有贼谯周，蜀主把国丢'。"谯周道，"我本为成都百姓免遭涂炭，不想反遭百姓如此切齿……"

张华道："先生用心良苦啊。"

陈寿道："唉，百姓多愚顽之辈，是非莫辨，本不值得同情。"

"承祚此言差矣。"谯周说，"与万千生灵相比，一个人的名节毕竟是小事。即使因此被人诬为'贼'亦于心无愧了。可惜，我谯某一生研习儒学，最后竟被人视作儒家叛逆。"

张华说："谯先生才是深得儒学精髓之士。"

谯周道："茂先休如此说，羞煞我也。"

张华说："我说的是心里话。儒家的核心是仁，仁者爱人。先生以自己名节，保万千性命，世间大爱莫过于此。"

谯周听了张华的话立即坐起身道："我虽达于仁，却失于忠。"

张华说："忠与仁有时难于两全。"

陈寿问："请茂先先生明示。"

"在万千百姓的生命与皇帝之位之间进行抉择，是皇帝之位重要，还是万千百姓的性命更加重要，这时仁与忠就难于两全。选择帝位，尽了忠，而万千生灵被屠则失了仁，抛弃帝王而保全百姓性命，做到了仁，却失却了忠。忠与仁何者更为重要？这是最为艰难的选择。"

陈寿问："要是您，您会如何抉择？"

"我会跟谯先生一样。"

谯周听了，脸上现出惊讶之色，问："是吗？难道茂先不怕背负'贼'名？"

张华道："仁乃忠、孝之本。一个没有仁爱之心的人，即使忠也是不纯粹的，一定是带有个人目的的。孟子曰：民为重，社稷次之，君为轻。孟子早已把孰轻孰重讲得明明白白，与百姓的生命相比，社稷都不算什么，何况君主的位子呢。"

谯周对陈寿和李密说："你二人要好好向茂先学习，茂先虽然年轻，但深悟儒学之道啊。"

陈寿道："可世间有几个人能理解这样的道理，能明白先生的苦心呢？"

张华说："如果世间都是明白人，就不需要谯先生这样的人了。正因为大众愚鲁，才需要真的贤者做出牺牲。所以孟子又说：道之所在，虽千万人逆之，吾往矣。谯先生顶着巨大的压力，救万民于水火，这不仅需要智慧而且更需要勇气，所以谯先生不仅是儒士还是勇士。"

谯周道："茂先过誉了，谯某不敢当。"

"不，您当之无愧。"张华说，"世间真正的勇者，不是那些拼死疆场的战士，更不是那些好勇斗狠的侠客，最勇敢的人是心中有坚定信念的文士。何晏、夏侯玄、嵇康等人面对死亡时的表现让我悟出了这个道理。我想谯先生也是这样的人，面对黄皓等反对派，向皇帝强烈建议投降时，不仅名节难全，而且生死未卜，当此之时，谯先生一定是早将生死荣辱置之度外的。"

谯周听到这里，竟然在床上向张华深深一拜，哭道："知我者，茂先也。承祚（陈寿字）、令伯（李密字），为师一病恐命不久矣，我死之后，你等可拜茂先为师。"

"不敢当不敢当，折煞我也。"张华说，"茂先愿与承祚诸君共为先生弟子。"

"听茂先所言，学识实不在老夫之下……"

"哪里哪里，张华才疏学浅，此来一是探望前辈，二来便是向您请教的。"

"老夫但有所长，无不乐于相授。"谯周道。

张华说："某曾读您的《仇国论》，觉得您不仅谙熟历史，而且对当今世事也了如指掌。如果蜀汉君臣都能理解《仇国论》，蜀汉何至于遽亡呀。"

谯周的《仇国论》是历史上一篇著名的文章。《仇国论》的主要观点，就是反对穷兵黩武，希望国家无为而治，休养生息。

这篇文章对现在来说仍有现实意义，因为中国自古以来，好战分子也就是所谓的鹰派都极易占领道德高地，获得愚民大众的支持，而国家的灾难往往是被这些人所招致。

谯周说："蜀人的最大不幸，是刘玄德、诸葛孔明等中原人做了这里的主人。"

"益州牧刘璋不也是中原人吗？为什么蜀人在刘玄德治下就是最大不幸？"张华问。

"刘璋作益州牧时，没有称霸中原的野心，他把蜀中作为自己永久的家园，是倍加珍惜的。因而，刘璋时代，蜀中物阜民丰，百姓安居乐业。人口最多时达到七八百万。而刘备却不同，他虽在成都称帝，但却心系中原，并没有把蜀地当作永久的家园，而是当作他入主中原的工具和跳板。为了这个目的，他不惜劳民伤财，穷兵黩武，将蜀地当作他登上大汉皇帝的阶梯。诸葛孔明收复中原的意志更加坚定，因而八年间六出岐山，几乎年年打仗。至于姜维，乃陇西天水人也，本不应该有刘备、诸葛亮那样收复中原的意愿，但他天生是一个武士，只会打仗，没有任何其他治国才能，只有打仗才能显示出他的重要性，因而自诸葛殁后，他作为蜀汉主帅，更是连年征战。四十年来，蜀人无一日不处于战争之中。然而，诸葛孔明和姜维两位军事奇才，发动指挥多年的战争，却没有收复半寸中原领土，白白消耗了蜀地资财，枉送了大量蜀民性命。贫困与战争致使蜀地人口锐减，已从刘璋时期的七八百万锐减至如今的九十三万。就是这九十多万人，却要长期养活一支十万人的军队。我不忍看蜀汉当权者以蜀中百姓为刍狗，所以才写了这篇《仇国论》，希望他们认清形势，罢兵止戈，休养生息，可惜老夫谆谆之言不被采纳。蜀汉不灭，天理不容啊。"

张华没想到，谯周这位蜀地大儒，刘备旧臣不仅对蜀汉之灭毫不惋惜，而且还颇有幸灾乐祸之感。张华对此大为原异。

张华道："蜀汉已灭，三国将尽。蜀汉一切都已成为历史。诸位作为蜀中文士，可以好好总结这段历史，以为后世之鉴。"

陈寿喜道："茂先先生之言正合吾意，吾正有此志，想写一部蜀国志。"

"好呀，张华乐意帮忙玉成此事。"张华道。

陈寿道："只怕志大才疏……"

谯周道："承祚才学不是问题，我早说过，承祚必以才学成名。最大的问题是得不到大魏主政者的信任。"

李密说："魏国人才济济，岂肯将此荣誉让与蜀地文士。"

张华说："治史需良才。魏国文士我还没有看出谁具备这样的才能。"

陈寿说："听说蜀汉的档案已运至洛阳，没有大量史料，志书便无从谈起。"

张华说："你可以到洛阳去查阅史料呀。司马公命我暂时留下，就是要我安抚蜀中名士。如今正是朝廷用人之际，才德之士可移居洛阳，因才授官，谯先生及弟子皆蜀中名士，今后若想干一番事业，我将亲自护送大家至洛，向朝廷郑重举荐。魏主和晋公惜才如命，承祚若有大志，我一定想办法为你提供方便。"

陈寿说："果真如此，我愿意随茂先先生入洛。"

谯周道："老夫也曾壮志凌云，叵耐天下三分，各为仇寇，老夫至今未曾出川，如今虽已年迈多病，但若得魏主敦请，也将躬至洛阳，一睹中原风貌。"

张华喜道："我一定请朝廷诚邀诸位……"

李密道："我是不愿意离蜀的。"

张华问："为什么？"

李密道："降国之臣，恐遭白眼。"

张华说："令伯先生多虑了。魏蜀本来皆为汉土，蜀汉虽灭，不过是合而为一罢了。何来降国之言。"

李密道："刘禅虽然败了，但终究是汉朝的继承者，李密作为汉臣，安能入洛事曹？"

李密的话令谯周、陈寿、张华三位都不大高兴。张华对谯周说："令伯之言当否？"

谯周说："人各有志，不能勉为其难。"

陈寿也说："是啊，我与令伯虽同为谯氏门生，但对儒学的理解也并不完全一样。"

谯周道："令伯和承祚之所以是老夫最得意的门生，正是因为他们并不跟在老夫身后亦步亦趋，学我者生，同我者死。治学也好，从政也好，就应该有自己独到的观点和独特的处世风格。"

张华道："献帝已禅位数十载，令伯仍心系汉室，耿耿之忠，可钦可敬。"

谯周说："令伯、承祚都跟老夫习儒，令伯得忠孝，承祚得仁义。"

张华说："我深得范阳卢氏教诲，又在太常寺精研孟子数载，孟子与卢氏都不怎么讲'忠'，只讲仁。我曾问卢毓老先生，如何看待以魏代汉，卢先生说：天下者非一姓之天下也，有德者居之。人臣应该有忠，就像朋友应该存义，但所忠者必须是有道之君，若君无道，则为愚忠，就像对好朋友应该讲义气一样，如果你的朋友是个流氓无赖，如果跟这样的人再讲义，就大错特错了。所以孟子说：君无道臣逆之。"

陈寿问谯周："先生，茂先和令伯谁的主张对呢？"

谯周说："我更倾向于茂先。茂先乃得孔孟之真谛。"

68

张华告别谯周刚回到住处，忽有一人来访。

张华将此人让进屋，来人道："张先生，在下姓刘名全，是邓将军手下一员偏将。"

"哦，找我有何贵干呀？"

"您作为大都督府的长史，颇得司马大都督倚重，在下有一事，想请您转告大都督。"

"唔，如果我能帮上忙，一定尽力。请问何事？"

刘全刚要开口，泪水便扑簌簌流下来。他哽咽着说："张先生，邓将军父子死得冤呀！"

"邓士载密谋叛逆，何冤之有？"

"邓将军乃平蜀第一大功臣。所谓邓将军谋反，并无此事，而是被钟会所诬。事实证明，钟会才是一直想谋反自立的逆贼。钟会最终举兵谋反，已充分证明邓将军是冤枉的，可为什么在钟会反叛之后，邓将军反倒被诛杀了呢？田续是受谁指使？为什么要杀邓将军？这些不弄清楚，作为邓将军部下，我死不瞑目啊。"

张华听了刘全的话，也感觉邓艾死得确实有些蹊跷。他说："我不过是一个随钟会大军西征的行军主簿，这些事只有卫将军才清楚，你应该去问卫将军。"

"不，张先生，问题就出在卫将军身上。据说正是他派田续杀了邓将军。"

"不会吧，他与邓艾无怨无仇，为什么要置邓将军于死地？而且据我所知，卫将军也不是阴狠毒辣的人呀。"

"我听邓将军说过，是钟会与卫瓘一起诬陷邓将军。"

"哦。好吧，我去问问卫将军，到底是怎么回事。"

"张大人，不揪出和严惩陷害邓将军的幕后黑手，我刘全死不瞑目。"

"好，等我查清事实，会给你一个交代。"

张华送走刘全，立即去见卫瓘。

卫瓘作为主政蜀地的长官，独自住在原安定王刘瑶的王府。

卫瓘见张华前来，立即起身迎接。

张华就坐后，侍者献上一盏香茗。卫瓘问："听说茂先广结蜀中名士，有何收获呀？"

张华说："令我大感意外的是，蜀地的名士对蜀汉之灭不仅没有半点儿惋惜，而且还有些幸灾乐祸呢。"

卫瓘道："为什么呀？"

"谯周一语道破其中的原因，因为刘备父子虽身居蜀地，但心系中原，只把蜀地和蜀民当作他们复兴汉室的工具，穷兵黩武几十年，把一个天府之国变成了穷困之乡。所以邓士载只用二千人马，便拿下了成都。对了，卫大人，依您之见，谁是灭蜀第一大功臣呢？"

卫瓘说："当然非邓艾莫属了。"

"邓将军居功至伟，可却蒙冤受难，更加令人不解的是，他竟然在冤案刚得昭雪之时，被田续杀了。卫大人，您不觉得这其中有什么问题吗？"

卫瓘说："茂先，这才是你今天来见我的本意吧？"

"是的。我觉得应该还邓艾父子一个清白。"

卫瓘说："实话告诉你吧，确实是我派田续杀了邓艾。"

"为什么？"

"因为我受钟会蒙蔽，与钟会一起陷害了邓将军。当钟会反叛之后，我才意识到自己受骗了。于是我立即派人去追押送邓将军的监车，把邓艾父子释放回来，但田续一番话令我做出了罪恶之举，他说一旦邓艾冤情昭雪，我与钟会陷害邓将军的事情就会大白于天下，而钟会已死，一切罪责便只能由我一人承当。我被田续的话吓坏了，田续说要想避免灾祸，最好的方法就是趁乱局未平，杀人灭口，田续自告奋勇去完成这个任务。我也是一时糊涂，没有阻止。当田续带兵离去后，我才感觉事情不妙，于是立即又派一路人马去追田续，但为时已晚。就这样，铸成了我一生最大的错误……"

张华没想到卫瓘竟然毫不掩饰地将诛杀邓艾的前因后果及经历如实讲了出来。

张华说："这不是错误，这是罪恶。"

"嗯。不仅是罪恶，而且是罪大恶极。自从邓艾死后，我一直寝食不安，梦中经常被噩梦惊醒。"卫瓘说到这里，站起身说，"来，随我到内室来。"

张华心里一惊，心想，卫瓘不是又想杀人灭口吧，但他还是跟卫瓘走进了内室。

原来卫瓘的内室中放置着一张八仙桌，上面摆放着邓艾父子的画像，画像前是一个香炉，炉里燃着香——卫瓘在以这种方式悔过和赎罪。

"卫大人，您觉得这样就可以心安理得了吗？"张华问。

"茂先，你说我还能做什么？"

"应该如实向朝廷交代您的问题，听凭朝廷的判决。"张华说，"如果你不想自己主动向朝廷汇报，我可以……"

卫瓘说："不用麻烦你了。我早已将此事如实报告朝廷。来，你再看一样东西。"卫瓘说着从袖中掏出一纸，递与张华。张华仔细阅读，却是大都督司马昭给卫瓘的亲笔信。信中说，卫瓘作为监军，平蜀诛会功不可没。虽与钟会一起诬陷邓艾，但事出有因，为钟会所蔽，而且邓艾的某些做法确实有反叛之嫌。冤杀邓艾确实是一件大罪，但卫瓘能够在事情未暴露之前如实供述自己的罪过，也殊为难得，可见其悔罪的诚心。平蜀乃国家的一件喜事大事，如果再追究卫瓘的罪责，那么平蜀三员大将最后都成为罪人，很难向天下解释清楚，为大局着想，邓艾冤案可暂时压下，待时机成熟，再予平反。卫瓘罪责也暂不追究。

张华知道，司马昭的意见，就是朝廷的意见。既然朝廷已赦免了卫瓘，自己有什么必要再去追究呢？

卫瓘说："我虽然侥幸得免，但终于心灵难安。"说罢，跪在地上，向邓艾画像连磕几个响头，边磕头边说，"士载，邓将军，卫瓘向你赔罪了。若不肯饶恕我的罪过，我随时愿意以全家性命相抵。"

卫瓘之言竟然在三十年后一语成谶，八王之乱中，卫瓘第一个全家被诛。

第二天，刘全来见张华，探问有关邓艾冤案的情况。因为朝廷为了大局，要将此事暂时压下，所以他也不能如实告知刘全，只能对刘全说："邓将军的案子，你就不要追问了。我相信早晚有真相大白，平反昭雪的一天。"

"哼，我们与邓将军舍生忘死突入成都，不得奖赏也倒罢了，最后邓将军竟然冤屈而死，天理何在？你们官官相护，我和邓将军死也不会放过你们。"刘全说着，拔出宝剑刎颈而亡。

张华大惊。本来邓艾冤案与他毫无关系，但刘全的死，也让他背负了沉重的负罪感。

69

刘全自刎后的第三天。陈寿、李密奉老师谯周之命回拜张华。

张华正心情苦闷，情绪低落。陈寿问："茂先兄气色不佳，有什么烦心之事？"

"哦，没什么。"张华说。

"不对吧，您今天的气色跟拜访谯先生那天明显不一样啊。"陈寿道。

"唉！一言难尽。我确实有些心烦意乱，但也不想告诉你们。"

"既然心情烦闷，我和令伯带您去外边转转，散散心。我想成都有许多故事，蜀地有许多美景您还没来得及接触呢。"

张华说："是啊，自入蜀以来，我一直忙于工作。也好，今天随你们两个蜀中才子做一次成都游。"

彼时的成都，与洛阳相比还只是一个小城，人口不过十几万（蜀汉总共才九十万人口）。

张华、陈寿、李密三人用了不到两个时辰便转遍了大半个成都城。成都城的景色似乎并没有使张华摆脱烦恼。张华说："多谢你俩陪伴，咱们回去吧，我请你俩喝酒。"于是三人开始向回走。

走着走着，忽见前边人流熙攘，同时传来各种叫卖之声。李密说："前边是街坽（市场），太乱，咱还是绕道走吧。"

陈寿对张华说："茂先先生，蜀地有许多特产，为中原所缺，尤其是织锦，非常漂亮，可以给夫人买两匹。同时咱还可以喝喝茶歇息歇息。"

张华说："好吧。咱就转转成都的街坽。"

三人走进街坽，果然与洛阳的市场不同。无论卖什么的门店外都摆放着几个方桌，上面放着茶具，三三两两的男女围坐在桌旁，一边闲坐喝茶，一边玩儿拷蒲（也叫五木之戏，类似于掷骰子的游戏）赌博。整条街上到处都是喝茶赌博的——

成都人悠闲好赌似乎从那时起就已形成风气。

喝茶之风在当时的中原才刚刚流行，由于茶的主产地在蜀国，魏蜀吴很少贸易往来，因而茶在中原是非常珍贵的奢侈品。在洛阳也只有世族豪门才享用得起。但此时在蜀地已成为民间大众的饮品。

整条街的人喝茶赌博，这样的风景令张华十分感兴趣。

陈寿说："茂先兄，咱也坐下品品茶。"

"好的。"张华说。

于是三位找了一个干净的茶桌坐下。

张华喝了几杯，没感觉多么好喝，反倒是旁边店内的鲜艳的商品引起了他的兴趣。

陈寿说："那就是著名的蜀地织锦。成都所以称锦城或锦官城，就是因为这些织物。"

张华听后，站起身走到店内，花团锦簇的蜀锦确实美不胜收，虽然洛阳也偶有所见，但那是只有在皇家和少数几个豪门才难得一见的东西。（山谦之《丹阳记》说："历代尚未有锦，而成都独称妙，故三国时魏则市于蜀，吴亦资西蜀，至是乃有之。"）

看到如此华丽鲜艳的织物，张华立即想起了小芸。张华问了价格，虽然很贵，但比洛阳要便宜十倍。他挑选了三种图案淡雅的蜀锦，各订了三匹，因为手中没有现钱，只能先交了少量定金。

陈寿说："看来茂先先生夫妻十分恩爱呀，不然谁舍得花重金买这么珍贵的礼物给老婆。"

李密说："看来大魏官员薪俸一定很高，不然即使想哄夫人高兴也花不起这么多钱呀。"

张华说："我手里也没这么多钱，回去得跟卫监军商借。我的银子都付了定金，茶钱只得由你俩付了。"

陈寿说："当然，本来是我请您喝茶嘛。"

三人走出店门，继续沿街坊向前走。快走到街坊尽头的时候，是几个卖旧货的摊子。张华因为曾经在旧货摊上捡过大漏儿，因而对旧货摊十分感兴趣，不论走到哪里，都会留意旧货。

他们一个摊儿一个摊儿地察看，有一个摊主的几件东西引起了张华的注意。这几件东西并不陈旧，只是几部个人撰写的小册子。他蹲在地上翻了翻，发现其中的一本竟然是费祎的日记。另外几本则是无名士的诗文集。这费祎乃蜀汉重臣，官至大将军，辅政后主，十年前被刺身亡。他的日记虽记述私人生活，但对研究蜀汉历史无疑具有极高价值。

张华跟摊主经过一番讨价还价，最终以一两半银子的价钱买下了几本小册子。张华因为身上已无分文，只得跟陈寿借。

李密说："这几本废纸稿值这么多钱吗？"

张华对陈寿说："你不是写蜀志吗？这些东西有时比皇家档案还珍贵。仅费祎的这本日记，就绝不止这个价钱。档案有时会做假，但个人日记不会。像费祎这样的大人物，他的日记往往能够解开许多历史之谜。"

陈寿想，这张华说得对呀，写志，光凭官方资料是不够的。需要更多的旁证来验证史实，旁证越丰富，越能接近史实。想到这里，他对张华更加敬服。

李密道："蜀汉刚亡，正是改朝换代之际，蜀中官宦世族家道中落，很快会有许多旧货被处理，尤其书稿字画文玩这些与生存无关的东西。"

张华说："嗯，令伯说得很对。我平生最喜读书藏书，家严在世曾留下书籍数百余册，岳丈大人更是将数千册书籍传给我，希望我做个书香世家，我不能辜负前辈。这些官宦世家流出的书籍都很珍贵，所以请你二位多多留心，但有好书当作旧货售卖，千万替我留下。"——其实那时的所谓书籍，大多是个人用笔书写的，而非印刷的。

陈寿道："好，我家离这个街圩不远，没事我便到街圩替你看看。"

"钱的事我会想法解决，但有好书，我回洛阳变卖房产也一定要弄到手。"张华道。

张华又对摊主说："老板，以后收集到旧书稿先去找我过过目。"

"好的好的，您住哪儿？"

张华说："皇宫东侧太子府。到了那里不让你进门，你就说找张长史就行了。"

"好嘞，我手下有两个收旧货的伙计，专走高门大户，我让他俩给您留心着。"

70

张华得了费祎日记，心情畅快了许多。三人路过一个高门大院。陈寿说："这里便是丞相府，诸葛丞相在世时就居住在此。"

诸葛亮自去世后，这座丞相府便由其子诸葛尚一家居住，虽然论资历诸葛尚本不该住在这样宏阔的大院，但因为其父功高盖世，刘禅也不好意思将丞相后人撵出去。诸葛尚也没有辜负后主的恩德，与儿子诸葛瞻力敌邓艾，双双殉国。邓艾入城后，做的第一件事就是将诸葛尚的家眷逐出了丞相府。

张华说："咱进去看看。"

陈寿说："有魏兵把守，不让进。"

张华说："没关系，随我来。"

原来，这丞相府因是重要的政治场所，魏军已奉命关闭并严加护卫，清查蜀汉财务的官员一直忙着对皇宫和府库进行清点查封，一直无暇顾及丞相府。

张华向魏兵出示证件，魏兵见张华是主管清查的大员之一，只得放行。

张华三人走进空空荡荡的丞相府，顿觉一种阴森之感。

他们推开正房大门，北墙上挂着一张诸葛亮的半身画像。画像两侧是八个大字"鞠躬尽瘁""死而后已"。

李密和陈寿见此，立即"扑通"跪地，向诸葛亮画像连连叩首。

李密痛哭道："丞相，密等无能，未能完成您的遗愿，复兴汉室。大汉亡了。"说着，竟然瘫倒在地上。

张华拉起李密，说："令伯何至于此？"

"若丞相在，大汉焉能……"

张华道："诸葛丞相复活，也挽救不了蜀汉的命运。存亡在乎势也，蜀亡是势所必然，非一人之力所能扭转。"说着，张华拉起两个人走出屋子，来到相府后花园，在赏春亭中坐下。

张华望着这座大院，说："这里凝聚了太多的历史，确实让人感觉沉重。"

陈寿道："茂先，在丞相画像面前你为什么那么淡定？我想大部分人都会为他跪下的。"

李密说："因为茂先不是蜀中人。"

陈寿说："难道仅仅因为魏与蜀是对手，对这个千古名相就不尊吗？"

张华道："你们理解错了。论才能，诸葛丞相自古及今，只有子牙、子房堪比。"

李密道："听说茂先乃留侯之后，是否因为有此先人便……"

张华说："更错了，我从未觉得远祖的功德跟我有什么关系。我之所以不愿跪拜孔明，只因我对他有不同的看法，敬其才而不慕其德。"

陈寿听了张华的话，表情有些惊讶，说："请道其详。"

张华说："我随军入蜀才知天府之国已因连年战祸变得人烟稀少，蜀地之民不过九十余万。谯先生的一番话，使我弄清了这种灾难产生的真正原因，正是中原人入主蜀地，将蜀地作为进攻中原实现他们理想的工具。这让我从更大的范围思考汉末以来引发整个华夏大灾大难的原因。发现，诸葛孔明不仅没能用他的智慧减轻和消弭灾难，正是他使灾难变得长久了。"

"天啊，这怎么可能？"李密惊道。

"你听我细细分析。"张华道，"当然，这并不是说孔明先生有多么坏的初衷，而是他心中的一种固执而强烈的道德观使然，这种强烈的道德便是'忠'。孔明无疑是忠臣的楷模。一生鞠躬尽瘁为汉室，死而后已保刘氏。因而作为君来说，他是理想的臣，我想，后世所有帝王都会对他万分钦敬，全力颂扬，别看他只是蜀汉小朝廷的一个丞相，他的声望在日后会越来越大，将来被奉为神圣也不是不可能。"

"何以见得？"陈寿问。

"大树特树这样的典型，正是帝王们本身的需要。"张华道。

"忠，难道不正是为臣的美德吗？"李密问。

"对，"张华说，"但忠是为臣的美德的全部，但忠只是为人的美德之一。除了忠之外，人应该还要具备其他美德，比如仁、信、义、孝等等。在所有美德中，仁是最高的美德，所以孔子以仁为本。仁所适用的是所有人与人之间的关系，包括对手和敌人。而义则专指朋友之间的美德，孝是亲子关系上所表现的美德，忠专指君臣关系上的美德。因而，忠是属于第二等级的美德。仁心与诚心出于天性，发于自然。而义、忠、孝则得于后天，君明则臣忠，父慈则子孝，朋善则友义。一个仁人，一个对敌人都怀有仁爱之心的人，在信义忠孝上都做得不会错。反之，我们可以见到有许多这样的人，对父母极孝，却对他人极恶，有些匪盗，杀人越货有时竟是为了养活父母，这样的人，孝则孝矣，难道能说他是好人吗？有些人对君王极忠，为了忠，可以抛弃所有美德。比如易牙，为了表示对君的忠诚，竟然将自己的儿子煮了，烹子献糜，这样的人算有德之人吗？易牙为什么会做出如此没有人性之举？那就是因为他不仁，没有仁心。"

陈寿问："茂先兄说得很有道理，您说这么多，若非暗示孔明不仁吗？"

"我若说他不仁，你和令伯肯定接受不了。但你得细听我给你们分析。"张华说，"孔明誓死忠于汉室，咱先说说这个刘氏是否还值得去忠。当初，我祖张良辅保高祖，创出一个强盛的大汉，但自成帝以来，为君日昏，朝纲日堕，外戚宦官轮流专权，终致王莽篡位，至桓、灵二朝，党锢祸起，黄巾举事，天下大乱。好端端一个江山让刘氏君王弄得支离破碎，这一切都表明，汉室将亡，刘氏气尽，已不值得辅保。诸葛孔明其实是深谙儒道的，他知道'邦无道，则卷而怀也'，因而隐居南阳，躬耕陇亩，但他没有经受住诱惑——一个身怀大才的人总是要显示一下的。一个自称皇氏后裔的刘备，给了他出仕的理由。孔明正是在这样的时候出山，要挽狂澜于既倒，扶大厦之将倾。在隆中，他出了一个史上最坏的主意——先将天下三分，三足鼎立，然后再复兴汉室。也正因为孔明的能力太强了，他竟然实现了自己最初的政治主张。我们看看，为了复兴汉室他和刘备都做了什么。在他们走投无路时，孙权好心好意借给他一块地盘，但他们占了荆州不还；刘璋看在同是汉室后裔的情分上，将他们引入益州，却将刘璋打败，吞并益州。此诚不仁、不信、不义之举。据有蜀地，与曹操、孙权终成三分天下之势。三足鼎立本是最稳固的状态，如果此时三国偃旗息鼓，各修内政，对于百姓来讲，也不失为一个比较好的结局，但孔明却一心复兴汉室，又试图以倾蜀国之力打破这种稳固状态，因此，六出岐山，连年征战，却寸土未获，空耗蜀人性命和资财，中原百姓也深受其害，而他自己也身死行营。一将功成万骨枯，孔明的一生都在征战，以无数百姓的生命，成就了他的英名。我实在不明白人们，尤其是蜀人为什么那么崇拜他，除了他的超强能力外，他给蜀地给华夏民族带来了什么实际的好处呢？促使孔明走上这样一条人生之路的原因，就是因为他对汉室和刘姓皇帝无条件的忠，可以说他因忠而废仁。"

李密问："何以言之？"

"让天下百姓都为刘氏而战，为一姓之帝王牺牲无数百姓之生命，生灵涂炭而不惜，江山破碎而不顾，这哪里还有仁呢？孔明死后谥号忠武，真是再恰当不过了，他的一生只做两件事，一是尽忠刘氏，二是兴兵打仗。"张华说，"我不知道为什么，在孔明的心里，似乎皇帝必须也只能由姓刘的来做，天下只能也必须姓刘。其实他忘了，天下本也不姓刘而姓嬴，只因嬴氏无道才轮到刘氏，当刘氏已失去民心，天下皆叛的时候，为什么不能由更具德能的人来做皇帝？他怎么就忘了，天下乃天下人之天下也，不是哪一个人之天下，也不是哪一个姓之天下，唯才德者居之。姜子牙，灭商纣，辅文王，周朝立；张子房助高祖，诛暴秦，大汉兴。而诸葛孔明鞠躬尽瘁戎马一生，换来了什么？天下崩。事实证明，一个朝代朝纲靡堕之时，舍而弃之，对天下百姓更有利。但孔明空言智慧，却没明白这个最大的道理。这就是我不拜他的原因。"

张华的这番话太具有颠覆性了。陈寿和李密即使顺着他的思路思考，也一时难以完全理解认同。

李密说："不管怎么说，诸葛孔明也是一代伟人呀。"

张华又说："我倒不这样认为。评判一个历史人物是否是伟人，我认为只有一个标准，那就是要看他给社稷百姓带来了好处还是坏处，给社稷百姓带来的好处越大，其人也越伟大。当然，一个伟人必须具有超强的能力，否则德行再好，缺乏能力也只能做一个普通的好人。而一个人如果能力超强却用错了地方，给社稷百姓带来的是祸而不是利，那人们只能钦佩他的才能，而不能称他为伟人。我钦佩孔明的才能，但对他的一生功过还是有我自己的判断。我提醒二位注意，华夏的传统是：促成华夏统一的，永远被人赞颂，而造成民族分裂的，则不会被人认可。不知为什么，这一不变的标准只有在诸葛孔明这里完全失效了。"

张华最后这句话令陈寿和李密有如触电般的感觉。想想诸葛孔明在隆中所出的主意，二人真的有些不寒而栗。

张华对孔明的评价，陈寿虽然不能完全接受和认同，但还是受了很大影响的。在后来所著《三国志》中，对诸葛亮多有褒贬之词，说他"连年动众，未能成功，盖应变将略，非其所长欤"。（《三国志·蜀志·诸葛亮传》）。对此，后世研究者曾这样推测，说陈寿父亲曾做过马谡参军，马谡兵败被诸葛亮所杀，陈寿父亲也被牵连受罚，诸葛瞻又轻视陈寿。因而陈寿为诸葛亮立传时才给予诸葛亮一些负面评价。其实陈寿贬低诸葛亮，是受了张华的影响的。而且陈寿所作《蜀志》最初一稿，对诸葛亮的评价更低，皇帝看了不高兴，强令陈寿删去了其中的一些贬损之词。

陈寿、李密二人将张华对诸葛亮的一番评判转述给谯周，谯老先生也大为惊异。对二人说："不怪阮籍说茂先是王佐之才呀，此人不仅堪为将相，而且有圣者之智啊。他说的不一定全对，但眼界之开阔，站位之高远，非常人所及。跟这样的人交谈，不仅长知识而且增智慧。"

陈寿也觉得跟张华做朋友，益处多多。从此，他经常出入张华的住所，二人很快成为朋友。还骑马并辔，作了一次长达两个月的蜀中游。

当二人再次回到成都时，那个旧货摊主已为张华搜集了两千余册旧书籍，经过一番挑选，张华购下了其中的一千五百册。为此不得不向卫瓘借了一百多两银子。

张华在成都又待了一个月，便乘马车载着一千余册图书和十几位蜀中文士一起回返洛阳。这十几位文士，其中就包括谯周和陈寿。李密因为祖母年迈而未能远行。

71

张华回到洛阳，先到晋王府交差复命，然后回家。

张华走进院门的一刻，眼前的一幕让他惊呆了，他雕塑般地立在原地，静静地欣赏着那世间最美的画面：

妻子小芸坐在一条长凳上，手中做着针线，右边是长子张祎，以长凳为书案，将一块石板儿放在长凳上，用石笔在长凳上专注地写字。左边坐的是幼子张韪，手捧书本在认字："子曰：学而时习之不亦说（月）乎，人不知……"

小芸扭头看了看小韪的书本，说："小韪，你念错了吧。我记得好像是不亦乐（落）乎，你怎么念成不亦月乎了？"

"妈，您说到底应该念落还是月？"

"唉，妈没正经读过书，也弄不清楚。小祎，你说应该念落还是月呢？"

"妈，您可把我问住了，我也不敢肯定。"

"唉，要是你爸在家就好喽，你爸什么都懂，世上没有他不懂的东西。你爸都走了快一年，也不知道最近怎么样了。你们想爸爸了吗？"

小鼙说："不想，有妈妈在，我们谁也不想。"

张祎说："蜀国皇帝早就被送到洛阳来了，他却一直不回来，我想他恐怕早把我们忘了。"

"你们是他的宝贝儿子，他哪能忘你们呀，忘了我倒是没准儿……"郭芸说到这里，忽然生出一种恐惧，是啊，他可别被其他女人缠住。

张祎说："他要是忘了您呀，我们就不认他，咱娘儿仨过。"

"胡说，"郭芸说，"他是你父亲，说出这样的话就是不孝。他忘了我倒没什么……"

张祎问："妈，您是不是想爸爸了？"

"嗯，妈还真是有点儿想他了。"

张华听着，看着，泪水默默地流下来。

这时又听小鼙道："妈，我就先念月了，等爸爸回来再问他。"

"那可不行，念书就怕不认真，瞎糊弄，我到东头儿贾府给你问问去。"

说完小芸放下手中的针线，站起身刚要向门外走，一抬头看到了定定地站在门口的张华。

"天啊！真是不经念叨，真的有朋自远方来了。"郭芸嘴中嘟囔着。

张华擦擦泪，说："不亦乐（落）乎？"

小芸大声对张鼙说："小思你爸说了，念落，念落。"

两个孩子抬头见爸爸回来，赶紧放下手中的书和笔，向爹爹跑来。

"臭小子，你俩不是说不想爸爸吗？"

张祎说："您离开那么久，我们都快忘了您长什么样儿了。"

张华将从蜀中带回的一册带有图画的神话故事书《蚕丛》递给张祎和张鼙，哥儿俩翻了翻，对书中图画爱不释手，于是跪在长凳前，聚精会神地看起来。

张华与郭芸进了屋。张华放下手中的包袱，立即与妻子拥抱起来。郭芸给了他一个深深的回吻，然后赶紧推开他，说："别让孩子看见。"

张华也只得抑制自己的激情。他慢慢将包袱打开，边打开边说："夫人，你看，这是什么？"

包袱打开，原来里边是几卷光彩夺目的蜀锦。郭芸见后，眼睛一亮，道："太漂亮了！给谁买的？"

"傻瓜，当然是给你呀！"

"给我？"郭芸疑问道，"不，不，不，这是只有后妃娘娘和豪门贵妇才配享用的东西，我一个出身微贱的丫鬟，我不配……"

"不，你配，你配得上世上最美最好的东西，因为你的心灵比世界上任何东西珍珠、宝石、黄金都珍贵，都美丽。"

"看你说的，让我都不好意思了。"

"没什么不好意思的，你应该坦然接受我的赞美。"张华说，"你看，小祎、小韪不是你的亲生，你却爱他们胜过亲生。人都说孩子就怕父亲娶后娘，今天我真的后悔给他们娶了你这个后娘。"

小芸没听懂张华的意思，惊问："你后悔了？"

"是啊。"

"我做错了什么？"

"正因为你什么都没做错，甚至做得太好了，我才后悔。"

小芸不解。

张华说："因为有了你这个疼他们爱他们的后娘，他们竟然连我这个亲爹都不想认了。"

"天啊，我还以为你不爱我了，要休了我……"

"我今生就是把自己休了，也舍不得休你。"张华说着，拿起几块蜀锦，向小芸身上边比试着边说，"我要让我的女人穿上最华美的衣裳，像个堂堂正正的官员夫人。你看，这块适合做上衣，这块做裙子更好看。"

郭芸万分幸福地配合着丈夫，张华不时地用手拍拍她的臀，摸摸她的乳。郭芸微笑着说："老实点儿，没正经。"

张华咬着她的耳朵说："如果我是后羿，此时我会毫不犹豫地射落天上那最后一颗太阳，让黑暗立刻降临。"

"干什么？"小芸傻傻地问。

郭芸的天真更加激起了张华的激情，他紧紧搂住郭芸的腰说："干这个……"

郭芸羞红了脸，说："人家也早就想了。"

夫妻二人正挑逗着，忽听大门外有人喊道："这是张长史家吗？"

张华赶紧放开郭芸，跑出院外。他还没来得及回答，只听儿子张祎在院中回答道："是。"

来人是送货的车夫，将张华从蜀中购买的书籍送到家中。

张华本在自家东院有一个五开间的书房，但那书房早已被书籍占满，因而，从蜀地拉回的这两车书只能放在客厅和卧室中。

郭芸说："等咱有了钱，得给你盖一个大书房。"

张华说："恐怕连东院那个小书房也保不住了。"

"为什么呀？"

"你知道我买这些蜀锦和书籍花了多少钱吗？二百两银子。为此我拉了一百二十余两的饥荒。必须先把东院卖了，赶紧还债。"

"那怎么行？你不能没有书房。"

"对于读书人来讲，有书即可，无房无妨，以纸为墙，以书为床何其乐也！我不好意思出面卖房，明天你就私下去找个买家……"

郭芸说："好吧，你别管了。"

带有图画的书在古代实在太罕见了。张祎和张韪两个孩子对《蚕丛》百看不厌。晚饭后，在油灯下仍然在聚精会神地看，一边看哥儿俩还一边议论：

张祎说："蚕丛这眼睛怎么跟螃蟹似的？"

"是啊！"张韪说，"我问问妈。"然后向郭芸喊道，"妈，这蚕丛太丑了，他的眼睛怎么跟螃蟹似的？"

"我哪懂？问爸爸。"

张华说："天下有各式各样的人。你觉得螃蟹似的眼睛丑，人家还认为咱的眼睛丑呢。世上没有固定的丑俊，看习惯了，丑也不丑，俊也不俊了。"张华看小哥儿俩看得入神，悄悄地将胳膊揽住郭芸的腰。

张祎看到蚕丛给夏桀施用美人计的时候，说："这夏桀真不是东西，见了美女就亲。"

郭芸听了张祎的话，赶紧将张华的手从自己身上推开。

两个孩子因为父亲的归来和图书很兴奋，直到亥时，仍无倦意，完全不知道他们的父亲此时所受的煎熬。

张华对小芸说道："唉，我真不该给他们带回这样的书。"

"怎么了？这书不好吗？"郭芸又傻傻地问。

"好是好，他俩好了，让我难受。"

"你急什么呀？"郭芸小声说道。

好容易熬到两个孩子熟睡了，张华与郭芸夫妻二人立即云雨一番。事毕，张华略感疲惫，郭芸却更加精神。她说："你累了，先睡吧。"

"你呢？"

"我再仔细看看那几卷布料。"说完，郭芸下了地，将那几匹蜀锦拿出来，翻来覆去地欣赏个没够，最后竟然将那蜀锦放在自己枕边睡着了。

不知过了多久，郭芸突然大笑起来。张华被她的笑声惊醒，摇醒妻子，问："你笑什么呢？做什么好梦了？"

郭芸说："我梦见我穿上这些蜀锦做的衣服了，所有贵妇人都向我投来羡慕的眼神。"

张华搂紧妻子，说："睡吧，这是明天就能实现的梦。"

72

第二天，张华便带了从蜀地带回的礼物去看卢钦。

卢钦与张华整整聊了半天。

卢钦问："茂先，蜀中一行有什么收获呀？"

张华说："没什么收获。如果说有收获，最大的收获就是因谯周之言使我改变了对诸葛孔明的看法。"

卢钦很感兴趣地问："说说看。"

于是张华将自己在丞相府对陈寿和李密所说的那番话向卢钦讲述一遍。

"嗯，你说得不错，但世上很少有人能认可你和谯周的观点。因为世上没有几个人能有你和谯周这样的水平。世人多是井底之蛙，看不到大局更看不清全貌，多是就事论事。没有深厚的儒学功底，就不会有你们这样的认识。但是尽管你们的观点正确而且深刻，恐怕不会为世人欣赏，更不会为当权者所接受。能够有这样的认识，你的收获不小啊。"

张华说："没有您多年的指教，我也不会有这么大的长进。"

卢钦说："但征蜀一役，所获最多的肯定不是你。"

张华说："当然不是我，是大魏皇帝。"

卢钦说："错，这点你可看错了。魏帝不是所获最多，而是所失最多的人。"

张华说："不对吧。失去最多的无疑是蜀主刘禅，他连国都失了。"

卢钦说："呵呵，刘禅失国是早晚的事，再说蜀地不过一个益州而已，十个蜀国也比不上占据中原的大魏呀。刘禅灭，就意味着曹魏终啊。"

"何以见得？"

"司马氏早有践位之心，只是时机不到，蜀汉之灭，终于打破了三国鼎立的格局，迎来了华夏历史的转折。司马昭以这样的功勋，荣登大宝，似乎也顺理成章。如今的形势是，世族豪门大多支持晋王，晋王的亲信在朝堂上都已公开讨论禅让之事了。司马晋王自己不想称帝都难。"

"哦，原来是这样。"

"所以，伐蜀一役，失去最多的不是刘禅，而是魏帝。魏帝所失是蜀主的十倍。"

"您是说，司马代曹已成定局？"

"如果不出我所料应该为期不远，或许就在今年。"

"请问您对此是什么态度呢？"

"我还是一贯立场，天下非一姓之天下，唯有德之居之。今上虽不是黯主昏君，但才能有限，没什么作为。而反观司马氏父子三人，诛曹爽，除何晏，三平淮南之叛，两胜东吴之兵，伐蜀一举功成。内政上也颇多建树，深得百姓的世族之心。晋王可以说才德俱备，功高名隆，宜主天下。"

"有了您这样的话，我知道该怎么办了。"

卢钦让家人准备午宴，给张华接风。

二人边饮边谈，聊了整整一天。

73

张华回到家里，已是傍晚时分。

他刚一进家门，郭芸便拿出沉甸甸的一包银子，交到他手里，说："这是一百五十两，足够你还账的了。"

张华惊问："你哪儿弄来的这么多钱？"

"不是我弄来的，是你弄来的。"

"我？"

"是啊，你从蜀地带回的那些蜀锦全都让我卖了。"

"天啊，我那是为你买的。你又那么稀罕，怎么能卖了呢？"

"我有自知之明，怕穿这么高贵的衣裳被人笑话，再说，一个女人哪能为了衣裳让男人身上背饥荒。"

"你卖给谁了？"

"一个何府（司徒何曾）就将那些蜀锦全包圆儿了。"

"我买这些蜀锦时花了不过十几两银子，没想到在洛阳能卖这么多钱。"

郭芸说："是啊，贩运蜀锦这么能赚钱，何不专程到蜀地多多贩运点儿……"

"商贾乃是贱业，君子不为。"张华说，"其实也不是贩运货物都这么赚钱。我想，这是因为蜀国刚刚归附大魏，与中原的商贸往来刚刚恢复，商人们还对多年的蜀魏战争心存疑惧，因而蜀地的俏货还没有出现在洛阳的市场上。再过一年半载，就会有大批蜀货到洛，那时，洛阳与成都的货物也不会相差十位的价钱。"

郭芸说："除了还债，还剩三十两，咱再攒几十两，就在东院给你盖一个更大的书房。让那些权贵看看，我们家虽穷，但有洛阳最大的书房，最多的藏书。"

张华大为感动。他想，一个并没有多少文化的女人，为什么也会对书籍和书房情有独钟？看来，这是个爱丈夫胜过爱自己的女人，她已完全没有了自己，把自己的一切交给了自己的男人，丈夫所需就是自己所需，丈夫所好就是自己所好，丈夫所爱就是自己所爱。张华再次被妻子郭芸感动得泪水涟涟。他紧紧攥住郭芸的手，说："你跟我想到一块儿去了。"

74

张华回京的第三天，晋王司马昭率儿子司马炎，何曾、郑冲、贾充宴请随张华入洛的蜀中文士。

司马昭对张华说："伐蜀之役，茂先功不可没。不是你提醒，钟会阴谋险些得逞。如今又聚来这么多蜀中贤才，更添大功一件。"

谯周问："晋王殿下，请问吾主可好？"

司马昭道："谯先生念念不忘先主，真义士良臣也。孤王可以告诉诸位，蜀汉后主已被封为安乐公，不用诸位惦记。"司马昭说到这里，转身对身旁的贾充说，"公闾，干脆请安乐公一家马上过来，让他们君臣一见，诸位也就放心了。"

贾充于是吩咐人去请刘禅。

司马昭一一问候了蜀中文士。然后对大家说："自古蜀中多才俊，望大家不吝其才，辅保大魏。本王将一视同仁，唯才是用，量才授职。"

"谢晋王！"大家一起喊道。

"大家千万不要有什么疑心，跟随蜀主提前来到洛阳的张绍、邓良等都已被封爵授官，只要大家以真诚之心忠心为国，本王保你们高官得做，骏马任骑。"

"祝晋王千岁安康。"陈寿喊道。

这时，门外侍卫喊道："安乐公驾到。"

司马昭听此，立即起身迎接，而蜀中贤士们则跪倒在地。

刘禅带着妻子张皇后和女儿长阳公主刘薇来到司马昭面前，跪地说道："安乐公刘禅拜见晋王千岁千千岁。"

司马昭道："安乐公无须多礼。"

刘禅也向蜀中众贤士摆摆手说道："大家都免礼平身吧，以后再见本公不许再施君臣大礼。"

司马昭示意开宴。

大家落座。

司马昭举杯道："本王代表皇上欢迎安乐公和蜀中众贤达。"

大家干了酒，随着乐声响起，一队舞女从幕后走出。

乐队奏起蜀国乐曲，舞女跳起蜀地舞蹈，同时唱起蜀国歌曲《过了剑门关》：

> 过了剑门关
> 何必做神仙
> 一夜春风过
> 肥了蜀水
> 绿了巴山

> 过了剑门关
> 何必做神仙
> 夏日无暑意
> 满目蕉影绿
> 窗外看雪山

> 过了剑门关
> 何必做神仙
> ……

蜀中文士听了这熟悉的蜀地歌曲，或掩面而泣，或唏嘘不已，唯有刘禅，面露欢颜。

司马昭问刘禅道："安乐公，本王公务烦冗，自公入洛以来，一直没去府中拜望，常言道故土难离，不知您是不是非常思念蜀地。"

刘禅道："我在洛阳这里生活得非常好，一点儿也不思念蜀地。"（《三国志·蜀书·后主传》裴松之注引《汉晋春秋》："问禅曰：'颇思蜀否？'禅曰：'此间乐，不思蜀。'"）

司马昭道："这就对了。魏蜀吴本是一家，诸葛孔明居心难测，硬将一统，弄成三分。如今蜀地归附，距天下一统不远矣。"

贾充道："晋王奇勋盖世，再造中华，此诚可以为天下主。"

何曾也说："是啊，晋王之功，唯秦始皇汉高祖可比也。"

司马昭道："蜀汉之灭，还要感谢安乐公啊。"

贾充问："为什么要谢他呢？"

司马昭道："自古人云，虎父无犬子，今日观之，未必尽然呀。"

刘禅听此，羞愤不已。

司马昭又转身对自己的儿子，如今已是晋太子，抚军大将军的司马炎说："吾儿谨记，俗语云落魄的凤凰不如鸡，说的就是这种情况。"

刘禅之女长阳公主刘薇怒道："晋王，还有句俗语不知您是否知晓？"

"请讲。"

"叫虎落平阳遭犬欺。"

刘薇的话一出口，众人大惊。贾充喝道："大胆……"

刘薇冲贾充吼道："你他妈的喊什么，有本事杀了姑奶奶。"

贾充道："你已是笼中鸟，网中鱼，杀你就如同捏死只蚂蚁，只要晋王……"

刘薇骂道："贾充，你个弑君贼，操你八辈儿祖宗。"

贾充没想到这个美艳的女子，蜀国公主一开口竟然什么脏话都骂得出口，尤其是"弑君贼"三个字，点到了贾充的痛处。他一步跨到卫士身旁，从卫士腰门"呛啷"拽出宝剑。没想到，这刘薇不仅没被吓住，反而撒泼大闹宴会。她用力掀翻酒桌，指着贾充和司马昭大骂："姑奶奶今天豁给你们了，当初姑奶奶本已做好以身殉国的准备，根本就不想到洛阳来，是卫瓘那混蛋好说歹说，姑奶奶才上路，没想到你们如此恶毒，物质上善待精神上折磨，姑奶奶可不吃这一套，姑奶奶早就不想活了。贾充，你来呀，今天不杀我，你是丫头养的。"

贾充实在无法容忍，提剑逼上前来。

司马昭对贾充道："公闾，退后，跟一个女子较什么真儿。"

这刘薇只求一死，不想再活过今天，于是冲司马昭吼道："司马昭，你他妈更不是什么好东西，你就是这个弑君贼的后台，曹髦就是被你俩合伙儿杀的。"

司马昭不仅没有恼怒，反而笑道："呵呵，没想到刘禅也能生出如此美貌刚烈之女。"

何曾道："颇有其外祖父之风啊。"——刘禅先后娶张飞的两个女儿为皇后，刘薇即是张飞小女与刘禅所生。

贾充道："怪不得至今未曾出嫁，如此暴烈，谁敢娶之。"

司马昭笑道："孤闻之，烈女如烈马。好马都是由烈马驯出来的。烈女一旦被男人驯服，也一样好使得很呢。本王能驯服刘备的儿子，未必不能驯服刘备的孙女……"

刘薇骂道："放你妈的屁，我操你八辈祖宗……"刘薇说着，抄起一个盘子甩手向司马昭掷去。盘子擦着司马昭的左脸飞过，虽然没伤到司马昭，但盘中的剩菜却甩了他一脸。司马昭大喊一声："将她带下去，本王要好好驯驯她。"

张华传

刘禅早已被女儿的行为吓破了胆，赶紧叩首道："晋王，小女不懂事，您千万大人不记小人过……"

"呵呵，如此刚烈的姑娘本王可是第一次见到，你当爹的管不好，那就由本王来调教调教，不出半年，保证送还你一个温顺可人的女儿。"司马昭说完起身离座。宴会不欢而散。

刘薇还真的挑逗起了司马昭的征服欲。当晚，他便让人将刘薇脱光衣服带到寝宫，紧缚双手进行了性侵。

司马昭从刘薇身上找到了征服的快感。这种快感是他从其他后妃身上未曾体验过的。

前几次，刘薇一直骂不绝口，她越骂，司马昭越是兴奋。后来，刘薇不仅不骂了，而且还颇为主动地配合。这使得司马昭更加得意。

第五次，刘薇主动要求解其绑缚。司马昭说："不，我一时不把你彻底驯服，便一时不给你解开。本王可不想吃你的拳脚。"

"哼，你也枉称英雄，连一个裸身女人都不敢单独面对。"

"给你解开可以，但你得说，你服了没服？"

刘薇不语。

"你说呀。"

"操你妈的，这还得让一个女人说出口吗？你还感觉不到吗？人家若不是被你征服，会配合你吗？"

刘薇的痛骂，反倒让司马昭兴奋了。他于是亲自解开了捆绑刘薇的绳索。

刘薇甩了甩被绑得发麻的双手，上前一把将司马昭推倒在床。司马昭没想到这刘薇的劲儿这么大，"咣"的一声倒在床上。他冲外大叫："来人。"

卫士听喊，立即提剑入内。

刘薇哈哈大笑，指着司马昭道："你还是个爷们儿吗？干这事还带卫兵？"

"你欲加害本王……"

"我已经被你驯服了，离不开你了，岂能加害你。"

"真的？"

"你他妈自己不清楚吗？"刘薇说着冲卫士喊道，"滚出去。"

司马昭示意卫士离开。

卫士"咣"的一声关上门，走了出去。

刘薇一个健步跨上床，将司马昭压在身下，说："看咱谁驯服谁。"

司马昭一阵狂喜，看来这烈女真的被自己征服了。

刘薇骑在司马昭身上，不停地问："服不服，服不服，服不服……"

经过一番云雨，司马昭感觉周身通泰。从此，他像打了吗啡，一日也离不开这个烈女了。

但司马昭毕竟五十开外的人了，哪经得起一个二十出头的烈女的折腾。但他又不愿让刘薇失望，不愿被她嘲笑，更重要的是，他一日不享受与她的性爱之欢，便觉得白活了一日。他私下向大医学家皇甫谧咨询御女术，说："孤王闻之，黄帝御女三千，日御十二女，有这样的事吗？"

皇甫谧说："应该有吧。"

"用什么方法可以做到呢？"

"黄帝御女之术早已失传，我也不知道他用的什么方法。"

"如今还有这种增强性力的药吗？"

皇甫谧说："有啊。如今世族大户许多人都在服用，我一直也在用。"

"请问是什么药？"

"何晏发明的五石散呀。"皇甫谧说，"这何晏真是聪明，一个不通医道之人，竟能发明这种性药。若其精研医道，其术将不在华佗之下。"

"五石散不是毒药吗？"司马昭问。

"是药三分毒。"皇甫谧说，"五石散具有毒性，但若精通发散之法，其毒可解。晋王为什么要问这事？"

"孤王有好女，日日思之，夜夜念之，一日不御，便茶饭无味，但老夫年迈，体力不支。但孤王不想失其欢，又不想拂其意……"

"那只有服五石散了。"皇甫谧道。

"但蜀国刚灭，霸业始成，孤王又恐被毒所害。"

皇甫谧道："性事本是损精伤身之事，又想求欢，又想长寿，世上没有两全之事。再说，五石散虽有毒，但我教您正确的解法，不会对身体造成太大损害。"

司马昭说："既如此，士安可否到王府闲居，指导孤王服散发散？"

"好，只要我怎么说您就怎么做，保证您日御五女而神不疲，一夜三泄而精不竭。"

"如此，今日孤王便开始服散。"

"我这里正好有上好的五石散。"

司马昭想通过服散增加性能力，但又不想从头开始学习发散的方法，而皇甫谧不仅是当世最著名的大医师，而且自己本身就服散，受何晏亲传，精通发散的方法。因而司马昭对他十分信赖，干脆自己不用学发散之法，由皇甫大师亲自指导算了。而皇甫谧好不容易找到这样的顾客，是不可多得的发财机会。于是二人一拍即合。皇甫谧立即带了大量五石散，随司马昭来至王府，当天便指导司马昭服散行散。当夜，司马昭果然神勇。

刘薇惊问："晋王何以致此？"

司马昭如实以告。刘薇心中一喜，心想，这老贼的死期到了。于是，说道："你个老东西这般年纪还如此粗壮，让我喜煞爱煞。"刘薇知道司马老贼的怪癖，喜听淫秽之言，下流之语，于是她为达目的，不顾廉耻，弄得司马昭心花怒放，从此，司马昭天天服药，夜夜尽兴。

75

司马昭不仅在性事上得以淋漓尽致的满足，在政治上更是春风得意。支持其禅代的呼声日甚一日。

咸熙二年（265）夏，卫瓘带领最后一支征蜀的队伍和多位善后官员回到洛阳。司马昭请皇帝曹奂召集所有五品以上官员评议征蜀之功过，以施奖惩。

钟会因勾结姜维反叛朝廷，削职夺爵，并夷三族——其实夷三族只是名义上的，此时钟会既无子嗣又无父母；邓艾不听朝廷之旨，有违逆之行，但因其首先入蜀，功过相抵。朝廷恢复其名誉与官职；卫瓘监军有功，拟授公爵爵位。

卫瓘婉拒道："克蜀乃是众将之谋，众士之力，卫某微不足道。"

司马昭说："不是卫监军临危不惧，勇武过人，智除钟邓二逆，蜀汉岂能顺利克复？"

卫瓘道："钟邓二将权欲熏心，逆天而行，自取灭亡。卑职不过顺势而为，虽诛除二逆，但蜀汉毕竟不是卫某率兵攻克的。若从克蜀功绩来看，邓艾无疑是首功。所以我是不能冒领大功的。"（《晋书·卫瓘传》："事平，朝议封瓘。瓘以克蜀之功，群帅之力，二将跋扈，自取灭亡，虽运智谋，而无搴旗之效，固让不受。"）

皇帝曹奂说："卫爱卿功成弗居，谦逊可嘉。虽不肯接受公爵之封，授其侯爵若何？"

但卫瓘连封侯的建议也拒绝了。

张华知道，卫瓘的心里一直为邓艾之死感到内疚。

司马昭说："本王公正廉明，功而不奖，过而不罚非治国之道。卫将军你就接受了吧。本王授你为菑阳侯，封你为镇东将军，都督徐州诸军事，休息俩月到徐州上任。"

"谢主隆恩！吾皇万岁万万岁！"卫瓘谢恩道。

贾充对卫瓘说道："喂，伯玉，你谢错了，应该谢晋王千岁。菑阳侯和镇东将军可是晋王封的。"

曹奂听了贾充的话，大惊，但他不像曹髦那样刚烈，知道满朝文武都是司马昭的人，因而不敢斥责贾充。

何曾说："是啊，平蜀乃是旷世之功。一年前，大家都反对出兵伐蜀，是晋王力排众议，做出这一英明决策，并亲自布置和指挥伐蜀之战。当钟会欲叛也，又是晋王亲督大军以镇之。因而灭蜀的最大功臣乃是晋王。他人都因功得赏，大家应该议一议，应该赏晋王什么呢？什么样的奖赏才能与晋王的功勋相当呢？"

裴秀道："晋王之功，赏无可赏，奖无可奖，以臣之见，可以天下奖之。"

郑冲也道："是啊，赏其御座可也。"说完扭头问身边的王戎，"濬冲以为如何？"

王戎忙点头道："宜也，宜也。"

郑冲所以要询问比他小近半百的王戎，就是要让琅邪王氏的代表当众表态。

荀勖也说："吾闻天下者有德者居之。晋王德才兼备，功高盖世，荣登大宝，应天理而顺民意。"

王濬道："陛下虽曹氏之后，但德不配位，替君谋之，宜早禅位。"

此时，各大世族的代表人物已经开始争先恐后地向司马昭示好了。

曹奂见众臣竟然当着他的面谈起这样的话题，知道必须尽快交权，否则司马昭一旦等不及了，对自己和家人没有好处，于是说："既然众卿弃朕，朕亦自知才德远逊于晋王，朕愿早日禅位。只是朕不知道禅位之礼，谁知道禅位应该如何进行？"

众人不语。

张华说："三十多年前不是禅过一次吗？曹氏皇族的老人应该还记得，陛下只要问一问他们，就知道了。"

张华的话令曹奂十分不满。因为这明明是在暗示，当年曹氏以魏代汉，今天终于遭到报应了，而司马昭听后，却很高兴，道："茂先说得很对。所谓殷鉴不远。献帝将天下禅让给文帝只是三十五前的事。"

张华又道："今天在此的众位老臣好多都是当年的汉臣，亲眼见证过献帝禅位，前辈们当知禅让之礼。"

张华这句话让众位老臣十分难堪。这等于在说他们已是三姓之臣。

张华也不知道自己为什么会说出这么两句冒失话，除了司马氏，几乎将在场的人都得罪了。

郑冲说："禅位之礼臣略有所知。一需有众臣给皇帝上劝进表，以标明新君上位的理由；二需有皇帝的禅位诏，以说明自己为什么要将天下相让。"

曹奂道："你们现在就可以准备劝进表和禅位诏书了。禅位诏一旦拟就，朕当即加盖玉玺，决不耽延一日。"

傅玄道："识时务者为俊杰。陛下虽自谦才德稍逊，但能够主动禅位，亦不失为一代俊杰呀。"

贾充问："禅位诏和劝进表由谁来写呢？"

郑冲等老臣都说："当然由文采最佳的人来写，遍览本朝，非张茂先莫属。"众位老臣公推张华拟写劝进表和禅位诏，是想让他永远担负司马昭篡魏的罪名。

司马昭问："茂先，众前辈公推你来草拟劝进表和禅位诏，你有何意见呀？"

"没意见。事已至此有表没表，有诏没诏还不都一样吗？不过是个形式罢了，难道改朝换代这样的大事，没有禅位诏书就可以拖着不办吗？华虽不才，愿担此任。"

张华的话似乎有暗示司马昭既当婊子又立牌坊之意，令司马昭也不大高兴。

曹奂说："越快越好，朕早一日禅位，早一日清心。晋王，众卿，从今天起，大家就去分头准备禅代之事吧。散朝。"

司马昭没想到曹奂会如此痛快地让位，因之心情大爽。

何曾、贾充、裴秀等人于是开始忙着安排禅代之事。经钦天监推算，当年秋九月甲子乃是良辰吉日。因之，将禅位大礼定在这一天。而此时已是八月丁丑，距禅位大典只有十几天的时间了。

张华答应拟写劝进表和禅位诏，因而不敢怠慢，散朝后，他立即到天禄阁——当时的皇家档案馆——去查阅当年华歆等人为魏文帝曹丕写的劝进表和替汉献帝写的禅位诏。誊抄一遍。然后回到家里，略作改动即可。

第二天，司马昭果然派人传张华进府，张华带上写好的劝进表和禅位诏来到晋王府。

此时，司马昭和太子司马炎父子俩正试着穿戴刚刚缝制好的龙袍皇冠。听说张华到来，立即传入。

张华出示《劝进表》，司马昭展阅之：

魏王殿下：

臣华顿首。臣闻天生蒸人，树之以君，所以对越天地，司牧黎元。圣帝明王鉴其若此，知天地不可以乏飨，故屈其身以奉之；知黎元不可以无主，故不得已而临之。社稷时难，则咸藩定其倾；郊庙或替，则宗哲纂其祀。所以弘振遐风，式固万世，三五以降，靡不由之。

伏睹晋王，自登位以来，德布四方，仁及万物，越古超今，虽唐、虞无以过此。群臣会议，皆言魏祚已终。臣闻昏明迭用，否泰相济，天命未改，历数有归，或多难以固邦国，或殷忧以启圣明。齐有无知之祸，而小白为五伯之长；晋有骊姬之难，而重耳主诸侯之盟。社稷靡安，必将有以扶其危；黔首几绝，必将有以继其绪。伏惟殿下，玄德通于神明，圣姿合于两仪，应命代之期，绍千载之运。夫符瑞之表，天人有征，中兴之兆，图谶垂典。殿下智勇，力平淮南三叛，晋王神威，招致巴人来服。柔服以德，伐叛以刑，抗明威以摄不类，杖大顺以肃宇内。纯化既敷，则率土宅心；义风既畅，则遐方企踵。天祚大伪，必将有主，主晋祀者，非殿下而谁？以迩无异言，远无异望，讴歌者无不吟咏徽猷，狱讼者无不思于圣德，天地之际既交，华裔之情允洽。一角之兽，连理之木，以为休征者，盖有百数；冠带之伦，要荒之众，不谋而同辞者，动以万计。是以臣等敢考天地之心，因函夏之趣，昧死以上尊号。愿陛下存舜禹至公之情，狭巢由抗矫之节，以社稷为务，不以小行为先，以黔首为忧，不以克让为事。上以慰宗庙乃顾之怀，下以释普天倾首之望。则所谓生繁华于枯荑，育丰肌于朽骨，神人获安，无不幸甚。

臣闻尊位有德者居之，今仰瞻天象，俯察民心，土德之数既终，行运在乎司马。晋王并日月，无幽不烛，深谋远虑，出自胸怀，不胜犬马忧国之情，迟睹人神开泰之路。臣等各忝守方任，职在遐外，不得陪列阙庭，共观盛礼，踊跃之怀，南望周极。谨上。

晋王阅后大喜。又将张华为曹奂拟写的禅位诏书默念一遍：

朕在位数载，虽弹精竭虑而无治世之功，夙兴夜寐反生丧乱之兆。仰瞻天文，俯察民心，土德之数既终，行运在乎也乎司马氏。是以前王既树神武之绩，今王又光曜明德以应其期，是历数昭明，信可知矣。夫大道之行，天下为公，选贤与能，故唐尧不私於厥子，而名播于无穷。朕羡而慕焉，今其追踵尧典，禅位于晋王。

咨尔晋王：昔者帝尧禅位于虞舜，舜亦以命禹，天命不于常，惟归有德。魏道陵迟，渐失民心，降及朕躬，君臣离心，天下衔怨。赖宣王神武，景王智勇，拯兹难于四方，惟清区夏，以保绥我宗庙，岂予一人获乂，俾九服实受其赐。今王钦承前绪，光于乃德，恢文武之大业，昭父兄之弘烈。皇灵降瑞，人神告徵，诞惟亮采，师锡朕命，金曰尔度克协于虞舜，用率我唐典，敬逊尔位。於戏！天之历数在尔躬，允执其中，天禄永终；君其祗顺大礼，飨兹万国，以肃承天命。

司马昭阅后，转手交与司马炎，对司马炎说："你好好看看，文采精妙啊。述史证今，文理顺畅。茂先博古通今，文采盖世，确为我朝当今第一文士啊。"

张华说："晋王，其实这两篇文章非华所拟，实出于华子鱼（歆）之手。"

司马昭疑惑地问道："华歆早已亡故多年，怎么……"

张华说："三十五年前，众臣所呈魏文帝的劝进表和献帝禅位诏皆华歆所书。时光荏苒，三十五年过去，恍若如昨。余观今日之情势，与三十五年前何其相似乃尔。故我将华歆当年所拟之劝进表和禅位诏抄录下来，只将汉改作魏，魏改为晋可也。"

司马昭有些不悦，说："你是不是在影射孤王像当年曹丕一样篡汉呀？"

张华说："这还用得着影射吗？事实便是如此。"

司马昭问："不，是魏主主动禅位与本王……"

"在臣看来，其实篡与禅没什么区别，唯用词雅与俗尔。"张华道，"晋王，我发现，在改朝换代之际，所有人都战战兢兢。为臣者恐被视为不忠之臣，为君者怕被视为篡位之君。为什么会这样？就是因为大家虽然嘴上说，但心里都没认可一个道理：天下非一人之天下，唯有德者居之。如果您自认为是有德者，就不必计较别人怎么说。昨日，我对魏主说，让他去问问曹氏长辈关于禅位之礼，其实就是想提醒他，不要以为皇帝位天然就姓曹。我所以要照搬华歆所写的劝进表和禅位诏，就是想让天下人知道'天命不于常，惟归有德'乃是君臣之共识。所以，晋王您不应在乎'禅'与'篡'之名，而应注重有无'德'之实。"

司马昭问："什么是你所说的德呢？"

张华道："德，有布衣之德，有帝王之德。布衣之德，守律法，勤劳作，谨孝悌，重繁息，睦邻里。帝王之德，御外侮，合众族，施仁政，强社稷，富家国。"

司马昭又问："依你之见，孤王有德否。"

"晋王北御鲜卑，西抵羌胡，此能御外侮也；东平三叛，南收蜀汉，此合众族也；兴名教，倡孝道，此施仁政也；劝农桑，练精兵，此强社稷，富家国也。帝王之德备矣。"

司马昭听到这里，大悦。

张华继续说："帝王之德俱备，主天下理所应当，势所必然。何须战战兢兢怵怵惕惕，在乎什么'篡'与'禅'之争呢？"

司马昭道："这么说，你是真心支持孤王践大位的。看来，这些年本王没有白栽培你。安世也没白交你这个朋友。"

张华道："多谢晋王抬爱。我支持您是因为您有帝王之德，而不是因为私情。我与安世为友，是因为我们有共同的爱好。我这个人不党不群，公与私分得很清，决不因私废公。只要您利社稷，爱黎民，兴仁政我永远大力支持。"

司马昭道："你是个清正君子。有你这样的臣子是君之幸，能与你交友是人之幸。"

张华离开后，司马昭将皇冠和龙袍穿戴一新，边站在镜前顾盼，边对儿子司马炎道："张茂先博古通今，学仰深厚，为人正直，欲成就大业，少不得这样的人。但他不是贾公闾，决不会为你冒弑君之罪。他有洁身之癖，内心似乎有一条突不破的道德底线，因而不会与任何人同流合污，所以，可成净友不可成生死弟兄。"

司马炎说："父亲说得极是。"

"所以，要学他，用他，但不可将命运交与他。"司马昭道，"我已年过半瓦说不定什么时候便驾鹤西游，百年之后，帝位必将传与你，对这些年轻一代臣子各自的性格与德才不可不知呀。贾公闾是咱司马家的死党，他为讨好你大伯和我，曾犯下弑君之罪，所以他已把自己与司马家绑在了一起，一荣俱荣，一损俱损；琅邪王氏和太原王氏根基深厚，朝野势大，不可得罪；范阳卢氏，以儒学正统自立，桃李遍地，只能尊重；荀氏多智谋之士，荀勖聪明多才，可委重用；裴氏乃大族，亦不可忽也。你的几个叔叔虽然才德平庸，但毕竟是血肉之亲，我百年之后，你要重用……"

司马炎道："父亲，过几天您就将受禅登基，此万世难遇之大喜，为什么要说这种不吉之语？"

司马昭道："哦，哦，是不该出此不祥之言，只因为父爱子心切。不说了，不说了。"

76

人之将死必有先兆。司马昭对儿子司马炎的教诲便似有遗嘱之意。

春风得意的司马昭，激情澎湃。他服了超量的五石散，在皇甫谧的协助下发散之后，更觉神清气爽，斗志昂扬。不待天黑，便召刘薇侍寝。

司马昭表现异常神勇，刘薇骂道："你今天吃什么药了，这么上劲。"

司马昭道："朕不日就要登基了，马上就是真龙天子了，龙体当然比人体雄健了。"

"天啊，你要篡位呀？"刘薇道。

"不，是受禅。"

"受什么禅呀，也不看看你那德行，尖嘴猴腮，还真龙天子？本姑娘才是正宗的龙脉龙女。"

"本王就是要玩儿你这龙脉龙女。"

"龙女可不是凡女。今天咱就试试，看谁身上流的才是龙血。"刘薇说着，飞身骑跨到司马昭身上。司马昭只觉周身通泰，如入仙境，但就在他登上快乐的顶峰时，忽然大叫一声："啊！"然后晕死过去。

刘薇大笑道："哼，本姑娘终于为蜀汉报了一箭之仇。"

宦官立即传来皇甫谧。皇甫谧掀开锦被，见司马昭性器肿胀，精血的混合物流泄不止，知道已无药可救，喟然叹曰："一代英豪，命丧于淫，惜哉惜哉。"

太监们立即传来御医。众御医皆尊皇甫谧为师，如果连皇甫谧都觉得回天乏术，其他御医便更无良策。

皇甫谧对太监头领说："根据脉息看，晋王还有半日阳寿，快传王后和太子，我用针灸使他醒来，以便晋王嘱托后事。"

太监忙去请太子司马炎，此时，司马炎正与张华挑灯对弈。突然传来晋王垂危的噩耗，司马炎呆坐了几分钟，然后拽着张华说："茂先，猝然面临这样的事，我不知道该怎么办。你随我去吧，帮我出出主意。"

张华只得随司马炎奔入晋王寝宫。司马炎跪倒在父王床前，哭道："父王，父王，您醒醒啊。"

皇甫谧说："太子殿下，晋王会醒过来的，赶紧想想，有什么事需要问的，晋王命不久矣。"

这时，王后王元姬也闻讯赶到。

司马炎转身问皇甫谧："这是怎么回事，我父王得的是什么病？怎么会这么快就……"

皇甫谧说："晋王所患与汉成帝是一种病。"

皇甫谧所说的汉成帝，便是因为喜爱赵合德和赵飞燕姐儿俩，日日交欢，夜夜行淫，终致精尽人亡的。

"父王怎么会患上这种病？"

王元姬道："儿呀，你不知道，你父王不知为什么迷上了蜀主刘禅的女儿刘薇，这女子粗野暴躁，污言秽语，不知廉耻，不知为什么，你父王自与她相见，便喜欢上了她，难舍难分，日夜缠绵……"

司马炎说："刘薇这贱人在哪儿？我杀了她……"

刘薇一直没有离开，听司马炎骂她贱人，于是挺身而出，对司马炎说道："太子殿下，你爹淫邪，强暴民女，精尽而亡，世所不齿。你不谴责淫邪之徒，反倒指责我一个受害民女，这世间还有没有王法？你杀我容易，但我的血会让你们司马家臭名远扬，著于汗青。"

张华赶紧劝道："安世息怒。"

"你为什么也拦我？"司马炎问张华。

"你没听她说吗，她的血会让司马氏的恶名著于汗青。这女子说得极是啊。晋王之仁德海内皆知，故天下臣民盼其受禅登基如大旱之望云霓也。晋王与刘薇私宫秘事，无人知晓。晋王因欲而崩，乃是丑闻。您为人子当为父讳，掩之唯恐不及，藏之犹恐不密，今杀刘薇，不是在向天下人如实诏告晋王的死因吗？晋王一世英名不是被刘薇一个贱人所污了吗？"

司马炎和王元姬母子听了张华的话都觉得很在理。王元姬道："非茂先之言，险些铸成大错。茂先所言极是。赵公公，立即关上寝宫大门，召所有人等过来，听本宫训话。"

于是，所有知情的太监、宫女、御医和张华、皇甫谧包括司马炎一起跑到王元姬跟前。王元姬道："晋王死因只有你们这二十三个人知晓。实情止于尔等，若传之于外，杀之不赦。"

众皆叩首道："谨遵懿命。"

这时，经过针灸的刺激，司马昭果然睁开了眼。王元姬、司马炎、皇甫谧、张华赶紧上前问候。

皇甫谧道："晋王，王妃、太子在此，有何嘱托之言尽快说与王妃和太子。"

司马昭眼中流出一行清泪，说："看来，本王没有皇帝之命啊。夫人，炎儿……"

皇甫谧见司马昭要留遗言，立即起身，拉起张华离开，但他俩刚转身，却听司马昭道："皇甫先生，茂先，你们不用回避，坐下吧。"

皇甫谧和张华只得坐下。

司马昭说："我知道自己就要不行了，但我死之后，请你们看在本王面儿上，尽心辅佐太子。老夫求你们了。"

皇甫谧和张华说："晋王您放心。"

司马昭又转身对司马炎说："炎儿，皇甫先生不仅医术精湛，而且是大学问家，对待文人学士，要虔敬礼让。茂先是你的朋友，更是博学贤良，清正仁德之士。今后遇事多向茂先请教，他会指给你正道。夫人，本王崩后，你要……"司马昭说到这里，突然打了个嗝，然后眼睛发直，上身突然一挺，嗓子眼儿中发出"眼儿"的一声，气绝身亡。

司马昭的死因在历史上一直是个未解之谜。《晋书》中可见，在其死前一年"咸熙元年春正月，槛车征艾"（《晋书·帝纪三》）尚能随军远征。死亡当年，咸熙二年五六月，他还在亲自处理政务，"诸禁网烦苛及法式不便于时者，帝皆奏除之"（《晋书·帝纪三》），但仅一两个月后，便"秋八月辛卯，帝崩于露寝，时年五十五小"。所有正史，《三国志》也好，《晋书》也好，《资治通鉴》也好，都没有说司马昭得的是什么病，为什么会猝亡。这是极不正常的。一个帝王级的人物，怎么会不查明死因。史上所有帝王本纪，不说明死因的有两种情况，一是被继任者谋害，史料都由继任者掌控，因而可以轻易销毁证据；二是死于难以启齿之病，性病或淫乱致死，因而不可向国人道也。司马昭没有被谋害的可能。因为他尚未受禅登基，其子司马炎不仅没有谋害亲父的动机，而且还生怕其父不寿。司马昭若被其他人所害，作为其子的晋武帝司马炎焉能不诛除凶逆为父复仇？所以，司马昭之死，只能是死于难以诏告世人的病症——淫邪。

这也是命运。司马昭本非淫邪之徒，又已年过半百，对性事本没什么兴趣了。但不幸遇到了刘薇这个暴躁狂野的姑娘，司马昭本来是想征服她，却没想到竟然被她征服,鬼使神差地爱上她,而且爱得一塌糊涂。刘薇也算为蜀汉报了灭国之仇。

司马氏喜烈女的基因癖好也传给了儿子司马炎。泰始九年（273）七月，晋武帝司马炎内宫选秀。镇军大将军胡奋的女儿胡芳被选中。胡芳得知入选，下殿后号哭不止，左右的人制止说："陛下听到哭声对你不利。"胡芳说："我他妈死都不怕，还怕陛下吗？"晋武帝闻后不仅没有动怒，而且大喜，并册封胡芳为贵嫔。胡芳入宫之后，深得晋武帝喜爱，经常临幸。从这件事上也可逆推，司马昭死于烈女刘薇，当不是虚传。

77

司马昭的突然亡故，在魏国官场引发了一次不小的地震。

魏帝曹奂看到了咸鱼翻身的希望。

那些公开支持司马昭，逼迫皇帝禅让的大臣，一个个惴惴不安。

司马氏更是惊恐万状，因为若曹奂重掌权柄，凭司马昭的谋篡之罪，司马氏九族被灭是定而无疑的了。

又一场血腥的政治事变，一场大灾大难就要降临。

张华不仅是禅让的支持者，而且亲手写下《劝进表》和《禅位诏》。别人或许还能抵赖，而他的亲笔字迹是永远的铁证。

他找到卢钦，想探探这位老臣对时局的看法。

卢钦说："如今国家确实又到了一个生死关头，弄不好，又会千万人头落地。"

张华说："首当其冲的会是我。"

"不光是你，大部分朝臣都曾支持禅让，若追究起来，谁也脱不了干系。助人谋反篡位是不赦之罪呀，我也公开发表过支持禅位的意见。"

"您是世家大族，对世族出身的人士或许还能网开一面，而我出身寒微，又有铁证授人以柄，恐难逃此劫呀。"

卢钦说："大魏国若想渡过这场劫难，只有一个办法。"

"什么办法？"

"司马氏与曹氏达成妥协。司马一党还政皇帝。皇帝赦免所有支持禅位的人，并既往不咎。"卢钦说，"我和裴秀、郑冲、何曾诸公做过沟通，他们也同意我的意见，明天我们就一起去面君，力陈己见。"

"能够成功吗？"张华问。

"这就看皇帝是昏君还是明君了。"卢钦说。

第二天，卢钦、郑冲、裴秀、何曾几位重臣相约去见曹奂。向皇帝提出了他们拟好的建议。

曹奂问："卢子若，朕闻之，天下有十恶之罪，虽仁慈之君亦从不予以赦免，你说说都有哪十恶。"

卢钦说："十恶为：谋反、谋大逆、谋叛、恶逆、不道、大不敬、不孝、不睦、不义和内乱。"

"哼！司马昭逼朕禅让，试图谋篡大位，此乃谋反之罪，十恶之首，是可赦孰不可赦？"曹奂道。

郑冲道："陛下，即使司马昭犯有谋反之罪，但首恶已死，为了社稷安宁，或可胁从不问。"

"如果连篡位和支持篡位的都不治罪，朕之社稷江山安保？有了这个先例，以后还不是谁想篡位就篡位吗？"

裴秀说："若按律例严加治罪，则牵连太广，就是臣等也难逃干系。望陛下开恩……"

"你们几个老臣，一时糊涂，朕就不追究了，其他人该治什么罪就还得治什么罪。当然有的人可以从轻发落。"曹奂道。

何曾说："陛下，如此恐生内乱呀。"

曹奂道："司马氏只有一个司马昭颇有声望，司马家族其他子弟羽翼未丰，朕不趁现在剪除之，后患无穷啊。"

几位老臣死说活劝，曹奂除了答应赦免他们几位老臣外，其他人一概不赦。

曹奂敢于如此强硬，确实是找到了司马氏的软肋。司马昭虽然兄弟八个，儿子九人，但此时尚在世的只有八人，除了司马炎和司马攸兄弟二人外，其他弟兄子嗣都缺少才干。司马炎虽然英武，但毕竟年纪较轻涉世未深，功勋未著，还没有十分强大的影响力。但曹奂只看到了对手的短处，却没有看到自己的劣势。曹氏虽贵为皇族，但曹氏一党中的智谋勇武之士已被司马昭父兄三人诛杀殆尽，残余势力非老即残，已找不出一个能协助他处理军机要务的人才了。论真正的实力他还比不上司马家族，他唯一的优势是有皇帝这个名义。他太相信皇帝这个名义的影响力了，因而敢于拂逆众老臣的善意。

78

在卢钦等老臣晋见皇帝的同时，惶恐不安的司马炎也在聚室而谋。

参与密谋的，除了司马家族的成员：司马炎的叔叔司马亮、司马伷、司马骏、司马豚司马伦，弟弟司马攸、司马鉴此外，还有贾充、石苞、荀勖、羊祜、杜预、杨骏，此外便是张华。

中护军贾充无疑是司马氏铁杆支持者，为了司马氏他不惜犯下弑君大罪；征东大将军石苞出身寒微，早年以贩铁为业，因被司马懿看中，步步升迁，诸葛诞被诛后，任征东大将军，一直镇守淮南；侍中荀勖、丞相从事中郎羊祜皆出身名门，智谋之士，深得司马父子赏识；镇西将军府长史杜预则是司马炎的妹夫，高陆公主的丈夫；杨骏乃是司马炎的岳父。

张华虽曾与司马炎是棋友，又是司马昭大都督府长史，但因其一贯坚持不党不群的为人准则，并不被司马集团认作核心成员。因而如此机密的聚会，大家并不同意邀请张华参加，但司马炎却力排众议，对大家说："张茂先与我是多年的朋友，我深知此人，他虽然不会无原则地支持我，但我相信他也决不会出卖我。"

杨骏道："你可想好喽，人到了关键时候为了自己的利益，可能顾不得朋友情面了。"

司马炎道："岳父大人请放心，张茂先不是那样的人。他博闻强识，高瞻远瞩，父王临终遗言，让我遇大事多向他请教。现在正是需要倾听他的主意的时候。"

羊祜道："张茂先作为太常博士，曾专攻孟子，公开宣扬孟子的主张：君昏则臣子弃之，君无道则臣逆之。"

杜预说："是啊，他支持禅让，《劝进表》和《禅位诏》都出自他的手，若追究起来，他比谁的罪都大。"

荀勖说："他那是被几位老臣逼得没办法才接受了这个差事。这人挺滑头，他把当年华韵、王郎等人给魏文帝写的劝进表几乎原文照抄下来，看来已做好万一被追究的准备。"

司马攸道："既然劝进表出自他的手，他想不被追究也不可能。铁证如山，他现在应该比任何人都更怕曹氏专权。"

司马伦说："坚决不能信任这样的人。"

石苞问："为什么？"

司马伦支吾道："他，他，他这人，就像荀公曾所言，太滑头。"

司马炎知道司马伦的隐衷，说道："九叔，你不要耿耿于怀。要像个大男人，以江山社稷为重，如今我们在研究的是性命攸关的大事，别掺杂个人私情。"

司马炎的话令其他人丈二和尚——摸不着头脑。只有司马伦叔侄二人心里清楚。司马伦被司马炎几句话弄得不再言语了。

司马炎对弟弟司马攸道："快去请张茂先过来一起议事。"

司马攸于是亲自将张华请来。

司马攸携张华回到晋王府时，众人议论得正激烈。

司马炎将大家的意见简要向张华和司马攸阐述一遍，问："茂先，大家经过商议，一致认为，既然皇上不肯主动让位，我们必须以武力除之，否则，一旦曹奂坐稳了皇位，我们，包括你，都将大难临头。"

张华说："再等等……"

司马炎说："事急矣，不能再等了，坐失良机，无异于坐以待毙。"

张华说："今晨，吏部卢尚书已携郑司空、何司徒、裴仆射等老臣去晋谒皇上，恳请皇上开恩，赦免所有支持和参与禅让之议的官员，若皇上依允，诸位可无忧矣。"

"真乃书生妇人之见。"司马伦斥责道，"即使皇上暂时依允，谁能保证他将来不会秋后算账？"

贾充道："关键是，我们并不是只求赦免以全性命，从司马太傅到司马晋王，平叛灭蜀，征南逐北，强国富民，难道只是为了苟全性命吗？不，司马晋王的目标很明确，连曹髦都说'路人皆知'，是的，我们就是要帮助司马氏获取天下。司马氏功高盖世，不坐江山，天理不容。"

司马伦道："对。这天下一直由我父兄支撑，凭什么我们就不能坐天下？"

杨骏也道："对，司马氏坐天下天经地义。"

贾充说："不管曹奂答应不答应老臣们的请求，我们都要大干一场。"

张华道："魏主虽弱，但还有皇帝之名，以皇帝之名一呼，天下未必没有死节之士，一旦与皇上动武，天下可能又难免一场战乱。"

贾充道："书生之言不足信。曹氏虽有皇帝之名，但早已失却人心，皇帝之威不足虑……"

张华道："既然中护军不怕天下大乱，那我还有什么话可说呢？皇帝之威是否足虑，只有中护军清楚。"

贾充听了张华的话，心中很是不快，他觉得张华是在讽刺他弑杀曹髦一事。

荀勖问司马炎："太子意下如何？"

司马炎道："我同意茂先的意见。先听听魏主如何回复老臣的建议。"

司马亮、司马肜、司马伦、贾充、杨骏等都对司马炎的话大为不满。

贾充说："太子殿下，事情紧急，等不得呀。羽林军都已被我收买，只要您下定决心。我手下人马立即包围皇宫，保证……"

司马炎道："不是我犹豫不决，一旦弄到天下大乱，我罪责难逃啊。"

大家议论到天黑，也没形成一致的意见。司马炎刚要让厨房为大家准备酒饭，忽闻何劭到来。

何劭乃是何曾之子。大家知道，一定是何曾派来通风报信的。果然，何劭带来了今天老臣谒见皇上的消息。何劭说，皇上明确拒绝赦免所有参与和支持禅让的官员。

张华道："君昏，则臣子逆之。看来大魏气数确实尽了。"

贾充对司马炎说："太子殿下，今晚我就命令我的属下包围皇宫……"

司马炎说："这样是否过于草率了？"

石苞说："是啊，待我从淮南调一支精锐来，驻扎在洛阳城外，然后中护军再让你的兵马……"

贾充对石苞说："兵贵神速。待您的兵马到时，我们早已人头落地了。"

司马炎道："在这方面，中护军确实比大家有经验。"

贾充听后，脸一红，说："太子同意今晚动手了？"

司马炎犹豫了一下，刚要开口，只听门外传来内侍的喊话声："皇帝有旨，传晋王太子司马炎明晨卯时上朝。"

杨骏和司马攸都说："不能去呀，恐是鸿门宴。"

司马炎说："若只通知我一人入宫，那肯定是场鸿门宴，若是群臣一起上朝，便不会生意外。"

这时，贾充、荀勖、石苞的家仆先后到来，告诉各自的主人，明天早朝，不能耽误。

张华说："当着众位大臣的面，正好将事情亮明。"

贾充说："我马上去羽林军探听一下，看看皇上是否有布置。"

大家边等待贾充的消息，边继续议论。

不久，贾充回来，说羽林军首领已向他保证，皇上确实没有要当朝诛杀群臣的计划，至少明天早朝应该是安全的。

79

第二天一早，群臣按时上朝。

皇帝曹奂本来是想让群臣为司马昭议罪。但一开场，贾充便首先开言道："陛下，宰相司马晋王不幸薨毙，臣请陛下封太子司马安世继晋王位，并择日将大位禅于晋王。"

贾充的话令曹奂一愣，他没想到竟然有人敢开这一炮。情急之中，他不知如何应对，呆呆地愣了一刻钟，然后说："大胆贾充，朕知你乃司马氏之走狗，弑君之罪尚未清算，又伙同司马昭篡位谋反……"

贾充道："陛下，禅位于晋王是陛下自己同意的，怎么叫篡位谋反呢？众位大臣都能作证，八月甲子日，陛下在朝堂上亲口说的'你们现在就可以准备劝进表和禅位诏书了。禅位诏一旦拟就，朕当即加盖玉玺，决不耽延一日'，大家想想，陛下是不是这么说的？"

大臣们都说："是啊，禅位于晋王是陛下亲口说的。"

贾充道："君无戏言，陛下亲口所言岂能不认账呢？当时所有大臣都支持禅位之议，如今污我们支持参与谋篡，这可是族诛之罪，如此恶名臣等谁也承当不起呀。"

荀勖说："陛下是金口玉言，不能言而无信，皇帝若失信于天下，更无权坐天子位。"

贾充掏出《禅位诏》，说："请陛下在《禅位诏》上加盖国玺。"

曹奂道："我说禅位于晋王是要禅位于司马子上，而不是司马安世。"

贾充道："这封《禅位诏》书，就是以您的名义禅位给司马子上的。司马安世作为晋王太子，承继先考之皇位理所应当。"

曹奂被贾充逼得哑口无言，向殿外喊道："来人，将贾充推出正法。"

但羽林军早已被贾充等人买通，曹奂根本指挥不动。

曹奂知道大势已去，绝望之际，反而更加强硬了。曹奂说："天下乃朕之天下，禅与不禅由朕做主。皇位乃先祖所传，社稷失于朕手，朕有何面目见诸帝于九泉。不禅，就是不禅。"

张华道："记得甲子之朝，典农校尉傅玄傅大人曾说您禅位是识时务之举，并赞您为俊杰。如何刚过了几日，陛下怎么便不识时务了？您还看不清形势吗？您连羽林军都指挥不动，还希图有人来勤王吗？当年，高贵乡公若不是错误地估计形势，以为会有勤王之师救驾，焉能被弑身亡。"

"弑君者，贾充也。"曹奂喊道。

张华继续说："陛下以为禅让是失德不孝之举，无颜见地下先人。这就大错特错了。禅让不仅不是不孝和丢人的事，而且是为君之鸿德也。天下不是一姓之天下，更非一人之天下，唯有德者居之。三皇皆以禅让为德，故名垂后世。夏启所以遭谤，便是因为其改禅让为世袭，变公天下为家天下。今陛下再行禅让，是恢复三皇之德呀。"

"朕将天下禅位于司马氏，司马氏就能变私天下为公天下吗？能保证不是司马一姓之私天下吗？"

张华说："这就是以后的事了。至于今后会不会永远恢复禅让，那就不是您和我能左右得了的了。"

曹奂又问："朕即使想禅位，这司马安世又有何德能？天下人能够答应吗？"

张华说："当年，禹本来也是禅让给伯益的，但伯益因为德能皆不为人所服，所以天下人都追随了启。您也可以学着禹的样子试一试。如果司马安世德能不被天下认可，百姓自然还会重新拜倒在您的跟前。"

曹奂说："笑话，天下社稷，皇帝宝座，这是能试的吗？"

张华说："您效三皇而禅位，不仅能确保皇族无忧，而且能受到当今和后世的赞美，如果这么好的结果您都不能接受，那就实在没办法了。臣与您君臣一场，不能不冒死相劝，高贵乡公之鉴不远呀。"

郑冲插话道："而且贾公闾今天就在您身边。"郑冲本来是想借贾充吓唬曹奂，没想到此言一出，弄得贾充十分腐怒，当场便跟郑冲顶了起来。贾充怒道："郑司空此言何意？不要五十步笑百步。不要忘了，两年前阮籍可是以你的名义写的《为郑冲劝晋王笺》。"

郑冲没想到一个中护军竟然敢如此顶撞他这样一位老臣。于是也怒道："劝进晋王，怎么可与弑君相提并论？"

司马炎没想到郑冲与贾充竟然当堂吵了起来。

何曾、司马炎不得不立即出面制止。

张华远述三皇禅让故事，给了曹奂禅位一个体面的理论依据；近拟曹髦，令曹奂不得不好好掂量掂量自己的实力，尤其是郑冲提醒他，曾经的弑君者就站在今天的朝堂上，更令曹奂惊恐。

张华利用他的博学与智慧，三言两语便令曹奂改变了强硬立场。他问："朕若禅位，众卿能保证朕及皇室之性命无忧，供给无虞否？"

卢钦跪地说道："安乐公，蜀汉之后主也，晋王尚且善待之。何况陛下呢？陛下与众臣君臣一场，臣等以性命担保陛下及后妃、子孙性命无忧，供给无虞。"

众臣皆跪，一起说："臣等为陛下做保。"

曹奂没想到大臣们会一边倒地支持司马氏，他已无法控制局势，只得在《禅位诏》书上盖了玺印。当即封司马炎为晋王，并继丞相位。然后退朝，择日举行禅位大典。

80

司马炎得到了全体大臣和世族的支持，不仅顺利继承王位，而且还将择日登基，荣登大宝。这并不是说他有多么大的才能，而是情势使然，让他捡了个便宜。

皇帝曹奂不听老臣之言，误判形势，想根除司马氏之患，因而让绝大多数人感到不安，如果不立即将曹奂赶下帝位，每个人都寝食难安，因而曹奂下台是必然的。

司马炎虽然年轻，功勋未著，但毕竟是司马晋王的继承人，而且是曹氏之外唯一外姓王族。其他世家大族中虽然人才济济，但没有一个人能够深孚众望，得到所有世族的支持，因而大家只得一致支持司马炎代魏受禅。

突然天降大任，司马炎完全没有心理准备，因而有些不知所措。此时，他首先想到的还是张华。于是立即请张华过府咨询。

张华见了司马炎，立即跪地叩首："晋王千岁，千……"

"茂先，你和我相交已久，不必施什么君臣之礼。"

"那可不行。"张华说，"不日您就荣登大宝了，我若失了君臣之礼，岂不让人笑话。"

"在外人面前咱是君臣，私下里咱还是朋友，此外我还要承先王之命，奉你为师呢。"

"不敢不敢。"张华慌忙说道。

"今天我请你来非为别事，只想向你请教为君之道。"司马炎说。

"我出身寒微，连臣都做不好，哪里清楚为君之道呢？"

"你就别客气了。"司马炎道，"谁不知你是饱学之士，博古通今。咱俩相交近十载，情深谊厚，当此之时，你不助我谁来助我，而且你是在先王面前答应过要帮助我的。"

"贾公闾、荀公曾皆智慧之士、谋略之臣，且二人位高权重，经验颇多。您应该更多地咨询他们。"

"若论智谋者，当朝不乏其人，他们可以助我成功。但正如先王所言，真正能指明正道，使人成为明君造福当代名垂青史的，只有你张茂先呀，还望不吝赐教。"

张华对司马炎这个朋友是颇有好感的，本来二人关系不错，见他虽贵为晋王，但仍如此谦恭，礼下于己，因而不忍拂其美意，于是说道："晋王既然想做一个名垂青史的明君，在下就略述浅见，以供圣听。"

"炎洗耳恭听。"司马炎说道。

"往古之时，天下无君臣之分，官民之辨，人如兽类以血亲为纽带群居一处，形成群落，各群落间往往因为领地而相互争斗。为了取胜，有的群落便或以姻亲或以财物结交其他群落，形成更大的集团以对付其他集团。每个集团便是一国。为了统一行动，战胜其他集团，便需要一个聪明勇敢的人做首领，这个集团就是国家，这个首领就是君主，就是皇帝。首领的职责，就是维护本集团的利益，使本集团的个体不受伤害，并生活得幸福。谁能做到这一点，谁才有资格做首领，大家才会拥护谁。所以国家是用来养民的，而不是为了养君的。国家不是皇帝的，而是所有百姓的。所有昏君的一个共同点就是不知道这个道理，以为朕即国家，这样就颠倒了因果，但因为自夏启以来，世袭制已施行数千年，昏庸的皇帝都以为天下是皇家的私产，可以任意胡为，他们在位，不是想着为百姓谋福利，而是想着如何鱼肉百姓。这样，岂能不招致臣民的反对？百姓一旦群起而攻之，皇帝的下场便只能是夏桀、商纣、周厉与胡亥。故为君之道，当时刻以百姓为念，君爱百姓如子，百姓方能视君若父。为君者若不知道这个道理，损百姓以奉其身，犹如割肉以喂腹，腹饱而身毙。若要天下安宁，皇帝必须先正其身。没有身正而影曲，上治而下乱者。齐景公问政于孔子。孔子对曰：君君、臣臣、父父、子子。就是说做君主的要像君的样子，做臣子的要像臣的样子，做父亲的要像父亲的样子，做儿子的要像儿子的样子。为什么孔子要这样说，就是告诉世人，君要率先垂范，只有君先像个君，臣才能像臣。君臣各安其位，遵其道，天下方可治也。"

司马炎说："还能说得更具体一点吗？具体到某一方面应该怎么做。"

"当然可以。"

"重农桑，奖工商，民富则国强；修戒律，订规矩，以刑不法；谨庠序之教，修文以弘儒；废九品官人之法，选贤任能；练兵马，强军事，时机成熟，统一天下。"

"闻君一席话，胜读十年书啊！"司马炎叹道。

司马炎拿出一张纸递给张华，说："茂先，这是本王草拟的朝廷重要官员的名单，你看看。"

张华接过名单，见上面写的是：丞相何曾、太尉王祥、司空荀顗、太傅郑冲、大司马石苞、车骑将军贾充、尚书令裴秀、侍中荀勖、御史大夫王沈、镇北大将军卫瓘……

张华看完，说：“这些人都是治世能臣，但有些人年龄过大，郑冲、王祥已年过七旬……”

司马炎说：“我也是不得已呀，我要充分考虑各世族豪门的利益，所以主要的世族，比如琅邪王家、太原王家、何家、郑家、荀家、裴家、贾家等都要在朝中有其代表人物。”

张华也觉得司马炎也只能这么做。因为司马炎清楚，自己的皇位完全是被世族豪门合力抬上来的。

司马炎道：“茂先，我准备任命你为黄门侍郎，封你为关内侯。以你的才能，应该位在九卿，但狼多肉少，高级职位那些世族还分不过来。只能委屈你……”

张华说：“黄门之封已超所期，封侯之论更不用提了。我出身寒微，又没有什么奇功异勋，置于重位，难孚众望。”

司马炎说：“你虽只是黄门侍郎，但作为孤王的近臣，随侍在孤左右，位卑权重。所有大事你都要为本王出谋划策呀。”

“愿为晋王效劳。”

“有件事我很是担忧。”司马炎说。

“忧什么？”

司马炎道：“你说，为君之道，当时刻以百姓为念，君爱百姓如子，百姓方能视君若父。我也深以为然。所以，我做了皇帝，就不能完全顾及世族豪门的利益，这样势必引起他们的反对。这些世家大族既然能拥我为帝，他们也能合力把我从皇帝宝座上赶下来。”

“三国以来，世族豪门确实势力越来越大，完全可以与皇权抗衡。如何解决世族豪门与皇帝争权的问题，我还真想过。”张华说。

“我考虑过了。”司马炎道，“你听听我说得对不对。周朝八百年，汉祚四百载，而秦与魏不过数十载而亡，何也？因为周、汉都是分封制，而秦、魏乃是郡县制。魏虽也封同姓王，但曹氏诸王不过虚名而已。所以，要想江山永固，必须采取分封制，只有分封同族为王，朝廷有事，诸王才能同心协力，靖难勤王。”

张华听了司马炎的话沉默良久，一言不发。

司马炎问：“你觉得我说得不对吗？”

张华说：“您这样的想法没有什么对与不对。”

“对就是对，错就是错……”

“不，有些事的对与错不是绝对的，要看你站在什么角度和立场来看。站在您自己的角度看，这么想没什么不对。但我发现您又忘了什么是为君之道。君主之所以被万民所拥戴，是因为他能为百姓带来福祉，而不是他能够千载永祚，万世一系。周所以能八百载，不是因为分封，而是因为文王和周公乃是千古罕见的圣君能臣，他们从立国之初便制定了非常完备的道德标准和礼仪制度并有效地推行全国，使人人遵守，个个奉行。所以孔子说：克己复礼为仁，一日克己复礼，天下归仁焉。仁德礼义行于西周，所以国祚长久而万众和十皆。秦所以骤亡者，不是因为不采取分封制，而是不施仁政，法家专权，刑严罚重，以民为敌，民不堪其苦。汉之所以享国四百年，乃因文景重道，武帝尊儒，而非分封也。魏祚所以不久者，也不是因为没有采取分封制，而是因魏主曹奂才德不配其位，没有做帝王的德能。所以国运长短与分封无关。您知道汉初吴王刘濞发动的七王之乱吗？那场叛乱差一点将大汉江山毁于一旦。刘濞可是刘邦的亲侄子，景帝的叔叔。为了江山，即使亲如叔侄父子也可以刀兵相向的。七王所以敢反叛朝廷，就是因为诸王势力越来越大。若不是景帝英明，周亚夫神勇，汉祚几丧于七王之手。此后，汉室诸帝彻底削夺了诸王的实权，所以才有长达四百年的汉祚。您不要只看到分封的好处，而看不见分封的坏处，前有七王之乱，安知后无八王之乱乎？"张华竟然无意间预料到了三十年后的西晋八王之乱。

张华继续说："您尚未登基，便忧虑晋祚的长短，而不是首先考虑如何使百姓幸福，万民乐业，国富民强。为帝王者只有得到天下拥戴，方可长久。您率先思考的是分封制还是郡县制更有利于君主统治，以您所思求您所欲，不啻缘木求鱼也。您之所以受人拥戴而公推为帝，故然是因为您秉承了父祖之基业，但更重要的是万众钦佩您的德才。天下为有德者居之，您居之无愧。但您能保证子孙皆有帝王才德吗？如果后代不具帝王才德而您为子孙谋之，即使他们坐上皇位，能够坐稳吗？嬴政雄才大略，所以即使暴虐，仍能寿终正寝，二世胡亥才疏德薄，而居大位，国亡命丧，子弟皆诛，那不是必然的和应该的吗？今魏主禅位，主动让贤，开了一个好头，此后君王都应仿效他，德能不配帝王之位者主动禅位，则国家永无内乱矣。若德才低下而恋栈贪权，不仅会给自己和家族带来灭顶之灾，而且还会让百姓因国乱而遭殃。俗语云，儿孙自有儿孙福，不用父母做马牛。如果子孙德才俱备，则无须父母多虑。若子孙无德无才，而父祖力推强居大位，这不是子孙之福，这是子孙之祸呀。"

"这么说，你是反对分封的了？"

"此乃国之大事，我只是提出自己的看法。关于分封制好还是郡县制更好，这在秦灭六国后，李斯与淳于越进行过激烈论战，您可以找秦史好好看看。"

司马炎说："好吧。我好好看看李斯和淳于越是怎么辩论的。"

81

266年2月8日，设坛于南郊，举行禅位大典，曹奂正式将皇帝位禅于司马炎。因司马炎乃是晋王，故改国号为晋，改元泰始。张华则"晋受禅，拜黄门侍郎，封关内侯"（《晋书·张华传》）。黄门侍郎，是供职于宫门之内的郎官，皇帝近侍之臣。

关于治国之道，司马炎尽管认真咨询过张华的意见，但他并没有全盘接纳张华的主张，否则司马炎也就太没主见，算不得一代英明君王了。

为了司马氏政权的稳固，他采取了分封制与郡县制相结合的方法。"迫尊宣王为宣皇帝，景王为景皇帝，文王为文皇帝，宣王妃张氏为宣穆皇后。尊太妃王氏曰皇太后，宫曰崇化。封皇叔祖父孚为安平王，皇叔父干为平原王，亮为扶风王，伷为东莞王，骏为汝阴王，彤为梁王，伦为琅邪王，皇弟攸为齐王，鉴为乐安王，几为燕王，皇从伯父望为义阳王，皇从叔父辅为渤海王，晃为下邳王，瑰为太原王，圭为高阳王，衡为常山王，子文为沛王，泰为陇西王，权为彭城王，绥为范阳王，遂为济南王，逊为谯王，睦为中山王，凌为北海王，斌为陈王，皇从父兄洪为河间王，皇从父弟楙为东平王。"（《晋书·武帝纪》）这些王各有封地和自己的军队。同时，在全国还保留州、郡、县三级政府。

在政治上，改定律令。关于重订律法一事，在司马昭生前就已布置下去，要求"诸禁网烦苛及法式不便于时者，帝皆奏除之"（《晋书》卷二《文帝纪》），并且患前代"律令本注烦杂"，本着"蠲其苛秽，存其清约"的原则，正式制定新律。司马炎令贾充、郑冲、羊祜、杜预等十四人继续这方面的工作。事实证明，西晋初期的这些能臣确实才情高超。他们只用了三年，到泰始四年（268）一部《晋律》便编订完成，颁布全国。《晋律》的内容比《汉律》大为精简，从汉律的七百七十三万字省约到十二万字，这在法律编纂上是一个很大的进步，这就相对减轻了人民动辄触犯刑律、处置轻重无准的弊端。同时律文"减枭斩族诛从坐之条"，"去捕亡、亡没为官奴婢之制，轻过误老少女人，当罚金杖罚者，皆令半之"。在某种程度上，《晋律》可以说是"刑宽禁简"（见《晋书》卷四十《贾充传》）。为了对《晋律》进行详细解释，张斐、杜预分别又为《晋律》作注本，称为《律解》（张著）及《律本》（杜著）。经晋武帝批准后，该注与律文具有同等法律效力，所以又与《晋律》统称"张杜律"。因为《晋律》出台于泰始年间，所以又称泰始律。泰始律是中国历史上第一部儒家化的法典，对中国后世的法律制度影响极其深远。

在经济上，司马炎采取张华的建议，实施重农桑奖工商的政策，尤其对商人，不再采取过度的压制措施。具体来说，西晋主要经济政策有两项：占田制和户调制。

曹魏时期，为了战争的需要推行了大规模屯田制。屯田制指的是利用士兵和农民垦种荒地，以取得军队供养和税粮。司马炎下诏废除民屯制度。民屯废止以后，贵族、官僚争相侵占田地，隐匿户口，使世族豪门获得了极大的经济利益，土地兼并日益严重。但由于农民获得了自由并拥有自己的土地，农业生产还是比屯田制下有了很大提高；户调制则是在土地兼并日益严重的情况下，出台的一种限制土地过度集中的经济政策。

在思想上，继续尊孔崇儒，提倡以孝治天下。

司马炎还令傅玄、荀勖和张华重新制定晋朝的礼乐。古时重礼，任何大型活动和隆重的场合都要有专门的音乐和歌舞，就如同当今的国歌。这种歌词即为乐府。傅玄和张华负责创作乐府歌词，而荀勖是音乐大家，负责制定婚庆、凯旋、祭礼等重大活动的音乐，并为乐府配乐。

张华为朝廷做了多首乐府，主要的有：

晋宴会歌

亹亹我皇，配天垂光。留精日昃，经览无方。听朝有暇，延命众臣。冠盖云集，樽俎星陈。肴蒸多品，八珍代变。羽爵无算，究乐极宴。歌者流声，舞者投袂。动容有节，丝竹并设。宜畅四体，繁手趣挚。欢足发和，醑不忘礼。好乐无荒，翼翼济济。

命将出征歌

重华隆帝道，戎蛮或不宾。徐夷兴有周，鬼方亦违殷。今在盛明世，寇虐动四垠。豺狼染牙爪，群生号穹旻。元帅统方夏，出车抚凉秦。众贞必以律，臧否实在人。威信加殊类，疏遬思自亲。单醪岂有味，挟铲感至仁。武功尚止戈，七德美安民。远迹由斯举，永世无风尘。

劳还师歌

猃狁背天德，构乱扰邦畿。戎车震朔野，群帅赞皇威。将士齐心旅，感义忘其私。积势如郭弩，赴节如发机。嚣声动山谷，金光曜素晖。挥戈陵劲敌，武步蹈横尸。鲸鲵皆授首，北土永清夷。昔往冒隆暑，今来白雪霏。征夫信勤瘁，自古咏《采薇》。收荣于舍爵，燕喜在凯归。

正德舞歌

日皇上天，玄鉴惟光。神器周回，五德代章。祚命于晋，世有哲王。弘济区夏，陶甄万方。大明垂曜，旁烛无疆。蚩蚩庶类，风德永康。皇道惟清，礼乐斯经。金石在悬，万舞在庭。象容表庆，协律被声。轶《武》超《濩》，取节《六英》。同进退让，化渐无形。大和宣治，通于幽冥。

大豫舞歌

惟天之命，符运有归。赫赫大晋，三后重晖。继明绍世，光抚九围。我皇绍期，遂在璇玑。群生属命，奋有庶邦。慎徽五典，玄教遐通。万方同轨，率土咸雍。爰制《大豫》，宣德舞功。醇化既穆，王道协隆。仁及草木，惠加昆虫。亿兆夷人，悦仰皇风。不显大业，永世弥崇。

荀勖为这些乐府配乐，自以为很动听，但张华感觉有些不大合自己的本意，尤其是《大豫舞歌》和《正德舞歌》，听着很别扭，但终究自己对音乐不是很内行，于是请阮咸来听。阮咸乃是与嵇康比肩的音乐大师。阮咸听后，说，荀勖所做的声律过高。高则近哀，当然与舞歌不和谐。

荀勖听说阮咸批评自己所作的音乐，非常生气，又听说他是张华亲自请来挑毛病的，因而对张华也很不满。每当大型活动奏荀勖所作音乐，阮咸都会说音乐不和谐。荀勖对人说："我所作的音乐都是根据古人所确立的标准来做的，他阮咸太自以为是了，难道古代的音乐大师都不如他吗？"为了将阮咸排挤出洛阳，荀勖用权力将阮咸贬到外地任职。后来，有个老农在耕地时偶然捡到周朝时用以校定音乐高低的玉尺。荀勖用它来校定自己所做的音乐，发现音高都比玉尺的音高短了。荀勖从心底对阮咸彻底服了，于是重新将阮咸召回洛阳，重新修订两个舞歌的音乐。（《晋书·志·第十二》："荀勖又作新律笛十二枚，以调律吕，正雅乐，正会殿庭作之，自谓宫商克谐，然论者犹谓勖暗解。时阮咸妙达八音，论者谓之神解。咸常心讥勖新律声高，以为高近哀思，不合中和。每公会乐作，勖意咸谓之不调，以为异己，乃出咸为始平相。后有田父耕于野，得周时玉尺，勖以校己所治钟鼓金石丝竹，皆短校一米，于此伏咸之妙，复徵咸归。勖既以新律造二舞，次更修正钟声。"）

82

作为黄门侍郎，张华几乎每天都要随侍在司马炎左右。除了为皇上出谋划策外，闲暇之时便是陪司马炎一起下棋。

一天，司马炎一边下棋一边问："茂先，朕受众臣推戴，虽身居大位，但因身无奇功巨勋，心中总有些不安，深怕难孚众望，更怕德薄才浅，有负尊位……"

"恭喜陛下，贺喜陛下。"张华起身拜道。

"我还没说完，你恭喜何来，贺喜何来？"

张华道："您有这样的担心，就是万民之福，社稷之幸啊。为帝王者，最好的是才能超众，功高盖世，而能不伐其功，不矜其能，虚怀若谷者，此周文王是也；其次是，才能稍逊，但能以天下为念，谄谄正道，善于察纳雅言者；再次者，才能低劣，但德行尚佳，仍能以天下为己任者；再次者，才能低劣，却无德无道者；最坏的是，才能出众而品德恶劣者。"

司马炎问："为什么这样为帝王的优劣排序呢？"

"为君者，德为重，才能次之。一个有德之君，能力即使略逊，但可以得到众臣的真心辅佐，天下必治；一个能力低下的君王，虽然做不成好事，但做坏事的能力也是有限的；世上最怕的，就是才能超群，而不以社稷为念，荼毒百姓者，这样的人因为能力强大，做起坏事来，别人想阻拦也会感到无能为力，此商纣、嬴政是也。"

司马炎问："你说，朕应该归于哪类呢？"

张华说："您内心的不安，说明您是一心以天下为念，虚怀若谷的人，而且通过多年与您的亲近交往，臣发现陛下才德出众，只是还没有建立什么丰功伟绩。如果陛下能够永远以天下为忧，以苍生为念，假以时日，不愁没有建立奇功伟业之良机。一旦大业功成，您就是堪比周文王的一代圣王。"

"啊？你是说我可以做堪比周文王的圣君吗？"

"您有这个潜质，但做圣君可是不易。不能只在一时一事上表现圣明，而应终生不渝。一个恶念，一个丑行便可以完全毁坏圣名。"

司马炎又问："你说朕应该从哪方面建立丰功，确立伟绩呢？"

"您不能着急。目前大晋方造，百废待兴，您只要能够察民意，顺民心，使天下从大乱走向大治，让百姓过上安宁幸福的生活，就是一件功德无量的事。比攻城略地，开疆扩土的功劳更大。世人要想流芳百世，需要有三立，一曰立德，二曰立言，三曰立功。立德者，以德行著称于世者，尧舜是也；立言者，以思想深邃，教化天下著称于世者，孔孟庄老是也；立功者，攻无不取，战无不胜，平暴治乱，天下归一者，姜尚、嬴政、刘邦是也。"

"朕欲做有道之君，流芳百世，你觉得朕应该立什么呢？"

"我觉得陛下应从立德开始。"

"为什么？"

"立言最难，不是想立就能立的，那需要天生的禀赋，不是后天努力可以达到的境界，所以孔孟比历代君主更加圣明；立功则需要时机，没有暴乱，没有战争，如果为了立功去制造战争，那就不仅无功，而且有过，而且臣以为，能够为百姓带来长久的和平幸福就是功德无量，比如汉之文、景。但可惜，世人往往对有这种大德大功的帝王不够重视。所以陛下宜从立德开始。"

"朕应如何立德呢？"

张华说："立德可以先易后难。德有大德和小德之分，尧舜大公无私，治天下之乱，合天下之众，造福万民，而功成弗居，据有天下而能适时禅让贤者，此乃大德也，非一般人所能做到的。小德者，如节俭、勤政、纳谏、谦恭等皆是也。陛下欲立德，臣以为请从勤俭始。"

"好的。朕听从你的意见。"

张华说："您的地位虽然至高无上，但不能朝令夕改，不能今天提倡节俭，明天您就挥霍奢靡，今天您勤于政务，明天便懒政怠政。这样便会令天下无所适从。怎么能够限制陛下呢？我想应该恢复古代谏官的制度，设立专门监督您的言行，并适时给予直言规劝的官职。"

"好啊，这个主意不错。"司马炎道，"你以为谁适合这个职位？"

"谏官不仅需要品德真诚正直，还需要知识渊博，思想深刻，只有这样的人才能明辨是非，大胆直谏。以臣观之，众臣之中唯傅玄傅休奕堪任此职。"张华说。

司马炎道："好，今天你所提的几条建议非常好，不日，朕将颁诏施行。好啦，不谈政事了，好好下棋吧。该谁下了？"

"该陛下行棋了。"

司马炎不日发布两个诏令：一是提倡节俭之风；二是设置谏官，监督自己。《晋书·武帝纪》："（泰始元年二月）戊辰，下诏大弘俭约。"

司马炎不仅号召他人勤俭，而且自己身体力行。"出御府珠玉玩好之物，颁赐王公以下各有差。""有司言御牛青丝绋断，诏以青麻代之。""太医司马程据献雉头裘，命焚之于殿前，诏中外，自今毋献奇技异服。"——这就是历史上著名的武帝焚裘示俭的故事。

紧接着，泰始二年正月，"庚午，诏曰：'古者百官，官箴王阙。然保氏特以谏净为职，今之侍中、常侍实处此位。择其能正色弼违匡救不逮者，以兼此选。'"傅玄、皇甫陶被任命为谏官。

83

司马炎登基后，很快显示出一代明君英主的风范。在晋初一干能臣的辅佐下，各方面的典章制度很快建立起来，并得到有效推行。事实证明，这些制度都是比较合理的，是符合当时的社会实际的，有力地促进了社会的全面发展，很快出现一派祥和繁荣的景象。

作为皇帝的近臣和宠臣，张华竭忠事君，悉心为民。司马炎也因为张华的才智过人，而须臾离不开张华了。因而，不久，他便被提拔为中书令。这已是三省的最高官之一。《晋书·张华传》载："华强记默识，四海之内，若指诸掌。武帝尝问汉宫室制度及建章千门万户，华应对如流，听者忘倦，画地成图，左右属目。帝甚异之，时人比之子产。数岁，拜中书令，后加散骑常侍。"

泰始三年，司马炎立自己的儿子司马衷为太子。为太子府选官时，张华想到了一个人，觉得此人堪作太子的侍从官。这个人便是蜀汉尚书郎李密。李密精研《春秋左传》，文采出众，是谯周的得意门生，也是蜀汉著名的文士。这样的人辅佐太子，无疑是最佳人选。于是奏请皇上，举荐李密为太子洗马。

司马炎听从张华意见，下诏召李密入京。

但李密接旨后，并未到任，而是给皇帝回了一封信，这封信便是历史上著名的表文之一《陈情表》：

臣密言：臣以险衅，夙遭闵凶。生孩六月，慈父见背。行年四岁，舅夺母志。祖母刘悯臣孤弱，躬亲抚养。臣少多疾病，九岁不行，零丁孤苦，至于成立。既无伯叔，终鲜兄弟；门衰祚薄，晚有儿息。外无期功强近之亲，内无应门五尺之僮。茕茕子立，形影相吊。而刘夙婴疾病，常在床蓐；臣侍汤药，未曾废离。

逮奉圣朝，沐浴清化。前太守臣逵察臣孝廉，后刺史臣荣举臣秀才。臣以供养无主，辞不赴命。诏书特下，拜臣郎中，寻蒙国恩，除臣洗马。猥以微贱，当侍东宫，非臣陨首所能上报。臣具以表闻，辞不就职。诏书切峻，责臣逋慢。郡县逼迫，催臣上道；州司临门，急于星火。臣欲奉诏奔驰，则刘病日笃；欲苟顺私情，则告诉不许：臣之进退，实为狼狈。

伏惟圣朝以孝治天下，凡在故老，犹蒙矜育，况臣孤苦，特为尤甚。且臣少仕伪朝，历职郎署，本图宦达，不矜名节。今臣亡国贱俘，至微至陋。过蒙拔擢，宠命优渥，岂敢盘桓，有所希冀！但以刘日薄西山，气息奄奄，人命危浅，朝不虑夕。臣无祖母，无以至今日；祖母无臣，无以终余年。母孙二人，更相为命。是以区区不能废远。

臣密四十有四，祖母九十有六，是臣尽节于陛下之日长，报养刘之日短也。乌鸟私情，愿乞终养。臣之辛苦，非独蜀之人士及二州牧伯所见明知，皇天后土，实所共鉴。愿陛下矜悯愚诚，听臣微志，庶刘侥幸，保卒余年。臣生当陨首，死当结草。臣不胜犬马怖惧之情，谨拜表以闻。

《陈情表》不仅文采飞扬，而且情真意切，短短数百字，阅之无不为之悲戚动容。自其出世，便成绝响。

皇帝召而不至，拂逆圣意，一般会招致龙颜不悦，但李密的这封信却深深地打动了司马炎。他不仅没有恼怒，而且对李密产生了深深的敬意。

张华阅罢《陈情表》说："世间都说我张华有文采，您看，李令伯比我强多了。所以人外有人，天外有天，只要陛下圣明，天下才俊便会咸归附之。"

"怎样才能让李令伯到洛阳来？这样的才德之士不能陪侍在朕的身边，朕实在遗憾之至呀。"

张华说："陛下，李令伯既然侍奉祖母不能来京，您就让他在家做个孝子贤孙吧。自宣帝以来，便提倡以孝治天下，李令伯可谓天下孝之楷模，何不大大嘉赏，以倡孝行于天下呢？"

司马炎觉得李密确实是个"孝"的典型。于是下令赏赐李密祖母奴婢二人，并指令所在郡县，发给他赡养祖母的费用。并将《陈情表》印发天下。号召天下人向李密学习。李密成为新时期的道德模范。

其实，李密之所以不受召，孝敬祖母只是借口，实际的原因是他思想比较保守，一直念念不忘蜀主旧恩，不愿做一个事二主之臣，但司马炎不仅不怪，而且重重嘉赏，令他也不得不感念新皇之恩，于是在祖母去世后，欣然至洛，授温县县令，因治县有方，官至汉中太守。

本来，以李密的才德，能够在宫中任更高的职务，但他之所以没能留在朝廷继续高升，是因为受到了琅邪王氏的排挤。本来，太尉王祥因"卧冰求鲤"从汉末以来就是"孝"的楷模，这时，突然出了个李密，且因《陈情表》一文名声大噪，声势盖过了太尉王祥，这岂能不引起琅邪王氏的反感？而且李密又是降国之臣，在朝廷上除了张华，没任何人认识此人，所以，王氏要想排挤李密，岂不是易如反掌。因而李密入洛，不仅没荣任太子洗马之职，连京城都待不下去，只能做个县令而已。

84

天下大治，国泰民安。经过十来年的积累，西晋国力大增。

世族阶层，利用特殊的经济政策，也都大发其财，过着既贵且富的优裕生活。

丰富的物质条件，安稳的社会环境，使一些人骄奢淫逸。比如太傅何曾，对衣食车马就极其讲究，连御膳坊的饭都吃不上口，每天一万钱用于饮食，仍说没有下箸处。谁若给他写信，如果用的纸张太小，他都不收。《晋书.何曾传》载：

"……然性奢豪，务在华侈。帷帐车服，穷极绮丽，厨膳滋味，过于王者。每燕见，不食太官所设，帝辄命取其食。蒸饼上不坼作十字不食。食日万钱，犹曰无下箸处。人以小纸为书者，敕记室勿报。"

整个上流社会奢靡之风渐起。

司隶校尉刘毅当廷上书弹劾何曾奢侈无度，并建议整顿社会奢靡之风。

司马炎让群臣朝议，奢靡之风该不该禁。

何曾首先发言，他说："作为谏官，司隶校尉为主上谏言乃是分内之事。但弹劾何某奢侈，就属于多管闲事了。一个人的钱，只要来路正当，花不花是他个人的事，怎么花也是他个人的事。像王濬冲，富甲天下，但仍一文钱掰成两半儿花；张茂先喜藏书，把钱全用在购书上。那是他们的爱好，王濬冲能从积攒钱财上找到快乐，张茂先能从藏书上找到乐趣。钱就是用来给人增添快乐的。老夫年迈，已没有攒钱的欲望，也没有读书求学的必要，只不过喜欢吃得好一点，穿得好一点而已，连孔子都食不厌精脍不厌细，老夫喜欢精美饮食没有什么不对吧，更不犯律例条款……"

刘毅道："泰始二年，皇上曾颁诏，倡行节俭，并身体力行，焚裘示俭。御牛青丝绁断，诏以青麻代之。皇上且如此，而况臣子乎？何太傅之行虽不违法，但却有违君命。"

何曾说："当年皇帝是有此诏，但诏命只是提倡节俭，并没有说不节俭就是罪，就应遭弹劾。此外，三十年河东，三十年河西，此一时也彼一时也，当年，大晋方造，百废待兴，勤俭建国是对的。但经过七八来年的建设，如今已民富国强，再要求节俭度日，实不宜也。"

皇上的舅舅王恺说："是啊，有钱不花，死了白搭。节俭宜提倡，不宜强制。若因不节俭而被弹劾处罚，那就过分了。再说，俭与奢本没什么标准，吃什么才叫俭？穿什么才叫奢呢？如果规定吃燕窝就是奢，那天下人都不能吃燕窝，那燕窝岂不是没人敢吃了。"

何曾说："国舅说得对呀。俭与奢根本没有什么标准。"

贾充也道："是啊，挣钱就是为了享受的。朝廷根本不应该管这样的事。"

讨论了半天，许多人都支持何曾的意见。最后司马炎说："朕虽倡导节俭，但并不强求卿等都必须艰苦度日。正如其言，俭与奢根本没法制定一个标准。只要卿等勤于政务，心系社稷，享受享受也无妨。众卿还有事吗？若无他事，散朝。"

司马炎的话等于自己废除了泰始二年所颁的倡导节俭的诏令。有了皇帝的默许，从此奢侈之风大盛。

司马炎急于散朝，是因为近几天来他与张华下棋一直落败，原因是他不适应张华的星小目开局，每次都是在布局阶段吃亏。昨夜，他想了大半宿，终于找出破解星小目的方法。因而，散朝后，他立即将张华叫到艺渊阁中对弈。

司马炎落下一子，道："这刘毅，真是没事找事。你说人家吃点儿好的喝点儿好的碍你什么了？这也值得弹劾？害得朕陪着闲扯了半天。"

张华道："陛下此言差矣。"

"怎么差矣了？"

"奢靡之风不可长，尤其是官场的奢靡，乃是亡国之兆啊。"

"你也别吓唬朕。朕还没听说哪个朝代是因为吃喝而亡。何曾说得没什么不对，连孔子都食不厌精脍不厌细……"

"何大人那是在糊弄您。孔子的话不是那个意思，食不厌精脍不厌细是说烹制食物的过程要像做其他工作一样，也要精细。同样的食材，放在雅士的手中与放在粗鄙之人的手中，烹制出来的食物色香味是不同的。"

"哦，朕还以为孔子也跟何太傅一样对吃喝十分讲究呢。"

"孔子可不是饕餮之徒，而且他在饮食上是十分提倡节俭的。否则他就不会赞赏颜回：'贤哉，回也！一箪食，一瓢饮，在陋巷。人不堪其忧，回也不改其乐。'了。"张华说，"臣说官场的奢靡之风是亡国之兆决非戏言。首先，奢靡需要金钱做后盾，因而奢靡之风一旦形成，人们就会为追求奢靡生活而不择手段地弄钱。官员弄钱最简单的方法就是权钱交易。权钱交易一旦成为官场普遍规则，官场风气便彻底败坏。其次，民以吏为师，官场腐败必然会导致民风败坏，普通人也会为钱而不择手段。一个社会，如果从上到下人人为钱不择手段，即使不亡，也会成为道德沦丧，人人自危的无道之邦。"

司马炎说："朕也让傅玄、刘毅等暗中调查过何曾等人，但没有证据表明他们的财产来源不明，他们都是利用政策，大量雇用人力占田垦荒所致。"

"在这么短的时间内，有些人便拥有了这么多的财产，这种暴富，如果不是来路不正，那只能说是朝廷的政策出了问题，应该调整政策……"

"调整政策那是另一个问题。现在的问题是，人家在没违反原来政策的基础上发了财，钱是人家的，朕即使贵为天子，也不能干涉人家的家庭生活，管到人家吃什么穿什么用什么吧。"

张华道："您说得很对，也做得很对。办事依法，而不滥用权力。"

司马炎说："如今国家富强了。朕也不能再像过去一样过那种苦日子了。朕也有意扩建皇宫……"

张华道："陛下，别人可以奢靡，只有您不能。"

"为什么？"

"勤俭是您的美德，已受到万民称颂。这就是您所立的德。立一种美德很不容易，但毁掉它却轻而易举，难道您想亲手毁掉您用了七八年时间树立起来的美德吗？"

"茂先，你让朕立德从勤俭开始，朕听从你的意见，却缚住了朕的手脚，你这不是挖坑儿让朕往里跳吗？按你的意思，朕就永远做个拮据寒酸的皇帝？"

"看您说的，陛下的节俭，也只是与那些奢华的皇帝相比，若比之百姓，那不知要好上千万倍。"张华说，"俭与奢是没有标准的，国家富裕了您当然可以享受更好待遇。但那必须等您立功之后，您一旦有了盖世之功，民众不仅不会反对您享受更好的生活，还会从内心里支持您，拥戴您。如今您功名未著，大业未成，若弃俭而从奢，一切将前功尽弃于一旦矣。"

"嗯，你说得有道理。"司马炎说，"不过你说的功名和大业所指为何？"

"现在国力强盛，我觉得到了您建大业的时候了。"张华说。

司马炎问："你所指的大业是什么呢？"

"统一天下。"张华说。

司马炎听后微笑不已。

张华继续说："为君者，没有什么比一统华夏更大的功德了。天下本是三分，司马文王灭了蜀汉，已为您扫清了一个重要障碍，您只需兴兵灭吴，便可彪炳史册，不辱圣君之誉了。"

司马炎听到这里，十分兴奋，他将棋子放下，说："不下了。"

"您认输了？"

"你的星小目布局已让朕破了，朕凭什么认输？"

"那您为什么不下了？"

张华的话挑逗起了司马炎的雄心壮志，说："朕要立即召集群臣，商讨灭吴之策。"

"陛下，这可急不得。军队不可擅动，必须从长计议，认真布局。"

"凭大晋现在的实力，灭吴岂不是易如反掌？"

"呵呵，陛下，您和我都没有领兵打仗的经历，对用兵之事尚不精通，还需要请教内行。灭吴之役必须保证百分之百成功，倘若有失，对您是非常不利的。不仅有损您的威望，或可能引起不测之变呀。"

司马炎听后，思忖道："嗯，茂先说得有理呀。"

85

司马炎自被挑逗起立功的欲望，果然将大部分精力用在了"立功"大业上。

他召集群臣商议伐吴之事。

羊祜、张华、杜预、石苞等都是坚定的主战派，而贾充、荀勖、山涛、卫瓘等则是避战派。

司马炎说："众位爱卿，前次，司隶校尉刘毅弹劾何太傅，并重倡节俭之风。朕以为富贵人之所好，贫贱人之所恶也。为什么会出现奢靡之风，主要是因为泰始以来，君臣同心，官民协力，共建社稷的结果。富裕了，享受也是应该的。但朕以为现在还不是尽情享乐的时候，因为华夏尚未一统，北有鲜卑之患，南有东吴之忧。虽然鲜卑不足虑，但自蜀汉灭亡以后，东吴却一直是我大晋的心头大患。东吴一日不灭，我朝一日不得安生。所以，朕从今日起，开始作伐吴的准备。各位爱卿，对伐吴之议，有何见教，请各抒高见。"

张华出班奏曰："陛下所言甚善。当下民富国强，正是准备伐吴的大好时机。一则，东吴如虎，雄踞东南一隅，永为大晋之患；二则，一统华夏，乃圣主分内之责，陛下文韬武略之君，天降大任于吾主，理应顺势而为，天与而取，悔之晚矣；三则，东吴近年来为皇位之争，内斗连连，内无良谋之臣，外乏善战之将，此时备战正当时也……"

张华刚说到这里，贾充言道："陛下，张茂先一贯揣摩圣意，以娱圣心，故而蛊惑圣上兴兵。臣以为不可轻言伐吴。吴据有长江之险，经过孙坚祖孙数代经营，东吴已固若金汤；张茂先所言东吴内无良谋之臣，外无善战之将也言过其实。大都督陆抗乃名将陆逊之后，此人将兵有方，布阵有法。智比子牙，武超韩信，非我大晋之将可匹敌也。"

司徒石苞奏道："陛下，公间所言谬矣。臣任征东将军镇淮南多年，与陆抗颇为熟稔。其虽为陆逊之后，有名将之誉，但盛名之下，其实难副。此人虽不乏智勇，然性贪而骄，不为属下所仰，非主帅之才也。"

司马炎问："石将军出镇淮南既久，对东吴军情了如指掌，东吴诸将甚畏之。惜当年受谤遭讯，朕听信谗言，朕之过也。若朕重新授卿重柄，将兵伐吴，石爱卿愿意重新披坚执锐否？"

石苞跪奏道："老臣年迈，离开行伍数载，已不习戎马，且年迈多病，难当大任了。"

司马炎和石苞的对话，是隐含着一段故事的：

石苞，字仲容，渤海南皮（今河北南皮东北）人，儒雅豁达，明智有器量，仪容俊美，时人说："石仲容，姣无双。"早年石苞在南皮县担任职位较低的官职"给农司马"。建安年间，深受上司典农司马的欣赏，典农司马于是推举石苞及邓艾为皇帝侍臣。但到邺都后，职位的事一直没落实，石苞生活无着，于是便以贩铁为生，而且生意很兴隆。后偶遇司马懿，得到司马懿赏识，被擢升为尚书郎，后担任中护军司马师的司马。其后又随司马昭抗击东吴诸葛恪的入侵，平灭诸葛诞叛乱，显示出了极高的军事才能。诸葛诞叛乱平息后，被司马昭任命为征东大将军镇守淮南多年。因而与吴军统帅陆抗颇多交往。在魏帝禅位，司马炎登基一事上，石苞不仅坚定地站在了司马氏一方，而且因手握重兵，而起到了非常大的作用。

但就是这样一位司马氏的铁杆支持者，却因谄受贬。

石苞镇守淮南，勤于事务，又以威德服人。但淮北监军王琛看不起石苞出身卑微。泰始四年（268），当地有童谣说"宫中大马几作驴，大石压之不得舒"，王琛因而密奏石苞与东吴通信卖国。司马炎接到密奏后，加上早前有观察云气的占卜师说"南方有大兵起"，于是十分疑惑。此时荆州刺史胡烈又上表奏东吴打算大举攻晋。石苞此时也收到了东吴要进攻的消息，于是加强战备，准备御敌。

因为淮南曾经发生过三次守将叛乱，司马炎担心石苞有异志。虽然羊祜坚信石苞不会谋反，但司马炎仍然感到疑惑。适逢石苞之子石乔被皇帝召见后多日没来，司马炎则认定石苞肯定要叛乱，于是下诏罢免了石苞的镇东将军之职。石苞回到京城后，司马炎才发现，石苞并无叛乱之意。

石苞无故遭疑，因谄受贬，司马炎也觉得对不起他，于是找了个机会，提拔石苞为司徒。

司马炎受张华启发，要平灭东吴，一统华夏。此时才觉得石苞是伐吴主帅的最佳人选，但石苞拒绝的理由也很充分。石苞确实年纪高迈，体弱多病。

司马炎说："石爱卿，您因年迈不能重新执掌帅印，但可以向朕推荐一个堪与陆抗比肩的将领，统筹伐吴大计。"

石苞说："臣以为，卫将军羊叔子（羊祜），度支尚书杜元凯（杜预）、镇北将军卫瓘皆堪当此任。"

张华问："石将军所荐有何道理呀？"

荀勖插言道："现在讨论的是该不该伐吴，何时才是伐吴的最佳时机。茂先不要将话题引到谁做军事统帅这个话题上来。"

山涛说："是啊，我知道茂先乃是坚守，中庸，之人，最关注百姓疾苦，并不喜欢征伐之事。不知何以忽然之间对征伐之事有了兴趣，且兴味益然起来。"

"山公容禀。"张华道，"张华厌恶战争，是厌恶那些为一己之私而于万千生命于不顾的无义之战。但一统华夏乃是正义之战，为此付出一些代价也是值得的。最为重要的是，如今东吴与我大晋在实力上相差悬殊，若我大晋再积蓄几年实力，灭吴当是一场胜败立现的战争，晋军所至，吴军必望风披靡，不战而降，因而不会给天下百姓带来太大的灾难。统一是大势所趋，任何一位英主，都不会放任民族长久分裂。东吴何尝不想华夏一统？当年诸葛恪北伐，不也是想统一天下吗？统一是迟早的事，而统一又是一个或几个政权角力的结果，没有一个政权会不战而降，因而选择敌我力量最为悬殊的时候完成统一大业，是代价最小的。卑职所以支持伐吴并一统天下，就是因为现在是筹划伐吴的最好时机。"

山涛道："茂先虽知识渊博，智谋过人，但你只知其一，未知其二。"

张华说："请山公明示。"

山涛说："某以为，当前这种分治的局面最好。"

司马炎也说："山爱卿请道其详。"

山涛说："天下大势分久必合，合久必分。何也？合之久，当权者必骄惰，骄惰者必妄为。妄为则天下危。危久则乱，乱久则分，所以造成三国混战，天下分崩，不正是汉室骄惰妄为所致吗？天下由一统变三分，给社稷造成了多么深重的灾难？而自三分之后，曹操、刘备、孙权，尤其是诸葛亮便无一日不梦想一统，故而三国混战，蜀汉虽弱，但穷兵黩武，六出祁山，屡伐中原。经这一分一合，天下百姓十不余一矣。故而，分，百姓苦，合，百姓苦。既然天下永远难保分分合合，那分就让它分吧，何必强合？臣所以说现在的局面最好，是因为，强晋之卧侧有一弱吴，可以使晋永远警惕，以自强不息，因为一旦骄惰，便与吴强弱易变，所以可以使大晋君臣永远具有危机意识，不敢怠惰。虽然灭吴非难，但灭吴之后呢？一旦吴灭，必生内乱。刘汉虽强，难免七王之乱呀。"

张华一边听一边想，这山涛说得也不无道理。如果站在更高的高度，更大的历史空间上看问题，山涛之言确是真理。但面对一统华夏这样的诱惑，不用说司马炎，连张华作为谋谟之臣都难以拒绝。

司马炎从山涛的话中也听出，大晋灭吴是不难做到的，这已是智谋之臣的共识，山涛反对灭吴的理由，在司马炎看来根本不是理由。这更增加了其平灭东吴，一统天下的雄心。

荀勖说："张茂先号称儒家，雅好中庸，言必仁义，但其行与言却大相径庭。如今天下太平，万民乐业，乃祥和盛世，当此之时，茂先却蛊惑主上兴兵，是最大的不仁。茂先以文著称，并不谙武道，力主伐吴，请问你有什么必胜的把握？若战而不胜，或惨遭败绩，造成大晋危亡，你负得起这个责任吗？"

荀勖确实击中了张华的要害，因为以他的经历与身份，确实无法证明军事上

张华传

有必胜的把握。他所有关于伐吴必胜的理由，都只是建立在经济实力悬殊这一基础之上的，而军事往往并不完全依赖经济，有许多偶然性。

羊祜说："荀公曾问得好，但这话你不应该质问张茂先，这得由我来回答。本将军已在荆州镇守数年，对吴晋两军形势了解颇深。我军人数是吴军的数倍，吴军之所长，乃是水战，若主上坚定伐吴之心，则从现在起，在益州大量建造战船，编练水军，一旦开战，我水军沿江顺流而下，势如破竹，可直捣建邺。一旦东吴水军被破，我骑兵步兵即可迅速南渡，一旦我大军过江，东吴必降。"

贾充道："一支优秀的水军并不是轻易能够编练成的。"

羊祜说："当然。我也没有说今年准备，明年就开战。今天所议，只是筹划如何伐吴。"

贾充说："伐吴之战，若是多年之后的事，现在议之有什么意义呢？"

因为主战和避战两派争执不休，最后也没达成一致。

但这次朝议，还是让司马炎兴奋不已。因为他从众臣的话中确知，灭吴当会一战功成。只此一件功德，他就可以成为重新统一天下的圣主明君。兴奋之余，散朝后再次邀请张华对弈。

张华说："陛下，今天您不该将准备伐吴的事拿到朝堂上去议论。"

"有何不可？兼听则明，偏听则暗嘛。通过今天的朝议，朕已胸有成竹，伐吴必胜。哈哈，朕离万人称颂的明君圣主不远矣。"

张华道："我说您不该公议，是怕走漏风声，一旦被吴人得知，人家岂能坐以待毙，他们也会积极备战，或许先下手为强也未可知。这样的军国大事，知道的人越少越好。"

"你说的有道理。"司马炎说，"朕已决定，命羊祜为平南将军，暗中统一准备伐吴事宜。此事直到开战前，不再朝议。"

羊祜受命暗中加紧布置伐吴工作。当时东吴有一首童谣，说："阿童复阿童，衔刀浮渡江。不畏岸上兽，但畏水中龙。"时人不知此童谣何意。羊祜想：这应该说的就是东吴不怕陆战，只怕水军。如果有个名叫阿童的将军掌管水军，那就更应了童谣的意思。羊祜于是在众将领中寻找叫阿童的。得知王濬小名就叫阿童。王濬本来官拜益州刺使，朝廷刚把他上调到京，任大司农。羊祜想，这真是天该灭吴啊，自己正想在益州建造战船编练水军，没想到这王濬竟长期担任益州刺使，对益州了如指掌，且为人勇智双全，水军都督必王濬莫属了。于是羊祜一纸奏书，请朝廷重新将王濬调回益州，并加封为龙骧将军。负责建造战船，编练水军。（《晋书·羊祜传》："又时吴有童谣曰：'阿童复阿童，衔刀浮渡江。不畏岸上兽，但畏水中龙。'祜闻之曰：'此必水军有功，但当思应其名者耳。'会益州刺史王浚征为大司农，祜知其可任，濬又小字阿童，因表留濬监益州诸军事，加龙骧将军，密令修舟楫，为顺流之计。"）

86

张华作为皇帝的棋友、辅弼之臣，司马炎须臾不可或缺，因而多年来一直未能顾及妻儿。

张华工作快乐，事业顺遂，心情舒畅。此番伐吴之议又得到了皇帝支持，因而更加兴奋。

回到家里，他揽过妻子便要温存一番。小芸道："大白天的，孩子们撞见多不好。"

"我去把院门插上。"

"办这事儿哪有大白天的。"

"夫妻恩爱堂堂正正，管他什么黑夜与白昼。"张华说完，便真的去插院门。插好门，便宽衣解带。小芸只得配合。

小芸道："咱都好久没有了，你今天这是怎么啦？"

"因为心情好啊！"

"碰上什么好事了？"

"现在没心情说其他的事，只想和你，嗞，嗯，啊……"

……

夫妻二人痛快淋漓完美和谐地完成了一次性爱。然后，小芸起身为张华斟了杯热茶，说："出这么多汗，补点儿水吧。"

张华望着这个爱丈夫胜过爱自己的女人，心中充满感激，他拉过小芸的手亲了一口，说："谢谢你，小芸。"

"谢我什么？我一个丫鬟，能够有今天的荣华富贵，还不都是因为你。如今你事业有成，为妻的也为你高兴啊。"

"嗯，我现在真的有志得意满的感觉。"张华说。

"是吗？"

"我虽然只是个中书令，但每每能够成功说服皇帝，诱导皇上行德政，施良策。通过天子实现自己的理想和抱负，不也是非常令人欣喜的事吗？"

"嗯，那当然。"小芸问，"你给皇上都出过什么好主意？"

"对皇上影响最大的有两个，一是诏令全国勤俭为务，皇上身体力行，以身作则，由此形成了有晋以来勤俭建国的良好风气；二是皇上刚刚听取我的意见，准备兴兵伐吴，一统华夏大业已被提到议事日程，我和羊叔子被皇上密授筹划伐吴大计。哦，我若能通过不懈努力，打造出一代明君圣主，实现天下一统，带来和谐盛世，那可就不枉此生了。后世就不是只将我比之于子产，而是可与伊尹、周公并论了。"

张华正沉浸在美好的想象中，忽听有敲门声。

张华和郭芸赶紧重整衣冠。待穿戴齐整后，张华去开院门，却发现门外并没有人，只看到距院门两丈开外一个衣襟破旧的女人离去的背影。

"刚才是您在敲门吗？"张华问。

那女人见问，站在原地，回转身来说："是啊。"

"您怎么走了？"张华问。

"因为，因为，我怕，怕……"

"怕什么？"

"怕您不认我。"

"你是说原来我们认识？"

"嗯，曾经很熟悉，您好好看看。"那女人说。

张华仔细端详，摇摇头说："恕我眼拙，真的想不起来了。不过，不管曾经认识也好不认识也罢，您今天有什么事吗？"

那女子道："真是贵人多忘事，您再好好看看。"

张华又摇了摇头。

"张大人，我是王婧小姐的侍女秋雁呀。"

"啊？天呢！你怎么会是秋雁？"张华问，"你真的是秋雁？快二十年不见了，你怎么变得……"

"唉，一言难尽呀。"秋雁说着，落下泪来。

"快进屋说话去。"

秋雁跟在张华身后进了屋，并给郭芸做了介绍。

郭芸为秋雁斟了一杯茶，对秋雁说道："其实我早就听说过你的名字。你家小姐和茂先，唉，真是一段风流浪漫的佳话呀，似乎只有司马相如和卓文君可比。但自古红颜薄命啊，要是你家小姐做了茂先夫人，现在大家得多幸福啊。"

张华问："秋雁，我看你的生活似乎很不如意。你……"

秋雁面带忧戚地说："我的命很苦。您还记得荣格荣方正吗？"

"当然记得。"张华说。

"您给我和荣格牵线搭桥。后来，我们俩真的走到了一起，成了家。方正自以为足智多谋，非要闯一番事业，于是就当了兵，被派往汉中。不承想，在跟随邓艾邓将军入蜀打仗时，受了伤，丢了一条腿。后来，我们生了三个孩子，只靠我一人在贾府做老妈子挣钱养活一家，家境一日不如一日。去年，因贾府的一件风流事，我又被牵连其中。不仅被贾府辞了，还挨了贾夫人一顿痛打呢……"

张华赶紧问："贾府的什么风流事？"

郭芸在一旁道："韩寿偷香。这你还不知道呢？世族大家之间都嚷嚷动了，我早就听说过了。"

这韩寿偷香乃是大晋朝一件著名的风流韵事。

贾充乃曹魏重臣贾逵之子，早年曾娶李丰之女李婉为妻，并生二女贾荃、贾濬，然而李丰因参与谋废司马师遭到诛杀，其女李婉受连累被判流刑。司马炎即位后，大赦天下，李婉得以回京，此时，贾充已另娶郭配之女郭槐为妻，并生二子二女。李婉被释后，司马炎特准贾充置左右夫人，让李婉、郭槐皆为正妻。但郭槐生性善妒，且脾气暴烈，贾充严重惧内，因而拒绝迎回李婉。李婉只得另觅居所。

这郭槐脾气有多暴，据史载，有一次，郭槐看见贾充逗弄正被乳母抱在怀中的儿子贾黎民，便以为是贾充与乳母有私情，便将乳母鞭杀，结果儿子贾黎民因思念乳母而死，年仅三岁；不久，郭槐又生一子，刚满一岁时，又因贾充抚摸乳母怀中的小儿，使郭槐再起疑心，杀害乳母，小儿一样因思念乳母而亡。从此贾充、郭槐夫妻再也没有生育。因而贾充夫妇终至无嗣，只有二女：贾南风和贾午。

这贾午年方二八，情窦已开。父亲贾充此时官至司空，手下属员众多，其中一位英俊少年，名叫韩寿，是贾充的文秘，颇得贾午倾心，每至贾府，二人便眉目传情，秋波暗送，但因为男女大妨，不得亲近。这贾午听说过家中女佣秋雁为张华和王家小姐暗通款曲的故事，知道她有这方面的经验，于是不耻下问，并请秋雁相助。秋雁有过上次教训，坚决不肯帮忙。贾午赠予重金，秋雁家正穷困潦倒，难拒金钱诱惑，便秘授机宜。这韩寿一来淫性大发，将生死置之度外，二来想借此与豪门联姻。于是半夜里翻墙入室，与贾午在闺房行云雨之欢。贾午喜煞爱煞，尝到甜头后更不肯割舍，二人隔三岔五便幽会一次。

一天，贾充与几位属下喝茶闲聊，一名下属对贾充说："韩寿最近很特别，身上有种奇怪的香味，以前从来没有闻到过。"

其他人也说，那种异香只有皇宫里才能闻到。

贾充听后大惊。

原来南海国王曾派使者到洛阳进贡一种特别的香料——龙涎香，这种香不仅清香怡人，而且一旦接触人身，即使过了一个月香味也不消退。晋武帝把香料看得特别珍贵，只取了少许赐给贾充一人。自长女贾南风嫁与太子司马衷，贾充更将小女贾午视若明珠，因而将御赐奇香放入香囊给了女儿贾午。也就是说，整个大晋国，除了皇上皇后，只有贾充家里有这种香。而韩寿作为司空府的一名下属是没有接近皇上和皇后的机会的。他身上的香味儿，只能是……天啊，贾充不敢想下去。这太让他无法接受了。因为小女贾午无论才智还是相貌都比其姊贾南风要强得多，以贾南风又黑又丑的相貌尚且成为太子妃，这小女贾午将来会嫁入什么样的人家就可想而知了。贾充本来是将小女视为奇货，待价而沽的，岂能让韩寿这寒门小子坏了大事。

贾充心生一计，要以正当理由除去韩寿这一祸患。

于是他命人夜里埋伏在院子周围，待有人逾墙而过，一顿乱棍打死，便可对外声称韩寿是盗贼。

这天，韩寿又来与贾午幽会。因为他天刚擦黑便翻墙而入，仆役们尚未上岗，因而并没有被打更的仆役发现。待到他行完好事，推开窗子将要离去时，突然发现贾府院内院外已密布了打手。他只得退回闺房内，但他的行踪已被发现。仆役们一声呐喊，将小姐绣楼团团围住。但没人敢踏上绣楼半步，只得去请贾充和郭槐。贾充夫妇进了女儿闺房，韩寿和贾午双双跪下，贾充拔剑在手，欲诛杀韩寿。没想到小女贾午突然扑到韩寿跟前，说："爹，您要杀就将我一起杀了吧，是我勾引了韩公子，我，我已经是他的人了，腹内怀有他的孩子。"

贾充怒火中烧，冲韩寿骂道："你色胆包天，竟敢戏弄我贾充，今天我必要尔狗命。"

郭槐拉住贾冲道："不可莽撞，你杀了他，传扬出去可是好说不好听啊。一旦奸情暴露，将来女儿嫁给谁去？"

贾充听了妻子的话也冷静下来，说："那你说怎么办？"

郭槐说："让我问问她。"说着转向贾午，"闺女，你跟我到里屋来，我要看看你是不是真的怀了他的孩子。如果是真的，只能将错就错，嫁给这畜生，如果没怀上，今天暂且让他滚蛋，等日后风平浪静再收拾他。"

郭槐将贾午拉进里屋，摸了摸她的小腹，果然已怀有身孕。郭槐走出屋对贾充说："完了，这两个不要脸的孽已做下了。我们只得将错就错了。"

韩寿听此，心中由惧转喜，立即跪地磕头道："多谢岳父岳母大人。"

贾充向韩寿身上猛踢一脚，沮丧地"唉"了一声，将宝剑插入鞘内，携妻离去。到得楼下，贾充对围在绣楼四周的打手说："虚惊一场，老夫到楼上搜遍了，并无窃贼，大家散去吧。"

郭槐虽然不得不同意女儿与韩寿生米做成熟饭的事实，但这口气却咽不下去。她追问女儿与韩寿私会的经过，贾午说是受秋雁的指点。郭槐听后大怒，对秋雁一顿暴打逐出贾府。

为了避免奉子成婚的尴尬，不几日，贾充便为韩寿和贾午举办了婚礼。

韩寿偷香之典见于《晋书·贾充传》："谧字长深。母贾午，充少女也。父韩寿，字德真，南阳堵阳人，魏司徒暨曾孙。美姿貌，善容止，贾充辟为司空掾。充每宴宾僚，其女辄于青璅中窥之，见寿而悦焉。问其左右识此人不，有一婢说寿姓字，云是故主人。女大感想，发于寤寐。婢后往寿家，具说女意，并言其女光丽艳逸，端美绝伦。寿闻而心动，便令为通殷勤。婢以白女，女遂潜修音好，厚相赠结，呼寿夕入。寿劲捷过人，逾垣而至，家中莫知，惟充觉其女悦畅异于常日。时西域有贡奇香，一著人则经月不歇，帝甚贵之，惟以赐充及大司马陈骞。其女密盗以遗寿，充僚属与寿燕处，闻其芬馥，称之于充。自是充意知女与寿通，而其门阁严峻，不知所由得入。乃夜中阳惊，托言有盗，因使循墙以观其变。左右白曰：'无余异，惟东北角如狐狸行处。'充乃考问女之左右，具以状对。充秘之，遂以女妻寿。"

正史历来惜墨如金，能以如此篇幅叙述一件风流韵事，实在是这件事对后世影响太大的缘故。

七个月后，贾午生育一子，此子本应姓韩，但却被贾充认作自己的后嗣，取名贾谧。日后，正是这贾谧和他的大姨贾南风胡作非为，祸乱朝纲，将统一的大晋送上了绝路，而韩寿偷香也成为指代男女奸情的专用词。

听完秋雁的叙说，小芸说："没想到您会跟韩寿偷香扯上关系。"

"唉，人穷志短嘛，要不是贪贾午那几两银子，我怎么会干出这样的傻事来。"秋雁说，"我已人老色衰，又牵连进王府和贾府两桩风流事，大家主儿没人愿意雇我了。一家老小坐吃山空，这不，今天已经断炊。但我不能眼看着一家人饿死呀，想来想去，只得厚着老脸来找张大人。我家方正说，人家张大人如今已是朝廷二品大员，张府岂是你说进就进的。我本来是抱着碰碰运气来的，敲了半天门没人开，我只得离开，打算回家后跟方正一起上吊算了。没想到刚要离开，您却开了门……"

"唉，都怪我太忙，把老朋友都忘了，望你休怪。"张华道，"我呢，虽然身居高位，丰衣足食，但也只是靠薪俸过活。所有余钱还都让我购买了书籍。但无论怎么说，我都比你们有办法。我一定帮你们渡过难关。"

"那就多谢张大人……"

"别这么称呼，还是叫茂先吧。"张华说。

"茂先，您能救我们一时，但我一家五口，总不能永远靠您施舍过活呀。想想我就觉得没活路。"秋雁说着又落下泪来。

"别哭，别哭，让我帮你想想办法。"张华说。

"嗯……"张华沉思着说，"你家还有地吗？"

"地倒是还有几十亩，我们尽管穷得叮儿当儿的，也没舍得卖地。要是再把地卖了，我们就真没活路了。"

"那就好。"张华说，"我得从根儿上帮帮你们，不过你们还得再过两年苦日子，此后你们就有好日子过了。"

"是吗？您有什么好主意？"秋雁问。

"你就不用管了。"张华说，"回去把你们那地赶紧都种上当地这种土李子。"

"土李子？那玩意儿又苦又涩的干什么用？"

"你就不用管了，听我的就行。"张华说着，让小芸拿出十两银子说，"这点钱你们先拿去花。其余的事，只要按我说的去办就行。"

秋雁千恩万谢地离开张府。回到家里，立即着手将自家的地种上当地土李子树。

87

第二年春，秋雁特意来告诉张华说，她家的土李子树全部成活了。

张华对秋雁说："我马上到王府去，你在王府大门外等着，当看到王府仆人将王府的李树枝当作垃圾扔到府外，你马上把它们全部捡回家，插在水里。

郭芸和秋雁不知张华这是要干什么，但她们都相信他的智慧，于是也没人问。

"好的。"秋雁答道。

张华来到王府去找王戎，此时的王戎官拜散骑常侍。

自王婧去世后，张华第一次来到王府，睹物思人，张华不免喟然长叹。

王戎出门迎道："哟，中书令大人驾到，王戎接驾来迟，望乞恕罪。"

张华道："濬冲，咱多年的老友，还这么客套？"

"王戎不知您此来是为官事还为私事，若为官事，散骑常侍当然要为中书令行礼了。若为私事嘛，那我就不用客气了。"

张华说："我此来完全是为私事。"

"哦，那快请进屋。品茗闲叙。"

二人落座，张华一抬头，发现当年钟会所书的那首《咏王府》诗仍然挂在中堂。

张华出神地凝望着那首诗。往事历历在目，眼角不禁湿润了。

王戎道："茂先兄，是想我姐姐了吧？"

张华听了王戎的话，竟然哭出声来。

王戎道："也是我姐无福啊，当年要是你俩成了亲，现在该多好啊！都怪我父亲……"

"唉！没有什么可怪的，一切都是命。你看，不是连写这些字的钟会也早已不在人世了吗？世事无常啊。"张华道。

二人回忆起当年相携游洛河，与友人相会竹林的时日，感慨万千。

边品茶连闲谈，时间已近中午。

王戎说："茂先，你总不会是专门跑我这儿来忆旧的吧？有什么事快说，若没事，我就吩咐人准备午宴了。虽然世人皆说我吝啬，但分跟谁。咱是老友，你又差点成了我姐夫，而且我敬佩你的才学和为人，今天我就破例给你准备点好酒好菜，咱痛饮一次，为我姐姐，也为嵇叔夜和阮嗣宗……"

张华道："既然你以诚相邀我也不推辞，但在饮宴前我还有一事要做。"

"什么事？"王戎问。

"你忘了？去年你问我，你家院子里的李树为什么这两年总是坐不住果，结果越来越少。"

"没忘呢，你是有名的万事通，世间之事没你不晓的。你说为什么会坐不住果呢？"王戎问。

"我不是告诉你了吗？那是该剪枝了。树枝疯长，养分全被树枝树叶夺走了，怎么能坐住果？"

"怎么剪枝？谁会剪枝呀？"

"我呀。"张华说，"今天我就是来为你家的李树剪枝的。"

"天呢！中书令亲自来给果树剪枝，我赔上这顿饭，值了。"

于是张华拿来刀剪，与王戎直奔王家后花园。那里有三棵李树，是西域传来的品种，当年王浑出镇朔州时一位西域商人所赠。这种树结出的李子，个儿大，皮薄，肉厚，甘甜无比。那李子皮不用手剥，放在嘴边稍微用力一吸，果肉便吸入口中。

王戎是个吝啬鬼，虽然家大业大，但每年结的李子却不肯送人，而是到市场上销售。因为王家这种李子是蝎子屎——独一份儿，因而，有钱人家都高价购买。王戎算计得十分精明，他怕别人也种植这种李子，影响自己独家经营，所以，王家所有售卖或送出去的李子，都事先用木钻将李子核钻个洞。以确保李子核不能长出新苗。

王戎钻核卖李的故事流行甚广。《世说新语》载："王戎有好李，卖之，恐人得其种，恒钻其核。"

这确是真事。从晋到今，人们通过这件事只看到了王戎的精明和吝啬，但没人从中看出其愚蠢和可笑之处。他的愚蠢可笑在于，所有良种李树、桃树、梨树等就像骡子一样都不能通过种子来繁殖，用现在的科学解释是因为它们的基因改变了，染色体变成了单数，不能分裂复制。因而只能通过嫁接繁殖，相当于克隆。因而王戎的钻核卖李不仅不是精明的证明，反而证明了这个神童对科学的无知。王戎的这个故事从晋至今一千七百余年，没有感觉到其中的愚蠢，只有张华一人在当时就发现了问题。于是张华要利用人们对这种科学知识的普遍欠缺，来帮助荣格和秋雁夫妇脱贫致富。

张华为三棵李树整枝。他刀剪并用，很快剪掉了三棵李子树上那些疯长的枝条。对王戎说："濬冲，保你这几棵李树今年大丰收。"

王戎说："若真大丰收，我送你几枚。"

"呵呵，我可不要钻过核的。"张华笑道。

"那可不行，再好的朋友，我也得钻了核送给他。"

"那我就等着吃你这钻核之李了。哈哈……"

王戎道："多谢张大人。好啦，饭菜做好了，咱时隔多年，再畅饮一通。"

"只可惜，七贤如今只剩五贤了，而且还各奔东西。"张华惋惜地说。

"我让人去请刘伶，他一会儿就到。"

"伯伦现在官拜何职？"

"他这个人嗜酒如命，当不了官。一直跟着我，清醒的时候就帮我处理处理公务。"

王戎刚要携张华去饭厅，张华对一个帮他扶梯搬凳的仆人道："你，马上把这些树枝扔到大院外。"

王戎说："中书大人，些许小事还用你操心……"

张华说："不，你不知道。这些断枝不能在这树下放着。"

"为什么？"王戎问。

"树木也是生命，也有喜怒哀乐。这些枝是从树上剪下来的，它们会向自己的母体传达痛苦之意，这些李树长时间接受到这种痛苦的信息，会影响发育，结出的李子会变味儿。"

仆役说："这可是从没听说过。"

张华说："你没听过的事多了。"

王戎也对仆役道："你懂什么？按张大人的话去办。张大人可是博学大家，上知天文下晓地理，一只蚊子从眼前飞过人家都能知道是公是母。"

仆役说道："好吧。"说完，抱起地上的树枝向大门外走去。

张华与王戎、刘伶痛饮了两个时辰，大家方散。

张华离开王府，马上来到秋雁家。此时，荣格、秋雁夫妇正望着一堆李树枝子发呆。

见张华到来，秋雁赶紧迎上去。

张华与荣格简单叙述了多年的离别之情。秋雁插话道："张，张大人……"

"叫茂先。"

"哦，茂先。"秋雁怯怯地说，"您让我抱回这些树枝做何用？"

"唔，"张华道，"它能保证你们一家将来丰衣足食啊。"

荣格一家人都愣住了。

"先将这些枝条用水泡好，防止它们被晾干。"张华说到这里，问，"你们家有剪子刀子吧？"

秋雁说："有。"

"好，拿两把剪、刀，我去教你们接种之法。"

说完，张华接过秋雁递过来的刀子，拿上几根李树枝，便领着荣格和秋雁来到荣格家的地里。

此时，荣家的土地上都按照张华的要求种上了当地苦李子树。张华用刀在苦李子树的嫩枝上切开一个丁字切口，然后用刀尖将丁字切口两侧树皮撬开。再用刀将王戎家弄来的枝条上的树芽切下，插到苦李枝条的切口处，用马莲将切口紧紧捆住——这就是最简单的果树嫁接法，丁字接或 T 形接。

由于方法简单，张华只指导一两遍，荣格夫妇便完全掌握了。

张华说："为了确保嫁接成活，一棵树上可以多嫁接几处。一旦嫁接成活，长出新枝条，明年你们就将这棵树其他的枝条全部剪掉，只让这嫁接过的生长。待它们开花结果，结出的就是王府那种李子。"

荣格和秋雁夫妇听后千恩万谢。

张华说："记住，两年后结了李子，你们可以卖，可以送人……"

荣格问："用不用像王濬冲那样钻核再卖？"

"不用。这种李子核是不能长出树苗。但你们必须保证这种嫁接方法不许告诉任何人。物以稀为贵，如果被人知道，大家都去嫁接，这种李子也就很快不值钱了。其次，若被王戎知道，他会怪我不讲义气，不够朋友。好啦，我要走了，你们也别送，赶紧干活吧。"

望着张华远去的背景，荣格对秋雁说："唉，谁能想到，这位行走在田间地头的竟是朝中二品大员中书令大人呢。"

荣格夫妇二人边干活，边回忆起与张华最初相识时的情景，既欣慰又感慨。

88

张华刚回到家里，平南将军羊祜突然来访。

张华迎上前去，道："羊将军光临寒舍，张华有失远迎，失敬失敬！"

羊祜道："我到茂先府上沾沾文气。"

"您这话从何说起。羊大人文武全才，朝野皆誉。您的一部《老子传》足令世人仰视千载。"

"听说你张茂先藏书成癖，世间善本孤本尽在君所。今天让老夫好好开开眼如何？"羊祜道。

"您是贵客，既然提出了要求，焉有不允之礼。"张华说，"先进屋喝茶，然后再去书库……"

"不，还是先去你的书库吧。"羊祜道。

"好，请随我来。"于是张华带羊祜来到专门保存书籍的东院。

羊祜仔细观瞧，其中有孔子亲笔所注的《诗》、子思手抄本的《论语》、屈原所书的《离骚》、叔孙通抄写的《商君书》……羊祜口中"啧啧"连声，道："人有如此奇珍至宝，夫更何求。"

张华道："您重任在肩，光临寒舍决不会是为了欣赏卑职的藏书吧。"

"嗯，让你猜着了。老夫此来，是想请你随我一起南下，到晋吴边界好好考察考察。"

"在下倒是求之不得，只怕皇上不让我走啊。"张华说。

"如今朝廷之事唯伐吴为大。我已跟皇上说了，他同意你随我一起走。"羊祜说，"朝廷上只有咱二人伐吴意志最坚。既然咱得到了皇上的支持，就必须倾尽全力，伐吴之战，只许成功，不许失败，一旦有失，咱俩就是千古罪人。"

"既然皇上已经应允，我乐意奉陪将军。"

"好，你将手头的事处理处理，五天后咱一起动身。"

羊祜和张华正说着，羊祜的家仆突然赶来，说道："老爷，老爷，刚才大鸿胪石统匆匆来家，说石老将军病危，有话要对您说。"

"唔？石老将军怎么突然就病危了？"羊祜问。

"说是几天前突然中风，虽经御医救治，仍没起色，御医已让石家准备后事了。"家仆说。

"好，我这就去。"

张华说："既然老将军病情危殆，我也得去看望看望。"

"那咱就一起去。"羊祜道。

说完，羊祜与张华骑马急奔石家。

这石家人丁极其兴旺，石苞共有六个儿子。由于石苞乃是由洛阳贩铁的商贩被司马懿一手提拔起来，因而对司马氏忠心耿耿。魏晋以来，最容易出事的地方便是与吴接壤的淮南，王陵、毌丘俭、诸葛诞三位主将接连反叛，因而后来镇东将军一职只能由司马氏最信赖的人担任。自诸葛诞叛乱被平息后，石苞便一直为司马氏镇守淮南。司马炎登基后，误信谗言，将石苞贬职。事实明了之后，司马炎非常懊悔。不仅加封石苞为乐陵公，任命司徒，而且对石家诸子也颇多关照。除石苞的长子石越早丧外，其余五子都高官得做。次子石乔官至尚书郎、三子石统乃当朝九卿之一的大鸿胪、四子石浚是西晋名士，官居黄门侍郎、五子石俊官至阳平太守、幼子石崇现为散骑侍郎。

老爹病危，诸子齐聚父亲床前。

见羊祜、张华到来，石乔立即率四个兄弟迎接。

羊祜、张华来到石苞床前，石统伏在父亲耳边轻声说道："爹，羊将军和中书令张大人来看望您了。"

石苞慢慢睁开眼看了看，突然眼睛一亮。说："羊将军，张先生……"

羊祜上前拉着石苞的手说："石将军，有话慢慢说。"

石苞气喘着说："老夫，知，知道自己快，快不行了。找，找你，既有公，公事，也有，有私事。"

张华听到这里，站起身就要离开。

石苞说："茂，茂先，你，你不用避讳，老夫的话，同，同样是说，说给你的。"

张华说："好的，我仔细听着。"

石苞说："满朝上下，伐，伐吴意志最坚的，就是羊叔子和张茂先。没有你们这一文一武，统一大业必定被，被贾公闾、荀公曾和山巨源们耽误了。你俩才德雄冠君臣，皇上有你二人忠心辅佐，必成大业。老夫不行了，看不到天，天，天下一统的那一天了。"

张华说："您好好调养，会看到那一天的。"

石苞摇了摇头，说："不，不会的。伐吴是老夫一生最大心愿，老夫镇守淮南多年，对，吴，吴，吴国颇有研究。老夫要告诫羊将军的是，东吴有，有，陆抗，伐吴需谨慎。"

羊祜说："老将军说得极是。这两年我在荆州，跟陆抗斗智斗勇，发现陆抗到底是名将陆逊之后，才智不逊于周公瑾、诸葛孔明啊。"

石苞说："陆抗足智多，多，多谋，我大晋在兵力上不具，具，具备压倒优势，不能轻易动武。"

羊祜道："嗯，陆抗的智勇我已深深领教了，去年西陵之役他指挥若定，统兵有方啊。"

石苞说："既然吴军最厉害处只，只，只在一将，若陆抗不在了，则大，大患去矣。"

张华说："石将军的意思是，想办法除掉陆抗？"

石苞说："如今吴主孙皓荒淫残暴，才智之士多，多，多为所忌。若采用反奸之计，令孙皓、陆逊君臣离，离，离心，不战而屈人之兵，那是上，上，上上之策。"

羊祜说："陆幼节（陆抗字幼节）信义君子，用计害之，吾不忍为。"

石苞道："陆幼节、羊叔子皆出身高贵，仁德为本。但，但，但军国之事切不可存，存，存妇人之仁呀。"

羊祜道："石公之言卑职谨记心间。"

张华道："石将军病榻之上仍念念于国家之事，真人臣之楷模也。"

石苞道："天下一统，乃至高无上，上，上之勋业，万世仰慕之宏德，不是哪个人都，都，都能有幸参与的。你二人作，作，作为此大业的谋谟之臣，将兵之帅真是太，太，太幸运了，青史可留美名焉。"

羊祜道："您虽不能直接参与其中，但一朝伐吴功成，您也是功臣之一呀。您在淮南经营多年，当地百姓和兵士对您深为敬仰，这是确保伐吴成功的基础。大晋诸将谁不知道，镇东将军手下的淮南军是武器最好，装备最精良的队伍。"

羊祜所说的这一点确实不假。石苞所部淮南军确实装备精良，其他军队使用的刀枪剑戟多为铁制的，而淮南军则是钢制的；其他地方，包括吴军的战船都是木制的，而淮南军的战船为防火攻，都在木壳外包了铁皮。打仗就是钢铁的较量，淮南军能够用钢铁武装全军，与石苞是钢铁贩子出身是有密切关系的。

石苞听了羊祜的话，脸上现出一丝笑意，然后说道："羊将军、张中书，我还得向你们交，交，交代点儿私事。"

羊祜说："您说吧。"

"我子孙众多。有我在，他们能够和，和，和睦相处，如果我不在了，哥们间免不了磕磕绊绊，过日子哪有马勺不碰锅沿儿的。为了子孙和睦，我打算在自己驾鹤西游前把家给，给，给他们分了。你们俩就做我石家分家的证，证，证人。"——古代分家都是要找德高望重者作证的。

羊祜道："石公，您偶染小恙，用不了多久就痊愈了，何必费心分什么家，再说孩子都孝悌……"

"我的病我，我自己知道。二位大人就屈尊做个证人吧。"

羊祜和张华没法再推辞。于是石苞让人拿出一份事先拟好的分家清单，让五个儿子和羊祜、张华分别过目。

然后石苞问五个儿子："你们有意见吗？有，有意见当着证人的面赶紧提，若没，没，没意见就在分家清单上签字画押。"

五个儿子都表示完全听父亲的。

石苞又问羊祜、张华这样分合不合理。不待羊祜和张华回答，石苞的夫人说话了，她说："二位大人是明白人，我得替我们齐奴说句话儿。"——齐奴是石崇的小名儿。

石苞道："分家是男，男，男人的事，你懂什么？不要多话。"

"不让我说今天我也得说。"石夫人道，"二位大人，分家是一个家庭的大事，谁们家分家不是照顾小的？可你们看这份分家清单，除了一处住房，没给我们齐奴任何财产。"

其实，羊祜和张华早就看出了问题：一是，他们没想到这石家会如此富有，虽然石苞在生活上不像何曾等人那样花天酒地，但其实石家的资产数量却非常庞大。他的资产主要在土地上，石家仅在老家南皮，就有良田万顷；二是，如此巨大的资产却只分给幼子石崇一处房产。

羊祜说："石公，本来我们做分家的证人，只是做个证明而已，至于家产怎么分，那是您家里的事，只要哥儿几个同意，怎么分都合理，但嫂夫人说的这个也是个问题，我和茂先也不太理解，为什么给幼子季伦（石崇字季伦）的这样少……"

"哦，老夫确实有许，许，许多财产，但那都与我贩铁生意有关，将来你们或许会知道我是，是，是如何依靠贩铁而发财的；至于为什么不给幼子过多财产，这也是我正要向二位大人交，交，交代的。"石苞说着，叫过石崇，让石崇给羊祜、张华磕头，并认作叔叔。然后石苞对羊祜、张华道："齐奴生下来不久，我曾让管公明大师给他看过相，管大师见后惊讶异常，说此子乃，乃，乃是巨富之命。因为他的右肩胛骨最下端靠近脊椎的地方有个红痣，是巨富之痣。我问到底有多富，管公明说富可敌国。齐奴渐渐长大，我也发，发，发现他极善于理财。您想，他既有巨富之命，我分他财，财，财产何用？"（《晋书·石崇传》："崇字季伦，生于青州，故小名齐奴。少敏惠，勇而有谋。苞临终，分财物与诸子，独不及崇。其母以为言，苞曰：'此儿虽小，后自能得。'"）

张华说："既然是管大师所言，当无疑矣。"

"茂先对管辂也深信不疑？"羊祜问。

"管大师乃是真神仙。"张华道。

石苞说："虽然齐奴命中有财，但仍需二位大，大，大人多多帮助。老夫一旦归西，我之子即你们之子，有什么为难的事求，求，求到二位叔叔头上，万勿推辞。"说完，石苞让石崇再次给羊祜、张华磕头。

羊祜道："石公放心，我和茂先帮不了的，还有皇上呢。从宣帝以来您就一直为司马家族鞠躬尽瘁，今上能够顺利登基您更是出了大力的。皇上能不善待您的后代吗？不用说，您的儿子就是我们的儿子，我们会像对待自己的儿子那样对待他们。"

石苞说："你们能这样说，老夫死也瞑，瞑，瞑目了。"

羊祜问："石公还有什么要吩咐的吗？"

石苞摇了摇头，然后如释重负一般，长出了一口气，昏迷过去。

张华说："石公身体需要调养，不能太累，让老人家好好歇歇吧。"

羊祜说："好，如此咱先告辞。"说到这里，羊祜转身对石苞的五个儿子说，"以后有什么需要我和张大人帮忙的，尽管说，不要客气。"然后与张华离开石府。

当晚，石苞便与世长辞了。羊祜、张华为石苞送葬后，一起南下荆襄。

89

羊祜的镇南将军府设在襄阳。

二人一到襄阳，羊祜便指着地图对张华分析说："未来的伐吴之战将由三路进击。西路大军作佯攻，兵发荆州，旗旄东指，直插东吴腹地徽州，对东吴形成包围之势，吴必分兵迎击。北路大军则兵出淮南，云集广陵，迅速占领东吴江北之地，形成数十万大军待命江边，随时准备渡江之势。吴军必调重兵以守淮南。此时，建邺以西的长江防线必然松弛，益州数万艨艟斗舰顺流而下，东吴水军必然一触即溃。水军若能快速占领建邺，则东吴可不战而降矣。"

张华说："我不懂军事，但深知大军未动，粮草先行。东西几路数十万大军一动，必须保证充足的供给，而且要做最坏的准备，就是一旦双方陷入僵持，必须有充足的物资保证至少一年的各种给养。"

羊祜说："你说得很对，到时候我会奏请皇上，任命你为度支尚书专门负责大军的粮草供给。"

"只怕我能力有限，辜负了您的期待呀。"

第二天，羊祜便带张华到晋吴边界巡视。

出乎张华意料的是，在荆州一线，晋吴边界十分祥和，牛马遍地，鸡犬相闻，如果不是偶尔见到在边境巡防的兵士，外人根本弄不清晋与吴的边界在哪里。更让人不可思议的是，边境线上的吴国百姓和晋国百姓竟然可以互通有无，种地时竟然可以互相借用对方的农具，更有甚者，青年男女有时竟越界交欢。

张华和羊祜看到一家人在田边歇息，于是下马与他们闲聊起来。

羊祜问这家有几口人，有多少地，每年能产多少粮，日子过得怎么样。

老叟一一回答。说家有七口，五十亩水田，日子不算富裕，但温饱不成问题。

羊祜又问他们怕不怕打仗。老者说："打仗谁不怕呀。不过，晋有羊叔子，吴有陆幼节，二位都是仁德的将军，轻易不会打起来。"老者的小孙子大约七八岁，在一旁听爷爷说到羊叔子，便唱起儿歌道："羊叔子，镇荆襄，不黩武，劝农桑，兴儒学，睦邻邦……"

老者冲孙子喝道："大人说话别在一旁瞎嚷嚷。"

张华问："羊叔子在百姓心中真是这样吗？"

"那还有假，这不连小孩子都知道。"老者说，"荆州有这样的当家人，是我们边境百姓的福啊。"

"你们想不想认识认识这位羊将军？"张华问。

"当然想了。"

"呵呵，你们面前这位就是羊叔子羊将军。"张华对老者说。

老者一愣，羊祜说："我就是羊祜，不过没你们说得那么好。"

老者向几丈外边界东边的几个耕田者喊道："喂，老崔，你快扭过脸来看看这位大人是谁？"

"不认识。"那老崔道。

"这位大人就是羊叔子羊将军。"老头激动地喊道。

"天啊，原来是羊将军。"老崔似乎也有些激动，扔下手中活计，也忘了脚下的楚河汉界，光着脚便跑过来，给羊祜作揖施礼。

羊祜也像个老农一样，跟大家拉起家常。

说起晋吴两国会不会打仗，羊祜指着不远处的界碑说，说："本来这里不是国界。界碑两侧的百姓都是大汉之民。只因汉末大乱，天下三分，才划定了这条边界。至于晋与吴会不会打仗，我只想问你们，你们，愿意不愿意这隔离了你们多少亲情的界碑永远存在？"

老崔说："当然不愿意，晋国这边还有我好多亲戚呢。"

"所以，废除边界，一统华夏，是早晚的事。碰到明智的君主，为百姓着想，会自动退位交权，如此，则天下不用流血便和平统一了。如果碰到昏庸恋权的君主，为了一己之私，宁可玉碎不愿瓦全，临死也要拉上无数百姓做垫背的，那样便不可避免地带来一场血战。至于会以什么方式实现统一，何时能够统一，那不仅你们不知道，连我也不知道，那是皇帝的事。"

老崔又问："是吴国统一晋国，还是晋国统一吴国呢？"

羊祜说："应该是谁实力强大谁最后做天下之主吧。"

张华无论如何没想到羊大将军与边境百姓竟然相处得如此和谐，得到了晋、吴百姓的如此爱戴。

羊祜之所以能够做到这一点，与他多年来不懈的努力是分不开的。羊祜自泰始三年开始，便一直都督荆州诸军事。他一到任，便大力开发荆州，发展经济，并大量开办学校，兴办教育，安抚百姓。同时与吴人开诚相待，凡投降之人，去留可由自己决定。在晋吴边界百姓之间，大行德政。陆抗知道这是羊叔子以德服人之计，但明知是计也没有破解之道。对此只能以更大的德还德。陆抗称赞羊祜的德行度量，"虽乐毅、诸葛孔明不能过也"。一次陆抗生病，向羊祜求药，羊祜马上派人把药送过来，并说："这是我最近自己配制的药，还未服用，听说您病了，就先送给您先用。"吴将怕其中有诈，劝陆抗勿服，陆抗不疑，并说："羊叔子，君子也，怎会做出毒药害人这样卑鄙的事呢？"仰而服下。当时人都说，这可能是春秋时华元、子反重见了。吴主孙皓听到陆抗在边境的做法，很不理解，就派人斥责他。陆抗回答："一乡一镇之间，不能不讲德信，何况大国之间呢？如我不讲信义，正是宣扬了羊祜的德威，对他毫无损伤，而伤的却正是自己呀。"

两国主帅处成这种关系也殊为难得。

90

张华随羊祜在荆州转了三个多月。张华最关注的是伐吴大军的给养。因而根据羊祜所设计的西路大军集合地，行军路线和人数设计了多处储备军粮和其他军需物资的仓库。羊祜说："你还自谦不懂军事，粮草供给和物资保障也是军事的重要内容。刘邦所以得天下，不仅因为有韩信、英布这些统兵打仗的武将，还因为有萧何这样优秀的物资保障人员。未来，你就是大晋的萧何呀。"

"羊将军过奖了。"张华说，"我现在只想知道，储备这些粮草需要多久。"

"荆州这几年物阜民丰，只要朝廷军费充足，三年就能筹备足够二十万大军一年的粮草。"

"好。"

羊祜说："当然，如此大量的粮草必须就地采购。淮南近年来频遭水患，物资匮乏，而北路军作为主力，至少应该集合三十万人，所需供应更是庞大……"

"所以，我想咱应该到淮南去巡视一遍，必须做到知己知彼呀。"

"我也正有此意。但一直觉得淮南是镇东将军司马子将（司马炎的五叔司马伷字子将，被封琅邪王，卫瓘被任命镇北将军后，接替卫瓘任镇东将军）负责的地盘，我去插手恐引起他的不高兴。"

"这些王爷哪有什么军事才能，皇上不过是将淮南这最易反叛的地方交给自己最信任的叔叔而已。一旦有战事，还得需要您这样真正驰骋过疆场的将军统兵打仗。我听说自卫瓘去后，淮南军事多由安东将军王浑（此王浑不是王戎之父，而是太原王氏）督之，琅邪王很少到淮南来。您无须有什么顾虑，皇上加封您为车骑将军就是为了让您统一谋划征吴之战。如此重要的军务，谁人敢不听。"

羊祜说："其实我最担心的正是淮南，毕竟我对那里不十分熟悉呀。既然皇上倚重我，我也顾不得什么得失了。好，我就随你一起巡察一下淮南。"

二人来到寿春，果然镇东将军司马伷并不在淮南。安东将军王浑接待了羊祜和张华。西晋的军事将领有四镇将军（镇东、镇西、镇南、镇北），乃是二品大员。而四安将军（安东、安西、安北、安南）则是三品，权力远没有镇军将军大。而镇军将军若再加大将军或骠骑、车骑将军，则权力更大，职位更高。所以羊祜作为车骑将军也有权领导安东将军。

羊祜、张华说明来意，王浑这才知道朝廷正在由车骑将军统一准备伐吴事宜。

王浑汇报了淮南的军事情况，并安排羊祜和张华视察了军队。

淮南的军队装备确实比较精良。最大的问题是淮南地区比较穷困，更由于近几年连遭水灾，民不聊生，当地百姓糊口已很艰难，更无法征集大量用于储备的军粮。

张华说："看来，只能从较近的齐鲁征调军粮。"

羊祜说："数千万斤的粮草从齐鲁征调，也是一项浩大工程啊。"

张华说："我考虑好了，从齐鲁到淮南，河湖众多，完全可以用船只从北方转运大量物资。这项任务正好可以交给淮南水军来完成，边运粮边训练……"

"好，好，茂先，你这个主意太好了。"羊祜说，"王濬也需要招募数万水军，这些新兵在到益州受正规水军训练前也可先到淮南运粮，熟悉水性。"

张华说："在这里储备粮草最大的问题在于，必须确定好准确的伐吴日期，只能在兴兵一两年前储备粮草。"

"为什么？"

"因为这里气候潮湿，每年都有数月的梅雨季，粮草很容易受潮变质。"

"嗯，你考虑得太周全了，不怪是天下第一博学之人呀。"

"咱在此好好考察考察，先把仓库建起来再说。"张华说。

羊祜、张华在王浑的陪同下在淮南地区，尤其是晋吴边境，进行了两个多月的考察。

然而就在他们考察来到巢湖的时候，发生了一件非常意外的事。

西晋接管的是曹魏政权，而曹操自被周瑜火烧战船后，再没有大规模发展水军。而魏文帝、明帝以来，曹魏的主要精力是对抗蜀汉，战争的重心在西部汉中地区，因而也一直没有重视海军建设。直到毌丘俭和诸葛诞两次勾结东吴叛乱后，司马昭才命镇东将军石苞打造水军。石苞没有辜负司马昭的期望，只用了十年时间，便打造出一支规模不大的水军，西晋水军的二百多艘战船，平时就以巢湖为基地驻扎训练。

羊祜与张华去视察这支水军。他们乘上水军的一艘小艇在湖中转了一周。

张华问羊祜："巢湖的地理位置不是很好吗？为什么不在这里建造战船？如果以这支水军为基础编练晋国水军不是更方便吗？为什么将造船和训练水军的工作放到益州去？"

羊祜说："本将军之所以派王濬在益州造舰练兵，最主要的原因是出于保密的需要，这里与东吴隔江相望，如果大量建造舰船势必很快会被东吴发现。其次，这里容易受到东吴的攻击。东吴水军十分强大，如果我们在这里热热闹闹地造船练兵，陆抗岂能视而不见？东吴一定会派水军沿江进入巢湖，一举将咱歼灭。"

"哦，羊将军所虑极是。"张华道。

羊祜问王浑："王将军，若伐吴之役打响，依你之见，淮南军将如何行动？"

王浑道："此乃主帅所谋之事，卑职上有车骑将军、镇东将军统摄全局，我只要听令即可。"

羊祜说："王将军此言差矣。你是安东将军，虽受镇东将军节制，但琅邪王并不懂军事，淮南的军务主要还得由你来谋划。毕竟你对这里的情况最熟悉，你要拿出一个完整的出兵计划来。"

王浑道："没有镇东将军许可，卑职不敢越权。您还不知道吗？有淮南三叛之鉴，在淮南做事很容易引起误会呀，石苞将军都因谗遭谤，末将更不敢越雷池半步。"

羊祜说："你放心，我会奏请皇上，让你全权负责淮南军的战备。"

王浑说："若有朝廷之命，卑职当竭忠奉职。"

张华指着湖中一个小岛，说："羊将军，你看，这里不是很适合建造一座大型军需库吗？一旦开战，大量物资可以用船快速运到所需要之地。"

"哈哈，英雄所见略同啊。"羊祜笑道，"走，咱们登岛看看去。"

这座岛叫姥山岛，岛上丛林密布，山峦起伏，远看非常荒凉。

小艇围着姥山岛转了一圈，寻找合适的停泊地点。当小艇转到小岛西侧时，偶然发现一个修建得很好的停泊码头。

小艇刚一靠岸，却见几个执矛的兵士走过来，检查证件。

王浑道："我是安东将军王浑。"

兵士们说："没有登岛的证件，谁也不准上岛。"

王浑又指着羊祜和张华说："这位是车骑将军羊大人，这位是中书令张大人……"

兵士们又说："我们段大人说了，没有登岛的证件，谁也不准上岛。"

王浑怒道："你们真是胆大包天，不认本将军，也敢不认车骑将军吗？"说着从腰间拔出宝剑，就要上岸。没想到岸上兵士并没有被这几位的官职所吓倒，他们挺长矛对准王浑。

羊祜说："王将军息怒。兵士们责任心很强，当褒奖鼓励。我想这里一定是重要的军事设施……"

张华说："是啊，不可伤了兵士们的心。既然此处无证不让登岛，我们去找这里的水军统领弄张证件不就行了。"

羊祜说："也好。已近午时了，咱先去吃饭，午后再来。"

于是小艇就地转了个圈，向水军基地所在的忠庙村驶来。水军统领名叫蔡延，乃被曹操冤杀的蔡茂的孙子。

蔡延已为三位大员准备了丰盛的午宴。见三位大人下了船，赶紧接入帐中，开宴饮酒。

蔡延以主人身份举杯祝酒。

第一杯饮罢，蔡延问："三位大人，湖中转了半日感觉如何呀？"

羊祜说："本将军觉得，我大晋太需要投入精力于水军了。就淮南这几艘小船，只能运粮运兵，若与东吴水军开战，顷刻就会被东吴的巨舰坚船撞得粉碎。"

蔡延道："卑职自被石仲容（石苞）将军召入帐下，一直负责这支水军训练。但自石将军卸任镇东将军后，卫将军（卫瓘）和琅邪王司马将军都不重视水军。不仅多年未添一舰，而且水军军费年年缩减。"

张华道："卫将军一贯反对伐吴。当年邓艾攻占成都后，就建议朝廷，平蜀大军顺势东下，一举灭吴。卫瓘作为监军，坚决反对邓艾的计划。邓艾所以被污反叛，就是因为他顽固坚持伐吴的主张，甚至不听朝廷的指挥，不肯交出兵权，这才给自己招致灭顶之灾。"

羊祜说："嗯，不知道这卫伯玉为什么如此反对灭吴。他征蜀归来，被授镇东将军。我曾请他到荆州，讨论伐吴大计，他说，平蜀已让他心惊胆战，伐吴之战谁爱打谁打，他连监军都不会再做了。他这种情绪令朝廷很是不放心，于是只做了一年多的镇东将军便转任他为镇北将军了。不过，听说他在幽州干得倒很好呢。"

张华听了羊祜的话，猜想，卫瓘是在灭蜀一役中精神受了刺激，蜀汉虽灭，但钟会、邓艾二位主帅皆被杀，自己也冤杀功臣，这不免使他想到这些，内心便惶恐不安。

王浑说："对了，我们净顾喝酒，差点忘了正事。蔡将军，本来我们是打算登上湖中那个小岛，到岛上察看察看再回来吃饭的。可守岛的兵士不让我们登岛，说需要登岛的证件。你给我们发几张登岛证件，我们下午再……"

蔡延听到这里说："王将军，您说的是姥山岛吧？"

"就正西，离这儿最近的那个岛。"王浑说。

"三位大人上那个岛有何贵干？"

王浑说："张大人说，那里适合建造一座军需仓库，将来伐吴之战一旦打响，可以用舰船迅速运输给养。"

蔡延说："其实那岛上本身就有一座大仓库。"

羊祜笑道："中书令大人真是慧眼，一眼就看中了那个岛。看来，有聪明人早就看出那个岛适合建军需库。蔡将军，那是谁建造的？"

"石将军任镇东将军时期所造。"蔡延说，"但不是军需库。"

"那是什么库？"张华问。

"卑职从未登上过姥山岛。"蔡延说。

羊祜说："你这是失职，在你的驻防地，怎么……"

蔡延说："不是卑职不想去，而是连我也没有登岛的证件。听说那些库房里堆的东西除了铁锭，就是茶叶和绫罗绸缎等奢侈品。"

羊祜道："那谁才能弄到登岛证件？谁才有资格上岛？"

蔡延道："外人要登岛，只能由一个叫段玉的人亲自领着。"

"这段玉是什么人？"

"是个商人。"蔡延说，"他平时常住庐州城里。"

"一个商人就能阻止你登岛？而且还是在你的驻防地。你为什么不率兵闯上去？"

蔡延说："这个商人可非比寻常。因为他有朝廷所发的公文，不经允许硬闯姥山岛者，轻则革职，重则杀头。守岛兵士一共五六十人，有无证登岛格杀勿论之权。"

"天啊，这个商人是什么背景？"羊祜道，"快去找人将段玉捉来，本将军要亲自讯问。"

"遵命！"蔡延说，"不过段玉确实很有背景，若因捉他而引起麻烦，卑职可吃罪不起呀。"

羊祜道："有本将军和中书令在此，一切后果由我们承担。"

于是蔡延派了一队士兵，由一个校官率领，直奔庐州城，天色将晚的时候，才将商人段玉押解至忠庙村。

此时，羊祜、张华、王浑、蔡延四人正在湖边观赏风景。

听说段玉押到，羊祜说："将其带到蔡将军的将军大帐。"

四位在大帐中坐定，段玉被两名军士押进帐来。

羊祜喝道："你是段玉？"

段玉说："是的，你是何人？"

"我乃车骑将军羊祜。"

"哦，原来是羊将军。不知将我带来何事？"段玉问。

"想向你借几张登上姥山岛的证件。"

"姥山岛可不是谁想上就上的。"段玉说。

"本将军也不行吗？"

"要是好说好商量，这事还可以通融。"

"哼哼，你口气太大了吧，一个商人也敢跟车骑将军叫板吗？"

"车骑将军职位再高敢跟司马文王叫板吗？"

"什么？"羊祜、张华、王浑、蔡延听了，都不免大惊。

"我虽是一个微贱的商人，但这姥山岛可是司马文王亲笔御批，让某来屯积转运货物的。"说着，段玉从怀中掏出一纸呈给羊祜，羊祜看罢，半晌无语。

原来这张纸正是司马昭亲笔御批并加盖大将军印章的证明文件。大致的内容是：石苞将军为解决紧缺军需物资，特准与东吴暗中交易。巢湖姥山岛作为储运库，不得到允许，任何人不准上岛。违令者斩。

羊祜看后交与张华，张华阅后，对羊祜说："司马文王的笔迹我十分熟悉，不会有假。"

羊祜说："我也在朝为官多年，怎么不知道有这件事呢？"

张华说："既然是暗中与东吴交易，一般人当然不会知道了。"

羊祜说："既然是解决紧缺的军需物资，怎么会屯积绸缎与茶叶？"

段玉说："与东吴效必须以货易货呀，我们是用丝绸来换取他们的钢铁。"——宋以前，中国的丝绸业中心在中原，所以丝绸之路的源头在长安。

羊祜说："你带我们登岛去看看，是不是像你所说的，储运的都是军需物资。""这我可做不了主。"段玉说。

"谁能做主？"羊祜问。

"石仲容（石苞）大人在时，我直接听命于石将军，如今石将军不在了，我直接听命于他的幼子石崇石太守。"——石崇新被任命为城阳太守。

"本将军要是强行上岛察看呢？"羊祜说。

"那样您不是看不起我，而是在直接蔑视司马文王，司马文王是皇上的亲爹，如果连皇上的爹都敢不放在眼里，皇上在您眼里更无足轻重。那您就爱怎么办怎么办吧。"

段玉这几句话还真将羊祜吓住了。

张华赶紧说："羊将军，看来这段玉是石苞所雇用的商人，出面替他经营，咱犯不上跟一个商人较劲。这其中奥秘只能找石崇才能问个明白。"

"好，此事一定弄个水落石出。"羊祜道。

张华道："石崇刚刚荣升城阳太守（古代城阳就是今天山东诸城），咱何不趁此之便北上见石崇一面，也顺便探查一下从齐鲁向南输运粮草的水道是否畅通，并实地调查齐鲁能有多少粮食可供调运。"

羊祜说："此言甚合我意。"

于是，羊祜与张华在淮南又巡察了两个月，然后顺便来到山东城阳。

91

石崇见羊祜、张华突然到来，甚为惊异。主客寒暄毕。羊祜直接寻问姥山岛储运库一事。石崇听罢，说道："二位大人。既然此事已被二位叔叔侦知，我就如实向你们说明了吧。"

"当年，毌丘俭、诸葛诞勾结东吴叛乱，魏军每次都是吃了东吴水军的亏。司马文王远见卓识，在任命我父亲为镇东将军的同时，令他组建水军。建造战船需要大量铁制部件，同时，打造兵器、盾牌、铠甲、战车也需要大量钢铁。但经过汉末大乱，北方人口十不余一，不仅缺乏工匠，而且北方仅有的幽州铁矿也被废弃。我父亲年轻的时候就做贩铁生意，对全国钢铁市场了如指掌。他发现，当时只有大冶铁矿，因在东吴境内，受战乱影响较小，一直都在开采生产。于是他联络过去的生意伙伴吕宓，继续做贩铁生意——从大冶往江北贩铁。盐铁是战略物资，国家专卖，东吴更不准将钢铁贩运至江北，但风险大往往意味着利润高。吕宓此时已是陆抗手下的参军，他想办法说动陆抗，用战舰向江北贩铁。而作为交换，我父亲则将中原的丝绸运过江南。蜀汉灭后，又将蜀锦和茶叶用作交换物资。

"任何人都无法经受金钱的诱惑，谁若说能够在金钱面前保持清廉，那只能说金钱的数目还不到位，清廉与良心都是有价的，一旦金钱的数额突破他的心理价位，什么都可以用来交换。陆抗也没有经受住金钱的诱惑，同意了吕宓的计划。

从此，吕宓和段玉作为陆抗和我父亲的经济人，便秘密开始了以丝绸和茶叶等民用物资换东吴钢铁的交易。

"正是这些紧缺的战备物资，才使淮南军装备迅速升级，舰船也得以大量建造，淮南水军也开始编制成军。

"陆抗是完全瞒着皇帝干的，所获钱财全部归己，而我父亲则是经过大将军司马文王允许的。虽然他从中也会捞取一定的好处，但因为是用民用物资换取紧缺的战略物资钢铁，所以还是得到了司马文王的大力支持。姥山岛之所以不让任何人接近，就是怕走漏消息，一旦此事被吴主获知，陆抗生死事小，大晋再也无法得到紧缺的大冶钢铁事大呀，所以，司马文王才特下了一道谕旨，禁绝任何人登上姥山岛，同时挂有'石'字旗的船只不受检查。

"我父亲去世后，他便将这个生意线路秘密交我掌管。现在您应该明白，我父亲临终时所说'老夫确实有许多财产，但那都与我贩铁生意有关，将来你们或许会知道我是如何依靠贩铁而发财的，是什么意思了吧？我父亲自己确实在这样的交易中获得了不少的好处，但那都是司马文王知晓和允许的，今上对此也是十分清楚的。"

"哦，原来是这样。"羊祜自语道。

"我父亲临终曾嘱我有困难请二位叔叔帮助，若石崇或段玉及其属下有得罪之处，还请二位叔叔见谅。"

张华道："既然一切都是司马文王的主意，今上也知晓详情，我和羊将军还有什么说的呢。"

"石崇虽然当下尚不富裕，但既有巨富之命，二位叔叔到来，即使借贷也要好好招待您二位多住几日。城阳虽小，但面山临海，山珍海味是不缺的。"石崇道。

羊祜与张华在晋吴边界巡察近十个月，也颇为劳累，见石崇热情相待，不免勾留数日，享受一番美酒佳肴，海味山珍，然后回京复命。

92

羊祜、张华行至浚仪县，忽见路上一队车马。五六辆马拉的轿车，前面两位文官坐车引路，两旁有十几个衙役骑马护从。

羊祜、张华打马从这队车马旁走过，忽听轿车内不住地传出女子哭泣之声。

羊祜转身对张华说道："这是怎么回事？"

张华说："不知道。"

羊祜的副官说："将军，大概谁家嫁女，女人出嫁都会哭一哭的。"

张华说："不对吧，嫁女何须这么多车马？再说嫁女只有新娘子会哭，而这几辆车中为什么都有女子哭声？"

羊祜说："是啊，嫁女也不可能由官府衙役护送呀。莫非清平世界，朗朗乾坤有人劫掠民女？"

张华说："我们问问便知。"

于是羊祜与张华一行人拽住马缰，停在路上。

护送车马的衙役见有人阻住去路，喝道："有眼的闪开了。"

羊祜问："你们是干什么的？"

"难道你看不出来吗？我们是兖州送秀女入宫的官差。"

"送秀女？"羊祜道，"我怎么没听说皇帝选妃呀？怎么证明你们不是歹人？"

那第一辆车上的两名文官，是兖州府的曹掾。他们从羊祜和张华的官服上已看出这二人乃是朝廷高官，赶紧掏出一纸皇帝诏书递与羊祜。羊祜展视之，竟是朝廷颁下的选秀禁婚诏，上面写道：

"吾主自受禅以来，仁德遍施如甘霖普降，故有今日大晋之兴。为晋祚长久，特诏聘公卿以下子女以备六宫，采择未毕，权禁断婚姻。"（见《晋书·武帝纪》）

羊祜看罢，对张华说道："天啊，这，这也太过分了吧。"然后将诏令递给张华。

张华惊道："皇上一定是受了奸人的蛊惑。"

那二位兖州府曹掾也说："选嫔纳妃自古皆然，但皇帝因为选秀而禁天下婚姻就确实过分了。"

羊祜说："茂先，这怪我，也怪你呀。"

张华说："怪你我何来？我与将军为军国事奔波近一年……"

羊祜说："都知道你是皇上近臣，对皇上的越礼之举敢于直言劝谏。如果你一直在他身边，皇上就不会公然颁布如此违德背礼的选秀禁婚之诏。若不是我请你同我一起巡察边防，你也不会离开皇上这么久……"

张华说："羊大人，咱赶紧打马回京，看还能不能进行一下补救。"

羊祜说："好吧。"

然后打马飞驰进京。

93

羊祜、张华回到京城，已是傍晚时分。

羊祜说："咱先各自回家歇息，明天一早一起面圣。"

张华说："好吧。明天朝堂上见。"

张华走入家门，发现东邻镇军大将军胡奋的夫人正在与妻子郭芸说着什么。

胡奋夫人道："哟，张大人回来了，您出门快一年了吧？"

胡奋比张华年长，因而平时张华称胡夫人为嫂子。张华道："是啊，十个月了。嫂子今天闲在呀，怎么有时间光临寒舍……"

"张大人，您是皇上身边的近臣，我正要跟您说呢。原来都说皇上圣明，可怎么会做出这样的事来？"

"什么事？"张华惊问道。

"选秀充实后宫呀。"胡奋夫人道，"选妃纳嫔也倒罢了，怎么能禁止百姓结婚呢？洛阳百姓都说，这样的事恐怕连商纣夏桀也做不出来吧。"

"百姓真是这样说的？"

"人们当然不敢公开这样说，都是私下交头接耳地议论。不信你到街上看看，人们三三两两地低声耳语，十有八成都是在议论这件事。禁天下婚配，能不招骂吗？"

"唉，皇上的功德和英名会毁于一旦呀。"张华道。

"嘿，您真不愧是皇上的近臣。他都做出这样不道之事，您还替他着想呢。"胡奋夫人直人快语，这样说道。

"嫂子，不管别人说什么，像商纣夏桀这样的话你最好别跟外人说，一旦有人举报，对您对胡将军都不好。"

"我豁出去了。他当皇帝的不让我们家好过，还不许我骂两声？"

"这禁婚诏也牵扯到您家了？"张华问。

"我们小芳，已经许配王濬家二小子了，连结婚的日期都择定了。可皇上一纸禁婚诏突然不让嫁娶了。所有姑娘都得进宫备选，这要是不被选上还好，要是被皇上选上，我们小芳这好好一段婚姻不就彻底毁了吗？您能不能跟皇上说说，已经订婚的就不在选秀之列了？"

张华说："嫂子，您这意思我见了皇上一定对他说，圣上听不听可就不一定了。"

"不听你就别侍候他了。你这么明白人怎么能辅佐一个昏君呢。"

"呵呵，嫂子，天子有过臣谏之，是为臣之道。君纳不纳谏，那是君的事。"张华问，"嫂子您今天来就为这事？"

"还有呢。"胡夫人说，"洛阳备选的秀女后天要进宫，我得给我们小芳穿得破旧一点儿，让她看上去邋邋遢遢，省得被这昏君选上。可我们家没有穷亲戚，找不到破旧的衣裳。去年你家来个走亲的，穿得挺破。这不，我拿来几件新衣服想去换几身破衣服……"

"哦，那倒是不难。"张华转身对郭芸说，"毽儿呢？让他找秋雁家去换衣服。"

"毽儿正用功读书呢。别让他去了，我去吧。"郭芸说着从胡夫人手中接那几件衣服道。

胡夫人说："真不好意思，还麻烦中书夫人。你们夫妻久别重逢还没……"

郭芸说："咳，嫂子，咱街里街坊地住着，还这么客气干吗，谁也短不了麻烦谁。"说着郭芸出了门。

胡夫人望着郭芸的背景，对张华道："张大人，以后您家里得雇个佣人了。虽说您夫人能干，但人家毕竟是中书令夫人，哪能所有家务都自己干呢？再说，您家里连个仆妇都没有，也跟您的身份不相称呢。"

胡奋夫人的话令张华动了心，他想，是啊，小芸为这个家付出太多了，不能再让她操劳了，于是说："好啊，有合适的您帮我们介绍一个。"

"您是文官，找的仆人也得知书达理，不然您看不上。我帮您想着这事，有合适的就领来让您瞧瞧。"

94

张华本来是要将司马炎打造成圣主明君的，因而这一禁婚之诏，让他既惊且怒，尤其是胡奋夫人商纣、夏桀地骂，更令他感觉事态严重，所以，他没等妻子从秋雁家回来，便急慌慌直接入宫面见司马炎。

由于司马炎经常与张华对弈，因而他任何时间都可出入皇宫。

张华气喘吁吁地到来皇宫的时候，天已大黑。司马炎正欲进膳，忽见张华到来，惊道："哟！张爱卿，你什么时候回来的？"

"刚回来，还没立住脚就来面圣。"张华道。

"羊叔子怎么样，他也好吗？"

"我俩一起回来的。"

"你俩巡察了近一年，有什么想法？"

"关于军国之事羊将军自然会详细禀报，今天我匆匆而来是为别的事。"

"什么事呀？"

"关于禁婚诏的事。"

"呵呵，选嫔纳妃，这不是什么军国大事，用不着这么着急，还是说说伐吴……"司马炎笑道。

"不，这是大事，比军国大事还大。"

"朕说不是大事，就不是大事。你吃饭了没有？"

"我哪有心思吃饭呀。"

"没吃饭，那正好，朕马上就要用晚膳了，来，陪朕一起用膳吧。"司马炎对陪侍在旁的御膳房太监说，"赐宴。"于是太监在餐桌上加了一套餐具。

这时，忽听门外太监喊："皇后、太子驾到。"

只见门帘一挑，皇后杨芷（皇后杨艳之妹，杨艳去年薨后，司马炎纳其妹杨芷为后）、太子司马衷、太子妃贾南风，此外还有一女抱着一个婴儿走了进来。

司马炎指着那女人怀中的婴儿道："张爱卿，这就是朕的皇太孙，朕为这个孙子起名司马遹。"

张华道："恭喜吾皇，贺喜吾皇，皇上有嗣，晋祚兴盛啊。"

张华偷眼看了看这皇室一家人，心不免凉了半截：这太子司马衷，身高体胖，活像一头笨熊。粗肥的身躯上架着一个扁平的小脑袋，嘴总是半张着，两眼直呆呆如死鱼一般，双目无神，面无表情，这是非常典型的弱智型身体特征。当初司马炎立他为太子，曾遭到很多人的反对，但皇后坚持"立嫡以长"，完全符合礼制，司马衷是长子，因而反对无效，于是中国历史上唯一一个智障储君就这样诞生了。再看这位太子妃贾南风，又黑又矮，一口黄板牙，两只三角眼，满脸横肉。即使在民间，贾南风也绝对算得上丑婆娘。她应该是从古至今最丑的嫔妃，而且没有之一。

司马炎之所以给太子娶了这么个老婆，完全是受了贾充一党的操控。

贾充倚仗皇帝专宠，谄媚惑主，结党营私，令任恺、和峤、傅玄、庚纯等刚直守正的大臣，对他十分不满，因而大家一起排挤他。泰始七年七月，因为氐羌反叛，司马炎很担忧边境安全。侍中任恺于是乘机推荐贾充出镇关中，皇上听从任恺建议，真的命贾充领军拒敌。（《晋书·武帝纪》："……秋七月癸酉，以车骑将军贾充为都督秦、凉二州诸军事。"）

贾充知道自己被皇帝外放，是受了任恺等人的算计。他深恐一旦离京，大权旁落。作为中书监的同党荀勖也生怕贾充离去，自己势单力孤。于是给贾充出主意，说："看来，自上有令，您不走是不行的。目前唯一能够让您暂且留京的借口，就是让您的女儿跟太子订婚结婚。"贾充说："你说得不无道理，但怎样才能让我女儿跟太子结婚呢？谁去做这个媒人呢？"

荀勖说："一切包在我身上。"

荀勖先找到皇后杨艳，对杨艳说："娘娘，太子忠厚质朴，这是一种美德，但将来太子是要做国君的，天子过于忠厚很可能被奸臣所欺。"

杨艳岂能不知自己儿子的缺陷，荀勖的话正戳到了她的痛处，于是说："荀爱卿，你说那可怎么办呢？"

"必须为太子择一个聪明伶俐，智谋超群的太子妃，有一个这样的贤内助，才能威慑群臣，确保未来的皇帝不会遭欺。"

"荀卿言之极是。哀家命你立即去物色这样一位德能兼具的太子妃。"

"不用物色，现成的就有。"

"但不知你说的是哪一个？"

"鲁郡公贾公闾之女贾南风便是这样一位德才兼备的姑娘。"荀勖说，"太子若得配南风，另一个好处就是，贾公才智超群，功勋卓著，威望在众臣之上，对皇室忠心耿耿，将来太子登基，有这样一位国丈，能够震慑那些逆党奸臣。"

杨艳觉得荀勖说得太对了，于是同意了这门婚事。但当她见到未来的儿媳这副尊容时，不免犹豫了。荀勖看出了皇后的心思，于是说："南风虽然相貌无奇，但太子最需要的是坚强有力的内助，而不是美女，美女天下有的是，将来还要不断选嫔纳妃，还愁没有美女侍寝吗？"

杨艳心想，是啊，将来儿子也会三宫六院的，选择贾南风只用其才，而不必贪其色。

有皇后杨艳坚持，荀勖、冯紞等人不断进言，司马炎也被说动，同意了这桩婚事。

荀勖紧接着催促太子与贾南风成婚，对皇上和皇后说："贾公不日就要起程西行，镇守西疆，边关万里，不知何日能回，战场凶险，吉凶未卜。贾公长女得配太子，乃天之大喜，贾公若亲睹太子与自己女儿大婚，即使一去不返，也可心满意足了。既然太子与贾氏婚姻已定，成婚是早晚的事，何不在贾公离京前将此事了却，也让贾公走得安心。"

荀勖一番言语说动皇上和皇后，立即着手太子大婚之事。当太子与贾南风完婚，时令已至冬季，大雪封路，贾充所部兵马无法行进，只得等待明春。贾充和荀勖利用这段时间上下运作，竟然将远镇边疆的苦差使推卸掉了。

司马炎对张华道："茂先，看看我这孙子长得随谁？"

张华凑上前去，看了看，说："长得很像太子殿下。"

司马衷说："长得哪里像我，我看着倒很像我的父皇呢。"

贾南风道："谢才人很会生呢。"

司马衷和贾南风的话令现场所有人都尴尬异常。

张华赶紧说："孙子长得随爷爷也很正常嘛，确实，这孩子眉宇间有一股英武之气。"

人们之所以感到尴尬，不仅是因为司马衷的傻话，而且也因为贾南风那句醋意十足的话。

原来，这司马炎做了一件极其荒唐的事。他知道自己的儿子弱智，生怕不懂房事，所以在儿子婚前，派自己的才人谢玖去亲自教导。没想到这谢才人竟然很快有孕，并为司马衷生下儿子司马遹。贾南风作为太子妃和未来的皇后，对此非常恼怒，但暂时还敢怒不敢言。

司马炎对张华道："茂先，入席吧。"

张华跪谢皇上赐宴，然后坐下，绰起筷子，象征性地吃了几口。

"这御膳的味道如何呀？"司马炎问。

"非常可口。"张华说，"但臣总感觉难以下咽。"

"为什么？"司马炎问。

"因为禁婚诏……"

"哦，君子吃不言睡不语，用膳用膳，有什么事以后再说。"司马炎给张华使了个眼色，张华知道司马炎不想当着皇后和太子、太子妃的面儿谈选秀的事，于是只得噤了声。

用过晚膳，张华道："陛下，若龙体安泰，今晚与臣手谈一局如何呀？"

"好的，朕今天心情舒畅，就与爱卿挑灯手谈两局。"

张华随司马炎步入御书房——那是张华与司马炎后来经常下棋的场所。

司马炎坐在棋盘一侧，示意张华坐下。张华说："臣可没心情下棋。陛下，臣冒昧晚上前来见驾，只是为禁婚诏……"

"坐下说，坐下说。"司马炎示意道。

"您说这不是军国大事，但臣以为此事并不比军国事小。"

"有这么严重吗？"司马炎问，"朕不过要选秀充实后宫，这种事哪个皇帝没做过？"

"选秀纳妃是皇帝的权利，但皇帝后宫也是有严格规定的。《礼记》曰：'古者天子后立六宫，三夫人、九嫔、二十七世妇、八十一御妻，后妃数量最多不超过一百二十一人。'如果超过这个数就是越礼之举。"张华说，"按此规定，如今陛下后宫已满，不能再纳妃了。"

"《礼记》的规定朕必须遵守吗？"

"当然。《礼记》是规范所有人行为的准则，虽贵为天子不可僭越。"张华说，"故孔子曰：非礼勿视，非礼勿听，非礼勿言，非礼勿动。圣人所以重礼，因为礼就是规矩，世间没规矩不成方圆。您今天坏了这个规矩，明天臣子们就可以坏了别的规矩。一旦礼崩乐坏，天下丧乱矣。"

"我记得《孟子见梁惠王》中有这样的记载。（齐宣）王曰：'寡人有疾，寡人好色。'孟子对曰：'昔者大王好色，爱厥妃。当是时也，内无怨女，外无旷夫。王如好色，与百姓同之，于王何有？'"（这段话用现在的话说就是：齐宣王说，他自己有一个毛病，那就是爱好女色。孟子回答说，爱好女色并非什么过错，以往周文王的祖父就很好色，十分宠爱其后妃。但他非常勤政，那个时候，男女都能适时婚配，内无大龄未嫁的怨女，外无大龄未婚的旷夫，老百姓都能过上正常的夫妻生活。你齐宣王在自己好色的同时，只要能够认真考虑并满足老百姓的色欲需要，又有谁会指责你呢？）

张华说："是啊，孟子是这样说的。"

司马炎说："可见，连圣人也不反对君王好色。只要勤于政务，使百姓幸福安宁，多纳几个嫔妃，不是什么大不了的事。齐宣王不过一个诸侯小王，好色尚不被圣人所讥。朕乃大晋天子，有德之君，多纳几个嫔妃更算不得什么恶德。"

张华没想到司马炎拿出这个故事为自己狡辩。他想了想，说："您多纳几个嫔妃确实算不得什么恶德，但您下诏强令天下民女一年内不准出嫁就太过分了。它将给您招来多少怨恨，您可能想象不到。我听到洛阳街上已经有许多人在议论纷纷了，他们说没想到仁德的皇帝会颁下这样的诏书。更有甚者，已经将您比之于夏桀和商纣了。"

司马炎听到这里，也有些忧虑，问："是吗？"

"这种街谈巷议最能毁坏一个普通人的名节，也能毁坏一个帝王的权威，更能颠覆一个王朝。"张华说，"商纣时，人们在路上相见，虽不敢议论纣王的是非，但用眼神在交换着心中的仇恨。这种无言的反抗一旦爆发，便最终葬送了商朝和纣王的性命。"

司马炎知道张华是谙熟历史的，他的这番话令司马炎心中一惊。

张华说："我知道，您一定是受了某些人的蛊惑才颁下此诏。"

"确实有人对朕说，世界本无，人也是无中生有，百年后复归于无，既然一切都是虚空与虚无，何不趁着有知有觉享受世间的一切。"

"您就是被崇无论所害呀。如今有些人穷奢极欲，都是受些谬论的影响。"张华道。

"你认为世界本无是谬论？"司马炎道。

"世界本质是无还是有是个过于艰深的问题，我想尚无和崇有哪个正确可能永远也不会有最终的答案，所以，我不认为崇无是谬论，而是说由崇无而导致的穷奢极欲的行为是谬论。既然相信人从无而来，终将复归于无，那就同样可以导出另一种观念：什么才是一个人能够长久留存于天地间的？什么才是最值得追求的？那就是美名。嵇康、阮籍都是玄学大师，是崇无论的开创者，但他们从没有贪图物质和肉欲的享乐。相反，嵇康、阮籍清高孤傲，悠游于山与水，寄情于诗与乐，他们享受的是高雅的艺术和高尚的德操所带来的心灵的快乐。所以他们留下的是美名，而相反，何晏、何曾等人留下的则是恶名。"

"嵇康、阮籍都是不世出的才子，岂是俗人能仿效得了的。"司马炎道。

"世间最不俗的是皇帝，皇帝乃是上天之子，受命于天，理应高洁俊雅，行为世范，言为世则。"

司马炎说："事已至此，那便如何是好？朕将诏命收回来吗？禁婚令只禁一年，如今诏令已颁下九个月，禁令马上期满。此时废除诏令不仅于事无补，而且还会给朕带来一个朝令夕改的恶名。选秀停止吗？各地初选的秀女大多已会聚京城。如果此时宣布选秀终止，那将成为一个天大笑话，朕的威信何在？"

张华觉得此事闹到现在这个地步也确实不好收场。若真的废止诏令，终止选秀，还真的有损皇帝权威。

"你主意多，你说怎么办？"司马炎问。

张华想了想，说："臣以为，最好的办法是，您可以连施德政，以消弥禁婚令的恶劣影响，时间会让人渐渐忘却这件事。"

"好，你这个主意好，既不让朕丢面子，又能重新赢得人心，是个两全齐美之策。"

"但您应该记住，您的统一大业未竟，不应以小过而损大德。华夏一统之前，应该倍加谨慎才是。"

司马炎是个色欲极强的皇帝，他顶着巨大的压力，完成了此次选秀，并一次纳妃三千人。

他挑选嫔妃并不以美为标准，而是每种形象的女人都要挑一个。既有高的也有矮的，既有胖的也有瘦的，既有白的也有黑的，既有相貌平平但文采飞扬的女诗人左嫔，又有美貌绝伦的庄玲，既有温柔的王媛姬，又有暴烈的胡芳。

备选者都是十三四岁的女孩儿，遴选那天，她们一个个惊恐怯懦，不敢出声。但唯有胡芳，在她得知被选中后，当庭号哭不止。太监们制止她说："陛下听到哭声不吉利，更对你没好处。"胡芳说："姑奶奶死都不怕，还怕他妈的什么陛下吗！"

司马炎听后不仅不生气，而且内心大爽，像当年其父司马昭听到刘薇的骂声一样，骂声反倒撩拨起了他的征服欲，因而当场被选为嫔。后来，在数千佳丽的后宫，唯胡芳独得司马炎多次临幸，并越级册封胡芳为贵嫔，且为司马炎生育二女。

一次，司马炎与胡芳玩樗蒲游戏，在二人争夺箭的过程中，胡芳抓伤了晋武帝的手指。晋武帝非常生气，骂道："果然是武将的种！"胡芳回答说："我父亲北伐公孙渊，西抗诸葛亮，我他妈不是武将的种还能是什么种。"（见《晋书三十一·后妃传》："泰始九年，帝多简良家子女以充内职，自择其美者以绛纱系臂。而芳既入选，下殿号泣。左右止之曰：'陛下闻声。'芳曰：'死且不畏，何畏陛下！'帝遣洛阳令司马肇策拜芳为贵嫔。帝每有顾问，不饰言辞，率尔而答，进退方雅。时帝多内宠……然芳最蒙爱幸，殆有专房之宠焉，侍御服饰亚于皇后。帝尝与之樗蒲，争矢，遂伤上指。帝怒曰：'此固将种也！'芳对曰：'北伐公孙，西距诸葛，非将种而何？'帝甚有惭色。芳生武安公主。"）

司马炎一次纳妃三千，再次令朝野哗然。张华怒而问道："陛下，禁婚令已令天下皆怨，您不遵古制，一次选秀三千，更是亘古所未见者……"

司马炎道："朕本不想这样，但选秀之时，朕见一个爱一个，哪个也不忍弃掷……"

"您不怕背上古今第一大淫君的恶名吗？您毁了多少个家庭的幸福，多少女孩儿的青春呀！"

司马炎道："茂先，这你就错了。朕怎么是毁了别人的家族幸福？哪个平民家庭不愿做皇亲国戚？多少个家庭因与朕联姻而脱离苦海？女孩儿入宫，乃是天大的幸事，她们由民女一跃而为嫔妃，由凡鸟摇身而变凤凰，从此脱离农桑之劳，耕织之苦，居深宫而享富贵。何言青春被毁？此正朕之博爱广施之行也。"

司马炎也颇能狡辩，张华拿出一纸呈给司马炎，道："陛下看看这首《离思赋》，道尽了所有秀女别亲入宫之苦。"

司马炎接过来阅道：

生蓬户之侧陋兮，不闲习于文符。不见图画之妙像兮，不闻先哲之典谟。既愚陋而寡识兮，谬容厕于紫庐。非草苗之所处兮，恒怵惕以忧惧。怀思慕之仞怛兮，兼始终之万虑。嗟隐忧之沈积兮，独郁结而靡诉。意惨愤而无聊兮，思缠绵以增慕。夜耿耿而不寐兮，魂憧憧而至曙。风骚骚而四起兮，霜皑皑而依庭。日晻暧而无光兮，气懰栗以冽清。怀愁戚之多感兮，患涕泪之自零。

昔伯瑜之婉娈兮，每彩衣以娱亲。悼今日之乖隔兮，奄与家为参辰。岂相去之云远兮，曾不盈乎数寻。何宫禁之清切兮，欲瞻睹而莫因。仰行云以歔欷兮，涕流射而沾巾。惟屈原之哀感兮，嗟悲伤于离别。彼城阙之作诗兮，亦以日而喻月。况骨肉之相于兮，永缅邈而两绝。长含哀而抱戚兮，仰苍天而泣血。

乱曰：骨肉至亲，化为他人，永长辞兮。惨怆愁悲，梦想魂归，见所思兮。惊寤号哦，心不自聊，泣涟沛兮。援笔舒情，涕泪增零，诉斯诗兮。

司马炎阅罢，说道："真好文采，这必是左嫔的手笔。"

张华说："陛下慧眼，确是左嫔左兰芝所作。"

"这篇赋你从哪儿得到的？"司马炎问。

"左嫔的哥哥左思左太冲拜臣为师，这是左嫔与她的哥哥左思兄妹唱和之作……"

"左嫔相貌平平，朕正是喜爱左嫔之文才，才将其纳入后宫的。所以，朕虽纳妃甚众，并不完全是为了贪淫。你看，左嫔若不入宫，其文采便会永远被埋没在民间。其兄左思不随妹入京，哪里去拜你这样的名师。所以，民女入宫，乃是天大的幸事，朕广选秀女，也正是皇恩浩荡呢。"

张华道："可这《离思赋》分明在诉说着嫔妃的哀怨……"

"茂先，你太书生气了吧。"司马炎道，"每个姑娘做新娘时都是会哭一哭的，难道那都表示她们很痛苦，很不幸吗？不，相反，她们多是喜极而泣。嫔妃入宫之初，离开父母兄妹发几声忧怨乃是人之常情。你再听听左嫔前天作的这首《洛阳春》，完全是另一番心情了。"司马炎说到这里咏道：

> 倦看临淄柳
> 最喜洛阳春
> 男儿饮酒肆
> 少女花中寻
> 燕乐弦歌地
> 声声颂晋君

咏罢，司马炎问道："左嫔这首诗如何？"

张华道："诗是好诗，确是左才女的手笔。"

司马炎道："你看，这才表达了嫔妃的真实情感。倦看临淄柳，说明她早已厌倦了老家的生活。最喜洛阳春，表明她入宫的喜悦之情。声声歌晋君，证明她们对朕充满了感恩之情。"

司马炎的一番话倒令张华默然无语了。

司马炎笑道："所以，茂先，你不懂女人。以后朕后宫的事你就不要管了，除了多操心伐吴大计，也该好好打理一下自己的家事了。"

"我家庭很美满呀。"张华道。

"美满什么呀？"司马炎说，"你不是最崇尚礼，动不动就以《礼记》说事吗？你看看你自己，贵为公卿，却以妾代妻，这也不合礼制吧？茂先，人生苦短，该享受也得享受，以你的身份和名气，什么样的美女淑媛不能娶进家？守着一个收房的丫鬟为妾过一生，不也太委屈你了吗？"

皇上此言一出，令张华既感激又惊讶，感激的是，作为大晋天子，竟然对自己的生活挂念于心，惊讶的是，皇帝司马炎已完全痴迷于世俗的各种欲望，这种欲望一旦控制了一个人便任何事情都做得出来，这对于一个处于权力顶峰的皇帝来讲，就更加可怖。

95

司马炎知道自己的选秀之举惹得朝野多有怨慰之声。作为补救，他听从张华建议，在其他方面连施善政。

在选秀后第二天，他立即下诏，鼓励男女婚配。《晋书·武帝纪》："（泰始九年）冬十月辛巳，制女年十七父母不嫁者，使长吏配之。"就是说，女孩儿十七岁找不到婆家的，由地方官来为其寻找配偶。从此以后，官吏为民女做媒竟然成为一项分内之事，后来历朝还设立了官媒，官媒的设置就是起于此时。

紧接着，司马炎又接连几天亲自耕田种地，以示范天下。《晋书·武帝纪》："（泰始）十年春正月辛亥，帝耕于藉田。"

最令人不解的是，皇帝竟然还下了这样一纸诏书："（泰始十年，正月）丁亥，诏曰：'嫡庶之别，所以辨上下，明贵贱。而近世以来，多皆内宠，登妃后之职，乱尊卑之序。自今以后，皆不得登用妾媵以为嫡正。'"（见《晋书·武帝纪》）

皇上此诏弄得天下人都感觉莫名其妙。只有张华心里清楚，那是皇上专门针对自己所颁的天子之诏，因而内心大为感激。

司马炎连施仁行布德政，不仅很快消弭了禁婚诏给他带来的怨慰之声，而且还迎来了一些人的赞誉和吹捧。

而为皇帝歌功颂德最卖力的则是潘岳。

这天，张华散朝回家，走出皇宫大门不远，忽听身后人声鼎沸。张华回头看时，却见一辆马车沿街驶来，车上站着一个英俊的帅小伙儿，一群姑娘媳妇尾随着马车，一边呼喊一边向车上投掷鲜花和水果。小伙在车上不住地向妇女们拱手作揖以示感谢。

女人们边追赶着马车边喊着："潘郎潘郎我爱你，就像老鼠爱大米。"

马车从张华身边驶过，张华仔细端详，不由得"啊"了一声。这小伙儿确实太帅了。高高的个头儿，身姿挺拔，面皮白皙如凝脂一般。两道浓眉，一双大眼。鼻直口方，齿白唇红。这个美到极致，帅到绝顶的男子不是别人，正是古今第一大美男潘岳。

这天下第一大帅哥只要出行，必是掷果盈车——看来女人之好色也是自古而然，一点也不比男人逊色。

潘岳，字安仁，荥阳中牟人。潘岳年少便以才智聪颖著称，被人称为奇童，才比贾谊。父亲潘芘是琅邪郡王司马伦的内史。潘岳在琅邪长大。现在司空府任秘书。他虽才貌双全，但品行低下，《晋书·潘岳传》中说"岳性轻躁，趋世利"。

潘岳的马车行驶在宫墙外忽然停住，妇女们立即围了上去，并不住地喊着："天啊，他太美了！""美得让人受不了！""潘郎，我要嫁给你。"

潘岳站在车上说："请大家静一静。谢谢大家的鲜花和水果。请问，今天大家有闲钱买这么多的鲜花水果送给我，这日子幸福不幸福？"

"幸福！"大家喊。

"这幸福的日子是谁给我们带来的？"潘岳指着皇宫自问自答道，"是皇上，是因为我们有一个光明伟大的圣主圣君。他老人家像太阳，给我们带来了光明和温暖。这两天，我们伟大圣明的皇帝不顾龙体，冒着料峭的春寒，亲自到南郊扶犁耕田，以劝农桑，这是历代君王都不曾做过的。为了表示对我们英明伟大的君王的爱戴之情，岳某特作诗一首以颂圣德。大家想听不想听呀？"

"想听。"

于是潘岳咏道：

天降圣主
察民饥苦
荷锄扶犁
躬耕南亩

天降圣君
巍巍其勋
万民乐业
恩比海深

天降圣皇
德比太阳
光耀天地
绚丽辉煌

潘岳咏毕。妇女们的议论与喊叫声更大了。"天啊，他不仅是个美男，而且还是个才子呢。""要是嫁了他,给他做牛做马也愿意。"

人越聚越多。潘岳沉浸在人们的赞美声中,扬扬自得。

这时忽见一个男子站在距潘岳的马车不远处的一段矮墙上,指着车上的潘岳,大声说道:"这个家伙在拍马屁。天下有下禁婚诏的圣主吗?你枉顾事实,为皇上歌功颂德,是不是想用几句颂圣的歪诗为自己铺就进身之路呀?"

张华远远望去,此人不是别个,正是自己不久前收下的学生左思。

大家将目光转向此人,妇女们几乎不约而同地叹道:"天呢,太丑了。"

"是啊,简直是个丑八怪。"

"看了他会做噩梦的。"

潘岳也手指这个丑男,问道:"你是何人?"

"在下姓左名思字太冲。"

"哦,原来是个无名之辈。"潘岳道。

"这是个上品无寒门的时代,我左思出身寒微,即使才高八斗也无出头之日。唉!"左思说到这里,也随口咏道:

郁郁涧底松,离离山上苗。

以彼径寸茎,荫此百尺条。

世胄蹑高位,英俊沉下僚。

地势使之然,由来非一朝。

……

左思的诗还没咏完,便听一个妇人喊道:"天啊,这个丑八怪也好意思跟潘郎比诗,真是东施效颦。姐妹们,咱们把他轰走吧!别让他在这儿惹潘郎生气。"说着朝左思"啐"了一口。

众妇人道:"是啊,丑男快滚远远的,别让我们看着恶心。"于是纷纷向左思吐口水、扔砖头。左思无法应对一群妇人的围攻,只得落荒而逃。

这群妇人围着潘岳献殷勤卖风骚,喧哗的淫浪之声令张华恶心,于是转身快速离开。

96

张华走进家门,郭芸迎出来说道:"今天皇上没留你下棋?正好,太冲也刚进家门。"

左思这时也走出门来，对老师深深一揖，然后扶着老师进了厅堂。

张华说："刚才你那'郁郁涧底松'几句作得非常好。可惜被那妇人打断了。"

左思道："这是我到京后最深的感触。我给您从头咏一遍。"

说完，左思高声诵道：

郁郁涧底松，离离山上苗。

以彼径寸茎，荫此百尺条。

世胄蹑高位，英俊沉下僚。

地势使之然，由来非一朝。

金张藉旧业，七叶珥汉貂。

冯公岂不伟，白首不见招。

"好诗，好诗。"张华赞道。

"这是我有感而发呀。"左思说，"自魏以来，九品官人法彻底断送了寒门学子的前程。世族永为世族，寒门永远是寒门，官宦家庭永远为官……"

"是啊，九品选人法确实弊端重重。也屡有人向朝廷谏言废除这一选人用人的方法，但每次都会遭到世族的合力抵制，世族这个利益集团太强大了，连皇上也不能不忍让啊。自九品官人法施行以来，官宦家庭永为官，平民永为平民，如今已到了官二代，官三代。多少寒门学子因此而永无出头之日啊。"张华说，"你虽出身寒微，但如今已是皇亲，只要努力未来不怕没有出路啊。"

左思掏出一纸手捧给张华说："恩师，那天跟您说的那篇《齐都赋》，我已整理完了，今天特来请您指教。"

张华接过来默念一遍，说道："好，好！想不到太冲年纪轻轻文笔竟然如此厚重，大有张平子之风啊。"

"您过奖了。"左思说，"能得到您的认可学生心里就有底了。我写这篇《齐都赋》只是想练练笔，学生真正想作的，正是要仿照张平子的《二京赋》作一篇《三都赋》。"

"三都？都哪三都呀？"

"魏都洛阳、蜀都成都、吴都建邺。"

"好啊，其志宏远，我支持你。"张华说，"不过，要想写好三都赋，不能闭门造车，必须实地去看一看，否则就会有空洞之嫌。"

"先生教导得对。"

"你想写《三都赋》，还有个人想写《三国志》，你可以跟此人请教请教，或许对你有帮助。"

"您说的这人是谁？"

"著作郎陈寿陈承祚。"张华说，"承祚乃是蜀汉降臣。对蜀国历史颇为研究。承祚与我是挚友，你去找他，就说是我让你去的。"

"多谢恩师！"

"你兄妹虽生长在乡野，却都文采飞扬啊。"张华道。

"小妹的《离思赋》，子厚、景阳、子明三位老师看过，都大加赞赏，说是思亲之绝唱。"

左思所说的子厚、景阳、季阳分别是张载、张协、张亢的字，这三位是亲哥儿仁，是西晋初年名望仅次于张华的文学家，世称"三张"。

"不用说'三张'，即使司马相如、扬雄在世也不过如此啊。"张华道，"今天我听皇上说，前天左嫔又作一首《洛阳春》诗，皇上为我咏罢，我觉得甚为高妙。"

"是吗？"左思说，"最近几天一直未与家妹互通信息。"

张华说："我咏给你听听：

　　　　　倦看临淄柳
　　　　　最喜洛阳春
　　　　　男儿饮酒肆
　　　　　少女花中寻
　　　　　燕乐弦歌地
　　　　　声声颂晋君

左思听后，摇摇头道："不会吧，虽然文词颇像我妹，但这情绪不对呀。她愁肠未解，忧思未断，《离思赋》中对晋君还颇有怨恨之意，怎么会这么快就'声声颂晋君'呢？再说，我们从小在齐郡长大，十分珍爱家乡，怎么会'倦看临淄柳'呢？"

"这么说，此《洛阳春》乃是伪造？"张华说，"不会吧，伪造得也太逼真了吧。再说，皇上也从未表现出如此诗才呀。"

左思说："我明天就与小妹联络一下，问问这《洛阳春》是不是她所作。"

张华、左思正聊着，忽然又有人敲门。张华打开门，又愣住了，原来敲门的竟然是潘岳。

"请问这是中书令张大人府吧？"

"是啊，您找谁呀？"张华问。

"我找中书令张大人。"

"我就是。"

潘岳听此，立即"扑通"一声跪倒在地："先生请受学生潘岳一拜。"

"起来起来，我还没说收你这个学生呢，岂能行此大礼。"张华说着将潘岳带进客厅，指着左思说，"不是冤家不聚头，你们二人没想到会在此相遇吧。"

左思与潘岳相见，都感觉有点不好意思。

张华问："潘岳，你不会也是来找我看文章的吧？"

潘岳说："您料事如神啊。学生正是来请老师指教的。我主仁德，亲自扶犁躬耕以劝农桑，潘岳深为感动，故而作《圣主赋》一篇。因学生才疏学浅，深恐有碍观瞻，为天下文士所耻笑，故而请恩师指教。"

"这么说，你不仅作了颂圣诗，还写了《圣主赋》？"张华接过潘岳的文章，边看边问。

"是啊，我觉得一首小诗完全不能表达我对圣上的爱慕之情。"

张华看完《圣主赋》，说："不怪你有再世贾谊之誉，文采飞扬啊。"

"多谢老师夸奖。"潘岳说。

"还有什么事吗？"张华问。

潘岳道："学生知道您乃皇上身边的佐命之臣，深得皇上信赖。能否请老师替学生将拙作呈给皇上……"

"呵呵。"张华笑道，"这是绝对不可能的。一来，皇上做得并不像你写得那么好，是不是真正的圣主还未有定论；二来，即使皇上真的英明，也不可赞誉过度，否则很可能增其骄狂。安仁呢，你文才高妙，但不应用在这种事情上。文士要有文士的风骨，靠着歌功颂德即使能够上位，那也是为人不齿的。"

潘岳被张华教训一顿，但并没有让他死心。不久之后，他又通过其他渠道，将这篇拍皇上马屁的《圣主赋》呈到皇上面前。（《晋书·潘岳传》："太始中，武帝躬耕，岳作赋以美其事。"）

潘岳的行为令许多大臣极其反感，山涛、和峤、裴楷、王济等人暗中联合起来，共同压制他，使这个帅哥才子一直没有出头的机会，他奋斗多年，颇有政绩，但始终只做到县令一职。

97

左思第二天就传书给妹妹左嫔，果然那《洛阳春》不是左嫔所作。

张华后来得知，《洛阳春》是司马炎命荀勖模仿左嫔所作，目的就是为了应对张华、傅玄、刘毅等人的指责，以证明被选宫女是如何幸福并对皇上感恩戴德的。

皇帝如此用心良苦，为臣者亦应适可而止了。

98

羊祜、张华将巡察荆州、淮南的情况及为伐吴所作的部署规划写成详细的文字向司马炎作了单独汇报。司马炎当即批准了这个计划，拨巨款打造水军，屯积粮草。

最后谈到石苞与陆抗暗中做生意这件事。司马炎说："这件事只有先帝和朕知晓。石将军确实是个出色的生意人，通过与东吴的交易为我大晋立下了汗马功劳。"

羊祜说："随着幽州铁矿和蜀中铁矿恢复生产，以后无须私贩大冶钢铁过江了。"

司马炎说："你的意思是说中断与东吴的这条贸易线路？"

"如果需要与东吴进行贸易，也应该由两国以官方名义进行，利润上缴国家。"羊祜说。

"嗯。"司马炎道，"不过好不容易建立起来的这条交易线路不能就这么废弃了，朕觉得还应该让它发挥最后的用处。"

张华、羊祜问："什么用处？"

"用它来交换西陵之地。"

提起西陵，羊祜立即脸色涨红，因为西陵是羊祜为将一生最大的耻辱。

事情是这样的：272年（吴凤凰元年，晋泰始八年）八月，吴主孙皓征召昭武将军、西陵督步阐入京。孙皓昏庸残暴，奸臣当道，多位贤臣良将为其所害。步阐世代居住在西陵，突然被召入京，害怕有人进了谗言，去而不返。于是叛吴降晋。司马炎闻讯大喜，立即任命步阐为都督西陵诸军事、卫将军、侍中，兼任交州牧，并封为宜都公。

吴军主帅陆抗听到步阐背叛的消息，马上兴兵讨伐步阐。

晋国则派荆州刺史杨肇到西陵协助步阐抗敌。镇南将军羊祜统兵进攻江陵，以解西陵之围。

陆抗以智谋大胜晋军，羊祜不仅未能夺取西陵，而且损兵折将。晋军大败，作为此次战役主帅，羊祜深以为耻。

羊祜听皇上说要用这条暗中的交易线路，换取西陵之地，赶紧问："如何交换？请陛下明示。"

司马炎道："陆抗暗中偷运东吴战略物资过江，此族诛之罪也。你暗中与陆抗联系，对他提出要挟，告诉他，让出西陵，否则将陆家多年来偷贩大冶钢铁到晋国的证据交与吴主。"

张华听罢大惊，他想，司马炎真不愧是司马懿之后，原来用起计谋来也如此狡诈毒辣。他说道："这是不是太不仁道了？"

"对敌人岂能讲仁？"司马炎道。

羊祜也说："陆抗，真君子也，对他不能用这样的计策。"

司马炎说："朕是为你着想，让你不费吹灰之力而报西陵之仇，你怎么倒犹豫起来？而且，陆抗算什么真君子，真君子能够不忠其国，暗中偷运战略物资对敌国吗？"

西陵是羊祜心中永远的痛，听了司马炎的话，沉思了片刻，说："好吧。就依陛下之计。"

张华问："羊将军何时回荆州？"

羊祜说："如果陛下无事，我不日即将启程。"

张华说："此行您须带上一人。"

"什么人？"羊祜问。

"皇甫谧。"

"他年纪已大，又腿脚不便，我带他何用？"羊祜问。

"他的用处可大了。"张华说，"别看他是个残疾，但很可能关系伐吴之战的胜败。"

司马炎问："为什么？"

张华道："自古一方水土养一方人，北方燥寒，南国温湿，北人南下，南人北来，都需要很长时间才会习惯当地的气候与水土，猝然临之，多会因水土不服而罹患各种疾病。历史上多次南北之战都是败于将士水土不服。赤壁之战曹军并不完全是败于东吴水军，而是北方士兵多染瘟疫，战斗力大减。所以，伐吴之战，必须做好充分准备，除了粮草外，我觉得最重要的是要充分了解吴地的流行性地方病，准备好充足的药物，以防赤壁之覆辙重蹈。"

羊祜赞道："茂先说得太对了。"

司马炎也道："朕之有茂先，省了多少心呢。"

张华说："皇甫先生乃当世医圣，只有他能胜任这样的任务。我已拜访了他，他表示愿意为国尽力。"

司马炎说："朕将以朝廷的名义，嘉奖皇甫老先生，鉴于其身有残疾，朕特赐车马。"

皇甫谧有了皇帝诏命，十分踊跃，不日随羊祜一起离京，直奔晋吴边境。

羊祜没有去荆州，而是直接赶往庐州。到了庐州后，立即召见段玉，让段玉约吕宓过江，然后将吕宓扣下。羊祜派亲信之人给陆抗送去亲笔信。言及陆氏与石氏多年来暗中交易一事，并告诉陆抗，吕宓已被扣押在庐州，陆家私贩大冶钢铁过江之事，证据俱在，如果陆将军想躲过此劫，只有将西陵之地拱手相让。

陆抗接到羊祜的信，大惊失色，感觉末日将至。

他急火攻心，"哇"地吐了一口血。

随即给羊祜回信一封：

陆抗顿首再拜言：

羊将军之书收悉，抗展阅之，不免悲从中来。

君乃世胄之家，出身名门，以蔡伯喈（即蔡邕，羊祜的母亲是蔡文姬的妹妹）外孙、司马景王（司马师）妻弟、夏侯仲权（夏侯霸）贤婿身份之贵而竟作此书，抗实难解。

抗与君虽互为敌国之将帅，亦曾兵戈相见，然君之仁德忠信深得抗之所仰。某每于部属曰："羊叔子，虽乐毅、诸葛孔明不能过也"。前岁，抗偶罹疾患，求药于君，部属多谏抗，某曰："羊叔子君子之德备矣，光明磊落之人，胸无小人之心，安有小人之为！"

语云，士别三日当刮目相看。自西陵之役，抗与君音讯断绝，不期两年之别，信义君子竟成狡诈小人。

君言抗与石氏私下交易者，确矣。然此事无害于晋，有损于吴。君何欲以此为由，阴害抗于不忠乎？此虽阴损小人不耻也。

更有甚者，西陵之役君以众御寡，抗以少胜多，为将者遭此败绩当痛思己过，以利再战。不期将军竟欲以阴损之计而雪西陵之耻。

抗果将西陵奉送将军，将军之耻果能雪乎？非也，其将证明将军不仅无能且无耻之尤矣。

大丈夫生死何惧？君若不顾毁誉，可阴告吴主抗之不忠。然君欲取西陵之地，则需以实力说话。

少儿无知，可以教矣，若长而无德，老而无耻，则不可以药救。望将军深思之。

羊祜读罢陆抗的信，大叫一声："天啊！我做了什么？"

不数日，江南传来噩耗，陆抗将军遽然病逝。羊祜得到消息，也"哇"地喷出一口鲜血，倒在地上。亲随赶紧上前来扶，他喃喃地吩咐道："送吕宓过江。"同时命令在他的将军帐中设灵，羊祜焚纸亲祭陆抗。

从此，羊祜的身体一日不如一日。

但他仍以老病之躯继续谋划筹备伐吴大业。

99

陆抗病逝后，吕宓虽然被放归江南，但他终日胆战心惊。因而主动中断了与段玉的联系，从此，这条晋吴之间唯一的贸易线路便自动中断了。

由此，石崇的财路也被堵死。

石崇从段玉那里了解了事情原委，不免大骂羊祜不够朋友。"看来，人在人情在呀。去年，我父亲临终时还特意嘱托羊祜和张华，看在老友分上，照顾石家后人。没想到，石家的生意竟然这么快就毁在羊祜的手上。"石崇对段玉道。

段玉问："怎么办？咱们手下的这些人怎么办？大家散伙吗？"

石崇说："不，弟兄们在江湖上闯荡多年，都是做生意的行家，跟国外做不成，就在国内做。只不过挣钱慢点儿而已。"

石崇知道，段玉是个非常优秀的生意人，他从父亲石苞时代就被父亲雇作经纪人（相当于总经理），专门负责石家的生意，吴晋贸易线路就是他一手打通的。段玉不仅精明而且忠诚信义，不仅深受石家信任，他手下也聚拢了几十位精明的商业高手。这些商业人才就是一笔巨大的财富，一定要永远抓在手里。

而段玉也清楚，在儒家思想统治天下的时代，商贾的社会地位十分低贱，没有强大的官场背景，即使赚了大钱，也没有安全保障；而且做大生意才能挣大钱，而大生意需要大投资。这两个条件石家都具备。石家是司马家族的铁杆支持者，司马家能坐天下，石苞功不可没，虽然石苞已死，但其五个儿子都是朝廷高官，虽然目前尚未进入权力核心，但以他们之精明和皇帝的宠信，其中一二人荣登三公九卿之列是早晚的事；再有，石苞早已完成了资本的原始积累——也就是做生意所需要的硬件设施齐备，流动资金充足，而且给石崇留下了巨额的现金财富。石苞老谋深算，年轻时贩铁的经历已让他成为一位深谙商业之道的经济学家。他死前之所以未将这些金钱分给其他四个儿子，不是他过分疼爱小儿子，而是深知，资本越庞大，越能垄断经营，而垄断经营才能获利丰厚。他早就在悄悄观察五个儿子，发现只有幼子石崇最为精明，最有经济头脑，石家的生意只能交给幼子打理。因而，他才在分家时几乎没有给石崇任何财产，暗地里却将石家那条黄金般的生意线路和段玉等生意人才及全部资金交到了石崇的手里。

就在石崇与段玉商议将石家的生意重心从边贸转入内贸的时候，石崇突然接到一旨，让他立即赴京面见皇上。

一个太守，竟被皇上亲自召见，这是比较罕见的。石崇不免心中忐忑，生怕朝廷追究石家与东吴暗中贸易的事。但圣命难违，只得硬着头皮进京。段玉也怕石家遭难连累了自己，在石崇进京后，他悄悄地离开晋地，躲到吴境去了。

石崇飞马回到京城，连夜先去拜望几个哥哥，探察实情，四个哥哥都不知道皇上召见弟弟何事。

三哥石统说："你去问问张茂先，他总陪侍在皇上身边，或许知道点底细。"于是石崇去拜见张华。

张华明显知道实情，但并没有告诉他皇上召见他到底是为什么事，只是说："明天散朝后你就进宫面圣吧，你无需担心，对你来讲肯定不是坏事，而是好事。明天我会跟皇上一起与你单独面谈的。"

虽然仍然不知道皇上召见所为何事，但有了张华的话，石崇不再忐忑。

第二天上午，石崇早早地来到宫内，被安排在一间休息室等待召见。

大约已时，群臣缕缕行行地从大殿走出。一个太监进来对石崇说："石太守，请跟我来。"于是领着石崇来到皇帝的办公处。

此时，司马炎与张华正边喝茶边谈着什么。

太监在门外道："城阳太守石崇入见。"

司马炎说："进。"

石崇进了宫，皇帝赐座。司马炎问了问城阳的情况后，立即转入正题："石爱卿，石家与皇家的关系就不用朕细说了。"

"是是是，没有宣皇帝的荣宠就没有家严的荣耀，也没有石家今日的富贵荣华。"石崇道。

"今天朕召你入宫，只为一事。"司马炎道，"石家不是与东吴暗中有一条交易通道？"

石崇说："那是文帝令家严……"

"是是是，这朕知道。"司马炎说，"听说这条交易线路中断了？"

"羊将军以此要挟陆抗，陆抗忧虑惊恐不可终日，竟被吓死了。吴国负责暗中与江北联络的吕宓也深恐事发，中断了与江北的联系。"

"朕召你回京，就是想问问你，还能不能恢复与东吴的暗中交易？"

"这……"石崇眼珠一转，想了想说，"不知陛下何意？"

张华说道："季伦，我告诉你吧。国家想借用你掌握的这条商道购进一些紧缺物资。"

石崇听此，心中一喜，心想，原来是朝廷求到自己头上了。

"什么物资？像钢铁等犯禁的东西估计吕篴也不敢再碰了。"石崇问。

"这些物资不在严禁之列，即使被东吴查获也不是什么重罪。"张华说完，将一张写有物资名称与数量的纸递给石崇。

石崇只见上面写的是：地丁草五十万两、鸦胆子一百二十万两、忍冬藤七十万两、柳桂一百万两、茅根七万两、石苇十九万两……

石崇看完，问："购置这些何用？"

张华说："你不需知道，其他人也不需要知道，只要你能将这些物资运过江来，就是大功一件。"

司马炎说："是啊，你父亲为国效命，功勋卓著，朕希望你也能够借此建功立业。"

石崇说："陛下重托非同儿戏，石崇不敢不应，但又不能立即应允，因为吕篴那里愿不愿再次合作臣不敢担保。羊将军的讹诈之计不仅令人心惊而且寒心。本来我们以民用货物换取紧缺的军用物资占便宜的是晋，到头来羊将军却以此来要挟敲诈，此不德不义……"

张华清楚，这件事的始作俑者是皇上，而羊祜只是被动地执行，若石崇骂羊祜不德不义就等于在骂皇上，他怕石崇再说出什么难听的话，于是赶紧截住他，道："以前的事别提了，你只说此事办得到办不到。若能办到，不仅是大功一件，而且仍然可以从中发财。此一举双得的事可是千载难逢。"

石崇想，本来朝廷现在是求着自己了，但张华的话反倒预示着是朝廷对自己的恩宠。他清楚，与吴人私下做这么一笔大生意不是一般人能做到的。除了自己，晋国几乎没人能做到。于是说："如果不是朝廷急需，石崇并不想冒死去发财。"

张华说："这些不过都是些柴柴草草，不是什么严禁的物资……"

石崇笑道："呵呵，张大人，我石崇虽孤陋寡闻，但还是清楚的，这些物资是草药，如果仅购其中一两种或许还能瞒得过人，但这些柴柴草草一搭配就是治病的药物。如此大量的需求，定是伐吴所需……"

天呢，这小子竟然猜到了。张华想，怪不得石苞最看中这个小儿子，确实聪明睿智，看来想瞒他是瞒不住的。

确实，皇甫谧到晋吴边境考察了近一年。他是当代医圣，在医界的大名如雷贯耳，天下皆知，因而走到哪里都受到当地杏林的朝拜。因而晋吴边境地区的许多名医很快聚集到他的手下。通过与当地名医合作，很快掌握了当地及吴境内各个季节流行病的发病规律及预防和医治方法，其中有历代流传下来的有效的秘方，也有他们根据病情和药性研究出来的新方子。将每个方子中每种药材的药量乘以预计的伐吴人数，便得出每种药材的总需求量。如此，便能完全保证伐吴大军对流行病的预防和治疗，使伐吴之战不会像赤壁之战那样因流行性疾病而功亏一篑。

长江中下游地区炎热潮湿，因而流行性疾病多以湿热病为主，而治湿热病的药材，如地丁草、鸦胆子、忍冬藤、柳桂、茅根、石苇等药材多产于吴越地区，因而这些药材须从吴国境内采购并运送到淮南和荆襄地区，除了石崇所掌握的那条秘密贸易线路，任何人也完成不了这样的任务。

张华看实在瞒不住石崇，于是说："季伦你猜对了。采购这些物资就是为伐吴大军准备的药物。"

司马炎道："你若顺利完成这项任务，待伐吴功成，天下一统之时，朕会重重赏你。"

石崇说："为国家尽忠，臣不在乎什么功名，但臣需要朝廷保证两个条件。"

张华问："什么条件？"

"第一，必须以朝廷名义给臣一纸证明，证明臣为采购药材启动秘密贸易线路是受朝廷委派的；第二，必须保证任何人不能拿这个秘密要挟吕宓和其他东吴人士。"

"这个自然。"司马炎说，"朕以皇帝的名义保证满足你这两个条件。"

石崇万万没想到，被羊祜搅黄了的石家的生意从此有了新的转机。他拿到有皇帝亲笔批复的朝廷特许的与东吴贸易的保证书，立即南下庐州去找段玉。段玉的手下人说，段老板躲到江南去了。石崇于是命段玉手下去江南找段玉，将朝廷这一新旨意告知段玉。

此时，段玉正与吕宓二人在建邺逍遥自在。他俩通过替石苞和陆抗做代理人都发了大财，因而包下了一处高级妓院，每日与秦淮歌妓饮酒作乐，歌舞升平。

以二人手中的钱财，即使这样挥霍一辈子也用不完，但生意人对金钱的爱好远胜过美酒与美女。当他俩听说晋国朝廷要重启掌握在他二人手中的这条秘密贸易线路，知道又一次发大财的机会到了。巨额的利润使他俩忘记了恐惧。于是决心大干一场。

二人秘密潜回庐州，拜见石崇。石崇说："这可是由国家出资的生意，价格自然由我们定。所以这是一个一本万利的生意。吕先生，陆抗不在了，你那里是否还要找个官场上的靠山？如果需要我付你一笔巨款，用金钱开路，买通官场当权的……"

"不用了。"吕宓说，"从这个采购项目所列的物品看，应该是治病的药材，但这些东西只有搭配在一起才能治病。如果单看哪一样儿都不过是柴草而已。虽然晋吴之间没有官方贸易往来，但民间的生活用品还是没有严格管控的。我将这些药统一采购以后，分别从不同的地方运至晋境，比如地丁草只从武进过境，鸦胆子只从丹阳过境。忍冬藤则从宣城过江，茅根则统一运至柴桑，柳桂、石苇等则分别运到荆州不同的地点。即使被吴军巡察发现，哪一种东西也都不属于严禁的战略物资。顶多给管事的意思意思，即可过境。"

石崇道："好啊，吕先生这个方法太妙了。如此就着手行动吧。你需要多长时间才能将这些物品收购齐？"

吕宓说："数量确实庞大，我觉得最少也得三四年的时间。"

"好吧，限你三年之内，将这些东西如数运至晋境。"

"保证说到做到。"吕宓说。

"到时候你就是天下第一大富翁了。"段玉有些酸酸地说。

段玉知道吕宓自己要当老板，吃独食了，不免有些妒意。

石崇说："段玉，完成了这项任务，你比吕宓所获会更多。"

"这，这，这怎么可能？我段某对石家可是忠心耿耿的。"段玉误以为石崇所说"你比吕宓所获会更多"是指他会从中贪赚钱财，于是赶紧这样辩解说。

石崇道："呵呵，你误会了。顺利完成这项任务，我将向朝廷保举你，给你个官儿做。"

段玉听此，心中大喜。因为在古代，商贾为贱民，一个商人想做官，那简直就是痴心妄想。

吕宓说："石大人能不能也给我个官做？"

石崇说："你是吴人，我岂能说动吴主……"

"某为大晋办事，便是大晋的降臣。孙秀投晋，晋帝授其骠骑将军，并封会稽公。我吕宓为什么不能封个小官微吏？"

石崇说："嗯。我可以给你争取争取。不过你放心，即使暂时办不到，一旦伐吴成功，天下一统之时，我会重新向皇帝荐你为官。"

吕宓说的孙秀投晋是泰始六年的事。孙秀时任东吴将军，统兵驻防夏口，他是孙权侄孙，由于宗室身份，又拥兵在外地，被吴帝孙皓忌惮，试图将他除去。泰始六年，孙皓派大将何定带士兵到夏口狩猎，孙秀害怕自己会遭到诛杀，便携妻室及亲兵数百人投奔西晋。晋帝司马炎为鼓励吴将叛逃，给予孙秀高封重赏。

段玉、吕宓受金钱和官职双层诱惑，干起事来劲头十足。

100

伐吴的准备工作在按部就班地进行着。此时正是咸熙年间。社会安定，民富国强。

安逸的社会环境，富裕的物质生活，使上流社会一些人痴迷于物欲的享受。何曾和王恺是其中最突出的代表。

而另一些文化层次较高的官员和士人则在享受物质生活的同时，努力追求思想与精神上的享受。

儒学虽然依然是国家所提倡的正统，但经过正始名士竹林名士们对名教的围攻，已将它驱离了"独尊"的宝座。

何晏、王弼、嵇康、阮籍等魏末名士在道家学说基础上构建了玄学的理论体系。晋人完全不用在思辨层面对玄学作更深的研究，而是将它应用于生活与艺术。

此时佛学也开始盛行。

入晋以来，由于晋武帝的开明，儒、道、玄、佛几种思想在社会上并存不悖。思想的多元化为文化艺术的发展提供了肥沃的土壤。

而汉末以来世族阶层的形成和壮大，为文化的发展提供了优良的种子——士人。

文化来源于讲究，是把玩出来的，因而它是有闲阶层的产物，忙忙碌碌整天为衣食奔忙的人无法创造出高雅的文化。而此时，这些士人有钱亦有闲，而且经历过家族几代人的孕育积累，已具备了高雅的贵族气质，因而，此时正好到了文化艺术的开花时期。

因为思想的多元和经济上的解放，士人们在文化上的追求既不需要有任何禁忌，也没有任何其他目的，唯一的动机便是自己心灵的需要，因而，可以放任地去追求自我，表达自我。

对美的追求成为社会时尚。

晋人对于美的追求，是多方面的。他们追求自然美，游山玩水，寄情于山水之间，以期与天地山川相融合；他们追求容貌美，古代四大美男此时就出现了两个，掷果盈车与看杀卫玠，充分证明人们追求美貌异性的疯狂程度；他们追求服饰与举止之美，宽袍大袖，手执拂尘，飘飘欲仙是那个时代男人的标准像；他们追求饮食之美。这是个茶文化开始兴盛的时代，同时也是乱性之药（五石散）、解忧之酒与爽神之茶共存的时代。

他们更加追求艺术美。这是个艺术家没有功利与杂念的时代，是为艺术而艺术的时代。追求的是"纯粹的艺术"，由于受到道家、释家和玄学思想的共同影响，此时的艺术崇尚的是虚空与灵动，追求的是神韵与风骨，艺术形式提倡的是简约和神似。

作为西晋第一大文人张华，率领着文学大军加入了这场为艺术而艺术的运动。西晋文学不仅摒弃了那种宏阔艰深的汉朝大赋，而且也不再倡导"文以载道"，

"诗言志"，而是追求"诗缘情而绮靡"。张华以自己的创作实践引领文学朝代的进步。此后，他再没有潜心创作《鹪鹩赋》和《壮士篇》那种"言志"的文学作品，而是以细腻的笔触去抒写心中的情与爱，表达心中真实的爱情、友情和亲情。情诗曾是中国最古老的文学传统，《诗经》中的"风"绝大多数是描写男女爱情的诗篇，而这种优良的传统却中断了上千年。张华顺应时代潮流，从诗歌的内容到形式带头进行创新。为此他写了大量表现男女爱情的"情诗"和表现朋友情谊的"唱和诗"。情诗在张华的文学作品中占有重要的地位，后世钟嵘在《诗品》中说他"风云气少"指的就是这些情诗。在形式上，四六句的骈体诗文也被他的五言诗所取代，为后世唐诗的形成奠定了基础。

绘画艺术从青涩走向成熟，卫协与张墨两位画圣横空出世，谢赫品卫协的画，说："古画皆略，至协始精。六法之中，迨为兼善。"也就是说，中国画的六法，到卫协这里不仅已经完全形成而且被卫协全部掌握。

作为艺术，最为辉煌的成就是书法。列入中国古代书法大家的一百三十六人，魏晋南北朝的短短三百七十年间，竟然占据了五十六位，而且都是各书体的祖宗级人物，如皇象、钟繇、卫顗、钟会、司马攸、杜预、卫瓘、卫恒、索靖、卫铄、王导、王羲之、王献之、王珣、萧衍等，更不可思议的是，这些书法大师竟然都官高爵显，其中不乏皇帝、宰相及三公。

书法艺术之所以最为辉煌，首先是因为书法是最抽象的艺术，没有对应的自然物可观参照，因而只要得其意，便可不顾其形。这与玄学所追求的境界高度统其次便是书法最适合表达个人的性情，随意性较强。

正是西晋开启的这种艺术探索与实践，取得了巨大的成果。在此基础上涌现了一大批文艺理论巨著。刘勰的《文心雕龙》、陆机的《文赋》、卫顗的《诗品》、卫恒的《四体书势》、索靖的《草书状》、卫铄的《笔阵图》、王羲之的《书论》、顾恺之的《论画》、谢赫的《画品》等艺术理论著作，初步构建了中国艺术美学的理论体系，也奠定了中国文化的特质。

作为风流雅士，张华对美的喜好与追求也是多方面的，成果也是多方面的。他除了在文学上独领时代风骚外，他也喜爱自然之美，经常与好友王戎、何劭、和峤、裴楷等畅游山水；他也喜爱音乐之美，时常抚琴而歌；他更爱书法之美，时常与卫瓘、杜预、司马攸、索靖等人探讨书法艺术。他不仅精熟书法史，深谙书法理论，而且书法作品也颇受世人称道，是当时的章草八家之一。

在西晋，要想跻身上流社会，需要一段风流体，两个好爹娘，三两五石散，四季绸衣裳，手书钟卫字，操瑟效嵇康，常饮杜康酒，醉后说玄黄。这个谚语正说明那个时代对艺术和美的追求达到极高的境界。

101

世风也不可避免地影响了皇帝司马炎。随着整个社会奢靡之风的盛行，他终于忍耐不住，要与时俱进了。

随着他一次充实后宫三千人，后宫人满为患。嫔以下的贵人、常在、答应等须两三个人合住一室。嫔妃们为住房而经常吵吵闹闹，这不免令皇上尴尬烦恼。

司马炎心中制订了一个雄心勃勃的计划，他想，不久自己就将统一天下，那时就是真正的率土之滨莫非王臣了。到那时自己要将天下所有美女全部纳入后宫。为了免得将来后宫拥挤，必须提前做好准备。因而他决定扩建皇宫。

司马炎要做一统天下的皇帝，因而要求皇宫也必须像秦汉一样巍峨雄壮。

朝堂上，他问群臣，汉朝宫殿的规模和样式。因为汉宫早在八十年前已被董卓放火烧毁，汉朝宫殿谁也没有见过，所以没人能够回答。

司马炎说："茂先，你不是博学吗？你知道汉代的皇宫有多大？是什么样子吗？"

张华说："臣略知一二。"

"汉宫有多大？是什么样式？你给朕和众位公卿讲一讲。"

张华说："西汉皇宫有三个宫殿群，分别是长乐宫、未央宫和建章宫。长乐宫是在秦朝兴乐宫基础上由萧何主持营修的。宫垣东西长九百丈，南北宽二百七十丈。宫墙四面各设一座宫门，其中东、西二门是主要通道，门外有阙楼称为东阙和西阙。长乐宫内有十四座宫殿，均坐北向南。其中前殿位于南面中部，前殿西侧有长信宫、长秋殿、永寿殿、永昌殿等；前殿北面有大夏殿、临华殿、宣德殿、通光殿、高明殿、建始殿、广阳殿、神仙殿、椒房殿和长亭殿等。另有温室殿、钟室、月室和鸿台。汉高祖刘邦在位时居于此宫，汉惠帝以后的皇帝居未央宫。

"未央宫，周长二十八里，利用龙首山的地势为台殿，高出长安城，前殿东西五十丈，周围台殿四十三座、宫十三座及宣室、麒麟、金华、承明、武台、钩弋等殿，又有殿阁三十二，包括寿成、万岁、广明、椒房、清凉、温室、永延、玉堂、寿安、平就、宣德、东明、飞羽、凤凰、通光、曲台、白虎等，又有天禄阁、朱雀堂、画堂、甲观等。宣室，为未央宫正堂，是皇帝日常起居的地方。

"建章宫本是武帝为求仙所造。位于长安城外，在未央宫西，跨城池作飞阁，两宫相通，皇帝乘辇往来于两宫中间。建章宫有高二十余丈的阙，建章宫的神明台，高五丈，上有承露盘，一位铜仙人手把铜盘玉杯，以承云表之露，汉武帝以此露和玉屑服之，冀求长生不老。"（《晋书·张华传》：武帝尝问汉宫室制度及建章千门万户，华应对如流，听者忘倦，画地成图，左右属目。帝甚异之，时人比之子）

尽管张华有博学之誉，但他的这番回答还是不免令人大惊，谁也不会想到他竟然对西汉时期的皇宫建筑了解得如此精细。

司马炎说："张爱卿，你简直就是个百事通。这样吧，你将汉代三宫画出草图，让荀公曾在草图基础上绘成画。"

"遵旨！"张华道。

荀勖没想到被皇上委派了这么一个艰巨的任务，因而心中大骂张华：你要是不臭显摆，怎么会有这事。因而扭头瞪了张华一眼。张华做了个鬼脸儿，以示得意。

张华也没想到皇上立即又委派了他一项更艰巨的任务。司马炎道："诸位爱卿，像张茂先这样的奇才世所罕见，天下之事无所不知，无所不晓。朕以为，他应该将他所知道的天下奇闻异事，记述下来，籍印成书，以资查阅。"

荀勖立即说道："陛下所言极是，否则茂先百年之后，他所知道的这些东西岂不是失传了。"

张华清楚这将是一个多么浩大的工程，因而瞪了荀勖一眼，荀勖也做了个鬼脸儿，以眼还眼。

司马炎说："公曾、茂先，你二人就依朕的吩咐去做吧。"

张华说："陛下，如此重任，臣恐短时间难以完成。"

"朕没给你限定时期，五年总可以了吧。以后朝廷没有急务，就在家专心著述。朝廷有事，朕会派内侍随时传你。需要什么条件朕会尽量满足你。"

"谢陛下！"张华说，"臣只需两个侍从，一个查阅资料，一个抄写整理文字。"

司马炎说："朕给你三个，其中一个帮你干杂务，三人的薪酬由朝廷负担，由你择人而定。"

"多谢皇上。"

散朝后，山涛急步追上张华，对张华说道："恭喜茂先，贺喜茂先。"

张华问："我喜从何来？"

"奉旨著书，还不可喜可贺吗？"山涛说，"而且陛下让你著的是古今从未有过的书啊。想写什么就写什么，只要是你知道的。哪里找这样的好事去？你应该好好谋划谋划，将这部书写好，会是一部开山之作。你也可借此青史留名啦。"

张华觉得山涛说得不无道理。因为在毕昇的活字印刷术发明之前，印书只能用雕版，就是将一部书像刻章一样一个字一个字地刻在木板上，工程量十分巨大。所以宋以前，人们把印刷出版书籍看作一件了不起的大事盛事。

张华问山涛道："山公觉得这应该是部什么书呢？"

"此乃记述万事万物的著述，博杂万事，使人格物致知……"

张华笑道："就叫《博物志》何如？"

山涛说："博物志，为天下万物作志，好，这个名字很好。"

102

张华令属下以中书省的名义发布招聘人才的告示。告示所提只有两条：一要会写文章，要义从字顺；二要有很好的书法功底，字要写得好。应聘者只需写一篇简短文章呈报中书省即可。

几天后，中书省属员将二百余应聘者的文章送到张华家里。张华仔细审阅，先将字迹不工的淘汰掉，然后再看文章内容。最后选出三人：杜育杜方叔、李琳李子琼、吴丹吴晓阳。

李琳和吴丹的入选主要是因为字写得好。而杜育能入选主要是张华看中了他的那篇短文——《荈赋》。《荈赋》是一篇专门咏茶的文章。

茶，作为饮品被人认识只有二三百年的历史，有人说起于秦，有人说兴起汉，还有人说起源于三国。虽然众说纷纭，但茶真正开始在社会上流行则是在魏。茶这种植物饮品差不多是与五石散这种矿物饮品同时流行起来的。只不过随着时间的推移，茶被越来越多的人接受，并盛行起来，而服散的勇士则越来越少。

不管茶的历史追溯到何时，但茶真正作为一种文化出现，确是在晋。而这篇《荈赋》则是有史可鉴的第一篇有关茶文化的文章。因为茶文化刚刚出现，所以在当时，茶还没有统一的名称，当时有的地方称为茗，有人称为荈，也有的地方称作茶。

杜育的《荈赋》是这样写的：

荈赋

灵山惟岳，奇产所钟。瞻彼卷阿，实曰夕阳。厥生荈草，弥谷被岗。承丰壤之滋润，受甘露之霄降。月惟初秋，农功少休；结偶同旅，是采是求。水则岷方之注，挹彼清流；器择陶简，出自东隅；酌之以匏，取式公刘。惟兹初成，沫沈华浮。焕如积雪，晔若春敷。若乃淳染真辰，色绩青霜，氛氲馨香，白黄若虚。调神和内，倦解慵除。

张华正是看中了这篇文章的内容新颖奇特才选中了作者杜育。

第二日，张华在自己的书房对入选者进行面试。

当一男二女站到张华面前时，张华眼前顿时一亮。因为这三人都有美好的姿容。

这男子便是杜育杜方叔，十八九岁的年纪，高高的个头儿，浓眉大眼，神态潇洒，言行倜傥。

那吴丹吴晓阳，十五六岁的年纪，高矮适中，胖瘦合度，行则袅娜如春风拂柳，止则娉婷似鹤立鸡群，肤如凝脂，浓发似漆，容能落雁，貌可羞花，口不言已传情，目不眨而达意，情窦似开而未开，含苞欲放而未放。张华不免看得呆了。

再看李琳李子琼。三十二三岁年纪，虽芳华已过，但周身透射出成熟之美。气质优雅，姿容华贵，言谈中礼，行止合度。慈可为母性楷模，德堪为淑媛仪范。

张华说："请你们将自己的简要情况介绍介绍。"

杜育说："本人姓杜名育字方叔，襄城邓陵人也。魏朝平阳乡侯杜子绪之孙……"

"啊？你是侯爵后代，怎么没有功名呢？"张华问。

"入晋以来，因家父无功于社稷，有过于朝廷，故被夺爵。"

"哦。"张华说，"你为什么要应我之招呢？"

"本人自幼喜诗文，您是大晋第一大文士，又有爱才惜才之名，中书郎成公绥当年正是因为受您所荐，才功成名就……"

提起成公绥，张华不免伤心。于是说："是啊，成公绥如果不是英年早逝，前途不可限量。本来我正打算向朝廷荐他接替我任中书令，可没想到，他却因病早亡。"

这成公绥乃东郡白马人也，幼而聪敏，博涉经传，以诗赋名世。张华每见所作文章，叹服以为绝伦。但成公绥由于出身寒微，不被重用。张华作为司马昭长史，向皇帝呈《荐成公绥表》，推荐成公绥。由此，才使成公绥步入仕途。成公绥不负张华所望，很快显示了其多方面的才能。

成公绥的成功是多方面的，在文学上，他创作了《天地赋》等多首诗文名作；在政治上，他参与制定晋律——《泰始律》，并最终官至中书郎；在书法上也颇有建树，不仅是一代书法大师，而且有书法理论《隶书体》流传于世。可惜英年早逝，于泰始七年（271）病逝。

杜育继续说道："某虽不才，愿侍奉大人，以期有所进益。"

"好，好。"张华说，"年轻人只要有德有才，在我这里绝对不会被埋没的。"

张华将目光转向吴丹，吴丹道："民女姓吴名丹，字晓阳。陇西天水人也，自幼父母双亡，幸得姑妈相助，得以长大成人。从童年起即随姑妈习书，初有所成，幸被大人慧眼所识，今天得以面见大人……"

"你为什么要来应聘呢？"张华问。

"姑父于前年不幸离世，家境日窘，迫于生计，远离故土……"

吴丹刚说到这里，一旁的李琳突然掩面而泣。

张华问李琳道："怎么了？"

李琳道："大人，民妇姓李名琳，乃晓阳姑妈。因丈夫病逝，家境穷困，无以为继。偶闻皇上选秀，故携侄女入京待选。因路途遥遥，当我们到京时，选秀已罢……"

张华道："幸亏你们没赶上选秀，不然会后悔终生。你知道皇上一次纳了多少嫔妃吗？三千多呀。要是把孩子送进宫，这一辈子不就毁了吗？"

杜育也说："是啊，当今皇上十分荒淫，晓阳这么漂亮，一定逃不脱皇上的法眼，一入深宫便落苦海……"

李琳说："皇宫怎么会是苦海？"

张华道："送女入宫者，一般都是父母为贪富贵，拿女儿一生做注……"

"我可不是贪图富贵。我拼命教晓阳读书识字，只是想给孩子找个好人家。世上最好的人家儿当然是皇家，皇后可是一人之下万人之上……"

张华觉得这李琳因生长在遥远的西域，完全不知道宫内之事。于是说："你以为任何女孩儿入宫都可以当皇后？皇后那是早已选定了的，非世族家的女儿不能为后。一般女孩儿只能做个才人、答应之类。有些人一辈子连皇上的面都没见过。"

"富贵不过帝王家，我还是觉着女孩儿入宫是最好的着落。"李琳说。

"不说这些，"张华问，"说说你为什么来应聘，出于什么目的？"

李琳道："晓阳选秀不成，我们娘儿俩在京城又举目无亲，连回家的盘缠都没有——再说，我家也没人可惦记着了，故而想在洛阳就地找点儿事做，我们娘儿俩无一技之长，唯好写字，正好见大人这里招录抄写之人，于是就前来应征。"

"这么说，晓阳的字是跟你学的了？"张华问。

"嗯。"

"我说你俩的字迹有些相似呢，很有钟家字的趣味。"

李琳道："大人真是慧眼。民妇原来就是照着钟家书的帖子练的。"

"你家远在陇西，哪里来的钟氏的帖子？"张华问。

"家父曾是钟将军手下的侍从，当年跟随钟将军征蜀。钟将军因反叛遭卫监军率兵围捕，我父亲见钟将军大势已去，恐遭连累，便负箧而逃。家父因是叛将亲随，不敢回中原老家，便在偏僻的陇西落脚安家。原来，钟将军行军打仗也不忘习字，家父所携的那个箱子里，没有别的，竟全是钟家父子两代书法精品。父亲让我从小习练钟家字，后米，晓阳因幼年失怙，来到我家，我又教晓阳……"

张华听说李琳家保有钟家父子书法精品，十分惊喜，赶紧问："那些钟家父子的书法精品现在在哪儿呢？"

"唉，前年我家失了一把大火，付之一炬了。我丈夫就是葬身于那场大火。"李琳说着又落下泪来。

"唉！可惜啊，实在可惜。"张华说，"你的字已得钟字之魂。晓阳的字虽然肖你，但略有所变，似乎是以钟家字为骨，卫家字为肉。"

晓阳道："张大人慧眼独具啊。我就是在姑妈所教的基础上，又临了几年卫家字……"

张华说："没想到，你这小小年纪竟然能够将钟家字与卫家字融合得这么好。真是天才啊！"

晓阳说："大人过奖了。"

张华说："以后不要称大人，称我老师好啦。对啦，以后你们三人都称我老师就行。"

李琳也说："是啊，我们还要向老师学习，您的章草才冠绝当世呢。"

"不不不，"张华说，"当世比我字写得好的人有得是呢。不用说镇北将军卫瓘卫伯玉、齐王司马大猷（司马攸），车骑将军杜元凯（杜预），尚书郎索靖，甚至卫伯玉的长公子卫恒也不在老夫之下呢。以老夫所见，你姑侄二人乃当今天下最优秀的女书家，走出陇西来到京城就对了，有机会我介绍你们拜访拜访当今的几个大书家，可以开开眼界。随我抄录《博物志》书稿只是临时性事务，将来会有更大的用武之地呀。"

李琳说："我年纪大了，倒不求什么长进了，愿意永远侍奉大人。晓阳还小，有机会的话还求老师帮助举荐举荐。"

杜育说："李大姐您就放心吧，我们投到张大人门下便是进对了门槛。天下谁不知张大人有知人善任之德？"

杜育说得很对，《晋书·张华传》上也是这样说的："华性好人物，诱进不倦，至于穷贱侯门之士有一介之善者，便咨嗟称咏，为之延誉。"

张华对李琳和吴丹道："钟家楷书乃天下第一，抄录文稿，以楷书最好。以后，你姑侄二人以抄录为主，方叔以替老夫查阅资料为主。"

103

张华与杜育、李琳、吴丹三人相处得十分和谐融洽。男女搭配，干活不累，在四人的努力下《博物志》的撰写进展神速。

四人除了工作，最大的乐趣是品茶。杜育不仅对茶有深入的研究，而且也是品茶高手。那时，茶因产于遥远的西蜀，是十分昂贵的奢侈品，一般人家根本喝不起。杜育本是平阳乡侯之后，本来家境优裕，就因为他痴迷于茶，大量钱财用在茶上，才使家境日衰。不过以全部家资换取古今第一篇有关茶的文章《荈赋》，也颇有所值。否则，历史上就不会留下杜育杜方叔这个名字。

张华受杜育影响，也慢慢痴迷起茶来。茶虽贵重，但对于一个中书令来说，还是承担得起的开销。因而张华在他们工作地——张家东院书库——预备了各种茶，工作之余，四人便聚在一起品茗喝茶。

开始的时候，李琳并不喜欢喝茶，只是为大家煮茶——当时，茶不是冲泡而是用水煮，但煮茶时缕缕清香之气令人神清气爽，她试着品了几口，便觉甘冽无比。从此，她每将一罐茶煮好后，也坐下来慢慢与大家一起细品。

张华是个各种感观都十分敏感的人，没过多久，他对茶的品鉴便超越了杜育。这天，四人工作了一天，都有些累了，于是张华走出自己的书房，对杜育、李琳、吴丹三人说："大家都歇歇吧。今日天寒，一起品品茶，提提精神。"

"好吧，我去煮。老师想喝什么茶？"李琳又自愿承担起煮茶的任务。

"煮点儿峨眉山茶吧。"

"好嘞！"李琳应道。

当茶煮好后，吴丹将茶汤给大家一一斟上。

张华品了一口说："子琼，这不是峨眉山茶吧？"

杜育说："嗯，像蒙山茶。"

张华道："不，应该是青城山茶。蒙山茶比这个味儿甘，其香飘忽若云，而青城山茶，味儿微苦，其香沉郁。"

杜育说："不对吧，我怎么尝着像蒙山茶呢。"

李琳笑道："方叔，你错了，我煮的就是青城山茶。"

杜育笑道："天哪，老师您太了不起了，才几个月，您就超越弟子，成为品茶的行家了。"

张华道："不，真正的行家是你，我只不过舌头比较刁钻。"

四人正边饮边聊，突然女主人郭芸在门外喊道："茂先，有客人来啦。"

话音未落，一个身穿裘皮大氅的高大男子进了屋。向张华深深一揖，道："张大人别来无恙？石崇有礼了。"

张华一眼望去，原来是石崇石季伦，于是起身迎道："季伦是你？这大冷的天儿你怎么回来了？"

石崇说："您和皇上给的任务不敢耽误哇。我此次回来是要告诉您，吕宓已答应合作，他手下的人已分别到江南各地去联络货源，三年之内，所有货物备齐，运往江北。您就放心吧。"

张华说："你跟乃父石太傅一样能干哪。来，喝碗茶暖和暖和。"

然后张华又向石崇介绍杜育三人。

其实，关于采购药材的事石崇已向皇上做了汇报，没必要再亲自向张华当面汇报，他之所以冒着严寒亲自前来，是有目的的。

张华家新来的这位绝世才女和美女吴丹，很快被洛阳世族子弟所知，他们争相一睹芳颜。但因为中书令家门槛太高，一般人哪是想进就进的，而且吴丹一般白天都待在她工作的书库中，即使进了张府，也没有理由要求进书库来欣赏美女。石崇回京后，很快从王衍那里了解到张华家有一绝色美女，于是便找了这个借口来到张府，没想到，非常幸运，正好得见吴丹。

石崇也是诗文名家，听说杜育因写《荈赋》而得到张华的赏识，于是说："方叔兄可否将大作吟来一听。"

杜育说："拙作稚嫩，不值一哂。"

张华说："《荈赋》不是请晓阳书写过吗？拿来请季伦一阅。"

杜育立即起身，将吴丹抄写过的《荈赋》拿来呈给石崇。

石崇仔细阅过，心内惊喜不已。他的惊喜，首先是来自这《荈赋》的内容，让他从中看到了商机；其次，他没想到这么优雅的字迹竟会出自眼前这位绝世美女之手。

石崇问道："方叔对茶如此谙熟，石某有事求教。"

杜育说："但说无妨，只要我知道的，乐于奉告。"

"方叔，看你这《荈赋》似乎茶产于蜀中岷江一带。"

"是的，峨眉山、青城山、蒙山皆产茶。"

"哪里的茶最好呢？"

"蒙山茶乃是茶中上品，其中尤以蒙顶山茶为最佳。"

"《荈赋》还说'器择陶简，出自东隅'……"

"是的。品茶不完全是为了解渴，而是享受这个过程。因而品茶不仅需要好茶，还需要一个好的环境，比如张老师这里，才子二三个，佳人一两位，书香、墨香伴茶香，这才是品茶最佳的环境；此外品茶需要精致的器具。品茶是雅事，器具不在乎是否名贵，过于名贵，比如金器，玉器，固然名贵，但会将雅事庸俗化，茶香与铜臭是不能相容的。经长期甄选，茶具以东吴的缥瓷为最佳。缥瓷胎质细腻，釉色淡青，与茶之汤色相得益彰。"

石崇听后大喜，道："呵呵，多谢方叔，领教了。"

张华说："喜茶的人越来越多了，服散的人越来越少了。近来饮茶风气日盛。"

石崇说："是啊，不仅洛阳，听吕岱说，连建邺的世族也风行饮茶呢。"

石崇之所以大喜，是因为他和张华一样，已预感到饮茶将会成为越来越盛的时尚与风气，而他作为一个商业头脑灵活的人，已从中窥见了巨大商机。杜育的话为他占领这个商机，提供了充足的信息。

石崇再看了一遍《荈赋》，转头对吴丹说："这字真的是您写的吗？"

张华说："那还有假，是当着我的面写的。"

石崇说："如果不是张大人所见，我还以为是钟太傅的笔迹。得有多高的天赋才能在这样的年纪写出此苍劲浑厚的字呀。"

石崇边说，边不住地盯着吴丹看，看得吴丹有些不好意思起来。

吴丹说："谢谢石太守夸奖。"

张华说："我之所以聘晓阳和子琼，就是因为二人的字写得好哇。"

石崇对吴丹说："如蒙小姐不弃，石某向您求幅字如何？"

"小女子不敢献丑。"吴丹说。

石崇说："看来太守官职卑微，吴小姐不肯赏光啊。"

张华说："晓阳，既然季伦真心喜爱你的字，就给他写一幅吧。"

张华说了话，吴丹不能拒绝，于是起身走到几案前，问："写什么呢？"

"某最喜张大人的《壮士篇》，就给我写《壮士篇》如何？"石崇道。

"好的。"吴丹说。

于是石崇起身走到吴丹对面，说："石小姐，我背诵，你来写。"

"好吧。没想到石太守能背诵《壮士篇》。"

"《壮士篇》乃传世名作。我岂能不牢记于心。"石崇说着背诵道，"天地相震荡，回薄不知穷。人物禀常格，有始必有终。年时俯仰过，功名宜速崇。壮士怀愤激，安能守虚冲……"

石崇一口气背下来，吴丹的书法也一气呵成。

书毕，石崇叹道："神来之笔，神来之笔！即便钟太傅在世，亲手书之也不过如此了。"

张华看了看，也说："不错，确实不错。"

石崇说："天色已晚，石某为答谢吴小姐赐字，我请大家到我家夜宴如何？"

吴丹说："不不不，我可不去。"

石崇再三哀求，但吴丹和李琳就是不肯赏光，弄得石崇很没面子。

石崇对《壮士篇》倒背如流，令张华很是欣喜。为了不让石崇过于没面子，他和杜育二人一起去参加石崇家的晚宴。

石崇家的晚宴那是太讲究了。讲究得让其后所有朝代的人都无法理解。他们所享用的菜肴工序之繁以至无法传承，因而后世很快失传。比如：有一道菜叫香脆燕舌，是用两千只燕子的舌头制成的；一道莲子蟹眼汤，需要一万只螃蟹的眼才能熬制出一碗；清蒸鱼仔本来是一道比较常见的菜，但石家的做法却完全不同。每条鱼都会有几万甚至几十万颗鱼仔，但如果你仔细去找，会发现其中只有一颗比其他的要大两三倍，这颗仔孵化后就是未来的鱼王。石家的清蒸鱼仔只选用这颗仔来制作……在这里，味道与材质是否贵重已不是他们考虑的问题，他们所注重的是独一无二和别出心裁，追求的就是别人无法也无力复制。

石崇本来是想向晓阳显示一下自己的富有，没想到人家根本不给面子，死活不肯赏光。

晚宴结束后，石崇用马车将张华和杜育送回，同时让张华给晓阳捎回十两金子作为那幅《壮士篇》的报酬。

如此重酬让晓阳很意外，她坚决不肯收。张华说："你不收白不收，石季伦有的是钱。"

晓阳说："他有钱是他的。我可不稀罕。一看这人就像个纨绔子弟，如果不是您发了话，给我多少钱也不会给他写的。这金子我不要，您替我还回去。这样的人以后最好不见。"

张华没想到这小女子这样有气节，内心十分欣喜。

石崇得以亲睹吴丹芳颜，而且亲自见识了她的才华，不免跟别人大肆夸耀。许多豪门子弟，如王衍、潘岳、何劭、裴頠等都曾寻找各种借口前来献媚，但没有一个受到晓丹的青睐。

杜育仗着工作关系，想近水楼台先得月，但他无论如何努力，姑娘对他一直不冷不热，这不免令他伤心。

张华早已看出杜育的心思，对他说："小伙子，你得用你所长，攻彼所短。你诗赋写得好，何不用你的情诗爱赋去打动姑娘的芳心。"

杜育说："我给她写过，交给人家，人家连接都不接，更别说看了。"

张华说："咳，哪能这么直来直去的。人家毕竟是个姑娘，哪好意思接情书，你得委婉一些。"

"怎么委婉呀？"杜育问。

"你呀，在这一点儿上连千年以前的古人都不如。"张华道，"诗经上说'氓之蚩蚩，抱布贸丝，非来贸丝，来既我谋'。一个男子去约会姑娘，还要抱着布假装作卖布的样子。"

杜育道："老师，我是不是也去买几捆布，做卖布的样子？"

张华笑道："你呀，读书读愚了。你卖什么布呀？你夸她字写得好，然后将写好的情诗让她帮你抄写一遍。姑娘想不看都不成啊。看多了，能不芳心大动吗？"

杜育一拍大腿，说："老师，你真是我老师，哪方面都比我强啊。我这就去试试。"

杜育说完，便将早已写好的《仙女赋》请吴丹帮他抄写。

吴丹一边抄写，杜育一边摇头晃脑地在一旁吟诵："……面如朗月，唇似丹珠，眉清目秀，皓齿明眸……"

吴丹抄写完毕，交给杜育，说："这是要送给哪位仙女呀？"

杜育说："本来是要乘浮槎到天上送给嫦娥的，但老师说浮槎八月才到呢，现在才四月，还早着呢，就放你这儿吧。"

吴丹说："别别别，快拿走。什么朗月呀，丹珠呀，俗不可耐，一看就是仿的《洛神赋》。"说完，吴丹将抄好的《仙女赋》扔给他，转身离开了。

杜育自尊心大受伤害。于是对张华大诉其苦。张华看了看《仙女赋》，说："你这确实太老套了。文无定法，贵在新意。司马相如的《美人赋》、魏文帝的《洛神赋》写得是好，但也不是谁复制一遍就能打动别人的。情诗最重要的是要有情，有真情，而且是独特的情感。你这种泛泛的赞美，当然不能打动姑娘的芳心了。"

杜育说："老师，学生实在愚笨，不知道情诗怎么写。您是情诗大家，能不能替学生写一首……"

张华说："荒唐，这哪行。哪有老师替学生写情书的。"

杜育"扑通"跪在地上，流泪道："老师，我爱晓阳，因为她，我食不甘味，寝不安席，不能得到她，我连活着都觉得没意义。您就帮我一次，今后我给您当牛做马……"

张华说："起来吧，起来吧，可别在我家闹出人命来。我看你是真的爱上她了，我就替你写一首。不过也不一定起多大作用，最最关键的还是要看姑娘心里是怎么想的，如果人家根本就没看上你，你费再大心思也没用。她连石崇、潘岳、王衍都不放在眼里，可见，钱财、相貌和地位她都不大在乎。你也别抱太大希望。"

"多谢恩师。"杜育在张华面前"咚咚咚"磕了三个响头。

张华整整用了一个晚上，才将一首情诗写好。

第二天，杜育又请吴丹帮他抄这首情诗。吴丹说："你那篇《仙女》还没送出去呢，又要写情诗，最后要是都送不出去，那不是白白浪费感情了。"

杜育说："我就不信这么好的诗打动不了姑娘的芳心，你就替我抄吧。"吴丹提笔抄录起来：

良缘自天定

无缘不相亲

君本陇右女

我原在襄阴

天命实难违

相逢在洛滨

一见莞尔笑

芳姿摄人魂

自兹食无味

夙夜不安寝

仰首望苍穹

但乞降天恩

着此绝世女

广纳慈悲心

真情易大爱

了此前世姻

吴丹抄完，将毛笔放到笔架上，郑重地说："你这'君本陇右女'是什么意思？合着你这情诗是给我写的呀？"

杜育说："是呀，你刚看出来？其实我那《仙女赋》也是给你写的。不过那篇赋写得不好，让你见笑了，我为你写的这首诗怎么样？"

"一般般吧，一看就是文人骚客的语调，看似有真情，其实未必真。虽然很一般，但比那赋强多了。"

杜育说："只要你喜欢，我会加倍努力，再为你写……"

吴丹冷下脸来说："杜方叔，我劝你死了这条心吧。我不会嫁给你的。"

"那你想嫁谁呢？"

"这用不着你管。我最后对你说，咱就是同事关系，以后不许胡思乱想，想也白想。"

"你需要我怎么样呢？"

"我根本没想要你怎么样呀。要想娶我，除非你有老师之才、石崇之富（石崇因有了朝廷的保证，不再掩饰石家的财富，世人已皆知其富）、潘岳之美，而且还必须三者集于一身。"

"好吧，我知道了。你既然说得这么绝，我从今以后就死了这条心了。"说完，转身离去。

晚饭后，张华将杜育叫到自己屋里，问："那诗给晓阳看了吗？"

"看了。"

"她有什么表示？"

"说我除非有您的才华、石崇的财富和潘岳的相貌。"

"这说明，人家心里根本就没有你，所以你不能……"

"是，我彻底死了这条心了。"杜育说，"祸兮福所伏，我冷静地想过了，真的娶了这丫头也未必是什么好事。"

"哎，你怎么会这么想？不能爱不成就转为恨呢。"

"不，我不是这个意思。这姑娘太骄狂，您替我写的这首情诗多好啊，我自己读一遍激动一次，乃情书之绝唱。可她却说……"

"说什么？"

"不跟您说了，您听了会生气的。"

"怎么会呢？如果她的批评是有道理的，我不仅不会生气，还会感谢她呢。告诉我，她是怎么说的？"

"她说，'一般般吧，一看就是文人骚客的语调，看似有真情，其实未必真。'您说，她这不胡说吗？这不是不懂装懂吗？"

"哦，看来这孩子在文学上也有自己的见解呢。"

张华为了成全杜育，代写的这首情诗是很下了一番功夫的，自己对这首诗也是比较满意的，没想到却被吴丹评价为"一般"。张华是当时公认的，人人敬仰的头号文学大师，虽然吴丹不知道这首诗是自己代杜育写的，但吴丹的评价还是令张华感到意外。这只能说明，这孩子要不是不懂诗，信口开河；要不就是她对诗有不同的，或更深的理解。不管哪种原因，张华都要探探吴丹的底。

这天，张华伏案写了半天。傍晚的时候，吴丹敲门走进来，说："老师，昨天您写的那十几页稿子我已经抄录完了。"

"四份都抄完了？"张华问——张华所写《博物志》稿要求誊写四份，吴丹、李琳每人誊写两份。

"嗯，都誊写完了，我们把您今天写的拿过去，明天……"

"不着急。"张华说，"晓阳，坐。"

吴丹于是坐下。

张华说："我这儿有几首朋友写的诗，你也帮我抄写一遍吧。"

吴丹站起身去取诗稿。张华说："你看看这几首诗写得怎么样？"

吴丹捧着诗稿重新坐回座位，仔细阅读这几首诗。

一首是傅玄的诗：

> 车遥遥兮马洋洋，
> 追思君兮不可忘。
> 君安游兮西入秦，
> 愿为影兮随君身。
> 君在阴兮影不见，
> 君依光兮妾所愿。

一首是徐干的诗：

> 高殿郁崇崇，广厦凄泠泠。
> 微风起闺闼，落日照阶庭。
> 踟蹰云屋下，啸歌倚华楹。
> 君行殊不返，我饰为谁容。
> 炉薰阖不用，镜匣上尘生。
> 绮罗失常色，金翠暗无精。
> 嘉肴既忘御，旨酒亦常停。
> 顾瞻空寂寂，唯闻燕雀声。
> 忧思连相属，中心如宿醒。

吴丹看后，张华问："晓阳，说说这几首诗写得怎么样？"

吴丹说："都是大家所作，小女子安敢妄议？"

"作者皆不在侧，只有咱师生二人，你尽管直说。"

吴丹说："都很不错，也都一般。"

"啊？"张华问，"说说你的理由。"

"说它们写得不错，是因为中规中矩。一看便是受过专门训练的文人所作。语言华丽，用词讲究，用典也信手拈来。"

"为什么你又说是一般呢？"

"因为它们都缺乏想象，或想象力有限。小女子认为，诗的灵魂就是想象，它的魅力也在于想象的奇特。写情不能拘泥于情，写爱不能有爱这个字。夫为诗者，首先要放纵精神，神思遨游宇宙，遐想超越古今。观天地以见细微，睹大块以写毫末。"

天哪，张华心想，没想到这小女子不仅有这样深刻的见识，而且有如此宽广的胸怀。他继续问道："在你眼里，什么样的诗才是好诗呢？"

"只说情诗吧。"吴丹说，"《诗经》中的情诗是好诗。比如《兼葭》'兼葭苍苍，白露为霜，所谓伊人，在水一方'多么优美，多么抒情；比如《采葛》，虽然简练，但却让人回味无穷；还有《褰裳》'子惠思我，褰裳涉溱。子不我思，岂无他人？狂童之狂也且！子惠思我，褰裳涉洧。子不我思，岂无他士？狂童之狂也且！'短短四十四字，将一个跟情人赌气的姑娘写得淋漓尽致矣。《诗经》中的情诗，没一个爱字，但却表达了各种性格人物的真挚爱情。所以，子曰'思无邪'。"

张华说："你说的是《诗经》，那太遥远了，入汉以来，你最喜欢的诗人是谁？"

吴丹说："只有魏武帝一人而已。司马相如、扬雄等汉赋大家，过于卖弄词藻，即使有真情实感，也淹没于华丽的辞藻之中，他们似乎忘了，写文章是为表达思想感情的，而不是为了炫耀文才与辞藻，有舍本逐末之嫌；建安七子，虽然不再像司马相如、扬雄之流那样卖弄，但也文胜于质。唯魏武帝的诗，言简意赅，言近旨远。'对酒当歌，人生几何'，语言浅近而寓意深远。"

"嗯。说得有道理。"张华赞道。

"其实我最喜欢的还是采自民间的乐府诗。那才是真正的好诗。有一首诗叫《上邪》不知您听过没有。'上邪！我欲与君相知，长命无绝衰。山无陵，江水为竭，冬雷震震，夏雨雪，天地合，乃敢与君绝！'天那，想象力太丰富了。还有'迢迢牵牛星，皎皎河汉女。纤纤擢素手，札札弄机杼。终日不成章，泣涕零如雨。河汉清且浅，相去复几许。盈盈一水间，脉脉不得语。'这才叫诗。"

张华万万没想到，这个十五六岁的姑娘不仅写得一笔好字，竟然对诗也有着如此深刻而独特的见解。怪不得她目中无人，原来这是个融绝色美女与绝顶才女于一身的姑娘。

张华说："你既对诗有如此深入研究，自己写不写？"

"写，但写不好，不敢示人。"吴丹说。

"写几首我看看。"张华说。

"好的，以后但有所作，一定请老师指教。"

从此，师生二人经常一起讨论各种艺术话题。吴丹也不断写些诗文请老师指教。师生二人独处的机会越来越多。

随着《博物志》的进展，杜育、李琳、吴丹三人对老师张华越来越崇拜，越来越敬服了。她们觉得老师简直不是一个人而是一个神。因为只有神才无所不知，无所不晓。

情感在异性间是可以转化的，敬仰与崇拜可以转变成爱慕，如果说杜育对老师的敬仰只能加深，而李琳和吴丹却因为崇敬而在向爱慕转变，尤其是吴丹，她的这种转变十分地迅速。

吴丹从小失怙，在潜意识中有一种强烈的恋父情结。这种女孩儿对青涩的小伙儿很难动情，而成熟的男性却很容易激起他们的依恋与爱慕之情。

张华作为一个官高爵显的男人，一个风流潇洒的名士，一个才德冠世的成熟男性，很快赢得了吴丹的芳心。但她又觉得这种情感是可耻的，于是拼命回避与掩饰。但回避的结果，却像一只被困泥沼的小鹿，越挣扎陷得越深，以至于到后来，一天见不到张华都会感觉非常失落。

张华对这个姑娘也是越来越喜爱。每天都要找理由见上吴丹一面，否则心里便不踏实。这让他找回了二十年前与王婧交往时候的感觉。但他也不愿相信这种情感是真实的。为了名誉和郭芸也必须压制这种情感。

情感就像一粒生命力顽强的种子，而一个自己喜爱的异性就是土壤和水分，一旦有了适合的土壤与充足的水分，它必须发芽。掩盖也是徒劳的。

104

张府女主人郭芸对杜育、李琳、吴丹三位都非常喜欢。他们都以师母视之。

郭芸是个心地善良的女人，她见杜育与吴丹都是未婚的少年，二人品貌又相当，便也想为他俩牵线搭桥。

她知道，这样的事必须先征求男方的意见，只有男方同意了才能去问女方，否则，女方先表示同意，而被男方拒绝，那会大大伤害女孩儿的自尊。于是她先找到杜育，说："小杜，家里为你订婚了没有？"

"没有呢。"杜育说。

"我给你说个人儿怎么样？"

"多谢师母关心。"杜育脸红红地说。

"你看晓阳怎么样？这孩子要模样有模样，要能耐有能耐……"

"您说的是她呀？"杜育说，"人家心比天高，哪看得上我呀？石崇、潘岳、王衍都在她那儿碰了壁……"

"是呀，前些日子这些富家子弟没事都来闲串门儿，我就知道是冲着晓阳来的，结果都碰了一鼻子灰，不再来了。我还以为她是内里有你了……"

"不是不是，人家压根儿就没看得起我。"

"这孩子是不是心气儿也太高了，她想找什么样的？"

杜育说："最起码得才华与老师不相上下的。"

杜育的话让郭芸一惊，问道："你是说她喜欢你们老师？怪不得他也天天把晓阳挂在嘴边上呢，夸她是天下第一美女加才女。"

杜育自知说走了嘴，生怕自己的话引起师母的怀疑，赶紧说："老师那样的大才谁能不喜欢呢？我和李琳大姐也都非常喜欢呢。"

杜育的解释令郭芸坚信自己的判断，于是说："好，好啊。太好了。我就等着有这一天呢。"

杜育听了师母的话吓了一跳，以为师母因猜疑而恼怒了，赶紧说："真的。老师和晓阳只是师生关系，您千万别往别处想。"

"你不知道，我等着这个机会已等了多年。"郭芸说。

"那可是您心里猜的，不是我说的呀。"杜育更怕了。

但杜育的担忧是多余的。师母郭芸听说晓阳喜欢老师不仅不生气，而且非常高兴。她与张华虽然夫妻相处多年，但她的身份始终是妾而不是妻。这其中的原因，一是郭芸知道自己出身微贱，又没有多少文化，以这样的条件充任中书令的妻子，既不合礼制，也不合人情；二来，管辂"必克三妻"的谶语一直让张华担惊受怕，因而不仅不敢将郭芸由妾升为妻，也不敢再动娶妻的念头，即使皇上专门为他下诏，不许以妾代妻，他也未为所动。

终于有张华喜欢的女子了，郭芸决定要为丈夫玉成此事。

她暗中观察了两个月，发现张华与吴丹二人真的有一日不见如三秋的感觉，她断定二人的情感是真的。于是郭芸悄悄将吴丹叫到自己的屋里，直截了当地问吴丹："晓阳，你觉得你们老师这人怎么样？"

"当世之人，德无可比，才不可攀。"吴丹道。

吴丹说："喜欢你们老师吗？"

"当然喜欢。"

"是哪种喜欢？"

吴丹被问得有些愣了，不知道怎么回答。

郭芸说："是不是像喜欢一个男列样喜欢？"

吴丹脸红了，没有言语。

郭芸说："是不是心里既拿他当老师又当父亲还当情人？"

吴丹哭了，说："师母，我向您承认，正像您说的那样。对不起，我不该这样，可我控制不住自己。我是不是很轻浮，很……"

"没有什么对不起的！我还要谢谢你呢。潘岳、石崇、王衍、杜育这样的小伙子你不爱，却爱上了老师，说明你不是一个轻浮的女孩儿，你不仅有性格而且有品位，正如你所说，你们老师是个德无可比，才不可攀的男人。石崇有钱，但无才，潘岳有貌，却无德，王衍有才却轻薄，所以这些人你一个也看不上。"郭芸说。

"嗯，您说得太对了。只有老师是集德才貌为一身的男人。"

郭芸说："我观察，他也是爱你的。你能嫁给他吗？"

"这，这，这怎么可能。师母，吴丹不敢妄想。"

"晓阳，如果你不嫌他年纪比你大，我帮你。"

"师母，这，这怎么可能……"

"怎么不行？"郭芸道，"你们老师至今没有正室之妻，我不过是以妾代妻。但我出身微贱，又没有任何才学，蒙他不弃，以爱妾相待，已很知足。让我真的做个堂堂正正的中书令夫人，我怕担当不起呢。你才貌双全，你又蒙他喜爱，做他的妻子算得郎才女貌，天设地配了。"

吴丹听后大惊，简直无言以对，她怎么都不会想到，师母会说出这一番话来。一时不知如何应答。

"你呢，也到了出嫁的年龄，也别不好意思。只说愿意不愿意嫁给老师吧。"

吴丹不能违心地说不愿意，但又不好意思说愿意，只得微微点点头，说："嗯，我，我还得跟姑妈商量一下。"

"子琼又不是不知老师的底细，她有什么理由不同意呢？再说，姑妈哪能主侄女的终身大事，大主意还得你自己拿。既然你点了头，这事就八九不离十了。"

郭芸摸清了吴丹的底细，立即向张华将这件事挑明。张华怨道："你真是胡闹！这怎么可能？"

郭芸道："怎么不可能？她美貌无双，才华出众，到任何场合都拿得出手，而且还能在事业上助你臂之力，郎才女貌有什么不可？"

"我是她的老师、长辈，老师娶学生，这不让人笑话吗……"

"你算她什么老师？又没行过拜师礼，老师不过是官称而已。年龄更不是问题，人家姑娘都不嫌，你怕什么？"

"不行，不行，这事可不能瞎来，传出去，以后我们还怎么相处？"

"要是成了，就以夫妻相处了，还怕传出去？"

"要是不成呢？多尴尬。"

郭芸听了这话，心中一喜，说："成不成只在你了，人家姑娘可是同意了。你只说你喜欢她不喜欢她吧。"

"这，这，我，我只是像喜欢孩子一样……"

"别骗自己了，骗得了别人还骗得了我，夜里做梦都喊晓阳，晓阳。近几个月来，你都魂不守舍了，不是真心爱上了她，怎么会这样？"

张华被妻子说得脸红了。

"茂先，你也该正式续个妻室了……"郭芸刚说到这里，张华突然像被电击了一下，站起身说道："不，不行。我不能娶她。"

"这么说你不爱她？"郭芸问。

"爱，正因为爱才不能毁了她。"张华说，"你忘了管大师曾经说过的话吗？"

"你是说'必克三妻'？"

"是啊，我若娶晓阳为妻，这不是在害她吗？"

郭芸笑道："呵呵，你放心吧，破解的法儿我已经有了。"

"怎么破解？"

"管公明将他的能耐全传给了大弟子晏宁，前天我曾让胡夫人带我找过晏宁，将情况跟他一说，他说您放心，我一定帮张大人破解。"

我问他如何破解。他说："只要刻一个木头人儿，上面写上张茂先之妻，让张大人跟这木头人拜过堂，然后将木头人儿烧了，为木头人儿办一场丧礼就等于张大人娶过三个妻子了，第四个就平安了。"

张华对郭芸的良苦用心十分感动，说："晓阳的姑妈知道吗？她什么意见？"

郭芸道："我还没跟子琼说呢，估计她不会反对吧。"

"你得争取子琼的意见，婚姻大事要父母之命，媒妁之言，晓阳没有父母，从小跟姑妈长大，姑妈就得替她做主。"张华说，"对了，还有媒妁之言，谁当媒人呢，总不能你来当媒人吧。"

"我想好了，让方叔来当大媒。"郭芸说。

"那可不行，哪有学生给老师当媒人的。"张华说，"要不请胡将军夫人做媒吧。"

"好，我这就去找胡夫人。"郭芸说。

"你先别去，先得问问子琼的意见。"张华说。

"那我马上去找子琼。"郭芸说完，来到东院去找李琳。对李琳说明来意，李琳平静地说："师母，昨晚晓阳把这事跟我说了。我不能同意这桩婚事。"

郭芸很惊讶，问："为什么？晓阳可是自己同意的。"

"她自己同意也不行。她是我养大的，我必须替她做主。"李琼态度很坚决。

"晓阳和茂先二人已有了感情，你不能就这么拆散……"

"不，这不可能。"李琳道。

"为什么？难道茂先配不上晓阳？"

"师母，我拒绝这桩婚事，也是为老师好。"李琳说，"老师娶学生会让人置疑老师的品德。我不想让我们万般崇敬的老师受到世人的任何指责。"

"茂先多年没有正妻，晓阳是待嫁之女，他们二人虽然年龄差得多了一点儿，但并没有什么不合道德之处啊。"

"我和晓阳都是老师的学生，同在老师门下供职，外人会说老师是利用职务之便趁人之危。"

"管他外人怎么说，只要咱心里有数就行。咱可是知道人家两个人是真情实意。"

"不，人活在世上就必须顾及别人怎么说。"李琳说，"师母，我老师是世上最优秀的男人，晓阳嫁了她也会很幸福，但我不能为了侄女而毁了老师，使老师的形象不再完美。"

"你这就是托词了。我看你还得尊重晓阳的意见……"

"师母，别说了，再说我只能带着晓阳离开。"李琳道。

"别别别，"郭芸说，"不管这事成与不成，你们都不能离开。"

"师母，您别操心了，这事在我这儿肯定不成，除非，除非……"

"除非什么？"郭芸还带着最后的希望问道。

"除非我死了！"李琳说道。

郭芸没想到最不可能出现问题的地方出了问题,而且这是个无法解决的问题。她只好将李琳的态度如实告诉张华。张华听后羞愧不已，埋怨郭芸道："唉！都怪你。这事怎么办？子琼和晓阳真要离去，人们会怎么说我？人们会说我利用职务和地位欺负人家娘儿俩，把人家欺负走了，这让我成什么人了。他们不离开，又让我如何天天面对她俩，尤其是晓阳，每天磕头碰面的多尴尬。唉，怎么会弄成这样？也怪我，本来就不该有这种想法。"

张华被这件事弄得痛苦不已。他思来想去，最好的解决办法就是给吴丹找一个更好的去处。但一个女孩子让她去哪儿呢？他思来想去，忽然想起去年太子司马衷曾经跟他说过一件事，说太子妃贾南风需要一个能够替她处理文案的女官，求张华帮忙物色，而世上能够撰写各种公文的女子比凤凰都难找。嗯，晓阳完全能够胜任这个角色，即使在公文上有什么不懂的，自己也可以帮助她。而且跟着太子妃当文书，既安全又有前途，将来太子一旦登基，太子妃就是皇后……

张华越想越觉得这是个好差使。第二天，张华进宫问过太子，太子妃还需要不需要女官。司马衷说，需要，太子妃跟前的这一职务一直没找到合适的人选。

张华从宫里回来，立即找到李琳和吴丹，对她俩说："事情你俩都知道了，是做老师的不对。此后我也没法面对晓阳了。所以，我打算给晓阳找个更好的去处……"

"老师，我不愿离开您，我愿意在您跟前……"

吴丹的话没说完，李琳说："听老师的。"

张华说："晓阳，这个地方对你来说是最好的去处。我这里只不过是临时聘用你们，一旦《博物志》撰写完毕，你们就没事可做了。而这个新的去处，你可以干一辈子，如果干好了，可享受一辈子富贵荣华。"

李琳问："您说的是哪里？"

"当朝太子妃需要一个女官帮她处理文书。晓阳多才多艺，非常适合这个职务。"

李琳问张华道："听说太子不大聪明，有人说皇上早晚会另立太子。"

张华说："太子是不大精明，但皇后坚持立嫡以长也是遵从古制。另立太子的可能性不大，因为太子妃的爹贾公在朝廷中的势力十分强大，当今没有贾公想做而做不到的事。太子妃那么丑的一个女人，都能在贾公的操纵下顺利成为太子妃。所以，要想废长另立，连贾公这一关都很难过。"

吴丹说："太子妃不漂亮吗？"

张华说："岂止不漂亮，简直奇丑无比，听说脾气还暴躁，对了，我最担心的是你，她脾气太大，你会受气……"

李琳说："没关系，只要你对她好，脾气再大，也不能无故发脾气呀。"

"太子妃虽然脾气暴，相貌丑，但却是个非常有心计的妇人呢。"张华说。

"皇上为什么非要立这样一个太子呢？不担心社稷会毁在他手里吗？"吴丹问。

张华说："有人说皇上是因为喜欢皇太孙（司马遹），太孙要想将来当皇上只能从他父亲手里接班，而不能从爷爷手里直接接班呀。我看皇上是不会另立太子了，不久前，皇上命和峤、荀勖等人一起考核太子，荀勖为了讨好皇上说，太子的聪明程度有很大提高，和峤却直言相告，说太子的智力还是那样，没有任何进步。皇帝知道和峤说的是实话，可仍然没有采纳和峤意见。这说明皇上本身就不想废太子另立呀。"（《晋书·和峤传》："峤见太子不令，因侍坐曰：'皇太子有淳古之风，而季世多伪，恐不了陛下家事。'帝默然不答。后与荀顗、荀勖同侍，帝曰：'太子近入朝，差长进，卿可俱诣之，粗及世事。'即奉诏而还。顗、勖并称太子明识弘雅，诚如明诏。峤曰：'圣质如初耳！'帝不悦而起。"）

李琳说："太好了，将来太子登基，晓阳就是皇后近臣。我们晓阳这么漂亮，要是被太子看上，说不定还会成为贵妃……"

张华道："晓阳，你千万别这么想。即使太子有此意，你也必须拒绝。太子妃不仅脾气坏，而且还是个醋坛子，你可惹不起。"

李琳说："晓阳，快谢谢老师，这是你最好的归宿啊。"

吴丹似乎也对这一职务很满意，于是说："谢谢老师！"

"不用说谢，以后碰到不懂的东西我会帮助你的。"张华说，"太子妃那里很着急，你准备准备，过一半天就去上任吧。"

105

吴丹在东宫（太子所居的宫殿）只待了十几天便被太子妃贾南风赶出了宫。

张华、李琳和杜育见吴丹悻悻地回来，很是诧异。

李琳问："晓阳，你怎么回来了？"

吴丹说："太子妃不让我在她那儿干了。"

张华问："为什么，不会是你不胜任吧？"

"不是。"

"那是为什么？是不是太子妃不喜欢你？"张华又问。

"也不是。太子妃非常喜欢我。"

"那到底为什么呀？"李琳问。

"因为，因为太子……"

确如吴丹所说，贾南风非常喜欢吴丹。美女不仅男人喜欢，女人也喜欢，尤其像吴丹这种丽质天然又气质高雅的姑娘，乃世间最美的尤物。贾南风因而也是一见倾心，握着吴丹的手说："好漂亮啊！听说你还写得一手好字。以后在东宫好好干，我不会亏待你的。"

吴丹初见太子妃，震惊不已。尽管之前张华说过她丑，但她无论如何都没想到会如此之丑。她既矮且胖，皮肤黝黑而且粗糙，两个黄板门牙露在唇外。她的一双手短粗而硬，吴丹的手被她握在手里很不舒服。在短暂惊讶之后，吴丹赶紧说："愿为娘娘效劳。"

"哟，小嘴儿真甜。"贾南风说，"赏！"

于是太监捧过一个托盘，托盘上是十几匹花花绿绿的丝绸。

贾南风说："回去做几身像样的衣服，以后跟着我出去让我也有面子。"

吴丹被贾南风的几句话说得心里暖暖的，问道："娘娘有什么需要我做的尽管吩咐。"

"没什么事，你刚来，我让人带你在宫里转转，熟悉熟悉环境。"

贾南风让人领着吴丹在东宫各处转了转。当再次回到贾南风居住的养颐宫时，贾南风正站在院内，对一个女人发火，指着那女人的鼻子骂道："谢淑妃，你真胆大包天，敢大白天的勾引太子行苟且之事……"

"娘娘息怒，娘娘息怒，"谢淑妃说，"不是我勾引太子，是太子强迫我，强迫我……"

"这么说，你真的被太子临幸了？"贾南风问。

"我没法拒绝……"

"臭不要脸的，俗话说母狗不抬腿公狗上不了身。"贾南风说着，上前啪啪给了谢玖几个耳光，边打边说，"让你犯浪，让你犯浪……"

贾南风劈头盖脸地打谢玖，旁边却没人吱声。吴丹不知内情，赶紧上前拉住贾南风的手，说："娘娘息怒！"

贾南风转身见是吴丹在拉她，不仅没生气，反而笑了，说："晓阳，真是心善良的姑娘，看在你的面上，今天就饶过她。你不知道，这些个浪娘们儿，一天到晚就是琢磨怎么勾引太子。"说到这里，顿了顿，问，"你东宫都转了一遍？"

"嗯。"

"以后你就安心在这儿陪我了，我让你有享不尽的荣华，受不尽的富贵。"

"多谢娘娘栽培。"

吴丹说到这里，突然一个黑胖的男人满脸怒气地走来，边走嘴里还边瓮声瓮气地嚷嚷道："谁欺负谢淑妃了，谁欺负谢淑妃了？"

旁边一位太监赶紧拉了一下吴丹说："太子到，赶紧跪地接驾。"

所有人都跪在地上，只有贾南风冲着太子道："我，是我打了她？"

"你，你为什么……"

"还有脸问我，"贾南风对司马衷喊道，"你身为太子，大白天跑到妃子屋里苟且偷欢，成何体统？这东宫成了什么腌臜去处？"

"谢淑妃是太子的妃子，我想什么时候就什么时候……"

"是吗？这是谁教你的？"贾南风说着，上前拉住司马衷的衣袖说，"走，咱到父皇面前把你们的丑事摆出来，问问父皇和母后，看看你们合不合礼法。"

司马衷执拗着不敢去，但贾南风见太子害怕更得理不饶人，连推带拽，非要去到皇上面前讨说法。

谢玖既怕司马衷被惹急了与贾南风打起来，那样就没法收拾。但她又从心里怕贾南风，不敢阻拦。想到贾南风倒很听这新来的小女子的话，于是悄声对吴丹说："你快帮太子说句话。"

吴丹说："娘娘，娘娘，您消消气吧。把您气个好歹，那可是社稷之不幸啊。"说着站起身走上前去给贾南风擦了擦汗。

贾南风撒开了司马衷，对跪在地上的众人说："看看人家晓阳多聪明，多会说话，多会办事。"然后转身对吴丹说，"这东宫的后宫可是我负责的，不好好管教管教，闹出丑闻人家笑话的是我。好吧，既然你为他们求了情，我暂且饶过他们，下不为例，再让老娘知道你们大白天犯骚，我把你们光着屁股抬到街上去。"然后拉着吴丹回了屋。

没想到，司马衷也跟了进来。他目不转睛地盯着吴丹，边看边嘿嘿傻笑着问："嘿嘿，你是新来的？真俊！"

贾南风说："你跟进来干吗？老娘可不像那个浪娘们儿……"

司马衷依然"嘿嘿"傻笑着，并不回答贾南风的话，而是继续问吴丹："你多大了？"

贾南风说："她是我聘来的，专门侍候我的，你别打歪主意。好啦，我要向晓阳交代点儿事，你该干什么去干什么去吧。"

司马衷虽然呆傻，但对女人的丑俊还是有鉴别力的，所以娶了个丑老婆贾南风，那实在是在各种压力下没法选择的无奈之举。

司马衷平时虽然很怵贾南风，但此时却对贾南风的话如耳旁风。他不仅没有离开，而且干脆坐下来，两眼直勾勾地盯着吴丹，吴丹被他看得不好意思，低下了头。

吴丹的娇羞之态更让司马衷欣喜。

贾南风正不知道用什么理由将司马衷轰走，突然一个太监喊道："皇上有旨，请太子殿下上殿。"

司马衷听此，才恋恋不舍地离开了养颐宫。

但从此，司马衷每天都到养颐宫闲坐。只是有太子妃贾南风护着，他才没敢对吴丹动手动脚。

吴丹也不知道为什么会得到太子妃如此宠爱，因而对贾南风感激不尽。为了报答太子妃的知遇之恩，她打算给贾南风绣一个香囊。她用彩笔画了个百鸟朝凤的图案，问贾南风："娘娘，这个图案您喜欢吗？"

贾南风看罢，惊道："天啊，你还能画这么好的画儿呢？真漂亮，喜欢，太喜欢了。"

"我打算给您绣一个香囊。上面就用这个图案。"

"这么多鸟儿围着一个大鸟……"

"娘娘，这叫百鸟朝凤。"吴丹说，"天子是龙，娘娘是凤。您就是中间的这只凤凰，所有的鸟都向凤凰朝拜，意味着天下所有人都会朝拜娘娘。"

"太好了，太好了。有一天我成了皇后，少不了你的好处。"贾南风说，"好，我马上让人给你准备最好的绸子，最好的丝线。"

"不，我送娘娘的礼物，必须我自己出钱买布买线才显出我的真情实意呀。"

贾南风听后欣喜不已。

这司马衷对吴丹也是太喜爱了，没过几天，他终于做出了非分之举，趁着贾南风出恭的间隙，他急忙上前搂着吴丹就要亲嘴，吴丹用力挣脱，但司马衷膀大腰圆，哪里挣脱得掉，她喊道："娘娘！娘娘！"

贾南风提着裙子跑进来，冲着司马衷的屁股狠狠地踢了一脚。

司马衷见贾南风坏了他的好事，回手一个耳光抽在贾南风的脸上，骂道："敢打本太子？惯的你。"

贾南风被抽得鼻血直流，骂道："你个什么玩意儿，敢打老娘。老娘今天跟你拼了。"说着，她绰起吴丹绣花用的剪刀，冲上来。司马衷见老婆跟他拼命，赶紧跑出屋去。在屋外叫骂道："你个丑婆娘，早晚休了你。"

贾南风最怕提的就是她的"丑"，听了司马衷的话，握着剪子追出了屋。司马衷知道这丑娘们儿的暴脾气，一溜烟儿地跑了。

贾南风并不肯善罢甘休。她找到皇上和皇后面前告状。

司马炎听了太子两口子吵架经过，说："这吴丹有多漂亮，会让太子如此不顾廉耻？"

"多漂亮也不能不顾廉耻呀。"贾南风说，"他越来越不像话，大白天临幸妃子，今天又强吻女官。皇家的脸面都让他丢尽了，这要是传扬出去，将来何德君临天下。"

司马炎觉得太子本来智力就有缺陷，无才是肯定的了，如果再无德，真的难以令天下民众敬服，于是说："你回去吧，朕要好好管教管教他。"

贾南风虽然在皇上面前告赢了丈夫，但她知道，司马衷既然这么喜欢吴丹，早晚会出事。一旦生米煮成熟饭，皇上也会认可，而且像吴丹这样的姑娘才貌双全，一旦上位，很可能会威胁到自己的地位。为了预防万一，还真不能将这姑娘留在宫里了。

想到这里，她有些恋恋不舍地对吴丹说："晓阳，你是个才貌双全的女孩子，但本宫对不起你，不得不让你离开。你也看到了，太子是这么喜欢你，你若在这里，早晚会被他欺负了。我不想让你受到伤害。所以，只能让你离开。"

吴丹说："谢娘娘！"

"以后有什么困难尽管找我，我会帮你的。"贾南风说。

"吴丹少不得麻烦娘娘。"吴丹说，"我虽在您身边只有十几天时间，但您待我太好了，吴丹一辈子忘不了您的大恩。我赠您的香囊还没绣完，我回去尽快绣。盼娘娘早日成为万人朝贺的皇后。"

听了吴丹的话，贾南风竟然落了泪，说："晓阳，你要长得丑一点儿就好啦，就能陪伴我一辈子了。"

就这样，吴丹因为长得太美，贾南风不得不将她放回来。

李琳说："没想到，我们晓阳竟会因为长得俊而招来祸端。"

杜育说："这不见得是祸，晓阳若在东宫待下去，真会被那傻家伙害了。"

李琳说："那怎么能叫害了，能够当上太子妃，将来会成为贵妃娘娘……"

杜育不满地说："李大姐，你怎么总想着把晓阳送进宫呢？宫中可不是女人的天堂。看来姑妈就是姑妈，您要是晓林的亲妈，绝对不会这样想。"

李琳说："怎么着，你还想挑拨我们姑侄的关系呀？我告诉你，即使晓阳嫁到民间，也轮不到你。"

"你，你，你怎么能这么说。"杜育道。

"是你先挑拨我们关系的。"

张华说："都别说了，怎么越说越远了。既然晓阳回来了，先在这里干吧，我继续帮她想办法。"

106

吴丹只得在张华家待下来，继续帮助抄录整理《博物志》。

又过了十几天。司马炎突然让太监传张华进宫。

司马炎先跟张华谈些国家大事，然后话题一转，问道："茂先，听说有个叫吴丹的姑娘在你家里？"

"是的，是我招聘来帮我整理《博物志》的。"

"听说那姑娘才貌双全？"

"可以这么说，才华盖世，美貌无双。"张华问，"陛下怎么知晓？"

"你不是将她介绍到东宫吗？太子和太子妃为了这姑娘打了一架。我问东宫的人，是什么样的女子让太子如此不顾廉耻，他们告诉朕，说是你介绍来的一个叫吴丹的女子，貌若天仙，才华横溢。"司马炎说，"这样的女子不正跟你这个名士相配吗？朕想过了，你一直以妾为妻，不合礼制，朕为此特下诏令，你一直不为所动。今天朕再下一旨，让你奉旨成婚。你若再抗旨不遵，朕将治罪。"

张华听后，赶紧跪地叩首，道："陛下恕罪，万万不可，万万不可。"

"有何不可？"

"曾有人提出过此议，但吴丹的姑妈不同意……"

"一个当姑妈的有什么权力管人家姑娘的事。"

"陛下不知，这吴丹姑娘自幼父母双亡，是姑妈将其养大成人，姑妈可比亲娘。婚姻要听父母之命，既然人家姑妈不同意，此事只能作罢。大晋以孝治国，婚姻听父母之命，也是孝行应有之义。"

"你别说什么孝与不孝了。你多年不正式娶妻就是不孝，以妾代妻就是非礼。所以，朕今天就要为你做回主……"

张华以额触地道："陛下恕罪，真的不可，张华这般年纪，不能再德有所亏。"

"你别太正人君子了，现在天下安康，应该活得舒服点儿，别委屈自己。君命难违，你就遵旨而行吧。"

"臣非不敬，真的难以从命。"张华再次磕头，连额头都磕出血来。

"真拿你没办法。"司马炎说，"既然你态度这么坚决，朕也不难为你。这么好的姑娘，你不娶，朕可要纳入后宫了。"

张华听后，惊道："陛下，不能啊，您已后宫三千……"

"你看看，你不娶人家，还不让朕收入后宫，难道眼看着这么好的姑娘配个无德无能的小子？你到底娶不娶，不娶，朕真的要纳了。"

"陛下，您让我好好想想。回家商量商量。"

"跟谁商量？这种事还用跟你那妾商量吗？"

"容臣三思。"

"好吧，你回去想一想，这姑娘到底归谁？想好了马上回禀。"

张华没想到皇上给自己出了这样一个难题。这虽然说明皇上对自己宠爱有加，但此事也让他不知如何是好。如果自己不答应娶吴丹，皇上真的会马上一旨诏书，将姑娘诏入后宫，跟那三千嫔妃共侍一夫。对于一个女人来讲，那将是怎样暗无天日的一生是可想而知的。若自己答应娶她，可明明人家姑妈不同意嘛，虽然有皇上之诏，李琳不敢抗旨，但天下人都会说自己依仗皇上宠信强娶民女。那将是多么大的道德污点呢。

张华犹豫了多日。司马炎见张华迟迟不来回禀，于是一旨诏书颁下，着令民女吴丹与中书令张华奉旨成婚，而且连日期都已为其择定——三月甲辰日，更让人没想到的是，皇上还要亲自来参加张华的婚礼。

郭芸接旨后喜形于色，立即去找晏宁，晏宁于是作法禳解张华"连克三妻"的命运之灾。

吴丹接旨后，内心也很高兴，终于能与自己最崇拜、最欣赏、最爱戴、最喜欢、最敬仰的男人结为夫妻，而且是奉旨成婚，世上有几人有这样的幸运。

唯一不高兴的是李琳，她接旨后，大哭一场。郭芸问她有什么意见，她说：

"我能怎么样呢？既然皇上有旨，我敢抗旨吗？唉，命运啊，以后我活着还有什么意义？"

郭芸问："你这是什么话呢？难道吴丹嫁了茂先是进了地狱？你放心，我会与她相处得很好，虽然她年轻，但我一样会拿她当主子侍奉。"

"师母，我说的不是那意思。您不理解我的话，也不知我内心的痛苦。"李琳泪流满面地说。

郭芸将李琳的话转述给张华，张华也大惑不解。

婚礼在紧锣密鼓地进行中。

婚礼前一天。司马炎派人送来了非常珍贵的礼物。张华一家人对着礼物叩首谢恩。

刚送走送礼的钦差。杜育突然从东院跑来，边跑边喊道："张大人，张大人，不好啦。"

"怎么啦？"张华问。

"晓阳，晓阳她……"

"她怎么了？"

"她受伤了。"

"受的什么伤？"

"被开水烫伤了，已经昏迷过去了。"

大家赶紧向东院跑，此时，晓阳已被人抬到一张床上，只见她的左脸被烫得血肉模糊，因为剧烈的疼痛，她已休克过去。李琳在一旁大声哭着。张华见此，赶紧吩咐人去请郎中。经过郎中诊治两个时辰，直到夜里，吴丹才从昏厥中醒来。睁眼看到了姑妈李琳，"哇"的一声痛哭起来。

李琳揽着吴丹的肩哭道："孩子，这都是咱的命啊！"

107

吴丹肯定无法在婚礼上露面了，而且以这样的残疾还是否适合做中书令夫人也令人怀疑。

张华说："不管晓阳落了怎样的残疾，我都不会抛弃她。这孩子太可怜了。"

郭芸说："其他的事都可以以后再议，可明天的婚礼怎么办？"

"照常举行？"张华说。

"晓阳伤成这样肯定参加不了婚礼。"郭芸说，"没有新娘子的婚礼是非常不吉利的，尤其对你很不好。"按照迷信，婚礼上如果没有新娘子，新郎肯定命不久矣。

"她伤成这样，让她怎么参加？"张华说，"我看，我这辈子就这个命了。对我吉不吉我不在乎。"

郭芸说："你不在乎自己，可也得在乎皇上啊，皇上这么关心你的婚事，为你亲自发诏，亲自择日子，还要亲自驾到，到时候却没有新娘子，这，这，这不是欺君之罪吗？"

张华想想，也真是的。皇上为自己真的费尽了心思。明天御驾亲临，不能让皇上大失所望啊。

正当大家无计可施之时，李琳说："如果老师不嫌弃，明天我代晓阳冒充新娘子。"

李琳的话一出口，大家面面相觑，但议论了半天，最后觉得这是最可行的一个方案。

李琳本来年岁不大，长得又十分标致，第二天，李琳穿上新娘装，人们还真以为她是个大姑娘。除了认识吴丹和李琳的少数几个人，都不知道新娘子是姑妈冒充的。

司马炎虽然真的来参加了婚礼，但只是象征性地祝贺一下便走了。

皇上是糊弄过去了，下边的事就更难办。因为三天后，按习俗张华还要带着新娘进宫谢主隆恩，所以李琳还得冒充下去。

更难办的是，第三天，吴丹彻底清醒后，照了照镜子，然后泪流满面地对守护在她身旁的郭芸和李琳说："给我把老师请来。"

张华来到床前，吴丹说："老师，对不起，我已经这样了，没法做中书令的夫人了。所以，我要求，解除与您的关系，重新做您的学生。"

张华说："孩子，别说了，休养要紧。我会永远对你负责。"

"不，不，"吴丹说，"一切都不是您的过错，我不能连累您一辈子。"

"什么都别说了，一切等你伤好了再谈好不好？"张华说。

"嗯，好的。"吴丹说着，疲倦地合上了眼。

两个月后，吴丹的左脸脱了一个铠甲一样的痂，整个左脸就是一个巨大的伤疤。美丽的面容变得非常丑陋。

张华见她的伤彻底好了，于是打算找个时间跟她好好谈谈，但还没容得跟她谈，吴丹却悄无声息地消失了。

张华派人四处打探才知，吴丹原来是回到了太子妃贾南风的身边。

由于脸上的伤疤使她不再俊美，贾南风不再担心她会被太子宠幸。于是重新接纳了她。

张华和郭芸找到吴丹，让她重新回到张府，但吴丹死活不答应。张华说："晓阳，你这是置我于不忠不义呀。我以假乱真戏弄了皇上，这是不忠之罪，我抛弃一个重伤的姑娘这是不义之举……"

吴丹说："你并没有抛弃我，是我自己决定重回东宫的。如果您怕担不忠的罪名，也好办。"

郭芸问："怎么办？"

"既然姑妈已代我与老师行了所有仪式，拜了天地和父母，你俩才是真正的夫妻。您不妨就弄假成真吧。"

郭芸道："这倒是个两全其美的主意，我同意。"

张华说："这事还得仔细考虑考虑。"

回到家里，郭芸说："晓阳的主意太好了。能够避免所有尴尬。"

张华说："那可不行。怎么也得有个先来后到，你为张家付出了半生心血，即使李琳同意，怎么可能让李琳在你之上呢？"

郭芸说："我倒不在乎这些。再说人家李琳也很有才有貌，人也大气，通身都带着富贵气派。你看，在皇上和各位高官面前，应对得多自如，就是一般大家主儿的主妇也做不到这点呀。再说，在那么紧急的情况下，人家不顾名誉出身相帮，怎么也得给人一个交代呀。你不用管，我去找她谈谈。"

郭芸找李琳将话挑明，而且说是吴丹的主意。李琳没怎么犹豫便同意了，并且说道："不过，师母哇，咱俩的角色得换换，我不能在您之上。"

"换什么呀，都一家人了，还分什么上下贵贱的，咱像亲姐妹似的过日子，我比你大，疼你，让着你。你比你小，虽然你是妻我是妾，但你心里敬着我就行啦。"

"师母，我会永远将您当大姐。"

"呵呵，既然是姐妹了，就别叫师母了。"郭芸道。

李琳也笑道："呵呵，一时半会儿还真不好改口呢。"

李琳、张华和吴丹、郭芸，包括张华的两个儿子张祎、张韪都对这件事没意见。没想到杜育却找到张华说："老师，听说您要娶李子琼？"

"是啊，让人家顶替了半天，总得给人个说法呀。而且子琼这人也是才貌双全的。我现在觉得娶李琳比吴丹更合适，毕竟我们年龄相差没那么悬殊。"

杜育说："可，可我怎么感觉有点问题呀。"

"什么问题？"

杜育说："李子琼这人是不是太阴？"

"为什么这么说？咱一起待这么久了，我没发现她'阴'呀，说话办事挺磊落的。"

"那为什么她总想把自己的亲侄女送到宫里去？当初我就不明白，人家都生怕女儿被选入后宫，她倒好，带着侄女送进宫去。要不是赶上选秀结束，吴丹还不是个永远不见天日的后宫女子。"

"你说她阴就是因为这？"张华说，"说明你不了解子琼，子琼太相信她侄女的才能了，觉得即使在宫里晓阳也能出人头地，即使做不到皇后，至少可以做到贵妃。"

杜育说："这咱且不去猜她，最让我想不通的是，她为什么亲手加害自己的侄女？"

"你指的是什么？"

"晓阳被开水烫伤，就是子琼干的！那天，她们三人干活休息，李琳去煮茶，煮完后提着茶壶向碗中去倒。她站着，吴丹坐着，李琳竟然居高临下将滚烫的热水向吴丹左脸上浇下来……"

"不可能，人家姑侄两个那么好，怎么可能……就是仇人也没这么狠吧。再说你当时又不在场。"

"我是不在场，我是在进屋撩帘的一瞬间看到的。"

"你绝对看错了，连吴丹都说是姑妈没端住茶壶烫的。"

"唉！但愿我看走了眼吧。"杜育说。

张华根本无法想象杜育所说的，那有些太离谱了。

很长时间以后，张华曾提到过杜育所说的这件事，李琳说："你信吗？"

"我当然不信。"张华说。

"杜育追求吴丹没得逞，那次还当着你的面跟我吵过一架，所以心里一直恨我。"

李琳的解释很有道理，从此，吴丹烫伤这件事便再无人谈起。

《博物志》的工作按部就班地进行。李琳因为知道杜育曾在关键的时刻对张华说过她的坏话，因而二人的关系越来越紧张。张华觉得都怪自己，要不是那次因为夫妻闲聊，亲亲热热中将这事说出去，妻子也不至于这么容不下杜育。

杜育觉得，张华与李琳毕竟已是夫妻关系，再在这里别别扭扭地待下去也没意思。于是决定离开。

张华知道杜育也是很有才能又正直的青年，堪当大任，于是向吏部尚书山涛大力举荐，山涛认真考察后，授国子祭酒之职，也算寻得个好出路。经过他自己的努力，后来又有所升迁，并因文学成就而成为金谷园二十四友之一。

108

吴丹、杜育相继离去，张华又招了两个年轻人帮他查寻资料，抄写整理书稿。《博物志》按计划撰写四百卷，经过四年努力，如今已编著完成三百卷，剩余的一百卷再有一年即可完成。就在这时，羊祜从荆州回到京城，向皇帝亲呈《请伐吴疏》。

《请伐吴疏》是这样写的：

先帝顺天应时，西平巴蜀，南和吴会，海内得以休息，兆庶有乐安之心。而吴复背信，使边事更兴。夫期运虽天所授，而功业必由人而成，不一大举扫灭，则众役无时得安。亦所以隆先帝之勋，成无为之化也。故尧有丹水之伐，舜有三苗之征，咸以宁静宇宙，戢兵和众者也。蜀平之时，天下皆谓吴当并亡，自此来十三年，是谓一周，平定之期复在今日矣。议者常言吴楚有道后服，无礼先强，此乃谓侯之时耳。当今一统，不得与古同谕。夫适道之论，皆未应权，是故谋之虽多，而决之欲独。凡以险阻得存者，谓所敌者同，力足自固。苟其轻重不齐，强弱异势，则智士不能谋，而险阻不可保也。蜀之为国，非不险也，高山寻云霓，深谷肆无景，束马悬车，然后得济，皆言一夫荷戟，千人莫当。及进兵之日，曾无藩篱之限，斩将搴旗，伏尸数万，乘胜席卷，径至成都，汉中诸城，皆鸟栖而不敢出。非皆无战心，诚力不足相抗。至刘禅降服，诸营堡者索然俱散。今江淮之难，不过剑阁；山川之险，不过岷汉；孙皓之暴，侈于刘禅；吴人之困，甚于巴蜀。而大晋兵众，多于前世；资储器械，盛于往时；今不于此平吴，而更阻兵相守，征夫苦役，日寻干戈，经历盛衰，不可长久，宜当时定，以一四海。今若引梁益之兵水陆俱下，荆楚之众进临江陵，平南、豫州，直指夏口，徐、扬、青、兖并向秣陵，鼓旅以疑之，多方以误之，以一隅之吴，当天下之众，势分形散，所备皆急，巴汉奇兵出其空虚，一处倾坏，则上下震荡。吴缘江为国，无有内外，东西数千里，以藩篱自持，所敌者大，无有宁息。孙皓孙恣情任意，与下多忌，名臣重将不复自信，是以孙秀之徒皆畏逼而至。将疑于朝，士困于野，无有保世之计，一定之心。平常之日，犹怀去就，兵临之际，必有应者，终不能齐力致死，已可知也。其俗急速，不能持久，弓弩戟盾不如中国，唯有水战是其所便。一入其境，则长江非复所固，还保城池，则去长入短。而官军悬进，人有致节之志，吴人战于其内，有凭城之心。如此，军不逾时，克可必矣。

司马炎接到羊祜的《请伐吴疏》，立即召重臣廷议。

张华率先奏道："陛下，羊将军《请伐吴疏》已将伐吴的目的、意义表述得很清楚了。对敌我之优势劣势分析得也十分透彻。可以说做到了知己知彼。而且羊将军数年来总揽伐吴之事，对各方面的准备工作了如指掌。臣相信，按羊将军之疏奏所言即刻旌旆南指，平灭东吴，天下一统必矣。"

张华话音刚落，宰相贾充便奏曰："陛下，臣以为伐吴之议于时未当。"

司马炎道："贾爱卿请道其详。"

太尉贾充道："《请伐吴疏》言，目前'孙皓恣情任意，与下多忌，名臣重将不复自信'。正因吴主昏聩，文无治国之臣，武乏安邦之帅，所以东吴已不构成我朝大患。天朝所患，非在东南，而是西北。秃发树机能屡犯吾境，先后斩杀胡烈、牵弘、杨欣等数员大将，威震西疆，最可忧者，秃发树机能开始联合其他部族合力攻晋，此患不除，终成天朝之害。"

贾充所言也是事实。在蒙古高原，有一个古老的民族——鲜卑族，他们一直受到匈奴的压制。汉武帝决定一劳永逸地解决匈奴问题，数次发动大兵北逐匈奴，在此过程中，鲜卑人也对匈奴发动了攻击。匈奴主国最终被汉武帝赶到了中亚和欧洲。鲜卑人于是在蒙古高原迅速崛起，占据了从阿尔泰山到长白山和大小兴安岭的广袤之地。

河西走廊一带，自古胡汉杂居，其中有个鲜卑族的秃发部落，称河西鲜卑。晋初，朝廷命大将胡烈镇守西部边境。胡烈一介赳赳武夫，根本没有治理地方的能力，面对当地胡汉之间的纷争，他只会用武力弹压异族。泰始六年（270），秃发部首领秃发树机能率部反叛，双方激战，胡烈兵败被杀。从此，秃发树机能声威大振，晋廷数次派大军征讨，却连连败北。

秃发树机能的声威影响了其他少数民部和鲜卑人的其他部落，若这些势力联合起来确是晋朝大患。司马炎此时也正为此担忧，所以贾充的话让司马炎深以为然。

张华道："如贾太尉所言，东吴因主昏臣惧，将无斗志民无战心，因而暂时对我大晋不构成威胁，故不伐吴。太尉的意思是说，等东吴有了英明之主，智能之将，善战之兵后才能伐吴吗？"

荀勖道："茂先此言差矣。太尉的意思是说，凡事要有轻重缓急，如今西北才是最急需解决的问题。"

张华道："北部蛮夷自古为中华之患，只有华夏一统，天朝强盛了，才能彻底清除蛮夷之害。自古及今，扫除蛮夷最为彻底的便是汉武帝，北逐匈奴三千余里，大汉才有了三百年的北疆之靖。试想，如果不是大汉天下一统，国力强盛无比，如何能做到这一点？"

度支尚书杜预道："是啊，即使我们派大军征讨秃发树机能，也只能令他西退，并无实力彻底将叛逆势力逐出西域。故而，臣历来不主张将主要精力用于西境，而坚持攘外宜先安内，以伐吴为先。"

羊祜说："伐吴一战而胜，天下一统，乾坤安定，然后神兵西向，秃发小儿焉能不束手而降。"

贾充说："羊将军能保证一战而胜吗？不用说战败后果不堪设想，若一战不胜，形成僵持局面，河西鲜卑即可趁机东进，此时我大军皆在东南，必顾此而失彼……"

羊祜道："伐吴最多只需半年便可大获全胜，当秃发树机能知道伐吴的消息时，我们大军早已凯旋矣。"

贾充道："打仗的事不是完全可以事先预料到的，什么情况都可能出现，望将军莫要过于自信。"

张华说："打仗的事我们不信身经百战的将军还能信谁？"

"应该信天命。"贾充道。

张华问："太尉的意思是天不助我大晋？"

贾充道："是的。近日有方士告诉我，东南方天空有一缕紫气，紫气为祥瑞之气也，预示着东吴将强盛……"

杜预说："我们正应该趁其将强未强，将盛未盛之时伐之。此即天时也。"

贾充道："人不可与命争，既然天助东吴强盛，而我们伐之，这不是与天命作对吗？人能胜天吗？所以，伐吴，不仅难以成功，反而可能会招致灾难。"

张华说："贾公所说的方士是何人呢？此方士简直不懂装懂一派胡言。"

张华此言一出，贾充心中非常恼恨，他认为张华是在借骂方士骂他。

张华继续说："某略通天文粗知地理。我也见东南天际夜有紫气，但那缕紫气，非关国运。因为据某观之，那是宝剑之气。国运之气广而散，宝剑之气凝而亮。"

贾充道："胡言乱语，宝剑之光能远射牛斗哉？"

张华说："太尉有所不知。真正的宝剑乃是世间精气所炼而成，凝结天地之菁华，聚山川之灵气，已非钢铁之物，而是有魂魄的灵异之物了。"

张华是人所共知的博物学家，他的话令人不敢不信，而且涉及这种玄妙之事，连贾充也没能力反驳。（《晋书·张华传》："初，吴之未灭也，斗牛之间常有紫气，道术者皆以吴方强盛，未可图也，惟华以为不然。"）

羊祜叹道："今日天与不取，将来悔之晚矣！"

贾充奏道："陛下，臣以为，无须过多地争论。东征与北讨面临的是两种可能的结局：一是，北讨无一统之功，却可免亡国之忧；东征可获一统之功，但有亡国之患。究竟如何选择，还应恭请圣断。"

司马炎也正是这样想的，一统之功实在诱人，而且为此准备了多年，如今万事俱备，只需一纸诏令；但若一战不胜，秃发树机能联合众部族南下，大晋腹背受敌，却也十分堪忧。作为皇帝，他还是比较谨慎的。

司马炎道："秃发树机能大患不除，朕寝食难安。几年来朕数遣大将，屡调大军征讨，竟无人能胜之。谁能为朕诛除此贼，拔除此患？"

鉴于数位大将西讨突贼不是损兵折将无功而返，便是身首易处战死沙场，朝廷中已无人愿领兵西征了。而羊祜、杜预、张华等人又是坚定的伐吴派，本来就反对西征，因而更不会主动请缨，于是群臣默然。

良久，忽然有人大声说道："陛下，若得主上信任，某愿西讨突贼。"

众人看时，乃是年过半百的老将马隆。这马隆官职不高，只是个东羌校尉，他所以被邀参加如此高规格的会议，只是因为他战争经验丰富，而且亲自参加过讨伐秃发树机能的战役。

司马炎问："马将军，这秃贼可是斩杀过朕数员大将的，你愿披挂上阵吗？"

"臣随杨欣与秃贼战于凉州，颇谙秃贼战略，对付秃贼之策，臣已成竹在胸。只要朝廷信任，臣一战可擒之。"

马隆的话不免令人生疑。此前那么多大将皆败，他一个东羌校尉凭什么夸此海口？

但司马炎觉得马隆这般年纪不会拿自己的性命开玩笑，既然他敢主动请缨，想必有克敌之法。于是欣然问道："马将军，需要几万人马？"

马隆道："只需三千精兵。"

马隆话一出口，君臣皆原。此前十几万大军征讨都惨遭败绩，马隆说只需要三千人，这不是痴人说梦吗？

马隆道："兵不在多，而在精。这三千兵士，需要臣亲自挑选，兵器也必须由臣从武库中任意拣择，且需要给臣三年所需之资。"

很多人都担心马隆这牛皮吹得太大，甚至担心他会将三年军饷据为己有，然后逃之夭夭。

司马炎觉得为了拔除秃发树机能这个大患，冒点儿风险也是值得的。于是道："朕都依你。"

《晋书·马隆传》是这样记述的："帝每有西顾之忧，临朝而叹曰：'谁能为我讨此虏通凉州者乎？'朝臣莫对。隆进曰：'陛下若能任臣，臣能平之。'帝曰：'必能灭贼，何为不任，顾卿方略何如耳。'隆曰：'陛下若能任臣，当听臣自任。'帝曰：'云何？'隆曰：'臣请募勇士三千人，无问所从来，率之鼓行而西，禀陛下威德，丑虏何足灭哉！'帝许之，乃以隆为武威太守。公卿金曰：'六军既众，州郡兵多，但当用之，不宜横设赏募以乱常典。隆小将妄说，不可从也。'帝弗纳。隆募限腰引弩三十六钧、弓四钧，立标简试。自旦至中，得三千五百人，隆曰：'足矣。'因请自至武库选杖。武库令与隆忿争，御史中丞奏劾隆，隆曰：'臣当亡命战场，以报所受，武库令乃以魏时朽杖见给，不可复用，非陛下使臣灭贼意也。'帝从之，又给其三年军资。隆于是西渡温水。"

本来是一个讨论伐吴的高层会议，最后竟定下了西讨的事宜。

更令人想不到的是，马隆带着自己精挑细选的三千勇士西行，从此踪影皆无。

109

羊祜觉得自己数年心血即将付之东流，既郁闷又着急。再赴荆州后不久便病倒了。于是只得回洛阳养病，养病期间仍然经常入宫对皇帝面陈伐吴之计。司马炎担心他的身体，便让张华常去羊祜家探问，羊祜有什么新的想法，由张华转陈。

羊祜和张华都认为，当下吴国主昏臣惧，兵民皆有斗志，此时正是伐吴的最好时机，一旦吴灭，天下一统，对于皇帝来讲乃是千古奇勋。若依贾充等人之计，真等到东吴明君出世，良臣盈朝，东吴会成大晋最大对手和隐患。

羊祜对张华道："茂先，我身体一日不如一日，难以担当伐吴大任了。如今贾充等人在皇上身边不断灌输伐吴之弊，致使主上遂巡犹豫。看来，今后能够实现我的伐吴大志的，只能是你呀。"

张华说："将军请放心，我张华会舍死抗争，不实现华夏一统，决不罢休。"

张华将羊祜的想法转告司马炎，告诉他，作为皇帝，建立霸业，实现一统，名垂千古的机会就在眼前，而且这种机会稍纵即逝。吴国很快会知道我们已做好了伐吴的一切准备，他们不会坐以待毙，别看现在他们君臣离心离德，一旦明白过来，他们君臣马上就捐弃恩怨，团结一心，共同对敌。您是做个秦皇汉武一样的帝王，还是只想做个平庸的君主，何去何从，只在您当下的选择了。

司马炎多年来一直被这一统华夏的美梦诱惑着，他岂能坐失良机。于是问："朕若决定伐吴，羊将军能够带病指挥全局吗？你问问他，若能，朕即刻下诏伐吴。"

张华来到羊祜病床前转达圣意，羊祜说："皇上误会我了，以为我是想争伐吴之功。我决没这个意思。伐吴不一定非得由我来担任主帅。我之所以恳切要求伐吴，不是想成就自己的功名，我身体已经不行了，如果主上同意伐吴，我将向朝廷推荐最合适的人选。"

张华又将羊祜的话转述圣听。司马炎道："羊叔子，真贤臣也。"其实司马炎要羊祜卧床指挥伐吴，还真是在考验羊祜，听了张华的转述，才知道羊祜力主

张华传

伐吴不是为求功名。

不久，羊祜病逝。去世前，他向皇帝推荐杜预代自己行伐吴事。

羊祜不仅是一代贤臣良将，而且是真正的正人君子。死后，不仅晋朝百姓怀念他，连吴国边境的百姓都为其落泪，大晋皇帝都亲自为其服丧。（《晋书·羊祜传》："祜寝疾，求入朝。中诏申谕，扶疾引见，命乘辇入殿，无下拜，甚见优礼。及侍坐，面陈伐吴之计。帝以其病，不宜常入，遣中书令张华问其筹策。祜曰：'今主上有禅代之美，而功德未著。吴人虐政已甚，可不战而克。混一六合，以兴文教，则主齐尧舜，臣同稷契，为百代之盛轨。如舍之，若孙皓不幸而没，吴人更立令主，虽百万之众，长江未可而越也，将为后患乎！'华深赞成其计。祜谓华曰：'成吾志者，子也。'"

"帝欲使祜卧护诸将，祜曰：'取吴不必须臣自行，但既平之后，当劳圣虑耳。功名之际，臣所不敢居。若事了，当有所付授，愿审择其人。'"

"疾渐笃，乃举杜预自代。寻卒，时年五十八。帝素服哭之，甚哀。是日大寒，帝涕泪沾须鬓，皆为冰焉。南州人征市日闻祜丧，莫不号恸，罢市，巷哭者声相接。吴守边将士亦为之泣。其仁千所感如此。"）

羊祜不仅仁德，而且清廉。史书说他"立身清俭，被服率素，禄俸所资，皆以赡给九族，赏赐军士，家无余财"。（《晋书·羊祜传》）

他的女婿听说石崇家因石苞镇边而大发其财，劝老丈人说："趁着您统驭一方，置办一些家产，以备老来之用，难道不好吗？"羊祜听了，很生气，因为是女婿，不好意思教训他。回家后告诉自己的儿子说："你们妹夫的这番话，说明他只知其一，不知其二，作为臣子，一旦满足私欲，一定会背弃公心。做损公肥私的事绝不是什么明白人，你们慢慢去体会我的话吧。"（《晋书·羊祜传》："祜女夫尝劝祜'有所营置，令有归戴者，可不美乎？'祜默然不应，退告诸子曰：'此可谓知其一不知其二。人臣树私则背公，是大惑也。汝宜识吾此意。'"）

羊祜还是一位著名的文士，其所著《老子传》风行于当世，流传于后代。

当时的人就认为以羊祜的贤德，一定会成为后世楷模，被后世景仰。羊祜与当时的文士一样，喜游山水，一次，他在崛山与邹湛饮酒观景，望着眼前的山川秀色，感慨道："自有宇宙，便有这座山，从古至今，多少贤达名士像我们两人这样登山远望，心旷神怡呀，但不是一个个都湮灭于历史长河了吗？这样想来，人生有什么意义呢？世界对人来说不真的就是'无'吗？这里的风景太美了，如果我们死后有知，但愿我的灵魂也能在此欣赏风景啊。"

邹湛道："您的德才享誉天下，声望名闻四海，你的英名肯定跟这舰山一样天长地久，但像我这样的无名之辈，才真的像您所说，永远湮灭于历史长河之中呢。"邹湛说着竟然哭泣起来。(《晋书·羊祜传》:"祜乐山水,每风景,必造岘山,置酒言咏,终日不倦。尝慨然叹息,顾谓从事中郎邹湛等曰:'自有宇宙,便有此山。由来贤达胜士,登此远望,如我与卿者多矣!皆湮灭无闻,使人悲伤。如百岁后有知,魂魄犹应登此也。'湛曰:'公德冠四海,道嗣前哲,令闻令望,必与此山俱传。至若湛辈,乃当如公言耳。'")

然而不尽如人意的是,羊祜这样一个清正廉洁,德才兼备,文武双全的伟大人物,后世的名声并不十分显赫。究其因,便是此人的故事没有被后世文学家所开掘,因而未能被寻常百姓了解。

110

羊祜死后,朝廷遵照羊祜遗嘱,任命杜预为镇南大将军、都督荆州诸军事,统一部署伐吴之事。杜预领命,即刻东行。经过一年的实地考察,摸清了敌我双方的实情。为了印证自己的判断,杜预还试探性地跟吴国名将张政打了一仗,果然轻松取胜。

张政因为没有防备而落败,没敢将此战的实情告诉吴主孙皓。杜预为了除掉这个最危险的对手,亲自给孙皓写了封信,并让人将信和所俘获的张政手下兵士一同送给孙皓。孙皓因张政隐瞒失败,果然撤了张政的职,以没有领过兵的刘宪取代他。(《晋书·杜预传》:"预既至镇,缮甲兵,耀威武,乃简精锐,袭吴西陵督张政,大破之,以功增封三百六十五户。政,吴之名将也,据要害之地,耻以无备取败,不以所丧之实告于孙皓。预欲间吴边将,乃表还其所获之众于皓。皓果召政,遣武昌监刘宪代之。故大军临至,使其将帅移易,以成倾荡之势。")

杜预胸有成竹,然后回到洛阳,向皇帝陈述伐吴战略。

这天,司马炎正与张华下棋。太监在外喊道:"镇南大将军杜预,杜元凯求见。"

司马炎与张华在纹枰上正杀得激烈。司马炎对太监道:"没看朕在下棋吗?让他等着。"

张华说:"陛下,事关军国大事,不能等啊。"

"伐吴胜败不在这一时半会儿,而朕这盘棋的胜败可就在这儿步了。你敢断我,难道就不怕我杀你这条大龙吗?"司马炎举起棋子落在棋盘上说。

张华推开棋盘说:"不下了,将军从边境而来,十分劳苦,岂能因为下棋而让将军久等。"就在他起身之时,还不经意地用腿将棋盘碰了一下,"哗"的一声,棋子瞬间散落一地。

司马炎怒道:"你,你,你太目无主上了。"

张华道："陛下，恕臣不敬之罪，但您不能真假莫辨，虚实不清啊。"

"你是说朕糊涂透顶吗？"

"臣不敢。"

"那什么叫虚实不清，真假莫辨？"

"棋，虚拟之战也，伐吴，实际之战也。棋若输了，可以再下，再战，而战场上若输了不仅没有翻盘的可能，连再下一盘的机会也没有了呀。"张华说，"若臣与陛下因为下棋而误了军国大事，则臣之罪不可恕啊。"

司马炎想了想，说："嗯，你这话也有道理。传杜元凯进宫。"

杜预带着地图进了宫，向司马炎和张华讲述当前吴晋两军的部署情况。最后说："陛下，臣已完全摸清吴军底细，请速下决定吧。臣以身家性命担保，伐吴一战可成。若遭败绩，请斩某头。"

"好，一切朕已知之。杜将军辛苦了。你好好在家休养，以待朕命。"

杜预告辞回家。司马炎却要继续与张华下棋。张华无奈只得奉陪。

111

杜预竟然一等就是半年。

皇上所以始终无法下定伐吴的决心，主要是贾充等人坚决反对，其次是西部边疆一直没有确切消息。这马隆带兵西去一年了，音讯皆无，这不免令司马炎担忧。马隆如果真的如人所担心的卷款而逃倒也罢了，三千兵士全部战死也不算最坏的结局，如今司马炎最怕的是马隆带兵降敌。

朝廷对马隆这支弱旅越来越不抱希望，越来越担忧，但就在朝廷完全失去了对马隆的希望的时候，突然从西疆传来捷报。马隆竟然只率三千士兵，打败了河西鲜卑的数万兵马，而且斩杀了秃发树机能，夺取并平定了凉州。河西鲜卑这个隐患被彻底清除。皇帝为马隆加官晋爵，授宣武将军，奉高县侯，并大奖马隆手下兵士。

马隆是一个军事奇才，他指挥的这场以少胜多之战，堪与古今历代名将相比。首先，他是以少胜多，以寡敌众之战。马隆军仅三千人，而鲜卑军有多少虽然没有确切记载，但当年文鸯是统率二十万晋军征讨秃发部落的，竟然没有将秃发树机能打败，那么秃发的军队不会少于三五万人，所以马隆是以一当十的胜利。此外，马隆孤军深入不毛之地，没有后勤补给与援军，这场胜仗是在完全与晋朝隔绝的情况下取得的，更重要的是，历史上所有这种众寡如此悬殊的恶仗都是在事先没有料到，因而不得已的情况下发生的，虽败不耻，胜则偶然，但马隆是故意要以寡敌众的，因而他的胜利不是偶然和侥幸，而是必然。那么马隆的胜利是如何取得的呢？史书上虽说他利用八阵图，制作了扁箱车和磁石阵，但仔细分析，仅这些要素并不能确保取胜。马隆一定是非常熟悉敌我双方的心理，充分利用了心理战的。

马隆的战例值得军事史家好好研究。

西疆的捷报彻底解除了司马炎的后顾之忧。他立即下令组成伐吴大军，从西、北两个方向同时进击。同时，在益州早已编练完成的强大水军顺流而下，直捣建邺。

伐吴之战调配了全国百分之六十以上的军力。司马炎清楚，这样强大的力量掌握在谁的手里谁就天下无敌。他考虑再三，最后还是决定任贾充为伐吴主帅。贾充乃是司马氏的铁杆支持者，为了支持司马氏曾犯下弑君之罪，这样的罪恶，永远都不会被民众宽恕，没有司马氏庇护，他便是个人人得而诛之的弑君贼，因而他早已将自己的身家性命与司马氏牢牢绑在了一起。任何人都可能背叛司马氏，唯有贾充不会，也不敢。此外，贾充与司马炎是儿女亲家，司马炎的儿子司马衷是太子，未来的皇帝，贾充的女儿是太子妃，未来的皇后，所以，大晋的天下有一半本身就是贾充家的。所以他没有背叛司马氏的必要。

司马炎于是下诏任命贾充为大都督，总统伐吴之师。

没想到对于皇帝的重用贾充却不领情，拒绝担任伐吴主帅。一是因为他本身是个伐吴的反对派；二来，他没有领兵经验，生怕吃了败仗没法交代，本来自己官高爵显，小日子过得非常舒坦，若在伐吴这件大事上栽了跟斗，那一切就前功尽弃了，所以，他不想领这个功，也不想冒这个险；三来，打仗非儿戏，既然上了战场，谁的生命都没有保障，包括主帅。当年汉高祖亲自北征匈奴还差点儿丧了命呢。于是贾充上书司马炎，依然反对伐吴。

司马炎见贾充向后坐屁股，不愿当主帅，而他又不能将此大军交到别人手里，于是对贾充说："你不当主帅，那朕就亲自领兵出战。"

在这种情形下，贾充才不得已接过帅印。

（《晋书·贾充传》："伐吴之役，诏充为使持节、假黄钺、大都督，总统六师，给羽葆、鼓吹、缇幢、兵万人、骑二千，置左右长史、司马、从事中郎，增参军、骑司马各十人，帐下司马二十人，大车、官骑各三十人。充虑大功不捷，表陈'西有昆夷之患，北有幽并之戍，天下劳扰，年谷不登，兴军致讨，惧非其时。又臣老迈，非所克堪。'诏曰：'君不行，吾便自出。'充不得已，乃受节钺。"）

司马炎不仅将主帅之位给予了最信任的亲信贾充，副帅之位也留给了自己的亲属——杨芷的叔父杨济。

伐吴之战的配置是这样的：镇南将军杜预为西线指挥，具体任务是取江陵、占荆州（当时有两个荆州，一个是晋所占荆州，一个是吴所占荆州）；北线总指挥乃安东将军王浑，负责大军从淮南方向向南进攻东吴；王濬的水师，原则上说，是舰船行驶到哪个战区就受哪个战区主帅辖制。

《晋书·武帝纪》："十一月，大举伐吴，遣镇军将军、琅邪王伷出涂中，安东将军王浑出江西，建威将军王戎出武昌，平南将军胡奋出夏口，镇南大将军杜预出江陵，龙骧将军王濬、广武将军唐彬率巴蜀之卒浮江而下，东西凡二十余万。以太尉贾充为大都督，行冠军将军杨济为副，总统众军。"

而张华为度支尚书负责伐吴大军后勤保障工作——度支尚书相当于财政部长兼总后勤部部长。（"度支尚书，乃量计运漕，决定庙算。"）

主帅贾充的大营扎于淮南寿春。张华等高级官员也大多聚于寿春。

伐吴之战开始打得并不十分顺利，尤其是开战不久，便有兵士染上疾疫。贾充此时更怕担责，于是想推出张华做替罪羊。上书司马炎说："吴不可能很快平定，夏天马上就要到了，江淮一带潮湿多雨，必然疾疫流行，应该马上撤兵，再作打算。伐吴之议因张华而起，虽然腰斩张华，也不足以谢天下。"中书监荀勖也上表，请斩张华。（《晋书·贾充传》："王濬之克武昌也，充遣使表曰：'吴未可悉定，方夏，江淮下湿，疾疫必起，宜召诸军，以为后图。虽腰斩张华，不足以谢天下。'华豫平吴之策，故充以为言。中书监荀勖奏，宜如充表。"）

张华对此也上书皇帝，坚信伐吴很快会取得胜利，而且疾疫之事根本不用担心，他早已命石崇准备好了大量防治疾病的药物。（《晋书·张华传》："时大臣皆以为未可轻进，华独坚执，以为必克。"）

镇南大将军杜预坚决支持张华，杜预听说主帅要诛张华并撤兵，也立即上书皇帝，说平吴之战很快就大功告成，此时若撤兵不仅前功尽弃，而且东吴有了这次教训，此后会全力加强国防，再想灭吴，就难上加难了。（《晋书·杜预传》："杜预闻充有奏，驰表固争，言平在旦夕。"）

司马炎在此关键时刻，没有听贾充的话，而是明确地站在了张华一边，他回复贾充道："伐吴是我的主意，张华只是跟我的意见相同罢了。"（《晋书·武帝纪》："帝曰：'此是吾意，华但与吾同耳。'"）要求贾充全力攻吴。

贾充无奈，只得下令各路兵马继续战斗。

果然又过了不到两个月，建邺便被王濬的水师攻破。吴主孙皓率众投降。吴国君臣被押解至洛阳，孙皓被封为归命侯。（《晋书·武帝纪》："王濬以舟师至于建邺之石头，孙皓大惧，面缚舆榇，降于军门。濬杖节解缚焚榇，送于京都……五月辛亥，封孙皓为归命侯。"）

贾充亲自将孙皓带至大晋朝廷之上。一来向众臣显示自己的功绩，二来想戏弄戏弄这个失国之君。他对孙皓说："我听说你发明了许多酷刑，比如凿目，剥皮，一个人要犯什么样的罪才会被施以这样的酷刑呢？"孙皓的回答令贾充无地自容，哑口无言。孙皓说："这是专为弑君的人准备的。"（《资治通鉴》卷八十一："贾充谓皓曰：'闻君在南方凿人目，剥人面皮，此何等刑也？'皓曰：'人臣有弑其君及奸回不忠者，则加此刑耳。'充默然甚愧，而皓颜色无怍。"）

从此，分裂了一百余年的华夏民族重新归于一统。

大统一对于民族来说是幸事，但想到名将辈出，辉煌了一百余年的东吴孙氏政权瞬间灰飞烟灭，不免令人唏嘘慨叹。

故唐朝大诗人刘禹锡诗云：

王濬楼船下益州，金陵王气黯然收。
千寻铁锁沉江底，一片降幡出石头。
人世几回伤往事？山形依旧枕寒流。
从今四海为家日，故垒萧萧芦获秋。

112

东吴即灭，诸将归心似箭，都急于回朝报功领赏。而镇东将军司马伷、镇南将军杜预和度支尚书张华却作为接收大员暂时留下来。司马伷和杜预负责东吴全境的安全，以防叛乱。而张华作为度支尚书主要任务则是将东吴的府库及各种皇家资产查验、保护起来，以免因乱散失。

随张华一起做善后工作的副手是城阳太守石崇。石崇所管辖的城阳与淮南接壤，距吴境较近，又是从山东调运战略物资的中转站，因而，石崇伐吴之战中，石崇被任命为北路军的后勤总管。考虑到石崇对财务工作较为熟悉，张华便将他留下来做自己的助手。

张华选了一处民宅作为他和石崇的接收大员指挥部。但他俩搬进去的第二天，突然来了一人，求见石崇。石崇与此人见面后，立即带着他来到张华面前，介绍说："这位先生姓吕名宓字公由。"

张华笑道："呵呵，原来你就是吕公由！好哇，华夏一统也有你一份功劳啊。"

吕宓道："呵呵，吕宓不过略尽微劳，还需张大人提携。"

石崇道："对呀，张大人，当初请段玉和公由置办药材，我可是跟他俩许诺过的，伐吴功成，天下一统的时候，请求朝廷给他俩个官做，您位高权重，此事还需您替他俩向朝廷报功啊。而且伐吴之战，那些药材可是派上了大用处的。"

张华说："段玉、吕宓二人做了这么大贡献，天下已经归给二位个小官做这点儿小事朝廷会答应的。"

吕宓谦恭地说："略尽微劳而已，略尽微劳而已！"

石崇说："公由，你和段玉可不是略尽微劳啊。王濬的水师在攻到武昌的时候，就有大量水兵染病。大晋的水师若丧失战斗力，伐吴之役必败。伐吴主帅一看大事不好，生怕担责，于是想拿张大人开刀，向皇上上书请腰斩张大人。幸亏我们准备了充足的药物，染病水兵很快痊愈，恢复战斗力。这才让张大人幸免于难哪。"

"真有这等事？"吕宓问。

张华笑道："石太守所言不虚，不过还是皇上英明，没有听从贾公之言。"

石崇道："张大人料事如神呀。若不是几年前就暗中购置好充足的药物，历史可能会改写了。"

张华说："是啊，所以，段玉和吕宓虽是商人，身份低微，但谁知道他们也为华夏一统暗中做了这么大贡献呢。咦，那段玉在哪儿？"

石崇说："他在蜀中呢。"

"他到蜀地干什么去了？"

"组织货源去了。"

"什么货源？"

"茶呀。"石崇说，"自从在您家里看了杜方叔的《荈赋》，我才知道世间好茶皆产于蜀，饮茶器具则出产在吴。于是我便命段玉和吕公由二人分别将蜀地的茶和吴地的瓷器两方面的货源控制在手。过去，由于晋吴不通商，茶难进吴，瓷难入晋，这下好啦，天下归一了，商道畅通了，他们可以名正言顺地做生意了。"

张华听了石崇的话，不免心中敬服，没想到，一次偶然的拜访，一篇短小的文章，竟能让石崇找到这么大的商机。看来经营头脑也是天生的啊。于是说道："哎呀，这伐吴之战简直是为你石家打的呀。"

石崇道："以后少不得孝敬张大人。"

"不行不行，这可使不得。"张华说，"你经商发财是你的本事，我若得你的好处，那就是以权谋私了。岂不闻羊叔子将军有言：人臣树私则背公，是大惑也。某虽不慧，但也没糊涂到'大惑'的程度。不过呢，我还真有些私事需要公由帮我办理。"

"张大人的事就是我的事，有什么事尽管说。"吕宓道。

"世人皆知我有好书之癖，恨不得将天下好书尽入囊中，我知道这种癖好也是一种贪念，但天性若此，无可更改。今东吴方灭，一些官宦世家俸禄断绝，为维持生计会将书籍贱价出售，蜀汉灭亡的时候就出现了这种情况。所以，我想请公由帮我收购旧书籍。"

"咳，我以为什么大事呢，不就是在市面上收购旧书吗？小事一桩。不是我吹牛，吴越的市场都在我吕宓的掌控之下。但有好书，决不会遗漏。"

张华高兴地说："看来我求对人了。你等着。"说完转身去拿钱。从行囊中掏出两个金灿灿的大元宝，说："这些钱你先拿着，如果不够，最后算账。"

吕宓说："咳，不就是买点旧书吗，用不了这么多钱。"

"多退少补。"张华说。

石崇问："张大人行军怎么还带这么多金子？"

"你有所不知，二十年前我随卫瓘入蜀，也是托人买旧书，身上没带多少钱，只得跟卫瓘伸手去借。此次我接受教训，提前准备好了。"

石崇问吕宓："公由此来还有什么事吗？"

吕宓说："我想为二位大人接风洗尘，让二位大人尝尝吴越物色菜肴。"

张华说："接风就不必了吧。"

石崇说："张大人，您也别太死板了。我们戎马征战了好几个月，喝顿酒有何不可呀。走走走，今天就让公由请客。"

吕宓说："张大人若不去，就是看不起我这微贱的商人了。"

吕宓这么一说，还真让张华不好拒绝，于是只得答应了。

吕宓带张华和石崇来到品月楼，那是建邺最豪华的酒店。

品月楼楼高五层，建在一座凸进长江江心的小山之上，远看像一艘高大的楼船。站在楼上向北望，江北山光水色尽收眼底，向左望，可见飞舟流舸如箭一般从上游飞射过来，向右看，则是千帆疾逝，倏忽不见。月夜里，明月当空，清辉下泄，银光落水，顷刻便被波浪化成散银碎玉。

由于品月楼的位置，这里的人们是最早看到王濬的战船蜂拥而至的，当时便将厨师和小二全都吓跑了。但孙皓不战而降，避免了一场血腥杀戮。王濬大军进城后，秋毫无犯，出榜安民，建邺城很快恢复了平静。品月楼重新开业。大晋的军官经过半年血战，筋疲力尽，都想好好犒劳犒劳自己，于是他们成了品月楼的主要顾客。不久，一纸诏书将大批军队调回原驻地，品月楼才不见了军人的踪影。

张华、石崇和吕宓三人坐在顶楼临江的北侧，推开花窗，长江美景一览无余。

夕阳斜射，远远望去，一派红艳艳的江山盛景。俯瞰江中，既有游船画舫，又有朦胧斗舰。

三人边饮边聊。

吕宓说："二位大人知道此是何地吗？"

石崇说："我们刚来此不久，哪里知道。"

吕宓道："此山即是南屏山。当年诸葛孔明就是在此设置乩台，以借东风啊。这品月楼就是在孔明借风台上建造的。"

"啊？这是真的吗？"石崇问道。

"我还敢骗您吗？"

"这南屏山不仅是借东风的乩台，而且周瑜大都督就是在这里观看水军操练的。当时程普、黄盖、张召、鲁肃等重要大臣都陪周公瑾在这山上一起检阅东吴水军。"

吕宓的话令张华、石崇心中大惊，似乎八十年前那叱咤风云的英雄瞬间站在了自己对面。

张华道："八十年前，孔明、公瑾在此借风也好，观看操练也好。他们所为何事呢？"

石崇道："周瑜为拒曹兵，保东吴，必须有一支强大的水军，所以他要操练水军。孔明从荆州来此，是为了联吴抗曹。"

张华又问道："既要联吴何不合兵一处？将刘备的军队交由公瑾指挥？"

石崇说："那是不可能的。因为孔明志在天下三分……"

"是啊，所有吴、蜀的大英雄其实都在做着同一件事。就是将国家一分为三，并想尽办法维持分裂局面而已。"

吕宓高声说道："天哪，我怎么就没这么想过呢？张大人，您一语道破了三国的全部秘密。高，高，高人呢。我好好敬您一杯。"

石崇也惊叹道："张大人所言极是呀。"

张华说："而我们才是最终将华夏三分归一统的参与者。包括公由，也是为华夏统一出过大力的呀。站在华夏的立场上看，我们比周公瑾、诸葛孔明这些人高尚。"

石崇一拍大腿："您说得太对了。我敬仰孔明、崇拜周瑜，其实真正的华夏英雄，民族功臣正是您呀。"说着，石崇离座起身冲着张华磕头行礼。吕宓也赶紧跪地磕头。

张华赶紧扶二人起来，说："不敢当不敢当，折煞我也。"

石崇道："这大英雄您不敢当谁敢当？我现在才清楚，您比那在此借东风，观军演的所有人更值得崇敬。他们是因分裂而得名，而您却是为统一而默默奉献。"

"统一天下乃是主上的功劳。"张华道。

"多年来您为此付出过多少心血只有我石崇清楚。"石崇道，"您与羊叔子才是伐吴的最大功臣。"

"可不能这么说。"张华说。

"您当之无愧呀。"石崇说，"而且贾公闾要腰斩您的奏折已明白无误地将您列为伐吴最大主谋了。哈哈，贾公弄巧成拙呀，本来是想置您于死地，没想到他无意间把您推上了华夏统一最大的功臣的位置。您冒死顶住了压力，最终取得了伐吴的胜利，天下归历史如果是公正的，须将您列入华夏大英雄之列，英名至少不应在周瑜、诸葛亮之后。"

"哈哈……"张华大笑道，"什么名呀利呀。周瑜、孔明皆一世之雄也，而今安在哉？不都付之东流了吗？想当年赤壁之战的百万将士如今可还有一人活在世上？想到这些，你才相信世界本无，一切皆空啊。"

说到这里，他随口咏道：

> 安坐南屏山
> 俯首瞰江涛
> 耳畔东风起
> 眼前战云飘
> 公瑾施武略
> 孔明献文韬
> 隆隆进军鼓
> 铿锵戈与矛
> 多少真男儿
> 赤壁逞英豪
> 百年匆匆过
> 三分归一朝
> 百万金甲士
> 命随流水销
> 唯有长江水
> 万古涌波涛

"好诗，好诗"石崇大声喊道，随口也吟诗一首：

> 江流天地外
> 举目望青山
> 古今多少事

"季伦也颇具诗才呀。来饮酒。"张华道。

"干杯干杯。"石崇道，"今夜，皓月当空，清风送爽，与张大人饮于南屏山头，是多么荣幸的事啊。"

张华抬头望了望夜空，确实天晴气朗，但他突然望见天空的那一缕紫气比以前更加明亮了。于是问吕宓道："公由，东吴可有精于天文的人士？"

吕宓说："有啊，太常博士雷焕雷孔章就精通此道。"

"哦，知道了。"张华说，"好了，这花雕真的不错，咱今夜一醉方休。"

"一醉方休。"石崇、吕宓也举杯应和道。

三人怀古品月，意兴阑珊，赍夜方散。

113

接收工作进展顺利，张华发现，石崇在管理上确实有非凡的才干。许多工作根本不用他操心，石崇布置得井井有条。后来，张华干脆将工作推给石崇，自己悠闲自在去了。

张华首先去找原东吴太常博士雷焕。这雷焕见接收大员光临，便十分殷勤地接待。雷焕道："请中书令大人指教。"

张华说："不敢当。不过某也曾做过太常博士，不知雷先生专攻哪一科呀？"

雷焕说："在下主攻《周易》。"

"哦，怪不得人说你颇通天文之道呢，原来天文与《易》也是相通的。"

"是的。"雷焕道，"《易》乃世间大道。天文地理乾坤宇宙莫不遵其道而运行。"

"既然你精通天文，请问你发现最近夜晚天象有什么变化吗？"

"有。"雷焕说，"卑职发现，在东南方有紫气直射斗牛之间。"

"那会是什么气呢？"

"以某观之，此乃宝剑之气也。"

张华喜道："英雄所见略同啊。"

"您也深谙此道吗？"

"粗知一二，还得向你请教。"张华说，"以你观之，这剑气发于何地？"

"在豫章丰城。"

"好。我现在就任命你为丰城令，到那里去寻找宝剑如何？"

"多谢张大人。"雷焕道，"定不负大人所托。"

雷焕被委任为封城县令，赴任后，立即根据剑气发出的位置，掘地寻剑，果然在一石函中寻得两把宝剑。但雷焕没有将两剑一起送给张华，而是自己留下一把。当雷焕将宝剑送到张华面前时，张华一眼便认出这是那把名为干将的千古名剑。

张华问："就找到这一把宝剑？"

雷焕说："是的，就找到这一把。"

张华说："这剑名叫干将，它与莫邪是雌雄双剑，应该与莫邪在一起才对，但为什么没有找到莫邪呢？"

雷焕被这样一问，脸红了，但他坚决否认自己私藏了莫邪。张华对此也没办法，于是说："干将、莫邪是天生神物，早晚二剑会自动合为一处的。"

《艺文类聚》载："吴未亡。恒有紫气见牛斗之间。张华闻雷孔章妙达纬象。乃要宿。问天文。孔章曰：惟牛斗之间有异气。是宝物也。精在豫章丰城。张华遂以孔章为丰城令。至县。掘深二丈。得玉匣。长八尺。开之。得二剑。其夕斗牛气不复见。孔章乃留其一匣。而进之。剑至。光曜炜晔。焕若电发。后张华遇害。此剑飞入襄城水中。孔章临亡。戒其子。恒以剑自随。后其子为建安从事。经浅濑。剑忽于腰间跃出。遂视。见二龙相随焉。"

这就是两千年来人们津津乐道的丰城剑气的故事。

除了宝剑干将，张华的另一大收获是他从严武的后人那里弄到了棋圣严武的一百多张经典棋局的棋谱。

数月后，张华腰挎干将宝剑，怀揣棋圣棋谱满载而归。

114

张华回来洛阳的时候，伐吴评功行赏工作已进行到尾声。

张华赶上最后一次评功的朝议。

按功行赏，以王濬为辅国大将军，襄阳侯；杜预为镇南将军，当阳侯；王戎为安丰侯；唐彬为上庸侯；贾充、琅邪王司马伷以下都有增封。

但王浑对此颇有异议，他说，王濬不听节制，为争功擅自行动，造成北路军重大损失，不仅不应受奖，而应军法惩办。

王浑和王濬为此事已争论好几个月了。当时按照事先规定，王濬的水军，到达哪个江段，就要听那里陆军总指挥的节制，王濬的战船一过秭陵，王濬的上司便自动由杜预换成王浑，王浑此时已将东吴主力消灭得差不多了，他不想让王濬先入建邺，拔得头功，于是王浑便命王濬的舰队停止前进，就地待命。王濬东进势如破竹，岂肯停下。于是以水流太急，无法停船为借口继续东进。很快到得建邺城下。王濬也没等王浑的陆军，自己亲自率水军直接登陆。孙皓不战而降，使王濬拔得头功。王浑对此一直耿耿于怀，要求惩办王濬。司马炎为此派了杜预、贾充等多人做王浑的工作，让他不要纠缠。但王浑始终固执己见，坚决要求惩办王濬。但胜利者永远都是不被谴责的，直到此时，朝廷不仅没有惩办王濬，而且还给予了王濬这样的封赏。

司马炎听了王浑的话说："玄冲，你与王士治（王濬字士治）之间的冲突朕已查明。王士治固然有错，但战场上的情况瞬息万变，将在外君命尚且可以有所不受。君子应该胸怀宽广，王士治到江陵本该受杜元凯节制，但杜将军却主动让权，使士治放手去攻建平。朕这里有杜将军写给士治的信，对士治大加赞赏。说他轻取武昌、建平诸关，不损一兵一将拿下建邺，然后整军还都，这是旷世未有的盛事。难道朕能给这样的将军治罪吗？士治虽有小过不掩大功，此事由朕做主，就这样定了。"

王浑听到这里，也只能接受皇帝最终的裁决。

司马炎道："关于度支尚书张茂先，朕有特诏封赏。内侍宣读。"

内侍手捧诏书念道："尚书、关内侯张华，前与故太傅羊祜共创大计，遂典掌军事，部分诸方，算定权略，运筹决胜，有谋谟之勋。其进封为广武县侯，增邑万户，封子一人为亭侯，千五百户，赐绢万匹。"（《晋书·张华传》

荀勖道："张茂先不过在后方运送粮草，并未上阵杀敌，封赏如此之厚，恐非宜也。"

山涛道："过去萧何也不是战将，未曾上阵，不过在后方供给粮草，汉高祖功封其为宰相，并与张良、韩信并称为汉初三杰，曰：'运筹帷幄之中，决胜千里之外，吾不如子房；镇国家，抚百姓，给饷馈，不绝粮道，吾不如萧何；连百万之众，战必胜，攻必取，吾不如韩信。三者皆人杰。'由此可见，战争中'给饷馈'并不比运筹帷幄和连百万之众更轻松容易呀。何况茂先还有'谋谟之勋'呢。以此观之，茂先有张良、萧何双重功劳啊。"

贾充道："山公此言差矣。楚汉之战鏖战四年之久，且波及全国，筹办给养当然困难重重，而伐吴之战不过短短半年，且只限东南一隅。事先所有粮草皆已准备停当，其难易岂可与萧丞相相匹哉。"

杜预道："这就是贾太尉不知实情了。皇上所以在诏书上说张茂先'前与故太傅羊祜共创大计，遂典掌军事，部分诸方，算定权略，运筹决胜，有谋谟之勋'绝非溢美之词。八年前，张大人就与羊太傅亲临晋吴边境巡察，并做伐吴的各种准备。益州水军就是在那时开始组建的。伐吴大军的粮草所以转运及时，那是在此前就修建了若干粮仓……"

司马炎道："你们还有所不知。此次天朝大军所以没流行疾疫，也是张爱卿之功，五年前他派皇甫谧去晋吴边境了解当地流行疾疫的情况，并开出药方。张爱卿又请石季伦暗中从吴境购置转运来大量草药。"

司隶校尉刘毅说："最没资格评论张茂先的便是贾太尉。伐吴刚开始，遇到一点儿困难，作为主帅就要腰斩茂先以谢天下，多亏主上圣明，若听了贾公之言，不仅茂先会冤屈死，而且一统大业也将付之东流。伐吴之前几次廷议，太尉都与中书令意见相左，争执不已。若非茂先、羊太傅和杜元凯执意坚持，恐怕皇上也还下不了这个决心呢。"

贾充被刘毅说得无地自容。

黄门侍郎和峤道："是啊，当伐吴遇阻，有人便将茂先作为罪魁，欲斩之以谢天下，如今伐吴大胜，天下一统，茂先理当是最大功臣呀。臣以为对茂先的封赏不是多了，而是少了。"

张华道："和大人此言差矣。张华为主上尽忠，为国尽力理所应当，此赏已过矣。臣坚拒不受。请陛下收回诏命。"

司马炎说："若听长舆（和峤字）、仲雄（刘毅字）之言，朕对你的封赏确实不够。本已亏欠于你，岂能连这些封赏也不领受呢？"

张华道："记得陛下登基之初，臣就曾说过，华夏一统乃是自古以来天下最大的功德，臣为此替主上谋谟多年。今功德圆满乃臣之大幸，臣能助主上一统天下，此乃为臣者最大荣誉，也是最高的奖赏。臣最高的奖赏已心领了，何必还在乎其他？"

张华说的是心里话，因为他认为，凭自己在统一华夏这件最伟大的事件中所起的作用和所做的贡献，完全可以流芳千古了，其他的物质奖赏与此相比简直就太渺小了。

张华说："蒙主上荣宠，臣位至九卿，爵至公侯，已十分满足了。对我的封赏可以收回。但臣以为有些人为统一大业做出了贡献却在封赏中遗漏了，比如石季伦，他就为伐吴的准备操劳了数年，此事唯有陛下和臣知道。"

司马炎道："茂先你这么一说，朕想起来了，我怎么连这茬儿给忘了，当年让季伦置办药物的时候朕答应伐吴功成予其重奖。如今茂先提起，朕当然会践诺。这样吧，石季伦的事单独再议，朕不会食言的。"

张华说："启奏陛下，当年石季伦曾答应两个为我朝购置和转运草药的商人，天下一统后授其微职。"

司马炎说："没问题，给个八品小官当当未尝不可。你说说这两人什么情况。"

"一个叫段玉，一直在石苞将军手下奉旨经商。一个叫吕宓，乃是吴国商人。"

司马炎道："段玉可酌授一职。那吕宓嘛，就算了吧。此人身为吴民，却为私利而暗通晋商。此不忠也，朕若授其官职，是弘不忠之德也。"

就这样，段玉被授了一个八品虚官。虽然品秩很低，但一个商人能够有官员的身份，便不再低人一等。至于吕宓，司马炎说得不无道理，张华也无法再为其争取了。

伐吴之胜，各位将领多有封赏。唯主帅贾充，因一直反对伐吴，兴兵之初又想半途而废并要腰斩张华，伐吴大胜，他不仅劳而无功，而且还差点儿被人议罪。因而更加憎恨张华。（《晋书·贾充传》："充本无南伐之谋，固谏不见用。及师出而吴平，大惭惧，议欲请罪。"）

115

朝廷为庆贺天下一统，改元为太康。举国欢庆，家家沽酒，人人买醉。

张华多年追求的大业已成，心情十分畅快。他散朝回家，要与妻姜李琳、郭芸好好庆贺一番。却不想，一个人架着拐杖找上门来。张华仔细打量，乃是老友荣格。

张华急忙起身去搀扶荣格，将他扶到座位上坐下。

荣格道："您随军出去一年，刚回到家里，我本不该来打扰……"

张华说："你不打扰我，我还要去打扰你呢。你知道我在东吴带回了什么？严武的一百多局经典棋局的棋谱，正要与你……"

"唉，我哪有心思下棋呀。"荣格说着落下泪来。

"怎么了？你家的李树不是从大前年就挂果，而且收入很好吗？怎么又……"

"唉，事情正是出在李树上。秋雁因此坐了牢了……"

"怎么回事？你慢慢说。"张华问。

李琳给荣格斟了一杯茶。

"我们被王府给告了。因为我们卖的李子跟王府的李子是一个品种，王府认为是我们偷了他家的李子核种出来的。因为秋雁曾在王府做过丫鬟，怀疑是她从王府熟人那里搞来的。洛阳县令听信王家之言，便将秋雁拘去。"

"你们没告诉县令，那些李树是我帮你们弄的吗？"

"我们哪能连累您呢。我告诉秋雁，誓死不能供出张大人。秋雁无法说出我家李树的来源，于是被押入大牢。"

"判了吗？"

"尚未判决。"

"真是荒唐。"张华说，"你别管了。先回家等着，我马上去帮你办这事，先把秋雁从牢里捞出来再说。"

张华送出荣格，然后直接去找王戎。

王府是张华的伤心之地，他最想进又最不愿意进来的地方。今天为了秋雁和荣格，他只得亲自登门。

此时王戎正和山涛、阮咸、刘伶、向秀还有王戎的叔伯弟弟王济（字武子）一起饮酒，祝贺他因伐吴之功而被封安封侯。

大家见张华到来，王戎说道："哟，伐吴的最大功臣到了。"

其他人也纷纷起身相贺。

王戎说："酒宴刚刚开始，您也入席吧。"

张华说："我是不请自到，按礼不能入席。但今天都是老友，也就不拘什么礼节了。"

于是张华也坐下来共饮。

刘伶道："茂先最该请客。你增邑万户，受赏最多。"

"是啊，我正准备着好好请老朋友们一顿呢。"

王戎提议大家先敬张华三杯酒。

"这第一杯，庆贺伐吴胜利，中华一统。"

"第二杯，祝贺茂先福大命大，死里逃生。"

"这第三杯，祝贺茂先名垂青史！"

张华说："这第三杯我不能喝。名垂青史那可不是你说了算的。"

王戎说："仅就华夏统一这件大事，你就可以名垂青史了。"

"那是皇上的功德。"

"除了皇上你是最大功臣呀。"王戎说，"贾充欲腰斩你以谢天下，这件事已明确告知天下，，张华才是伐吴的始作俑者，坏主意都是他出的，没有他怂恿，主上不会做出此不智之举。所以杀了他，才能平息人们心中的愤怒。'但如今伐吴大获全胜，天下一统，按照贾充的说法，不用多么聪明的人就会得出这样的结论：华夏统一张华是始作俑者，最大主谋，因而也是最大功臣。皇上不是也说吗，伐吴全赖你和羊叔之力。华夏一统乃最大的功德，凭你在统一这件事上所发挥的作用，你想不名垂青史也难。"

王济说："而且我听陈寿、石崇等人在私下里说，张茂先比孔明、周瑜这些人功德都大，更值得敬佩，历史应该给他更高的地位，因为前者立志于分裂，而茂先则是冒死以求统一，并完成了统一的英雄。"

张华听王戎哥儿俩如此说，心里也美滋滋的。

但山涛却说："天下一统是好事还是坏事也还不一定呢。"

王戎问："巨源兄为什么这么说？"

山涛说："春秋战国，七雄并立，各国君主，都要招贤纳士，为了与强邻竞争，各出奇谋。这才有了百家争鸣的局面，涌现出了诸子百家。这种情况只有在诸国并立的情况下才可能出现，因为一个名士，若不见用，可以游走他国，以期明君。在这种形势下，孔子才能周游列国，韩非、荀子、商鞅、李斯、吴起等人才能择主而仕。而秦一统天下之后，独崇法家，焚书坑儒，思想再无建树，因为天下有法家就够了，不再需要其他思想，士人若有自己的想法，那只能是死路一条，因为普天之下莫非王土，率土之滨莫非王臣，走无可走，逃无可逃。因而天下一统对士人没有好处；再说百姓，春秋战国时期，百姓的生活也许并不富裕美好，但至少没有那么重的徭役，没有那么残酷的刑法，而且，百姓如果实在活不下去了，还有地方可逃。在诸国并存的情况下碰到昏君怎么办？《诗经·硕鼠》中说："誓将去汝，适彼乐土。"就是说，一旦没法过活，连普通百姓也是可以到他国谋生的。所以分立并非一定不好。统一的天下若落入暴君之手，才是天下人的梦魇，因为人的命运完全掌握在暴君的手中，人们已没有乐土可适，生不如死，强秦何以二世而亡，就因为天下人都已感觉生不如死了。"

张华道："天下一统的暴秦固然不好，但统一的大汉比天下三分三国不是好多了吗？三国鼎立，天下人十亡其八，白骨露于野，千里无鸡鸣呀。"

山涛说："所以我说，天下一统不一定比分立好，并不是说诸国分立就一定好。如今就我们所知，在此之前，有两个统一的王朝，秦、汉，有两个分裂的时期：春秋战国和三国。统一也有好的，如汉，也有坏的，如秦，分立也有好的，如春秋，也有坏的，如三国。既然好坏各占一半，那统一就算不得什么功劳。世间本是分分合合的，顺其自然最好。分与合都不可强为之。"

张华说："其实伐吴就是顺势而为，并非强为之，双方死伤甚少，百姓也没有受到太大惊扰。"

刘伶见张华、山涛越争越激烈，生怕伤了弟兄之间的和气，于是说："你俩没事总争议这些分分合合的烦不烦，天下分与合关咱屁事。打扰了别人的酒兴。"

阮咸也说："是啊，我为大家弹奏一曲，助助酒兴。"说完操起琴弹奏了《竹林合鸣》的曲调。

大家一听，立即一起和着曲子唱起来：

击空明兮溯流波

暂将淇河作汨罗

饮杜康兮鼓鸣琴

悼屈子兮唱楚歌

俯瞰清流发天问

流水何清世何浊

逝者如斯空寂寥

千古兴亡任评说

世界本无何曾有

不曾有死更无活

人生苦短须纵酒

且向醉中寻解脱

一朝人死如灯灭

管他社稷与家国

唱毕，刘伶哇哇地哭起来，边哭边喊道："叔夜、嗣宗，你们在哪儿呀？"

时至夜阑，方各自回家。王戎将大家送出门外。这时张华才想起今天来此的目的，他说："你们哥儿几个慢走，我跟濬冲还有话要说。"

王戎问："茂先还有何事？"

张华说："一句半句说不明白，咱进屋去说。"

于是二人重新回到屋里。张华问："我今天可不是到贵府蹭酒来了，而是找你有事，这酒杯一端倒把正事忘了。我问你，你是不是将秋雁告了？"

王戎说："是啊！她偷我家的李子倒也罢了，可她竟然自己去种，而且种了上千棵。这还不是最可怕的，更可怕的是，他无法控制李子核，卖李子也不将核钻孔。将来人人都种这种李子，我家的就更卖不上价儿去了。"

张华说："许你家种李子就不许人家种呀？"

"不是不许她种，她种她的，我种我的。我告她，是因为她偷我家的种子，应以盗窃论处。"

"你怎么肯定她是偷了你家的种子呢？"

"这洛阳，包括大晋国，只有我家有这几棵李子树，她不是从我家偷的种子从哪儿来？"

"你卖的李子不是都先将核钻了才卖的吗？"

"我想很可能是她给我姐当丫鬟的时候偷的。"

"可你没有证据呀。"

"她家的李子树就是铁证。洛阳知县审她的时候，问她种子的来源，她就是不肯招供，用刑后还满嘴胡说，一会儿说是这儿弄来的，一会儿说是那儿弄来的。洛阳县令已差人去她说的那些地方取证，如果她说的那些地方没有这种李子，回来就将定罪。"

张华说："濬冲，你王府世代贵族，还缺这点儿卖李子的钱吗？"

"钱是越多越好，谁跟钱有仇！"王戎说。

"你这是患上恋钱癖了。一朝人死如灯灭，管他社稷与家国，连社稷家国都是虚幻之物，钱就更不应该被你这样的人看中。"张华说，"我想，你还是放她一马，看在她待候你姐姐的面上，也不应该将她送入大牢哇。"

"你别这么说，要是没她，我姐姐还不至于死呢。"

"你怪得着人家丫鬟吗？要怪你只能怪我。"张华说，"当初我可是把刀给了你，让你替你姐报仇的，你当时没动手，现在又说这种话。"张华想起自己的初恋情人，不免悲从中来，又因为喝了酒，他一时激动难抑，推开门，跌跌撞撞地跑出门去，来到王婧曾居住过的绣楼下，坐在地上痛哭失声。

王戎见此，实在没办法，赶紧连拽带抱地将张华拖进屋，边拖边说："茂先，茂先，你现在好歹也是朝廷大员，得注意影响。你将来还会是名垂青史的人物，不能想哭就哭啊。"

张华对王戎说："秋雁的案子你撤不撤？"

"不撤。"

"看来你是贪财贪到可以不顾任何人的情面呀。"

"有理走遍天下，无理寸步难行。我有理……"

"你有什么理？"张华说，"告诉你，你要是不撤，我可要反告你诬告罪。秋雁是身份低贱的穷苦人，坐几天牢也没什么，而你却是安封侯，天下著名的琅邪王氏，你若输了官司，丢人可丢大了。"

"你为什么对秋雁这么好？为她甚至不惜反告我？是不是你俩曾经也暧昧过？"

张华听后大怒。他流泪喊道："嬉儿，我可要对你的弟弟不客气了。不是我对不起你，是他在侮辱我，亵渎我。"

王戎道："你看，我一句玩笑话……"

张华说："濬冲，告诉你吧，秋雁这官司我管定了。秋雁的丈夫委托我替秋雁打这场官司。你要是撤案，咱对谁都没害处，你若执意将秋雁治罪，只要我出手，你真的会被判诬告罪。"

"我不信。"王戎说。

张华说："我问你，你家的李子既然这么值钱，这么多年来你为什么只种了三棵，而不多繁殖几棵？"

王戎说："继续说下去。"

"因为你家这种李子的核儿根本就育不出李子树来。"

"你怎么知道？"

"你先回答我说得对不对。"

"这不可能，万物皆由种子发芽而生，李子核怎么可能育不出李子树？"

"那你为什么这么多年没用李子核种出李子树呢？"

"我试过，虽然没有出苗，但那肯定是我的方法有问题。"

"不，我实话告诉你，这种李子的核根本就不会发芽。"

"是吗？为什么？"

"你知道骡子吧，生殖器也很健全，为什么骡子生不出骡子？跟你这种李子核种不出李子树是一个道理。所以你说秋雁偷你家李子核才育出李子树完全是诬告"

"那这种李子是怎么繁育的？"

"我实话告诉你，秋雁家的李子是我帮助育成的。至于方法嘛，我一般是秘不示人的，既然咱是朋友，我就透露给你一点儿。你知道人有鬼魂附体吧。"

"对。"

"一个人一旦鬼魂附体，这个人就变成了鬼魂原来那个主人。"

"是啊。"

"植物也有魂，也能附体。我能够让这种植物的魂，附到那种植物身上。秋雁家李子树就是我将你家李子树的魂附了秋雁家李子树的体。所以你要告只能告我。"

王戎虽然觉得这种附体之说有些玄乎，但自家的李子核不发芽，育不出苗却是真的，他以前为此做过许多次实验都失败了。如果这种李子核确实不能育出李子树，那自己真就有诬告之嫌了。张华是博物学家，无所不知无所不晓。既然世上有不生育的骡子，有不发芽的李子核也是完全可能的。虽然张华承认秋雁家的李子是他帮助育成的，是他将自家的李树魂附了秋雁家李树的体，但如此神秘的行为是没法立案的。于是叹道："碰到你这样的人真是没办法。被你要了，还没法告你。"

"你碰到我是你的幸运，要是别人，这诬陷罪你算吃定了。"张华说，"怎么着？明天还不去撤诉吗？"

"我给县令写封信，让管家代我去撤诉。"

"这就对了。"张华说，"现在我可以告诉你我为什么帮助秋雁了。首先是因为他是你姐姐的丫鬟，没有她我认识不了你姐。当然你可以恨她，但我必须感激她，是她让我有了刻骨铭心的爱。她因为我而被驱出你们王府，我一直觉得对不起她；其次，她丈夫你知道是谁吗？是著名的棋手荣格，只因出身低贱，才没受到重视。他为了证明自己的聪明才智主动去当兵，在征蜀一战中变成了残疾，荣格也是为天下统一而致残的。从此他家陷入极度贫困。为了救他们一家出苦海，我便帮他家培育出这些李子树，这两年好容易挂果了，日子富裕了，却被你送进了大牢。我当然不会坐视不管了。"

"哦，原来是这么回事。"王戎说，"秋雁的事我撤诉，不追究了，现在你可以告诉我实话，你是怎么帮她培育出这些李子树的了吧。"

"我不是告诉你了吗？让你家的李树的魂儿附了她家李树的体。就是这么简单。"

王戎的吝啬在历史上是非常出名的，完全可以与葛朗台相比，他的喜财爱财也是真实的。《世说新语》中就记载了好几件有关他吝啬的故事：其一说，他的侄儿结婚，他只送一件单衣作为礼物，但这件单衣，过后他还又讨要了回去。(《世说新语》："王戎俭吝，其从子婚，与一单衣，后更责之。")还有一则故事说：司徒王戎，既显贵，又富有，房屋、仆役、良田、水碓之类很多，论资产，洛阳城里没有人能和他相比。契约账簿很多，他常常和妻子在烛光下摆开筹码来计算财产。(《世说新语》："司徒王戎，既贵且富，区宅、僮牧、膏田、水碓之属，洛下无比。契疏鞅掌，每与夫人烛下散筹算计。")另一则故事说：王戎的女儿嫁给裴頠，曾向王戎借了几万钱。女儿回到娘家，王戎的脸色就很不高兴；女儿赶快把钱还给他，王戎这才心平气和了。(《世说新语》："王戎女适裴頠，贷钱数万。女归，戎色不说；女遽还钱，乃释然。")

与这种吝啬完全相反，也有王戎不爱钱的故事。王戎的父亲王浑，名声不错，官至凉州刺史。王浑死后，凉州所辖九郡中的下属们，感念王浑的美德和恩惠，送来的丧仪达数百万金，王戎全部拒绝，一概不受，足见其清廉。(《世说新语》："王戎父浑，有令名，官至凉州刺史。浑薨，所历九郡义故，怀其德惠，相率致赙数百万，戎悉不受。")

同一个王戎为什么会表现如此迥异？是因为王戎和当时的许多官员都是这样，他们贪财喜钱，但在经济上却很少腐败。《晋史》上，关于经济腐败的记载和案例其他朝代少之又少，究其因，主要是西晋的制度设计对世族比较有利，使他们能够名正言顺地发财。但对于没有教养的人来说，发多大的财也不能避免腐败，而晋朝官员由于九品中正制的施行几乎全部出身世族，因而他们恰恰是历史上最有教养的官员。经过几代人的驯化，他们已具备了可贵的贵族精神，因而不管他们多么喜财爱财，但君子爱财与小人爱财不同，小人爱财是不顾底线的，什么杀人越货，贪赃枉法的事都干得出来，而君子爱财却讲究取之有道。

王戎虽悭吝，但吝而不贪，乃是君子之风。吝则俭，不贪则廉。清廉而节俭岂非美德乎？

116

司马炎封赏伐吴功臣时遗忘了石崇，很有愧意，因而在张华提醒后立即单独对其进行了封赏，封石崇为安阳乡侯，并被任命他为南中郎将、荆州刺史，兼领南蛮校尉，加职鹰扬将军。这个任命正合石崇之意，因为荆州的独特位置可以让他在履行公职之外，很好地兼顾自家的生意。

此时，石崇雇用的大经纪人段玉已暗中垄断了茶叶和丝绸贸易，尤其四川茶叶的货源已控制在他的手里。可谓财源滚滚。

荆州这个位置，正是蜀中的茶东运，中原的丝绸销往南方的必经之路。石崇坐镇荆州，把公事和私事能够一起办了。

石崇立即走马上任。行前不忘来拜访张华。

当时，左思正在张华家里帮老师抄写《博物志》，此时《博物志》已基本完稿。张华迎出门去，没想到石崇身后还跟着两个青年。

石崇向两个青年介绍道："这位就是你们崇拜的张大人。"

两个青年立即施礼。

石崇又向张华介绍道："这位姓陆名机字士衡，这位是士衡的弟弟陆云陆士龙。"

张华说："好好好，请进请进。"

进得屋来，张华又介绍了左思。

石崇说："张大人，您知道陆氏兄弟父祖是谁吗？他们乃是东吴名将陆丞相伯言（陆逊）先生之孙，幼节（陆抗）将军之子。"

"啊，天啊，原来乃名将之后啊。某在建邺闻之，士衡兄弟在东吴颇具才名。"张华问石崇说，"你是怎么结识的士衡兄弟？"

"我从建邺回来，知道士衡兄弟随吴主北归洛阳，便立即前去拜望，家严与陆将军曾暗中交往多年，如今陆将军之子来到家门，石崇焉能不尽地主之谊呀。"

陆机道："唉，本来我陆家在东吴也如石家在大晋一样，富可敌国，但国破家亡，今后只能依靠季伦兄相帮了。"

石崇说："没问题，咱父一辈子一辈，我享受富贵，决不让你们兄弟贫寒。"

张华说："东吴毕竟是偏安一隅的小朝，你兄弟才高，难以施展，今天天下一统，你们兄弟就有用武之地了。朝廷授你二位何职呀？"

石崇说："因士衡兄弟是北归之臣，难受重用。二位本来在吴皆任门牙将，但如今朝廷只授他们七品以下之职。"

张华说："今上已经很开明了。"

陆机说："我兄弟不打算为官，只想拜在张大人门下习文。"

陆云说："若大人不弃，请受弟子一拜。"

说完哥儿俩真的跪地拜师。

张华道："不敢当不敢当啊。你兄弟的文章我见过，都是江南才俊呀。"

石崇道："我素知张大人爱才惜才，所以今日冒昧将陆氏兄弟带来相见拜师。石某马上就要离京，拜托张大人替我照顾二位兄弟，若您肯收二陆为徒，石崇则可轻松赴任了。"

"能有士衡兄弟这样的弟子，也是为师者之幸事啊。既然你们不嫌老夫才疏学浅，今后我就忝为人师了。"

"老师请受学生一拜！"陆机、陆云再拜道。

张华说："季伦，你说就要离京赴任，要去哪里呀？"

"皇上下诏，因购置药草之功，特封我为安阳乡侯，任命我为南中郎将、荆州刺史，兼领南蛮校尉，加职鹰扬将军。"

"可喜可贺呀。"张华说，"皇上没有食言呀。"

"一切还不得念张大人的好吗？"

"你为国家做了贡献，且你能力超群，加官晋爵也是应该的。"

"我既被加官晋爵，当然得好好庆贺庆贺。今天我请大家一起去酒楼饮宴。"

张华也不推辞，他觉得自己伐吴大业已成，《博物志》也已完稿，确实应该好好放松放松。于是叫上李琳、郭芸、张祎、张韪和左思一起去参加石崇的宴会。左思不知是因出身寒微而不愿意与石崇和陆家兄弟这些豪门子弟坐在一起，还是因为刚才一直被冷落有些不高兴，他坚决不肯参加石崇的宴会，说："你们去吧，我还要好好帮老师抄写《博物志》。"

石崇见左思态度坚决也不再谦让。

几个人来到洛阳最豪华的大酒楼，要了一桌最贵重的酒菜，边饮边聊。

酒过三巡，张华说道："士衡，离开建邺北赴洛阳，可有什么感慨吗？"

陆机起身道："能无感慨乎。现在当场为大家吟诗。"

陆机咏道：

萋萋春草生，王孙犹有情。

差池燕始飞，夭袅桃始荣。

灼灼桃悦色，飞飞燕弄声。

檐上云结阴，涧下风吹清。

幽树虽改观，终始在初生。

松茑欢蔓延，樛葛欣累萦。

眇然游宦子，悟言来未并。

鼻感改朔气，心伤变节荣。

侘傺岂徒然，澶漫绝音形。

风来不可托，鸟去岂为听。

张华、石崇、李琳拍手叫好。张华道："真才子也！"

李琳头一次参加这样的宴会，碰到这样的才子，十分兴奋，说："我也给你出个题。"

"只要二师母看得起陆机。学生不怕献丑。"（张华让他的学生介绍，称郭芸为大师母，李琳为二师母）

李琳想了想说："你就作一首咏葵花吧。"

"好的。"陆机接口道：

种葵北园中，葵生郁萋萋。

朝荣东北倾，夕颖西南晞。

零露垂鲜泽，朗月耀其辉。

时逝柔风戢，岁暮商焱飞。

曾云无温夜，严霜有凝威。

幸蒙高墉德，玄景荫素蕤。

丰条并春盛，落叶后秋衰。

庆彼晚凋福，忘此孤生悲。

二陆是石崇的朋友，又是石崇带来拜师的，二人如此露脸，于他脸上也有光。于是对郭芸说："大师母也点个题吧。"

郭芸说："我没你们老师和二师母那么深的文化。我不会出题。"

石崇说："您看到什么就以什么为题。"

郭芸看了看，说："酒。"

陆云起身道：

> 梅发柳依依，黄鹏历乱飞。
> 当歌怜景色，对酒惜芳菲。
> 曲水浮花气，流风散舞衣。
> 通宵留暮雨，上客莫言归。

大家又是拍手叫好。

石崇说："我也点个题。点个什么题呢？要不就以筷子为题吟一首。"

陆云信口吟道：

> 殷勤向竹箸，甘苦尔先尝。
> 滋味他人好，尔空来去忙。

陆云吟罢，石崇举着筷子，笑道："它忙碌半天，但不知这盘中味可好？"

大家都说，好，这酒菜色味俱佳。

张华在建邺曾听人说陆家哥儿俩非常有文才，但没想到如此文思泉涌，当场点题，即席赋诗之难他是深有体会的，当年初入洛阳时，他常被世家大族邀去作诗，也常常主人点题，即席吟出。那是非常需要才华的。他高兴地说："伐吴之役，利获二骏，吾志足矣！二陆入洛，恐怕四张就要减价喽。"

石崇知道张华所谓的四张即指当时大晋朝最著名的文学家张华及张载、张亢、张协兄弟三人。于是说："您可太谦虚了。我倒以为，二陆入洛，三张减价可也。"

张华说："你二人虽然才高，但仍需要努力，必须写出一些有分量的作品来。你看左太冲，就立志要为三都写赋。"

陆机因被极力夸赞，有些飘飘然，又因为酒喝得过量。于是问："您说的就是在帮您抄录《博物志》的那位？"

"是啊，其志恢宏。自我从建邺归来，他便一直在向我讨教吴都的情况。"

陆机道："呵呵，看他如此粗鄙之人，也想写《三都赋》？等他写成之后，我将用它来封盖我的酒瓮呢。"

张华道："士衡你喝高了，过于放肆，左太冲也是我的学生，应该是你的同门师兄，岂能如此无礼？"

陆机没想到自己的话惹老师生了气，赶紧说："陆机酒后失德，还望老师宽囿，以后不敢了。"

"德乃人之本，切不可恃才傲物。"

"学生知道了。"

"世间才有一担，你居八斗，为师不患你无才，唯恐你少德。"

"老师的教诲陆机永远铭记，不敢有违。"

此次酒后，张华对陆机、陆云兄弟的评价什么"才高八斗""伐吴之役，利获二骏""二陆入洛，三张减价"之说便很快在洛阳传开。

作为文坛领袖，张华的评价立即使世人对这两位东吴的降臣刮目相看。

117

就在《博物志》几乎完稿的同时，陈寿的《三国志》也编写完成。司马炎阅罢，十分欣慰。

《三国志》由于是记述历史的志书，经详细审定，很快付印。而《博物志》虽然是一部旷古未有的独特的百科全书，但由于卷帙浩繁，达四百卷，即使国家支持，以雕版的形式刻印数千页的书籍也是不可想象的工程。司马炎决定，抄录的几份（吴丹、李琳等人）由皇家收藏，在此基础上，责张华精选缩编成十卷，雕刻印刷。（东晋王嘉《拾遗记》载，此书原 400 卷，晋武帝令张华删订为 10 卷）

张华可谓志得意满。作为一个政治家，他实现了自己最大的心愿——华夏统一。这是政治家最大的功德与荣耀。人们说他会"名垂青史"绝非虚言。而《博物志》虽然是遵命之作，但因它的独特性———一部史上绝无仅有的百科全书———无疑会比自己的任何作品对后世的影响更大。

自己从一介寒儒，一跃成为真正的万户侯（进封为广武县侯，增邑万户），人生之辉煌已到达了极点。为了庆贺自己人生的成功，他在家大排筵宴，宴请家人、亲眷与宾朋。

参加宴会的除了家人，还有张华的原配刘贞的两个哥哥刘正、刘许，同乡长辈卢钦，竹林朋友山涛、王戎、向秀、刘伶、阮咸及旧友陈寿，还有自己官场上的好友和峤、傅玄、何劭、刘毅及学生左思、杜育、潘岳、陆机、陆云等人。荣格夫妇也应邀出席。

宴会非常热闹。大家纷纷向张华、李琳、郭芸敬酒，祝贺张华进封万户侯。

作为辈分最高的卢钦首先举酒说道："茂先乃我家旧友，又是范阳同乡。其初入京时正青春年少，但其才智过人，有鸿鹄之志，因而颇得卢某和刘中书喜爱，大加栽培。自今上登基以来，作为辅弼之臣，克己奉公，兢兢业业，奇谋良策多出其口。伐吴之策计议已久，筹备数载，终成一统之勋业，此万世之鸿德也。茂先必将因此而彪炳史册，范阳出此伟大人物，卢某与有荣焉，为此，老夫特敬茂先夫妇一杯。"

张华道："多谢卢大人！"

其他人依次敬酒。

张华率二位夫人也一一回敬。

陈寿即席赋诗一首，赞张华功勋：

> 孔明妙计三分定
> 天下从此乱离间
> 生灵几多遭屠戮
> 朝勤稼穑暮成烟
> 苦盼华夏归一统
> 分时容易聚时难
> 呕心数载孙吴灭
> 千古应识张茂先

陈寿吟罢，大家高声喊好。

左思等几位学生见陈寿作诗赞老师，当然也不甘落后，既想讨好老师，又想在这么多的大人物面前显露一下自己的诗才。于是你一首，他一首，将宴会很快推向高潮。

竹林兄弟也不甘寂寞，阮咸操琴弹奏起《阳春》，傅玄则应之以《白雪》。向秀弹奏起《高山流水》，潘岳应之以《夕阳箫鼓》。

最后，大家鼓掌要求主人张华赋诗奏乐。

张华接过一把琵琶，调了调音，说："我给大家奏一首《汉宫秋月》。"

"李琳说："我给你伴唱。"

张华说："这《汉宫秋月》可是没有歌词的。"

"我自己现填的词呀。"

大家对张华的这个夫人都不大熟悉，只知道她的字写得好，人长得俊美，气质不凡。至于作诗填词，即席演唱这样的才能，连张华都不清楚。

大家听说女主人要露一手，于是都拍手呐喊："好，来一段。"

张华抱琴在怀，弹奏起来。李琳和着琵琶的音律唱道：

烟火坠落划出夜幕繁华

一夜风雪掩盖血色肃杀

王室更迭不过一念之差

兵戎相见狼烟风沙

看多少白发人送走黑发

儿女情长不是佳话

血缘不再羁绊牵挂

宫殿楼阁不现当日荣华

还能月下对坐饮茶

踏碎这一场 盛世烟花

烟火犹如飞花

灿烂不过是瞬间繁华

鲜血染红朱砂

无言离去断了情话

谁又坐拥天下

得到一切 却负了你啊

忆往事无涯

眼中泪水点点 落下

谁说富贵荣华最假

谁想伸手权倾天下

回眸一笑 步步生花

最后一次相拥无话

从此以后 不为你留下

牵手共赴传世佳话

谁说誓言不会变卦

说提笔 只愿为你作画

最后誓言变成空话

不抵你的山河如画

……

李琳不仅嗓音清脆柔美，而且这词填得也凄楚哀怨，催人泪下。

有了如此默契的伴唱，张华越弹越兴奋，越弹越入境，最后自己也不由得泪水涟涟，湿了琵琶，泅了衣衫。

一场宴会，最后演化成一场诗歌朗诵会和音乐会。

这就是晋朝，一个才情盈溢的艺术王朝。

宴会正在高潮，忽听门外有太监喊："皇上有旨，传中书令张华张茂先酉时入宫，陪圣驾弈棋。"

大家本来正在兴头上，因主人被皇上所请，拒绝不得，于是宴会只好适时结束。

118

李琳的演唱令张华欣喜不已，送走客人，他立即来到李琳的房间。见有人推门进来，李琳泪眼汪汪地慌忙将什么东西藏进箱子。

张华问："那是什么东西？难道连我也不让看吗？"

"没什么，不值得你看。"李琳说。

"不让看，我就不看了，不应该是什么秘密吧？"

李琳道："我能有什么秘密，你愿意看就看吧。"

说着，他将一块绢布徐徐展开。张华不看则已，看罢，感觉心如刀绞。原来那绢上画的是妙龄少女吴丹。那画笔太纯熟精到了，画面上的吴丹不仅漂亮，而且将吴丹的青春靓丽都淋漓尽致地展现出来。

张华问："这，这是，不会是你画的吧？"

李琳说："我哪画得了这么好呀。这是一个高人给画的。我带丹丹到洛阳的第二天，在白马寺前便碰到一人，此人自称姓卫名协，在白马寺内画壁画，他见了丹丹后，大叫道：'太好了，太好了，得来全不费功夫啊。'然后对我说，他正愁天仙不知长什么样呢，原来天仙就应该像这姑娘的样子。于是非要给丹丹画像，我们也拗不过，便跟着进了寺里，丹丹在那里坐了半天，便画出这幅画像。他说他还要将画像临摹到墙上去，这幅绢上的画像等过几天再给我们。这张像画得太好了，后来我专门到白马寺向卫协索要过来，一直珍藏着。"

"哦，是这么回事。"张华一边端详画像一边说，"卫协可是天下第一大画家，被人称为画圣。"

"这卫协也太神了。"李琳赞道。

张华说："因为卫协也是名门出身呀。这卫协本是尚书令卫瓘之弟（卫瓘前年从镇北将军任上奉调回京，任尚书令兼侍中），如果走正道，如今也会官至九卿。"

"是，一看就是能耐人。"李琳说，"能把人画成这样，跟把人搬到布上去似的。"

"这卫家都天生具备书画天赋。卫协要不是太能耐了，还不至于出事。"

"出什么事了？"

"听说他在少年的时候爱上了一个世家小姐——我不告诉你是谁了，二人暗中幽会了几次。"

"跟你和那个王婧似的？"

"你别打岔。"张华说，"可姑娘后来突然拒绝了他，原因是姑娘父母将小姐许给一位王爷了。小姐也愿意别攀高枝。卫协气得没办法，竟然想出一个非常下流的主意，报复人家。他凭想象画了一个小姐的裸体像张贴出去。这下可闹出大事来了，王爷家知道后，立即跟那小姐解除了婚约。姑娘家一直告到皇上那里，当时皇上是曹芳，曹芳听后大怒，欲将卫协处斩，多亏卫家势力强大，卫协的父亲卫觊向皇上求情，赔了姑娘家大笔金钱才保住了卫协的性命，卫协被判流刑。卫觊从此也断绝了与卫协的父子关系。卫协刑满后，也没脸回家，便到东吴拜曹不兴为师，以给寺院画佛像为生。卫协虽然无德，但才能却出众，二十几年后竟然练成了天下第一的画家。名气甚至超过了老师曹不兴。"

"哦。原来这家伙不是什么好人呢。早知道他是这种人，也不会让他给晓阳画像。"

"估计现在也改邪归正了。"张华说，"能让画圣给画幅肖像，可不是什么人都能有的机缘，这得好好保存。"

李琳说："今天庆贺你被封万户侯，大家这么高兴，我想，丹丹要是也在多好啊！"

"哎呀，怪我，怪我，我怎么忘了请她了，你不会怪我吧。"张华说。

"你请她她也不会来。她那脸上疤痕累累的，能在那么多生人面前露面吗？"李琳说，"想到我们丹丹我就锥心地痛啊。一个天仙似的姑娘如今满脸伤疤，连人都见不得了。"

张华想到吴丹，也不免落下泪来。

李琳说："好在有这个画像，每当想念丹丹的时候，我就拿出这张画像来。"

张华说："这么好的画像，你藏在箱子里干什么？挂在你屋里多好。"

"在张府挂我侄女的画像算怎么回事？我怕外人说闲话。"

"不用在乎别人，我说挂就挂。"

"那好，明天我请人裱裱再挂。"

"晓阳在东宫怎么样？"

"她说挺好的。太子妃对她像亲姐妹一样。虽然太子妃脾气暴躁，但对她却从不发火。"

"这孩子心眼儿活，心灵手巧，干什么都让人挑不出毛病，这样的姑娘谁不喜欢。"张华说，"我觉得她有些随你。"

"那没什么新鲜的，养女儿随姑这是上讲究的。"

"我没想到你的歌儿唱得竟然那么好，而且词也填得非常精妙，与音乐相和，天衣无缝。哦，"张华说着，在李琳脸上亲了一口，继续说道，"我有你和小芸这样的夫人非常满足了，一个慧而美，一个德而娴。"

"你的意思是说我不德不娴？"

"不不不，我说的只是相对的。小芸也不只是德而娴，她也有智慧的一面，只不过在才智上跟你就没法比了。当年要不是小芸，我可能一辈子都被埋没在安阳河边。"

于是张华向李琳讲起，当年鲜于嗣和朱湛寻找《鹪鹩赋》的作者，小芸主动去找方城县令，提供线索，这样朱县令才找到了他，从而被举荐到朝廷。

李琳说："怪不得你对她这么好，无论别人说什么都不离不弃。"

张华说："她对我最大的恩德不是这个，而是她将自己的一生都奉献给了我，帮我把两个儿子拉扯大，太不容易了。"

"听说年轻的时候你也很风流的，跟一个叫王婧的大家闺秀闹得满城风雨。"

"小芸跟你说的吧。"张华说，"唉，什么都是命，不该着我俩成夫妻，最后竟酿成一场大悲剧。"

"不是说管大师给你算过，你俩不会成吗？"

"那时年轻不信命，结果才栽了那么大的跟斗。"

"现在信命啦？"

"从那之后哪敢不信哪。"张华说"'不过管公明还跟我算过一卦，只是我一直没敢跟人提起，今天就咱两口子我可以跟你说了。"

"好，你说说。"

"管辂赠我一首诗是这样说的：

> 此君才干世所稀
> 一生甘为他人梯
> 虽然不是帝王命
> 终娶后妃作己妻
> 贤良治世无善果
> 身死族灭悔已迟

"说我有娶后妃之命，这要让皇上知道不是杀头之罪吗？所以管公明给我算的这一卦我一直记在心里。你和小芸都不是什么后妃，莫非以后我还会再娶一房，将皇上的后妃娶过来？"

"自古才子多风流，谁知道呢。"李琳说，"你爱娶就娶，人家郭芸都不管，我干吗落个不德不娴的恶名。"

"别生气，我不是说你不德不娴……"张华搂着李琳边亲边哄。

李琳说："别哄我了。你看看都什么时候了，皇上可是让你西时进宫的。"

"哎呀，谢谢夫人，你不提醒真的差点儿误了大事。"

"呵呵，我慢慢也要学着变得德而娴呀。"李琳脸一红，说，"下完棋回来到我屋吧，我等你。"

"嗯。"张华答应着，离家赶往皇宫去了。

119

司马炎所以请张华来下棋，是因为张华将棋圣严武收藏的经典棋谱送与了他，作为一个围棋高手，得见棋圣的经典棋谱也是一件十分荣幸的事。

张华一到，司马炎立即与张华研究起严武的棋谱来。

司马炎说："朕独自研究了严武和马思明两位棋圣的十几局棋谱，朕觉得围棋可以有北派南派之分，马思明应属北派，严武则属南派。北派的棋大气磅礴，而南派的棋严谨精妙，故在布局阶段北派似乎占优，而越到了后半盘，南派的严谨精妙便越显出优势。所以严武与马思明交手多次，严武每次赢棋都是赢在收官阶段。"

张华说："陛下高见。"

"来，咱俩对弈一局。"司马炎道。

二人对坐，边下棋边聊天。

司马炎问："茂先，如今天下一统，社稷平安，民富国强。你说朕今后应该把精力放在哪里呢？"

张华说："天朝有今天这样的局面，说明，您的仁德普施，如甘霖普降，天下仁德存焉。孔子的治国理念是'志于道，据于德，依于仁，游于艺'。既然我们在仁德方面都做得很好了，臣以为，今后应该游于艺。先说何为艺，艺即指六艺，包括礼、乐、射、御、书、数。再说何为游，游不是游戏和玩乐，游就是熟练，是游刃有余。此六艺是增强百姓体魄，健全精神，提高休养所必不可少的。一旦百姓皆精于艺，将是一个非常美好而幸福的时代。虽尧舜不及也。"

"嗯，好，朕就是要创建一个历史上最为幸福美好的时代。"

张华说："臣已开始筹划习艺的工作了。"

"是吗？"

"臣与荀公曾商议，打算建一个书院，专门教授书法。"

"好，朕将大力支持。"

"书院的地址我们都选好了，就利用白马寺译经室。如今佛经已译得差不多了，译经僧只剩一百来人，几间大译经室都空着，臣已跟白马寺住持说好了。书院的名字就叫白马书院。"

"请谁来教呀？"

"哦，如今能教书法的高手多了。齐王（司马攸）、卫伯玉（卫瓘）、索幼安（靖）、杜元凯（杜预）、傅休弈（傅玄）、杨长如（杨忱），甚至连卫尚书的公子卫恒和东宫太子妃侍从吴丹都可做书法先生。"

"白马书院何时开业？"

"近期择日开业。"张华说，"陛下书法风清骨劲，可否御笔亲题院名？"

"好，下完棋朕即刻为书院题名。希望你们莫负朕意。"

下完棋，司马炎立即走到书案前，提笔写下"白马书院"四个大字。

司马炎也是书法大家，善隶书，直接取法蔡邕，刚猛有力。

"《晋书·荀勖传》荀勖与中书令张华又立书博士，置弟子教习，以钟（繇）、胡（昭）为法。"

司马炎又问："茂先，那年朕问你汉宫的形制与规模，你回答得头头是道，朕命荀公曾绘了汉宫画。朕一直梦想着建一座与汉宫一模一样的宫殿，但国家尚未一统，朕忧国力，惜民力，故而一直未提重建皇宫之事。如今天下一统了，朕想重建皇宫……"

张华没等司马炎说完，便说："陛下，朕为度支尚书对国家财力了如指掌。伐吴虽然顺利，但所耗军资也十分惊人。府库空虚呀……"

"社稷又多了东吴偌大一块版图，朝廷收入应该大增，府库怎么会反倒空虚了呢？"

"东吴虽已归顺，但为了医治战争给百姓带来的创伤，吴境之民蠲免三年赋税，所以府库收入三年之内不会增加。"

"即使三年之内不会增加，三年之后肯定会大增吧？"司马炎说，"国家一统，天下真的是率土之滨莫非晋土，普天之下莫非晋臣了。将来会有用不完的资财。所以朕想借债也要把皇宫建好。"

"陛下，不能啊，如今真不是挥霍资财，大建宫殿的时候。"

"秦有阿房宫，汉有未央、长乐、建章三宫，皆规模宏大。晋如今也是天下一统之王朝，秦始皇建得，刘邦建得，怎么朕就建不得呢？"

"如果您想学秦始皇，也想二世而亡，那就可以随欲而为了。您不是想做流芳后世的仁德之君吗？就不能学秦始皇了。而且应该是秦始皇做过的，尽量避免去做，因为秦始皇是反面典型，是失败的例子。所以秦始皇干过的，您千万别干。"

司马炎听张华这话很有道理，但他又问："那刘邦也大兴土木建造宫殿，怎么刘邦就没因此而亡呢？"

张华说："不是说您大兴土木必然亡国，暴秦之亡，是一系列政策的失败才导致最终灭亡。其中不惜民力，大兴土木建阿房宫是其灭亡的原因之一。"

"如果朕只兴土木而不学秦始皇其他的作为……"

"陛下，刘玄德说过：勿以善小而不为，勿以恶小而为之……"

"刘备算什么成功的皇帝？你怎么又拿他的话来教导朕？"

"不，刘备应该算很成功的人物了。"张华说，"其织席贩履出身，而在军阀林立的乱世脱颖而出，三分天下有其一……"

"呵呵，他三分天下有其一不假，但朕却是大一统的皇帝。"

张华道："您是什么出身呢？您的基业是在什么基础上建立起来的？宣王作为大将军智勇双全名闻天下。诛曹爽而权倾朝野，使司马氏得以天下独尊，景王、文王诛叛逆，灭蜀汉，形势所迫，魏帝禅让天下。您未经一战而得天下。若刘玄德有您这样的出身和基础，恐怕天下早就入其囊中矣！"

张华的话令司马炎很不爱听，这分明是说他依仗父祖之力才有天下，但这确是事实，因而只得内心不高兴，不满的话却无法说出口。

"刘玄德能脱颖而出者，无他，唯以德服人耳。"张华说，"臣闻之，千里之堤溃于蝼蚁之穴，恶德即如长堤之蚁穴，不可因其小而勿视。"

"要么这样，你看行不行，暂不重建皇宫，把现在的宫殿向北扩一扩，将宫墙北移至安顺街如何？"

"那就相当于皇宫扩大了一倍，也是不小的工程啊。宜三思而行。"

"连扩建一下你都不同意？怪不得荀公曾说你，总拿国家当作安阳河边贫寒人家的小日子过。"

"臣为朝廷精打细算难道不好吗？"

"好是好，但如今天下归就应该大气一点儿，日子过得体面一点儿。"司马炎说，"朕听你的，不重建皇宫了，但扩建是必需的，且明年必须动工。"

"您为天下主，最终决定权在您手里。臣之所谏，君可听可不听。听臣一席话，您能将重建皇宫改扩建，已是为臣的成功了。"

"朕最喜的就是你这点。直言敢谏，但又不固执己见，强人所难。"

"因为臣一贯坚守中庸之道。深知君臣之分。臣之责在谏，主之责在辨，从所有谏言中选择最好的加以施行。"

"世上最明白的人，就是你张茂先哪。"

120

太康二年五月初五，端午之日，史上第一所书法学校——白马书院隆重开业。其老师阵容之强大，也是史无前例，空前绝后的。因为除了西晋太康年间，任何时代也无法同时凑足这么多书法大师，而且这几位大师个个都是公侯显贵。他们是：齐王司马大猷（司马攸）、蕾阳公，吏部尚书兼侍中卫伯玉（卫瓘）、广武乡侯，中书令张茂先（张华）、镇南将军杜元凯（杜预）、司隶校尉傅休奕（傅玄）、尚书郎索幼安（索靖）、太傅长史杨长如（杨忱）、黄门侍郎卫巨山（卫恒）。

如此超豪华的师资阵容吸引了大部分世家适龄子弟，其中有一个七八岁的小姑娘，叫卫铄，字茂漪，是随爷爷卫瓘和叔叔卫恒一起来的。她虽然只有七八岁，但已看出是个美人胚。匀称的身材，精细的瓜子脸上一双乌黑的大眼，闪烁着明亮的光。卫家不仅书画盖世，而且男女皆风仪俊美。最著名的是卫恒之子卫玲。那是与潘岳齐名的美男，以致因围观者甚众而"看杀卫玠"。卫铄小姑娘也完美地遗传了卫氏基因，长得甜美可人。

更让人想不到的是，这小姑娘竟然后来培养出了千古书圣王羲之。是王羲之的亲授之师。

所有史书上都说卫瓘是卫铄的族祖父。而这卫夫人——卫铄婚后称卫夫人——的亲爷爷是谁却语焉不详。以卫铄的名气又出身于名门，岂能不知其亲爷爷是谁呢。其实卫铄的亲爷爷就是卫瓘的兄弟，画圣卫协，因卫协被父亲卫觊逐出家门和道德上的污点，为尊者讳而无人愿意提起。而且卫协也知道子孙若在自己名下名誉上会受连累，难有进步空间，所以将子孙全寄养在哥哥卫瓘家里。这就是世人只知卫夫人族祖父还不知其亲祖父的原因。

白马书院开班仪式后，几位书法大师在教室旁边的一间禅房里休息，议论书法，白马寺住持法能也颇痴迷于书，在一旁听得入神，大有收获。于是提议将这间禅房用作贵宾室，专门用于接待授课的老师。大家议论得非常热烈，都从别人的议论里所获甚丰，于是共同议定，每月某几日定时在此碰头，一起研讨书法。法能为此派人专门对这间禅房进行了布置，增加了几张书案和多套文房四宝及品茶用具。

从此，司马攸、卫瓘、张华、杜预、傅玄、索靖、杨忱、卫恒便时常来此相会，切磋书法观念与技艺。后来，陆抗和吴丹也被聘为白马书院的兼职教授。

白马书院的教师不是哪个人指定的，而是由大家评出来的。虽然荀勖的书法也是一流的，虽然他是书院的倡立者，虽然他是音乐和绘画大师，但在太康年间，他的书法还没有达到当时的最高水平，在这个年代，一流是不能获得白马书院教授的荣誉的，必须是超一流。评选也是极其公正的，看看这些荣膺这个职务的教授，哪个不是书法史上大师级的人物。

在魏晋时期，书法大师远比绘画大师更出名，此时人们将绘画视为小道，因为六艺中没有绘画，所以不受朝廷和世族的重视，画圣、棋圣等远不如书圣名气大。钟繇、卫瓘、张华、索靖是响当当的历史人物，而曹不兴、卫协却少有人知，荀勖若不因为官高爵显，也不会因绘画而成名。

荀勖没被评为白马书院教授，既郁闷又觉得丢脸。他怀疑张华从中作梗，心中不免愤愤。他决心除去张华这个对手。

因为书院教授经常在固定日期相聚，荀勖于是向皇帝秘密奏曰："陛下，臣闻齐王经常与卫伯玉、张茂先、杜元凯、傅休弈等人私下聚会于白马寺，行为诡秘……"

司马炎说："朕知道，他们定期一起研讨书法。"

"焉知他们不研讨别的事呢？"荀勖说。

"你是说他们有不轨之举？"

"臣尚无确凿证据，但臣以为不得不防。须知这些人都是手握重柄的，这样的人物经常和齐王秘聚，就不能不防了。如今天下安泰，外患已除，陛下须防内患呀。"

"你是怕他们支持齐王……"

"不得不防。"

"既然没有任何证据证实人家有不轨言行，怎么防？防什么？"

荀勖道："陛下可这么办……"荀勖于是私下给皇上出了一个主意。

121

第二天，司马炎召集重要谋臣卫瓘、张华、杜预、荀勖、傅玄、和峤、庾颎、何劭、任恺、刘毅、冯紞到自己办公的勤政宫，对他们说："众位爱卿，你们都是朕的股肱之臣，今天请你们来，就是要你们帮助朕考察一下太子，能否胜任储君之位。"

刘毅问："陛下何以突然提出此议呀？"

司马炎说："因为和长舆（和峤字）曾对朕言，担心太子不够智慧，将来不堪大位。"

傅玄确实为人正直刚正，他见太子司马衷愚钝，曾向皇上直言自己的担心。《晋书·和峤传》："峤见太子不令，因侍坐曰：'皇太子有淳古之风，而季世多伪，恐不了陛下家事。'"

刘毅说："事关社稷，臣等会尽力替陛下着想。"

司马炎道："朕会让太子分别与众位相见，数日后，你们将各自的观察结果告与朕知。"

大家领了任务便各自散去。

太子妃贾南风听说皇上让大臣们考察太子，她生怕太子储君位置有变，于是四处活动，通过各种关系拉拢大臣们为太子说好话。

半个月后，皇上再次召集大家在勤政宫饮酒。酒宴后，司马炎问："众位爱卿，大家替朕观察得怎么样啊？太子能担当大任否？"

荀勖说："臣以为太子不仅仁德宽厚，而且才智出众。"

冯紞也说："太子天资颖慧，堪当大任。"

庾顗曰："太子明识弘雅，择为储君，乃圣上之明鉴也。"

和峤却说："陛下，臣以为不然。臣与太子交谈半日，觉得太子的智慧一如从前，没太大长进。"（《晋书·和峤传》："后（和峤）与荀勖同侍，帝曰：'太子近入朝，差长进，卿可俱诣之，粗及世事。'即奉诏而还。顗、勖并称太子明识弘雅，诚如明诏。峤曰：'圣质如初耳！'帝不悦而起。"）

司马炎听了和峤的话又问卫瓘道："卫爱卿，你是什么看法？"

卫瓘醉醺醺地拍着皇帝的龙椅说："这个位置可惜了。"

刘毅也说以太子之智难承大统。

荀勖说："陛下放心，有臣等忠心辅佐，太子可无忧矣。"

张华说："关键是，当需要太子亲承大统的时候，我们这辈臣子也都将不久于世，谁能确保其他人也能像你荀公曾那样忠心耿耿？"

司马炎问张华："茂先，你说谁最适合承继皇位？"

张华说："臣以为德才兼备，又是陛下至亲，最适合承继大统的，乃是齐王。"

张华说完，荀勖与司马炎交换了一下眼色。司马炎面有不悦之色。

待众臣离去，荀勖对司马炎说："陛下，今天您看出来了吧。卫瓘、张华、杜预这些人都反对太子，亲近齐王，这可是不祥之兆呀。这三人都是什么人？杜预镇南，卫瓘曾经镇北，征蜀有赖卫瓘，伐吴依仗杜预。张华则是运筹帷幄，决胜千里之才。以他们的才能、地位和名望，若一心助齐王，可是您最大的忧患呀。"

"茂先、元凯、伯玉都是朕心腹之臣……"

荀勖说："这我知道，他们对您当然不会生不臣之心。但怕的是您百年之后，他们既然现在都褒齐王而贬太子，将来他们很可能拥立齐王承继大统啊。"

司马炎听荀勖说得有道理，问道："那可怎么办呢？"

"必须将几个人分开，不能让他们有一起密谋的机会。您立即下旨让齐王离开京城回自己的封地；杜预回荆襄，镇边的将军不能因功劳太大就可随意离开镇守之地回京享受安逸（杜预最近因身体原因，从荆州回到洛阳休养）；卫瓘既然才从幽州回京，可留在京城；至于张华嘛，可诏令张华外镇。"

司马炎说："世人皆知，张茂先乃华夏一统最大功臣，有多位老臣奏请茂先代公闾而践宰相位，朕也有意提携之。此时朝廷若贬其外镇，恐为众臣不服，更无法向天下人交代。且为人君者必须奖惩分明，今人有大功而贬是罚功而奖过也。此事还须三思而行。"

荀勖听皇上说张华有可能代贾充而登相位，心中不免忧惧，但皇上跟张华的关系过于亲密了，自己无论如何挑拨，皇帝也下不了将张华贬职外镇的决心。看来光靠自己的力量是撼动不了张华的。

为了抑制张华崛起，荀勖于是找到贾充，对贾充说："贾公，大事不好啦。张华不仅直接向皇上提议由齐王取代司马衷为储君，而且皇上很可能听从众位老臣的建议，让张华取代您而为宰相呢。"

荀勖所说的这两件事，每件都令贾充心惊胆战。若张华登上相位，自己不仅失去宰相大权，而且凭自己曾经要腰斩他这件事，张华也不可能饶过自己。而自己的女婿太子司马衷是贾氏家族未来的靠山，这个靠山若没了，贾氏家族便失去了未来。

贾充怎么想，都觉得张华这人太可怕，因而必须想办法离间他与皇上的关系，最好将其赶出京城去。

贾充、荀勖集团很快达成默契，要合力将张华逐出权力核心。

122

张华对贾充、荀勖等人背后的动作毫不知情。他依然在固定日期去白马寺书院授课，并与众位书法大师精研书法技艺。

张华主授的课程是书法史。从金文、大篆、小篆、隶书、楷书、行书、草书的历史讲得条分缕析，并将李斯、蔡邕、张芝、胡昭、钟繇、皇象、钟会及当朝的司马攸、卫瓘、索靖等人的书法特点分析得详细透彻。

张华认为，华夏文字鼻祖公认的为仓颉，而他认为真正的书法鼻祖乃是李斯，因为秦朝统一前，由于春秋战国长期分裂割据，各国文字不仅在书写方法上没有统一的标准，书字工具五花八门，而且文字的结构也相差很大。秦以前中国文字是一个有书而无法的时期。秦朝将文字统一后，是李斯、赵高、胡田敬（三人分别创作了小篆体的《仓颉篇》《爰历篇》《博学篇》。后世称为"秦三仓"）三人，在统一的文字基础上，确定下书写标准，才使汉字的书写有了法度。依法度，循规矩，肖先贤的书写才叫书法，而没有章法，不循规矩，没有出处的书写只能叫写字。书能成法，其一，书写工具的统一，书法是用毛笔蘸墨汁书写在绢帛（汉以后主要是宣纸）上的文字。其二，书法可以根据书体的需要对文字形态作必要的改变，但这种改变必须是不改变基本文字结构的基础上的改变。也就是说，书法不能造字。其三，对文字书写方法的改变必须是美的。其四，书法不仅单个的字要美，而且整篇必须是美的。张华的这个书法理论被司马攸、卫瓘、索靖等人称为书法的"张华四律"。

为了引起学生们的兴趣，张华特将珍藏多年，秘不示人的《仓颉篇》从家里拿到书院，让教授和学生们好好见识一下书法鼻祖的作品。

《仓颉篇》不仅让学生们大开眼界，也令这些大师级的教授们欣喜不已。众人中除了卫瓘曾在张华家里见过《仓颉篇》，其他人都是第一次见到中华文字史上第一篇书法。

教授们经常一起切磋，都感觉大有裨益，尤其是张华的博学，让其他人见识大长，眼界大开。因而只要张华来到书院，其他几位必到。张华虽然在书法成就上不是最高的，但在书法理论、书法鉴赏上是公认的权威。

索靖、卫恒都说："张大人应该将您对书法的认识写下来，以指导后人。"

张华说："呵呵，我是述而不作，这方面的事还是由你们来完成吧。"

张华之所以没有撰写书法理论著作，是因为作为《博物志》的作者，他觉得实在没必要，书法毕竟是小道，不值得自己花费太多的精力，正如钟会言，如果一个人一辈子只研究如何把字写好，实在太没出息了。

当然，几位书法大师在一起也不会完全谈论书法。作为朝廷高官，难免对时局交流一些看法，尤其是在太子司马衷的问题上，他们一谈到如此愚不可及的人将为一国之主，就不免为社稷担忧。

他们每次对政局的议论都会适时地被贾充、荀勖掌握。因为贾充、荀勖买通了在禅房为大师们洗笔研墨、煮茶斟水的小和尚了无。了无会将几位书法大师的谈话原原本本地告诉荀勖。

除了关于太子司马衷的话题，贾充、荀勖找不到几位任何对主上不敬，对社稷不利的言辞。本来，知子莫若父，司马炎对自己的傻儿子确实心里没底。他请众位亲信大臣考察太子，其实也是想听听他们的真话。媳妇是人家的好，孩子是自己的好，皇帝司马炎也不例外，虽然他自己觉得儿子有些傻，但当这话从别人嘴里说出来时，他还是很不高兴。所以，当他听到卫瓘、张华、傅玄、刘毅等人对太子的评价时，都"面露不悦"之色。

但司马炎毕竟是一位较有德能的皇帝，否则天下不会统一在他的手里。当他冷静下来反复思索这些忠臣的话，觉得还是有道理的。他的头脑中几度闪现过易储的想法，齐王司马攸确实是比较合适的人选。毕竟司马攸是自己同父同母的亲弟弟呀。

但司马攸与张华、卫瓘等人一起议论儿子的是非却令司马炎难以容忍了。贾充适时进言道："陛下，您威权在手，齐王就敢蔑视太子，一旦您不在位了，齐王会如何对待太子就可想而知了。若太子不能顺承大位，太孙则更无望矣。自古皇位争夺残酷而血腥，一旦齐王得势，太子、太孙的生死安危都无人能保啊。"贾充说着哭泣。

小儿子，大孙子，老爷子的命根子，贾充知道，太孙司马遹才是司马炎的心肝儿。皇上所以立司马衷为太子，就是为了太孙将来能登上皇位。

这司马遹乃是司马炎的才人谢玖所生，是司马炎的长孙，有人怀疑这司马遹也可能是司马炎与谢玖的儿子。但无论如何，这司马遹都符合小儿子或大孙子的条件。所以司马炎对其宠爱备至，也就不足为奇了。

贾充的话戳到了司马炎的心口上。这时他才真正下定决心，要打击司马攸的势力，确立司马衷的储君地位。为此，他要寻找最合适的机会，按照荀勖的建议，将张华与卫瓘、杜预彻底分开。

123

这天，张华从白马书院刚回来家里，忽然看门的家仆入报（张华自从伐吴归来也不再过于节俭，家中也雇用了两个男仆两个女仆）。门外来了几辆马车，领头的将一封书信交给家仆让其转呈张大人。

张华打开书信，原来是吕宓派人送书来了。原来吕宓自从受张华所托为其搜集旧书籍，便利用自己的生意网，很快收集了五车旧书。然后专人送至洛阳。

张华对吕宓十分感激。找人卸了车，好好招待了从建邺专程送书的脚夫，并重赏了脚夫盘缠。然后一头扎到这个旧书堆里翻找古籍、善本。他翻阅了一天。其中还真发现了不少宝贝：有范蠡做生意的账单，有越人为西施所画的画像，有越国的皇家档案，还有鲁肃与诸葛亮来往的书信……张华大喜。

喜悦之余，他觉得似乎有什么事情没办。想来想去，才发现，自己竟然忘了给吕宓写一封感谢信让脚夫捎回去。他想，马车不会走得很快，一天的路程没有多远。现在赶紧给吕宓写一封信，让人骑马去追马车还来得及。于是他立即提笔给吕宓写了一封回信，对吕宓帮助搜集旧书表示感谢，并对没能为其争取一个官职表示了极大歉意。书中表示，以后吕宓有什么需要帮忙的尽管说，不要自觉身份低贱，只要不做违法悖理的事，谁欺负一个合法的商人，我都要为你撑腰。

吕宓接到这封信后，非常激动，他没想到张华这大的官，不仅亲笔给他写回信，而且对一个卑贱的商人竟以友视之。

吕宓将张华的信珍藏起来，作为传家之宝。

124

完成了一统大业，张华在兴奋了几个月后，心情慢慢平静了，这时他忽然感觉空落落的。他不知道世间还有什么大业比一统天下更大，因而暂时失去了奋斗目标，就像忽然登上了群山的最高峰，一览众山小之后，对其他山峰便失去了兴趣。

原来成功之后竟然是更大的空虚。

空虚便意味着无聊。无聊是令人难耐的，空虚必须用一些东西来填补，无聊的时光必须用忙碌来打发。

张华因为宴请过亲朋好友，这些被请的人也开始陆续回请以示祝贺。张华在其后的日子里，除了不间断地参加各种宴请，便经常与自己的好友，如王戎、刘伶、阮咸、向秀、何劭、和峤、傅玄等人作山水之游。

如今张华出行，已与从前大不相同，左思、潘岳、杜育、陆机、陆云等学生经常陪伴在左右，如众星捧月一般前呼后拥。

张华之所以常带学生出行，不光是为了气派，主要是想给这些学生一个接触前辈名士的机会，让他们从这些老名士身上学习潇洒的气度与为人的风骨。因为他发现，年青一代的才子们与正始名士、竹林名士最大的差别不是才情，而是品行，在这一代人身上，普遍存在着才情有余而风骨不足的现象。

论为人风骨，竹林名士自然有口皆碑，而何劭、傅玄、和峤几位也是出名的气节文士。散骑常侍何劭，正史给他的评价是："优游自足，不贪权势。"（《晋书·何劭传》），其所著《荀粲传》《王弼传》风行于世；傅玄之为人"体强直之姿，怀匪躬之操，抗辞正色，补阙弼违，謇謇当朝"（《晋书·傅玄传》）。他不仅是书法家，还是音乐家和文学家，所著《傅子》及大量诗文影响深远；和峤更是以耿介著称，《晋书·和峤传》说他："和氏条畅，堪施大厦。"

这些人一起出游是洛阳的一道景观。光潘岳一人就能将洛阳妇女们迷得晕头转向，何况还有其他那些大名鼎鼎的巨星呢。

这些文人名士各怀绝艺，在一起总能玩儿出新花样，不用编导随便走到哪里随时都是一台大戏。

这天，天大暑，张华与傅玄、阮咸、何劭四人一大早便共乘一艘白篷船在洛河上一边饮酒兜风，一边欣赏两岸美景。陈寿、潘岳、陆机、左思、陆云、杜育六人随行。

艄公问："先生们去哪儿呀？"

张华说："只拣那风景好的去处随便划去。"

于是白篷船在三个舟子的桨声里漂流而下。

行了不一会儿，却见洛河上三三两两的小舟载着花枝招展的少女从北岸涌向南岸。姑娘们下了小船便每人手中拿着小木盒向山上的树丛中走去。

陆机问："这些姑娘们在干什么？"

何劭说："今天是乞巧节，姑娘们进山去采蛛。"

陆云问："何谓采蛛？"

"采蛛就是在乞巧节这一天，女孩儿们在父母或情郎的陪伴下带上吃的喝的到山里去捉蜘蛛，这种蜘蛛叫喜蛛。姑娘们将喜蛛装在一个木盒里。第二天早上，揭开木盒，看谁的蜘蛛织的网子匀实好看。蛛网织得好的，就意味着这个姑娘未来是巧媳妇，好找婆家。"

陆机笑道："好，这个习俗真的很有趣。"

"采蛛也不是件容易的事。姑娘们要到山里蜘蛛多的地方，看哪个蜘蛛织的网大、网圆，同时网格要密实，间距相等。所以，采到好的喜蛛也是很费力的。"杜育介绍道，"洛阳乞巧节还有一个风俗就是家家要供磨喝乐。"

"什么叫磨喝乐？"陆云问。

"磨喝乐就是一种小泥人儿。泥人儿是童子模样，半裸着身子，手中拿着荷叶。今天晚上你到潘楼街、西梁门、北门外、南朱雀门外街及马行街内转转，到处都是卖磨喝乐的。"

潘岳问："难道吴越不过乞巧节吗？"

陆机说："我们那里也过乞巧节，但风俗跟洛阳不一样。我们那里是'拜织女'。每到这天，少女、少妇们预先和自己的朋友或邻里约好五六人，多者十来人，大家斋戒一天，至夜，沐浴更衣，然后凑在一起举行拜织女的仪式。月光下摆一张桌子，桌子上置茶、酒、水果、五子（桂圆、红枣、榛子、花生、瓜子）

等祭品；又有鲜花几朵，以红纸束之，插于花瓶，花前置一个小香炉。大家于案前焚香礼拜后，一起围坐在桌前，一面吃喝，一面朝着织女星默念自己的心事。玩到半夜方散。在我们那里，乞巧节就是女人们的玩乐节。"

张华听学生们说得热闹，也插话道："我们北方，主要是幽州地区，过乞巧节的习俗是投针验巧。"

"什么叫投针验巧？"陈寿问。

张华曰："投针验巧，就是正午的时候，女人们将盘子倒满水，将绣花针投放到水上，由于绣花针会将四周的水压得略向下凹陷，因而就会在盘子底部形成模糊的影子，有的影子像花鸟虫鱼，有的像日常用具，如果影子像某件东西，便算乞得巧了。如果只是一条直线或一团黑影，乞巧便算失败。"（这是对于水面张力的最早运用）

陈寿说："我们蜀人也过七夕，但与吴越和中原、北方都不同。"

陆机问："你们那里怎么过？"

"我们那里过七夕，姑娘们最热闹的活动是染指甲。蜀中奇花异早非常多，尤其是凤仙花和兰花，最适合染指甲。将各色花瓣捣成糊状，加入少许明矾，明矾有固色的作用，然后将花泥涂在指甲上，过一会儿，将花泥洗掉，指甲上就会留下鲜艳的颜色。喜欢什么颜色，就采什么颜色的花。有的姑娘能够将手脚二十个指甲染成二十种颜色，最巧的姑娘甚至在一个指甲盖上染出多种颜色，并能染出新奇的图案。"——如今美甲这个行业就源自于巴蜀的乞巧节这一风俗。

张华叹道："多有意思啊。在同一天，华夏子民同过一个节日，这说明我们本是同宗同族，同根同种，都是炎黄之后，而各地风俗又各不同，这又证明了我们华夏文化的丰富多彩。啊，还是天下归一好啊！"

傅玄也说："是啊，同是炎黄之后，怎么能互相孤立，互为仇敌呢？"

刘伶大概早就对着船上所载的美酒，馋涎欲滴了。于是说道："现在好啦，华夏一统了，我们岂能不饮酒相庆。开坛开坛，倒酒倒酒。"

于是潘岳、杜育立即开启酒坛，给大家斟满。

张华道："有酒无歌岂不惜哉。"

阮咸对傅玄道："傅大人，抄家伙。"

于是阮咸、傅玄、张华、向秀四人，各操琴筝箫笛在手，合奏起《渔舟唱晚》。一曲奏罢，他们的船旁已围拢来十几只小舟。

潘岳道："各位老师，能否为我奏一曲《关山月》？我有感于华夏一统，按照关山月的音律，为这支曲子填了一首词，叫《大统歌》，我来唱一遍如何？"

张华说："好啊。那就奏一曲《关山月》唱一首《大统歌》。"

音乐响起。潘岳唱道：

盘古开天地
神州置中央
炎黄创华夏
五帝踵先皇
有巢筑居室
嫘母驯蚕桑
燧人控烟火
神农实谷仓
盛世连千载
恩德惠四方
间有忤逆子
裂土再分疆
三国何纷乱
万民多死伤
苍天存善意
为民降贤良
大晋临圣主
良臣有张羊
旌旄东南指
吴主缚颈降
华夏复大统
神州永盛强

这潘岳，不仅人长得绝美，而且颇具文才。一首《大统歌》令张华、傅玄、陈寿、陆机等文学大家都刮目相看了。

潘岳一曲唱罢，立即迎来潮水般的掌声。原来，他们四周此时已聚了上百只小舟。那些姑娘少妇望着眼前这个大帅哥，一个个不免心旌摇荡。他们大喊之后，将手中的鲜花水果纷纷投到船上，投给潘岳。

潘岳清楚，有老师和众多大名士在，自己不能太出风头。于是主动做起主持人，说："各位大师，看这些百姓如此热情，你们谁再来一曲？"

潘岳见无人应答，只好点名道："士衡兄，你来一曲。"

陆机说："让前辈们先来。"

"前辈们是压轴的，咱晚辈得给前辈当先行。"

陆机说："我嗓音不好，唱不了。"

张华说："士衡，你才思敏捷，何不给大家露一手，让观者点题，你即席填词，唱不好不要紧，你随着音乐吟诵即可。"

潘岳于是对围观者道："这位陆士衡先生乃江南名士，才高八斗，可当场赋诗填词。大家想听什么可当场点题。"

无人应答。

老艄公说："我点个题，就歌咏今天这热闹场面。"

陆机说："好的。"

张华将手中第一挥，乐声起处，陆机咏道：

炎炎仲夏日，天气柔且嘉。

元吉降初巳，濯秽游洛河。

龙舟浮鹢首，羽旗垂藻葩。

乘风宣飞景，逍遥戏中波。

名讴激清唱，榜人纵棹歌。

投纶沉洪川，飞缴入紫霞。

张华喊道："好文采，好文采。"

但却听一个女人喊道："江南才子空有名，不若潘郎有才情，声音更无潘郎美，野调无腔不堪聆。"

陆机算不上帅哥，而他的诗又过于文，因而并没有得到众人的喝彩。他不免有些丧气。但无疑的是，他开创了配乐诗朗诵的先河。

刘伶道："刚才喊话那女子倒是出口成诗，过来过来，你来唱一曲如何？"

"来就来。"这时，只见一个美艳的妙龄少女，从一只小舟上一步飞跨到大船上，说，"我唱一支《采薇曲》如何？"

阮咸说："好啊，我们给你们伴奏。"

音乐声起。那姑娘唱道：

雪欲来的时候，

又烫一壶酒，

将寂寞，绵长入口。

大寒夜，山那头，彤云出岫，

小炉边，那首歌谣，

不经意被写就。

白露前，麦未熟，

恰是初秋，

约临走，将柴扉轻叩。

岭上霜红也浸透了眼眸，

……

姑娘甜美的歌声令所有人拍掌喊好。

此时，张华他们四周围的小船越来越多了。能够免费欣赏到如此众多名士大腕的即兴演出，那可是千年难遇之美事。因此，所有采蛛的人都围拢过来。

姑娘唱完，又有几位胆大的姑娘少妇跨到大船上来。

潘岳说："众位不知道这船上的几位是怎样的人物吧？"

那个刚唱完《采薇曲》的姑娘说："我们知道你是潘郎。"

许多妇女说："是啊，我们早就见过你。你是我们心中的偶像。"

潘岳说："潘某与本船上的众位大人物比，就太不值一提了。这二位是江南才子，陆氏兄弟。这位是《三国志》的作者陈承祚……"

这时有男人说道："原来这位就是陈承祚吗？"

潘岳说："如假包换。"

男人们说："陈先生以一人之力而为三国作志，太了不起了。"

潘岳又介绍了其他几位，人们越听越兴奋，没想到平日里只闻其名的大人物竟然就在眼前。

潘岳最后说："最后我向大家介绍的，才是最最著名的人物。广武县侯，中书令，文坛巨匠，博物学家，天下一统第一功臣张华张茂先大人。"

因为自伐吴取胜，洛阳朝野热议的人物便是张华，因为张华差点由罪人而遭腰斩，一变而为天下第一功臣，这太具戏剧性了，因而更加令人关注。

人们听说吹箫的这位是张华张大人，不免惊讶异常。

有个男人道："张大人，您为伐吴差点丢了性命，我们百姓对您敬仰万分。没什么好孝敬您的，我这儿今天带了坛好酒，还有熏腊肉，您品尝品尝。"男子说完将酒坛送到大船上。

这个男子的举动影响了其他人，女人们向潘岳扔鲜花水果，男人们则向船上送美酒美食。

有个男人从大船上跨回自己的小舟时，脚下一用力，大船摇晃起来。几个姑娘少妇站立不移，扑倒在潘岳、张华怀里。

张华对人们说："谢谢众位，这酒肉花果太多了，船要被压沉了，千万别再给我们送了。姑娘们，快回自家船上去吧。"（人们只知道潘安掷果盈车的故事，其实历史上张华还遇到过这次酒肉沉船呢）

"是啊，"潘岳说，"姑娘们，快去采蕀吧，天黑了可就采不到了，将来成了笨婆娘就没人要了。"

"我们只想嫁给你。"那唱《采薇曲》的姑娘说。

潘岳说："可惜，我早有老婆了，而且我与她青梅竹马，情深似海。"

潘岳说得没错。这古今第一美男确实不可思议，他在政治品行上虽然颇有污点，为人没棱角，少风骨，但在男女私情上却非常专一。他十二岁就与杨绥定亲并成婚，夫妻二人感情如胶似漆，以潘岳之美，多少名门闺秀，旷世美女，绝代淑媛向他暗送秋波，投怀送抱都被他坚拒了。在男人可娶三妻四妾的年代，他终生只有杨绥一妻，杨绥二十九岁早亡，他因妻早逝而悲痛不已，以至鬓发早白（后世将此称"潘鬓"），而且潘岳三十出头做鳏夫后便终生未续弦。潘岳让多少痴情少女徒然神伤啊。所谓潘杨之好，即是坚贞不二爱情的代名词。

人们好容易碰到这些名流，而且雅兴正浓，哪肯轻易离去。有人说："张大人文才盖世无双，我们想听听张大人作的诗。"

张华说："老夫已非年轻时可比了，才思不敏，记忆力也不行了。"

潘岳说："我代张大人吟诵一首《壮士篇》如何？"

众人齐声说："好！"

女人们喊："就喜欢听潘郎的声音。"

乐声起。潘岳没有唱，而是学着陆机的方法，伴随音乐来朗诵：

天地相震荡，回薄不知穷。

人物禀常格，有始必有终。

年时俯仰过，功名宜速崇。

壮士怀愤激，安能守虚冲。

乘我大宛马，抚我繁弱弓。

长剑横九野，高冠拂玄穹。

慷慨成素霓，啸咤起清风。

震响骇八荒，奋威曜四戎。

濯鳞沧海畔，驰骋大漠中。

独步圣明世，四海称英雄。

诵毕，掌声如潮。

没想到这种配乐诗朗诵比唱得还好听，还有情调。

大家听完还不愿散去。这时却听有人大喊："闲杂人等闪开了，赶快让开，撞沉你们的小船可是撞了白撞死了白死。"

众人向喊声处望去，却见一支浩浩荡荡的船队从洛河下游驶来。领头的是一艘高大的战舰。舰首上插着一杆大旗，上书一个大大的"王"字。战舰后面则是几十艘装饰华丽的高大楼船。

这艘战舰张华一眼便认出，是伐吴时水军都督王濬的旗舰，王濬就是乘着它一路指挥舰队从益州直捣建邺的。为了铭记水军的战功，朝廷下令这艘战舰永远保持原来的样子。因而这"王"字帅旗一直在舰首飘扬。

令张华不明白的是，这艘被列为文物的英雄舰本来应该永久停在建邺城下。但它怎么突然来到洛阳了呢？而且后面还带来如此多的楼船。

人们望着高大的战舰渐渐驶近，小舟只得赶紧划桨避让。军舰没想到洛河中会有这么多小舟，舰长也怕出事，老早就让船队减速缓行了。

张华望着战舰上的军官问："请问你们是干什么的？"

舰长说："你管得着吗？本将军执行军务用得着告诉你吗？"

杜育说："张大人是当朝中书令。"

"呵呵，他是中书令，我还是宰相呢。中书令能与这些平头百姓一起歌咏弹唱？蒙谁呢？哈哈哈，快闪开……"

张华对那舰长喊道："你姓字名谁？报上名来。我要让王濬好好管教管教你。"

"你大胆，敢公然喊我们王将军的名讳。"那舰长道。

"王濬在不在船上？若在，让他亲自来见我，就说中书令张华在此。"

这舰长被张华的气势震住了，他赶紧回头说了句什么。很快从舰长身后走出一人，原来这人是御史中丞冯紞。由于河面波光粼粼十分晃眼，冯紞手搭凉棚向下一望，笑道："哟，真的是张大人呀。您怎么有雅兴到洛河上来玩儿呀？"

"少胄（冯紞字少胄），你这是在执行什么公务呀？"

冯紞说："张大人，下官奉旨到江南为皇上选秀，由于所选甚众，不得不用楼船将这些吴姬越女运至京城，这些江南女子，个个美艳娇柔，一定能赢得圣心大悦呀，哈哈哈……"

张华听了冯紞的话，大吃一惊。原来司马炎竟瞒着他从东吴选来这么多秀女，怪不得他急着扩充皇宫呢。张华问："怎么这么多楼船？一共有多少吴越秀女？"

冯紞说：

冯紞说："原吴主孙皓后宫三千人，此外还在民间选了四千，总共是七千人。"

张华心想：天呢！皇上这是怎么了？

军舰驶过，后面的楼船一一从众人面前经过。

这时，那些吴姬越女都趴在楼船的窗前观望洛河两岸景色。

陆机、陆云望着楼船，眼中充满了泪水。

忽听楼船上的一个女人用纤指向下一指，喊道："天呢，那不是二位陆公子吗？"

那女人的声音刚落地，楼船上的所有女子都向这一侧拥来，以至于楼船开始向一侧倾斜。

"陆公子——"有人带着哭腔高喊道。

陆机对陆云说："天哪，那是阿芸。"

"是的，是阿芸。"陆云说。

陆机喊道："阿芸——"

阿芸喊："陆公子，救救我，我要跟你走。"

这时那阿芸和其他女孩儿确认白篷船上的就是两位陆公子。所有女孩儿都连哭带喊："陆公子，陆公子，救救我们！"

喊声传到后面其他楼船上，所有的女孩儿都喊："陆公子——救我们，我们都愿意跟你走！"

洛河上一片女孩儿的哭喊声。

此时，小船上这些洛阳人才知道，这陆家哥儿俩原来在东吴竟然有这么大的名气，像潘岳在洛阳一样受女人的欢迎。但吴越女显然比洛阳女更深沉可爱，因为她们爱的是才华而非相貌，因为论相貌，陆氏兄弟虽然也都说得过去，但绝算不上大帅哥。

陆机、陆云掩面而泣。因为他们作为东吴贵族名将之后，自己都做了降臣，哪有救这些东吴女孩儿出苦海的能力。不用说所有吴越女孩儿，就是陆云深爱着的阿芸一人，他们也救不出。

楼船在哭喊声中从他们面前驶过，驶远。

潘岳问陆机："这阿芸是何人？"

"乃无难都督周处周子隐之女，吾弟士龙未婚之妻也。"陆机道。

陆云叹道："唉，大丈夫空怀经纶，一旦归为臣虏，痛失家国，自身难保，何以保妻女哉。"

陆机道："是啊，周子隐，屠龙伏虎之士，亦难自保啊。"

张华说："我在建邺时就耳闻过周处这个名字，他是个什么人呢？"

陆机说："周子隐所以出名，乃是因为他是悔过自新，洗新革面的典型啊。"于是陆机给大家讲了周处的故事。

这周处是颇富戏剧性的人物。其乃东吴鄱阳太守周鲂之子，身强力壮，武艺高强，也很有文采，但行为不端，为祸乡里。老家义兴的百姓十分痛恨他，但又不敢惹他。周处后来知道人们都憎恶他，便立志改邪归正。他来到乡邻面前，人们因为见到他而面有不悦之色。他问一个老者道："如今风调雨顺，衣食无忧，你们为什么都愁眉苦脸呢？"那老者说："咳，因为有三害为祸，没法除去所以犯愁啊。"

周处问："哪三害？"

老者说："南山吃人猛虎，长桥之下的蛟龙和你，并称为三害。"周处说："如果是因为这个，我能帮大家除去那二害。"老者说："你若把那两害除了，全郡的人都会大加庆贺。因为不仅去了两害呀。"老者觉得周处必被蛟龙或猛虎所伤，那样就不仅是去了两害，而且连最大的祸害——周处本人也除掉了。周处于是上山射杀了猛虎，入水去斩杀蛟龙，但蛟龙在水中时而沉时而浮，周处追着蛟龙向下游走去很远。人们三天三夜没见到周处与蛟龙的身影，以为周处必死无疑。于是所有人都割肉饮酒大加庆贺。

周处杀了蛟龙回来后，见人们在庆贺他死于蛟龙之口，心里才明白，原来人们痛恨自己远甚于猛虎蛟龙，不免心生惭愧。他听说陆机、陆云哥儿俩以才德名闻东吴，于是去找二陆，想让他们给指一条正确的人生道路。来到建邺，正好陆机不在，只见到陆云，于是对陆云说："我想洗心革面从头开始自己的人生，但年过不惑，恐怕来不及了。"

陆云对周处说："古人说朝闻道，夕死可矣。您年龄不过四十出头，重新做人，肯定没问题，只是怕您没有信心和决心。若能立志改过，凭您文武全才，不愁美名不能传世。"

周处于是痛改前非，读书好学，立志高远。两三年后，因其才德俱备，州郡都抢着招募他为官。不久，他既官至无难都督。因敬佩陆氏兄弟的才德，托人将自己的女儿周芸介绍给陆云为妻。周芸和陆云只见过一面，但两情相悦。然而就在陆云与周芸准备订婚时，吴被晋所灭，周处随吴主来到洛阳，目前正等待朝廷的安排。陆云没想到自己的女友这么快就被选为秀女送至洛阳来。（《晋书·周处传》："周处，字子隐，义兴阳羡人也。父鲂，吴鄱阳太守。处少孤，未弱冠，膂力绝人，好驰骋田猎，不修细行，纵情肆欲，州曲患之。处自知为人所恶，乃慨然有改励之志，谓父老曰：'今时和岁丰，何苦而不乐耶？'父老叹曰：'三害未除，何乐之有！'处曰：'何谓也？'答曰：'南山白额猛兽，长桥下蛟，

张华传

并子为三矣。'处曰：'若此为患，吾能除之。'父老曰：'子若除之，则一郡之大庆，非徒去害而已。'处乃入山射杀猛兽，因投水搏蛟，蛟或沉或浮，行数十里，而处与之俱，经三日三夜，人谓死，皆相庆贺。处果杀蛟而反，闻乡里相庆，始知人患己之甚，乃入吴寻二陆。时机不在，见云，具以情告，曰：'欲自修而年已蹉跎，恐将无及。'云曰：'古人贵朝闻夕改，君前途尚可，且患志之不立，何忧名之不彰！'处遂励志好学，有文思，志存义烈，言必忠信克己。期年，州府交辟。仕吴为东观左丞。孙皓末，为无难督。及吴平，王浑登建邺宫酾酒，既酣，谓吴人曰：'诸君亡国之余，得无戚乎？'处对曰：'汉末分崩，三国鼎立，魏灭于前，吴亡于后，亡国之戚，岂惟一人！'浑有惭色。"）

周处两千年来都是悔过自新的典范，《除三害》也以各种艺术形式出现在历代的舞台上。

陆云问张华："老师啊，您与皇上过从甚密，能帮学生一个忙，让皇上放过阿芸……"

张华说："你不说我也要进宫面圣，阻止圣上的这个行为。如果皇上听我的劝阻，吴越七千女孩儿都可获救，如果我劝阻不了，我也不会为阿芸一人单独去求情。"

陆云道："多谢恩师，若能救如此多女孩儿出苦海，您实在是恩德无限哪。"

125

当晚，张华只身入宫，去见司马炎。

司马炎笑道："茂先，你如今也活明白了，活得很潇洒呀。听说你前呼后拥，如众星捧月，弹琴吟诗，十分快哉。"

张华说："陛下听谁说的？"

"嗯，自然有人告诉朕。"司马炎说，"听说还有颇多美女向你投怀送抱……"

"不不不，吟诗作赋，鼓瑟弹琴是有的，但美女投怀送抱真的没有。"

"你还瞒得了朕？"司马炎道，"今天，在洛河船上，众目睽睽之下就有美女扑入你怀里，这事有没有？"

张华心里一惊。他没想到今天洛河上发生的事，这么快就反映到皇上这里来了。看来是有人在监视自己的一举一动啊。

张华说："那是小船摇荡，女孩儿站立不稳，才扑倒在我身上……"

司马炎笑道："呵呵，不用跟朕解释了。朕不仅不会嘲笑你，朕还会大力支持你。才子不风流，焉能称才子呀。像你这样的才子名士就应该这样。如今天下一统，民富国强，此时不好好享受更待何时？华夏能够有今日一统之局面，皆赖你我君臣之力也，咱俩最该享受，朕要特为你颁下一诏，允许你纳十妾……"

"不不不，陛下，您的恩赐臣心领受了，但纳十妾却万万不可。您即使颁下此诏，也休怪臣抗旨不遵了。"张华急道。

"男人嘛，谁不爱美女？别看你嘴上这么说，朕要真的强令你多纳几妾，你也会欣然接受的，心里美，表面上却不表露出来，文人嘛，都好面子。当年，朕不许以妾代妻，你不是遵旨了嘛！"

"陛下，您以天子之尊，颁旨不许以妾代妻，是怕乱了礼法。尚有据可依，您若强令臣多纳几妾，恐怕就会受到天下诟病了。"

"朕乃天子，普天之下莫非朕土，率土之滨莫非朕民，天下是朕的天下，你为社稷呕心沥血，功高盖世，朕想奖什么就奖什么。当年魏武帝可以奖关云长美女，晋武帝就不许奖励张茂先几个美妾？"

张华想，今天一见面，皇上便扯出这个话题，看来，他一定猜到今天自己入宫面圣为何事了，故意要先填上自己的嘴。想到这里他说："陛下若真的颁下此诏，臣冒死也要抗旨了。首先，臣虽有功于社稷，但那是为臣的分内之事，天下一统也是炎黄子孙的责任，为此，主上所奖已过丰厚，封赏之厚远过于功，臣愿足矣；其次，臣深以老子之言为是，功世而弗居，夫唯不居是以不去，君也好，臣也好，即使有功于国，若居功自傲，任意胡为，则其德之失会抵消功之所得。世人很快就会忘却其功，而铭记其过，功臣圣主就会堕落为罪臣昏君；最后，臣以为，男婚女嫁，情以为先，必先有情，互相爱慕，才可结为夫妻。否则，便是淫邪，纳妾选妃过多，则是荒淫，荒淫则损德。"张华的话令司马炎心里很不舒服。

张华继续说："您说，天下是朕的天下，朕想怎样就怎样？这种想法就太危险了。"

"天下既已归一，有何危险，险自何来？"司马炎说。

张华说："当初臣力促伐吴，天下一统，其初衷可不是让您权倾天下，为所欲为的。如果您真的这样想，我觉得山巨源的主张反而是对的。即使普天之下莫非王土，但您也不要以为就平安无事了。外患虽除，但危险来自于内忧。强秦盛汉，哪个也没亡于外，而是丧于内。千万不要以为，您手中有强大的军队，就可保您高枕无忧。社稷之强大稳固之基在于民心，所以，失民心者失天下，得民心者得天下。以秦之强大，翁牖绳枢之子，振臂一呼，顷刻覆亡，此即失民心之故也。欲失民心，最有效的方法就是君失其德。荒淫便是失德之举，臣不敢遵旨违礼纳妾，就是因为臣心有所惧，不敢悖礼失德也。"

张华的话弄得司马炎很是尴尬。他不敢主动提起从东吴运来大量吴姬越女之事，他所以怕张华，是因为他能够引经据典，有理有据地指出他的错误，让他找不到辩解的理由。于是说："来来来，朕与你对弈两局。"

张华说："今日臣夜晚入宫面圣可不是来下棋的。"

"所来何事？"

"臣今天在洛河中见一排楼船载来七千多吴姬越女，其中有吴主孙皓的三千多宫女……"

"既然你知道了，今天朕就明白告诉你，这是真的。朕所以想扩建皇宫就是为安置这些嫔妃。"

"天哪，"张华道，"陛下，您宫中已有嫔妃三千余，再加上这七千余众，您的后宫就过万了。"

"那又怎么样？"司马炎说，"偏安一隅的小小吴主还有后宫三千呢。朕乃一统之帝，后宫人数不能远超孙皓何以宣示天下共主之威。"

"据臣所知，您已开创了帝王后宫人数之先河。"

"不对吧。朕所以如此，是有先例可循的。别看你博古通今，你知道始皇后宫多少人？"

司马炎还真将张华问住了。

司马炎说："朕特咨询过荀勖，荀勖说，《三辅旧事》说：'始皇后宫列女万余人，气冲于天。可见始皇后宫美女过万。'"

"天呢，这就是您援引的先例？"张华说，"您怎么总跟这样的暴君相比呢？这些正是强秦速亡的原因呀，莫非您也想有国十四载，二世而亡吗？"

司马炎说："你们喜欢玩儿歌赋诗文，朕就喜欢玩儿美女，人各有志，谁也别看谁不顺眼。"

"看来您是完全不顾为君之德了。"张华道。

"茂先，朕相信世界本无。既然一切不过是无，人死如灯灭，何以不趁着现在好好享受呢？穷苦孤独一生，不是太委屈了吗？众臣皆按其性恣意享受，王济、何劭以美食为乐，皇甫谧以服五石散为快，裴楷以华服为美，王戎好清谈，乐广喜玄远，和峤品茶，刘伶嗜酒，你好诗文，各有所乐，朕皆不予干涉。而朕独喜美女，你为什么非要干涉朕呢？难道朕为天子，还不及百姓更自由吗？"

"您说对了，君绝对不比百姓更自由。百姓有逆理悖德之举，无关宏旨，最多不过是损其身而害其家，而天子若失德，则损社稷亡其国。所以为天子者应该比常人更加谨慎，更加遵礼重道，如此才能确保国泰民安。"

"那样谁还愿意做天子？"

"愿意做天子的大有人在。"张华说，"所以，文帝在世时我曾对文帝说过，天下非一姓之天下，唯有德者居之。文帝深以为然。陛下若明知纳妃万众为失德之举而强为之，是要主动将天下易姓也。"

"你说得也太严重了吧。"司马炎说。

"我说的一点都不夸张。"张华说，"后宫过万，实古今未有之事，虽桀纣赢政不过也。您虽有一统之大勋，但仅此失德之举，就将抵消您全部的功劳。"

"那你说怎么办？"

"趁着此事尚未成为事实，必须立刻停止。"

"那这些女人怎么办？"

"送回原籍，婚嫁自便。"张华说。

"那不成了天大的笑话，天子之威何在？"

"本来纳宫过万就是笑话。"张华说，"天子之威不是这样建立的。天子之威在于仁政施于天下，圣德感化宇内，如此才能万民敬仰，远人来服。威不树而自立，权不控而自固。"

司马炎想了想说："朕思虑再三，事情既已至此，你的主意决不可行。朕不能成为天下笑柄。"

"上次您下诏禁婚，选妃三千我就奉劝过您。你以既成事实不愿改过，今又以同样的借口继续将错就错，您太让臣失望了。"

"失望就失望吧。朕意已决，绝不更改。"司马炎说，"来，不说这个事了，下棋下棋。"

"不，我求您必须改正。"

"朕要是坚持不改呢？"

"那臣只能大失所望了。"张华说，"臣本有周公之志，想辅佐您成千古明君，如今您距周文王、武王只有一步之遥了，您却不肯努力。臣欲置君于尧舜之上，君却自甘于桀纣之下，臣岂能不失望至极呀。"

"哼，朕不过多纳几个嫔妃，难道就成了桀纣了？"

"如果仅从纳妃这点上看，您远不如桀纣啊。"张华道，"商纣虽然暴虐，却只有六个后妃。夏桀虽昏庸后宫不过三千。想一想，哪个更加荒淫就非常清楚啦。"

"你，你，你也太口无遮拦了，竟敢将朕比桀纣。"司马炎气呼呼地说，"朕后宫之事不用你管。"

"不是我想管，实是忠臣的责任呀。"张华说，"再说，臣若知您有过而不谏，对不起文帝啊。臣记得，文帝临终前曾对臣言，要臣好好辅佐您。文帝殷殷之言，其音在耳呀。今臣有忠言而不听，您不是不尊重臣的意见，您是不尊文帝啊。"

司马炎仍余怒未消，说："你搬出谁来也没用，朕意已决，休要多言。"

"您知道，张华谨守中庸，知君有过必谏。不听，则再谏。再谏不纳则三谏。三谏无果，臣已竭忠尽力，便可任其自然了。"张华说，"陛下，臣以为，纳妃过万，实为已甚，有损君德，恳请陛下将七千吴姬越女送回原籍，任其嫁娶。"

"不，朕不听。"司马炎道。

张华跪地叩首道："陛下，臣以为，纳妃过万，实为已甚，有损君德，乞求陛下将七千吴姬越女送回原籍，任其嫁娶。"

"朕意已决，不要再说了。"司马炎道。

"臣已三谏，忠忧已表。不再多言。臣告辞了。"

张华离去后，司马炎怒气冲冲地对太监说："请左贵妃见驾。"

不一会儿，左嫔入见。她见司马炎脸色很难看，问道："陛下何以面露怒色？"

"咳，让张华把朕气坏了。"

"圣体要紧，千万不要生气。"

"他，他，你知道他说朕什么吗？他说朕比桀纣都不如。"

"那可是太过了，他为什么这样说您呢？"

司马炎把事情原委和左嫔述说一遍。

左嫔听后说："茂先也是为您好，不值得生气。"

司马炎问："你对这件事有什么看法？"

左嫔说："这等事臣妾难以置喙，否则便是不遵妇德也。陛下乃天下主，一切皆由陛下。"

"嗯，你是明白人，这话朕喜欢听。"司马炎说，"本来，朕即国家，至高无上。朕思来想去，越想越心中不平。他张华不过一个臣子，这些年来，好多事朕都听他的，有时候似乎还有些怵他。现在想来，朕用得着怕他吗？如今他竟管到朕的后宫来了，太过分了。朕越来越烦他，有他在侧，朕总是不能随心所欲。朕早晚要将他从朕的眼皮底下轰走。"

"陛下，万万不可，须知良药苦口，忠言逆耳呀。"左嫔道。

"他不仅干涉朕的后宫之事，还掺和到朕的家事中来，更不可恕的是，他竟然明确支持齐王承继大统，贬低太子。"

"张茂先乃智谋之臣，他的意见或许有一定的道理……"

司马炎说："不说他了。朕请你过来是想让你写篇大赋，你看怎么样？"

"蒙陛下错爱，臣妾焉敢不效力。"左嫔道，"但不知陛下要臣妾写什么……"

"今天接来的这些吴姬越女，真的与中原女人不同，个个娇美俊秀。朕想让你写一篇《吴姬越女赋》。"

"陛下请放心，臣妾一定尽力。"

126

司马炎既然心中对张华已经腻烦，将张华逐出京城那就是迟早的事。从此他便用心寻找合适的借口和时机，以便名正言顺，堂堂正正地将这个天下一统第一功臣逐出洛阳。

这个机会没过多久就找到了。

这天，众臣早朝，皇帝颁下一旨，要齐王司马攸回到其封国齐地去。司马攸知道背后有人向皇帝献谗言，他虽然不愿意离京，但有圣旨在，也无可奈何。（《晋书·司马攸传》："及帝晚年，诸子并弱，而太子不令，朝臣内外，皆属意于攸。中书监荀勖、侍中冯紞皆谄谀自进，攸素疾之。勖等以朝望在攸，恐其为嗣，祸必及己，乃从容言于帝曰：'陛下万岁之后，太子不得立也。'帝既信勖言，又纳紞说，太康三年乃下诏曰：'古者九命作伯，或入毗朝政，或出御方岳。周之吕望，五侯九伯，实得征之，侍中、司空、齐王攸，明德清畅，忠允笃诚。以母弟之亲，受台辅之任，佐命立勋，劬劳王室，宜登显位，以称具瞻。其以为大司马、都督青州诸军事，侍中如故，假节，将本营千人，亲骑帐下司马大车皆如旧，增鼓吹一部，官骑满二十人，置骑司马五人。余主者详案旧制施行。'"）

司马攸无论心中多么不快，也没办法，只得领旨谢恩。

司马攸谢恩毕。贾充奏曰："近日幽州奏报，鲜卑慕容涉归部频犯吾境，安北将军严询数次接战，互有胜败。昨日报称，严将军亲斩鲜卑大将慕容飞，因斩将之功请予封赏。大家议一议，当给严询什么封赏为宜。"

贾充言毕，有说升其为镇北将军的——自卫瓘回京，镇北将军一直空缺，由安北将军严询镇守幽州。安北将军级别低于镇北将军。有说应予封侯的。

司马炎问张华："张爱卿以为如何封赏为宜？"

张华说："臣以为，严询不仅不应受赏，而且应该受罚。"

张华的话立即引起人们一阵惊叹之声。

张华道："老子曰：'夫兵者，不祥之器，物或恶之，故有道者不处。'兴兵打仗那是不得已才会用到的解决问题的方法。今严询身为安北将军，没有履行好安北之职，反而引发战祸，这是为边将者的过错。虽有斩将之功，但功难抵过。卫伯玉将军镇北之时为什么慕容涉归不来犯境？而他严询守边却弄得边境大乱呢？如果奖励这样的将领，那将来守边之将都会效仿严询，故意引发战衅以图私利，那样就会四境难安。孙子曰：，上兵伐谋，其次伐交，其次伐兵。'严询无谋，不会与蛮夷交往，招致战祸，典型的有勇无谋之辈。看看当年镇北将军卫瓘大人是怎样的作为，不费一兵一卒而离间强敌。那才是真正的上兵伐谋啊。"

张华所称卫瓘的上兵之谋，确实体现了卫瓘的高超智慧。

晋朝初立，在北部边界有股强大的势力——拓跋鲜卑部族。晋朝北部边境差不多是与拓跋鲜卑接壤，与拓跋鲜卑相比，秃发树机能的秃发鲜卑就太弱小了。然而就是弱小的秃发部，已经给大晋带来了非常大的麻烦。若拓跋鲜卑与大晋失和，那晋朝便永无宁日了。拓跋鲜卑最厉害的还不光是强大，而且有一个非常智慧的头领——拓跋力微。《魏书·帝纪一》上说他："始祖有雄杰之度，时人莫测。"

就是此人将本来松散的鲜卑多个部落联合到了一起，在中国北方形成了一股强大的势力。但他并不像秃发树机能那样不知天高地厚，与中原为敌，而且采取了与魏亲善的政策，他主动将自己的儿子拓跋沙漠汗留在洛阳作为人质。其实是想让他学习中原先进的文化和典章制度，随时了解中原政权的虚实。西晋建立后，拓跋力微与西晋的关系依然保持亲密。

咸宁元年（275）冬天，拓跋沙漠汗满载晋帝送给其年过百岁的老父亲丰厚的礼品回国，据说载礼品的牛车就有一百多辆。拓跋沙漠汗行进到并州，镇北将军卫瓘，因拓跋沙漠汗为人杰出卓越，担心成为后患，就秘密禀报晋武帝，请求把拓跋漠汗扣住，不予释回。皇帝司马炎对公然失信之举感到为难，没有同意。卫瓘又请求用黄金、锦缎贿赂与拓跋力微结盟的其他部落首领，挑拨他们与拓跋沙漠汗之间的关系，让他们互相伤害。司马炎听从卫瓘的意见，于是暂时留下拓跋沙漠汗。鲜卑所有其他部落都接受了卫瓘的财物。于是各部落酋长联合反对拓跋沙漠汗，并寻机将其杀害。

卫瓘的计策非常周密，既除掉了拓跋氏最优秀的接班人，又分裂了拓跋鲜卑各部族的关系，使其长期无法对中原构成影响。卫瓘也正因为这样的功劳而于第二年，咸宁四年（278）回朝荣任尚书令兼寺中。

没想到，卫瓘离开幽州三年后，安北将军严询竟然惹得势单力孤的慕容涉归与大晋翻脸，可见严询有多大的责任。

荀勖说："严询确实有勇无谋，但战衅既起，就不是一般人所能平息得了的。"

贾充说："是啊，严询说慕容飞乃慕容涉归之侄，其侄被斩，他肯定不会善罢甘休，听说他正招募兵马，联络鲜卑其他部落准备大举南侵。最可怕的是，慕容涉归的妻子拓跋燕乃是拓跋鲜卑的公主，一旦拓跋部与慕容部联合，我大晋北疆便岌岌可危了。"

司马炎道："此事重大，事关社稷安危，非严询所能应对。臣观满朝文武，足智多谋，可从容应对并化解此危局的，唯张爱卿茂先而已。"

荀勖说："是啊，张大人谋略过人，且善于外交，当此之时非茂先君其谁呀。"

冯紞说："且中书令大人乃幽州人也，往镇幽州，必得幽境之民诚心拥戴。万众一心，大破鲜卑，必矣。"

贾充说："茂先平吴之志既遂，伐北之功定当仁不让了。"

司马炎说："张爱卿，镇北之责非你莫属啊。"

张华从司马攸被强令出京，已有不祥的预感了，他知道，支持齐王承继大统的人都会被清除出权力核心，自己也不会幸免。但他没想到自己关于严询的一番话，正好给了司马炎以非常好的借口。皇上既然不信任自己，被贬是早晚的事，如今这倒是不让自己失面子的最好机会。于是说："臣愿为陛下分忧，为国效力，虽死而无憾。只恐自己能力不及，有失君望啊。"

司马炎道："没问题，凭你的才能，平定慕容小儿，还不是易如反掌吗？朕绝对相信你。广武县侯张华张茂先听旨。"

张华跪地听旨。

司马炎道："朕命你持节、都督幽州诸军事，并领护乌桓校尉、接替严询，为安北将军。"

"臣领旨谢恩！"

司马炎又道："因北境军情紧急，接旨后即刻赴镇，不得有误。"

"臣遵旨！"（《晋书·张华传》："华名重一世，众所推服，晋史及仪礼宪章并属于华，多所损益。当时诏诰皆所草定，声誉益盛，有台辅之望焉。而荀勖自以大族，恃帝恩深，憎疾之，每伺间隙，欲出华外镇。会帝问华：'谁可托寄后事者？'对曰：'明德至亲，莫如齐王攸。'既非上意所在，微为忤旨，间言遂行。乃出华为持节、都督幽州诸军事、领护乌桓校尉、安北将军。"）

127

张华接旨后，立即打点行装，率一干随从北行。

行前，李琳让郭芸随行——因为统兵之将，是不许妻子随军的，正妻和子女必须留在京城以为质，但妾却可以——郭芸说："我也不能去。祎儿很快就要大婚了，当爹的不在，我哪能再离开。虽然有你这个娘在，但祎儿是我从小弄大的，他希望我不要缺席他的婚礼。"

张华说："你们谁也不用陪我，有这么多护从照顾，我没事的。"

因而，张华没带任何家人便只身赴幽州。

战事紧急，张华一行来到幽州府，从严询那里了解了当前的情况，然后问严询有什么计划。严询说，他打算率兵从上谷郡出发，向北绕道慕容涉归的老巢棘城（今辽宁省义县西），从西北两个方向彻底切断慕容部与鲜卑其他部落的联络，以使其失去外援，围而歼之。

"呵呵，严将军真是敢想敢干呢。"张华说，"我问你，你手下有多少兵马？"

"共三万余人。"

"你若绕道棘城西北需要行军多少里。"

"近千里。"

"你知道上谷郡以北上千里的地形吗？"

"可以随时找向导带路。"

"上谷郡以北都是拓跋鲜卑人的辖区，他们会让你顺利通过吗？"

"慕容部与拓跋部不和，我们可以利用……"

"呵呵，他们不和是因为没有外来势力入侵。一旦有外来势力，他们立即就会捐弃前嫌，合力对外。毕竟人家是同种同宗。"张华说，"你这个计划很大胆，但存在极大风险。第你把成功押在了拓跋部不介入这一前提之下，这本身就是错误的。第二，你不熟悉征战路线的地形，想完全靠就地抓个向导解决问题，那是一厢情愿。要是找不到向导呢？要是有不怕死的鲜卑人故意把你领到错误道路上去呢？第三，你这个计划最大的问题是可能引起鲜卑其他部落，尤其是庞大的拓跋部落的不满。若引发北拓跋部对晋用兵，则上万里的北疆将陷入全面战争。这样的责任你担不起，我也担不起呀。"

张华的顾忧是有道理的。因为此时的鲜卑族非常强盛，疆域广大，东起大兴安岭西到阿尔泰山，南起幽州北到贝加尔湖以北，包括现今内外蒙，新疆和俄罗斯叶尼塞河下游的广袤地区。若晋兵深入鲜卑境内上千里围攻慕容部，很可能引起其他鲜卑部落的恐慌，进而引发鲜卑与晋的全面战争。

严询问："据可靠消息，慕容涉归很快就会统大军来犯。依您之计将如何应对？"

"严阵以待。"张华说，"抽调所有兵力，陈于昌黎郡内……"——张华所说的昌黎郡不是如今的昌黎县，而是如今的锦州地区。

严询说："可慕容涉归未见得从昌黎郡进兵，更可能从上谷以东，直插幽州腹地。"

"呵呵，你放心吧。"张华说，"慕容涉归绝不会向幽州腹地用兵。一来，凭他的实力，根本无法深入幽州腹地；二来，他也没有侵占大晋领土的欲望。他在大举犯境，只不过是想一雪前耻为侄子报仇。如今我最担心的是他从昌黎郡南下，一举切断我们与平州、乐浪郡、带方郡和挹娄、扶余、玄菟、高句丽的联系。乐、带二郡归附中原才几十年，民众对大晋或有不臣之心。一旦中原与乐浪郡、带方郡和挹娄、扶余、玄菟、高句丽的联络被切断，这些地方或自立或归附慕容涉归，那样慕容氏的势力便彻底坐大，会成天朝永久大患，而最能切断大晋与这些地方联系的薄弱环节便是昌黎郡。从昌黎郡与慕容鲜卑的边界到大海，只有一二百里的狭长地带，鲜卑骑士只需一天，即可从边界到海边，所以这是必须严防的地方。至于幽州腹地，我已请求朝廷将冀州兵暂时北移，并州兵东移，以便协防幽州。"

张华的部署完全体现了一个既懂军事、懂外交，又谙熟政治，能够精准把握大局的政治家的眼光。

当时的情况确实如此。相当于现如今的东北三省这片区域，被四个小国：扶余、挹娄、高句丽和玄菟占据。他们因为势力弱小，经常是四周哪个民族强大便依附于哪个民族。三国纷乱时期，他们也曾经追随其他势力背叛中原王朝，但自魏以来，司马懿、毌丘俭连续向东北方向征讨，将中原势力扩展到朝鲜境内。直接威胁到扶余、挹娄、高句丽和玄菟，于是四小国转而倾向于魏晋。一旦慕容部攻下昌黎郡，则扶余、挹娄、高句丽、玄菟和乐浪、带方二郡便失去了晋朝的直接庇护。受到鲜卑部的直接威胁，他们很可能转而投靠鲜卑，那才是大晋最大的麻烦。

张华高瞻远瞩，征调镇北大军百分之八十的兵力到昌黎。同时自己和严询也将中军大帐迁至昌黎郡。

到达昌黎郡后，张华命严询整训军队，严密布防，随时准备向北进攻。然后，自己带几个随从到扶余国国都（现吉林市），去会见与慕容鲜卑直接接壤的扶余国国王扶余依虑。张华明确告诉扶余依虑：大晋与慕容鲜卑最近将有一场大战，希望他能够支持大晋，从东北方向给慕容鲜卑施加压力。慕容鲜卑将来如果敢因此而报复扶余，大晋将发重兵以保护他们的安全。即使扶余因种种顾虑不敢助晋，他也必须保持中立。若敢与大晋作对而助慕容氏，大晋将发兵伐之。三十多年前，毌丘俭北征大军横扫乌丸、高句丽的情形你应该还记得。那时不过是一个三分天下有其一的魏国，而今，大晋天下一统，随时可以征调数十万大军向任何方向用兵。而慕容涉归不过一小小部族，总共民不过五十万，在大晋和慕容氏之间应该选哪边站，那不是很清楚了吗？

张华晓以利害，扶余依虑当即表示决定站在大晋朝一边。待晋朝大军定下攻打慕容涉归准时日期，他也派兵从东部骚扰慕容鲜卑。

张华赢得了扶余王的支持，立即返回昌黎。依虑一直将张华送到大晋与扶余的边界辽河渡口。

张华将要登舟过河，发现渡口旁边插着一块已经朽烂的木牌，木牌上写着几个大字：毌丘将军征高句丽渡辽处。

这块木牌不知何人所竖，也不知已在此插了多少年。张华看了看，问道："依虑大王，这里真的是当年毌丘将军渡辽河的地方吗？"

"是啊，当年毌丘将军就是在这里，深秋时节冒严寒涉水渡辽，一举击败高句丽王，威震四邻，才使我们这里有了多年的安宁。"

"毌丘将军功勋卓著，应该在这里给毌丘将军树一块功德碑。"

"好的，这件事就由本王来办，但不知这碑文如何来写。"

张华回想起当年给毌丘俭写的那篇诔文，觉得刻在功德碑上很合适。于是说："我口述，让你的随从记下来。"

"好的，好的。"

于是张华口述道：

毌丘仲恭将军功德碑

魏征东大将军毌丘公讳俭，字仲恭，河东闻喜人，高阳乡侯兴之子也。公幼而聪敏，长而勇武，成而卓越。文有安邦之韬，武有定国之略。所著《承露盘赋》《在幽州》《之辽东》文词佳美，脍炙人口，阅者无不敬服其才。弱冠，即得明帝荣宠，迁为荆州刺史。景初二年从司马仲达公征公孙渊，大破之；正始五年征高句丽，攻破丸都，几亡其国：因功拜幽州刺使，屡迁左将军、征南将军、征东将军。嘉平五年，诸葛恪举兵犯境，败亡，公之力也。正元二年，因朝廷废立事，举兵反。事败曹诛。公文比相如，武过吕布，谋若韩信，忠肖比干，义过云尝。虽败犹荣，虽死犹生，骨朽留芳，人殒名扬。或曰：公其何人哉？曰：千古之至人也。

广武县侯安北将军幽州刺使护乌丸校尉张华敬立

泰始三年春正月丁亥

扶余依虑道："都记下来了，保证一个月内将碑树立在此。"

"多谢！"张华与依虑相揖而别。

张华回到昌黎郡后，见严询已将部队调配完毕，大军严阵以待。于是立即下令严询率兵北讨慕容涉归。

严询已经知道张华在朝廷上对他的不利言辞，心中对张华暗中生恨。于是问："张大人，您不是说上兵伐谋，其次伐交，其次伐兵吗？您谋略过人，还用得着兴兵吗？"

张华听了严询的话，料知他已知道了自己对他的评价不高。于是说道："如果计谋和外交能够解决一切问题，还用你这当将军的干什么？国家还养兵干什么？你弄得慕容涉归已决心与晋为敌，并斩杀了他侄儿，此时已错过了伐交的时机。此时我若主动与其交往便是在向其示弱，这会让其他边境部族以为大晋可欺。此时，必须以强兵彻底击败他，此后才能以外交手段令其永远臣服。”

严询问："您觉得这仗应该如何打呢？"

"这是你当将军的事。你是吃这碗饭的，必须将仗打好，这是你的责任。我不管你怎么打，但必须打赢。我给你配备了比慕容涉归多三倍的兵力如果还不能胜，那我只有对你军法从事。"张华很不客气地说。

张华平时是个性格温和的谦谦君子，严询没想到他还有如此强硬的一面。

张华此时对严询态度强硬，一是因为严询的话冒犯了他，他是他的直接上司，绝不允许下属公然以言语这样冒犯；二是因为他知道，严询一家老小都在洛阳，即使心中不满，也不会有投敌的想法；三来，在战前激将他一下，更能提高他的斗志。

张华将严询此时的心理分析得很透彻。严询觉得自己此仗必须打好，否则这个顶头上司绝对不会饶过自己，凭张华在朝廷的影响力，想怎么处置自己都能做到。他心里越是担忧，越得想法将这一仗打好。

几天后，严询亲率大军北进，攻入慕容鲜卑境内。就在慕容涉归起兵应战的时候，突然接到报告，扶余依虑也率兵从东部杀来。慕容涉归听后大惊，只得分出三分之一的兵力去阻击扶余依虑。

受到两面夹击，令慕容涉归阵脚大乱。

严询大获全胜，斩杀及俘虏慕容部将士近万人。

严询杀得兴起，直取慕容涉归的老巢棘城。

晋朝大军将棘城围得水泄不通。就在严询要下命攻城的时候，张华命大军停止进攻，对棘城围而不打。

面对城外七八万晋朝大军，慕容涉归惊惧不已。其妻拓跋燕说："棘城兵少将寡，城矮壕浅，内乏粮草外无救兵，大王将如何应对？"

慕容涉归道："我与晋将严询不共戴天。如今既已落败，只得踞城死守。"

"君自撰，以大王之力能敌大晋十万重兵乎？"拓跋燕问。

慕容涉归道："事到如今，只能听天由命了。"

拓跋燕说："我和孩子可不能就这么等死。"

"你说怎么办？"慕容涉归道，"如今唯一可行的方法就是派人杀出城去，请你哥哥禄官大酋长发兵相助。"

"哼，我哥哥可不像你这样鲁莽，不自量力去与大晋为敌。自他任拓跋部大酋长以来，一直延续我父亲的做法，与大晋交好。你想，他会为救你而与大晋为敌，将整个拓跋部置于危亡之中吗？"

"求他发兵不是救我，而是救你。他的宝贝妹妹有难他能见死不救吗？"

"可现在一切都晚了。"拓跋燕道，"晋军将棘城围得水泄不通，谁能闯过这坚固的铁网……"

慕容涉归道："你不是被称为草原魔影吗？怎么到了紧要关头就飞不出去了？"

这慕容涉归所说的禄官大酋长，便是拓跋燕的哥哥拓跋禄官。禄官是拓跋力微的幼子，而拓跋燕则是力微最小的女儿。由于禄官与妹妹年龄相近，所以他们哥儿俩最为亲近。拓跋力微为了培养幼子幼女，曾让这哥儿俩跟随长兄拓跋沙漠汗在洛阳学习多年，因而这哥儿对汉文化也都十分精通。哥儿俩还曾拜中原著名的武术大师左慈为师，深得中原武术精华。

鲜卑人十三四岁的时候就得结婚，否则便成大龄剩男剩女。所以，在拓跋禄官十四岁，拓跋燕十三岁的那年，哥儿俩便被父亲诏回，禄官娶妻，燕儿嫁人。

拓跋燕嫁的便是慕容部落大单于慕容涉归。这慕容部落也是与拓跋力微结盟的部族之一。慕容涉归大单于相貌英俊，与拓跋力微关系亲密。慕容涉归的妻子病逝，于是他转向拓跋燕求婚。拓跋力微为了笼络慕容涉归，便将拓跋燕嫁给了慕容涉归大单于。夫妻二人育有一子，名慕容廆。

而拓跋禄官，则在长兄沙漠汗因遭卫伯玉毒计后，成为拓跋鲜卑的掌门人。这禄官因受汉文化影响，胸有韬略，又武艺高强，不久，他便将被卫瓘用计离散的鲜卑各部族重新统一起来，他被推举为大酋长。他仍然沿用父亲与晋亲善的政策。

拓跋燕虽然嫁人生子，但却一直没有放弃对汉文化的传承和研究。她将中原武术与草原马术相结合，各取所长，使得她的武艺大长。在飞奔的战马上，她可以随时隐身于马的左右两侧或马的肚皮之下，飞驰的战马疾驰至敌人身边，对手还没看清骑士在哪里，便会被不知从何处伸出的宝剑割下脑袋，因而防不胜防。同时她驾驭战马的技艺也十分娴熟，能够真正做到人马一体，随心所欲。她那雪白的战马奔腾起来，像一团云雾飘过，如影如幻，因而人送绰号草原魔影。

拓跋燕听了丈夫略带讥讽的话，怒道："即使我能飞出去，我哥哥答应派兵解围，也来不及了。此去盛乐（今内蒙古和林格尔县西北，拓跋禄官的都城）三千里，援军几时能到？你看城外这黑压压的晋兵，人家要想攻城，还不是易如反掌，大军所过，棘城必作齑粉。"

"那他们为什么围而不打？"慕容涉归问。

"那是等着你去请降。"

"我绝不会向严询请降。"

"哼！还好，我觉得此次将兵的主帅应该不是严询。"拓跋燕说。

"怎么会不是他？你没看城外好多旗帜上都写的是个'严'字。"

拓跋燕道："他可能只是带兵的主将，其背后一定还有能够辖制他的人，而且是高人。"

"我看你是瞎猜。"

"你对汉人一点儿也不了解。"拓跋燕说。

"你从哪里看出严询背后有高人的？"慕容涉归问。

拓跋燕道："如果严询完全能够做主，他早就开始攻城了。另外，此次扶余依虑敢直接出兵助晋，在我们背后插上一刀，一定是受了晋人的挑唆。"

慕容涉归道："是啊，如果没有扶余依虑背后捣乱，我决不会输得这么惨。如今我倒不太痛恨严询了，最恨的是扶余依虑。你也要记住，如果此番能躲过灭顶之灾，一定要彻底消灭扶余，以报此深仇大恨。"

"哼哼，如今不主动请降是逃不过灭顶之灾了。"拓跋燕说。

"我们主动请降，大晋朝会宽恕我们吗？"

"那就要看大晋那一方谁是主事的了。"拓跋燕说，"如果是严询一介武夫，恐怕咱就凶多吉少了，如果是一个有头脑的人或许能饶咱一命。"

"何以见得？"

"因为若真的将慕容鲜卑灭了，必会引起所有鲜卑部落的恐慌，我哥哥也无法再坚持与大晋睦邻友好的政策，必会统率所有鲜卑人与大晋拼个你死我活。那样，严询与你慕容涉归的恩怨，就会演变成大晋与鲜卑全面的南北大战。我想这不是晋帝所能接受的，一个有头脑的官员不会冒这么大的风险。晋军对棘城围而不攻，就是在等待一个妥善的处置方式。既然敌人已保持了十分的克制，我们也不能再等了，要主动派使请降求和。"

慕容涉归说："也好，先探探敌方是不是像你所说的，严询背后有更大的官员在辖制他。但不知谁可为使？"

拓跋燕说："只能由我出面。"

"你，你，你可不行。你这么漂亮，肯定有去无回。"

"哈哈……"拓跋燕说，"你以为那边的主事者是山大王，要抢个压寨夫人？人家可是正规的朝廷军队。"

"那也不行，若一语不和，你被他们杀了，我也……"

"他们如果敢杀我，早就不用犹豫，踏平棘城了。"拓跋燕说，"我是拓跋鲜卑大酋长拓跋禄官的亲妹妹，这个身份他们不会不顾及。此外只有我了解汉人，知道如何与他们周旋。你放心吧。我若谈不拢，被他们杀了，也只不过比你早死一两天，他们若杀了我，就不会再顾及禄官大酋长了。肯定立刻攻城，那时棘城将被彻底屠城。与其在此等死，不如我去冒一次险。"

慕容涉归觉得夫人说得也不无道理，于是只得派夫人为使去与敌方洽谈投降条件。

慕容涉归和儿子慕容麖及亲近部将送夫人到城门前，打开城门的一刻，慕容麖突然提剑在手，坚决要与母亲同行。大家耐心劝阻半天，慕容麖死活不听。

拓跋燕道："好吧，你愿意陪我去就去，但必须把剑扔下。"

"不，我要保护妈妈。"

"你手提宝剑只会给妈妈带来更大危险。到了那边，咱身处千军万马之中，你一把剑救得了我吗？"

慕容麖听母亲说得很有道理，于是将宝剑递与父亲，随母亲一起出城，直奔晋军大营。

128

城外晋军兵士见一女子和一少年出得城来，立即举枪喝止："站住，严将军有令，任何人不得走出棘城。"

拓跋燕说："我是慕容涉归大单于的夫人，去告诉你们的最高长官，就说慕容大单于遣使来见。"

军士们听说是敌方的使者，不敢怠慢，赶紧去报告严询和张华。此时，严询正在张华的大帐中与张华激烈争吵。

严询主张立刻攻下棘城，向朝廷报捷，但张华却坚决不同意攻城。

严询质问道："张大人，我们围困棘城已经是第五天了，可慕容涉归这小子就是不肯投降，我们七八万大军不能在此久拖下去。我们的粮草只够十天之用……"

"我们的粮草不够可以随时从昌黎郡向这里输送，而棘城的粮草可是吃一天少一天，他们不怕，我们怕什么？"张华说。

严询道："慕容涉归不足惧，我怕的是鲜卑其他部落来援，一旦援军来到，我们必腹背受敌。要知道，慕容涉归的夫人可是禄官大酋长的妹妹，他知道妹妹妹夫有难，能不出手相救吗？"

"这不用你担心。不要说他们无法派人突围搬取救兵，就是禄官大酋长现在知道了棘城被围，他真想来救，组织好人马，来到棘城，最少也得二十天。我想大概不出十天，慕容涉归就会来降。"

"要是坐失良机，让敌人反败为胜，我可承担不起这个罪名。"

张华说："不用你承担，该打仗的时候你只管打好仗就行了，不过这一仗你严将军打得确实不错。打不好仗是你的责任，其他任何决定都无须你担责。"

"可，可目前本将军能够轻易攻城略地，不知您为何非要阻止我……"

"用兵打仗都是有一个最终目的的。伐吴平蜀，那是在实现华夏一统，所以必须攻城略地，将吴蜀之土地和百姓尽归于晋。而我们与慕容涉归交战，最终目的只有一个，迫其投降，保证以后不侵扰大晋，我们兴重兵狠狠地教训他，也是让其他部族看看，以期达到杀一儆百之功效。大晋不是大汉，晋帝也不是汉武帝，还没有一举平灭北方诸蛮的实力，而且伐吴之战刚结束，百姓需要有一个安定和平的时期。当此之时，若我们一举灭了慕容部，占了他的土地，必将引起鲜卑和其他北方各民族的惊恐，他们会团结一致对抗大晋。一旦北疆全境吃紧，则我大晋危矣。我不能为了让你逞一时快意而冒引发大战的危险。再说，朝廷派我来此，也没有给我攻城略地的任务。"

二人正说着话，兵士来报，说慕容大王的夫人作为信使要求与我方最高长官相见。

张华微微一笑道："怎么样？果然来降了吧。请来使入见。"

严询问张华："卑职是否参与谈判？"

张华说："你作为最高军事长官，当然要参与谈判。"

帐外有人喊道："慕容大单于使者到。"

"请进！"张华对帐外高声道。

中军大帐门帘一挑，一女一男走了进来。

张华、严询看罢，都不免心中一惊。这女子三十左右年纪，头上高绢飞天髻，髻上斜插碧玉簪，身披貂裘氅，足蹬长统跨马靴。高矮适中，胖瘦合度。肤似凝脂，双目如电，鲜唇如朱，皓齿似玉。

再看那男子，是个十三四岁的少年，俊透帅气，怒容微现，英气时露。

只听那女子道："我乃慕容涉归大单于妃拓跋燕是也。受我家大王之嘱，前来与将军议和。"

张华说："哦。你就是拓跋燕？拓跋禄官大酋长之妹？"

"正是。"

张华说："慕容夫人，当前的形势你也看清了，棘城危在旦夕，你们已没有逃脱的可能，唯一的出路只能是投降。"

"是的，我此来正是与张将军谈判投降条件的。"

严询厉声道："你们已如瓮中之鳖，只待本将军捉与不捉，事到如今，还敢谈什么条件。"

　　没想到那慕容廆听了严询的话，立即对严询道："你才是鳖。"

　　严询一拽宝剑，怒道："他妈的，小兔崽子，到现在还敢跟本将军斗嘴。"

　　"这是我的儿子慕容廆，小孩子不懂事，将军雅量，不必与一个孩子计较。"拓跋燕说，"既然严将军说我们应该无条件投降，但无条件也是条件。请问二位将军，如果我们开城投降，你们打算如何安排慕容大单于和手下将士及棘城百姓？"

　　严询说："慕容涉归必须像孙皓那样，自己缚颈来降。至于赔款割地之事，待朝廷定夺……"

　　"不不不，严将军那是在吓唬你们。"张华道，"慕容大王只要肯真心投降，我大军立即撤退。鲜卑之地我们寸土不占，战争赔款我们一文不要。"

　　拓跋燕问："能有这么好的条件？"

　　张华道："这就是天朝的仁德。大晋天子以仁德礼义化育蛮夷，敦睦四邻。对初次冒犯天威者，只要诚心悔过，便可既往不咎。所以，慕容大王只要签一纸协议，保证以后不再侵扰我大晋，与我朝和睦相处，我们即刻收兵。"

　　拓跋燕简直不敢相信自己的耳朵，她怎么也不会想到，大晋的这位最高长官只提出了这么小小的要求。

　　严询也没想到张华会提出这样的条件，于是说："张大人，您所提议和条件卑职以为不可。"

　　"有何不可？"

　　"我军兴师动众，岂能最终回归原点？这也太便宜慕容涉归了。我不同意。"

　　张华说："你可以不同意，但现在是我做主，我负责。慕容夫人，你们可以回去了，跟慕容大单于商议商议，如果同意我提的条件，就立即过来签字，如果不同意，那就只能……"

　　"同意，同意，谢谢张大人，这样的条件哪有不同意的道理。不用商议，我既然代表慕容大王来使，就全权做主。可以马上签字。"

　　"好，那就赶紧签署协议吧。"张华道。

　　张华于是让主簿写好协议，双方签字画押毕。张华说："天朝大军马上撤回，万望慕容大单于能够恪守承诺。"

　　拓跋燕说："张大人您放心，只要我活着一天，慕容部便会与大晋永结盟好，决不刀兵相向。"

　　"好的。"张华转身对严询说，"严将军，号令全军，明日撤军。"

　　严询说："张大人，我不同意，我有意见。"

"有意见可以向朝廷反映。不同意也得同意，这是命令。"张华说。

严询当然不敢违令不遵，于是只得下令大军撤退。

严询回到幽州，一纸奏书发往洛阳，参了张华一本。没想到朝廷的回复完全支持张华。这令完全不懂政治，只知打仗的严询至死不得其解。

129

就在严询大军开始撤退的时候，拓跋燕突然来找张华和严询，说慕容大王要宴请二位将军，以谢其再造之恩。严询坚决拒绝宴请，其他将领也劝张华不要出席，唯恐是一场鸿门宴。

张华说："行军打仗劳苦多日，有人宴请岂能不去。即使是鸿门宴，落得个撑死鬼也值了。"于是欣然赴宴。

其实张华是想借机跟慕容涉归好好谈一谈今后如何发展双边关系。

慕容涉归夫妇给张华以隆重的接待。酒宴上，对张华千恩万谢。

张华说："慕容大单于，过去的就让它过去吧。我们应该面向未来。慕容部既然与大晋接壤，双方就都有责任维护睦邻友好的关系。任何主政者都必须明白一个道理，战，对任何一方都没有好处，而和才能兴社稷利万民。"

"是是是。"慕容涉归道，"您的宽宏大量，令涉归十分感动，我保证慕容部与大晋朝世代友好相处。"

张华说："而且要做睦邻友好的楷模。我们不仅不能再战，而且要在各方面互通有无，取长补短，加强往来。"

"好，张大人有什么打算，我们会倾全力配合。"拓跋燕说。

"我是有一些想法。"张华说，"鲜卑乃草原民族，有丰富的资源，而本人所管辖的幽州是农耕之地，也有许多独特的物产，我们何不在两国边境设立几个榷场（贸易市场），让双方百姓自由交易，一来可以满足百姓所需，二来也可增加双方的收入……"

拓跋燕听到这里兴奋地说："天啊，张大人怎么跟我想到一块儿去了。如果能这样，那就太好了。"

张华说："这有什么不能的？幽州这边我做主，只要慕容大单于同意，这种榷场很快就可以设立起来。"

慕容涉归说："本单于支持张大人的想法。"

"那好，我回头立即派人与你们联络，双方商议划定榷场的位置和面积，并委派管理人员。"

张华传

"好，就这么定了。"慕容涉归道。

正事谈完，拓跋燕怯怯地问："张大人，我和哥哥沙漠汗在洛阳的时候知道大晋国有个大名士，名字跟你的名讳一模一样，我们老师给我们讲过那位张大士写的《鹪鹩赋》和《壮士篇》，说这是魏晋以来最好的诗赋作品，连阮籍看了都佩服得五体投地呢。不知您与那位张大名士是什么关系？"

"哈哈，"张华大笑道，"张大名士就是我，我就是那位张大名士呀。"

"啊？"拓跋燕大吃一惊，原来张华这位大诗人就是少女拓跋燕心中的偶像，只是无缘相见，没想到今天竟然与偶像坐在了一起。

慕容涉归说："您不是中书令吗？听说大晋伐吴，就是您的主意，是您一手促成的。您为此还差点儿丢了性命……"

"是啊，是差点儿被腰斩了呢。"

慕容涉归说："您对大晋有如此大功，怎么反倒把您发配到边关来了呢？"

"中原朝廷的内部争斗非常复杂，有时功大被群僚所嫉，有时功高盖主会被主上所惧。跟你们说你们也听不明白，所以不说了。我要告辞了，大单于一定想着赶紧着手边关交易的事，这对咱双方都大有好处啊。"

"好的。您静候佳音吧。"

与北方民族开展边贸是张华早就想好的利国利民的重要举措，他是从石苞、石崇父子那里学习和总结出来的经验。只不过他不想通过边贸自己发财，而是为方便各族百姓，并增加朝廷收入。

与慕容部谈判如此顺利，他没有直接回幽州，而是向东兜了一大圈，分别与扶余、挹娄、高句丽等国国君商议双方贸易事宜，也得到了各国国王的全力支持。

不久，从幽州上谷郡直到高句丽的一千多里边境上，大晋与拓跋部、慕容部、扶余国、挹娄国、高句丽国开设了十六个榷场，不仅大大方便了各方百姓，促进了北方民族与汉族的经济、文化交流，而且大大增加了各方的收入。

大晋朝廷在财政上也受益匪浅，因而张华的开创性之举得到了司马炎的赞赏，对众臣说："这个张茂先呀，朕将他放在哪儿都让朕放心，而且他所做的总会比你想象的要好。"

随着边贸越做越红火，张华将吕宓和段玉请过来，让他们加入到北方的边贸中来。张华派人带他们参观了几个大的榷场之后，吕宓和段玉立即看出了其中的巨大商机。他俩兴趣益然，纷纷投入巨资于北方。

段玉的主要商业基地是中原和巴蜀，而吕宓的主要商业范围是吴越，二人的加入，能够把晋朝所有的特产运至北部边境售卖。从此，吴越巴蜀能够见到长白山的人参、大兴安岭的鹿茸和蒙古草原的皮毛，而北方民族能够饮到蜀中的茶叶，使用吴越的陶瓷，穿上中原的绸缎。中华民族也在这种物质的交流中得以充分融合。

130

张华虽然被贬，但在幽州的日子过得却十分滋润。因为司马炎规定，边贸税收地方是可以截留百分之二十的。仅这百分之二十的边贸税收，就让张华永远不会为钱而发愁。

因靖边之功，张华被从安北将军提升为镇北将军，但与此同时，严询也被重新任命为安北将军和幽州副刺史。这令张华内心颇为不快。但他清楚，朝廷如此安排正是因为他与严询不睦。作为镇边大将军，必须有人掣肘朝廷才能放心。

张华为了避免经常与严询磕头碰面，同时也为了更好地控制东北几个小国，和乐浪、带方两个被毌丘俭所征服和吞并的两郡，他在昌黎郡的碣石山又修建了一座镇北将军行营。这座行营背山面海，风景优美，张华平时就在此办公，而让严询在幽州府坐镇。

张华闲下来，开始了缩编《博物志》的工作。为了能够将《博物志》以印刷版的形式流传，他只能按皇帝的要求，将四百卷的《博物志》缩编为十卷。

这天，他正在整理《博物志》，突然卫士入报，说慕容部大单于，薨了。大单于妃请张华帮助协理后事。

张华想了想，觉得自从棘城之战，与慕容鲜卑签署和平协议后，慕容大单于不仅一直严格履行约定，而且与大晋的关系相处十分密切，尤其是在边境贸易上，一直积极主动，为其他地方做出了很好的表率。大单于全力支持自己的工作，如今不幸薨毙，单于夫人派专人前来报丧，岂能不露上一面。而且自从与慕容部交往，拓跋燕和慕容廆都给自己留下了非常美好的印象。一年多未见，还真有些思念他们呢。

于是，接到丧报后，他立即带几位文武侍从骑马前去奔丧。

此时，慕容部都城从棘城迁至辽阳，与昌黎郡更近了。他们骑马只用了两天时间便到达辽阳。

张华按鲜卑礼仪祭奠毕，立即被迎入单于王宫的贵宾室。

拓跋燕携爱子慕容廆前来拜望。

拓跋燕丧服在身，面露哀戚，脸上偶然滚落一两点儿泪花，如梨花带雨，更显凄美，惹人爱怜。

张华问："大单于怎么突然驾崩了呢？"

拓跋燕说："上次与晋交战，不想被那扶余王依虑北后捅了一刀。大单于这口气一直出不来，心中抑郁，终至忧愤而亡。"

慕容廆道："我早晚要亲手杀了依虑老儿。"

张华说："你们不要为此而嫉恨扶余王，当时是我请他出兵助晋的，要恨你们只能恨我。若因此事而挑战扶余国，我可不答应。战端本因晋而起，如今咱们走得这么近，你们反倒把仇记在扶余王身上，这显然对扶余有失公允。再者，冤仇宜解不宜结，只有君王者忘掉仇恨天下才能太平，百姓才能安居乐业。"

拓跋燕说："大人说得有理。大单于不幸骤亡，廆儿年纪尚幼，仓促继位。我们孤儿寡母，无知无识，难孚众望，还望大人支持指教。"

"夫人无须过虑。您出身显贵，有勇有谋，又在中原学习多年，处理本部事宜应不在话下。廆儿更不用担心，这是个英武的汉子，将来必成大器。"张华说，"你们放心，有我张华镇守在此，哪个部落敢挑起事端，扰乱这一带的和平，我都会直接进行干涉。我的责任就是维护本地区的和平安宁。"

"多谢张大人。"拓跋燕说，"希望张大人能多留住几日，好好教导教导廆儿。哀家最近才知，您不仅是伐吴第一大功臣，大晋文学名士，而且博古通今。与您第一次相见，哀家便觉得您可敬可亲，气度非凡。若能多多对廆儿给予指导，哀家将感激不尽。"

"既然夫人有所请求，本官就在此逗留三日，若能为夫人和新单于出谋划策，也是华之幸也。"

这三天，拓跋燕和慕容廆几乎天天不离张华左右，提出一个又一个问题向张华咨询。

张华睿智与渊博的知识，令拓跋燕和慕容廆钦敬不已。

第三天，新单于慕容廆为张华举行了告别晚宴。参加晚宴的除了拓跋燕母子，还有慕容廆的叔叔慕容耐，元帅哈吉朗及几位亲信大臣。

拓跋燕说："哀家与张大人相见恨晚，相处恨短。待本部安定下来，哀家定上门致谢。"

其实拓跋燕已从心里爱上了这个老成持重，满腹经纶的男人，虽然这个男人已年届五旬，文质彬彬，但不知为什么，她觉得只有他才能给自己带来安全感和幸福感。与他交谈是一种幸福和享受。作为一个沐浴中原文化长大的女人，他越来越难以忍受本民族粗糙的文化，她虽贵为单于妃，但从精神上却找不到半点儿幸福感。她越来越难以忍受这种没有文化的生活了。而这个男人本身即是崇高文化的代表和化身。她因为爱中原文化而爱上了张华，根本不在乎两人年龄上的差异。

慕容耐对拓跋燕的话很反感，面露愠怒之色。

拓跋燕继续说："如果大人不嫌弃吾儿粗鄙，哀家做主，让廆儿认张大人为义父如何？"

拓跋燕此言一出，未等张华和慕容廆表态，慕容耐与哈吉朗交换了一下眼色后，起身道："我不同意。廆儿是新继位的大单于，若认外族人为义父，那廆儿岂不成了儿皇帝？"

拓跋燕说："我们与张大人是朋友，按年龄也是廆儿的长辈。张大人名闻天下，能够收廆儿为义子是我们的荣幸。"

"我坚决不同意。"慕容耐说。

拓跋燕说："这事与你无关。如果大单于（慕容廆）认可，此事就这么定了。"

慕容廆对张华也是崇敬备至，于是说道："若张大人不嫌慕容廆粗俗鄙陋，义父就请受廆儿一拜。"说完，离席退后，向张华深施一礼。

张华笑道："好好好。我看你英俊睿智，将来定能成大器，不会给老夫丢脸，老夫今天就认下你这个儿子。干爹没什么所赠的，将这块簪帻赠给你，请你记住，头脑才是一个人最重要的。"说完，张华从自己头上摘下簪帻赠给慕容廆。（《晋书·卷一百八·载记第八》：张华对慕容廆说："君至长必为命世之器，匡难济时者也。"因以所服簪帻遗廆。）

第二天，天刚放亮，张华便带着自己的几个亲兵护卫离开辽阳回昌黎。

夏日的草原如锦绣般美丽。碧绿的大地上到处开满了格桑花和各种不知名的野花，彩蝶纷飞，百鸟欢畅。

美丽的景色让人流连，张华一行不由得放慢了脚步。就在他们且观且行的时候，忽听身后有人高喊："等一等！"

张华回头一看，只见七八匹战马由北向南飞驰而来。他们还没有看清来人是谁，一匹雪白的战马已飞到眼前。只见那骑手用力一带丝缰，那战马"咴咴"一阵长鸣，前蹄腾空，身体立直起来。

那马上骑士道："张大人，为什么如此仓促离去？也不告诉哀家一声。"

原来这骑士不是别人，正是拓跋燕。

张华说："我们出来得早，想趁着早上凉快赶路。你这些天累坏了，怕打搅你休息。"

"那也不能不辞而别呀，我给您准备的礼物还没送您呢。"拓跋燕说完让人将一个包袱递给张华。张华接过包袱，问："这是什么礼物呀？"

"一件哀家亲手为您缝制的衣服。"

"多谢夫人。"

"您是魇儿的父亲，咱已经是一家人了，不必客气。来，让哀家送你们一程。"拓跋燕说。

"不用送了。魇儿刚继任大单于，还有许多事情……"

"没事的。送您是为了跟您多聊一聊，多学点儿东西。"

"既然这样，咱就边行边聊。"

拓跋燕的亲随除了几个漂亮的姑娘，还有两个男子，他们的胳膊上各架着只鹰。

由于张华的卫士也都是年轻小伙儿，姑娘小伙儿相互吸引，很快就混熟了，他们在前面叽叽嘎嘎地说笑，而张华和拓跋燕则在后边越聊越亲切。

这一带属于丘陵草原，每隔一二里便会有低矮的土山或土丘遮挡住人们的视线。虽然不能极目远望，但地势起伏，不会让人因单调而有乏味之感。

"当年我跟哥哥沙漠汗在洛阳的时候，就知道您是大晋朝最伟大的诗人。面对这美丽的大草原难道您不想作诗吗？"

"是啊，这里确实充满了诗情画意。我觉得只有你这样美丽的女人，才能与这美丽的草原相配。你看这美丽的格桑花，就像你灿烂的笑容，你虽然芳华已过，但却青春犹在，你浑身充满了活力，像一只奔腾的小鹿。"

拓跋燕从没听到过这如诗一样的语言，他为这心目中伟大诗人的夸赞所陶醉了。

"听说你被誉为草原魔影，有非常惊人的马上功夫，能否给老夫露一手？"

"别一开口就老夫老夫的，你在我心里永远是一个浪漫潇洒的名士，而不是人过中年的老夫子。"拓跋燕说，"我给你展示一下功夫当然可以，但你必须为我作一首诗。"

"好，成交。"张华笑道。

"那哀家就献丑了。"拓跋燕说完，策马直向前冲去，在疾驰的马上，先做了一个镫里藏身，然后又来了一个"张良忍辱"，就是从马的一侧经过马的胯下移到另一侧，再回到马鞍上。身体向后一仰，身体与马背呈平行姿态，这就是金刚铁板桥。

张华看着，心中十分欣喜。

正当他鼓掌叫好的时候，拓跋燕一个鲤鱼打挺，在马背上站立起来，她的侍从知道她下步要表演什么，于是赶紧将一张檀木弓和一支雕翎箭向空中抛去，同时那两个架鹰的男子也迅速将鹰放飞出去。

拓跋燕如飞燕展翅，伸出右臂将弓和箭抓在手里，然后拈弓搭箭。这时，只见一只鹰从空中抛下一枚核桃，核桃坠落过程中，只听"嗖"的一声，然后又"咔"

的一声，那只雕翎箭将核桃射得粉碎。同时，另一只鹰则迅速向那支雕翎箭飞去，就在雕翎箭离地几丈高的地方，老鹰一伸双爪将箭杆牢牢抓住，然后飞至拓跋燕的头顶处，将箭抛下。

拓跋燕将箭伸手接住，然后坐到马鞍上，回头问张华道："看过瘾了没有？"

"好好好，让人眼界大开呀。若不是认识夫人，张某真不知道世上还有如此神功。"

"那好，"拓跋燕对自己的侍从们说，"你们几个带张大人的侍从去捕猎，让他们欣赏欣赏苍鹰抓鹿。中午咱们在神鹿湖烤全鹿，不过能不能让张大人吃上烤全鹿就看你们能不能抓到鹿了。我再向张大人好好讨教讨教。中午在神鹿湖西岸相会。走吧！"

张华的侍从头领看了一眼张华，张华说："你们去吧，好不容易来到这里，就好好欣赏一下鲜卑的民族风情。"

一群男女侍从得了主人的允许，呼啸着催马离去。瞬间拐过一座土山，消失不见了。

美丽的草原景色已令张华兴奋不已，又有如此充满活力的异族美女相伴，怎么能不令他心旷神怡，而且刚才拓跋燕的那一串令人眼花缭乱的骑术表演，更令张华对此女喜煞爱煞。

是的，他曾经对王婧、郭芸、吴丹甚至李琳都有过真爱，尤其是王婧和吴丹，曾让他魂牵梦绕。但与王婧和吴丹相比，这拓跋燕身上有一种特别的美，这种美与王婧等人的美完全不同。王婧是一种贞淑之美，那种美只有真正的大家闺秀身上才能显现得出；郭芸是一种纯朴之美，她的美在心灵，是一种德行之美；而吴丹则是文雅和气韵之美，她的学识与见识在女子中是罕见的；李琳是一种庄重大气之美，有女皇的气势，总给人一种不怒自威的感觉；而这拓跋燕的美则是天然的，狂野的，带有原始的征服欲的美。她似乎有征服所有男人的强烈欲望，同时也有被自己喜爱的男人征服的渴望，她的欲望与渴望是直白的，明确地写在脸上的。王婧、吴丹等人总会使人压抑欲望，而拓跋燕则使人放纵欲望。看到王婧、吴丹，你会立即联想到美德、贞洁、高雅，而在拓跋燕面前，则让人更多地想到性爱、生育等这些原始的欲望。因而，对于已独居北方两三年的张华来说，这种欲望的诱惑也是难以拒绝的。

拓跋燕说："哎，我给你表演完了，你还没给我作诗呢。"

张华说："哈哈，你本身就是一首动人的诗，一幅美丽的画，面对你这女神样的人物，诗还不是张口就来吗？我就以《观拓跋夫人演武》为题赋诗一首，你好好听着呀：

北方有佳人

丽质自天成

娇躯驯烈马

驰骋若惊风

剑舞如闪电

弯弓射海青

演罢神气定

微微起酥胸

拓跋燕说："前几句写得非常好。这最后一句嘛，有些那个。"

"那个？"张华说，"诗人就是要观察生活，要言之有物，写自己见之所见，抒发自己所感，有感而发？"

"这么说，你一直在观察人家这里了？"拓跋燕指着自己的胸说。

张华脸一红，说："呵呵，不经意瞄过一两眼。"

"不经意的一两眼就有感了？"拓跋燕说，"我还以为你是个不亲女色，不慕风尘的老夫子呢，原来也会偷偷地看人家这里。"

张华道："风流才子嘛，哪有才子不风流的。我已是才子中最不懂风情最木讷的一个了……"

拓跋燕说："就是，才子就应该风流嘛。一个女人要是终生能跟你这样的才子生活在一起得多么幸福呀。听你的每句话都是享受，不是获得知识，就是明白道理，连男女风情也说得这么文雅。唉，这大草原虽美，但这里的人粗野鄙俗，毫无趣味，我是在这里待够了。"

张华对拓跋燕道："啊，草原是美丽的，也是神圣的，这是上天赐给你和魇儿的宝地，你是这大草原的女神，请珍惜这一切吧。"

拓跋燕说："女神如果缺少男神也是寂寞孤独的。我不愿在此孤独了却一生。"拓跋燕说着跳下马来，张华也随即下了马。

拓跋燕将马缰随意一扔，对张华说："让马儿们自由一会儿吧。"张华也放开了自己的马。

张华这时才想起打开拓跋燕送给他的那个包袱，说："我看看你送我的礼物。"包袱打开，原来却是一件非常漂亮的貂皮大氅。

拓跋燕说："幽州的冬天很冷，我专门为你做了这件貂皮大氅，有了它裹在身上，多冷的天都不怕。来穿上试一试。"

于是二人将大氅抖开，拓跋燕亲自为张华披上，并将扣子一一扣上。

二人贴身相对，相互呼吸着对方的气息。雌雄荷尔蒙很快刺激得二人意乱情迷。

张华望着面前这个充满生命活力的女子，不由得伸手捧住了她羞红的脸，拓跋燕就势伏在他的胸前。扬起头，二人紧紧吻在了一起。

吻着吻着，拓跋燕突然用力将张华推倒在浓密的芳草上，紧跟着扑到了张华的身上。

张华道："快，快起来，不然让侍从们看见……"

"放心吧，没有我的吩咐他们不敢擅自回到这里。今天这片肥沃的草原是咱二人的天下。"

二人在芬芳艳丽的大草原上滚来滚去。方圆数百平米的花草都被二人的身体碾压得平平展展。

……

时近中午，二人起身穿戴整齐，拓跋燕说："如果能为你生一个儿子就好了，你就会永远关心慕容部落了。"

"不生儿子我也会关心你们的。"张华说，"我们不是有一个儿子魇儿了吗？他有能力和胸怀做一代英主。记住，有我在幽州镇守，你们慕容部不会受到外部势力侵扰，最大的危险来自你们部落内部。那就是我能力所不及的了。"

拓跋燕说："你好像话里有话，如果你发现了什么，请对我明说。我已经是你的女人了，还有什么需要对妾身隐瞒的吗？"

张华说："我隐约觉得，慕容耐可能会成为你和魇儿的麻烦。"

"你放心，他在慕容部落没有什么威望。"

"但他有前任大单于的弟弟的身份呢。当心别人会利用他的身份图谋不轨。"

"好的，妾身记住了。"

"怎么不称哀家了？"

"因为拓跋燕今天是你的女人，要守中原的规矩。"

张华享受了这个蛮族女人淋漓尽致的爱，他因此而更加爱她。

二人上马前，张华摸了摸自己的行囊，觉得实在没有什么合适的东西送给这个心爱的女人。他想了想，一狠心，解下自己的配剑，递给拓跋燕说："燕儿，我没给你带什么礼物，就把这把剑送你吧。"

拓跋燕欣然接受，道："你要亲自给我配在腰间。"

张华听后，十分欣喜，走上前，将拓跋燕的剑解下来，扔到一旁，然后将自己的千古名剑干将系在了心爱的女人的腰间。

拓跋燕又与张华亲密地吻了吻。张华说："咱赶紧走吧，不然侍从们会看出破绽。"

拓跋燕说："这种事对鲜卑人来说不算什么大事。"说着弯腰去捡被张华扔掉的她原来那把配剑。

张华说："有我赠你的这把剑，别的剑就不需要了。"

"为什么？"拓跋燕不知道她腰中这把剑的价值。张华也不解释，他走上前去，从拓跋燕腰中拽出干将宝剑，又让拓跋燕抽出她原来的那把剑，并让她将剑举起，张华手执干将，轻轻一划，拓跋燕握剑的手几乎没有任何感觉，她的剑竟然"吧嗒"一声，剑尖落地。

拓跋燕大惊，问："这，这，你这是什么剑？"

"呵呵，别看它看上去没什么稀奇，但它却是中华千古名剑之一，名曰干将。《吴越春秋》记载，干将'采五山之铁精，六合之金英'铸成。这里还有个凄美的爱情故事呢。"

"你讲你讲，我要听。"拓跋燕有些撒娇地说。

"咱上马我给你慢慢讲。"

于是二人骑在马上，边行张华边讲："干将是个吴国非常有名的铸剑师。他和妻子莫邪奉命为吴王铸造宝剑。吴王对宝剑的要求很苛刻，必须吹毛断发，削铁如泥，且要永不生锈。干将为吴王铸剑的时候，莫邪为干将在一旁拉风箱。但三个月过去了，炉中采自五山六合的金铁之精无法熔化，铁英不化，剑就无法铸成。干将急得长吁短叹，莫邪也流泪不止，因为按照吴王约定，如在规定时日内造不出宝剑，干将将因失职而处斩。如何才能熔化铁英？有人告诉他们，只有用一个女人完整的一腔血才能使铁英熔化。

"一天晚上，干将一觉醒来，发现妻子莫邪不在身边，他预感到不好，赶紧到铸造宝剑的房子去看。果然，莫邪正站在高耸的铸剑炉壁上，裙裾飘飞，宛如仙女。莫邪也看到干将的身影在晨光中从远处急急奔来。她听到干将嘶哑的喊叫：'莫邪……'莫邪生怕夫妻相见后自己失去勇气。于是对干将模糊的身影说：'干将，今天我虽然死了，熔化在铁炉里，但我的灵魂不会灭，它将化作宝剑的精气与你同在'……

"铁水熔化，剑顺利铸成。一雄一雌，雄剑取名干将，雌剑取名莫邪。干将发现，妻子的灵魂真的化成了宝剑莫邪的精气。干将于是将莫邪剑私藏起来，只将'干将'献给吴王。干将私藏'莫邪'的消息很快被吴王知晓，武士将干将团团围住，干将束手就擒，干将打开剑匣绝望地向里面问道：莫邪，我们怎样才能在一起？莫邪剑忽从匣中跃出，化为一条白龙，飞腾而去。在'莫邪'剑消失的同时，吴王身边的'干将'剑也不知去向。"

拓跋燕听得出了神，她生怕漏掉一点儿细节，于是飞身从自己的马上跃到张华的马上来，与张华一马双跨，面对面地倾听。

张华讲完，拓跋燕说："这就是吴王的那把干将宝剑？"

"是啊，除了你，我不会将它赠予任何人。"

"这也太珍贵了，接受你这么贵重的礼物我总感觉受之有愧。"

"自古宝剑赠英雄嘛。你武艺如此高强，正需要这样的宝剑相配。我一介儒生，再好的宝剑挎在我身上也只是个装饰而已。再说，你是谁呀，你已经是我的女人了啊。"

"哎呀，跟你相见真是恨晚呀。要是我在洛阳的时候就认识您该多好。"

"不晚，以后我们有的是机会。"

中午，张华和拓跋燕的侍从如约来到了神鹿湖边。他们逮到一只鹿，四只野兔和五只野鸡。于是大家在神鹿湖边美美地享受了一顿野外烧烤大餐，然后在此作别。

131

张华与拓跋燕分别三个月后，拓跋燕突然带着慕容庹慌慌张张地跑到张华在昌黎郡碣石山的行营。母子二人的狼狈相令张华大吃一惊。张华把拓跋燕和慕容庹让进自己的屋子，问："怎么了这是？发生什么事了？"

拓跋燕说："你的话不幸言中了，慕容耐，慕容耐他，他篡位谋反了。"

"你不是说他在慕容部落没有威望吗？"张华问。

"跟你说得一点儿不差，他勾结元帅哈吉朗谋反了。慕容耐要杀了庹儿。"

"这哈吉朗不是受先大单于重用，被提拔起来的吗？他怎么会听慕容耐的话……"

"咳，一切皆因我而起。"拓跋燕说，"这哈吉朗本是先大单于的盟兄弟，他早就对我垂涎三尺，可因为大单于在位他不敢有什么不轨之举。大单于死后他便公开调戏我，前天来到我房中，非要娶我为妻，他那一介武夫我哪里看得上眼，于是对他痛斥一顿，正好被庹儿撞见，庹儿说要将哈吉朗逮问。但哪里知道，这哈吉朗与慕容耐早已勾结在一起。二人约定慕容耐要大单于位，哈吉朗要我。哈吉朗见与庹儿彻底翻脸，于是他与慕容耐立即起兵诛杀我和庹儿，幸亏你赠我的这把宝剑，我才与庹儿杀出重围。我们孤儿寡母无处可奔，只得来投奔你。"

慕容庹跪倒在地说："干爹救我。"

拓跋燕说："还干爹什么呀，以后就叫爹吧，只有你爹才能救咱们母子，才能让你复大单于位。"

张华说："好好好，让我想想，让我想想这事该怎么办。"

"爹，您赶快发大兵，一举击溃哈吉朗……"

"不，这是不可能的。"

拓跋燕说："难道妾身有难你不出手相助？"

"不是我不想救，而是不能用这种方法。"张华说，"我虽手握重兵，但那是国家的军队，不是我张华个人的。没有朝廷的命令擅自调兵那是死罪。何况我自镇守幽州以来，一直主张和平，睦邻友好，我怎么能动用武力来解决部族内部的问题呢。这事比较大，你们先住下来，让我好好想想办法。这问题只能用计谋从你们内部来解决。"

张华一连琢磨多日，尚未琢磨出结果，突然朝廷派专使传旨，要张华速速回京。

张华无奈，只得跟拓跋燕母子告别赶往京城。

临行，张华对拓跋燕说："皇上亲旨，我不敢不遵。你们的事我会想办法的，只要我能平安地回来，一定能想出办法替庵儿复大位。"

拓跋燕问："你的意思，你还有可能不'平安'？"

张华说："谁知道呢，朝廷之上可是复杂得很，不知道背后会有什么人给你造谣进谗。"

"你去吧，我每天烧香保佑你。"——此时，佛教已在鲜卑族盛行起来。

张华与拓跋燕母子依依惜别。

132

张华不知道皇上突然让他回京会有什么事，但即使不是什么好事，也不会有什么大不好。因为他在幽州这几年的政绩异常出色，有目共睹。不仅幽州之民安居乐业，丰衣足食，其他各族间都和睦相处，没有引发任何战乱，而且边境贸易从无到有，从小到大，大大丰富了各族百姓的生活。连远离晋朝的马韩、新弥等小国都争相来朝。(《晋书·张华传》："于是'抚纳新旧，戎夏怀之，东夷马韩、新弥诸国依山带海，去州四千余里，历世未附者二十余国，并遣使朝献。于是远夷宾服，四境无虞，频岁丰稔，士马强盛'。")

张华的政绩也得到了司马炎的赞赏，因而张华想不出回朝会有什么坏消息。

其实司马炎召张华回京本来是想提拔张华为相的。因为自贾充两年多前去世后，朝廷上既有威望，又可总揽全局，能够担当大任的人已非常稀缺。司马炎外贬张华，不过是想压压他的气势。没想到三四年的时间他把幽州治理得这么好，因而更想早点儿将他调回朝廷帮助自己统管全局。想必三四年的外放生涯会令他有所自省，以后不会再公然跟自己作对了。

于是他降旨请他入朝，想听听张华本人的想法。

皇上的这一举动，令一直与张华不睦的荀勖、冯紞等十分担忧，而有意践宰相大位的国丈杨骏等人也反对司马炎的这个计划。

就在司马炎派人去昌黎郡传旨的时候，荀勖、冯紞也派亲信到幽州去会晤严询，想从严询那里弄到一些对张华不利的信息。没想到，严询还真的提供了不少关于张华的负面材料。于是由冯紞出面，单独面见司马炎，向皇上面进谗言。

冯紞说："陛下，听说您想提拔张茂先入朝为相？"

司马炎说："是啊，茂先才德之臣也。自其外镇幽州，幽州政通人和，百姓丰衣足食，各国和平相处，远人来服。可见茂先不仅是一个文人，而且对军事、外交、财货各方面无一不通，只有这样全面的人才才有资格为相。自茂先离京，几年来朕如失左右臂。如今北部边关既安，朕想征其入朝，委以大任。"

冯紞道："是的，我们都承认茂先才能过人，仅以才能论，当朝未有能与之比肩者，但正因为其才能过高，陛下才不能过于荣宠啊。"

司马炎问："何出此言？"

冯紞道："陛下知道钟会吧。那可是前车之鉴呀。当年钟会之叛其责任不在钟会而在文帝。"

司马炎面露不悦，说："你这是什么话？"

"陛下听臣细细解释。"冯紞说，"当年，钟会就是才能过人，文帝因而对钟会宠爱有加，伐蜀之议，文帝力排众议，委任其为征西大将军，独领数十万兵马，结果怎么样呢？蜀国刚灭，他便反了。若不是监军卫伯玉用计诛之，以钟会之才，独霸西蜀，恐成中原永久之患，比刘禅更难剪除。历史的经验值得深思，臣以为，善驾车者必熟习马力的盛衰，善为政者必懂对官吏控制适度，故子路因好胜被抑制，冉求因退让被进用，汉高祖子弟八个诸侯王因过于宠信被夷灭，汉光武诸将由于受抑制而善终。这并非为君者有仁有暴，也不是为臣者有智有愚，而是压低与抬高，给予与夺取的不同造成的。其实钟会本来才能见识有限，而文帝夸奖太过，赞美他的谋略，宣扬他的名声才略，授以大权，委以重兵，故使钟会自认算无失策，功勋无比，飞扬跋扈，遂造成谋反叛国之罪。如果文帝用其小能，从大的方面控制他，抑制他的权势，用各种规则约束他，则叛乱之心就无从不生，叛乱之事无从出现了。"

冯紞的一席话令司马炎沉思了半天，他越琢磨越觉得有道理。

冯紞继续道："为官的政绩不应该作为提拔一个官员唯一的标准。"

"此外还能以什么为标准呢？"司马炎问。

"对天子来说，忠，应该是首要标准。"冯紞说，"贾公对您忠心不贰，所以贾公执掌权柄多年，不利于君的话不说，不利于君的事不做，处处思君之所思，想君之所想。这样的人才能重用。"

"你的意思，茂先有对朕不忠之言行？"

"臣最近耳闻，张茂先在辽河渡为毌丘俭树功德碑，对毌丘俭大加赞赏。毌丘俭是什么人呢？与司马氏不共戴天的仇敌。张华大赞毌丘俭，这不是鼓励人们反叛司马氏吗？再者，臣还听说，张茂先与鲜卑大单于打得火热，大单于认其为义父。大单于的母亲跟他的关系也是不清不楚。一个镇边大将，与外族如此亲近这很不正常啊。还有，张茂先身为幽州刺使，长期不在幽州府，而是在昌黎郡建临时行营，长期逗留在昌黎，以便于私会单于妃。这岂是镇边大将军所应有的行为。"

司马炎问："你说的这都是真的？"

"不信您可以去问严询。"

"嗯，朕都知道了。"司马炎说。

冯紞说："您既然承认臣说得对，就应该防止钟会的故事重演。茂先乃陛下谋谟之臣，大功著于天下，海内无不闻知，如今又据方镇统军马。这样的人最容易起异心，而且一旦有不臣之心，朝廷难以控制。所以，对茂先这样的人，不仅不能授予更大的权柄，而且还应该削权降职呢。"（《晋书·张华传》："朝议欲征华入相，又欲进号仪同。初，华毁征士冯恢于帝，紞即恢之弟也，深有宠于帝。紞尝侍帝，从容论魏晋事，因曰：'臣窃谓钟会之衅，颇由太祖。'帝变色曰：'卿何言邪！'紞免冠谢曰：'臣愚冗瞀言，罪应万死。然臣微意，犹有可申。'帝曰：'何以言之？'紞曰：'臣以为善御者必识六辔盈缩之势，善政者必审官方控带之宜，故仲由以兼人被抑，冉求以退弱被进，汉高八王以宠过夷灭，终。非上有仁暴之殊，下有愚智之异，盖抑扬与夺使之然耳。太祖夸奖太过，嘉其谋猷，盛其名器，居以重势，委以大兵，策，功在不赏，辑张跋扈，遂构凶逆耳。向令太祖录其小能，权势，纳之以轨则，则乱心无由而生，乱事无由而成矣。'帝曰：'然。'"）

133

就在冯紞向皇上进了这番谗言之后的第三天，张华回到洛阳。他没有回家，而是直接跟随使者入宫拜见司马炎。

司马炎此时正被冯紞的那番话困扰着。本来想提拔张华为相，但按照冯紞的意思应该降职削权。这么大的转变他一时也不好决定。因而见了张华，只说了些闲话。

张华知道皇上如此焦急地催他回京，不可能没有什么重要的事。既然皇上不肯先说，他只能先问了。

"陛下，仓促诏臣何事？"

"哦，没什么事，几年不见，朕有些想你了。"

"谢陛下惦念。臣在边关也经常思念陛下。"

"思念朕，为朕做过什么呀？"

"臣主政幽州，镇守边关，消弭战祸，使幽州之民生活定定，丰衣足食，幽州百姓无不称颂皇上有尧舜之德；与各族睦邻友好，使陛下之德远播番邦，蛮夷敬服，远人来朝。这些都是臣为陛下所做的啊。"

"这是你为国家做的，我问你为朕本人做了些什么？"

"您不是说'朕即国家'吗？"张华说，"臣所做的一切好事，都会增加陛下的威德……"

"朕是说，你没像为毌丘俭立功德碑似的，也为朕树个碑，立个传呀？"

张华一听这话，心里一惊，心想，完了，此行果真是没有好事。

张华说："毌丘俭碑的事陛下听说了？那臣就据实相告吧。从私来讲，毌丘俭乃于臣有知遇之恩。当年就是毌丘将军将臣举荐到朝廷来的。受人滴水之恩，当以涌泉相报，这是臣为人的原则。从公的方面说，臣以为，对一个人的评价应该功是功，过是过。就毌丘将军对华夏民族来讲，功大于过。当年正是他随宣帝北征公孙渊，东讨乌丸、高句丽，设立乐浪、带方两郡，为大魏开疆扩土，并使东北边境多年和平安宁。我大晋直接受禅于魏，所以，毌丘将军当年之功勋惠及今日。臣深知毌丘将军当年反叛景帝和文帝，令陛下至今难以释怀。但此事虽对当年司马氏不利，但今日旧事重提却非常有利于陛下呀。"

"此话怎讲？"

"如果现在某人想谋篡大位，您是希望手下的将军忠心救主呢，还是希望他们支持叛逆呢？"

"那还用问吗？"

"是呀。恕臣直言，当初景王、文王相对于魏主来说，就是叛逆。毌丘将军忠心护主，这在当下不正是您应该大力提倡的吗？"

司马炎听张华这么一解释，还真的很有道理。

于是又问："那你跟慕容单于和单于妃又是怎么回事呢？我听说你不仅认单于为义子，还与单于妃有男女之情。就你与单于妃的事情来说，可不是你应该有的行为呀。"

张华说："臣初镇幽州，正是慕容部与严询交战的时候。臣用计，联合扶余，一举击败慕容部，但臣没有让慕容部分疆裂土，慕容单于感念臣之善心，更感念吾主之恩德，因而与臣成为朋友。慕容涉归死后，其子年纪尚小，希望臣给予指教，为此认臣为义父，这也是为人情理之中的事。"

"说说与单于妃的事，有没有私情呀？"

"臣在外独居多年，单于妃丧夫寡居，偶生男女私情也应无可厚非。"张华说。同时想，看来自己的一举一动都没有逃过皇上的眼睛啊。

"张茂先呀，你当年是怎么劝朕的。如今看来你也并非坐怀不乱的君子呀。你比朕更风流，朕还没尝过蛮夷女人的滋味，你却尝到了。念在朕与你多年感情的分儿上，你若真心喜欢那个单于妃，朕特许你将她娶回来。不过以后不要在朕的后宫之事上说三道四了。好吧，你赶紧回家看看吧。在家好好休息几天，然后还镇幽州，但以后不能长期在昌黎了，那不是幽州刺使应该待的地方。朕知道你那是为私会单于妃方便，但不应因私废公啊。"

张华说："臣长期驻守昌黎，决不是为了什么私会单于妃，而是为了东部诸国一旦有变，能够快速解决……"

"你在哪里驻守这些都是小事。"司马炎说，"你给毌丘俭立了功德碑，回去想着给朕也做点儿实际的好事，比如帮朕物色几个鲜卑女孩儿。"

"这任务比较艰巨，臣只能尽力而为。"

"好吧，你赶紧回家吧。听说你已有了孙子了，快去享受几天天伦之乐吧。不管怎么说，你为朕和社稷也出了不少力。"

134

张华告辞回家，一路上，回想着与司马炎的一席谈话，他感觉一头雾水，这司马炎急急地催他回来，难道就这么点儿事？不会的，直觉告诉他，他已经不被皇上信任了。如果从朝廷贬到幽州还是因为皇上烦自己总喜欢多嘴，让皇上不开心，而如今皇上可能不是烦自己，而是疑自己了。这样想着，心里不免有些不大快意。

官场虽然不顺，但到了家里，一切不快都烟消云散了。因为他不仅看到一家人和和美美，而且两个儿媳每人都给他生了个大胖孙子。

他本想在京多待几天，了解一下最近朝廷的情况，同时与妻子儿孙多享受几天天伦之乐。但想到拓跋燕母子还在眼巴巴地盼着自己去救他们，他便无法安心。他必须尽快帮他们重新夺回慕容部落的统治权，因为皇上既然对自己起了疑忌，很可能自己在幽州的日子也行将结束了，皇上不会让一个不受信任的人长期做一方军政大员。如果自己离开幽州之前不能帮拓跋燕母子复大位，自己如何安置他们？毕竟自己与这个女人是有真爱的，慕容廉无论怎么说也是自己的义子，自己不能对他们撒手不管。想到这些，他在家只待了两天，第三天便打马回了昌黎郡。

在回昌黎郡的路上，他琢磨出一个妙十离间计。他认为这是最有可能一石二鸟，将慕容耐与哈吉朗一举清除的方法。计谋在心里拟就，一个最大的难题找到了答案，心情立即爽朗起来。他快马加鞭，只用五天时间，便从洛阳回到了昌黎。

拓跋燕见到张华，感觉找到了靠山。又见他这么快就从京城返回，便知道他一直在惦记自己。但她明知是这样，但还是想确证一下，于是问："你怎么这么快就回来了？没在家多待几天？"

"这不惦记你吗？你的事一天不解决，我一天吃不下饭去。"

拓跋燕听了这句话顿时落下泪来。她说道："茂先，你就是我的夫君。你帮助魔儿夺回大单于位，我也不跟他回辽阳了，我要跟你在一起，我要一辈子侍奉你……"

其实张华何尝不想这样啊，可这是一个不可能实现的美好愿景。首先是没法向妻儿交代，自己年已半百还弄出这种风流事，会让儿子、儿媳看不起自己；其次，真把拓跋燕带回家里，怎么安置她？人家好歹也是拓跋鲜卑的公主，慕容鲜卑的大单于妃，让她为妾做小？那就太对不起她了；再有就是，如果自己将一个大单于妃带回京城，那将是一件非常轰动的新闻，即使算不上多大的丑闻，也绝对不是什么光彩的事；最后就是，朝廷上反对自己的人会将此事大做文章以诋毁自己。对于一个镇边主帅来说，与邻国王妃弄成这种关系确实不应该，但感情这种东西本就不是理性所能把控的，回想起自己与拓跋燕相识相交到相爱的过程，他觉得一切都是那么自然，那么顺理成章。多少名士才子都无法拒绝美女崇拜者的追求。

张华听了拓跋燕的话说："不，咱俩之间注定不会有结果……"

"为什么不会有结果？"

"如果魔儿知道我和他的母亲有私情，他会恨死我的。"

"不会的。"拓跋燕说，"我们鲜卑人跟汉人在这点上很不一样，魔儿父亲不在了，他会非常希望有人爱他的母亲。他对你崇敬备至，要是知道咱俩的事，他会非常高兴的。只要你帮他夺回大单于位，他会永远拿你当父亲一样地敬你爱你。"

"你是尊贵的拔跋鲜卑公主和慕容鲜卑的大单于妃。我把你拐到大晋，会影响鲜卑与大晋的关系。"

"你更错了，不仅不会影响鲜卑与大晋的关系，而且还会促进关系。历史上汉族与少数民族多次和亲，不正是为了增强关系吗，我作为公主嫁给你，不也是和亲……"

"不是我错了，而是你错了，"张华说，"和亲只有皇室之间通婚才叫和亲，而我只是一位普通官员，怎么能叫和亲。我想这样的事是不会被皇上允许的。"

"皇上还管这些？"

"当然要管。一个镇边大将军跟一个邻国王妃相爱甚深，他能放心吗？所以，这次皇上召我回去，就是听到了咱们之间的事，对我颇为责难。我想我可能在幽州待不了多久了。所以我赶紧回来帮助魉儿复位，否则我对不起你，更没法安置你和魉儿。"

"皇上真的责难你了？"

"嗯，我觉得他对我已失去信任。皇上绝对不会将一方大权让他不信任的人长期执掌。"

"你为大晋做了那么多的事，不仅幽州人，连鲜卑、扶余、挹娄和高句丽甚至马韩、新弥的百姓都在感谢你的功德……"

"我知道，但皇上不会因为你的功绩就信任你。"

"这么说你会被贬官？"

"至少不会再让我掌握大权了。"

"那也没什么，在大晋朝不受重用，就到鲜卑来，凭你的才能，我哥哥禄官大酋长会十分欢迎……"

"不说这些了，赶紧说正事。"张华说，"为了魉儿复大单于位，我已经琢磨出一个妙计。"

"什么妙计？"

"离间慕容耐和哈吉朗，让他们自相残杀。"张华将离间计的具体实施步骤详细讲给拓跋燕。拓跋燕听后，十分欣喜，说："凭慕容耐和哈吉朗两个蠢货，肯定识不破这么高妙的计策。妾身需要做什么？"

"你只需将我写好的信抄写一遍即可。"张华说完，掏出一纸递与拓跋燕，拓跋燕读道：

哈吉朗元帅大鉴：

来书阅悉，深以为然。哀家为庬儿大位计，必不爽约。再者将军勇武睿智，也颇中哀家之意。前次所以坚拒将军者，乃因大单于过世未久，哀家悲情未泯，哀心难安。

将军书中说，诛逆之事已准备停当，哀家闻之甚慰。慕容耐欺兄害侄，禽兽之行也，人神共愤，将军兴兵诛逆，乃是替天行道之地举，苍天庇佑将军定能旗开得胜。

平叛之日，即哀家与元帅大喜之日。将军亲捧逆贼首级为聘礼来见哀家之时，即你我洞房花烛之日。

祝将军一举功成。

拓跋燕顿首

拓跋燕读罢，疑惑地问："我什么时候接到哈吉朗的来信了？我和他没有这种私下密谋……"

"哈哈，"张华笑道，"小傻瓜，要是你和哈吉朗真有私下密谋，还用离间计干什么？"

拓跋燕这才恍然大悟道："哦，天呢，我自己都差点儿被你骗了。"

拓跋燕听张华叫她小傻瓜，欣喜异常，说："你呀，太可爱也太可怕了。可爱的是你聪明绝顶。可怕的是，妾身被你卖了，恐怕还要帮你数钱呢。"

"只是你在我心里太珍贵了，我永远也舍不得卖你呀。"

拓跋燕凑上前来要亲热。张华道："先去办正事，把这封信抄下来，我要吩咐庬儿下一步如何做。"

拓跋燕向张华做个鬼脸儿，然后转身离去。

张华又叫来慕容庬，告诉他："等母亲将离间信抄好，你找亲信之人送到辽阳去，但必须想办法让这封信落入慕容耐之手。"

慕容庬听了张华的离间计也是欣喜异常，说："孩儿明白，请父亲大人放心。"

离间之计在张华的指导下按部就班地执行。

以蛮夷之人的智力是无法识破这样的阴谋的，张华这样的智慧完全可以将他们玩弄于股掌之上。

慕容耐见信，果然大怒。他知道哈吉朗手握重兵，不好对付，因而他将哈吉朗约到家里饮酒，事先埋伏好数十个刀斧手，约好以摔杯为号，刀斧手一拥而上，将哈吉朗杀死。

哈吉朗没有预防，他也没有预防的必要，因为他没有任何对慕容耐不利的言行。

哈吉朗如约而至。

慕容耐与哈吉朗且聊且饮。

慕容耐问："将军对那贱妇还心存好感吗？"

哈吉朗说："拓跋燕确实美貌动人。"

慕容耐说："她如今要是主动投怀送抱，将军还会要她吗？"

"如果将来捉到她，本将军还是不会忍心杀掉，留作床上消遣。"

"你俩几时大喜？可否请本王饮一杯喜酒啊？"

"托大单于的福，我想早晚会有那一天的。"

"哼！"慕容耐怒道，"等你俩成其好事，本王早已命丧西天了。"

哈吉朗问："大单于此话何意？"

"你装什么糊涂。你与她秘密联络你以为本王不知吗？"

"您这是从何说起？"

慕容耐抖着手中的信，说："不是本王截获你与她的通信，本王今天可能就命丧你手了。"

哈吉朗不明就里，伸手去夺信。慕容耐将手中酒杯向地上一摔，刀斧手一拥而上，不容分说，顷刻将哈吉朗剁成肉酱。

哈吉朗手下将军本来与先大单于慕容涉归感情笃厚，内心里都不大支持慕容耐篡位。只是迫于哈吉朗的压力才不得不做出违心之举。当时，拓跋燕和慕容廆母子就是被那扎将军故意放跑的。此时，听说元帅被大单于所杀，于是那扎带兵冲进大单于府，将慕容耐杀死。

国不可一日无主。那扎知道自己的资历和能力，没有践大位之心。众将商议后，决定派那扎将军为代表迎请慕容廆大单于和先大单于妃拓跋燕归位。

那扎将军亲自到碣石山迎请大单于慕容廆和拓拔燕。将哈吉朗和慕容耐被杀经过详述一遍。拓跋燕和慕容廆听后，对张华的钦敬简直无以复加。他们这才知道，原来无论天大的事，都是可以用智慧小而化之的。运筹帷幄决胜千里，即此类英雄也。

尽管那扎曾是慕容涉归的心腹，也曾私放拓跋燕母子，但拓跋燕回辽东仍心有余悸，不知道还会碰到什么不可测的事。于是她私下央求张华道："能不能随我再去一趟辽阳？"

"不用了吧。既然慕容耐和哈吉朗都已被诛除，不会再有什么意外了。"

"不，我害怕。没有你，我心里没底。"

"我作为边关主将，总出入邻国恐多有不便呀。让朝廷知道了，对我更会疑忌。"

"那你就送我们到边关如何？你说你在幽州的日子可能不多了，妾身与君这一别不知何时再能见，或许从此与君天各一方，此次一别或成永诀。"拓跋燕说着泪水奔流。

张华见拓跋燕向他撒娇，又见她楚楚动人的样子，不答应她真有些于心不忍。

"好，我就送你们到边境。"

135

此时已是初冬时节。

一行人行至大晋与慕容鲜卑的边界处，张华本来准备在此作别，但拓跋燕依依不舍。眼见就要分离，拓跋燕竟然痛哭起来。张华不忍见心爱的女人如此伤心绝望，于是陪着向北送了一程又一程。第二天中午，他们来到神鹿湖边，在此用餐毕，一行人本来想继续北进到义州过夜，但此时却寒风骤起，气温骤然下降。

大家都没有携带太厚的衣物。突然降温令人措手不及，人们在寒风中瑟瑟发抖。

那扎提议人马赶紧奔向义州，但队伍刚走了不到一里地，有人就被冻得从马上掉落下来。

张华说："必须停下来，就地想办法，否则都得冻死。"

那扎问："此荒山野岭，能有什么办法？"

张华说："上次在神鹿湖野餐，我知道那里有几个很大的山洞。我们到山洞中先避一避。"

于是人马赶往神鹿湖北边的山洞。

这些山洞都不是天然的，而是牧人挖掘的，因而都不大深，在此可以避风，却无法避寒。

张华让随从们去四周捡拾干柴。干柴倒是很多，不一会儿就拾来一大堆。

木柴有了，但最大的难题是没有火种，那扎让几个兵士用摩擦的方法取火，但由于气温太低，根本磨不出火星来。

这时那扎真的慌了。他说："在此只能等死。如今太阳这么高就已经这么冷了，到不了夜晚，大家就都得冻死在这里。"

"那怎么办？"慕容廆问。

"赶紧上马，赶往义州。"那扎说。

张华说："顶着这么大的风你能在天黑前赶到义州？"

"那也比在这儿等死强。"那扎对慕容廆说，"大单于，您在此等着，我和几个弟兄飞马赶往义州送信儿，告诉大家大单于被困在神鹿湖，然后再带人来救你们。"

慕容魇说："好吧，一路上小心。"

张华阻止道："那扎将军，不可，你们等于去送死。"

"送死也比等死强。"说完，那扎带着五个年轻力壮的兵士飞马离开山洞，驰入狂暴的寒风之中。

山洞中的气温越来越低了。大家拥在一起互相用身体取暖。

在生死关头，拓跋燕也顾不得别人了，她一头扎进张华的怀里。

张华说："正好，我穿了你缝制的貂皮大氅，真的很暖呢。"

拓跋燕说："好，就这样，永远不分开，就是这样死在一起妾身也知足了。"

"我们死了不要紧，这几十个人怎么办？他们还都非常年轻。"

"我不知道怎么办，没有人来救，没有火，大家只有一死了。"

火，火，火，这个在平时不成问题的问题现在却成了极大的问题，事关几十个人生死的大问题，如何才能得到火呢？

突然，张华头脑中灵光一闪，他突然记起《博物志》中记载的一种取火方法。他大喜过忘，喊道："我要用冰取火，哪个人去湖里弄一大块冰来？"

听了张华的话人们都愣了。用冰取火？这人是不是疯了？

拓跋燕也问："你是不是急坏了？"

"真的，我真的能用冰取火。"

拓跋燕说："自古道，水火不相容，更何况冰呢？"

张华站起来说："你们都不相信是吧？老夫我去。"说完，他站起身，然后转身对拓跋燕说："我独自去湖里捞冰，必须得穿这件大氅，否则是回不来的。"

说完，张华独自跑向神鹿湖。

这时有人喊道："我们上了他的当了。他一定是自己披着貂皮大氅跑了。这些汉人，就是诡计多端。"

慕容魇也想到了这点儿，提剑在手，说："我去追他。"

拓跋燕立即喊止道："站住。他愿意跑，就让他跑吧。那大氅是他的……"

"那不是您亲手缝制后送他的吗？"

"东西送给谁就是谁的。"

"母亲，我知道您早就爱上了他。孩儿也一直认为他是值得您爱的。可是，可是知人知面不知心，在生死关头，他弃您而去，这样的伪君子，不杀……"

慕容魇刚说到这里，却见张华抱着一块脑袋大的冰块走了回来。

拓跋燕一见，笑了。

张华走入洞中，让人准备好一把干草，说："我要用冰取火了。"说着，从拓跋燕腰间拔出那把干将宝剑，将那块冰削磨成扁球状。然后站到山洞口，将干草放到地上，将那块扁球状的冰块对准太阳，调整好角度，就见一缕极亮的光线照射在干草上。很快，那堆干草竟然冒起了一股青烟，随之在青烟起处，干草竟然腾起了火苗。

天哪，这简直太神奇了。这种取火方法是任何人也不敢想象的，他，他，他今天竟然做到了。他是人吗？世上怎么还会有这样的人？除了神仙，凡人能够做得到吗？拓跋燕简直不敢相信眼前这一切会是真的。

她对儿子说："廆儿，你摸摸我，看看你母亲还活着吗？是不是我已经冻死了，现在不过是在阴间里……"

"母亲，这一切都是真的。"

张华虽然用冰块成功取到了火，但他也不知道其中的奥秘。这种冰块取火的奥秘，直到一千多年后才被西方人所揭开，那是凸透镜的聚光原理。张华此前只是从古书上看过，并被他写进了《博物志》中，但他对此也不大相信，因而也未曾实验过，因为这十分有悖于人们的常识。没想到今天第一次试用，却挽救了几十人的生命。

更不可解的是，虽然从这块冰中取出了火，但那块冰本身却依然冰冷坚硬，不仅未有半点温热，而且也未融化出半滴水来。

这大大超越古人常识的一幕让所有人大为震惊了。大家不约而同地跪倒在地，连连磕头喊道："佛祖显灵了！佛祖显灵了！阿弥陀佛，阿弥陀佛！"

大火燃起，人们摆脱了死亡的魔影。由悲泣变成了欢笑。

入夜，风停了。天空却飘起了鹅毛大雪。人们望着洞外的大雪，围着火堆载歌载舞，庆贺重生。

慕容廆对大家喊道："本大单于发誓，一定要在这个山洞中为我义父塑一尊菩萨像。"

"对，张大人就是活菩萨，就是真神下凡！"大家喊道。

1971 年，有个牧羊人在这个山洞里发现了一个真人大小的罗汉雕像，这个佛像与所有佛像不同。他的两手之间是一个扁球状的物体，这个扁球体下面还发出一束极强的光。当时文物部门的专家考察后，一直没弄清这罗汉的身份。有人怀疑，说那扁球体便是外星人的飞碟，那束强光便是驱动飞碟的能量光束。其实，那是五十年后，慕容部落侵入中原，慕容廆之子慕容暐建立前燕后，根据父辈传说，说曾经有一个菩萨降世，在神鹿湖畔以冰取火，救了自己的父亲和祖母，才使得慕容部落存活并强大起来。皇帝慕容暐为了证明自己的政权得到神助，于是派工匠在神鹿湖北侧的山洞中雕塑了这尊罗汉像。由于当时见证过那次神迹的人有的还在世。于是向雕塑工匠描述了张华的长相，那尊罗汉像就是根据当事者的描述雕刻而成的。

第二天清晨，风停了，雪住了，和煦的阳光照耀在大地上。等日头高升，气温回暖后，一行人即刻策马北上。

然而就在他们北行到距神鹿湖二十多里的地方，前面的一幕让所有人大惊失色。那扎和五位年轻兵士站立在雪地上，浑身披了厚厚的冰雪，他们已像六座冰雕被冻在地上。而六匹战马依然守护在他们身旁。

慕容廆率大家为那扎等六位勇士行了礼。然后留下几人在此守候，等待派人来处理。

当天，拓跋燕一行回到了自己的都城。果然全部落的人正在期待拓跋燕和慕容廆平安归来。

《晋书·卷一百八·载记第八》载："涉归死，其弟耐篡位，将谋杀廆，廆亡潜以避祸。后国人杀耐，迎廆立之。"

136

张华在此仅待了两天，见拓跋燕母子平安，慕容廆顺利复位，且受到万众拥戴。第三天他便要赶回昌黎郡。

在张华就要辞别的头天晚上。拓跋燕带着慕容廆来拜见张华。她屏退所有侍从，对张华说："你是我们母子的大恩人，妾身感谢的话就不用多说了，但有一事想跟你讲明。"

"什么事？"

慕容廆说："义父，我与母亲商议，想让您留在慕容部落做大单于……"

"不不不，那怎么可能？"

"您听孩儿说。"慕容廆说，"以义父的才能，可以做天下之主，何必在别人手下受委屈。听母亲说，您可能会受到大晋皇帝的贬谪。那还回去干吗。干脆将幽州与慕容部落合在一起，您做大单于或皇帝皆可。而且扶余、挹娄、高句丽、马韩、新绥等国都对您敬爱有加，您振臂一呼，必应者云集……"

张华急道："孩子，这话可不许乱说呀，这对义父来说可是谋反之罪，要诛灭九族的。"

慕容廆说："您以为您兢兢业业，赤胆忠心就能有好结果吗。如今大晋皇帝如此昏庸，说不定您会倒什么大霉呢？"

"不许胡说，大晋天子是仁德的皇帝。"

"仁德？"拓跋燕说，"他曾经让天下禁婚一年，自古以来有这样仁德的皇帝吗？"

慕容廆说："更让天下人耻笑的是，他后宫过万。因为自己也弄不清自己到底应该宠幸谁，所以，他就坐在一辆羊拉的车里，羊车停在哪个妃子的门口，今夜就在哪个妃子屋里过夜。嫔妃们为了能够被临幸，便在门口种上羊爱吃的苜蓿草。"

"真有这事？"张华问。

"如今天下人皆已知之。"拓跋燕说，"伴君如伴虎，辅佐这样一位无道的昏君，妾身不能不为你担忧。"

"唉！听天由命吧，谁让我摊上了这样一位君主呢。"

"父母不可选择，但君主还是可以选择的。良臣择主而仕嘛，而且您自己就可以做君主。"慕容廆道。

拓跋燕说："是啊，为什么非要冒险辅佐昏君。在北方草原你可以大有作为。咱不仅有慕容部落，还有我哥哥的拓跋部，咱要是联合起来，完全可与大晋抗衡。"

"再有义父神机妙算，大晋也未必是咱的对手。"

"别说了，这绝对不行。我妻室子孙都在洛阳，我……"

慕容廆说："母亲是多么的爱您，您又多么爱我母亲，孩儿看得很清楚。您和母亲可以再给孩儿生弟弟。"

拓跋燕说："我们也可以先偷偷将洛阳的家属接过来。你放心，我绝不会和她们争位子……"

张华一拍桌案，怒道："不许说了。我绝不做叛国叛君的不忠之臣。你们若再谈这个话题，我就要跟你们翻脸了。"

拓跋燕哭了，说："看来，你爱我还是不如爱你那两位妻子。"

"你胡说什么。"张华说，"你和她俩我分不清更爱哪一个。但不管多么爱一个女人，我决不为女人而叛国，这是民族大义。爱情和女人是崇高的，但我心中永远有比这更崇高的，那就是国家。"

拓跋燕哭道："你明天就要走了，我舍不得你，廆儿也舍不得你。"

"相信命运，相信上天，如果上天有情，我们今后还会相聚的。"

慕容廆说："母亲，您和义父谈吧，今天是最后一晚，好好陪陪义父。"说完退了出去。

拓跋燕说："这孩子越来越懂事了。"说完，扑到张华的怀里，泪眼汪汪地说："茂先君，娶我吧。"

张华低头吻了一下怀中这个可爱的女人，说："燕儿，不是我不想娶你，是不能娶你呀。"

"不就是怕你们大晋皇帝……"

"不，并不完全是。"张华说，"因为我怕遭受命运的惩罚。"

"什么意思？"

"因为世上最著名的占卜大师给我算过命。他说我，虽然不是帝王命，终娶后妃作己妻。"

"对呀，我是大单于妃，不也相当于皇帝后妃吗？你正应该娶我呀。"

"可后边还有一句话呢。"张华说，"他说贤良治世无善果，死到临头悔已迟。本来作为一个臣子娶后妃是不可能的事，可为什么就给了我这个可能娶你为妻的机会呢？冥冥之中不是命运在支使吗？我若娶了你，那后边的预言'死到临头悔已迟'便为期不远了。只要有后妃的身份我坚决不能娶，只要这个预言不能应验，后边的那句预言也应该能够破除了。"

"哦，原来是这么回事呀？你不会又在给我讲故事吧？"

"我说的若有半点谎话，天打雷劈……"

拓跋燕赶紧捂住他的嘴，说："不许发这样的誓。"然后又问，"那咱在一起行夫妻之事算不算娶后妃呢？"

张华说："我问过管公明，他说只有拜了天地和父母才算夫妻。"

"哦，若是这样，就让我们享受有实无名的真爱吧。"拓跋燕说完，吹熄了灯。

果然，又过了不到半年，朝廷一纸诏书颁下，免去张华幽州刺使、镇北将军、护乌丸校尉的职务，回京等候安排。

张华第一时间将此信息告诉了拓跋燕和慕容廆。拓跋燕立即只身赴昌黎郡，与张华作最后的诀别。告诉张华说："不管回京后遇到什么事，请你记住，慕容鲜卑永远是你的后盾，如果官场顺利则可，不顺的话随时可以到慕容部落来。"

"嗯，我知道了。咱虽然就要分别了，但你永远会在我的心里。"

"大晋皇帝如此昏庸，你有大功于朝廷不仅不奖，而且还要贬职削权。妾身咽不下这口气。待你离任幽州后，妾身要让大晋皇帝知道，幽州没有张茂先是不行的，让他知道知道你的重要。"

"你可不许乱来。"张华说，"无论如何，大晋实力也是你们小小慕容鲜卑应对不了的。一定要听话。"

拓跋燕"嗯"了一声。

二人洒泪而别，从此果成永诀。

137

张华回到幽州府向新任幽州刺使王濬移交工作。

王濬与羊祜、张华关系莫逆，都是当年伐吴的积极支持者和参与者。

二人工作移交毕，王濬说："张大人，您前职已免，新职未履，正好难得的闲在，就在此多待些日子，一来可以好好散散心，二来您对幽州情况谙熟，卑职有什么不懂的还可以帮卑职出出主意。

张华说："士治你太客气了，我没有什么可教你的。我若干得好还会被免官吗。"

王濬说："免官并不意味着您干得不好。您在幽州的政绩有目共睹。只因您功勋太著，名望太高，令某些人不安。所以，回朝后还应小心为妙。"

"多谢士治提醒。"

张华告辞王濬，带着几个护卫亲随离开幽州府一路向南而来。不到两个时辰，便从幽州府所在的蓟城来到安阳河边自己的老家。他给父母上完坟，然后来到自己的师傅东方敬吾（河疯子）曾经居住过并最终埋葬了他的地穴原址，那个三十年前自己亲手给师傅堆起的坟头已成为一个低矮的小土丘，土丘上荒草萋萋。他为土丘重新填了土，然后打发随从到方城县城里去喝酒，说自己要单独在此安静地待一会儿。

随从们离开后。他坐在师傅的坟头上，眼望着安阳河滚滚的河水，遥想往事，一切都已物是人非，不觉黯然神伤。

往事一幕幕在眼前重现。绿水青草，遍地野花，雪白的羊群在草地上边啃吃着青草边向前移动，自己手持羊鞭，站在河堤上望着自己的羊群，羊群像一片白云在慢慢地飘移，飘移中还不时地变换着形状……师傅河疯子手把手地教自己下棋……为刘贞和郭芸捕蝴蝶，粘知了……将《鹪鹩赋》写在河边的大地沙滩上……官府四处寻找《鹪鹩赋》的作者……河疯子一身丧服在自己入京前的宴席上大闹。"小华呀，你可大难临头了，你看看你脖子上的脑袋还有吗？"……

张华突然打了个寒战，他像触电一般，"嗖"地从师傅的坟头上跳起来。因为他分明听到"小华呀，你可大难临头了，你看看你脖子上的脑袋还有吗？回来吧，此时回到安阳河还不晚啊"！这句话清清楚楚地从师傅的坟中传了出来。

他惊恐四望。天啊，莫非真有什么大的噩运在等着自己？不至于吧？自己没有犯任何杀头之罪呀。

或许那声音是自己的幻觉。如果是幻觉怎么会有后边的那句"回来吧，此时回到安阳河还不晚啊！"莫非师傅在召唤自己回到老家来？

回来！哪有那么容易，时间已将一个放羊娃塑造成了当代大名士，不是自己想回来就能回来的。张华永远不会成为安阳河边的放羊娃了。

但愿自己是幻听吧。

张华起身向河边走去，他掬起河水洗了洗脸。他要用家乡的河水洗去自己满身的疲倦与征尘，然后他用河边的苇叶卷了一个长长的喇叭，"呜呜"地吹着找自己的侍从们去了。

张华又顺路到徐水楸妹张倩家看望了妹妹。

大妹妹一家日子过得很殷实。张华没什么可惦记的，于是在妹妹家只待了天，便打马回京。

就在张华一行行到邯郸漳河渡口时，只见一匹驿站官马飞也似的急驰至渡口。马上官差用马鞭向众人一指："等下趟，等下趟。"张华知道这一定是边关军情紧急，快马进京送信。碰到这样的官差，任何人都必须让路。

张华试探着问道："官差，请问有什么紧急情况？"

"慕容鲜卑兴兵犯境了。"官差说道。

张华还想问什么，但此时渡船已靠岸，那官差一拍马的屁股，骑在马上直接上了船。

张华心想，坏了，拓跋燕和慕容魔真的在边境滋事了。

他想，如果朝廷让自己率兵讨伐慕容部落可怎么办？这是有可能的，因为王濬刚到幽州，对一切还不摸底，而且王濬本来谙熟的是水战，对陆战和马战十分陌生。要是真的命自己回幽州督战，那可就太难办了。不仅自己跟拓跋燕母子的关系非同一般，而且因为拓跋燕母子兴兵犯晋本来就是为自己打抱不平，并以此来证明自己的重要的。

自己怎么能与拓跋燕母子刀兵相向呢。不行，绝不能摊上这个差事。这样想着，他放慢了回洛阳的脚步。本来两天可以到达洛阳，他们一行人用了五天。在望见洛阳城楼的一刻，他的身体在马上摇了摇晃了晃，显得有些坐立不稳。护卫说："张大人，您怎么了？"

护卫的话音未落，他猛地从马上栽了下来。

几个随从吓坏了，赶紧将他扶起。张华口中喃喃道："我头疼难忍，浑身乏力。不能骑马了，你们抬我回去。"

于是几个随从从附近老乡家买来一张大床床板，铺上褥子，将张华抬回了家。

138

随从们抬着张华走进家门，早有内传在此恭候多时了。见了张华立即上前说道："张大人，您，您这是怎么了？"

李琳、郭芸也上前问随从们道："老爷，老爷他这是怎么了？"

随从道："张大人可能是过度劳累，病了。头一晕从马上摔下来了。"

"快抬到屋里，好好歇歇吧。"李琳说道。

"是啊，赶紧弄点热水洗洗，满脸是土，下巴都磕破了。"郭芸说。

随从们刚将张华放到床上，内侍赶紧跑到床前说："张大人，皇上有旨，无论您何时到家，都要请您立即入宫面圣。"

"皇上，皇上找我何，何事呀？"张华有气无力地问。

"好像好像是关于幽州边关战事的事。奴才也不太清楚。您见了皇上就知道了。"

"你看，我已病成这个样子，如何进得了宫。何公公（此太监姓何），麻烦你回宫跟皇上说一声，把我的情况告诉皇上。"

何公公说："看来，看来只能这样了。奴才告辞了。"

事情还真让张华猜中了。看来皇上就是想让他去幽州督战。

李琳、郭芸给张华擦洗过，然后二人坐在床头垂起泪来。

张华见旁边没有外人，说："你俩都别哭，我没什么大病，不过是装给皇上看的。"

"为什么呀？"李琳说。

"幽州那边有战事，我怕皇上再派我去督战。"

"不是有人接替你了吗？"

"王濬将军刚去，一切都还不熟悉……"

刚说到这里，那何公公果然又从皇宫返回，对张华说："奴才对皇上说张大人病了，不能亲自进宫面圣。皇上让奴才回张大人，安心养病，等病体痊愈，再与将军面谈。"

"皇上没说有什么重要的事情？"

"说了。说您前脚离开幽州，慕容大单于后脚便兴兵犯境。不仅南攻昌黎，还东侵扶余。陛下怕王将军刚到幽州，人生地不熟，想让您赶紧回去统兵拒敌。"（《晋书·卷一百八·载记第八》："……廆怒，入寇辽西，杀略甚众。帝遣幽州诸军讨廆，战于肥如，廆众大败。自后复掠昌黎。又率众东伐扶余，扶余王依虑自杀，廆夷其国城，驱万余人而归。"）

"多谢皇上信任，可惜身体不做主啊。"

"奴才不该多嘴。您把幽州治理得那么好，干吗非要换人呢？管好偌大一个地方哪有那么容易。"何公公说着，告辞回宫了。

见何公公走远，张华腾地从床上坐起来。

李琳、郭芸同时道："看来你真的没病呀。"

张华说："我虽然没病，但得装些日子，我可不愿再去征战了。"

139

张华回京并生病的消息很快在朝廷官员中传开。于是纷纷来看望，有单独来的，也有结伴来的。

最早来看望张华的是荀勖和冯紞。二人说了一些问候的话，夸赞了一番张华的才能与功绩，然后告辞。

紧接着来的是自己官场上的好友和峤、王戎。

二人与张华相见，十分亲切，寒暄毕。和峤问："茂先，刚才我在街上碰到荀勖和冯紞的车子，他俩是不是刚从你这儿走呀？"

"是啊。"张华说，"人家比你们关心我。听说我病了，立即就来了。"

和峤说："是啊，这两人最关心的就是你，连你给毌丘俭立碑，与单于妃相好这样的事都了解得一清二楚。"

张华问："向皇帝进谗的真是他俩？"

"不是这两个人还能是谁？只有他俩最怕你东山再起。如今贾充不在了，没有了靠山，你若为相，这两个奸人的日子就不好过了，所以他们必须拼命阻止你。"

王戎说："其实光这两个人，也没有这么大的能量。他们只能在背后进谗，听不听，那是皇上的事。皇上再糊涂也不会完全听信这两个人的。皇上肯定会咨询自己最信任的人。这些人个个都想荣登相位，能给茂先说好话吗？"

和峤说："你是说三杨？"

"不光三杨，还有八司马呢。"王戎说，"人家可都是皇上的近人，疏不间亲。所以，咱给个官干干就算了。这天下是人家的，别太替人家操心了，像茂先这样，操了半天心，也得不到信任。"

"所以，你就整天空谈玄远？"张华问。

"空谈玄远之学才不会受到皇上怀疑，同僚嫉妒。"

和峤说："不管是三杨还是八司马，这些人一旦主宰朝廷，凭他们的德行，那天下可就要大乱喽。"

"像刘毅、傅玄、山涛这样忠正敢言之臣都快死绝了，除了茂先和长舆（和峤字），已没有人跟皇上说真话了。"王戎说。

张华问和峤："和大人，就您这性格跟荀勖一起共事，二人能和得来吗？你作为中书令，他作为中书监，你俩每天在同一屋檐下，坐同屋，出同车，一个奸猾一个刚直……"

和峤笑道："呵呵，您想，能和得来吗？我跟您的脾气可不一样，看不上的人我是绝对不给面子。按规定不是中书令与中书监出入必须同乘一辆车吗？我怕总跟这样的人一起出入有损我的名誉，我把这规矩给它改了。我宁肯自己花钱配辆车，也不跟他同车而行。"——此即成语"和峤专车"的来历。（《晋书》："旧监令共车入朝，时荀勖为监，峤鄙勖为人，以意气加之，每同乘，高抗专车而坐。乃使监令异车，自峤始也。"）

张华问："外边都传闻，皇上嫔妃太多，宠幸不过来，于是每晚坐着羊拉的车，羊停在哪个嫔妃的门前，就与哪个嫔妃过夜。这可是真的？"

和峤说："当然是真的了。这可是皇上的一大发明啊。不仅皇上有了这么伟大的发明，嫔妃们也不甘落后，为了得到宠幸，有人便在自己的门口种上羊爱吃的苜蓿。"

王戎说："和大人说的那都是老故事了。"

"最近又有新故事？"和峤问。

"嫔妃们人人种苜蓿，对羊来说也就没有那么大吸引力了。这时有聪明的嫔妃发现，羊喜欢吃带咸味儿的东西，于是就将盐水洒在苜蓿叶上……"王戎说。

"唉，皇帝后妃都在比着荒淫，这社稷不完还等什么？"和峤叹道。

张华说："其实当初他下禁婚诏，选三千嫔妃入宫时我就向皇上谏言过。他虽然没听，但还是面有惭色。后来从吴国弄来七千宫女，我又入宫直谏，这次我的言辞比较激烈，我把他比成桀纣。正因此他才恼恨我，把我外放到幽州。"

王戎说："茂先，都说你聪明盖世，我看也未必，连这点儿你到现在还没看出来呢？皇上烦你是真，谁也不愿意身边有个人总约束自己。但真正将你外放，绝不是因为这个。以前你也一直约束他，为什么不仅不处罚你，而且还重用你？也不是因为你把他比作桀纣，因为你与他私下说什么都不会对他的形象产生什么坏影响，他不应该为此便嫉恨你。前年，皇上到南郊祭天，祭礼结束，他喟然感叹，问刘毅说：'卿以为朕可以和汉代哪个皇帝相比？'刘毅回答说：'可与桓帝灵帝相比。'司马炎听后，不仅不恼，还笑着问：'我虽不及古人之德，尚能克己为政。又平定东吴，统一天下，比作桓灵，是否贬抑过甚。'刘毅回答说：'桓灵卖官，钱入官库；陛下卖官，钱入私门，由此说来，还是不如桓灵。'司马炎大笑说：'桓灵之世，听不到这样的话，今天有直臣，所以朕和桓灵是不同的。'你看，刘毅当着众人把他比作桓、灵他都不在意，他怎么会为此而嫉恨你，并非要把你贬之而后快呢？"

张华说："因为荀勖等人进谗，说我在背后支持齐王……"

"也不完全是。"王戎道。

"依你之见呢？"张华问。

"即使没这些茬儿，你也不会再受重用了。君不闻俗语云：狡兔死走狗烹，飞鸟尽良弓藏吗？过去，晋国南有东吴虎视，北有鲜卑雄踞。为君者必奋发以图强，图强就要用贤臣能臣以帮助他治理国家。后来，天下一统，国家强盛了，他还要你们这些能臣干什么？为臣者不管多大才能，也是为皇家干活儿的。当天下一统之后，想跟皇上一起享受天下是不可能的。为什么三杨、八司马才都这么快地上位了？那才是皇上家的自己人，咱们都是外人。"

张华听了王戎的一席话才恍然大悟。他用拳头擂了几下自己的头，说："咳，濬冲你真说到点儿上了。"

王戎说："茂先，咱是多年的老朋友，看在曾一起多次竹林游的分儿上我才对你讲心里话。你和和大人都应该学学我。天天临朝立，事事不关心，只谈玄远之事，弄玄虚之学，既显得高深莫测，又不得罪人。过去皇上还对我颇有微词，后来，尤其是天下一统之后，他对我这种处世风格还非常赞赏呢。因为他希望一言九鼎，不想听到不同的声音。"

和峤说："是啊，越来越多的朝臣开始学你王濬冲了，朝堂上充满了玄语虚言。"

王戎说："为臣者干吗要让皇上不高兴？天下既不姓王也不姓张更不姓和，天下是司马家的，咱不过是为皇家扛活的，事事不由东累死也无功。茂先就属于累死也无功的。"

和峤说："我们倒是想学你，但本性难移，学也学不来。"

张华说："这些年来，我所以这样做，一是因为受儒家影响太深，一心想治国平天下；二来，因受司马文王所托，司马昭在临终前曾嘱我好好辅佐司马安世。我想，我与安世一直是不错的棋友……"

王戎说："你错就错在这儿了。你总拿皇上做朋友，这就是你倒霉的根源，如果不改，今后还会更倒霉。皇上是能做朋友的人吗？"

三人正聊着，突然何公公登门宣旨：

奉天承运，皇帝诏曰：

广武县侯张华，博古通今，文采盖世，谙熟礼仪典章，上通天文，下晓地理。祭祖祀天乃社稷至高无上之大事，非德才崇高者不能为之，朕量才以用，故特任张华为太常寺卿。

钦此！

李琳、郭芸将张华扶下床，三人跪地磕头道："臣领旨谢恩！"

何公公说："皇上还让我给张大人带个话儿。问张大人的《博物志》缩编得怎么样了，朝廷想尽早将《博物志》印制成书呢。"

看来，任命张华为太常寺卿，司马炎也觉得对不住张华，于是想将印刷《博物志》略作补偿。

何公公宣了旨，领了赏，立即回宫。

张华捧着圣旨，和峤、王戎三人面面相觑。三人谁也没想到，皇上会给张华太常寺卿这么一个职务。这是个不管人，只管鬼的部门，只负责祭祀天地和皇家宗庙。此外还有一群太常博士，专门研究古代典籍，需要的时候为皇上提供咨询。

张华初入京时，第一个职务就是太常博士。

让曾经作为九卿之一的中书令和华夏一统的最大功臣做太常寺卿，这基本就是将张华弃之不用了。

王戎劝解道："茂先，看开点儿。太常寺卿虽然是个闲差，但正好，远离权力核心，也远离了危险。看着吧，用不了多久，三杨与八王就会有一场恶斗，皇族与外戚一旦斗起来那就是你死我活呀。动不动就会满门抄斩，株连九族。外人谁掺和进去谁倒大霉。远的不说，就大汉朝，外戚与王室内斗了多少次，每次不是血雨腥风啊。"

和峤也劝道："是啊，趁着轻闲，好好写点文章，文章才是不朽之盛事啊。"

张华说："你们也不用劝我，我也正是这样想的。按照目前的形势，腥风血雨恐怕为时不远了。我倒乐得置身事外。"

和峤说："如今除了八王和三杨，真正位高权重的就是卫伯玉了。不知道他能否从容应对三杨与八王之争。"

张华说："卫伯玉此人我最了解，一般人可不是他的对手，当年在蜀中，他从容平息邓艾、钟会两员主将之叛。别看平时笑容可掬，但那可是个真正的笑面虎。一旦发威，可狠着呢。"

王戎说："别看他能应对邓艾和钟会，但应对三杨和诸王可就没那么容易了。诛杀钟会和邓艾有朝廷的尚方宝剑。而一旦卷入诸王与外戚的纷争，谁为他做主？只能靠命，也就是选边站得选对喽。"

三人正说着，家仆在外喊道："尚书令卫大人，尚书郎索大人到！"

王戎说："真不禁念叨，说曹操曹操就到。茂先，我们走了。"

"你俩再待会儿。"

和峤说："卫大人不知有何话要讲，恐有不便。"

于是二人出门离去。

只听和峤、王戎与卫瓘、索靖在院中说：

"哟，卫大人，索大人，你们这一台二妙来看望张大人？"和峤的声音。

因为卫瓘、索靖二人同在尚书省，又都是最著名的书法大师，因而时人称他俩为一台二妙。

"是啊，和大人，王大人，你们二位这就走？不再待会儿？"卫瓘说。

"不了不了，我们还有公务在身。"王戎说。

卫瓘问："和大人，怎么没跟荀大人一起来呀，你们二位不同车了？"

和峤知道卫瓘是在明知故问，说："呵呵，我和峤已经专车了。"

卫瓘、索靖进了屋。张华从床上坐起来，道："卫大人，幼安，多谢二位探望，在下偶染小恙，让二位惦记。"

卫瓘和索靖对张华问候了一番，聊了些不咸不淡的话题。然后，卫瓘让侍从递过一个盒子。盒子里装着几册书籍。卫瓘说："张大人，最近有人从将几册董仲舒的书，呈与卫某，卫某阅毕，觉得很有教益，今天特呈您一阅。"

张华道："多谢卫大人！"

张华接过书，反复观瞧，很是喜爱。

只见卫瓘又让人拿出一沓书稿，说："张大人，犬子卫恒要出本小书，以作为白马书院教学之用。初稿已成，他让我带给张大人，请张大人指点。"

张华接过书稿，看了看，这部书名叫《四体书势》。张华笑问："巨山（卫恒字巨山）这小子怎么不亲自来看我？还让老爹把稿子捎来？"

卫瓘说："他呀，这部《四体书势》里许多观点都是您曾经讲过的，他可有剽窃之嫌呢，怕您笑话，所以让老夫替他送给您。您出镇幽州后，恒儿就接替您给学生们讲书法史和书法鉴赏，这些年的教学他也有一些自己的感悟，便把您讲过的，和他自己的感悟糅合在一起，写了这篇文章，您仔细看看，给挑挑毛病。"

于是张华翻看起来。

这部书很薄，前面是一篇关于书法的理论文章，即《四体书势》，后面则是以实际的例子对这篇文章进行直观诠释。

张华粗略浏览一遍说："好，好，写得很不错。将书法的历史和各种字体的来源风格讲得头头是道啊。有机会我找巨山面谈。唉，巨山比祎儿有出息多了。"

"彦仲（张祎字）小哥儿俩也非常优秀啊，有张大人之风。"

张华说："差远了，哪里比得了巨山，有资格当白马书院教授的有几人？连荀大人都不够格呢。俗话说虎父无犬子，巨山不仅写字继承了卫家书法的柔美清秀，而且品德高尚也像卫大人。"

卫瓘脸一红，赶紧说："过奖过奖！"因为张华提到品德高尚，卫瓘自己觉得实在不配。只当年冤杀邓艾一事，就让他永远不敢自称品德高尚。而这件事只有张华知道，今天张华突然说自己品德高尚，真不知是赞美还是正话反说。

张华也意识到自己无意中触到了卫瓘最敏感的神经。于是赶紧岔开话题，问："白马书院办得可顺利吗？"

"办得非常好。"卫瓘说，"您和齐王、杜大人相继离开洛阳后，又补聘了三位教授。经大家评选，光禄勋王戎王濬冲，散骑常侍王济王武子和东宫的女史吴丹吴晓阳。

"荀公曾又没能入选白马书院教授？"张华问

"经大家评定，荀公曾的字画味儿太浓，有肉无骨。"索靖答道。

"这么说现在书院有女教授了？"张华问

"是啊。书院女学生不少，正好由吴晓阳来辅导女孩子。"卫瓘说，"因为白马书院办得红火，成效显著，朝廷准备仿效白马书院，设立专门传授其他五艺的机构。"

索靖说："这都是卫大人管理有方啊。自从齐王离京后，卫大人便执掌白马书院。"

卫瓘说："张大人，卫瓘此来还有一事，想请您代我执掌书院。"

"哎，在下不敢，卫家书天下闻名，张华哪有资格接替卫大人……"

卫瓘说："卫某公务越来越繁忙，而且上了年纪，精力不济了。将书院交给别人老夫又不放心。想来想去，只有您最合适。您不仅字写得好，博古通今，而且会管理。所以，您就别谦让了。"

"不不不，您如果实在繁忙，这样也行，您还做白马书院的主办，我呢，帮您照看着。"

"那可不行，干什么事都要名正言顺。"

"张华实在没有资格接替您这个职务。"

"茂先，这个书院可是你和荀公曾提议建起来的，要是弄不好，可丢的是你的脸。你的一腔心血也就白废了。其实我当初所以接替齐王当这个主办，也是在替你干事。你若不是外镇幽州，我当初就不会接管。你如今既然回来了，由你来执掌书院顺理成章。"

张华听卫瓘说得恳切，又想到朝野正传说卫瓘要升任宰相，所以人家已没精力用在书院上。于是只得答应接替卫瓘执掌书院。

卫瓘、索靖走后，张华腾地从床上坐起来。

李琳说："看来你的身体真没事了。"

张华连着躺了好几天，才知道这装病的滋味很不好受，既然朝廷已经对自己有了新的任命，绝不会再命自己去幽州督战了，因而无须再装病。

"本来就没事嘛。"张华说到这里，突然想起了什么，对李琳说道："帮我研点儿墨。"

"你要写什么呀？"李琳问。

"我给卫瓘写个感谢之词呀，人家好心送书给我，我不能没个表示。"

李琳研好墨。张华提笔写道："得书为慰，仆诸愊疾已甚，暂西卧，归还乃悉，比将口反，不具。张华呈。"写完，对家仆说："你帮我去一趟卫府，将这封信交给卫伯玉卫大人。"

家仆接过信，转身离去。

李琳说："我好久没摸笔了，剩下这些墨别糟蹋了。我也练练字。"

张华站在一旁看着李琳练字。

李琳问："你在幽州是不是也常练字呀？"

"在那里哪有时间练字？"

"我看你刚才写的那几行字非常漂亮。"

"我虽然被贬为太常寺卿，但能够执掌白马书院，心里还是很高兴。所以可能一时兴起，字也有了精神。"

李琳不愧是书法行家。不仅她觉得张华的那幅字写得很精到，卫瓘和卫恒父子看了也大吃一惊。如此飘逸潇洒的行书，是可遇不可求的珍品。他决定将这幅字放在《四体书势》这部小书里，作为行书的范例之一。正因此，张华这幅名为《得书帖》的书法作品才得以流传至今。

140

第二天，陈寿、左思、杜育又相约而来。见到张华后，左思问："老师您身体大安了？"

张华笑道："我本来没什么病。"

陈寿说："您回来怎么也不告诉我们一声，我们刚听别人说您从幽州回来了，而且病了……"

"还没来得及告诉你们呢。"张华说，"咦？士衡哥儿俩怎么没来？"

左思说："您还不知道呢？你去幽州后没多久，他俩一直没受重用，就一起回建邺了。他们说这洛阳除了您，没有识才之人。"

"这哥儿俩确实很有文才呀。"张华说，"我打算给他们修书一封，劝他们还是来洛阳做事，毕竟洛阳才是他们的用武之地呀。"张华又问，"万人迷的大美男忙什么呢？"

"您说的是花县令潘安仁吧？"杜育说，"他一直仕途不顺。后来任河阳县令，政绩不错，但朝廷就是压制不用。"

"为什么受压制？"

"因为吏部尚书山涛与王济、裴楷、和峤这些人死活看不上他，一次晚宴上喝高了，回家时路过皇宫，便在宫墙上写'阁道东，有大牛。王济鞅，裴楷鞧，和峤刺促不得休'（意思是，把山涛比作大牛，而王济牵着牛绳在前，裴楷牵着牛后面的皮带跟在后面，和峤则跑前跑后，忙个不休）这样一行字。山涛等人知道了，更不重用他了。听说要把他放到边远的并州做县令，他干脆辞官不做了，石崇请他帮助监督建造园子呢。"

"为什么称他花县令？"张华问。

"因为他到河阳当县令时，提倡种桃树，并弄来好的桃树品种。百姓因为种桃都很得利，非常感激他。每当桃花开时，河阳遍地桃花，人们便送他外号花县令。"

"石崇建什么园子？"张华又问。

杜育道："老师您还不知道呢？石崇将洛河北岸邙山和谷水之间的两万亩山林都买下来了，要在那里建造一座大庄园，用作休闲之所。"

"建两万亩的庄园？那得多少钱？"

陈寿说："人家有钱呀，那是真正的富可敌国，国舅王恺与石崇斗富都甘拜下风啊。"

"王恺石崇斗富？"张华问。

"是啊，这事您没听说过？"杜育说，"看来幽州就是闭塞，你可能也是太忙。这事洛阳人都知道。"

张华问："他俩怎么个斗法？"

"我听说，当然只是听说呀，咱也没在旁边亲眼看见。"杜育说，"去年石崇奉命从荆州回京公干。二人散朝后各乘车马回家。王恺一直吹嘘自己的马跑得快，可日行一千，夜走八百，但这天，王恺的车正在前边跑，却被石崇的马车轻松超过，王恺让御手追。御手说：'咱这马哪里追得上。人家石将军驾车的是汗血宝马。'王恺听后心里很别扭。第二天，他请石崇到他府上去，向石崇显摆各种珍宝。石崇说像他这样的珍宝在他家里都是赏给仆人的。王恺说，我家洗锅刷碗用饴糖水。石崇说，我家烧火做饭用蜡烛。王恺不信，让仆人去偷偷观察，果然石家做饭用的是蜡烛。为了炫富，王恺在他家门前的大路两旁，夹道四十里，用紫丝编成屏障。谁要上王恺家，都要经过这四十里紫丝屏障。这个奢华的装饰，立刻轰动了洛阳城。王恺于是请石崇来观赏。

"石崇回去后。用比紫丝贵重得多的彩缎，铺设了五十里屏障。王恺又输一局。皇上听说这件事后，对舅舅王恺说：'我送一件宝贝，他石崇见了肯定认输。'于是将一棵二尺多高的珊瑚树送给王恺。

"于是王恺请石崇到家里喝酒。酒到半酣，王恺让家人抬出珊瑚树来。只见那珊瑚树呈深红色，晶莹透亮，一看便知是无价之宝。王恺得意地对石崇说：'石将军，这样的宝贝您家里有吗？'

"石崇微微一笑，顺手绰起旁边的一个铁如意，'叭'的一声将红珊瑚打个粉碎。

"王恺大惊，说：'这可是皇宫珍藏的宝物，你，你，你赔得起吗？'

"石崇说：'我家的珊瑚树，最小的都比这大一倍。'说完，命家人给王府送来一棵，果然比被石崇砸碎的那棵大多了。"（《晋书·石崇传》："财产丰积，室宇宏丽。后房百数，皆曳纨绣，珥金翠。丝竹尽当时之选，庖膳穷水陆之珍。与贵戚王恺、羊琇之徒以奢靡相尚。恺以饴台澳釜，崇以蜡代薪。恺作紫丝布步障四十里，崇作锦步障五十里以敌之。崇涂屋以椒，恺用赤石脂。崇、恺争豪如此。武帝每助恺，尝以珊瑚树赐之，高二尺许，枝柯扶疏，世所罕比。恺以示崇，崇便以铁如意击之，应手而碎。恺既惋惜，又以为嫉己之宝，声色方厉。崇曰：'不足多恨，今还卿。'乃命左右悉取珊瑚树，有高三四尺者六七株，条干绝俗，光彩曜日，如恺比者甚众。恺祝，然自失矣。"）

张华听后笑道："呵呵，石季伦真富可敌国了。"

陈寿说："这哪里还是敌国，这是富已超国了。王恺有皇上相助都斗不过他，岂不是比皇上还富有了。你说他哪来这么多钱？"

杜育说："传说他在荆州，经常打劫过往客商。"

张华说："你的意思是他靠着抢劫发的财？"

"人们都说，除了打劫，谁发财也发不了这么快，也发不了这么大。"

张华说："正好说错了。谁靠打劫也发不了这么大的财。请问，哪个客商会带上全部资产上路？所以打劫即使成功，也只能打劫一个客商的一小部分资产。你会说他打劫得多了不就发大财了吗？关键是，拦路打劫案是影响很大，传播很快的，当一个地方连续发生打劫案时，任何客商都不会再从此经过。不用说打劫是严重的犯罪，必须暗中去干，给你一拨儿人，让你在一个地方公开打劫试试，看你能不能靠打劫成为巨富。石崇是个儒士，不是土匪，他难道不知道拦路打劫是什么罪过？而且人家父亲官至三公，本来就不缺钱。石崇除非疯了，才会不顾家族荣誉、个人身份去做土匪。"

左思、杜育、陈寿听着，觉得老师说得非常在理，因而不住地点头表示赞同。

张华继续说："石崇只不过是个荆州刺使，他的顶头上司一直是杜元凯，杜将军是什么人呢？他能容忍下属光天化日之下去打劫吗？再有，如果他的钱是靠打劫而来还敢这么炫富吗？还敢跟国舅比阔吗？如果他的财产来路不正，像刘毅这样的司隶校尉能不弹劾他？"

"听说现任司隶校尉傅祗正搜集材料，准备弹劾他呢。"左思说。

"就因为他有钱就弹劾？"张华问。

杜育说："不是，好像最近荆州真发生了一桩劫掠富商案，而且跟石崇有关。人家已经告到朝廷来了。也正是因为此案，人们才都猜想，石崇的财富是靠打劫来的。"

左思说："我今天去找潘岳让他一起来看老师。潘岳没时间，就是正急着帮石季伦忙这个案子呢。"

陈寿说："唉，现在洛阳城里简直是一片乌烟瘴气。从富人比阔可见人们活得多么无聊。"

左思说："有一篇《钱神论》写得非常好。"

"《钱神论》？谁写的？"张华问。

"一个叫鲁褒的青年，此人虽然没有文名，但却是个世外高人。"

"你们手上有《钱神论》吗？我看看。"张华说。

左思说："我已经将《钱神论》的精彩处背下来了。"于是左思背诵道：

钱之为体，有乾坤之象，内则其方，外则其圆。其积如山，其流如川。动静有时，行藏有节，市井便易，不患耗折。难折象寿，不匮象道，故能长久，为世神宝。亲之如兄，字曰孔方，失之则贫弱，得之则富昌。无翼而飞，无足而走，解严毅之颜，开难发之口。钱多者处前，钱少者居后。处前者为君长，在后者为臣仆。君长者丰衍而有余，臣仆者穷竭而不足。《诗》云："哿矣富人，哀此茕独。"

钱之为言泉也，无远不往，无幽不至。京邑衣冠，疲劳讲肄，厌闻清谈，对之睡寐，见我家兄，莫不惊视。钱之所祐，吉无不利，何必读书，然后富贵！昔吕公欣悦于空版，汉祖克之于赢二，文君解布裳而被锦绣，相如乘高盖而解犊鼻，官尊名显，皆钱所致。空版至虚，而况有实；赢二虽少，以致亲密。由此论之，谓为神物。无德而尊，无势而热，排金门而入紫闼。危可使安，死可使活，贵可使贱，生可使杀。是故忿争非钱不胜，幽滞非钱不拔，怨仇非钱不解，令问非钱不发。

洛中朱衣，当途之士，爱我家兄，皆我已已。执我之手，抱我终始，不计优劣，不论年纪，宾客辐辏，门常如市。谚曰："钱无耳，可使鬼。"凡今之人，惟钱而已。故曰军无财，士不来；军无赏，士不往。仕无中人，不如归田。虽有中人，而无家兄，不异无翼而欲飞，无足而欲行。

陈寿说："到底是年轻人，记忆力就是好。"

"嗯，写得是不错。"张华问："太冲，你的《三都赋》写得怎么样了？"

左思说："我早就写完了，想鲍过目后再拿出来，但您一直不在京城……"

"今天带来了吗？"

"带来了。"

左思将《三都赋》的手稿捧出。张华、陈寿、杜育三人分别阅罢，不由得齐声赞道："好！"

张华说："太冲，你会因这《三都赋》一举成名，不久之后洛阳人都会以结识你为荣。"

141

张华觉得，《三都赋》是一篇完全可与司马相如、贾谊这些汉赋大家相提并论的作品。以前，只因左思相貌丑陋，其才华被人大大忽视了。张华以自己对文坛的影响力好好将这个被埋没的才子隆重推出。推出的方法之一，是让妻子李琳用钟氏楷书抄写一遍，挂在自己书房的重要位置。然后自己以章草体将《三都赋》抄写一遍，让白马书院的学生在临字的同时，学习《三都赋》的内容。同时向皇上举荐文章与作者。

张华将自己的打算告诉妻子，李琳很高兴。第二天夫妻俩便在书房里抄写《三都赋》。

但张华刚写了几行，便有人拜访。张华以为又是前来探望的官场朋友，但待来人进门，他才发现此人竟然是吕宓。

张华问："公由这是从哪里来？"

"我从建邺来。"

"到洛阳是不是有什么事？"

"是啊，特来找您。"吕宓说，"我被人欺负了。地方官仗势欺人，判决不公，我已告到朝廷。但咱朝中又没人，想来想去，只有您能帮我。"

"是吗？谁欺负你了？你若占理，我一定帮你。"

"石崇石季伦。"

"啊？"张华听后，很感惊讶，"你们曾是很好的生意伙伴，怎么会闹到这个地步？"

吕㣆讲了事情的缘由，但张华不能相信吕㣆的一面之词。他想了想，立即让仆人去找杜育，让杜育去将潘岳找来。因为昨天听杜育说潘岳正帮石崇忙一个案子，想来就是这个案子了。所以，潘岳应该对案子了解比较清楚。而且潘岳与吕㣆各代表一方，听完潘岳的叙述，案情就真相大白了。

一个时辰后，杜育和潘岳果然来了，而且还带来了另一人——段玉。

张华没让吕㣆和段玉双方相见。他先将段玉和潘岳、杜育带到东院，让段玉将案子的经过述说一遍。

张华将双方所讲综合起来，还原事情的真相就是这样的：

吕㣆和段玉本来各在吴国、晋国分别为陆抗和石苞所雇用，做双方的经纪人。二人都很有商业头脑，一直合作得很不错。陆抗去世后，吕㣆则自己当了老板。在为晋朝私下购置和偷运药材的过程中发了大财。天下统一之前，石崇偶然从杜育的《荈赋》得到启示，意识到茶这种饮品将会越来越普及，销售量会越来越大。于是他就让段玉对全国的贸易市场做了布局，将原来大晋朝所统辖的区域内重要的商业资源叶和丝绸——控制在自己手里（在古代交通十分不便的情况下，能够长途贩运的大宗商品必须具备两个特征。一是重量轻，二是不易变质。茶与丝绸就符合这两个特征），而吴地原来比较重要的资源——钢铁已没有什么市场了，因为钢铁的运输成本过于高昂。而且随着国家的安定，北方各地的冶铁业已慢慢恢复。

丝绸市场过于庞大而且分散，当时中原地区的河南、河北、山东、山西、陕西等地都生产丝绸。即使再大的财力，段玉也无法垄断丝绸贸易。他们真正垄断的是茶叶。

段玉按石崇的指示来到四川，发现当时的茶叶产地比较集中，主要是岷江一带的几座山。于是他在当地建起茶叶收购点，跟茶农签订为期十年的收购合同，合同规定，段玉以当年的茶叶价格为基数，在这个基数上，以年均增加百分之五的价格收购所有茶叶，但茶农不许将茶叶卖给其他茶商。价格年均提高百分之五，而且一订就是十年，这条件十分优厚。于是大部分茶农都与段玉签订了合同。

全国一统后，吕㣆迅速将商业触角伸到了中原地区，他只用一两年的时间，便凭借其雄厚的财力和手下的商业人才和商业网络，在丝绸贸易上与段玉平分天下。两个商业集团于是开始了激烈竞争，而竞争的结果，便是利润率的大幅下降，利润逐年萎缩——这是商业规律，谁也无法阻止。在这种情况下，吕宓又开始染指利润很高的茶叶贸易，这必然面临着与段玉抢夺市场的纠纷。

虽然吕宓知道茶源早已控制在段玉手中，但他还是携带大量资金来到了四川，以更高的价格收购茶叶。

茶农虽与段玉签了约，但在金钱的诱惑面前他们很难信守合同。于是许多人偷偷将一部分茶叶卖给了出价更高的吕宓。

吕宓的行为触怒了段玉。段玉无法控制所有茶农，于是只能将不满发泄到吕宓身上。于是两个曾经的生意伙伴很快翻脸。

段玉恼恨归恼恨，凭他的能力也奈何不了吕宓。于是他只得动用自己背后的真正大老板石崇。石崇此时的职务是荆州刺使、南中郎将、兼领南蛮校尉，荆州是吕宓的运茶车船必经之路。石崇于是令手下截获并扣留了吕宓的两批茶叶。

吕宓不服，于是告官。在扣压货物的发生地当阳县和江陵分别打了两场官司，但吕宓均败诉。吕宓于是又上告到荆州，审案的正是石崇。吕宓清楚石崇就是段玉的后台老板，结果可想而知。

吕宓只得上告朝廷，但他也知道石家在朝中也很有势力，自己要想打赢官司只得来向张华求助。

张华清楚了事件的前因后果。于是先单独找吕宓来谈。他问吕宓："你觉得你这场官司能胜吗？"

"我守法经营，他石崇以权谋私，如果有司公正，当稳操胜券。"

"你是没有违法，但在生意场中是不是还有不成文的约定俗成的规则？"

"您指的是什么？"吕宓问。

"就是不能恶意竞争，比如人家在这里卖小米，十文钱一斤，你若弄来同样的小米，八文钱一斤在此售卖，是不是会受到所有卖米人的指责？"

"嗯，对呀，生意场中是有这样的不成文的规定，不能随意抢生意。"吕宓说。

张华说："我虽然不会做生意，但知道，生意人的规矩讲究先来后到。一般卖同样的货物都是等别人卖完了自己再卖。"

吕宓说："您身居高位，连这些下九流的规律也知晓？"

"我本来出身寒微嘛。"张华说，"其实有规矩比没规矩好，这样就能有效地避免恶意竞争。你和段玉在丝绸市场上为什么两败俱伤？就因为生意一大，就不讲小生意人的规则了。即使这场官司打赢，你虽然在法律上胜了，但在道义上却输了，生意场上也是信义为本的。今后谁愿意跟一个不讲生意规则的人交往？"

吕宓仔细想想，张华说得很对，但仍说："我打这场官司就是为争口气，不能让人夺了货物连口大气都不出吧。"

张华继续说："这场官司你应该是占理的，你找我帮忙也应该，我记得当年你派人给我送书，我给你回信中答应过你，有事我会帮你的，所以，你既然占理，我帮你打赢官司也没问题。"

"多谢张大人我坚决要打这场官司，倒不完全是为了钱，钱咱有得是，就是为出这口气。"吕宓说着命人抬进一箱金元宝，说，"这些钱，一是孝敬您的，二来打点官府……"

张华见此，脸色大变，说："你拿我当什么人了？我堂堂朝廷重臣，难道是你拿钱能买动的吗？我若要了你的钱比商人还要低贱。因为商人的钱是靠血汗挣来的，我却是在用权力打劫别人的血汗钱。在我面前请收起你们商人的那一套。"

吕宓没想到张华会发这么大的火，笑道："小意思，小意思，给您凑个茶钱……"

张华指着那箱元宝说："你若不赶紧把它搬走，你的事我不仅不管了，而且还要告你行贿朝廷命官。快，把它搬走。"

吕宓只得命人将元宝搬回自己的车上。

"这就对了。再说咱是老朋友，根本用不着这一套。当年你为我搜集那么多书，我不是也没给你送钱送礼嘛。"张华道，"说起来，我与你是朋友，但你知道，我与石季伦也是朋友，而且你与季伦曾经也交情不错，咱俩相识还是石季伦介绍的呢。"

"嗯，在建邺城里，您和季伦作为接收大员，我去找石季伦，他向我介绍了您"吕宓说。

"对啊，"张华说，"还记得你在南屏山品月楼请我和季伦吃淮扬大餐。面对浩荡长江，咱一起饮酒赋诗。"

"当然记得。"吕宓高兴地说，"您作为伐吴第一大功臣，登临南屏山，俯首乾坤，指点江山，一代英雄豪杰的形象我永远记得，连当年您在南屏山品月楼饮酒时所作的诗我都能背下来。"

"是吗？请你背背看。"

于是吕宓背诵道：

安坐南屏山

俯首瞰江涛

耳畔东风起

眼前战云飘

公瑾施武略

孔明献文韬

隆隆进军鼓
铿锵戈与矛
多少真男儿
赤壁逞英豪
百年匆匆过
三分归一朝
百万金甲士
命随流水销
唯有长江水
万古涌波涛

"好好！"张华笑道，"还记得石季伦当时所作的诗吗？"

"记得。"吕宓说着又背诵起石崇的诗：

江流天地外
举目望青山
古今多少事
都付谈笑间

"不过，季伦的诗比您的就差远了。虽然我不懂诗，但感觉他的诗远没你的诗气魄大。"

张华先用回忆过去的方法，对吕宓进行感化，消消他的气，降降他的火，以使他在接下来的谈判中能够心平气和地接受必要的妥协条件。

"就凭你这两句话，就说明你懂诗。"张华道，"想想当年，你和季伦是多么好的关系。现在却闹成了仇人。不管怎么说，你俩都有责任，只是责任大小而已。我如果帮你赢了官司，就肯定得罪他。你俩虽然身份不同，但在我眼里都是朋友，没有高低贵贱之分。你找我，我确实为难，但我替你俩想了一个万全之策。不仅你俩我谁也不用得罪，还能使你们重归于好……"

"您要有这样的法子当然好啦。"

"你们折腾半天不就是为了钱吗？我想你在茶叶生意上，就先不要跟他争了。把精力放回到丝绸上来。"

"丝绸生意已没多大油水。"

"那是你俩恶意竞争造成的。你俩应该重归于好，坐下来谈，将市场好好分一分。原来吴国的地盘，归你经营，晋国的地盘归他。谁也别越界，这样，就避免两败俱伤了。虽然你的地盘小了一点儿，但本来晋国的地盘就是人家的。"

"他会同意吗？"吕宓问。

"能够不用竞争而挣大钱的事他为什么不同意？"

"不过，您有所不知。"吕宓说，"虽然我们两家是丝绸的主要经营者，但还有越来越多的小的生意人也挤进了丝绸市场。今后我们两家不争，也会有许多商家来争。所以丝绸生意只能是一个靠数量挣钱的买卖了。我还是想搞茶。即使这次官司败了，我也搞。"

"你如果官司败了，就说明法律保护他们的做法。"

"那正好。"吕宓说，"法律要一视同仁吧。他们不是跟茶农签了十年合同吗？他们合同后年就到期。我今年就跟茶农去签下一个十年或二十年的合同，而且收购价格每年增长百分之八到十，法律也得保护我吧。"

张华听后说："你当然可以这么搞，但他会比你出价更高。最后的结果又跟丝绸生意一样，两败俱伤。"

"那你说我还能怎么办？这天下的茶叶不能永远都是他石家的吧？"

张华道："你真想搞茶叶生意，其实还有另外的办法，我也替你琢磨了。"

"什么办法？"

"茶树可不是只有蜀中有。吴越大地肯定也有，只是没人去发现。没人把它作为产业去经营。即使那里没有茶树，你也可以从蜀中将茶树移植过去并大量培植繁育。植物的繁植非常快，用扦插的方法，一棵树的枝条第二年就能生长出成百上千棵树。"

吕宓问："张大人，您连种树都懂？"

"我就是种地放羊出身嘛。"张华笑笑，"你如果用我说的方法吴越之地繁育出品种好的茶树，你便可以大量购买荒山，大面积种植。那样你就完全控制了货物的源头，谁也没法跟你竞争了。只有控制了资源才能形成真正的垄断。"

吕宓听到这里，一拍大腿道："张大人，听您一席话，受益一辈子。我发现，您不仅文学搞得好，书法写得好，官儿当得好，您要是做生意，我们也不是您的对手啊。你比我们干了半辈子的生意人还懂生意经。我们这些商人眼里只盯着钱，而您是用更高更远更久远的眼光看待生意的。好，我立即照您说的去办。"

"那这场官司还打不打？"张华问。

"那要看段玉什么态度。"

"我马上找段玉去谈。"张华说。

"段玉也在您这里？"吕宓惊奇地问。

"他为了应付这个官司也来到洛阳了，我刚派人把他叫来。"

张华把跟吕宓谈的结果告诉段玉，说："吕宓答应撤诉了。条件是你们必须归还扣押的人家的货物。其实他倒不在乎这些货物，只是被你们扣了货物脸面难看。"

段玉说："他违反规则，就是不能还给他。"

张华说："我可是好不容易才劝他撤诉的。你若是还固执己见，我就不管了。要知道，洛阳不是荆州，即使石家有势力，但有司也不会不顾影响，无原则偏袒你们这一方的，你说他违反规则，我问你，是你们生意场上的规则大还是朝廷的法律大？判案是以你们不成文的规则为依据还是以法律为依据？法律哪条说不许别人跟你竞争了？人家从茶农手里收购茶叶是茶农违反了与你们的协议，你们即使有损失，也应该去告那些跟你们签过约的茶农，而跟人家收购一方无关。你们扣押正常商人的货物就是打劫。如果法官依法办事，你和石崇都很可能坐牢。"

潘岳听了张华的话对段玉说："张老师说得对呀。人家吕宓真的没违反任何法律。违法的是咱这一方啊。"

张华说："告诉你们，因为石崇炫富，已惹得百姓对他很痛恨。世间都在传说他是靠打劫致富……"

"那是胡说，那是穷人仇富，石大人的钱是怎么来的您最清楚。"

张华说："是啊，我是清楚。但人嘴两片皮，想说什么就说什么。一些事情说着说着就成真的了。而且不仅穷人恨有钱的。你以为皇上对石家的财富就不眼红？此时若让有司找出你们点儿毛病，那可能整他个倾家荡产。"

张华一番话令段玉心里害怕了。他问："依您看，这事应该怎么办？"

"跟吕宓和解。趁着案子没审让他赶紧撤诉。以后你两家应该怎么做我都跟吕宓说了。你们坐下来好好谈谈。"

"那好，就请您做个中人。"段玉说，"把吕宓请过来，一起谈谈。"

场轰动京城的大案就这样被张华化解了。

杜育在一旁听完这段公案，恍然说道："合着是我的《荈赋》给石季伦提供了发财的机会呀，我还不知道呢。"

张华说："你知道了也没用，商业头脑也需要天赋。对于没有商业头脑的人来讲，给你机会你也抓不住。石崇到哪儿都能发财，这是他家的祖传。他爹石司徒早年就是商人，以贩铁为业，被司马宣王看中，一步步升至司徒。别看石家暗中一直做生意，可人家也利用生意之便给国家做了许多大事。当年紧缺的钢铁和伐吴之战所需的大量草药都是利用石家的生活网暗中采购的。所以，石家发多大财，皇上也不生气。你以为皇上真的那么大度吗？之所以不追查石家巨额财富的来源是因为他清楚来源，而且感激石家所做的贡献。"

其实石崇是个很有文化也追求文化的人，只因与王恺斗气、斗富才影响了他的历史形象。他在文学上有《思归叹》《自理表》《楚妃叹序》《琵琶引序》《金谷诗序》等多篇作品流传于世，而且还慷慨养士，后来，他手下的金谷园二十四友都是当时的著名文士，有的如陆机、陆云、左思、潘岳、刘昆等还成为历史名人。

关于石崇的财富来源，一直是一笔历史糊涂账。究其因，便是由于这个案子在当时闹得沸沸扬扬。人们又深恨财主富豪，于是唯恐天下不乱，便将一个商业竞争的案子，演绎成一个轰轰烈烈的系列打劫案。

一个大盗打劫了巨额财富之后，还来跟皇上舅舅比富，还非常不屑地将皇上的珊瑚树当众砸碎。如此弱智而无厘头的故事，竟然流传了近两千年，连唐朝宰相房玄龄所编《晋史》都采用了这种道听途说。《晋书·石崇传》载："崇颖悟有才气，而任侠无行检。在荆州，劫远使商客，致富不赀。"

其实，认真分析有关传说与记载，连时间都对不上茬口。

《晋书·石崇传》上是这样记载的：

"元康初（291）……（石崇）出为南中郎将、荆州刺史，领南蛮校尉，加鹰扬将军"，然后才有"在荆州，劫远使商客，致富不赀"，劫掠致富后才是"财产丰积，室宇宏丽。后房百数，皆曳纨绣，珥金翠。丝竹尽当时之选，庖膳穷水陆之珍"。再然后便是斗富："与贵戚王恺、羊琇之徒以奢靡相尚。恺以饴澳釜，崇以蜡代薪，恺作紫丝布步障四十里，崇作锦步障五十里以敌之。崇涂屋以椒，恺用赤石脂。崇、恺争豪如此。武帝每助恺，尝以珊瑚树赐之，高二尺许，枝柯扶疏，世所罕比。恺以示崇，崇便以铁如意击之，应手而碎。恺既惋惜。"

石崇元康初年（此时武帝已死，元康是惠帝的年号）才被任命为荆州刺使，待其劫掠致富后应该至少又是一两年的时间。此时与王恺斗富怎么会突然又有武帝出手相助呢？

如此大的疏漏原因在哪里？就是《晋书》的编者采信了《世说新语》中的有关记载。因而才出现了武帝死而复生的笑话。更加错乱的是，石崇本是因伐吴有功而被加官晋爵的，而这里却把他任荆州刺使的时间推后了十年，岂有十年后再封赏的道理？

此外，史书上关于石崇的宠妾绿珠的记载是这样的，说是太康年间，石崇到交趾做采访使，用三斗珍珠换来的民间美女，并为绿珠盖了百丈高楼，让她登楼遥望家乡。

按《石崇传》载，石崇是元康初年才任荆州刺使的，而太康年间尚未打劫客商怎么就会如此富有，用三斗珍珠换一美女，而且能为其盖百丈高楼呢？说明石崇在晋武帝太康年间就已非常非常富有了，从而也证明他的财富不是靠打劫而来的。

《晋书》关于石崇的记载之所以会犯这样的错误是因为错把太康写成了元康。

幸亏房玄龄还是笔下留情了，没有将《世说新语》中的另一个故事收入正史中去。《世说新语》有一则故事，说石崇宴请朋友，经常让美人儿劝酒，如果客人不干杯，便当场将美人儿杀掉，王导和王敦到石府赴宴，王导被美人儿劝酒时，虽然酒量有限，但为了不至让美人儿丢了性命，所以勉强干杯，以至于喝得大醉；而王敦却无论如何不给面子，石崇连斩三个美人儿，王敦面不改色，仍然不饮，王导看不过去了，也劝他喝。王敦说："他杀他们自己家里的人关我什么事？"（《世说新语》："石崇每要客宴集，常令美人行酒，客饮酒不尽者，使黄门交斩美人。王丞相与大将军尝共诣崇，丞相素不能饮，辄自勉疆，至于沉醉，每至大将军，固不饮，以观其变。已斩三人，颜色如故，尚不肯饮。丞相让之，大将军曰：'自杀伊家人，何预卿事。'"）

这个故事已将"为富不仁"的概念极端化到无以复加的程度。西晋一统之后的太康、元康二十年是被称为太康盛世和元康之治的。在这样的年度怎么可能有杀人如儿戏的事？西晋不是奴隶制，石崇家的仆夫仆妇也是受法律保护的。他公开大肆杀人竟没人管，这是何等弱智之人才能编出的故事，何等弱智之人才会相信的故事。

与石崇打劫和杀人相对应的倒有一件事实。那就是石崇在荆州刺使任上，因为送给王恺一只鸩鸟而遭司隶校尉傅祗弹劾。《晋书·石崇传》载："崇在南中，得鸩鸟雏，以与后军将军王恺。时制，鸩鸟不得过江，为司隶校尉傅祗所纠，诏原之，烧鸩于都街。"

鸩鸟为什么不许过江，不得而知，但就因石崇将一只鸩鸟弄过江北，便遭傅祗弹劾。傅祗不放过小小鸩鸟，却对石崇公开杀人视而不见。这是何逻辑？

石崇所以在历史上留下恶名，究其因就是普遍的仇富心理在作怪。有人喜欢编为富不仁的故事，更有人喜欢听信和传播。人们利用这种心理能掀起大规模的穷人起义，推翻一个王朝，利用这种心理败坏一个中国历史首富的名声那还不是轻而易举吗？

张华作为与石崇同时代的名士智者，是最了解石崇父子，也最清楚他们资产来源的。所以在这场可能令石崇名誉大损的官司上，他用调解的方法，使原被告双方最后和解。

这场官司附带的一个结果，就是吕宓听从张华建议，在吴越尤其是武夷山区寻找茶树，加以培养，并成功将蜀中优质茶树移植到东南沿海地区并取得了成功。今日江浙和福建一带已是名茶产地，与吕宓当年听从张华建议，开发东南茶资源是否有直接关联，还需要历史学家进行论证和探讨。

142

对于做过中书令和镇边大将军的张华来说，太常寺卿一职就太轻闲了。不仅因为他的第一份工作就是在太常寺任职，而且他对于太常寺经常会用到的那些烦琐的祭祀礼仪十分熟悉，根本不会出错。因而他有大量的闲暇时间用在文学与书院上。

他在这方面做的第一件大事便是隆重推出左思和他的《三都赋》。

他除了自己用章草抄写了一遍《三都赋》，还让妻子李琳用钟氏楷书抄写了一遍，同时白马书院的学生们每人也抄写一遍。

张华的这一举动，立即在京城引起反响，人们都想知道，这《三都赋》作者为谁，写得到底有多好，以至于被当代文坛领袖如此推崇。

当人们读到《三都赋》后，都觉得张华不愧为文坛第一大腕，眼光就是敏锐。《三都赋》确实文采飞扬，是完全可与贾谊、司马相如、扬雄的作品比肩的不朽之作。

在大家对《三都赋》热议的同时，张华又作出了一个惊人的决定。他要在白马书院搞一次书法比赛和展览，而且奖品之丰厚令人垂涎。

他的这个主意跟石崇有关。

石崇因为张华不仅为他平息了官司，还与吕宓重归于好，因而趁着回京公干特意到家对张华表示感谢。

二人谈了许多话题。最后谈到朝廷对张华的安排，张华说："太常寺卿一职非常适合我。我可以有更多的闲暇写文章练书法。咦，对了，季伦，最近左思写出了一篇奇文《三都赋》，以老夫观之，乃是旷世之作呀。"

"是吗？左太冲虽然口讷貌丑，但却很有内秀。您这里有《三都赋》这篇文章吗？如有，请给卑职欣赏欣赏。"

"有，我抄录了一遍。"张华说完，拿出李琳所抄写的《三都赋》。石崇展卷阅后，大赞，说："虽张平子《二都》不如也。"然后又说："您不仅是章草大家，原来这钟氏楷书也非常了得。"

张华道："这不是我写的，是夫人写的。"

"天呀，原来夫人也是大才女呀。"

张华说："我让白马书院的学生们每人抄写了一遍……"

石崇听到这里，立即有了新点子，说："您何不也让那些大教授们也抄写一遍或其中的一段，然后展览一下，搞个评比……"

"好，季伦，你这个主意太好了。这样不仅让人知道有篇大作《三都赋》，而且还能够提高世人对书法的兴趣。好，好。"

石崇说："可不可以这样。我出一笔费用，给评选出的佳作发奖。"

"好啊，这样更增加了人们参与的兴趣，评出三五个人来，每人奖一套笔墨纸砚。"

"呵呵，张公，您可太小气了。"石崇说，"要弄就弄大手笔。"

"怎么样才算大手笔？"

"咱评五个甲等奖，十个乙等奖。甲等奖每人奖车马一套，乙等每人奖宝马一匹。"

"啊？"张华听后大惊。

"不过，我有个条件，所有获奖作品由我收藏，我要用它们来装饰我的金谷园。"

"那书写的内容就不应该局限于《三都赋》，也可以写其他内容。"

"是啊，这也正是我要说的。"石崇道。

"这次活动一定会引起轰动，本来白马书院的学生已人满为患了，看来明年还得跟白马寺住持商量商量，让他们再腾出一些房屋来。"

"咳，张公，书院总在那个白马寺干什么？等过两年我的金谷园建成了，将书院搬到我的金谷园去。"

"嗯，如果条件合适，我看可以。"

石崇是个好文化、懂文化，同时也有很高文化素养的富豪。他对于文化人和文化活动的支持是非常慷慨的。有了他的支持，历史上第一次书法大赛如火如荼地开始了。

这次书法大赛，以白马书院为核心力量，同时广泛发动社会人士积极参与，尤其鼓励参赛作品摘录《三都赋》上的章句。

大赛奖品的价值是令任何人也抵挡不了的诱惑。本来张华打算书院教授只作评委不参赛，但作为出资人石崇不同意。他说："我不能收藏的都是无名人士的作品。"于是张华只得下令，此次大赛，天下老幼妇孺不分年龄与身份，皆可参赛。

于是，洛阳城里，人人买纸，家家研墨，最后弄得洛阳纸贵，笔墨溢价。

虽然获奖者有车马为奖励，但其实获利最大的还是左思。左思一夜成名。

女人们见了他不仅不再扔臭鸡蛋，而且也开始把左思当作天王巨星来追捧。他的丑陋与口讷不仅不再是缺点，而且成为非常有男人味儿的特点。

就在大赛规定的结稿结束时间前两天，陆云、陆机哥儿俩接到张华的信，匆匆赶到洛阳。张华见面后，第一件事便是让他们哥儿俩立即准备书法作品参赛。

陆机说："我俩行色匆匆，哪有时间和心情……"

张华说："你俩先住我这里，在我书房里写吧。"

陆机问："为什么要搞这么个活动？"

张华说："本来是想给左太冲的《三都赋》造造势，没想到石季伦突然加入进来，要给予这次活动赞助，而且季伦出手阔绰得很，提供五套车马和十匹骏马作为奖品。"

"天呢，看来石季伦的财越发越大了。"陆云说。

"所以，我让你们哥儿俩好好写写，要是能获甲等奖，以后你们就出有车了。"陆机说："嗯，那是值得参与参与。"

张华拿出《三都赋》，陆机看了，惊叹不已。张华说："记得十年前你曾说，左思写出《三都赋》来，你要用它去盖酒坛。"

陆机说："当时年轻啊！以貌取人，实在惭愧。"

为了使评选公正无私，所有参赛作品，事前都由专人用纸将作者题款的地方封好。然后由白马书院教授为评委，评出甲等乙等十五个奖来。

这天，教授们正在认真评选，突然白马寺外一阵吵嚷。几个皇宫卫士簇拥着何太监走进了白马寺。

何太监进了评选室，对张华说："皇上听说白马书院举行书法比赛，御书了幅参与评选，不知张大人能收纳否？"

张华听罢，立即跪地接过皇上的大作，道："多谢皇上。"

司马炎的参赛让评委们很为难，不评上他吧，显然太不给圣上面子，评上他吧，显然又失了艺术上的公允。

正在大家左右为难之时，石崇听了这个消息，非常高兴。他对张华说："张大人，这好办呀，咱设立个特等奖，奖品是四尺高的南海大珊瑚树一棵。"

张华听后恍然大悟，道："好好。季伦你真是会办事。如此，不显山不露水还将你打坏的皇上的珊瑚树奉还了。"

最后的评选结果是：

特等奖：皇帝司马炎

甲等奖：卫瓘、吴丹、索靖、陆机、张华

乙等奖：王戎、卫恒、杨忱、王济、和峤、李琳、李式、王廙、王导、卫铄其中，张华、索靖、李式和李琳四人书写的是《三都赋》的整篇文章。吴丹、杨忱、卫铄是从《三都赋》中摘写的章句。其他人写的内容与《三都赋》无关。而特等奖得主司马炎写的则是荀子的一句话：君子博学而日三省乎己，则智明而行无过矣。

143

颁奖仪式是在白马寺举行的。

除了特等奖获得者司马炎和甲等奖获得者卫瓘没有亲自来领奖，而是由别人代领外，其他获奖者无一缺席。

在甲等奖获得者中卫瓘、索靖、张华都是尽人皆知的书法大家，陆机虽然年轻，但也都知道是东吴大才子。唯有这吴丹，虽然此前就荣膺书院教授之职，但公众对她的了解十分有限，而且她能够仅排卫瓘之后，荣获甲等第二令众公更感意外，尤其她还是个年龄不大的女子，便不免激起公众的好奇心。人们都想亲眼看一看这是个怎样的奇女子。

颁奖仪式是张华特请中书令和峤主持的。奖品由石崇亲授。由于司马炎和卫瓘的缺席，吴丹竟成为第一个登台领奖的人。

当和峤宣布，请甲等奖获奖者吴晓阳小姐上台领奖时，台下观众一片肃静。人们目不转睛地注视着台上。

吴丹出场了。她从颁奖台右侧上台。只见她，一身素雅绸缎衣裙，头上高绢朝天髻，耳边双垂珍珠坠。面如半圆之月，目似黄夜之星。身材娉婷，步态婀娜。飘飘若仙子，款款若神人。

所有人都被吴丹的美貌与才华震惊了。

"哦，原来她是公主。"有人喊道。

"怪不得长得这么美，气质这么高雅，原来是公主啊。"

"是啊，可她怎么不姓司马呢？"有人议论道。

"没听说过皇上有这样一位公主啊。"

人们为什么会认定吴丹是公主呢？因为有人从她的佩绶上看出了端倪。在古代，凡是有身份的男女都在腰间佩玉。用以系玉的华美丝织物就是绶。官员则是将自己的印章佩在腰间，因而官员所佩之绶叫印绶。

佩绶用长度、颜色、大小、粗细等划分许多等级，相当于如今军人的肩章。佩绶，清楚地标明了佩带者的地位和身份。《后汉书·舆服志》曰："古者君臣佩玉，尊卑有度；上有韨，贵贱有殊。佩，所以章德，服之衷也。"

吴丹今天所佩之绶，长一丈七尺，紫色玉石。按《汉宫仪》规定，"长公主、天子贵人与公、侯、将军佩绶为：二采，紫圭，百八十首，长一丈七尺"。西晋在礼仪制度上基本沿袭汉制，所以吴丹今天的佩绶竟与长公主和公侯同级。因而不免引起人们的议论。

人们的议论引起了两个人的巨大恐慌。一个是李琳，一个是张华。李琳因听到这议论竟然紧张得晕了过去。张华当场给李琳又是捶胸又是抚背地折腾了半天。

吴丹从石崇手中接过一杆系着大红缨的长马鞭——此次奖品因为体型巨大，甲等奖获奖者在台上只领取象征马车的长马鞭，乙等奖领的则是没有红缨的短马鞭——吴丹微微弯腰说了声："谢谢！"

石崇问："吴小姐获此大奖，没有什么想对大家说的吗？"

"没什么想说的，不说了。"吴丹说。

台下人大喊："讲几句吧。"

"是啊！我们都想听。"

吴丹对台下人的热情根本没有理会。人们不免有些失望。

吴丹转回身沿着上台的路走下颁奖台。

但就在她转身的一瞬，台下突然鸦雀无声，寂静得可怕，但这种寂静只持续了几秒钟，然后就像暴雨骤降，"哗"的一声沸腾开了。有哭的，有叫的，有喊的。原来就在吴丹转身的瞬间，人们看到这个绝世美女突然变成了一个丑陋的魔鬼。她的左侧脸颊因严重烫伤疤痕累累，左眼与左边的鼻子和嘴都严重变形。

孩子们被这突然改变的形象吓得哇哇大哭，大人们则不由得高声叫喊。

"天哪，原来她一半是天使，一半是魔鬼呀。"有人喊道。

这句话喊出了所有人内心的感觉。是啊，她的形象真的一半像天使，一半像魔鬼。任何人都很难想象，魔鬼与天使的面容竟然能够融于同一张面孔。

主持仪式的和峤向台下喊了半天，才让人们从惊异中平静下来。

此次颁奖，另一个备受瞩目的中心人物是卫铄。

卫铄只有十三岁，是获奖者中年龄最小的一位。当卫铄走上颁奖台时，人们也是议论纷纷。

"卫家人就是有写字的天赋。到这个小姑娘已连续四代出书法大家了。"

"卫家书后继有人呀！"

"听说她写的不是卫家字啊。"

"不可能，没有她爷爷和叔叔的真传，这么小的年纪能写这么好吗？"

石崇将一根短马鞭交到卫铄手里，并低下头在她的小脸上亲了一下。

和峤说："卫家书冠绝天下。此次获奖的十五人中，卫家祖孙三代包揽了三席。可喜可贺。卫铄，告诉大家，爷爷和叔叔是如何指导你的？你又是如何刻苦习字的？"

卫铄说："我虽从小跟爷爷和叔叔习字，但我写的却不是卫家字。获奖的作品也不是卫家书。"

"怎么可能呢。"和峤不敢相信，忙向台下问卫恒："巨山，是这样吗？"

卫恒说："是的。"

卫铄说："我习的是钟家书，是吴老师手把手教我的。没有吴老师的精心栽培，我不可能有这么好的成绩。"

"哪个吴老师？"和峤问。

"就是甲等奖获得者，白马书院教授吴晓阳老师呀。"卫镖说。

小卫铄说的是事实。

卫铄进白马书院时虽然只有七岁，但因自幼受家庭影响，这时她已掌握了卫家书的基本技法。不久之后，因司马攸、杜预、张华几乎同时离京。吴丹有幸被白马书院聘为兼职教授。以她眼光，很快在众学生中发现卫铄这个小姑娘具有惊人的书法天赋。经交谈才知道，卫铄就是大书法家卫瓘的孙女，卫恒的侄女。

吴丹觉得这小姑娘不仅书法天赋绝高，而且长相甜美，气质高雅，跟自己幼年时非常相像。她在卫铄身上不仅找到了自己童年时期的影子，而且找到了自己没有受伤前的那种风华绝代，睥睨天下的感觉。越接触，越觉得卫铄就是十六年前的自己。这种感觉在她的心中越来越强烈。

她知道，自己因伤已丑到不可救药，美女和才女应该获得的一切已经永远不属于自己。但她有一种强烈的愿望，自己所失去的一切，要完完整整地在自己的影子身上实现。于是，她对小卫铄倾注了几乎全部精力与心血。

她以一个书法大家的独到眼光，看到了小卫铄在书法上的优势，也看清了她的不足。她要扭转她，改变她，使她走到正确的轨道上来。

她对卫铄说："卫铄呀，你想不想成为一个比你爷爷更著名的大书家呀？"

"想呀，当然想了。"

"但卫家书到你爷爷手里已登峰造极了，任何人也无法超越了。"

"哦，怪不得我爷爷的书法那么有名气。"

"所以，要想在名气上超越你爷爷，就不能完全学你爷爷，因为他是不可超越的。"

"那怎样才能名气比我爷爷更大？"

"那就需要变。"

"变？怎么变？"

"习练钟家书。书法大师们都知道，钟家书第一卫家书第二。"

"嗯，我爷爷和我叔叔都承认这个说法。可惜，钟家后代无人了。"

"虽然没有姓钟的书法大家了，但钟家的书法还是后继有人的。比如我就是以钟家书法，融入卫家书的精华。为什么我会被你爷爷他们这些大家评为白马书院教授，来当你们老师，就是因为我的字兼具了钟家与卫家书的特点。但我知道，我做得还很不够。钟家字注重风骨，刚劲有余；而卫家书优美飘逸，过于阴柔。我因自幼习钟家字，尽管后来吸取了部分卫家字的优点，但还是偏于刚猛，而你的基础是卫家字，如果从现在开始跟我习练钟家字，再融入你们卫家字之长，未来你可就是天下第一的女书家了。"

吴丹所说的这些，如果是对一般的七八岁孩子，那简直就是对牛弹琴了，但卫铄却能很好地理解。她没在当场答应吴丹的要求。回家后跟爷爷和叔叔复述吴老师的话。卫瓘对卫恒说："这个吴丹，到现在不知道是何来历，年岁不大的女孩儿，不仅将钟家字写到炉火纯青，还加入了一些咱卫家字的特点。"

"是啊。"卫恒说，"她是哪里人？跟谁学的字？如何成为太子妃的宠臣？怎么受的伤？她身上的一切都是解不开的谜团。"

卫瓘说："关于她的这些情况不用去管。我只说她对于书法的见识，实在高深。她对铄铄说的这些，我觉得很有道理。铄铄再按部就班地习咱卫家字还能有什么突破吗？她还能写得过你爷爷、我和你吗？"

"是啊。"卫恒说，"我看倒不如让铄铄跟吴丹改学钟家字。我觉得书法如果能够再创造一个高峰，只能是钟字与卫字相结合，那样才真是刚柔并济。"

"是，要想突破，必须抛弃门户之见。"卫瓘说，"钟家字的苍劲与风骨是无人能够企及的，所以，我同意让铄铄跟吴丹习钟家字。"

从此，卫铄便一心一意地跟吴丹习钟家字。

吴丹对卫铄比母亲对女儿还要尽心，她不仅将自己所掌握的全部书法奥妙毫无保留地传授给卫铄，还将自己珍藏的几幅钟繇和钟会的真迹拿出来供卫铄私下练习。

卫铄在吴丹的精心指导下，又兼以卫家后代的书法天赋，小姑娘只用了五六年的时间，便将钟家字写得出神入化，而且在许多细节上融入卫家字的特点。使她的钟体书法，有了别具一格的美。此次，她以十三四岁的年龄在大家云集的大赛上脱颖而出，便显示了其真正的实力和潜力。虽然她的书法还略显稚嫩，但假以时日，定能大人虎变，成为一代书法大师。

仪式结束后，获奖者兴高采烈地驾着车，骑着马在洛阳城里绕城一周。而吴丹没有去，因为姑姑李琳晕倒被扶入一间禅房里休息，她要去看护姑姑。

当她走进禅房的时候，姑姑已清醒过来，正坐在张华旁边唉声叹气。吴丹走到李琳身边问道："姑妈，您没事吧？"

李琳指着吴丹怒道："还不快将那佩绶取下，你要找倒霉是吗？"

张华也说："是啊，晓阳，赶紧把佩绶取下来，那是只有大公主和王妃才可戴的佩绶。你这是僭位之罪呀，如果有人弹劾，你罪不可免呀。"

吴丹说："是太子妃让我戴的她的佩绶。"

"若遭弹劾，太子妃会跟你一块儿受罚。"张华说。

李琳说："你，你快气死我了。你不知道你什么身份吗？你怎么能这样张扬？你是在找死呀。"

"我，我，我有什么可张扬的。我都成了半人半鬼了，我有什么资格和脸面张扬。"吴丹说着哭了起来。她想起了人们的叫喊"原来她一半是天使，一半是魔鬼呀"。越哭越伤心。

张华哭了，因为他看到吴丹的这一半美丽的脸，想起了她未受伤前的漂亮模样。不用说他对她还动过真情，就是陌生人，看到一个绝世美人儿变成如今这样儿，也会一洒同情泪的。

李琳也哭了，李琳说："丹丹啊，姑妈对不起你呀，都怪我，我不该把你烫成这样啊。"

"你也别自责了，又不是故意的。"张华说，"晓阳受伤虽然可悲。但今天能获得这样大的荣誉亦殊为可喜。此次大赛，晓阳在卫瓘之后，列在第二。名次比我还靠前。凭她这样的成绩和水平，又这样年轻，假以时日，定成为青史留名的书法巨匠。"

吴丹说："您也不用宽慰我。对一个女人来讲，没有任何东西比她的容颜更重要。"

李琳说："孩子，认命吧，谁让咱生来就是受磨难的呢。"

张华不愿意总停留在这个令人悲伤的话题上，于是问："晓阳，今天那个小卫铄说是在你的精心指导下她才习成了钟家字，这是真的吗？"

"是啊，我怎么看这孩子都像我小的时候。她的容貌和才情都像。我发现她就是我过去的影子，所以我要精心培养她，让我失去的所有美好在她身上实现。这几乎是我活下去的信心和勇气之一。"

对于一个突然由绝代佳人变成亦人亦鬼的姑娘来说，她的许多想法和做法都难以为常人所理解。因为她的思想也好、性格也好、脾气也好都在面容被扭曲的同时，一起扭曲了。所以，吴丹与卫铄的这种特殊关系，智慧博学如张华者，一时也难以弄清根源。

144

吴丹的佩绶一事果然受到了索靖的弹劾。

僭位，在礼法社会是一种令正义之士不能容忍的罪过。司马炎接到弹劾的奏书，立即着人去调查事情原委。吴丹违规佩绶事实是清楚的，因为大庭广众之下多人能够证明。然后调查佩绶的来历。吴丹怕连累太子妃受罚，坚称是自己在太子妃不知情的情况下，为了显摆，偷偷将太子妃的佩绶带出宫，戴在自己身上。

其实真实情况是，贾南风太宠爱吴丹了。听说她获了如此大奖，于她这个主子也脸上有光。于是高兴之余便让吴丹将自己的佩绶戴在身上。没想到竟然遭到弹劾。

吴丹坚决把罪过自己一人担。这让贾南风大为感动。她知道这样的罪过吴丹是承担不起的。因为私偷主人佩绶出宫，并在大庭广众之前炫耀，最少得坐牢三载。

于是贾南风挺身而出，向皇上亲自承认是自己一时糊涂，让吴丹戴上的。她说："东宫出了这样的才女，是我和太子二人的荣耀，是太子平时教育下属有方。这样大的荣誉不是其他王府能够获得的。这也证明了太子是智慧仁德的太子。东宫为此理应受奖。今因私授下僚佩绶有过。臣妾请求将功抵过。"

贾南风将吴丹获大奖的功劳巧妙地转移到太子头上，这令司马炎心中大悦。于是说："好吧，念你们年轻，这次初犯，就功过相抵吧，以后切莫对下僚荣宠太过，乱了礼法。"

贾南风以其狡黠的智慧，让自己和吴丹躲过一劫。从此这主仆二人关系铁厚。

145

白马书院在张华的管理下，越办越好。几年的时间内，他们就培养出了多位光耀史册的学生，其中卫铄、王导、李式、王廙这些书院的学生不仅本身成为一代书法大师。更可贵的是，在后来连续经历了几十年的八王之乱和五胡乱华的大乱之后，他们将书法的精髓带入到了东晋，使白马书院播下的书法艺术的种子终于在东晋开出了最美的鲜花，结出了硕果。除了尽人皆知的卫铄培养出了中国一代书圣王羲之外，东晋南北朝的其他书法巨擘王献之、王允之、王玄之、王治、王恬、王珉、王珣、王濛、王绥、郗愔、郗超、庾亮、羊欣、范晔、萧衍、谢安等大多数是受卫铄、王导、李式、王廙等西晋时期这些白马书院的学生的直接传授或间接影响。

张华传

其实，中国书法史上有一个特别现象，一直没有引起书法历史研究者的注意。世间公认书圣王羲之是受卫夫人真传，而世人又皆知王羲之的书法更多承袭的是钟家笔法，尤其其行书，与钟家书法一脉相承。其所临钟繇行书《千字文》帖就是其刻苦临摹钟字的最好例证。那么，问题是，卫铄本是卫瓘的孙女，卫恒的侄女，她自幼跟着这两位大书法家生活在一起，为什么她所传的不是卫家字，而是钟家字呢？只有清楚了白马书院这段历史，知道卫铄的真正老师不是爷爷卫瓘，也不是叔叔卫恒，而是那个一半是天使，一半是魔鬼的吴丹，才能解开这一历史谜团。

司马炎当政的最后十年，创造了历史上著名的太康盛世。《晋书·食货志》称："是时，天下无事，赋税平均，人咸要其业而乐其事。"《晋纪·总论》中反映河洛地区当时经济和社会发展的状况是这样描述的："牛马被野，余粮委亩，行旅草舍，外闾不闭，民相遇如亲。其匮乏者，取资于道路。"故有"天下无穷人"之谚。

但这个盛世的后期却危机四伏，许多不祥之兆端倪已现。

最为让人不解的是天象。从太康五年以后，全国各地地震频发，连年旱涝，而且还有许多奇异之相。《晋书·武帝纪》：（太康）五年春正月己亥，青龙二见于武库井中。二月……壬辰，地震。夏四月，任城、鲁国池水赤如血。五月丙午，宣帝庙梁折。……秋七月戊申，皇子恢薨。任城、梁国、中山雨雹，伤秋稼。减天下户课三分之一。九月，南安大风折木。郡国五大水，陨霜，伤秋稼。

六年三月，郡国六陨霜，伤桑麦。夏四月，……郡国四旱，十大水，坏百姓庐舍。秋七月，巴西地震。八月丙戌朔，日有蚀之。减百姓绵绢三分之一。白龙见于京兆。……冬十月，南安山崩，水出。南阳郡获两足兽……

如此连续大灾，历史上是不多见的。

最倒霉的是张华。在太康五年的地震中，张华"以太庙屋栋折，免官。遂终帝之世，以列侯朝见"（《晋书·张华传》）。也就是说张华从幽州回京后的第二年，直到太康十年，司马炎去世，张华只有广武县侯这个爵位，而没有实际的职务（白马书院虽然办得红火，但它不是朝廷的正式机构）。

免去太常寺卿的职务，并没有平息天怒，灾害依旧频发。司马炎畏惧：天命，因而不得不发罪己诏。《晋书·武帝纪》："七年春正月甲寅朔，日有蚀之。乙卯，诏曰：'比年灾异屡发，日蚀三朝，地震山崩。邦之不臧，实在朕躬。公卿大臣各上封事，极言其故，勿有所讳。'"

但天子只在口头上罪己，似乎并没有受到上天的赦免，天灾仍旧频仍。

夏五月，郡国十三旱。鲜卑慕容廆寇辽东。秋七月，秅提山崩，犍为地震。

八月，……京兆地震。九月，……郡国八大水。

八年春正月戊申朔，日有蚀之。太庙殿陷。三月乙丑，临商观震。夏四月，齐国、天水陨霜，伤麦。六月，鲁国大风，拔树木，坏百姓庐舍。郡国八大水。秋七月，前殿地陷，深数丈，中有破船。……是岁，郡国五地震。

九年春正月壬申朔，日有蚀之。……江东四郡地震。夏四月，江南郡国八地震；陇西陨霜，伤宿麦。……六月庚子朔，日有蚀之。……郡国三十二大旱，伤麦。秋八月壬子，星陨如雨。……郡国二十四螟（蝗灾）。……戊申，青龙、黄龙各一见于鲁国。十年夏四月，……郡国八陨霜。……癸丑，崇圣殿灾。……十一月丙辰，……含章殿鞠室火。十二月庚寅，……太庙梁折。

遍览史书，还没有哪个皇帝本纪中如此连篇累牍地记述天灾。

张华认为，司马炎本来应该是一代圣主明君的，但他违拗天意，任意胡为，所以上天频降灾难以警示他，但他至死没能警醒，给大晋社稷留下一个烂摊子之后，撒手人寰。

太康末之不祥，不仅表现在天象上，还表现在朝廷上。

许多忠良之臣非死即贬。由于九品中正制，阻塞了民间才德之士的上升通道。朝廷上内无治乱之臣，外乏御侮之将。朝堂之上诸王与外戚弄权，还有一些官僚世胄，如王戎、王衍、王济等人，虽然能力超凡，但崇虚尚无，只谈玄远，故武高深，对社稷一步步陷入困境冷眼旁观。他们之所以如此，是因为琅邪王氏曾经是与司马氏势力不相上下的豪族，当年只因形势所迫才不得不与其他世族联合将司马炎抬上了皇位。没想到这小子站稳脚跟，便开始排挤其他大族。曹魏时期和晋初，三公九卿之位多为能臣所居。各大族在朝中都有自己的代表人物。没想到天下一统之后，司马炎渐渐将其他大族的势力排挤出朝廷，将他的同族诸王和外戚三杨扶上高位。论能力与才情，三杨与诸王绑在一起也不是王家哥儿仁的对手。所以他们作为能力和势力都非常大的琅邪王氏的后代，乐得看着司马氏一天天走向深渊，他们才有机会像曾经两次表演过的禅让一样，他们也受一次禅。因此，尽管他们什么都清楚，什么都明白，但就是不为司马炎支一招，出一计。他们只待最佳的时机，将自己的真正能力献给琅邪王氏。他们这一辈虽然没等到琅邪王氏最为辉煌的那一天。但经过他们精心调教的后代子侄王导和王敦最终做到了。东晋初，哥儿俩一个宰相一个大将军，一主内一主外。其权势比当年司马师与司马昭哥儿俩在曹魏时期还大。那是个公认的"王与马，共天下"的朝代。如果当时不是五胡乱华，王导顾虑内斗丧国，王氏、王敦肯定就取司马氏而代之了。

由于这王戎、王衍和王济的名气实在太大，因而引来大量追随者。一时间，在朝堂之上都大谈玄远，不触及正事，只讲假大空。对此，何曾曾经非常担忧地对儿子何劭说："大晋王朝建立才十几年，应该朝气蓬勃，才是正理。可是，我每次参加御前会议或者皇帝的宴会，从没有听到人们谈过一句跟国家大局有关的话，只是说一些日常琐事，这可不是好现象。你们或许可以幸免，到了孙儿那一辈，恐怕就逃不脱灾难了。"

146

　　此时的社会风气也已败坏到极点。

　　一个顽固而又团结的利益集团已经形成，那就是官僚世族集团。由于大晋朝就是依靠世族的力量建立起来的。世族是国家政策的制定者，一开始就为他们自己预留了很大的利益空间，因而他们维持所有既定政策的意愿是一致的。正是在此情况下，任何想触动这个既得利益集团的改革都会引发他们共同抵制，因而无法推行下去。

　　九品中正制的弊端早在曹魏时期就已充分显现出来，当时就有大臣对此提出改革意见。大晋建立后，傅玄、刘毅、卫瓘等人多次上书谏言废除九品官人制。皇帝也对他们的建议表示支持，但很快就没了下文，因为每次都会遭到世族的合力反对，即使皇帝也推行不下去。

　　《晋书·傅玄传》载："玄以魏末士风颓敝，上疏曰：'臣闻先王之御天下，教化隆于上，清议行于下。近者魏武好法术而天下贵刑名，魏文慕通达而天下贱守节，其后纲维不摄，放诞盈朝，遂使天下无复清议。陛下龙兴受禅，弘尧、舜之化，惟未举清远有礼之臣以敦风节，未退虚鄙之士以惩不恪，臣是以犹敢有言。'上嘉纳其言，使玄草诏进之，然亦不能革也。"

　　《晋书·刘毅传》载："毅以魏立九品，权时之制，未见得人，而有八损，乃上疏。"将九品中正制的弊端分析得十分透彻。皇帝看了也深以为然，但"疏奏，优诏答之。后司空卫瓘等亦共表宜省九品，复古乡议里选。帝竟不施行"。

　　社会风气不正的另一表现是整个世族之间，已形成了非常紧密的裙带社会，几乎所有世家大族之间都有姻亲关系。社会已经完全固化了。

　　社会风气败坏导致人们没有任何崇高的信仰，只信金钱，只知享乐。由于九品中正制已施行了半个多世纪。此时的上流社会完全是官二代官三代的天下，他们不仅才能远比不上他们的父祖辈，德行上也有很大缺失。

　　石崇的金谷园几乎就是这个时代社会腐化的最直接象征。

　　金谷园是有史以来最为宏阔的私家园林。是专供石崇享乐的地方。这里金屋藏娇，美女如云，更有旷世美女绿珠作为二奶压阵。这里还将当时的青年文士一网打尽。"金谷园二十四友"就是当时最有成就、最有潜力也最具影响力的青年文学家的小集团。他们是：石崇、陆机、陆云，潘岳、左思、刘琨、欧阳建、郭彰、杜斌、王粹、邹捷、崔基、刘瑰、周恢、陈眕、刘讷、缪征、挚虞、诸葛诠、和郁、牵秀、许猛、刘舆、杜育。他们以金谷园为基地，吟风弄月，把玩文学，对民间疾苦毫不动情。这些人身上，不仅没有建安时期孔融、王粲等人的气节，也缺少正始名士王弼、何晏等人的哲学深度，更缺少竹林名士的洒脱与风骨。

士，本应是每个时代最具风骨气节，最清高孤傲，最具批判意识的精神贵族阶层，而此时的这些年轻文士却一个个追名逐利、趋炎附势。

张华说，这是一个最好的时代，因为国家统一，使百姓远离了战争，长久的和平，物质极大地丰富了，国家对于思想的控制淡化了，各种观念都能够自由地表达；这又是一个最坏的时代，人们的信仰自由了，但却没了信仰，金钱是整个社会唯一的信仰。金钱支配了一切，权贵把持了一切，社会纸醉金迷，表面一片繁荣，其实却是危机四伏；但这个时代却被称为盛世——太康盛世——一个物质丰富而精神严重匮乏的盛世。

147

建于太康中后期的金谷园是太康盛世和元康之治这十年间整个社会的缩影，它从建设到最后与主人一同毁灭一共只有十几年的时间。

张华因为种种原因与金谷园具有较深的渊源。

首先，他与石崇是多年的朋友；其次，石崇也曾是个文学青年，对张华十分崇拜，也属于张华的弟子辈；再次，主要的年轻文学家——二十四友，都已投靠石崇，金谷园已成为文学艺术的一个主要基地，作为文坛领袖，张华不可能不与金谷园发生密切关系；此外，由于白马书院后来迁至金谷园，作为书院主办，张华必须经常出入金谷园；最后，更重要的是，张华积累了多年，数量庞大，价值无限的图书，不得不转移到金谷园去。

太康五年的那次地震，太庙梁折，张华被撤职。这还不是最倒霉的，最倒霉的是他家东院的用于藏书的书库在地震中被震裂，张华还未来得及修复，一场大雨骤至，书库部分房间漏水，一些极珍贵的书籍被淋湿。待雨过天晴，张华只好亲自将被淋湿的图书小心地放到院中晾晒，但那时的纸张质地都跟如今的宣纸相似，吸水后便黏结在一起，成为纸浆。

张华望着摆满半个院子的书，悲伤而懊恼。正在此时，石崇、左思、潘岳、陆机兄弟前来安抚被免职的张华，张华只得先将他们让进屋。

石崇问："张公，您这满院子书是怎么回事？怎么都湿了？"

"唉！真是祸不单行啊。"张华叹道，"地震不仅把太庙的大梁震断。我的书库也震裂了，这一场大雨便将这部分书毁了。"

陆机说："这朝廷也太不讲理了吧。地震将太庙大梁震断，那是天灾，怪得着太常寺卿吗？"

张华说："也不能这么说，如果老天频降灾祸，皇上不是还要下罪己诏吗？天灾的责任要由皇上承担,太庙属太常寺管辖,出了问题太常寺卿当然要负责了。"

陆机说："那不一样。皇上是天子，天灾就是上天告诫他这个老天的儿子的。太庙梁折本来是警告天子的，他不思己过却让您来顶缸，这不仅不公平，上天一怒，还会降下更大的灾难……"

"不要胡说。"张华说，"这个道理我岂不懂，但天降大灾虽然能够警示天子，但百姓不也跟着倒霉吗？你看，我的书就是被受累了。"

左思说："无官一身轻。您身为侯爵，俸禄不减，当那太常寺卿有何用，整天跟鬼神打交道……"

"是啊。"石崇说，"以后您没事就跟我们一起玩儿吧。金谷园明年一竣工，我给您弄一个大屋子，没事写写文章，练练字，给我们讲讲文学，岂不快哉！"

潘岳说："季伦是金谷园之主，您就是金谷园的魂。"

石崇说："张公，我突然想起一件事。"

"什么事？"

"您这书库不能用了。这次地震只是震裂了就损失这么大，要是地震再大点儿，震塌了，您这价值连城的珍贵图书可就全完啦，而且您这平房既不防潮也不防火。您的书再珍贵，一把火或一场大水都可能全部毁掉，即使没有这样的灾害，就是虫蚀蚁蛀，用不了多少年也会完了。"

张华说："季伦哪，你说得太对了。这也正是我多年来一直担心的事啊，可有什么办法……"

"办法我有啊。"石崇说，"我在金谷园里为您这些书单独建造一座藏书楼，屋顶浇上一层一寸厚的锡箔，可永远防漏；梁柱全部用铜板包皮以防失火；墙壁的夹层中放置木炭用来防潮；为防虫蛀，我们可以从南方运来芸香草，让人向每部书的书页间夹放芸香叶。"

张华略带惊异地问："季伦，你，你，你懂得蛮多的呀。"

"跟《博物志》的作者比，我可差远了，呵呵。"石崇笑道，"实话跟您说吧，本来我的金谷园在设计之初是想建一座五层高的藏书楼的，因而我对如何藏书做过专门咨询研究。但后来听王戎、王衍和何劭等人说，天下的好书都已在张公府了，你建了藏书楼也没有好书可藏了。所以我便将藏书楼的计划取消了，只在我居住的楼里留了几个藏书的房间。如果您同意将您的藏书放到金谷园去，我马上就建起那座藏书楼。"

"好哇，那太好了。"张华说，"说实话，我每天看着这些书心情非常舒畅，但一直也为它们担忧，生怕它们保存不好，毁在我手里，那就不光是我个人的损失，而是整个国家的损失。这些书许多是孤本善本，有极高的史料研究和收藏价值。近年来，我搜集的书越多，心理负担越大。这次部分遭毁让我心疼死了。要是你能给它们提供这么好的收藏条件，我当然愿意将它们放到金谷园去。"

"那咱就一言为定。"石崇说道，"回去我就安排盖楼的事，并要加紧施工，争取明年春跟其他建筑同时竣工。"

张华说："但愿在这些宝贝搬到藏书楼以前不要再地震下雨了。"

石崇说："一年之内不地震是可能的，但不下雨是不可能的。所以，在这些书搬入藏书楼前，我想先让人为您的书库屋顶铺上几层油布。"

"好，那敢情好。"张华说，"这些书搬到藏书楼，大家查阅资料也方便了。"

石崇说："藏书楼的位置就在金谷园的东北角。金谷园分为四个区，分别叫拙政园、怡情园、养性园、文芳园。拙政园在西南，主要是处理公务，接待官员的地方；怡情园在东南，是玩乐之所；养性园在西北，为幽居养性之地；文芳园在东北，是读书写作，清谈高论及把玩琴棋书画的地方。白马书院和藏书楼都放在文芳园内。"

张华对石崇的这个安排非常满意。

石崇本质上是个精明的商人，他看似出手大方，但却从来不做赔本生意。就说上次的书法大赛，他虽然为此付出了不少钱财。但光是皇上那幅字给他带来的回报就远远高于他的付出。古代和现代一样，金谷园那么浩大的工程也会受到各种势力的掣肘。但石崇拿皇上那幅字当作尚方宝剑，说是奉旨建园。因而遇到各种问题，一路绿灯。

他为白马书院提供良好的办学环境，也是经过深谋远虑的。首先是书院这些教授都是当世最为著名——也是后世非常著名——的书法大师，而且多为高官。齐王司马攸、尚书卫瓘都曾是书院的主办，张华虽然被削职，但在政坛和文坛上的影响无出其右者，更重要的是，皇上司马炎不仅雅好书法而且对白马书院非常支持。其亲自创作并参赛就非常明确地表明了圣上的态度。因而，白马书院是沟通政界与艺术界的一个桥梁。抓住了它，不仅可以攀附高官显贵，而且可以大大充实金谷园的艺术内涵，提升金谷园的文化档次，使金谷园看上不显得那么恶俗。

148

张华是多重性格的人。顺境时，他可以是一个治国平天下的儒臣。逆境时他可以很快回归内心，变成一个放达野逸的出世者，也随时可以变成一个优游享乐的名士。

因而，此次被免除一切职务之后，他又开始了那种在众弟子陪伴下与好友们一起骑猎饮宴，游山玩水，清谈高论的闲适生活。

他的《游猎篇》和《太康六年三月三日后园会诗》就非常生动地描述了他多次参与的世族权贵生活：

游猎篇

岁暮凝霜结

坚冰冱幽泉

厉风荡原隰

浮云蔽昊天

玄云晦沈合

素雪纷连翩

鹰隼始击鸷

虞人献时鲜

严驾鸣倍侣

揽辔过中田

戎车方四牡

文轩驭紫燕

舆徒既整饬

容服丽且妍

武骑列重围

前驱抗修旃

倏忽似回飙

络绎若浮烟

鼓噪山渊动

冲尘云雾连

轻繪拂素霓

纤网荫长川
游鱼未暇窜
疗願不得还
由基控繁弱
公差操黄间
机发应弦倒
一纵连双肩
僵禽正狼藉
落羽何翻翻
积获被山阜
流血丹中原
驰骋未及倦
曜灵俄移辰
结直弥薮泽
嚣声振四鄙
鸟惊触白刃
兽骇挂流矢
仰手接游鸿
举足蹴犀兕
如黄批狡兔
青骹撮飞雉
鹘鹭不尽收
兔罝安足视
日冥徒御劳
赏勤课能否
野飨会众宾
玄酒甘且旨
燔炙播遗芳
金觞浮素蚁
珍羞坠归云
纤肴出渌水
四气运不停
年时何亹亹

人生忽如寄

居世遽能几

至人同祸福

达士等生死

荣辱浑一门

安知恶与美

游放使心狂

覆车难再履

伯阳为我诫

检迹投清轨

太康六年三月三日后园会诗

暮春元日

阳气清明

祁祁甘雨

膏泽流盈

习习祥风

启滞导生

禽鸟翔逸

卉木滋荣

纤条被绿

翠华含英

於皇我后

钦若昊乾

顺时省物

言观中园

宴及群辟

乃命乃延

合乐华池

祓濯清川

泛彼龙舟

溯游洪源

朱幕云覆

列坐文茵
羽觞波腾
品物备珍
管弦繁会
变用奏新
穆穆我皇
临下渥仁
训以慈惠
询纳广神
好乐无荒
化达无垠
咨予微臣
荷宠明时
忝恩于外
攸攸三期
犬马惟慕
天实为之
灵启其愿
遐愿在兹
于以表情
爰著斯诗

而《轻薄篇》则在描述世族豪门优裕生活的同时，对他们进行了嘲讽，因而谓之轻薄。

轻薄篇

末世多轻薄
骄代好浮华
志意既放逸
赀财亦丰奢
被服极纤丽
肴膳尽柔嘉
童仆馀粱肉

婵妾蹈绫罗
文轩树羽盖
乘马鸣玉珂
横簪刻玳瑁
长鞭错象牙
足下金鑮履
手中双莫邪
宾从焕络绎
侍御何芬葩
朝与金张期
暮宿许史家
甲第面长街
朱门赫嵯峨
苍梧竹叶清
宜城九酝醝
浮醪随觞转
素蚁自跳波
美女兴齐赵
妍唱出西巴
一顾倾城国
千金宁足多
北里献奇舞
大陵奏名歌
新声逾激楚
妙妓绝阳阿
玄鹤降浮云
鳣鱼跃中河
墨翟且停车
展季犹咨嗟
淳于前行酒
雍门坐相和
孟公结重关
宾客不得蹉

三雅来何迟

耳热眼中花

盘案互交错

坐席咸喧哗

簪珥或堕落

冠冕皆倾斜

酣饮终日夜

明灯继朝霞

绝缨尚不尤

安能复顾他

留连弥信宿

此欢难可过

人生若浮寄

年时忽蹉跎

促促朝露期

荣乐遽几何

念此肠中悲

涕下自滂沱

但畏执法吏

礼防且切磋

一次，张华与当时的大名士王衍、王戎、乐广、裴頠等人一起到洛河游玩，回来的路上，乐广问王衍："今天玩儿得高兴吗？"王衍说："裴仆射善谈名理，滔滔不绝，意趣高雅；张茂先谈起《史记》《汉书》的故事娓娓动听；我和王安丰谈起延陵、子房，也极为玄奥。"（《世说新语》："诸名士共至洛水戏。还，乐令问王夷甫曰：'今日戏乐乎？'王曰：'裴仆射善谈名理，混混有雅致；张茂先论史汉，靡靡可听；我与王安丰说延陵、子房，亦起超玄箸。'"）

可见，张华闲居的生活是多么丰富多彩。

149

太康八年，金谷园竣工。同时，石崇因鸩鸟一事遭傅祇弹劾，但未受深责，只是被调回京城，任散骑常侍。与石崇一同归来的还有他的小妾，一个绝代佳人绿珠。

据宋人乐史所写的《绿珠传》记载："绿珠者，姓梁，白州博白县人也。……州境有博白山，博白江，盘龙洞，房山，双角山，大荒山。山上有池，池中有婢妾鱼。绿珠生双角山下，美而艳。越俗以珠为上宝，生女为珠娘，生男为珠儿。绿珠之字，由此而称。"

石崇因兼职南蛮校尉，虽身为荆州刺使，但还负责广州和交州境内的少数民族事务。太康七年，他到白州视察（即充任所谓采访使），其实是借公务到合浦去办一件私事。

全国统一后，段玉将石家的生意做到了大晋国最南端的合浦郡，合浦紧临南海北部湾。段玉听海上渔民传言大海南部有爪哇国（其实就是今天的菲律宾和马来西亚），那里家家都有数不清的珍珠和珊瑚，一匹绸缎即可换得一升珍珠。段玉受财富诱惑，于是造了两艘坚固无比的大船，聘请了经验丰富的水手，他亲自率领满载丝绸的船只到爪哇国去做生意。按照预定的日期，中秋时节前后段玉一行从爪哇返回，段玉如果把绸缎都换成珍珠和珊瑚，那将是有史以来一次运送的价值最高昂的货物。从合浦到荆州，山高路险，石崇一怕遭绿林抢劫，二怕遇到地方官找麻烦，三怕被吕宓的人扣押。因为从合浦到荆州要从原来吴国的地盘上行走很长的距离，而按照他们与吕宓的约定，那属于吕宓的商业范围，段玉不能涉足。为防各种不测，石崇带着一小队人马，以视察为掩护，亲自到合浦来迎接段玉。

果然，八月初九这天，段玉一行在合浦登岸。两大船珍珠、珊瑚和其他宝物，装满了满满十大牛车。

石崇以南蛮校尉的身份护送着这批珍宝北上。行至白州境内，已是八月十四。石崇、段玉一行在白州打尖。

石崇是个文士，每到一地必赏当地美景，品当地特色美食，参观当地文物古迹。

当晚，他们在白州城内饭馆用餐，石崇询问当地有什么好玩的去处，店小二告诉他：出城不远有一个鬼门关。这鬼门关的最不可思议处在于，响晴白日里，经常会莫名其妙地飘过一阵雾，滚过一团云，降下一阵雨，而且伴有呜呜的悲鸣声。传说人死后都要经过此关才能进入阴间，所以鬼魂在这阴阳两隔之界不免哭号不已。因而人们称这里为鬼门关。另一个好玩儿的去处便是听绿珠唱歌，绿珠不仅人长得美，而且歌声甜美，还会自己填词。她在山里唱起歌来，所有鸟儿都会停止鸣叫。有人说绿珠本是凤凰，是百鸟之王，所以一鸟入林，百鸟压音；也有人说，绿珠的嗓音比任何鸟儿的鸣唱都要美，鸟儿们因害羞而停止鸣叫。每当月圆之夜，绿珠都会在自家院内吹箫唱歌，以寻找情郎，但两年来，没有一人能中她的意。明天正好又是月圆之夜。你们可以去听绿珠唱歌。

石崇听后，很感兴趣，表示明天一定要好好去鬼门关观赏观赏，然后晚上去听歌。

第二天是中秋，石崇让一行人在白州休息一日，快快乐乐地过一个中秋节。他自己则与段玉一起骑马去游鬼门关。

他俩到达鬼门关时，天清气朗。

所谓鬼门关不过是一个山口而已，只不过比一般的山口更险，更高。两座山峰壁立千尺，相距丈余，因而形成了一个狭窄的通道。

鬼门关只有十几丈长。二人骑在马上转了一会儿，觉得没什么意趣，拨转马头就要离开。

但忽然耳畔一阵凉风吹过，蓦然间，四周泛起了淡淡的白雾。

段玉说："看来店小二说得不假，这里确实大白天随时都会起雾。"正说着，他们感觉风向突变，随着呜呜的风声，一大团浓浓的云团从对面快速飘来，瞬间将二人淹没在云团里，虽近在咫尺却谁也看不到谁。

更为可怕的是，那呜呜的风声随之变成了男男女女的哭泣之声。

段玉大惊，大声喊道："季伦，你在哪里？"

没想到这喊声在鬼门关处形成了强烈的回声，伴着鬼魂的哭声，"你在哪里"，"你在哪里"，"你在哪里"……的喊声久久回荡。

段玉吓得魂飞魄散，从马上掉落下来。

正在段玉惊魂未定时，又一阵风刮来，顷刻云开雾散，阳光明媚。

石崇望着瘫在地上的段玉，发现他的裆下已湿漉漉地汹了一大片。石崇哈哈大笑，道："天啊，勇闯南海，狂风巨浪都不怕，怎么会被一团云雾吓尿了？"

段玉不好意思地从地上爬起来说："我不怕人，就怕鬼。"

石崇说："嗯，这里确实比较的诡异，咱还是赶紧回去吧。你回去换条裤子。晚上咱还要去听绿珠唱歌呢。"

其实这鬼门关的怪异完全是自然现象。这里正是干冷与暖湿气候的交汇处。两股气流被大山所挡，只能在此交汇，就跟冬天烧水做饭，掀开锅盖的一瞬，立即会腾起浓雾一样，冷暖空气在此交汇也会顷刻形成云雾，而那悲鸣之声，不过是疾风吹过山石和树木的声音。

石崇与段玉回到住宿处，段玉换了裤子，石崇还要邀他一起去听绿珠唱歌，但段玉说什么也不肯随他夜间出行了。

石崇只好叫上一个随从和当地一个向导一起去。

夜幕降临的时候，他们来到了绿珠家所在的寨子外，向导下马让石崇停下，对石崇说："咱们只能在寨子外听歌。"

"为什么不到她家里去听？"

"绿珠父母不许她见陌生男子，除非是绿珠中意的情郎。"

石崇说："我怎么能白听人家唱歌？我还为绿珠准备了礼物呢。"

"人家不会为了唱歌而收任何人的礼物。"向导说。

于是石崇只得在寨外坐等。

日落西山，明月高悬。

忽然西边山头传来男子的歌声：

叫声小妹听我说，小妹老公没找着。从今以后莫回家，妹配小郎刚刚合。

这时忽听寨子最南边那家的院子传来女子的歌声：

不可能呀不可能，小妹跟你万不能。如果小妹跟着你，太阳西出整得成。

那男子又唱道：

小情妹呀小情妹，为何要说不可能。只要小妹你愿意，我俩好事做得成。

姑娘唱道：

不可能呀不可能，小妹不是这种人。三两棉花四两线，纺纺周围团转人。唱调大哥莫乱说，本来小妹不下作。只是陪哥唱调子，不会跟你过生活。

西边男子歌声刚落。南边山头小伙唱道：

高山翠竹青又青，小妹生得赛观音。观音好比一张画，挂在床头哄哥心。高高山上万年春，试试小妹心酪真。爹妈催我来问你，我俩哪年配成婚。

姑娘对道：

请你说服二双亲，赶紧死了这条心，小妹虽不慕富贵，但也不能嫁穷人。

东山又有小伙唱道：

远望小妹像枝花，年轻小伙都爱她，将军看见拉住马，和尚看见悔出家。

姑娘唱道：

哥哥辛苦嘴巴甜，小妹看你好可怜，莫怪小妹不爱你，只因与你没有缘。
……

石崇听着非常着迷，他这才知道，在南疆还有这种求爱的习俗。他在此听到明月西垂，几个求爱的小伙皆被姑娘拒绝，但小伙子们还是不死心，依然轮番进攻，你方唱罢我登场。

向导说："石大人，时候不早了，对歌就要结束了，咱回去吧，还得走十几里夜路呢。"

石崇说："这绿珠姑娘的声音太甜美了，而且能够从容应对这么多人的挑战，一定也会是个聪明绝顶的姑娘。我明天就要离开这里，永远不可能再回此处，如果不能一睹芳颜，乃是终生遗憾。"

向导说："人家绿珠父母不让见。"

石崇说："我爬到墙上偷偷去看。"说着便向绿珠家走去。

向导和随从也只得蹑手蹑脚地跟在后边。

来到姑娘家院门外，石崇让随从蹲在地上，自己蹬着随从的肩悄悄爬上墙头。

这时，南山小伙正唱道：

唱歌大姐好口才，我从千里闻名来。不知走了多少路，不知穿烂多少鞋（音孩）。

只听绿珠姑娘站在院中唱道：

鞋破脚烂我不难受，蛤蟆莫贪天鹅肉……

石崇听到这里"噗"的一声乐了。绿珠老爹喊道："有贼！"

那随从一惊，不由得身体一晃，石崇站立不稳，"咪"地从墙上摔下来。

绿珠老爹手拿一根木棒从院内跑出来，向导赶紧说道："老乡，老乡，请听我说。"

绿珠爹问："你们是干什么的？到这儿干什么来了？"

向导一直也没弄清这石崇一行到底是什么身份，人家给钱他就帮人领路，并没问石崇是何来历。

石崇说："老先生，我们不是歹人，只因为喜欢听您家姑娘唱歌，才来到这里。能否到您院中说话？"

绿珠爹向院中喊了声："姑娘，回屋去。"然后将石崇三人让到院里。

石崇说："老先生，本人是南蛮校尉。此次到白州公干，听说此地有绿珠姑娘歌喉甜美，人品非凡，因而特来听歌。"

绿珠老爹也弄不清这南蛮校尉是做什么的，于是说："哦，既然你没歹意，我也不怪罪你。你们走吧。"

石崇说："绿珠姑娘歌声非常甜美，即使在洛阳也听不到这么美妙的歌声。本校尉特备一份薄礼，以谢绿珠姑娘。"

"不要不要。"绿珠老爹说，"我们姑娘的歌又不是给你唱的，哪能收你的礼。"

石崇掏出几粒又大又圆的珍珠对绿珠的爹说："您将这礼物给姑娘看看，她一定喜欢。"

几粒珍珠在月光下闪闪发光。老头儿觉得很新奇，他捏了一粒放在掌心，问："这是什么东西？"

"珍珠。"

"啊！原来这就是珍珠！"老头儿从没见过珍珠。

石崇把另外几粒也放到老者掌中，说："请您送给绿珠姑娘。"

老头进了屋，绿珠见到这么漂亮的珍珠果然十分喜爱，把玩了一会儿，便让老爹将珍珠送还给石崇。

老头儿说："我们姑娘确实喜欢，但无功不受禄……"

"我们听了她的歌，怎么会是无功呢？"石崇说。

"可那不是给你们唱的，是跟几个后生对的情歌。"

"那就让姑娘单独给我们唱一曲，就不算无功受禄了。"

绿珠爹想了想，说："好，我跟姑娘商量商量。"老头进屋后跟姑娘商量了会儿，然后走出屋，说："姑娘说了，只唱一首，只要一颗珍珠，你看怎么样？"

"好啊！"石崇道。

于是姑娘在屋中为石崇唱道：

我本良家子，将适单于庭。

辞别未及终，前驱已抗旌。

仆御流涕别，辕马悲且鸣。

哀郁伤五内，涕泣沾珠缨。

行行日已远，遂造匈奴城。

延贮于穹庐，加我阏氏名。

殊类非所安，虽贵非所荣。

父子见凌辱，对之惭且惊。

杀身良不易，默默以苟生。

苟生亦何聊，积累常愤盈。

愿假飞鸿翼，乘之以遐征。

飞鸿不我顾，伫立以屏营。

昔以匣中玉，今为粪上英。

朝华不足欢，甘与秋草并。

传语后世人：远嫁难为情。

这支曲子名为《明君》，是汉朝人感王昭君的故事所作。此曲本名为《昭君》，但晋人因避讳司马昭的"昭"字，故曰《明君》。

石崇听得如醉如痴。一曲唱罢，石崇说："太好了！但今天不早了，姑娘对了半天山歌，累了，你们休息吧。这几粒珍珠就全送给绿珠姑娘了。"

绿珠爹死活不肯将珍珠全部收下。石崇说："老先生，您听我说。这样的珍珠我有好几大筐。这点儿小意思请收下，将来可以给绿珠姑娘置办一套非常高档的嫁妆。明天我们就要走了。祝愿姑娘嫁个如意郎君。老先生，石某告辞了……"

绿珠爹似乎觉得一首歌收了十来颗珍珠有些过意不去，当石崇起身要走的时候，他向屋内喊道："姑娘，出来谢过石大人。"

只听门"吱呀"一声，一个身姿俏丽的身影从屋内走出，款款来到石崇跟前，深施一礼。

石崇定睛一看，不由大惊，天呢！这哪是人哪，这分明是仙女呀，或许是月宫嫦娥吧。不然她为什么总在月圆时唱歌呢。

石崇只顾胡思乱想，连还礼都忘了。

绿珠爹对绿珠说："回屋吧。石大人的厚礼容当后谢。"

石崇随从说："我们石大人明天就离开白州回荆州了，以后可能永远也不会再来这里了。"

绿珠爹说："容我准备准备，明天一早带姑娘到白州致谢。"——老头儿想给石崇准备点儿土特产。

石崇听说明天还能再见姑娘一面，心里十分高兴，说："好的，不见不散，明天相见石某还有好礼相送。告辞了。"

第二天天刚亮，段玉便催着石崇上路。石崇磨磨蹭蹭不肯动身。段玉说："从白州到郁林中间没有可打尖之处，如果不早动身，天黑前赶不到郁林，就得走夜路，那很危险。"

石崇说："你带车队先走，我随后去追你们。"

段玉问他有什么事，石崇说等个人。

正在二人谈话间，果然，绿珠她爹带着绿珠找到他们所住的旅舍来。

绿珠的爹挑着一个担子，累得通身大汗。石崇说："您真的来了？"

老头儿说："我说来，哪能说话不算数呢。我们爷儿俩天不亮就向城里赶。给您送来点儿家里的特产。"

"多谢，多谢！"石崇说。

这时绿珠开言道："我们还得谢您呢，昨晚您走后，我们寨子最有学问的人看了您送的珍珠，说这几颗珍珠够我们一家吃半辈子的。您这么重的礼物我们真不敢收，所以我们只留一颗，剩下的给你送回来了。"绿珠说着掏出一个绣花的小荷包递给石崇。

石崇说："你们可真实在。我已经送你们了，哪能再收回？"石崇将荷包还给绿珠。绿珠不肯接，说："我一支歌子怎么能值那么多钱。"

石崇说："你自己不知道你的歌有多么动听，你要是在洛阳，演唱一场，就能挣这么多钱。"

二人推来让去，石崇偶然触到姑娘的手，突然像被电击了一下，绿珠的脸也红了。

石崇说："你就收下吧。这样的珍珠我有得是呢。老段，打开箱子让他们爷儿俩看看。"

段玉此时也早被绿珠的美貌惊呆了，根本没听见石崇的话。石崇只得捅了一下段玉，并将那话又说了一遍。段玉听后立即打开旁边的一只大木箱，果然，里面盛得是满满一箱亮晶晶，圆滚滚的珍珠。

绿珠父女也惊呆了。他们知道珍珠是极其珍贵的珠宝（在人工养殖的珍珠出现之前，珍珠跟翡翠宝石一样贵重），但无法想象这位南蛮校尉的珍珠会比他们家的豆子还要多。

石崇指着另外几只大木箱说："那几只箱子里装的都是珍珠。"

"洛阳人都这么富有？"绿珠爹问。

"洛阳人不穷，但我们石大人是最富的一位。绿珠，跟我们到洛阳去吧，保证你一辈子荣华富贵。"段玉说。此时，他已猜中了石崇的心思——石崇喜欢上了绿珠。

绿珠爹说："我们姑娘哪儿也不去。"

段玉说："这么漂亮的姑娘，歌儿又唱得好，就一辈子终老在这大山里？"

"我就这一个闺女，还要她养老送终呢。"老头儿说。

"咳，"段玉道，"有了钱，还怕没人给您养老？绿珠跟我们去洛阳，我送您一升珍珠，您五辈子都花不完。"

"那也不行。"

石崇说："那就给您一斗。"

老头儿摇了摇头。

正在这时突然一声锣响，紧接着听到有人喊："知县大人到。"

随后，一顶轿子停在旅舍门口。白州知县下了轿，走进旅舍。他朝石崇深施一礼，道："白州知县邓扬不知校尉大人驾到，望大人恕罪。"

"哦，原来是邓知县。"石崇道。

"石大人到了本县怎么不跟卑职打个招呼？让卑职颇觉失礼。既然来了，就让卑职做个东道，请石大人一行……"

石崇道："石某奉命采访蛮夷事务，不愿打搅地方，没想到邓知县却知道了。不过本人公务在身，马上要离开白州。谢谢邓知县盛情。"

段玉说："是啊，我们还有点私事要谈，知县美意我们领受了。"段玉虽然只是八品小官，但毕竟身有品秩，所以敢插话。

邓扬说："如此，卑职告辞了。有什么需要卑职做的尽管说话。"

"好，多谢！"石崇道。

邓扬只得告辞离开。

这一切都被绿珠看在眼里。她想，这石大人不仅非常富有，珍珠比别人家的豆子都多，而且官儿还很大，把堂堂知县大人都不放在眼里，更可贵的是，他一表人才，年纪也不大，只有三十出头，风流儒雅……绿珠越看越想，越觉得这石大人是个完美的男人。

邓扬走后，石崇重提刚才的话茬儿，对绿珠爹说："老先生，我给您三斗珍珠如何？只要您答应绿珠跟我去洛阳。我虽然珍珠有得是，但我只能给您这么多了，因为再多您也没用，这些珍珠您就是天天过皇上的日子，一辈子也用不完。"

没等老爹开口，绿珠道："爹，女儿就是在您身边，也没能力让您过上这么富裕的日子。"

段玉对绿珠爹说："再说，你要是舍不得离开女儿，以后还可以跟着到洛阳去嘛。"

老头儿听后，对石崇说："好，只要你能好好待她，就让她跟你走吧。"

石崇让段玉给绿珠爹当场装了三斗珍珠，并派两个随从护送老人回家。石崇在白州租了一顶轿子，抬上绿珠，随车队北去。

绿珠陪石崇在荆州待了半年多。因石崇奉调回京，绿珠与石崇一起回了洛阳。

150

金谷园开园前两个月，石崇便派人将张华的藏书运到藏书楼。这些书共运了三十车。书籍运到后，石崇又雇了十几位年轻貌美的姑娘为每册书中夹几片芸香叶。这项工作之所以要小姑娘来做，是因为石崇认为，书乃崇高之物，不能被粗俗之人触碰。

藏书的装卸运送摆放和夹芸香叶的整个过程都是在张华的亲自监督下进行的，而且张华还参与了金谷书院的装饰与布置——白马书院迁到这里后改为金谷书院——并亲自为金谷书院写了《励志诗》，他和卫瓘、索靖分别以行、隶、楷三体书写，悬于书院大厅醒目处。以此作为金谷书院的校训。其词曰：

大仪斡运。天回地游。四气鳞次。寒暑环周。星火既夕。忽焉素秋。凉风振落。熠耀宵流。

吉士思秋。实感物化。日与月与。荏苒代谢。逝者如斯。曾无日夜。嗟尔庶士。胡宁自舍。

仁道不遐。德輶如羽。求焉斯至。众鲜克举。大猷玄漠。将抽厥绪。先民有作。贻我高矩。

虽有淑姿。放心纵逸。出般于游。居多暇日。如彼梓材。弗勤丹漆。虽劳朴斫。终负素质。

养由矫矢。兽与于林。蒲芦萦缴。神感飞禽。末伎之妙。动物应心。研精耽道。安有幽深。

安心恬荡。栖志浮云。体之以质。彪之以文。如彼南亩。力未既勤。藨蓘致功。必有丰殷。

水积成川。载澜载清。土积成山。歊蒸郁冥。山不让尘。川不辞盈。勉尔含弘。以隆德声。

高以下基。洪由纤起。川广自源。成人在始。累微以着。乃物之理。纆牵之长。实累千里。

复礼终朝。天下归仁。若金受砺。若泥在钧。进德修业。辉光日新。隰朋仰慕。予亦何人。

　　这首《励志诗》从天地四时变化，说明人生之短暂，时光之宝贵，因而年轻人应该抓紧时间修德习文，以使自己成为一个德才兼备的有用之才。

　　毛泽东对这首诗非常欣赏。他在与周培源、于光远等人谈论哲学问题时，便谈到张华的《励志诗》，说其中的"大仪斡运，天回地游。四气鳞次，寒暑环周"，包含着"地动说"的意思。

　　尽管张华在金谷园出入多次，但他一直没时间完整观览一遍金谷园。在开园的前一天，张华才在石崇和绿珠的陪伴下完整地游览了一遍金谷园。

　　只见这金谷园随地势高低筑台凿池。园内清溪萦回，水声潺潺。因山形水势，筑园建馆，挖湖开塘，周围几十里内，楼榭亭阁，高下错落，谷水萦绕穿流其间，鸟鸣幽树，鱼跃荷塘。园内的屋宇用珍珠、玛瑙、琥珀、犀角、象牙等装饰得金碧辉煌，其奢华程度连皇宫都望尘莫及。

　　他们游览了整整一天才游遍整个园子。天色将晚时，他们最后来到文芳园藏书楼。

　　藏书楼位于整个金谷园东北一隅最高的山上。这里不仅地势高，而且藏书楼这座建筑也是金谷园里最高的。从十里外的洛阳城向东北望去，都能望见巍峨耸峙的藏书楼。藏书楼共有七层，下边五层用于藏书，最上边两层是特意为绿珠加盖的。因为绿珠思念家乡，经常泪珠涟涟。石崇十分心疼，为此，他特意改变藏书楼原设计，在楼上加盖两层，专作绿珠登高望乡之用，顶层南侧有一个玉石栏杆围成的望乡台。所以藏书楼与望乡楼是一体的。为了方便绿珠上楼，石崇还在楼内设计了一个巧妙的人工升降梯。人可以站在升降梯里让几个仆人用轳辘将人摇上去——金谷园的升降梯可能是最早的电梯的雏形。

　　张华三人要到金谷园最高点——望乡台上俯瞰一下金谷园全景，但他们观览一天，确实累了，所以只得一起登上人工升降梯，由几个青年男子将他们慢慢摇上去。

　　张华指着楼内的图书对石崇说："这些宝贝有了这么好的安置之所，老夫一直悬着的心也就落地了。以后，金谷书院的教授学生还有其他文学之士都可以在此阅读……"

　　石崇说："这么宝贵的东西哪能让人随意借阅，一定要对人数进行严格的限制。五品以下，侯爵以下的官员一律不接待。金谷书院也只许教授们来此借阅，学生们就免了吧。"

说着，他们已升至顶楼。三人一起来到望乡台上。

这个望乡台不仅能够极目南天，而且放眼俯瞰，整个金谷园和洛阳城也尽收眼底。

绿珠痴痴地向南望着，不禁流下泪来，说："不知道我爹如今怎么样了。"

石崇说："他不是来信说过了吗？他的日子比神仙还逍遥自在。每天米饭炖肉，吃饱了以后，手拿大蒲扇，东凉儿（房的阴影处）倒西凉儿，并拔凉水儿随便喝。"

绿珠一听，"扑哧"笑了，用小拳头擂了一下石崇的背说；"你又笑话我爹。"

"这怎么是笑话呢。这是他来信亲口说的嘛！"

绿珠说："我爹又不认字。信是找人代写的，一定是代笔的文人故意糟改我爹，你们这些文人呀，都不是好东西……"

石崇赶紧说道："当着天下第一大文人的面，你胡说什么？"

绿珠意识到了自己的失误，调皮地吐了一下舌头。

"你可太高抬文人了，文人哪编得出这么生动的故事，哪写得出这么生动的语言。"张华说，"绿珠啊，你可真找到了一个好男人，季伦不仅一表人才，出身名门，官高爵显，而且富甲天下。更难能可贵的是，他能对你如此钟情，爱你爱得焦头烂额……"

"呵呵，张公，焦头烂额恐怕用词失当吧。"石崇说。

"怎会失当？每当绿珠不高兴的时候，你便不知如何是好，焦躁不已，岂不可称为焦头烂额吗？"

"哦，哦，是这样解释呀。好好，到底是文坛魁首，就是高。"石崇道。

"这样一个完美的男人，却那么爱你，顶在头上怕掉喽，含在嘴里怕化喽，所以只能放在心里。"

"咯咯……"张华的话逗得绿珠大笑起来，道，"张大人太逗了，还说文人写不出生动的语言。您这顶在头上怕掉喽，含在嘴里怕化喽，还不够生动吗？"

张华俯视了一眼望乡台下的金谷园全景。此时，夕阳余晖正斜照在天际，给山川大地涂抹上一层粉红的色彩。金谷园的亭台楼阁掩映在茂密的树林之间，一处处琉璃瓦顶反射出簇簇金光。

"真仙境也！"张华赞道。

"张公，以后只要你愿意，就长居这里吧。"

"长居做不到，但书院和藏书在此，我肯定会时常光顾。"张华说到这里问，"季伦，我发现你这金谷园的四个区，文芳园最高。怡情园次之，拙政园地势最低。按易经所讲，西南一隅可是坎位，是建茅厕堆垃圾的地方……"

"您观察得真仔细。"石崇说，"我是有意这样设计的。"

"有什么说法吗？"

"拙政园乃是从潘岳《闲居赋》中'此亦拙者之为政矣'这句话而来的。那里是招待政客的地方。官场因为以讲谎话为主，因而将其放在最低位。怡情园是朋友聚会和招待客人玩乐之所。这里空话最多，所以次之。养性园乃吾与绿珠修养身心之所，多情话和真话，所以放在怡情园之上。"

张华说："如此说来，养性园应该放在最高位。"

石崇说："最高之位只能留给文学和艺术。"

绿珠问："为什么不能将养性园放在最高位？"

石崇说："因为我与你除了真话与情话，未免还有一些淫言秽语。最高处离天堂太近，恐被上天听了不雅。"

绿珠听了脸羞得红若晚霞。

三人在望乡台上又观赏了一会儿，石崇说："张公，晚上咱一起饮酒。"

"不了，明天开园仪式，你很忙……"

"我忙什么？一切都有人操心，我不过讲几句话而已。"石崇说，"今天您必须去，我要让您成为第一个享受金谷园的贵客，其他人官再大爵再高也只能等明天啦。"

张华想，既然主人给自己这样的荣宠，却之实在不恭。于是与石崇、绿珠三人下了藏书楼，走出文芳园，来到怡情园宴乐楼最豪华的那间餐厅。

这里奢靡到什么程度，有两个故事可以说明一切。

秘书郎刘实后来到宴乐楼接受宴请，席间，内急去出恭。他被一美女领进一室，室内宽大，有三四位衣着华丽的姑娘恭候左右，靠墙一张大床，床上有柔软的床垫和华美的软帐。床旁还有一位捧着香袋的美女。刘实吓得赶紧跑出厕所。对石崇说："我说去厕所，你却把我指到你的卧室里去了。"

石崇说："你刚才进的就是厕所。"

刘实于是只得转身又去了那屋，但他见美女在旁很不自在，因而要求姑娘们暂时出去，姑娘们只得掩门而出。刘实发现，厕所四周不仅放着各种龙涎、沉香等名贵香料，而且旁边还有一个漆盒，里边盛着十几枚干枣。他伸手抓了几个放在嘴里，觉得很甜，于是把十几个干枣都吃了。出恭后，侍女用玉盘端过一盘水和一个盛着"澡豆"的琉璃碗。刘实把"澡豆"倒在水里，一饮而尽，侍女们惊得目瞪口呆。原来，那干枣是用来堵塞鼻孔防臭味儿的，而那"澡豆"则是洗手用的，功能相当于香皂。石崇听说刘实吃了干枣，喝了"澡豆"，不由得哈哈大笑起来。所以，此后任何人到金谷园来都会小心翼翼，没见过的或不知用途的东西人们绝不触碰。

厕所都讲究到这分儿上，餐厅就更无法描述。只能令当今的什么五星级六星级大饭店望尘莫及。

石崇带张华进入的是最豪华的一间餐厅。这餐厅像一个小礼堂，在餐桌旁边是一个大书案，专门用来饮酒赋诗的。餐桌的对面有一个小舞台，是用于歌舞表演。台上四五十个手执乐器的姑娘和几个伶人早已准备就绪，随时为客人演唱。

酒至半酣，石崇对张华说："张公，点一曲歌舞助助兴。"

张华说："伶人歌伎的演唱有些俗了，老夫听说绿珠姑娘歌喉甜美，能否赏光让老夫欣赏欣赏。"

石崇说："好啊。那就让绿珠给张公唱一曲《明君》。"

绿珠也不推辞，款款上台，音乐声起。绿珠唱道：

我本良家子，将适单于庭。

辞别未及终，前驱已抗旌。

仆御流涕别，辕马悲且鸣。

哀郁伤五内，涕泣沾珠缨。

行行日已远，遂造匈奴城。

……

张华听到单于庭一词，立即陷入了沉思。他想起了拓跋燕。往昔与拓跋燕相处的那美好时光一幕幕在眼前浮现。他想，要不是自己顾忌太多，也会像石崇一样跟自己心爱的女人朝夕相处在一起。哦，如今已四五年没她的消息了，不知她还好吗？她会不会也在思念自己，会不会……正在沉思中，忽然乐声歌声寂然而止。他于是鼓掌喊好，同时说道："绿珠姑娘歌喉如莺啼婉转。妙妙妙！"

石崇说："既然张公喜欢听，绿珠再为张大人唱一首《懊恼曲》，那是卑职特为绿珠作的词。"

"好，老夫洗耳恭听。"

于是绿珠又唱了一遍《懊恼曲》。

曲罢。石崇说："张大人才高，今天能否也为绿珠特创作一曲？"

绿珠也道："张大人，求求您啦，贱妾正指望您这位大文学家走红呢。"

绿珠一声"贱妾"，更让张华想起了拓跋燕。此时张华酒已过量，经不住这美人儿相求。于是离开餐桌，走向书案，写下情诗一首。

绿珠看后，大赞道："都以为张大人是个不知情为何物的圣人，原来内心中却也情意无限哪。"

乐伎们奏起乐来。绿珠没有上台，而是拿着诗稿，坐在餐桌旁唱了起来：

北方有佳人，端坐鼓鸣琴。

终晨抚管弦，日夕不成音。

忧来结不解，我思存所钦。

君子寻时役，幽妾怀苦心。

初为三载别，于今久滞淫。

昔耶生户牖，庭内自成阴。

翔鸟鸣翠偶，草虫相和吟。

心悲易感激，俛仰泪流衿。

愿托晨风翼，束带侍衣衾。

唱毕，连乐伎们都放下乐器，拍手称好。

而此时，张华的眼里却泪花闪烁。

绿珠问："张大人，您怎么落泪了，是不是北方真有这样一位佳人呀？"

石崇挥了挥手，舞台上的乐伎、伶人立即全部撤下。

石崇道："张大人，卑职曾闻听您与拓跋鲜卑公主，慕容鲜卑大单于妃有旧情，看来这是真的？"

张华道："实不相瞒，在幽州任上，张某确曾与单于妃相爱甚笃。"

石崇说："您牛啊！大汉天子不得不把昭君远嫁单于，而您却将单于公主芳心俘获，若是鲜卑公主来与大晋名士和亲，那将是历史佳话。"

绿珠说："两情相悦，就应该不离不弃。"

"唉！都怪老夫没那个勇气呀。"张华说。

绿珠道："人生匆匆百年过，何必在乎别人怎么说，人活着，适性而已矣。"

石崇对绿珠说："你知道什么？像你我辈，死而已矣，而张大人是能够在青史上留名的人呀。不用说《鹪鹩赋》《博物志》，光伐吴之战，促成华夏一统，仅此之功即可不朽矣。"

绿珠说："听说皇上每天将《博物志》放在御座旁，时时翻阅。"

石崇道："所以，张公是既立了功又立了言的大人物。岂肯在私德上不小心谨慎，授人以柄呢。"

张华说："知我者，季伦也。如果平吴后，皇上不率性胡为，他也将是千古名君，但他荒淫失德，大大抵消了他的功绩，后人对他的评价就很难说了。"

"不管皇上怎么样，多少个世纪之后，人们只要知道这金谷园最早接待的是华夏一统的最大功臣张茂先大人，那就是金谷园的最高荣誉。"

张华说："不过，季伦呢，我提醒你，要注意影响啊。你如此招摇恐怕会引起某些人的羡慕嫉妒恨。"

"不用担心，皇上知道我建这个园子，早有人对皇上说，我这金谷园比皇宫还奢华，但皇上只是一笑，说：'那是人家石季伦有能耐。'"

张华说："世上只有我和皇上最清楚你的财产的来源。别人可不清楚哇。因为你扣押吕宓的货物一案，世上一直说你是靠打劫过往客商发家的。如果哪天皇上不在了，你可就说不清楚了。"

"说不清楚不是还有您给我证明吗？"

"我人微言轻，到时候恐怕说话也不管用啊。"

"好！多谢您提醒。"

三人谈至亥时方罢。

151

金谷园开园后，石崇规定了几种接待等级。享受一级接待礼仪的是三品以上大员。这些人来此，要上最好的酒，最好的菜，在最豪华的餐厅接待。如果大员们有需求，可随意挑选美女侍寝。享受二级接待礼义的是四品、五品官员及文学名士。这些人来此，享受一般酒席。如果需要美女陪侍，只能拣择一人。五品以下，需自费。

从此，金谷园便成了达官显贵经常光顾的消遣场所。因而，石崇在官场上畅行无阻。他的生意也顺风顺水，财富越积越多。

但任何事情都有例外。满朝中，只有卫瓘、和峤以及竹林七贤中在世的几位——王戎、阮咸、向秀、刘伶不曾光顾过这里。

卫瓘、和峤权力极大，因而始终压制石崇，使他一直得不到快速升迁。石崇无论如何努力，卫大人和和大人就是不买他的账，并弹劾他败坏官场风气。但由于朝中大部分官员都曾被石崇的金钱腐蚀，因而二人的弹劾得不到大家的支持只能不了了之。

卫瓘、和峤官高爵显，清高孤傲情有可原，但阮咸、刘伶、向秀就不可思议了，尤其是刘伶，在王戎手下做个小官，混得连好酒都喝不起，次酒也是上顿不接下顿。石崇曾向他许诺，他是唯一可以每天到金谷园无偿享受美酒佳肴的七品以下官员，但刘伶却不为所动。石崇也曾在绿珠的生日宴会上许以万金请阮咸来现场弹奏《广陵散》——阮咸是嵇康死后唯一一个会弹此曲的人一旦得到的回答是："休说万金，就是他把那金谷园给了我，我也不会为一个小贱人去演奏。"

别看刘伶、阮咸、向秀三位无权无势，但他们是嵇康和阮籍曾经赏识的人，是竹林名士，所以在社会上的影响却极大。竹林名士的永久缺席是金谷园永远的遗憾。

石崇知道张华曾经是竹林名士的好友，关系莫逆，因而请张华代邀刘伶等光顾金谷园。张华说："不是我不能帮你邀，但这几位爷的脾气你知道。凭他们的才华，要是爱慕金钱，贪恋权位，绝不会混到现在这个地步。竹林名士的气节比松柏还要高傲。所以我替你邀也是白邀，弄不好我还得受他们一顿奚落。"

石崇知难而退，只得作罢。

但年青一代文士们却对金谷园十分神往。石崇需要他们来给金谷园做些点缀，使其看上去不那么庸俗。这些人也恋慕财富，希望结交大款。双方一拍即合，很快凑成一伙，谓之金谷园二十四友。

金谷园二十四友与金谷书院和藏书楼被石崇巧妙地利用来作金谷园的文化点缀。

金谷书院的条件与白马寺相比简直太过悬殊了。这里宽敞明亮，风景优美，是学习与研究艺术的理想场所。

张华觉得书法虽然是高雅艺术，但必须有深厚的历史文学积淀作支撑。因而，自白马书院变成金谷书院，他便将史学、孔孟老庄之学与文学作为书院的重要内容融入教学之中，使书院不再仅仅是一个教授和学习写字的地方，而慢慢演化为一种多学科的教育和研究机构。后世，尤其是唐宋以后，民间的教学机构多沿袭这种书院模式，但已改变了书院的本意，书法教学越来越处于从属地位了。

金谷园二十四友是书院的常客。这里除了能够享受丰富的物质生活——二十四友在金谷园不仅免费吃喝住行，而且还可以享受免费的美女，除了潘岳主动拒绝，其他的人几乎每个人在此都有几个固定的女伴；还能享受高雅的精神生活。他们有的做老师，比如陆机、潘岳、挚虞（左思因口讷而无法做老师）等人，有的做学生，向书法大家们学书法，向经学家学儒学以丰富自己的知识，但他们更多的是在此探讨文学问题。比如诗言志还是言情；文有没有载道的责任；文是朴实好还是华丽好；如何解决"意不称物，文不逮意"的问题等，几乎所有有关文学创作的问题都是他们研究讨论的议题。其中关于诗是言情还是言志，诗朴实好还是华丽好这一问题，张华给出的答案是诗的功能是言情，诗应该文词华丽。也就是后来陆机在《文赋》上所说的"诗缘情而绮靡"。由于张华在文坛上无可置疑的地位，他的这一观点对当时的文学创作起到了负面作用，改变了三曹所开创的质朴诗风和"经国之大业"的文学主张，把文学的功能弱化为表达私人感情的载体。虽然张华自己的创作并没有严格遵循自己的这一主张，不管是以前的《壮士篇》《鹪鹩赋》还是不久后他所创作的《女史箴》都是言志的作品，但西晋年青一代文学家却深受这一文学观念的影响。

陆机后来的传世名篇《文赋》就是对他们讨论研究的这一系列文学问题的总结。《文赋》将文学理论能够写到如此"绮靡"也算是对自己的文学主张的一次成功实践吧。不过这样成功的作品在二十四友中并不算多。

金谷园二十四友以精神贵族自居，躲在温柔乡里研究文学，创作情诗艳赋。他们的自以为是很快受到了一次无情打击，他们的文学观念也遭受重创。

张华因为与吴丹一起论过诗，他知道吴丹不仅字写得好，对文学也有独到的见解。因而他请吴丹破例给学生们讲一堂文学课。

尽管吴丹已是"一半是天使，一半是魔鬼"，但她的才华，尤其是在书法上所表现出的才能，还是令二十四友佩服得五体投地的，连陆机这位"才高八斗"的江南才子在书法上对她也推崇备至，但他们不知道这女子在文学上也有建树。听说她要讲一堂文学课，二十四友中的十来位前来旁听。

吴丹一上来就说道："诗是言情呢？还是言志呢？有人说诗言情，这没有错，诗经中的诗许多是言情的。比如《关雎》《静女》《汉广》《氓》《木瓜》等都是纯粹言情的。但《诗经》中也有大量言志的诗，注意，所谓的志并不光指的是个人志向，而是包括揭露世风，鞭挞世态等非私情的内容。比如《伐檀》《硕鼠》《大田》《北山》《七月》等都是言志的，它都无关个人的友情、亲情与爱情，是揭露社会问题的。这些是，文以载道'的。所以，有人说诗言情，那是不全面的。

"那么诗是越华丽越好呢？还是越质朴越好呢？我以为质朴才是诗的最高追求。词诗华丽是为了掩饰内容的空洞。就像一个姑娘，她长得越美，越不需要华丽的衣饰来包装，人们喜爱一个女孩儿是因为她长得美，是因为她有内容，而不是因为喜欢她的衣服。所以华丽的语言就是衣服，华丽的衣服对真正的美人儿来讲，不仅不会增加她的美，反而会掩盖她的美。看看《诗经》国风中那些诗，哪一首不是那么质朴，那么简约，那么有生活情趣。'静女其姝，俟我于城隅。爱而不见，搔首踟蹰'没一句华丽词藻，却将一个女孩儿的焦躁之情表达得淋漓尽致。'采彼萧兮，一日不见，如三秋兮'，其中有一个华丽的词语吗？屈原的《国荡》《离骚》语言华丽吗？并不华丽。可惜，这样的优秀文学传统到汉代被颠覆了。汉赋达到了词语华丽的顶峰，尽管司马相如、扬雄、枚乘等人名气很大。但我不知道谁有那么大的耐心去看完他们的文章，光是那些冷僻的词语，就让人头晕目眩，读来佶屈聱牙，作者似乎专跟读者过不去，以让读者看不懂为乐事，以此来显示其才华。他们似乎忘了，文章是为了表达思想的，目的就是让人看的。看的人越多才能传播得越广。汉朝大赋是空洞的富丽堂皇的大厦，真正喜欢在里边溜达的人并不多。可喜的是，一代英豪三曹父子以他们的创作实践扭转了这一倾向。使文学从华丽复归于质朴。'对酒当歌，人生几何''何以解忧，唯有杜康''白骨露于野，千里无鸡鸣''漫漫秋夜长，烈烈北风凉。辗转不能寐，披衣起彷徨''煮豆燃豆其，豆在釜中泣。本是同根生，相煎何太急？'有华丽的词语吗？没有，但它们却人人传诵。如今有一种倾向，就是要抛弃这种优秀的诗歌传统，重新回到以语言华丽、冷僻，用典众多的汉赋传统上去，模仿汉赋的作品又开始被人追捧，这是极不正常的，也是极其有害的，会将文学领入死路。

"为什么会出现这种状况呢？我认为主要是现代的文学家们日子过得太好了，整天无所事事，既不关心百姓，也无志于社稷大业，没有了文人的气节与风骨，跟社会同流合污，依附权贵，崇尚金钱，躺在温柔乡里品茗饮酒，然后闭门造车，能够写出好作品吗？我断言，三曹之后一直到现在的文学，不会在历史上留下什么印迹。"

吴丹的这番演讲，对金谷园二十四友，甚至包括张华都进行了无情抨击。"模仿汉赋的作品又开始被人追捧"，这明显是在说左思和张华，而"没有了文人的气节与风骨，跟社会同流合污，依附权贵，崇尚金钱，躺在温柔乡里品茗饮酒"，显然在直斥二十四友。

吴丹的话惹得二十四友异常愤怒，陆机当场反驳道："请吴小姐拿出篇好作品让我们学习学习。"

吴丹说："我不是文学家，因而我没有责任拿出好作品。只有鸡才有生蛋的责任，而我只是吃鸡蛋的。我虽然不能生蛋，但我有权利评价每只鸡和它所生的蛋的好坏。"

潘岳说："你反对汉赋的华丽是因为你文学水平没达到那么高的层次，看着吃力。"

"也可能吧，正因为我看着吃力，所以我反对。"

左思说："诗言情可是张大人的主张。"

吴丹说："真理是最不倾慕名利的。"

但二十四友中也有一人，对吴丹的演讲并不反感，而且觉得很有道理，这人就是刘琨刘越石。刘琨问："吴老师，什么时候还来讲文学？"

吴丹说："对不起，我没时间在文学上浪费更多的时间，我有更大的事情要做。"

152

吴丹要做的大事果然来了。接下来连续十六年的八王之乱为这个"一半是天使，一半是魔鬼"的女子提供了广阔的舞台。

太康十一年四月，己酉，帝崩于含章殿，时年五十五，葬峻阳陵，庙号世祖。谥号曰：武皇帝。

《晋书·武帝纪》对司马炎的最后评价是："帝宇量弘厚，造次必于仁恕；容纳谠正，未尝失色于人；明达善谋，能断大事，故得抚宁万国，绥靖四方。承魏氏奢侈革弊之后，百姓思古之遗风，乃厉以恭俭，敦以寡欲。有司尝奏御牛青丝绁断，诏以青麻代之。临朝宽裕，法度有恒。……平吴之后，天下乂安，遂怠于政术，耽于游宴，宠爱后党，亲贵当权，旧臣不得专任，彝章紊废，请谒行矣。爰至未年，知惠帝弗克负荷，然恃皇孙聪睿，故无废立之心。"

这个评价非常公正中肯。全国一统之前，他节俭、仁德、宽厚有雅量，但平吴后却"怠于政札耽于游宴，宠爱后党，亲贵当权，旧臣不得专任，彝章紊废，请谒行矣"。只要清楚了张华在司马炎的人生中所起的作用，便知道这位皇帝前后判若两人的真正原因了。如果不是天下一统之后他渐生骄惰之心，听信谗言将张华逐出权力核心，可能西晋的历史和中国历史就将是另一番样子。然而"怠于政术，耽于游宴，宠爱后党，亲贵当权，旧臣不得专任，彝章紊废，请谒行矣。"还不是最为可怕的，最致命的是，他"知惠帝弗克负荷，然恃皇孙聪睿，故无废立之心"。就是因为喜爱皇孙司马遹，而明知太子司马衷智力有缺陷而不肯废之另立，终于为大晋留下了中国历史唯一呆傻的皇帝。

而他在临死前所做的一切，更给宫廷内斗留下了巨大隐患。

太康十年，也就是司马炎去世前一年，大晋朝廷的权力分配是这样的。司马诸王为一党，外戚"三杨"为一党，太子妃贾南风为一党，这三股势力将朝廷大权瓜分。除此之外唯一不在此三党之内又位高权重的是司空卫瓘。但此时的卫瓘已被太子妃和杨骏狠狠地敲打了一回，已噤若寒蝉了。

因为卫瓘曾反对太子司马衷继位，贾南风始终对他怀恨在心，而卫瓘又明确表示反对外戚干政，并多次提醒司马炎，严防大汉朝外戚干政的危害，因而遭到杨氏和贾氏共同陷害。但他们找不到卫瓘的破绽，最后竟然从卫瓘的儿子身上找到了突破口。

卫瓘之子卫宣，本是当朝驸马，娶司马炎的女儿繁昌公主为妻。但卫宣身上有公子哥儿做派，夫妻感情不甚和睦。杨骏、贾南风认为，只要能让卫宣与公主离婚，卫瓘自然失去权力，因而杨骏让自己的亲信弹劾卫瓘父子。卫瓘知道儿子平时行为不大检点，受到弹劾，深感惭愧，因而告老辞职。武帝准如所请，让其回家退养。同时命繁昌公主回皇宫居住，并与卫宣离婚。这还不算完，杨、贾亲信又奏卫宣有不法行为，应依法治罪。武帝总算没听信这个谗言，未将卫宣送入大牢。后来司马炎才得知，指控卫宣的许多罪名都是捏造的，因而打算让公主与卫宣复婚。哪知这卫宣连惊带吓，又被父亲整日责骂，竟然抑郁而亡。（《晋书·卫瓘传》："宣尚公主，数有酒色之过。杨骏素与瓘不平，骏复欲自专权重，宣若离婚，瓘必逊位，于是遂与黄门等毁之，讽帝夺宣公主。瓘惭惧，告老逊立。乃下诏曰：'司空瓘年未致仕，而逊让历年，欲及神志未衰，以果本情，至真之风，实感吾心。今听其所执，进位太保，以公就第。给亲兵百人，置长史、司马、从事中郎掾属；及大车、官骑、麾盖、鼓吹诸威仪，一如旧典。给厨田十顷、园五十亩、钱百万、绢五百匹；床帐簟褥，主者务令优备，以称吾崇贤之意焉。'有司又奏收宣付廷尉，免瓘位，诏不许。帝后知黄门虚构，欲还复主，而宣疾亡。"）

因此，司马炎死前，实际上朝廷只剩了那三股皆与皇家沾亲带故的势力。

干掉卫瓘之后，贾南风想立即掉转枪口，与诸王联合除掉"三杨"，她认为，"三杨"是太子继位的最大威胁。但吴丹分析说："娘娘，除去卫瓘以后，咱要思考的就不是太子继位不继位的问题了。因为诸王与三杨哪个也不敢擅践大位。他们只能支持太子。现在我们要考虑的关键是，太子登基后，您如何能够替太子主天下。"

"对，对，你说得对。"

吴丹说："显然他们两股势力都会反对您，但哪一方对您的威胁最大呢？显然是诸王。他们控制您名正言顺，而且也不敢担保哪个王一旦实力大增就会有图谋大位之心。因为太子确实圣质欠佳，他们随时可以以这个名义将太子驱离大位，而因为他们同样是皇上的近亲，所以不会引起天下人的强烈反对。而杨氏就不同，他们若有不臣之心，会引发天下共讨之。"

"你说得没错。"

"所以，咱现在应该做的，就是想办法挑动起三杨和诸王的混战，咱才能坐收渔利。"

"晓阳你真是个活诸葛，你的一番话简直像当年的《隆中对》，让哀家茅塞顿开。哀家借用刘备的一句话：孤之有晓阳犹鱼之有水也。"

"娘娘您过奖了。您对吴丹情同母女，我岂能不知恩图报啊，但吴丹身无长物，报无可报，只是习得一些书，晓得一些计谋，所以只能用智慧报效娘娘了。"

"好哇，待哀家有天下的那一天，你就是女相国。"

所以，表面看，这三股势力，太子妃贾南风一方势力最小，但贾南风背后却有这么一位足智多谋的高参，正是这个女诸葛，将这三足鼎立的关系娴熟地玩弄于股掌之上，最终使贾南风一路胜出。

她为太子妃出的第一个主意，便是与"三杨"联合逐出卫瓘。因为对于贾南风来说，卫瓘是最为明确的对手，他明确表示过反对太子继位，而且他也明确反对外戚干政，是杨氏与贾氏共同的敌人。他身为司空，大权在握，他倾向于哪一方，哪一方便势力大增，因而她首先设计清除了卫瓘这股独立势力。

吴丹给贾南风出的第二个主意便是让太子妃两次与"三杨"暂时结成联盟。共同对付诸王。

太康十一年，司马炎患了重病，因而开始考虑后事。吴丹为贾南风使出一计。她首先让杨骏买通司马炎最宠信的宦官王佑，让他向皇上灌输一个观念，就是司马诸王肯定是太子继位的坚定支持者，因而必须让诸王到地方掌控军政大权，这样有非分之想的人才不敢轻举妄动。朝廷若有变，诸王也可以即刻倾兵勤王。

司马炎正是听了王佑的意见，所以才将最亲近的王爷——自己的兄弟子侄打发到地方上去。这其中就有秦王司马柬、楚王司马玮、淮南王司马允、汝南王司马亮。

王爷们纷纷离京，司马炎身边只有三杨，司马炎大概也感觉不妥，于是复用卫瓘为太保、石鉴为司空、王浑为司徒以期牵制杨氏三兄弟。但卫瓘的丧子之痛还未平复，石鉴、王浑从卫瓘的遭遇中也获得了教训，因而尽量不与三杨争锋。

至夏，武帝病情加重，皇后杨芷索性将自己的爹杨骏留侍皇宫中，一切诏令，都由杨骏亲自起草，一切大事都由杨骏做主。诸王大臣，没有一个能够参与意见。杨骏利用这个机会大树心腹死党，给他们加官授权。

司马炎连续多日昏迷不醒，杨骏胆子越来越大。但有一天，司马炎突然回光返照，彻底清醒，居然能批阅案牍，正好看见杨骏先前所拟的用人诏书。发现杨骏所要提拔的人都不是真正有德有才的人，于是怒道："你怎么能趁我病重这么干？"

杨骏惊恐万状，连忙磕头谢罪。

司马炎又问："汝南王司马亮离京了吗？"

杨骏说："还没启程。"

司马炎又道："快令中书草诏，留他入朝辅政。"

中书监华廙刚将诏书拟好。司马炎又倒在床上，昏迷过去。杨骏见状，赶紧赶到中书省，向华廙讨要诏书，并隐藏不报。不仅如此，皇后杨芷还将中书监华廙和中书令何劭叫到身边，由杨后口宣帝旨，令中书伪造皇帝遗诏：封杨骏为太尉，兼太子太傅，都督中外诸军事，录尚书事。华廙与何劭不敢违令，当即草就，呈与杨后。杨后为了证明这个遗诏皇帝本人知晓，所以将华廙和何劭带到司马炎床前，由杨后递过草诏，使武帝自视，但见武帝睁着两眼，看了半天，没说出一句话。

杨芷说："你俩可以做证，皇帝对这个遗诏没表示任何反对意见吧？"

当晚，司马炎弥留之际忽然问道："汝南王来了没有？"

杨骏说："没来。"

司马炎长叹一声，呜呼崩逝。（《晋书·武帝纪》："至于大渐，佐命元勋，皆已先没，群臣惶惑，计无所从。会帝小差，有诏以汝南王亮辅政，又欲令朝士之有名望年少者数人佐之，杨骏秘而不宣。帝复寻至迷乱，杨后辄为诏以骏辅政，促亮进发。帝寻小间，问汝南王来未，意欲见之，有所付托。左右答言未至，帝遂困笃。中朝之乱，实始于斯矣。"）

皇帝死时，身边已无佐命之臣，朝廷和皇家事务只得由杨氏兄弟摆布。

太子司马衷继位。杨骏以宰相身份辅政，一切大权皆在杨骏、杨济和杨桃兄弟掌握之中。

由于严重缺乏人才，此时张华被起用，被任命为太子少傅。

杨骏为了笼络人心，大行封赏，大小官员普遍晋级。亲近之人更是大大提职封爵。

杨氏三兄弟的胡作非为，令许多大臣不满。石崇亲自上书指责这种封赏的行为有悖常理，他说，有的人对国家身无寸功却比当年对伐吴功臣的奖赏还重，这样做是乱了法度。（《晋书·卷三十三·列传第三》："元康初，杨骏辅政，大开封赏，多树党援。崇与散骑郎蜀郡何攀共立议，奏于惠帝曰：'陛下圣德光被，皇灵启祚，正位东宫，二十余年，道化宣流，万国归心。今承洪基，此乃天授。至于班赏行爵，优于泰始革命之初。不安一也。吴会僭逆，几于百年，边境被其荼毒，朝廷为之旰食。先帝决独断之聪，奋神武之略，荡灭逋寇，易于摧枯。然谋臣猛将，犹有致思竭力之效。而今恩泽之封，优于灭吴之功。不安二也。上天眷祐，实在大晋，卜世之数，未知其纪。今之开制，当垂于后。若尊卑无差，有爵必进，数世之后，莫非公侯。不安三也。臣等敢冒陈闻。窃谓泰始之初，及平吴论功，制度名牒，皆悉具存。纵不能远遵古典，尚当依准旧事。'书奏，弗纳。"）

石崇的善意杨骏不仅"弗纳"，而且还为自己引来了祸端。

杨骏早就对石崇的财富垂涎三尺。如今天下权力已归于他一人之手，于是便命人调查石崇财富的来源。石崇得知后，不由得惊恐万状。世上知道自己财产真正来源的只有司马炎和张华二人。司马炎已死，张华虽然名望很高，但位卑言轻，所以即使他出来为自己证明，谁又会采信？而且石崇也清楚，自己的财富虽然主要来源是清白的，但背后也一直有石家权力的影子。如果细究起来，不会一点问题没有。他知道，自己如此巨大的财富一旦被手握大权的人看中，自己早晚会被权力找个缘由收拾了。

石崇因而每日惶恐不安。

杨骏到底不是个搞政治的料儿，不久之后，他就被政治对手贾南风一举击败。

贾南风本想自己当上皇后后便一人之下万人之上，可以丿侦理成章地发号施令了，但没想到杨骏专横跋扈，她这个皇后不仅一点权力没分到，还要看杨氏兄弟脸色行事，因而对杨骏大为不满。

吴丹看出了贾南风的心思，说："娘娘，如果不能有效地控制杨骏，他会越来越猖獗，当所有人慑服在他的淫威之下，彻底失去反抗的勇气时，他便可以为所欲为了。到那时，必然要生谋篡之心。应该趁此时他的权力未固，根基未稳，立即出手，清除这个隐患。"

贾南风说："唉，我正为此而发愁呢。如何才能清除呢？京城禁卫被他们兄弟把持，我们手中无一兵一卒。"

"您不要悲观，一切由臣为您谋划。"吴丹说，"您手里最好的王牌是皇后的名分。皇上如今已被杨氏兄弟严密控制，我想这种状况诸王皆知，此时只要您以皇后的名义暗中联络诸王，让他们秘密进京，诛除杨氏，会立即得到天下响应。"

贾南风听从吴丹意见，让亲信去见汝南王司马亮，但司马亮胆小怕事，不敢进京。而楚王司马玮、淮南王司马允年轻气盛，接到皇后的懿旨，便悄悄进京。他们秘见皇上，诬杨骏谋反，皇上立即宣布全城戒严，司马玮与东安公司马繇率亲兵诛杀了杨骏。

杨骏一党无一漏网。

皇帝降旨，诏汝南王司马亮入京辅政。

司马亮和司马玮等奏请皇上请示如何处置杨骏党羽。司马衷哪里拿得出意见，于是问贾南风。贾南风初次遇到这么大的事，也不知道如何处理最为妥当。吴丹对她说："娘娘，臣不知您以后是想以德感人呢，还是以威服人。"

"何为以德感人，何为以威服人？"

"为君者治国有两种方法。一是大恶，让天下人怕你。要不就大善，让天下人爱你。以您的性格来讲，臣觉得前者更适合于您。"

贾南风说："知我者，晓阳也。"

吴丹说："既然您想威服天下，那么就从杨骏这伙人开始，一概夷其三族。"

于是，元康元年（291）——司马衷的第二个年号，第一个年号永熙只用了一年）——"三月辛卯，诛太傅杨骏，骏弟卫将军珧，太子太保济，中护军张劭，散骑常侍段广、杨邈。左将军刘预，河同尹李斌，中书令符俊，东夷校尉文淑，尚书武茂，皆夷三族。"（见《晋书·惠帝纪》）

这还不算，吴丹又对贾南风说："杨氏兄弟的后台是太后杨芷，她才是真正的罪魁，惩恶不能放过元凶。"

贾南风问："对太后应该如何处罚？"

吴丹说："既要恶就要恶到极致，只有大恶之人，才能让人因恐惧而从内心里畏服。太后如不杀之也应废为庶人。"

"好，你说得有道理。"

于是她以皇帝旨意，将太后杨芷废为庶人，与母亲庞氏迁到金墉城居住。

对于太后的处置显然非常过分，但群臣皆默不作声。只有张华上一奏书称："太后非得罪先帝，不过与父同恶，有悖母仪，宜依汉废赵太后为孝成后故事，号为武帝皇后，徙居离宫，以全终始。"（《晋书·张华传》）

但张华的奏议不仅未被采纳，反而让杨芷和其老母丢了性命。这背后又是吴丹的主意。

吴丹对贾南风说："娘娘，太后到了金墉城您就放心了？"

"她们娘儿俩被软禁在那里，还能掀起什么风浪？"

"臣以为未必。"吴丹说，"太后毕竟身份特殊，人缘不错。曾经有'婉嫕有妇德，美映椒房'之誉，所以会有很多人同情她，比如中书监张茂先不就公然为其鸣不平吗？如果哪一天，杨骏谋反的事被人证实是诬告，那太后就可能咸鱼翻身……"

"天啊！是有这个危险。"

"为什么身边总留着危险呢？"吴丹说。

"好的，你的意思我明白。"贾南风说。

贾南风本是个残忍的女人，有了吴丹的教唆，更加变本加厉。不久，她便亲自带人诛杀了太后的母亲庞氏。眼见年迈老母性命不保，太后杨芷无计可施，竟然给自己的儿媳跪下了，说："看在过去哀家曾救过你的面上，饶过老太太一命吧。"

贾南风说："当年谁让你救我了，可不是我求的你，是你自愿的，既然是自愿的，还要求别人来报答，真是岂有此理。"

关于杨芷救贾南风一案是这样的：贾南风为司马衷连生三胎，竟无一男，眼看得皇上对谢玖所生皇太孙司马遹越来越喜爱，大有越过太子直接让太孙继位之势。因而贾南风心中十分不平。如果光是一个司马遹还好对付，贾南风就怕其他妃子再生出男孩儿来。因而她对太子的其他妃子严防死守。后来，果然有一个妃子怀孕在身，大腹便便再也掩藏不住。贾南风发觉后大怒，绰起一个大铁戟便向这个妃子的怀中刺去。只一戟便挑破了孕妇的肚皮，已成形的婴孩坠落地面。司马炎闻知，大怒。命人将贾南风打入冷宫，并幽禁在金墉城，并要废掉她的太子妃名号。贾充知道后立即动用自己的势力进行挽救。皇后杨芷也替贾南风求情，说："贾充有功社稷，司马氏有天下，贾公出力最多。司马炎对司马氏的好处不应忘怀。如果废其亲女。这不是恩将仇报了吗？"司马炎听皇后说得有理，便赦免了贾南风。（《晋书·武悼杨皇后传》："太子妃贾氏妒忌，帝将废之。后言于帝曰：'贾公闾有勋社稷，犹当数世宥之，贾妃亲是其女，正复妒忌之间，不足以一眚掩其大德。'"）

贾南风不肯念及旧情，太后实在没办法，竟然提出了一个荒唐的主意，她想以做贾南风的女儿为条件换取老母性命——这可谓古今未有之事。但贾南风哪里肯依？不仅当着杨芷的面处死了她的母亲，不久，杨芷自己也被饿死在金墉城。（《晋书·杨悼皇后传》："（贾后）又奏：'杨骏造乱，家属应诛，诏原其妻庞命，以慰太后之心。今太后废为庶人，请以庞付廷尉行刑。'诏曰：'听庞与庶人相随。'有司希贾后旨，固请，乃从之。庞临刑，太后抱持号叫，截发稽颡，上表诣贾后称妾，请全母命，不见省。初，太后尚有侍御十馀人，贾后夺之，绝膳而崩，时年三十四。"）

杨骏被诛后，汝南王司马亮为太宰，卫瓘为太保，辅政。

由此开启了分别以汝南王司马亮、楚王司马玮、赵王司马伦、齐王司马冏、长沙王司马乂、成都王司马颖、河间王司马颙、东海王司马越八王为核心长达十六年的"八王之乱"。

153

贾南风与吴丹的配合天衣无缝。一个凶狠残暴，一个智谋高超，这次合作再次大获全胜。贾南风对吴丹越加佩服和倚重了。

司马亮性格柔顺，卫瓘年迈且已无权欲之心，因而强悍的皇后贾南风获得了较大的权势。

她利用手中的权力迅速将自己的外甥贾谧升为黄门侍郎，叔伯弟弟贾模晋升为散骑常侍，舅舅郭彰为尚书。

这贾谧既是韩寿与贾南风的妹妹贾午偷香所生之子，又是贾充因唯一的儿子贾黎民早亡，让贾谧过继贾黎民名下，作为贾氏子嗣，因而他承继了贾充的爵位。虽然官职不大，但因身为公爵，又有贾南风做后台，因而权势日炽。

一天，皇帝司马衷和春风得意的皇后贾南风在皇宫华林园大宴群臣，贾南风对和峤说："和中书，听说你近来身体违和，偶染小恙。只因杨骏逆贼祸乱朝纲，陛下和哀家一直没腾出工夫派人去慰问，不知最近怎么样了？"

"托娘娘福。臣病体略有好转。"

司马衷问道："和中书，我记得您在先帝面前曾说，担心陛下难当社稷大任，现在看来怎么样啊？"

和峤说："臣过去侍奉先帝，是说过这样的话，我的话没有应验，虽然证明臣愚钝和没有眼光，但那却是国家之福哇。"（《晋书·卷四十五·列传第十五》："及惠帝即位，……贾后使帝问峤曰：'卿昔谓我不了家事，今日定云何？'峤曰：'臣昔事先帝，曾有斯言。言之不效，国之福也。臣敢逃其罪乎！'"）

司马亮道："杨骏乱党之诛，就是圣上英明睿智的绝好证明。"

其他人也纷纷称赞陛下圣明。

此时，旁边荷花池中的青蛙突然鸣叫起来。司马衷问道："青蛙整天鸣叫，比朝堂上众卿争吵得还热闹。众卿吵吵嚷嚷争论的是社稷大事，你们说这些青蛙吵吵闹闹是为公事还是为私事呢？"

司马衷的话让众人目瞪口呆，因为他将众臣比作青蛙，实在让大家无法接受。张华见久久无人回答皇帝的问话，生怕皇上下不来台，于是说："青蛙在官家地盘上就说官话，在私人的地盘上就说私话。"

司马衷听了张华的话，似有所悟地说："哦，原来是这么回事。《博物志》的作者懂的就是比别人多，连鸟言兽语都能听懂啊。"

酒宴进行到最后，卫瓘奏道："陛下，臣昨日接到并州刺使急书，要朝廷紧急从幽、冀各邻近州县调粮。"

"为什么要调粮？"贾南风问。

"因为去年并州多县大旱，粮食绝收，到现在百姓已无粮可食，已有多人饥饿而死。"

司马衷说："这些百姓真是愚蠢，没粮可食就眼巴巴地饿死吗？为什么不喝肉粥呢？"

众皆愕然。（《晋书·惠帝纪》："帝尝在华林园，闻虾蟆声，谓左右曰：'此鸣者为官乎，私乎？'或对曰：'在官地为官，在私地为私。'及天下荒乱，百姓饿死，帝曰：'何不食肉糜？'"）

宴毕，众臣离席出宫。

张华问和峤："以君观之，圣质如何？"

和峤小声道："圣质尚不如初。"

154

杨骏一党被清除，贾南风高兴了没几天，便又不时地长吁短叹，郁郁寡欢。

吴丹问："娘娘，杨骏已诛，皇后该有的权力您都有了，亲戚朋友也都该升的升，该奖的奖了。您还有什么不满足呢？"

"晓阳啊，你不是总能猜中哀家的心事吗？你猜猜。"

"我猜您呢，是发愁没有儿子。"

"天哪，你真是哀家肚里的蛔虫。"

确实，贾南风真正最忌的不是别人，正是太子司马遹。这小子从小便表现出了非凡的聪明。司马遹五岁时，宫中曾经晚上失火，晋武帝登楼远望。司马遹拽着晋武帝的衣襟到暗处。晋武帝问他原因，司马遹说："夜晚仓促之间，应该防备非常变故，不应让火光照见陛下。"晋武帝因此认为他是奇才，对廷尉傅祗说："这小儿将来会兴旺我司马家呀！"后来晋武帝多次当着群臣称赞司马遹像晋宣帝司马懿，于是司马遹聪明睿智很快天下皆知。不仅如此，司马炎还公开表示，之所以立司马衷为太子，就是想将来让司马遹继承皇位。（《晋书·卷五十三·列传第二十三》：（司马遹）幼而聪慧，武帝爱之，恒在左右。尝与诸皇子共戏殿上，惠帝来朝，执诸皇子手，次至太子，帝曰：'是汝儿也。'惠帝乃止。宫中尝夜失火，武帝登楼望之。太子时年五岁，惠帝裾入暗中。帝问其故，太子曰：'暮夜仓卒，宜备非常，不宜令照见人君也。'由是奇之。尝从帝观豕牢，言于帝曰：'豕甚肥，何不杀以享士，而使久费五谷？'帝嘉其意，即使烹之。因抚其背，谓廷尉傅祗曰：'此儿当兴我家。'尝对群臣称太子似宣帝，于是令誉流于天下。"）

不久前，司马遹被立为太子，并请了好几位德才兼备的贤士对他进行教育。《晋书》载：元康元年（291），（司马遹）出居东宫，又有诏书说："司马遹年纪还小，现在出住东宫，只应仰仗师傅和各位贤士之训。他的行止左右，应有正行之人与他周旋，能有所补益。"于是让太保卫瓘的儿子卫庭、司空司马泰之子司马略、太子太傅杨济之子杨毖、太子少师裴楷之子裴宪、太子少傅张华之子张祎、尚书令华暠之子华恒与太子相处，以便互相辅导。

贾南风虽然是皇后，但无奈自己生不出男孩儿。见谢玖的儿子一天天长大，不仅被立为太子，还表现得聪明仁德，这令她越来越慌恐不安。

吴丹猜中了她的心思，于是说："皇后娘娘，您从今以后必须与谢才人搞好关系了，不能再欺凌人家。"

"为什么？"

"您还看不出来吗？谢才人的儿子已被立为太子，离皇位可越来越近了。虽然你是正宫娘娘，但太子一旦登基，人家是不会不认亲娘的。"

"晓阳，这也正是哀家寝食难安的原因。"

"所以你必须向谢才人示好。"

"哀家可不是甘为人下之人。"

"您今天不肯低头，或许二十年之后您就必须断头。就凭您对谢才人的态度，非打即骂，一旦人家儿子坐了龙椅，谢才人必然疯狂报复。"

"你说哀家应该怎么办？"

"唯一的办法是让太子没有登基的机会！"

贾南风用手比了刀切东西的动作说："你是说这样？"

"天哪，您想哪儿去了？"吴丹说，"您要是敢把他这样了，天下人都不容您，最少是夷三族之罪。"

"那怎么才能阻止这小子将来登上皇位？"

吴丹说："最好的办法是让他学坏，当他失去人心之后，自然便会遭到天下唾弃。"

"这小子那么聪明伶俐哪是想让他学坏就学坏的？"

吴丹说："这您不必担心。您要知道，让一个人上进学好难，让他学坏很容易。就如同你将一个人从低处拉上来需要费很大的劲，而将一个人从高处弄到低处，只需要轻轻一推而已。如果您真想阻止太子承继大位，您只需听我的按部就班地一步步实行定能成功。"

"好，为了阻止他坐上皇帝宝座，哀家什么事都可以做。"

于是，一个把司马遹引向堕落的计划付诸实施了。

因为贾南风是皇后，按祖制，皇后是所有皇子的母后，所以太子是应由贾南风这位皇后来教导的。因而她有的是机会将这小子带坏。

正如吴丹所说，让一个人，尤其是少年学坏是非常容易的。

教坏司马遹，贾南风自己不出面，吴丹也不出面，而是由吴丹向贾后宠信的宦官董猛密授机宜。为了能让董猛有更多接触太子的机会，贾南风还以母后关心太子的名义，将自己宠信的太监董猛调到太子身边负责太子的日常生活。

每当司马遹想认真学习的时候，董猛便谄媚奉承说："殿下应该趁着年轻好好玩乐，何必自我约束呢？今后天下都是您的，只要您发了话，什么事都有人替您去做，何必费力地读书呢？"

司马遹说："圣人让人好好读书。先皇也常说，没有知识就无法成就一番大业。"

董猛说："圣人的话那是对百姓说的，先皇的话也不是对任何人都适用。先皇像您这般年纪，天下尚不姓司马而是姓曹，先皇眼里的大事就是将曹家天下变成司马家的天下。先皇已把这件大事做完了，而且天下一统了，您还有什么大的事业需要成就的呢？所以您只需好好享受天子之乐就行了。"

司马遹觉得这话很有道理。本来读书就很累人，所以从此他的读书兴趣大减。

每当司马遹因某事不满而对某人发怒时，董猛便会怂恿道："殿下，发怒是要伤身损寿的。您贵为太子何必发怒呢？谁惹您生气您就好好制裁他，直到您出了气为止。这天下将来都是您的，您想让谁死谁就得死，想让谁活谁才能活。您谁的气都不能受。做天子的必须学会树威，您不使用刑法天下人怎么会畏服殿下呢？"

董太监的话总是让司马遹那么爱听。因而也总是会按其所说实行。于是，司马遹怠慢松弛日益明显，还常常不上朝侍奉，并在后园游戏。他爱好矮车小马，让左右之人骑驰，当车马跑得正快时，他突然割断缰绳，让人猝然堕地以取乐。谁不肯听从他的话，他便会施以拳脚。（《晋书·卷五十三·列传第二十三》："及长，不好学，惟与左右嬉戏，不能尊敬保傅。贾后素忌太子有令誉，因此密教黄门阉宦媚谀于太子曰：'殿下诚可及壮时极意所欲，何为恒自拘束？'每见喜怒之际，辄叹曰：'殿下不知用威刑，天下岂得畏服！'太子所幸蒋美人生男，又言宜隆其赏赐，多为皇孙造玩弄之器，太子从之。于是慢弛益彰，或废朝侍，恒在后园游戏。爱埤车小马，令左右驰骑，断其鞅勒，使堕地为乐。或有犯忤者，手自捶击之。"）

于是，一个聪明伶俐，寄托着大晋和司马家族未来希望的太子，就这样一步步走向堕落。

155

贾后的行为早就为朝野所诟病，但只是没人敢公开劝谏。因为任何人一旦惹怒她那火暴的脾气，她可是不论秩子，轻者贬官，重者杀头。在众臣看来，反正都是皇家自己内部事务，谁也不愿进言。

只有张华，大着胆子写了一篇《女史箴》亲自呈与贾南风。

这《女史箴》历数古代贤后淑妃的故事，以为贾后借鉴。"箴"即规劝之意。《女史箴》被奉为"苦口陈箴、庄言警世"的名篇。其词曰：

茫茫造化，两仪既分；散气流形，既陶既甄；在帝庖牺，肇经天人；爰始夫妇，以及君臣；家道以正，王猷有伦。

妇德尚柔，含章贞吉；婉嫕淑慎，正位居室；施衿结褵，虔恭中馈；肃慎尔仪，式瞻清懿。

樊姬感庄，不食鲜禽；卫女矫桓，耳忘和音；志励义高，而二主易心。

玄熊攀槛，冯媛趋进。夫岂无畏？知死不吝！

班婕有辞，割欢同辇；夫岂不怀，防微虑远。

道罔隆而不杀，物无盛而不衰；日中则昃，月满则微；崇犹尘积，替若骇机。

人咸知修其容，而莫知饰其性；性之不饰，或愆礼正；斧之藻之，克念作圣。

出其言善，千里应之，苟违斯义，同衾以疑。夫出言如微，而荣辱由兹。勿谓幽昧，灵监无象。勿谓玄漠，神听无响。

无矜尔荣，天道恶盈。无恃尔贵，隆隆者坠。鉴于小星，戒彼攸遂。比心螽斯，则繁尔类。

欢不可以黩，宠不可以专。专实生慢，爱极则迁。致盈必损，理有固然。美者自美，翩以取尤。冶容求好，君子所雠。

结恩而绝，职此之由。故曰：翼翼矜矜，福所以兴。靖恭自思，荣显所期。女史司箴，敢告庶姬。

凭贾南风的水平很难读懂《女史箴》，是吴丹给她一句句解释之后她才明白其中说的是什么意思。

"这张茂先真是多事。不是哀家看他为人正直，颇具才德，重新起用他，他还不是赋闲在家吗？我看他是连太子少傅也不想干了。"

吴丹说："娘娘休怪。他只不过写个劝谏文，您可听可不听。再说他还可能是借此向您显示才能，希望得到更大的任用呢。"

"嗯。你说的不无道理，他们这些文人呀，想当官也不会直接说，总是转弯抹角让人猜。他既然无恶意，哀家也不追究他了。"

张华虽然为劝谏贾后费尽了心机，但贾南风岂是一篇箴言所能感化的。

《女史箴》本是张华为贾后所写，却对贾后没起任何作用，但一百年后，东晋大画家顾恺之却以《女史箴》为题，创作了系列人物画《女史箴图》，成为中国的传世名画。

156

在清除杨骏一党的行动中，有一个人险遭不测，完全靠着贾谧相助才死里逃生。这人便是天下第一大美男潘岳。

潘岳自恃才高，做过几任县令也颇有政绩，但就是因其趋炎附势，而被傅玄、山涛、和峤、王戎、何劭等人不容，所以一直没有充分发挥才能的平台。后来好容易盼到改朝换代，杨骏独揽大权，于是他便立即栖乎上去。杨骏因是外戚，党羽并不很多，潘岳大名鼎鼎，主动投靠，而他身边确实缺少这样一位笔杆子，于是杨骏立即将潘岳招到帐下，委以太尉主簿之职，整天陪侍在杨骏左右。他万没想到，这个后台倒塌得如此之快，刚挝了不到一年的官瘾，便因是杨骏的死党而被逮捕。本来应该也是夷三族之罪。但贾谧怜其文才，因而向贾后求情。贾南风也不忍这么一个大美男惨死刀下。如此潘岳才捡了一条命。

潘岳觉得贾谧对自己有活命之恩，因而想好好回报回报。他跟石崇商议，要以最高规格在金谷园好好招待招待贾谧。石崇听后，非常高兴，说："好，事不宜迟，金谷园随时对贾谧开放。"

石崇所以如此欢迎贾谧，是因为他正在寻找一个可靠的靠山。石崇已认清，在这样的社会，无论多大的财富，无论财富是怎么来的，只要没有权力保护，那财富早晚会给自己带来灾祸。而贾谧乃是贾后娘家的传承人，贾后必倾心扶持。作为杨骏死党的潘岳，贾谧一句话就能被豁免，足见其能量有多大。

第二日，贾谧就应潘岳之邀光临金谷园。

贾谧之所以运用自己亲姨贾南风的关系搭救潘岳，接到潘岳和石崇的邀请又欣然前往，是因为他也是个喜读书，痴迷于诗赋的文学青年。《晋书·贾谧传》称他："谧好学，有才思。"与二十四友交往，加入名士之列是他的梦想。

为了在二十四友面前表现一下自己的文采，他提前便草拟了几首诗，请名士们为其斧正。

他是带着求教的心态而来的，根本没想到会受到超规格的隆重的接待。

石崇率二十四友在金谷园大门前列队相迎，背后则是五六百名盛装的年轻女子，有的手执笙管笛箫，有的手执鲜花彩带。待贾谧从车上下来，乐伎们立即吹奏起迎宾曲，美女们挥舞手中的鲜花和彩带，连连高喊："欢迎欢迎！"

贾谧诚惶诚恐地下了车，与二十四友一一相见后，便一起来到拙政园专门用于接待高官的大厅。二十四友环列左右。

石崇说："金谷园能迎来贾公这样尊贵的客人，乃是石某之大幸。贾公义救潘安仁，足显其仁德之心。"——贾谧袭贾充公爵爵位，故称其贾公。

贾谧笑道："应该的，应该的。"

石崇继续说："贾公不仅德行高尚，而且文采过人。石某虽早有心请贾公到金谷园一叙，但恐贾公出身高贵，不肯赏光。今日贾公拨冗莅临，我代表金谷园二十四友对您表示热烈欢迎，欢迎您从各方面给我们以指导。"

贾谧忙道："不敢当，不敢当，诸位都是当世才子名士，贾谧是向各位老师学习请教来的。"

潘岳说："您学养渊深，我们得向您学习。"

贾谧说："我不过喜欢读书，要说学问嘛，就远不及诸位了，尤其在诗文方面，还请大家多多指教。"说着，贾谧掏出几张纸来，说道："这是本人最近写的几首诗，请诸位过目，提提意见。"

石崇接纸在手，浏览一遍，然后说道："天呢，贾公是真人不露相啊。跟贾公的文才相比，我们这些露相的所谓名士就不是真人了。"

贾谧道："石大人过奖了，贾某不过初入此道，哪里能与诸位名士相比。"

石崇说："不是石某过奖，而是您过谦了。你的文才之高可能您自己都没觉察出来。我把您这首《春晚》诗诵读一遍，让众位听听，是不是我过奖了。"说完，石崇捧纸在手，高声朗诵道：

春晚

云雾浮空半雨晴，

微风时起扫落红。

欲将春物飘零尽，

只有黄鹏一两声。

浮花浪蕊自纷纷，

点缀莓苔作绣茵。

独有猗兰香未歇，

可纫幽佩击余春。

石崇声音未落，掌声骤然而起。潘岳道："好诗，好诗。贾公文采飞扬啊。"

左思道："才高盖世。"

挚虞也道："我等不如也。"

石崇说："贾公之文采历史上只有一同宗可比，大家说那人是谁？"

二十四友异口同声地说："贾谊贾长沙。"

石崇说："看来英雄所见略同啊。贾公，以后您千万别再这么谦逊了，您确实是不世出的文学奇才。我等要好好向您学习呀。"

贾谧被捧晕了。他也真弄不清自己的文采到底有多高。既然二十四位名士都说自己才比贾谊，那可能自己真的是才比贾谊了。于是说："那不才就加入金谷园二十四友之列，做第二十五友……"

石崇忙说："不不不，那哪行啊？"

贾谧说："石大人不欢迎贾某加入？"

石崇说："我的意思是说，无论身份地位还是文学才能，二十四友都不能与您同日而语。你要想参与我们的活动，您只能做我们的盟主，我们在您的教导下才能进步。"

贾谧说："盟主不盟主的无所谓，今后我会从各方面为金谷园的文学活动提供方便。"

大家又异口同声地说："多谢贾公！"（《晋书·贾谧传》："海内辐辏，贵游豪戚及浮竞之徒，莫不尽礼事之。或著文章称美谧，以方贾谊。渤海石崇欧阳建、荥阳潘岳、吴国陆机陆云、兰陵缪征、京兆杜斌挚虞、琅邪诸葛诠、弘农王粹、襄城杜育、南阳邹捷、齐国左思、清河崔基、沛国刘瑰、汝南和郁周恢、安平牵秀、颍川陈畛、太原郭彰、高阳许猛、彭城刘讷、中山刘舆、刘琨皆傅会于谧，号曰二十四友，其余不得预焉。"）

贾谧忽然说道："卿等虽然对鄙人的文才赞赏有加，只是不知张茂先会认为如何。"

贾谧清楚，张华才是当前在文坛上一言九鼎的人物，如果得不到他的认可，别人说什么也白搭。他可以一夜之间将一个无名的小人物左思捧成天下皆知的大名士，要是从他的嘴中也能说出自己才比贾谊，那自己就真的在文坛上青史留名了。

石崇说："张大人乃金谷园二十四友之师，时常到金谷书院来授课巡视，有适当机会石某向他好好推荐推荐您的大作。"

"那就多谢石大人了。"

"您今后是我们的盟主，言谢就远了。"石崇说，"以后金谷园和众弟兄还有赖您多多照应。用餐的时间到了，请贾公到怡情园那边边饮边叙。"

酒宴开始，几十名妙龄美女侍奉在左右。

酒过三巡，潘岳起身道："贾公对潘某有重生之德，再造之恩，潘岳无以为报，今赋诗一首以赠贾公。"

"好——"大家纷纷鼓掌。

潘岳起身吟道：

风流倜傥气质佳

生于名门贵胄家

文才盖世孰堪拟

众人争说贾长沙

潘岳吟罢，立即响起一片赞美之声。

潘岳之后，石崇、左思、陆机等人皆不甘落后，纷纷吟诗赞颂贾谧。

酒宴一直进行到傍晚时分，贾谧已不胜酒力。石崇命人将其扶到一个单独的小院中休息。这个小院名非梦苑，是专门用作接待最高级人物就寝的地方。非梦苑的寓意是，虽然这里的享受会远超你的想象，但你在这里所享受的一切都不是梦，而是真实的。

院中奇花异草，屋内奇珍异宝。有三名绝色美女侍寝，另有九名佳丽服侍。

入寝前，先由佳丽帮你洗浴，后有少女给你按摩，最后由数名淑媛将你抬至寝床，由侍寝佳人陪你入眠，其中不管是洗浴的还是按摩的，看中哪一个都可以随时随地行男女之事。一般男士，很难过前三关，一般在前两关便已瘫软无力了。

还好，贾谧作为豪门公子哥儿，身边一直不缺少美女佳人，好歹挺过了前三关，终于与侍寝佳人相逢于锦帐之内。他没想到这些侍寝女郎都是经过专门调教的，几招绝活儿使出，令贾公酣畅淋漓，如醉如仙。

第二天清晨，石崇、潘岳等早早等在非梦苑外。待侍女打开院门，石崇步入，问贾谧道："贾公昨夜可睡得安稳？"

"好极了，我想，天堂不过如此。"

石崇说："那这非梦苑今后就随时留待贾公光临。"

贾谧自此便成金谷园常客。

157

石崇为了讨好贾谧，还真的亲自找到张华，向张华出示贾谧诗文，请张华评价。

张华说："这贾谧的诗倒是有些意思，不过也就是与杜育、刘讷等人相当，比左思、潘岳还差着一截。"

石崇说："这我也清楚，但您能不能给他一个比其真实水平更高的评价？"

"那如何来评？"张华问。

"比如说他堪比贾谊……"

564

"天哪，这种话老夫怎么说得出口？"张华道。

"您只需这么一说，当不得真。"

"那可不行。"张华说，"为人还是要有准则的，你也是朝廷命官，富可敌国，何必如此巴结他？"

石崇说："唉！我是有苦难言哪。杨骏眼红我的钱财，焉知其他人就不嫉妒哇。我听说当朝太宰汝南王司马亮也对金谷园垂涎三尺，正在找我的不是呢。"

"我早就说你不该那么张扬。"

"可金谷园已建起来了，再想掩盖也盖不住了。"石崇说，"为了保住财富和性命，我必须得找一个坚实的靠山呢。除了贾后一族，谁还能跟司马亮抗衡？所以我只能巴结贾谧。唉！我堂堂石崇，竟然向一个偷情所生的小崽子满脸赔笑，磕头作揖，我，我，我还算人吗？"石崇说着，竟然落下泪来。

张华说："我为什么不积蓄钱财？因为钱财多了早晚是祸，所以我有钱就买书，多读多学。钱财别人可以随时夺走，但知识和学识别人永远无法夺去占为己有。"

"现在明白这个道理也晚了。"石崇说，"张叔叔（他临时改了称呼），我记得我爹临终时曾跟您说过，我今后遇到难事找您帮忙。您这些年来确实没少帮我，今天我最后求您一次，能否给贾谧一个堪比贾谊的评价。"

张华摇摇头说："你不要逼我说出违心的话来。"

谁知，石崇"扑通"一声给张华跪下了，说："张叔叔，您就最后帮我这一次吧。"

张华忙扶起他，说："唉，你这是强人所难哪。要不这样吧，你们爱怎么说怎么说，我既不承认是我说的也不否认，别人要问，我不置可否。这样还不行吗？"

石崇说："好，有您这句话我就放心了。"

世人皆知石崇乃堂堂天下第一富翁，知道他与国舅比富时的潇洒慷慨，但谁知道他为权势所欺，不得不向一个偷情所生的小崽子奴颜婢膝的苦衷呢。

在一种极权制度下，人人都没有安全可言，连生存权都不能掌握在自己手中，更何况财产呢？财产更是找个理由瞬间就可易主充公的。

158

在暴政面前，不仅百姓朝不保夕，就算你贵为宰相和王公也不知何时就会蒙难遭殃。

司马亮和卫瓘一个是正宗皇室亲王，一个是三朝元老的元勋宰相，但他们辅政不到一年，便纷纷人头落地。

杨骏一党被灭，实是楚王司马玮的功劳，但满朝都知司马玮残暴擅杀，因而在杨骏被诛后，司马玮却没能因功上位，反倒是被诏而不至的司马亮捡了个便宜。贾南风所以请司马亮入朝辅政，看中的正是他胆小柔顺，易于摆布。

司马亮本来没有理政的能力，御史中丞傅咸就直截了当地提出让司马亮让位，但司马亮贪恋权势，不肯让贤。

司马玮不仅没被加官晋爵，反而被削夺了兵权，他岂能不心生怨恨，但他也知道，司马亮和卫瓘的上位是皇帝和皇后的主意，他怨不着司马亮和卫瓘，但对皇上和皇后怨气再大又能奈何？所以他负气在京，拒不回自己的封地。

司马玮就这样在京城僵持着。

皇后贾南风对自己的娘家人大加擢拔，令东安公司马繇十分不满，深恐外戚专权局面重演，于是联合司马玮一起干涉朝政。司马亮一纸诏书将司马繇贬至带方郡，削弱了司马玮的势力。

司马亮和卫瓘三令五申催促司马玮离京，司马玮便将怨气转向他俩身上，但以司马玮的势力根本无法与司马亮和卫瓘抗衡。于是，他听从属下意见，主动向贾后示好，愿意为贾后牵马坠镜。贾南风看他态度恳切，于是任他为太子少保，暂时留在京城。

司马玮重施贾后故技，向贾后污称司马亮和卫瓘有谋篡之心，贾后信以为真，立即让皇帝拟诏，授权司马玮统兵诛逆。

司马玮本来残暴嗜杀，领了圣旨，无所顾忌，连夜发兵，闯入司马亮和卫瓘二府，竟令手下将四哥司马亮万刃分尸。

卫瓘的下场更加悲惨。清河王司马遐奉旨领兵到卫瓘家逮捕卫瓘。因司马遐有圣旨在手，卫瓘并不反抗，而是泰然接旨。司马玮怕留下活口，暴露真相，事先早已指示诸将，司马亮与卫瓘不论本人还是家属，一律就地正法。但卫瓘平日为人和蔼可亲，面目慈祥，气质文雅高贵，跟司马遐没有什么恩怨，因而司马遐不忍看卫瓘死在自己面前。他想先将卫瓘捕获，交由皇上处置，因而说："带走！"

没想到，就在这时，突然一将从人群背后抢到前头，喊道："慢，让我结果了此贼。"

此人手擎钢刀问卫瓘："你知道我是谁吗？"

"你不是帐下督荣晦吗？"

"不，我乃征西将军邓艾手下左中郎将荣晦。"

"哦，我明白了。"卫瓘听荣晦报出自己曾经的官职，立即明白，今天死到临头了。

"光你明白了不行。我要让世人都明白明白。"荣晦道，"当年，我随邓将军征蜀，我们一路爬山越岭，历尽艰险率先攻入成都，刘禅请降，蜀汉灭亡。你身为监军，如此大功不仅不向朝廷奏报，反而与钟会合谋污陷邓将军。你最不可饶恕的是，钟会反叛，已证明邓将军的清白，你却怕因与钟会合谋污陷功臣而受罚，竟派亲信田续带兵将已获朝廷昭雪的邓将军杀死在半路上，并夷邓氏三族……"荣晦说着，竟然落下泪来。

人们这才知道这平时温柔和顺的卫瓘，竟然曾经也如此恶毒，还有过如此如此邪恶之行。大家不免群情激愤，一起大喊："杀死他，杀死他！"

司马遹虽然对这个故事曾有耳闻，但他一直不大相信卫瓘真会做出这种罪恶的勾当，于是问："卫瓘，荣晦说的，可有此事？"

"他说的完全是事实。这是我一生的噩梦。"卫瓘道到这里，仰视苍天，喊道，"善恶终有报哇！"

荣晦正说话间，卫瓘的儿子卫恒、卫岳、卫裔及三个孙子也一起被兵士押至卫瓘身边。

荣晦一刀将卫恒劈死，然后反手一刀又将卫瓘十来岁的一个孙子的头砍下。

血腥的场面令卫瓘肝胆俱裂，卫瓘大喊道："荣晦，你先杀了我吧。"

荣晦说："你觉得残忍是吧？你无法忍受夷族之痛是吧？想想当年邓艾一家是怎么被你冤死的。"

卫瓘眼看一子一孙命丧在自己面前，他的精神瞬间崩溃了，他跳起来扑向荣晦。荣晦向后一闪，使出个小鬼推磨的招式，手中大刀横着一扫，将卫瓘斩成两段。

司马遹向兵士们一挥手。卫瓘其余二子二孙立即被乱刃分尸。

可怜一代大书法家卫瓘、卫恒父子，竟然死得如此悲惨。

好在卫瓘的另外两个孙子，天下第二大美男卫玠和卫玠的哥哥卫璪哥儿俩因病住在大夫家里而幸免于难。

159

贾南风本来是让司马玮将司马亮和卫瓘逮捕后押进宫来，没想到他却大开杀戒。一时，京城大乱。

面对京城乱局，贾南风不知所措。于是遣宫中太监分头到各位重要大臣的府中，请重臣入朝议事。

来请张华的太监正是董猛。张华问明情况，不免大惊。他要立即跟随董猛急奔皇宫，但董猛说："张大人，女史吴晓阳让我告诉您。最好看看情况，等天亮再入宫。"

"为什么？"

"如今街上到处都是司马玮手下的兵士，他们疯狂乱杀，谁知道他们看谁不顺眼呢？而且楚王或许一不做，二不休，趁机废主自立也未可知呀。她知道，此时朝臣进宫，一定是为皇上出主意，他焉肯将大臣们放入宫去？"

"啊！"张华听了董猛的话大悟，道："吴女史真乃豪杰也，比老夫想得周到得多呀。董公公，你速速回宫，问问娘娘，司马玮既然已诛杀司马亮和卫瓘，重兵在手，真可能生谋篡之心。为社稷计，应该立即颁旨，让楚王交出兵权！"

贾南风听了董猛的汇报，说："这也正是哀家一直顾虑的。你立即回转张府，请张公务必立即前来，就说圣上有要事急见。"

董猛刚要转身，吴丹说道："我跟你一起去请张大人。"

贾南风顺手拿起尚方宝剑交与吴丹，说："拿着它，以防不测。"

于是吴丹与董猛一起急奔张华家。

张华、李琳和郭芸三人正焦急地待在家中。忽见吴丹和董猛突然来家。李琳赶紧问："晓阳，你没事吧？"

"我这不好好的吗？"吴丹道。

"这兵荒马乱的你跑出来干什么？"

"姑妈，我一来向您报信儿，司马诸王终于自相残杀了。另外我陪董公公来请张大人，皇上和皇后娘娘要张大人速速入宫议事，我怕张大人路上遇到危险，所以临时请了这把尚方宝剑，护送张大人入宫。"

吴丹的话令张华十分感动。他立即跟随董猛和吴丹入宫。三人行至卫瓘府门前，吴丹将尚方宝剑送到董猛手中，说："董公公，你陪张大人入宫，我到卫府去看一看。"

"那可不行。"张华说，"卫府一定有兵士把守，此时进卫府，那太危险了。再说，卫公已死，你去干什么？"

吴丹说："我担心卫铄，我要了解一下她的下落。"

张华想到卫铄这个才华横溢又天生丽质的小姑娘也不由得心生怜惜之心，若这样的女孩儿受累遭诛，那才是暴殄天物。想到这里，他说："我跟你一起去。"

于是张华、吴丹、董猛三人一起进了卫府。

此时卫府已空空如也。司马遐手下杀光了卫家人，劫掠了财物后便一起逃走。卫府仆侍也早已四散逃命。偌大相府，只有六具尸体横陈在院中。

张华望着卫瓘祖孙三代的尸体，老泪纵横，他俯下身去，用手将卫瓘未曾瞑目的双眼合上，说道："卫大人，您与邓艾前冤已了，前嫌已释，安心地走吧。一切都不是您的错，一切又都是您的错呀。倘有来生，一定勿存恶念呀。"

张华说完，立起身，跟吴丹一起，到各屋去搜寻，但一个人影也没有。原来那卫铄当晚也没在家，而是到大夫家陪伴生病的弟弟卫璪和卫玠。

张华对董猛说："董公公，你在此看守卫大人一家的尸体，别让狗给啃了。我和晓阳马上进宫。"

张华和吴丹入得宫来，贾南风赶紧迎上前去，说："哎呀，张爱卿，你和晓阳不在，哀家便没了主心骨。你快给皇上出出主意，我们应该怎么办呢？"

张华说："臣刚从卫府门前经过，看到卫府一家老小皆被杀死。卫瓘身犯何罪，竟遭族诛之祸？"

贾南风说："司马玮告太宰和太保二人有谋篡之心。皇上命楚王将二人捉来问罪，没想到这司马玮竟然矫诏枉杀。"

"楚王如此凶残，满朝文武谁不惊恐？就是陛下和娘娘也安危难保。若留此人，必成大祸。"

"那应该怎么办？"

"趁他现在还在犹豫，尚未将兵围困皇宫，赶紧命一将执皇帝幡旗出宫抚众，公示楚王罪行。"

贾南风问吴丹："晓阳你觉得应该怎么办？"

"依张大人之计，速诛楚王。"

于是贾南风命殿中将军王宫赍举着皇帝的旗帜，在一干兵士的簇拥下急驰出宫。一路高喊道："楚王矫诏杀人，皇帝有旨，诛除司马玮逆贼，继续追随司马玮者，斩！"

兵士听后，纷纷四散，司马玮遂成孤家寡人，只得束手就擒。当日便由刑部侍郎刘颂监斩押赴刑场。这司马玮很委屈，当场向刘颂出示皇帝诏书，说："是皇上让我诛杀太宰和太保的，这诏书上写得明明白白。"刘颂看罢，确是皇帝手谕，知道他有些冤枉，但也无可奈何。司马玮手下亲随数人被夷三族。

行刑刚结束，响晴白日里，竟然突起大风。刘颂仰见一股煞气直冲九霄，顿时大风骤雨，卷入刑场，雨水将那十几人的鲜血冲散，遍地血红。再加那电光似火，雷声如鼓，吓得刘颂慌忙率众逃离刑场。（《晋书·张华传》："华白帝以'玮矫诏擅害二公，将士仓卒，谓是国家意，故从之耳。今可遣骆虞幡使外军解严，理必风靡。'上从之，玮兵果败。"）

司马玮杀杨骏，开启了八王之乱的先河，继而诛四哥司马亮和卫瓘，则开启了司马诸王同室操戈互相仇杀的衅端。从此一发不可收，直到将司马氏大一统的江山彻底断送。

160

元康元年这一年之内，晋廷便发生两起流血政变，而政变的主角，不是外戚，就是王室。这弄得皇上和皇后不知道该信任何人。贾南风想重用贾谧、贾模和郭彰，但无奈这三人资历过浅，不孚众望，难当大任。于是她聚室而谋，与贾谧、贾模、郭彰和吴丹四位最亲近的人商议宰相人选。

贾南风说："杨骏、司马亮、司马玮和卫瓘皆已殒命。皇上和哀家不知谁堪重用，今后何人能担朝纲。"

吴丹说："娘娘，司马诸王今后是断不可用的。"

"可没有他们谁能制伏杨骏这样的逆臣。他们都是司马家的人，一旦有外人敢觊觎大位，诸王必群起而攻之。他们与皇上都是骨肉至亲，对皇上是不会有异心的。"

吴丹说："这您就想错了。有外姓之人想篡夺司马氏的江山的时候，他们会协同一心共同对付外人，但一旦没有外部势力威胁到皇权，他们就会内斗，而且内斗起来同样冷酷无情，司马玮与司马亮不也是亲兄弟吗？他们能为了权力互相仇杀，今后未必就不会有某个王爷觊觎皇位。他们弑起君来一样不会手下留情。所以，对于皇上和您来说，最好的选择就是由外姓大臣来主持朝政。当然堪当宰相大位的人应该既德才兼备，又不党不群。德才兼备才有威望和能力做群僚之首，不党不群才不会生谋篡之心。"

贾南风说："你说得有道理，但这样的人哪里去找啊？"

贾谧说："娘娘，这样的人物还真有一位。"

"谁？"

"张茂先。"

贾南风说："张茂先确实不党不群，这一点既是优点也是缺点。"

"怎么会是缺点？"郭彰问。

贾南风说："不党不群，就意味着他也不会成为咱的死党啊。"

贾谧说："只要他能将天下治理好，至于皇室内部的事，让他尽量少掺和不就行了。"

吴丹说："我不同意。"

"为什么？"贾南风问。

"张茂先身上文人气太重，性格过于温婉，缺少威仪，遇事优柔寡断，不适合为主官，只适宜出谋划策。做个中书令足矣。故先帝在世时，只让他做到中书令。"

贾谧说："我听说先帝曾两次想让张华出任相位，都遭小人从中作梗。他虽性格不刚，但并不乏威仪。其在幽州任上，不仅百姓富足，安居乐业，而且四境皆安，远人来服。能治一州者未必不能治一国。治平之道最上者乃是德治，张茂先恰精于此道。"

贾南风觉得贾谧说得非常有道理。

贾谧继续说："而且张华这人是公认的谨守中庸，尊道崇儒，没有任何野心的人。"

吴丹说："咳，他那是没在高位，一旦大权在手，谁能保证他不生异心。"

贾谧说："他若有异志，早在幽州时就有这个机会。听说拓跋单于公主，慕容单于妃拓跋燕与他私情甚浓，慕容涉归死后，单于妃曾将慕容鲜卑大单于位相让，都被他断然拒绝。至今慕容鲜卑大单于慕容庞仍称张华为义父呢。"

吴丹说："这样的故事我怎么没听说过？"

贾南风说："当年是安北将军严询向先帝密报的，正是因为这件事，先帝才将张华调回京城，再不重用。"

郭彰道："张华博闻强识，智谋过人，当朝之臣无出其右者，若张华不可用，就再无他人可用了。"

吴丹说："让不让他做宰相是个问题，但他做不做宰相是个更大的问题。"

贾谧说："世上还有不愿意为相做宰的人？"

郭彰也道："是啊，世上哪有不爱权的。"

吴丹说："那是你们的想法。"

贾南风说："如果都支持茂先，他即使不大情愿，有皇上和哀家出面，他也不会不给面子。"

贾谧说："是啊，此人最大的特点就是与人为善。"

贾南风说："好，你们的意思哀家知道了，我再咨询咨询其他大臣。"

贾南风咨询了多人的意见。张华受到几乎所有人的支持。散骑常侍裴頠的话代表了所有人的观点。他对贾南风说："陛下和娘娘真豪杰也，有识人之智，用人之量。张茂先有博古通今之才，万众敬仰之德，高瞻远瞩，谋略过人，功著于社稷，文垂于青史，早该得到重用。如今朝廷混乱，诸王干政。除了张公，没有任何人能够执掌大局。张公乃宰相不二人选。皇上、娘娘若用此人，天下治矣。"

（《晋书·张华传》："贾谧与后共谋，以华庶族，儒雅有筹略，进无逼上之嫌，退为众望所依，欲倚以朝纲，访以政事。疑而未决，以问裴頠，頠素重华，深赞其事。"）

贾南风对贾谧说："没想到张茂先如此望重德高，看来，辅政者只能是张茂先了。"

贾谧说："我也替娘娘打听过多人，尤其是金谷园二十四名士，听说陛下和娘娘有重用张公之意，都说这是英明的决策呀。"

"好。现在我就让中书拟诏，明天早朝便宣布任命张华为司空，辅政。"

贾谧听了贾南风的话，立即对亲随说："快飞报石季伦，就说我过一会儿要到金谷园去拜见张公。"因为他知道，张华和二十四友今天就在金谷书院组织学生哀悼卫瓘和卫恒。吴丹今天也在那里。

亲随领命飞马离开。贾谧随后也乘车而去。

161

因为卫瓘和卫恒都是顶级书法大师，皆任教于书院，而且卫瓘还曾继齐王司马攸后主持过书院多年的工作，成绩卓越，所以，张华认为，有必要以书院的名义悼念卫瓘、卫恒父子。

出于对两位大书家的敬重，同时，也想看看自己的得意门生卫铄的情况，吴丹也来参加悼念活动。

卫铄因在大夫家侍候弟弟卫環与卫玩而侥幸避过一劫。三个孩子得知家里变故，不禁悲痛欲绝。卫家成年人已被杀绝，卫瓘已出嫁的女儿卫萍只好回家收拾残局。她将卫玩和卫環带回自己家，将卫镖送回她父亲卫展家。

卫展此时任南阳太守。如果卫铄去找父亲，便无法再在金谷书院学习。对此，最着急的是吴丹，因为她一直把卫铄当作另一个自己来培养、塑造，她不能看到那个理想中的自己只是个半成品。因而她要想方设法将卫铄留在京城，以便使她有继续学习的机会。

她想把她带到宫中来，但想起宫中的情形她立即就否定了自己的想法，尤其是那个太子司马遹，已被董猛调教成一个混世魔王，若卫铄这么俊美的小美人儿进了皇宫，岂能逃得出司马遹的魔爪。可除了宫中，她又能将卫铄安排在哪儿呢？她想起了张华。对，就让卫铄暂住张府，张府不仅是书香之家，而且家庭和睦。卫铄在那里还能时时聆听张华的教诲。以后，自己在适当时机请皇后将卫展调入京城，卫铄便有了可靠的归宿。

吴丹于是亲自来找张华商议，张华本来对这个才华横溢的小姑娘也是非常器重和喜爱，岂有不应之理。

今天，张华在金谷书院组织学生和教师悼念卫瓘和卫恒。卫铄一身缟素出席活动。她那张俏丽的小脸在黑色孝服的映衬下显得凄楚动人。吴丹见到她，立即将她拥在怀中，眼泪扑簌簌滚下来。

"小铄你应该坚强，无论出了什么事，都要坚持将字练下去。只有超越了你叔叔和爷爷，他们才能含笑九泉。"

"吴老师，我懂。"卫铄说，"在张爷爷家，有李奶奶和张爷爷指导，进步更快。我昨天又写了两张，请您看看，您的学生是不是又进步了？"

卫铄说着掏出自己写的两幅字。吴丹看后说："嗯，宝贝儿，真的进步很快呀。我觉得你现在已经赶上我了。"

卫铄说："李奶奶的钟家字写得更纯正，所以从奶奶那里吸收了不少东西。"

"太好了，我从你的身上看到了希望。"吴丹笑道。

悼念活动主要是两项内容，由张华向大家介绍卫氏父子生平，并对他们的书法给予公正评价，然后就是观看卫瓘父子的书法作品展示。

金谷书院保留了父子俩近百幅作品，多是二人在授课时即兴创作的。

金谷园二十四友在书法上也都颇有造诣，对卫氏父子不仅十分熟悉，而且倍加崇敬，没想到仅仅几天的时间便阴阳两隔，惨遭屠戮。人人唏嘘不已。

悼念仪式刚结束，只见一骑快马急驰而至，到得石崇面前，飞身下马，说道："石大人，贾公一会儿驾到，让小的前来告禀。"

石崇、潘岳等人听后，立即转身离去，到金谷园大门外去迎接。但他们刚走了几步，只见一辆马车从山下飞驰而来，车后拖起一股浓浓的烟尘。

石崇、潘岳等人见那马车直接奔文芳园而来，于是伫立在路两侧，向急驰而来的马车连连拱手。

吴丹对石崇、潘岳等人很看不过去，小声对张华说道："对一个小小的散骑常侍竟然望尘而拜，这就是当今文人的气节啊。"——这就是望尘而拜这个成语的出典。（《晋书·潘岳传》："岳性轻躁，趋世利，与石崇等诌事贾谧，每候其出，与崇辄望尘而拜。"）

贾谧下车后，冲着张华深深一揖道："恭喜张公，贺喜张公。"

"老夫喜从何来呀？"张华问。

贾谧看了看左右，觉得人员繁杂，于是说："此处不是说话的地方。"

石崇说："那咱到怡情园品茗阁一叙。"

二十四友也想跟着一起去品茗阁，贾谧不愿意这么多人更早知道朝廷秘密，于是道："诸位先在此观摩卫氏书法，贾某和张公、季伦略作交谈，中午再一起饮酒。"

张华、贾谧、石崇来到品茗阁，侍女斟上茶来。石崇道："张大人有何喜事，贾公可以说了吧。"

贾谧道："我刚从中宫出来，娘娘正为谁来辅政一事发愁，我和思范（贾模）

都力荐张公。皇上和娘娘听后大喜，决定要拜张公为相。"

石崇听后说："皇上、娘娘英明啊！"

张华道："这哪里是什么喜讯？分明是噩耗嘛。贾公这是在将我往火坑里推呀。"

贾谧说："我可是好心好意呀。荀公曾、赵王司马伦、齐王司马冏都有出任相国之意，托我在娘娘面前美言，我都没有答应。本人觉得唯有张公才德堪当宰相大任，未知张公何出此言呢？"

"不是我不领情，而是当前形式下宰相之职实在凶险啊。"张华说，"杨骏、司马亮、卫瓘的相位都尚未焐热，便纷纷遭诛。"

贾谧说："您和他们不一样，您没有谋大位之意，也没有结党营私之心。"

"卫伯玉又何曾有谋大位之心，又何尝结党，不也被夷三族了吗？"

"卫大人不是遭人污陷的吗？皇上正要为其昭雪呢。"

"卫大人遭人污陷，我张华就保证不被污陷吗？这些年来，我没少被人污陷。伐吴差点被腰斩，贬官幽州，再贬太常寺，最后终于被彻底削官夺职。哪一次不是背后有人进谗？若主上不能明辨忠奸，任何人也逃脱不了被污遭殃的命运。不，不，不，宰相一职老夫绝对不干。"

石崇说："您看这朝里朝外，还有能担此大任的人吗？您若不干，这大晋朝可就真要完喽。"

贾谧说："是啊。司王诸王对相位可是虎视眈眈，但一个个志大才疏，如果司马诸王执掌朝政，汝南王、与楚王之祸还得重演，那才是天下人的不幸呢。"

张华说："你们也不用劝我。不用说我没有能力拯救天下，就是有这个能力，我也不能像卫瓘那样，冒着全家被诛的危险去拯救他人呀。贾公，回去告诉娘娘，就是我谢谢皇上和娘娘的好意。咱既是文学上的同道好友，你们谁也不要把我往火坑里推。"

贾谧、石崇见张华说得恳切，于是也不再奉劝。

162

贾南风听说张华果然拒绝辅政，于是传张华进宫，与张华亲自面谈。

张华说："不是臣不遵旨，实在是胆战心惊啊。一年之内三位辅政大臣皆遭夷族之祸，如今您就是借给臣几个胆子，也不敢再坐到那个位子上去。"

贾南风说："张爱卿与他们不同，他们都是因为有谋篡之心才落得如此下场。"

"可他们三个哪一个也没有确实的证据要谋篡大位呀。"

贾南风说："但他们都有人向皇上禀报有不臣之心……"

"正因为只要有人密报，朝廷便信以为真，根本不去查清事实，所以才接连酿成流血之灾。为君者不能明辨是非，是为臣者的噩梦。"

贾南风说："以前的事就别提了。你若辅政，哀家以皇后的身份向你保证，不管你有什么过错，都不会对你施加刑罚。"

张华说："这也是错误的。有功必赏，有过必罚，奖罚分明才是正理。若有人可以凌驾于国法之上，仅此一点就是祸乱的开始。"

贾南风说："那你还要哀家怎么向你保证？"

"臣不是在跟娘娘讲条件，更不是要保证。臣是真的不能干呀。"

"如今德才可胜任宰相之职的唯有你张茂先，朝臣也公推你来辅政。你文有谋谟之勋，武有伐吴之功，名著四海……"

张华听到这里，跪地叩首，泣道："娘娘，看在老臣为社稷辛劳半世的分儿上，您就饶过老臣。娘娘，为了臣阖家性命，您就不要难为老臣了。"

张华说得老泪纵横。贾南风见自己无论如何劝不动他，只得作罢。心想，为相作宰乃是为臣者梦寐以求的事，现在反倒求着他了似的。于是冷冷地说道："既然你死活不肯给哀家面子，那就算了，哀家也不能给你跪下吧。"

"多谢娘娘！"张华连磕几个响头，然后谢恩而去。

贾南风气乎乎地对吴丹说："这个张茂先，真如你说的，死活不肯接受这个相位。"

吴丹说："那就另觅他人。"

"你说还有何人可用？"

"如今还有一人，名望和能力与张茂先不相上下，也是多年佐命老臣……"

"你说的是哪一个？"

"荀勖，荀公曾。"吴丹说。

"嗯，"贾南风说，"对呀，先帝在世时，这荀公曾曾几次想谋相位，但不知何故，先帝虽然对他十分宠信，但始终不肯授此大位。既然他早有此意，何不就让他来做宰相。"

于是贾南风将荀勖召入宫中，表明自己的意思。没想到荀勖听后也立即跪在地上，叩首言道："多谢娘娘美意，荀勖老矣，体力不支，难以担此大任。"

"你不过张张嘴，下边有的是人跑腿儿，你体力支不支有什么关系？"贾南风说。

荀勖道："辅国者劳心费神，体力不支，便思谋不密，因位高权重，略有闪失便可酿成巨祸。巨万死不敢担此大任，还请娘娘另择他人。"

"先皇在时你可屡有为相之意呀，怎么哀家求你，就不肯给哀家面子了呢？"

"娘娘，此一时彼一时也。先帝在时，老臣身体无恙，精力充沛，所以想为国出力，如今老臣已年近六旬，时染疾疫，若履相职，恐误国误民呀。请娘娘念在老臣多年为社稷操劳的分儿上，就不要为难老臣了。"

嘿，贾南风心想，这荀公曾跟张茂先如出一辙，都以对社稷有功为由拒绝上位。

其实荀勖又何尝不想当一朝宰相，但以他的老奸巨猾，也早已看出了其中的危险，因而坚辞不受。

贾南风说："你干不了，你说谁能干，你给哀家推荐一人。"

"张茂先呀。"荀勖说，"张茂先功著社稷，智谋高远，名闻天下，文韬武略皆堪当大任。"

贾南风想，既然你驳了我的面子，休怪今天老娘不给你留情面。听了荀勖的话，贾南风立即说道："荀爱卿，我记得家父在世时，你常和家父说张茂先无德无才，靠阿谀先帝起家；伐吴时，你在背后怂恿家父腰斩张华；家父去世后，先帝本想让张茂先继之为相，又是你在先帝面前说张华的不是。这才使得先帝一怒将张华贬至幽州。这些当然都瞒不过哀家。你既然一直觉得张华德能不备，如今却何以力推张华上位呢？如果你真心认为他不行，却向哀家举荐，是何居心？如果张华确实德才过硬，你却在先帝面前屡进谗言，致人家遭贬，这又是什么德行？"

荀勖被贾南风问得满脸通红，一时语塞。

是啊，他曾是贾充死党，与贾充狼狈为奸。许多事贾南风知道得一清二楚，贾南风所说的事实他一项也无法反驳。而贾南风利用荀勖前后不一的矛盾，完全能够从逻辑上证明他品德低劣。聪明如荀勖者此时也不知如何应对了。

贾南风说："不过呢，今天你确实为张茂先说了句公道话，但用意是善还是恶那就只有你心里最清楚了。"

荀勖今天力荐张华，还真没安什么好心。他正是看到了当前作为辅政之臣的巨大危险，才向皇后推荐张华。这一点也已被贾后识破。

荀勖没想到自己一个年迈老臣，竟然遭贾后一顿无情羞辱，又气又恼，不久竟然一命呜呼。

163

宰相的人选还真是个非常大的难题，有资格的人坚决不干，德能不备的人想干又不能让他干。

满朝文武拨拉来拨拉去，最后众口一词，还必须起用张华。

　　为了说服张华，贾南风让皇上亲自出面，并邀来平时与张华关系友善的何劭、裴頠、傅祗、傅咸、石崇、王戎一起来做张华的工作。

　　一开场，司马衷便说："张爱卿，多日来朕左思右想，觉得这宰相一职必须由你来担任。"

　　张华说："臣无德无才，难当此大任。"

　　司马衷说："你学养渊深，智谋过人，功高盖世，名扬四海，岂能说无德无才。"

　　张华说："臣出身寒微，一介文士，不过以辞藻娱人，以诗文欺世，浪得虚名耳。宰相需要有真才实学。臣有自知之明，决非宰相之才，望陛下收回成命。"

　　贾南风说："张爱卿也不必过谦，你的能力和品德谁不清楚呀。"

　　傅咸道："是啊，家父（傅玄）在世时，经常对我说，大晋能有太康盛世，全赖张公之力，泰始初，武帝听从张公之谏，焚裘示俭，醇风化俗，终至民富国强；咸宁年间，又纳张公之议，缮甲备武，蓄力平吴：未久，吴灭，天下一统，乃有太康之盛。所以，若论才能，不仅当朝无人能及，即使与周公、萧何相比，也未必逊色多少。"

　　司马衷说："张爱卿倾心助先帝，今日何以置朕于不顾呢？"

　　张华说："即使先帝，臣也未能辅佐好哇，连个太常寺都没管理好，致使太庙梁折被削职……"

　　司马衷说："朕知道先帝对不起你，所以朕才要给你充分展示才能的机会。你若为相，朕可授予比一般宰相更大的权力。"

　　"陛下，臣不是嫌权小，而是生怕权力过大呀。目前太子少傅这个职位臣已觉得力不从心，更何况宰相之位呢。陛下就不要再让臣勉为其难吧。"

　　何劭说："张公，咱多年的交情，我本不该劝你为相，我知道其中的危险，但你也看到了，如今这形势，许多人都蠢蠢欲动，有叛逆之心的不仅是杨骏、司马亮和司马玮，如果此时没有你这样的人坐镇朝廷，杀戮之祸绝不会就此终止。一旦天下大乱，将重现汉末三国之灾，天下将再次分崩，百姓将重遭涂炭。如今只有您能够以一人之力挽狂澜于既倒，扶大厦之将倾。这可能会给你招致祸端，但以己之失，易天下之得，您是为还是不为？且天下若再次分崩，您一直引以为傲的天下一统勋业不是顷刻化为乌有了吗？"

　　何劭到底是张华的挚友，他清楚张华在乎什么？一是华夏一统，一是百姓安危。因而几句话点中了张华的要害。

　　裴頠道："其实，张公之所以坚拒相位者，与才能、资历和声望无关。他最大的担心便是恐遭杨骏、卫瓘之祸。有了这样的前车之鉴，是任何人也不能不谨慎为之的。所以，要想让宰相无后顾之忧，必须以朝廷的名义对宰相的安全予以保障。"

贾南风说:"哀家以皇后的名义担保,张公仍不肯答应啊。"

张华说:"王子犯法与庶民同罪,这是祖宗之法,永远不能更改。所以宰相有过亦应责之,宰相有罪亦须刑之。如果宰相犯法可以不受处罚,那法律就没有了尊严,开此先例是非常危险的。"

司马衷说:"那你需要什么条件呢?朕一定答应你。"

"两次血腥杀戮都来自于司马诸王,除了司马诸王,任何人也不会对宰相的生命构成威胁。所以,要保证朝臣的安全,第一,司马诸王应该离开京城,各自回归自己的封地,没有御旨,擅入京师者以谋逆论罪。"

贾南风说:"好,理应这样。"

司马衷说:"朕答应你。"

"其二,我为宰相,只管社稷之事,不管皇家之事。皇宫以内的事我一概不管,愿意向我咨询,我只提些看法。不愿意咨询我连问也不问。社稷治理不好,我负责。皇家内部如何纷乱,与我无涉。"

贾南风喜道:"嗯,哀家支持你的意见。"

司马衷也说:"朕也支持你,还有什么条件?"

张华说:"没有了,只要满足臣这两项要求足矣。"

王戎说:"皇家之事和社稷之事怎么能截然分开?自古及今有宰相不管皇家事务的吗?"

张华:"社稷之事和皇家之事虽不能截然分开,但也各不相同。皇家的事主要的是指皇族之间的矛盾,比如谁登基、谁继位、谁是太子、立谁为后,司马诸王与皇上皇后的矛盾啦,这些都属皇家内部事务。而如何御敌,如何与邻国交往,如何保证民生,如何管理各级官员等这才是社稷之事。自古以来,宰相大多干涉皇家事务那是他们都没认清自己的身份,没有弄清自己的职责。宰相就相当于一个家里死了老太爷,办丧事要请的总理,皇上和皇后就是这家的主人,而王爷则是这家的兄弟子侄。总理的责任是如何将这场红白喜事帮主人办得既省钱,又不出任何漏洞。至于这家如何分财产,谁打幡谁抱罐,兄弟子侄闹什么矛盾,那都不是总理该管的。不信你们去查看历史,宰相倒大霉的基本都与过深地掺和皇家内部事务有关。"

张华一番通俗的比喻,将宰相的职责说得很清楚。大家想想,还确实就是这么回事。

贾南风说:"这么说张爱卿将宰相一职就算应下了?"

"既然皇上娘娘信任为臣,又答应了臣的条件。为社稷百姓和我华夏民族计,张华就舍得一身刮，暂时担起这个职务，试用一段若不合格，您再另择他人。"

张华的意见正合贾南风之意。她最怕有个威望和德能出众的宰相限制自己的自由。没想到张华竟然主动要求不理皇家事务，以后她就可以为所欲为了。

164

张华答应担任宰相一事，惹得一人非常生气，这人就是吴丹。她风风火火地来找张华，当着李琳和郭芸的面就与张华吵了起来。

她一进门就问："张老师，听说你要升任宰相了。"

"你这么快就知道了？"

"刚才你们商议此事的时候，我就在隔壁。"

"我是应了。"

吴丹又问："你是不是也想坐天下？如果想，我帮你。"

张华听了这话，赶紧说："小点儿声，你简直在胡说。"

"看把你吓的。"吴丹说，"你有平天下之才，也有坐天下之能，更不乏坐天下之德。可你就是胆子小了点儿，所以才功比天高，却屡屡受小人之气。你既然没有坐天下的野心，做这个宰相干吗？你不清楚辅佐司马氏有多么危险吗？灭蜀的三位主将钟会、邓艾、卫瓘没有一个逃过夷族之祸，伐吴你差一点儿就被腰斩。杨骏、司马亮鲜血未干，我就不明白你怎么还有这个胆量来接他们的班。荀勖曾经梦寐以求当宰相，都以身体有疾而推托不就，你怎么能够做到临危不惧呢？"

"本来我已坚拒过好几次了，但今天何劭的一番话令我改变了初衷。"

"何劭是怎么说的？会让你瞬间改变立场？"

"他说，经过两次血腥杀戮，天下人心已乱。如果此时没有德高望重的人坐镇朝廷，杀戮之祸绝不会就此终止。一旦天下大乱，将重现汉末三国之灾，天下将再次分崩，百姓将重遭涂炭。"

"你是想挽狂澜于既倒，扶大厦之将倾了？"

"何劭用的也是这个词。"

"我告诉你，以你的力量这既倒的大厦你扶不住。"吴丹说，"贾南风有多么残暴你不知道吗？杨骏和司马亮、卫瓘、司马玮其实都是死在她的手中。"

"你既然知道她残暴，你为什么要助她？如今都传说你才是她的主心骨。"

"我助她自然有我的道理，而我的道理你是没有的。"吴丹说，"因为她对我有恩，她欣赏我，崇拜我，宠爱我。"

"仅仅因为这些吗？"

"可能吧，我也说不清。"吴丹说，"不用讨论我助她的原因。我不是一个值得关注的人，甚至已经不是人，一半是天使，一半是魔鬼……"

"晓阳，其实我们一直都觉得对不起你……"

"现在不是说这些的时候，现在的主要话题是你。"吴丹说，"你不要对自己的能力过于自信。我所以不相信你无法扶大厦之将倾，就因为这大厦的根基是司马氏自己在拆毁，最后，所有司马家族的人物，包括贾后，都会被这倾覆的大厦压死。"

"你既然知道这些，为什么还跟她跟得那么紧？你不怕……"

"怎么话题又转到我身上来了？实话告诉你，我是早已做好了给贾后陪葬的准备。"

"你以为我就没有做任何准备吗？"张华说，"我向皇上皇后提了两个条件。"

"什么条件？"

"一是司马诸王必须离京；二是，我只负责皇宫以外的事，对皇帝家事一概不予闻问。"

"他们真的答应了？"

"是的。"

"那我就放心了。"

张华清楚，吴丹是带着好意来劝自己的，对当前大局她看得也很准，但有些事张华还是不能理解，凭吴丹的才华与性格，怎么会死心塌地地为声名很恶的贾后效犬马之劳？

165

《晋书·张华传》："及玮诛，华以首谋有功，拜右光禄大夫、开府仪同三司、侍中、中书监，金章紫绶。"不久升任司空。同时根据张华提议，"以裴頠为侍中，裴楷为中书令，加侍中，与右仆射王戎并管机要。"（见《资治通鉴》）

张华接过的是一个烂摊子。此时，世风败坏，金钱万能。社会阶层固化；朝内皇帝痴傻呆茶，皇后凶悍残暴；朝外，诸王汹汹，虎视大位；因晋廷内乱，西部匈奴犯境，北部鲜卑蠢蠢欲动；更为不可思议的是，老天在安静了一二年后，也开始凑热闹，各种自然灾害接踵而至。《晋书·惠帝纪》从元康二年后，记载的多是天灾的情况：

（元康）三年夏四月，荥阳雨雹。六月，弘农郡雨雹，深三尺。冬十月，太原王泓薨。

四年春正月丁酉朔，……蜀郡山移，淮南寿春洪水出，山崩地陷，坏城府及百姓庐舍。六月，寿春地大震，死者二十余家。上庸郡山崩，杀二十余人。……上谷居庸、上庸并地陷裂，水泉涌出，人有死者。大饥。九月丙辰，赦诸州之遭地灾者。甲午，枉矢东北竟天。是岁，京师及郡国八地震。

五年夏四月，彗星见于西方，孛于奎，至轩辕。六月，金城地震。东海雨雹，深五寸。秋七月，下邳暴风，坏庐舍。九月，雁门、新兴、太原、上党大风，伤禾稼。冬十月，武库火，焚累代之宝。十二月丙戌，新作武库，大调兵器。丹杨雨雹。有石生于京师宜年里。是岁，荆、扬、兖、豫、青、徐等六州大水，诏遣御史巡行振贷。

虽然困难重重，但张华对此却处理得井井有条。为了增加财政收入，以解决赈灾所需要的巨额资金，他推广幽州经验，在全国设立边境贸易区，外贸税收全部由中央财政掌控。仅此一项，便解决了赈灾资金的主要来源。为了及时有效地做好赈灾工作，他在中央设立专门的赈济署，在郡一级政府设立主管赈济工作的机构。因而，尽管整个元康年间灾害连连，但却未出现百姓流离失所，饥馑而亡的现象，保证了社会稳定和百姓安居乐业。

在文化教育上，尊儒重教，支持私人办学。

在外交上，张华主张实行睦邻友好的政策，宣布大晋国对所有邻国放弃任何领土要求，疆界以此时为准，互不侵犯，永结盟好。

虽然张华的其他政策都得到了朝臣们的一致拥护，但唯有这一对外政策，受到了以太子洗马江统为代表的一些年轻人的强烈反对。

江统性格耿直，在朝堂之上便跟张华争执起来。江统说："大晋乃大汉之嗣。天下既已一统，当复大汉疆界。"

张华问："大汉各个时期疆界也有很大变化。你指的是哪个时期？"

"当然是武帝时期。"

"武帝时期也不一样，而且差异很大。你指的是武帝哪个时期？前期还是后期？"

"当然是武帝后期。"

张华说："武帝后期，大汉疆界西至葱岭，北至漠北，如今，鲜卑、扶余、挹娄、匈奴、乌孙、羯、氐、羌、吐番都或多或少地占有汉武帝时期的领土。如果我们要恢复那时的疆界，就要面临与所有夷族开战的风险。"

"祖宗留下的领土，一寸也不能丢。没有能力收回，我们可以搁置不提，当实力强大后，必须悉数收回，如此才不枉为华夏子孙。"

张华说："你这个说法有两个错误观念。"

江统不服气地问："哪两个错误观念？"

张华说："一是，祖宗留下的领土，这个概念就很模糊。你指的是哪个祖宗留下的？如果你说汉武帝是祖宗，那汉文帝是不是？汉高祖是不是？秦始皇是不是？你总不能说汉武帝是祖宗，汉高祖反倒不是吧。为什么只认武帝是祖宗？只因为他那个时期大汉疆界最大吗？如果这样，那你不就是太势力小人了吗？现在我就这个问题问一下所有大人先生，你们还有不知道我们华夏真正的祖宗是谁的吗？裴侍中，你告诉江洗马华夏的祖宗是谁？"

裴頠说："我们是炎黄子孙，当然祖宗是炎黄二帝了。"

张华问江统："裴侍中说得对吗？"

江统无语。

张华说："所以这是个人人皆知的事情，可你江应元为了证明华夏民族疆界广大无边，竟然隔断我们华夏民族前后的历史，只承认刘彻为祖宗，而不承认炎黄。"

"张公，我说的不是这个意思。"江统说。

"怎么会不是这个意思？如果你承认炎黄才是我们的祖宗，你说祖宗的领土一寸也不能丢，我们确实没丢哇，不仅没丢，而且还扩张了许多呢。你知道炎黄时期我们华夏民族的疆界有多大吗？不过南到荆州，北至幽州，西至秦州而已。"张华说，"其实你的真实的意思是想说，我们的领土要永远保持疆界最大时期的状态。"

"对，我就是这个意思。"江统说。

张华道："但为了怕'一寸土地也不能丢'这句话不能引起重视，你便抬出祖宗，说祖宗的领土一寸不能丢，似乎谁要不恢复到疆界最大时期的状态，谁就给祖宗丢人现眼了。就是无能。这就是你，祖宗领土一寸也不能丢，所要表达的真实意思。我分析得没错吧？"

江统不语。

张华继续说："我为什么说这个说法是错误的？如果心平气和地讲道理，应该说，天降众生，都应该有自己的生存空间。别人侵占我们的生存空间是不对的，我们侵占别人的生存空间也是不对的。如今我大晋西域的大片疆界在汉武帝前都不是我们华夏的领土，至今也没有汉人在那里居住。所以就目前大晋的领土来讲，对于我们华夏民族来说已经足够了。何必要不顾一切，驱使百姓铸犁为剑，去四处征战，抢夺他人的领土呢？"

江统问："按照张公的意思，汉武帝的做法是错的了？"

"这就是我想说的另一个问题，也是你与我之所以争执的焦点。大汉朝，真正使百姓富足生活幸福的是文、景，使大汉强大的是武帝。是文、景这样的皇帝好呢？还是武帝这样的皇帝好？这个问题的实质，就是民为本还是国为本的问题。"

江统说："当然是以国为本了。没有国哪有家，没有家哪有民？"

"这是个非常错误的观念，但却非常流行。就像大河无水小河干，这样的流行观念一样错误，完全颠倒了因果。要想弄清哪个重要，哪个是本，最好的方法就是先看看哪个出现得最早。一般的来讲，出现得早的就是本，越晚的就是末。植物的根与干比枝与叶要出现得早，这点你不否认吧？所以根与干叫本，枝与叶叫末。那么世上是先有国还是先有人呢？是先有民还是先有君呢？当然是先有人，人聚而成国，有国才有君，所以孟子说，民为贵，君为轻，社稷次之。孟子已把民、君和国家孰轻孰重说得很清楚了。既然人为贵，民为本，那么朝廷的任何举措首先要考虑的就是百姓的利益。而人的最大利益是什么？当然首先是活着，必须生命有保障，其次是活得好。朝廷每发动一次战争，其实都是将许多百姓推向死亡。所以古人云，兵者不祥之器。在我们有充足的生存空间，至今仍占据了西域大片土地的时候，还要让百姓冒死去争夺领地，那是非常愚蠢的。"

江统说："恢复汉土，扩张领地不完全是生活的需要，正是生存的需要，只有将蛮夷远逐，才能在夷汉之间有足够的缓冲区，以使我华夏之民免受蛮夷侵害。"

"你这是典型的国本思想，是秦嬴政的思维。"张华说，"一个国家和民族是否强大，不可战胜，并不在于它的领土有多广大，边防有多坚固。如果不顾百姓利益，以国家社稷的名义强迫百姓为国做出太大的牺牲，那么就是将民与国的关系本末倒置。秦合七国之地，地域不可谓不广，北逐匈奴七百余里。胡人不敢南下而牧马，士不敢弯弓而抱怨，然后筑长城万里，疆界不可谓不固。何以二世而亡？因为大秦从来没为它的人民着想，任何事情都是以君主和国家的利益为出发点的，百姓不是国家的目的，而是国家的工具。这是完全颠倒了本末关系的混账思维。故贾长沙云'仁义不施而攻守之势异也。'社稷稳固，国家强盛的关键是要行仁德之政。"

江统仍不服气，问："您的仁政思想对治理国家内部来说是没错的，但用于对外关系却完全不适用。蛮夷之邦，民智未开，不谙圣人之教，故不可语仁。"

张华道："圣人之仁，可不是只适用于华夏，圣人之所以为圣人者，就是因为他的思想放之四海而皆准。不仅适用于天下所有人，而且甚至适用于禽兽，就连猫儿狗儿，你对它仁慈关爱，它都不会伤害你。羊羔跪乳、乌鸦反哺，就是仁孝是世间普遍真理的绝好证明。"

江统又问道："难道我们跟蛮夷讲仁爱，他们就会遵守规矩，永不南侵。如果仁有这么大效用，那我们还养兵何用？"

"呵呵，这是只有偏执狂才能说出的话。跟你这样的人辩论非常累，因为你会把什么都引入极端。即使久旱逢甘霖，你也会找出雨淋湿了某家的被子来证明甘霖的坏处。"张华说，"正因为蛮夷远离中土没有接受过圣人的化育，才远离文明。这正需要我们将圣人的思想传播给他们，使他们慢慢从野蛮步入文明，只有仁义成为天下人共同的信念，世界才能实现真正的和谐。我知道你这种人的想法，你最崇敬的人物是刘彻，他北逐匈奴三千里，彻底将他们驱离故土。如果你能做到，你会杀尽天下异族，但这不仅是不仁道的，而且是恶魔的思维。天降生灵，都有其生存的权利，强大民族欺凌弱小民族就像大人殴打小孩儿一样是为人不齿的，恃强凌弱那是强盗和禽兽之行，而夺人故土，灭人族类，更是连上天都不能容忍的。你们都应谨记，利益是世上最诱人的东西，但在利益之上还有一个世间最崇高最美好的东西需要坚守，那就是道德。而道德的核心便是仁。"

张华苦口婆心地说了半天，其他人都对他的话深以为然，但直到最后也没能使江统这个古代愤青转变观念。江统说："我可没您那样的远见，看来您不仅立志于治理好大晋国，还想影响整个世界呢。"

江统的话带有很强的讥讽之意。张华岂能听不出，他说："你说得很对，如果能够将南蛮北胡东夷西戎都变成文明礼义之邦，天下必然大治。但这是一个漫长的过程，我能为此尽一点微薄之力就已经很满足了。仁爱是我至死都要坚守的圣人之训，大晋朝廷只要还让我执掌相印，我就决不会轻易与邻邦开启战衅，使我的百姓免遭屠戮之灾。"

江统不服，事后专门上书皇帝，抨击张华的对外政策。但由于宰相与皇帝事先约定，宫外的事宰相说了算，所以，司马衷和贾南风都没有对此进行任何干涉。

张华向邻邦派出使者，宣传解释大晋的睦邻政策。他还给慕容鲜卑大单于慕容廆和拓跋燕写了一封亲笔信，告诉他们，如今自己执掌大晋朝纲，希望他们做积极响应他的对外政策的模范。

拓跋燕母子接信后十分高兴。因为他们钦敬的恩人终于成为大晋国的主宰。在整个元康十年间，所有鲜卑部族和东北的扶余、挹娄、高句丽等国都与大晋保持着良好的关系。与拓跋燕和慕容廆母子对张华的大力支持是分不开的。

张华自任宰相后，充分显示了他的治国才能。他辅政的元康一朝，共十年左右的时间。虽然自然灾害频仍，主昏后虐，人才匮乏，但仍然保持了社会稳定，经济繁荣，人民安居乐业的良好局面。史称元康之治。《晋史》也将这一切归功于张华。《晋书·张华传》说："……华遂尽忠匡辅，弥缝补阙，虽当暗主虐后之朝，而海内晏然，华之功也。"

166

虽然实现了元康之治，但张华对自己的工作仍然很不满意。因为没有谁比他更清楚，大晋朝真正的深层社会问题并没有得到解决。比如九品中正制的选才用人制度问题，这直接导致了官二代官三代那些无能之辈和纨绔子弟占据了许多重要岗位；世风败坏，拜金主义盛行，奢靡腐化问题；诸王拥兵自重问题；主昏后虐问题。

他也曾想进行一番大刀阔斧的改革。登上相位的第二年他就想彻底废除九品中正制，打破阶层界限，恢复汉代行之有效的"察举制"和"征辟制"。但他的这个想法刚提出，就被朝廷的核心成员裴頠、何劭、裴楷、石崇、王衍和王戎否决了。因为这几个人本身就都出身最大豪门。裴頠乃是河东裴氏故司空裴秀之子。裴楷为裴秀堂弟。何劭则是陈国何氏故太傅何曾之子。石崇是故司徒石苞之子。而王衍、王戎都出身琅邪王氏。他们就是整个利益集团的代表，九品中正制就是被这些人的父祖们扭曲固化为能够保证世家子弟世代为官的制度的。他们几位能荣膺三公九卿之位，就是这种制度的直接结果。他们就是最大的利益集团。谁想剥夺他们的利益岂能不群起而攻之。

所以，张华的想法在朝廷最核心的几个成员那里都通不过，其他能够登上朝堂的大臣几乎没有寒门出身，皆为世家子弟，所以，即使这个意见在朝堂上提出来，除了遭致合力围攻外，不会有任何结果。这时张华才知道为什么从傅玄、刘毅到卫瓘多次提出废除九品中正制都无果而终了——一个利益集团操控的社会，已经形成了对这个集团最有利的各种制度，任何想从根本上进行改革的举措，必然会胎死腹中。

作为宰相的张华，不属于这个利益集团，他有改革的愿望，无奈独木难支。

以张华的智慧，他早已将这个社会看得非常透彻。他又是个谨守中庸的人，中庸即致诚也，就是实事求是。他绝不会明知不可为而为之。所以，他只能在权力所及的范围内对这个千疮百孔的社会进行技术上的修补。

可以说，张华凭借自己的威望与能力，使这个本已丧乱的社会又维持了近十年的稳定。

皇上、皇后对其工作十分满意，特将其爵位由侯爵升为公爵——壮武郡公。

（《晋书·张华传》："论前后忠勋，进封壮武郡公。华十余让，中诏敦譬，乃受。"）

167

社会的安宁与稳定，令贾南风不再为如何保住呆皇帝的皇位和自己的皇后之位而弹精竭虑。

饱暖思淫欲，她开始有闲心追求感情生活。

由于她的丑陋，她不像自己的妹妹贾午，经历过如此轰轰烈烈的爱情，虽然呆丈夫司马衷的审美意识不强，但作为男人，他还是有基本的辨识能力的，而且什么事情都是有比较才能有鉴别，随着后宫嫔妃人数的增加，司马衷对女人也越来越挑剔了。他尤其喜欢白皙光洁的肌肤，而贾南风的皮肤却是又糙又黑，他喜欢明眸皓齿，而贾后却是黄眼珠，黄板牙。所以，贾南风越来越不中皇上的意，后来干脆不再临幸贾南风。

贾南风受不得冷落，有时强行与司马衷同床，但那呆皇帝既然对她毫无兴趣，勉强为之，令她不仅享受不到性爱之乐，反而让她徒增痛苦。

贾南风岂是甘受冷落之人，她很快选准了目标——太医程据。这程据二十六七岁年纪，是个身材魁梧，气质文雅的白面书生。因经常入内宫为嫔妃宫女诊病，所以贾南风见过他几面。

贾南风瞄准目标，立即下手。她佯装有病，让太监董猛去请程据。程据立即随董猛来到贾后居室。董猛识趣，立即退出。

程据隔着帐幔为贾后切脉后说："娘娘，依臣观之，您御体无恙啊。"

"怎么会没病呢，没病我叫你来干吗？"贾南风说，"哀家的病不在身上，而在心里。心里的病切脉自然是诊不出的。"

"娘娘有什么心病？"

"你不是名医吗？怎么还问哀家。"

"恕臣无能，确实诊不出啊。"

"你把手伸过来，我告诉你我的病在哪里，自然你就能诊出来了。"

程据只得将手伸进帐幔。贾南风抓住程据的手向自己的胸移去。程据猛然惊醒，急忙向后缩手，但贾南风死死抓住，说："怕什么嘛。"

"娘娘松手，不可，不可呀。"但贾南风哪里肯放。程据也不敢硬将自己的手拽出来。

贾南风稍一用力，将程据的手捂到自己的乳房上。

程据道："娘娘，这是陷臣于万劫不复啊。"

贾南风说："放心，你只要顺从哀家，谁也奈何不了你。"

"臣不敢。"

程据趁贾南风手劲略松的一瞬，赶紧抽回自己的手，并立即站起身向宫外走。"站住。"贾南风怒道，"你要敢出这个门，才真是死罪呢。你调戏皇后，三族不保。"

程据一听，"扑通"跪倒在地，磕头如捣蒜，声泪俱下道："娘娘饶命，娘娘饶命。"

贾南风道："想活命就赶紧起身过来，为哀家来诊治心病。"

程据无奈只得怯怯来到床前。贾南风不再拉他的手，而是用口令指挥道："坐到床边来，将手伸到哀家被子里，对，对，用点力，那只手也伸进来，对，哦，好，天哪……"

程据像个机器人一样，贾南风指到哪里他就做到哪里。

……

"嗯，到底是年轻小伙儿，就是棒。哀家离不开你了，以后你只要好好侍奉哀家，保你前途无量。"

"可，可这万一被人知道，臣是万死之罪呀。"

"你难道不知道这大晋皇宫是谁的天下吗？"

"当然知道，宫内一切都是娘娘做主。"

"既然知道你还怕什么？只要让哀家高兴，谁也奈何不了你。以后哀家只要需要你，你要招之即来。"

程据还有些犹豫。贾南风说："告诉你，如果幸运你还可能中普天之下最大的彩头呢。"

"什么彩头？"

"哀家至今未能生出一个皇子来，哀家为此郁闷多年。如果哀家能与你生个男孩儿，哀家豁出性命也要将他立为太子，承继大位，将来你就是太上皇了。"

贾后嘴上这么说，她的心里也确实是这么想的。她为能有亲生骨肉承继大统想儿子早就想疯了。

程据想，以贾后的威势，若自己生子，一定会被立为储君，今上百年后肯定会荣登大宝。这彩头尽管遥远并充满了风险，但因为它实在诱人，确实值得放手一搏。从此以后，程据真的是逢召必来，来之能战。

未几，贾南风亲自升程据为太医令。（《晋书·贾南风传》："后遂荒淫放恣，与太医令程据等乱彰内外。"）

但贾南风与程据私通一年，竟然没怀过一次孕，因而渐渐地将程据冷落了。

程据对这个比自己大十多岁的丑娘儿们也早就心生厌倦，因而办起事来也越来越不给力。但贾南风三十七八岁，正是如狼似虎的年龄，需求旺盛。为了摆脱贾后的纠缠，程据给贾南风推荐了一人。

168

程据推荐的这人叫牛通，是个屠户。牛通膀大腰圆，浑身腱子肉，每日以牛鞭、猪鞭这些无人买的杂货下酒，因而患有阳事易举之症，就是如今所称的性亢奋症。他的女人因为忍受不了他的折腾曾特来请程据寻医问药。因而程据与牛通相熟。

不久前，这牛通因误伤人命，吃了官司，赔了个倾家荡产。正不知从哪里发笔横财，以便养家糊口。程据于是将牛通介绍给贾后。

贾后看了看牛通的身板，颇为中意。牛通觉得傍上皇后，肯定荣华富贵随之而来。

但活该这牛通福薄。当晚，他留宿后宫。为了给皇后一个良好印象，他将自己所长发挥得淋漓尽致，没想到，这贾后突然狂叫："天哪，你杀了我吧，我要死了！"

太监对男女之事生疏得很，董猛听了娘娘的喊叫，以为屋内壮汉要谋害皇后，于是一挥手，命守门卫士冲入屋内，竟将牛通乱刃分尸了。

贾南风大骂董猛，但也无可奈何，让人偷偷将牛通尸体运出宫去，给了牛通妻一笔不小的封口费就算了结了。

董猛坏了贾后好事，被贾后痛责。董猛无奈只得将功补过，答应给贾后物色更好的男子。

从此，董猛便隔三岔五地将年轻小伙带入中宫。为了不引起必要的麻烦，董猛专门组织几个人为贾后猎艳，一旦发现合适目标，便秘密捕之，偷运入宫。待贾后腻烦了，便杀人灭尸，也倒干脆利索。

这董猛做事极为谨慎机密。若不是贾后难得一次心慈手软，露了馅，贾南风的淫乱行为或许世人永远不会知道。

原来，洛阳城南住着一位年轻小伙儿，姓董名岳，是治安部门的一个小职员，长得相貌堂堂，英俊潇洒。忽然有一天，他穿着极其华丽的衣服去上班。他的长官是很有见识的人，见了他的衣着很是惊讶，因为光他衣带扣上所镶的那两颗红蓝宝石就价值过万。于是怀疑他的衣服来路有问题，问董岳道："你这身衣服花多少钱买的？"

"我，我不大清楚。"

"你知道它值多少钱吗？"

"不知道。"

"我告诉你吧，它最少值一万贯。"

"啊？它真的能值这么多钱？"

"对呀，所以，凭你的收入一辈子不吃不喝也买不起这么一身衣服。你快如实交代它是从哪儿来的吧。不然你可要吃官司了。"

但董岳死活不肯说出衣服的来历。他的长官只能把他的衣服当作赃物扣下，并张榜寻找失主。贾后的一个亲戚认出赃物是皇后宫里的，于是便来领取被盗之物。于是董岳的上司便把董岳叫来对证。

既然找到了失主，而且失主出示的证据确凿。董岳只能以盗贼定罪。董岳眼见真的要吃官司，于是只得说出这身衣服的来历。

他说："大约一个月前的一天晚上，我在洛阳郊外的路上遇到一辆轿车。轿车走过我身边时，突然轿帘一掀，只听车内有人说：'停一停。'然后从车里走出一个五十多岁的男人，他对我说，他家里有个重病之人，巫师讲应该找家住城南的青年来驱邪消灾。因我家住南城，他想让我帮他这个忙，事后必有重谢。我想救人一命是积德行善的事。便上了他的车，他放下车帷，不准我看车外。走了约一个时辰，车再停下。当我从车内走出来，抬头一看，眼前琼楼玉宇，富丽堂皇，甚是气派。我就问：'这是到了哪儿？'有人告诉我说：'是天上。'我也没有多问。接着就让我洗了热水澡，那水中散发出的气味清香怡人，以前从未享受过。刚洗完澡，就有人送来了漂亮的衣物，还端来了美味佳肴。待酒足饭饱，忽见一个女子，看上去大约三十五六岁的样子，身材矮小，脸色青黑，眉后还有一块小痣，痣上还长着几根黑毛。她留我住了几晚，与她同床共枕，每夜都与她行男女之欢。第五天的半夜里，她让人把我又装到一辆密闭的马车上，还赠给了我这些东西。走了也不知多远。赶车人把我从车上放出来。马车飞驰而去。我这衣服就是这么来的。"

贾后的亲戚听了董岳的陈述，知道他所说的身材矮小的妇人是贾后。哪还敢承认这衣服是后宫之物？董岳的上司也明白了事情的真相，更不敢深究。于是说："董岳，既然那是天上仙女所赠情物，那就归你吧，此案就算结了，但以后不要到处乱说就是了。"

贾后一般都是将男人毁尸灭迹的，不知这董岳何以命大，不仅被贾后饶过一命，而且赠之以宝。

此事在《晋书.贾南风传》中所载其详：

洛南有盗尉部小吏，端丽美容止，既给厮役，忽有非常衣服，众咸疑其窃盗，尉嫌而辩之。贾后疏亲欲求盗物，往听对辞。小吏云："先行逢一老姬，说家有疾病，师卜云宜得城南少年厌之，欲暂相烦，必有重报。于是随去，上车下帷，内麓箱中，行可十馀里，过六七门限，开麓箱，忽见楼阙好屋。问此是何处，云是天上，即以香汤见浴，好衣美食将入。见一妇人，年可三十五六，短形青黑色，眉后有疵。见留数夕，共寝欢宴。临出赠此众物。"听者闻其形状，知是贾后，惭笑而去，尉亦解意。时他人入者多死，惟此小吏，以后爱之，得全而出。

169

贾后尽管跟无数男人淫乱，但始终未孕，她知道自己生育无望。很是郁闷，恼恨。

吴丹知其意。于是给她出谋道："令妹贾午近来已有身孕，何不用掉包之计，将贾午之子，假托娘娘自己所生？"

贾南风觉得此计甚妙。于是假装怀孕、临盆，暗中将贾午所生的孩子贾慰弄入宫来，谎称自己所生。反正后宫中她自己一手遮天，呆皇帝对任何事情不闻不问。从此，这贾慰便有了皇子的身份。由于他乃正宫所出，因而地位比一般皇子还要尊贵些。（《晋书·贾南风传》："初，后诈有身，内稿物为产具，遂取妹夫韩寿子慰祖养之，托谅暗所生，故弗显。遂谋废太子，以所养代立。时洛中谣曰：'南风烈烈吹黄沙，遥望鲁国郁嵯峨，前至三月灭汝家。'"）

韩寿偷香所生贾谧已继承贾充公爵之位。如今小儿子不仅又暗度陈仓成为皇子，而且贾后势必还会将其最终扶上皇位。韩寿、贾午没想到一不留心不仅成为公爵的爹娘，还看到了太上皇和太后的希望，于是这夫妇二人也积极加入到毁灭太子司马遹的行动中来。

有吴丹精密的运筹，有董公公一丝不苟的执行，又有贾后的支持和韩寿、贾午的协助，这司马遹越来越变得不可救药了。

170

司马遹胡闹到什么份儿上？从以下两件事即可见一斑。

他所居住的东宫墙和皇宫之间有一片空地。他竟然在此建起一个小市场。

这里蔬菜鱼肉针头线脑卖什么的都有。司马遹所以要建这个市场，首先是出于爱好。他有一手绝活儿，不管任何东西，只要他用手一掂，就知几斤几两，不差毫厘。

他的这一手绝活儿是被偶然发现的。

一天，宫内突然有多人饭后跑肚拉稀。经太医诊治，是吃了变质的肉类。为了防止出现类似现象，贾后命宫内所有食堂以后都要购买活的禽畜，但厨师和太监们谁都不会屠宰猪羊。贾后于是想了个坏主意，请谢玖的爹谢福进宫来屠宰猪羊。

谢玖的爹本是屠户，但父以女贵，外孙既已贵为太子，当姥爷的当然不能再做屠户，因而谢福已好多年不干老本行了。

贾后的这个主意本就是为羞辱谢才人的。谢玖一听立即与贾后闹起来。贾南风说："你拿着我的好心当驴肝肺。我请你爹来杀猪又不是让他白忙活，比给一般百姓杀猪挣得钱多得多。"

"怎么不让您家人来宰猪呢？"

"可惜我们家人都笨，不会这手艺呀。"贾后说，"我爹只会当官，所以只能帮助先帝管理天下。他老人家要是会杀猪，只要皇上需要，他也不会推辞的。既然是皇亲国戚，就应该各尽所能帮助皇家，你说对不对？"

贾后的话把谢玖气哭了。

司马遹无论如何还是向着生身母亲的，他此时看不下去了，但又不敢惹贾南风，于是说："你们都别吵了。我去杀猪。"说着竟然真的来到御膳房。由于他小的时候去姥姥家曾看过姥爷杀猪，所有程序记得清清楚楚，所以他操起刀来便将一头猪杀了，而且肠儿肚儿弄得井井有条。厨师和太监们大赞。

司马遹杀猪被人大加赞赏。他似乎找到了杀猪的快感，时常就到御膳房帮助杀猪宰羊。

司马遹不仅有屠宰方面的天赋，而且他的手感也惊人的好，无论鱼肉蛋菜，只要他用手一掂，立即能够说出几斤几两，用秤验之，不差毫厘。

吴丹听说太子有这样的本领，于是对贾南风说："何不让他好好发挥发挥自己的特长。"

贾南风问："什么意思？"

吴丹说："天下之贱民者，商贾也，他既然有贱民之长，就给他个做贱民的机会。"

吴丹如此这般对贾南风一说。贾后大悦，吴丹又将计策密授董猛。

于是董猛对司马遹说："殿下，就凭您这本事，当皇上可大材小用了。您要是做生意，石崇也不是您的对手，天下的钱都得被您赚到手里。"

司马遹说："真的？"

"不信您试试嘛。"

"怎么试？"

"你在皇宫里摆个摊试试，要是效果好呢，就开个市场，让宫里所有人都见识见识您的本事……"

"就怕皇后不让干。"

"娘娘那里有奴才为您说话呢。"

"嗯，好，那咱就试试。"司马遹对董猛的主意非常感兴趣。

第二天一大早，董猛便命手下两个太监到宫外帮司马遹运来一头猪，两只羊，及各种水果蔬菜。司马遹杀猪宰羊，一阵忙活，然后将猪肉、羊肉挂上肉杠，在皇宫东宫之间的那个空场上摆起了肉摊、菜摊、水果摊。

贾南风早已私下动员宫女太监都到太子的菜摊上来捧场，于是大家沽酒买肉。太子忙活了整整一个上午，最后一算，竟然大赚了一笔。

皇宫内开设市场成为一景，也是一乐。宫女、太监及武帝时期留下的数千嫔妃，合起来也不下万人。这些人平时没事，寂寞得难受。手中有钱也无处去花。没想到宫内突然开了超市。于是这个市场每天都热热闹闹，有的太监和宫女见这里生意不错，也设法摆起了摊。

董猛还请吴丹写了一个大牌匾，上书：天下第一榷。

天下第一榷热热闹闹的景象很快被皇上司马衷闻之，他自幼深居大内，从未见识过这样的风景，因而听说后也很感兴趣。在几个太监宫女的簇拥下来到天下第一榷。见这里琳琅满目，非常高兴。于是一个摊儿挨着一个摊儿地看，不但看，见到喜欢的东西他还要亲自买。

出乎司马衷意料的是，无论哪个摊位的什么东西，经他一番讨价还价，都能比别人便宜许多。

众人不禁赞叹皇上的精明。

司马衷正扬扬得意，没想到在儿子司马遹面前却碰了钉子。

司马遹远远看见皇上一步步向他的摊位走来，知道大主顾来了，于是学着小贩的腔调，并自编了一套新词儿，吆喝道："哎，快来看快来买呀，好李子，肉厚，皮薄，不用洗，不用剥，只需轻轻用嘴嗑，特别香，特别甜，吃上一口甜半年。"

司马衷来到司马遹的地摊前，手指着筐中的李子问："多少钱一斤？"

"一两银子一斤。"司马遹答道。

"天哪，这么贵？"司马衷说。

"这还贵，您得看看这是什么李子。这是王司徒家的稀世珍品。要不因为王司徒是我叔丈，凭他那小气劲，谁能从他家弄出这么好的李子。"这司马遹娶王衍女儿为妻，因而称王戎为叔丈。王衍有两个女儿，一个嫁太子司马遹，另一个嫁贾谧。因为在贾后的干预下，王衍将漂亮的大女儿给了贾谧，而将长得丑的小女儿给了太子，司马遹为此一直对贾谧耿耿于怀。

"嗯。朕也听说王戎家有好李，每年他都给朕进贡三枚，朕还真没吃够呢。你这个叔丈太抠门，贵如天子者也休想从他那里多讨一颗李子。"

"所以，物以稀为贵嘛。"司马遹道。

司马衷说："世人都知道王戎家的李子是全天下最好吃的李子，但你怎么能证明这就是王戎家的李子。"

"王司徒家的李子最好辨别。天下只有他家的李子钻了核才卖。您瞧瞧，这每个李子不都被他钻了核吗？"

司马衷觉得儿子说得很有道理，于是拿起一个看了看说："嗯，是被钻了核的，果真是王戎家的李子。"司马衷问，"能不能便宜一点儿？"

"不行。一文都不能少。"司马遹说。

"别的摊儿都给我面儿，你怎么跟你爹一点儿面儿都不讲，他们都说朕是还价能手……"

"父子是父子，生意是生意。"司马遹说，"我赚了钱可以孝敬您，但从我这里买东西您就是顾客。我给您便宜了，别人再买我怎么办？"——这司马遹还真讲生意道德。

"我可是皇上。"

"皇上还还什么价？天下都是您的，还在乎这点儿钱吗？正因为您是皇上，才更应该照顾照顾儿子的买卖呢。"

司马衷一听，儿子说得有道理，于是说："嗯，是啊，朕干吗要让别人把钱挣了去呢？为什么不照顾自己的儿子？"想到这里，于是说，"你这一筐李子，朕包圆儿了。"然后将李子分给跟随的宫女太监。（《晋书·司马遹传》："而于宫中为市，使人屠酤，手揣斤两，轻重不差。其母本屠家女也，故太子好之。又令西园卖葵菜、蓝子、鸡、面之属，而收其利。"）

司马遹收摊后大笑着来到后宫向母亲谢玖报喜，因为今天他大大赚了一笔。

谢玖见儿子掩饰不住地笑，于是问："看你美的，遇到什么喜事儿了？"

司马遹将与皇上做生意的过程讲了一遍，谢玖说："唉！儿子，你可不能这么荒废下去呀。"

"这怎么能叫荒废？"

"商贾是贱民，你贵为太子……"

"那姥爷也是贱民了？"

谢玖听了司马遹的话，怒道："你姥爷就是屠户出身，而你呢，出身皇室，怎么能跟你姥爷比。"

司马遹道："做买卖也锻炼人的能力。就说今天吧，父皇竟然被我骗得一愣一愣的？"

"你骗了他什么？你若真骗了他，那是欺君之罪。"

"做生意就是一个愿打一个愿挨。"司马遹说，"昨天下午，董公公让人给我进了一筐李子，我一看，跟我叔丈家的李子差不多，于是我连夜命太监们钻李子核……"

"钻李子核干什么呀？"

"冒充王司徒家的李子呀。他家的李子都是钻了核才卖或送人的。不将核钻个小眼儿，就没人相信是王家的李子。"

"哦。"

"果然，第一个上当的就是父皇。他以为我真是从王司徒家进的李子，于是高价将那一筐李子全包圆儿了。只这一笔买卖我就赚了五两银子。娘，给您二两半。这是孩儿孝敬您的。"司马遹说，"您想，父皇都能将天下管理得这么好，孩儿比父皇聪明多了，可玩弄父皇于股掌之上。您还用担心孩儿将来做不好皇帝吗？"

谢玖想想，儿子说得也对。

司马遹也贪得无厌，此后又接连弄了几筐"王家李子"，司马衷为了照顾自家生意，每次都照单全收，然后分赠嫔妃。吴丹看出了其中的问题。问董猛道："董公公，你去问问那几个为太子殿下进货的小太监，他们从哪里弄来这么多王司徒家的李子。我记得王戎家只有三棵这种李子树。即使全都运到宫里，也没有这么多呀。"

董猛向小太监们一问，果然那些李子都是从"荣家果园"买来的。

吴丹于是向贾南风密授机宜。贾南风听罢，喜道："我马上传他过来。"然后对董猛说："董公公，到东宫去传太子，让他马上到哀家这里来。"

司马遹慌慌张张地跟着董猛来到贾后面前。贾南风将脸一沉，问道："太子殿下，你好大的胆哪，竟敢欺君罔上。"

"孩儿不敢。"

"什么不敢。"贾后喝道，"母后问你，你在宫中售卖的李子，是从哪里弄来的？是王司徒家的吗？"

司马遹知道自己的事露馅儿了，于是"扑通"跪在地上说："娘娘开恩，娘娘开恩。"

"你骗别人也倒罢了，竟然骗到你父亲和皇上头上来了。"

"母后，孩儿知道错了，请您千万不要告诉父皇。"

"好吧，母后为了不让你们父子反目，暂且不告诉皇上。"

"谢母后。"

"但你必须向哀家写出悔过书，表明其危害性。"

"孩儿一定照办。"

贾南风说："悔过书必须将这几层意思表达清楚。卖货，以次充好，是不信也，欺骗顾客是不诚也。蒙骗父亲是不孝也，欺骗皇上是不忠也。"

司马遹不知贾后的阴毒，心想，只要不让父皇知道，写个悔过书也没什么，况且皇后连悔过书的主要内容都讲清了，那还不容易。

于是第二天，司马遹便将一封检讨非常深刻的悔过书呈给了贾南风。

贾后如获至宝。她立即将《悔过书》在大臣之间传阅。

仅此一招儿，便使得太子声名狼藉。贾南风还对众臣说："唉！哀家真为大晋的社稷担忧啊。若将皇位交给一个品行比商人还恶劣的人，那可是天下人的悲哀呀。"

确实，连司马遹自己也承认自己不忠、不孝、不诚、不信，怎么能不让众臣对他的德行深感忧虑呢。

171

《悔过书》给司马遹带来了非常恶劣的影响。他为此郁郁寡欢。太子舍人杜锡——杜预之子——觉得太子遭了挫折，正好加以规劝，令其抛弃那些坏习惯，关闭宫中市场，并认真读书，此时浪子回头还来得及。

杜锡跟太子一坐就是半天，教诲个没完没了，哪知道这司马遹正烦恼不堪，最怕听人在耳边叨叨，因而对杜锡恼怒不已。对董猛说："这人像得了话痔一样，一叨叨就是半天，哪天我非得治治他。"

董猛说："治他还不容易？"

"怎么治？"

"他不是跟您一谈就是半天吗？"董猛说，"您让他如坐针毡，他就不会唠叨个没完没了了。"

董猛一句话提醒了司马遹。于是他命手下人在杜锡的坐垫中放置了十几枚钢针。那日，杜锡给司马遹讲《礼记》，他刚一坐下，便惨叫一声，立即从座位上弹了起来。坐垫里的针将杜锡的屁股扎得鲜血淋淋。（《晋书·司马遹传》："舍人杜锡以太子非贾后所生，而后性凶暴，深以为忧，每尽忠规劝太子修德进善，远于谗谤。太子怒，使人以针著锡常所坐毡中而刺之。"）

杜锡于是哭着向朝廷力辞太子舍人之职。

司马遹的胡闹惹得众臣激愤。裴頠追查是谁给太子出的这个坏主意。司马遹只好将董猛供出。于是朝议诛董。

董猛闻讯大惧，赶紧去找贾后救命。

董猛乃贾后忠实走狗，而且了解和参与了毁灭太子的整个过程。贾南风不忍抛弃他，也怕他一旦被逮受刑不过，招出所有秘密。于是亲自出面，为董猛说话。

她来到朝堂上，对众臣说："其实杜舍人被刺一事，怪不到董公公身上，董猛不过说了句如坐针毡，谁知道太子竟然受到启发，就真的给杜舍人的坐垫中放置了钢针。人学好学坏乃是天性。一个天性善良的人，你就是教他学坏，他也不会去学，因为他的内心不允许他这样。而一个天性恶劣的人，你教他学好，他也学不来。杜锡乃饱学之士，儒学大家，教了太子这么多年，太子未见学好，而为什么董猛仅说了四个字他就能领悟得这么快，还能很好地实行呢？就因为太子心中天生有恶念。哀家也曾让吴女史教太子书法，但他一笔也学不会，而杀猪宰羊，沽酒卖肉这些东西，他却无师自通。为什么会这样？就因为他身上不仅流着皇家的血，而且还流着屠夫与商人的血。哀家可以断定，太子若做个屠户或商贩，不用费力，就能成为世上顶呱呱的屠户和商贩，但若让他学孔孟之道，就是孔孟二子在世亲自教诲，他也不会领悟儒家真谛。杜舍人被刺怪董猛，那太子杀猪宰羊，在宫中开榷场，弄得宫中乌烟瘴气又怪谁？他的屠宰之技又是谁教的？若杀董猛，是否应该将教其杀猪宰羊的人一起诛杀？"

贾南风的一番话还真令君臣无语。本来嘛，太子身边配备了那么多的贤达之士，整天对他进行教育，可为什么这些好的东西他不学，专学坏的东西呢？若诛董猛，是否应该连太子的外公也一起诛杀？

贾南风的话不仅明确指出了太子血脉的低贱，而且将董猛的作用与太子外公相提并论，令所有人不知道如何处置才好。

于是有人暗示，应该考虑废司马遹另立，但张华说："关于太子废立乃皇家之事，不是为臣者所应考虑的问题。所以，这个话题就此打住，由皇上与娘娘去决断。至于董猛，太子之过实不能全怪一个太监，因而本官认为，董猛有过，宜杖责三十；太子舍人杜锡学识渊博，多年来兢兢业业辅佐太子，虽无功劳，但有苦劳，因与太子发生这番故事，不宜在东宫为师，所以本官建议，太子舍人杜锡到太常卿任太常寺丞。"

贾南风将太子的恶行告到司马衷那里。司马衷说："宫中开设榷场乃是创新之举，方便宫人采购，不是什么大错。至于屠宰之事，以后让他放下屠刀就是了。杜锡这件事确实很严重，罚其在东宫闭门思过一个月。立遹为太子，本是先帝之意，妄议废立者斩。"

172

太子舍人杜锡的遭遇，令太子身边的人都十分惶恐。

有了父皇的庇护，司马遹不仅没有丝毫收敛，在宫内设市依旧，而且越来越不可救药。时人有谚曰：

> 大晋宫里好奇怪
> 又卖酒来又卖菜
> 太子讨价皇上还
> 父子之间做买卖

张祎也一直在太子身边陪伴太子读书。（《晋书·司马遹传》："……于是使太保卫瓘息庭、司空泰息略、太子太傅杨济息患、太子少师裴楷息宪、太子少傅张华息祎、尚书令华嵩息恒与太子游处，以相辅导焉。"）他也无法忍受司马遹的暴虐，向父亲提出离开东宫的请求。

张华说："当初皇上之所以要将卫瓘、王泰、杨济、裴楷、华廙和我的儿子放到太子身边，其用意就是想让你们将来像父辈一样辅佐司马遹。太子本来是仁德睿智的，如今竟然变成这样，你们难道就没责任吗？"

张祎说："教人上进难，让人学坏易。江统、杜锡、王略、裴宪、华恒我们在一起琢磨过。太子之所以变坏，都是贾后精心谋划，有意将他引诱坏的。"

张华问："你们为什么这样说？"

"时间长了，多么机密的事情也会暴露。"张祎说。

"嗯，贾后最怕太子继位呀。就凭她与谢才人的关系，她也会想方设法阻止太子承继大统，而太子有先帝的遗诏，又有今上的庇护，要想阻止他继位是很难的。一个仁德睿智的太子是贾后最不愿看到的，也会是她的噩梦。所以她会不惜一切毁掉他。而能阻止太子继承皇位的只有他本身。一个办法是使他消失，这是最直接的办法，但贾后再残暴她也不敢做这样的事；另一个办法就是让太子败坏和堕落，使他失去做储君的资格。看来这一点她快做到了。"

李琳说："不过也不能完全怪贾后，关键还是看自己。"

张华说："外人的影响也是不容忽视的，否则孟母就不会三迁了。"

李琳说："子曰：一箪食，一瓢饮，人不堪其苦，回不改其乐。就是说，同样的条件下，颜回能好好读书，能学好，而其他人却不能，这说明外在环境是次要的，主要还是在个人。"

张华说："通过太子这件事我倒真相信血统论了。他能够对杀猪那么感兴趣，做生意那么无师自通，看来真的受其外公血统的影响。"

张祎说："贾后的用意很明确。就是要想方设法不让太子登基。我想如果最后实在阻止不了，凭贾后的性格，她会不惜杀身之祸，也要从肉体上除去太子。"

张华说："历代皇室内乱，都与皇位继承有直接关系。多少人都因为掺和到这件事中身败名裂或九族不保，所以我一开始就将国家的事与皇家的事彻底划分清楚，怕的就是被搅进皇室内斗中去。国家的事好办，只要你有谋略，不谋私利，按规章和规矩办就不会出大问题，但皇室的问题就不那么简单，再智慧的人若陷入其中，也很难自拔。"

张祎说："我最不明白的是，吴女史为什么会跟贾后如此莫逆。听说贾后背后的好多主意都出自于她。"

李琳说："可能是皇后对晓阳太好了。人都有报恩之心。我从小就教育她，受人滴水之恩当以涌泉相报。"

张祎说："如果帮助贾后作恶，那就不是报恩了，而是将贾后往绝路上引。"

李琳不高兴地说："你这是什么话？恶事与善事，那要分站在谁的角度去看。如果完全站在皇后的角度，你就会认为，设法阻止太子登基是必须的，因为太子的成功就意味着皇后的毁灭。所以皇后为了保全自己，就必须动用一切手段。晓阳不能见自己的恩人处于危险之中而能帮不帮，所以，有些事对于太子来讲是恶事，而对皇后来讲则是善事。"

张华说："嗯。你说得也不无道理。"

李琳说："我曾听晓阳说，贾后每天都十分担心。有人曾告诉皇后说：太子之所以在皇宫开设市场，在外置办田地就是想多多积累钱财，蓄养死士，以便将来除掉贾后。太子还对外人说：'皇后百年后，吾当鱼肉之。'所以，一旦皇上不在，太子登基，贾氏一族的下场就跟杨氏一样。"（《晋书·司马遹传》）："（贾谧）谮太子于后曰：'太子广买田业，多畜私财以结小人者，为贾氏故也。密闻其言云："皇后万岁后，吾当鱼肉之。"非但如是也，若宫车晏驾，彼居大位，依杨氏故事，诛臣等而废后于金墉，如反手耳。不如早为之所，更立慈顺者以自防卫。'后纳其言，又宣扬太子之短，布诸远近。"）

张祎说："贾后之言岂可轻信？"

李琳说："太子的话就可轻信吗？太子是什么人，自己在《悔过书》上都承认不忠、不孝、不诚、不信。"

"听说那也是贾后授意让他这么写的。"张祎说。

"太子自己不争气，怎么到头来都怪在皇后身上？他向皇上售卖假货，难道不是不忠不孝？不诚不信吗？"

张华说："宫里的事乱得很，不说它也罢。"张华生怕儿子与后母为他人的事争吵起来。那样就会影响家庭和睦，因而适时终止了话题。

张祎对父亲说："我感觉宫里早晚要出大事，一旦出事，便有性命之忧。您还是给我换个地方吧。"

张华也怕儿子掺和到宫中的争斗中去，于是将其从东宫撤出来，任散骑常侍。

173

元康之治，国家安定，百姓安居乐业。作为宰相的张华，日子过得也比较悠闲自在。一切安定后，便时常与友人游山玩水。

经常与张华一起游乐的有两部分人。一部分是何劭、裴頠、傅咸、石崇等朝内高官。他们在一起除了议论国家的事，还一起谈古论今，诗词互答。另一部分人则是竹林兄弟和王衍、乐广等崇尚玄学的清谈之士。

张华所以与裴頠关系甚密。一是敬其为人，二是尊其才学。

裴頠出身于大族河东裴氏，其父乃魏晋名士裴秀。裴秀在历史上大名鼎鼎，倒不是因为他官至司空，爵至镇鹿郡公。最了不起的是，他乃中国地图学的鼻祖。他所作的《禹贡地域图》开创了中国古代地图绘制学的先河，他提出的"制图六体"——制作地图的六种方法——沿用至今。英国著名学者李约瑟称他为"中国科学制图学之父"，与古希腊著名地图学家托勒密齐名，是世界古代地图学史上东西辉映的两颗灿烂明星。

裴頠遗传了前辈的智慧基因，自幼颖慧，《晋书·裴頠传》说他："弘雅有远识，博学稽古，自少知名。御史中丞周弼见而叹曰：'頠若武库，五兵纵横，一时之杰也。'"他不仅博闻强识，而且精通医术。

所以就知识的广博而言，裴頠是唯一能跟张华对话的人。

裴頠不仅才能卓越，而且品德极佳。他祖上是有名的河东裴氏，父亲是大名士裴秀，姨父是权倾朝野的太尉贾充，表妹是皇后贾南风，老丈人则是竹林大名士王戎。裴頠尽管有如此多的高门贵戚，但他为人谦恭低调、耿直公正。《晋书》上说他"每授一职，未尝不殷勤固让，表疏十余上"。在皇后与太子的明争暗斗中，他并不因贾后是其表妹便站在贾后一方，而是力挺太子。不仅上表请给太子生母谢玖加封名号，而且还要求给太子所住的东宫增加护卫人数。《晋书.裴頠传》

云："顾以贾后不悦太子，抗表请增崇太子所生谢淑妃位号，仍启增置后卫率吏，给三千兵，于是东宫宿卫万人。"

正是因此，张华才与裴頠关系莫逆。

何劭也出自名门，其父即晋司徒何曾。何氏父子虽因生活奢靡——二人是历史上最著名的"吃货"，最喜美食佳肴，一个"食日万钱，犹曰无下箸处"，另一个"食之必尽四方珍异，一日之供，以钱二万"而广受诟病。但因"劭博学，善属文，陈说近代事，若指诸掌"（《晋书·何劭传》）。因而与张华颇多共同语言。不仅如此。何劭还与张华、武帝司马炎是少年好友。"劭字敬祖，少与武帝同年，有总角之好。"（《晋书·何劭传》）何劭除了喜欢美食外并没有什么恶德，而且张华还能经常随其品味珍馐，因而二人关系一直很好。

傅咸乃是司隶校尉傅玄之子。《晋书·傅咸传》说他"咸字长虞，刚简有大节。风格峻整，识性明悟，疾恶如仇，推贤乐善，常慕季文子、仲山甫之志。好属文论，虽绮丽不足，而言成规鉴"。就是说他像其父一样刚直，而且有一定的文学修养。

正因为张华与裴頠、何劭、傅咸在品德与爱好上有许多相近之处，所以才经常一起寄情山水。

石崇因为有了贾谧的庇护，升为卫将军。宰相张华又深知自己的底细，所以暂时不用担心有人会算计他的财产，心情也舒畅起来，所以经常有闲情逸致，与友人游山玩水。作为天下第一大富豪，石崇决不会让自己在旅途中受任何委屈。为此，他特意打造了十几辆专供旅游用的车辆。两辆专门用来做饭的厨车，专门用来睡觉的卧车，此外还有专门装载饮食的货车。每次都要装载几乘轿子，以便随时乘坐。还有数辆仆夫、侍女、厨师、护卫、轿夫等人乘坐的车。所以，每次旅游只要有石崇，便会有浩浩荡荡一个车队侍候。

元康五年夏，张华、裴頠、何劭、石崇、傅咸五人结伴到伏牛山中避暑消夏。

这里景色优美，风光无限，飞湍流瀑，将那夏日的暑气消融在无边的青山绿水之中。

五个人坐在绿水潭边的青石上，仰望万丈飞瀑，张华随口吟道：

飞瀑来天外
白云任卷舒
空山闻鸟语
清溪捕鲫鲈
旦夕猿相伴

荒林结草庐

似此神仙境

何必再还都

裴頠道："张公乃治世之能臣，何以突生出世之心哪？"

张华说："我本安阳河边一牧童，得受逸士欧阳敬吾先生指导。本无入世之心，故作《鹪鹩赋》以明志。无奈天生操心的命，阴差阳错被中正荐至朝廷。又受宣帝、文帝和武帝错爱，屡受重托，竟不知不觉与世俗合流，将那清静无为之心丢弃了。如今见到这超凡美景，脱俗境界，触景生情，那出世之心不免又骤然回归了。"

何劭道："张公非常人也。入世可为治世能臣，出世即可为通达逸士。卑职忽有所悟，赋诗一首以寄张公。"

大家说道："好，洗耳恭听。"

于是何劭吟道：

四时更代谢。悬象迭卷舒。暮春忽复来。和风与节俱。俯临清泉涌。仰观嘉木敷。周旋我陋圃。西瞻广武庐。既贵不忘俭。处有能存无。镇俗在简约。树塞焉足慕。在昔同班司。今者并园墟。私愿偕黄发。逍遥综琴书。举爵茂阴下。携手共踌躇。奚用遗形骸。忘筌在得鱼。

吟罢，大受称赞。

张华说："多谢何公美意！老夫也赋诗一首以答何公。"

大家鼓掌静候。

张华说："老夫已多年不敢即席赋诗了。今天聊发少年之狂，诗作得不好，让诸公见笑。"

石崇道："张公说的梦话都比别人有诗意。您就别客气了。"

张华吟道：

吏道何其迫。窘然坐自拘。缨緌为徽纆。文宪焉可踰。恬旷苦不足。烦促每有余。良朋贻新诗。示我以游娱。穆如洒清风。焕若春华敷。自昔同寮寀。于今比园庐。衰疾近辱殆。庶几并悬舆。散发重阴下。抱杖临清渠。属耳听莺鸣。流目玩鲦鱼。从容养余日。取乐于桑榆。

吟毕，大家一片喝彩声。

裴頠掏出一纸说道："张公儒道咸精，玄佛皆通，卑职新作一篇《崇有论》请张公指正。"

裴頠的《崇有论》是对王弼、何晏等正始名士人以无为本的玄学思想的批判，也是对王戎、王衍、乐广等人清谈误国行为的否定。他提出"有"是绝对的，是运动变化的，万物以有为本体；并从肯定"有"，即肯定事物的客观存在中，论证了"长幼之序""贵贱之级"的绝对必要。

张华接过裴頠的文章仔细看了几遍，说："逸民高见。这篇大作直指崇无派的要害，但崇无论可是王弼和何晏两位大家的发明，他们以'无'为世界本源，可是从道家一步步引证出来的，你要想驳倒他们，光这千百字的文章肯定不行，你的观点还需要进行严密论证，否则便难以从理论高度驳倒他们。"

"嗯。我这篇文章只提出了观点。您如果觉得我这观点没问题，接下来我再做详细论证。"

"好，我支持你。"张华笑道，"呵呵，不过你老丈人和叔丈二人要是看了你的文章，还会认你这个姑爷吗？"

裴頠的老丈人正是王戎，叔丈则是王衍，是继何晏、王弼和嵇康、阮籍之后最著名的玄学家。裴頠著文抨击清谈之士，其所谓"言借于虚无，谓之玄妙；处官不亲所司，谓之雅远；奉身散其廉操，谓之旷达"。无疑是冲着王戎、王衍哥儿俩说的。

王戎、王衍的玄妙、雅远、旷达、任诞的言行已被世人奉为美谈。《世说新语》中记载最多的就是这哥儿俩非同流俗的言行。

裴頠说："他们不敢不认我这个姑爷。"

张华问："为什么？"

"因为他们都自认为非常旷达，如果因为我不点名的批评了他们，就不认我这个姑爷，那不就是告诉世人他们其实并不旷达了吗？"

裴頠这个王氏女婿对老丈人家人果然了解得很透彻，这篇矛头直指清谈家的《崇有论》很快被世人推崇，而王衍不仅不恼怒，而且还大夸裴頠有才华。

174

张华与王戎、王衍、乐广、阮咸、刘伶等人一起游玩的情景又迥然不同。

这几位玄学名士，根本不谈世俗，每有所言必追求空灵玄远，一般人听之，如坠五里雾中，不知所云。

张华喜欢与他们在一起，除了一起清谈之外，最大的乐趣便是追忆过去，感时伤世。

一天，几人相约游洛水。当马车走到一家酒肆时，王戎对大家说："我从前和嵇叔夜、阮嗣宗时常一起在这家酒坊痛饮。自从叔夜早逝、阮公亡故以来，这世界也变得越来越轻浮。现在看到这酒坊虽然很近，却又像隔着山那么遥远。"王戎说着，竟落下泪来。——这就是邈若山河一语的出处。

阮咸说："我也有同感哪。"

张华说："我也曾与嵇、阮二公在此饮过，相谈甚欢哪。回想过去，真的恍若隔世。"

刘伶说："今天咱何不在此共饮，以追怀嵇、阮二贤士。"

王柳："这个提议不错。"

于是几人进了酒肆，在过去曾与嵇康、阮籍饮酒的那个座位坐定，饮酒畅谈。

阮咸说："自太康以来，社会安定，生活富足。茂先为相后，更是民富国强，但为什么越来越找不到那种幸福的感觉了呢？"

王戎说："世风日下呀。"

乐广道："是啊，人们的精神已淹没在物欲的洪流里了，唯一有信仰的就是我们几位，我们所信的却还是'无'。信'无'与无信虽有天壤之别，但殊途同归，都是精神空虚。"

王戎道："有一天，潘岳见到嵇绍便觉得高雅如神人一般。我对他说，那是因为你没见过他爹。唉！能与嵇、阮那样的贤士有过同游之乐，是此生最大幸事呀。再看看当下这些人，一个个恶俗不堪，与这样的人相处在同一个世界乃是非常痛苦的事呀。"

刘伶说："是啊，王弼、何晏、夏侯玄虽然品德略有微疵，但也都是顶天立地的人物哇。不用说嵇康临死一曲《广陵散》悲风彻骨，就是何晏、夏侯玄受刑时的那种视死如归，也令天下无不钦敬。"

"世俗越来越堕落了。"张华说，"过去的朝臣，虽也都出身世族，但哪个不是博古通今之才，像羊祜、杜预、王肃、卫瓘、傅嘏、裴秀、山涛、傅玄、荀勖，甚至毌丘俭、钟会都是饱学之士。再看看如今这朝廷之上，除了一个裴逸民基本都一无所长了。"

王衍说："难得张公在这样的时代还能保证天下不乱，实在令人钦佩。"

张华说："社稷沉疴浸身，固疾难除，病入膏肓，张华也是独木难支。能做的我已经都做了。但治表之方无法根治脏腑之病。虽然如今表面安定平和，但疾风暴雨可能随时而至啊。"

乐广问："张公何出此言？"

"元康初年之乱不知大家是否还记得。"张华说，"国家之所以保持了这些年的稳定，主要是司马诸王被限制在各自的封地，无法进京干政。贾后虽然暴虐，但她的影响只能在宫里，折腾不出圈儿去。如今赵王进京，且要被皇上授予重柄，如果司马伦真的如愿以偿，当年楚王司马玮之乱，恐怕在所难免了。"

"司马伦这样的人还能被重用？"阮咸问。

"是啊。"张华说，"皇上打算升他为车骑将军。"

乐广说："司马伦将西北边境弄乱了，怎么不受处罚还升官呢？"

王戎说："张公，司马伦志大才疏，又自以为是，野心勃勃，是个愚鲁莽撞之人，当年我姐正是因此才宁死不肯嫁他。他若得势，对你是最大的不利呀。"

王戎的话点到了张华的痛处，让他陷入沉思，好久回不过神来。

175

赵王司马伦是五年前，也就是元康元年，接替梁王司马肜，"以赵王伦为征西大将军、都督雍梁二州诸军事"的。（见《晋书·惠帝传》）

雍梁二州的情势是最为复杂的。因为它不仅北与鲜卑和匈奴接壤，而且因为历史的原因，其境内也是汉人与鲜卑、匈奴、羯、氐、羌多个民族混居。晋武帝泰始六年，鲜卑人秃发树机能叛乱，就发生在这一地区，用了十年的时间才将其平息下去。

这样一个敏感的地区为什么要派赵王司马伦去镇守呢？因为晋武帝司马炎曾有遗诏，非皇室亲王不可镇关中。张华其实是对司马伦寄予厚望的。当其西行时，张华还以宰相的身份在出京的路口为他祭祀路神，设宴送行，并亲自写了《祖道赵王应诏诗》。其词云：

> 崇选穆穆
> 利建明德
> 於显穆亲
> 时惟我王
> 禀姿自然
> 金质玉相
> 光宅旧赵
> 作镇冀方

休宠曲锡

备物焕彰

发轫上京

出自天邑

百寮饯行

缙绅具集

轩冕峨峨

冠盖习习

恋德惟怀

永观弗及

　　各边境州郡，严格执行张华所制定的外交政策，怀柔胡蛮，感化戎夷，大晋四境安宁，各国纷纷来朝。

　　但唯有西疆，司马伦上任征西将军的第四年，元康四年"夏五月，匈奴郝散反，攻上党，杀长吏"，至八月"郝散率众降，冯翊都尉杀之"。（见《晋书·惠帝纪》）

　　郝散之所以聚众反叛，与当年秃发树机能反叛的原因差不多，都是当地行政长官歧视外族的结果。司马伦作为王室成员，难以容忍在大晋领土上有外族百姓存在，因而对少数族裔肆意欺凌，恨不得将他们彻底从大晋国赶出去而后快。少数民族百姓忍无可忍，郝散聚众反叛。司马伦于是调并州、雍州、梁州之兵剿之。郝散毕竟兵微将寡，很快便处于被动，不得不采取运动战、山地战的方式与官军周旋。官军久战不胜，司马伦的谋士孙秀出了一计，派使者去见郝散，许以高官厚禄。郝散明知自己取胜无望，又面临严冬将至，叛军处境十分困难，于是率众投降。这本来是一个非常好的结局。司马伦准备向朝廷请功。但孙秀阻止道："赵王，您作为征西将军，辖区内闹出这么大乱子，朝廷不追究您的责任就算万幸了，您还想立功受奖吗？张华那么精明您想在他那里蒙混过关是行不通的，他一定会派人调查郝散叛乱的原因，您完全违背了张华所制定的睦邻政策。他岂能不追究你的责任？想当年，严询在幽州斩杀慕容涉归的侄子，奏请朝廷表功，不就被张华顶了回去？而且还要处分严询……"

　　"对呀！"司马伦说，"对呀！那你说这些降兵降将怎么处置？"

　　"为了以儆效尤，必须杀之以震慑那些胡蛮，否则咱在这里永远也不得安宁。"孙秀说。

　　司马伦说："咱可是答应郝散，给他高官厚禄的？"

"那只是诱降之计，真的给他高官厚禄，那不是鼓励胡蛮反叛吗？"

"嗯，你说得有道理。"司马伦道。

"所以，不仅郝散必须枭首示众，而且叛贼中的主要首领，必须全部杀之。"

司马伦听从孙秀之计，诛杀郝散及主要叛军首领上百人。

司马伦何以对孙秀的话言听计从呢？一来是孙秀非常有谋略，二来是二人有断臂之交。

孙秀，字俊忠，琅邪人，出身寒微，信奉五斗米教。潘岳的父亲潘芘在琅邪任内史时，孙秀是给潘内史打杂的。他因为为人狡诈，潘岳对他很厌烦。但他有龙阳之癖，见潘岳这个天下第一美男，喜爱得不得了。因而几次示好。潘岳对他"数挞辱之"（见《晋书·潘岳传》）。后来，王衍到琅邪任职，才给了孙秀一个小官。

孙秀真正在仕途上崛起，是在司马伦被封为琅邪王期间。因二人同有龙阳之癖，故此永结盟好。

孙秀聪明睿智，诡计多端，且因崇奉五斗米教而自称谙熟灵异之术。从此，被司马伦所倚重，日则同谋，夜则同席。

司马伦本来"素庸下，无智策"。又"伦无学，不知书"。所以"秀亦以狡黠小才，贪淫昧利。所共立事者，皆邪佞之徒，惟竞荣利，无深谋远略"。（见《晋书·司马伦传》）

因而，孙秀渐渐成了司马伦的主心骨，司马伦对他言听计从。

雍州刺使解系，对于司马伦的杀降很是不满，但因司马伦是自己的顶头上司，所以反对无效。解系的弟弟解结乃是御史中丞，负责究劾官员。解系将司马伦和孙秀的问题通过弟弟解结反映到朝廷。张华觉得此事重大，必须引起重视，要求惩治司马伦。但皇帝司马衷却亲自出面保护司马伦。司马衷对张华说："郝散的叛乱不是被平息了吗？赵王平叛有功，不奖也就罢了，若再给予惩处，就让他难以接受了。"

"陛下，平叛有功无功，这要看叛乱是怎么发生的，如果是官逼民反，那赵王不仅无功而且本身就有过。若再失信杀降，就罪上加罪了。如果郝散只是因为有不臣之心而聚众谋反，平定叛乱便是功。是功大还是过大，该罚还是该奖还需要查明情况。"

司马衷说："无论如何赵王都是为了社稷，或许他的做法有不当的地方，但在事关民族关系问题上，朕以为严苛一点儿可能更好，更能显示大晋的神威。"

"杀降不仅是不仁的，也是不义不信的。"张华说，"赵王代表的是大晋国，一个国家跟一个人一样，一旦失了仁和信，可能当下占了一点儿小便宜，但长久来看，必然会吃大亏。因为当天下皆知咱不仁不信的时候，必然众叛亲离。"

司马衷说："蛮夷之人如禽兽，懂得什么仁义礼信。与他们讲这些就是对牛弹琴。朕已决定，此事就这样吧。赵王将功抵过，不罚不奖也就算了。"

既然皇上极力为司马伦说话，张华也无法继续抗争。因为张华知道，在涉及皇室的问题上，自己只有建议权，而无决定权。宰相官儿再大，也只是为皇家扛活的人中职位最高的长工，而"帝"与"王"才是主人。

176

司马伦的杀降，引起了关中少数民族百姓的恐惧和愤怒。果然，郝散被杀两年后。郝散的弟弟度元为了替哥哥报仇再次叛乱。他们杀了北地太守张损。冯翊太守欧阳建（金谷园二十四友之一）和雍州刺使解系纷纷战败。度元的胜利鼓励了其他民族，于是氐、羌、羯等民族联合起来，推举氐族首领齐万年为皇帝，共同起兵反晋。口号就是诛赵王。

在此情况下，司马伦无法再在关中待下去，朝廷只能将其调回。

在由谁接替司马伦去平定叛乱这个问题上。司马衷与张华的意见再次发生分歧。

司马衷提出由梁王司马肜接替司马伦，而张华则推荐王戎。张华说："目前关中已乱，治乱须用能臣。王濬冲智慧超群……"

张华还没说完，司马衷便打断他的话说："王戎难当此大任。他虽然聪明智慧，但尚清谈，慕通达，玄虚之学岂能用于实战呢。"

张华说："您不真正了解他。您只看到了他的一面，而没看到另一面。其人不仅是清谈高手，玄学名士，但也是有勇有谋的战将。在伐吴一役中，他所统豫州军歼敌最少，而战功最著。"

"歼敌最少，怎么会战功最著？"

"战功不是以歼敌多少而论的，而是要看完成任务的情况。上兵伐谋，不战而屈人之兵，上之上者也。伐吴一役中，王濬冲几乎每场战斗都是以智谋取胜。武昌之役，王戎先修书劝降，明以形势，晓以利害，于是吴将杨雍、孙述及吴国江夏太守刘朗各自率众请降，王戎军至长江边，吴国牙门将孟泰献蕲春、邾二县。王戎因伐吴之功，获封安丰侯。王戎儒将风流，真正做到了不战而屈人之兵。王戎有谋，周处有勇，若让此二人做搭档将兵西征，齐万年必不战而降。"

司马衷当然辩不过张华，但他这时搬出了祖宗遗训，说道："先帝有言，不是皇家亲王，不得都督关中。"（《晋书·河间王颙传》："石函之制，非亲不得都督关中。")

张华说："先帝虽有遗训，但如今是非常时期，非常时期当用非常之人。"

司马衷问："朕提议梁王为征西将军，都督雍梁诸军事，你为什么死活不同意？难道梁王就不堪为用吗？元康前，梁王已在关中镇守数年，也没出过什么差错呀。"

"陛下说的那是平时，而今是战时。"张华说，"赵王、梁王皆为皇氏王族，尊贵至极，没有立功的强烈愿望，事情弄砸了也不用担心受到处罚，让他们去平定叛乱是最不适宜的。"（《晋书·孟观传》："中书令陈准、监张华，以赵、梁诸王在关中，雍容贵戚，进不贪功，退不惧罪，士卒虽众，不为之用。"）

司马衷说："要不这样，咱用个两全齐美的方法：让梁王为帅，王戎为副，周处为先锋。"

张华说："不可，王戎以中书令之位岂能受梁王节制。"

"既然你不同意这个主意，只能听朕的了，朕意已决，先帝之制不能改，由梁王代替赵王任征西将军。"

这司马衷虽傻，但在大事上也不糊涂，他由衷地信任皇室诸王，相信他们决不会害他。

司马肜，字子徽，虽然"清修恭慎，无他才能"（《晋书·司马肜传》）。但算计整治起人来，那也深得司马氏之家传。

御史中丞周处，为人刚直，曾弹劾过梁王，司马肜因是亲王得免，但从此却深恨周处。听说张华向皇帝荐周处做征西副帅，于是他主动提出，由周处做他的先锋官。

周处在御史中丞之位得罪的人太多，许多人明知周处会受到司马肜的报复，都想借司马肜为自己出口气。于是一致推举周处做征西将军的先锋官，皆云："周处是吴国名将的儿子，忠烈果敢刚毅，定不负众望。"

张华岂能不替周处担忧，但他也没法阻止。因为自己曾荐周处为征西副帅，此时若说他不适合，则是自己打自己嘴巴，若说担心周处受到报复，那更无从谈起。

伏波将军孙秀（注，此孙秀非彼孙秀，此孙秀是吴国降将。魏晋之时所以重名者甚多，主要原因是当时的人习惯用两个字的名字。除去姓这个字，便只有一字可选。所以，大姓，如张、王、孙、李等重名者十分常见）知道他准会战死，对他说："你有老母，可以凭这个理由推辞。"

周处说："忠孝之道，怎么能够两全？既然已经告别亲人侍奉国君，父母又怎么能把我当儿子呢？今天是我献身国家的时机。"于是明知必死，却慷慨以赴。

司马肜果真铁了心要除掉周处。周处所部与齐万年军对峙，周处的士兵还没吃饭，司马肜便督促他赶快出战。周处知道必定会失败，便赋诗说："去去世事已，策马观西戎。藜藿美粱黍，期待能善终。"吟罢出征，从早晨到日暮，杀敌万余人，弓箭用尽，而司马肜断绝他的后援。他手下劝他撤退，周处按剑说道："这是我报效臣节献出生命的时刻，为何要撤退？以身殉国，还能落得个美名，总比被人污陷而死要好哇。"于是战死沙场。完成了一个浪子向一代英雄的最后蜕变。（《晋书周处传》："及居近侍，多所规讽。迁御史中丞，凡所纠劾，不避宠戚。梁王肜违法，处深文案之。及氐人齐万年反，朝臣恶处强直，皆曰：'处，吴之名将子也，忠烈果毅。'乃使隶夏侯骏西征。伏波将军孙秀知其将死，谓之曰：'卿有老母，可以此辞也。'处曰：'忠孝之道，安得两全！既辞亲事君，父母复安得而子乎？今日是我死所也。'万年闻之，曰：'周府君昔临新平，我知其为人，才兼文武，若专断而来，不可当也。如受制于人，此成擒耳。'既而梁王肜为征西大将军、都督关中诸军事。处知肜不平，必当陷己，自以人臣尽节，不宜辞惮，乃悲慨即路，志不生还。中书令陈准知肜将逞宿憾，乃言于朝曰：'骏及梁王皆是贵戚，非将率之才，进不求名，退不畏咎。周处吴人，忠勇果劲，有怨无援，将必丧身。宜诏孟观以精兵万人，为处前锋，必能殄寇。不然，肜当使处先驱，其败必也。'朝廷不从。时贼屯梁山，有众七万，而骏逼处以五千兵击之。处曰：'军无后继，必至覆败，虽在亡身，为国取耻。'肜复命处进讨，乃与振威将军卢播、雍州刺史解系攻万年于六陌。将战，处军人未食，肜促令速进，而绝其后继。处知必败，赋诗曰：'去去世事已，策马观西戎。藜藿甘粱黍，期之克令终。'言毕而战，自旦及暮，斩首万计。弦绝矢尽，播、系不救。左右劝退，处按剑曰：'此是吾效节授命之日，何退之为！且古者良将受命，凿凶门以出，盖有进无退也。今诸军负信，势必不振。我为大臣，以身徇国，不亦可乎！'遂力战而没。"）

梁王司马肜离开京城前，张华特意向他交代："关中之乱，都是孙秀引起的，你到了那里，必先诛孙秀。"

司马肜也答应了张华的要求，但司马肜到了关中，孙秀的朋友辛冉却对梁王说，齐万年之叛与孙秀没关系，不过是赵王与解系等人将责任推到孙秀头上。司马肜竟然听信辛冉的说法，放过了孙秀。这就是皇室亲王主政"进不贪功，退不避祸"的害处，如果不是王爷，任何边将也不敢公然违背对宰相的承诺而去袒护孙秀一个小吏。司马肜的一时糊涂，给司马王朝带来了毁灭性的灾难。此后大晋朝之乱，都与孙秀密切相关。

177

司马伦失败回朝。张华坚持要对他进行调查惩处，皇上司马衷也没有理由再袒护他，但皇室疏族（远当家子）左卫督司马雅的一番话却令司马衷再次做起了司马伦的保护神。

司马雅对司马衷密奏道："陛下，臣有一事须面禀陛下和娘娘。"

"何事？"

"有关司空张华的事。"司马雅道。

"张华为国兢兢业业，在其治下，社稷安宁……"

"正因为他功高盖世，为了咱司马氏的基业，才不得不防啊。"

"难道他有什么不轨之行吗？"

"去年慕容鲜卑大单于慕容廆进京朝贡，不仅给皇上进奉了许多贡品，而且还给张华带来了丰厚的礼物。不仅如此，慕容廆还亲自到张华家拜访……"

司马衷说："张华在幽州时慕容廆曾拜张华为师，并认张华为义父。呵呵，听说张华与其母拓跋氏还有一腿呢。所以，义子来见义父没什么可大惊小怪的。正是因张华与慕容大单于这种亲密关系，才保证了大晋东北疆界的安宁。"

司马雅说："若张华是一般人，这也没什么，关键是，张华本就名闻四海，如今更是万民敬仰，其声望已盖过主上。这样的人若生不臣之心，内有百姓拥戴，外有强大的鲜卑为援，那才真是咱司马氏的噩梦呢。慕容廆此时密见张华，他们会密谋些什么，不能不防啊。"

司马雅的话引起了司马衷的极大关注，而且司马雅一口一个"咱司马氏"说得亲切，因而更不能怀疑他的居心。司马衷问："依你之见怎么防呢？"

"不能对张华的话言听计从，他说司马诸王不能在京干政就真的一个不留，那样一旦有变，诸王远在封地，如何能迅速进京解围？如今梁王已外镇，应授赵王以权柄，以为皇室辅弼……"

"赵王外镇，引发叛乱，又平叛不利，尚未治罪，何能再加重用？"

"当年胡奋引起秃发树机能之叛，也没受到任何处罚，一个王爷，只因平叛不利就永远弃之不用吗？"司马雅说，"相信赵王所做的一切，初衷都是好的，是为咱司马家的利益。不管怎么说，咱司马氏是一家子。如今不定有多少有野心的人恨不得您将司马诸王全部免职，彻底剪除皇帝羽翼，以便他们行不轨之计呢。不信您试试……"

"怎么试？"

"您假意要授赵王重柄，谁反对得激烈，谁就是有野心的人。"

司马雅之所以对皇帝说这一番话，其实背后是受贾南风和司马伦指使的，但以司马伦的智慧，绝对想不出这一番能从心底里打动皇上的说词，背后的主意定来自高人。

司马衷果然上当。他觉得司马雅站在皇室立场，所说的一切都值得考虑。于是司马衷便按司马雅所说，试探诸位大臣。

司马衷对众臣说："赵王回京多日，赋闲而居。有意求录尚书事，朕以为可也。不知众卿有何意见？"

司马衷的话一出口，立即引起一片哗然。张华率先说道："陛下，赵王专横，引发夷族激变，诛俘杀降，致使齐万年兴兵反叛。而赵王又平叛无功，从而引发汉中战乱。如此过失累累，尚未惩处，如今却要求录尚书。此无理之尤也。若朝廷赏罚如此不明，乃是乱政之举，今后何以治吏？"

裴𫖮也道："赵王以宗室之资，有过无改，错上加错，岂能再委重任？"

张华跪地说道："请陛下收回成命！"

司马衷没想到，朝堂之上所有大臣随之跪倒在地，附和张华道："请陛下收回成命。"

司马衷一看这阵势，也没了主意，说："既然众卿反对，此事缓议。"（《晋书·司马伦传》："（司马伦）求录尚书，张华、裴𫖮固执不可。又求尚书令，华、𫖮复不许。"）

张华之所以强烈反对司马伦，不仅因他"素庸下，无智策"；也不仅仅因为他引发了少数民族的叛乱，且平叛无功；更不是因为怕司马伦对他怀有夺妻之恨，更重要的是司马伦品质非常恶劣，早就有篡位之心。当年，晋武帝登基不久，赵王司马伦便唆使散骑将刘缉入宫偷盗御裘。盗窃皇帝行装，与盗窃一般东西不一样，是非常重的罪，因为它隐含着谋大位的倾向。所以，刘缉事败被斩，按律，主使者司马伦应该与刘缉同罪。时任谏议大夫刘毅说："王子犯法与庶民同罪。王法是不应分贵贱的，这样才能树立法律的权威。司马伦明知御裘是皇帝身份的象征，不是一般物品，却怂恿刘缉去偷窃，理应与刘缉同罪。"司马炎同意刘毅的说法，但最后还是因司马伦是他亲叔叔，而被赦免。（《晋书·司马伦传》："武帝受禅，封琅邪郡王。坐使散骑将刘缉买工所将盗御裘，廷尉杜友正缉弃市，伦当与缉同罪。有司奏伦爵重属亲，不可坐。谏议大夫刘毅驳曰：'王法赏罚，不阿贵贱，然后可以齐礼制而明典刑也。伦知裘非常，蔽不语吏，与缉同罪。'帝是毅驳，然以伦亲亲故，下诏赦之。"）

所以，张华认为，没有什么比一个能力低下却野心极大的人更可怕了。因为这种人头脑简单，可能会为了利益而不顾一切，做出意想不到的事来，尤其他身后还有一个奸人孙秀，便更难对付。

这就是张华最大的担忧。

178

如果司马伦光有一个孙秀，或许还掀不起太大的浪头。张华还不清楚的是，吴丹竟然在此时助了司马伦一臂之力。

事情是这样的。在太子党与后党的竞争中，后党势力渐落下风。因为虽然太子的名声不佳，但毕竟是帝位合法的继承人。从先帝到今上，都一致看中的是司马遹而不是别人。因而他的储君之位越来越牢不可破。世人都知贾后与太子势不两立，但越来越多的人都选择站在太子一边。贾后尽管手中掌握着现实的权力，操控着皇上，但皇权最终会落到太子手里。而且贾后的暴虐是出了名的，人们宁愿与一个胡闹的司马遹相处，也不愿亲近一个残暴的恶妇，连贾后表哥裴頠都已公开支持太子。皇上听从裴頠的建议，"增置后卫率吏，给三千兵，于是东宫宿卫万人"。

东宫警戒森严，卫士林立，如今贾后即使想玉石俱焚，从肉体上清除太子都已是不可能了。

贾南风也越来越失望，对吴丹说："晓阳啊，女人毕竟是女人。"

"娘娘何出此言？"

"哀家一直敬佩你的谋略，但最终又怎么样呢？太子的位子还不是越来越牢固了。这只能说明，咱女人的智慧无论如何是有限的，斗不过他们男人。唉！随着太子离皇位越来越近，哀家觉得自己的末日也一天天逼近。我们可怎么办呢。呜呜……"贾南风竟然哭了起来。

"娘娘，现在言败还早着呢。"吴丹说，"虽然目前形势似乎对太子有利，但只要有耐心，机会早晚会送上门来。我就不相信世上谁会欢迎一个无道的昏君继位。"

"可机会在哪儿呀？"

"机会就在赵王身上。"吴丹说，"赵王不是已回京了吗？他作为边关守将，在任期间引发叛乱。叛乱既起，又无力平叛。这事说大就大说小就小。此时他一定是惶恐不安，一定会找关系为其转寰，以脱其罪。这么大的事，谁能做到呢？只有三个人。一个是皇上，一个是娘娘，另一个呢，就是张司空。首先可以排除的是张华，张华真正无私且不说，前年郝散叛乱，赵王命手下杀降，张华当时就有意治他的罪，他岂能不知道张华跟他根本就不是一路上的人？而且我还听说，当年王戎的姐姐本来与赵王订过亲的，可后来与张华一见钟情，为此王戎的姐姐不惜以死殉情。夺妻之恨赵王能不刻骨铭心？所以，他只能投靠您和皇上。即使找到皇上，皇上哪拿得了这么大主意，也得跟您商量，所以找皇上跟找您是一样的。而且直接求皇上还不如直接求您。所以，他肯定会死心塌地地投靠您。"

"嗯，你分析得有道理。"贾后道。

"赵王是个志大才疏之人，头脑比较简单，一旦他投靠了您，咱就可以大大地利用他来对付太子了。"

"如何对付太子呢？"

"相机行事，现在还无法谋划得太细。"

果然几天之后，司马伦便来投石问路。他亲自来给贾南风进贡西域和天竺特产冰山雪莲、和田玉石和印度红宝石。

吴丹说："怎么样？他终于主动登门了吧。本来，按辈分他是您的长辈，不该给您送礼。为什么要送这么重的礼呢？礼下于人岂能一无所求？"

贾后问："我应该如何接待他？"

吴丹说："关于他的事，他不主动提，您千万别问。要让他彻底拉下脸来求您，您再拾这个茬儿。"

"好，哀家听你的。"

贾后心里拿定了主意，才对侍者道："请赵王入见。"

"司马伦拜见娘娘。"司马伦对贾后深施一礼道。

"赵王免礼平身，免礼平身。"

司马伦道："臣镇守汉中多年，有西域客商往来经过，给臣带来些宝物，早想进贡给娘娘，但因公务繁忙一直没腾出工夫来。此次奉旨回京，赋闲在家，特将宝物携来进贡娘娘。"

"多谢赵王！"贾后道，"赵王身体怎么样？"

"托娘娘的福，臣身体无恙。"

"孩子们都好吧？"

"都好，都好！"

"王妃娘娘可好？"

"她也挺好的。"

"哀家也是太忙，不然早就过府上去看望王妃娘娘了。"贾南风说，"府上孙辈有几人了？"

"八个了。"

"好，真是老来福啊。"

司马伦见这贾后，东拉西扯，话题跟自己想说的根本不沾边。作为叔公，总不能没完没了地跟侄媳扯闲篇儿吧，赶紧说道："臣今年刚五十六岁，还能为社稷操劳几年。"

"哦，您可是老当益壮啊。"

"是啊，天下是咱司马家的，皇上是我的亲侄，老臣能帮你们多操劳几年，就多操劳几年。娘娘也知道，汉中之乱有人归罪于本王，但换了别人就不乱吗？当年胡奋镇守关中，秃发树机能反叛乱了十年呢。听说张司空以自己在幽州的经历来证明只要异族反叛，就是镇边主官的责任。他那是得着便宜卖乖，并、梁、雍三州与幽州不同。与其他各边疆州都不同，哪个州也不像这几个州，鲜卑、匈奴、羯、氐、羌与汉人六族杂居。境内这些民族的居民，尤其是匈奴族和鲜卑族，仗着有境外本族人做后盾，根本不服从汉官的管理和大晋律法。当地官员管得严了，引发激变是主官的错；管得松了，他们便胡作非为。主政汉中，实在是难哪。"司马伦说着竟然老泪纵横了。

贾南风觉得他说的也有一定道理，而且五十多岁的王爷竟然当着自己的面儿泪流满面，不免也有些被他感动了，说："九叔，您也别难过。朝廷这不是还没给您做结论呢吗。"

"臣就怕皇上……娘娘不理解老臣的一片苦心。"

"皇上之所以将您的事暂时放在一边，就是想等张华、裴颇他们火气消一消再议。"

"臣觉得张华这次是不会放过我的。"

"嗯。张华这一关很难过，连皇上也有些发怵……"

"天下是咱司马家的，用得着怵他吗？"司马伦有些恼怒地说。

"话也不能这样说。"贾南风道，"毕竟他为大晋管理天下这么多年，而且管理得非常好。自从他辅政以来，除了天灾——当然天灾怨不着人家当宰相的——和齐万年这事——齐万年叛乱这事也怨不着人家——社稷祥和，万民乐业。除了他，你说还有哪个人能做得这么好。论德论才，如今的朝臣中哪个能与张华相提并论？杨骏、司马亮、卫瓘都将朝廷弄乱了。可张华一上任，天下立即安宁了。张华为相，是皇上和哀家所做的最正确的一件事，社稷离不开人家。所以，张华的意见皇上和哀家能不尊重吗？若他撂了挑子，这天下必乱。皇上也想支持您，毕竟皇上与您是骨肉至亲，但不是万不得已，陛下是不会冒着与宰相决裂的风险来庇护您的。"

"唉，怎么才能过张华这一关呢？"司马伦道。

"我看您这关难过呀。无论如何，人家张司空在理儿呀，辖区叛乱岂能没有主官的责任？乱而不能平，那就更罪加一等。您若不是王爷身份，若是一般人，杀头之罪必不可免。王爷虽然有被减罪处罚的特权，但张华说，这个特权先帝时您因盗御裘一案已经给赵王用过一次了，这次应依律办事。"

司马伦听到这里，"扑通"一声给贾南风跪下了，哭道："娘娘救我。臣知道，只有娘娘能说动皇上为老臣脱罪，老臣求娘娘开恩。老臣若能躲过此劫，今后愿为娘娘当牛做马，任娘娘驱使。臣也知道太子视娘娘为眼中钉，娘娘与太子势不两立，臣若重掌权柄，定助娘娘废掉太子，重立储君。"

司马伦将自己的想法和盘托出了，但如何帮司马伦闯过张华这一关，能否说服皇上冒着与宰相决裂的风险力保司马伦，连贾后也没把握。毕竟司马伦惹的祸太大了。

贾南风不知下一步如何进行，于是转回内室去问吴丹。

吴丹已隔着屏风将贾后与赵王所谈的一切听得清清楚楚，于是对贾后说："您先问问他，在司马家族中能不能找一个有名望，地位又不十分显赫的人替他出面说话。"

"好，我这就去问。"

贾南风回到大厅，问："赵王，不知在咱司马家族中，有没有人愿意为您出面说话。"

司马伦知道自己人缘不好，想了想，说："还真没有跟臣关系过于莫逆的。"

"您能不能用钱买通一个？"贾后提醒道。

司马伦想了想说："嗯，司马雅虽是疏族，但在司马家族中德高望重，能说会道，而且比较爱财。若许以重金，或许能让他出面。"

"那就好。"贾南风说。

"即使司马雅答应了，他只是个国子祭酒，难道他能劝动皇上？娘娘打算让他如何替臣出面说话？向谁说话？"

贾南风又被问住了，于是只得又回内室问吴丹。吴丹说："告诉他，当然是向皇上说话。"

"让司马雅向皇上说什么呢？"贾南风说，"干脆，你也别在幕后藏着了，直接跟赵王去说好啦，也省得哀家给你跑腿儿了。"

"王爷那么尊贵，我直接跟人家对话合适吗？他会拿我当回事吗？"

"落魄的凤凰不如鸡。"贾南风，"他现在都跪着求咱了，还敢拿大？你去吧，咱俩一块儿跟他说。"

于是贾南风将吴丹请出来，介绍给司马伦。

司马伦从不知道娘娘身边还有这样一位女谋士。

吴丹那一半天使一半魔鬼的面容，令司马伦感觉很奇怪。初一见，他心里对这个女人没什么好感。

贾南风说："赵王，这位吴女士博学多才，计谋过人。以后咱有什么事都需要她参与，所以今天哀家就将她请出，有什么事咱一起商量。"

"好好好。"司马伦道。

吴丹说："这样吧，赵王，今天其他的事咱先不谈了。您先回去争取司马雅，看能不能买通他。先走了这一步，才能说下一步。否则不是白费劲吗？"

司马伦没想到，这女子还挺傲慢，对他竟然有些颐指气使，但见贾后对她都敬重有加，也不敢对她有所不敬。

贾南风说："赵王，就按吴女士的话去办吧，先去争取司马雅。"

司马伦说："好的，好的。"

吴丹说："若司马雅答应了，赵王便可将他直接带回来面谈。"

司马伦说："好好好，不过今天可能来不及了，明天怎么样？明天我带他一起来见娘娘和吴女士。"

吴丹说："也行吧。"

贾南风说："也行，就明天吧。"

179

第二天，司马伦果然将司马雅带来一起见贾南风和吴丹。

司马雅本来也看不上司马伦，不愿助纣为虐，但经不起金钱的诱惑，经过一番讨价还价，最后成交。

今天的交谈是吴丹与司马雅之间直接进行的，贾南风与司马伦只是在一旁旁听。

吴丹说对司马雅说："您肯定已经很清楚您的角色了。"

"是是是，赵王都跟我说明白了。"司马雅说。

"要想让皇上冒着与宰相决裂的风险庇护赵王，只有两种方法。一种是打动皇上，一种是恐吓皇上，最好的方法是二者并用，所谓恩威并施。"吴丹说。

"您说得太对了。"司马雅道，"但不知怎么打动，怎么恐吓呢？"

"先跟你说如何打动皇上。"吴丹说，"你首先要把社稷说成是整个司马家族的，司马家族所有成员，不管亲疏，所做的一切都是为了咱司马家族。记住，在与皇上交谈的过程中一定要经常用'咱司马氏'这个词，这是让皇上感觉最亲切的。然后你就对皇上说，赵王是皇上最亲近的人，怎么能不为亲侄的天下尽心竭力，鞠躬尽瘁死而后已呢。即使有一些小差错，也只是方法问题。打仗亲兄弟，上阵父子兵，关键的时候，肯为陛下卖命的只有咱司马氏的父子兄弟。"

"嗯，记住了。这些话我会说。"司马雅道。

"紧接着再恐吓皇上。"

"如何恐吓我就不清楚了。"司马雅道。

"你听我说呀。"吴丹说，"在这方面你记住三点就够了。宰相张华功劳太大，能力太强，这对社稷来说是好事，也是坏事，就像当年曹操一样，这样的宰相如果对皇上产生异心，那就很难对付了。目前张华的势力太强大，万众都对他十分敬仰，其声名已盖过皇上，从现在起要限制他的权力……"

贾南风插话道："张华没有自己的势力和党羽呀。"

"这不是意在恐吓皇上嘛。"吴丹道，啊使他没有有意培养自己的党羽，一个万众敬仰的人物，万众就都是他的党羽了。第二点，为了证明张华可能有不臣之心，你可以举去年慕容廆进京朝贡，不仅给张华也带了厚礼，而且还去张府密谈这个例子，告诉皇上，张华不仅在大晋内威望极高，在外也声誉卓著，这样的形势下，任何人都可能生异心；再有就是，张华辅国之初，诸王可以全部外镇，因为那时张华在朝臣和百姓中的根基未稳。如今他已权倾朝野，皇上身边再没有自己的叔叔子侄来忠心卫护皇上，那是非常危险的。张华如果执意反对这个意见，就更证明他有异心。"

贾南风说："真的这样，我们还真应该提防张华……"

吴丹本来是编造的用来恐吓皇上的话，竟然让贾后听着信以为真了。吴丹听了贾南风的话，哈哈大笑道："娘娘，我这不是为了让皇上能够下决心庇护赵王编的故事嘛。您还不清楚，张华哪是这样的人呢？"

"噢，对了！"贾后恍然大悟似的说，"咳，你看你把哀家吓着了。"

吴丹说："您都被我编的这些话骗过了，皇上岂能不信呢？"

"高，吴女士计谋确实高。"司马伦赞道。

吴丹继续对司马雅说："如果皇上问你哪个王爷合适在京师护卫皇上，你就可以举荐赵王了。"

司马雅道："吴女士说的这些，我都记住了。"

吴丹说："还有最后一点。为了证实张华的势力有多强大，你让皇上试探试探，就说皇上准备起用赵王，授予重柄，你看会有多少人坚决站在张华一边，就知道张华的势力有多强大了。"

贾南风对司马雅说："你与皇上单独面谈的时机哀家最近就替你安排。你回去按照吴女士所说的好好琢磨琢磨。"

"愿为娘娘和赵王效劳。"

180

在司马雅与司马衷面谈之前，还发生了一件对司马伦比较有利的事。那就是太子洗马江统向皇上呈递了一篇题目为《徙戎论》的文章。皇上看后，立即组织十几位主要大臣讨论《徙戎论》，分析其观点对还是不对，如果《徙戎论》的观点是正确的，下一步如何实施。

《徙戎论》出台的背景，正是这次齐万年领导的匈奴和氐、羌叛乱。文章详细阐述了北方少数民族内迁的历史及汉胡杂居的危害，但他不去从行政者身上去找原因，而是将一切问题都归因于戎胡等少数民族"其性气贪婪，凶悍不仁"。说他们"弱则畏服，强则侵叛。虽有贤圣之世，大德之君，咸未能以通化率导，而以恩德柔怀也"。也就是说，无论你对他们多仁慈，他们也不会被感化。因为"非我族类，其心必异"，所以建议"徙冯翊、北地、新平、安定界内诸羌，著先零、罕并、析支之地；徙扶风、始平、京兆之氐，出还陇右，著阴平、武都之界""还其故土"，以从根本上永久地解决少数民族问题。

江统的《徙戎论》肯定受皇帝、皇后欣赏，否则皇上也不会匆匆忙忙地让大家议论。

江统也受邀参加这次讨论。

作为一个从五品的太子洗马能够有幸参与一二品大员的会议。他感觉非常得意。

讨论前，司马衷首先让江统将《徙戎论》宣读一遍，然后作一些重点说明和解释，然后让大臣们讨论。

江统作为专管太子图书的太子洗马，对历史掌故了如指掌，为了写这篇文章肯定也查阅了不少历史资料。对于这种由来已久的历史问题，没有丰富历史知识的人还真的无从置喙。因而，当江统解释完毕，大家都把目光集中在张华身上。

张华问："不知陛下对此有何见解？"

"朕以为这篇文章说得很有道理。至于是否可行，还需要研究。"

张华说："臣以为'徙戎'之举不可行，而且《徙戎论》中充满了错误观念。"江统清楚，张华比自己对历史有更深入的了解，也比自己更有远见。

司马衷说："张爱卿请讲。"

张华娓娓道来："先说胡戎蛮夷的来源。《史记·匈奴列传》云：匈奴其先祖夏后之苗裔也。《山海经·大荒北经》云：犬戎与夏人同祖，皆出于黄帝。《史记索隐》引张晏的话说：淳维以殷时奔北边。也就是说夏的后裔淳维，在商朝时逃到北边，子孙繁衍成了匈奴。还有一说认为，移居北地的夏之后裔，是夏桀的儿子。夏桀流放三年而死，其子猿鬻带着父亲留下的妻妾，避居北野，随畜移徙，即是后来所称的匈奴。由匈奴进一步分化出许多小民族。这就是北方胡戎蛮狄的真正来源。

"那么胡汉杂居又是如何形成的呢？《徙戎论》说得不错，'光武帝时期，以马援领陇西太守，讨叛羌，徙其余种于关中，居冯翊、河东空地，而与华人杂处'。也就是说，当时是汉人主动将戎族迁居到冯翊、河东人烟稀少的地方，才开始与汉人杂处。到了'汉末之乱，关中残灭。魏兴之初，与蜀分隔，疆埸之戎，一彼一此。魏武皇帝因拔弃汉中，遂徙武都之种于秦川，欲以弱寇强国，扞御蜀虏。此盖权宜之计，一时之势，非所以为万世之利也。今者当之，已受其弊'。正因为汉末我们汉人自身乱了，魏武帝放弃汉中之地，为了使这些戎胡等民族百姓帮助魏国攻打蜀国，又将汉中戎胡迁至秦川。我这理解没什么不对吧？"

江统说："是的，张司空说得很对。"

"这就有问题了。既然是因为我们汉人主动把人家迁徙到冯翊、河东的，又是为了利用人家而继续将人家迁到秦川的。到现在我们有什么理由把人家赶回老家去呢？岂能用人朝前不用人朝后呢？这是其一。其二，这些戎胡与汉杂居已经数代了，如今他们也不知道自己几百年前的老家究竟在什么地方，现在你把他们赶到什么地方去呢？其三，经过数代之后，这些戎胡后代已经汉化得非常厉害，他们早已由游牧转为农耕了，而漠北地区因气候水土是不适于耕种的。如今把他们赶回故土，这不是将人往死路上逼吗？其四，他们祖居之地早已有了新的主人，匈奴族也好，鲜卑族也好，氐、羌也好，他们本部落会不会接纳他们？有没有能力接纳这么多人？我想他们的单于也好，酋长也好，国王也好，是不会同意的。如果不同意，而我们硬要将他们赶回去，不仅会引起大晋与这些邻国的战争，而且也会招致这些被迁徙者的强烈反叛。若鲜卑、匈奴、羯、氐、羌诸国都与大晋为敌，那我大晋能够承受得起吗？"

"所以要徙戎者，乃是因为他们祸乱中华。如果把他们迁徙出去，是不是我中华就不乱了呢？想想大秦，当时不仅戎汉不杂居，而且一堵高墙将汉与匈奴、戎狄彻底隔绝。但长城刚刚筑起，华夏不是也大乱了吗？汉末三国之乱与戎狄有半点关系吗？暴政之下即使同胞也不能忍受，也会反叛。我们华夏的历史证明需要谨防的不是外夷，而是内乱，每次外族之祸究其因都是我们内乱造成的。"

"如果将数百万人弄得流离失所，赶尽杀绝，即使暂时成功，但这笔血仇也会让邻邦永远铭记，一旦时机成熟，人家会加倍报复，不仅不会，'惠施永世'，而且是祸及万世之举。"

司马衷问："依张爱卿应该怎么办？"

"华夏与外族的问题，细究起来都是我们华夏自己的问题。'弱则畏服，强则侵叛。'正说明了这一点。每次外族为祸，都是因华夏内乱造成的。所以，要想解决与外族的矛盾，使各族和睦相处，首先要使国家强大，这是根本；其次要善待境内其他民族百姓，只有我们从心里把他们当作自己的子民，他们才会将自己看作中华的一分子。如今我们大晋不可谓不强，为什么郝散和齐万年也反叛了呢？难道他们不知道最后都会以失败告终吗？为什么明知不可为而为之，那只能是官逼民反造成的。是当地官员施政有误造成的。其实江洗马也是知道这个道理的，所以他才说'此所以为害深重、累年不定者"由御者之无方，将非其才'。这正是问题的关键。御者无方就是当地官员无知，无识，无能，因你管理无方而引发变乱，怎么能怪他人呢？此外，我也不同意'其性气贪婪，凶悍不仁'。这样的说法。孔子曰：'人之初，性本善。'"

江统说："圣人说的性本善，乃指华夏之民，戎胡蛮夷不能以人视之。"

张华问："这是你说的，还是圣人说的？儒家经典我烂熟于心，从不记得圣人说过这样的话。"

裴頠说："肯定是江洗马自己的观点。"

张华说："华夏境内外族之民，所以久久不能从心里归附者，就是因为有许多人怀有跟江洗马一样的想法。你们把人都不当人看，还能怪人家反抗吗？此外，我最不能同意的是《徙戎论》的这个观点：'以四海之广，士庶之富，岂须夷虏在内，然后取足哉！'我们大晋如今的富庶难道境内其他民族百姓没有出力吗？他们不是与我们华夏百姓一样在勤劳耕作吗？他们所享受的正是他们的劳动成果，而不是我们恩赐的。所以，我最后要说：仁乃天理，放之四海而皆准。对于境内鲜卑、匈奴、羯、氐、羌等所有民族百姓，都应视作同胞，对他们施以仁德之政，辅以教化之功，久之他们便同化为华夏之民。须知，他们也是炎黄之种，因久处僻远，与中原隔绝，而没有能够沐三皇之恩五帝之德，周公之礼，孔孟之教，这已经很不幸了，而今因为某些无能的官员的错误而引发了激变，就想将他们赶尽杀绝，此不仁之尤也，必遭天谴。种瓜得瓜，种豆得豆，行仁得仁。所以，修仁德之政，倡孔孟之教，才是解决所有问题的根本。"

张华的一番长篇大论，虽然说得头头是道，但仍没有说服江统，他虽然从道理上无法辩驳，但从个人感情上他依然无法接受蛮夷胡戎在华夏境内与华人混居的事实。

道理是道理，感情是感情，这就是自古以来愤青一族的最大特点。他们因为考虑问题的出发点是完全站在本民族角度，为了本民族利益可以不顾一切，所以无论他们的思想多么偏激，也不乏追随者。

江统的《徙戎论》尽管未能付诸实施，一是因为张华的强烈反对，二是西晋已到垂死边缘，根本没有实施的时间了。但《徙戎论》在历史上影响深远，流传甚广。它不仅在大晋朝廷上引起热议，而且很快成为社会广泛议论的话题。这些议论不久也在大晋境内少数族裔间传开，令他们惶惶不可终日，而且相邻的北方民族首领们也十分恐惧。开始筹划一旦大晋真的徙戎，他们将如何应对的准备。

讽刺的是，江统提出《徙戎论》十几年后，西晋灭亡，五胡乱华。此五胡者，正是江统必欲徙之而后快，在大晋境内有大量居民的匈奴、鲜卑、羯、氐、羌五族。是不是因为吵吵嚷嚷的《徙戎论》深深地刺激了这五族，使他们趁大晋八王之乱，先下手为强，值得史学家深入研究。

181

虽然张华将江统驳得哑口无言，但司马衷既然专门让重臣讨论这个议题，就说明他从内心里是认可江统的观点的。

司马衷将大家议论的结果告诉贾后。贾南风说："张华虽然博学，但他的话也不能全信。江统也是青年才俊，他的观点也有一定道理。汉中之乱怎么没有匈奴、羌、氐的责任？岂能都怪赵王？如果我们处罚赵王，那不是为胡狄之祸而断骨肉之情吗？这种亲者痛仇者快的事我们决不能做。"

有皇后总在耳旁吹风，司马衷对司马伦的看法也渐渐有了转变。他本想重新起用司马伦，听从司马雅的建议，试探大家对起用司马伦的看法。结果让他非常失望，百分百的反对，令他左右为难。无论如何皇上也不敢得罪所有大臣。

对此，贾南风和司马伦甚至孙秀也一筹莫展。

吴丹却对贾南风和司马伦说："这可给了赵王机会了。"

司马伦问："吴女史何以言之？"

"这说明满朝文武都是张华的人，皇帝岂不被彻底架空了吗？他振臂一呼能够应者云集，还有比这更危险的局面吗？娘娘必须向皇上晓以利害。当此之时，能够制约相权以防不测的，只有依靠司马诸王。但为防止当年汝南王和楚王之乱，也不能让诸王都进京，京城里留一二掌兵亲王即可，其他王爷在外随时做好勤王的准备，以备不测。赵王既已在京，宜从速起用，授以重柄。皇上明此，必不为张华掣肘，定会立即起用赵王。"

贾南风依吴丹所言向司马衷进言，司马衷果然力排众议，授司马伦为车骑将军，太子太傅，领京师禁军。

司马衷这个决定一出，张华大骇。对裴頠说："完喽，完喽，好端端一个大晋江山其祚不久矣！"

司马伦得到这一消息后，立即跑去答谢贾后。同时让贾后请出吴丹，对吴丹施礼道："吴女史真乃在世诸葛呀。"

"赵王过奖了，不过略施小技而已。"吴丹道。

司马伦对贾南风道："娘娘，臣有一事相求。"

"赵将军请讲！"

"臣想请吴女史到本将军帐下给臣作参军，不知娘娘能否割爱。"

"不行不行，吴女史是哀家的主心骨，你把她挖走了，等于把我的心摘去了，不行不行。"

"娘娘有吴女史相助，必将心想事成啊。"司马伦道。

司马伦对吴丹所以如此敬服，是因为她端坐闺中，却将皇上、皇后甚至朝中大臣的心思摸得一清二楚，将所有人都玩弄于股掌之中。依其计而行，竟可以将不可能化为可能。

太子司马遹知道赵王依附贾后，得此讯息不免惊恐不已。

贾南风则开始春风得意。有司马伦支持，在与太子的竞争中她再次胜出。吴丹告诉她，这次一旦逮住机会必须果断出手，否则若让太子再翻过身来，娘娘必将大难临头。

为了挑起事端，贾后开始向太子挑衅。她以身体不适为由，要求太子去亲自侍候她。作为皇后，这一要求虽有过分之嫌，但也于理有据。所有皇子，不管是谁生的，在礼法上都得奉皇后为母。母有疾，儿奉药，那也天经地义，但贾南风却以此为借口，让太子必须时时侍奉在她身边。而一旦太子借故离开，贾后便会骂其不孝。

司马遹实在忍无可忍，对属下大发牢骚，说娘娘没病装病，故意折磨他。

因为司马遹太憋屈，又不敢顶撞，回到自己的东宫，不是打人便是砸东西，一次，他竟然失手将一个内侍打死了。

182

张华凭直觉感到，一场大乱又要降临了。

他无心他顾，必须专心应对可能发生的任何事情。因此，他辞去了金谷书院的所有事务，交由陆机代为负责。陆机也没有推托，只是说，他要在金谷园搞一次书院历届教授和学生作品展览，以展示张大人多年来领导书院的功绩。张华说："好，到时候我一定参加。"

当晚，位于洛阳市东郊的武库突起大火，武库中储存有大量武器和国家珍贵文物。张华立即亲赴现场坐镇指挥，由于当时局势严峻，他生恐是有人故意放火，好趁火打劫，发生叛乱。于是他让士兵先将武库包围起来。将卫护武库工作的布置妥当后，再命人救火，但大火已呈蔓延之势，哪里还扑得灭？武库中的历代宝物如汉高祖刘邦的斩蛇剑、王莽的人头、孔子所穿的鞋都在大火中化为灰烬。(《晋书·张华传》："武库火，华惧因此变作，列兵固守，然后救之，故累代之宝及汉高斩蛇剑、王莽头、孔子屐等尽焚焉。")

张华本是十分喜爱文玩和书籍的。为此，他终生将余钱用于从民间购置这些东西，因而"天下奇秘，世所希有者，悉在华所"(《晋书·张华传》)。对于，孔子屐、王莽头、斩蛇剑这样的稀世珍宝被毁岂能不痛心疾首呢。

在他痛悔不已之时，司马伦向皇上密奏他为相有失。张华为此也向皇上做了深刻检讨。

183

太子与皇后的内斗愈演愈烈，贾后对太子的欺凌到了肆无忌惮的程度。裴颜和贾模作为贾后的亲戚，也开始为自己和家族的性命担心。于是裴颜与贾模一起来到张华府向张华讨主意。

裴颜开门见山，将太子与贾后的关系如实阐明。张华说："后宫与东宫之事我岂能不知呀。无奈，皇上家事，为臣者难以置喙呀。且我与帝后有约，宫内之事我概不闻问。"

裴颜说："一般的事情您可以不予闻问，但现在的情况已非常危险了。皇后逼得太子开始杀人了，说明他已忍无可忍。一旦皇后与太子彻底翻脸。太子手下人马众多，皇后背后有赵王支持，那可真的要天下大乱啦。"

"你们觉得应该怎么办？"张华问。

裴颜说："最好的办法就是废掉贾后，立谢淑妃（谢玖）为后。"

张华说："皇后是皇上之妻，皇上没有废后的意思，这事我们怎么能做呢？虽然我们是为社稷着想，但要真的这样做了，皇上也不会答应，世人也会议论纷纷，诸王更会认为我们有不臣之心。那样我们的末日就到了。"

贾模也说："皇后乃帝之妻，只有皇帝自己才有废后的权力，主上并无废后的想法，我等乃欲擅行，倘主上不以为然，如何是好？且诸王方势力强盛，各分党派，一旦祸起，身死国危，非徒无益，反致有损了。"

裴頠说："你们的顾虑也有道理，但如果现在不能阻止贾后的胡为，她如此肆无忌惮地欺辱太子，太子能忍耐下去吗？我看大乱就在眼前了。这可怎么办呢？"

张华说："没别的好办法，你们二位都是皇后的近亲，只有你们的话她或许还能听得进去。你们应该经常劝劝皇后，别太过分，如果皇后能听取你们的意见，稍加收敛，或许安定的局面还能维持一段时间。（《晋书·裴頠传》："頠深虑贾后乱政，与司空张华、侍中贾模议废之而立谢淑妃。华、模皆曰：'帝自无废黜之意，若吾等专行之，上心不以为是。且诸王方刚，朋党异议，恐祸如发机，身死国危，无益社稷。'頠曰：'诚如公虑。但昏虐之人，无所忌惮，乱可立待，将如之何？'华曰：'卿二人犹且见信，然勤为左右陈祸福之戒，冀无大悖。幸天下尚安，庶可优游卒岁。'"）

裴頠听从张华的建议，亲自去找他的姨妈，让姨妈好好奉劝女儿贾后，不要对太子欺凌过甚。贾后之母因此时常劝诫自己的女儿，要维护好与太子的关系。（《晋书·裴頠传》："頠旦夕劝说从母广城君，令戒喻贾后亲待太子而已。"）

母亲的话令贾后稍有懊悔之意，但吴丹的一句话便令贾后将母亲的教导忘到九霄云外去了。吴丹说："养虎遗患说的就是您呀。"

贾南风将吴丹奉若神明。听了吴丹之言便痛下决心：决定彻底消除司马遹这一对手。

她问吴丹道："最难的是太子不接招儿，不管哀家如何待他，他也不跟哀家发火动怒，抓不住他的把柄可怎么办？"

"娘娘，您想抓他不孝的把柄来为太子治罪吗？即使他顶撞了您，皇上也不会因此而废了他。况且，如果是因为您与太子的矛盾而使太子受到惩处，那您不是也会被人飞短流长吗？要想置太子于死地，不能把您掺和进去。得让他犯谋大逆之罪，只有激怒皇上，让皇上下令对他进行处置，才是万全之策。"

"可他没有谋逆之意呀？也没有谋逆的必要……"贾南风道。

"呵呵，欲加之罪何患无词。"吴丹说，"娘娘，当年杨骏、司马亮、卫瓘被诛的时候，哪个您握有他们谋逆的真凭实据？当年您做事可是干净利索得很，如今怎么这么拖泥带水？我告诉您，宫廷内斗就怕心存不忍之心，须知先下手为强，后下手遭殃。您焉知太子如今不在磨刀霍霍？他也在寻找机会。所以现在不能等，没有把柄也要制造把柄，没有机会要为自己创造机会。只有这样才能立于不败之地。"

贾后是何等样人，吴丹说到这个分儿上，岂能不解其意。

贾南风会意，说："不怪赵王夸你，你真是个现代女诸葛。你要是男人，哀家非嫁你不可。"

吴丹所说的"焉知太子如今不在磨刀霍霍"是非常有先见之明的。中护军赵俊，便密请太子举兵废掉贾后，但太子胆小不敢照行。

左卫军刘卞也私下里来找到张华，对张华说道："贾后残暴不仁，其谋害太子之心已昭然若揭。我们东宫俊义如林，卫兵不下万人，如果您能同意，废掉贾后，将其徙居金塘城，卑职只需要派两个士兵，便完全可以办到。"

张华骇然道："太子与皇后乃是母子，即使有矛盾也是皇上家事，怎么用得着外人插手？即使皇后真的要谋害太子，我一个做宰相的，没得到皇上允许，怎么敢跟太子一起做这种大逆不道之事。如果那样做，太子便成为无父无君的贼子，我也成为千古罪人了。你一个左卫军，只做好自己分内的事就行了，怎么这么大胆，轻言皇后废立之事呢？"

刘卞非常失望地离去。事也凑巧，第二天，朝廷有旨，将刘卞派到雍州任刺使，这对他来讲本来意味着被重用了。但他心中不安，以为他密谋废后的事被泄露出去了，于是服药自尽了。

184

金谷书院的历届教授和学生精品展开幕。

接到陆机邀请，张华、索靖、王戎、王济、王衍、李琳、吴丹、潘岳（后来也荣膺书院教授）、李式、王廙、王导、卫铄等书院教授悉数参加。

此次展览的作品，由于缺少了卫瓘、杜预、卫恒、和峤、傅玄几位大家的作品，因而显然没有大奖赛那次水平更高，但其中却有一个最大亮点，引起了所有书法大家的关注。那就是卫铄所临的钟繇的《千字文》，如今曾亲眼见过钟繇《千字文》真迹的只有张华一人。那是在征蜀的前一年，张华在钟会的家里看过的。卫铄所临与钟繇原作一般无二，由于某些字中加入了卫氏书法的特点，看起来甚至比原作还要好。张华问卫铄道："你从哪里见到的钟太傅这篇《千字文》？"

"吴老师给我的。她让我将钟太傅《千字文》临上千遍。"——后来，王羲之所临的钟繇《千字文》即来源于此。

"哦……"张华道。

其他人虽然没见过原作，但也被卫铄的这幅作品深深吸引。可惜这次只是展览，而没有评奖，否则卫铄所临钟太傅《千字文》必能夺冠折桂。

参观完展览，张华对吴丹说："晓阳，一会儿我找你单独谈谈。"

吴丹说："好哇，我也正有急事要找您谈呢。否则今天我就不来这里了。咱必须找个绝对僻静安全的地方……"

张华说："好，我知道一个最僻静的地方，不过应该叫上你姑妈。"

吴丹说："好的，我要跟你说的，也不用避讳姑妈。"

张华于是带李琳和吴丹来到藏书楼，让侍者用手摇升降梯将三人升至顶楼的望乡台。三人遥望洛阳全城。吴丹问张华："您要跟我说什么？"

张华说："第一件事，就是想问问你。卫铄说她有钟太傅的《千字文》原帖，是你送她的，你是从哪儿弄来的？"

吴丹说："张司空，在当下这种形势下，这件小事还值得您关心吗？请说第二件事。"吴丹将钟繇《千字文》帖的来历问题敷衍了过去。

"好的，我说第二件。"张华说，"你也清楚，眼下局势很危险。大乱就在眼前，你肯定也知道这乱的根源在哪里。我听说贾后对你言听计从，她的许多主意都是你帮她出的。"

"呵呵，我一个小女子哪有那么大能量，我要比皇后高明，我不早当了皇后了吗？"

"你跟我承认不承认也没关系，反正现在都这样说，赵王说你是辅佐皇后的女诸葛。这舆论对你可是非常不利呀。一旦在争斗中贾后失势，她会将一切责任归结到你头上来。"

"但是她要是成了事呢。一切功劳不也得归到我头上来？再说我早就对生没有任何留恋，对死更没有任何恐惧了。"

吴丹的这句话在张华心中引起一阵剧痛——往事不堪回首啊！

"天下大乱对谁都没有好处呀！"张华沉默良久叹息说。

"哈哈……天下大乱？这正是我想看到的。我每天活得如此痛苦，却看着别人幸福快乐，这是一个人所能忍受的吗？所以，天下大乱正合我意呀。"吴丹咬牙切齿地说。

张华说："你是因那次伤害而心灵扭曲了……"

"别看都说您绝顶聪明，但您却将有些事情看得太简单了。"吴丹指着自己的脸说，"如果只是这点小小的皮外伤我不会在乎的，我的痛苦来自心灵。"吴丹说着落下泪来，李琳也哭了。她搂着吴丹说："晓阳，姑、姑、姑妈、妈对不起你呀。"

张华错误地认为，是他俩曾经那段短暂的感情伤害了她，因而十分悲伤自责。

吴丹说："不说这些了。我今天所以到这里来就是想在此见你俩一面。想告诉你们，天下很快就会大乱。太子与皇后摊牌就在这几天。张司空如果不想重蹈卫瓘的覆辙，赶紧主动辞职，离开京城还不为晚。否则，即使没有性命之忧也要溅一身血。"

"我身为宰辅之臣，当此之时，岂能甩手不顾，一走了之？如此，我如何对得起天下这些敬爱我、拥戴我的百姓？"

"呵呵，看来您还抱着扶大厦将倾的豪情壮志呢。那可就没办法了，我做到仁至义尽了。"

"那你呢？"张华问，"既然知道大乱在即，你怎么还在最为凶险的中宫里……？"

"我不是说了吗？我生而无趣，死而无惧。"吴丹转身对李琳说，"姑——妈呀，您是做个殉夫的好妻子呢？还是赶紧逃命呢？"

"晓阳，你俩任何一个不在了，我都不会再活在这个世上。你们都不肯离京，我也决不离开你们。"

"好吧，那就这样吧。"吴丹说，"今天一别或许成永诀呢，来让我拥抱拥抱你们。"吴丹说着，一一拥抱了张华和李琳。张华泪流满面，摸着吴丹那疤痕累累的脸，说："孩子，离开后宫，跟姑妈我们回家吧。我将永远不会让你再受到任何伤害。"

吴丹说："别说这话了。再见，咱们都好自为之吧。"

说完与张华、李琳告别回宫。

185

元康九年十二月的一天，贾南风令董猛去东宫请司马遹。假称皇上御体欠安，让太子从速进宫侍奉。司马遹怕父皇骤亡，遗嘱落在贾后手里。所以听到消息后立即随董猛见驾。但他进了后宫，却被安排在旁边的屋子里等候。贾南风还派了几个美女陪其歌舞饮酒，最后竟然将其灌醉。

贾后速令黄门侍郎潘岳，当场写下一段文字，虽然字迹潦草，但却可以辨识，潘岳写的是："陛下宜自了；不自了，吾当入了之。中宫又宜速自了；不了，吾当手了之。并谢妃共要克期而两发，勿疑犹豫，致后患。茹毛饮血于三辰之下，皇天许当扫除患害，立道文为王，蒋为内主。愿成，当三牲祠北君，大赦天下。要疏如律令。"

这一段文字一看便是醉酒之人所写。虽然看着有些词不达意，但从中又能看出谋逆之意，而且还将谢淑妃牵扯进去，虽然这"谢妃共要克期而两发"不知何解，但既然谢妃的名字出现在这上面，便肯定与太子欲行谋逆之事有牵连。

潘岳本是官迷，但仕途一直不顺。青年时期便为颂圣被山涛、王戎、傅玄等视为品行低劣而压制多年，后来攀附杨骏差点儿丢了小命儿。屡遭不幸仍品性不改，见贾后势大便通过贾谧攀附上贾后，弄了个黄门侍郎的差使。如今竟然听从贾后指使，亲自出面谋害太子。

潘岳写完，一个宫女将纸笔递给太子，让他按照潘岳所写，照猫画虎。

司马遹本已酒醉，意识模糊，潘岳的字看不太清，意思也看不太明白，于是依样画葫芦，将那段文字抄下来。

司马遹写罢，贾后将其呈给皇上，说太子酒后吐真言，意欲谋逆。

司马衷看后大怒，立即升殿，召大臣们入朝。将太子所书传递众臣。皇上在司马遹的反书上也亲书了几个大字："遹书如此，今赐死。"

众臣看罢，皆沉默不语。只有张华奏道："这是国家的大不幸啊！从古到今，往往因废黜正嫡，导致国家动乱，陛下应该核实后再做处理。"

裴頠也奏道："这段文字如果真是太子所写，究竟是如何传出来的，而且怎么能证明这就是太子所写而不是他人伪造，以诬陷太子的呢？我同意张司空所说，应该先验明这字是不是太子所写，再做处理。"

司马衷只好让人核对太子平时的笔迹，但由于这段文字确是太子酒后所写，字迹虽然潦草，但还是能看出太子的笔迹。人们辨别了半天，直到天黑也没准确结论。

贾后怕事情败露，于是向皇帝奏报，对太子可暂不赐死，先废太子为庶人暂押金墉城，听后发落。司马衷准其所奏，派人将太子、太孙等数人收捕关押于金墉城。而皇太孙司马虨的生母蒋氏和太子生母谢玖因蛊惑太子谋逆的罪名当场赐死。（见《晋书·司马遹传》："十二月，贾后将废太子，诈称上不和，呼太子入朝。既至，后不见，置于别室，遣婢陈舞赐以酒枣，逼饮醉之。使黄门侍郎潘岳作书草，若祷神之文，有如太子素意，因醉而书之，令小婢承福以纸笔及书草使太子书之。文曰：'陛下宜自了；不自了，吾当入了之。中宫又宜速自了；不了，吾当手了之。并谢妃共要克期而两发，勿疑犹豫，致后患。茹毛炊血于三辰之下，皇天许当扫除患害，立道文为王，蒋为内主。愿成，当三牲祠北君，大赦天下。要疏如律令。'太子醉迷不觉，遂依而写之，其字半不成。既而补成之，后以呈帝。帝幸式乾殿，召公卿入，使黄门令董猛以太子书及青纸诏曰：'遹书如此，今赐死。'遍示诸公王，莫有言者，惟张华、裴頠证明太子。贾后使董猛矫以长广公主辞白帝曰：'事宜速决，而群臣各有不同，若有不从诏，宜以军法从事。'议至日西不决。后惧事变，乃表免太子为庶人，诏许之。"）

186

贾南风初战告捷。但她与太子既已彻底闹翻，只能你死我活，而此时，太子虽废，但只要他这个人尚在，就有可能咸鱼翻身。

果然，几天之后，西戎校尉司马阁缵，便拉着棺材来到皇宫外，意思是冒死来谏。上书谏曰："汉戾太子称兵拒命，尚有人主从轻减，说是罪不过笞，今遹罪不如戾太子，理应重选师傅，先加严诲，若不梭改，废弃未迟。"（《晋书·司马遹传》）

贾南风闻后大惊。

不仅司马阁缵，其他人也四处活动，营救太子。

太子洗马江统、潘滔、太子舍人王敦、杜蕤、鲁瑶等人急趋张华府，求宰相出面营救太子。

江统对张华说："张大人，太子既被污有谋大逆之罪，其命危矣。望大人能以宰相之威权，救太子一命。"

"我已经为太子求过情了。如果不是我和裴大人向皇帝求情，太子案发当日既已赐死了。"

"虽然太子当时免于一死，可被禁金墉城，早晚要被人害死。"

"那你们要我怎么办？太子之所以囚而不斩，是要彻底弄清其谋逆之罪是否属实。若最后证实是真实的，其死也是罪有应得。若最后证实是被他人所污，也会还以清白，复太子之位。"

江统说："可现在的关键是，不等事情弄明白，太子就可能被人害死。"

"若无皇上之命，谁有这么大胆子和能力害死太子呢？如果你知道，告诉我，我可以下令将其缉捕归案，以绝后患。"张华问。

这让江统无法回答，虽然大家都清楚要谋害太子的背后黑手是贾后，但谁也不敢公然说出来。

张华见大家沉默，于是说："你们如果说不出是谁？你让我怎么救太子？太子一案没弄清事实，我要求放了他吗？若太子身获自由，果然谋逆，我承担得了这个罪名吗？"

江统说："我们对太子十分了解，他不可能对皇上不忠……"

"太子曾有《悔过书》承认自己不忠不孝，其以假李欺君冈父确有其事吧？"张华说，"如果不是太子德行有亏，令世人和陛下对其渐失所望，陛下岂能轻易相信这次的谋逆之事。太子堕落到这个地步，你们作为太子身边的人难道没有责任吗？"

江统等反遭丞相训斥，心中不快。江统说："太子堕落是被别人教坏的。"

"谁教坏的？"张华问。

"董太监董猛。"

张华道："你们这么多青年才俊整天围着太子转。任务就是教太子上进，你们怎么都不如一个董猛？"

江统说："董猛身后有高人指点。"

"这背后高人是谁？"

江统说："就是皇后身边那个女史吴丹。"

"吴女史有这么大胆子和能力？她为什么要害太子？再说了，你们明知董猛和吴丹一直在谋害太子，为什么知情不报？若早奏报朝廷，一个太监，一个女史岂能兴风作浪？这么重要的情况你们早就知道却不向朝廷报告，你们这是什么罪名知道吗？"

江统弄巧成拙，被张华抓住了把柄。是啊，如果早知有人谋害太子，却知情不报，那罪过可就大了。江统因郝散叛乱和《徙戎论》已跟张华辩论过两次，他深知张丞相的厉害。今天没想到无意中又落入了人家谈话的圈套。看来姜还是老的辣呀。

王敦仗着琅邪王族势力强大，于是打破沉默，说："张大人，今天我们就跟您直说了吧。要谋害太子的就是贾后。我们感觉，这些年来，贾后一直在对太子实施着有预谋的加害。其手法十分高超。通过董太监教太子学坏，然后皇后出面败坏太子名声。人都有堕落的倾向，让人上进难，使人学坏易。我们之所以知情不报，首先是，我们也是通过这些年来发生的许多事情，综合起来分析最近才搞清了真相，尤其是此次太子被诬谋逆案，是贾后对太子实施的最后打击。太子与皇后两派誓同水火，贾后决不会因太子被囚便善罢甘休。所以，我们恳请司空大人动用您的权威和智慧，确保太子性命无忧。"

张华说："如果太子被幽金墉城还有性命之忧。那老夫也无能为力呀。金墉城有足够的兵力保证太子的安全。若想杀进金墉城去诛杀太子，只有赵王能做到……"

王敦说："太子若被害，决不会是明目张胆的，而是会被秘密加害。我想贾后一定会派人买通金墉城的守卫，然后……"

张华说："明枪易躲，暗箭难防啊。你们这不是给老夫出难题吗，我又没有自己的人可以替换金墉城的所有警卫人员。你们让我怎么办？"

王敦说："最好的办法就是解决掉贾后。"

"怎么解决？"

"废了她。"王敦说。

"呵呵，废她？她是谁？我是谁呀？她是君，我是臣，世上只有君废臣，哪有臣废君的道理。若无皇上旨意，我擅自废皇后，那我不就是谋逆之罪？小伙子，你这种想法是很危险的，一个敢谋废皇后的人，未必就不敢谋废皇帝，一个敢杀皇后的人，也敢弑君……"

张华说到这里，王敦赶紧跪地说道："张大人，您可不能这样说呀，王敦没有这样的意思。"

王敦的话被张华一上纲上线，便是死罪。张华笑道："这样说这样做对你来说是死罪，对我来说也是死罪呀。你们应该知道皇上、皇后、太子是一家人。一家人不和，我们只能往一块说和、劝诫。你听说哪家父子、母子闹意见，外人出面将母亲赶跑或杀掉的？这样的事有吗？你让废皇后，不就是让我去做这样的人吗？宰相的权力是替天子管理天下百姓，而无权管理皇家内部事务。我在辅政之前就已对皇上和皇后讲明，宫外之事弄不好，唯我是问，宫内之事弄不好，我概不担责，因为那里是宰相的权力所不能及的地方。"

张华一番话讲得通俗易懂，江统几位也觉得，作为大臣，在皇家内部矛盾中保持中立才是最理智的做法。但别人可以保持中立，他们几个太子身边的人不能置太子于不顾，因为太子若最终被定为谋逆之罪，他们也会受到牵连。

太子囚居金墉城，贾南风仍不放心，因为金墉城就在洛阳边上，她生怕有太子死党砸牢反狱将其救出。几天后，贾南风便下令将太子移居许昌宫。

令贾后没想到的是，江统、潘滔、王敦、杜蕤、鲁瑶等人，冒着被治罪的风险为太子饯行，并一路护送至许昌。司隶校尉满奋，奉贾后之命将江统等逮捕关押。更令贾后惊恐的是，河南尹乐广，竟将江统等人私自释放了。

人心向背越来越明显。司马雅觉得大事不好，于是找到赵王司马伦，对司马伦说："贾后废太子，已引起公愤。大臣们都要为太子鸣不平，天下将乱，社稷垂危。世人都知道您与贾后亲善，有人甚至说，谋害太子就是贾后与您一起谋划的。如今看来，贾后一党很快就要支撑不住了。您不如赶紧回头，废除贾后，让太子复位。"

孙秀非常支持这个主意。于是司马伦准备举兵擒拿贾后。

正在这时，吴丹来见司马伦。司马伦对吴丹非常敬佩，于是将自己废后的想法如实告诉了吴丹。吴丹听后大笑道："赵王，自从皇后有了您做靠山，让太子受了多少苦不说，太子被废也都怀疑是您与皇后共同密谋陷害太子的。若太子复位，您觉得他第一个会杀谁？当然是贾后。那第二个呢？肯定就是您了。您以为现在临阵倒戈他就会宽恕您吗？"

"那怎么办？"司马伦觉得吴丹说得很有道理，于是问道。

"您应该再等等。等贾后害死太子之后，您再出面以为太子报仇的名义废除皇后。一为社稷立功，二来也没有了后顾之忧了。此螳螂捕蝉之计也。"

司马伦听后大喜，问："贾后能置太子于死地吗？"

"你们得让贾后感觉到自己十分危险，她才会下定最后的决心。"吴丹说。

"怎么才能让她感觉到自己有性命之忧？"司马伦问。

孙秀觉得不能让吴丹把献策之功独揽了去，于是在一旁对司马伦道："这不消吴女史费心，孙某自有道理。"

吴丹告辞回宫，临行时对司马伦说："某为贾后死党，待与贾后一起受刑之时，望赵王手下留情，给小女子一个全尸便了。"

司马伦道："若到时候本王做得了主，必救你一命。以后本王欲成就大业，还需你这女诸葛出谋划策呢。孤王身边若有你和俊忠（孙秀）二谋士，什么大业不能成就呢。"

于是孙秀到处散布谣言，说世人皆欲废皇后，迎太子。坊间这种传言日盛。贾谧也不时将传闻入报贾后，并对贾后说："形势对咱越来越不利。若想扭转局势，只能设法除去太子，以绝众望。"

吴丹也说："除去太子是唯一可行的办法，而且事不宜迟。"

"怎么除去他？"

"太医令不是跟您私情甚密吗？此时不用更待何时？"吴丹说。

一句话提醒了贾后。贾南风于是将太医令程据召到跟前，向他说明自己的想法。太医杀人是不见血的。程据于是向贾后提供了剧毒之药。贾南风假冒圣旨，让太监孙虑赶赴许昌毒杀太子。

司马遹知道孙虑此来必是要自己性命，因而挣扎不肯服毒。情急之中，司马遹一脚将药罐踢翻。孙虑大怒，抢起药杵，一顿乱棒将司马遹打死。（《晋书·贾南风传》："及太子废黜，赵王伦、孙秀等因众怨谋欲废后。后数遣宫婢微服于人间视听，其谋颇泄。后甚惧，遂害太子，以绝众望。"）

187

太子之死。张华大为惊恐。他知道一场血雨腥风很快就要骤然而至。

就在太子葬礼这一天，出现了非常反常的天象："尉氏（河南的一个县）雨血，妖星现南方，太白昼现。"（见《晋书·惠帝纪》）世人无不惊骇。

张华家里也频现异象，经常有鬼怪出现，而且他所封的壮武郡（张华为壮武郡公）竟然有桑树一夜之间变成柏树，这都是不祥之兆。张韪劝父亲赶紧辞职，以避凶险。张华说："此时辞职有用吗？赵王司马伦早已视我为眼中钉，即使我辞去相位，一旦大乱，他手握重兵也不会放过我的。"

"咱一家赶紧离开京城。"张韪说。

"普天之下莫非王土哇。"张华道。

"您不是还有慕容廉这样一个义子吗？此时正是用到他的时候。"

"那我可就真是叛国之罪了。"张华说，"孩子，一切皆由天定。我们只要行仁修德，最后结果如何，就不要去管他了。而且，我任辅政大臣多年。现在离职去躲清静，若天下大乱，即使没人怪罪于我，看着天下百姓重受涂炭之苦，我于心何忍。如果最后我真的遭殃也是命定，皆因当年不听我师傅东方敬吾之言。不过为父觉得咱一定能躲过此劫。"（《晋书·张华传》："华所封壮武郡有桑化为柏，识者以为不祥。又华第舍及监省数有妖怪。少子赵以中台星坼，劝华逊位。华不从，曰：'天道玄远，惟修德以应之耳。不如静以待之，以俟天命。'"）

"您为什么这样乐观？"

"一来，我没干什么坏事，虽然得罪赵王司马伦，但我那也是秉公办事。而且最后也没能撼动他。其二，当年管公明给我算命，说只有娶了娘娘为妻，才会倒大霉，所幸的是，我没有那么幸运娶到娘娘啊。"

"算卦人说的话您也坚信不疑？"

"别人说的我或许还有所怀疑，但管大师的话我绝对相信。"

188

贾后得知太子被杀的确切消息后，立即派董猛去请司马伦入宫秘议。吴丹问："娘娘请赵王来干什么？"

"与他商议，如何辅佐我儿司马慰（就是她佯装怀孕所收养的韩寿与贾午的儿子贾慰）登上太子之位。"

"他不会来的。"吴丹说。

"为什么？"

"我说他不会来，就不会来。不信您等着。"

董猛领旨去请赵王，司马伦果然借故不到。

贾南风问吴丹："你怎么准知赵王必定不来见哀家？"

吴丹说："咱们与赵王的联合到此为止了。清除太子是您的愿望，也是他的愿望。"

"为什么？"

"因为您想让司马慰称帝，赵王自己也想称帝。所以太子本是您和赵王共同的障碍，您帮他清除了障碍，以后您就是他最大的障碍了。以后您与赵王就是对手了。咱以后最大的敌人不是别人，正是赵王，赵王最想清除的也正是您。"

贾南风惊道："晓阳，你说得太有道理了，哀家怎么就没想到这一层呢。可赵王手握重兵，又有谋士孙秀为其出谋划策，比太子更难对付。以后如何应对赵王，你还得帮我多出主意。"

"呵呵，赵王的兵权不是您亲自授给他的吗？如今您再收回来可就难喽。清除赵王，只能看皇上有没有这个想法，有没有这个魄力了。"吴丹说，"事情到此，我也没什么好办法，您可以问问张华，若宰相能助您，您还有获胜的可能，若张华不肯相助，那只能再想办法了。"

"你觉得张司空会助我吗？"

"不好说。按照他从来不党不群和不参与皇家内部事务的这两点来看，他应该不会答应您的请求。但另一方面，赵王与他是死对头。他几次想为赵王治罪，他岂能不知赵王对他恨之入骨？而您和皇上授赵王以兵柄，对张华随时都是重大威胁，为了自己的安危着想，张华也可能答应助您一起清除赵王。"

"嗯，你分析得有道理。"贾南风说，"既然赵王随时都威胁到他，他怎么会不愿与哀家结盟，一起清除赵王呢。"

贾南风立即请张华入见。

张华问："娘娘传臣入宫有何事相商？"

贾南风道："哀家有话就直说了。赵王有谋篡大位之心，哀家想请您协助哀家清除赵王。"

"赵王谋篡大位，您有什么证据吗？"

贾南风说："哼哼，说他谋篡就谋篡，证据随时可以编造出来。"

"赵王可是您一手扶上位的，而且您与赵王也一直打得火热，娘娘怎么突然想要清除他了？"

"因为他直接威胁到了哀家。"

"那是您与赵王之间的事，老夫还是不参与为好。"

"哼哼！哀家所以来请你相助,其实也并不完全是为了哀家，也是为了你呀。"贾南风道，"你屡次弹劾赵王，他已对你恨之入骨，他多次亲口对哀家讲，早晚要除掉你。可以说，他恨你远甚于恨我。一旦他真正得势，你比哀家危险得多，哀家好歹有皇后的身份，与赵王也是同族关系，且在他危难的时候哀家没少帮他。而你呢，对他只有坏处没有好处。对了，你对他还曾有夺妻之恨，就凭这点，他也不会放过你。"

"娘娘以为如何清除赵王呢？""张华说，"又采取诬陷的方法？臣与娘娘一起清除赵王不难，难的是赵王一旦被清除，无论何时追究起来，罪责都会怪在臣的身上。所以，我绝对不会掺和到皇室内斗上来。您与赵王爱怎么斗怎么斗，我既不支持他，也不支持您。"

贾南风无论如何劝不动张华，只得作罢。最后对张华说："张司空不想参与哀家与赵王的事哀家也理解。但此事哀家既然已对你讲明，你自称不参与不掺和，请你也不要对外人言讲，就让我与他一较高下吧。"

"臣定守口如瓶。"张华说。

张华之所以不能介入贾南风与司马伦的争斗，是因为两个都不是好人，而且贾后因太子之死已引起公愤，人人得而诛之。此时自己若与她拴在一起，那是非常不明智的。因为，贾后胜算不大，即使加上宰相的权威，也很难抵挡大众的愤怒浪潮；二来，即使与贾后同盟，暂时胜了，那在道德上也会是永远抹不去的污点；三来，贾后暴虐无道，根本不是可与共事之人。目前，人们对贾后躲避都唯恐不及，她的表兄裴頠都已直接站在了她的对立面，自己怎么可能绑到她那条船上去。

189

贾后找张华密议不久，令张华意外的是，司马伦也派司马雅登门来向自己示好，并提出共同诛除贾后的请求。

司马雅说："太子被贾后所害，人神共愤。贾后挟天子之命，为所欲为，若不除之，天下危矣。赵王欲为天下除害，特请张相国共同匡扶社稷。不知张大人意下如何？"

张华断然曰："后乃御妻也，为臣者谋诛皇后，乃是弑君之罪。张华不敢与谋。"

"贾后诬陷毒杀太子，禽兽之行也，早已失去做皇后的资格，诛除妖妇怎么能叫弑君呢？"司马雅道。

"有皇帝废后的诏书吗？若有，臣必遵旨而行，若无，你且请回。宰相不会听从一个右军将军（此时司马伦为右军将军）的指挥。"

司马雅转身离去，边走边自语道："哼哼！刀已经架在你的脖子上了，还妄自尊大，说出这种话来。"

李琳隐隐听到了司马雅自语的话，对张华说："看来，咱真得想法避一避了。司马伦大概很快就要动手了。"

张华说："再等等看。我想他不会立即动手，你没看他现在还正在拉拢同党呢。"

李琳又说："你是否应该将司马伦的行动告诉皇上？"

"告诉皇上，就等于救了贾后，我也得遭世人唾骂。唉，我也不知道怎么办才好。唯一可行的只能是静观其变了。"

司马雅所说"刀已经架在你的脖子上"并非危言耸听。司马伦所以此时派司马雅来试探张华，是因为他已做好了谋变的所有准备工作。张华支持他更好，不支持也好，已经无法影响他的行动了。

张华采取跟任何一方都不合作的态度，就是想尽量不卷入皇室内斗。对于任何一个大臣来说，这都是最好的选择。因为争斗双方都不是好人，而且争斗的目的也都是为了争权夺势，没有任何一方哪怕有半点儿正义可言。

但任何人，身处乱世，无论做何选择都无法逃脱失败的命运。后来的事实也证明，八王之乱的所有参与者，不管隶属于哪一方，没有一个最后有好下场。

190

司马雅刚离去。荣格和秋雁夫妇二人便到了，他们来到相府是接李琳、郭芸和张舆（张华孙子、张祎之子）去他家赏花的。

荣格夫妇因种李子树发了财。由于他们掌握了当时很少有人懂得的嫁接技术，哪里有好品种的水果，他们都可以很快通过嫁接技术大量培植，因而财是越发越大了。后来购置了两千多亩地，专门种植桃、杏、李等各种果树。每到春暖花开的时节，荣家果园鲜花如云，缤纷绚烂。或到果熟的时候，硕果挂满枝头，满园果香，荣格夫妇便会亲自接张家人去赏几天花，品几天果。张舆已连续去过几次，跟荣格的两个孙子成为好友，因而最喜欢去荣家果园玩耍。

荣格、夫妇一进门，张华便知其来意。对李琳和郭芸说："你们带着小舆去吧。"

荣格夫妇邀请张华一起去。张华说："朝廷正乱，可能会有大事发生，此时我哪有闲心去游春赏花呀。"

李琳说："今年我也不去了，我得在家陪老爷。小舆跟郭奶奶去吧。"

郭芸不知道当前形势有多么危险，她觉得李琳是正妻，既然她说要在家陪老爷，自己若再执意留下，便显得不合适。于是对李琳说："那就让你多费心了。我带小舆去。等秋天果熟的时候，你再去。"

李琳说："好，就这样定了。"

郭芸对秋雁说："我收拾收拾，一会儿咱就走。"

张华道："你们先走，让方正留下，我俩下两盘棋。"

秋雁对张华说："您既然不忙，那我们也多待会儿，等你们下完棋一起走。"

荣格说："我好多年没摸棋了。"

张华也说："是啊，我也好多年没下棋了。自从伐吴归来，跟武帝下过一次，到现在差不多二十年没碰过棋子了。"

李琳将围棋找出来。张华与荣格在客厅的茶几上下起棋来。

张华对秋雁说："你和方正可是棋为媒呢。当年要不是因为棋，我也不会认识方正，我不认识他，也就不会给你俩当月老。没想到如今你俩成了富翁富婆。"

秋雁说："您说得不错，不过您不曾经也是棋为媒吗？"说到这里，秋雁看了看一旁的李琳，又看了看张华。张华恍然道："哦，呵呵，你是指的那回事呀。"

"当着嫂夫人我就不说了。"

"没关系，说吧说吧。"李琳说，"你不说我也早就知道。不是与王家小姐那件事吗？那是多么美好的爱情啊。那是远在认识我之前发生的事，跟我没有任何关系呀。我只当故事来听。"

张华也道："是啊，都年过半百的人了。谁还在乎这些，一切都只是回忆了。"

李琳说："听说当初就是你秋雁给他们搭的桥。"

秋雁说："说实话呀，当时我也是看上张公了。但后来听说人家是九品中正选上来的，而且是太常博士，我想我一个使唤丫头哪高攀得上啊。于是就将张公跟我们王婧小姐拉在一起了。哎呀，二人一见钟情，感情那个好哟。张公给小姐写的诗我现在还记得清清楚楚呢。"

"啊，他还给人家写诗了？"李琳问。

"先写诗赞王府，后来又写诗赞小姐。"

李琳对秋雁说："你快把他写的诗背诵给我们听听。"

张华说："我自己都忘了，她能记得？"

秋雁说："我真记得，而且一字不落。我先给你们背诵《咏王府》吧！

天廷重宝地上珍

纷至沓来聚此门

鲁班执斧亲作匠

慕得蓬莱置洛滨

槽头麒麟笼中凤

灵山花草南海云

翠亭秀阁养淑女

琼楼玉宇居贤臣

李琳听罢，赞道："小伙儿能随口咏出这么好的诗来，老丈人还不得乐疯喽。"

"哪儿呀，王家门第观念太强。一听张公出身寒门，他们说他就是屈子、贾生也休想做王家女婿。要不怎么我们小姐最后寻了短见呢。"秋雁说到这里，竟落下泪来。

见秋雁落泪，张华也不免心有所恸。

李琳说："咳，都四十年前的事了，还难受什么呀，快给我们背诵另一首。"

秋雁抹抹泪，说道："这首是专门写给我们小姐的，是听我们小姐为他弹琴后写的，叫《听琴有感》：

> 误入瑶池内，幸得目仙身。
> 纤指抚岳山，素手调龙龈。
> 七弦鸣绝响，和谐共五音。
> 高山瀑流急，弦歌遏行云。
> 白雪飘然落，疏梅映阳春。
> 琴瑟俗间物，安能超凡尘？
> 只缘抚琴者，玉壶纳冰心。

张华听后，对秋雁说道："你说你连个字都不认识，不仅都能背下来，还记了这么多年，真不容易。"

郭芸这时也进了屋，笑道："人家秋雁不是曾经恋过你嘛，所以很用心。"

李琳对郭芸说："你说你当着人家荣先生说这个，让荣先生心里多别扭。"

"咳，这都什么年代的事了。"荣格说，"再说，要是当初我们家秋雁能跟了张公，那才是她的福分呢。"

秋雁对荣格道："你荣老板现在后悔也不晚呀。"

郭芸又笑道："秋雁可不像我。我从范阳边一直追到洛阳，当牛做马也愿意，这才感动了他……"

李琳笑道："谁有你这么脸皮厚哇。"

郭芸对李琳笑道："还说我，你的脸皮也不薄呀，呵呵。"

荣格道："这说明张公有魅力呀，是女人都喜欢。"

李琳又道："他可不是女人就喜欢，就连蛮子女人他也不放过，呵呵。"

荣格赶紧解释道："大嫂理解错了，我的意思是说，所有女人见了张公都会喜欢上，不是说张公见了所有女人都喜欢。"

秋雁说："张公跟蛮子女人也有瓜葛？"

"有，人家还有私生子呢，而且私生子已经做了慕容鲜卑的大单于。"李琳道。

张华说："你们别听她胡说。"

"我怎么会是胡说，"李琳道，"去年慕容鲜卑大单于来朝贡，还来看望亲爹呢。"

"你这就是胡说了。"张华道，"慕容廉多大年纪？已经三十了，我到幽州征慕容涉归是什么时候，才十八年前的事。"

"怪不得将慕容涉归打得那么惨，原来是惦记上人家单于妃了，呵呵。"李琳道。

张华道："你们想想，慕容廆三十出头了，怎么会是我的私生子呢，只是我的义子。"

李琳笑道："他母亲是你的义妻呗。"

李琳的话逗得大家大笑球。

李琳继续道："我说在幽州那几年怎么总也不回家呢，原来在外面有义妻了。对了，我想起来了，他还给拓跋燕写过诗呢。我虽然没全记住，但前几句记得清楚：

北方有佳人

端坐鼓鸣琴

终晨抚管弦

日夕不成音

忧来结不解

我思存所钦

君子寻时役

幽妾怀苦心

初为三载别

于今久滞淫

后边是怎么写的我没记住。"

张华道："你们都别听她胡说八道哇。我那根本就不是给拓跋燕写的。"

"那是给谁？莫非在北方还有其他佳人儿？"李琳问。

"这里的'北方佳人'，没有特指哪一个人，写的是所有丈夫在外征战，自己在家独守的女人。"

李琳说："你怎么说，我们只能怎么听了。谁让你是大家名士呢。咦，你们说这胡蛮跟咱华夏真不一样。咱华夏男儿，要是哪个男人跟自己的亲娘有一腿呀，那是不共戴天的仇敌。可这鲜卑人，不仅不生气，而且还认母亲的情人做父呢。去年慕容大单于来家，我看人家爷儿俩还真投缘。"

郭芸说："琳妹妹，啥时候咱也到慕容鲜卑的地盘上转一圈儿去。"

"去那儿干吗？"

"咱姐儿俩要是去了，就是太后啊，那拓跋燕也得侍候咱俩呀。"

"呵呵，对，你说得太对了。"李琳说。

大家谈起过去，玩笑不断。

张华觉得从没有如此和谐快乐。

荣格与他弈了两盘，张华皆负。

李琳对荣格道："不是我们家老爷下不过你，是因为他今天太分心了。"

张华道："唉！人生如棋局，最后谁赢谁输真不一定啊。我虽贵为宰相，但多想过一过方正这样的日子呀。回想起方城安阳河边的放牧时光，就觉得人生苦短，一辈子一晃儿就过去了。"

李琳道："是回想起当年刘贞大姐年轻时候的样子了吧。"

李琳一句话，还真戳到了张华的痛处。他不由得落下泪来，说："唉！提起她，是我永远的痛。我对不起她，她对不起我。我与她似乎生来就是为了互相折磨的。终于，她没有折磨过我，是我折磨死了她，尤其是她在临死前用生命来救我妹妹，我才知道了一个女性的善良和伟大。"

张华的话令郭芸抽泣起来，她对秋雁说："秋雁妹妹，你只知你家小姐命苦，我们家小姐命也苦哇，跟张公生活了七八年，可两个人一直你看不上我，我看不上你。最后，相互理解了，人也没了。"

张华道："我这一生，爱过我的女人不少，我也真心地爱过她们。但回想起来，我一个也对不起。"说着声音哽咽了。

李琳道："别这么说，也别难过呀，至少你对得起郭姐我们姐儿俩。"

郭芸道："咳，今天方正两口子来接咱去赏花，这么好的事，怎么最后弄得悲悲切切的。以前的事都别提了。张公再干个一年半载就该致仕回家了。咱在荣家的果园旁买上二百亩地，弄群牛羊，耕田放牧，也过过农家日子。"

张华听后高兴地说道："知我者，小芸也。但我决不在洛阳河边，我要回到幽州范阳方城安阳河边。"

李琳说："我可事先说好了，你俩愿意去你俩去。我可受不了农家又脏又累的日子。"

郭芸道："琳妹妹，你不是想享受一回太后的荣耀吗？到了幽州就离慕容庞的地盘不远了。"

李琳道："我早就应该享受太后的荣耀了，何必到幽州去。"说完面有凄然之色。

"哎呀，今天大家聊得太高兴了，尤其是李琳嫂子，一改往日的庄重，说话风趣幽默，像换了个人儿似的……"

郭芸说："是啊，净听他俩逗贫嘴了。"

秋雁说："郭姐，天不早了，咱该走了。"

李琳说："着什么急呀，大家聊得正热闹。要不吃了晚饭再走吧。"

荣格道："不了，饭后再走还得走夜路。这会儿走，天黑之前就到家了。以后张公致仕了，咱两家就合在一起过日子，天天欢欢乐乐。"

张华、李琳将荣格夫妇和郭芸、张舆送上车。

但就在郭芸、张舆上车的瞬间，那驾辕的马竟然向前迈了一步，致使郭芸和张舆双双跌下车来，而且不偏不倚，二人正好趴在张华和李琳的面前。张华和李琳赶紧上前将二人扶起。

郭芸掉挥土说道："没事，没事。"

李琳笑道："吓我一跳，我还想呢，不过是去赏两天花，还至于给老爷和我磕头。"

荣格赶起马车，说："张公再见。"

秋雁也说："家里剩你们老两口，互相照顾吧。"

郭芸道："琳妹妹，好好照顾老爷！"

李琳道："赶紧走吧，后天你和孙儿就回来了，至于嘛，像生离死别似的。"

荣格"驾"的一声，马车顺着洛阳笔直的东西大街向西行去。此时，西边天际残阳如血。张华和李琳目送着马车，渐渐融入那夕阳晚照中，渐渐化成一个小黑点儿。

张华不知为何竟落下泪来。

"你怎么了？"李琳问。

"我怎么觉得跟荣格他们有隔世之感呢？"

"今天聊过去的事聊得太多了，你的脑子呀还没从回忆中清醒过来呢。走，咱先吃饭吧。"于是二人相携进了院子。

191

荣格夫妇和郭芸走后，李琳说："茂先，你给王婧写过诗，给拓跋燕写过诗，却从没给我这正妻写过，今天你必须得给我写一首。"

"好好好。今天就为夫人写一首。"说完，二人来到书房。

李琳研好墨，张华说："诗已为你作好，我说，你写。"

"你写。"李琳道。

"你的字比我好，还是你写吧。"

"你为我作诗，当然得由你来写。"李琳说。

张华绰起笔来说："好，我写。"于是写道：

> 人自高贵气自华
>
> 出水芙蓉玉无瑕
>
> 本是天宫下凡女
>
> 应为帝王枕边花
>
> 一朝误入红尘里
>
> 误嫁乡野牧羊娃
>
> 拙夫无能惬君意
>
> 来世相伴享荣华

李琳看后，道："不好，不好。"

"怎么不好？"

"今生与君还没过够，言什么来世？不吉。"

张华说："嗯，我琢磨琢磨马上把后两句改了。"

李琳接过笔来，说："我也给你写一首。"

> 鹪鹩一赋天下闻
>
> 牧童顿为王佐臣
>
> 潜心十年谋一统
>
> 伐吴虽胜险丧身
>
> 匹马幽燕风尘里
>
> 远人来服万马喑
>
> 自古边将征战苦
>
> 岂知谈笑也降人

李琳写完，请张华观赏。

张华看罢，惊道："天哪！夫人，你到底有多大才呀？不仅字写得好，这诗也如此绝妙。老夫也自愧弗如啊。"

"夫君过奖了。"

"绝不是过奖。"张华道，"我最近以来一直在猜想，你和晓阳都是什么人呀？是不是千年仙妖所化？否则这世上哪有才貌都如此卓绝的女子？"

"呵呵，我和晓阳都是平凡女子，你不过是情人眼里出西施罢了。"

"不，绝对不是。"张华说，"凶悍如贾后者，竟然对晓阳服服帖帖，这得多大的才能才能降服贾后这样的悍妇哇，而且最近盛传，贾后之所以能屡屡将对手置于死地，都是晓阳在背后出谋划策，连司马伦都称她为当世女诸葛。所以，晓阳的才能不仅在书法、在诗文而且在智谋上也冠绝当世。你们娘儿俩到底是什么来历？老夫也越来越糊涂了。而且晓阳为什么死心塌地地侍奉贾后为虎作伥？这也是我一直不解的。"

"你想那么多干什么？你只要知道我爱你，晓阳也曾经爱过你。我们从没有做过对不起你的事就行了。"

"可我想知道……"

"该知道的时候早晚会让你知道。"李琳说，"喂，那最后两句诗琢磨好了没有？"

"有你这首诗在，我都不好意思写了。"张华说，"要不这样，我再重新给你写一首吧。"说完，从李琳手里接过笔写道：

> 张华一生慕德仁
> 感动苍天降李琳
> 李琳淑德为贤妇
> 张华惭怍为夫君

……

张华刚写到这里，李琳说："不行，把第三个字改了。将'一生'改为'半生'。"

"夫人说得有理。"张华于是将"一"字抹去，正要在旁边写上"半"字，就在这时，忽听街上人喊马叫。杂沓的马蹄声由远而近。张华大惊，停笔谛听，只听马蹄声已到门前，且有人大喊："将司空府包围起来，一个人也不准放走。"

闻此，张华手中的笔"吧嗒"一声掉在纸上。

这时传来急促而有力的砸门声。

李琳下意识地靠近张华。

张华将李琳拥在怀里，说："不用怕，不用怕。"

李琳浑身颤抖道："妾恐卫瓘之祸降临咱家矣。"

"不会不会，卫瓘曾有大恶之行，我张华一生……"

"怎么还说一生，要说半生。"李琳急道。

"是啊，我张华半生行得正走得端，任何人也没有理由置我于死地，夷我之三族。你坐在这儿别动，让我去看看。"

李琳将张华抱得紧紧的，说："你别去。"

只得"咚——咣啷"一声，大门已被人砸开。

这时又听一人说："挨屋搜查，有人便捕，赵王有令，不可放过一人，私放一人者夷其三族。"

一阵脚步声响，书房的门被推开。一个连鬓胡子的军官走了进来，身后还有两个执戟的武士。

这位军官道："司空大人，末将华林，奉赵王之旨请您即刻入宫。"

此时，张府上下已是一片大乱，哭叫声，打骂声，砸抢声乱成一片。

张华说："本人乃当朝宰相，赵王不过一右将军而已，他有什么资格让我去见他？有事来见我才对，而且你身为裨将，缘何率兵闯入司空府？乱捕乱砸……"

"呵呵，司空大人，您还不知道吧。赵王奉皇上之旨诛杀贾后逆党，京城将士遵旨讨逆。贾后一党适才已被诛绝。赵王命末将请您即刻入宫。"

李琳跃起身道："什么？你说贾后一党已被诛绝？"

"是啊，你没看末将这战袍上还满是鲜血吗。"

"啊，天呢，晓阳，我的孩子……"李琳大哭起来。

张华预感到自己的末日已经到了。他转身对华林说："刘将军，能否让我与妻子从容告别？"

华林说："看在您为社稷操劳终生的分儿上，就给您行个方便。不过不许出这个屋。"说完华林转身退出了书房。

李琳说："司马伦既然开了杀戒，连皇后都敢杀，你肯定也有性命之忧哇。你若蒙难，我也绝不苟活在世上。晓阳已经不在了，你若再离开我，我还活在世上有什么意义。"

张华说："放心，我不会死的。"

"为什么？"

"管公明管大师不是给我算过命吗？说我会终娶后妃作己妻，我还没娶过后妃，怎么会死呢？"

李琳突然跪下道："夫君呢，咱的末日真的到了呀。"

张华惊讶地问："怎么……"

李琳说："为妻今天就如实告诉你吧。为妻就曾是后妃呀，我也不是晓阳的姑妈，而是她的亲娘啊！"

张华大惊道："这，这怎么可能？"

李琳道："妾身并非民妇，也不是陇西人也，而是魏帝曹髦之妃，大将钟会之女钟灵啊！"

"天哪！怪不得你一身高贵之气。"

"当年，司马昭威逼皇帝过甚，魏帝曹髦不堪忍辱，率卫兵奋起相搏。此时，我已有孕在身，魏帝起兵前知道凶多吉少，让我只身逃离，远方避难，永不回京。后来，妾在外产下小女，化名吴丹。从此，母子隐姓埋名，寓居乡间。好在妾身出宫前携带了足够的珍宝，生活多年无虞。晓阳天资颖慧，我便教她读书习字。平蜀之役，我父钟会欲叛魏自立，不意事败又被司马昭所杀。我与司马氏不仅有杀父之仇，夺夫之恨。司马氏最后还夺了我家江山。晓阳从小立志要将失去的江山夺回来，即使夺不回来，也要毁掉司马王朝，将司马氏弄个人仰马翻。所以，我便想方设法让她进宫。当她与你有了感情，想放弃时，我毫不犹豫地破了她的相。现在，她成功挑起了司马氏的内斗，她已经成功了，死而无憾了。"

张华听着，心中五味杂陈，仰天长叹道："天哪！世上竟有这等残酷的事。江山啊，你毁了多少英雄豪杰呀！"

李琳说："如果因司马伦之变使你受了连累，也不是晓阳的过错……"

"这我清楚，大晋必然是一个短命的王朝，从武帝时就已种下了毁灭的种子，一个呆皇，一个虐后，再加上几个野心勃勃而才能平平的霸王，岂有不亡之理？司马伦对我早已恨之入骨，他一旦握有生杀予夺的大权，岂能放过我？"

"而且，晓阳在此前，已几次劝你，辞去相职，其实就是怕你受到连累。你要相信，我们是真心爱你的，可最后却连累你……"

"唉！不是你们连累我，是我连累了你呀。我明知道命中要连克三妻，本不应该再娶你……唉！既然这是命，就在劫难逃！"张华说，"如今管大师给我算的命都应验了，果真是贤良治世无善果呀，今天只待那最后的'身死族灭悔已迟'了。"

李琳说："你一辈子行仁修德，没有做过坏事恶事，为什么……"

张华说："如果说坏事和恶事，那我只做过一件，就是力促伐吴。"

"那是可以使你彪炳史册的功德呀。"李琳说。

"不，现在我不这么看了。将一统的华夏交到有道的明君手中，那是奇功异勋，而将它交到昏君的手中就是罪恶。吴灭后，司马炎立即从吴越弄来七千多青春少女供其淫乐。那七千多人的诅咒，就足以将我送入地狱啊！"

华林"咣"地将门推开，说："好啦，张司空，咱们走吧。我得赶紧回宫复命啊。"

李琳问华林："我呢？是不是跟张大人一起去？"

华林说："赵王有令，张司空的家人全部押入大狱，听候发落。"

张华最后拥抱了一下李琳，然后转身随华林而去。

192

司马雅从张华家回到赵王府，立即将与张华谈判的结果向司马伦做了汇报。最后说："既然张华已知道我们要废贾后，我们应该立即行动，不然皇后与宰相联合起来，我们也不好对付呀。"

"放心，贾后害死太子，已成人人得而诛之的国贼，以张华的精明，他岂能亲近贾后。"孙秀说。

"那他也会将咱要实施的行动奏禀皇上。"司马雅说。

司马伦笑道，"呵呵，他想做什么都已来不及了。你看，本王已有皇帝颁下的废后诏书。本王师出有名啊。"司马伦抖着手中的一纸假诏书说道。

"既然如此，咱就动手吧。"司马雅说。他也急盼赵王功成，因为如果司马伦失败，他这个参与者必然受到连累。

"本王已派人晓谕禁军各部将领，于傍晚时分各发本部兵马包围皇宫。"

禁军将领们听说要诛杀妖后，都跃跃欲试。日落时分，都将自己手下兵马带到宫外。司马伦以赵王和右将军的身份对将士们说道："中宫与贾谧等杀我太子，为此陛下特命本将军率兵入宫，诛除妖后，汝等皆当从命！如有不从，罪及三族。"

不是司马伦有多么大的凝聚力和号召力，实是贾后已成过街之鼠。所有人都有诛妖之心。于是司马伦话音刚落，将士们便蜂拥入宫。

司马伦的行动，也已获得在京城的齐王司马冏和梁王司马肜的大力支持，司马冏还被司马伦任命为此次行动的先锋官。有梁王和齐王的支持，这更增加了司马伦诛后行动的正义性。

司马冏一马当先，突入宫中，正碰到惊慌失措的贾谧，司马冏大喊一声："杀贾谧者首功一件。"

贾谧大叫道："娘娘救我！"

言未毕，司马冏部将华林一步跨上前去，手起刀落将贾谧斩为两段。

贾南风听到喊声，从后宫走出，正与齐王司马冏相遇，便惊问道："齐王率兵入宫来干什么？"

司马冏道："奉旨来捉拿皇后。"

贾南风道："皇帝诏书都由我这里发出，你奉的是谁的诏？这一定是有人在矫诏谋反……"

司马冏说："诏书在赵王手中，是真是假，等你见了赵王再说。"

司马冏命人将贾南风押到建始殿听候发落。

司马伦见贾后伏首被擒，立即派两路人马分别到司空府和仆射府，缉拿司空张华和仆射裴頠。

张华被华林等人押至司马伦、司马彤和司马冏跟前。

张华怒问："你们要害忠臣吗？"

"谁是忠臣？"司马伦问。

"我张华就是大晋的忠臣与功臣。"张华道，"我受文帝所托，辅佐先帝多年。为伐吴险被贾充腰斩，冒死将一个大一统的江山奉与你们司马氏，这还算不上忠臣与功臣吗？"

司马伦道："你说的那都是多年以前的事，不能吃老本，要立新功。当妖后谋废太子之时，你身为宰相不能保全太子，及太子被害，你又不能死节，怎么可称忠臣？"

张华道："朝议废黜太子之时，满朝文武唯有我张华和仆射裴頠力谏。这件事众位大臣都可做证。"

司马彤道："力谏不从，何不去位？"

张华听了司马彤的话说："我张华一生谨守中庸，决不做过分的事。为君者应有为君之德，为臣者应有为臣之道。为臣者当知，社稷乃君之社稷，帝后乃天下主宰。某虽为相，也不过是辅佐皇上治理天下。天子做什么决定，不一定都会符合臣子的意愿，为臣者觉得皇上的决定有误，必须进谏，这是为臣者的责任。谏之不听，可再谏，三谏。数谏不听，必须悉听君命。这才是真正的忠良之臣。若谏之不听，则辞官，是以去职胁君也；谏之不听则死，是污君也，是以自己的血来证明君的昏庸；谏之不听则怒，是目中无君也。所以，谏是臣之责，听与不听是君之权。君所做的任何决定都是站在君的立场来考虑的，为臣者未必能够完全理解君的用意，为臣者千万不要以为比君聪明。要知道臣无论如何不能替君做主。若皇上不按你的意见行事则大怒，那绝不是什么忠良之臣。死谏不听则兵谏，兵谏不听呢？则只能弑君，弑君之后便是自立，那就是真正的弑君篡位了。今天三位王爷拥兵入宫，谋诛皇后，就是典型的弑后逼君之举。"

司马伦道："我们是奉旨行事。"

张华道："赵王，这台大戏到现在还需要演下去吗？赶紧卸装露出真面目吧。奉旨？奉谁的旨？皇上要想废后，还用得着三位王爷大动干戈？朝堂之上一道废后诏书发下，贾后敢不从命？这种矫诏杀人的勾当贾后已经用过几次了。杨骏、司马亮、卫瓘之诛都用的是这种方法。贾后所以有今天，就是因为作恶多端。一个拿矫诏都不当回事的人，怎么会有好下场？三位虽贵为王爷，但司马玮的下场可是殷鉴不远呀。"

司马伦道："不要说了。本王素知你才德出众，是治世能臣。本想捐弃前嫌与你合力诛除妖后，共辅社稷，所以才派司马雅与你沟通，但你却拒绝本王的好意。事到如今，你也只能是死路一条了。"

张华说："本人死不足惜，可惜的是一个大一统的华夏又要断送在你们这些人的手中。天下又要大乱了。"

"胡说，你以为离了你这天下必乱吗？"

张华笑道："呵呵，不是华夏离了我张华必乱。我华夏不乏德才兼备之人，但因为世族门阀将所有才德的寒士排挤在乡野，而能臣良将从何晏、夏侯玄、嵇康、毌丘俭到钟会、邓艾、卫瓘，一代代都遭到你们司马家族的诛杀，现在又轮到我和裴頠了。你们司马家族才是最为残忍的家族。不是我看不起你们，就凭你们司马氏如今这几位才能平庸，而又野心勃勃的家伙，想实现社稷平安那是痴心妄想。唉！当初悔不听山巨源之言哪。用不了多久，大一统的华夏就会葬送在你们手里。"

司马伦、司马肜、司马同不想再听他对司马家族的诋毁之言。司马伦道："押至旁室，奏请陛下，乞斩张华。"

张华毕竟是宰相，斩杀宰相是永远要受到追究的大事，司马伦觉得还是应该走个合法程序。于是率司马肜和司马同面见司马衷，讨要斩华的诏书。司马衷自己性命都被司马伦捏在手上，哪还有能力庇护张华。他流着泪将诏书拟就，说："张华一死，朕这社稷托付何人？"

司马伦道："有臣等忠心报国，陛下勿忧。"说完，将斩张华的诏书递给手下一偏将刘渊，为防夜长梦多，司马伦告诉刘渊不要将张华押出宫去，在宫内速斩便了。

刘渊率十几个兵士将张华押到前殿外。向张华宣读诏书曰："司空张华，与贾后勾结，谋害太子。此不赦之罪也。按律将张华即刻正法，并夷三族。"

张华听后，仰面苍天道：

遥忆方城牧羊时
鸟鸣莺啼绿柳枝
朝耕暮读何其乐

贪图功名入京师

为谋华夏一统业

半生甘苦少人知

从来伴君如伴虎

身死族灭悔已迟

刘渊道："嘿，张司空真是个诗人的材料，死到临头还能作出这么好的诗来。唉！要不是有诏书在，我还真舍不得杀了你……"

刘渊刚说到这里，只听有人大喊："刀下留人！"

刘渊、张华等转头看时，却见一女，急匆匆跑过来，边跑边喊："刀下留人！刀下留人！"

刘渊不认识这个人，但张华却认得，原来是吴丹吴晓阳。

吴丹跑到刘渊跟前，气喘吁吁地说："刀，刀，下，留人呢。"

"你是何人？"刘渊惊问。

"我是后宫女官，姓吴名丹。"

"天哪，原来你就是妖后身边那个女诸葛？"刘渊问。

"不错，就是我。"

张华道："晓阳，你，你，原来你没事？"

"被赵王留下一条性命。"吴丹说着转身对刘渊说，"你可知道你要斩的这位是什么人吗？"

"当然知道，当世大名士，当朝宰相张司空。"

"不仅是名士和宰相，而且是华夏一统的最大功臣，难道连这样的功臣也要杀吗？"

"实在没办法，我是奉旨行事。"刘渊说，"我如放了张司空，我家三族必被灭……"

"能不能且缓一缓，待我去求赵王……"

"对不起，您恐怕没那么大的面子。您现在还活着已经大大出乎我的意外了。赵王催我速速将张华处斩，我只能奉命行事。"刘渊说着，喊了一声，"刀斧手！"

"在。"一个肩扛鬼头大刀的壮汉道。

"开刀问斩。"

刘渊此言一出，还没等吴丹反应过来，刀斧手手起刀落，张华人头落地。

吴丹惨叫一声："茂先——"然后，扑上前去，将张华的头抱起，紧紧搂在怀里。

刘渊对手下说:"把张华的头夺过来,到赵王面前交差。"

两个兵士走到吴丹面前,用力将张华的头从吴丹怀里抢出来,然后转身而去。

吴丹坐在地上,望着张华的尸体,大叫道:"我要为你复仇!"

(《晋书·张华传》"须臾,使者至曰:'诏斩公。'华曰:'臣先帝老臣,忠心如丹。臣不爱死,惧王室之难,祸不可测也。'遂害之于前殿马道南,夷三族,朝野莫不悲痛之。")

193

贾后一党,除了首逆贾南风尚在关押待决,贾谧、贾午、董猛、陈寿、赵粲等皆已被诛。而吴丹是排在贾后外最该被杀的一位,她比贾谧、董猛罪恶都大,因为她不仅是贾南风最欣赏的宠臣,而且贾后的所有阴谋都出自于她。当其他后党都已身死族灭之时,吴丹却不仅奇迹般地活了下来,而且还获得了自由之身,在宫中可随意走动。这不仅让刘渊很不明白,张华至死也迷惑不解。

原来,司马伦因镇守汉中引发暴乱,不仅被免于惩处,而且很快再掌大权,这一切计策皆出于吴丹。司马伦对她不免肃然起敬,觉得她比孙秀的智谋更高超。虽然他知道吴丹帮贾后做了许多坏事,但贾后的所有坏事都不是针对他司马伦的,因而他对吴丹并无怨恨之意。但作为贾后死党,吴丹本来也难逃一死,但就在太子被杀后,吴丹暗中却与司马伦进行了沟通,支持赵王诛除贾后。吴丹早已看出司马伦有篡位的企图,因而与司马伦密约,贾南风被清除后,她会全力协助赵王实现皇帝梦。

司马伦太相信吴丹的能力了。因而在统兵入宫前便晓谕部众,不许杀害吴丹。将士们说宫中那么多美女分不清谁是谁。司马伦告诉大家:那个长着一半魔鬼的脸一半天使的脸的女人就是。谁也不会弄错。

就这样,吴丹逃过一劫。

194

张华被杀于宫内。其妻李琳、儿子张祎、张韪被诛。郭芸和孙子张舆因在荣格家,而幸免于难。

195

司马伦一番大刀阔斧的诛杀后，将自己的对手——贾后、张华、裴頠、解结等全部清除。他的残忍令朝廷内外人人噤若寒蝉。他于是像当年他的爷爷和老爹一样，封自己为大都督、相国、侍中，督都中外诸军事，将所有大权牢牢控制在自己手里，而天子不过是个摆设。

大都督可以为所欲为，篡位登基只是迟早的事。

孙秀作为多年与司马伦狼狈为奸的死党也被授予了极大的权力。（《晋书·司马伦传》："寻矫诏自为使持节、大都督、督中外诸军事、相国、侍中、王如故，一依宣、文辅魏故事，置左右长史、司马、从事中郎四人、参军十人，掾属二十人、兵万人。以其世子散骑常侍琴领冗从仆射；子馥前将军，封济阳王；虔黄门郎，封汝阴王；羽散骑侍郎，封霸城侯。孙秀等封皆大郡，并据兵权，文武官封侯者数千人，百官总己听于伦。"）

而吴丹因为是众人一致认为的贾后死党，当诛未诛。司马伦生怕公开重用她会引起公愤，所以让她暂时躲在幕后，为其出谋划策。

196

司马伦立足即稳，便将目光瞄准了石崇。他本与石崇无怨无仇，但他看中了石崇的巨额财富，同时还看中了石崇的小妾绿珠。

抢人财产，夺人妻女这是所有叛乱者一旦成功肯定会做的。他们绝不管别人的财产来历是否正当，合法。因为在这些人的心里没有什么天理，他们唯一信奉的就是武力，唯一崇尚的就是权力，权即是法，而且权大于法。因而这样的人一旦掌权，绝对不能容忍别人拥有比自己更好的东西。

司马伦对孙秀说："听说石崇有个美妾名绿珠。"

"是啊，世人皆知，这绿珠是石崇用三斗珍珠换来的。"

"那你说她得有多美呢？"司马伦问。

孙秀会意，说："我帮您看看就知道了。"

孙秀于是亲自带兵来到金谷园，到得大门外，对守门人道："速速让石崇来见我。"

守门人说："您是哪位？我如何向石大人通禀呢？"

"连我你都不认识吗？你就告诉石崇，就说辅国将军孙大人驾到。"

"好好好，您等着，不过得多等一会儿，石大人现在在藏书楼。"

孙秀站在山下大门外，手搭凉棚向山上仰望，只见金谷园那随山势迤逦而建的亭台楼阁在云雾缭绕中真如仙境一般。他望着望着，突然"哈哈"大笑起来。

孙秀的亲随许远问："将军何故发笑？"

孙秀用手向山上一指，问许远："你说本将军住在哪座楼里好呢？"

许远指着东北边的那座山峰说："还是最高处那座楼好啊。"

许远所指的便是藏书楼。

此时，石崇正与王戎、王衍、乐广、刘伶、阮咸及潘岳、陆机、陆云、欧阳建、左思、刘琨、杜育、挚虞、王导、王敦、卫铄等在藏书楼里悼念张华。

王戎、王衍、刘伶、阮咸本是从不进金谷园大门的，但今天因为石崇要在此举行悼念张华的活动，石崇又亲自出面相邀，便第一次来到了金谷园。

悼祭仪式由王戎主祭，大家向张华灵位行礼毕。左思、陆机、挚虞、杜育、卫铄等分别诵读自己所写的悼词和诗赋。

然后大家围坐在一起，各自回忆起与张华的交往经历。王戎说："我与张司空相交半个世纪了。正始、嘉平年间，阮嗣宗、山巨源、向子期、刘伯伦、阮仲容、张茂先和我常到嵇叔夜寓居的山阳县竹林里饮酒抚琴……"

左思说："张大人怎么没有被列入竹林七贤之中呢？"

刘伶道："因为他不相信世界本无。他虽然颇有道家风范，对老庄非常倾慕，但他本质上是个儒者，所以跟我们七人有很大不同。"

陆机问："那你们七贤为什么总邀他一起作竹林游，而不邀别人呢？"

阮咸道："因为茂先是个谨守中庸的人，真诚而不偏激，很容易相处，所以，除了贾充、荀勖、司马伦这类本质上便非常坏的人，他基本上没有什么敌人，而且他博学多才，聪明睿智，文词优雅，跟他交谈总会有所收获。"

王戎说："我王戎是个清高孤傲之人，在这个世界上，能被我欣赏的人除了竹林六友，便只有张茂先了。"

潘岳问："七大名士，不，应该说八大名士当年的竹林之游，乃传世美谈。王大人、刘先生和阮先生能否给我们回忆回忆当时诸位竹林游的情景。"

王戎说："回忆只能在我们的心里去回忆。用语言是无法还原当时的情景的。嵇叔夜、阮嗣宗那都是神一样的人物，张茂先那也是出口成章，微言大义，高深莫测，不是一般人能够模仿得出的。正始至永康的四十年，是哲人、名士辈出的年代，可谓明星闪耀。那些年代名士们的清高、通达、博学是你们无法想象的。何平叔临斩含笑，夏侯玄高歌就戮，嵇叔夜刑场抚弦，张茂先吟诗遭斩，他们生得明朗，死得灿烂。唉！茂先一死这最后一颗明星也陨落了。"王戎说着，竟然落下泪来。

石崇说："张司空虽然不在了，他的英名会流传千古，仅华夏一统之勋业即可使其不朽。"

大家正在以各种方式寄托哀思，突然金谷园大门侍卫跑上来，大声喊道："大人，大人，不好啦！"

"怎么了？"石崇问。

"门外来了位将军，领着好几百兵士来闯金谷园。那将军还非要您亲自到大门迎驾。"

王戎道："谁这么大的架子？"

大门侍卫说："他自称辅国将军孙大人。"

欧阳建道："让他进来，我杀了这厮。"

王戎道："切莫鲁莽，司马伦、孙秀正得势，如恶魔一样无法无天，须暂避其锋芒，切莫逞一时快意，以卵击石呀。"

石崇道："完了，唯一知道我财富来历的人已死，我石崇的末日也到了。"

"诸位稍等，让我去会会孙秀。"石崇说着，走出藏书楼。

绿珠追出楼门，说："石公，贱妾要陪你一起去。"

"不，你没见那山下甲士林立，此时你岂能抛头露面？你陪卫铄女士和各位文友在此叙谈，我一人去会那孙秀。"石崇说完，在几位侍女的陪伴下，沿着青石台阶向下走来。

许远向山上一指，对孙秀说："石崇来了！"

孙秀抬眼望去，只见高高的台阶沿山势直通山顶。石崇宽袍大袖，侍女们衣裙华丽，山风吹过，袍袖飘舞，裙带轻舒，真如天降的神仙一般。一阵淡云掠过，石崇和侍女们被笼罩在轻纱一般的薄雾中，更是如梦如幻。

孙秀道："人如石季伦，才不枉此一生啊！哈哈……"

197

石崇来到金谷园大门处。对孙秀深施一礼，道："不知孙将军驾到，石某有失远迎，望乞恕罪。不知孙将军所来何事？"

孙秀说："找你聊聊。"

"好，快请，快请到拙政园一叙。"

孙秀跟在石崇身后来到拙政园大厅。

孙秀在大厅里转了一遭，望着满厅珠玉，口中啧啧连声，最后对石崇说："世人皆知，你这财富是靠劫掠商贾而来，你却能够安然享乐，不仅心无愧意，而且铺张炫耀。张华主政朝廷，与你沆瀣一气，容得你胡作非为，赵王清正，决不允许盗掠之徒肆无忌惮。你若识相，乖乖将金谷园交出来……"

石崇说："张司空之所以对我石崇不存恶念，是因为他深知我的财富来源正当。"

"来源正当？那你说说它是怎么来的。"孙秀说。

石崇于是从父亲石苞如何从吴境向魏晋私下贩运钢铁，以解决战备之需，说到自己如何冒险为大晋军购置药草。全国一统后又如何以正当生意手段积累财富——对孙秀讲明，最后还拿出司马昭和司马炎亲自签发的文件为证。

孙秀见了司马昭与司马炎的文件真迹，不敢公然指斥为假，于是说："这两道圣谕真假本将军难以辨识，你还须跟我到赵王面前说明。"

石崇道："赵王英明，我相信他不会不遵先帝之约。"

孙秀转变话题说："赵王英明，所以我们都应该对他心存爱慕。赵王听说你这里有个名叫绿珠的美人儿，想让我替他讨回去……"

"我这里美人儿成百上千，你可随意挑选，但绿珠不行，绿珠乃是我的爱妾。君子不夺人之爱。望您回复赵王，就说石崇别的都可以相送，但绿珠是我的心肝，决不许别人触碰。"

"赵王的话就是圣旨，你想抗旨吗？"孙秀问。

"即使他真是皇上也不能夺人妻妾。"

"我劝你放明白点儿，如今你能保住自己就不错了，何必为一女子搭上自己的性命？"

"为心爱的女人，死不足惜。"

"好，那我就成全你。"孙秀说着，站起身，走出大厅外。向兵士们说道："将金谷园包围起来，搜查石崇叛党。注意，这里有个叫绿珠的绝代佳人，不许伤了她半根毫毛。"

孙秀一句话，将石崇定为叛党，有了这个罪名，一切皆休。

孙秀所带兵士在金谷园里大肆抢掠。

但当乱兵来到文芳园藏书楼时，却意外遇到了对手。几个汉子横在他们面前，一个说道："我是尚书左仆射王戎。"

另一个说："我是太常寺卿挚虞。"

另一个说："我是黄门侍郎潘岳。"

另一个说："我是中书郎陆机。"

又一个说："我是秘书郎左思。"

又一个道："我乃尚书郎刘琨。"

又一个道："我是冯翊太守欧阳建。"

又一个道："我乃大名士刘伶。"

几位报出姓名和官职，立即让这些兵士止住了脚步。

王戎说："你们在别的地方抢掠也就算了，但这里是藏书楼，没有你们需要的东西，赶紧离开这里。"

兵士们本来不敢跟这几个朝廷官员动粗，又听说这楼里装的都是书，便转身离去，到别的地方抢掠去了。

这伙兵士刚离去。石崇便气喘吁吁地跑来，进了藏书楼，对大家说："孙秀今天是来者不善，大家还是赶紧躲躲吧。"——石崇是趁孙秀调戏一个侍女时，趁机脱身，跑到文芳园藏书楼来的。

欧阳建说："躲？往哪儿躲？您没见那金谷园的所有出口都被兵士把守着。"

石崇对绿珠说："绿珠，你要做好心理准备，司马伦是专门派孙秀来向我讨要你的。我死活不肯答应。我与你自从南国山寨相识，一直恩恩爱爱，相敬如宾……"

"夫君哪，你放心，我绿珠虽然命贱，但死也不肯委身司马伦那样的人。"

潘岳说："我与孙秀有旧，看能不能劝他改恶从善……"

大家在藏书楼中正说着，忽听外面有人喊："孙将军驾到！"

藏书楼大门一开，孙秀昂然而入，道："我听说这里聚集了不少朝廷命官哪。你们是在此消遣娱乐呢，还是在此密议谋反呢？"

潘岳起身道："孙将军，您还认识我吗？"

"你不是那花县令潘安仁吗？"孙秀说，"你这天下第一大美男，天下何人不识君呀？"

潘岳说："我们在此，既非娱乐也非谋反，而是在谈论诗书……"

"哦，都是文人雅士啊。"孙秀说到这里，指着石崇身旁的那个女子道，"这位小娘子应该就是绿珠吧。嗯，真的与别个美女不同，怪不得石季伦舍得以三斗珍珠交换。不过，绿珠哇，你要是跟了赵王，那赵王给你的就不止是三斗珍珠了，只要哄得赵王高兴，天下所有奇珍异宝都可以是你的，甚至可以给你一半江山。"

"不，我爱石郎，我与季伦海枯石烂……"

"今天就是海枯石烂的日子。"孙秀说，"一个用钱财换来的女人还谈什么真感情。"

潘岳说："孙将军，您还记得咱年轻时在琅邪的日子吗？"

"当然记得，一刻也没有忘记，你棒打我留下的疤痕还在呢，我时时抚摸着这块疤痕想起你。"孙秀说。

潘岳一听这话，立即凉了半截。他说："若非你有龙阳之癖，我岂能对你……"

孙秀说："那是我喜欢你，谁让你长得那么美呢？"

"能否看在咱自幼相识的情面上，放绿珠一马？"

"嘿，你还有心思给他人求情？你依傍妖后，巴结贾谧，害死太子，这笔账还没跟你算，你的小命儿保得住保不住还很难说。"孙秀说到这里，厉声道，"绿珠，识相点儿，跟我们走！"

绿珠对大家说："你们都出去，让我和石郎最后告别，然后跟孙将军走。"

大家以为石崇和绿珠还要最后温存一番，所以都起身走了出去。

见藏书楼大门"哒"的一声关上，绿珠与石崇拥抱着亲吻了一会儿，然后绿珠对石崇说："夫君，你将我摇到楼顶上去。"

"你要干什么？"

"贱妾要到望乡台上最后望一眼家乡。"

"不，不，你不能想不开。"

"我不能连累你，我望一眼家乡，就跟随孙秀一起走。"

石崇无奈，只得用楼内的升降梯将绿珠摇到楼顶望乡台上去。绿珠一踏上望乡台，便回手一剑，将升降梯的绳索斩断，然后转身迈上望乡台。

石崇在楼内看不到望乡台上的绿珠，赶紧跑到藏书楼外，向楼顶上仰望。

其他人也纷纷站在楼下仰观。

绿珠站立在望乡台上，手握一洞箫，对石崇道："夫君，还记得妾身与你初相见所唱的歌否？"

石崇说："牢记在心里，那是一曲《明君》。"

绿珠说："今天妾身就再为你最后吹奏一曲。"

说着，绿珠呜呜地吹奏起来。

箫声呜咽，闻者莫不落泪。

一曲绝唱完毕。绿珠挥舞着一块绿纱巾，对石崇说："石郎啊，我的夫君，感谢你多年的相伴相爱和相亲，无奈咱夫妻今生缘分已尽，只求来生再与你相会。孙秀，回去告诉司马伦，绿珠的身子只属于我的石郎，他癞蛤蟆想吃天鹅肉，就让他死了这条心吧。石郎，夫君，来生再见……"

绿珠说到这里，从望乡台上纵身向下一跃，衣裙飘摆，如仙女下凡一般，翩然落下……似乎过了很久，才听到万丈悬崖之下传来"嘭"的一声闷响。

后人有诗咏绿珠：

大抵花颜最怕秋，
南家歌歇北家愁。

从来几许如君貌，

不肯如君坠玉楼。

孙秀见绿珠宁死不从赵王，大怒。对手下兵士喊道："把这该死的藏书楼一把火给我烧了。"

身份低贱的兵士最喜欢世界大乱。听了孙秀的话，多人争着跑到楼内去放火。

孙秀又用手指点着，说："将他，他，还有他给我押入囚牢。"

孙秀所说的这三个"他"，一个是石崇、一个是潘岳、一个是欧阳建。这三位都是在他与司马伦的计划中必须给予严惩的。本来今天他没打算将这几个人缉捕，但见绿珠已死，生怕赵王司马伦怪罪，于是只得将这三人拿去。

藏书楼里全是易燃之物。顷刻，冲天火起。（《晋书·张华传》："（张华）雅爱书籍，身死之日，家无余财，惟有文史溢于机箧。尝徙居，载书三十乘。秘书监挚虞撰定官书，皆资华之本以取正焉。天下奇秘，世所希有者，悉在华所。"）

由于张华将这些天下奇秘，世间稀有者全部存放在金谷园藏书楼，所以张华费尽一生心血所搜集的珍贵文物和书籍瞬间化为灰烬。

孙秀命人押着石崇、潘岳、欧阳建离开文芳园。石崇手下佣人侍女在台阶两旁哭送着石崇。石崇对他们喊道："这里有用的物品大家分了吧，然后放火烧掉整个金谷园。"

于是，仆佣们各自散去，分抢财物，然后金谷园各处纷纷腾起大火。一代名园——金谷园，在建成十五年后，被它的拥有者付之一炬。

唐代大诗人杜牧诗咏《金谷园》：

繁华事散逐香尘

流水无情草自春

日暮东风怨啼鸟

落花犹似坠楼人

几天后，天下第一大富翁石崇，天下第一大帅哥潘岳双双被开刀问斩。（《晋书·司马伦传》："前卫尉石崇、黄门郎潘岳皆与秀有嫌，并见诛。于是京邑君子不乐其（孙秀）生矣。"）

石崇在临刑前大骂道："我石崇身犯何法？律犯哪条？孙秀所以杀我，不过是这个奴才见钱眼开，看中了我家的钱财。"

行刑者道："石公，您说得很对。既然明白这个道理，为什么不把家财早早散尽呢？留着它给自己和全家招来灾祸，悔之晚矣！"

与石崇一起被杀的还有石崇全家老少十五口。（《晋书·潘岳传》："及车载诣东市，崇乃叹曰：'奴辈利吾家财。'收者答曰：'知财致害，何不早散之？'崇不能答。崇母兄妻子无少长皆被害，死者十五人，崇时年五十二。"）

在暴政下，钱财不仅不能给人带来安全，而且是灾祸的根源。

198

司马伦既掌权柄，想立即封吴丹以官职。孙秀怕吴丹抢了自己第一谋士的位置，于是向司马伦进言道："吴女史，世人皆知其为贾后逆党。贾后谋害太子之计多为其所出。其罪本在不赦之列，今贾后才诛，却公然起用吴丹。您会遭世人诟病。"

司马伦说："可吴女史确实计谋高超，本王欲成大业，不能不重用她呀。"

"在关键的时候您可以请她在背后拿主意，但却不能让她公开抛头露面。"

司马伦道："好，暂且让她在暗中为本王谋划未来。"

孙秀见赵王根基已稳，于是便煽动起司马伦更大的野心，催促他尽快废掉司马衷自立。

司马伦虽然早有此意，但真正要谋篡大位，他还是不免心生忐忑，问孙秀道："你觉得本王真的可以坐天下？"

孙秀说："您有什么不可以呢？您与先帝都是文帝之子，谁继大位都不违礼法，而且今上圣质低劣，冥顽不灵。以他这样的才能都能稳坐江山，您比今上的才智高出万倍，怎么会反倒不如他呢？您好容易碰到这样一位愚蠢的皇帝，是天赐良机，如果不取而代之可是真正的天予不取了。"

司马伦想想孙秀的话很有道理。

孙秀说："今上呆傻，世人皆知。当年傅玄、张华、刘毅、卫瓘都曾向先帝禀明内心的担忧。为什么先帝明知长子愚钝还坚持立为太子呢？不就是为了长孙司马遹将来能顺利继位吗？如今司马遹已死，先帝之愿已经落空，只剩了如今这个傻皇帝，您的兄弟子侄不知会有多少人惦记着这个大位，一旦被他人抢先动手，不仅皇帝位会落入他人之手，您的命运也实堪担忧啊。"

孙秀的这番话令司马伦更加动心。他把自己想禅代大位的想法如实告诉吴丹，问吴丹是否可行。吴丹听后大赞，说："理应如此，而且越快动手越好。"

"为什么越快动手越好？"司马伦说。

"赵王，不知您想过这个问题没有，当年张华、傅玄、卫瓘这些外姓之臣都犯颜直谏，阻止先帝立今上为太子，为什么司马家族反倒没人提出异议呢？"

司马伦想想，没琢磨出所以然来，于是只得说："请吴女史明示。"

"因为你们家族的人知道，只有一愚蠢的皇帝，大家才有取而代之的机会呀。"

"噢，言之有理。"

"所以，你们司马氏兄弟子侄想取代今上，登上大位的人不在少数。俗语云，先下手为强，后下手遭殃。您如果不想遭殃，趁着您手握大权，必须立即动手。"

司马伦得到孙秀和吴丹二人的支持，心里有了底。于是很快依计而行，废司马衷而自立为帝。

孙秀为司马伦计，又献计曰："陛下，虽然您已荣登大宝，但司马衷不可留哇。"

"为什么？"司马伦说，"难道他一个傻子还有什么能力翻盘吗？"

"关键不在于他有什么能力，而在于他是一个标志。有他在，任何人都可以打着勤王的旗号号令天下，所以，他存在一天，您的皇位就一天不安稳。"

"嗯，言之有理。"司马伦还真被孙秀的话吓住了，于是说，"传吴女史进见。"

于是司马伦与吴丹、孙秀和另外几个亲近之臣一起商议如何处置前帝司马衷。

吴丹开门见山地说："我坚决反对孙将军的说法。司马衷不仅不能杀，而且还应善待。原因有三：一是，他本身就是个傻子，杀害傻子，是不仁也，天理不容；二是，他是前帝，既然前帝已将天下禅让而再诛之，是不义也；三是，前帝是陛下的孙子辈，世上哪有爷爷杀孙子的道理。司马氏向来以孝治天下，而皇帝亲诛其孙，孝悌安存？四是，有司马衷在，其他诸王不容易起谋反之心。因为谋反者一般都是想自己登上大位。没有前帝司马衷在，他只要战胜在位的皇帝就行了，而打着替前帝鸣不平的旗号，即使胜了，那是否将天下重新交给司马衷？所以，现在害死前帝司马衷，有百害而无一利。"

吴丹一番话令所有人茅塞顿开。司马伦道："吴女使之言甚合朕意。朕之有吴丹，犹刘备之有孔明也。朕给你个什么官职合适呢？凭你的才能可为相国……"

"孙秀说："自古及今，未有女流而入九卿者。"

"是啊，正因此，朕才思虑久久而不知如何加封吴女史才好哇。"

吴丹说："小女子形容丑陋，无为官之念，但愿以平生所学辅佐陛下。"

司马伦于是任孙秀为宰相，辅政。

司马伦虽然登基为帝，但他明显感觉到自己并没有受到各级官员的尊重和爱戴。他的政令很难出京城。他清楚，如果无法得到大多数官员的支持，他不仅无法治理天下，而且自己很可能会被新的政变推翻。为此，他召集亲信谋划如何能尽快树立自己的权威。孙秀献计说，将朝廷各要害部门及各州郡的长官都换成赵王自己的人。司马伦说："本王手下总共也没那么多能管理好一州一郡的人才。"

孙秀说："能力不是主要的，关键是要对您绝对的忠诚。咱手下有数千人，难道还挑不出几百个五品以上的官员吗？"

司马伦说："这些人就能保证对本王忠诚吗？"

"对谁忠诚，主要看权力是谁给的，谁给他权力他就会忠诚于谁。"

司马伦觉得孙秀说得不无道理，于是最后征求吴丹的意见。

吴丹说："对于官员来说，能力也非常重要，所以曹孟德当年才'唯才是举'，没有能力的官员成事不足败事有余，而且，孙相国的这个主意最大的问题是，他马上会激起各级官员的反抗。一旦他们联合起来，您就危险了。"

"那应该怎么办呢？"

"不客气地说，您与当年杨骏当朝时的形势差不多，都是威望不够，所以要稳住这些主政的官员，最好是对他们进行收买。"

"如何收买？"

"加官晋爵。"吴丹说，"这是非常有效的做法。杨骏当年就是这么做的。虽然他最后失败了，但并不是因为这个失败的，而是因为他的外戚身份。您与他最大的不同，就是您乃堂堂正正的宣帝之后。"

司马伦说："嗯，这主意好，不会有风险。本王就依你之计。"

于是司马伦对各级官员大加封赏，其力度比杨骏时期有过之而无不及。国库中的钱已不够赏赐，所存金银已不够铸造官印之用。有的侯爵竟然连个印都配发不起。如此乱局连普通百姓都知道不会长久。《晋书.司马伦传》上说："每朝会，貂蝉（高级别官员的服饰标志）盈坐，时人为之颜曰：'貂不足，狗尾续'而以苟且之惠取悦人情，府库之储不充于赐，金银冶铸不给于印，故有白版之侯，君子耻服其章，百姓亦知其不终矣。"——"狗尾续貂"一语即出于此。

果然，没过多久，齐王司马冏、河间王司马颙、成都王司马颖联合起兵，进京征讨司马伦。司马伦兵败，孙秀被自己手下的叛将所杀。

司马伦之乱，历经六十五天时间，死亡达十万人之众。

傻子皇帝司马衷复大位。惩治司马伦逆党，司马伦赐死，孙秀等夷三族。而吴丹则因曾力荐不杀司马衷，保了皇帝一命，不仅未被追究，而且还受到皇帝重用。

也可能是命运在捉弄司马氏，吴丹这位复仇女神，在残酷的复仇中不仅一次次死里逃生，而且越来越受到重用，如今她竟然又受到了皇帝司马衷的眷顾，离她最后的复仇目标，越来越近了。

199

事实证明司马伦是真正的叛逆，因而，司马衷复位后，吴丹力促给张司空平反。挚虞给辅政的齐王司马冏上书说："我曾在张华被杀后到中书省翻阅资料，看到张司空给先帝（司马炎）之诏写的回复。先帝问张华将来太子应该托付给谁，让谁来辅佐太子最可靠。张华的答复是：'最可依托的人便是您的父亲（司马攸），齐王攸应该留在京城镇守社稷。'张司空这么好的主意，如此真诚的谏言现在才被人知晓。张司空与那些苟且为官的人是完全不同的。有人责怪，愍怀太子（司马遹）被废及被害时作为宰相的张华不以死抗争。这种指责毫无道理。当时，如果谁力抗贾后，必死无疑，圣人告诉我们，死而无益，便不应该去死。所以，晏婴是齐国的正卿，没有为崔杼的反叛而死节；季札是吴国的宗室重臣，不去争逆顺的道理。道理讲透了而不被施行的话，即使按照圣人的教诲也不应该予以指责的。"（《晋书·张华传》："后伦、秀伏诛，齐王冏辅政，挚虞致笺于冏曰：'间于张华没后入中书省，得华先帝时答诏本草。先帝问华可以辅政持重付以后事者，华答："明德至亲，莫如先王，宜留以为社稷之镇。"其忠良之谋，款诚之言，信于幽冥，没而后彰，与苟且随时者不可同世而论也。议者有责华以愍怀太子之事不抗节廷争。当此之时，谏者必得违命之死。先圣之教，死而无益者，不以责人。故晏婴，齐之正卿，不死崔杼之难；季札，吴之宗臣，不争逆顺之理。理尽而无所施者，固圣教之所不责也。'"）

司马冏接到挚虞的信，立即奏请皇上为张华平反昭雪。皇帝下诏，恢复张华一切名誉和官职待遇。

陆机为张华作诔文及《咏德赋》以悼之。对张华一生功德给予了极高评价。

张华平反后，其大妹张倩将哥哥安葬到徐水（因安阳河发大水，其在方城祖坟已被冲毁）。作为竹林七贤终生的挚友，刘伶受王戎和阮咸所托，代表竹林七贤，护送张华的灵柩北上。

徐水当地烧锅出产一种酒，名叫醁糟，很对刘伶口味。刘伶每日在张华墓前痛饮醁糟，醉后便枕着张华的坟丘而眠。张倩担心刘伶受冷着凉，每当刘伶醉后，便让两个儿子将刘伶背回家中。不久后，刘伶终于在大醉之后，再也没能醒过来。于是张倩只得在哥哥张华墓不远处为刘伶购置了一块墓地，将刘伶安葬在这里。这就是为什么张华和刘伶都不是徐水人，而最后却都葬在徐水，且两座坟茔相距如此之近的真实原因。

因在荣格家赏花而逃过此劫的郭芸和孙子张舆也一同落户刘倩家。张舆成为张华留下的唯一后人。张舆生逢乱世没有取得太大功名，但其后代却出现了唐朝宰相张说和著名诗人张九龄这样的大人物。

200

司马囧乃是故齐王司马攸之子。司马攸是司马炎的弟弟，过继给大伯司马师。而司马师乃是司马懿长子，按古代礼制，司马氏天下应由司马师这一支继承。是司马昭出于自私，将本应属于司马攸的皇位转让给了司马炎。司马炎为了打压司马攸，最后竟然将司马攸逼死。

司马囧作为司马攸的儿子，岂能不对此事耿耿于怀？他又岂能甘心侍奉司马衷呢？

吴丹深知司马囧心中的这个无法排遣的情结，于是撺掇司马囧废帝自立。司马囧大喜。一边暗中密谋篡位，一边骄奢淫逸，引起朝野不满。长沙王司马乂怒而起兵，诛杀了司马囧，由自己辅政。

吴丹这位复仇女神再次大获成功。

经过多年的历练，吴丹已练就了非常高超的政治手腕。她欣喜而快慰，这种快慰已经不完全来自复仇后的兴奋，更多地来自将司马诸王玩弄于股掌之上，并娴熟地驾驭历史走向的成就感。这种大快慰使她不再后悔自己的人生选择。

司马氏政权本来来路不正，所以也是天意在暗助吴丹。十六年间，她竟然成功地挑动起八次司马诸王的叛乱。

连年内乱使大晋国国力大减，生民涂炭。北方民族鲜卑、匈奴、羯、氐、羌趁晋朝内乱，纷纷南下入侵中原。

"八王之乱"终于将张华倾尽心力实现的华夏大一统王朝——西晋，彻底葬送。历史从此掀开新的一页，进入了五胡乱华的时代。

2016 年 7 月 15 日上午八点于廊坊
春和花园北区 704 室初稿，8 月 13 日定稿

后 记

本人自幼生长在白沟河东岸的一个小村落——申庄，是土生土长的固安人，中学毕业后才离开家乡到外地谋生。因为痴迷文史，多年孜孜以学，因而对古今中外历史多有涉猎。

然而，泛泛之学，博杂不精，一旦深究某些历史细节，才疏学浅的原形便暴露无遗。

市政协郑广富主席因对拙作《吕端全传》颇为欣赏，认为这是"文化资源有形化"的一个成功经验，因而命我为廊坊市另一历史文化名人张华作传。

受到领导赏识和支持，我自然踌躇满志。尤其知道这张华乃是我老家固安人，更加信心倍增。

然而，要创作一部内容深刻又情趣盎然，兼且思想性与可读性的传记作品，光有坚定的信心和美好的愿望是远远不够的，传主本身的历史地位、功绩、经历、故事和丰富的历史背景资料才是决定性的因素。但在当时，我这个以精通文史自负的书生对张华不说一无所知，但实在知之甚少。

"士为知己者用"，承蒙郑主席信任，岂能不倾心尽力而为之。

于是我阅读了《汉书》《后汉书》《三国志》《三国演义》《晋史》《两晋通俗演义》《资治通鉴》等众多史书，在浩如烟海的史书中查找与张华相关的历史资料，探究张华的人生轨迹。

探究的结果令我这个固安人欣喜不已，愧您不已。欣喜的是，我终于知道，在我的故乡竟然还有张华这样一位伟大的历史人物；愧恧的是，这样一个伟大的历史人物到现在我才刚刚知晓。

张华的伟大首先在政治上。中国是追求大一统的民族，因而对政治人物的评判有一个固定的最高标准，那就是：凡是完成和促进民族统一大业的，便是民族英雄，其功绩便可彪炳史册。反之，凡是造成民族分裂的则是历史罪人。而正是在完成民族统一大业这一点上，张华做出了伟大的贡献，西晋华夏民族的重新统一，张华是公认的最大功臣。仅此一点，为其树碑立传，让世人永远铭记其功德，张华便当之无愧了。所以，在构思《张华传》的时候，我便把西晋统一作为张华一生的核心内容来详述和渲染。

当然，张华除了是一个伟大的政治人物，还是一位伟大的文学家、艺术家、藏书家和博物学家。这样一位才华横溢的名士，处在魏晋那样的风流时代，又与史上最怪异的竹林七贤、最富有的石崇、最帅气的潘岳、最痴呆的皇帝、最残暴的皇后都有过交集或密切的交往，当然会有许多曲折有趣和浪漫的故事。这些故事，便构成了《张华传》离奇曲折的情节。

经过半年多的闭门创作，《张华传》问世了。作为政协委员，我较好地完成了郑广富主席所交付的艰巨任务；作为作家，我创作出了又一部自己满意的作品；作为固安人，我无愧于张华这样伟大的同乡先贤。可以说，我的收获是颇为丰厚的。

因此，在《张华传》出版之际，我要对廊坊市政协郑广富主席、固安县政协王敏主席表示真诚的谢意！

感谢百忙之中为本书作序的固安县县委杨培苏书记、固安县人民政府王辉云县长！

同时还要感谢固安县政协安书良副主席、曹文芳副主席、县政协秘书长张建光、文史委主任张建中先生！以及市政协宁鸣飞副秘书长、学文委张俊生主任等同志！对你们的帮助与支持再表谢忱！

李　铮

2016 年 8 月 28 日